心里满了，就从口中溢出

苏生 著

夜奔

第一册

SPM 南方传媒 | 广东人民出版社
·广州·

目录

伍

拾

拾壹

楔子

 吕娜的答辩已基本结束，专攻戏剧文学的校外评审合上了她那厚厚一本博士论文，双手交叉支在桌上，"吕小姐，听完你的论述，我真的对《夜奔》这部作品的舞台表演非常好奇，也许我应该找机会去一趟中国。"旁边的几位本校教授纷纷点头。

 "其实我想对大家说，在答辩的结尾，我想请各位观看一小段《夜奔》的现场表演。"

 "哦？真的吗？是你要为我们表演一段吗？"台下的人们顿时投来好奇的目光，包括她的导师。吕娜微笑摇摇头，走下讲台打开了阶梯教室的门，门外站着一个五十多岁、风度洒落的络腮胡男人，手牵一个五六岁的小孩。

 "嘿，Toru，是你！你怎么来了？"东亚历史系的两位教授认出了他，站起身来向他打招呼。

"各位好，我今天只是来给我们的小林冲伴奏的。"他举了举手里的笛子，走到讲台边缘。台下这才有人注意到门口还有个小孩，笔直站着，手扶腰间的小宝剑，穿一身黑衣，头戴小黑帽，脸上红红白白的，眉眼画得高高扬起，眉心一抹冲天红。

"妈妈！"孩子仰头唤了吕娜一声。

她蹲下摸摸孩子的头，"真漂亮！谁给你扮的戏？Aunt还是蒋老师？"

"Aunt帮我穿的行头，蒋老师给我上的妆！"

"蒋老师还说什么了？"

"说让我'震了他们去'！"

她朝孩子挤了挤眼睛，自己退到台下落座了。

角落里的男人望着门外，以掌代鼓，嘴里念出锣经，"切台、仓台、切台、仓台、切、嘟儿、仓台、七台、仓！"话音一落，清脆嘹亮的一声高叹冲进屋里，"咳嘿——"教室里的人们一惊，还没反应过来，小林冲已粉墨登场、潜行疾走到讲台正中了，一个弓箭步扎稳，唰地拔剑出鞘，甩头亮相，铄石流金的目光投向台下。

响亮的掌声这才轰然而起。喧嚣未落，呜咽的笛音从教室一角飘来，托起了孩子稚嫩而顿挫有致的唱腔，如船行水上，载走了全场所有人的心，溯往遥远的古中国，水泊梁山的风雪之夜。

楔 子

数尽更筹，听残银漏，逃秦寇，嗳好，好
教俺，有国难投，那搭儿相求救？

（念）欲送登高千里目，愁云低锁衡阳路。
鱼书不至雁无凭，几番欲作悲秋赋。回首西山
日已斜，天涯孤客真难度。丈夫有泪不轻弹，
只因未到伤心处。

（白）俺林冲，一时愤怒，持剑杀死高家奸
细二贼。多蒙柴大官人赠俺书信一封，荐往梁
山。白日不敢行走，只得黑夜而行。呀，适才
间星明月朗，一霎时雾暗云迷。看前面黑洞洞，
想是人家村庄，待俺趱、上、前、去！

　　且唱且念，载歌载舞，满场的目光追随着台上的一副身
板，一双腿脚，红的剑缨，蓝的鸾带，一切都那么小巧，可
美与力是没有尺寸的，只让人感到单纯的喜悦，喜悦到极点，
马上就要喜极而泣。随着最后一句韵白，小林冲拉起云手，
向前大跨三步，转身接一个腾空飞脚，右手山膀，左手按剑，
定格在台上。

　　教室里的大人们全都站起来了，表情肃然，眼神却兴奋
着，久久地鼓掌。

　　小林冲收了势，一把摘掉帽子，微卷的披肩发撒下来，
弯腰向观众鞠躬。瞬间惊呼复起："是个小女孩啊！"那弱下
去的掌声又沸腾了。吕娜走上去抱起女儿，再次向台下致意。

笑中带泪，她望向门口，有人和她一样笑容满面，也泪流满面。

　　林冲经风雪山神庙一难，终于夜投梁山，这是他前半生的终点，亦是后半生的起点。"男怕'夜奔'，女怕'思凡'"，可戏台上的男女从不在于两腿之间。梁山聚义过去将近一千年了，《水浒传》过去六百余年了，戏曲的辉煌过去半个多世纪了，吕娜没想到她会在异国他乡偶遇"夜奔"的英雄。英雄迟暮，盛年不再，但吕娜永远忘不了自己抱着刚出生的女儿，第一次见到她时的情景。

楔　子

壹

端正好

三月的太平洋东岸，褭晴丝，春如线。

吕娜带着女儿出院回家的那天，她已经五个月没见过蒲楠了。

他们的孩子原本可能不会来到这个世界。吕娜在怀孕 16 周的时候发现蒲楠出轨，她也知道问题并非出在那几个月。打定了主意要堕胎、离婚，蒲楠跪在她面前，她也没有动摇。可是在愤怒悲壮的顶点却有一股奇异的感觉从她身体深处漾起来，好像她的肚子是一个不透明的大鱼缸，里面不知装着什么，而毫无防备间，一只看不见摸不着的小鱼在缸底吐出了一朵泡泡，涨大，升起，轻轻破裂，透过层层的液体与组织，向她传递出一个信息——那里确有生命。

这是吕娜第一次感到胎动。原来是这样神奇的一种感觉，遥远如另一个宇宙发来的问好，贴近得又像是从子宫一路逆流到心里。她扶住餐桌，半晌没有说话。蒲楠以为她回心转意，张嘴想要接着解释。

她急忙摆摆手，突然觉得蒲楠如此多余，破坏了这一刻孩子与她的第一次交流。"我的孩子"，吕娜被自己下意识的内心独白震了一下，以前总是蒲楠在她恶心反胃时口口声声说"多吃点，别饿坏我儿子"，或是在周末出门前大喊"爸爸去加班喽"，好像很自然熟练地就指认了自己对这个小胚胎的所有权。吕娜却不一样，日复一日的孕吐与焦虑使她在很长一段时间里只觉得自己像是生了一场漫长而不明原因的大病，身上从内到外的每一部分都在变得陌生与不适。

直到刚才，蒲楠垂头默认出轨，一记重锤把她积攒多时的疑虑砸实在心里，把心也震碎了。可孩子的胎动偏在这时候出现，证明"它"自己不再是个细胞，而是个小人儿了。吕娜一霎时觉得自己的世界里只剩下身体，一具活着的、敏感的，与一个新生命紧密相连的身体，"心"成了一个太空洞的名词——她不再需要思考和计算，只感受就够了，感受她的血肉如何真真切切地存在着，隐隐的生机涌动着，就像一片被翻、铲、松、犁的土地，在历经折磨之后，一颗种子终于从那里破土而出，酥痒而美好的感觉令她眼眶湿润。

至于所谓的种子"主人"，原来他既不知大地孕育生命的艰辛，也不懂新生萌芽的神圣。

那天晚上，吕娜改变了打胎的想法，但坚持让蒲楠立刻搬走。也许是孕期的荷尔蒙使人勇莽,也许是突然到来的胎动给了她双份的生命力,总之她没有顾虑太多,只有一个明确的念头:自己无法容忍这个在别人床上翻耕不辍的男人回家来与她分享腹中这个新生命的开花结果。

孩子是多么纯洁又奇妙,吕娜觉得自己在这世上终于有了比蒲楠更亲的人,她们有血脉连着,一个活着,另一个才能活。靠这一口气撑着,直到生产的时候,她也没有感到哀怨无助。可是从医院回到家的第一天,她就几近崩溃。

"她的孩子"不再是嵌在妈妈体内的那个只会胎动的小身体,她还会吃会喝会拉会撒,尤其会哭。吕娜有点惊恐地发现,自己早在几个月前就被激活的母爱竟然在那陌生的、锲而不舍的哭声里微微动摇了。在女儿熟睡的时候,吕娜久久地端详那张还在脱皮的小脸以及她蜷曲的小手指,毫不怀疑自己愿意为这个柔弱的小肉团做世界上任何事情。可是在这个小肉团醒着、哭着的那些时间里,吕娜又惶惑于自己根本不知该为她做些什么、能为她做些什么。她听不出女儿饥饿时与排泄后的哭声有何不同,也搞不懂为什么女儿往往只睡着片刻就会如惊弓之鸟般醒来。

回到家的三天过得度日如年。孩子在夜间精准地每三小时哭醒一次,最后一次总在日出之际,比金鸡报晓还准时。吕娜又一次哄睡她以后,靠在床上,本来只想闭目养养神,没想到一合眼就沉沉睡去了,并且在晨光熹微里梦见了蒲楠,这是五个月来的头一次。

她梦见自己和蒲楠拖着一张巨大的床垫穿街过市，似乎是刚到国外的时候，没有车，交通基本靠走，她在梦里也感到窘得不行，可是旁边来来往往的行人都对他们视而不见。那街道越走越窄，不像在异乡，倒像是一头扎进了一片小胡同。以前还在国内的时候，蒲楠总是拉着她在大街小巷转悠，从来不迷路。可是今天怎么都走不出去。天沉着，她跟在蒲楠后面，看不见他的脸。他越走越快，天越来越黑，她终于觉得累到极点，在黑暗中失去了一切声音与影像，不知是她完了，还是世界完了。

过了很久，从水底般的静谧虚空里突然迸出一阵婴儿的啼哭，响亮而单调地重复着……后来那哭声里竟又隐隐加入了苍郁的歌声，词与调都听不清……

吕娜倏地从梦中醒来，那哭声还在。她立刻反应过来，起身从小床里抱起了女儿。她没尿没拉，也不吃奶，吕娜轻叹一口气，抱着她在屋里踱步。孩子哭红的小脸贴着她的胸口，在一起一伏之间慢慢安静下来。

吕娜不敢放下孩子，继续在房子里转着，转到了前厅的窗前。这些天她都只在卧室和厨房之间往返，不见天日，这时才向街上望了望。清晨，万籁俱寂，她一眼看到对面的独立屋门口有个六十开外的老头正在抻胳膊踢腿，花白的寸头，中式对襟褂子，老布鞋，手上戴一条黑珠串。

吕娜搬来这栋房子一年多，社区里虽有不少中国老人，但她鲜少看见这样打扮的。对面的人家她虽不熟，但知道是个四十来岁的大陆女人，姓蒋，很和气，两人碰面时会互相微笑问好。吕娜没见过她的老公孩子，那老头想必是她父亲来探亲。

她转身要回卧室，对面却恰时飘来了一句悠远的戏腔，"望家乡去路遥，望家乡去路遥……"几个字如金石掷地，清清楚楚入耳。她一愣，回过头来，瞬间想起刚才梦里朦胧听见的好像正是这声音，苍劲，沉稳，但分明是女声。

不是个"老头"？

> ……想母妻将谁靠？俺这里吉凶未可知，
> 他、他那里生死应难料。
> 呀！吓得俺汗津津身上似汤浇，急煎煎心
> 内似火烧。
> 幼妻室今何在，老萱堂恐丧了。
> 劬劳，父母的恩难报；
> 悲号，叹英雄气怎消，叹英雄气怎消！

吕娜瞠目结舌在窗边，有那么一两分钟，她仿佛从真实的世界中抽离了。眼前雪白的衫袖裤脚上下纷飞，云手、翻身、踢腿……身体的劲动之内有韵律，声音的韵律之外有形象，形、声难分的一个整体在那里流转着、变幻着，歌的悲愤，舞的漂帅，是那么摄魂荡魄，以至于让人诚惶诚恐，简直既忘了"形"也忘了"声"，只知有一脉气韵、一股神气，

在飘飘曳曳的晨风和衣褶里无迹可寻，又无所不到。你只消站在那儿，任它吞没了你。

"叹英雄气怎消，叹英雄气怎消"，一串飒飒生风的掏腿翻身之后，飞脚落地，双手一洒，一个亮相。吕娜看清了英雄的脸。上了岁数的人大多因皮肉松弛而显得面目模糊，但她因为骨相硬挺，所以依然看得出脸上棱角分明，眉毛花白不修，而眉峰高耸，眼睛明亮。

吕娜后来才知道她那天唱的是昆曲《宝剑记·夜奔》[*]里的一段。林冲连夜亡走天涯，脚步朝前，眼眸却止不住回看。因为舍不得故土，更舍不得故人。在八零后尾巴出生的吕娜对传统戏曲的了解仅限于那首"蓝脸的窦尔敦盗御马"的戏歌，以及 CCTV-11 戏曲频道在她看电视换台时的偶尔闪现。可那天隔着一扇窗、一条街，她却听着看着，感到心跳加速，鼻酸眼热。其实并没有听懂大部分唱词，但感官总是先于知性的，吕娜记得那天怀里的女儿在睡梦中抖擞了一下，不知是察觉了妈妈的异样，还是襁褓里的她也听到了那段戏，她人生中的第一段戏。

----

* 《宝剑记》是明代李开先撰写的传奇剧本，取材自《水浒传》但有所改动。昆剧经典折子戏《夜奔》出自《宝剑记》第三十七出。

骂
玉
郎

　　"妈哎，刚来三天您就'望家乡'，快进来吃早饭吧，这么早您不怕扰民哪！"对面的女主人走了出来，及耳短发，柔和白净的圆脸，吕娜平时管她叫蒋姐。

　　老太太一耸肩，笑着吐了下舌头，"我有时差呀，醒得早，起来活动活动。"说话间像个小孩似的甩着手跟女儿进门去了。吕娜发现她比蒋姐矮了一头，大概只有一米六左右的个头，可是刚刚分明觉得她特别挺拔高大。

　　吕娜抱着女儿回了卧室。她看着孩子红通通皱巴巴的小脸，又想起对面的母女俩，一时心绪纷杂。女儿会长大，而自己有一天也会变成个老太太，在女儿面前做回个老小孩。那么爸爸呢，丈夫呢，对面的房子里没有出现过男人。而蒲楠，他现在又在哪里呢？

过去的小半年里，吕娜不让他上门，也不接他的电话，但他其实有无数个机会可以见到她，如果他知道她每周固定去哪家超市买菜、多久去产检一次，或者至少，记得她的预产期在什么时候。然而都没有。

生产前两周，吕娜挺着肚子拎着大包小包从超市出来，和几个十来岁的华人女孩擦肩而过。附近有一所高中，这几年小留学生越来越多，比例几乎超过了本地人。她们背着书包，大衣里面穿着清一色的花呢格子短裙、及膝的长袜。吕娜默想国外的校服也不怎么样，膝盖得多冷。

"生孩子好可怕……你看见她的斑了吗？""也不是所有人都长斑，我妈就没有。""哎，昨天有没有人去你们宿舍发condom（避孕套）？"

一阵早春的风吹过来，几个女孩尖叫一片，嘻嘻哈哈地忙着捂裙摆。吕娜把购物袋扔进后备箱，身子顿时轻快了，仿佛有什么东西离开了自己。

是青春吗？

蒲楠和吕娜是彼此的初恋，十八岁，在大学校园湖畔的树影里第一次接吻。湖上生明月，往后的约会再怎么借助鲜花美酒，终没有那天的动情动心。转眼十年过去了。从校园到社会，从国内到国外，她终于和蒲楠一起落脚在这个以多元文化著称的移民城市，然后自然而然地结婚，怀孕，走到了今天，走到了少女们口中"可怕"的妈妈辈儿。确实很可怕啊，吕娜在独自面对女儿的日日夜夜里时常这么感叹，怕她突然打破宁静哭闹起来，更怕她一动不动，太久没有声响。

她试图不去想，或是说无数次想，如果蒲楠在，她、她们会不会过得更好。但他漫长的缺席似乎已经给出了答案。吕娜有时努力回想，却已几乎想不起蒲楠年少时的样子，印象里只剩下西装革履的他，衣服的面料和颜色更替着，款式则千篇一律，一套套换着，随着他的人生一页页写满、翻篇，上班、应酬、晋升，以及约会新来的实习生。如今想来，他那时志得意满的神气里包藏了太多她不知晓的涵义。

热恋时他们就想象过未来，小孩子过家家似的，他是爸爸，她是妈妈，他们会有一栋房子、一辆车子、一个孩子，好像加起来就是彼时能想到的对幸福的全部定义。现在这些都有了，各自心里计算幸福的公式却不复一致，再怎么加减乘除都得不出相同的结果了。

院外街边春花开放的时候，吕娜的女儿满月了。

她以肉眼可见的速度生长着，小脸上的皱纹一条条伸展开，透出粉白的光泽。她熟睡的时间也延长了，吕娜开始每天自己在院里走走，顺便悄悄观赏对面的老太太练功吊嗓。她一直没有出门去打个招呼，因为月子里不修边幅，精神也不济。可是每次看那老太太扳腿下腰，她除了暗自惊叹，也莫名觉得自己的气力在慢慢恢复。

这天吕娜又在前院踱步，努力用深呼吸平息着乳房的胀痛。她边溜达边用余光关注着对面的房子，一会儿老太太果然出门了，没像往常一样活动腿脚，却跑到院门口张望了几下，不期然地，和一街之隔的她对上了眼神。不等她反应过来，老太太已小跑到她近前了，有点不好意思地轻声问："丫头，你说中文吗？"

吕娜站在原地不知所措，仿佛是被自己暗中观摩的神秘人物突然发现了似的，忙开口问她有什么事要帮忙。

老太太一拍大腿，"哎呀丫头，我家里网坏了，我闺女找人来修，结果人家来了，她在外头有点事耽搁了，还没回来，打电话也没接。你能不能帮我应付一下？多谢了！"吕娜想到女儿刚吃完奶睡着了，暂时醒不了，于是跟着老太太去了对面。

她向维修人员交代清楚，在他收拾网线的工夫，与老太太闲聊了起来。

"丫头，今天多亏你了。"

"您客气了，我跟蒋姐认识，这点小事不算什么。不过这倒是第一次来您家。"吕娜看客厅里寥寥几件中式家具，墙上字画却很多，一副开合错落的草书大字尤其显眼，写的是"言虚意实，戏假情真"。"您家真是中国风啊，这些字画是从国内带来的还是在这边买的？"

"哎呀，什么字画，是我瞎划拉的。"老太太垂眼笑了，搔了搔花白的短头发茬，"我都忙活忘了，等我给你倒杯茶去！"

这时维修工已经完事了，吕娜也惦记着女儿，于是婉谢告辞，不忘叮嘱老人锁好门。

壹 | 骂玉郎

老太太两步赶过来，扒着门略一歪头，"丫头，我忘了问你叫什么了！"

"我叫吕娜，有事您随时去找我。"

她回到家，坐在女儿的小床边愣神，因为很久没跟人说过这么多话了。吕娜是跟着奶奶长大的，如果她还在世，大概比对面那老太太还要大上十几岁。

这天晚饭后，对门的蒋姐端着一盘自己刚烤好的红糖燕麦饼干来到吕娜家道谢，吕娜把她让进客厅，手忙脚乱地收起茶几上吸奶器之类的杂物。蒋姐拉她坐下，"小吕，今天谢谢你了！我都不知道你已经生了。我妈跟我说她找你帮的忙，把我吓了一跳。"她笑着摸摸自己的肚子，"蒋姐，没事的，我月子都出了。我今天跟您母亲聊得挺开心，就是不知道怎么称呼她老人家。"

"戏校那些小孩都叫她蒋老。老太太在这儿闷得慌，话有点儿多，你别介意啊！"

"哦，她也姓蒋？"吕娜话一出口就有点后悔，不过蒋姐没在意，她的关注点都在孩子身上，"是，我跟我妈的姓儿。小宝宝怎么样啊？男孩女孩？起名了吗？"

"都挺好的，是个女孩，名字还没想好呢。我带你去看看呀，别嫌屋里乱。"

蒋姐轻手轻脚跟着她来到婴儿床边，屋里只开了一盏小台灯，暖黄的光线里漂浮着孩子安稳的鼻息声。

蒋姐微微弯下腰，把额前碎发掩到耳后，侧着头安静端详，半晌才柔声感叹了一句，"原来这么小呀，真可爱。"

吕娜本来也正盯着孩子，此时一抬头，撞见了她粼粼的眼波。

过了一会，孩子突然哭起来，蒋姐这才直起腰来，朝四面一打量，忙告辞了，"小吕，我不打扰了，你照顾孩子吧。改天我再来看你，有事要帮忙的话就言语一声，别客气。"

蒋姐留下了她的中文名字和电话。吕娜忙完一通后拿起她的字条，笔迹纤细娟秀，可这名字真有点怪啊。

她叫蒋雏仪。

次日是周六，门铃响的时候吕娜正在给孩子换尿不湿，污渍沾到了睡衣上，还没来得及换。她以为是蒋姐来了，只好用手挡着那一块，先赶去开门。

她飞快打开门，面前人却是蒲楠。他没穿西服，衬衫袖口看似随意地卷着，细白的面料在阳光下微微闪光，亮度足够让她无法直视，只好盯住他的脸。就那一秒钟，吕娜知道他的眼光也扫过她身上。她心里慌了一下，可是看见他转瞬间错愕与嫌恶参半的表情，她反而坦然了，大大方方地抬手撑住了门框。

"娜娜，你最近怎么样？……我来……我想看看孩子。"蒲楠挤出一丝勉强的笑容，并没有要迈步进门的意思。

"现在先不必了，等我们办好手续再说吧。"吕娜努力保持语气平静。他虽低着头，但她感到他长松了一口气，于是忍不住追问了一句，"你这半年住哪儿了？"蒲楠脸上的肌肉一下又紧张起来，她只觉得讽刺，为了自己，也为他。

他也并没有回答她的问题。"吕娜，我是来向你道歉的。对不起，我也不敢奢求你会原谅我。"

"哦？半年以前你不是跪着求我原谅你吗？"

"这几个月我想了很多……咱们在一块都十来年了，我感觉有半辈子那么长，我其实不能想象没有你的日子。"他表情很痛苦，吕娜知道他说的是真话，可更真的话往往要等到转折词以后……"但是我觉得这种日子只剩下惯性了。我知道这些年你也不快乐，你大学毕业留在国内的话一定会发展得很好，英语系在这边能找什么好工作呢……这儿谁不会说英语？"

"我觉得我在移民中介还可以，写写文书，时间很自由，可以有更多时间收拾家里。我确实……没什么雄心大志。"

"可是我有啊！"蒲楠的声音突然大了一倍，随即又沉下去，"是啊，收拾家里，做饭吃饭，结婚要孩子，生孩子养孩子……我知道你付出了很多，你自己也知道。我很愧疚，可是我真的不喜欢带着愧疚过日子……好像很正确、很顺理成章地，一辈子就出溜过去了。"

"那你当初何必要求婚呢？结婚以后又为什么同意要孩子呢？"

"不然呢？我能怎么办？我该怎么面对你？还有我爸我妈，你爸你妈，所有的同学朋友，所有人都知道我们会结婚生孩子，我们一定得结婚生孩子。我感觉我的人生一路都被安排完了，我还没准备好呢就一眼看见头儿了。"

吕娜冷笑了一声，"我爸我妈？人家各自有一家子人，会管我吗？更别提管你了。"

"是啊，就是因为他们不管你，所以你奶奶更让我受不了。我真的……想起她的眼神，我真的很内疚，觉得辜负了她。"

"反正现在她走了，你没什么好担心的了。"

"娜娜，你别这么说。"蒲楠顿了顿，想去扶吕娜的肩头，被她躲开了，"错都在我……我爸妈说了……"

"他们说什么？"

"如果你想带孩子回国散散心的话，他们会安排照顾你们的，而且也可以给你在国内找个工作，"蒲楠的语气有点急切，"当然如果你想留在这边的话，我也一定不会逃避责任的，只要……"

"只要什么？"

"只要我们好聚好散……你不要去起诉我。"蒲楠嗫嚅出最后一句。

吕娜的眼泪终于掉下来。他的表情多熟悉啊，她终于又想起他过去的模样，那种知错示弱时的慌张神色，没有敷衍，没有不耐烦，也没有理直气壮。可这时她才明白他不再是少年了。

十年的青春与爱情，他不吝以最卑琐而赤裸的交换来画这个句号。她忽然如释重负。

"噢——"吕娜语气轻松地问他，"谢谢你提醒我。你们要给我多少封口费？"

蒲楠张了张嘴还没说话，她就抢过了话茬，"对不起，多少钱都晚了。我已经和律师谈过了。怎么，你还没收到律师信？我以为你今天是来谈打官司的事呢。"

"你……？"

"不信？没关系，我前天还给你公司里发了邮件，你周一就知道了。你今年是不是要拼 senior manager 啊？希望我发的不算太晚，能被上层纳入考量意见。"

她欣赏着蒲楠半信半疑的凝重表情。"你以为我光说你出轨就完了吗？在试用期被你刷掉的那个中国女研究生，哦，就是跟被你睡了的那个姑娘一起进最后一轮面试的那个……你可能都不记得她长什么样了，但是她不知道怎么得到了我的联系方式。看来不想放过你的不只我一个吧？你知道现在潜规则这事很敏感吧？"

她一口气说完，不想给蒲楠答话的机会，撤了一步刚想关门却被他抓住了手腕，而且感到他的劲头越收越紧。"你放开我！"

"吕娜，你何必呢？！除了这么一次，我这些年有对不起你的地方吗？我他妈长这么大不就跟你谈了一回恋爱吗？你就这么想毁了我？！好聚好散就不行是吗？"

"不行！你松手！你这样犯法你懂不懂？！"

"你给我说清楚，你到底做了什么手脚？"

正在纠缠中，一只骨节微凸、戴着黑珠串的手从蒲楠背后伸过来，一把攥住了他的小臂。蒲楠嘶了一口气，放开手一转头，见是一个身量不高、眉宇森严的老人，不由得愣住了。他悄悄揉了揉腕子，故作镇定地问她，"吕娜，这是？"

吕娜叫了一声蒋老师，伸手挽进她的臂弯里。实际是老太太握着她的手，撑住了她，向蒲楠吐出一个字："滚。"

孩子在屋里很适时地哭起来，蒲楠一激灵，欲言又止。他挽了挽衬衫袖子，抬头向屋里望了一眼，又看看眼前的一老一少，到底默默离开了。吕娜被老太太送回屋里，一串冰凉的珠子硌着她的胳膊，是她唯一的知觉。

门没关。不久蒋姐拎着一个小筐进来了。她刚才在院门口和蒲楠打了个照面，彼此点了下头。她进屋看见吕娜呆坐在床上，孩子在老太太怀里轻轻摇着。"我妈说要给你送点她种的小青菜，我这刚挖来。我在门口碰见你老……"

吕娜抬起头来，勉强一笑，打断了她的话，"谢谢你了蒋姐，刚才我前夫来了，是蒋老师帮了我。"

蒋姐立刻紧张地望向她母亲，"妈！您……"

"哎呀，我没犯浑，"老太太眨巴着眼逗弄怀里的孩子，"是他犯浑！我就捏了他腕子一下。是不是呀小丫头，咱们长得多疼人呀！"

蒋姐无奈瞧了她母亲一眼，拖了个椅子在吕娜身边坐下，"小吕，我虽然不知道你们两口子怎么了，但这边的法律还是很照顾单身母亲的，你不要怕。那天我说你有事就去找我，也是真心话。"

　　这些年吕娜和父母鲜有来往，加上性子有些孤僻，朋友也不甚多。现在她确凿无疑地成了一名"单身母亲"，可身边原本不相熟的邻居却对她说出这样暖心的话，她不知是委屈还是感动，一把拉住蒋姐的手大哭起来。

　　这时孩子却奇异地安静下来了，老太太小心地把她放回婴儿床里，走过去唰地拉开了窗帘，一把清亮亮的阳光洒进屋里。

　　"小孩儿得让她知道是昼是夜。丫头啊，人活着就是难，女人更难。可但凡有点亮光就有奔头儿，一条路走不通就换一条，等你找准了奔头儿，也就不觉得那么难了。"她声音不高，但态度很笃定，一字一句都镇在吕娜六神无主的神经上。

　　老太太的手搭在床帮上，珠串的穗子微微摇晃，刚满月的孩子眼珠追着穗子，转着转着，竟然向上咧开了嘴角。"咦，你这个小家伙儿，刚多大就会笑了！"

　　蒋姐听见母亲的惊叹，顺着孩子的目光看过去，"妈，小宝宝瞅您这串子呢！"老太太把手晃了晃，孩子果然笑得更甜了，还跃跃欲试地举起了小拳头。她微笑着摇摇头，从右腕褪下石珠串，挂在了小床栏杆上，语气洒脱道："来，小丫头，送给你了！"

　　"蒋老师，这不行……"吕娜连忙抹了把脸，站起身来。老太太只摆摆手，"没什么。孩子跟我投缘，给她留下当个玩意儿吧。"

怕春归

　　蒋家母女俩陪了吕娜一下午，傍晚才回到自己家。雏仪盛了两碗粥放在桌上，她母亲下意识地撸了撸右手腕子，一拍脑门，笑着叹了口气，"唉……丫头啊，其实那串子我应该留给你的。"

　　"怎么，送给人家您舍不得了？"

　　"倒不是舍不得。那是当初你爸他们家的东西。"

　　"这么多年我都不知道！是定情信物？"

　　她母亲略一挑眉，淡然笑着搅了搅碗里的粥，"那是他奶奶、你老祖儿的佛珠呢，老太太吃斋念佛一辈子。你们家抄家抄了个底儿掉，就把这珠子偷偷藏住了。"

　　"给那孩子，保佑她一辈子平平安安吧。"

　　"我也是这么想。今儿我一抱她，她立马就不哭了。自打你满月以后我这手就没抱过孩子呢。"

蒋雏仪默默拿起筷子，她母亲的言语也戛然而止。一直
到这顿饭吃完，母女俩谁也没再说话。

深夜下起雨来，雏仪把一楼的门窗都锁了，来到书房
门口。

"妈，今年的活动都安排好了，是下个月三号。"

"成。"

老太太抱着手站在窗前，看着院外疾似天雨的花雨。"这
么一会儿，花儿都落了好多了。"黑暗中，那几棵落英缤纷的
樱树沐浴着一束光，来自对面唯一亮着的窗口。

吕娜在电脑桌前坐了一晚上。午夜雨停的时候，她终于
打开了半年前那个女孩发给她的邮件，写了一封迟到的回信，
以蒲楠妻子的身份，证实他在新员工实习期间确与其中一人
有不正当关系，并表示如有需要，自己愿意提供相关的证据
和协助。

吕娜知道，几个月过去了，那个女孩或许已经找到了新
的工作，也或许回国了。在这偌大的异乡都市里，没人会在
意她的遭遇，蒲楠也不会想到他不公地对待了一个陌生的姑
娘，而他尚未谋面的女儿也将来到这样的世界。

吕娜不堪忍受这样的联想。

两个月后她由律师代为出面办妥了离婚手续。

一段感情始于措辞小心的情书，终于同样字字考究的协

议。文字从来这样，本是毫无实据的一堆符号，却决定了这世间所有人、物、事的性质和它们之间的关系。她把律师发回的最后一叠文件收进抽屉里，走到卧室打开衣柜。

女儿在小床里一脸好奇地侧过头来，盯着她一件件试衣服。"宝宝，妈妈明天要带你出个门，得找件穿得进去的呀。"女儿从嘴里拿出沾着口水的小拳头，挥舞着指点江山。"你指这件啊？"吕娜随手拿起一件亚麻衬衫在小床上方抖了抖，孩子咯咯笑了，她也笑了，一试还真能系上扣儿。

她在婴儿床旁边坐下，捻着栏杆上系的那串珠子，心情有点忐忑。翻译是她的老本行，但明天她要服务的对象是对门的老太太，服务的活动则是一场戏曲表演。尽管蒋姐说只是个"小型戏迷见面会"，而且除了一个大学教授外其他观众应该都是听得懂中文的，可她还是有点没底。本来她还不想出门，但蒋姐再三说当天会替她在后台看着孩子，她只须协助一下老太太和那位教授之间的交流即可。吕娜知道蒋姐是想让她去散散心，加上她自己也确实对老太太的舞台风采充满好奇，便没再拒绝。

"有没有活动海报呀？我做做功课。"

"嘻，没什么海报，老太太想到哪儿唱到哪儿。"

次日蒋姐和吕娜一起带着孩子来到唐人街的一家小剧场，而她家老太太则一大早就被相熟的戏迷接过去吃早茶叙旧了。哪里的唐人街都少不了一座造型拙劣的仿古牌坊，那黄瓦红柱的漆色虽然新得过分，但每每经此进入，还是有穿越之感。只不过不是穿回唐朝，而是上个世纪的旧香港。"玉濠庭海鲜烧腊粉粥面""莎莎发廊""永祥珠宝金行"……密密匝匝的繁体字招牌不介意用最俗丽的配色来冲击人的视觉。早年漂泊至此的华人打拼不易，如今一家家店铺虽然面目陈旧了，但颜色气味仍处处延续着当年那种草芥而鲜烈的生命力。吕娜想起五六年前还在读书的时候，她和蒲楠租住在市中心，两个人熬夜饿了，不想去吃麦当劳就跑来唐人街随便进一家小店喝生滚鱼片粥。广东人的粥都熬得不见米粒，她吃不惯，蒲楠却喜欢。为此她后来特意买了砂锅，练出了熬粥的手艺。

"小吕？咱们进去吧，就在这儿。"蒋姐招呼了一声，她回过神来，推着女儿跟蒋姐进了一家中医养生馆，剧场在它楼上。地方不大，能容纳百十来人，现在已基本坐满了，以中老年人为主，吕娜还是第一次在国外同时听见这么多南腔北调的中国话。

"蒋姐，你说的'老外'在哪儿啊？"

"哎，我也没看见呢，我这儿有他的电话，等我打一个。"

她拨电话的工夫，吕娜继续扫视着人群，突然在第三排的大爷大妈堆儿里看见一个坐得笔直的光头男子，修得错落有致的络腮胡子，姜黄色的灯芯绒西服外套，墨绿色的工装裤，如此气质的大叔还能有谁呢。她哑然失笑，"蒋姐，那教授是日本人吗？"

"他没接电话……我说不好啊，但这名字看着像，Toru……"

"Toru Yokoyama（横山彻）？"

"啊？你认识他？"

"他是我读研时候的导师啊，教比较文学的。"吕娜掩着嘴，悄悄指了指第三排，"这'老外'的中文发音恐怕比这屋里大部分人都标准。"

蒋姐也扑哧笑了，"看来他挺喜欢中国文化。来这活动的一般都是票友和老戏迷，他不知道从哪儿得的消息，也寻摸来了。"

"他专门研究这些的！我去跟他打个招呼就跟你一起去后面吧，反正他也不需要翻译。"

"别啊，来都来了，你看看吧，挺有意思的，顺便跟你老师聊聊。我带孩子过去，就一个多小时，不放心的话你随时过来。"

吕娜看孩子这会睡得挺熟，叮嘱了几句，便把婴儿车交给蒋姐了。

"先生，请问你旁边这座位有人吗？"吕娜来到横山教授旁边，故意用英文问他。

"哦，没有……"教授一抬头，看见是她，惊喜地站了起来，"'鲁'娜，是你吗？"——后半句说的是中文。横山有个原则，无论学生的母语名字发音多难他都要努力念出来。

"哈哈，是，好久不见啊，sir，您还是发不好'吕'这个音。"

"你毕业以后我没再遇到过姓吕的人，也就没人帮我纠正发音了。别来无恙？"

吕娜微笑着点点头。

横山彻的父亲在上世纪三十年代留学美国，二战后带着妻子离开家乡，移民到加州。横山是他的老来子，在加州出生长大，生活习惯和思维方式原本跟喝可乐长大的美国孩子一般无二。可上大学时，主修英美文学的他偶然看了歌剧《蝴蝶夫人》，那个有关美国军官和日本艺伎的爱情故事深深地攫住了他，剥去殖民主义的茧衣，里面不知什么东西仿佛平生初见，又胜似久别重逢。彼时全球冷战尚未结束，他却在东方美学的神秘漩涡里越陷越深，先是日本，后来又钻进了古中国的故纸堆，一去不回头。在东亚系和比较文学系任教多年，如今横山身上"典型"的美国痕迹只剩下加州阳光给他留下的棕褐色皮肤，对此西海岸的雨也表示无能为力。

"吕娜，你怎么会来这儿？我记得你是不喜欢中国戏曲的，还说跟古希腊悲剧不能比。"

"哦，这唱戏的老太太跟她女儿就住我家对面，她们带我来的，我也想受受熏陶。"

"什么？！"横山一把抓住吕娜的椅子扶手，把斯文抛在脑后，兴奋地大叫起来，引得旁边的大爷大妈纷纷侧目，"你跟她们是邻居？怎么会？！一会带我去后台看看她好不好？Please，Please！"

"行、行，别激动，be cool，sir……"

"我怎么能不激动！天哪，young lady，你到底知不知道

她是谁啊？！"横山拍了下自己的光头，向着空荡荡的舞台
摊开双手。

　　吕娜被他吓了一跳，疑惑地望过去，这才发现暗红色的
大幕上方有一条横幅——

纪念当代第一女武生蒋凤仪从艺 65 周年　海外戏迷答谢会

凤
鸾
吟

　　"仓才仓才仓才仓才……仓、才、仓"，锣鼓不由分说地敲打起来，冲头一过，从幕后传出一声惊雷，"来也——"

　　比雷鸣更热烈的掌声与欢呼从吕娜的前后左右爆发出来，像一阵不可抗拒的龙卷风裹挟着兴奋、期待、久别重逢的各种情绪，把她兜头盖脸地卷到了里面，一瞬间成了其中的一粒沙。吕娜也去过明星的演唱会，见识过年轻粉丝的疯狂，少女们甜蜜的高音仿佛天生就为了给她们的偶像尖叫喝彩，而现在周遭的叫好声则简直有点可怕，那些老练的、厚重的、带着岁月沧桑的声音平时零散地出现在小公园和菜市场里，让人无法想象他们突然聚集起来，围绕着同一个目标，发射出超越年龄的热力与响动。

　　踏着海浪般的鼎沸人声，她出场了。没勾脸，也没着戏服，只单在眉间画了一道火云冲天的英雄扦，身上一件月白的水衣子*，一条黑裤，踩一双高底靴，远抬近落，稳步至台中。拉开山膀，起霸亮相，她不披挂，也俨然是龙威虎胆的老将军了。

　　　　末将年迈勇，血气贯长虹。杀人如削土，
　　跨马走西东。
　　　　两膀千斤力，能开铁胎弓。若论交锋事，
　　还算老黄忠。

　　韵白音落，彩声又起，久久不息。她收了势，脸上绽开孩子般的笑，方才眉眼间的盛气不见了。她站拢双脚，向台下鞠一深躬，再开口时换成了吕娜平常听惯的柔和语调，"谢谢大家，谢谢大家年年捧场来看我这个老太太。"

　　观众席里立刻发出此起彼伏的喊声，"不老！""不老！"

　　"多谢大家鼓励我。打四岁起就在台上蹦跶，到明年我就周岁七十了。"她指了指头顶的条幅，"不敢说什么'第一'，咱们中国戏曲这门艺术太博大精深，别说一辈子，就是再活两辈子三辈子我蒋凤仪也不能说把它完全吃透了、掌握了。这艺术是活的，就活在我们这些唱戏的人身上，只要我还能

*　　水衣子，戏曲演员穿在戏服里面的中式衬衣。

动弹，就得接着在这台上折腾，也希望明年、后年你们接着来看我折腾。"

观众们又沸腾了。吕娜看见几个阿姨一边举着手机照相录影，一边已经激动得抹起了泪。而横山教授则像个小学生似的探着身子，拼命鼓掌。只有吕娜如在云雾中。

"今儿我没扮上，就穿着这水衣子上来了。不是我偷懒儿啊各位，"她拱了拱手，大伙儿都笑了，"我是为了给大家多演示几段，我要是扮上这个，再演那个就不像那么回事了。现在这样，戴上髯口就是黄忠，拿个圈就是哪吒，佩个剑、系上大带我就是林冲。"

又是一阵掌声雷动。

开场过后，轮番上来了几个商会、同乡会的人士发言，吕娜趁机与横山教授耳语，"我知道这老太太是搞戏曲的，但没想到她这么大名气。"

"那你是怎么发现她是搞戏曲的？"

"我就每天在院儿里看她练功啊。"

横山睁大了眼睛，"我真嫉妒你……你知道吗，我觉得她扮演男性角色的艺术造诣可以与梅兰芳演女性遥相对照。"

"因为他们都是跨性别的表演吗？"

"是，也不是。我觉得他们的表演本身是超越性别的，给人一种纯粹的美学享受。我还没找到合适的理论语言去描述，现在的性别研究都太狭隘了。"

"那我介绍您跟她好好聊聊。"

"求之不得。网上关于她的资料有限，连这个活动我都是偶然听说的，"横山扭了扭身子，"上个月我在楼下拔火罐，是那老中医告诉我的……给我烫的水泡也算是值得了……"

吕娜捂嘴轻笑，"传统文化的精华和糟粕您还是要区分一下的。"

这时锣鼓又起，笛笙随之，蒋凤仪上场了，肩上一担小巧的柴火——她现在是"探庄"的石秀，眼神机警，小蹉步轻盈走边 *，合着腔板且歌且舞。突然小锣一紧，她两个腾空飞脚，落地一蹲，左手顺势抄起腰间的鸾带，右手一个剑指，对准台下。应接不暇的一秒钟空白，随即是"嗡"的一阵惊呼，接着便是一迭压一迭的掌声与叫好，盖过了呜咽的笛音。

之后她又是探母的杨四郎、打虎的武松、持枪耍圈的哪吒……是老将，是英雄，是少年……观众们完全痴了，醉了，失去了时间与空间的维度，只剩下她的身体，只需要她的身体，她的唱念做打，她的手眼身口步……麦克风里呼啸着衣袂飞舞的风声，还有她的气喘，渐渐明显。

一段终了，有个主持人走上来，递给蒋凤仪一只小茶壶，吕娜看见蒋姐的脸在幕侧一闪而过。

---

* 　走边，戏曲表演程式，表现身怀武艺的人物轻装潜行的状态，常用于侦察、巡查、夜行、暗袭或赶路等特定情境，是武戏演员的基本功之一。

"感谢蒋老师的精彩演绎！也感谢观众们的热烈反响。"主持人带着职业的微笑看向台下，"下面是我们的互动时间。有想向蒋老师提问或交流的朋友，请把握好这个机会！"

　　大爷大妈们争先恐后地在座位上开口，与其说是提问，更像是在跟自己的偶像拉家常儿，丝毫不见外。"蒋老师上次的腰伤好利落了吗？""蒋老师现在每天练功打几个飞脚、踢几趟腿？""蒋老师这次过来玩得怎么样？""蒋老师今年在国内什么时候有演出？"蒋凤仪捧着小茶壶乐呵呵地望着台下，有问必答。

　　一向在课堂上挥斥方遒的横山教授现在像个急于被老师发现的好学生，可是他彬彬有礼的举手方式很快淹没在周围人的起坐里。吕娜瞥见他恳切而绝望的表情，简直要笑出声来。这时老太太看见了坐在第三排最旁边的吕娜，向她挤挤眼睛，她赶紧指了指身边的横山。老太太会意，叫主持人把橄榄枝伸了过来。横山教授大喜过望，整了整衣领，站起身来。

　　"蒋老师您好，我是您的仰慕者。"他说着来了个九十度鞠躬，"男演女、女演男是表演艺术中的一个有趣现象，像中国的乾旦坤生、日本的歌舞伎，请问您会觉得自己生理性别和角色性别之间的矛盾是个困扰吗？或者您是怎么理解、处理这个矛盾的？谢谢！"

　　他的话音一落，全场冷了下来。大伙儿都好奇他们的角儿要怎么回答这个大胡子男人提出的古怪问题。

"感谢这位教授的提问，您的中文很好啊，问题也有水平。"蒋凤仪双手交握身前，向他颔首致意，"不过我倒不觉得性别是个困扰。在台上我首先属于武生、老生的行当，其次才是个女人。戏曲艺术有它一套成熟的程式，男人是什么样，女人是什么样，文、武、忠、奸、老、少，该是什么样都有它的表现方法，四大名旦之所以成了四大名旦，是因为他们把这套程式琢磨透了，把它提到了一个极高的高度。我当然不能跟四大名旦这样的前辈相提并论，但演生行也是要琢磨怎么用艺术的、唱念做打的手段去表现各种各样的男人。只要你身上的功夫做到家了，跟你本身是男是女没有关系。你说的歌舞伎也是这样，这是种特色，玩的就是自己身上这点功夫。不知道我这么回答您满意吗？"

　　横山教授深以为然地点头，吕娜似懂非懂，却感到了某种震撼。

　　"感谢各位戏迷朋友的热情提问。下面是蒋老师今天演出的最后一部分了，大家掌声欢迎！"主持人下场了，观众席里再次迸发出山呼海啸，这次是整齐划一的两个字——

　　"夜奔！""夜奔！""夜奔！"

　　吕娜听见旁边的横山深吸了一口气。

女冠子

"四击头"的头一锣响了，她跨步上场。

"英雄怀宝剑，为除奸佞头"，台上人左手按龙泉剑，右掌划过胸前，在腰间一伸"英雄指"，亡命天涯的末路人便回到了鲜衣怒马少年时，"想俺林冲，在那八十万军中，做了禁军教头，征那吐蕃的时节呵！"念白毕，悠远的曲笛奏起【折桂令】的牌子。

"实指望，封侯也那万里班超，到如今 —— 生逼做叛国黄巾，做了背主黄巢。"海底捞月的一转身间，建功立业的心气被零落成泥碾作尘，一拍胸口，终于狠心叛了朝廷，远上梁山。

"恰便似脱鞲苍鹰，离笼狡兔，折网腾蛟。"左手一扳朝天蹬，转身"射燕儿"，又一垫腿，起反飞脚，落地双手展翅，劲如鹰，灵如兔，逸如蛟，疯狂的叫好与掌声从四面涌起，翻卷到台上。

"救国难谁诛正卯？掌刑罚难得皋陶！似这鬓发萧骚，行李萧条。"剑诀指天画地，恨这世道不公，低头双手摩挲，走小圆场一周，方寸之间仿佛穷山恶水踏遍，天涯客一无所有，只剩这一身的寥落。

最绝望处正是开天辟地的起点，"此一去，博得个斗转天回"，一串旋风般的转体猎猎而过，她面朝台角，昂首指天，猛击掌、喝一声"高俅！"，手脚大开大合，怒上眼角眉梢，踢腿触额，手动如波浪，扶剑大跨一步亮相，"管教你海沸山摇！"

余音犹在，台下已活脱脱是海沸山摇了。这其实不是吕娜第一次看蒋凤仪演《夜奔》。上一次四面无人，刚生产完的吕娜在寂静的晨风中意外窥得吉光片羽。作为唯一的观众，她隔窗而立，如同误闯秘境的孩子，欢喜而不明就里。这一次，她坐在上百个人中间，这上百人都为台上的蒋凤仪而来，为她功透骸外的一招一式，为她情出五内的一唱一念，为了听她，看她，赞她，把呐喊和眼泪献给她，那眼泪里也有吕娜和横山的。

"她说的对，看的就是身上的功夫，这就是用身体表达情感的艺术，与性器官无关。"一向在讲台前嬉笑怒骂、言语犀利的横山此时眼角泛光。

"我从小就不喜欢《水浒传》，至今也没看完一遍，可为什么会忍不住想哭呢？"吕娜抱着肩，情不自禁地微微颤抖。

"很简单，因为美。"

美得让人哭，让人醉，不能放手，不忍离去，观众们欢呼不止，要她回来，回到台上来。

她一连谢幕返场四次，加唱了一段又一段，鲜花和掌声一番番送到她眼前。直到最后，她说再唱一段"庙刎"。吕娜不知道那是什么戏，但大家全都站起来了，先是人声鼎沸，随即万籁俱寂，只听得她一人苍凉的唱腔，像是穿越崇山峻岭，沾裹着风霜而来。

> 夜阑珊，佛灯暗，大梦方醒透体寒。我也曾忠心照肝胆，图个名扬功建；我也曾忍气吞怒火，只求家宅平安。我也曾忍无可忍、退无可退，烈焰烧断回头路，风雪之夜上梁山。上梁山，征袍血染，男儿泪，且向风弹。急走忙逃，落脚在古庙佛前，许下痴愿，若奔得残生一线，必取贼头报仇冤；江湖只待英雄聚，不信人间无月圆……

她边唱着边走上台沿，从上场门到下场门，行几步便朝观众合掌颔首。这是艺人谢过满座知音。老戏迷们心中了然，回报以更热烈的掌声与喝彩，但不再继续挽留。

舞台空了，丝绒大幕落下，观众们仍迟迟不散，吕娜也呆在原地缓不过神儿来，直到横山催促，"快，带我去后台！"

紧赶慢赶，他们到化妆间时里面已经塞满了人 —— 举着手机、相机和签名簿。她只看见人堆儿里老太太矮小的背影，水衣子几乎湿透了，隐约显出里面男式大背心的印子。后来吕娜琢磨，水衣子之所以叫水衣子，大概就是因为一场戏下来它必拧得出汗水吧，不管外罩的戏服是多华贵的蟒袍，多威武的扎靠，贴着衬衣的皮肉筋骨都一样要付出十二分的气力才能换来那满堂好儿。

"小吕，过来！"

蒋姐从隔壁一个房间探出头来，向她招手，她忙带着横山教授走了过去。

"我妈那儿还得有一会儿呢，咱们先在这儿待着吧。孩子刚才醒了也没哭，就一直支棱着小耳朵听前边的动静呢。"她把婴儿车拉到吕娜跟前，又向横山先生微笑，还未张口，他已发音标准地叫出她的名字。

"蒋雏仪小姐，您好！我看过 1988 年您和您母亲合演《夜奔》的录像，真是精彩绝伦！您的扮相和身手都深具乃母之风！这些年您一定百尺竿头更进一步了吧！"

吕娜蹲在婴儿车前，见蒋雏仪飞红了脸，便道："蒋姐，别介意，横山教授是跟成语大辞典学的中文。不过我都不知道你也是戏曲演员啊！"

蒋姐的脸更红了，含笑回答："教授您过奖了，我后来转行儿了……"

空气安静了几秒钟。幸好有婴儿车里的孩子作为替代话题，横山惊喜祝贺她有了女儿。

"您怎么知道是女儿？因为她穿着粉衣服吗？这可是刻板印象！"

"你这么有批判思维，没申 PHD 真是太可惜了！"说罢，横山再次转向蒋雏仪，诚恳询问，"蒋小姐，我听吕娜说你们是邻居，我在近些年的研究中一直对您母亲的艺术非常感兴趣，不知道能否有机会请你们吃个饭、聊一聊？"

"大教授研究我这个老太太干啥呀！"

蒋凤仪用一条白毛巾擦着脖子上的汗，走进屋里。雏仪赶紧给她母亲搬出一把椅子。

"蒋、蒋老师，您好！我……"络腮胡花白的横山教授顿时兴奋紧张如见到了偶像真容的追星族，话竟不能全。吕娜代为解释这位教授研究中国文化好多年了，不光是在案头上，更付诸了各种实践。

"那也甭外面请什么客了，明天上我们家，大家包饺子吧！"老太太豪爽一摆手，又探身向婴儿车里的孩子做了个鬼脸儿，"小丫头也来！"

深夜，老太太伏在床上，雏仪用手搓热了红通通的药油，给她按揉身上。

"每次让您去医院看看，就不去。这十块钱的东西，能有用吗？"

"去了又怎样？还能让我返老还童吗？这就挺好。过几天就没事了。"她把双手叠着枕到脸侧，适意地闭上了眼。

"妈，您快七十的人了，以后不能这么不管不顾的。"雏仪轻推了一下她母亲的肩，"我说了您又不爱听。能省的地方得省省了，别跟自己较劲。"

老太太勉强扭了扭后背，长出一口气，"自己就得跟自己较劲。就像那个搬腿吧，我可以不搬，但今天不搬，下回更不会搬了，以后想搬也搬不动了。人家观众不就是来看我身上这点玩意儿的吗。我心里有数，能做就做；能做不做，这点玩意儿就丢了。"

"您再不想丢也不可能一直跟棒小伙子似的呀。"

"是呀，我这身上是笨了，但努努劲儿还能骨碌骨碌，骨碌一年就赚一年。不然我还能干吗去呢？打麻将？跳广场舞？我都不会呀。这辈子就爱干这么一件事。"

雏仪不再接茬，继续默默给她母亲按摩肩、背、腰、腿……肌肉还算结实，不像是年近古稀的老人，可是指尖之下皮肤的皱褶藏不住岁月的秘密。"哎，不是我说，你这手法儿还真不错。"老太太侧过脸，赞许地点点头。雏仪笑笑，把她母亲的脸又扒拉回去。

"今儿那教授跟你们说话，我听了一耳朵。88年的录像他还看过哪，我自己都没有。"

"是啊，看来他确实对这些东西感兴趣，小吕说他写了不少跟戏曲相关的书和论文。"

壹 ｜ 女冠子

"我们这些玩意儿是他写两篇论文就能弄明白的吗，我一辈子还没弄明白呢。弄得明白的东西就不是艺术了。"她闭着眼拉住雏仪给她揉肩的手，"我折腾了一辈子倒是心甘情愿。可有时候想，当初不该听姥爷的让你也……"

"妈，"雏仪攥了攥她母亲带茧的手指，又松开，"那半边还没揉完呢。"

吕娜给女儿洗过澡，把婴儿润肤霜融化在手心，细细地涂遍她的小脸和全身，抬她的手腕脚腕时格外小心，生怕弄疼她尚在发育的关节。双手的抚触据说对婴儿的中枢神经系统有神奇的生理功效，吕娜一边照着教程轻轻按摩孩子藕节似的小胳膊腿儿，一边注意观察着她的反应。她的手法看来不错，揉着揉着女儿就呼呼睡去了，果冻似的小嘴偶尔翕动。

安顿完女儿，她轻手轻脚地离开婴儿床，戴上耳机，在笔记本电脑上点开了横山教授晚间发给她的巨量压缩包，文件名字就叫"夜奔"，里面的视频按年份排序，1979，1984，1985，1988，1993，1997，1999，2006……一直到近年。

她打开年代最久远的那个，画质十分模糊，字幕是手写的毛笔字体。

"咳嘿——"

一声延绵高亢的长啸传来，熟悉又陌生，毫无疑问，那是蒋凤仪年轻时的嗓音。她未出场，吕娜的心已经随着微微抖动的画面怦然猛跳起来了。

也许是为了营造夜晚的气氛，舞台上光线很暗，只有地面是照亮的。踩着锣鼓点儿，林冲像一迭海浪似的冲到了台上，身手矫捷，鹤势螂形，步子快得看不清她的脸。

"大、大、台"，她站稳脚跟，右手拔剑出鞘，猛一抬头，镜头推进、瞬间定格——黑罗帽，黑箭衣，窄袖紧腕，大襟儿只滚一道白边，腰间束深蓝色大带，她素朴紧俏的身形轮廓在昏暗的光线和靛青的底幕前并不鲜明；可雪白的护领之上，一张清癯挺秀的面孔反而格外夺目，双眉斜飞入鬓，眉间一道直冲冲的火云，是胭脂染的英雄扦，凤目，削颊，英气逼人。

彼时的蒋凤仪刚及而立，比现在的吕娜大不了多少。可屏幕上的她仿佛是一个没有时间、空间标记的人物，她的时空，就是林冲的时空。

这出戏里林冲的行当和扮相很特殊，既非长靠，也不是短打；他落魄，但八十万禁军教头的身份气度还在；他威风，但那都是前尘往事了，在亡命途中一幕幕纠缠着回放在他眼前。他的雍容与潦倒，潇洒与愁怨，都在她的一举手一投足、一蹙眉一瞬目之间了。

吕娜这才知道，《夜奔》这出戏完完整整演下来要半小时之久。平常的半小时很短，但台上的这半小时却无比漫长，因为是他彻夜的奔逃，是身体的极限，亦是心境的转变；是他的一夕，却改变了他的一生。这一切全由她的独角戏来诠释。没有旁的凭借，就靠她一己之身，用手、眼、身、步，完成唱、念、做、打……

"男怕'夜奔'，女怕'思凡'"，这句内行话因一部电影名作而家喻户晓，可是直到这一夜吕娜才算懂了前半句的意思。

一个"夜奔"接一个"夜奔"，她入了迷似的沿着年份看下去，看到1988年，那是她出生的年份，也是横山教授今天提到的蒋姐和她母亲合演的那个版本。似乎是在某个喜庆的典礼上，舞台布置得很艳丽，假花假山堆得满坑满谷。

先出场的是少年蒋雏仪，头上戴了绣花倒缨盔，腰间红鸾带，雄赳赳疾走上台，亮相时眼睛瞪得老大。吕娜不禁笑了，看惯了蒋姐现在温柔端庄的样子，想不到她十几岁时是这样的虎虎生风。吕娜想起横山说她们母女扮相酷肖，其实私下看蒋姐并不太像她母亲，但是一勒上头，吊起了眉眼，确让人有恍惚之感。

她唱的是今天老太太台上表演的【折桂令】，这也是《夜奔》里最经典的一支曲，是林冲从"回首望天朝"到"专心投水浒"的转折点。看得出"小林冲"很卖劲儿，一招一式的速度和力度比起母亲都只强不弱，可赞、可叹，但不知少了点什么，够不上可歌可泣。

蒋凤仪接【折桂令】演出【雁儿落带得胜令】，正是吕娜第一次看她练功时偶然得见的那段。她一登台，节奏与气场立刻沉郁下来了，背后的张灯结彩瞬间黯然。不需要女儿的那身花哨行头，她依然牢牢吸走了观众的目光，包括此时屏幕之外的吕娜。

这一年的蒋凤仪四十已过，脸上少了锐利逼人的少年感，可眉宇间增长的沧桑偏偏让她更像林冲了。有了阅历的人才懂前途和家累之间的两难处境，才懂"俺这里吉凶未可知，她那里生死应难料"的痛与恨。因为心里懂得，所以最后那一路行云流水的串翻身加飞脚才不仅仅是外在的功夫，更是意到技随、形开神现，是"叹英雄气怎消"的化身，化在了她身上。

一路看下来，吕娜方知蒋凤仪"夜奔"了一辈子，她有幸遇上她的时候，"林冲"已经老了，撑不下整折戏了，闪转腾挪得不那么迅捷了。可那又怎样呢，英雄还是英雄啊，壮美里多了一丝悲情，便成了悲壮。

当晚吕娜睡得很不安稳，似乎一直没睡着，又似乎一直在梦里。她梦见和蒲楠的耳鬓厮磨，也梦见和他吵得不可开交。气到极点她开门跑了出去，外面大雪飘飘。可是这座城市几乎从不下雪。

那是林冲风雪山神庙的雪，是奔走梁山之夜的雪。她梦见的是林冲吗，他能救她吗。夜奔之前与夜奔之后的他都不是个完美的男人，他甚至救不了自己的妻子。

只有那一夜，只有戏台上的他，尽善尽美。

蒲楠来拉她，不，是她想跟蒲楠回去时，救美的英雄不是林冲，也不是男人。

学士吟

　　次日吕娜推着孩子来到蒋姐家时，碰见蒋凤仪正戴着草帽在院里忙活，她顿时觉得有点不真实。老太太看她来了，直起腰来打招呼，她赶紧上前要搀。

　　"没事，"老太太拍拍手里的土，"丫头你看我们这韭菜多鲜灵！不过这东西回奶，你现在吃不得，今儿咱们两样馅儿。"吕娜跟着她进了屋，发现横山教授已经端端正正地坐在客厅里了，正在和蒋雏仪攀谈。

　　"Sir，你来得够早的啊！"

　　"那当然，为了见蒋老师，我甘愿相门洒埽。发给你的资料看了吗？那可是我多年的珍贵收藏。"

　　"我看到后半夜今儿才起晚了……蒋老师，您太让人叹为观止了！我都没法用语言形容了……蒋姐，你也好厉害，那会儿多大啊？"

"十六吧。""十六。"蒋雏仪和她母亲异口同声。

雏仪低头一笑，走去厨房收拾早上从华人超市买来的东西，忽然哎呀一声，"买了这么多就忘了买饺子皮了！"

"嘻，那就自己来呗。做饭我不行，和面还不会吗！"老太太说着挽起了袖子。

"我来，我会！"横山脱下皮夹克，信心满满地跟到厨房，承包了和面加擀皮儿的工作，十分卖力。

"可以啊，教授文能伏书案、武能做白案！"吕娜在旁边递递拿拿，顺便打趣。

"我这岁数已经没有写书发论文的压力了，"横山耸耸肩，"我要专心享受无功利的文学艺术。"

老太太插不上手，便在一旁压起腿来，随口问他贵庚。

他停下擀面杖，流利背出自己的生辰八字，"我是 1961 年生的，辛丑年，属牛……"

"噢，1961 年我都被公家剧团收编了……"

"哎，妈、妈，"蒋姐打断了她母亲，把饺子皮摊在手心，"您看横山教授这皮儿擀得真不错，薄厚挺合适。"

"不错……个头儿挺大，赶上包子皮儿了。"

横山不好意思地用手背蹭蹭胡子上的白面，"我这是跟我母亲学的，Korean dumpling 就是这样。"

"您母亲是韩国人吗？"蒋姐好奇地看向他，吕娜也从没听他提过此事。

"我母亲是朝鲜人。"横山继续擀起了饺子皮儿,"三十年代,她到大阪做工,结识了我父亲。"

饺子上桌了。

横山教授恭敬地双手端起杯子,"蒋老师,我以茶代酒,敬您和您的艺术,六十五年还不够,您一定要继续唱下去!热爱您的不只有中国戏迷,还有我这样的'老外'——既是外国人又是外行。"

蒋凤仪哈哈一笑,也向他举了举杯,"我争取多蹦跶几年!不过您倒不像外行,比我们中国人还懂得多呢。"

"横山教授确实比我这样的懂,我上学的时候他经常批评我们西方中心主义呢,就是崇洋媚外。"

"应该说那是好几代人在现代化过程中形成的文化无意识,并不是有意的'崇洋媚外'。其实许多东西根本是无法比较的,就像西方的戏剧和中国的戏曲,并不能用新与旧、先进与落后去评价。"

"都像您这么想,我妈也不会老挨骂了。"蒋雏仪笑着向母亲努努嘴,"她老批评人家瞎糟改,人家也嫌她老脑筋。"

横山说,"不只是年轻的学生,很多成名的学者也经常用一个否定句下断言:'中国传统戏剧不是写实主义的',确实不是,但这样随随便便一讲,其实已经不自觉地预设了'写实主义'才是正道,而重视虚拟和意境的戏曲好像是某种缺陷的产物。"

"着哇，"蒋凤仪一拍桌子，"我们就是一桌二椅的艺术，两百多年都这么过来的，就为了让你看我们身上、脸上、唱上的功夫，怎么就成了缺陷了？要说道具、机关布景什么的，二十年代上海的戏台上就有真马真猴儿了，倒是写实，可传下来的好玩意儿不还是在真人身上吗？"

"妈，吃饭……"蒋雏仪捅捅她母亲，又招呼横山和吕娜夹饺子。

没吃几口，婴儿车里的孩子闹起来，吕娜立刻放下了筷子。蒋凤仪见她抱着孩子到远处沙发上背身哺乳，叹道："这么小的娃娃正是离不开娘呢。1972年我有个演《夜奔》的任务，生完孩子四十多天就上台了。"

"啊，那刚出月子呢！"吕娜惊呼。

"您这是一口气'奔'了四十多年啊。我手里的资料都没那么早的，您有那次演出的录像吗？"横山问。

老太太一语带过，只说那是个内部演出。

吕娜喂完孩子回到餐桌，蒋姐起身端来了两盘刚煮的热饺子。

"蒋姐，别忙活了，你也快吃吧。"吕娜拉她坐下，不免又将话题引向了《夜奔》，"林冲这个人，单看《水浒传》的话觉得他挺窝囊的……可是这出戏里他太帅了。主要是蒋老师演得好！"

"人保戏，戏保人，《宝剑记》这本子就好，再加上几代人在台上打磨这一折，能不更好吗。"老太太用指头敲了几个板眼，"'恨天涯、一身流落'，光这几个字就能打到人心里去。"

横山教授不由得停下筷子，讲起自己关于《夜奔》的回忆。他是二十多岁时在哈佛的燕京图书馆第一次偶然看到《宝剑记》的善本。当时他的中文还不够好，一连啃了一个夏天才基本读通，但就此无法放手。

《水浒传》中外闻名，《宝剑记》却鲜为人知。明朝戏剧家李开先将林冲从水浒里"挖"出来，为他注入了格外多的血勇与叛逆，重新塑造了这个人物，也塑造了"林冲夜奔"这个原本不见诸小说的经典场景。

"林冲的叛逆不是犯罪、性解放、摇滚乐式的叛逆。吕娜说得对，他是个节制到懦弱的人，一直活在古中国的忠孝节义的框子里，所以被压抑到极点才爆发出来的那种力量特别迷人。可以说，他是一百单八将里第一个，也是唯一一个真正被'逼上'梁山的人。"

横山自白，他就是在那个暑假决定要转专业的，从英美文学转到了东亚文学。

为此，他和父亲大吵一架。

横山彻的父亲自诩是个受西方文明教育的、讲自由民主的家长，但在儿子的记忆里，那一天的他彻底暴露了暴君的面目——自卑的暴君。横山深知父亲一直把他当作"标准"的美国孩子来培养，要会篮球、橄榄球、游泳，要学一样乐器，能自己动手修车、修房子。在这一切开明教育的背后，父亲其实是在掩饰自己的恐惧。

"他怕我长成一个日本人，哦，而且是有一半朝鲜人血液的日本人，比日本人还不如。'东亚文学'，那种让他恐惧的落后、衰弱、古老的玩意儿，他怎么能容忍我去学呢。"

"我大半夜从家里跑出来，开车回哈佛，我妈妈在车后面追了我两个街区，那时候她已经快六十岁了。但我没停下，从西海岸到东海岸，一连开了三天。"横山顿了顿，"我在车上一直循环放着《夜奔》的磁带，是八十年代您在香港演出的录音。"

自那以后他多年不入家门，直到他取得终身教职的那一天，卧床的父亲终于宣布"原宥"了他。

听完横山的这段经历，蒋凤仪起身取了一瓶酒。

"我不常喝，今天来一点儿吧！"

于是除了吕娜，那三人面前各多了一只小酒盅。老太太对横山教授说："我敬您一杯，您是有真学问的，而且我看得出来，您对咱们的文化有真感情！"

她一饮而尽，横山也忙托起酒盅，略侧过身去喝了，一盅入喉，眼睛辣红了。

蒋凤仪呼出一口气，把空酒盅稳放在桌上，"教授啊，各人都有各人要奔的前程，自己想好了谁也拦不住！"

"是啊，别人拦不住，自己也停不住。您知道《夜奔》里我最喜欢哪一句吗？"横山念出来，"'俺的身轻不惮路途遥'，这不是名句，但我喜欢林冲无意中流露出的那种豪情万丈的自信。这一折的氛围是仓皇的，痛苦的，但他究竟年轻力壮，一边在逃跑，一边也期待闯荡出一片新天地。人年轻的时候有闯劲儿很正常，难的是能一直闯下去啊。"

"遥瞻残月，暗度重关，急走荒郊，俺的身轻不惮路途遥……"

蒋凤仪在桌上叩着酒杯，自顾自轻唱了两句，苍颜白发，眼里却有星火。"您看我不是还在这条道儿上舍不得歇吗。人不是年轻才有闯劲儿，是没了闯劲儿，人就不年轻了，就钝了，朽了。"

吕娜听见她的话，低下头啜了口果汁。突然，蒋姐问她："哎，小吕，我记得你说孩子还没起名，你是准备让她跟你的姓吧？"

"是呀，我这姓就拗口，名字拼读起来得简单一点。有什么好主意吗？"

"姓吕的话，吕……"

蒋姐还没说完，横山教授已脱口而出："吕途！"

"嗨，我想的就是这个。"蒋姐笑了。

吕途，旅途……吕娜兴奋念叨几遍后摇了摇婴儿车里女儿的手，"好名字，就这么定了！途途小朋友，你这第一回出门蹭饭就蹭出个名字来呀！"她转头真诚地望向蒋雏仪，"蒋姐，我应该怎么谢谢你呢？"

蒋姐不答，只牵起婴儿另一只小手轻道："途途，以后常来找Aunt玩啊！"

吕娜闻言眼睛微湿，端起杯子碰了碰雏仪的，老太太和横山教授也举起杯，席间叮当一片。

　　"名字有了，这路才刚开始呢。慢慢走，别怕。"蒋凤仪瞅着吕娜和婴儿车里的孩子，笑眯眯说，"你们不知道吧，我原来的名字也是一个单字儿的。"

　　雏仪抿了一口酒，放下杯，静静把胳膊搭在她母亲身后。子酌我复饮，子饮我还歌。蒋凤仪和横山教授接着推杯换盏，把酒言欢，吕娜光是看着就醉眼蒙眬了，更何况英雄与文士的席间从不缺少故事。现在这时代的新闻和爆料太多了，但用一生慢慢写就的故事很少，听到便忘不了，听不到就错过了；错过了，就算了。

贰

红锦袍

"姐，出来了，出来了！是个女孩！"

"蝶子，大姑娘家也不害臊，叫唤什么。把盆端过来！"

韩婶的丈夫是琴师韩四，他手里的胡琴托住了春雀社这小戏班里一茬茬新人的唱，他老婆的手也托住了台后降生的一窝窝孩子的哭。这一年，抗战刚胜利不久，炮火再燃，平津一带的戏园子又倒了不少，可再紧张的时节也还是有人要听戏，台前方生方死，台后方死方生，一样的尽人事，听天命。

"小丫头哭声够亮的，这嗓子随你！"韩婶手脚麻利地把孩子洗净了，扭过头来，"铃子，拿什么给孩子包上？"金铃子略欠起身来，从枕头底下抽出一条小包被，蝶子伸手接过去，惊叫了一声，"姐，这被面……这是你'大登殿'穿的蟒*啊！"

她有气无力地摆摆手，"这年月还登什么殿，快给四婶吧，别冻着孩子。"

韩婶没言语，用那条团凤辉煌的小被子把婴儿立立整整地裹好了，抱到金铃子身边。蝶子也把脑袋贴过来，"小脸儿真嫩呀，姐，以后得比你还漂亮呢，姐，姐，你怎么不吭声呀？是不是身子还不好受？"

这时蒋松霆在窗外急火火地喊起来了，"铃儿，生了没有啊？四婶！银蝶儿！谁答应一声啊！"金铃子抹抹眼睛，把脸埋进那绉缎的褓褓里低语："我没事，你去跟你七哥说一声。"

银蝶子端着水盆出去了，"七哥，铃子姐给你生了个小闺女……哎，哎！"蒋松霆没等她说完就两步蹿进屋，韩婶在炕边"呦"了一声，"你这浑小子也不忌讳！"他搓着手凑到妻子枕侧，"给我抱抱！我三十了才得了这么一个小不点儿呀！"

"你也知道你三十了呀，我还当你三岁呢。"韩婶瞥了他一眼，掸掸身上，"赶紧给孩子起个名儿吧！我先回了，好好伺候你媳妇。"

蒋松霆千恩万谢地把她送出了门，回身便奔了炕沿。"嗬，

---

*　蟒即蟒袍。

我闺女生下来就穿凤袍！"他拿惯了刀枪把子的手贴上了那丝滑的小被面，隔着累累赘赘的刺绣触到里面一团带着体温的柔软，把他掌心的茧子都软化了。原来至轻至柔的东西和千钧之重一样难拿，他终于抱起了婴儿，朝金铃子得意洋洋地眨巴眼，"还用她说吗，我早就把名儿想好了！"

"啥呀？"

"蒋义——都说婊子无情，戏子无义，无义怎么吃开口饭？吃不吃这碗饭，人都离不开个义字。"

"一个小姑娘叫蒋义？"

"啊，我起的时候确实是按小子起的，"他挠挠头，"不过姑娘也一样，姑娘也得有情有义呀！"

金铃子脸一仰靠在被子垛上，摇了摇头，招手把孩子要了过去，偎在胸前。新生的婴儿还没睁眼看过这个世界，她的小嘴却已经认得母亲的乳房了。"嘶——"金铃子痛得一哆嗦，本能的吮吸是这小身体来到世上使出的第一份洪荒之力，力道之大也让母亲的身体有了新的感知，那痛不在皮肉筋骨，揉不得，更推不开。

"这就有奶了？"蒋松霆睁大了眼睛，她只摇摇头。"没奶呢这小丫头就嘬这么起劲儿？嘿，真冲！把你妈都弄疼啦！"他摸摸金铃子的头发，"我去厨房看看银蝶儿那小米粥熬得了没有。"

丈夫出去了，金铃子轻轻拍着孩子，微合着眼念叨，"蒋义、蒋义……"她打小连自己的真名实姓是什么都不知道就被爹娘卖给了戏班子，转眼她自己都当娘了。

"来啦——"银蝶子尖着嗓子念了句京白*，端着粥颠颠地小跑到炕边，"姐姐，我服侍您吃粥哇！"金铃子扑哧笑了，"伺候我这几天，你不能上台，憋得你难受是不是？"

"哪儿呀，我是高兴的！七哥比我还兴头呢，在厨房里杀鸡拔毛，闹得跟安天会似的！"

"你听见他给孩子起的名儿了吗？"

"听见啦，蒋义，挺好的呀！"

"这哪儿像个丫头的名字？"

"像不像另说，但意思好啊，你看师父给咱起这名儿，净是花鸟虫鱼。再说，你不就是喜欢七哥有情有义吗！"蝶子拍手笑了，被金铃子拧了一把。

蝶子没说错，她当初就是为了情义两个字跟了蒋松霆。有他在身边，戏班里的老人儿、班主、园子的经理就都不敢欺负她，因为知道蒋松霆有功夫，而且有脾气。她从前觉得他就是戏里的人，像长坂坡的赵云，挑滑车的高宠，有情有义、爱憎分明。可惜日子不是戏。

金铃子嗓子好，银蝶子善身段，这对师姐妹是那时华北一带小有名气的坤旦，但那一点微名在连年打仗的世道里根

---

*　京剧中的话白分为"京白"（以北京方言为基础）和"韵白"（以中州韵为基础）。

本算不得什么。打日本人的时候，梅兰芳可以蓄须明志，程砚秋可以归园田居，他们像是大船暂栖在湾里，等待暴风骤雨过去，又能扬帆起航；而成千上万流浪于江湖的小艺人则是靠不了岸的鱼，只能在江湖里接着扑腾，扑腾不动就翻肚了。战争的名目变换着，一会胜利，一会失败，可普通人的日子"有实无名"—— 不管天下换了什么年号，他们只有实实在在的生，或死。

金铃子肚里怀着孩子，在台上一直唱到七个月，直到腰身再也塞不进筒裙，脚肿得穿不上彩鞋。她不唱也不行，蒋松霆是二路武生，一晚上赶三四台戏，收入尚不及她在一处的份儿钱。如今又添了一张小嘴儿，她不能不琢磨以后的生计。

"蝶子，你觉得这乡下庄稼人的日子怎么样？"她捧着粥碗，从里透到外的热气使她分娩时攥得生疼的手指慢慢活泛过来。

"唔，还挺好玩儿的，"蝶子绞着自己的辫子，"但还是唱戏更好玩呀。唱一出新戏就跟换了个人、换了条命似的，把一辈子重新过了一遍，每遍都不一样。可是乡下什么时节干什么事都定好了，什么种子什么苗，什么葫芦什么瓢，都改不得。"

"你这丫头就知道图好玩儿。土话倒是学得挺快。"

"嘿嘿，我跟房东秦老太太学的，"蝶子盘腿坐到金铃子脚头，"再说我七哥哪儿是能踏实种地的人哪！"

金铃子默然点头，蒋松霆后脚就进了门，小心翼翼地端过来一碗鸡汤，黄澄澄的一层油花荡漾出蹿鼻子的浓香。金铃子瞟了一眼，没接碗，淡道："你劫道儿去了？"

"哪儿能呀，咱爷们儿一向凭本事挣钱！"他嬉皮笑脸地舀起一勺汤，在嘴边吹着。

"这几天我没听见开锣。那你是撂地儿耍把式去了？"

"不敢、不敢，您不是嫌撂地儿丢人吗。"

"那你到底哪儿发财去了！"

他还是盯着手里的碗，不抬头，"啊，那什么，前儿村里过集，碰见个南来的班子要贴《金钱豹》，演孙悟空的哥们儿病倒了，我就给他们救了个场，救场如救火呀，咱看见了不能不管。"

"草台班子能给你几个钱。你……是不是又给人家摔锞子了？"金铃子的声音有点抖，蒋松霆不作声，蝶子也不敢插话。摔锞子是武生行的硬功夫，演孙悟空的人要四肢腾空接住豹精的钢叉，整个脊背朝下摔在地上，弄不好轻则伤筋动骨，重则五脏俱裂，观众看见台上使这一招，给的赏钱往往格外多。蒋松霆虽擅于此，亦不能万无一失。两口子刚结婚时他就摔伤过一回，金铃子从此不许他再做这玩命的招式。

"最后一回！有了闺女了，我再不摔了！"他把勺子递到金铃子嘴边，这一次她没再拒绝，低头抿了，长舒一口气。

"好喝吧，这鸡挺肥，弄我一手油。"

她点点头，平静道："好喝。松霆，过了年咱还是跟师父回天津吧。我听四婶说了，城里不少园子还开着呢，买卖总比乡下好做。"

"成。"蒋松霆答应着，继续一勺勺喂她，不一会儿就被她伸手挡住了碗，"我够了，剩的你和蝶子吃去吧。"

急板令

秋收冬藏，到了年根儿底下，靠土地吃饭的人都歇了脚，靠艺吃饭的人却永远在路上。"二十九，蒸馒头"，兵荒马乱的年月，白面虽然不可想象，当年新打的高粱、棒子、荞麦磨成粉，和成面，一样地乘着袅袅炊烟，香飘万里。那是素净温暖的粮食香，飘得再远也有根，根扎在乡土里，扎在延绵了千百年的男耕女织的传统里。但作艺的人是这传统之外的"游民"，他们辛苦耕耘的不是泥土，而是自己身上的一亩三分地，走到哪里，就在哪里耕耘，可能仓廪丰盈，也可能颗粒无收，亦是看天吃饭 —— 看戏的人就是他们的老天爷。

春雀社就要启程奔天津了，众人忙着把衣箱、刀枪把子、各自的行李装进五辆大车里。"姑娘，这几个馒头拿着吧，家里刚蒸的，你们姐儿俩路上吃。"房东秦老太太趁乱把一个小包袱塞到银蝶子怀里，金铃子见了，忙抱着孩子走过来，"老太太，这些日子够麻烦您了，说什么也不能拿您的东西了！"

"嘻，我知道你这姑娘要强，这才背给你妹子。你们唱得好呀，我知道你们姐儿俩在城里是角儿，要不是这年景不好，我们这小地方也断请不来你们。"

"哎呀您说得比我们唱得还好听呢！我带您一块儿进城去吧！"蝶子伏在老太太肩上哈哈大笑，被金铃子戳了下脑门。

"唉，我就爱听这蝶姑娘跟我说话逗趣儿，还有你们家蒋七爷，也成日价闷头干活儿，帮了我不少忙啊。拿着吧，拿着吧，谁知道何年何月能再见你们呢？"

"明年我们就回来再给您老唱大戏，您得硬硬朗朗的啊！"蝶子抱起包袱就往外跑，在院里回过头来明灿灿地一笑，绽出两个深深的酒窝。

秦老太太也忍俊不禁地咧开了嘴，又悄悄掏出手帕包的三个煮鸡蛋，掖进婴儿的褓褥里，"铃姑娘，你刚出了月子没多长时间，还得奶孩子，身子顶不住可不行。"金铃子眼窝一热，膝盖弯下去，老太太赶紧挽住了她，"姑娘，姑娘，不值当的。"她把褓褥递到老太太怀里，执意磕了个响头，"过年了，没别的，请您纳福吧。"

"哎，好孩子，快起来吧！"老太太一面扶她，一面打量着怀里的婴儿，"你这小闺女是个福相啊，一家三口儿好好过吧，再难的日子也有个头儿！"

金铃子拜别了秦老太太，抱着孩子走出院门时，正赶上蒋松霆跟唱花脸的冯胡子撸胳膊挽袖子地争执成一团。

"蒋老七，你太他妈霸道了吧，你这车就坐仨人儿，怎么不能再加俩？你看前面的车，连箱子带人，挤成什么样儿了？"

"还有我闺女呢！再说这辆车的钱我已经出了，你问班主去。"

"他妈的刚满月的奶娃娃也算一个人？"

"你说谁不算人呢？你小子找揍是不是？"

旁边几个见蒋松霆要动手，赶紧拉过了冯胡子，"得了得了，谁让人家老婆和小姨子是台柱子呢，咱挤挤还暖和呢。"

"耍什么狗熊脾气，还不是吃软饭的底包[*]货……"冯胡子骂骂咧咧地往前去了，金铃子这才走过来在蒋松霆腰里拧了一把，低声埋怨，"干吗呀你，大过年的找不痛快！"

他低头整了整车里垫的破棉絮，回过身来把金铃子连孩子拦腰抱了上去，吆喝了一嗓子，"不干吗！起驾吧娘娘！"她羞得满脸通红，银蝶子却在车上笑个不住。快出发时检场^{**}老宋头才挎着个小破包袱赶过来，他在几辆大车边上转悠半天也没敢往上挤，金铃子刚要开口便听见松霆招呼他，"宋

---

* 　底包，戏班中的基层人员，包括"武行"、"龙套"、乐师、服务人员等。

** 　检场，旧时戏曲演出时，在不闭幕的情况下，到舞台上布置或收拾道具的人。

大爷，上来吧。"说着把他拉上了车。

北方的冬日，枯白的天上只略带一点淡金的阳光，处处干结寒冷，几辆骡车吱吱呀呀地走了起来。"戏子猴儿要走啦！""戏子猴儿！戏子猴儿！""回来呀！回来！"到了村口，一群半大小子追着车，边跑边哄叫一片。戏班里的人早就司空见惯，不去理他们，只有冯胡子抄了根台上用的马鞭跳下车去轰赶，"小王八蛋，欠管教的，以后甭想大爷再来伺候你们！"

后面的大车晃荡了过来，蒋松霆靠在车上喊了声，"冯大哥，甭动气，什么猴儿啊人啊，不都得喘气儿吃饭吗？"转头又点着名字叫住为首的两个小子，"嘿，虎子、小幺儿，嘴里再不干不净的，下回来了不教你们功夫了！""别介啊七叔，我们不敢了！"那几个小子扮了个鬼脸，四散而去。冯胡子鼻子里一哼，"你他娘的倒是个孩子王。"

腊月里天黑得早，走出去没几个钟头，一弯蛾眉月升了上来，颤巍巍挂在天际。前面的几辆车人多货重，牲口走得慢，几个年轻力壮的索性下来跟着车走，不一会竟没了影，独把蒋松霆他们这辆落在了后面。

"着什么急，又不奔丧去！"他刚骂了一句，金铃子忙来捂他的嘴，"大年下的，别胡呲！"孩子在她怀里哼哼唧唧地哭起来，蒋松霆把她的手拿下来，放在自己掌间搓了搓，"我不说了，铃儿，孩子饿了，快喂孩子吧！"老宋头听见了，忙把脑袋缩进棉袄里闭目养神。

金铃子解开怀哺乳，蒋松霆一手揽着她，一手敲着车板哼唱起来，"良夜迢迢，良夜迢迢，投宿休将门户敲。遥瞻残月，暗度重关，急走荒郊。俺的身轻不惮路途遥，心忙又恐怕人惊觉。吓得俺魄散魂消，红尘中，误了俺五陵年少……"

　　"七哥，您这没板没眼的还唱昆的哪？"银蝶子靠在金铃子身边，睡眼惺忪地嘟囔。

　　"哪个武生坐科的不学《夜奔》啊！能不能上台唱就是另一回事儿了。"蒋松霆叹了口气。

　　"七爷嗓子是差了点儿，来不了头路活儿，但这身上没得说。"老宋头乐呵呵地搭腔。

　　"嘻，我也就这样儿了，我媳妇儿挂头牌就行了，以后我闺女也得成角儿！"

　　"谁说闺女还得唱戏了？"

　　正在谈笑间，远处竟响起了一声悠长凄厉的狼嗥，车上的几个人都愣了。金铃子警醒地坐起来，虚着嗓子问丈夫："这离城里没多远了，怎么会有狼呢？"他没答声，老宋头哆哆嗦嗦地往后坐了坐，"连年打仗，乡下人口少了不少，这畜生也就多了，到处乱窜。"

　　"蝶子，把炮仗给我。"蒋松霆一把抓过了银蝶子怀里的包袱，挡到她们姐儿俩身前。戏班子赶路必随身带着吓唬野兽用的家伙，没想到今天真派上了用场。伸手不见五指的黑夜里，猛然间，五六只狼从路边的野地里蹿出来，围着车子往上扑，姐妹俩搂在一处，吓得尖叫。蒋松霆点着了二踢脚，冲着最头里那只狼的脑袋扔过去，啪啪地爆竹响过，它们却没退散，又聚成半圈跟了上来。

"怎么回事啊，狼不怕这响儿啊？"银蝶子带了哭腔，老宋头也缩成一团，"恐怕是踪着孩子身上的奶味儿呢。"听了这话，金铃子不觉把孩子搂得更紧了，另一只手拽着蒋松霆的衣角。

"别怕别怕，抱好孩子。咱车上还有什么刀枪把子没有？"

"没有啊，全在前头车上呢。"

"哎，有了！"老宋头叫了一声，"我这身上带着后儿开台撒火彩用的东西呢！"老头抖着手从包袱里掏出火纸卷，抻出一张黄纸，颤颤巍巍地要叠起来撮松香末。

"您可真行，还有工夫折火扇儿呢！"蒋松霆劈手抢过一整卷火纸，直接点燃了，照着狼身上一掷，台火"呼"地腾起，焰光四射，这才把群狼吓得轰散而逃。

"祖师爷保佑哟，差点儿'夜奔'就唱成'荒山泪'了……"老宋头叉着腿瘫坐在车里，金铃子姐妹俩惊魂未定，一时说不出话来。"瞧把你吓得，有我呢！"蒋松霆屈起一条腿，胳膊搭在膝盖上，另一只手从妻子颈后环过来，刮了刮她的腮颊。

"有你管什么用？还不是多亏了宋大爷带着放台火的家伙什儿。"

"嘿，武二郎能打虎，我蒋七还不能斗斗狼吗？"

"呸！这是闹着玩儿的事吗？"

"哎，哎，别叫唤了，把我闺女都吵醒了！你看，刚才狼嚎我闺女都没醒。你妈叫得比狼还吓人呢，是不是啊小义儿？"

"去你的……"

…………

静夜如斯，好像什么也没发生过，天地间只有这一辆踽踽独行的骡车，蹄声达达，向前投奔。

十二月

　　大年三十儿的傍晚，春雀社一行人风尘仆仆地到了天津南市一带的青山茶社。南门以外放眼荒凉，里面却是个三不管的热闹所在。这里的繁华底下其实是一道边界。"有钱到南市花，没钱到南市挣"，鳞次栉比的歌楼酒肆里，一台台的戏、一部部的书，搬演着古往今来的人间悲喜事，像东流的海河水，不舍昼夜。富与贫、贵与贱、正与邪、生与死，看似杂处其间，流动变幻，但一个人终究只能站在一边。

　　这青山茶社虽然就一层楼，像个砖搭的大棚似的，但地方还算宽敞。金铃子正抬头张望，突然"哎哟"了一声。原来这场子的地面比马路凹下去半米，地上积了一汪水，崴了她一脚烂泥，蝶子赶紧搀住了她。

　　"就这么个破园子？"蒋松霆弯腰捡了两块砖头垫在地

75

上，扶金铃子进了门，"叫什么青山茶社啊，该叫金山，这都水漫金山寺了！"妻子扭头瞪了他一眼。

"老七，就你话多！本事不长脾气长！"春雀社的班主燕玉朋携着园子经理走了出来，金铃子姐妹赶紧叫了声师父。燕玉朋如今是个干瘪老头儿了，谁能想到他年轻时在台上也是个艳惊四座的好旦角呢 —— 一只扑棱出不小名堂的"疯燕儿"。

"方经理，这是我两个姑娘，我老了唱不动了，她俩正当年啊。不是我说嘴，中华、丹桂之类的台子她们打小儿也没少上，如今保管不砸您的买卖。"

姐妹俩向方经理见了个礼，他还礼的工夫便把抱着孩子的金铃子从头到脚看了个遍。燕玉朋冷眼旁观，心里明镜似的。"我这大姑娘刚生了孩子不久，不过功可没丢，不信把弦儿叫来，给您唱两段儿。"

"不必不必，谁不知道'疯燕儿'调教出了金铃子这条好嗓子。"方经理袖着手笑呵呵地一躬身，"不过，燕五爷，我得把话说在头里。这几年市面萧条，就连北平正火的张老板和小谭老板眼下也只上得六七成座儿。这半年多您不在城里，大概不知道，如今这些园子可都不专伺候皮黄*班子了，谁能来钱就让谁上，甭管你是杂耍、相声、梆子、坠子、大

---

*　皮黄，西皮、二黄两种腔调的合称，代指京剧。

鼓……欸，尤其是评戏，现在嘛都不行，就这个招人喜欢，有一半儿的园子都靠它养活着呢，红绮霞、小兰仙那几个年轻坤角儿一出来，扮相又好，嗓子也甜，把落子一唱，再夹带两句荤词儿，底下就都疯啦……"

蒋松霆听了他半晌捧高踩低的咸淡话，忍不住插了句嘴，"不就蹦蹦儿吗，还给捧到天上去了。"

"呦，这位是？"方经理觑着眼看过来，银蝶子脆生生答复他："我姐夫蒋七，唱武生的。"

"哦七爷，刚才听见您说在门口湿了鞋。这两天天儿暖了点，这雪下来就成了雨，咱这地势又低，就积住了。"方经理脸上还是一副笑模样，"您嘞放心，等明儿咱开了台，但凡有钱入账，我第一件事就去墁那地！"

晚间，众人把箱子撂在后台就都回了住处，只剩下金铃子姐妹、蒋松霆和班主燕玉朋还在归置东西，预备明天大年初一的开台。燕老头无儿无女，老伴也早走了，金铃子和银蝶子虽是被他打大的，如今他却越老越离不开她们。

"得了，收拾差不多了，咱也回去包顿饺子吧。"老头下了令。蒋松霆大手一挥，替妻子抱过孩子，"铃儿，走！过了年好好唱它三天三夜，让那起不开眼的东西瞅瞅！"

"你想连唱三天也不行啊，你没听那经理说吗，一三五是咱，二四六是唱落子的。"银蝶子鼓着腮帮子小声嘀咕。

"年关难过啊，这兵荒马乱，炮火连天的，能找个地方先开了锣就不错。不过这姓方的也着实不是什么厚道人，咱得多留神。"燕老头叹了口气,背手往后门走。

"师父,慢点儿,这地上有冰。"银蝶子一招呼,他们这才留意后门外墙根底下有个人正在大木盆里洗手巾把儿,那人手脚顾长,把满满一盆白手巾搓洗得上下翻飞,水花四溅。

蝶子轻道:"劳驾,您歇会儿,让我们过一下。"

地下的人一抬头,深眼窝里亮出一双黑白分明的大眼睛,蝶子不禁叫出声来,"呀,是严大哥!"

蒋松霆闻言把孩子递给金铃子,疾走上来,那人也站起来,一瘸一拐地向前蹭了几步。松霆赶紧搭住他的胳膊,"师哥,你怎么在这儿啊?你不是在庆全搭班儿吗?"那人摇摇头,不肯张口。燕老头也踱过来寒暄,"是松霁不?别在当街说话儿了,跟我们回去吃个年饭吧。"说着便让蝶子把那盆手巾放回了茶社里面,锁了门,松霆强拖着严松霁,一起回了燕家的小院。

绿豆杂面饺子上了桌,白菜馅子,拌了些油渣、虾米皮。金铃子第一个撺给师父,然后就撺给了严松霁,"大哥,趁热吃。"蒋松霆却手不动筷,只顾追问他师哥到底遇上了什么难事。

"嘻,让看白戏的把腿给废了。"严松霁左手扶在膝盖上,轻拍了两下。

"什么流氓混混儿敢跟你动手?!"

"嗬,现在看白戏的可都是戴大盖儿帽的,今儿这个师的伤兵,明儿那个旅的老总,后儿又是什么宪兵团、警察大队的……打我这个倒好，是保安团的，就是一群狐假虎威的混子，领头的以前是个地头蛇，叫什么张秃子。"

银蝶子眨巴着眼，偷偷往桌子下面瞄了瞄，"这国民党不是忙着打仗呢吗，怎么还有工夫看戏？"

"蝶妹还知道打仗的事儿呢。"松霁冲她温和一笑，"一边儿忙着打共产党，一边儿还得紧着敛日本人留下的东西呢。那些军大爷，你不让他蹭戏，他就说你这是日伪财产，伺候过汉奸，就能给你砸了，收了。那青山茶社请我们庆全去唱两天戏，正赶上保安团的一伙人闹事，又对我们班儿里的几个坤角儿动手动脚，我就跟他们干起来了。那头子拿着枪吓唬我，其实他也不敢开，谁知道枪走了火儿，把他们自己也吓一跳，全都撒丫子跑了。"

"那你现在……"蒋松霆问不下去了，松霁倒坦然。"戏班不养闲人，我不能赖着不走。我们班主过意不去，求了那茶社的老板，把我留在这儿也算有碗饭吃，反正我就光杆儿一人。让我干茶房，我这腿脚跑堂儿也不行了；摆糖果摊子，我又拉不下脸，索性就学扔手巾把儿了。我这本工倒不糟践，嘿，扔个'张飞蹁马'跟玩儿似的！"他说着拉了个架子，在座各人却都心下惨然，蒋松霆更是哽着嗓子叫了声"师哥"就再也说不出话来。

两个人都是光屁股的年纪就进了盛世青科班，又都是"松"字辈；当年几个齐齐整整的小伙子并称"八棵松"。严松霁岁数最大，不但身手好，又有嗓子，正当大展宏图之时，他这棵青松却折了，一身本事、一膀力气只能付诸戏园里飞来飞去的手巾把儿了。

金铃子小心翼翼地看向燕玉朋，"师父，严大哥不光会武生，文武老生、花脸、小生，什么都来得。"

"是呀师父，咱戏班儿里还有好几个孩子没人教呢！"

姐妹俩一通撺掇，蒋松霆也闷头给老头倒了杯酒，瓮声瓮气地唤了声，"班主，五爷……"

燕老头摆摆手，朝着严松霁举起了杯，"松霁，咱都不是外人，你的本事我也知道。我们这班子是靠旦角儿挑大梁，但孩子们的武戏、老生戏也得有人教，你要不嫌弃的话就跟我们凑一搭子，是穷是阔的，咱一处儿奔碗饭吃。"

严松霁闻言放下碗筷，跪在地上就要叩谢，老头刚伸手来扶，金铃子带头，夫妻俩和蝶子也离了饭桌跪下来，"师父，过年了，我们给您磕头，您老添福添寿。"说着四个人齐齐地叩了下去。老头欢喜得连声称好，在身上忙摸出几个薄薄的红包来。

饭后，蒋松霆不知从哪儿弄来一挂小鞭儿，用竹竿挑着在院里张罗，"五爷，师哥，咱也来驱驱晦气啊！铃儿，把孩子也抱出来！"银蝶子跑出屋，闹着要自己放，金铃子从里间抱来孩子，只远远站在门槛里蹙眉笑说："你们疯你们的，别吓着我闺女。"

"咱小义儿胆子大着呢，你们不知道，昨儿路上鬼哭狼嚎地这孩子愣是没醒！"

严松霁跛着脚走过来，扒着襁褓看了看，"侄女儿长得像弟妹！"

"嘿，都说闺女像爸爸，你这当大爷的什么眼神儿？"

银蝶子央着师父要根香烟去点鞭炮，老头只得给了她，说："崩着脸你就别想上台了！"

她一吐舌头，抢过烟来，蹲在地上颤颤巍巍地往鞭炮捻子上凑。正是全神贯注的时候，突然竹竿抖了一下，吓得她扔了烟就跑，剩下蒋松霆哈哈大笑。

"这小子！还是我来点吧！"严松霁见蝶子一溜烟儿躲到师父身后，也不禁笑了。他踱过去捡起了烟，稳稳当当地点燃了引子，自己退到屋檐下。

鞭炮噼里啪啦地响起来，火光迸裂，像千里之外的战火一样点亮了夜空，只是熄灭得更快、更彻底，在肃冬的小院里留下了这一年的尾音余韵和遍地碎红。

兴隆引

　　正月初一，全城大大小小的戏园子开门纳客，小小的一爿青山茶社也挑起了一挂千响的大地红，图个新年的好兆头。方经理穿着一件古铜绵绸长袍，带着几个伙计在门口招呼新老客人。

　　"哟，陆四爷，洪老板，我这儿给您几位拜年！承蒙老几位来照顾我这小买卖！"

　　"方经理过年好啊！听说'疯燕儿'带着班子回来了？落到你这儿了？"

　　"可不是吗，您看水牌子！"他指了指门口贴出的戏码。

　　这两位春雀社的老主顾面露喜色。"哟，这金铃子又上台啦？洪老板，这下您高兴了吧！""四爷，您看，今儿的大轴儿不是金铃子，是她妹子！""走走，进去看看。唉……打上回在你这儿看严松霈的《战太平》，赶上那伙儿人闹事，好嘛，吓得我好几个月没敢上园子！"方经理赶紧赔着笑往里让，"您请，您请，以后保管不出那事儿了……"

台前已挂好了春雀社的"守旧"[*]，上绣燕子掠水，四周点缀着几色草虫。台后，燕玉朋正领着戏班里二十来人给"老郎神"上香磕头，虔诚念叨着"谢祖师爷赏饭，求祖师爷保佑……"可那"神"究竟何许人也，谁都说不清，有说是唐明皇，有说是庄王爷，总之他虽被尊称为"老"，画像上却是个白面无须的小生。也许他最初只是个爱以歌舞演故事的年轻人吧，这一演就埋下了后世千树万树梨花开的种子，一片梨园经风霜雪雨，荣枯有时，却始终根深不死。

燕玉朋被金铃子姐妹搀扶起来，又去衣箱前一一揭去了封条，转而贴上"开锣大吉"的红纸，微翘着手指细细抚平。他打拼了大半辈子，置下这一整份戏箱不容易。春雀社不是个四梁四柱齐全的大戏班，可他偏咬牙备齐了行头。赁来的衣服千人穿、万人摸，他不肯要。

大衣箱打开了，"喜神"[**]面朝下伏在周身补丁的"富贵衣"[***]上，这件最落魄的行头底下才是团龙绣凤、镶花钩金的

---

[*]　守旧，挂在舞台正面的刺绣帷幕。
[**]　喜神，戏里的道具娃娃，又称"彩娃子"。
[***]　富贵衣，缀有补丁的戏服，穷困落魄的角色专用，又称"穷衣"。

各种蟒袍官衣。老宋头走上来请出这件富贵衣，毕恭毕敬地托到神像前供着。戏里的人生，衣衫潦倒的末路人往往最终大富大贵，这是台后执笔文人的幽思，也是台前戏子的绮梦。

蒋松霆走到台口，把一副红髯口、一把宝剑挂到柱子上，台下几个熟客和他闲聊起来。"嘿，蒋七，当爹了吧！得了个闺女还是小子？"

"刘掌柜，您过年好，恭喜发财！劳您惦记着！是闺女，快三个月了。"

"闺女好啊，以后跟你媳妇学旦角儿。怎么铃子今儿不来大轴儿？"

"嘻，身子还有点虚，怕大伙儿挑眼呀，各位爷都是行家里手，什么好戏没看过？再说蝶子也唱出来了，往后还要靠各位捧场、点拨！"

"你小子今儿说话倒是中听！成，我一会儿给银蝶子送个大花篮儿！"

蒋松霆冲他们拱拱手，回到后台。不一会儿，开锣了，唱架子花脸的冯胡子扮作灵官，头戴扎巾额子，眉心画一竖眼，身挂赤心忠良牌，右手持鞭，走三圈圆场。检场的老宋头拿着夹了松香粉的火扇儿走上来，撒一把"吊鱼儿"火彩，焰光掠过灵官身前，不偏不倚地落进铺满了元宝、纸钱的"钱粮盆"里，火势熊熊腾起，灵官随之站定亮相，继而且行且舞，全场肃穆，谓之"跳灵官"。

老宋头又拎上一只活蹦乱跳的黑公鸡，灵官当台剁了鸡头，把鸡血淋在台前、台柱上，驱邪祛祟。最后灵官挑起一串鞭炮，在钱粮盆里引燃，沿台口来回走动。鞭炮燃尽，满台狼藉，从后面上来两个小孩子，将这遍地的"金银财宝"往后台扫去……

灵官跳罢，轻快的小锣响起，燕玉朋戴了面具，亲自扮起"加官"，手持牙笏上台，左摇右摆地欣然起舞，亮出"加官进爵""富贵长春"等锦缎条幅，夸张肆意的脚步之间竟还带着点柔媚。台下顿时窃窃私语起来，"这是燕老板？""看身上像，老头今儿真是'疯'燕儿了……"

后台，蒋松霆接过了严松霁递来的一个金纸糊的大元宝，金铃子又扶了扶他头上的二郎盔，左右端详了一下，送他到上场门——今儿他是"武财神"，挺拔的身架子颇衬得起那绿蟒袍、金面具。他款步上台，一只手整整冠、抖抖袖，腿脚高抬，抱着金元宝走到台唇左侧，大跨一步，一舒腰，佯装要把元宝抛向观众，底下哄声顿起。他立马收了手，又走到右侧，再探身要抛，如此几次。

照例，元宝最后要落到园主手里。松霆早盯准了立在场侧的方经理，"嘿"地高喊一声，元宝滴溜溜直飞过去，正撞在经理的鼻子上，金铃子姐妹偷扒着帘，扑哧笑出声来。方经理疼得眼泪都挤出来了，脸上还要极力地笑着，用袍子兜住元宝，向周围观众点头哈腰地致意，扯着嗓子吆喝了一声——"开戏喽！"

台前台后忙碌起来，不亚于工厂开工、春耕播种。古语劝诫："五色令人目盲，五音令人耳聋。"其实声色本无哀乐，只是人有柔肠百转，情动于中故发于言，言之不足，便嗟叹之；嗟叹仍不足，故永歌之；永歌仍不足，不觉手之舞之足之蹈之。谱了曲，填了词，登了台，入了戏，唱戏的是疯子，看戏的是傻子，一任目盲耳聋也是不回头的了。

金铃子已上了妆，蝶子给她勒好了头，她正自己对镜插戴头面。蒋松霆早就捵了头，站在妻子身后，从镜中欣赏她亮闪闪的珠翠，水粼粼的眼睛。

"还早着呢，这就勒上头了，不难受？"

"'早扮三光，晚扮三慌'，小义儿呢？"

"四婶看着呢。来，王娘娘，您饮口茶！"

他递过一只小茶壶 —— 今儿金铃子扮王宝钏。她接了茶，攒眉一笑，"当不了娘娘了，蟒袍都给闺女铰了，就凑合唱个《彩楼配》吧。"

蝶子劝她，"姐，这一出又轻省又热闹，彩头儿也好，今儿唱正合适呢。"蒋松霆笑嘻嘻作了个大揖，"'平贵不是无义人'，娘子受苦了，娘子的恩德，卑人自当报还！"金铃子一瞥他，"呸……'彩楼配'配的又不是你！"

蝶子伺候金铃子穿好了戏服，也自去上妆，她见蝶子走了，才幽幽一叹，"唉，没生养过的身条儿就是顺溜。我这身上总觉得跟以前不一样了，拙笨得厉害。"

"哪儿啊，还是一样漂亮！再说韩四叔给你吊嗓子的时候不是说了吗，你唱得更有味儿啦！"他在她背后，轻轻拨弄她头上流苏穗子最底下的一颗珍珠。

"铃子，快到你了，准备着！"燕玉朋唤了一声，金铃子忙推开蒋松霆，站起身走了过去。

"孩子，甭怵，师父给你把场。"

她抿抿嘴唇，朝师父一点头。琴师韩四拉起了过门，金铃子沉了沉气，闷帘儿唱出一句导板"梳妆打扮出绣房"，最后一个字还没落地，外面的好儿声已经起了，她的心略定了。

老宋头高高打起帘子，四个小丫鬟随着"慢长锤"的锣鼓鱼贯而出，侍立两侧，金铃子这才款款上场，凤冠、宫装，仪态万方。王宝钏的丞相老爹为她高搭彩楼，抛球招婿，殊不知这小女儿已铁了心要把绣球抛给叫花郎薛平贵。只有没吃过一丁点苦的相府千金才会轻易相信萍水相逢的穷小子就是她"夜梦的红星"、命中注定的情人。娓娓道来的一段西皮慢板，底下的观众频频点头，"洪老板，您瞧，这金铃子生了个孩子，嗓子倒是更开了。"

"是啊，现在唱得挂味儿了，可惜今儿这出太短了。"

"您看着吧，现在这时局，她们这小班子要养家糊口，她往后还少得了天天上台唱吗？"

"但愿能遂奴心想，彩球打中平贵郎。叫丫鬟带路彩楼上。"金铃子唱罢一大段，曼舒水袖，一手作扶楼梯状，一手轻提裙角，存着腿，转身上楼，身子由低而高，脚步由慢至快，登上高台。

洪老板左右有人轻笑，"这一做身段就看出不一样了……"

"可不是吗，大姑娘成孩儿他娘了……"

"手扶着阑干看端详，也有王孙公子样，也有士农与工商。楼下人儿纷纷嚷，倒叫奴含羞带愧心内慌。"

台下窃窃私语，台上跃跃欲试，不管金铃子变成什么样，这出戏里的王宝钏永远是个待嫁的妙龄少女，人们都张着手，抢着要接彩球。下凡的月老护着那身着富贵衣的薛平贵上场，毫无意外地，他得到了彩球。缘定终生，此一去，她的盛装就要变成寒窑里的青褶子，而他一身补丁的"富贵衣"却将换作真正的富贵。

所有下一秒的扭转，向来不为这一秒的戏中人所知。

芙蓉花

金铃子下场后，遥遥看见银蝶子正准备上场。她头上挽了个慵妆髻，插戴半头草花、半副水钻头面，鬓边垂一绺小辫儿；穿的是红绫衫裙，白地绣花长坎肩，腰间紧匝着四喜带。这样一个俏晴雯，难怪宝玉要抱来扇匣子任她撕着玩。金铃子顿时觉得自己通身的华贵就像沉重的真金白银，在匣子里放了太久，再是光华璀璨也少了小花小草的鲜味儿。

王宝钏抛绣球是高高在上的，晴雯撕扇却是要肆无忌惮地把一腔子娇、泼、烈、勇撕开在人前。银蝶子走的不是扭扭捏捏的小碎步，她的步子大且快，"我毁坏玻璃缸你心不动，砸却了翡翠碗你面不曾红。今日里跌扇儿气如山涌，分明是情缘满各自西东。"她提眉立腰，嘴虽硬，纤纤指尖却微微颤抖，分明是不舍。

女大十八变，晴雯原是赖大家买的小丫头，却从奴才的奴才长成了一枝"金玉不足喻其贵，冰雪不足喻其洁"的芙蓉花；几个月不见，银蝶子也更长进了，小花旦也自有她的大气魄了。底下的叫好儿响了起来，观众们服她，宝玉也服晴雯，低声下气来央她，捧出扇子叫她撕。美人一笑，带出一段更美的西皮流水。

> 片云舒卷月玲珑，扇上清风掌握中。公子多情桐花凤，美人惆怅玉芙蓉。愿扇儿及时用，莫怪小鬟娇懒举步慵*。只恐秋凉送，捐弃匣筒中。倒不如撕破片片随风动，一声声胜似裂缯与吟蚤。叹儿女浮生皆一梦，这聚散二字总成空。

流水本就欢快紧凑，银蝶子的身段更是灵巧，一转腰，一扬袖，盈盈地走着小圆场，上面唱着，指间的扇子已被撕烂了，"大、大、台"的锣鼓一落，她手里的扇子应声掷地。宝玉夸她撕得好，底下的喝彩亦是一波接一波。贞静如王宝钏的大青衣自然是美，但花旦的美里另带了破坏性，冲破了

---

* "莫怪小鬟娇懒举步慵"一句系作者杜撰，荀慧生《晴雯》戏词原文为"似同心结子就合欢容"。

三从四德的画框，把她的曲线和反骨亮出来。

燕玉朋在上场门看着她，金铃子和蒋松霆也看着，严松霁也看着。谁也没说话，但大家心里都有谱儿——银蝶子当得起大轴儿了。今儿的开箱戏没砸锅，尽管外面的世界动荡不安，他们这一窝老小在青山茶社总算是落了脚。

夜凉如水，金铃子刚哄睡了孩子，蒋松霆就蹑手蹑脚地进了屋。她头也不抬道："你今儿不跟你师哥连床夜话啦？"他不答，只嬉皮笑脸地往被窝里钻。

"起开，手冰着我了！你当我不知道，你不就是嫌孩子夜里哭，吵得你躲开了吗？"

"我这不是回来陪你了吗……"

"什么叫陪我？这孩子跟你没关系？"

"咦，你吃枪药了？今儿不是唱得挺顺的吗？"

"是啊，挺顺的，我也不知道我这是怎么了。"她一把拉过被子，蒙住了头，"师父第一次让我唱大轴儿的时候，蝶子还是个不到我肩膀高的小丫头呢。"

"我记得呀，那会儿我刚来你们这儿搭班，带着你上街玩儿，不全靠这小丫头在你师父面前打马虎眼吗？一块炸糕就把她收买了。"他一手枕着头，另一只手隔着被子轻拍金铃子，"老头生怕我把他这台柱子给拐跑了。"

"可不就是你把我拐跑了吗？"金铃子掀开被子，夺过蒋松霆的胳膊咬了一口，"拐了还不够，又弄出个小的来把我拴死了！现在好了，老头也有新台柱子了。"蒋松霆任她咬着，猛然翻过身来扳着她的脸，"什么死了死的，你又不忌讳了？铃儿，谁也替不了你……"

"干什么你，一会儿孩子醒了……"金铃子想别过脸去，却没挣出他的掌心，他的声音把她的压下去，"一个小的还不够呢，咱再给小义儿添个弟弟……"人间事总在矛盾的碰撞中进行，凉的凉，热的热，刚的刚，柔的柔；他一如既往地卖力，可是从不问她想不想要、想要什么。她受用着，也痛苦着。

这屋里的灯熄了，厨房里严松霁却还在灶上烧水。银蝶子哼着小调，端着洗脸盆走进去，不由得一愣，"严大哥，你怎么还不歇着去？""天儿凉，我怕你们晚上用热水要短儿。再说我今儿也没出啥力，还不困呢。"他拉着风箱，扭头看了眼银蝶子手里的盆，"我给你倒洗脸水。"

"谢啦！"银蝶子大咧咧地把盆放下，"你来了倒是把我的活儿都抢了。"

"五爷以后也舍不得让你干粗活儿了吧，今儿唱得不错，身上更好！"

"真的？严大哥，"她的高兴劲儿在酒窝里漾着，一滴都藏不住，"我还有事儿想求您呢。师父让我和铃子姐早点把《红楼二尤》贴出来，好叫座儿。我老琢磨着尤三姐的戏有点瘟，想给柳湘莲退婚、尤三姐抹脖子之前加一段舞剑，这戏不本来就叫'鸳鸯剑'吗。您经的多，会的多，能不能改天帮我看看怎么弄？"

"小丫头还挺有主意。成啊,包我身上了。今儿早点睡去吧!"松霁将盆递给她,又坐回了灶台前的小板凳上。

次日天刚蒙蒙亮金铃子就被孩子闹醒了,她迷迷糊糊地摸了一把孩子的小屁股,披衣起来给她换尿布、喂奶,蒋松霆只翻了个身,嘟囔一声便又呼呼睡过去了。金铃子黑着灯忙活了一通,困劲儿过去了,索性抱着孩子坐在炕上,呆看着窗外,天上还挂着星星。不一会严松霁披着棉袄出了他那间小偏厦子,打水、生火,又抄起大笤帚在院里扫地。她心里不落忍,刚要推醒蒋松霆去帮忙便见蝶子也到了院里。

"严大哥,你以后不用起这么早!我帮你扫吧,完事儿我给你走一遍尤三姐那场戏,你看看。"

"别,别,蝶妹,你先进屋去,我这就扫完了。等五爷也起了,咱一块儿再说。"

过了半晌,燕老头盥洗完毕、过足了烟瘾,蝶子也把他拉出院来,松霁这才走过来跟他站在一处,看蝶子演了一遍"明贞"这场戏。

"我想尤三姐的性子,怎么能是吃斋念佛求姻缘的人呢,倒不如把佛堂这段删了。"银蝶子气喘吁吁地站定脚,"后头贾琏带来了聘礼鸳鸯剑,尤三姐刚欢欢喜喜地收了,柳湘莲后脚儿就来悔婚,也未免转得太快了。不如在收剑之后加一段闺房舞剑。你们觉着呢?"

燕老头抱着手沉吟了一下,"佛堂删就删了,没什么要紧。舞剑的话,倒也有现成的样子,学学虞姬那套?"

严松霁点点头，"五爷说的是，走虞姬的花衫路子是对的，毕竟虞姬也好，尤三姐也好，都不是武旦、刀马，舞剑不是为了卖功夫。"

　　"那我就学虞姬那套剑舞了？"

　　"照搬肯定不行，"松霁跛着脚低头走来走去，"虞姬是霸王身边的舞姬出身，又跟着南征北战的，她那一套是太极剑的底子，舞得起承转合，严丝合缝，尤三姐这绣房里的大姑娘如何来得？"

　　"那严大哥你说怎么办？"蝶子拽着他的胳膊直摇晃，他忙走开，拿起墙根下的竹竿随意比划起来。

　　"大清早儿的……谁这么勤快……"蒋松霆被院子里的动静吵醒，趴在枕上揉眼。"你懒还不许人家勤快？"金铃子望着窗外，"瞧瞧，你这师哥可真是个正派人，在小姑娘跟前紧着避嫌，不像你。"

　　"要么他还打光棍儿呢！"蒋松霆抱着枕头滚到金铃子腿上，"要我说，避什么嫌啊，你看我师哥跟你师妹配不配？让我们兄弟做个连襟儿呗！"

　　"瞎说，蝶子比他小多少？再说你师哥现在这样，老头儿能放人？"

　　"有了！"院里严松霁把竹竿戳在地上，叫了一声，"借用一下《群英会》里周瑜的舞剑！"

　　"周瑜？"燕老头和蝶子都吃了一惊，"那不是太刚了吗？"

"也不是都用，从周瑜和虞姬各拿一点儿。虞姬舞剑是打定主意要赴死了，周瑜是装醉，有个得意忘形的高兴劲儿。尤三姐刚收了聘礼，心里肯定是欢喜的，身段可以带一点儿痴醉。"

"脚步还是以虞姬的为主，手里加一点周瑜的东西。"燕老头摸摸下巴。

"那是，那是，周瑜的腿功，尤三姐用也不合适，哪儿有大姑娘撩袍踢腿的。"松霁赶紧附和，蝶子听了哈哈大笑，他接着说："可以学一个周瑜的剑压翎子。尤三姐自然没有翎子，但她既是在堂会上认识的柳湘莲，说不准也看过他在台上戴翎子舞剑呢！"

"噢——"蝶子脱口而出，"这是尤三姐拿着剑学心上人的身段呢！"

松霁微微垂着眼梢笑而点头。

燕玉朋也颔首赞许，"行，松霁，你多费心吧。这出戏她们学了还没演过，演好了，这一阵子的饭碗就有着落了。"

忆王孙

　　春雀社的《红楼二尤》火了，金铃子的尤二姐，银蝶子的尤三姐，燕玉朋高兴了也扮上来个王熙凤。这出戏本不新鲜了，可是小园子票钱便宜，既能看银蝶子别出心裁的一段剑舞，又能听金铃子的好嗓子，"疯燕儿"虽不能唱了，一口念白也还是滋味悠远，格外的物超所值。一晃小半年，青山茶社捞了不少油水，自然极力笼络着燕玉朋，不让他们挪窝儿。

　　端午这天茶园子尤其热闹，春雀社一天两开箱，先演应

节戏 *《白蛇传》，后头照例是《红楼二尤》，两出戏里的姊妹都由金铃子姐儿俩扮演。此刻台前演到了【酒变】一折，许仙有心试探白素贞，故意支开了小青，端着雄黄酒一杯杯来劝娘子。

蒋松霆是下一折【盗草】里的鹤童，已经勾了脸，戴了蓬头，还没穿戏服，正抱着孩子在帘后看戏。不到半岁的小义儿居然一点也不怕台前的锣鼓齐鸣和观众的大呼小叫，反而黑眼珠滴溜溜地紧跟着戏中人的台步和水袖。戏中夫妻对饮，金铃子演的白娘子半推半就，进退两难，而许仙的甜言蜜语比酒更醉人。

蒋松霆一边看一边念叨，"碰杯就碰杯吧，手都碰上了！"他怀里的婴儿一脸懵懂，后台走来走去的众人却瞧着好笑，"七哥，还把场哪？孩子都生出来了，还怕人家把铃子姐拐跑了呀！"

"去去去！"他端了那多嘴的一脚，转身低头嗷呜一口捂住了女儿的小耳朵，"这许仙真不是东西，自己的媳妇还信不过。是不是啊闺女？一会儿吓死他！"

果然，白素贞醉后现形，许仙倒地昏死过去。白娘子前

---

* 应节戏，逢时过节，戏班特意演出与节令相适应的作为庆祝的剧目，如端午节演《白蛇传》（白娘子在端阳节喝下雄黄酒现原形）。此处引用的《白蛇传》情节参考的是田汉先生在 1950 年代改编的版本，小说时空有别于真实历史。

往仙山盗草之前牵住小青的手嘱托她守护官人，等自己盗来仙草救他性命。仙山有神将看守，此行凶多吉少，银蝶子的表情担忧不舍，金铃子的唱更是急焦焦、悲切切，板极快，可是依然字字珠玑，清晰入耳，台底下的喝彩压着她的尾音迫不及待地响起来。蒋松霆也忍不住叫了个"好"，拍着女儿的褟裸代替鼓掌，"小义儿，听听，你妈这嗓子是真好啊！真跟金铃子叫似的。"

这时韩四婶走过来一把抱走了孩子，"老七，还不穿行头？该你上场啦！"下一折【盗草】，白素贞要和他演的神将开打，武功吃重。蒋松霆知道妻子现在的体力大不如生孩子以前，所以在场上尽量遮掩她，卖力更胜于平日。他身手不凡，和妻子配合得更是默契，看戏的自然十分买账，台上台下俱是热浪滚滚。

正是暑天，下了戏夫妻俩都汗透层衣，可是金铃子不待歇息就从韩四婶手里接过了小义儿，在杂乱的衣箱道具之间找了个角落喂奶。蒋松霆和银蝶子给她挡着，旁人知情，也都尽量绕着走。

严松霁默默收拾起他们换下来的戏服，又去准备待会儿《红楼二尤》用的东西。突然老宋头在后门口唤他，"严大爷，有人找！""哪位啊？"他一瘸一拐地走过去，见一个西服革履、又黑又瘦的年轻人，立时喜不自禁地喊出一声"齐先生！"那年轻人也攀住了他的臂膀，"松霁，让我好找啊！"

"齐先生，咱有三四年没见了吧，听说您参军打日本鬼子去了？"

"不算是，我只是随军的翻译，从云南回来好几个月了。家里有点事，一直没得闲儿出来。"齐钧广低头看了眼他的腿，"松霁，怎么回事？我听说你在这儿，可是门口水牌子上也没你的名字，我就寻摸到后边儿来了。"

"一言难尽哪，您先去前头看戏吧，散了戏咱们再聊！"

齐钧广打十岁就跑戏园子，独爱看武戏。那时严松霁刚出科，也不过是个十六七的半大小子。小钧广不去追捧大角儿，只因小孩子天生爱跟在大孩子屁股后头转，更何况松霁在台上还是威风凛凛的高宠、花云、赵子龙，身手之矫健、神情之真切甚至比不少大人都强。他回回揣着洋点心来磨严松霁，要他教自己两手儿。钧广嘴里"哥哥"叫得亲热，松霁却一早深谙戏子的本分，从前管钧广叫"三少"，因他是齐老进士家的小少爷，后来钧广入了大学，他就改称"齐先生"，多年亲厚，却不曾失了分寸。

这是齐钧广第一次在小破园子看戏，看的还是自己不甚着迷的旦角戏。可是到了那段"戏中戏"，尤氏姐妹和贾家的子侄们一处看堂会，台上是柳湘莲串演《雅观楼》里的李存孝，钧广入神了。台上只有几把椅子，却使他蓦地想起了四五岁时家里的大花园。

祖父齐桂筼是甲辰科二甲进士，那是为慈禧老佛爷七十大寿特开的"恩科"，却讽刺地成了大清国的最后一场科举。多事之秋，祖父没有流连官场，而是躲进了深深庭院，领着一群孙男孙女看戏为乐。老佛爷带头捧火了皮黄，可是齐桂笪独爱昆曲。钧广长大以后慢慢揣摩，昆曲那腔行水磨的唱、气无烟火的词大概是祖父最后的一点士大夫情思了吧。多少文人始于经国大业，终于书蠹诗魔，齐桂笪只是乱世中的一个。那时京津两地已难觅昆班，可是京戏班子里也少不了几出《探庄》《夜奔》《游园》之类的折子戏。钧广第一次见严松霁就是在家里的小戏台上，那天他演的正是《雅观楼》，少年演少年，最是形神契合，祖父说这孩子不错，"有派头"。祖父教会了钧广看戏、赏戏，他自己学着钻戏园子则是老人故去之后的事了。

今儿台上的柳湘莲比不了当年的严松霁，可是银蝶子的尤三姐真抓人啊。她不是大观园里的小姐，没有门第作底气，她的底气就是她自己；她也没有诗书礼教的约束，约束她的也是她自己。看到尤三姐一边听戏一边比划着学柳湘莲的身段，钧广笑了；看到她在闺房喜气盈盈地舞剑，钧广点点头；看到她百口莫辩、举剑自刎，钧广的眼睛竟然湿了。《红楼梦》里万艳同悲，可是死得堪称悲壮的当推情小妹尤三姐为第一人。

片刻后，他招呼茶房，"劳驾，给我找张纸。"

"您要什么样儿的？"

"能写字儿就行！"

散了戏，钧广又进了后台，严松霁忙迎上去，引金铃子姐妹来见，"这是齐先生，一肚子学问，又懂戏，从前就常指点我。齐先生，我请客，咱吃宵夜去，您看我们这戏哪儿不好，您给说说！"

"严大哥，咱说话就甭见外了。我今儿得早点回家去，宵夜就不吃了。蝶小姐，"他冲银蝶子微微颔首，一笑露出两排雪白的牙齿，"您那段剑舞得不错，我看出松霁的影儿了。"

"您好眼力，是严大哥教的我。"

"不过光舞不唱有点儿干，你瞧虞姬可是载歌载舞的。"

银蝶子一愣，扭头眼巴巴看着姐姐，金铃子便接过话去，"齐先生，我们这小班子缺个通文墨的，您看……"

钧广未待她说完，已从西服口袋里取出了一张黄纸，"我刚看戏的时候随手填了一段二六，你们看着合适便用。松霁，我得走了！"严松霁把那张纸交给金铃子，向钧广做了个请的手势，"我送您出去。"

齐钧广在青山茶社坐了一晚上，严松霁的事他已大概知晓了。两人向外走着，他有意把脚步放慢了一点。"松霁，我爷爷以前老说，'江湖上，遮回疏放，作个闲人样'。现在这世道，祸福好坏没有定论，你别灰心。"严松霁轻声笑笑，"是，我现在这样挺好的，干点轻省活儿，顺便教教戏。您回来了，咱又能常见面说话儿了。"

"多保重，改天我再来！"

"成，我给您留着好座儿！表小姐不一块儿来？"

钧广的脚步慢了一拍，手插进兜里，用皮鞋的尖头蹭了蹭地，"她啊，嫁人了。"

松霁回到后台时，姐妹俩正在哼唱钧广写的那段词，金铃子连声称赞，"大哥，这位先生写得好，以后就让蝶子这么唱吧！"他接过纸去，见那上面写的：

> 冷面冷心一枝柳，不识春风与绣楼。相逢一顾五个秋，想玉容歌管尚淹留。氍毹方寸千骑走，立谈死生少年游。玉簪落地明心意，宝剑飞来渡闲愁。一见鸳鸯双结子，百转千回绕指柔。奴不随浮花并浪蕊，舞罢龙泉，且待君回舟。

夏去秋来，银蝶子一门心思扑在练功、练剑、练唱上，偶尔出门，买回来的也都是给小孩的吃食和玩意儿。"小义儿，啊——张嘴！"她把起士林的小蛋糕用热水泡软了，捻成糊糊，递到孩子嘴边，孩子吃美了，喂得慢了就把小手张张合合地挥个不停。"好吃吧！娘的奶不够，姨的点心来凑。"

"让你姐多吃点，就是不听。她不吃饭哪儿来的奶？苦了我闺女了。"蒋松霆摇晃着拨浪鼓在一旁搭腔。金铃子白了他一眼，"我不想放开肚子吃饭？我不想有奶？那你替我上台吧。"说着又扭头向蝶子，"姐谢谢你了。现在法币都快成废纸了，你挣点钱不容易，还都填给这小的了。我瞅着你最近都累瘦了。"

"嘻，姐，反正钱都快成废纸了，还不如赶紧吃进咱们小义儿的肚子里呢！"蝶子轻轻一捏孩子脸上的肉，"我小时候吃不饱，你不也是把你的窝头掰一半儿给我吗。"

金铃子的下巴颏抵着孩子的头顶，垂眼拉住蝶子的手，忽见她身后放着个针线笸箩，"咦，新鲜，你啥时候还干上针线活儿了？"蝶子脸上微微泛红，没吭声。蒋松霆绕过去，一把拎起她做的活计，"我瞧瞧你手艺怎么样！"

原来是一副没缝完的护膝。

"七哥！"蝶子叫了一声，追着他来抢。金铃子忙叫松霆还给她，"入秋以后天儿凉多了，还是你想的周到。"蒋松霆把护膝在蝶子眼前晃了晃，放回她的小笸箩里，半认真半玩笑道："他缺的不是这个，是个知冷知热的人哪。"蝶子闻言不语，抱着东西跑了出去。

这天晚上没有戏，齐钧广和严松霁正坐在青山茶社里聊天。"齐先生，八月节快到了，您不在家张罗着还往外跑？"钧广叹了口气，"我一直没跟你说，我刚回来那会儿我大哥就病重了，前些日子刚走了。家里惨惨戚戚的，还过什么团圆节呢。"

松霁一惊，按住钧广的手，"我不知道大爷……您节哀吧。大爷病了这些年，也算是不再受苦了。"钧广默然一点头，"我妈打算把这老宅子赁出去，带着我那小侄子回北平住去。到时候我就是'赤条条来去无牵挂'了。"

"那您更得常来听戏啊，给您解个闷儿，做个伴儿。上回我也没敢问，表小姐是怎么回事儿？"

钧广搔搔后脑勺，把手搭在椅背上，"我去云南之后我表姑就带着她上重庆了，倒是离我不远呢，只不过我在深山老林，她嫁进相府做少奶奶了。那家儿也是我们的一门老亲。"他嘴角轻动了一下，"这也是没办法的事，哪儿能人人都像尤三姐那么傻呢？"

"唉……当初我去府上唱小戏儿的时候，几位少爷小姐还都是小孩子呢，就跟现在的小孙少爷差不多……转眼都大了。"

钧广拍了他一把，"你卖什么老成，你又比我们大了几岁？怎么还不给我找个嫂嫂？"

松霁笑了，"我这前几年最得意的时候都没想这事，如今更不敢想了。"

"哎，你们班儿里那'尤三姐'对你难道没意思？我都看出来了。况且她师姐不是嫁的你师弟？"

松霁的手指把茶杯子绕得团团转，一双大眼睛呆了半晌，"老百姓家的姑娘谁爱寻唱戏的？可是行里人找行里人，不是我耽误了你，就是你耽误了我。现在看这架势，准是我拖后腿，又何必败人前程呢？现在这市面儿，唱出来多不容易啊。您不知道那小丫头练功有多苦。"

他们走出茶社的时候，月亮已经升起来了，光明皎洁的一掬冷光。严松霁打了个寒战，仰头望去，赞道："嗬，差一点儿就圆了！"

"差一点儿就不是圆啊。"钧广说。

送远行

　　到了年底，快封箱了，戏园子里格外热闹。这天刚散了戏，座儿还没走净，青山茶社就浩浩荡荡地晃进来一伙儿搂着女人、拎着啤酒的美国大兵，唬得台下众人作鸟兽散。方经理小跑过来，见美国兵里钻出了保安团的张秃子，忙不迭赶着他作揖，"张队长，钟大爷，这又是怎么回事啊？我这小草棚子实是盛不下您这些位贵客。打上回您来过，我这儿好不容易刚缓过气儿来……您抬抬手，别专咬我这一只病鸭子成不成……"

　　"嘿，方顺儿，你这是拐着弯儿骂老子是黄鼠狼啊？我知道，上回是我冲撞了，这不是给你带生意来了吗！"张秃子刚搭上方经理的肩，后面几个醉醺醺的美国兵已经不耐烦地叫嚷起来了。他转身点头哈腰地赔着笑，回过头来冲方经

109

理一挥手，"咱的盟军，这不快过洋冬至……啊那个，圣诞节了吗，旁边儿的舞场都满了，借你这地方跳跳舞，消遣消遣……不短你的钱！赶紧腾个空儿！"

方经理没办法，一个地头蛇领的保安团他尚且奈何不了，更别提是上头有令要"殷勤招待"的美国海军了。他招呼了几个伙计搬桌椅板凳，后台的蒋松霆和严松霁听着动静走了出来，燕老头不放心，也远远跟在后面。蒋松霆看见张秃子，气不打一处来，刚要上前就被松霁一把薅了回来。松霁耐着性子在人群里打量，一眼看见齐钧广站在那群美国人后面，独倚着门框，他张口刚要叫，钧广却朝他微微摇了摇头。

台上韩四等几个场面先生忙收拾了胡琴锣鼓，跑了个没影儿。外面一通混乱，金铃子姐妹偷撩起帘子向外望了望，红妆未卸的两张面孔一闪而过。

"齐，"人群最前面的一个金发高个子唤了一声，钧广忙走上去，"这是什么地方？那是什么人？"

"长官，这是个表演中国戏剧的小剧场。"钧广一语带过，张秃子见那美国军官手指着上场门，便凑到钧广耳边献殷勤，"翻译官，这班子里有几个坤角儿，要不要叫出来一块跳个舞？"

蒋松霆听了，两步跨到他身前就要动手，燕玉朋赶紧走上来拦住了，"张队长，我这姑娘已是当娘的人了，不好陪客。"张秃子眼一横，"那你那小的呢？"

"她这几天身子正不舒坦，下了场就累得站不起来了。"

燕玉朋忍气答话，半边身子直抖。松霆扶住他，"五爷，跟他废什么话，这畜生就是欠抽！"

"嘿，你算个什么东西？那姓严的我都打了，还怕你不成？"严松霁闻言，眼睛冒火地盯着张秃子，可手里还是死死拽住了松霆。这边争执不休，旁边的一伙海军虽听不懂却神情狐疑起来，带着熏天酒气围聚上前。

钧广见状，走过去把他们带来的唱片机打开了，妖冶悠扬的爵士乐飘出来，压过了周围的喧嚣。他对军官耳语了一句，"晚上驻地派人巡视，十一点以前就得返营，别闹出事来。"说罢伸手拉过了人群里一个浓妆艳抹的舞女，手一搭她的后腰，跳起了吉特巴。大兵们一看，欢呼了一声，也各携了女伴散开去，一时衣香鬓影，载飞载下，戏园子成了临时舞厅。

蒋松霆和严松霁回到后台时，金铃子姐儿俩已洗了脸，蝶子的脸蛋还是红得像火盆里的热炭。"没事了，齐先生给打了个圆场。咱先回吧。"

金铃子听了松霁的话，又转头看向丈夫，"这丫头又有点烧起来了。"蒋松霆蹲到地上，摸着她的额头问："还能走不？"

"让七哥背你吧。"金铃子替她掖了掖棉袄，不待她作答便将她搭到了松霆背上。出了园子，一阵北风卷过来，蒋松霆周身打了个冷战，只有颈后蝶子的呼吸带着热气儿，他把她往上颠了颠。松霁赶上来，摘了自己的毡帽，戴到她头上。

街上很静，青山茶社里的舞曲滑溜溜地钻出来，那音乐不像胡琴或笛箫那样带着一丝凉薄的苦味，它全然是欢乐，每个音符都摇摆着，扭动着，聚成一层晶莹有弹性的膜，浮在一切沉重的东西之上。

他们谁也没说话，可是蒋松霆夫妻俩不会想不到一处。金铃子十七岁开始登台唱戏的时候银蝶子还只有在后台打杂的分儿，小孩子熬不了夜，每次散了戏，她都抱着大衣箱睡得正欢。戏班的规矩，衣箱不能随便坐，却留下了她肆意的口水印儿。每次她都不知道是怎么到的家，因为都是蒋松霆背着她。金铃子不让蝶子管他叫姐夫，只许叫七哥。本来是为了不让松霆受倒插门儿的滋味，却也无意中让他和蝶子叫出了兄妹的情分。

今天她也在七哥的背上睡着了，不知什么时候到了家、躺上了炕。金铃子给她擦了手脸，盖好被子，出了屋便去找燕玉朋。"蝶子睡下了？"老头看她进来，先开了口。

"是，回来路上就睡着了。师父……"

"这丫头从小身子骨挺结实，最近是有点累着了。那几服药吃着怎么样？"

"吃了就退烧，但一累着就又烧起来。我想着……要不要送她去原来法租界里那大医院瞧瞧？"她说完就低下头去。燕老头顾自在桌前摆弄着一匣子亮晶晶的水钻头面，放下凤挑又拿起八宝，摸完蝴蝶花又拈起葫芦簪，细碎的五彩光芒一直反到金铃子的眼皮底下。

"唉……洋人祸害人哪……铃子,你看,师父刚给你们淘换的,这手艺,多有款儿!明儿上台戴上!"他把匣子小心翼翼地盖上,又放回自己的抽屉里,"最近你受累多唱两出儿,让那孩子多歇歇!说话这一年就熬过去了。"

金铃子没再吭声,默默退了出去。

她回到东屋,见蒋松霆已搂着女儿睡着了,她扳开他的胳膊,把褓褓挪出来。孩子那么小,那么柔弱。金铃子自己似乎从没"小"过,师父指着她跟所有后来的孩子说"这是大师姐",她也就没有偷懒撒娇的余地了。从前为蝶子操心,后来为丈夫操心,金铃子看他们都像孩子。看着他们,她会欢喜,会忧虑,会心疼;可是唯有看着自己真正的孩子,她的女儿,她会害怕,怕自己做不好这个娘。她能让女儿活成什么样呢,自己那样?丈夫那样?还是,蝶子那样?……

往后一连两三个月,这几条街上的舞场一满,张秃子就引着美国兵来青山茶社,方经理拿了钱,也就把嘴闭上了。这天戏还没开场张秃子就陪着那个军官来了园子,齐钧广也跟着。方经理诚惶诚恐地迎上来,"张队长,今儿天可还没擦黑儿呢,您要跳舞晚点儿来,别砸我场子呀。"

"方顺儿,今儿长官不跳舞,要看戏!你让她们可别惜力。"

"得……那您几位往中间儿坐,我去沏壶好茶。今儿您老来着了,银蝶子有一阵子不上台了,今儿身子好点儿了,正好有她的尤三姐。"

台上演到"思嫁",尤二姐和贾琏调情,其实不过是端端正正各坐一把椅子,把眼角眉梢的颜色抛来闪去,台下观众看得津津有味,美国军官却摸不着头脑,"齐,这两个人是什么关系?夫妻还是情人?"钧广微微一笑,"他们算是亲戚,这女人已有婚约,但这个男人在追求她。"

贾琏佯装要抢尤二姐的槟榔荷包,却遮遮掩掩地递去了自己的九龙玉佩,此处的小伎俩美国人倒是看懂了,"你们中国人说是男人讲信义,女人讲贞节,在美色和财富面前也都一样要缴械投降的。"

燕侣莺俦已就,贾珍也摸上门来想占点便宜。钧广解释道:"贾琏的堂兄名义上帮助他得到了尤二姐,其实心里也在觊觎那姐妹俩的美色。"

军官饶有兴致地打了个响指,"哪儿有什么兄弟,战场无处不在,都是利益的分割和交换罢了。"正说着,台上尤三姐出场了,泼辣烈艳,拽住贾珍贾琏就灌酒,台下的笑声和叫好一哄而起。"怎么了?为什么大家比刚才热情了好多?"

"这个女演员有一段时间没上台了。"

"她很受欢迎吗?看着还是个小女孩呢,还是刚才那个更有女人味。"

钧广一眼望过去,见本就苗条的银蝶子病了一阵子,整个人更小了一圈。她在那儿忽起忽落地捉弄贾家兄弟,声势虽壮,袖管里露出的腕子实在细得唬人。

及至尤三姐明贞自刎，柳湘莲悔恨地跪地唤了一声"哎呀，我的妻呀"，全场唏嘘，美国人也抱着胳膊肘叹了一声，"你们中国人把生命看得太轻了。"

"只是把别的一些东西看得太重。"钧广直视着台上。

"我记得好几年前看了部电影《飘》，那是珍珠港之前的事了。"

"是，费雯·丽演的斯嘉丽小姐，中国也上映了，中文片名的意思是'动荡世界中的美妙女子'。那时我刚上大学。"

军官点点头，"译得不错，这样一个美妙的女人，战争的苦难也改变不了她的性格，比太多人、比太多男人强了。她要爱，便去追求，'明天又是新的一天'，她是不会自杀的。"

"斯嘉丽和尤三姐，"钧广一时语塞，"……不一样。"

"是的，太不一样了，我是不能理解中国文化的。我们美国人珍视自己的生命，毕竟它是实现目的的唯一手段。齐，"军官拍拍他的肩膀，语气轻松道，"'家，我要回家了'*。谢谢你这些日子的工作。"

钧广听后大吃一惊。

---

* "Home.I'll go home.And I'll think of some way to get him back.After all, tomorrow is another day."（"家，我要回家了。我要想办法重新得到他。不管怎样，明天又是新的一天了。"）出自《乱世佳人》（*Gone With the Wind*）。

这一年的五月起，驻守华北的美军开始陆陆续续地撤离。老百姓们隐约觉得天地在变，但天地太大了，他们顾不了。"明天又是新的一天"，可是每天都有太多人到不了明天了。

荆
湘
怨

齐钧广来向松霁辞行，他要留洋去美国了。

"本来五年前就要去的，赶上被征调到云南，就没去成。"
钧广说完，漫不经心地端起盖碗啜了两口。严松霁愣了一
下，随即挂上笑，"您学问都这么大了，赶明儿再中个洋进
士，本事更了不得了。等您回来，我可没脸再跟您坐一块儿
喝茶了。"

钧广一拳打在他膀子上，"你跟我说哪门子场面话！正经
的，你再带我唱一遍《战太平》的导板！"松霁朝左右看了
看，也不推辞，坐着拉了个山膀，开口便唱，"头戴着紫金盔
齐眉盖顶——"最后一个"顶"字直拔高腔，周围的茶座儿
都忍不住叫好。钧广也赞叹一声，搭了他的肩膀，一起往后
唱，"为大将临阵时哪顾得残生！撩铠甲且把二堂进，有劳夫

人点雄兵……背转身来跨金蹬，但愿此去扫荡烟尘。"

余音悠悠，湮没在茶园的熙攘人声里。钧广低声喃喃了一句，"往后不知会怎样。美国人和共产党交了几次手，前一阵儿塘沽的军火仓库刚被劫了。"

松霁瞪大眼睛，"怎么着？那您说这国民党……"

"不知道，我也不想知道。"钧广轻描淡写地剪断了他的话头，"你见过热带的大树林子吗？"

他这句话没头没脑，松霁只得摇了摇头。

"我在缅甸见着了，还差点死在里面。那里面全是树，遮天蔽日的树，还有各种虫子，听说还有野人，好在我没遇着。在那儿你好像能听见植物唰唰疯长！小时候带我的刘妈说，乡下的高粱拔节的时候会唱歌儿。我躺在那深山老林里才算信了，可那声响一点也不诗情画意。这边叶子藤子肆无忌惮地长着，那边，人说死就死了，死了就给树当肥料了，叫虫子吃了，根本不像戏台上死得那么体面。"

钧广说着掏出皮夹，把茶钱留在桌上，"我爷爷赶上了甲午海战、八国联军，我爸爸跟着荫昌去湖北跟革命党打过，都不行，都败得一塌糊涂……到了我这儿，甭管怎么说，总算是打了场胜仗。可我受不了这种生生死死的滋味了，顶着光荣的名头也不行……所以我得找个稳当点儿的地方缓缓。哪儿能容身呢，除了出家当和尚就是去读书当博士了……"

今当远离，松霁别无他话，当街作了个长揖。钧广只笑着一抱拳，西服搭在肩上，转身而去。

张秃子自从那日看了一回《红楼二尤》便上了瘾，时不时带着一伙儿人打着"整饬纪纲"的幌子到青山茶社"视察"。偏偏银蝶子的病缠绵不愈，偶尔上台也以唱为主，不大演做工吃重的戏了。张秃子来八回，赶不上她演一回尤三姐。

这天，台上支着一顶绣花大帐，银蝶子演《晴雯》里的"补裘"一折。宝玉心痛道："你病体沉重，不补也罢。"晴雯则吃力坐起，"我拼着性命不要，也要与你补好此裘。"跟着是缠缠悱恻的二黄导板，"掀开了红绫被身觉寒冷，下床来只觉得头重足轻……"

底下的座儿有知蝶子底细的，也有不知的，只当她弱不胜衣的身段脚步演得真切。叫好儿刚起，突然"哗啦"一声，碎瓷片和剩茶叶溅了满地，张秃子站起来骂了一句："他妈的，老子花钱坐着看戏，唱戏的倒躺着。哼哼唧唧的蒙事行，蒙到老子头上了！"说罢踹开椅子，扬长而去。

方经理战战兢兢跟到门口，向他赔小心，"张队长，您不知道，这出戏就是晴雯在床上病得起不来啊。"

"方顺儿，见天儿演这戏你不嫌晦气？我看着还晦气呢。老子要看那小妮子演的《红楼二尤》！"

"哟，张队长，那戏不也是死人的戏吗……您要看喜庆的，明儿我们这有唱落子的，《花为媒》，我请您来看……"

"甭跟我废话，我就爱看那小妮子撒泼抹脖子，痛快！"他乜斜着眼，声音一低，"方经理，知道最近上头下了'禁舞令'吧？"

方经理一愣，"啊，听说了，听说了……不少舞场都改了茶楼了，那陪舞的都改陪茶了……我们这小买卖更不好做了……"

"这些明里改了茶楼、饭馆，暗地里接着跳舞的场子早晚都得取缔喽！要整顿风化、'戡乱建国'，你懂不懂？"

方顺儿被他说晕了，点点头，又摇摇头，"张队长，这跟我们有什么相干呀？我们就是个茶园子呀。"

"哦？你这儿散了戏，没人来跳过舞？你没收过钱？"张秃子的一张油饼儿脸贴过来，拍了拍他的肩膀。

"这不是您……哎哟……这是为嘛呀，您可把我坑惨了哟……"方经理哭丧着脸直跳脚，张秃子却拍拍屁股走人了，撂下一句话，"过几天老子来查封这两条街的营业舞场，你看着办！"

方经理硬着头皮去找燕玉朋商量，燕老头饶是忍惯了的人这回也气不过，死活不应许。"我好不容易教出来的孩子，不能让个流氓头子毁了。"

"您说哪儿去了，就是唱个戏，现在上头查得正紧，他不敢把蝶姑娘怎么样。"

"把身子骨儿唱坏了，可不就把我们的饭碗砸了吗？大不了我们离了您这宝地也就是了。"

蒋松霆也附和，"就是，此地不留爷，自有留爷处，在你这儿也被克扣得够了！"

"七爷，您可不能这么说。"方经理揣手一笑，"我这台子虽小，就您这一家儿占着，赚多赚少的，怎么分咱都好商量；若是去了大园子，多少戏班子抢那一亩三分地儿哪，僧多粥少啊。再说了，咱今年下的签儿可还没到日子呢。"

"方经理，"严松霁缓缓开口，"给人挪地儿跳舞的是你，拿钱的也是你，我们可并没沾一分一厘的好处。现在人家要封的也是你，我们没辙。演不了就是演不了。"

"严大爷，您的话厉害，可您别忘了，您的嘴头子、肉身子再硬气，也硬不过人家的枪杆子。我这儿倒了，您几位再去别处儿，就逃得出那张秃子的手心了？"

满屋沉默，金铃子抱着孩子，试探着看向师父，"咱班子里有几个孩子也差不离能上台了，找一个来前面几场，后面吃重的我来，一赶二*，我还可以。"

燕玉朋刚要点头，方经理却在椅子上拧过身来，扫了她一眼，干笑了两声，"铃姑娘，人家点名儿要看银蝶子，甭管小孩子还是孩子娘，都差着意思呢……"

这时，小义儿突然咿咿呀呀地闹起来，洪亮的哭声在屋里盘旋，生生盖过了大人们拐弯抹角的言语。银蝶子就着孩子的哭声张口了，嗓门很小，但大家都听见了。

她说："我演。"

---

* 　一赶二，即一个演员在一本戏的不同场次中出演多个不同的角色。此处金铃子意为自己前演尤二姐，后演尤三姐。

这天晚上，金铃子带着女儿跟蝶子挤在一个炕上睡。孩子在中间，两人枕着胳膊肘，面对面说话儿。蝶子的手指尖围着孩子的小脸转了又转，但到底没碰上。"真是有苗儿不愁长，眨眼都一岁半了。姐，多有意思呀，这么个小人儿，你是怎么变出来的！"

金铃子脸一红，又忍不住要笑，"你这丫头胡说什么呢。早早晚晚你就知道了！"

蝶子的脸也腾地红了，"我跟你说的不是一码事！我是想，甭管谁都是从这么个小娃娃长起来的。以前我以为白胡子老头从来就那么老呢，谁能想到他也当过吃奶的娃娃呢。"

"人哪儿有不长大变老的？伍子胥过昭关，不是一场戏就换了三副髯口吗？日子苦，老得就快啊。你还小着呢。"

蝶子朝旁边的孩子努努嘴，"你没生小义儿之前我也觉得我小着呢，可不知怎的，见了她，我就觉得我是个大人了。"

金铃子闻言伸过手来摸了摸她日渐瘦削的脸颊，劝道："蝶子，把戏回了吧，身子要紧。有姐在，咱不至于吃不上饭呢。"

"哪儿就那么娇气了？小时候天天起早贪黑地，挨了师父多少打，不也没事吗。师父打完师娘还打……我记得那次给她盛饭，没留神说了句'师娘，还要饭吗？'，她兜脸就一个嘴巴，幸好我躲得快，她打空了，还撂下碗追着我打呢，最后自个儿绊在门槛上了……哈哈哈哈！"

金铃子听着，也不禁笑了，"就你是个不省事的。"

蝶子翻了个身，脸朝着房顶叹了口气，"那会儿真苦呀，身上疼得我真想过死呢。其实连死是什么我还不懂呢。有一回看师父和罗老板演长坂坡，师父的糜夫人，演到'抓帔'那块儿，他一转身儿，把线尾子往胸前一捋，上了椅子，水袖向后一挂，又一跳，罗老板就把师父的帔抓在手里了，俩人都那么利索，生生把我看呆了。过后你跟我说我才知道，那是糜夫人跳井了。"她转脸看着金铃子，"后来我一挨打就想着跳井，觉得那多漂亮啊，也不用受罪了。"

"傻丫头！"

"是啊，多傻啊……真跳井哪儿能那么好看……我想起你说的，人死了就唱不成角儿了，练功的汗啊泪啊都白流了，也看不见亲人姊妹了，想吃的也吃不上了，想玩的也玩不了了，这世上什么事都跟你没关系了……那孤零零的多吓人啊，我害怕了，就不敢死了……谁愿意一个人呢，我离不开你和七哥，现在还有小义儿，还有……"

金铃子的脸埋在枕头里，泪水涌进去，脸上便不见泪，可是耳朵憋得通红。

"姐，好久没捏着你的耳垂儿睡觉了，今儿让我捏捏……"

一点冰凉叮到金铃子脸侧，使她不由自主地抖了一下，焐住蝶子那只手。外面，初夏的鸣虫已幽幽叫了起来……

双
鸳
鸯

　　方经理从中斡旋，最后定的是唱半部戏，从【谋姨】演到【明贞】。到了查禁舞场那天，张秃子领着人走街串巷，封了附近十几家明里暗里营业的舞厅，最后才拥进了青山茶社，坐下便嚷渴叫茶，旁边的座儿纷纷侧目，却都不敢言语。

　　开戏了，贾琏和贾蓉叔侄俩上场，丑儿扮的贾蓉一通插科打诨，引着贾琏去会尤氏姐妹。台后，金铃子姐妹已上好了妆。蝶子的胭脂拍得比平日重了许多，可脂红粉白底下还是透出青灰的病色。

　　"柳湘莲哪儿去了？怎么还不扮上？"燕老头转着圈嚷嚷。他怕今日蝶子的气力撑不起场面，所以特意邀了个颇有名气的小生来和她配戏，到这会儿却不见人影。

　　"五爷，五爷……"老宋头一路小跑到他跟前，"喜丰班的侯三爷带话儿来了，他今儿闹嗓子，来不了了……"

"什么？！"燕玉朋急了，"这个侯三儿，小杂种的，哪儿有开了锣还回戏的？这不是明摆着阴我吗……这叫我怎么办！咱这唱小生的，我今儿都没让人家来……"旁边几个人见他急得不行，都过来劝，"柳湘莲的戏也不算重，不拘找个谁来串一下就是了，反正那张秃子不懂行，他看的也不是柳湘莲。"

戏不等人，燕玉朋只得点头，转而望向班儿里的几个后生，里头也有严松霁。他的腿虽坏了，身上的工架和一条好嗓子也还不是旁人能比的，更何况他天天陪着银蝶子姐妹练功，对这戏比谁都熟。金铃子本来已经扶着蝶子到了上场门，俩人准备登台了，听到这边的说话声，蝶子倏地回过身来，也直勾勾地盯着严松霁。

然而松霁蹲在箱子旁边整理刀枪把子，置若罔闻地低着头。她眼里的光黯然了。燕玉朋无法，点了个孩子的名字，正要临时给他说戏，金铃子却张口了，"师父，让我来串吧。"

"你行吗？"燕老头问得简短，金铃子也答得干脆，"行。"

从前学戏，初时不分行当，什么都会一点，长大后偶尔在过年或喜庆的日子口儿反串，也是常事。可眼下却不是为了图高兴取乐。金铃子不说，旁人瞧着眼下银蝶子的模样也猜到了几分 —— 她怕蝶子在台上有个闪失，自己多少是个照应。

前面锣鼓紧催，蝶子攥了攥她的手，顾自上场了，台下顿时传来张秃子一伙儿人起哄似的叫好。尤三姐的一段四平调，腔拖逶迤，步步生娇，"替人家守门户百无聊赖，整日里坐香闺愁上心来。那一日，看戏文把人恋爱。那日在赖尚荣家中观那清客子弟演唱的，噢，雅观楼呵。你看他雄赳赳一表人才呀，回家来引得我春云叆叇。他姓柳名唤湘莲，唉！倒是个侠情男子啊！女儿家心腹事不能解开。也只好捺心情，我机缘等待。"

底下立刻有人接下茬儿，"甭等啦！跟了我们张队长吧！""说的是啊！包你享福！"银蝶子不动声色，只管唱她的，双手一拎裙裾，一展肩，学着柳湘莲提甲起霸的范儿，身形虽瘦怯，却在满面娇媚中流露出英武气来。

过后尤二姐和贾琏相见，卿卿我我，银蝶子暂退场。老宋头掀开帘，她刚进了后台就脚步一趔趄，蒋松霆手疾眼快扶住了她，"蝶子，还行吗？""没事，七哥。"她搭了他的胳膊，抬眼见严松霁默默递过来一只小茶壶。

她没接，只朝他一笑，脸瘦了，酒窝都浅得快没了。"严大哥，剑舞那块儿，您再走一遍给我看看吧！我再熟熟。"

"不用了蝶妹，你闭着眼都做不错。"他把小茶壶在两只手里倒换着，不知怎么拿才好。

"好长时间没演了，我怕舞不好。"

蒋松霆按她坐在大衣箱上，"蝶子，甭太卖力气，瞎比划比划就……"

"不会的，"他未说完，松霁却接过话去，"不会舞不好的。"

少顷，金铃子下场，忙着卸妆揃头改小生扮相。再登场时，她和薛蟠走在一起，已是风流倜傥的柳湘莲了，头戴武生巾，顶插红绸软火焰，敞穿着素白团花褶子，腰间佩剑，脚步走起来开肩展胯，洒脱自如，引来底下一阵惊呼。

"嚯，洪老板您瞧，多少年不见这金铃子反串儿啦！今儿这是怎么了？"

"唔……还挺俊！"

"那倒是，平常看惯了她演旦角儿，觉得扮相儿没小时候鲜亮了。猛地这么一扮，倒是精神！"

说话间，贾琏上场，为柳湘莲做媒。"……尤家之女，人称尤三姐。她曾言道，除了贤弟是不嫁别人的。"柳湘莲称奇，应允了婚事，还留下随身佩带的鸳鸯剑做聘礼。

金铃子再回到后台时，蝶子已预备着上场喜接聘礼、闺房舞剑了，她歪头打量金铃子，脱口而出："姐，你扮相真潇洒！"金铃子心里颤悠悠一动。从前自己一扮上戏，蝶子就这样不错眼珠儿地盯着她，像条甩不掉的小尾巴。

"多留神！"她叮嘱。

蝶子点点头，放开了她的手。

贾琏做成了月老，得意洋洋地献出鸳鸯剑，尤三姐半是惊喜半是羞怯，听到贾琏戏言"我替你保存了吧"，忙一把夺过剑来扛在肩上，兀自携剑回房去了。后面是银蝶子的独角戏，满场屏息凝神，连保安团的人都消停下来了。

只见尤三姐飘飘然跑了一圈小圆场，抱剑站定，随即将剑反背肘后，跨虎蹲身亮相。喝彩刚起，茶园外却响起一阵喧哗，几个高入云霄的女声喷涌进来，冲淡了咿咿呀呀的胡琴。"张秃子哪儿去了？""我们要找张秃子！让他滚出来！"屋里保安团的几个小喽啰连忙跑出去察看。

　　"冷面冷心一枝柳，不识春风与绣楼。"银蝶子继续舞着，起左右云手，剑尖点地，裁剑分作两股，唱起齐钧广填的那段二六。"张秃子，你滚出来！凭什么封我们的舞场？这是要活活饿死我们这伙人啊！"门外的尖声叫骂比剑刃锋利。

　　"相逢一顾五个秋，想玉容歌管尚淹留。"她徐徐转身，双剑耍个云手花，侧脸立剑，一挡羞容。"你这些年少拿我们的好处了吗！这会儿又说什么礼义廉耻了？！""翻脸不认人的狗杂种，滚出来！"

　　"氍毹方寸千骑走，立谈死生少年游。"她蹑步向前，双剑交叉过顶，仿照少年英豪摆剑压翎的架势，眼神明澄透亮，毫不躲闪。严松霁远远看着她的背影，却觉得她的眼神无处不在，把他照成了一个透明而虚弱的纸人儿。他演过的英雄豪杰捆在一起，也被她一眼望穿了。

　　"甭拉我，你算什么东西，凭什么不让我们说！""张秃子，你个癞蛤蟆插鸡毛掸子，充什么大尾巴狼？""老娘拼着一身剐，敢把皇帝拉下马！"门外的喊声越来越大，聚的人越来越多，舞女之外，还有乐师、领班、酒仆、清扫马桶间的娘姨和跑堂的小郎……张秃子的脸色愈发难看，频频回头，在椅子上如坐针毡，连向左右使眼色，便又跑出去几个人。

"玉簪落地明心意，宝剑飞来渡闲愁。一见鸳鸯双结子，百转千回绕指柔。"燕玉朋和蒋松霆扒着帘子唤银蝶子回去，她却像没听见似的接着且舞且唱，趋步走了一串刺翻身，双剑穿梭，宛若游龙。

"我们一家老小七口人全靠老娘跳舞养活，把舞场关了，是逼着我们全做野鸡去？""不让我们跳舞，你自己倒来捧戏子？""都是卖艺的营生，我们就低人一等不成？""干什么？你们还敢打人！打人啦！""狗腿子打人啦！"

"奴不随浮花并浪蕊，舞罢龙泉，且待君回舟。"银蝶子转身一蹲，微屈右腿，仰面下腰，一个捞云望月定在台上。尽管外面人声嘈杂，底下还是翻起了一迭响亮的叫好儿。她回到后台，气喘吁吁，冒出一身汗来。金铃子正不知是进是退，见蝶子冲她点头，也只得挑帘登台。

【明贞】，是今天的最后一场了。

柳湘莲听信流言，来见贾琏和尤老娘，直截了当要"索回鸳鸯剑，打退恶姻缘"。

> 贾琏：难道这荣、宁二府还玷辱你不成？
>
> 柳湘莲：提起荣、宁二府我倒钦佩。
>
> 贾琏：钦佩的是什么？
>
> 柳湘莲：门前那对狮子！
>
> 贾琏：却是为何？

柳湘莲：只有它还干净！

　　台上的戏渐入高潮，门口的吵闹声更是一浪高过一浪，带着氤氲的暑气拍进屋里。台后只剩下死寂。蒋松霆焦躁地踱来踱去，燕老头垂着脑袋，一声哀叹，"这是造的什么孽啊……"只有银蝶子不声不响，她吊着一股子精神，不敢懈劲儿；懈了，就再提不起来了。须臾，她又要上台。

　　"蝶妹……"松霆叫了她一声。

　　"严大哥，有事？"

　　他迟疑地摇摇头。

　　"那等我唱完的吧。"

　　于是她逶迤而去，走到了柳湘莲面前。

　　　　尤三姐：啊柳……

　　　　柳湘莲：柳什么，柳什么，哼，柳什么！

　　　　尤三姐：柳郎，刚才你们讲的话，我在门

　　　　外头都听见了，我虽然久在荣、宁二府中，却

　　　　不曾受他们的玷辱。你……你不要冤屈好人！

　　　　柳湘莲：哼，既在荣、宁二府，你还讲得

　　　　什么清白。

　　"张秃子，我们凭本事、卖力气吃饭，不偷不抢，凭什么断我们活路？""张秃子，滚出来！我们打死你再去社会局讨

个公道！""我们要吃饭！""还我舞场，我们要吃饭！""我们要吃饭！""我们要吃饭！"……

谁不是为了吃饭呢。都说"商女不知亡国恨"，舞女也好，坤伶也罢，又有几个人把她们看作这文明礼仪之邦里堂堂正正的主人？任你在台上演尽贞节烈女、巾帼英雄，贱业就是贱业，业再精，艺再好，艺人还是贱。

尤三姐听见柳湘莲的话，杏眼圆睁，一甩剑缨，唱出一段沸沸滔滔的西皮快板。火似的刚烈，冰似的绝望，撞在一起，融化成血泪。柳湘莲的眼神仓皇了，惊讶了，接近于惶恐。

> 妾身不是杨花性，你莫把夭桃列女贞。谣诼纷传君误信，浑身是口也难分。辞婚之意奴已省，白璧无瑕苦待君。宁国府丑名人谈论，可怜清浊两难分。还君宝剑声悲哽，一死明心我要了夙因！

银蝶子的剑虚在颈前一抹。"呼啦"一声，人潮终于涌入茶园了。

她眼前模模糊糊地映入一些五彩缤纷的、蠕蠕移动的团块，有红洋绢、绿锦缎、香云纱、阴丹士林……有旗袍、洋装、短褂长绔……真花哨啊，比戏中人的行头还热闹。那股子流动的颜色散发出各种高中低档香水和脂粉、皮肉、汗水混合的气味，她看见她们像大染缸里的彩色漩涡似的把张秃子卷到里面，湮没了他……

锣鼓喧天的花花世界好像无声了，唯余音调极高极单调的一阵蝉鸣。阳光直刺进来。她记得金铃子最后的念白，"三姐，三姐，我那妹妹呀！"

姐姐念错了。

柳湘莲的台词明明是，"我那妻呀……"

穷河西

　　银蝶子躺在炕上，金铃子拿一块白手巾给她擦着脸上的油彩。一层油，一层粉，一层红，一层白，画着费事，擦起来更是惨不忍睹，直抹得脸上像个小花猫似的。金铃子扑哧笑了，而笑纹随即被泪填满了，千头万绪地淌下来。她又拿手里的毛巾在自己脸上揩了揩，一样落花流水的残妆，只有两道武小生的剑眉还撑持着，莫名给她泪眼蒙眬的样子添了豪横的神色，使人不敢细看。春雀社的人都鸦雀无声地站在小院里，严松霁蹲在门槛外，蒋松霆抱着孩子。无论是谁，金铃子一概不许近身。

　　蝶子死了。送到伦敦会医院的时候就不行了，有个年长的中国大夫好心，帮他们免了抢救费，只收了一笔接诊的款子。饶是这样，也是个令人咋舌的数字。大夫说她是"猝亡"。金铃子直愣愣地吐出一句:"什么意思?"她脸上带着浓妆,语气很硬,蒋松霆连忙拉她,大夫似乎并不介意,平静回答:"就是突发的心脏衰竭,人一下子就,没了。"

一辆板车将蝶子运回了小院,严松霁、蒋松霆和金铃子扶车而行。路人从他们身边过,无不侧目指指点点。松霆掏出一块帕子递给妻子,她不接,只摇头,"不是,大夫说的不对,我妹妹她不是'一下子'没的。"

他不解,她也不再张口,就这样顶着太阳下山前的余热一路往回走。路过绸缎庄、成衣铺和鞋店,路过同福楼、聚庆成和街边卖的冰碗儿河鲜,路过电影院外《春残梦断》占了整面墙的巨幅海报,也路过书馆茶楼里飘出的三弦和鼓点,鼓书艺人正唱得一字一泣血:"细雨轻阴过小窗,闲将笔墨寄疏狂。摧残最怕东风恶,零落堪悲艳蕊凉。流水行云无意话,珠沉玉碎更堪伤。都只为粉黛多情含冤死,就是那薄命的佳人叫李慧娘啊……"

这世上不管谁死了,总有其他人活着,欢喜着,繁华的市声就是大地永恒的呼吸。金铃子一路听着,一路走着,苏三起解、林冲夜奔的路都没这么长……

严松霁又打来一盆干净水,远远地放在脸盆架子上,金铃子倚在炕上,连头也不回。

"老七,"韩四的老婆悄悄叫蒋松霆,"铃子她们姐儿俩是一块儿长大的,跟亲的一样……蝶子这一走,她这么憋着可不行,要出事儿的。"

"四婶，那您说怎么办？"松霆强睁着一双通红的眼睛，韩婶不语，指了指他抱着的孩子。

小义儿半天没吃奶了，这会儿正缩在他怀里直哼唧，他哄着孩子，挨进了屋里，沙哑着嗓子唤了一声，"铃儿，我求求你，看着孩子的分儿上，别跟自个儿过不去。"金铃子的背影凝固了一会儿，果然站起身来，可是没看他们父女一眼就走到洗脸盆前面，一猛子扎进水里，狠狠搓洗脸上的油彩，一块胰子被染成粉红色，软塌塌地摔到地上。她洗完了脸，一甩头，不待擦干便一把推开门口的蒋松霆，径自走向燕玉朋的屋子。老头闻知蝶子的死讯，又惊又悲又气，正躺在床上缓劲儿。

金铃子进屋就直挺挺跪下了，脸上的水珠飞溅到地上，瞬间蒸发。

"那孩子……福薄啊，爹妈扔下她就不要了，打小儿跟了我一场，你最知道，我把她拉扯大不容易啊……"燕玉朋半闭着眼有气无力地叹息。

"师父，蝶子是替咱这班子卖的命，不好好发送她，说不过去。"金铃子死死盯着床上的燕老头，而他不睁眼，只抬手指了指梳妆台上压在头面匣子底下的一叠钞票。

她搭眼一看，血直往脸上涌，"您这是打算用副'狗碰头’*就把蝶子打发了？”老头用手啪啪拍着床板，“我能怎么办？她这一死，把我的棺材本儿都带去了一半儿！赶明儿我死了，还不知能不能用上一口狗碰头呢！”

“当半份儿戏箱，留着够用的就行了。还有那些个头面。”

“你说什么？”老头没想到金铃子敢这么直截了当地戳他的要害，他从床上撑起身子，指着她骂，“你这遭天杀的丫头疯了？这是要我的老命啊？老了老了，倒让你拿住我了？！哪儿还买不来两个毛丫头了？等着你卖我的东西，还不如趁早儿散伙！”

“散伙就散伙！”金铃子忽地站起来，夺门而去，留下老头在床上呼哧呼哧大喘气。

她跑回蝶子的小西屋，依旧把众人晾在院里，进屋却看见蒋松霆又哭又笑地抹着眼睛，松霁也不知所措地呆立在原地。

“怎么了？”她把松霁的袖子从他脸上拉下来。

“没事，咱小义儿会说话了……”他转过身来，孩子偎在他怀里，清清楚楚地喊出“爸，爸”，又伸出小手要往炕上够，嘴里叫着“姨……”

金铃子的眼泪夺眶而出，抢过孩子搂在胸前嗷啕大哭，孩子受了惊，也跟着大哭起来，外面的人听了，无不怆然。

* 狗碰头，薄板棺材。

不知过了多久，金铃子抬起头来，抹抹脸，撩衣服给孩子喂饱了奶，又递给蒋松霆，独自走出屋来。

她走到琴师韩四和几个老人儿身边，硬声说："四叔，您帮我跟园子里知会一声，咱们后儿接着唱，我要把《红楼二尤》剩下的唱完。"

晚间，小义儿已经睡着很久了，金铃子还是坐在炕沿直勾勾地看着她，不动，不说话。蒋松霆小心翼翼地在她身后坐下，揽她靠在自己胸膛前，"铃儿，我知道你想什么呢，孩子刚开口说的话没准儿……保不齐明儿一睁眼就喊娘了。这不是，平常我跟蝶子老带着她玩儿……"他说到这儿，嗓子哽了。金铃子默然，慢慢靠着松霆的身子滑了下去，背对着他和衣而卧。

"蝶子的事，你打算怎么着？眼下一天比一天热了……"

"婊子无情，戏子无义，"金铃子突然开口，"人家这话真不冤我们。老头儿不管，我管。"

蒋松霆听见她刀子似的声口，冷飕飕的，很陌生。他侧卧着抱住金铃子，手焐在她柔软的腹部，把脸紧紧贴着她的项背。他不是天不怕地不怕吗，见过歹人，见过枪炮，更见过伤疤和流血，可是没见过如花似玉的一个大姑娘在台上唱着唱着戏就死了，死得干干净净，安安静静；那姑娘还是他看着、逗着长大的，妹妹一样的人儿。他的胳膊箍着金铃子的身子，她隔着竹布小褂儿感到他微微的颤抖，他的眼，他的唇，还有下巴上的胡茬都挨着她的背，又痒，又凉。她的后心湿了一大片。可是她闭着眼，一动不动。

严松霁一宿没睡，他坐在停着银蝶子的小西屋门口，她躺在高粱秆扎的灵床上。两个人从不曾独处这么久。早先她是小孩子，他是大人；后来她是大姑娘，他成了废人。似乎什么都没开始过，就结束了。今儿金铃子给她穿衣服的时候，从她的枕头底下掏出了那副护膝，已经缝好了。晚上金铃子红着眼睛交给了他。

已是夏天了，她为什么缝好了一直没送出去呢。戏文里总有一件精美的物什让才子佳人情定终身，是金簪、宝剑，再不济，也是一首诗、一幅画……总是那么凑巧、那么顺利地就从她手里传到他手里，即便不顺，也会有个俏丫鬟奔走其间。

可是他们没有。

他把护膝绑在腿上，针脚参差不齐，尺寸也有点紧。他的嘴角翘起来。戏班子长大的姑娘，台上那么纤巧灵动，拿起针来手笨也是情有可原的，毕竟芳华若许都用在台下十年功了。他的手抚着膝盖，回忆自己这一年半载给过她什么东西没有？没有，什么都没有，尤其不能给的是念想。也不对，他至少教给她一段尤三姐的剑舞。尤三姐被柳湘莲毁约误负了，可他连柳湘莲都没敢当过一回。

他站起来，跛到房檐下抄起了竹竿。右腿金鸡独立，受过伤的左腿回盘一颤，转向后踢去，稳稳当当走了个探海儿，又一翻身，耍了一套枪花。他手里舞着，唱了一支《雅观楼》里的【端正好】：

> 奋雄威，英名盛，贼逢俺胆战心惊。男儿
> 图画凌烟姓，今日个功成定……

尤三姐在堂会初见柳湘莲，他唱的就是这段。而严松霁初见大轴登台的银蝶子，她是戏里的晴雯。

霁月难逢，彩云易散；叹儿女浮生皆一梦，这聚散二字总成空。

原来书上写的、戏里唱的所言不虚。

这天晚上没有月亮，松霁的一招一式消融在幽深的暗夜里，可是低回的唱腔传了很远，很远……

一
锭
银

"鸳鸯剑断送了手足性命，思想起不由人撩乱芳心。一来是三妹妹生来烈性，二来是宁国府坏了声名。奴且喜嫁檀郎夫妻欢庆，怀六甲但愿得早降麒麟。"金铃子出场后是一段二黄慢板，字有尽，腔无穷，一板又一板地延宕着愁怨和希冀。满场静谧，今日上的座儿比两天前还多，不少人是听说了银蝶子的事，特为猎奇而来。

这一折戏叫"赚府"，尤二姐还以为自己要进的是诗礼簪缨之族、温柔富贵之乡，殊不知是被算计进了繁华深处的龙潭虎穴。王熙凤要借刀杀人，借的是秋桐的刀。秋桐在书里是个美婢，在戏里却是个半大老头子扮的滑稽彩旦，张牙舞爪地要抢尤二姐身上的华服。

尤二姐委委屈屈地脱了那件淡粉绣花帔，伺候秋桐穿上。

秋桐胖得系不上带子，便粗手大脚地直接抄起两个衣角在胸前打了个结。底下笑声四起，亦时有耳语。

"洪老板，您说她这妹子刚死，她这儿倒一点儿不耽误登台唱戏。可不是人家常说的戏子无情？"

"戏子不演戏，吃什么？想是有什么难处也未可知……"

说话间到了最后一折【催芳】，台上支起了晴雯补裘时用过的绣花大帐，在台上它便是床。

"雨打残花遭横暴，叫人此刻难打熬。"金铃子坐在帐内唱出两句散板。原书里尤二姐是带着身孕死的，戏里的她却是要临盆了。编戏文的人使尤二姐受了一遭分娩之痛，无异于让她死了两回。床幔放下，片刻秋桐从内抱出一个"婴儿"，是襁褓裹的木雕、戏班子里的"喜神"。

王熙凤曼声吩咐秋桐用开水去洗孩子。

秋桐：啊，用开水！那不烫手吗？

王熙凤：你不会往上浇吗！

秋桐：那一浇不浇死了？

王熙凤：我叫你浇，你就给我浇！

韩四的胡琴惨烈地"吱呀"了两声，尤二姐从帐内探出身来，望向王熙凤，"啊，姐姐，我儿因何啼哭呀？"

王熙凤：说的是呀！秋桐，你怎么把孩子

给洗哭了?

秋桐:哪儿呀,他洗舒服了。

尤二姐:快抱与小妹吧!

秋桐:给你瞧瞧。

尤二姐接过孩子,一看大惊失色,蓬着头,抖着水袖,跌跌撞撞地闯出帐来,"啊,姐姐,我的儿子他他他……怎么死了?!"若分娩已要去女人半条命,那么失去孩子,便是把她剩下的半条命也抽去了。何况王熙凤还给她准备了一碗药,和一只做"药引子"的金戒指。

待贾琏赶来,一切都太晚了。所有发生在错误的时间地点、错误的男女之间的深情,总不免收束于冤苦和怨望。尤二姐在他怀里,一句散板余音未尽,那边已响起了王熙凤的一声令下,"准备干柴,烧死人哪——"

床幔低垂,悲剧收场,台上只剩下一顶孤零零的红罗帐。底下唏嘘片刻,随即渐渐恢复了热闹,该喝茶的喝茶,该回家的回家,突然台上人唱了句凄厉的哭头,从帐子里走了出来。

人们大惊,不知金铃子何时换了一身丧服,头上簪环尽去,只扎着一条孝巾子,在众目睽睽之下走到台口,扑通跪地。

台前台后全傻眼了。方经理最先反应过来,几步从门口跑到台下,手指着金铃子破口大骂,"你这娘们儿要砸你们戏班子的饭碗，别带累了我这园子的生意！哪朝哪代的规矩，敢把孝戴到台上来了？！"说罢，他一边向茶座儿们拱手赔礼，一边就要爬上台去拽金铃子。

严松霁有点明白过来了，他冲出来薅住方经理的脖领子，把他摞倒在地。

"各位爷，各位先生老板，"金铃子泪流满面地开口了，底下渐渐安静下来，"今儿是我对不住大伙儿，扫了各位的雅兴，给您添堵了。可是为了我师妹银蝶子，我没旁的办法了。我们姐儿俩都是乡下苦孩子出身，家里养活不了我们才送出来学戏。承蒙大家抬爱，我们姐儿俩才在天津卫唱出点小名堂。这些年跟着戏班子冲州撞府跑码头，也都靠着您各位捧出来的这点虚名儿。在座的有知道的，有不知道的，蝶子前两天就倒在这台上了，没救过来。她刚满二十啊……现在大伙儿的日子都不好过，我们更是唱一天挣一天的嚼裹儿。可我实在不忍心她灰头土脸地来，又灰头土脸地走。我们是吃开口饭的，除了唱戏，无德无能。如今我只能向各位仁人君子开这个口，求各位帮蝶子凑个上路的钱，让我这个做姐姐的好好儿发送了她……我替她谢谢大伙儿了……"她说完，一个头叩在地上。

片刻的沉默过后，茶园里人头攒动起来，前排的几个熟座儿率先走过来慷慨解囊。金铃子跪地不起，向他们一一道谢。严松霁双手攥着拳，远远在台角望着她，终于手指一松，也沉下了膝盖。男儿膝下有黄金吗，有，但不是市面上流通的那种。

"多谢刘掌柜帮忙。""谢刘掌柜。"

"徐老板，谢谢您了。""谢徐老板。"

…………

金铃子在前面道一声谢，松霁就在她身后跟着低头重复一遍。

"谢……"

她话到嘴边，突然顿住了，因为眼前不再是男人的长衫，而是两个女人的纤腰，下面都穿黑华丝葛裤子，上面一个是鹅黄纱衫儿，一个是鹦哥绿的薄绸短褂。金铃子认得她们是旁边悦普罗舞场的大班，那天来声讨张秃子，她们就在领头儿的几个里。

不待金铃子想好如何称呼，那两个舞女已经撂下了钞票，其中一个还脱下一枚素圈银戒指，缠了条手帕子一齐放在台毯上了。她感激地抬眼看着她们，那俩人都是三十几岁年纪，弯眼一笑，眼角的纹路微微湿润，不发一言便转身走了。

后台的人都垂手站在帘后，凄然注视着前面流动的人群。青山茶园恐怕待不住了，春雀社的巢不知又要搭到哪儿去，也不知何时会食尽鸟投林。蒋松霆带着孩子躲在供"老郎神"的案子底下，不敢往外看。他盘腿坐着，小义儿晃晃悠悠地站在他身前，她的小胖胳膊底下箍着他的两只大手。

"爸、爸……"小义儿叫着，伸出小手去胡噜父亲的脸，一颗颗豆大的泪珠，她抹掉了，又落下。孩子是哭泣的能手，他们擅长大哭，嚎哭，甚至假哭，大多为了表达本能的生理需求；但孩子不懂大人无声的哭，尤其是那些说不出原因的悲伤。

"陆四爷，洪老板，这太贵重了，我不能要……"前面的茶座儿已差不多走尽了，金铃子还未起身，正捧着一块英纳格金表，执意要还给苒华钟表行的老板洪佑安。

"铃姑娘，收下吧，洪老板捧你们这班子也不是一天两天了，出了事，他可不是袖手旁观的人哪。"陆四爷在旁边劝着。

"我知道啊四爷，所以更不能要。洪老板，您是看着我和蝶子从挑帘儿出台唱到今天的，您抬举了我们这么些年，如今我哪儿能向您伸手呢。"

天儿热，洪佑安说话微带着喘，可是声音低沉温厚，像他店里的那些大座钟，"铃子，我今儿出门没带皮夹，你也说了，我是看着你们姐儿俩长起来的，可惜了那孩子……我怎么能不尽点心意呢？这么大热的天，你是想让我回去取了钱再送来？"

"不、不……"

"那就收下。跪半天了，快起来吧。"他略弯腰扶了金铃子一把，她抬眼见他浅灰华丝纱长衫的前襟儿微有汗湿，但依然平整无一丝皱褶。

陆四爷轻嗽了一声，"咱走吧，我给澄儿寻摸的那个补习英文的先生，正在及乐轩等着跟您见面儿呢。"澄儿是洪老板的幼子，才六七岁，生下来就没了娘，所以受父亲加倍的疼爱。

"哦，哦，对，铃子，替我劝燕五爷节哀，我有事先走了！"

他们离开后，严松霁起身走过来，替金铃子收拾台毯上散落的钱和物。他蹲在地上，边收拾边抬头瞅了一眼金铃子。她僵直地站在原地，凝视着手里那块还残存一点温度的腕表，间金的表带略显磨损，简单的大三针表盘，上面六颗钻石像几只眼睛一样盯着她，秒针走一步，就是一瞬光华灿烂过眼而去……

续断弦

那一日过后，众人猜到了银蝶子会风风光光地出殡，可是没猜到接下来金铃子会风风光光地出嫁。她和蒋松霆离婚了，带着小义儿做了苒华钟表行的老板娘，不是姘头，不是妾，是堂堂正正的续弦。

"松霆，求你，放我和孩子走吧。"

"不，铃子，我求你……我知道你为蝶子的事把心伤了，可是你有我啊，我是男人啊，我会护着你的。你记得以前在瑶台景戏院，管事的短了你的份儿钱，我替你出气，还有那几个缠磨你的混混儿被我打得……"

"是，你是男人，是男子汉大丈夫，是英雄好汉，台上台下都是……可是你看戏里哪个英雄最后顾得了家小？林冲、花云，就算是刘皇叔，糜夫人不也是跳井了吗？戏，我看腻了，也演腻了。"

"你不愿唱戏了，咱就不唱了，我照样能养活你和孩子。我去做小买卖，回家去种地，哪怕我去码头上扛大包呢，不会饿着你的，你什么都不用干……"

"你还是活在戏文里啊，你当咱们是牛郎织女还是白娘子许仙？钱那么好挣？那么容易就能混饱了肚子，你我这样的当初何必要吃这碗戏饭？戏饭就是气饭啊。什么白娘子，什么织女，她们都是神仙，我不是。我只想踏踏实实过日子吃饭，不挨饿，也不受气。松霆，我知道你待我好，放我走，就是你给我最大的恩情了，我会念你一辈子的好儿。"

"你走……把小义儿留给我。"

"孩子是我的命啊，若不是有了她，什么样的苦日子我不能跟你熬着？大人可以挣一天、吃一天，挣不着就躺在炕上饿一天。孩子呢？你让她打小儿就跟着你这么混日子？再说姑娘怎么离得了娘呢？"

"……"

"松霆，为了孩子。想想蝶子，你想让小义儿也落得那样的下场吗！"

"一马离了西凉界——不由人一阵阵泪洒胸怀。青是山绿是水花花世界，薛平贵好一似孤雁归来。"

蒋松霆坐在小酒馆里，两根手指夹着空酒盅，摇头晃脑地哼着《武家坡》开头的几句，脑子里一遍遍过着金铃子走之前的那番话。月上柳梢头，铺子里已没什么客人，只有几个在街面儿上混的还凑在一桌聊天侃地，能吹的都吹完了，便开始拿蒋松霆下酒。

"哟，这不是蒋七哥吗？七哥不是见天儿守着老婆孩子吗，怎么今儿也出来喝小酒来了？"

"你还不知道啊，春雀班那娘们儿撇下咱七哥，拣旺枝儿飞啦！你去闸口街东头的表店看看，人家现在是老板娘了！"

"唉，便宜了那胖老头子了……他的能耐哪儿能跟七哥比呀，是不是啊？哈哈哈哈哈……"

放在平时，这几个小混混不敢惹蒋松霆，可是今日仗着人多，又赶上蒋松霆半醉，便大胆拿他开涮。松霆背对他们坐着，听了半晌，轻轻放下酒盅，晕晕乎乎地走到他们这桌，鼻子里哼了一声，抬脚就踢翻了笑得最欢的一个。其他人见状，一窝蜂地扑了上来。

伙计急得团团转，却近不得身去。蒋松霆虽然打起架来不吃亏，可也制服不了这四五个人。正是胶着的时候，按着他腿的一个人被扔出去老远。

"松霆，别闹了！"

剩下的流氓一抬头，见严松霁来了，知道不是这哥儿俩的对手，便骂骂咧咧地散去了。

蒋松霆蔫头耷脑地扶起一张条凳，坐下接着喝。松霁叹了口气，也坐下拿了个杯，伸到他手底下。他愣了愣，也给松霁倒了一杯。"师哥不是一向爱护嗓子，滴酒不沾的吗。"

"不喝是为了自己的饭碗，喝是为了给兄弟解个心宽儿。"

他说着碰了碰松霁的杯，两人一饮而尽。"兄弟，咱们这开口饭不好吃啊，抛头露面地卖自己身上这点玩意儿，女人家干这行就更难了，再加上这样的世道……"

"这我知道。"

"我见得多了，她们姐儿俩都不是势利、水性儿的人，不然也不会到现在才……"

"是我没本事，留不住她……我就是，想孩子了……她刚会叫爸爸呢，一天到晚叫个不停，这乍听不着了，心里空落落的。"

松霁拍拍他的背，"那离婚书里不是说了能探视吗，我过一阵就替你接小义儿回来，跟你亲两天。"

松霆苦笑了一声，接着灌酒，边喝边含混不清地嘟囔，嘴里越来越不利落。突然他搭了严松霁的肩膀，"师哥，你不是什么都会吗！来，咱俩来一段武家坡的流水，我来薛平贵，你来王宝钏！"松霁连忙摇头，要拽他回去，"别胡说了，今儿喝得差不多了，咱走吧，改天哥再接着陪你喝！"

"我不，你不让我唱我不走！'那苏龙、魏虎为媒证，王丞相是我的主婚人哪！'"他一手扒着桌子，另一只拳头敲着板眼，嘴里已唱了起来。严松霁无法，只得顿了顿，捏着嗓子接出了王宝钏的词，"提起了旁人奴不晓，那苏龙、魏虎是内亲。你我同把相府进，三人对面就说分明。"

蒋松霆醉得东倒西歪，舌头都硬了，严松霁的青衣竟还唱得煞有介事，柜台上的掌柜和伙计捂着嘴直乐，"得，大晚上闹了这么一场，听了这出儿武家坡也算是值了……"

薛平贵离家十八年，回寒窑寻妻时已是"少年子弟江湖老"，宝钏没有认出他，他竟趁机要考验她的忠贞，装作是平贵的军中同袍，佯称平贵已将妻子卖与自己抵债，百般调戏，试看宝钏会不会动摇。

王宝钏：我父在朝为官宦，府上金银堆如山。本利算来该多少，一马送到那西凉川。

薛平贵：西凉川四十单八站，为军的要人我是不要钱。

王宝钏：我进相府对父言，家人小厮有万千。将你赶到官衙内，打板子、上夹棍、丢南牢、坐禁监，管叫你思前容易退后难！

薛平贵：大嫂不必巧言辩，为军哪怕到官前？衙里衙外我打点，管保大嫂就断与了咱！

王宝钏：军爷说话礼不端，欺奴犹如欺了天。武家坡前问一问，贞洁烈女是我王宝钏。

严松霁唱到此处，翘起兰花指，一指自己的胸口，满脸坚贞不屈，蒋松霆和周围人都哈哈大笑。松霆笑出泪来，抬手抹了抹眼睛，边唱边做了个从腰间掏银子的身段，"自古清酒红人面，有道是财帛动心田。怀中取出银一锭，将银放在地平川。这锭银子三两三，送与大嫂做养奁。买绫罗，做衣衫，打首饰，置簪环，我和你年少的夫妻就过几年哪！"

松霁学着王宝钏伶牙俐齿的样子，向斜下一怒指，"这锭银子奴不要，与你娘做一个安家钱！买白纸，糊白幡，买白布，做白衫，落一个孝子的名儿在那天下传。"

大伙儿越发笑得直不起腰来，"这严大爷真是神了！好个贞洁的王宝钏！"

蒋松霆虚一挥马鞭，唱出最后一句，"是烈女就该在绣房，因何来到大道旁？为军起下不良意，来来来，一马双跨奔西凉……"

一曲终了，蒋松霆啪地把酒杯倒扣在桌上，哑声笑叹："师哥，你唱得好！唱得真好！不愧是戏包袱！唱得比金铃子还好！"他垂着脑袋又喃喃重复了一句戏词，"'我和你年少的夫妻就过几年哪'……王宝钏熬了十八年，没和薛平贵过上几天好日子就死了，可见贞洁烈女没有好下场……铃儿，走得好，走得好……"

他撑着桌子站起来，松霁过来架起他的胳膊，两人慢慢走出了酒馆。

　　　　清夜无尘。月色如银。酒斟时、须满十分。
　　　悲欢离合，虚苦劳神。叹隙中驹，石中火，梦
　　　中身。

十分满的酒已空了许多回，又斟了许多回，蒋雏仪抢过

酒瓶，不让她母亲再倒。窗外，夜雨悄然而至，不曾错过此间的任何一个春天。潺潺声流淌了很久之后，吕娜才注意到，下雨了。这时候她的女儿吕途已经在婴儿车里睡着很久了。白噪音是如此地不易察觉，却抚平了人们紧张的神经，换得一夜好梦。凡俗的日日夜夜也是这样，不经意间几十载岁月就滔滔而过了，梦醒不知乡关何处。

那天他们饭桌上讲的故事是否跟上面讲的一样，我们不得而知。但横山教授摘下眼镜，睁着一双带血丝的眼睛望向蒋凤仪，"蒋老师，您父母一辈人的经历刷新了我对1949年以前中国戏曲艺人的认知。"

她坦然一笑，"三四十年代是戏曲的黄金时期啊，那唱戏的多了去了，哪儿能人人都过得跟梅兰芳一样呢。就算是梅兰芳，你也只看见他人前显贵，没看见他背后受罪。至于我爹妈那样的普通演员，叫他戏子也好，流浪艺人也罢，想都不敢想显贵，就那样到处漂着，跑着，有戏唱就有饭吃，没戏唱就没饭吃……那时候的大角儿是多，但更多的还是他们这样的……能唱出头的，很难。"

"那蒋老师，您怎么会去学戏呢？我是说……我以为您母亲肯定不会让您再干这一行儿了……"吕娜眼眶未干，瞄了一眼熟睡中的小途途，她的睫毛和眉毛都淡淡的，可是眉头那么舒展放松，仿佛对这个世界毫无戒备。

老太太手里转着酒盅，笑看着她，刚要开口便被雏仪拦住了，"小吕，横山教授，今儿聊得挺开心，但我妈岁数大了，晚上又多喝了几杯,我得让她歇着了。孩子也还小,别折腾病了。咱们改天再聚!"

老太太躲在雏仪身后冲吕娜和横山吐了下舌头。吕娜一看墙上的表,忙收拾起自己带来的母婴包,准备告辞。

"等等,"雏仪拿过两把伞,一把递给横山,一把自己拿着,"小吕,我把你送过去,别淋着。"横山站起来接过伞,请雏仪不必出去,由他送她们即可。她听了便弯下腰给呼呼大睡的孩子掖了下小被子,"途途改天再来玩儿呀。"

雏仪在门口看着横山教授把她们母女俩送到对面,才向他们招招手自己回了屋。横山在离开前仍沉浸于往事中意犹未尽,因此拜托吕娜下周再与蒋家母女相约畅谈。

叁

寄生草

金铃子姐妹去后不到半年，燕玉朋也过世了。他确实没有财力也没有精力再去寻一批贫家的孩子，掰着嘴一点一点喂成能飞上台的小燕儿。他置下的整份戏箱，那些衣盔杂把、蟒靠褶帔，终究死不带去。蒋松霆和严松霁跟春雀社的几个老人儿商量定，把燕老头视作眼珠子的这几口箱子悉数卖给了恒昌顺戏衣庄，卖得的钱除了发送老头，便都分给了大伙儿。

春雀社散了，有人另寻别处搭班儿，有人拿了钱回家自做营生，也有几个人跟着松霆哥儿俩组了个底包的小队伍，专门去各个戏园子当班底，伺候南来北往的大角儿。琴师韩四和检场的老宋头都在其中，他们老了，又胆小怕事，宁愿跟着知根知底的人，挣得不多，至少不受欺负。

这天园子里没有戏，蒋松霆收拾了一个大包袱叫松霁跟他去上坟，"入秋了，去给蝶子烧点穿的用的。"

城外的秋色比城里浓。丝竹管弦最适于感时伤怀，可词曲再凄楚也不如空山里风扫落叶的秋声。松霁在小河沟里蘸湿了一块破布，抹着蝶子的墓碑，那是小巧而光洁的一块青石料，比旁边不少水泥甚至红砖制的"碑"体面多了。

"山东乐陵顾家村万氏三姐，民国三十六年六月六日故，年二十"，原来她也是个"三姐"。多年后倘若有人偶谒于此，一定不会把这个客死异乡的无名女子与某年某月茶园子舞台上的"尤三姐"联系到一起。戏里的角色是永恒的，而人生苦短。

蒋松霆点着一小堆火，松霁在墓碑前回头，大吃一惊。他们带来的包袱散开在地上，垫在厚厚一沓纸钱下面的竟是平金黄缎女蟒、绒绣红缎宫衣、团花女帔、花褶子……还有一顶翠凤冠。

"你……？"

"对，我偷着扣下了！"松霆用树枝子扒拉着火堆，轻撇嘴角笑了一声，"就少件红蟒，让铃子偷着铰了给我闺女缝被面儿了。"他抬头看了眼土色犹新的坟茔，"蝶子，七哥和你严大哥来看你了。我们都好，你姐和小义儿……更好。你就放心吧。"他说着把一件褶子挑进了火里，上面绣的折枝花慢慢缩成焦黑的一团，唑唑作响，"把这些捎给你，自己留个念想吧，可别穿。哥给你烧钱了，想穿什么买什么。在那边……就别唱玩意儿了。"

松霁默默走过来蹲下，帮着烧这一堆行头。黑烟缭绕，寒枝上的老鸹不满地叫了几声，振翅而去。

金铃子带着女儿住进了洪佑安家的两层小洋楼。她多少带着点尤二姐进荣国府的心情，但似乎多虑了。这栋房子里人口很少，洪佑安的长子明冉已在北平结婚成家，幼子明澄除了上小学堂外还要跟着家里请的先生补习英文，小小年纪就已经有了严格的作息表。两个老妈子，一个是前头太太留下的老人儿，专门带澄儿，还有一个日常沏茶倒水、迎来送往，都不是张扬多话的人。

她以为钟表行老板的家里一定也摆满了大大小小的钟表，到了整点就齐齐地金声玉振。其实并没有。只有客厅的墙上挂了一只德国黑森林造的咕咕钟，是买给孩子看着玩的。洪佑安在家的时候不多，金铃子每天长时间地抱着小义儿坐在摇椅上，盯着墙上的那个小木房子。松果状的重锤后面，钟摆在它的活动范围里周而复始地荡来，又荡去。每过一小时，屋顶的阁楼里就弹出一只布谷鸟，清扬的鸟啼过后一架水车紧跟着淙淙而动，几对拥吻的洋人男女开始转圈圈，一旁还有几个吹拉弹唱的乐手……

金铃子时常看得很入神，她的目光仿佛能从那个小木屋一直穿到另一个世界。她并不知道德国在哪里，但"黑森林"这地名听着有点仙气儿。哪里的仙境都离不开山环水绕，哪里的音乐都跳不脱男女情好……可是小义儿似乎不太感兴趣。以前蒋松霆整天带着她泡在戏园子的后台，一只手抱着她，另一只手一会儿给人递个把子，一会儿帮人勾个脸，台前的胡琴锣鼓就是报时的信号，后面的人听着锣经就知道该谁出场了，"老生弓、花脸撑、武生在当中"，各人都有各人的架势，不像那只纹丝不动的布谷鸟……

"太太，"顾妈走过来唤了她一声，"陆四太太打电话来了，她一会儿带着田记的二少奶奶和及乐轩的王太太来找您打牌。"金铃子忙答应了一声，放下小义儿，起身去换了件湖蓝色的夹旗袍。

半晌，三个女人带着两个小孩还有各自的女佣上了门。"铃子……噢，是洪太太了！怎么新媳妇穿得这么素净？"这里面陆太太跟她最熟，陆四爷又是洪老板生意上的老搭档，这一门亲事正是他们夫妻从中拉拢的，故而陆太太进门毫不见外。

"四太太，您就别拿我取笑了，原来怎么叫就还怎么叫我！田少奶奶、王太太，快请坐吧！"她张罗着倒茶、摆牌桌，又亲取了一罐黄油饼干，把两个孩子牵去跟澄儿、小义儿一处玩，嘱咐下人好生看管，另外交代厨下晚饭要加菜。

田家和王家的太太挨着坐下，觑着金铃子把一切筹措得妥妥帖帖，人情练达却毫无媚态，委实看不出她是跑江湖的出身。"洪太太，甭忙了，坐吧，尝尝我们刚买的糖炒栗子！"田少奶奶剪短发，团白的脸尚不脱少女模样，这会儿已动手剥了一颗塞进嘴里。"就你贪嘴。"王太太是她的亲表姐，瘦高个儿，一看是个利索人儿，坐下便三下五除二地砌好了十七墩牌。

在牌桌这一方阵地上，消息交换着，人情演练着，多少人从生疏到熟悉，又从熟悉到交恶，都只在一吃一碰之间。"洪太太，这些日子你们家买卖还红火？"王太太盲摸着牌，看了一眼对面的金铃子。她一愣，低头笑笑不语，陆太太忙接过话去，"洪太太刚嫁过来，哪儿就理会外边儿那些事？听我们家老四说，现在愈发地艰难了，老百姓都靠当东西卖东西过活，谁还买表修表？不像你们家的大酒楼，什么风吹草动的都不怕。"

"嗨，陆太太，我们这勤行儿累死累活也就赚个仨瓜俩枣，哪儿像您跟洪太太享福啊。这日子是难过了，可本来买大钟小表儿的就不是平头老百姓呀，您说是不是？哎，等等，吃！"

"给你，给你……"陆太太把自己刚打出的牌递到她手边，"你净勾着我说话儿，我倒把你喂饱了。"

"哎，你们听说了吗？"王太太打出一张牌，又压低了嗓子，"共产党过了黄河，奔南去了！"

"啊，表姐，你听谁说的？前儿电台里不还说什么'击毙疑似共匪头目'吗？"田少奶奶瞪大了眼睛。

"啧啧，现在电台里三分人话，七分鬼话……我们娘家不是在南边儿还有几亩地吗，小慧你知道的，就是六安那庄子，"她看了一眼田少奶奶，"有人带信儿来了，人家的兵都进了村儿啦！"陆太太不禁"哟"了一声，"那老家的人不遭殃了吗？"

"他们这回倒还没分田地，就是让减了租子……"

谈话间，无线电里"鼻音歌后"吴莺音的一首《我想忘了你》不知何时变成了一个男人慷慨激昂的演讲，"如今我们全国军民同胞的戡乱剿匪，不但是拯救匪区同胞，实在就是自救自卫……如不举国一致戡乱，整个国家将被断送……"

田少奶奶皱起眉，又放进嘴里一颗栗子，"关上吧，听着怪闹心的。"

金铃子默默伸手关上了无线电。沉寂中打过了几张牌，王太太开口道，"洪太太，你给我们唱一段吧，我还真没怎么进过戏园子，听说你以前是个角儿呢。"田少奶奶拍手称好，陆太太则低头打量自己的牌，脸上挂着似有若无的笑意。

"您别拿我逗闷子了，我那点玩意哪儿拿得出手啊……"金铃子微红了脸，依旧柔声细语，可是咬紧了牙关不肯唱。王太太偏是个不省事的，田少奶奶又年轻好凑趣儿，正互相拉拽推脱着，突然顾妈小跑过来禀报，"太太，您看看去吧……"

小将军

王太太和田少奶奶起着哄让金铃子唱一段，她正百般推脱，突然顾妈过来叫她，"太太，您看看去吧，小姐和几个小少爷打起来了。"

牌桌上的四个女人忙跑到旁边屋里，见陆太太八岁的小儿子铭琪正张着大嘴干嚎，澄儿被带他的于妈抱在怀里，小义儿则拖着一把快断了的木头关公大刀在地上溜达，那刀有她一半身子那么长。

"怎么回事啊？你们怎么照看的？"陆太太脸一沉，看向自家的丫头，那丫头只低头嗫嚅，"没，没怎么……就是过家家儿呢……"

"于妈，怎么了？是小义儿淘气了吗？"金铃子从女儿手里拿过木刀，于妈却紧闭着嘴连连摇头。

"不是过家家儿，是'灞桥挑袍'！"王太太的儿子接了个下茬儿。王太太见他笑嘻嘻地躲在一边，便薅过来追问："你说！是不是你又招事了？"

"跟我没关系！"那鬼灵精的小子一下子蹿了个没影儿。金铃子蹲下给那抽抽搭搭的男孩子擦脸，"铭琪乖，快别哭了……"他甩开金铃子的手，指着小义儿喊："是她，她把我的关公刀弄坏了！"

"胡说，她还不到两岁呢！"陆太太揽过她儿子，笑对其他几个女人说，"他爸爸带他看了两出儿老爷戏，这孩子就魔怔了。准是他自个儿把刀耍坏了。没事，咱接着打牌去吧。"

"不是我，就是她！就是她！我爸爸刚给我买的大刀！"铭琪甩着手不肯罢休，金铃子面子上过不去，把小义儿按在膝头打了几下屁股，小义儿似乎还没反应过来，她没哭没叫，只吸着大拇指懵懵懂懂地看着周围人。

"娘，不是的……"澄儿突然于妈怀里喃喃低语。金铃子愣住了，她过门以后这孩子还从未开口叫过她。陆太太忙打圆场，"哎呀铃子，小孩子掐架也是常事，过会儿就又玩到一处了。别打孩子呀！"

"不是你说她是戏子的孩子，不让我跟她玩儿的吗！"铭琪大声发出抗议，陆太太一惊，给了他一个脖儿拐，他立刻哭得更惨了。屋里没人说话，客厅的咕咕钟兀自准时响起，"布谷布谷"的鸟叫滑稽地混合着铭琪的哭声，在凝固的空气中久久徘徊不去……

陆太太她们自然没有留下吃晚饭。洪佑安回到家看见一桌子饭菜，惊呼道："嚯，这么丰盛！铃子，你费心了。"金铃子勉强笑笑，给他夹了一箸子菜，又剔了一块鱼肉给澄儿。

"谢谢娘。"他声音虽小，洪佑安却听了个真切，他放下碗摸了摸澄儿的脑袋，又动情地望了金铃子一眼。从画面外看去，这确实是一幅温馨的家庭图景了。

饭后，金铃子抱着小义儿坐在卧房的沙发上哺乳。本来她正试着给孩子断奶，可是今天她决定让孩子吃个够。小义儿手抓着她的乳房拼命吮，仿佛自己也知道机会难得，要好好把握。

"太太，"于妈悄悄走到她身边，两手略显局促地交握着，"我就是跟您说一声，今儿的事不赖咱家孩子。那陆家小少爷学着关老爷挑大红袍的样儿，非要扒了咱们澄儿的衣裳挑着玩，澄儿老实，小姐甭看人儿小，真有个厉害劲儿呀，我们都不敢把那铭琪小少爷怎么样，她可又踩又撅地把那刀给弄折了……要我说，陆家那孩子也着实太霸道……"

于妈离开后，吃饱了奶的小义儿躺在金铃子怀里，伸出一只小手在空中抓挠，锲而不舍地念叨着"刀、刀……"金铃子把她笋芽似的小手指头摁在嘴里，落泪了。原来今天是女儿帮她挣到了澄儿的认可和于妈的信服。可她是怎么回报的呢，她打了女儿的屁股，这是她头一回打孩子。

"戏子的孩子"，铭琪当众那清脆的一嗓子像根细针似的划烂了她从头到脚的体面，又从她耳朵眼里捅进去，顺着全身的血脉游走，内里的隐痛只有她自己知道。

"闺女啊闺女，你个小丫头舞刀弄枪的干什么，随谁呀你……"她把脸贴下去，声音低沉迷蒙了。

半晌，金铃子把小义儿放到她的小床上，在新家，她不睡在娘身边了。蹑手蹑脚地关了门，金铃子端了一盏莲子汤走到洪佑安的书房。

"小义儿睡了？你也早点歇着去吧，我还得看看账目。"洪佑安抬眼冲她温和一笑，但很快就攒起了眉，"明冉刚从北平送了个信儿来，现在局势实在不好，济南的店快撑不住了。"

她正不知如何宽慰，澄儿轻轻推门而入，手里拿着几张毛笔字——父亲每晚都要过目他练的大字，再浓圈密点一番。今儿他除了临《多宝塔》的帖子以外还写了几张自己的名字。

"洪明澄，"金铃子凑过头去念了出来，"澄儿小小年纪，字儿就写这么好了！"澄儿背着手，面露欣喜，随即又不好意思地敛起了嘴角的笑。

"小孩子的字儿，哪儿就看出好坏了。"洪佑安一张张翻过，拿笔画了几个红圈儿，"比上个月的强，腕子还是没劲儿。澄儿，给，再接再厉！"澄儿接过字纸恭恭敬敬地退了出去，金铃子摸了摸他的后脑勺，他回头羞怯地一笑。

"澄儿真是个可人疼的孩子。"金铃子轻叹。

"没娘的孩子懂事早……现在你来了，我想不到的地方也有你顾着他了。"他越过书案拉住了金铃子的手，拍了拍。

"那是应该的。佑安……我有点事想求你。"她过门儿以后还从未开口要过什么东西，当下洪佑安忙认真坐直了身子看着她，"你说。"

"我想给小义儿换个名字，这名儿太不像女孩子了，"她鼓足勇气又加了一句，"我还想……让她改姓儿，姓洪。"

"这……"洪佑安略露出踌躇的神色，"换成什么名儿你想好了吗？"

"还没有，你有学问，要不你替我起一个！"

"铃子，这事倒也是应该的……可是孩子的爸爸答应了吗？"

"不用管他，"金铃子硬起嗓子，"孩子的事儿我说了算。"

"这不好吧……"洪佑安把她的手牵到唇边，"铃子，你知道，我没有闺女，你们娘儿俩在我眼里都跟我自己的闺女似的，我会真心待你们的。名字要跟孩子一辈子的，不着急，咱慢慢儿琢磨琢磨……"

隔了几天，原来春雀社老宋头家的小五上门来找金铃子。宋小五很能唱几句铜锤花脸，可是没学戏，学的是盔箱。他虽是个十八九岁的毛头小伙子，但给角儿勒起头来细致稳妥，手劲得当，还兼能修缮盔头。

见面时他还像以前一样叫她"铃子姐"，可不再有亲热劲儿，只简短截说地言明来意，"七哥叫我来接小义儿回去玩儿一天"。她让他坐下，他不坐；叫顾妈给他倒茶，他也摇头。

"小五儿，"金铃子无法，和他站着扯起闲篇，"你七……你们现在，怎么样？"

"还行。在仙和当班底。"

"大伙儿都去了？"

"没。就去了八个，冯大哥他们都走了。"

他有答无问，面无表情。金铃子也知道这代表了大部分往日同仁对她的态度，她不在乎，可是拖延着不想让他带小义儿走。最后她只好问，"你自个儿来的？"如果是，她便可借口不放心他一个人带孩子，把他劝走。

"不是。严大哥在底下。"他说。

"洪老板。"松霁在小洋楼门口碰见了回家吃午饭的洪佑安，向他点了个头。

"是您哪，"洪佑安从容地笑笑，"怎么不上去？"

"小义的爸爸托我把孩子带回去看看，跟我来的人已经上去见洪太太去了。"

"噢，那您稍等会儿，我上去看看。"

洪佑安进了屋，见金铃子正跟宋小五僵持着，便走过来轻拍了拍她的肩，"铃子，快过八月节了，你得让孩子跟她爸爸团圆一会子吧。"他发了话，金铃子没法再拒绝，只得让顾妈把小义儿带了出来。

良久，正在来回踱步的严松霁听到奶声奶气的一声"大爷"，他忙回头，见小义儿从宋小五的背上跳下来，摇摇晃晃地朝他跑过来，一把搂住了他的腿。他把小义儿抱起来举过头顶，她就咯咯笑着胡噜他的脸，他也不由得笑了。

"这孩子记性真好，刚才见了我也特亲。"宋小五在一旁感叹。严松霁点点头，喉咙里竟有点发紧。几个月不见，这孩子好像有点变样儿了，不知是高了点，还是胖了点，可是她的眼睛、她的笑又分明使人想起大红团凤襁褓里的那个婴孩。

这世间的变与不变，已尽在小孩子的身上，又何必去沧海桑田和王朝兴衰中寻呢。

刮
地
风

严松霁和宋小五带着小义儿回到仙和戏院的时候，蒋松霆正坐在门口等候。小义儿见了他并没有像刚才见到那俩人时那样兴奋，而是盘绕在松霁的腿边偷瞄着蒋松霆。

"哎，刚才小嘴一路上不消停，怎么这会儿不叫人了？"宋小五弯腰想推她过去，她却越发别着劲儿不动窝，直到蒋松霆向她张开两只手。一股淡淡的白酒味儿飘过来，松霁皱皱眉，"老七，知道今儿孩子来，中午还喝酒！"

他话音未落，小义儿却迈出脚，扑进了松霆怀里。父女俩都不作声。松霆拿下巴蹭着她的头顶、脑门、脸蛋，蹭了个够，这才两手抄着她的胳膊，把她摆在自己眼前，"叫我！"

"爸爸！"

"哎！走喽，跟爸爸玩儿去喽！"蒋松霆把小义儿一举，她就熟练地骑上了他的脖子。

"别摔着！松霆，别给孩子胡吃海塞的，回头闹肚子！早点回来！"

他驮着女儿大步流星地上了街，把松霁婆婆妈妈的嘱咐甩在背后。快过中秋了，街上零星出现了几个卖各色菊花和兔儿爷的摊子，一缕天然的清香、一抹手绘的艳彩，提示勉力求生的人们，原来除了填饱肚子之外这世上本还有一件事叫"过节"。小义儿看着街上什么都新鲜，蒋松霆也有一肚子话想问。

"这个，吃吃！"

"小义儿，那人对你们娘儿俩怎么样啊？"

"兔子！"

"有没有下人欺负你们啊？"

"花花！灯！"

"这么些日子你想爸爸没有？"

…………

两岁的孩子能答复几句整话呢，于是两个人各说各的，也一路从正午走到了暮色四合。路过炸糕摊子的时候，小义儿终于揪着蒋松霆的耳朵不让他走了，卖炸糕的老陈也赶紧用话拦住了他的去路，"七爷，好久不见了！闺女都这么大啦！照顾照顾生意吧，您瞧这锅刚炸得的，金黄儿！"

"不成，再把我闺女肚子吃坏了。小义儿，乖，咱该回了！"

孩子发出不满的抗议，老陈也紧追不舍，"这话怎么说，您跟我这儿吃了十来年了，吃坏过肚子吗？"

蒋松霆想了想，妥协了。他接过油纸垫的外酥内软的炸糕，替闺女吹着，"老陈，你这价儿是要疯！不是限价呢吗，你还敢涨这么厉害！"

"哟，七爷，您是一人儿吃饱全家不饿，敢情不知道这俩月米面粮油的价儿翻了多少倍？一袋子面都二十多万法币了！"

父女俩回去的路上，吃饱喝足的小义儿靠在松霆怀里打起盹儿来。他们到戏院门口的时候正碰上一个童伶班子排着队远远走来。如今战事吃紧，市面萧条，票价便宜的娃娃戏正格外受欢迎。队伍头里的几个孩子一身扎靠，手里都拿着双锤，脚下穿着厚底靴赶路。

最后面是个戴紫金冠、穿白箭衣的男孩子，年纪不上十二三，正带着点撒娇的口吻向班主诉苦，"师父，唱完了午工没吃饭就往这儿跑，身上没劲儿哇。"

"你小子学会拿糖了是不？再废话先让你吃顿屁股板儿！"班主说着晃了晃手里的藤杆。

那藤杆一舞，蒋松霆下意识地闭了一下眼。小义儿不知何时睡醒了，好奇张望着眼前这队赶场的孩子。他们从她面前鱼贯而过，背后的靠旗在暮色中依然鲜艳夺目，迎风飒飒作响。最后那男孩经过的时候，他头顶三尺高的翎子像一只巨型蝴蝶的触角，颤巍巍直指天际。

小义儿惊喜地伸出手去够，松霆赶紧扳回了她的胳膊，刚好严松霁从戏园子里走了出来。"师哥，这是晚上要唱八大锤的？"

松霁点点头，向小义儿伸出了手，"来，大爷送你回家去了！"

这时园子里响起了打通的锣鼓，招徕着过往路人，三通鼓之后就要开戏了，一切都热闹、急促，不等人。父女俩都很沉默，任凭松霁把他们分开。

母亲与父亲成了两歧遂分的经线和纬线，松霁、宋小五或是戏班子里的其他人却像织布梭子似的，隔段日子就载着小义儿在经纬之间穿梭，于是往返于洋楼和市井的那些日子织成了她生命最初的记忆。

转眼一年过去了，此时已是一九四八年的初秋。

这天宋小五刚把小义儿带走一刻钟门铃就响了，金铃子以为孩子出了什么事，忙扶着腰亲自去开门 —— 眼下她已有了五个月的身孕。

门外站的却是洪佑安的长子明冉，彼此都吃了一惊。

明冉是个白净微胖的年轻人，跟他父亲长得很像，而且一样的慢条斯理；平时他都在北平打理生意，甚少回津。序年齿，他只比金铃子小三四岁，对她虽谦恭有礼，但"娘"字是绝叫不出口的。当下他摘了帽子向她颔首寒暄，但脸上神色焦虑，很快便问："我父亲在书房？"她忙点头，叫顾妈带大少爷上去，又张罗着沏茶备点心。他连连摆手不要，顾自上楼去了。

半晌，金铃子听见楼上有争吵的动静，心下惊罕，因那父子俩都是说话从不高声的人。她思忖再三，端了茶盘轻手轻脚地走到书房门口。

"爸，您自己是留法的，对欧洲不可谓不熟啊，有什么好顾虑的？"

"战后欧洲也是一片疮痍，自顾不暇啊。再说，当初我在哈尔滨也见多了那些跑出来的俄国人，在咱们这儿被叫成'白俄'，低人三等，在自己本国也挨人唾骂……我不想跑出去当'白华'……"

"什么白啊红的……爸，您知不知道上海有几家子被连蒙带吓地交了八百根金条、二百多万美金，换了几卡车的金圆券！现在呢，全成废纸了！不走不行啊，咱们家有多厚的家底儿经得起这么折腾？您不愿意去外国，要不去台湾？隔着海呢，谁也打不过去。我知道有不少人把厂子拆了整个搬过去了。"

"国民党这么个样子，到了台湾不一样受气受折腾？"

"那……去香港！进可攻、退可守。"

"……"

屋里沉静良久，不再有声音。金铃子刚要敲门，明再却猛地拉开了门要走，一见她，怔住了。不待她搭话，明再的目光向下一扫，又转身对他父亲说："爸，反正我自己也有家有业了，不用您替我操心，可您想想澄儿还有比他更小的吧！"说罢他便下楼离去了，剩下洪佑安和金铃子面面相觑。

蒋松霆父女俩此时正像往常一样遛大街，小义儿如今不要人抱了，喜欢自己满地跑，松霆只得一路微弯着腰跟在她屁股后头，不敢撒开她的小手。今天街上没几个出摊儿的，可是路人并不少，大家都行色匆匆。

小义儿没看见那个勾着蓝花"三块瓦"卖脸谱面具的小贩，也不见那个光头的精壮汉子一边耍把式一边叫卖木头做的十八般兵器。她不免意兴阑珊地住了脚，仰脸审视着父亲。

"人家不出摊儿，我也没辙呀，"松霆蹲下，诚恳地提出补救意见，"要不咱寻摸点好吃的去？"闺女准了他的奏请，他又很多余地提问："吃啥好呢？"

"炸糕陈！"父女俩面对面异口同声地喊了出来。

"走哇走哇！"小义儿甩开他的手撒丫子往前跑，突然后面传来一声，"留神！借过！"蒋松霆一个箭步跟上去，像抓小鸡儿似的拎起了小义儿，一辆疾行的脚踏车擦身而过，两边车把上各挂着一大摞麻绳拴的钞票，坠得车子都骑不成直线了。

蒋松霆冲着骑车人的后影儿骂了一句："着急投胎呢你！"

那人也有意思，头也不回地吆喝了一嗓子，"对不住！投胎投错了，穷得就剩钱了，着急买粮去！"

父女俩手牵手到了炸糕陈平时摆摊儿的路口，小义儿叹了口气 —— 那一向翻滚着热油的大锅今日也不见踪影。"嘿，真是邪门儿了！"蒋松霆正不知如何是好，恰时不远处爆发出一阵喧嚣。他忙把女儿抱起来，向前走了几步便惊愕地站住了。

大昇米店的门口挤满了人以及他们肩扛手提的金圆券，地上撒落的票子连同"每人限购二斗"的招贴被踩得稀烂，可是没人在意，无数双眼睛只盯着米店的柜台，然而他们望穿秋水也并没有看到一粒米。

店里的小伙计举着一块"米已售罄，今日歇业"的牌子，挡着自己的头脸，可是挡不住众人的叫骂，"你们不是卖完了！是都他妈的鼓捣到黑市卖去了！""再不卖我们就要抢了！"也有不少人及时转移目标，拥向了旁边的鞋店、布庄、油盐铺……竭尽全力将手里的"纸"换成目光所及之处的"物"，活人用的抢完了，还有死人用的。寿材行的门口，一口红漆杉木棺材已被装上了车，两个穿长衫的中年人从店里一路打到街上，其中一个竟爬上车抱着棺木不撒手，"不行，这归我，我比你多出两斤票子！我爹撑不过三天了！""不成，不成！你滚下来！我妈连今儿晚上都过不去了！"

秋风掠过，小义儿打了个寒战，蒋松霆瞬间回过神儿来，敞开衣襟把她裹进怀里。天地之大，他忽然觉得一切如此陌生，除了怀里的女儿，他仅有的，女儿。

天净沙

"冉冉几盈虚，澄澄变今古。"

人间的缺憾和动荡那么多，可月亮还是该圆就圆。中秋节的时候明冉带着妻儿回来赴家宴，他的女儿小遥和小义儿差不多大，两个女孩子还有大几岁的澄儿一处玩得很融洽。小遥看见金铃子已挺得老高的肚子，伸手摸了摸，颇有经验地断言——"妹妹。"

明冉假装没听见，他媳妇却差点把茶喷了，金铃子霎时红了脸。洪佑安倒是坦荡地哈哈大笑，"小遥，那里面是你爸的妹妹，你的小姑姑！"童言无忌暂时驱散了隐隐的愁云。一家子有老、有小、有年富力强、有新生在即，夫复何求呢。

中秋节后没几天明冉又回来了，西风萧瑟，他却一脑门子细汗。这次他没有避着金铃子，直接在客厅里向父亲宣布：

183

"老家报的信儿，济南怕守不住了。"

洪佑安沉重的身子晃了晃，金铃子忙扶他坐下，弹簧沙发夸张地荡悠了一下，可是没有发出任何声响。

明冉说："爸，再不走就来不及了。去香港的船票都登记到明年了。现在我还能托朋友买到最近的，就等您一句话了！"

这时咕咕钟里的木鸟弹了出来，面目死板地发出"布谷布谷"的悦耳叫声。洪佑安像是听见了指令似的周身一凛，同样机械地点了点头。

自明冉匆匆去后，洪家一天天地忙碌起来。洪佑安每日在店里扫尾，着金铃子在家收拾些必要的衣物细软，累赘的物件一概不带走。这天晚上，他拎着一口小皮箱回到家，又在书房整理案头。金铃子拖着沉重的身子送来一盏茶，也默然不语地帮着递递拿拿。

"你早点歇着吧，我自己就行。"

她摇摇头，小声问他："什么时候走？"

"还不知道，得看明冉的安排。"

"这一走……还回吗？"

洪佑安闻言，缓缓停了手里的活儿，"说老实话，我也拿不准。可能去个一两年，看形势稳妥就能回来；也兴许……"金铃子见他怅然若失的样子，勉强笑着把话岔开了，"不管在哪儿，一家人平平安安就好。嗳，这箱子里是什么？"

他低头把密码锁转开，盖子啪地一落，里面是二十几只名贵的手表，有的已经停了，大部分还满弦，各自转着各自的秒针，挤在那狭小空间里的时间，仿佛流得格外急，听着看着，让人窒息……

洪佑安叹了一声，"这东西，到了要紧的时节跟金条一样，是硬通货。"

"那店里那些大座钟呢？"

"就让那几个老师傅分了吧，他们跟了我这些年，都不容易。咱们中国人忌讳'送钟'，现在也顾不得了。"

金铃子想了想，转身出去了，回来时把一样东西放进了那口小箱子。洪佑安一看，是当初他在青山茶社送给她的那块英纳格金表，"怎么？你没……"

"我没舍得卖，放这里好生保管吧。"

洪佑安呵呵笑了，"铃子，这块表倒算不上贵重。"

金铃子抬起眼帘望着他，"我觉得它贵重！"

次日，两个老妈子继续忙活着收拾家当，金铃子自己带着小义儿和澄儿吃晚饭。一向胃口奇佳的小义儿却一直别别扭扭地躲避着母亲伸过来的勺子。"来，乖，张嘴，吃鸡蛋！""不要？那……喝口粥，就一口，你尝尝！""……这也不要，那也不要。是病了吗？"金铃子摸摸她的脑门，不热，"那你跟妈说，你想吃啥呀？"

小义儿继续在椅子上磨蹭着屁股，嘴里哭哭唧唧的，金铃子半天也没听懂。这时澄儿放下筷子小声道："妹妹说要吃炸糕！"小义儿立刻安静下来，眼巴巴地瞅着金铃子。

"他净带着你瞎吃什么呀！"她的心头火升起来，过了会儿，又勉强捺下去，"让顾妈给你买去吧。"

"不行……得趁热儿！"小嘴儿里的说辞，有理有据。金铃子闭眼揉了揉太阳穴，屈服了，她知道这孩子倔劲儿上来了便不达目的誓不罢休，于是只好站起来去穿大衣。"顾妈，陪我们出去一趟。"说着又回身嘱咐了澄儿几句。

金铃子自然猜得出孩子吵着要吃的是哪一家儿炸糕。黄包车到了车水马龙的老地方，母女俩一样茫然无措地寻觅着，只不过小义儿用的是眼睛和鼻子，而金铃子动的是心。那大油大糖的粗吃食究竟有什么值得迷恋的呢，她不懂现在的女儿，一如不懂年少时的她自己。可是站在周遭的市井人潮里，秋风一吹，莫名就怀念起了那股热腾腾的油味儿和豆沙的甜香，最苦的一段光景因为那一口炸糕，竟在记忆里变得烈火烹油、鲜花着锦了……

"小义你看，那摊子不在了。咱家去吧。"她的语气里也有遗憾。

小义儿纠结着手指头，怏怏地在原地徘徊，突然向街对面大喊一声，"小五叔！"金铃子扭头望去，见宋小五挎着个小包袱从恒昌顺戏衣庄走过来，小义儿蹦着高儿地要他抱。

她关切地问道："小五儿，最近戏班子里还过得去吗？"

"还行吧，一天能挣几斤小米儿。"他答毕，和小义儿亲热地嬉笑，方才脸上的老成一扫而空。

"小义，别缠着五叔了，咱该走了！"她使了个眼色，顾妈便走上来要抱孩子，小义儿却越发搂住宋小五的脖子，在他耳边嘀咕，"找爸爸去！"

金铃子一愣，踌躇了。她没有通知蒋松霆她们要走的事，也并不打算通知。今当远离，这便是冥冥之中的告别了吧。想到这儿，她脱口而出："去吧。"

宋小五有点惊讶，忙说："那铃子姐，我赶着宵禁之前再把孩子给你送回来？"她看着孩子脸上的喜兴劲儿，心头一酸，"让她跟你七哥待一晚上吧，明早我去仙和门口接她。"

这天晚上，洪佑安留在铺子里通宵忙碌，金铃子一人辗转反侧。每每刚要迷糊，肚子里的孩子便踢她一脚，像是故意要着她玩儿似的。她记得怀小义儿的时候似乎没有这么强烈的胎动。转念一想，也许是当初自己折腾得太厉害了，没顾得上体会孩子那点儿动静。她那时束着腹带，整天在台上摸爬滚打，子宫都快顶到嗓子眼儿了，气也不短，照样把大段的二黄慢板唱得满堂彩。每次下了台，蒋松霆的心疼都写在脸上，不言不语地伺候得她十指不沾阳春水……

两个孩子只差三岁，可她感觉像是过了两辈子……肚子里这么闹腾，是个男孩吗？抑或者真如小遥说的，还是姑娘？无论男女，她打定了主意要一如既往地待小义儿，甚至更亲、更好，不能让她受丁点冷落……没错，天涯海角，她离不了她，明天一睁眼就得把孩子接回来……

此时蒋松霆和小义儿也没睡，正挤在他们的"大帐"里，闹着、笑着、兴奋着。

"大胆秦朗，赶来作甚？"

"奉了都督将令，前来取尔的首级！"

"看枪！"

"啊——"蒋松霆捂着胸口叫了一声，倒在枕上，小义儿哈哈大笑。

"嘘——人家都睡啦！"松霆连忙捂她的嘴。本来他和松霁在戏园子附近赁了两间小房儿，可是小义儿看见好几个龙套在后台打地铺，觉得新鲜，也吵着要睡在这儿。松霆倒也不含糊，夹来铺盖卷，抖落了一块破布单子，搭起一顶过家家儿似的帐篷，小义儿钻进去，如至神仙洞府。

"睡吧！"松霆把孩子放倒。可是她眨巴着眼，不舍得闭，"我不想走！"

"不走呀，你妈答应你今儿住下了。"

"不是！坐船走！"

三言两语，蒋松霆听明白了。心里凉一阵，身上热一阵。大人以为孩子小就不懂事吗，不是的，不到三岁的她竟能体会"走"这个最常见的字眼里藏着多么深刻的意义，一种令她小小的心不堪承受其重的意义。这份沉重，一个大男人也承受不住，可他要不要咬牙受了呢，该不该受了呢？

金铃子说得对，他自诩是个男子汉大丈夫，其实就是个普普通通的戏子，还是一辈子挂不了头牌的"臭武行"。真的千军万马来了，他能保护女儿吗？作为戏子，恐怕不能。但作为父亲，他觉得他能。

可是、可是……他当初没能做得了妻子的主，现在又觉得不应该做女儿的主。让女儿自己决定吧，她定的不仅是她的路，也是他的命。她若留下，他的命便从此交给她了。

"闺女，"他把汗津津的大手贴在她的小脸上，"爸问你：你走，就有娘，有好吃好穿；不走，你就只有爸，爸也只有你。你自个儿说，走还是不走？"

小义儿也把她的小巴掌"叭"地拍到蒋松霆胡子拉碴的脸上，声口比他干脆，"不走！"

闹着玩儿似的一顶帐子，也可以是家。黄口小儿的一句话，也可以改变人生，不止她一个人的。

金铃子半睡半醒地忍到天蒙蒙亮便掀了被子，叫上顾妈准备出门。她刚穿好大衣，洪佑安和明冉就进门了。

"你起来了？"洪佑安有点纳闷地看着她，"正好。咱们吃了晌午饭就起程！"

"什么？"她顿时心慌了，抖着手不待系上大衣的带子就忙去穿鞋，"小义儿昨天去她爸爸那儿了。我去接她！"

"坐我的车吧。"明冉开口了，洪佑安也扶着她往外走，"别急，我陪你去，来得及呢。顾妈，一会儿把行李都搬客厅来！叫于妈早点给澄儿穿衣服。"

怨
别
离

　　洪家的车还未停稳，金铃子已看见仙和戏院门口站着的蒋松霆了。她的心沉了一下，匆匆下车。这是两个人离婚后第一次见面。以前金铃子逼着他天天刮脸，而现在的他连鬓一片青茬，可是腰板挺得很直，神色很坦荡。他看金铃子，不施粉黛，隆起的肚子掩在紫羔大衣里，仍一目了然。

　　她开门见山道："我来接小义儿回去。"

　　"她不跟你走了。"

　　"你胡说什么呢，快把孩子给我抱出来。"

　　"我是说，她不跟你坐船走了。"

　　"孩子懂什么，你别耽误事，我们，今天就要走了……"

　　她有点哽咽。他也愣了一下，可是随即更坚定地告诉她，"是孩子自己说的，她要跟着我。闺女要我，我也要我闺女。"

"离婚的时候孩子就归我了！"

"那你上衙门告我去吧。快去，别误了船。"

金铃子急了，扯住他的衣袖，竭力压低了嗓子，"松霆，你别跟我犯浑！早先我就跟你说过，我都是为了孩子好！这时局说话儿就变了！"

"早就变了。"他任她拉扯，低头瞥了眼她凌乱的发梢，"该变的，拦不住。你为孩子好，我也能为她豁出命去。我跟你发誓，我这辈子绝不再娶，就一个人儿带小义，不会让她受一点儿委屈的。"

金铃子瞬间带了哭腔，捶他，抓他，声嘶力竭，"你拿什么带她？你带得好她吗？就唱戏养她？养大了再叫她也去唱戏？当个小戏子？"

"那你呢？你就能带好她？！"蒋松霆把她的腕子猛地攥住，又轻轻甩开。他盯着她的肚子，"你们是一家子了，我闺女永远是外人。"

金铃子拽着他的衣角当街跪下了，泪水长流，"不会的，小义儿是我最亲的人，我什么都不要也不能不要她！松霆，我求你了、我求你……"

蒋松霆见不得她的泪，他扭过身子躲着她，"你起来……我知道你担心什么，我还跟你保证，我不让孩子学戏。一定不让！万一你哪天回……"

他话音未落，洪佑安父子和司机走了过来，费力地搀起瘫坐在地的金铃子，"铃子，走吧，时候不早啦！"她回头攀住了洪佑安，颤着声音求他，"佑安，你替我跟他说！你让他把闺女还给我！我不能就这么走了啊……"他沉默着，眼神在镜片后面静如止水。

明冉和司机伸手来扶，她一定不肯，挣扎间戏院门口的水牌子乍入眼帘，"今日出演白蛇传*"……电光石火的一刹那，她想起当初带着孩子要离开蒋松霆的时候，她说他们不是牛郎织女也不是白娘子许仙，做不到生生死死夫唱妇随。可怎么，突然全世界都变成法海和韦陀了，都来推她、拉她、拽她，要她离开她的孩子。

"儿呀，可怜你未满一月，就要离娘。为娘此去，再也不回来了！"她以为白娘子只是个为凡间情爱冲昏头脑的蛇仙吗？凡人不会那么痴心。她错了，原来那蛇仙还是个平凡的母亲，像她一样的，母亲。一样的痴心，一样的伤心。

"韦陀听旨！将白素贞压在雷峰塔下，若要再出，除非是西湖水干，雷峰塔倒！"天与地就是巨大的金钵，天旋地转，就要合钵了，她就要失去她的孩子了……金铃子眼前一黑。

"铃子，铃子！"洪佑安搂住她，又转手将她交给明冉和司机，"快把太太扶车上去，喂点水！"蒋松霆眼见金铃子笨重又无力的身子在那三个男人之间摇摆，咬着牙没说话。他

---

* 本章引用的《白蛇传》唱词出自五十年代田汉先生改编的版本，与故事时空有出入，仅为剧情服务。

们把她带走了，洪佑安扶了扶金丝眼镜框，恢复了平和的神色，"我也是当父亲的人。年轻人，我可以理解你。"他说着打开了公文包。

"你干什么？我只要我闺女！"

"这个，"洪佑安放到他手里的还是那块英纳格，"这是蝶子出事那会儿我给铃子的，她后来又还给我了。我知道我给你什么你都不会要，可这个不一样，这是我对你们春雀班的一点真心。也给孩子留个念想儿吧！多保重！"他说罢便转身走了。

在清晨金色的天光里，那辆老爷车很快绝尘而去。新的太阳就要升起来了。蒋松霆握着那块表，面对虚空里无际的孤独，就像对着永恒的西湖水和雷峰塔。

六七十年过去了，《白蛇传》的剧本在新中国几易其稿，但西湖水没干，雷峰塔重建。它们的存在标记了白娘子在后人心中永远的神秘和哀婉，她和她的故事是不是真的，已经不重要了。

听完这一段，吕娜很沉默。她也是做母亲的人了，既无法想象途途会离开她，也不理解一个三岁的孩子为什么会在生离死别的关头选择父亲。

蒋凤仪平静、坦诚，自己也不无困惑。对于那段富于转折意义的历史，彼时刚满三岁的她只记得天津围城之时天上飞过一发炮弹，就像一只烧着了的大白猫噌地蹿过房顶，给她留下了很深的印象。

吕娜犹豫了一下，还是问出口了，"您觉得有没有可能……是您父亲舍不得，自己做主把您留下了？"

"绝对不可能。"蒋凤仪斩钉截铁地摇头，"他是个堂堂正正的男子汉，不会骗人，更不会骗我和我妈。"她咽了口茶，把玩着茶杯又轻声笑了，"说来有意思，我妈说我从来没叫过她！"

吕娜和横山都大吃一惊，问她是何时与母亲重逢的。

"是八几年我第一次去香港演出的时候。头一场就挺成功，我刚到了后台在洗脸，一抬头看见镜子里有两个我自己，吓了我一跳，还以为累出幻觉了……那是我妈后头生的那个姑娘，她说话广东味儿很重，但跟我长得又那么像，我看着她的嘴皮子动换着说了很多，说得我眼前直犯迷糊，后来我只记得一句，她说妈来看你了。我跟她到了剧场外面，就看见她了。"

她长得什么样呢。据蒋凤仪回忆，"就是个白头发老太太"。那天搀着她等候在剧场外的是年过四旬的洪明澄，他的国语依然标准，微笑亲和而略显拘谨。那个到后台寻蒋凤仪的女子，她的同母妹妹，叫洪明念。

"那次见面，您叫她了吗？"

"我鼓了好几次劲儿，可还是没叫出口……我那澄哥哥，一直喊她'娘'。但我就是张不开嘴。从香港回去以后，我老爹为这事差点儿揍了我。"

屋里沉静了一会儿，蒋雏仪站起来去续开水。"蒋老师，"横山教授真诚地望向老太太，"我这学期开了一门课讲中国美学思想，能不能请您去现场演示一下中国的'美'？戏曲是歌、舞、文、艺、道、技的集大成啊！"

　　"行啊，"老太太答应得挺痛快，"就是我得有个靠谱的翻译！人家外国人本来就不了解咱的戏，再被翻译带歪了，就更纳闷儿啦。""这不现成儿的吗！"雏仪瞅瞅吕娜。

　　"我当然愿意去，可是途途离不了人，我带着孩子进课堂，行吗？"

　　"你当然可以！"横山睁大眼睛，"如果我们的学生不能容忍带孩子的妈妈出现在他们的现实生活里，那他们也不用整天出去游行、摇旗呐喊了！再说学校里那些母婴室也并不是摆设。"吕娜放下顾虑点了头，横山又和蒋凤仪商量起具体的表演安排，"蒋老师，我看《夜奔》的【折桂令】还是必不可少！"

　　"成，干唱还是放伴奏带？"

　　"我在这边的曲社学过拍曲，能否有荣幸配合您的演唱？"

　　"行啊，看您露一手儿。"

伴读书

　　吕娜再次走进大学时内心很感慨。年轻的学生们一如既往脚步匆匆，端着咖啡和笔记本穿梭而过，但不少人边走边向她身边的蒋凤仪投去好奇目光。老太太还是照旧的大襟褂子、圆口布鞋。校园里奇装异服的人很多，可她这一身打扮和气度还是赚足了回头率。

　　横山教授的课堂里只有十来个学生，有一多半是亚裔面孔，但在这里你永远不敢贸然假设他们懂中文，或愿意承认自己懂。屋里到处是转椅，大家随意围坐一圈。

　　横山驾轻就熟做开场白："各位，我们前几次课一直在讨论中国古代的美学思想是如何区别于西方的形而上学传统。早在柏拉图的'三张床'理论里，文学和艺术就被认为是对'真'的理念的二次摹仿了。无限地描摹、逼近那个它永远无法到达的'真实'层面也就成了艺术家西西弗斯式的宿命。然而中国的艺术创作却似乎并不严格受制于理念与现实之'真'，比如诗歌、山水画，以及戏曲。"他向讲台边伸出手，"最好的古诗和水墨画已经距我们千百年之遥了，但戏曲的美依然生动地延续在老艺人的身上。上节课我说会让大家领略'活的'中国美学，现在我要履行承诺了。请大家欢迎戏曲表演艺术家蒋凤仪女士，以及我从前的学生吕娜，她今天担任翻译工作。"

掌声响起，十几双瞳色各异的眼睛盯着蒋凤仪，她神采奕奕地走到教室中心，俨然大师出山，又像个毫无城府的孩子初到陌生地方游玩。"各位，我先声明，本人是女的啊！"

吕娜译出她的"声明"，学生们都笑了，目光顿时更加好奇。

"今天我要表演的这段是昆曲折子戏《夜奔》里的【折桂令】。八十万禁军教头林冲被朝廷的高官多次陷害，终于连夜逃往梁山，落草为寇。《夜奔》讲的就是他这一晚上的事儿。"她趁吕娜翻译的工夫，用脚在地上蹭了几下，横山低声询问，"蒋老师，场地可以吗？""没问题！"

吕娜在投影上打出了她提前译好的唱词，横山提醒学生们现在大致了解一下，稍后只专注欣赏蒋女士的表演即可。须臾，投影熄灭，蒋凤仪就位，向横山教授略一点头。

"实指望，封侯也那万里班超，"只见她起左云手，跨右腿，右臂撑山膀、攒拳，左手的"英雄指"划过身前，稳稳握住腰间虚拟的"剑柄"——这一个亮相,那悲愤难平的林冲便立于人前了。横山教授以掌击桌,一板就是一掌,食指、中指、无名指依次落下,便是头眼、中眼、末眼。他和老太太配合得严丝合缝,看呆了包括吕娜在内的所有人。没有笛鼓檀板,这样的拍曲演唱反倒更显出一唱一动要和谐统一到何等精确的程度。"到如今"三个字改唱为念,顿挫之间,白日已蹉跎,"生逼做叛国黄巾,做了背主黄巢……","黄"字一拍腿、"巾"字一打手,和横山的击掌声完美贴合。

不到三分钟的一段表演,没有恢宏的乐队,没有炫目的舞台,看客甚至不知林冲何许人也,更不解英雄聚义、替天行道的古老情怀。但"悲剧英雄"是个通中西、贯今古的母题,她,哦不,他的感慨、骄傲、不甘、愤怒,长着眼睛耳朵的人霎时都懂了。

是她演得"像"吗?一个快七十的老太太,没有上妆,何以像豹子头林冲呢?没有人见过林冲,正如中国画的"山水"也从不是"这"座山、"那"道水。意在笔先,气韵生动,那便是英雄与山水共同的来路与归处。

年轻的欢呼声响起,太酷了!如今的动作片、武侠片只能隔着屏幕看,谁都知道那极富刺激性的画面背后是威亚和电脑特技,而戏曲里的唱念做打不需要任何"人"之外的手段,有她和他们就够了——她是发送者,他们是接收者;她的身体不作假,他们的赞叹亦发自肺腑。

蒋凤仪微微气喘,不待休息便兴致高昂地比划着讲解起来，"这一段是《夜奔》中的主曲，是一板三眼的板式，相当于 4/4 拍，几乎一字一个动作，而每个动作又表现的是唱词的意思，比如……"

吕娜一段段翻译着她的话，突然婴儿车里的途途惊醒了，哼哼起来。吕娜头皮一紧，可是学生们都专注望着台前的蒋凤仪，对突发的噪音毫无反应。横山教授对她点点头，她忙带孩子出了教室，直奔卫生间的母婴台。

她回来时，学生们正在跟蒋凤仪互动，一个白人姑娘索性走到她身边学起艺来了，教室成了热闹的操练场。好不容易安静下来，后排有个学生举起了手。横山教授点了他的名字，"Kevin"，一个身材健硕的亚洲男孩，鼻梁挺直，张口是地道的英文，语气却有些含混，"蒋女士，我有个请求……我听过一段中国戏，但不知道名字，想向你请教……我只记得这一段每句的开头都有'wo hao bi'这几个字……"

蒋凤仪听完吕娜的翻译，沉吟了一下，"'我好比'？《四郎探母》和《文昭关》里都有呀，我哼两句，你听听是哪个。"她轻声唱起来，时而做个捋髯口、甩水袖的身段，大家越发兴致高昂。余音未落，掌声响起，那个男生迫不及待地喊起来，"是第二段！"

那是《四郎探母》里杨延辉"坐宫"的唱段。蒋凤仪让吕娜写了中英对照的剧名交给他。

下课后，吕娜一行人走在校园里，她称赞老太太今天的表演迷住了外国孩子和那些久已远离中文语境的移民后代。

老太太得意地一扬手，"就得从娃娃抓起呀！军功章也有你们的一半！"

"这一坐在课堂里，还真怀念读书的时候了。"吕娜感叹。

横山立刻鼓励她重拾学术，并指出中国戏曲文化是个尚属边缘但很有潜力的学术课题，而大部分研究者只顾盘桓于案头，对台前幕后的幽微细节知之甚少……

突然后面有人叫横山教授，他们停了脚，见刚才那个提问的男生快步追了上来。

"Kevin，有事吗？"

他点点头，对着蒋凤仪说出一句略显蹩脚的中文，带着点港台腔，"蒋女士，我还有一个问题想问你！"

"孩子，你说！"

"是这样的，我弟弟很喜欢我今天问你的那段戏，我和我妈妈答应要带他现场看一次，但一直没有找到机会。我想问，你在这里会有演出吗？会演唱这一段吗？"

"蒋老师今年的演出已经结束了呀。"吕娜搭话，"你弟弟也是咱们学校的吗？也上过横山教授的课？"

Kevin摇摇头，"不是的，他刚六岁。"

"啊？"三个人都吃了一惊。

归家的路上，吕娜一直在心里回想着Kevin后来说的话。

"我弟弟出生以后，我外公过来帮忙照顾他。我跟外公不是很熟，但弟弟跟他感情很深。外公来了以后每天除了带弟弟就是自己听戏唱戏，或者一边带弟弟一边唱戏……我很烦，也不知道他唱的是什么。

"外公去年很突然地过世了，我弟弟一直很伤心，后来我发现他经常自己一个人哼哼外公以前唱的那些东西……"

到了周末，横山和吕娜母女登门时蒋雏仪正在客厅里忙着准备零食水果，老太太则泰然自若地在高处压腿。不久，Kevin 如约带着弟弟 Randal 来了。

Randal 站在他那勤于健身的哥哥身边简直像只瘦弱的小猫，他抱着一束花和一盒巧克力，怯生生地双手递给蒋凤仪。

"您好，到您家做客很开心……"

他的中文说得比哥哥流利多了。老太太弯腰接过礼物，摸摸他的脑袋，雏仪热情招呼他们落座，又把吃的喝的堆到兄弟俩面前。

老太太随口问："小伙子，老家是哪儿的啊？"

"台北。"

"泰安。"

哥儿俩异口同声地给出了不同的答案。Kevin 连忙解释："大陆的山东，是外公的老家，但他十几岁就到台湾了，我妈妈也是在台湾出生的。"

老太太点点头，笑眯眯地看着 Randal，"是你这小伙子爱听戏呀？"小男孩红着脸不说话，只把手垫到屁股底下，低头荡悠着两条细腿。

于是她转身吩咐雏仪"拿家伙什儿去"。

片刻，蒋雏仪拿着一把胡琴走过来，吕娜惊呼："哇，蒋姐，深藏不露啊！"

"嗨，我也就勉强能拉出响儿来。"雏仪调侃着坐下，在大腿上铺了块皮垫儿，上过松香，调起弦来。横山在一旁抱着手，目不转睛地看着。

"妈，好了。"

琴弓游走在弦上，略显喑哑的乐声从她手下流出来，恰便似杨四郎凄楚的自言自语。老太太端起小壶润了口茶，坐直了腰板，悠长醇厚的唱腔稳稳搭上了琴音。

> ……想起了当年事好不惨然。我好比笼中鸟有翅难展，我好比虎离山受了孤单，我好比南来雁失群飞散，我好比浅水龙困在沙滩。想当年沙滩会，一场血战，只杀得血成河尸骨堆山……眼睁睁母子们难得见，儿的老娘啊！要相逢除非是梦里团圆。

Randal两眼冒光，随着蒋凤仪的唱腔摇头晃脑。吕娜忍不住乐了，一扭脸却见Kevin右手托腮，安安静静地望着他弟弟。一曲终了，蒋凤仪问Randal："你姥爷是这么唱的吗？"小男孩兴奋地点点头，随即又摇了摇。

"嘿，你这小家伙还挺懂，各派有各派的唱法儿，哪儿能一模一样呢。你会不会唱？"

他又摇头。Kevin 忙说："Randal，你在家不是经常自己唱吗！我觉得你唱得很好！"

"给他上个弦儿！就唱'我好比'那几句。"

一声令下，雏仪又拉响了胡琴。老太太拍着板，Randal 张口了，稚嫩的童声，却合板合眼。

Randal 唱完，大家都拍起巴掌。

"好小子，你以后想唱了就来我这儿！我陪着你唱。"蒋凤仪一脸认真地向 Randal 竖起大拇指，又小声在他耳边说，"你姥爷去了个能天天听好戏的地方了，咱们应该替他高兴呀。"

Randal 听了，咬着下唇似懂非懂地点点头，眼里有滢滢的光。

东
方
赞

晚饭后，Kevin 哥儿俩被他们的妈妈接走了，是个四十来岁妆发精致、开保时捷的女人，一口软糯的台湾腔。

他们走后，吕娜说："这母子三个，一个台湾人，一个香蕉人，最小的倒说自己是山东人……有意思！不知道我们途途长大以后会觉得自己是什么人。"

横山伸出一根手指与途途"握手"。"现代人都逃不脱身份认同的困境。在这个问题上，古代人有时更'开放'。"

"还真是，杨四郎在北番还当了驸马呢！"蒋雏仪在旁搭腔。

"还有《武家坡》！"吕娜想起自己刚在网上看过的戏，"薛平贵说他要篡了唐王的位，王宝钏居然一点都不惊讶？！王宝钏她爸还是唐朝的宰相呢。"

横山教授若有所思地点头，"民间文化里的夷夏观确实跟正统秩序里的不一样，这很值得研究……除了研究者，我还希望Randal这样的孩子越来越多……"

"现在的人都说看不懂老戏，其实戏里的喜怒哀乐一个孩子都能懂，"蒋凤仪背对着他们独自坐在沙发上，感慨道，"看着今儿那小小子，倒想起我小时候学戏的事儿了，那会儿我比他还小呢。"

解放初的天津，戏园子里似乎一切如常，只是街面上明里暗里多了些公安局的人，据说是要"肃清美蒋特务"。多少年了，戏里的兴亡成败、戏外的朝代更迭从未断过，谁也不知道这回有什么特殊。甭管谁当朝，他还能不看戏吗？他还能不让老百姓看戏吗？

蒋松霆和严松霁在仙和戏院帮着那常来的童伶班子排了几出热闹火炽的武戏，上座儿竟超过了对面频有大角儿亮相的天宝戏楼，班主和园子经理都喜出望外。这天戏院外摆出一柄钢叉，过路懂行的便知今日贴的戏码是《金钱豹》了。

锣鼓开场，下场门摆起两张高桌。演豹精的少年大约十四五岁，踩着急急风登台亮相，一甩大氅的衣襟，急转着两只金眼，满脸煞气，派头很足。演孙悟空的小孩才七八岁，也非常卖力。严松霁站在后面看着，点点头，这时老宋头走来递给他一个信封，"严大爷，外头有个先生给您的，说是替别人送的。"

他接过信，走到后门外却不见有人影；靠着墙拆了信一看，是钧广！

　　严兄台右：当街一别，今已二载余，久疏通问，时在念中。今恰逢友人章君归国，托其带书一封，盼达兄览。弟在美利坚辗转游学多地，现暂居三藩市，想来也不会久滞……

　　此处华人甚众，虽多为闽粤老侨，亦时有喜好皮黄昆弋之同道中人。我与十数好友竟攒起社来，名曰西咏，聊以自娱，众推我为社长，我亦欣然应下。起社之日，我即自告奋勇贴出长坂坡。兄之唱念，我自认习得三分像，然做工委实不能。至'抓帔'处，饰糜夫人者线尾子滑落身后，我伸手抓去，竟将她线尾子连大头一并抓将下来，露出那小姐一团烫卷短发，众皆大笑。砸锅至此，顿足、顿足！事后那小姐撤下我，径自献演一段虞姬舞剑以雪前耻，行动处颇有贵班银蝶之风。

　　忽忆往事，心有惘然，不知别后兄及春雀社众人一向可安好否？今闻共军已成破天下之势，万望无恙。家中老母幸得大姊、二兄照应，亦有孙儿承欢膝下，我便落得做个冷心浪荡子了。沉浮西洋日久，无事倒又念起唐诗来，近

日读到白乐天"无妨自是莫相非，清浊高低各

有归。鸾鹤群中彩云里，几时曾见喘鸢飞"，甚

合我心，与兄共勉……

严松霁读着钧广漂洋过海而来的信，时而笑，时而悲，徒生隔世之感。此时台上正演到最要紧的当口儿，孙悟空翻下两张桌子摆的高台，摔了个"抢背"，腾起接住豹精从后台口掷过来的钢叉。豹精紧跟着攀上高台，又以一个"蛮子"落地。

底下的好儿声顿起，前排却突然有几个人骂骂咧咧着站起来，"好什么？好什么？！不懂别瞎起哄！"

台上的两个孩子愣住了，呆立在原地不知所措。为首叫嚣的是一个穿黑纺绸衫裤的瘦子，身旁坐着个穿红戴绿的女人。他指着俩孩子厉声问："谁教的你们这出戏？叫出来，我倒要请教请教！"台后，班主老孙正点头哈腰地要出去，蒋松霆却抢先了一步。

"我教的，您请指教！"

"哟，是蒋七呀，"那瘦子斜楞着眼笑了一声，"我问你，卖这戏、卖的是什么呀？"

"耍叉、接叉的功夫。"

"还是的呀！这叉要得还可以，可这猴儿接叉……"瘦子立起了眉毛，"怎么连摔锞子都省了？一个抢背就混过去了？"

"新社会了，摔锞子对孩子身体不好，该废了。"蒋松霆不动声色。

"我呸！你让大伙儿听听你这话，我们花钱看的就是这一手儿，身子金贵就别他妈卖玩意儿啊！"

园子里的座儿见有人故意挑事，除了有意看热闹的便都陆陆续续开溜了。班主在后台焦急询问王经理，"这是嘛回事儿啊？都是些什么人？""那瘦子好像是个青帮的小头子……"旁边有人提醒儿，"是不是对面儿天宝找来拆台的？"

台前的蒋松霆依然忍着火，"谁都是爹生娘养的，戏子的命也是命。这俩孩子卖的功夫，足够您出的票钱了。"

"哈，你还知道你是戏子啊！坐娼走唱，凭你多大的角儿见着窑子娘们儿还得叫姨呢，你个臭武行还挺硬气？听说了吗，北平把窑姐儿都抓了，下一个就轮到你们了！"那瘦子越说越兴起，他旁边的女人却不干了，"哎哎哎！你小子指桑骂槐地说谁呢？你今儿是叫我来听戏还是听小话儿来了？"

瘦子赶紧转脸赔了个笑，"姐姐，您甭多心，我不是说您……"说罢他又趾高气扬地指着蒋松霆，"蒋七，今儿我给我这姐姐过生日，叫你扫了兴了！你说怎么办吧！"

松霆跳下台来，径直走到他面前，"您说怎么办？"

那瘦子仗着身后人多，毫无惧色地挑衅道："我知道，您蒋七爷早几年也是摔锞子的一把好手儿，今儿你要么给我当台摔一个，要么，你跪下叫一声姨，给我姐姐拜寿！"

松霆的脸青了，瘦子手下的小混混团团围住了他。一片死寂中，那女人却突然蹦出一句，"你少拿老娘当幌子！今儿不是我生日！"说完就扭着腰肢扬长而去了。她一脚踏出戏园子，蒋松霆的拳头就落在了瘦子鼻梁上。一场血战在所难免。

　　后台众人忙拥出来拆解，小义儿却穿过一双双大人的腿脚，逆着他们往后门跑，被进门的严松霁一把抄了起来。"小义，咋了？""我爸又跟人干仗了。"松霁一跺脚，顺手把小义放在二衣箱上，"好好待着，别乱跑！"他走到前面一看，不见松霆，忙拉住班主问，"人呢？"

　　"叫巡逻的带走了……"

　　"说吧，为什么打架。"一个穿米黄制服的高个儿中年人在蒋松霆和那瘦子面前徘徊，后面有个短发女子做笔录。

　　"长官，是他先动的手，我就是看戏的……"

　　"你瞎叫什么？"

　　瘦子忙嬉皮笑脸地凑头瞧他的臂章，"啊……公安……公安同志，他们的戏糊弄人，我实在看不过去才……"不待他说完，高个子又走到松霆面前拍拍他，"你说。"

　　松霆抬起头，有点诧异地看着他，"我……我觉得摔锞子太危险了，弄不好要摔瘫了的，就让孩子们改成翻蛮子了，可也不容易呀。"

　　公安点点头，"你改得对，都摔残了还怎么给人民群众唱戏？中央不都成立戏改局了吗，这些落后的东西能改就得改，改不了就废！"瘦子听了，被噎得翻了个白眼。高个子猛回身打量着他，"你不是码头上那号称什么'五小龙'的？"

"您玩笑了……什么龙不龙的，我就是个混饭吃的小力巴儿……"瘦子讪笑着。

"你们嚣张不了几天了。"高个儿鼻子里哼了一声，摆摆手，"走吧，再闹事打架，下回就没这么好过关了！"瘦子一伙儿人闻言，匆匆四窜而去。

蒋松霆向外挪了几步，突然又回过头来俯身问："我跟您打听个事儿，那小子说，堂子都要封了？"办公桌前的女干部纳闷地看着他，"什么堂子？"

"北京是封得差不多了，咱们这儿也要逐步整治。怎么了？"高个子泰然答对，女干部听了，脸红了一下。

"那……戏园子呢？"松霆有点踌躇地问出来。

"查封妓院是为了改造妓女，给她们治病，解放妇女。跟你们有什么关系？"女干部恢复了严肃的神情，抢答了他的问题。

"哦哦，没关系、没关系……"松霆附和着，慢慢退了出去。出了大门，他又回头瞅了一眼那"人民政府公安局"的牌子。

"爸！"银铃般一声召唤传来，松霆忙转身跑过去，一把从严松霁怀里接过了小义，埋怨道："师哥，你怎么还带孩子来了。"

"你问问你们家这小霸王，谁拦得住？"

松霆跟女儿顶了顶脑门儿，她吹了吹他眉峰上的伤口，"疼吗？"

他摇摇头。

"以后别打架了，乖！"

"成，最后一回！"

松霁听着那父女俩的一唱一和，摇头笑笑。三人走在落日温暖的余晖里，黑暗似乎不那么可怕了，因为明早一定会日出东方。

初问口

　　"来来来，老少爷们儿都把手里活儿放放，开会了啊！"
仙和戏院的王经理在后台张罗了半天，众人方才慢慢聚了过
来。蒋松霆端着一只缺口海碗坐下，旁边的宋小五抱着一顶
金胎帅盔低头闻了闻，"嗬，七哥，大中午就喝上了！""他
们在那儿喷行头，我顺手要了一碗……"

　　"哎哎，别聊了！"王经理拍着手里的牛皮纸本子，清了
清嗓子，"今儿我传达的是咱们'军事管制委员会文艺处'下
的指示啊……"

　　"怎么咱唱戏的还归军事管了？""闹不清啊……"

　　"嘿，听他妈我说！"王经理跺跺脚，接道，"中央成立
了戏曲改进会，毛主席题词'推陈出新'，鼓励咱这行的艺人
提高业务能力、文化水平、政治觉悟……嘿，小五儿，我这

儿说话，你那儿紧着鼓捣什么呢？！我这念的可是顶头儿的旨意！"

宋小五正忙着拾掇那顶帅盔上的绒球，头也不抬道："我听着呢，您念您的……哎，什么叫政治觉悟啊？"

王经理连忙手蘸着唾沫，把本子又翻了一页，"就、就是……就是要为无产阶级政治服务，为工农兵服务！戏曲演出中恐怖的、迷信的、低级庸俗的、丑化侮辱劳动人民的，都得取消！"

众人面面相觑，又嘀咕起来，"无产阶级是谁啊？怎么个服务法儿？"经理略带尴尬地合上了本子，"各位，说实话，这里头的名堂我也没太闹明白呢，下礼拜我还得上区里开会去，完事我再向大伙儿传达！"

蒋松霆咂摸了一口酒，向左右调侃，"日子太平了，天天开会，越开我越不会了……！"

"老七！"严松霄在背后踹了他一脚。

"哦对了，还有一件事，"王经理转过身来，"上头说咱这园子名儿太封建，得改改，以后不叫仙和，叫民和了啊！"

里面大人们开会的工夫，戏班的那些小童伶正在舞台上半是练功半是玩闹，小义也偷溜出来跟这群秃小子一起摸爬滚打。"你们练的这是啥？"四岁的小义，口齿已颇清脆。她见他们半蹲半站、抓耳挠腮，怪好玩的。

"要贴安天会了，我们去小猴儿！"

"什么是安天会？"

"就是孙悟空大闹天宫！"

"那谁去孙悟空？"

"玺子哥。"他们朝旁边努努嘴，班子里岁数最大的男孩子正默默一人在耗腿，脑门上的汗珠顺着英挺的眉毛往下流，可是不吭声，也不理人。小义知道他是《金钱豹》里的豹精、《八大锤》里的陆文龙，陆文龙头顶那对蝴蝶触角似的大翎子她一直没忘，时而痒酥酥地搔着她幼小的心思。

"喊，有什么了不起，以后我也行！"心里话不小心溜出了口。

小男孩们大笑，有一个性子活泼的蹭到她面前，"这个你行吗？"说着仰面朝天，下腰到地，手握住了脚腕子。

"这有啥？"仗着身子骨软，她也下去了，只是手得撑地。

"那这个呢？"另一个孩子"嗖嗖"地来了一串小翻儿。她不认输，也翻了几个跟头，自己玩着会的。

"这个，你肯定来不了。"刚才下腰的男孩坏笑着冲她摇摇头，搓搓手，眨眼间走了个虎跳前扑接小翻儿抢背。

孩子们拍着巴掌起哄，她二话不说，蹿出去了。当然不成功，摔了个狗吃屎，鼻子里流出血来。小男孩们立刻一哄而散，旁边的玺子迟疑了一下，伸手把她拉了起来。刚好严松霁走出来，忙抱起她，掏出块手绢捏住她的鼻子，"你也是个小不省事的，挨欺负了？"

"没有！"她囔着鼻子答话，那几个男孩子暗暗松了一口气。松霁看看左右也大概明白了，用指头点了点她的脑门，"少跟人家这儿瞎掺和，你爹知道了不答应！"

散了会，蒋松霆正跟童伶班子的班主老孙商量事，"孙大爷，前儿鸣新茶园来了几个人找我谈公事，说是他们约了罗老板要唱三天的安天会，找我去二郎神。他们说'大战'的小猴也还没着落，我就替您把活儿揽了，您看成吗？"孙班主乐开了花，"那敢情好，正好我这孩子们正练这出戏呢，能让他们在台上看看罗老板都值！""得，那下个月初六！"

到了日子，一众底包演员随蒋松霆和孙班主一起去了鸣新茶园，小义也跟着，因松霁当天要去别处教戏，不能带她。园子里已上了七八成座儿，都是奔着罗老板的名气而来，后台的一班小童伶也边上妆边兴奋地拿眼寻摸着猴王的身影。

"蒋七哥来啦！"那天跟松霆谈公事的两个人走过来招呼他们，脸上有点慌慌张张的，"这位是班主？今儿要受累了。"老孙笑呵呵地躬身，"哪儿的话，能傍罗老板是我这些孩子们的福分，还多亏了您几位说合。"

松霆朝左右看了看，"罗老板还没来？"

"哦、哦，昨儿'偷桃''盗丹'累着了，晚起了会儿，已经叫人接去了。您先扮戏吧！"

宋小五帮蒋松霆和演李天王、众神将的勒了头，穿好了戏服。锣鼓起了，众人徐徐而出，站了满台。"十万熊罴，星辰齐聚，遵天旨，歼灭渠魁，扫尽如斯辈。"李天王排兵点将，四大天王、二十八宿、十二元辰依次领命，松霆的二郎神是"总先锋"。台上台下的气氛都热了起来，就等美猴王大战天兵天将了。

松霆他们回到后台，却见孙班主正跟那两个邀戏的吵作一团，"七爷，您说这算怎么回事，这早晚儿了罗老板还没来呢！""蒋七哥，人真在路上呢，您帮帮忙，'马后'*着点儿！"蒋松霆瞪了眼，可是戏不等演员，观众更不等戏，他只好提着三尖两刃刀出场了。他头戴二郎岔子，背扎黄靠，拉山膀，起霸，耍了一套大刀，正反两个鹞子翻身，靠旗啪啪作响，身上干净利落，绸带纹丝不乱。可观众还是渐渐乱了。孙悟空迟迟不入阵，大伙儿都瞧出不对劲了。

"罗老板呢！""我们要看罗老板！""下去吧！下去吧！"倒好儿起了。后台乱套了，神通广大的天将们、聪明伶俐的群猴儿全都束手无策。

"怎么啦？"小义悄悄问倚墙而立的玺子。

"罗老板'晾台'了。"玺子今天也扮的小猴。他面上不动声色，而嗓子眼里仿佛含着某种呼之欲出的期待。

小义低头想了想，跑到宋小五面前，"你给我也画个小猴儿！"

---

*　马后，指演员通过增加唱词、念白和放慢演唱速度等方法延长演出时间。

"哎哟小姑奶奶，你别裹乱了！"

"你给我画嘛！我有用！"宋小五被她缠得没办法，三两下胡乱勾了个"倒栽桃"便打发她一边玩去。孙班主四处乱转，却找不见那两个邀戏的小子了，急得他揪住鸣新的园主不放。

无人注意到身边多了一只小毛猴。

"呔——"

隔帘一声洪亮清脆的高喊惊住了往台上扔果皮的观众，也惊住了勉强撑持的蒋松霆。帘后的小猴子一串筋斗翻上来，朝底下亮了个相，立在他身边仰脸大喝，"来者何人？赶来花果山作甚？"

透过那张神气十足的小花脸，松霆认出了女儿。他血涌上头，脑子"嗡"地一片空白，可嘴里竟自然而然地接出了道白，"清源妙道二郎神，法力威灵天地闻。玉殿驰名为上将，今朝奉旨擒猴犸！"

观众们暂时安静了，饶有兴趣地盯着这只救场的小猴儿。"要进花果山见大圣，先过俺这一关！"她朝父亲挤挤眼睛，松霆只得把大刀一舞，劈了过来，她顺势走了个抢背，滚起来又是一溜儿小翻，引着松霆提刀追下了场。座中爆发出一阵会意的笑声，夹杂着零星几个鼓掌的——无论如何，这二郎神总算是自己跑圆场下的台，不是被轰下来的。

进了后台，蒋松霆"哐啷"扔了刀，一把攥住了鸣新园主的脖领子，"有你这么阴人的吗？没孙悟空也敢唱他妈安天会？！"

"这事儿不赖我呀各位！"园主拧巴着一脸褶子直作揖，"敢情那几个人是'戏混子'啊。看我这园子最近空着就来找我，说他们凑了钱、邀了角儿，我也不知道他们压根没谈拢啊！"松霆的火儿正没处撒，突然觉得底下有人拽他的手指头，他垂眼看到女儿仰着一张小猴脸冲他摇头。

登时火上浇油。他把小义拎到椅子上，抓了条湿毛巾抹她的脸，"哪个王八蛋给你扮的？谁许你唱戏了？！反了你个小丫头了！"毛巾的一起一落之间传出她时响时闷的哭声。众人傻眼了，纷纷上来劝，"老七，别骂孩子呀！""是呀，七哥，是小义救的场呀！"

他们哄她，给她擦眼泪，喂给她糖吃，可没人知道她哭的不是父亲的高声大嗓，而是在他手下迅速化为乌有的那张彩色的脸谱。玺子站在人群外，跨过地上的二郎刀，也去洗了自己的妆，取而代之的是一脸与年龄不符的冷漠神色。

"谁叫她救场了？我死在台上也不让她救！"松霆瞪着眼睛撇开拉他的人。

"什么事啊死去活来的？"恰时几个穿中山装的进了后台，说话的最年长，园主忙迎了上去。一个年轻干部介绍说，"这是省里负责文艺宣传口儿的董处长，下来考察戏曲演出工作的。"

"今儿本来是奔着大猴王来的，没想到跑出个小猴子！"董处长笑呵呵地问蒋松霆，"是你的孩子啊？丫头还是小子？

你们是哪个戏班的？"

松霆没好气地嘟囔了一声，"没班儿！"

处长身边的人皱起了眉，"哎，你这人什么态度！"孙班主忙走过来解释，"这爷儿俩是跟我们一块儿来配戏的，我这些个孩子今儿本来都要给罗老板配小猴儿的，全让戏混子给搅了。"

董处长摸了摸身边几个小男孩的脑袋瓜，"都是好苗子啊，愿不愿意进公家的剧团啊？咱们省要办自己的国营团了。"

"愿意！"脆生生的一嗓子，是玺子。

孙班主扭头剜了他一眼。董处长走过去问了玺子几句岁数、籍贯、学戏经历之类的闲话，让身边人记下了戏班子和班主的名字，离开前还简短发了个言，"以后戏混子到处坑蒙拐骗的现象一定会整治，你们文艺工作者要相信组织，放心演，多给老百姓演好戏！"

蒋松霆耷拉着脑袋蹲在地上。董处长一本正经的讲话和小义委屈的抽抽搭搭交叠在一起，听得他心烦意乱。但有个陌生的名词像长了腿似的跳进了他的耳朵和心眼里——"文艺工作者"。

蒙
童
儿

　　那天晚上小义可怜兮兮地早早睡了，在梦里还不忘她那张停留过短的小花脸。那是她人生中第一次登台亮相，并不是在万众期待中完成的，而是发生于危难之间。也许从那时起她就知道了，人们的嘴不仅是用来叫好、手不仅是用来鼓掌的，能捧起你的也都能轻而易举地将你摔落、打倒。可她一点也不害怕。因为这初体验不只是"救场"，也是"救父"，台下的炮火硝烟让她陡然尝到了当英雄的滋味，大惊大险、大悲大喜一旦尝过，就再也不耐烦家常的平淡了。

　　小义在里间睡着，蒋松霆和严松霁在外屋推杯换盏。"这么说你今儿全须全尾儿地下了台多亏了你闺女？"

　　"可不吗。"松霆苦笑着闷了一口酒。

　　"这孩子还真是有主意又有胆儿。"松霁由衷赞叹，"那你怎么个打算？"

"打算啥？我能让她学戏吗？！她妈刚走了多少日子我就要打脸了？"

"这事儿还真说不好，孩子眼下不到上学的岁数，成天泡在戏园子里，难保她不觉得好玩儿。她偷着耍，你也看不住。"

松霆又一仰脖，酒下了肚，在眼里返出了微潮的光，"我就让她耍！以毒攻毒，以火攻火，绝了她的念想儿！"

自此往后，蒋松霆嘴里答应了教女儿练功学戏，可小义高兴了三天就觉出不对劲儿了。初冬，一天比一天冷，太阳出来得一天比一天晚，然而蒋松霆倒行逆施，每天把她搜出被窝的时辰越来越早。拿顶、压腿、踢腿、掸腰……光练腿就分直腿、旁腿、蹁腿、十字腿……天上的寒星吐着剑气，朔风掠过，爸爸的脸看不清，但他手里的藤杆是一个飘忽不定又确凿存在的鬼影，抽冷子就落到她的屁股上。

她的世界里只剩下一个字，疼。

那疼法儿跟她自己摸爬滚打、磕了碰了的疼不一样，不是一个口子、一块淤青，拿嘴吹吹，玩一会就忘了。那是脸被冷风吹皴的疼，屁股开花的疼，腿筋被硬撕开的疼……全身无一处不疼，便说不出到底哪儿疼了。爸爸仿佛变了一个人，表面是魔鬼，实则是赌徒，他忍着自己心里的疼，赌她受不住这份身上的疼。

小小的她似乎察觉到这是一场斗狠的角力了 —— 在这件

事上，她一辈子没输过。自然，这第一局她就赢了，不然也不会有以后的大开大合、纵横决荡。

冬至那天中午，老琴师韩四和老伴端着一大碗饺子来了蒋松霆哥儿俩的住处，一进院就看见松霆正别着小义的一条腿让她练朝天蹬呢。扳起的那只腿，脚心放着一碗水，洒出一丁点，便要挨一棍儿。

"哟，老七，你干吗呢？给孩子上刑哪！"韩老太太小跑过来，泼了那碗水，把小义的腿放了下来。

"四叔四婶，您二老怎么来了？"

"你四婶惦记着你们哥儿俩和孩子有啥要拆洗的没有。"

"没有，您甭费心，我们自己都行，我师哥手巧着呢！"松霆一脸吊儿郎当，后背吃了老太太一巴掌，"你这小子就是嘴硬心也硬！小义儿，走，跟奶奶吃饺子去！"说罢揽着孩子进屋去了。

韩老头望着小义一瘸一拐的背影，悄声问松霆："这么小就让孩子练功了？"

"您不知道，这孩子哭着喊着非要学戏，我得断了她这门心思。"

"你想练怕了她？"

松霆点点头。

"练多长时间了？"

"快俩月了。"

"怕了吗？"

他迟疑了一下，摇摇头。

韩四进了屋，他老伴拎着小义刚换下来的衣裳给他看，"你瞧瞧，大棉袄都湿了。"她嘴里念叨着，把汗湿的棉袄烘在炉子上，"老七，这丫头是不是你亲生的、我亲手接下地的？你不心疼，我还心疼呢。"

"别絮叨了，"韩四磕了磕他的大烟袋，把小义拉到身前，"孩子，你跟爷爷说，你想学戏呀？"

"想！"

"学戏可苦呀，要学出来，得比现在还苦百倍、千倍呢，你怕不怕？"

"不怕！"

"光不怕也没用，"老头揣起手往椅背一靠，"没嗓儿也白搭。"

"谁说我没有？"

"小义，怎么跟四爷爷说话呢！"松霆瞪了她一眼。

"唷，口气不小，"韩四把随身带的老红木胡琴掏出来抱在腿上，"来，小老板，我伺候着您来一段儿。你会啥呀？《红娘》还是'苏三离了洪洞县'？"

"我会《战太平》。"

韩老头陷在皱纹里的小眼睛亮了一下，搭弓上弦，默默不语地拉起了过门。"头戴着紫金盔齐眉盖顶——"节节高的一句导板冲出来，老两口和蒋松霆都暗吃了一惊。"为大将临阵时哪顾得残生！撩铠甲且把二堂进，有劳夫人点雄兵。

接过夫人得胜饮，背转身来谢神灵。辞别夫人跨金蹬，但愿此去扫荡烟尘。"高亢的童声撕开了干冷坚硬的空气，仿佛一瞬间冰消雪化，化出了一江春水淙淙流淌在茅椽蓬牖之下。

韩四老泪纵横，把小义抱到膝上，"好孩子，谁教的你呀？"

"呃……大爷老唱，我听着听着就会了……"她搂着韩老头的脖子，用小手抹了抹他千沟万壑的脸。

她这句话刚落地，严松霁就踏进屋了，脸上漾着罕见的激动神色。"松霁，你听见咱小义唱的了？"韩四望向他，他点点头。韩老太太也撩起衣襟擦眼睛，"她妈小时候的嗓子也这么又宽又亮，我们老头说她能唱老生，可燕五爷一定要教她学旦角儿。"

小义在韩老头的怀里偷眼看着她爸爸。他脸上很颓唐，手里的藤杆垂在地上。做父亲的，倒戈了。

夜里，小义睡熟了，蒋松霆像个趴窝的老母鸡似的呆呆坐在女儿身边。她的大拇指含在嘴里，不由自主地一吸一咂。孩子是想娘了吗。白天，他玩儿命练她，她就较着劲儿地受练，两个人似乎都心知肚明，狠起来又势均力敌。到了梦里，原来她还是那个刚断奶不久的小娇儿，也许身体还眷恋着母亲的怀抱。松霆伸出一根指头，抹去了她小脸上的口水印，给她掖了掖被子。

他一步一回头地走到堂屋。"孩子睡了？"松霁问他，桌上放着一小坛酒。他点点头，坐下倒了两碗。"想好了？"松霖朝他端起酒，直直瞅着他。

他又点头，碰了碰松霖的碗，一饮而尽，"要唱，就得比我强，比她妈强，比眼么前儿这一个个的都强！唱头牌还不够，必须要唱成角儿，大角儿！"他撂下碗，把手骨节攥得嘎巴响，"想不到我这么快就对孩子她妈食言了。"

松霖拍着他的肩安慰道："此一时彼一时，毕竟新社会了……"

"什么时候学戏都是苦。这孩子受苦受累，她选了，我替不了她，但我绝不能让她受欺负。"

松霖咽了一口酒，想了想，"让孩子学老生。"

"光文的不行，"蒋松霆的眼里有一团火，"谭余的老生，杨派的长靠，南派的短打，全都要！"

"女孩子学武生可……"

松霆打断了他，"师哥，我主意已经定了。小义要出人头地，非这么着不可。"

"成，我教她！"

"师哥，这么多年我当你是我的亲哥哥。我就直说了，我求你教小义，你这几年就别再教别人了，我自个儿出去奔命养活着你们俩。她学出来了，头一个孝敬你。你若答应，我明儿早起来就让她给你磕头！你不答应，我也没二话，天涯海角也带着她去拜师学艺。"

松霖长叹一声，"兄弟，你说哪儿的话。要没你们，我兴许还在园子里扔手巾把儿呢。我是上不了台了，只要孩子能成才，我身上这点玩意儿都掏给她也心甘情愿，也算我没白吃这碗戏饭。"

　　说罢，两个人对饮了一碗。人生天地间，没说出的话尽在酒里了。

催拍子

    隔了些日子，Kevin 又带着 Randal 来拜访蒋凤仪。雏仪做了一大桌硬菜，一同蹭饭的吕娜和横山教授都向蒋家母女道辛苦，老太太连忙摆手，"哎，我一点没出力！想炒个鸡蛋这大厨都不让，生怕我炒煳了！"大伙儿都笑了，Randal 也在碗边咧开了嘴，大门牙掉了，还没长齐。雏仪站起来替他夹菜，"宝贝儿，你太瘦啦，多吃点！看你哥哥多壮实！"小男孩腮帮子塞得鼓鼓的，羞涩地点点头。

    Kevin 使不溜筷子，正拿着一把叉子大快朵颐，过了一会突然说："蒋老师，那天我弟弟让我帮他……"Randal 忙摇了摇哥哥的胳膊。"没事，你这是在做 research 呀！"Kevin 继续，"Randal 想知道你的故事，我就帮他 Google 了你的名字，我们都觉得你的经历太神奇啦！网上说你五岁就开始学艺了，比 Randal 现在还小呢！"

蒋凤仪哈哈一笑，说这在当年也不稀奇，要想幼功扎实就得从小苦练。

"那练什么呢？"

"头一年主要是毯子功，虎跳、踺子、小翻、飞脚、旋子、四面筋斗，整天摔得青一块紫一块……后面就学'手上的'，就是各种套数的拳法，什么上八掌、下八掌、金刚头子……练完了空手的，还有把子功，刀枪剑戟斧钺钩叉，每样都至少有五套打法。比方说单刀，就有单刀对枪、大刀、双刀、棍、空手夺刀……台上千变万化，全离不开这点底子。除了手上的，还得有圆场功、髯口功、靠把功……光一个剁泥儿亮相就得练多少日子才能又稳又脆呀！那会儿我一年就穿坏了一大筐练功鞋。这还只是武的，还有文的哪。每天天不亮就起来喊嗓，晚上进被窝儿了还要背一遍戏文，第二天起来一睁眼又要背一遍，背不出来就挨打。我大爷当了我师父以后，那么好脾气的一个人，教训起人来也不手软。没办法，磕头拜师的时候我爸就说了，'打死毋论'！"

桌上的几个人都听得目瞪口呆。

"学戏四五年以后我就差不多能登台了。俩字儿的名字写水牌子不好看呀！就在那会儿改了名字，这么一改就叫了六十年……"

一个甲子过去了，新名字被千人传、万人叫，早已不新了。它甚至进入互联网，成为一个词条，通往无数个有关她的网页链接，这些都是那天集思广益、给她改名字的人们想象不到的。"蒋凤仪"三个字把她的人生带入了一个新阶段，时代的浪潮滚滚，淘去的不仅是她的旧名字，也是曾经唤她旧名字的那些人，"小义、小义……"

"小义、小义，醒醒！别睡了！"蒋松霆揪着女儿的耳朵把她从饭桌上拎起来，"爸和你大爷还要喝一会子，你去外面耗会儿腿去再回屋睡觉！""还练呀？""废什么话？"爸爸一瞪眼，她忙溜下椅子，跑到院里抬起一条腿，老老实实搬起了朝天蹬。

严松霁倒了两碗酒，这才悄声问："最近外边有什么风声儿啊？"

"嗨，天天都是风一阵雨一阵的，我哪儿闹得明白！"松霆满不在乎地端起了碗，"老孙的小班子，哦，现在都叫剧团了，国家要收了他的，他死扛着不答应，就改成'共和班'了。"

"怎么个'共和'法儿？"

"说是不让他'剥削'了。反正现在玺子那半大小子都快跟他平起平坐了！老孙也不敢大出气儿，生怕让人当戏霸给斗了。"

"要说以前那些班主、园主也是够欺负人的，咱打小儿也没少受他们的克扣，赶场的时候连饭都是能省一顿是一顿，省下来的全进他们腰包儿了。"

松霆点点头，"那倒是，可如今管得也忒宽了，把唱戏的这两条腿都管住了。现在不让挖角儿了，想另搭个班儿也不容易，又要登记、又要批条子的，就按着脑袋不让你动窝儿。"

"那不是叫什么……反对'资产阶级个人主义思想'？"

"嗬，师哥，你整天待家里，新鲜词儿倒说得比我还溜！"松霆乐了，"可你说谁不是为了'个人'哪？现在是腿也管，嘴也管。多少好戏都给禁了，连《四郎探母》都不让演，说杨四郎不爱国！还剩啥？'翻开报纸不用看，梁祝西厢白蛇传'！"

"老七，你在外面可别胡说，要惹事的！"松霁皱着眉叮嘱他。

"我知道，一开会我就冲盹儿……"他啜了一口酒，"我现在啥也不管，就管我闺女。说真格的，师哥，这两年你瞅着她学得怎么样？"

松霁郑重其事地点点头，"是块好料啊！能吃苦，背戏也快，关键是脸上身上有灵气儿，学老像老，学小像小。开蒙戏，我打算给她说《夜奔》了。"松霆听后长出一口气，"师哥，就全仗着你了！"

哥儿俩喝到酒酣耳热时，严松霁猛地问："小义还练着呢？"松霆晃悠到门前，见月亮地儿里女儿的背影仍金鸡独立，一腿高举，便转身点了点头。松霁也凑了过来，一看却哈哈大笑，"你养的这鬼丫头哟！你过去瞧瞧她干吗呢！"

俩人蹑手蹑脚地走到院里，蒋松霆这才看清：原来那孩子脱了一条裤腿，把胳膊伸进去举着当腿呢！松霆气不打一处来，照着她后脑勺赏了一巴掌，追着她满院跑，"你个小王八蛋敢糊弄老子！""你们喝酒，就练我一人儿，我还不能歇会儿呀！""还敢犟嘴！我……"

"行了行了，老七，别折腾了，快睡去吧！"

"……"

第二天练早功的时候，松霁慢悠悠甩着藤杆问小义："昨儿晚上耍花活儿蒙谁哪？"

"我都会了呀……不用天天练了……"

"你那腿功还差得远呢！好武生离不开一双好腿。"小义闻言，低着头怂怂嘟囔了一声。"你说啥？"松霁俯身把耳朵侧过来，"你是不是觉得大爷这瘸子不配说嘴呀？"小义赶紧摇头。

松霁笑笑，把藤杆递给她，用那条没伤的腿支撑着，左腿盘起，缓缓俯身走了个前探海，又仰身一个后探海，左腿还不放下，伸手又把脚搬到了耳边，蹲下、起身，稳稳地三起三落。他保持着这个姿势，气定神闲地跟小义说："你瞧大爷哪儿有毛病，就拿棍儿打哪儿！"

她左看右看，服气了，默默把藤杆塞回他手里。

松霁这才从容放下左腿，拿杆头轻打了她手心一下，"咱的武生戏，'戏'在'武'先，不是要把式卖艺，这些招式不一定都要在台上耍，甚至有时候要有意收着不耍。但你身上不能没有这些功！"

小义点点头。

"我跟你说过的，杨老板是有名的武戏文唱，"松霁摸摸她的脑袋，"好些人以为他是武的不行才文着唱，错啦！当年他第一次到上海滩闯码头，南边儿的武行都想看他的笑话。头一天的打炮戏是《青石山》，谁承想杨老板一踢九尾狐，走了个'铁板桥'，那靠旗儿都贴了地啦！这一下子就把同行都镇住了，再没人敢嚼舌头了。"

小义一脸神往，松霁却说："给你讲这个，不是告诉你杨老板有多神气，是告诉你台上台下这巴掌大的一块地儿有多险恶。多少双眼睛盯着你啊，有一点错儿就能骂化了你，越是大角儿越禁不起出错。说白了，你身上的功夫就是得练到家！练到人家打着灯笼也挑不出毛病来！"

"打今儿起，咱开始说《夜奔》。男怕'夜奔'，女怕'思凡'，这是个'一场干'的独角戏，满台就看你一人儿，看你的唱、念、做、表、舞。功夫过不过硬，这一场戏唱下来底下可就都知道了……"

严松霁跟她说这些话时，她还不到七岁，可已经隐约感到她的"身体"好像并不是她自己的。那是属于角色的、属于舞台的、属于看戏之人的。从他们的目光里，她才能回看到她自己；但她可以塑造她的身体，挑战唱工、力量、神态、气势的极限，也挑战生理的性别，经由此身，她又得以塑造人们的目光。从那反射的喜悦、赞叹、兴奋之光里，她也看

到一个慢慢长大、慢慢强大的她自己，正步步走近舞台的
中央。

肆

太平令

　　小义学戏，苦虽苦，走的却不是科班的老路，也没受过师父的欺压、使唤。严松霁给她说戏，韩老头给她吊嗓，父亲则是永不倦怠的监工，除了盯着她练功，还用一辆大二八载着她四处去看大角儿们的戏。

　　五十年代的大江南北，梨园一片繁茂，戏曲俨然是红旗下最耀眼的文艺形式之一。那会儿的舞台多绚烂啊，梅尚程荀已臻化境，马谭杨奚继往开来，更有盖叫天之老当益壮，高盛麟之大气磅礴，李少春之文武全才……她看了无数个关公、高宠、赵云、武松、天霸，他们似乎离她那么近，嘴角一动、眉头一皱，全都看得清清楚楚，英雄的泪珠都能弹到她脸上；他们又离她那么远，山呼海啸般的喝彩湮没了小小的她，而他们，如在云端。她这棵小苗何时才能参天？

又是两载阳光雨露，暑往寒来，几十出老生、武生戏吃进肚子里，长成了渐丰的羽翼。父亲和师父商量着要让她"挑帘儿"了——"出将"的门帘一经挑开，她就将面对整个世界的挑剔目光，那目光抽打起人来，可比藤杆厉害多了。他们问她，"敢不敢？"她毫不犹豫地答："敢！"她还记得四五年前扮成小猴儿冲上台时的那股兴奋劲儿，也记得那张被粗暴抹杀的小花脸；彼时失落的，如今都要挣回来。

她斗志昂扬，而严松霁毕竟多思多虑，"这头一次还是不能在家门口。天津卫这地界儿，一个个的眼睛忒毒，嘴也狠。万一有点洒汤漏水的，他能臊得你下不来台！这开门开不好，往后就难立住了。"

松霆点头称是，"那师哥你说怎么着好？"

"早几年我跟着戏班子去山东临清唱过几个月，那儿也有几个熟人。眼下又快到过庙的时候了，咱赶着九月初九到，不拘搭个什么班子，先让小义闯练闯练。"

"成，就按你说的办！"

她第一次要坐火车出远门了，与父亲、师父、韩四、老宋头和宋小五一起挤在海潮般的人群里，蠕蠕涌进一列轰鸣着的钢铁长龙。蒋松霆生怕她跑丢了，一直把她扛在肩上，因此她得以在高处逆着人潮的方向看到无数张脸孔向她扑面而来，又匆匆而去，无人留意半空中这个兴奋不安的小孩。火车缩短了时空的距离，窗外是广袤的华北平原在飞逝、在折叠，把她运往一个陌生的节点，在那里，同样陌生的无数面孔即将和她产生热烈的关联与互动。

农历九月的乡间庙会，喜悦像是从土里长出来似的，那么自然且随处可见，在人们风霜雕琢的脸上，在密密麻麻、包罗万象的小摊儿上，也在高搭的土戏台上。锣鼓已响过了第一通，小锣那聒噪的金属声像猫爪子挠着人的心，催促老乡们早早吃饭，快快赶来看大戏。

往日的乡村，色彩是匮乏的，泥土是它的底色，辛勤劳作的人们尘满面、鬓如霜。匮乏使积攒成为必然，但积攒并不是绝望而无止境的，庙会与大集就是定期爆发式的狂欢。盈余的货品在这里买卖，小吃、山货、农具、草编的小玩意儿，甚至成捆的劈柴，在交换中实现新的价值。柿子熟了，饱满的金橙色堆成小山。山楂是深红的，看一眼就使人口舌生津。细心的农人还用麻绳把它们穿成串儿，孩子买了去挂在项间，胜似玛瑙璎珞。这天地之间的盛会，朴素又喧腾，是大人们的交易场，小孩子的游乐场，也是姑娘小伙儿的情场，暗暗的眼波乘着谈笑声、叫卖声，飞舞其间……

小义早就玩儿疯了，正和几个孩子追着跑着，满世界滚铁圈，蒋松霆隔着老远冲她吼了一嗓子，"小义，还玩儿哪！快上后面默戏去！"听见爸爸的命令，她立刻刹住脚，扔下了铁圈。小分头汗湿了，她一胡噜眼前的碎发，露出宽宽的脑门。

"你的小子呀？长得恁精神呢！"县剧团的老俞跟松霆搭话。一旁的严松霁笑道："不是小子，是姑娘！这就是我跟您说的我那徒弟，这次我们哥儿俩就为带她出来的。"松霆也忙说："我这丫头性子野，没个正形儿，让您见笑了。不过我师哥可是手把手教的她，身上、嗓子都不赖，准不给您砸锅！"

"就是她呀！这么点儿啊？"老俞眯着眼又往远处瞅了瞅，"我那几个孩子当初就算上台早的了，可也没她这么小。这上了台不得吓得尿裤子呀？"

松霁赶紧递好话儿，"您的俞家班儿在山东大名响当当，我们能搭在您这儿唱几天真是多谢您老了！您放心，这孩子胆儿大着呢，不怵场，四岁就敢往台上跑。"

老俞勉强咧嘴笑笑，"嘿，什么俞家班啊，现在也是'公家班'了。严大爷，咱的交情，甭客气。我看就让这孩子唱开场吧？"

蒋松霆立刻有点挂脸儿，女儿头一次登台就被人家放在最前面垫戏，他不乐意。严松霁正对他使眼色，戏台子后面走来一个二十多岁的俏丽女子，长发用头巾绾着，喊了一声"爸"。她见着松霁，惊喜又热络，"是严大哥呀，小十年没见啦！怎么想起回我们这小地方儿了？这回您可得多来几出！"

老俞瞪了她一眼，松霁却并不在意，"哟，四妹，大姑娘了！我是来不了啦，这回是带我小侄女出来，是我这师弟的孩子。"说着介绍松霆和她认识，"秋灵妹子，我师弟蒋松霆。"

秋灵一笑，眼睛弯成了月牙儿，"蒋大哥！我还以为《战太平》我是要陪严大哥唱呢，没想到我这夫君是个小孩儿啊。"

老俞拍了她额头一下，"别胡说，大姑娘家不害臊！"

"第几个唱呀？"她问完，见松霁哥儿俩都不言语，便明白了三分。她趴到老俞肩膀上说情，"爸，让我先陪五妹唱《春香闹学》吧！她心里都长草啦，急着去看拉洋片的呢。"老头只得无奈一摆手，"得得得，你们都有主意！就当我说话是放屁！"她捂嘴偷笑，向那哥儿俩慧黠地一眨眼，蒋松霁忙感激地给她拱拱手。

戏报贴出去了，"战太平主演：客串蒋"，红纸黑字，墨色淋漓未干，即是将她写入梨园往事的第一笔。松霁亲手给她上妆，淡淡的粉，浓浓的眉，她原本的轮廓在加重的同时也在隐退；待到松霁用拇指给她在眉间晕出一道烈焰般的蜡扦儿，她脸上的清秀便褪尽了，英武气也随之到达顶峰。

宋小五过来给她扎大靠，她伸手要替他拿着，老宋头却在一旁说："姑娘，甭动，让他伺候你！好好儿唱，以后咱就都傍着你了！"于是她懵懵懂懂地任宋小五变戏法似的忙上忙下，他手里是蒋松霁特为她置办的小行头，红彤彤的铠甲，待她披挂上阵。尺寸虽小，靠牌子、靠壳子、靠旗子这一套下来也有十来斤重。她感到身上的分量在不断增加。

台后隐隐笼罩着临战的肃穆，台前却是春香闹学的一片欢乐。老俞演古板的私塾先生，俞秋灵是捺着春心、端坐书房的杜丽娘，她小妹秋莺则是古灵精怪的小丫鬟春香，也是这一折戏的主角，上蹿下跳地捉弄着老塾师。

在台下此起彼伏的笑声里，迟来的老乡们渐渐落座在自带的小板凳上。秋灵下了戏又赶紧换装，她和另一个年长些的女演员分饰花云的两位夫人。秋灵打扮好了，在小义面前略一蹲身，冲她弯眼一笑，"花将军，咱台上见呀！"她身上的脂粉香飘过来，小义抽了抽鼻子，一言不发地笔直站着——她还在心里默最后一遍戏。

陈友谅大军压向太平城，守将花云在府内整理戎装，由两位夫人在堂上点动人马。八个龙套雄赳赳列队而出，站立两厢，台下慢慢止住了聊天、嗑瓜子的声响，屏息凝神等待着什么。碗口粗的毛竹盖着帆布，简易地分开了台前和幕后。小义站在这道交界处，回望了一眼，师父镇定地向她点点头，而父亲并不在。前面的琴师早已换成了韩四，那熟悉又老练的过门儿拉响了。

"头戴着紫金盔齐眉盖顶——"

她的一句导板驾着琴声冲了出去。余音尚未落地，喝彩声已腾空而起。"好！"老乡们憋在胸口的呐喊，必得遇着期待中的声音方能吐出去，过瘾、痛快！那正是众人侧耳以待的声音，并且比期待中的更好、更亮、更特别。人们坐直了身子，探着头要见那大将军的真容。

老宋头"唰"地高高打起了帆布帘子，一身红靠的花云稳步出场。

前排观众爆发出一阵惊呼和笑声，海浪似的向后传去，"咋啦？"后面的人不明就里，因为压根没瞧见她——那样小的她。英雄猛将们不是动辄"身高八尺"吗，而台上的小不点儿也就三尺有余吧。

然而笑声渐渐被某种气场压了下去，她一丝不苟地起了全霸——提甲、理袖、整盔、紧甲……看似繁缛的一套程式，却是将帅之才区别于绿林草莽的根本。"食王爵禄，当报王恩"，那一身华贵的披挂是荣耀，也是沉甸甸的桎梏，古来埋没了多少大将的英魂。花云也不例外。

何等讽刺啊，一座名为"太平"的城，却颠仆了花云的命运，更容不下他的娇妻幼子、儿女情长。城破之际，花云要保王爷杀出重围，那王爷却要回府去寻家眷。"嗳呀！想他为君的有家眷，难道这为臣的就无有家眷了吗！"花云的大夫人投井身亡，把婴儿托付给二夫人孙氏。秋灵扮的孙氏把这花家仅有的根苗缚在身上，乔装为疯妇逃走，路上遇到了被五花大绑的丈夫。花云狠起心来朝她飞踢一脚，秋灵的孙氏腾空来了一个屁股座子，轻落在地。

"这一足踏在你地埃尘。你是谁家疯婆女？怀中抱定小姣生。明明认得孙氏女，假装疯魔见夫君……使个眼色快逃走——"

小义急焦焦的一段西皮快板，配合着秋灵疯癫的三声大笑和飞似的圆场步，底下的观众们动容了。人们忘了花云的"小"，只看到他是一个悲壮的忠臣良将，更是个活生生的人，他也有怨有惧，有难舍难分的情，面对陈友谅的招降，他也有犹豫，但终究唱出了一句气冲霄汉的散板——"你老爷愿死不愿降！"

台前台后都拍起了巴掌，"这孩子，神了！"

严松霁静立在这片喝彩声里，正午的日头照在一张张喜悦而泛油光的脸上，看得他微微眩晕。二十多年前，《战太平》也是他的打炮戏。十七岁的少年，风华正茂，前途无量。年时俯仰过，今天的小义岁数比他那会儿小了一半，可已显露出剑横四野、响震八荒的势头。

"松霆，别躲着了，过来看看吧！"他轻颤着嗓子叫了一声，"你闺女，成啦！"

蝶
恋
花

　　小义的《战太平》一炮打响，县剧团的老俞如获至宝。小孩子演戏本就让人看着新鲜，更何况她唱念做打的功夫还那么俊，不卖座儿都难。老俞当机立断，把晚上《翠屏山》里演石秀的自家老三换了下来，让小义上。这出有关石秀杀嫂的戏因淫秽、暴力之嫌在戏改中被禁了，但乡下毕竟天高皇帝远，老俞打了个擦边球儿，掐去了偷情和杀人的几场，只演"吵家""耍刀"。

　　吃过了晚饭，小义在后台扮起戏来。与她搭戏的还是秋灵，演石秀的嫂子潘巧云。秋灵正坐在大衣箱上绑跷，顺便跟蒋松霆聊着闲话，"蒋大哥，你这姑娘真了不得呀，唱得好，气势也倍儿足！看不出来是第一次上台哩！"

　　"嘻，这丫头就是贼大胆儿，不知道怕。"他摸摸小义的脑袋，她却抬头冲爸爸不满地一噘嘴，演得好就是好，怎么能归结为胆儿大呢？松霆一刮她的小鼻子，又看向秋灵，“上头不是不叫踩跷了吗？”

“我爸非让绑上，说跷功丢了可惜。谁爱踩这破玩意儿？一不留神就扭了脚。”她踢着木头小脚在地上磕了磕，突然低下声音问，“蒋大哥，严大哥那腿……是怎么回事？”松霆叹了口气，三言两语告诉了她。她听完幽幽愣了一会，“唉，当初我爸想把他挖过来，他没答应，若是留在山东，兴许就躲过一劫了。不过也是，严大哥那会儿正当年，哪儿能留在我们这小码头呢。”

他们正聊着，帆布棚子外面传来一阵喧哗，蒋松霆走过去一问，原来是一群老乡跑来看小义。“哪个是晌午唱战太平那娃子啊？”“俺们想看看他长啥模样！”松霆闻言，向小义招招手。那么多陌生的面孔贴过来，她似乎失去了台上的勇气，有点胆怯地躲到父亲身后，求助般地弱弱叫了一声，“爸……”

老乡们听了，惊呼起来，“是个闺女不？长得怪俊的！”“哎呀，在台上真够冲的，活像个小子！”更多的人聚了过来，她一辈子忘不了那个场景：浓黑的夜色里，星星点点的灯火如游龙蜿蜒到她面前，那“灯”是大萝卜掏空了、倒上菜油，棉花裹着草棍儿做成捻子，每一捻亮光都映着一张饱经沧桑的脸，眉眼看不清，但那些淳朴的笑容是相似的。

开戏了，打足了气的两盏汽灯高悬在竹竿上方，在现代电力尚未到达的广阔天地之间，那一方土台子上的红男绿女将自己献给这无垠的黑夜，慰藉了乡间的荒凉。潘巧云出场了，一身娇嫩的果绿袄裤，踩着跷袅袅而来，更显得身材颀长婀娜。老俞演潘老丈，在戏里也是她老爹。巧云深恨石秀在杨雄面前说破了她跟海和尚的奸情，一门心思要赶石秀走。小义登台，一身黑布箭衣，腰里紧扎大带，头戴硬罗帽，卸去了白天那身华丽的披挂，此时的她是机警又勇猛的"拼命三郎"。

"要想俏，一身皂"，素色短打的她一露面，老乡们就拍起了巴掌。秋莺演小丫鬟迎儿，潘巧云叫她把石秀"给我骂出去！"，主仆俩一唱一和，忽起忽下，尽撒泼作刁之能事，巧云更是颠着小脚，挑眉又腰直逼到石秀面前。这石秀比嫂子矮了一大截，可小义把恼怒难堪的神情演得很到位。石秀至此看透了世态炎凉，最后生出一分令人生畏的狠劲儿，尽在这段西皮三眼里："你口似砂糖舌如刀，心肠毒狠似狼嚎，人间廉耻全不要，是非颠倒来混淆。有朝犯在我三郎手，这钢刀之下命难逃。嫂嫂！你我今日分别了，你死我活两开销！"

负气而去的石秀来到小酒馆借了把钢刀要去杀潘巧云的奸夫，小二请他坐下喝酒壮行。小二去搬酒坛子了，石秀却愣在原地 —— 椅子太高，小义坐不上去，又不愿丢脸往上爬。正在犹豫之时，检场老宋头上来了，把这"好汉"抱上了椅子，底下的老乡们哈哈大笑，台后的秋灵也"扑哧"一声，扭头向松霆笑说："蒋大哥，这孩子太好玩儿了！你跟嫂子好福气啊。"

蒋松霆正目不转睛盯着前面，听到这话一时茫然。金铃子若看到台上的女儿，会觉得是"福气"吗？她会怪他吧？她如今在哪儿呢，过得好不好……他走了神儿，甚至没看到小义在前面虎虎生风地大舞六合刀，直到热烈的喝彩声将他惊醒……

小义在此处连唱了三天，长靠戏、短打戏、老生戏、猴儿戏……场场爆满。最后一天散了场，老俞把厚厚一摞皱巴巴的毛票儿递给蒋松霆，总有几十块钱之多。"爷们儿，拿着，这是你闺女的份儿钱，小妮子不简单！我们还要再跑几个台口，你们愿不愿跟着？"

松霆推开了老俞的手，"俞大爷，承蒙您看得起，您不说我也要提呢，想让小义再跟着咱这班子各处闯闯。我跟我师哥商量了，这头三天算我们答谢您的，也多亏了班儿里的弟兄们和秋灵妹子在台上帮衬着我那孩子。"

秋灵闻言，含笑对父亲赞道："蒋大哥是爽快仗义人。"

这一路就从秋唱到了冬，年底封箱前，他们辗转来到了邹县下面的村子。戏台子附近有座破败的东岳庙，好歹能略挡风寒，演员们便在这里面扮戏。蒋松霆在庙里随意走来走去，欣赏那些神鬼判官的尊容。一座座彩塑蒙着陈年的灰尘，恐怖中透着苍凉。白无常吐着红舌头，胳膊摇摇欲坠，铁丝勉强串连着泥胎，松霆轻扒拉了一下，随口念道："呀，我当是人家村庄,原来是座古庙。门儿半掩半开,待我矮身而进。
黑夜之间,辨不出是何神圣。神圣呵,神圣。保佑弟子林冲,
早到梁山,借得兵来……"

正坐在镜前上妆的秋灵咯咯笑了,"蒋大哥,老听你唱这
出儿,怎么不上台来一个?"

"嗐,我就不现眼了,老天爷没赏我好嗓子,幸亏我闺女
没随了我……哎,那孩子又跑哪儿去了?"

"今儿晚上有打铁花儿的,这人不都看去了吗,我刚见严
大哥也带着小义在外边儿呢。"

松霆"哦"了一声,随意坐在那雕像脚下,"你咋不看
去?离开戏还早着呢。"

秋灵全神贯注地插戴着头面,顺嘴说了句"早扮三光,
晚扮三慌"。松霆听见这句熟悉的口头禅,怔了一下,默默低
头捡起一根稻草棍儿在指间捻着。

须臾,秋灵唤他:"蒋大哥,你帮我看看这后兜儿戴正了
没有?"他便起身走了过去。待会儿要贴的戏是《武家坡》,
王宝钏一身寒素的青衣,头上也是银锭钗环,别无颜色。妆
奁边点着一盏煤油灯,蒋松霆就着这点亮光儿在她背后左右
打量,"正了!"他直起腰来,猛地和镜中的王宝钏对上了
眼神。

戏曲的化妆术很神奇,只有黑、白、红三种色彩,却勾
勒出痴男怨女的万千众生相,不同的人皆可饰演同一个角色,
同一个扮相又时而模糊了不同的本来面目……那眉,那眼,

那投向镜中又返到他眼底的珠光和目光……蒋松霆忽有些晕乎，不由得双手扶住秋灵的椅子背。

良久，她先柔声开了口："孩子的娘走了，你们爷儿俩的日子难不难？"

她在镜子里大胆地盯着他，一双笑眼，不笑时也如新月，他的瞳孔却游移了。说不动心是假的，可心境毕竟不似当初了。就像寒窑交颈春无限的短暂甜蜜支撑了王宝钏十八年的苦守，春天还会回来，可是冷过的人心再暖也有几分僵。庙外的夜色被火树银花点亮了，一瓢瓢上千度高温的铁水洒向高空，最火热、最艳美的花，随开、随熄。人们沐在金灿灿的花雨里，笑闹喝彩声一浪高过一浪……

"爸！"

破庙里的静谧突然被打破了，他和她都一激灵，扭头见小义立在那两排神像中间直勾勾地瞪着他们俩，眼神也像那铁花儿似的，又烫，又亮，火星儿迸溅。

"小义……"他忙从椅背上放了手，走过来要拉女儿。她却甩头一溜烟儿跑了。他追出庙门，和一个人撞了个满怀，是秋灵的二哥，今儿晚上扮薛平贵的。

"哟，松霆，咋了？"

"俞二哥，瞧见我闺女往哪头儿跑了吗？"

他拿手指了指，松霆便头也不回地追去了。

俞老二踏进门槛，狐疑地瞅着秋灵，"你俩在屋里干吗呢？"

她顾自照着镜子，眼皮都不抬一下，"啥也没干。"

"灵子，你可别犯傻！一个大姑娘，非要上赶着给人家当后娘？后娘什么下场你不知道？你想想当初你怎么对……"

秋灵啪地扔了梳子，"你管得着吗？"

俞老二急了，指着她骂："天底下男人都死绝了是怎么着？你想男人了也得挑挑吧！"

"对，死绝了！我就看他是个好汉子！"

她把话挑明了，俞老二反倒摇头冷笑起来，"我看你没戏！人家心思不在这上头。"

耍三台

　　第二天的夜戏是秋灵的《三娘教子》，小义给她配娃娃生薛倚哥。薛家中道衰落，正堂妻和倚哥的生母刘氏妾先后改嫁，只有三娘王氏毅然留下，含辛茹苦抚养薛家的独苗，每日织布以供他念书。秋灵想起昨晚破庙里的事，尤其是她二哥那句"上赶着当后娘"，再见着小义时竟有点心虚，不由自主绕着她走。严松霁不知情，只俯身叮嘱孩子："灵姑姑没少帮你配戏，你今儿傍着姑姑，可得好好儿演！"小义默然一点头，蒋松霆在旁才稍稍放下心来。

　　小倚哥上了台，三娘王氏停下机杼要检查他背书。他一反常态地打岔顶嘴，一句也背不出来。王氏不知他在学堂里被其他孩子嘲笑没娘，只气他不上进，便责令他跪地受罚。小义梗着脖子不情不愿地跪下，一脸任性大不同于往日她演

255

的那些英雄好汉。看戏的婶子大娘们深有同感地笑了，有的是苦笑。小孩子"通情"，但不见得"达理"，或许他们有自己不成道理的道理，执拗地挑战着成人的规则和苦心，这是他们的可爱处，也是可恨甚至残忍处。

三娘手持家法，唱了一大段二黄原板，"小奴才不读书把娘气坏，有几个年幼人儿且听来。秦甘罗十二岁身为太宰，石敬瑭十三岁拜帅登台……那都是父母养非神下降，难道说小奴才禽兽投胎？也罢！手执家法将儿来打——"

三娘举起了板子，小倚哥却跪走了几步，一把托住她的胳膊，吐出脆生生的念白，"妈啊，你要打，生一个打，养一个打。你打别人的孩儿好不害羞，好不害臊呀！"随着话音落下，倚哥扬手推开了三娘的板子。

小义念的虽是台词，秋灵心里却怦怦直跳。她一踉跄，家法掉到地上，颤着水袖问："儿啊，这两句话，是哪个教导与你的？"

"饭也会吃，书也会念，这两句话，还不会说么？"

"话倒是两句好话，只是儿你讲迟了。"

小义猛然从地上站起来，怒冲冲蹦出一句："讲了便不迟！"

秋灵愣了，这出戏她都演烂了，可从未听过这句念白，正在思忖时，小义一脑袋撞进她怀里，扭头跑下了场。秋灵不备，扑通跌坐在地，底下的老乡们全笑了。她又羞又气，急切间灵机一动唱了句哭头，顺势跪着接出了后面的唱词，

"小奴才一言问住了我,闭口无言王氏春娥。叫一声薛郎夫阴曹等我,等候了你的妻同见阎罗,我那薛郎夫啊……"

小义下了台没洗脸,直接跑没影儿了。后台乱了套,严松霁连连给秋灵的几个哥哥赔不是,蒋松霆却一言不发。老宋头他们都深以为罕,平时松霆管闺女最严,就算小义演得极好,下来了他也要打女儿一棍儿,为了让她"记住下回还这么着!",今儿孩子在台上开搅,犯了大忌,他怎么倒一声不吭呢?

秋灵回了后台,不理会旁人的嘘长问短,只委委屈屈地睃了蒋松霆一眼。也许只要他一句话,她便什么也不在意了。可是他低下头,转身离开了。

晚间,在老乡家的土炕上,小义趴在枕上,后脑勺对着蒋松霆,横七竖八的短发梢像芒刺一样支棱着。他按了按女儿的头发,"你今儿搅戏了知道不?"她无动于衷。

"爸不怪你,是爸的错……"他拍拍她的背,"你妈走的时候,爸跟你说了,你只有爸,爸也只有你,现在还是那话。"

屋里静了一会儿,北风的呼啸声从窗纸缝里钻进来,小义渐渐抽搭起来。她在觉得自己完全错或完全没错的时候都不会哭,只有道歉和反抗都无法表达的那些情绪才通过眼泪流出来。父亲或许懂,也或许不懂她,但他伸出一根指头抹着她小脸上的泪,告诫她:"一台无二戏,以后再把气撒在台上,爸可不答应!"她点点头,一闭眼,又是两串金豆子掉下来。

次日清早，猫冬的农人们还都未起床，松霆一行六人已不辞而别了。三个多月光景，山东几个县城村镇跑下来，小义已经十岁了。他们没有直接回家，而是在华北一带继续搭班唱戏，高阳、乐亭、霸州、沧州……无不是爱戏懂戏之乡。搭班的最后一站恰巧转回了秦家庄，就是小义出生时春雀社落脚的地方。

这天的戏码是《金钱豹》，蒋松霆演豹精，小义演孙悟空，父女俩一大一小、一猛一巧，在台上跌打摔扑，甚是好看。散了戏，一个中年汉子搀着个老太太来到后台，说要寻台上那爷儿俩，松霆的一张勾金花脸还没洗，也只得过来弯腰问候，"大娘，您找我呀？"老太太歪着头端详了一会，问道："是蒋七爷不？"

"哟，我是蒋七，您老认得我？"

旁边那汉子插嘴，"嘻，你不就是那春雀班儿的吗？那年赁了俺们家两间小房儿，不是跟这儿住了个把月吗？"

松霆忙叫了一声，"啊，是秦大娘呀！您老还那么康健！"

一个人从三十岁到四十岁可能变化不明显，但从六十到七十却是天壤之别，秦老太太的头发如今已全白了。"嗨，凑合活着吧！台上那小猴子是……？"

"是我那孩子呀，在您那小院儿里落生的！"松霆赶紧把小义拽过来，她的脸也只洗了一半，黑水红水滴滴答答往下淌，"叫奶奶！"

小义强睁着眼咧嘴叫了一声，老太太用袖子颤巍巍给她擦脸，一边抹一边自言自语，"难怪他们说有个'客串蒋'，敢情就是这孩子！我记得是个丫头呀！怎么……想是我老糊涂了……"

松霆扶着秦老太太，哈哈大笑，"就是丫头呀，您再瞧瞧！"老太太又凑近瞅了瞅，也笑了，"还真是，眉毛眼儿跟她娘长得一模一样！怎么那姐儿俩也不来看看我？临走还拿了我一兜子馒头呢，那蝶姑娘还说转年儿就回来唱大戏！这一晃儿啊……"

小义任凭这个她不认识却好像认识她的老太太牵着她的手，絮絮不绝地念叨着，那些事、那些人，彼时刚满月的她并无印象，可是爸爸藏在油彩底下的眼眶却不易察觉地涌上了泪。

秦老太太强拉了松霆几个人回去住，还是十年前的那两间小屋。小义四仰八叉地累倒在炕上，严松霁却在屋里背着手来回溜达，对静坐在炕沿上的蒋松霆说："老七，我想着是不是给小义起个艺名儿？也不能老叫'客串蒋'吧！"琴师韩四也附和，"这名字还得像个闺女名儿才好！这孩子在台上跟个假小子似的，得让人家知道咱是闺女唱生行啊。"

大伙儿都看着松霆，他只得点了头，"那就起吧。可不要什么花儿啊草儿的，我闺女是要称王称霸的，不是鲜亮一会子就完了！"

韩老头将了将胡子，"男龙女凤，凤凰够配你这宝贝闺女了吧？"

"就叫'凤凰'呀？多愣啊！"松霆不满。

严松霁琢磨了一会儿，写下两个字给他们看，"'凤仪'好不好？大观园里贾宝玉不是题了个'有凤来仪'吗？《连环计》里也有个凤仪亭！小义这'义'字儿也含在'仪'里了。"

他的最后一句话彻底说服了蒋松霆，"这个好、这个好，就是它了！"韩老头也赞叹："松霁不愧是戏班儿里的秀才啊！打小儿没白出入老进士府！"

蒋松霆立刻冲炕上喊了几声："凤仪、蒋凤仪！小义，你以后叫这名儿了啊！"女儿没理他，因为已经呼呼睡着了。松霆给她搭上一条被子，又开了口，"师哥，四叔，回去以后，咱组个班儿吧！"韩老头一惊，从嘴边拿开了烟袋，"你是说，让这孩子……"

"对，让她挑班儿。"

严松霁听了他的话，既动心又犹豫，"按说小义现在一边演一边学，身上的玩意儿也能撑起个班子了。可是眼下不都鼓励进国营团呢吗，咱反着来，不会出事儿吧？"

松霆很坚决，"'卖艺卖艺，不卖无艺，无艺不卖。'我闺女的玩意儿好，凭什么不让卖？我不能老让人家压她一头，给她委屈受，要卖艺咱就自己挑班儿！"韩四磕磕烟袋，决定入伙，老宋头父子俩也表示愿意追随，松霆也就不再多说什么了。

"得，师哥，你再给咱这班子也起个名号呗？"

松霁想起了五六年前钧广信里提到的那首《鹤答鸢》，脱口而出，"就叫'清凤剧团'吧！咱堂堂正正唱戏，清清白白做人。"

游四门

离开秦家庄的时候，蒋凤仪跟着父亲向秦老太太辞行，跟上回一样，老太太送出了一兜子馒头，但这次是白面的。在小屋的炕桌脚下，蒋松霆留了两倍的房钱。

车套好了，他们都坐上去，松霆伸手要去拉老宋头，他却挎着小包袱摆摆手，"七爷，我就不回去了，这往南不远就是我们村儿了，我打算回家养老去了。"

松霆父女俩都吃了一惊，蒋凤仪扒着车板问："宋爷爷，我爸说我要挑班儿啦，您不陪着我了？"

老头呵呵笑了，"好姑娘，你是有大出息的，以后成了红角儿，爷爷上城里看你的戏去！我就不跟着给你们添累赘了，现在不让有检场的了，我去了不是吃白饭吗。"

松霆还要劝，老头却把脸转向了自己做箱倌的小儿子，

"小五儿，你好好儿干，给我傍住了！"宋小五闷声答应着。

"老哥哥、严大爷，二位也多保重！"老头向琴师韩四和严松霁道过别，又从包袱里掏摸出一卷火纸和松香递给蒋松霆，"还有这个！七爷，你记得咱那年腊月里回城遇上狼了？打那儿以后我赶场都带着这个，拿着吧爷们儿！我留着也没用了。"

松霆笑说："嘻，现在哪儿还有狼啊！"

"保不齐呢！"老宋头叹了一声，催他们起程。牲口拉着胶皮大车缓缓走了起来，他们回身向老头挥手，他也在原地目送着他们，直到车转了个弯，视野变了，冬日的麦田和天空连成一片灰白。

"爸，宋爷爷说什么狼啊？"

"那会儿你刚生下来，夜里赶路，狼往车上扑，多亏宋爷爷带着他那套家伙什儿，爸点了把台火，狼就吓跑了。"

"我咋没见过台火？"

"现在不是说危险、迷信吗……唉，你宋爷爷撒火彩儿的手艺可是一绝！"

"老宋扔垫子也有绝活儿啊，每回贴《御碑亭》，他一手扔四个垫儿，嘿，落地就在那四个进士跟前……"

回了天津，蒋松霆哥儿俩果真攒起了"清凤剧团"，第一站便去老仙和剧院（现名"民和剧院"）找王经理商量演出的事。

"你说啥？你叫个十岁的毛丫头挑班儿了？"王经理拍拍松霆的肩膀，"你小子真他妈个色。松霁，你也不劝劝他？"

"王经理，"严松霁从容笑笑，"我这侄女不是一般孩子。我们已经带着她在外边唱了一圈了，这不想着该在天津卫亮个相了吗。"

"得，既是你教出来的，我也信。正好，现在有俩京剧团都在我这儿演呢，一个南边的，一个北京的，可都是大角儿，就先让这孩子跟着在台上混个脸儿熟吧！"

"不成。"蒋松霆斩钉截铁地摇头，"我闺女绝不给人家挎刀。"

王经理瞪大了眼睛，"你嘛意思？难不成我还让她挂头牌？蒋七，你今儿酒醒了吗就跟我说话？"

"我没喝。我闺女能唱头牌，而且只唱头牌！这二牌一挂就上不去了。"

王经理被气乐了，"嘿，我可是看在从前的情面上才让你小闺女上台，你可别不识抬举。"

松霁忙打圆场，"您别急，这么着行不行，您就让我们在您这宝地演两场行不行，演完了您再把话说死了也不迟。"

"演也行。可我这儿最近可都满座儿，不能因为你们把买卖赔了。我还得给几十口子人开工资呢。"

"那您说怎么着？"

“按老法子，你们自个儿撒红票儿*。”

松霆拍板了，“撒就撒。我们买二百张。”

“行，爷们儿，够硬气。找人配戏的事儿我可不管，你们自己邀去。”

严松霁道：“您甭操心，我们不用配角儿。”

王经理不禁好奇地追问了一句：“你们要贴什么打炮戏？”

松霁缓缓吐出两个字，“夜奔。”

下午1：30 清凤剧团　夜奔

主演：十龄童蒋凤仪

计时收费：10分钟2分钱

广告贴出去了，第一天上了五成座儿。如今的戏曲市场已不是最红火的时候了，观众进场时票根上被记个时间，看得没意思了随时可退场，出去再按时长交钱。吃饱了午饭没事干的人便顺脚进来看看一个十岁的小孩怎么演那被逼上梁山的林教头。

日头正高，暖烘烘的冬阳洒进剧场里，老少爷们儿惬意地偎在椅子上嗑着瓜子聊天，“欸，昨儿的《文昭关》看了

---

*　撒红票，建班伊始或新角新戏初演时，常由戏班或演员本人自行购买戏票转赠他人。

没？'一轮明月'可真有余叔岩的味儿！"

"看是看了，可没怎么听清楚，您准是坐在头三排吧？"

"要听响儿，您自个儿回家摔炮儿玩去啊。"

"要我说，还是厉老板气魄大，镇得住台。武戏看着过瘾！"

正在争论间，幕后冲出"咳嘿"一声由远及近的长啸，吓了大伙儿一跳。开戏了。慢撕边的锣鼓响起，林冲出场了。空荡的舞台，素朴的箭衣，观众们的目光赤裸裸地落在她一人身上。

蒋凤仪扶剑疾走至台口，一甩剑缨，跨出弓箭步，拔剑出鞘，雕塑般的侧影停留了数秒，随即机警地环顾四周。步子收回，双手背在身后握剑，极目远眺来路。剧场内尚未完全安静下来，大太阳也正亮堂，可是她置若罔闻，视若无睹，荒寂的夜色从她周身蔓延出去，人们渐渐感到了凉意。

林冲的出场并不全然是短打武生的"走边"技巧，迅猛的云手、跨腿、翻身之间，还要有大将"起霸"的风范——失意的英雄，却不曾失了八十万禁军教头的气势。她做着繁复的身段，念出定场诗，"欲送登高千里目，愁云低锁衡阳路。鱼书不至雁无凭，几番欲作悲秋赋……"及至"丈夫有泪不轻弹"，她撒右步一撩大带，两手在眼前揩过，挥泪一弹；继而手拍胸膛，无奈摊开双掌，急促而沉重地吐出最后一句——"只因未到伤心处！"

千斤话白四两唱，十龄童蒋凤仪的这几句念白虽苍劲不足，但口齿清脆，字韵铿锵。观众们终于不再好奇观望，而是热情地叫起好儿来。幕后，蒋松霆端着一碗酒跟严松霁站在一起，这时才把碗凑到嘴边喝了一大口。

接着是【新水令】【驻马听】【折桂令】【雁儿落】……一套套的曲子唱着，舞着，功夫稍差些便不是动作错了节奏，就是吞了唱词，观众也就留不住了。可是她唱得满宫满调，打得利索漂亮。十分钟过去了，一刻钟过去了……场子里的人没少，且掌声越来越频繁，大门口的王经理也惊讶了。

大中午的一折《夜奔》，奔出了名堂。第二天贴老生戏《徐策跑城》，王经理没让他们买红票，剧场里竟上了八成座儿。第三天贴猴戏《闹天宫》，窗户外面全是人。

蒋凤仪"挑帘儿红"了。

在那个大角儿林立的年月，一个唱武生、老生的"小头牌"成功打响了自己的名号。华景园、天外天、大观楼……十岁的她带着清凤剧团杀进了天津卫大大小小的戏园子，长驱直入，载誉而归。与"名"一起到来的还有"利"。在一毛钱能买二两肉的年代，她已经成百上千地挣家业、养戏班了。

然而严松霁和蒋松霆坚持让她一礼拜只唱四天，剩下的三天不是休息，而是练功、学戏。按松霁的话说，"人家为啥捧你？不是看你'好'，是看你'小'！这不叫角儿。从小唱到大不难，要从大唱到老才是能耐。"

这天下午，蒋松霆见剧场里没有戏便带着女儿在台上拉枪架子。他叫蒋凤仪穿上厚底靴，腿上还要绑沙袋。一套小快枪，你进我退，你来我挡，稳准狠的见招接招还不够，蒋松霆还要逼出她的速度来。

松霆人高手长，女儿两个翻身过后不待站稳，他的枪已经刺了过来，一下打到她身上。她"哎哟"了一声，枪把子掉到地上，父亲却不留情面地拿枪杆又抽了她两下，"捡起来！再来！"

恰时幕后传出一声"不许打！"，蒋凤仪扭头看到后面走出一个五十多岁的半大老头，下巴上一丛白胡子，头发眉毛却都墨黑，红光满面，身材魁梧。

松霆一惊，恭恭敬敬走过去问好，"是罗老板！不知道您在这儿，可搅了您吗……"

老头只问："你的徒弟啊？下手这么狠，打坏了怎么跟人家爹妈交代？"

"您老有所不知，这是我闺女。"

老头眼睛一瞪，扳起凤仪的小脸瞅了瞅，"闺女？是亲的吗？怎么练武生戏？"

她眨巴着眼睛大咧咧回答："我喜欢！"

他拍拍她的脑袋，"你就是唱《夜奔》那小丫头？功夫不错，我刚看了半天了。没事儿上我们家玩儿去！"

蒋松霆大喜过望，向老头直拱手。他笑笑便信步而去了。松霆望着他的背影呆立在原地，女儿摇了摇他的手，"爸，他是谁啊？"

"你小时候在鸣新扮小猴儿跑上台，还记得吗？"

"记得啊。"

"他就是那天没露面的大猴王。"

蒋凤仪继续在舞台上唱着，念着，摔打着，在戏里出将入相，出生入死。进进出出之间，她的名字被老百姓传诵，也渐渐为大角儿们知晓。然而新中国的大小伶人都有一个共同的名字——"文艺工作者"。像一枚宝印似的，这名号认证了他们备受尊崇的地位；但此印一落，他们也再不是逍遥于江湖的游民，连同"下九流"的污名一同被封存的还有他们往日恃艺而行的自由。

挑班不到一年的蒋凤仪也终于迎来了从天而降的一枚红章。一个旧的时代的确结束了。

浪来里

　　蒋凤仪在女儿身边小住数月后回国了，临行前特意告诉
Randal，欢迎他照常来家里玩，雏仪会继续陪他拉琴学戏。
有时候哥哥陪他来，有时候妈妈接送，总之六岁的 Randal 风
雨无阻，也许有的缘分与喜好确实跟年龄无关。每次他离开
后横山教授和吕娜都会在蒋姐家继续喝茶聊天，途途就在旁
边翻滚玩耍。他们聊得最多的当然还是蒋凤仪的故事。

　　"蒋小姐，蒋老师这次回国，下次什么时候再来呢？"

　　"得明年了吧。老太太一个人儿住惯啦，嫌我老管着她，
不自由！"

　　"她一个人？"吕娜问。

　　"啊，还有个保姆给她做饭。"

　　片刻，横山诚恳地望向雏仪，"那天蒋老师谈到她被调到

省里的剧团，之后的事她似乎就不愿提了。五十年代末局势变化很大，我也没敢再追问。蒋小姐，你介意聊聊吗？"

雏仪稍稍沉吟了一下，但没有回避这个话题。"她说十岁以前是她这辈子最快活的一段日子，只有学戏、唱戏，别的什么都不管，也什么都不懂。进了国营团，全都不一样了。……"

"改戏、改人、改制"的大潮还在向前奔流，涌自天来，如金戈铁马，没有人可以逆流而上。封建落后的剧目被涤荡，戏子更名为光荣的文艺工作者，他/她便有责任成为某个新机体的一部分。蒋凤仪并不知道哪家剧院、哪天的观众席里坐着省委领导，她不认得他们，事实上，在此之前她不认识戏班之外的任何人。"省委"是多大的官？算生旦净丑的什么行当？她一无所知，但上面认准了她。

一纸调令亮在蒋松霆和严松霁面前，在鸣新茶园曾和松霆有过一面之缘的董处长亲自和他们谈话。"瞧瞧，红头文件，多光荣！进了省剧团就是国家的人了，有保障，再不用自奔营生了。"

松霆太阳穴上的青筋立刻鼓起来了，松霁连忙开口，"这孩子野惯了，成天捣蛋，我们都拿她没办法，进了剧团不是给国家添乱吗……"

董处长立刻笑呵呵地表示，"这个你们不用担心，组织会培养她的！淘孩子才有灵气儿啊，前几年我可是亲眼看过她扮的小猴子，记忆犹新啊。"

"这……"

"还犹豫啥？这可是个新成立的青年剧团，省里很重视，招的都是大有前途的尖子！孙茂才戏班儿里那玺子你们知道吧？"松霁点点头。"他早就进团了，现在是重点培养对象，经常给首长演出呢。"

蒋松霆问："那老孙呢？"

董处长淡淡说："一个旧式班主怎么能进革命队伍呢？不过你们不一样，都还年轻有为，可以陪孩子一起进团，共同进步嘛！"松霁哥儿俩沉默了，董处长又问他们现在演出能挣多少钱。

"一场六七十吧。"

"这样吧，孩子的工资我们给 240，你们俩 120。"

"一场戏？"

"一个月。"

他们就这样被收编了，宋小五跟着进了舞台队，琴师韩四则失业了，松霆从组班以来的收入里拿出一大半来给他养老。董处长说得没错，青年剧团里人才济济，尤其是玺子，二十出头的年纪，身手不凡，《八大锤》《挑滑车》《长坂坡》之类的戏无一例外由他主演。可这孩子有点古怪，脸上从不见得意的喜色，总是很冷峻。蒋凤仪演出的频率一下子降了下来，但严松霁给她布置的练功强度只增不减，使她多少有了消极抵抗的心思。

这天松霁让她蹦十趟楼梯，再跑二百个虎跳。他进门时却撞见她正晃着二郎腿仰面朝天躺在垫子上翻小人书。公家的练功房的确宽敞明亮。

他走过去一把将她手里那本《黄继光》甩到墙角。她从没见师父动过粗，不禁愣了，一骨碌爬起来低头站好。松霁不语，抓着她的肩头来到窗边，夜色里有个穿厚底靴的人正在翻后院的栅栏门，猫似的落到地上，朝宿舍楼疾疾而去，大晚上看着有点瘆人。

她懵然不知所以。松霁告诉她，"玺子每天晚上都穿着厚底儿到大街上去跑圆场，一跑五里地。"她自觉惭愧。他又问她："还想不想唱戏？不想咱就回家去。"她忙捣头说想。

师父上上下下打量着她，语重心长道："女孩子学武生，天生比男人差着五分气力，只能用苦功去找齐儿。男孩子打一百个飞脚、拧一百个旋子，你就得做二百个、三百个才能差不离赶上人家。底下你是女孩子，可到了台上就得是林冲、武松、赵云，没人管你是男是女，戏好才能让人另眼看待。功比人家丑就活该挨倒好儿、坐冷板凳儿。"

她咬着后槽牙点点头。

蒋凤仪进团三个月后，团里内部要搞一个汇演，目的是考察这批小演员的功力以便安排演出。老生组一律唱《空城计》，青衣、小生组都是《白蛇传》，武生组则是《挑滑车》。蒋凤仪暗憋着一口气，卯上了。大夏天，她日日捆着一身棉被似的男靠在练功场里折腾，那靠旗仿佛长在她身上了，有时困了累了，就靠旗抵着墙打个盹。

她苦练的时候，玺子也很少歇着。她见他把一杆大铲头枪舞得飞轮般热闹，心生羡慕，可是严松霁明令禁止她如此耍枪。到了汇演那天，玺子在先，一身绛红镶金的绿靠，把个武艺精湛又年轻气盛的高王爷演得活灵活现。到了蒋凤仪，这高宠的身量小了一圈，可是松霁教她在工架上服人，一戳一站都做得节奏鲜明，气势顿显。"挑车"时只平耍了两个枪花，别无炫技。

这一组都演完了，几个小演员并排站着等老师领导们点评。坐在正中的团长表情很满意，"孙玺这孩子果然不错，功夫漂亮！【石榴花】唱下来喘都不喘。"其他人自然也都附和。蒋凤仪在心里叹了口气。"玺子，"坐在最右边的一个精瘦老先生突然笑眯眯开了口，"我问你，你挑车的时候人在哪儿啊？"

面对表扬一直不动声色的孙玺此刻愣了一下，答道："骑在马上。"

"对呀，那你这上上下下的枪花儿一耍，不得把马给捅死呀？"

玺子和台前端坐的各位都一时语塞，团长正在喝水，听到这话呛了一口，端着大瓷缸子挡住了脸。老先生敛起了笑容，扫视着台上这一排小演员，声如金钟，"孩子们哪，记着我老头子这句话，在台上切忌只顾要好儿，忘了戏情戏理。最后那个小不点儿，她那两下平耍倒还说得过去，把马头掠过去了。"凤仪听了，不好意思地挠了挠头。玺子紧紧抿着嘴唇，沿鬓角流下两条冷汗。

"大爷，你神啦！"下了台，凤仪立刻猴儿到松霁身上，对他佩服得五体投地。松霁皱眉笑着把她扯下来，"大姑娘了，不像样儿！"

"刚才那老头儿一讲，我好像突然就明白了点什么，但说不上来……"

"什么老头儿，那可是响当当的杨派大武生李三福，我跟他学过几出戏，你该叫师爷的。"

凤仪凑在他耳边嘀咕："师爷夸我了，这下我是不是演出该多啦？"松霁拍拍她的脑门，"先把心思放在长本事上吧，多去磨磨师爷！老实说，靠把戏以后恐怕不是你的专长，但演戏的情理都是相通的。先得有身上的功夫，但心到了神才到，最后才用得着身上的玩意儿。不然功夫卖出来也是空的，禁不住咂摸。"

出队子

蒋凤仪果然依松霁之言，没事就去缠着李三福老爷子求教。老头也颇欢喜这个机灵又不怕吃苦的小姑娘，动辄以"好小子"呼之。这天老先生给她拉戏，是《探庄》一折，讲的是水浒好汉石秀假扮樵夫潜入祝家庄打探军情。这戏是蒋凤仪开蒙时学过的，故而她极熟练地拿着一根木棍当扁担，且歌且舞得十分起劲儿。

突然老先生大喝一声"停！"，拉着她就大步流星地往楼道尽头的杂物间走。她看着他翻箱倒柜找出一根竹竿，又把灰尘堆里扒出来的废铜烂铁装满了两只破筐——"来，挑吧！"

她咽了口吐沫，硬着头皮走过去，一提那竹竿，提不动，只好蹲下来把肩膀垫到竿子底下，颤颤悠悠地站了起来。

"走走!"

她竭力控制着平衡,挪了几步。

"行啦。知道了吧?得人拿肩膀去找扁担,不是扁担找人。"老头掸掸她身上的土,领着她往外走,"挑起担子迈步,不能健步如飞,太假;但也不能呼哧带喘的,那就不是石秀了!"

凤仪点点头,"师爷爷,我懂啦!这又是'戏情戏理'呀。"

"好小子,爷爷带你开荤去,玉华斋的烧鸡!你上街瞅瞅,这挑担子也分挑水桶的、挑菜的、挑馄饨的,老头儿挑还是小伙儿挑?冬天挑还是三伏天挑?担子满着去卖还是空担子回?全都不一样哇,门道儿就在这里呢……"

她爱听他说戏,更爱听他说人,说杨小楼演猴儿戏如何不卖跟头却一派神猴气度,说盖叫天如何被庸医接歪了腿,又自己把腿打断了重接……那些人那些事,有惊才绝艺,也有争锋斗狠,有风光无限,亦有道不尽的苍凉。一个个好角儿、一出出好戏就那样在乱世里野蛮生长起来……

"现在是太平了呀,日子也好过多了……不过要成角儿,还是得用苦功磨!这学戏不是一时一刻的事儿,一生一世都学不完哪!"

凤仪一直记着李老先生的叮嘱,尽管这一老一小共度的时光并不长。

春暖花开的时候,处处都在"大鸣大放",号召人们给组织提意见。剧团里的孩子们都太小，几个老演员或老师又欠缺名望，李三福便被不由分说地推到了前面。老头性格耿介，无所畏惧，让他发言他便直言上谏了。

"我是个唱戏的，只会提关于戏的意见，别的我不懂。我是想，一行有一行的门道，咱们京剧，道具布景都是虚的，只有人是实的，咱卖的就是人身上这点唱念做打的功夫，要让观众看了觉得虚的不虚，甚至比实的还真、还美。现在要编现代戏，我们武戏先就废啦，手枪啪啪一打，还要什么毯子功、把子功？要看现代的，电影、话剧还不够吗，干吗非拿戏曲下手呢？一个城门楼子、一个胯骨轴子，这不是瞎打岔吗？"

李老先生的发言像他说戏时一样，生动风趣又一针见血，会上很多人大笑，更多人点头，蒋凤仪也坐在人群里傻乐。然而她不懂为什么人们那么快就变了脸。那一年的夏风不论西东，只分"左右"，凡是选错了方向的都要被抓出来斗争，即使"捕风捉影"也要捉出几个，每个单位都有定额要完成。一事不烦二主，在"大鸣大放"中表现积极的李老头很快再次走上了前台，只不过这次他的任务是接受大家的揭发和批评。

一开始团里的人都茫然不知如何开口，因为李老先生的辈分和威望实在高。然而在工作组的不断启发之下，剧团里的生旦净丑、主角龙套逐渐学会了默契参演这一出大戏，唱白脸的，配红脸的，敲锣边儿的，一应俱全，甚至演着演着就入了戏，当了真，尽了兴。

"我揭发李三福的资产阶级生活作风，他每天都要吃一只烧鸡，玉华斋的，还必须就着啤酒，还非得是黑啤，黑啤啊！可见这个人的生活作风多么黑暗腐朽！"

坐在下面的蒋松霆轻哼了一声，"人家喝什么色儿的啤酒你还管？！"松霁赶紧瞪了他一眼，他只好闭了嘴。

"李三福的工资已经是我们团最高的一级了，他不仅不感恩，还经常讲旧社会他挑班儿的那一套陈芝麻烂谷子，是存心腐化团里的青年同志们！"

"李三福还反对戏改！他说这是向传统艺术'下黑手'，明明他才是阻碍社会主义改造的黑手、黑分子！打倒李三福！"

"打倒右派分子李三福！"

…………

人们喊着，右手握着拳挥动起来，蒋凤仪很惊恐，她从起起落落的手臂之间瞥见了台上的李老先生，又很怕他会发现她。老头的腰杆还是很直，微露笑意，笑容仿佛困惑、难堪，却又带点嘲讽——也许是自嘲。这个一肚子"戏情戏理"的老头儿不得不承认，戏里的故事远没有现实精彩，因为后者比前者还敢"编"，而且其中的情理他无法参透。

蒋凤仪就更参不透了，那些昨天还赶着老头叫师父、老师、爷爷、三叔、三大爷的人，今天就统一战线叫他"右派分子"了，并且声色俱厉地要打倒他。她不知道，那顶帽子总要有人戴，不扣死在老头脑袋上，它就是盘旋在所有人头顶的乌云。

凤仪的左边坐着父亲，右边坐着师父，他们仨都没言语。她在闷热的礼堂里头昏脑涨，依稀记得右手突然被抓起来挥舞了两下。她惶惑地望向松霁，但他没看她。

李三福被划为"右派"，很快下放广西了。那段日子，远落他乡的个人和剧团很多，有支援西北的、建设东北的，甚至还有奉命把京戏带进西藏的。老头启程之前，松霁委婉地跟凤仪讲了一大篇，中心思想是不让她去送行。她低头不语，第二天大清早还是睡眼惺忪地挣扎着爬起来往剧院门口跑。可她终归没瞧见老先生，只吃了一嘴大卡车屁股后头的黑烟。

李三福后来落户在柳州，她没有再见过他。但二十多年后柳州京剧团进京演出，凤仪也在，同行闲聊之间，那剧团的当家大武生得意地表示自己的功夫"正经是天津的李三福老爷子教的"。闻之，她一时感慨无限。

"运动"一经开头就像按不住的洪水猛兽似的，吞进去的人越多，它越声势浩大。不少人似乎被它的势头震撼了，主动汇入它体内，成为它的一部分，于是柔弱的个体也俨然有了壮阔的喉咙和锋利的齿爪。落在外面的自然逃不脱被撕咬的命运。

十三岁的蒋凤仪还在照常演出，上了台依旧是忠臣良将、英雄好汉，下了台就成为被批判教育的对象，因为她和李三福的关系，因为她是十岁就挑梁的"封建小班主"，甚至还因为她姓蒋——"蒋介石的孝子贤孙"，这罪名比前两项更骇人听闻。

　　从小父亲就告诉她，"在台上你就是小霸王，谁都甭怕！"可是有一天刚开完斗争会便让她上台演《夜奔》，她望着底下的一张张面孔，突然精神恍惚了——都是两只眼一张嘴的人，为什么时而目不转睛地看着她、为她喝彩，时而又阴阳怪气地冲她指指点点呢？是她有两副面容吗，还是他们的眼睛嘴巴总是捉摸不定？人啊人，多奇怪，多可怕啊……

　　"恰便似脱鞲苍鹰、离笼狡兔、折网腾蛟"，她想着心事，做朝天蹬的时候失误了，手没扳住脚，左腿只好在空中盘着，手在头顶空举了几秒钟，转身射燕儿。台下不客气地哄了起来，她平生第一次挨了倒好儿。然而更厉害的话还在后台等着她，"怎么能让'小蒋'演林冲呢？""就是，'逼上梁山'是无产阶级革命的典范，她是无产阶级吗？"

　　她霸气全无，憋着委屈跑回家，见了父亲才大哭出来。蒋松霆正坐在桌前喝闷酒，女儿把脑袋搭在他肩上，鼻涕眼泪抹了他一身，"爸，我干吗姓蒋呀！"

　　"废话，我姓蒋，你爷爷也姓蒋，你不姓蒋还想姓啥？"

　　"他们说我是老蒋的走狗，是阶级敌人……"

　　"甭听他们满嘴喷粪。咱们家也是贫农出身，不怕他们查去！好好儿唱你的戏，堵了他们的嘴！"

　　凤仪听了，没敢提今天挨倒好儿的事，只是抽搭得更凶了。父亲叹口气，一手轻拍着她的背，另一手把酒端到嘴边，一仰脖干了。

风
入
松

"轰轰烈烈,欢欢喜喜,亲亲热热密密。六亿人民跃进,
天崩地裂。一穷二白面貌,要使它几年消灭。"

这首由《声声慢》改成的"声声快"描绘了全民大炼钢
铁的热烈气氛,其他文艺形式亦紧跟时代潮流。剧团紧急新
编了几出"跃进戏",几乎没什么情节可言。然而到了去钢铁
厂慰问演出的时候,派的是蒋凤仪演《闹天宫》。蒋松霆的
脾气终于捺不住了,在剧院走廊里破口大骂:"你们排的那新
戏怎么不上厂子里演去?不是要贴近现实吗,让人家工人看
看你们演的像不像、真不真!怎么一派活儿,你们都他妈的
躲了!"

骂归骂,演还是要演。寒冬腊月,蒋凤仪的戏服里面只
一件水衣子,另贴身一条彩裤,可是一场"偷桃"下来,汗

湿衣襟。但团领导批评她："工人同志们听说你功夫好，怎么不露露？"松霆瞪了眼，"怎么没露？这衣服都拧出水了！"

"反正瞧着不卖力！不愿为工人阶级服务，回去贴你的大字报！"

领导走了，蒋松霆和严松霁面面相觑，凤仪抹抹脖子上的汗，感到很委屈。

最后松霁发话："卖翻儿吧。"

于是下一场【盗丹】她不分青红皂白耍了一通小翻、虎跳、旋子、飞脚……掌声果然变热烈了。原来这就叫"符合跃进精神"。

在台上卖力她还是情愿的，最令她害怕的还是开会，大会批斗、小会交流，还有一对一思想汇报……从钢铁厂回来，业务干部问她："国家正在超英赶美，你看看，作为咱们团的尖子，你有什么目标？"

她一时蒙了，答不出来。

干部耐心启发她："演文丑的王小涛，人家说一年追上团里的韩老师，三年赶上马富禄，五年赶上萧长华！孙玺，跟你一样是武生，人家要南追盖叫天，北赶杨小楼，多有志气！你呢？"

这一串名字报出来，她吓傻了，愈发沉默。干部恨铁不成钢地摆摆手，"走吧走吧，思想还是太落后，拽都拽不上来！"

回到家跟父亲一学舌，松霆差点砸了酒碗，"这都是什么屁话？欺师灭祖，要挨雷劈的！"

　　蒋凤仪毕竟是团里的一根台柱子，领导也怕老批评她会影响演出质量，而她那火爆脾气的老爹正是该整一整。五颜六色的大字报很快上了墙，大家都去围观，蒋松霆自己也端着一碗酒凑过去，一字一句地大声读出来："人可以让地球儿服，海洋降，强迫宇宙吐宝藏！梅兰芳就不能被超越吗？蒋松霆抹黑大跃进，打击青年的积极性，阻碍轰轰烈烈的社会进步，是修……修正主义思想在作祟！"

　　"蒋松霆有严重的个人主义名利观点！仗着他女儿有点小名气就横行霸道，为工农兵服务好像委屈了他们似的，还污蔑我们光荣的钢铁工人同志不懂戏！"

　　"蒋松霆的资产阶级剥削思想根本没有改造好，他还幻想着回到旧社会，拿女儿当摇钱树。据说蒋凤仪根本不是他的亲生女儿，是他老婆跟某资本家……哈哈哈哈哈哈……"

　　松霆扶墙大笑起来，众人互相看看，警觉地退后了几步，远远围成个半圈儿瞄着他。他笑够了，晃了晃碗底的残酒，唰地都泼到了墙上，转眼把碗砸了个粉碎，瓷碴飞溅，站在最前边的看客吓得蹦起来。

　　"接着写，接着贴，明儿蒋爷还来看你们编故事！"他踢开破碗，迈大步走了，嘴里吼出几句西皮快板，"昔日里韩信受胯下，英雄落魄走天涯。到后来登台把帅挂，辅保汉室锦邦家。明日里进帐把贼骂，犯着一死染黄沙……"

　　严松雾也看了大字报，晚上下厨多烧了两个菜，给松霆解心宽儿。可他吃不下，只是灌酒。凤仪扒着碗边偷看父亲，小声问："爸，啥是剥削啊……"

"去去去，你还气我？找揍是不是？"

"别拿孩子撒气。"松霁给她夹了一箸子菜，耐心道，"剥削就是挑班儿唱戏，班主和角儿拿大头儿，龙套和跟包的也跑前跑后，但是赚得少多了。"

她转了转眼珠，"那咱以前……是不是剥削韩四爷爷、宋爷爷和小五叔了？"

父亲一拍桌子，"放屁！我剥削他们，他们还死心塌地跟着？"

孩子不敢再吭声，松霆闷了口酒，忿忿说："不就编故事吗，谁还不会编了？他们那点底子我也门儿清。看看谁的故事编得好！"

严松霁赶紧夺过他的酒杯，"老七，这可不能意气用事！忍一忍就过去了，人家多少大人物都挨斗，咱有啥忍不了的？"

蒋松霆翻来覆去一晚上，到底没忍住。天刚亮他就揣着自己的几张大作跑到了剧团，手脚麻利地跳进了后门。墙上又多了几张大字报，有写他的，也有别人的，他正在这一片万紫千红里寻摸显眼的位置，三个熟悉的黑体字猛地映入眼帘——"严松霁"。

他贴近细看，墙灰蹭了脸也不觉得。"里通外国的反革命分子？！"这几个字的分量把天不怕地不怕的蒋松霆也震住了。他心里怦怦直跳，左右张望了一下，一把扯下这张大字报，撒腿往家跑。

他万万没想到自己还是慢了一步，一进小院门就看见团里的干部带着几个小伙子虎视眈眈地围着严松霁。他忙把身上的那张纸往棉袄深处塞了塞。

"你大清早儿的干吗去了？"他们问。

"没干吗……买早点。你们干吗来了？"

干部见他手里空空如也，哼了一声，"群众揭发，严松霁涉嫌和外国势力有勾结。我们要调查一下。"胡子拉碴的松霁愣在当地，这时才彻底睁开了睡眼。几个小伙子撞开他的膀子，进屋去了。干部在院里守着，蒋松霆刚要张口分辩，松霁却冲他直摇头。

小伙子们一通翻箱倒柜，果然大有收获 —— 刚解放时齐钧广托人捎来的那封信被他们搜出来了。干部抖了抖发黄的信纸，朝松霁一撇嘴，"走吧。"

蒋凤仪被吵醒了，穿着单衣跑到当院，叫着"大爷"追过去，父亲忙把她拽到身边。

"小义，冷，快进屋！"松霁回头，还是那样温和地笑笑，又向松霆叮嘱了句，"老七，别闹事。"然后他便一瘸一拐地跟他们走了。松霆喊了一声"师哥"，他没再回头。

几个高高大大的小伙子经过蒋凤仪面前，有的目不斜视，有的眼睛一瞥，只有最后一个人跟她对视了几秒钟，那样冷峻又骄傲的目光，她多年之后想起来依然不寒而栗。是玺子。

他头上没戴那对蝴蝶触角似的大翎子，但凛凛威风还是鞭子一样抽到她脸上。

严松霁没有再回家。他成了大大小小批斗会的主角，蒋松霆有时候陪绑，但领导绝不让蒋凤仪进会场。父亲嘱咐她不要跟别人多说话，她点头，其实根本也没人要跟她说话，见面都躲着走，生怕反革命的脏水溅到自己身上。

那是她一生中最孤独的时刻之一。她时常徘徊在会场门外，但个子小，踮着脚也看不见里面发生了什么，只知道跟她最亲的两个人都在那儿，与她一墙之隔。山呼海啸传出来，就像那年蒋松霆在鸣新茶园挨倒好儿，被扔了一脑袋橘子皮瓜子壳，然而这次她没法冲上台去救，救父亲和师父。她心里憋着一股劲儿使不出，在门口拧起旋子来，身轻如燕，凌空的瞬间有飞翔的快感，可是燕子也飞不出这道高墙。

有领导指点蒋松霆，"这姓严的罪过大了，甭看他平时老好人儿似的，没想到这么大背景？！跟国民党翻译官、封建大家庭的少爷称兄道弟！我们知道你是贫农出身，组织上也很重视你女儿，你好好表现一下，带头揭发他的罪行，你那点子事儿也就没人揪着不放了！"

严松霁平常待人宽和，教戏尽心，也有人暗中给他递话儿，"领导的意思是，你们俩总得报上去一个才说得过去。你人缘好，团里排戏也正用人。你别傻，这会儿没有亲兄热弟，你不批他，他赶明儿也得斗你！"

批来斗去，已到了年根儿底下，蒋松霆父女过得冷冷清清，丝毫没有准备过年的心情。松霆又参加完斗争会回到家，一口气喝了半瓶酒，早早熄灯躺下了，自是辗转反侧睡不着。女儿蹑手蹑脚推门进来，蜷到他身边。

"你咋来了？"松霆让她自己一屋睡，已经两三年了。

"我睡不着。"

"唉，爸也睡不着。"

"爸，你说大爷啥时候能回家？"

他不语。

她又问："爸，他们会把你也带走吗？"

他摸摸女儿的后脑勺，"小义，甭怕，爸跟大爷，肯定能有一个陪着你。"

"可是你们俩我都想要呀！"她的鼻子酸了，忍着忍着，眼泪还是流了出来。黑暗里父亲没说话，可是伸出一根指头精准地抹去了她的泪。女儿抱着他的胳膊，过了很久，睡熟了，慢慢松开了手。松霆悄然抽身下床，坐到写字台前拧亮了台灯，铺开一张信纸，一笔一画地写了起来……

七弟兄

蒋松霆一宿没睡，天将亮时才把那沓信纸折好揣进怀里，回身给女儿掖了掖被子便出门了，刚出院子就瞧见宋小五匆匆赶来。他住在剧团的单身宿舍，隔三岔五给松霆报信儿。今天他来得格外早。

"七哥，"他凑到松霆耳边说，"严大哥跑了！"

"啥？"

"我起夜的时候瞅见他翻墙头，他也瞧见我了，就让我把这个给你。早上大门一开我就跑出来了。这会儿团里恐怕已经知道了……"

松霆一惊非小，不敢相信一向守规矩的师哥竟来了出"夜奔"。他接过那张皱巴巴的纸展开一读，须臾，撂下宋小五飞跑而去。

松霆的腿脚领着脑子空白的他一口气跑到了南洼子。岸边已围着不少遛早的人，他扒开他们挤进去一看，膝盖登时软了，瘫坐在地。把松霁捞上来的环卫工人说："冰都化了，哪儿能下河哩？也不知是淹死的还是冻死的。"

他听了，默默转身磕了个头，那老工人慌忙扶起他，"是你哥哥？快送回家去给他换身衣裳吧。"

正说着，单位里来人了，宋小五也在其间，一见眼前的情景也跪了下来。

"他们怎么来了？"松霆在他耳边问。

"严大哥在反省室里也留了字条。"小五抬袖抹了把脸。

"起来起来，像什么样子！你们起开，他这是畏罪自裁！我们得把他带回去处理。"

松霆闻言呼地站起来，咬着后槽牙怒道："人都死了还怎么处理？连件新衣裳也不让他穿着上路吗？"团里的人见他脸色比死人还难看，不敢再坚持，"那你带他回去换吧……不过，我们得派两个人跟着。"松霆并不理会，扭脸叫宋小五先跑回家去把孩子支开。

到了家，他跟小五合力才把严松霁那身浸透了水的破棉袄棉裤脱下来，团里的两个小青年眉头紧蹙，远远观望。

"七哥，这……？"小五忽然惊叫一声。原来松霁的腿上绑着两只护膝，带子系得很紧，深深勒进了冰凉微肿的皮肉里。

"欸，这人有毛病啊？跳河还戴什么护膝？""怕地底下凉吧？"

松霆回头吼了句"闭嘴"，那俩人才止住了风凉话。

"别摘，就让我师哥戴着走吧。"他按住了小五的手，一滴热泪落在歪歪扭扭的针脚上。

　　松霆师弟：

　　　　我罪名不小，该坦白的都坦白了，但恐怕还是难以过关，也不愿再受挫辱。我倒也无牵挂，只要你和小义平安。孩子的娘走了，不能再离了爹。他们关我的这间小屋里只一张硬板床，睡下便梦到小时候，炕上没棉被，七八个师兄弟打对过儿睡，屁股贴着后背，也就暖和了。小义没有师兄弟帮衬，你要格外护着她，凡事莫要冲动。你可还记得咱们夏天到南洼子玩水？你水性好，捞了小鱼来带我开荤。师父来抓人，你为我挨了双份打。你说你情愿的，如今我也一样。况且，说话我又能见到她了，心里很欢喜。

　　　　阅后速烧！

　　　　　　　　　　　　　　　　　兄　松霁

　　组织上最终把松霁的遗体交还给了蒋松霆，他带着女儿和宋小五，将松霁和银蝶子合葬了。本来韩四老两口也要来的，不过被松霆劝住了。

早春的山间景致还很枯索，但小河沟里冰雪消融，叮叮咚咚地蜿蜒而过。松霆点了一小堆火，凤仪也学着宋小五的样儿把纸钱折一下，送进火里。唱了那么多武生、老生戏，她已熟知"死亡"通常是英雄的结局。师父严松霁最擅长的那出《战太平》里，花云的死法最壮烈，他誓死不降陈友谅，在法场上挣断绑绳，夺刀斩敌，怎奈势单力薄，全身中箭后终于力竭而自刎于敌阵之中，故此戏也叫"花云带箭"。

她从未见过师父披挂上阵的样子，因为她出生的那一年他的舞台生命就结束了。所以印象里他跟一切热闹的事物不沾边，总是温柔的，文气的，拿藤杆教训她时也要讲出道理来，不像父亲那样劈头盖脸就打。可以说，是她给了他残缺的命途以新的生机，从一个唱戏的天才到教一个小天才唱戏，他的后半生过得不孤寂，甚至成果卓著，只是他没来得及看到她后来最辉煌的时刻。

严松霁终年四十七岁。

松霆最后在坟前烧了一沓信纸，是他那天晚上写的材料，不是揭发松霁，而是揭发他自己。"师哥，你走好。你对得起我，我也要对得起你。一定让小义出人头地，给你争脸。"说着，他让女儿磕了三个响头。

寒山春水，相见为证。

八十年代中期，齐钧广老先生回国探亲，凤仪领他来到这一带，荒山已被开发为旅游景观，坟茔难觅。老人并无遗憾的神色，只是脱了西服外套搭在肩上，在林间提了提气，唱出一句亡人和生者都无比熟悉的导板，"头戴着紫金盔齐眉盖顶——"

气不短，音不弱，山鸟惊起，扑棱棱飞入万壑松涛，清浊高低，终各有归。

梨园行里，启蒙的师父也被称作"奶师"，极生动贴切。在这个意义上，严松霁的死亡也标记了蒋凤仪孩提时期的结束。她臂缠黑纱，照常在剧团里排练、演出，没有师父盯着了，她反而更加刻苦，也更加沉默。父亲几乎不在单位露面了，开会、打饭、练功、休息，她从来都形单影只，女孩子们尤其绕着她走，不仅因为她是她们之中唯一不唱旦角的，也不仅是忌讳她那反革命的师父，更直接的原因是她几乎时时刻刻一身汗味儿。

这天她正在练功房里飞上飞下，忽然觉得肚子不对劲，忙扔下两杆银枪往厕所跑。很快，她大惊失色地提着裤子蹿出来，喊着"爸、爸……"一路飞奔，险些撞上迎面走来的一个人——是个黑里俏的姑娘，大约十五六岁。

"走路不长眼啊……"姑娘扭头骂了她一句，随即又大喊，"站住、站住！"

凤仪只得刹住脚，魂不守舍地问："干吗？"

对方拉住她，压低了嗓子提醒："你裤子……你知道不？"

她的脸色立刻愈发难看，简直要哭出来了，"放开我！我要回家找我爸去！"

姑娘扑哧一声，"你这人……你来例假了找你爸干吗？"说着又打量了一下穿着大背心小短裤、短发汗湿的她，犹疑道，"……你是女的吧？"

她木然点点头，微佝偻着腰抵墙站着。

那姑娘大概明白了，拿指尖点点她的肩头，"跟我回宿舍去！"凤仪只好稀里糊涂地跟着她去了。走到女生宿舍门口，地上撂着两副行李，她搭眼一看，愣住了，"这是怎么回事？"

"什么怎么回事，我的铺盖呀。"那姑娘正在掏摸草纸，一回头见她指的是另一个铺盖卷，于是惊呼，"你认得？……刚才那人是你爸呀？他给你送来的，还有这封信。"

凤仪顾不得肚子疼，忙拆了信封，短短几行，看完脸更白了。姑娘瞅见她的脸色，也凑过来看了两眼她手中的信，"'小义'，你叫小义呀……你爸不就是回村了吗，也离这儿不远啊，你至于吗？"

"你说得轻巧！敢情不是你爸走了！"

姑娘冷笑一声，"当然不是我爸了，我就没爸！"

凤仪听后一时张口结舌，挠了挠头。这时屋里住的几个女孩子练完功回来，在门口就站定了，那黑姑娘马上热络地冲她们打招呼，"你们都住这屋呀？我是刚调来的，我叫小麦花。"

她们指着凤仪问："这是怎么回事？"

"她以后也住这儿呀，我听团长说了。"

那几个姑娘互相看看，掉头就走，"找团长去！"

"哎，哎……"小麦花追出去两步，回过身来纳闷地问凤仪，"怎么回事？你人缘这么次啊？"

蒋凤仪不答。刚刚她一直脸冲着墙，等她们都走了她才挪到小麦花面前，"你叫我来倒是告诉我啊！我身上到底怎么了？我是不是要死了……"

小麦花仰起头，斩钉截铁地告诉她："对，快死了 —— 傻死了！你这是例假、月经、'倒霉'了呀！女人每个月都有这么一回。"

"什么？！每个月都要'倒霉'一回？！"凤仪表情惊奇而懊恼。

"你妈没给你说过呀……那你备着月经带呢吗？"

她又摇头。

小麦花娇滴滴地叹了口气，"唉，谁让你是我在这儿认识的头一个呢，姐姐发善心给你做一个吧。可不白做！"

这些日子凤仪没少蹿个子，因此有点不服气地瞅着这个比她矮半头的黑瘦女孩，"你怎么就是姐姐？"

"我十六了，你多大？"

她不吱声了，默默看着小麦花变戏法似的掏出一个精致的洋铁针线盒，又裁了一块干净旧布，撕了几团药棉花，熟练地穿针走线起来。她心里觉得挺过意不去，却不懂如何说甜话儿，只愣头愣脑地问出一句："你说不白做……你要啥？"

小麦花咬断了线头，认真想了想，"我饿了。你请我去食堂吃饭吧。"

那天，小麦花狠狠宰了她一顿，花了半市斤粮票。而凤仪没觉得心疼，因为她从来没什么地方花钱。

"你吃呀！"小麦花像主人似的劝菜，给她夹了一箸子炒辣椒。

"我肚子疼，吃不下……这东西，吃了倒嗓子呀……"

小麦花一翻白眼，又把辣椒夹回自己碗里了，"那我们汉口人还不唱戏了？"

"你是汉口人？"

"也不算是，我妈带着我们从小在武汉搭班儿。嘻，她也不是我亲妈。"

"那你亲妈在哪儿呢？"

"我也不知道，反正他们把我卖了。我老家大概在广东。"她语气很平常，而凤仪语塞了半晌才道："小麦花……你叫小麦花？你本名叫什么？"

"跟你说了呀，我是买来的，没名儿。姓麦，我妈就给我起了这么个艺名。"

"小麦就小麦呗，干吗还小麦花儿，真啰唆……"

"人家艺名都是什么粉菊花啊、筱翠花啊，我也沾个花字的光！算了算了，到了这儿随便你怎么叫吧！"小麦花睫毛一扑闪，明媚地笑了。

这顿饭蒋凤仪没怎么吃，可心里感到前所未有地饱满，甚至连父亲归乡带来的恐慌感也暂时被小麦花叽叽喳喳的笑语声冲淡了。饭后，她们回到宿舍，一进门就看到那几张床都搬空了，屋里只剩下她俩的行李。

小麦花叉起腰，带着花旦腔调娇声道："好哇 —— 成了咱俩的豪华闺房了！"

伍

双雁儿

"那会儿蒋老师的父亲把她一个人留下，谁保护她呢？尤其是那个年代……""我姥爷就是为了保护她才回老家种地去了。他怕影响了我妈。"

蒋雏仪对吕娜和横山教授说完这句话，屋里安静了一会。雏仪的手机在这时响起，是她母亲打来了视频电话。已是国内的凌晨时分了，镜头里的老太太抱着一只肥圆的白猫，人和猫看起来都精神矍铄，只有她脚下的大狗睡得正香，深沉的鼾声回荡在开阔的房间里。

"蒋老师，还不休息呀！"

"几个学生刚走，聊高兴了，还不困呢。"她向着镜头举起了手里的猫，"给你们看看我的'素贞儿'，上个月刚捡的，养肥了吧！"

303

他们笑起来。老太太又眼尖地瞧见了游走在画面边缘的途途，问："小丫头还认不认得我？"不认生的小朋友爬到雏仪腿上，朝手机屏幕打了个啵儿。

聊了一会，雏仪便催她母亲按时吃降压药，早点休息。"好吧好吧，遵令！我睡去了，你们好好玩！"老太太把猫搭在肩上，向他们挥挥手，挂断了视频。

吕娜感叹："蒋老师真潇洒呀！希望我到了那个年纪能有她十分之一的境界。"

"那恐怕要经历她十分之一的磨难。大概也是 —— 很多的。"横山略沉吟片刻，望向雏仪，"是吗？"

她也认真看了他一眼，点点头，徐徐向桌上的三只杯子添了水。

睡在宿舍的头一晚，蒋凤仪辗转反侧。以前总是嫌父亲打呼噜，隔着墙也吵得她睡不着，如今听不到了才发觉那鼾声曾是她生活的一部分。她的生活里少了点什么，也多了点什么 —— 是那条月经带，害得她连翻身都不得劲儿。小麦花悄悄告诉她，她"长大成人了"。

"长大"原来是这么残酷的一件事，要经历与父亲的离别之苦，还要月月承受一种更隐秘难言的痛楚。她直挺挺地躺在床上，听着旁边小麦花均匀的呼吸声，渐渐有了困意……

第二天早上，她准时六点钟睁眼，一骨碌爬起来就要奔练功房，小麦花嘟嘟囔囔地叫住了她，"干吗去啊？"

"练早功。"

"哎呀你身上还来着呢，折腾什么？先陪我过早去！"

"干吗去？"

"过早啊。"

到了食堂门口凤仪才明白，武汉人管吃早点叫"过早"。正是粮食困难的时期，城市里情况略好，大锅里也只有些稀里咣当的豆腐脑。小麦花不要卤子，坐下来从兜里掏出个小罐子，细细地撒了些在碗里。

"你怎么这么多瓶瓶罐罐？这是啥？"

"我攒的白糖啊。"小麦花舀了半勺甜豆腐脑，翘着小拇指递到她嘴边，"你尝尝！"

凤仪忙摇头躲避，想不出那是什么怪味儿。少顷，她那碗喝完了，小麦花还一勺一勺地慢慢品味呢，她不免着急道："忒磨蹭了你！"

小麦花眉毛一挑，"你急什么？我这是为你好！不是吓唬你，我姐姐就是来着那个我妈还逼她练功、干活，落下大毛病了，回回疼得满床打滚儿！女人的身子可娇贵呢！"正说着，团长走了过来，小麦花忙满面春风地站起来打招呼，"刘团长，早啊！"

"哦，麦红旗同志啊，早！生活上都习惯吧？有困难就向组织提啊。"

坐在椅子上的蒋凤仪憋红了脸，团长刚走过去她就伏桌大笑起来，"麦红旗，你不说没本名儿吗？哈哈哈哈哈，你的红旗怎么卖啊?"

小麦花红着脸掐了她一把,"讨厌!这是我们那儿一个小领导给我起的……哎呀别笑了你……"

小麦花私底下像个娇小姐似的,上了练功场却是个狠角色。她虽是青衣花旦坐科,但一身好功夫堪比武旦,身手之劲脆令蒋凤仪也刮目相看。团领导很重视她,其他演旦角的女孩子难免心生不平,讽刺她是"外来的和尚好念经",再加上她和蒋凤仪住一屋,自然越发不招人待见。她没了选择,反倒死心塌地绑定了凤仪,行动坐卧总在一处。

团里点名让她演一出《打焦赞》,她叫凤仪帮着配戏,两个人对棍。小麦花演的杨排风是杨家女将之一,本是个烧火丫头,却用一条烧火棍打服了孟良、焦赞两员大将,继而挂帅出征,救回了深陷敌阵的杨宗保。小麦花被凤仪拿棍搅着走了一串鹞子翻身,轻盈迅捷,宛如一架飞转的风车。一出戏练下来,两个人都汗流浃背。

"小麦子,你功不错啊,演武生都够了。"凤仪席地而坐,还不忘下叉压腿。

"你别说,我还真串过武生,《天霸拜山》!"小麦花掏出手绢擦擦脖子,"谁让我妈变着法儿地拿我赚钱呢。我自个儿可不爱武戏,臭烘烘的一身汗。也不知道你哪儿来那么大瘾,现在连饭都吃不饱,你还有劲儿蹦跶呢!"

"那你爱演什么戏啊?"

"生旦对儿戏啊。"小麦花虚把手一抬,佯装水袖掩面,吃吃笑了。

小麦花的心愿很快实现了。团里决定贴演全本《红鬃烈马》。团里旦多生少，每折戏的宝钏各由一个女孩子饰演，小麦花分到了《平贵别窑》，却没有男孩子愿意跟她搭档。谁都知道《武家坡》是重头戏，有不少精彩唱段，而"投军别窑"的薛平贵则要全身披挂，做工吃重，大夏天的谁也不愿意。况且如今都是挣一份死工资，又赶上特殊困难时期，大家整天饥肠辘辘，之前你争我赶的"跃进精神"早已消磨得差不多了。毫无意外地，这没人接的任务像长了眼的绣球一样被抛进了蒋凤仪怀里。

蒋凤仪惯演的武生、老生戏里鲜有和旦角的"亲密接触"，【投军别窑】里的薛平贵却要演出一个少年郎作别新婚妻子的不舍与无奈。对此她颇有些懵懂。

王宝钏听闻自己的父亲命平贵做了先行官，即将远征西凉，一时悲愤交加，薛、王在寒窑中有一段快板对唱，是这出戏的一大看点。

蒋凤仪手按着小麦花的水袖，眼睛目视前方，稳稳当当唱道："三姐休要泪交流，丈夫言来听从头，十担干柴米八斗，你在寒窑度春秋。守得住来将我守……"

"停停停！我守不住！"小麦花突然嚷嚷起来，一把甩开凤仪的手，"你这不是赵云救皇嫂，也不是武松杀潘金莲，你这脸不能铁板似的，懂不懂啊？"

"那得怎么着啊？我不懂！"凤仪也一赌气跳开老远，拿手呼呼地扇风。

　　小麦花叉腰站了一会，走过来递给她一块手绢，却被她挡住了手，"不敢，消受不起！"

　　"嘿，你这人气性还挺大，你演的就是不对嘛！"

　　"从小到大还没人说过我不对呢。"

　　"咦，你是霸王啊？不对还不让人说了。"小麦花抖抖水袖，扭到她面前，"我问你，薛平贵留了十担干柴、八斗老米，够不够王宝钏过日子啊？"

　　凤仪只得回答："不够。"

　　"那他想不想让宝钏等着他回来呀？"

　　"当然想了。"

　　小麦花一拍巴掌，"是呀，王宝钏这样一个大小姐嫁了这么个穷小子，本来他就觉得亏欠她，这下他又要去打仗了，能不能活着回来都不知道，他说得出口'我想让你守着寒窑等我'吗？你说薛平贵心里得有多难？这唱词也就写了他一半的心事，另一半得写在你脸上！"

一

机
锦

　　王宝钏不愧是和红鬃烈马一样脾性的女子，她"手指相
府高声骂"，骂狠心的爹爹"害得我夫妻们各奔天涯"。薛平
贵叫了声"三姐"，一把握住她的玉腕，急急唱出四句快板，
"三姐休要泪交流，丈夫言来听从头，十担干柴米八斗，你在
寒窑度春秋。"宝钏的指尖微露出水袖，被他双掌合住，四目
相对之时，平贵唱了句哭头，"守得住来将我守 —— "最后
一个"守"字拖出满腔情愫，盔头上绒球乱颤，一如他断断
续续、哀哀戚戚的声线。情致曲尽，他的眼神强硬起来，退
却了两步，挥泪一摆手，背向着宝钏吐出最后一句，"守不住
来你就把我丢！"薛平贵背上的靠旗一抖擞，王宝钏也周身
一凛，收了泪眼，报以坚心，"薛郎说话无来由，为妻言来听
从头。干柴十担米八斗，我在寒窑度春秋。守不住来也要守，

饿死寒窑我不回头！"

观众们热情地叫起好来，甚至有人抬袖拭泪，包括坐在下面的董厅长，当初就是他把蒋凤仪送进了省剧团，如今他已是省里抓戏曲工作的一把手了。不管十八年后的薛平贵如何薄情戏妻，眼前俨然是一对"流泪眼观流泪眼"的苦命鸳鸯。小麦花和蒋凤仪谢幕的时候，董厅长带头起立鼓掌，"好、好，这两个小同志演出了真情实感！这样有情有义的薛平贵值得王宝钏苦守寒窑！我们大家都应该学习王宝钏这种吃苦耐劳的精神啊！现在的困难只是暂时的，只要我们相信党、相信国家，我们一定可以渡过难关，迎接共产主义的美好明天！"刘团长喜不自胜，跟着把手掌都拍红了，当即表示，"领导说话就是'飞机上挂暖壶——高水平（瓶）'！这出戏，得多演它几场！"

这两年"运动"越红火，剧院里越冷清，没想到《平贵别窑》这一折常见老戏竟让蒋凤仪和小麦花演出了彩儿，风头甚至盖过了玺子那组的《武家坡》。戏到最后，薛平贵要跨马启程，王宝钏苦苦追随，不放他走。小麦花的圆场功和水袖功都很厉害，她跟在蒋凤仪后面跑圆场，一开始很慢，俩人几乎隔着整个舞台的距离；她脚步加快，两个人的距离越来越近，而她的裙摆却不曾飞起一点。她高呼着"薛郎"，水袖翻舞长扬，几乎挨到凤仪的靠旗。

平贵的甲衣终于被宝钏抓住了，死死不放，他只得抽剑割断下摆，手起剑落，她一跃而起，水袖直抛出去，如两痕秋水随着她无声下坠。落地的一刻，耳边是平贵说，“三姐，你要保重了！”

再起身时，他已不见了。

此处的掌声总是很热烈。台上的一戳一站、一拉一扯无不是情感的外化，裙儿袖儿、靠旗马鞭，柔中见刚，缱绻缠绕着决绝。批评声不是没有，团里几个略年长的女演员说：“这王宝钏妖妖调调的，正经青衣哪是这样子？”

夏去秋来，自从跟小麦花搭戏，受了一阵子冷落的蒋凤仪慢慢又被团里重用了，只是拿手的那出《夜奔》还是不让她演。台上的锣鼓永远是喧腾的，台下的小麦花也一直很聒噪。但一入夜，凤仪总是梦到无边的荒寂。在梦里，她时常在练功，大部分时候是搬腿，腿很疼，周围很黑，黑暗浓到了极致便湮没了时空的维度，不知身处何时何地。有男人的声音唤她，“小义、小义……”似乎是师父，也可能是父亲，但她动弹不得，搬起的那条腿仿佛被绑住了，她就保持着这个姿势，慢慢沉潜，感到周遭的浓黑在吞没她……

“小义、小义，醒醒！”

她一踹腿，猛地睁开了眼，小麦花正站在床头俯看着她。“你做噩梦啦？”

她摇摇头，只说腿抽筋了。小麦花轻笑一声，“嗬，你还长个儿哪？”凤仪抹抹额角的冷汗，翻了个身，见小麦花手里攥着钩针和一团红毛线，床边的小台灯还亮着。“你干吗呢，还不睡？”

"不困呢，勾个杯套儿。往里点儿！"小麦花一扭屁股，歪在了蒋凤仪的床上。凤仪愣了一下，也就任她躺了，长夜迢迢，心里也愿意听她叽叽喳喳说话，便撩起被子一角给她也盖上了。她靠在枕上，拍了拍棉被，"这被子做得不错啊，棉花絮得挺厚，缝得也匀实。"

"是韩四奶奶给我做的，她老伴儿以前给我拉琴。我爸能答应我学戏，还多亏了四爷爷。"凤仪抚着被子的针脚，又望向小麦花手里翻飞的钩针，"水杯子还要啥套儿？这有啥用？"

小麦花喊了一声，"那你唱戏有啥用？人家看了你的戏当吃还是当喝？"

"看了戏心里高兴呀。"

"我做这个也是图高兴，图它看着好看！越没用的东西越好看！"小麦花得意洋洋地用余光扫过她，噎得她没话说，只得痴痴盯着那大红的毛线在一勾一绕之间由点成线，由线成面，由面成体……渐渐地，凤仪的眼睛直了，头沉了，落在小麦花肩上。

她耸耸肩，"起来，我教你啊！"

"你弄，我先看……"看着看着，就睡着了……

转眼两年光阴，蔓延全国的那场"自然灾害"渐渐远去，人们开始从恐怖的饥饿中复苏。蒋凤仪快十七岁了，为了练功和化妆方便，她还是留着前不遮眉、后不过领的小分头。头发的长短虽没变，身体的尺寸却在悄然发生着曼妙的变化，胖瘦、凹凸、曲直，一切都在时光的巧手之下重新分配。

这天吃完了午饭，她跟小麦花坐在院里的阴凉地儿织毛衣，名师出高徒，如今她那双惯拿刀枪剑戟的手也能拈针拿线了，而且兴趣颇浓。剧团的书记老赵突然满头大汗地跑过来，气喘吁吁说："蒋凤仪，让我好找！快跟我走，刘团长等着你呢！"

她正在跟小麦花学上下针的织法，听了老赵的话，头也不抬地嘟囔了一句，"大中午的找我干吗呀？"

老赵急赤白脸地来拉她，"你这丫头，大夏天的织什么毛活？告诉你，董厅长来了，点名叫你呢！"小麦花推推她的胳膊，她忙站起来，准备跟老赵一块儿走。

"我得歇歇，你去，快去！"他坐在树下，冲她一摆手，于是她撒腿就跑，一阵风似的没了影儿。"这孩子，还是假小子似的！"老赵笑叹了一声。

蒋凤仪在小会议室门口急刹车，手指插进头发里胡乱向后捋了捋。玺子已经端端正正地站在里面了，董厅长正笑容可掬地向他问话，见她愣在门口，便热情地招招手，"小鬼，快进来！最近业务怎么样？"

她蹭进屋，待要答话，刘团长已抢先开了口，"很好、很好！自从您上次对她们那出'别窑'做了批示，这孩子越来越有干劲儿，团里也很重视培养她。"

董厅长点点头，开门见山告诉她，"现在有个重要的'政治任务'，我打算让你和孙玺同志去……"他话没说完，凤仪便被"政治"两个字吓住了，脱口而出："不不不……"

刘团长瞪她，"没规矩！"

董厅长笑了笑，"没事。凤仪同志啊，你的情况我也了解了一些，希望你不要有思想包袱，好好唱戏就是你向党表忠心的最好方式。听说你的《夜奔》不错啊？"

她眼睛亮了一下，但团长知道她久不演此戏，唯恐砸锅，便又抢了话，"首长，《夜奔》这戏多少还是有点闷吧，您大概不知道，这孩子猴儿戏也挺拿手！"

董厅长好像突然想起了什么似的，猛一拍桌子，吓了大伙儿一跳，"对呀，猴儿戏！我怎么不知道，这孩子头一回救场演小毛猴，我就在下面坐着呢！"

凤仪略带羞涩地笑了笑，远处的玺子微瞥了她一眼，低头拿脚蹭了蹭地。

"那就先这么定了吧，孙玺演《八大锤》，凤仪来《偷桃·盗丹》。"首长一锤定音，在屋里半天她几乎没说一句整话，此时只得茫然点点头，并不知道自己已被记入了某个神秘的名单。

谒金门

两个月后的一个清晨，一辆小巴士来到剧院门口，接走了刘团长、玺子、凤仪还有其他几个工作人员。前一晚，刘团长要求他们隔天早上六点就要集合，故而凤仪上了车就开始打盹儿，一觉醒来，阳光已经很刺眼了，透过淡蓝的窗帘烘着她的脸颊。她想要撩开帘子向外看看，刚抬手，车里一个干部就命令她不许东张西望。她只好坐正了，揉了揉惺忪睡眼。

汽车正行驶在北戴河的沿海公路之上，在远离人烟的地方，天和海的颜色清透自然。窗帘外的光线渐渐暗下来，车子转入山中，时而有一丛丛小别墅隐现于林壑之间。车子最终停在一座西式礼堂的后门外，蒋凤仪下了车，抬头望着那鲜艳的红漆铁皮瓦，又听得远远近近的风声鸟叫，心里好奇又兴奋。不待她多看几眼周围的景色，团长便把她轰进屋里去了。

中午，在一个铺着厚地毯的大房间里，团长和演员们围坐一桌，乐队和舞台队的几个人坐另一桌，服务员给每个人上了一份饭菜，有糟熘鱼片，一个炒青菜，一碗蛤蜊豆腐汤，一碗米饭，每桌另有一盆小花卷。这些日子，大家刚能吃上饱饭，肚子里正缺油水，故此时眼睛直冒光，纷纷闷头大吃大嚼起来。只有刘团长坐立难安，扒两口就伸着脖子左右张望一圈，不一会儿又皱着眉捅捅凤仪，"女孩子家家的，少吃点！饱吹饿唱！"她撇撇嘴，又抓了一个花卷。

下午大家奉令开始扮戏。蒋凤仪勾完了脸，宋小五正要帮她穿戏服，一直站在角落的一个身着藏青列宁装的女人快步走过来，伸手在凤仪身上摸索。她吓了一跳，小五也忙说："您这是干吗？"

"例行检查。"那女人简短回答，飞快地隔着她的水衣子上下捋了一遍，确认没问题后又退回了墙边。

凤仪心里七上八下的，猜不透今晚的场子藏着什么玄机，平常他们也没少去干部俱乐部给省里的首长们演出，但都不像今天这么严阵以待。后台静悄悄的，时间一分一秒流过去，开戏的锣鼓迟迟不打响。有个龙套演员溜到侧幕条偷向外看了一眼，很快便被人拎了回来。凤仪把脚搭在另一张椅子上，闭着眼默戏，头勒上半天了，太阳穴突突地跳着疼。

不知过了多久，女工作人员严肃而从容地宣布："演出准备开始了。"凤仪噌地把脚从椅子上拿下来，小五递给她水杯，她润了一口。

这时刘团长走了过来，搓着手嘱咐她："凤仪，好好演，别、别紧张……"

锣鼓敲响，她手搭凉棚朝他做了个鬼脸儿，摇身一变，已俨然是准备大闹天宫的孙悟空了。她头戴钻天盔，身穿黄缎圆领窄袖制度衣，扎着黑鸾带，细腰宽肩，微踮脚尖，神气十足地上了台，几个仙女正手托果盘袅袅穿行——大圣这才明白蟠桃盛宴没他的份儿。

"可恼哇可恼！哎，想俺老孙也算天地间一尊神佛。怎么这蟠桃会上，就无有俺老孙的座位？哎呀，这这这……"

悟空大怒，正在跳脚之际，众仙女散去……凤仪的视野里现出了观众席：一排排，一座座，众人瞩目于她……这向来是她最享受的感觉，享受从无数陌生人的脸上采收喜怒悲欢，观众们都统摄于她这小猴王的表演，无论他们是谁……第一排离她不到三米远，她忽在这些陌生人中间发现了一张"熟悉"的面孔……不，她当然不认识他；不，不对……全世界谁会不认识他呀！

蒋凤仪感到微微的晕眩，仿佛踩在了瑶台仙境的云彩上，于是更加相信自己在戏里、在梦里，一招一式都有如神助。"有了！我不免闯进瑶池，大闹一番，正是：轻身闪入瑶池宴，扫尽蟠桃众神仙！"念白毕，她一撩袍，走了个扫堂旋子，轻轻一踢腿，大带稳而准地搭到了肩膀上，底下鼓起了掌，礼堂不大，她甚至分辨出他短促有力的一声"好！"

在宴会上酒足饭饱的孙悟空甩着一口袋仙桃，醺醺然走进了太上老君的殿宇。"那壁厢隐隐的祥光绕，俺可也向前去细看分晓。却原来是紫金炉玉烛烧，碧霞觞酒泛葡萄。"凤仪口中唱着，单手一撑，盘腿坐上了香案，机警地东张西望，猛地伸手摘下了那高悬半空的大葫芦，开盖一嗅，打了个喷嚏，喜笑颜开。

"得一粒金丹成大道，老孙呵，只当作炒豆儿嚼一饱，嗳，炒豆儿嚼一饱！"这猴儿抓着丹药葫芦，倒一把，吃一把，吃得抓耳挠腮、百脉沸腾，盔头上绒球乱颤，后来索性躺倒在桌上，双手抱着葫芦往嘴里倒，蜷着腿在空中乱踹，十分欢脱。那葫芦当然是空的，但观众们都在她的表情、动作中感到了金丹的存在，忍俊不禁，纷纷鼓掌。最后，悟空把葫芦一抛，跳下了桌，还不忘回头扫了一眼，手疾眼快地拈起一粒遗落的"金丹"扔进嘴里，念叨着"走、走、走"，恣意随性地下了场。

蒋凤仪进了后台，方才潇洒放肆的猴样儿立刻没有了，满脑门汗，头晕眼花。宋小五赶紧帮她把头捵了。发网一去，她松快了不少，揉着太阳穴问刘团长："看戏的是……""你不是看见了吗。""怎么不早说？"

团长见她紧张得吐舌头，呵呵笑着拍了她一下，"上头不让说。原来你这小猴子也知道怕啊！"过了四十多分钟，孙玺也演完了《八大锤》，回到后台时神情颇淡定。这时有个工作人员来到后台找两位主演，刘团长忙拉着玺子和凤仪走过去，工作人员在他面前把手一拦。团长止了步，站在原地冲他俩杀鸡抹脖地使眼色，满脸不放心。

凤仪心里怦怦直跳，简直感受不到自己双脚的存在了，踩着"魂步"般飘在铁塔似的孙玺身后上台谢幕。凤仪和孙玺有幸跟首长们握了手，他甚至还跟他俩说了几句话，语调很轻松。

"小伙子，你的陆文龙演得不错啊，身手、表情都很好，有英雄气概！"

孙玺道过谢，不卑不亢地说："这会儿他还算不上英雄，要归宋以后才是真英雄。"

"不错，光会打是不够的，还要选择正确的斗争路线。"他冲孙玺赞赏地点点头，又用眼神寻找孙玺背后的蒋凤仪，"这个'美猴王'原来是个姑娘家啊！"

省里首长笑说："这也是我们这儿有名的一个小武生。快站出来啊！"她红着脸挪了几步。

"不错，女孩子不怕苦，有志气！"他问她几句年纪、家乡之类的家常话，她背书一样回答。

"好、好，年纪小，本事挺大。戏者，细也，你把孙悟空的细节抓得很准！"

有人搭腔："想不到您喜欢看猴儿戏。"

"今日欢呼孙大圣，只缘妖雾又重来。"

他旋即又问她还会什么戏。会的太多了，她正犹豫着不知从何说起，省领导说："早几年我看过这孩子一出《夜奔》，挺不错的。"

他哈哈大笑，"这你就外行了！现在的小孩子不懂什么叫'逼上梁山'，怎么演得好林冲呢！"笑罢，他捏了捏她瘦削的肩头，她抬起头，一辈子忘不了他亲和而深邃的目光。

他对她说："继续努力！要唱好《夜奔》，至少再用十年功！"

这天晚上，剧团的人被安排住宿在山里一座由德式别墅改建而成的招待所。初秋时节，城里还很热，而此间的风已略带寒意了，可蒋凤仪丝毫不觉得冷。她躺在松软的床褥上，心也像安放在一堆羽毛里，舒坦，轻飘，又痒酥酥的。当大角儿是什么感觉，小时候父亲说过，出大名、挣大钱、吃大菜、住大宅，但这些具体而微的描述都不足以概括她此刻波澜壮阔的心情。她知道她还够不上称"角儿"，可今天他不是鼓励她"再用十年功"吗，那不是别人，是光芒万丈的他呀！也许用不了十年，凭她的脑袋瓜和身子骨，也许只要八年、五年、三年……很快她就能证明给他看，她能唱《夜奔》，她，是角儿了。想到这儿，她一个鲤鱼打挺，从褥子上弹了起来，落下，又弹起，浑身轻盈得像打满了气，在床上折腾了好久。

夜深了，凉风习习拂过半掩的窗，月亮升至中天时她才沉沉睡去。不远处是退了潮的沙滩，平缓的曲线延伸至无穷的远方，星空之下的大海看起来是那么平静。

新时令

从北戴河回去以后，不久便是中秋了，刘团长批了蒋凤仪几天假。她自然要回乡去看父亲，也邀请小麦花同去，可小麦花推说自己晕车，不愿折腾。凤仪也不强求，依旧兴高采烈地收拾行李，大部分是带给父亲的东西，包括她亲手织的一件毛背心。

小麦花正在床边修指甲，看见她脸上藏不住的喜色，嗤笑道："傻劲儿的，至于那么高兴吗。"

"要见着我爸了，能不高兴吗！"

小麦花专心致志地锉着小拇指甲盖，头也不抬地说："我从小没家，不知道这父慈子孝的滋味儿。不过，你爹又不能陪你一辈子，女人要过得舒心，还是得找个如、意、郎、君哪！"最后几个字嗲嗲地加了戏腔儿。

凤仪半天不吭声,小麦花便跳下床来拎起那件鸡心领毛背心在她面前抖了抖,"跟叔叔说啊,这也有我一半儿的功劳呢!"

几天后,蒋凤仪扛着大包小包回到了祖辈生活的小村庄;其实在父亲离开剧团之前,她从不知这里是她的家乡。

蒋松霆从小就不是个安分的农家子弟。他精力充沛,却不愿干农活,只爱跟着过往的流浪艺人舞枪弄棒,凤仪的祖父母便索性把他"写"给了戏班子。谁能想到三十多年后蒋松霆又回到了这片故土呢,并且自觉自愿地从戏子做回了庄稼人,甚至比一般的庄稼人更勤恳本分。

只有女儿逢年过节回来看他的时候,他的脸上才会焕发出某种特殊的神采。他龙行虎步地领着她穿街过巷,引得村里的叔叔大爷、婶子大娘们纷纷出来围观,"哟,老七,闺女回来啦!快给我们唱一段吧!"每当此时他总会满意地摆摆手,一声令下,"小义,来段儿《战太平》!"

今天她是在小院门口碰上父亲的,他正扛着锄头从田里回来,秋风萧瑟,他却还敞穿着单衣,头上有汗,皱纹也深了些。她喊了声"爸",他立刻扔下锄头,跑过来接了她的行李袋,急问:"怎么这会儿回来啦?"

"立功了,团长奖了三天假!"

"好、好,爸给你做饭去!"他一手拎着东西,一手牵着她往屋里走,她从他头上捡掉一根草棍儿,嬉笑:"你真像个老农民了!"

"可不是老了吗，爸都快五十了。"

她听了心里一酸，父亲却放下行李，得意地一指墙角——那儿立着一排他手工做的刀枪把子，"饶是老了，咱来一套大快枪，爸不见得输给你！信不信？"

她连声答着"信"，挽着父亲进了屋，把带来的家用之物一一掏出来，掏一样他就摇摇头，说一声"瞎花钱，用不着"。最后，她赌气把毛背心扔到他身上，"这个呢？不是买的！"

他忙展开来仔细打量，"嚯，不得了、不得了，我闺女长本事了，果然文武全才！"

她正偷笑，他却添了一句，"我嫌箍得慌，下地干活也不方便，你带回去自己穿吧！"她气急败坏地把毛背心套到他脑袋上，喊道："给你织的你叫我带回去？！试了吗就说箍得慌！"

确实松紧合适，他投了降，"好好好，挺合身，我穿，啊不，打今儿起我就不脱了！谁叫它是我闺女织的呢，睡觉我都他妈不脱了！"她这才绷不住笑了。

吃晚饭的时候，蒋松霆一个劲儿给女儿夹菜，直到在她碗里堆起了一座小山，这才停了手问她，"你们团长那人，逮着蛤蟆都能攥出尿来，你立啥功了他肯给你放假？"她嘴里塞满了饭菜，含糊不清地咕哝了一句。

"啥？给谁唱戏了？"

她重复了一遍，他不敢相信自己的耳朵，又问："谁？"

她再次重复。父亲的眼睛瞪到了最大，愣怔半晌，把吃得正香的女儿从桌前拽了起来。

"干吗呀？"

"给你大爷上香。"

于是她抹抹油嘴，郑重其事地给严松雳上了一炷香，磕了个头。父亲仍在屋里没头苍蝇似的转来转去。

"爸，你干吗呢？"

他这才一拍脑门，从柜橱里拿出一瓶老白干、两个杯子。他倒了酒，递给凤仪一杯，她吃惊地看着他，"我不会喝呀！"

"没事，姑娘家天生带三分酒量，何况是我蒋七的闺女！"

她没防备，直接咽了一口，舌尖初觉绵甜，可辣味儿马上就从喉咙返上来了，从嘴到胃都火烧火燎的，辣得她像小狗似的吐出舌头吸气。父亲哈哈大笑，拍拍她的背，又碰了碰她的杯，自己也呷了一口，"你大爷以前也不喝，后来被我带上道儿了。怎么样，咂摸出滋味了吗？"

她猛摇头。

父亲抚着她的脑袋，把杯中剩的酒一饮而尽，"这么大的喜事儿怎么能没酒呢，爸真高兴呀！小义，你有出息了，比爸出息多了。只要你能成角儿，爸就对得起你大爷，也对得起你妈，还有你姨了……"

这顿饭，爷儿俩都有点喝高了，其实酒下去的并不多，大抵是心里的五味杂陈都酿成了醉意。圆月当空，蒋松雳拉着女儿来到院里，略有点磕绊地跟她说："多好的月亮……小义，《夜奔》，你拿手……今儿你也瞧瞧爸这【折桂令】怎、怎么样！"

说着，他拉开了山膀，正色念道："想俺林冲，在那八十万军中做了禁军教头，征那吐蕃的时节呵！"他连舞带唱起来，凤仪替他打着拍子，一边也轻声和着，"实指望封侯万里班超。到如今……似这鬓发萧骚，行李萧条……"

溶溶月色下的乡村一片静谧，即使是荒腔走板的醉音也跌宕出了沧桑感。年近半百的父亲的确是鬓发萧骚、行李萧条了。唱到"此一去博得个斗转天回"，他在一串疾疾转身之后脚步踉跄了一下，凤仪赶紧扶住他。他甩开手，还是大开大合地做完了最后一个身段，"高俅，管教你海沸山摇！"

曲终并无掌声，但蒋松霆心满意足地揽住女儿的肩头，豪气万丈地预言："都说男怕'夜奔'……小义，甭怕，爸看出来了，你比男孩子都强！早晚要唱出大名堂、唱他个海沸山摇！"凤仪点点头，架着父亲的胳膊，父女俩摇摇晃晃地进了屋。

这次父女相聚之后不久，海沸山摇的征兆确实显露出来了，却不是他们盼望的那种。

阶级斗争的弦儿再次绷紧了，变成了要"年年讲、月月讲、日日讲"的重要议题。转年"四清"，刘团长被"清"了出去。蒋凤仪不喜欢他，因为他婆婆妈妈、见风使舵，而且偏心孙玺，但她并不觉得他是"阶级敌人"，正如她不觉得李三福老爷子是"右派"、自己的师父是"反革命"一样。可他们还是从她的生活中消失了。

又过了一阵子，第一届全国现代戏观摩演出大会在京举行，后来震荡大江南北十年之久的《红灯记》《芦荡火种》（后更名为《沙家浜》）等剧就是在此时诞生的。

为了补上历次运动造成的人员缺口，蒋凤仪所在的省剧团迎来了一些新面孔。上面空降了一个庄团长，以前是林业部门的，不知怎么改管戏曲了，虽是文艺外行，但工作热情很饱满。在全团开会的第一天他便表达了披荆斩棘搞戏曲革命的决心。

"同志们啊，这次现代戏汇演，全国二十多个剧团都参加了，咱们这个省里重点培养的尖子单位居然一出戏都没拿出来！当然，这不是你们的责任，主要是刘魁富的路线错误问题！他是怎么当的这个团长？我听说他之前让你们连演了小半年的王宝钏和薛平贵？这一个叫花子出身的土皇帝、一个死心眼的傻娘们儿有什么好演的？这些帝王将相、才子佳人全是封建落后的毒草啊同志们！一定要连根拔起，重整土地，种上我们社会主义的好苗子！"

庄团长用力拍着桌子，震得他仅剩的几缕细发在空中飘拂起来，小麦花一面瞟他的头顶一面使劲咬着自己的下唇，凤仪则垂着头，并不觉得好笑。终于，他吼累了，大手一挥，"好了，下面让我们团新调来的大学生编剧也讲两句，听听人家有文化的怎么说！小齐！"

坐在蒋凤仪斜对面的一个年轻人应声站了起来。

俏秀才

"各位前辈、领导、同志们，大家好！我叫齐克谐，刚从学校毕业，很高兴加入咱们这个年轻而光荣的集体。我是学戏剧文学出身，对唱戏是外行，但家里长辈个个爱听戏、票戏，我耳濡目染也迷上了这门艺术，今后还要向各位多请教、多学习！"

年轻人说着鞠了个深躬。蒋凤仪抬头瞧了他一眼，瘦高个儿，浓密的头发，没什么棱角的圆脸，戴一副黑框眼镜，是个清爽斯文的书生样子。他一弯腰，松脱的眼镜一下子掉了，他慌忙去捡，大伙儿都笑了。

他倒不怯场，镇定自若道："大家笑我就是不拿我当外人了，本来嘛，文、艺不分家。文学和艺术一开始都是咱们的老祖宗在劳动和游戏中创造的，只是随着社会的形成和分化，文艺才逐渐被统治阶层控制、垄断，主导的内容也就变成庄团长说的'帝王将相、才子佳人'了。当然，那些戏的封建思想是一码事，它们的唱腔、舞蹈、艺术程式是另一码事，对于后者，我们新时代的文艺工作者还是要尊重和借鉴的。希望大家对戏曲改革工作不要有抵触情绪。大家想想，战士们上战场是为了实现我们国家在军事和外交上跟别人的平等，工人、农民兄弟们的劳动是为了实现我们七亿多人口在经济上的平等，而我们文艺工作者能做的就是在文化上实现人人平等的社会主义理想。通过我们的创造，让劳苦大众的生产生活、喜怒哀乐不再被高贵者的历史所遮蔽，而是被看见、被听见，甚至成为永恒的艺术美，这是一个多么幸福的使命啊。"

小齐的眉宇之间蔚然深秀，眼镜片虽厚，目光却真挚温煦。大家看着他的眼睛，感到他笃信自己说的话，谁不喜欢心口如一的人呢？于是他们对他产生了信任，纷纷鼓起了掌。

小麦花甚至抹了抹眼角，赞道："人家咋那么会说？说得我眼泪都快下来了！"蒋凤仪抱着手，默许她的点评。这几年，振臂高呼的口号她听得太多了，但小齐这几句话有人情味，更重要的是，她听懂了。

然而，她并不知自己该如何去实现那个"幸福的使命"，在那幅理想的社会主义图景中她一身唱念做打的功夫该往哪儿使呢？她一时茫然无措，只能继续在练功场上锤炼自己的身体。"一天不练自己知道，两天不练同行知道，三天不练观众知道"，师父和父亲说过的话，她一刻不敢忘。

这天练完了晚功，她满身大汗地往宿舍走，凉风一吹，打了个寒战。入秋了，她抬头望去，月亮又快圆了。她想起那次父亲拉着她对饮，还一起在月亮地儿里唱【折桂令】，已是两年前的事了。整整两年，她演出寥寥，成天在参加思想会、学习会、报告会、斗争会……会来会去，她最"会"的那些戏却好久不见天日了……

"咳嗨——"

趁四周无人，她放开嗓子长叹了一声，抑扬顿挫地念了一段《夜奔》开头的道白，"俺林冲。一时愤怒，持剑杀死高家奸佞二贼。多蒙柴大官人赠俺书信一封，荐往梁山。白日不敢行走，只得黑夜而行。"

光念还不过瘾，她连舞带唱起来。依旧是【折桂令】，而此时的心境大不同前。她仿佛理解林冲"实指望封侯万里班超"是怎样的一种"指望"了，那是愿望变成了怨妄，还不如燕雀之辈终生胸无大志。

"到如今，生逼做叛国黄巾，做了背主黄巢……"没有丝竹伴奏，板眼都在心里，她嘴里唱着，利落地一拍腿、一打手，旁边突然叫起一声，"好！"

她受惊非小，下意识地蹦起来老高，一扭头，见是齐克谐。他也被她的反应吓了一跳，嘴里鼓鼓囊囊的不知塞着什么，连咀嚼都忘了。

"你……你怎么在这儿？"

"我……我住这儿……"他指着花坛旁边用作单身宿舍的几间小平房，"写东西累了，出来走走。"

凤仪松了口气，肚子却在这时咕咕叫起来，虽有夜色掩护，空气还是尴尬了几秒。他从身后摸出一个油浸浸的纸袋，很诚恳地递到她面前，小心翼翼问："吃吗？"

她伸头一看是大麻花，便拿了一块，嘎嘣一咬，放陈了的麻花比石头还硬，她没吱声，默默在嘴里含着。齐克谐手攥纸袋看着她，"你唱得挺好的，只是这段里有个字，一直有争议。我听过不少人是唱'红巾'的。"凤仪含着那块坚硬的麻花，勉强说："我师父就这么教的。"

"你师父是哪位？"

她忙打了个岔，"黄巾怎么说，红巾怎么说？"

"'黄巾军'就是汉末张角发起的农民起义，三国里就有，'红巾'也是反叛朝廷的，但那是元末的事。我个人觉得林冲唱出'红巾'就像相声里说的'关公战秦琼'了。"

她扑哧一笑，他见她笑了，也觉得自在了一些，"蒋凤仪……你叫蒋凤仪对吧？你业务不错，怎么每次开会都躲着不发言？"

她表情立刻又紧张起来，"我？我没什么好说的……我也不懂政治。"

小齐眨眨眼，一脸认真道："'政治'不是让人学、让人懂、让人照做的，每个人平等地参与公共讨论就是政治。"

"讨论啥呢，我只会唱戏呀。"

"唱戏的人和人唱的戏都是社会变革的一部分。上海唱老生的潘月樵和夏月珊、夏月润兄弟在清末就编新戏、针砭时弊，辛亥革命的时候还带头打下了江南制造局，潘月樵还被封为少将呢！"

凤仪听得呆住了，小齐则越说越兴奋，"我正在以他们为原型写剧本！我想劳动大众并不只有工农兵，梨园行儿的人也大多是苦出身呀，让他们唱自己的经历，不是更有感人力量吗？我想我这剧本里一定有适合你的角色，到时候希望得到你的支持！"

蒋凤仪的冲劲儿被勾起来了，她想也没想就抬手猛拍了他肩膀一下，"成啊，你好好儿写！写好了我请你吃桂记的麻花，那才叫麻花呢，您吃的介是嘛呀！"说完她摆摆手，甩开大步走了。

她手劲儿不小……小齐站在原地揉着肩头，静望她的背影飘然渐远，短翘翘的头发在脑后胡乱扎成两把小刷子，怪好玩儿的。

宿舍里，小麦花已经舒舒服服地躺在床上了，见凤仪风风火火地撞进门来，摇头道："又没演出，你整天瞎忙什么呢！快洗洗去吧，我给你留了一壶热水。"她答应着脱下外衣，小麦花突然咦了一声，从床上蹿过来指着她的脸问："怎么回事？你吃独食儿去啦？"

她一摸脸，原来有几粒麻花渣。

又过了一阵子，秋风吹皱了树叶，也染红了后院几棵柿子树上的累累果实，小麦花过来过去总盯着树梢上的一盏盏小灯笼。终于，她撺掇凤仪去摘柿子。

"我不去，敢情每礼拜开生活会批的不是你！"

"哎呀，虱子多了不痒，债多了不愁，你斗争经验那么丰富了还怕多个小罪名吗？"

"嘿，你这蛇蝎心肠！"

"跟你开玩笑呢！咱'白日不敢行走，只得黑夜而行'！"

晚间，她们俩拿着手电筒和竹竿溜到后院。凤仪提议："我打，你接着吧。"

"不行，太黑了，我看不清，接不着啊。"

"那咋办？"

小麦花拿肩膀拱她，"你爬上去摘啊，正好儿，你这身功夫闲着也是闲着。"

"你怎么不爬？把我衣裳都糟践了。"凤仪扛着竹竿就要走，小麦花一跺脚，"哎，有什么呀，你看着，姐姐爬给你看！"

凤仪一听，忙回身把她薅了下来。半晌，小麦花在树下晃着手电叫她："行啦，差不多了，你把它摘秃了人家就瞧出来了！"于是凤仪把一兜柿子扎紧，让小麦花用竹竿挑了去，自己噌噌地下了树。她跳到地上，掸掸身上的土，刚要和小麦花往回走就听见轻轻的一声招呼——"欸，等等！"

她俩吓得一哆嗦，慌忙向四周打量。

"这儿呢，门口！"原来后院的铁门外站着齐克谐。

小麦花拍拍胸口，"哟，是齐大才子啊，你在那儿干吗呢？"

"我回了趟北京，回来晚了，进不去了。"

"你叫于大爷给你开门呀！在后门转悠什么？"凤仪说。

"他呼噜震天响，我根本叫不醒。我想着这儿墙矮，兴许能翻进去。"

"那你翻吧。"

"可我不会翻墙……"小齐不好意思地推了推眼镜。

小麦花闻言翻了个白眼，凤仪也为难道："那怎么办？"他指了指杂草丛，"那儿有个梯子，麻烦你递给我……"她转头一瞧，气不打一处来，"你咋不早说？还看我爬了半天树？！"小麦花也引颈望去，果然有架梯子，登时咯咯地笑出声来。

折腾了半天，齐克谐抱着几本书爬下了梯子，向她俩一个劲儿道谢。小麦花伸出纤纤玉手，"拿麻花来谢呀！"凤仪瞪了她一眼，她依旧笑嘻嘻的，"咋了小义，我说错啦？"

他随口重复了一遍，"小义？"

小麦花答腔："不许人有小名儿呀？"

"哪个义？"

"有情有义的义！"

小齐还要张口，但凤仪已经拽走了小麦花。她俩拉拉扯扯着跑出了几步，小麦花突然又回头扔给齐克谐一个柿子，狡黠笑道：“张……哦不，齐先生，下回没那本事就别‘逾墙’＊了！”

＊ “逾墙”，京剧《红娘》中的一折，讲张生翻墙进院，在丫鬟红娘的帮助下与崔莺莺相会。

青杏儿

回了宿舍，俩人迫不及待地品尝起了劳动果实。柿子顶上划开个十字，金沙似的糖汁流出来，蒋凤仪直接开啃，小麦花则不慌不忙地拿小勺子刮了一勺糖心送进嘴里。

凤仪闷头吃着，半晌，忍不住咕哝："小麦子，你刚跟他耍什么贫嘴！把我也捎带上了。"她扑哧一笑，"不为你，我还不费口舌呢！"

凤仪不搭茬。她的柿子已下了肚，一抹嘴便把自己扔到了床上，趴成个"大"字，"累死我了……"小麦花拿勺子抵着唇，回头追问她："你不觉得他对你有意思？你喜欢他不？"

"胡扯。你喜欢他，自己跟他说去，别拿我开涮！"

"啧啧，我才不喜欢酸秀才，连个墙头都翻不过去。"

凤仪合着眼，半睡半醒地问她："那你喜欢谁……"

"玺子那样的才有个男人样子，可他老冷冰冰的不理人，看着让人怪瘆得慌……"小麦花猛然想起凤仪和孙玺的过节儿，忙住了口，一扭脸却见她已经睡着了，便走过去推她，"嘿，洗洗去再睡呀，一身土！"

她哼哼了一声，一副任人摆布的样子。

"翻过来我给你脱了衣裳……唉，男人看上你也是邪门儿了……"

凤仪蒙眬间感到小麦花给她盖了被子，又哼着曲儿自去收拾洗漱，轻吟浅唱一路飘进她黑甜的梦里……

> 佛前灯，做不得洞房花烛。香积厨，做不
> 得玳筵东阁。钟鼓楼，做不得望夫台。草蒲团，
> 做不得芙蓉软褥。奴本是女娇娥，又不是男儿
> 汉。为何腰盘黄绦，身穿直裰？见人家夫妻们
> 洒落，一对对着锦穿罗，啊呀天吓！不由人心
> 热如火，不由人心热如火……

第二天早上，小麦花闹肚子，凤仪奚落她是因为嚼舌头遭报应了，说完去食堂给她打了份稀粥便独自去练早功了。团里留长发的年轻女孩子不少都梳起了一条李铁梅式的大辫子，在练功房里揪着发梢学唱"我家的表叔数不清，没有大事不登门……"

没什么人练圆场和水袖了，地方宽敞，凤仪便在屋里拧

起了旋子，头扬着，腰腿也飞得极高，如腾空斩月。她练功只穿一件无袖背心，一起一落之间，下摆呼扇着，时而微微露出紧实的腰腹。余光里突然掠过灰色的裤角，她忙收腿，脚尖还是蹭到人了。

她一惊，因为眼前人是庄团长。

"没事、没事。小蒋啊，你的功夫果然名不虚传啊。"庄团长掸掸身上的灰，向下拽了拽衣角，肚子大，衣服马上又支了起来。她低头笑笑，不谦让也不道谢，他觉得有点干，于是决定把下半段褒奖的话先留着，便背起手说："你接着练吧，练吧，我再去那边看看。"

他溜达了几步，回头一瞅，她又打起飞脚来了，身轻如燕，啪啪作响，黑亮的短发在空中抖擞着。

"庄团长早！""团长好！"几个姑娘向他问好，他撩了一眼她们辫梢的红头绳，点头微笑，"不错，不错，要求进步，很好啊！"

过了几天，蒋凤仪被叫到团长办公室。她很忐忑，因为昨天刚开完思想会，她把搜肠刮肚编出来的词儿都说完了，再也反省、汇报不出什么了。然而庄团长竟递给她一杯水，和颜悦色道："小蒋，今儿不谈思想问题，聊聊你的业务。"她捧着瓷杯子，略松了口气，心里还有一点期待。

"据我了解，你是武生、老生组里唯一一个女同志啊，成绩还不错。不过，排演现代戏的话你很难拿到好角色！"

她有点不服气，反问为什么。

团长挂着一脸深思熟虑在屋里踱步，忽然把手按在她肩上停留了一会，"你想啊，有你这么秀气的八路军战士、工人农民同志吗？"

"程先生那么个大胖子都能演大姑娘小媳妇，我怎么不能演男人？"

"那是长袍大袖的老戏！他要是活到现在你看还能有他的分儿吗？"庄团长用手指敲敲桌子，"我替你想了个出路，你转旦角儿怎么样？你这个身手，这个劲头，演个女战士呀，女干部呀，女联络员呀……"

"我不！"凤仪红涨着脸剪断了他的话头，坚定道，"我是武生、老生坐科。我绝不改行当！"

他笑笑，倚着桌沿站在她身边，信手翻着一摞材料，"坐了科也可以改的嘛。你这么聪明，肯定学得快。而且你也有学旦角儿的本钱呀！"

凤仪一脸纳闷。

"你妈不是唱青衣花旦的吗？好像还有点小名气？艺名叫什么，金铃子是吧？"她心里一紧，含含糊糊答："我不知道……我是我爸带大的。"

"你不知道？这写得清清楚楚，还是荀派呢。你们唱戏的那老话儿怎么说的来着，我这外行都听过，'梅派的样，程派的唱，尚派的棒，荀派的 —— 浪'？"庄团长的目光从文件上移开，瞥了她一眼。

她浑身像被虫子蜇了似的难受，心里疑惑而烦躁，憋了半天终于吐出一句:"团里都那么多旦角儿了,你干吗还非让我转?"

"团里旦角儿是多……但我就赏识你呀!"

凤仪的脑子一蒙,已被庄团长揽住了腰。"这戏有什么好唱的?费力不讨好!只要你乐意,我可以把你调到办公室,做行政,做财会,要不干脆……别折腾了,我还真就喜欢你这股劲儿,跟别的姑娘都不一样……"他的话带着一股热气扑到她脸上,她在仓皇之间失去了思考和语言的能力,同时惊觉自己的身体也失去了台上的矫健;也或许,她的力气根本不足以抵抗他。

幸而她终究身手灵活,飞起一脚踢翻了桌上的水杯。"砰"的巨响吓了他一跳,不禁松了手。她慌忙扭身一闪,头也不回地跑了。她一口气跑回宿舍。午后,窗帘拉着,屋里静悄悄的,她的心骤然松弛下来,这才感到腿肚子僵硬得转了筋。

"哎你回来了……"小麦花抱着一盆刚洗好的衣服推门进来,话音未落就被凤仪一把抱住了,搪瓷脸盆哐啷落地,像一记响锣,开启了她的哭声。

小麦花一动不敢动,因为从没见过她大放悲声。凤仪自己心里也纳罕,从小她受伤、受罚都是咬牙忍着,总觉得哭鼻子是件丢脸事,有违于她的"英雄气概"。到此时她才明白,原来这世上的坏人不见得都抹着一张大白脸,原来她这"小豪杰"在一个痴肥的老男人面前竟会变得那么软弱无力。

她大哭,不是伤心,甚至也不完全是恐惧,而是终于从某个复杂而陌生的世界回到了这个她确信安全的小角落，觉得侥幸、踏实，乃至感动。小麦花身上有雪花膏淡淡的香味，她们凑头织毛衣、钩枕巾的时候，她也常常闻到这种气息，虽然当下鼻子齉得几乎失去了嗅觉，但记忆还在。她的脸贴在小麦花肩上，渐渐止住了哭泣。

小麦花的个子比她还要矮一点，此时拍着她的背，吃力地抬起头来，轻声说："好啦好啦，小义，快告诉我，咋了呀？"她不语，抽搭声还一时停不下。

"团长又让你写检查？"

她摇头。

"不让你演戏？"

还摇头。

"那到底……"从小随养母四处闯荡江湖的小麦花突然恍然大悟，"他欺负你了？"

凤仪不再摇头。她直挺挺倒在床上，拿被子蒙了脑袋。

"好哇，这个老不死的，真对得起他这姓儿，真会'装'啊！'人面兽心肠'！"小麦花一脚踢开地上的脸盆，在屋里竹筒倒豆子似的把骂人的戏词儿倒了个干净，又蹲到凤仪床头问她，"吃亏了没有？"她迟疑了一下，说没有。

小麦花抹去她鼻尖上挂的一颗泪珠，沉吟了一会，提议："要不然回家去躲一阵子？"

"不行，我爸准要刨根问底，让他知道了，他能杀人……"

"也是，干亏心事的又不是咱们，干吗要躲？"小麦花忿忿地一拍床板，"打明儿起你去哪儿我都跟着你。那畜生要是再胡来，咱们就去告他，上区里、省里，上北京！什么年代了，他还当咱唱戏的好欺负？！"

自此，小麦花果然信守诺言，不赖床、不溜号，一步不落地跟随着蒋凤仪严格的作息表，只是在凤仪练功的时候，她大多坐在边上嗑瓜子。这天凤仪汗流浃背地练完一套大刀，小麦花非常及时地把杯子递到她手里，她喝了一气，抬起肩膀蹭蹭脸，"你不练会儿？"

"不练，练了也没处儿演。"小麦花接过杯子坐下，重新跷起二郎腿。

"那你练练那个！"凤仪朝旁边学唱《红灯记》的几个姑娘努努嘴。小麦花噗地吐出一片瓜子壳，轻笑道："那还用练吗？没水袖、没台步，会走道儿的就能演。"

正聊着，小齐突然举着一个破破烂烂的本子跑进练功房，一路喊着"蒋凤仪"，在抻胳膊踢腿的众人中间冲来撞去。

"这秀才，都'四眼儿'了眼神还不够用呢！"小麦花收了膝上的瓜子，站起来冲他喊了一嗓子，"这儿呢！"

他循声挤了过来。

"二位小姐，小生我的剧本写好啦！团长都没看过呢，先请你们雅正。"小齐把他那沓稿子恭恭敬敬奉上。凤仪接过来，小麦花也嗑着瓜子凑过头来，凤仪瞅了她一眼，她这才停了嘴，"好好好，我不嗑了……哟，大编剧这字儿真不错啊!"

剧本封面上是四个遒劲飘逸的深蓝钢笔字——"梨园将军"。翻开第一页是剧情简介,"清末旧上海,十里洋场,纸醉金迷,租界内兴起以声光电技术装备的新式舞台。伶人潘岳宸力图将改良之风带入华界,故与师兄弟夏允文、夏允武等人齐心协力,购地建起'国新剧院',更设施、编新戏、传时事、感民心。武昌起义爆发,潘、夏带领剧团艺员组成先锋,揭竿响应,一举攻克清廷军工重地。辛亥革命成功后,孙中山赠匾额'梨园将军'。正是:台上大英雄,台下真将军。改天换地时,无处不风云……"

凤仪翻看完整个剧本,心情澎湃,不仅因为那戏文背后是一段她不甚了解的壮阔历史,更因为那段历史仿佛与她有着千丝万缕的联系。小齐指着人物表上的"夏允武"跟她说:"这个角色,年纪、行当、个性都跟你很合适。我没食言吧!"

她盯着剧本,摩拳擦掌地傻乐,直到小麦花拱了下她的肩膀,"你也得说话算话,请人家吃桂记的麻花呀!"

黑漆弩

　　一周后，全团开会，筹排新戏。蒋凤仪不想看见庄团长，也不想让他看见自己，故而小麦花陪她远远坐在角落里。

　　团长让齐克谐宣读角色安排。《梨园将军》是个大群戏，基本每个人都得到了角色，主角（潘岳宸）照例归了孙玺。剧团许久没开锣了，大家伙都挺兴奋，加上剧本取材自梨园行的真实事迹，也使人心里多了一份亲切、自豪。

　　大家正在七嘴八舌地讨论，庄团长突然清了清嗓子，开口道："这是咱们团第一次排新编戏，剧本挺新颖，还安排了不少戏中戏，你们唱惯的那些老戏正好夹在里面展示一下。希望大家把握机会，勤学苦练，有问题多向小齐请教，争取尽早把这出大戏排出来！"

　　掌声响起，不待全场安静下来，他语气平淡地补充了一句，"不过选角儿有个问题 —— 夏允武不能让蒋凤仪演。"

凤仪以为自己听错了，扭脸向小麦花，看见她同样一脸诧异。小齐也愣了，把剧本卷成筒杵在桌上，问庄团长，"为什么？"

团长从怀里掏出一张纸展开抖了抖，"这是局里刚下来的指示：现代戏要摒除传统戏表演中封建落后的弊端，在安排演出时要坚持'男不演女，女不演男'的重要原则，努力塑造积极健康的正面人物形象。"他念完这两句话，在空中撒了手，任那张纸飘然落地。

他念的那一串话，大部分词句是蒋凤仪熟得不能再熟的，可是"男不演女，女不演男"这八个字是那么的陌生、刺耳。谁是男？谁是女？稍有戏曲常识的人都知道，梅兰芳是男，杨贵妃是女。只是梅兰芳四年前就去世了。此时此刻，在这间屋子里，谁是女？她。谁是男？林冲、武松、花云、赵子龙……她不能演他们了！

她被自己心里浮起的这句话吓住了，腾地站起来，所有人的目光落到她身上，可她没察觉。小麦花在底下猛摇她的手，她不理，就那么孤零零地笔直站着。隔着一屋子人，齐克谐手持剧本远远望着她，终于还是垂下了头。

多年以后他仍记得那个孤绝乃至壮烈的场景，他不敢面对她，因为千里走单骑的勇士总令人不忍直视，更何况她连走单骑的机会都被当众剥夺了。夺去英雄宝剑的不是某个人、某些人，而是整个时代。就像白虎堂前的林冲，已没有机会申辩什么了。于是她在众目睽睽之下从角落跑到最前面，一脚踹开门，扬长而去。

地上躺的那张"指示"留下了一个浅浅的脚印。

临近黄昏的时候小麦花和齐克谐才在后院一座废弃的仓库背后找到了蒋凤仪。她正在拿大顶。那一整面墙布满了爬山虎，垂垂累累交叠着的叶子宛如油画的笔触，堆砌出一片厚重的火红，间错点缀着金黄青绿。此处只有断井颓垣，却留住了深秋最后的灿烂光景。她的胳膊直直撑着地，纹丝不动，颈颔延伸成一条好看的曲线。这是一副为了演铮铮英雄汉而打造的筋骨啊，从四岁到十九岁，她的身体不曾有第二个目的，生命亦没有别的归属。脚下是一条父亲、师父和她自己都早早认定的路，走着走着，只剩下她自己。现在难道连这条路都要断了吗？小齐看见她的汗珠顺着脖颈流到脸颊，从脸颊倒流至眼角，最后滑落在黄叶地上。

此后将近一年，在剧团排演新编戏最热火朝天的日子里，她仿佛结了冰，透明，而且寒凉。她连龙套都不是，大部分时间都和舞台队待在一起，跟宋小五学整理、修缮行头道具。她对这份工作并不排斥，甚至有点喜欢。那些蟒靠盔冠都是她从小穿戴惯的，可从前都是小五叔伺候着她，如今她跟着他一起伺候这些物件，方才看清它们有多美，而且美得珠联璧合、相映成趣。在台上没有人或物是孤立的，每一根金线、每一颗珠子都是戏中人身体的一部分，少了哪样，"美"都要打折扣。所谓"一台无二戏",在远离舞台的日子里她终于懂了。

《梨园将军》这出戏卖座不错,团长决定安排外地巡演。团里大多是年轻人,知道要出远门了自然兴致高昂,而小麦花丝毫没有要动身的意思。蒋凤仪问她怎么还不收拾行装,她连眼皮也没抬,偎在床上随口答:"我不去,坐不惯长途车。"

凤仪明白小麦花是有意留下陪她,心里一热,口中只说:"我再去小五叔那儿看看。你不是要洗头吗,我回来顺便把热水打了,你就甭出去了。"小麦花尖着嗓子娇滴滴道了句,"有劳了!"

凤仪跑到服装道具室的时候宋小五正带着两个小伙子在装箱。他今年还不到四十,但说话办事都透着老式箱倌的派头,容不得别人一点不认真。"小王,这戏中戏是武松的《蜈蚣岭》,你拿《打店》的行头干啥?"凤仪听了,伸手取过僧坎儿递给宋小五。

"小义,你来啦。我这儿没什么事,就快装完了。"他招呼了她一声,又接着叮嘱徒弟,"'宁穿破,不穿错'啊!说多少遍了!"

凤仪低着头在屋里转悠,几个敞开的衣箱摆得东一个西一个,她弯腰把它们搬回原处。墙角独躺着一只小号的箱子,无人问津,她走过去用手抹去灰尘,原来封条底下有"清凤剧团"的字样。这四个字像小火苗似的燎过心头,她在箱子面前蹲了下来。

宋小五张望过来，低声说："是那时候你爸给你置办的小行头，早就穿不下了。"

　　"能打开看看吗？"

　　小五默默走过来撕了封条。箱子一打开，凤仪霎时被晃花了眼——叠在最上面的正是她演《战太平》时穿的大靠，红缎平金，绣的是蓝白双龙戏珠。她摸了摸那苫肩、靠牌，全都那么小巧玲珑，连她自己也不敢相信这身披挂曾伴年幼的她跨马扬刀，横扫大小码头。她正对着箱子出神，突然外面一阵喧哗。

　　"团长，为什么不能演了啊！"

　　"你没看报纸？你这傻秀才有没有点敏感性？"

　　"可我这戏写的不是帝王将相、青天大老爷啊！"

　　"你这是不是'新编历史剧'？是就不能演！"

　　庄团长和小齐脸红脖子粗地争执着闯了进来，后面跟着几个年轻男演员。"快快快，都给我搬走！"团长指着屋里的戏箱一声令下。

　　"怎么回事？这是要干吗？！"宋小五睁大了眼睛。

　　"没你事儿！以后这些老玩意儿都用不着了！"

　　小五闻言像疯了似的抓着这个又拦那个，"你说啥呢？放下，快放下！没了行头还咋演戏啊！"团长扯开他的手，跳着脚喊："这都是封建毒草的行头！我跟你说，不赶紧处理了，有你们好看的！连我也跑不了！"

　　小五愣了一下，转头跑过去抢救地上那口小箱子，"这是我们的私房行头，你们管不着，不许拿！"

"你还敢提私有财产，真是他妈的资产阶级本性难移！甭理他，赶紧搬！"团长一招手，几个小伙子拥上来掰他的手，把他推搡到墙边。凤仪叫着"小五叔"拉住了他，不让他跟他们硬碰硬。庄团长背着手乜斜了她一眼，匆匆押着那些箱子出去了。

人去屋空，只有小齐还失魂落魄地站在门口。凤仪问他怎么回事。

"马连良有部戏被批了……很严重……"

"这跟咱们有什么关系？姓庄的要干吗？"

小齐扶了扶眼镜，沙哑着嗓子告诉她："以后传统戏和新编历史戏恐怕都不能演了。团长要……要把旧行头处理了……"

宋小五闻言哎呀了一声，夺门往外跑。凤仪和小齐也一前一后跟了出去。

斗鹌鹑

事情过去多年以后。

当吕娜试探着询问那些戏服是否都被付诸一炬时，蒋雏仪摇摇头。"后来剧团的书记老赵赶来了，好说歹说的，向团长保证由他来妥善处理那些东西。团长走了，他就带着我妈他们把戏箱都锁进那个危房似的老仓库了。"

吕娜和横山教授都不禁舒了一口气。途途坐在雏仪腿上，手里玩着那串老太太送给她的珠子，时而还要动嘴啃一啃，试练自己刚长出的小奶牙。吕娜把珠串抢过来，擦去上面沾的口水，终于抛出了心头盘桓已久的疑问，"蒋姐，我八卦一下，那个姓齐的编剧是……？"

雏仪低头握住途途的小手，轻挥了两下，笑答："就是我爸呀。"

有个哲学家曾说一切革命的年代都是浪漫的，甚至包括那些血腥、荒谬的至暗时刻。熟读理论的人认为那些被诟病的无序、无情、无理其实隐含着某个失落的社会构想，而另一些熟读人性的论者则坚称一切无非是权力与权术之争。在那场你方唱罢我登场的大戏里，理论和人性都是虚妄的，只有一张张面孔举目可见、触手可碰，是憎恨、胆怯、嘲讽，还是同情、信任、疼惜，全明明白白地写在脸上，复杂的人际关系和情感问题霎时变得非常简单。

　　蒋凤仪和齐克谐就是在那时走到一起的。

　　作为省剧团一把手的庄团长很快被打倒了，他异常敏锐的斗争神经并没有使他免于前任刘团长在"四清"中的命运。他以"喷气式"的姿态被押上了台，脑袋被死死按着，臀部高撅，两只胳膊被一左一右抻直作机翼状，这一高难度动作令台下个个身怀绝技的演员们看了也不禁倒吸一口凉气。

　　青年剧团里的人普遍年纪小、资历浅，故而运动初期革命小将们只揪出了两三个领导，与北京上海各大剧团横扫"牛鬼蛇神"的成就相形见绌。为了紧跟批深批透、彻底砸烂文艺黑线的斗争形势，小将们很快将目光聚焦到团里稍有名气的年轻演员们身上，于是"三名三高"*的罪名落到了蒋凤

---

*　三名三高：名作家、名演员、名教授和高工资、高稿酬、高奖金的合称。

仪脑袋上。尽管在近几年的历次风波中她的工资一降再降，但130块仍是个不小的数目，再加上年少成名的往事，她很快成了"黑尖子""毒苗子"。

在目睹许多次批斗场面之后，她本人终于被押上台前。第一次挨斗的时候她觉得恍惚而好笑，自己许久没演戏了，再次登台竟是这样的场景。会场里红旗招展，像火，像血，使她想起《战太平》里花云的那身红靠和他在法场上那句铿锵有力的"你老爷愿死不愿降"。戏演到此处总是掌声雷动，甚至连他的敌人陈友谅都要赞一句"忠勇双全，受孤家一拜"。

然而现实中的落难英雄从无礼遇，只有扔下井的石子。"蒋凤仪不团结群众！""蒋凤仪成名成家的资产阶级思想严重！""蒋凤仪的师父里通外国！"

最后，批判的炮火对准了她的要害，那些比她还要小几岁的少年们质问她："'男演女、女演男'是畸形下流的旧社会遗毒，你认不认罪？"

她不说"认"也不说"不认"，却吐出一句"妇女能顶半边天"。

那是"红宝书"里有的话，他们不禁愣了一下才强硬道："那是社会主义的天，不是你们'封资修'的天！"

"天还分主义的？"

底下响起一阵微弱的笑声，小将们觉得自己的光辉形象受了侮辱，一个十六七的男孩子走上前打了她一个嘴巴，"你不是功夫好吗？不是能顶天吗？那你证明一下吧。"

他们在专业人士的建议下选择了拧旋子这个最具观赏性且最耗体力的项目。她就在台上拧起来了，"1，2，3，4，5……20，21，22……43，44，45……"少年们认真负责地给她数着，渐渐的，他们的目光也流露出一丝难以置信。最后，那个男孩子轻轻伸出了脚。

旋子如飞的她落地了，台板"咚"地巨响，她一声没吭。

那一天的斗争取得了阶段性胜利，红旗摇曳，口号震天。

场子里的人走光了，小麦花和齐克谐跑到台上扶她。她趴在那儿很久了，倒不是觉得悲痛或丢脸，主要是累，太累了，腰腿像折了似的，身上都湿透了。见他们俩来了，她勉强骨碌起来，抹了一把脸，又是汗又是土，低声说："你们不怕人家看见？"

"笑话，姑奶奶才不怕那些小崽子呢！"小麦花攥住她的手。

"嘿，你刚才那句'妇女能顶半边天'真带劲儿啊，以人之矛，攻人之盾！"小齐说着掏出一块蓝格手绢，迟疑了一下，递给了小麦花，然后手枕着头躺倒在台毯上，故作轻松道，"说话儿就该轮到我上场了。'谁怕？一蓑烟雨任平生！'"

小麦花用他的手绢给凤仪擦了擦脸上的汗，朝他直撇嘴，"还扯酸文儿呢，就您这身板禁得住折腾吗？"

他叹口气，眼巴巴瞅着房顶，篡改了一句戏词，"打板子、上夹棍、丢南牢、坐禁监，管叫我思前容易退后难！"她俩都忍不住笑了，凤仪说想不到他还能唱两口儿。

运动是争分夺秒、不舍昼夜的。几天后的夜里，小将们到宿舍突然袭击，要带走蒋凤仪。小麦花披头散发地从中阻拦，被一个跟她年纪相仿的女孩厉声训斥，"你不是无产阶级苦出身吗？警告你不要香臭不分、站错了队伍！"

凤仪这几天一直和衣而卧，此时她已经穿好了鞋，两步跨过去把小麦花轻轻推开，一言不发地跟他们走了。

天快亮时她回来了，一猛子扎到枕头上接着睡。小麦花在屋里黑着灯等了大半宿，这会儿忙下床去掀开凤仪的衣裳瞅了瞅，没外伤，她刚松了一口气，再往上一看，愣住了——蒋凤仪被剃了阴阳头。

日上三竿，凤仪一觉睡醒，看见小麦花红肿着眼睛抱膝坐在自己旁边，吓了她一跳，"你咋了？"

"你还问我呢，瞧你自己吧。他们也忒会折腾人了。"

凤仪倒淡定得出奇，"嘻，不就剪头发吗，头还在脖子上就得了呗。"

"你还真心宽，可……"小麦花没继续说，但她会意了，摸摸自己坑坑洼洼的脑袋，确实没法见人。她在床上跷着二郎腿琢磨了一会，支使小麦花去找宋小五借剃头推子——他闲来喜欢票几出花脸戏，故长年剃光头。

推子借来了，小麦花哆哆嗦嗦地不敢下手，还是她自己抢过来，把右边完好的头发犁开了深深的一道沟，这才把推子塞回小麦花手里，"来吧！"

那一天，小麦花给她剃着头，她突然就想起了林冲、武松发配之前受的"刺面之刑"，原来羞辱人的方式古往今来都一样，施暴者费尽心思无非是想把人的身体凿刻成耻辱柱，而她偏不以此为耻。那发型本是特殊时期的无奈之举，没想到年过花甲之后，她的头发越剪越短，直追四十年前的秃小子造型，一派坦荡天真气。世事看遍，人老了，可是无所虑、无所惧的少年心不会变。

蒋凤仪面对批斗的态度既消极又积极，她没有认罪忏悔，也不揭发旁人，他们问什么，她便极简略地回答，让她做什么，她就很卖力地完成；斗完了，她就该吃吃、该喝喝，恢复体力准备再战。团里惶惶不可终日的人很多，有个唱老生的小伙子家庭出身不好，明明是唱文戏的，偏要来个高台翻下，以为摔伤了就能躲过一劫，谁知被一扇门板抬到场上，照斗不误。相比之下，蒋凤仪的反应很难让革命小将们产生成就感，她奈何不了他们，可他们也制服不了她。

这天，她又是半夜被叫起来交代罪行，结束后她打着哈欠往宿舍走，路过资料室的时候惊见有人正拖着一个藤箱艰难地往外挪，走近一看是齐克谐。

"你干吗呢？"她走路没声，一句话出口吓得小齐摔了个屁蹲儿。

"是你呀……吓我一跳！快，搭把手儿……"他从地上爬起来，催着凤仪帮他一起把箱子抬进了他那间小屋。

"这是啥呀这么沉？"

"是我整理资料的时候发现的，全是手抄的老剧本，不知是哪位老先生留下的。我想这要是给他们搜去，就完啦。"

凤仪随手拿出一本，翻开一看，那字迹无人比她更熟悉，登时心里像被大石头碾过似的。她深吸了几口气，轻道："你就把箱子撂这儿吗？保不齐他们也来抄你这屋子啊。"

她说着朝四处打量——除了一张单人床十分整洁外，这不到十平米的一间小屋几乎没有下脚的地方，桌上地上堆的全是书和稿纸。

"那怎么办？"

"藏到我们家去吧，乡下没人管。"她把那黄纸本子小心地放回箱子里，"这都是我师父默的戏本子。"

拨
不
断

　　一大早，蒋松霆打开院门差点惊了个跟头。女儿和一个戴眼镜的小伙子灰头土脸地戳在他面前，脚下是一只藤箱。然而最让他吃惊的还是——"小义，你脑袋咋了？"

　　"凉快儿。"她随口一答，埋头和齐克谐抬起箱子直奔里屋。蒋松霆紧追进去。小齐刚艰难地直起腰来，忙又向他鞠了个躬，"蒋老先生您好！"

　　"不敢当！小义，这是怎么回事？"

　　凤仪抱起桌上的茶壶，对着壶嘴灌了一肚子隔夜的凉茶，这才开口，"这是我们团的编剧小齐。那箱子里都是我大爷抄的戏本子。"

　　蒋松霆闻言忙蹲下身子察看，翻过一页页脆薄黄纸的手微微颤抖，"城里这又是闹哪出儿？丫头，你没事吧？"凤仪把父亲从地上搀起来，大大咧咧说："我好着呢。你快给我们弄点吃的去吧，饿死了！"父亲不放心地瞄了一眼她脑袋上不足寸长的头发茬，一步三回头地往厨房走去。

小齐跟着凤仪来到堂屋，有点局促地站在当地，见屋里显眼的地方挂了一张黑白照片。她走过去，平静说："这是我大爷……我师父。五八年走的。"小齐恭敬地站在一旁看着她熟练地点燃了三炷香，甩灭了火柴，又跪下磕头。

片刻，饭上桌了，几张熥过的烙饼，黄澄澄的一大碗现炒的鸡蛋，一盆小米粥。"吃吧，别嫌弃。"凤仪说着端起了碗，小齐却等到蒋松霆入座才拿起筷子。

凤仪瞥见父亲手里的东西，嘟哝道："爸，大清早你就喝酒呀！"

"这不是有客人吗。"父亲的话是冲着她说的，余光却把小齐从头到脚扫了一遍，那不减当年的武生派头震得小齐战战兢兢的。

蒋松霆倒了三盅酒，凤仪接过去，仰脖喝了，脸不红心不跳地接着夹菜吃饭。"嗬，行啊闺女，有长进！"他赞了一声，也递给小齐一盅。

"你能喝吗？"她放下碗瞅着他。父亲颇有点醋意，"我给他倒的又不是毒药，大小伙子有啥不能的？"小齐道过谢，从从容容与蒋松霆对饮了一杯，父女俩都有些出乎意料，他只笑说自己打小儿常陪祖母喝点素酒。

饭桌上蒋松霆得知传统戏不能演了，闺女也不能上台了，气得险些掀了桌。十几年心血，他让女儿演生不演旦，以为这样便能拒下流的目光于千里之外；他陪女儿练就一身文武双全的本事，以为这样就能保她出人头地、邪不近体。作艺的路不好走，他早就知道，也做了许多筹划，可万万没想到此时挡在面前的不是某个歹人或某件倒霉事，而是……一场翻天覆地的"运动"。

"小伙子，你有文化，你给叔说说，这是啥道理？外头真刀真枪地乱斗，咱老老实实唱戏的倒成了'大逆不道'了？凭啥男的就不能演女的、女的不能演男的了？那梅兰芳演的杨贵妃不比女人还女人？"蒋松霆喝多了，提出的问题却很深刻。小齐真的在思考，却一时无解。他没有想到，界线的划分正在成为一切行为和表达的基础，是与非，正与反，红与黑……必须划清，不容模糊，无法逾越；男与女之间的那一道自然也不例外。

古老的戏曲艺术曾给了蒋凤仪在台上跨越生理性别的权利和方法，而现在，那道界线的一侧是她的肉身，另一侧是她的艺身，二者的割裂注定要给她的青春岁月留下无法弥合的伤痛。

那天饭后，小齐帮着蒋凤仪把醉酒的父亲架回床上。她泡好一壶茶放在床头，跟小齐说了声"走"，两个人便回城去了。一直到坐上客车小齐还在念叨，"咱这么走了，你爸没事吧？"

"没事。"

"你爸挺有意思的，看得出来，有功夫……"

"是，他以前也是唱武生的。"

"你在你爸面前，跟你平时不太一样……"

凤仪不好意思地笑了笑，酒劲未散，脸上还是红扑扑的。突然，她想起了什么，在兜里摸了半天，掏出了批斗会那天他递上的蓝格手绢，"洗了，一直忘了还你。"

"你拿着吧。"

"别，我最怕欠人情。"

她的话跟她的眼神一样直白清澈，小齐只好接过了手绢，顺手把眼镜摘下来擦了擦。他的心情如自己此刻的视线般迷茫，耳朵却敏锐地捕捉到她音量极小、接近于自言自语的一句话。她说："我还能再唱戏吗？"

他沉默了好一会儿，最后还是坚定地说出一个"能"字，她没再答话。他扭头一瞧，她已经靠着车窗睡着了。彼时特殊的"发型"令她清峻的五官一览无余，也许是稍嫌不柔美的一张侧脸，紧抿着唇，鼻梁和眉峰的线条都很锋利。但看她在那儿蜷成一团，小齐第一次发现静止的她原来那么瘦小。

齐克谐的批斗会发生在三天以后。此前他只是陪绑的，没想到小将们在他身上渐渐挖出了宝藏。

"你为什么要写《梨园将军》这个剧本？居心何在？"

"没什么居心，就是想表现民国时期的戏曲工作者投身革命事业的热情。"

"放屁，戏子投身哪门子革命！戏子是无产阶级吗？！我问你，谁封的他们'梨园将军'？"

小齐刚吐出第一个字音脑袋上就立刻挨了一皮带，他们大叫："那是'走资本主义道路的老祖宗'！"

他张口结舌，看着他们把他的剧本掷在地上，又踏了几脚。一个小将向台下高呼："齐克谐的创作路线错误是由他的阶级本性造成的！你们知道他是谁吗！"众人都说不知道，凤仪和小麦花也一头雾水，因为大家都看到他除了一副瘸腿眼镜和满屋子书以外几乎身无长物。

"你们家在哪，都有什么人？"

"我在北京长大，从小家里只有我跟我奶奶。"

"那清政府陆军部承政司司长齐泊远跟你什么关系？"

小齐咽了口唾沫，"是……是我爷爷。但他去世很早，我……"

"低头！"小将抓着他的脖领子往下按，"翰林院编修、甲辰科二甲进士'齐桂员'又是你们家什么人！"

"'桂筼（yún）'……不是'桂圆'……"他意识到斗争热情高涨的小将们早已把他的底细摸了个门儿清，只好坦承，"是我太爷爷。"

凤仪听见"进士"两个字，暗吃了一惊。

"同志们清楚了吧！前几天南拐子东街刚查抄的'老进士府'就是他们家的老窝！"

底下哗然一片。小齐戴上了为他特制的"高帽子"，两边颤巍巍的大红帽翅体现了小将们的匠心独运 —— 他们选取的参照物是戏曲舞台上的状元帽。那天他就戴着它跪在台上，亲手把自己的剧本一页页撕了，扔进面前的火盆里。

当天晚上，凤仪没告诉小麦花，自己悄悄跑到了齐克谐的小屋。门没关，她看见里面一片狼藉，那些书墙被推倒了，遍地纸砖墨瓦，而小齐正坐在废墟上全神贯注地读着一本书。她敲敲门走了进去，他给她扒拉出一条通道，让她坐到床上去，"那儿还干净点……他们这一翻腾，倒把我找了好久的《新乐府》刨出来了。"

她不坐，静立在他面前，"没想到你……"

他闻言放下书，无奈道："让你见笑了，不堪回首、不堪回首。"

她脱口而出："你是不是还有个三叔在……"

小齐的脸唰地白了，没等她讲完就抬手捂住了她的嘴。他手上尽是灰尘和油墨味儿，她一愣，仰头朝他忽闪着眼睛。

"对不起、对不起……"他反应过来，忙后退了一步，转身把门关了，不敢再直视她。

"齐钧广真是你三叔呀？你别怕……"凤仪小声道，"我大爷认得他。"小齐这才抬起头来，试探地问："就是你家里照片上那位？他怎么称呼？"

"严松霁。他跟我爹妈还有我姨以前都在春雀社。我爸说你三叔还帮他们写过唱词呢。"

小齐如释重负地坐回到书堆上，心头竟冒出一丝喜悦，

"原来如此。我那会儿小，只知道我三叔老跑戏园子，常去看什么春雀班儿的戏，我让他带我去，我奶奶不让。我也不瞒你，他走了以后我们就回北京住去了。解放以后报户口，我奶奶怕惹是非，没报我三叔的名字。幸好老太太英明，不然我今天就不是'戴高帽'那么简单了……"

同病相怜莫过于此吧，凤仪心下感慨，问他今后如何打算。他抓抓头发，苦笑说："一时半会儿不能拿笔了。'江湖上，遮回疏放，作个闲人样'吧。这是我太爷爷留的家训，也算'四旧'了，但我现在觉得特有道理。"

凤仪听着似懂非懂。她想了想，从兜里掏出一个方方正正的纸包递给小齐，说声"留着吃吧"就走了。小齐打开一看，是桂记的麻花。

醉乡春

"全面夺权"很快开始了，造反派内部纷争顿起，省剧团里也出现了"千钧棒战斗组"和"八大锤灭资队"两大对立派系，孙玺是后者的队长。惯演英雄的他在那场大动干戈的武斗中找到了某种远比"戏"更精彩、更真实的满足感。多年后的人们回首往事，如同旁观一场闹剧；而当时的他和他们却相信自己能够横刀立马，从戏中、梦中杀进现实。

更多的人则被刀光剑影乃至土造的枪炮吓破了胆。那段时间，蒋凤仪带着小麦花和齐克谐躲回了乡下。小麦花确实是坐不惯长途车，路上吐了个一塌糊涂，直到呼吸了乡间的泥土青草气息才缓过劲儿来。蒋松霆见到她们十分欢喜，毕竟他长年寂寞地守着这座独门独院，现在一下有三个孩子陪在身边，纵是外面天塌地陷他也不在乎了。

小麦花嘴甜，一口一个"叔"地追着叫，哄得蒋松霆喜笑颜开，直说"这小黑丫头怪惹人疼的！当初给小义送铺盖，见那一面儿我就知道你这孩子是个热诚人"。凤仪独坐在小板凳上剥花生，自剥自吃着说："这么喜欢她，你让她叫你爸得了。"

小麦花趴到她肩上抢了一粒花生，"吃醋啦？你别激我，我可真敢叫！"凤仪知道她年少失依，痛快道："你叫！我反正没什么别的，就这么个老爹，分你一半儿呗。"

小齐在一旁看热闹，见小麦花果真跑到蒋松霆面前叫了一声"爸"，叫完就红了眼圈。他豪爽地大声应了，拿小拇指蹭去她脸蛋上的泪，"好，好，我今儿多了个漂亮闺女！爸给你们做饭去！"

他出了屋，小齐走到屋子中间学小麦花擦眼抹泪的样子，调侃说："这一出父女情深可太感人了，比《打渔杀家》*还感人！"

小麦花白了他一眼，目光也捎带上了凤仪，"你也想认爹呀，不能够了。只能认老丈人了！"凤仪闻言照着她的脑袋扔了颗花生米，起身去了厨房。

在厨房里，她要给父亲打下手，可是他不让，"这不是你

---

* 《打渔杀家》，老生、花旦常演的一折戏，讲述一对渔人父女反抗渔霸、官府。

该干的事儿！"

"那我现在还能干吗呢？天天练功唱戏怪累的，现在歇歇也挺好。"她舀了几碗米，用水一淘，米差点流出去一半。父亲把盆抢过来，提高了音量，"歇歇？有你后悔的时候！"

她不语，暗叹父亲太不了解外面的形势；其实她也不了解，只知道自己曾经以为永远过不到头儿的那种以戏为生的日子如今过不下去了，从小父亲教她的那套"练苦功、当大角儿"的理论也不适用了，甚至是应该批判的。

而蒋松霆只用一句老话告诫女儿，"十年河东，十年河西。"

晚饭后，他们在院里支起个小桌，小齐陪蒋松霆下起了象棋。他谨慎地避免占上风，可也严防死守地不让蒋松霆多吃他的棋子。凤仪伏在父亲背后瞎出主意，导致他连连损兵折将，惹得他直骂女儿添乱。

正在蒋松霆急躁求胜之时，院门口忽然来了好几个乡亲，他撂下棋走过去。小麦花杵杵小齐的胳膊，"哎，你就不能让老爷子痛痛快快赢一盘？"

"这你就不懂了，"小齐敲着棋子轻声说，"老爷子这脾气，你让着他，他才要恼火呢！"说罢他带笑抬眼望向凤仪，"我猜得对不对？"

凤仪不语。遮着月亮的晚云忽然散开了，使她蓦地看到了映在他那眼镜片上的她自己小小的影子。不待她回答，院门边传来父亲一声大喊，"小义！"

她忙跑过去，父亲揽着她的肩头说："大伙儿知道你回来了，都要听你唱两句呢。"

"现在？"

"啊，这不闲着也闲着吗！"父亲眼睛一瞪。

"是啊小义，来段儿《战太平》，要不然《借东风》！忒长时间没听老戏了，心里痒着哩！"老乡们的满脸期待在黑暗里也看得一清二楚，可她为难地拽拽父亲的衣角，"爸，上头不让唱老戏了……"

这时小麦花溜达过来，叉着腰说："怕什么？他们还能跑到这儿来斗咱？"大伙儿跟着起哄，她顿时更来劲儿了，拉着凤仪提议："咱俩来个'别窑'！"

噼里啪啦的巴掌声在黑夜中响起，凤仪心里一热，点了头。

没有行头，小麦花却突然跑回屋，拿出一盒胭脂。凤仪惊问："你咋还带着这个？"

"这不是用上了吗！"她用指尖蘸了一点，兴冲冲地在凤仪额头上抹了一道冲天炮，"好啦，画了英雄扦儿就是英雄了！"

这就算扮了戏。伴奏也没有，蒋松霆口里念起了锣鼓经，"大台、仓七、七七、才台……"薛平贵和王宝钏就这样凭空出现在人们面前了：她是寒窑里等待丈夫归家的年轻妻子，而他身披铠甲立在窑外，踌躇着不知如何告别——他将要远征西凉了。

薛平贵：三姐休要泪交流，丈夫言来听从头，十担干柴米八斗，你在寒窑度春秋。守得住来将我守，守不住来你就把我丢！

王宝钏：薛郎说话无来由，为妻言来听从头。干柴十担米八斗，我在寒窑度春秋。守不住来也要守，饿死寒窑我不回头！

　　五年前，蒋凤仪和小麦花的这段执手对唱曾赚走了很多人的泪，而今依旧。此时传统戏已遭禁演，封建礼教下的贞操观更是糟粕，可世人为什么总也割舍不下薛、王的故事呢？也许王宝钏从不仅仅是烈女节妇吧，她还是彩楼上抛绣球的烂漫少女，是与父亲三击掌的叛逆女儿，是与丈夫难舍难分的新婚妻子，她是美的、活的、真的，渴望掌控自己的命运和情感，然而到头来她能掌控的却仅有自己的贞节。

　　对政治、战争乃至男人的心，她终归无可奈何。

　　至于薛平贵，他薄情，世故；飞黄腾达了，仍是可悲的人——十八年后的他纵然贵为西凉王，外貌与内心也无非是个普普通通的中年人，有和普通人一样的五绺髯和一颗意悬悬的私心、疑心。人们对他的责问又何尝不是对自己、对岁月的感怀呢？"少年子弟江湖老"，他的少年气和一腔无顾虑的爱大概都留在了十八年前的寒窑里。

　　王宝钏：从空降下无情剑。

薛平贵：斩断夫妻两离分。

王宝钏：流泪眼观流泪眼。

薛平贵：断肠人送断肠人。

　　小院已经里里外外围满了人，门口的树上还骑着几个孩子，高兴得像过年一样。凤仪抓着小麦花的手，小麦花没有水袖，可是眼里确有莹光在月影下流转。掌声与喝彩响彻小村庄。情感的共鸣总是超越意识形态的，人们忘却了外面轰轰烈烈的革命，放肆地沉浸在一对年少夫妻的离愁别绪里。

　　小齐站的位置使他只能看到戏中人的侧影，却依然无比心动，心动至思绪纷乱。她不是她，她又变成了"他"……她是薛平贵……抑或，她也可能是王宝钏？眉间画着英雄扦的她若是扮作青衣会是什么样子呢……

　　不知何时，蒋松霆口中的锣鼓停了，人群仍迟迟不散。过了许久，他向大伙儿作个揖，拉着两个闺女，左看看，右看看，长叹一声："这么好的孩子，这么好的戏，咋就不让演了呢！"

　　三个年轻人在乡下避难期间正赶上播种，于是她们也常去地里帮忙。小齐很卖力，但手很笨；小麦花很灵巧，却总是偷懒。只有凤仪既勤又巧，很快掌握了划锄、壅土、施肥等各种技术，她是如此专注，仿佛自己的身体能在劳动中获取某种替代性的发泄与满足。父亲并不支持她这么辛苦，他说"腰得保护好了"。可为什么要保护呢，护好了又能如何呢，她的身体还拥有农活以外的用武之地吗。他没说，她也没问。

乡亲们也常叫她歇着，因为都爱听她在地头上唱两嗓子。她初时不肯唱，可是父亲钦点了一出《文昭关》，她不能不从命。

> 一轮明月照窗前，愁人心中似箭穿……一连几天我的眉不展，夜夜何曾得安眠？俺伍员好一似丧家犬，满腹的冤屈向谁言？我好比哀哀长空雁，我好比龙游在浅沙滩，我好比鱼儿吞了钩线，我好比波浪中失舵的舟船。思来想去我的肝肠断，今夜晚怎能够盼到明天？

唱着唱着，从前不耐烦的二黄慢板似乎唱出滋味来了，以情带声，情到了，腔也自然饱满了。少年不知愁滋味，青春正好的她却早早知道了。一夜白头的忧思从字头渗到字尾，在荒烟蔓草之间飘荡，听得许多人把锄头杵着地，忘了劳作，亦忘了谈笑。

三个月后，她们听说城里消停了一些，于是打算回团。临行前一晚，月洒庭前，如同布好了光的舞台。小齐感叹这么好的月亮，该唱昆曲。蒋松霆赞同，朝女儿一努嘴，"小义，来段儿《夜奔》。"

然而她摇头，说不想唱。

浮云飘过天际，月色忽然黯淡了。小麦花清清嗓子，站起来自告奋勇："男怕'夜奔'，女怕'思凡'，小义唱得够多了，今儿我来一个吧。"

那仁人还没反应过来，她已经上了场。

"今日师父师兄都不在庵。不免逃下山去，倘有机缘，亦未可知。有理吓，有理！"

道白念罢，小院霎时成了深山庙庵。小麦花且舞且唱起来。这其实也是一段"夜奔"，情绪却迥乎不同，小尼姑的心宛如春风吹起的一团火，摧枯拉朽地从庵内烧到庵外，从山上烧到山下。

> 奴把袈裟扯破，埋了藏经，弃了木鱼，丢了铙钹。学不得罗刹女去降魔，学不得南海水月观音座。夜深沉，独自卧，起来时，独自坐。有谁人，孤凄似我？似这等，削发缘何……

戏里山路回环，一如少女的柔肠百转。云步、蹉步、倒步，步步崎岖，也步步欢喜。行一步，便双掌一合十，枝枝叶叶、江湖流沙从身畔掠过，毫不萦心，从此口中念的、眼中盼的再不是"佛"，而是……

> 下山去寻一个年少哥哥，凭他打我、骂我、

说我、笑我，一心不愿成佛，不念弥陀般若
波罗！

小尼姑娇羞满面地一挡脸，“好了，且喜被我逃下山来了！”

“山下”的三个人都看呆了。

“我唱得怎么样啊？”小麦花噘着嘴在他们面前直摇晃手，他们这才大梦初醒般地鼓起掌来。“这小丫头，眼里、身上真有戏啊！”蒋松霆竖起大拇指。凤仪不止于赞叹，简直有些倾倒了。小尼姑的逃奔跟林冲不一样，她没有怒火，没有悲愤，而是像水一样在流淌，涟漪一圈圈散开了，直荡进人心里去。

“你这凡心萌动的感觉确实演得妙啊！”小齐若有所思地扭头问凤仪，“不知道小麦要是演李铁梅那种一心革命、无欲则刚的角色会是什么样？”

她俩都没留意他的提问。

一折《思凡》唱尽了一个小尼姑的情与欲，艺术又把情欲提炼成了纯然的美。他们在陶醉其中的时候并不知城里的武斗以一种荒唐而惨烈的方式结束了。许多年轻人把情怀、欲望乃至生命错付给那场乱战，它是否师出于理想，已经不重要了。

事后不久，孙玺因“策划、指挥、参与械斗致无辜群众伤亡”而被捕入狱，判刑八年。

二郎神

　　离开乡下，齐克谐先跑了趟北京探望祖母，蒋凤仪和小麦花则直接回了剧团。俩人一进大院就觉得气氛不一般，不但混乱一扫而光，而且整肃得有点瘆人——她们并不知道此时军宣队、工宣队已进驻了各大学校和文艺单位。

　　往宿舍走的路上，她们听说了武斗惨剧以及孙玺入狱的事，彼此都很沉默。凤仪心情复杂。孙玺跟她同是武生行当，她幼年随父亲在老仙和剧院搭班儿时就认识他了。长久以来他们暗暗较着劲，虽然鲜少说话，但她总能从他眼里看到敌意，并始终不解其故。她深谙师父被"揭发"的事与他脱不了干系，却无从知晓她四岁扮小猴救场时曾无意中抢了他的风头。伶人的恩怨无非围绕着台上那点儿事，如果玺子踏踏实实唱下去，他会是个好角儿。可惜他在"革命风云"里丢了唱戏的心，也丢了八年大好时光。对此，小麦花也黯然神伤，原因很简单，在一众温温吞吞的老生和脂粉气的小生里，孙玺曾是唯一略接近她理想中男子形象的一个。

午饭时，凤仪和小麦花照常勾肩搭背往食堂走，猛地听见后面有人呵斥"像什么样子！"她们吓得僵住，扭脸见一队人马，领头的中年人看上去年过三十，眉间已有川字纹，但熠熠有神的眼睛很显年轻。

他目不斜视地问她们是否为剧团成员、叫什么名字。她俩慌张得语无伦次，队伍里有人说，"这是领导咱们团革命工作的军代表 —— 徐烽同志，你们好好答话！"俩人一五一十作答后，他略点点头，通知她们下午全团开会。她俩答应着，见没事了便抽身要溜，背后又传来洪钟般的一声命令，"排成一队走！"

那天的午饭正好有小麦花爱吃的炒辣椒，她辣得直吸气，嘴里还不饶人，"那帮小崽子刚走又来了这么一群人！走道儿他还管……偏他多长了一只眼？当自己是二郎神了……"

凤仪忍不住哈哈大笑，往她碗里塞了一筷子辣椒，让她少说话。

饭后她们去开会，场子里比往常少了一些人，也多了一些人。靠边的位置坐着个四十来岁的女人，黑缎子似的头发高盘起来，勉强遮住了被剃过头的痕迹，胳膊肘闲闲搭在椅背上，衣服虽旧，周身却透着一派掩不住的雍容气度。她旁边是个瘦长脸的男人，略显苍白憔悴，但脸刮得干干净净，看着比那女人年轻几岁。

"欸，那俩人好像是……"小麦花突然兴奋地跟凤仪耳语，话未讲完，徐烽已快步走到人群前了，他立正，"啪"地敬了个军礼，全场顿时安静下来。

"经过一段时间的努力，我们成立了革委会，组织学习了毛泽东思想，实现了群众组织的大联合，'斗批改'工作已取得初步成效。作为青年京剧团，我们这个单位要发挥特长，做到'又红又专'，拿出优秀的无产阶级文艺作品来奉献革命！有个好消息，前天接到通知，我们团刚刚被指定为样板团了！"

大家赶紧鼓掌。徐烽微蹙着眉摆摆手，"当前我们最重要的任务就是排演革命样板戏，首个剧目是《红灯记》。现在人员也差不多都归团了……"

他正说到此处，齐克谐挎着个布包气喘吁吁地跑进来，看见不怒自威的徐烽，紧急刹住了脚。

"下次进门要喊报告！"

"是、是……报告、报告……"小齐唯唯诺诺地应承着，赶紧找了个角落席地而坐。他抱着自己的书包，目光在全场寻摸了一圈。坐在另一个角落的小麦花朝他挤挤眼睛，凤仪则始终低着头。

徐烽接着说："上级已经初步排好了演员名单。但李铁梅的人选还没有敲定。明天早上七点全体女演员在排练厅集合，任何人不得缺席、迟到！"

晚上，水房里，小麦花手握满头泡沫盈盈的青丝，正垂着脑袋等凤仪给她冲洗。凤仪打开水龙头往壶里兑了些凉水，在她头上先浇了一点，"烫吗？"

"正合适，来吧！"

于是凤仪提着壶徐徐把水注了下去。水流和黑发纠缠在一起，她愣愣地望着，问小麦花："你说明儿早上开会，我去吗？"

"去啊，干吗不去？"

"我又不是演旦角儿的。"

"人家'二郎神'说的是全体'女演员'，不是全体'旦角儿'。你不是女的啊？敢违抗军令？"

凤仪听见那个外号，乐得手抖了，水淌进小麦花脖领里，惹她尖叫起来。半晌，小麦花洗完了，用毛巾裹了头发，一串水珠从发间滚落到她紧致光滑的脸颊边。她信手抹去，晃了晃水壶，"你洗不洗？我去给你打热水。"

"不用。"凤仪说着拧开水龙头，把脑袋扎了下去，后背立刻挨了小麦花一下打，"天儿凉了！你不是还来着那个呢吗！"

凤仪不在乎，快速搓洗着她那一头小短毛，突然想起了什么，"小麦子，你今儿开会之前说那女的是谁？就是坐在最边儿上那个。"

"岳鸿霞！大角儿呀，不光戏唱得好，解放前还在上海演电影呢。人家本工是青衣，也唱刀马旦，听说是上头觉得她嗓子厚实，让她改老旦，到咱这儿演李奶奶。"小麦花说着神秘兮兮地靠过来，"你猜坐她旁边那男的是谁？"

"谁啊？看着岁数不大。"

"是她'官人'！白少杰，世家出身呀，唱老生那个白钰杰的儿子。这回两口子演母子俩，有意思，不过本来他们也差着小十岁呢。"

"这些花边儿就你门儿清！"凤仪关了水龙头，猛甩着发梢上的水。小麦花忙拿毛巾蒙住她的脑袋，"你没听说过？当初他们结婚的新闻传得沸沸扬扬呀，白少杰他爹都跟他断绝关系了！"

次日，蒋凤仪和小麦花到排练场后吃了一惊：除了留短发的，所有姑娘都在脑后编了条铁梅式的麻花辫，长短粗细不一，但都系着红头绳。这下，不光凤仪，连小麦花的发型都显得扎眼了，她的头发又多又硬，总是高高地梳个马尾巴，吊得眼角眉梢都像勒了头似的飞起来。这会儿她正在跟凤仪咬耳朵，背手而立的徐烽突然看了她一眼，她忙立正站好，偷偷对着凤仪指了指脑门。

"都到齐了吧？"徐烽照着名单开始点名，最后一个点到的是蒋凤仪，"你就是那个唱武生的？"

她点头。

"小小年纪，封建作风！你之前在什么岗位？"他语气很严厉。

"舞美队。"

"那就继续吧。跟着队里的工人同志好好学习，彻底改造好之前不能上台！"

凤仪闻言，面无表情地抬脚就走。小麦花追到门口时听见徐烽说，"麦红旗同志，你干吗去？"音量不算大，但语气令人不敢违抗。她只好悻悻退了回来。在徐烽训话的时候，岳鸿霞一直在排练厅的空地上来回走动着，一双丹凤眼扫视着屋里的女孩子们。

出乎所有人的意料，在几天的考察筛选之后，对排演现代戏一直最不积极的小麦花被选定为李铁梅的A组扮演者。是岳鸿霞力荐了她，因为"这孩子有武旦底子，手脚放得开，适合演现代戏"。

岳鸿霞是从干校"解放"出来戴罪立功的，她的话并不完全受人重视，但徐烽支持了她的意见，是出于一个更直观的理由——"皮肤黑一点更像劳动人民的孩子。"

小麦花得知这消息之后十分头疼。凤仪正在屋里拿大顶，小麦花大头朝下的身影在她眼前飘来飘去。"别转磨了，看得我都晕了！多少人眼红这角色啊，估计这会儿都偷偷骂你呢。"

"干吗还'偷偷'，就差拿着大喇叭冲我喊了。说我这么个野台子出身的落后分子凭什么演样板戏！"小麦花冷笑一声，"谁稀罕演啊。梳那么个大辫子，穿个小红袄，多土！"

凤仪把腿放下来，平躺在床上望着房顶，"你不是说会走道儿的就能演李铁梅吗，反正手拿把攥的，你就上吧！能拿不少补贴呢，到时候别忘了请我吃饭啊！"她嘴上说得很轻松，可心里另有一番滋味。

样板戏并没有小麦花想象的那么好演，她穿上了演员组统一发放的"样板服"，吃上了油水颇足的"样板饭"，同时每天不得不早出晚归，每一句唱腔、每一个动作都要精雕细琢，甚至场景转变之间换服装的时间都要精确到秒。

许多个夜晚，凤仪在枕上侧头盯着旁边空空如也的床铺，恍惚觉得自己又回到了十二三岁的时候 —— 回到了师父去世之后、小麦花来到之前的那段形单影只的日子。

也许只有一点不同。

每天她在后台给演员洗练功服、熨行头或是擦道具的时候，小齐都会来送报纸 —— 他如今在文印室打杂。见面时不能多交谈，但渐渐地，她意识到自己似乎每天都在等着他来。

这天服装室里只有她和小五叔在，小齐把当天的报纸放下，发现前一天的还原封不动地摆在台面上，而她正蹲在地上专心致志地擦着戏中日本兵穿的皮靴。

他弯腰接过她擦完的厚重靴子，一双双码齐，口中若无其事问："没看报纸？"

她嗯了一声。

"没意思？"

她又嗯。

他扭脸瞅了一眼埋头忙碌的宋小五，小声对她说："改天带你去淘换点有意思的？"

她握着鞋刷子抬起头来，见小齐漾着澄澈笑意的眼睛在镜片后面眨了眨。

文
如
锦

几天后的一个清晨，齐克谐借了两辆自行车，叫上蒋凤仪去"淘换好东西"。他神神秘秘的表情多少在她沉闷的心里激起了几朵水花。他们一路往城郊骑，他竭力给她解闷儿，但她的话始终不多，直到视野里出现了农田才忍不住问："还没到啊？这是要奔哪儿啊？"

"快了！你还怕我把你拐跑了呀？"

凤仪嗤了一声，"就凭你？"

小齐笑了，"是是是，好汉，小生不敢。下来吧，到了。"

面前是一条窄巷子，却有不少人挤在里面游逛，巷口还有个戴毡帽的半大小子警惕地转来转去。凤仪迟疑地住了脚，"这什么地儿？"

"黑市。"

"投机倒把啊？"

小齐乐了，"这么说也可以，不过'倒'的不是别的，全是书。走，瞧瞧去！"

他们在一个中年汉子的书摊前站住，摊主似乎认得小齐，向他略一点头。小齐跟他攀谈起来，忽听凤仪惊叫了一声，"这不是……禁书吗？我昨儿看报纸上说的……"小齐见她手指着《林海雪原》和《青春之歌》。

摊主揣着手，似笑非笑地瞥了她一眼，"这姑娘说话真有意思……现在除了'红本本'，啥不是禁书？不为这个，大老远跑这儿来干吗？"

"您甭见怪，她没来过。"小齐打着圆场翻了翻那本《林海雪原》，"眼下到处都在唱《智取威虎山》，这原著反倒不能见天日，唉……"他叹口气，扭脸看向凤仪，发现她正饶有兴趣地捧着一本带插图的《水浒传》，便问："这你还没看够？"

她低头不语。

"不会吧……你演了半天梁山好汉，没看过《水浒》啊？"他恍然大悟，随即问老板："这怎么卖？"

"这书八成新呢，您给两块钱吧。"

小齐搭眼一看封面，不紧不慢道："这是古林出版社前几年按双峰堂本子出的简本，在市面上似乎卖得不怎么好吧。"

摊主咂咂嘴，"得，您是行家！一块五，我认了。"不待小齐再开口，凤仪已经麻利地把钱递给摊主了。

"这姑娘痛快！"那汉子揣起了钱，又满脸坏笑地往小齐跟前凑了凑，"小哥们儿，我这儿还有好的，你要不要？"

"什么？"

"外国的——"他从一摞线装书底下摸出一本硬壳精装书推到小齐面前，压低了嗓子，"带色儿的！"小齐低头一看，哈哈大笑，"好啊，我买了。"这次他没讨价还价，掏了钱便把书撂到了凤仪手里。离了这小摊，他还一脸美滋滋地摇头晃脑，凤仪狐疑地捅捅他，"哎，你买的这什么书？不正经的东西我可不要。"

他忙正了正脸色，告诉她："别，别，这是正经好书，现在难淘换！中国戏你演得多了，也该读读人家英国的戏剧。"

凤仪闻之瞅了眼书名——《温莎的风流娘们儿》。

齐克谐带凤仪偷偷摸摸买的那些书在很长一段时间内慰藉了她枯寂的精神世界，甚至可以说，那是她系统性地接触文学和历史的起点。舞台向她关闭了，书籍却为她打开了一个新世界，于是从未进过学堂的她始知戏、书、人都是可以被禁的，但思想不死，滚烫的暗流永远奔往自由的方向。

与此同时，小麦花正奔忙于另一个世界，那里有另一种话语和意识形态，自然也有另一套美学。以极高艺术水准闻名的样板戏的确也是美的，但它的美建立在排他性的暴力之上，不容置疑地抹去了帝王将相、才子佳人的位置……

"手、手，收起你的兰花指！停！'宪兵和狗腿子借检查故意刁难人',铁梅是什么心情?你怎么那么高兴啊?!重来!"

排练场上,徐烽的吼声一直不断,小麦花和白少杰只好反反复复地演着铁梅出场这段两三分钟的戏。敲锣打鼓一上午,军宣队的人听得脑仁儿都疼了,再也坐不住,终于一哄而起拉着徐烽吃饭去了。

他们离开后白少杰捶着腰走下来,接过了妻子递上的小茶壶,冲她夸张呻吟,"哎哟,可坐下了,累着我了。"岳鸿霞抿嘴笑了,伸手给他捏肩捶背。

"白老师,对不住啊,排了这些天了,我这出场都没出去呢!"小麦花又急又愧,恨道,"那姓徐的抓脚脖子号脉——装什么假内行!"

白少杰适意地呷了口茶,语气一扫疲态,"小麦啊,没事,毛主席教导咱'一不怕苦,二不怕死',这刚哪儿到哪儿啊,我还挺得住!"

"别耍贫嘴了!"岳鸿霞拍了他一下,招手叫小麦花过来坐,"你这出场啊,人家没冤枉了你。你是带着花旦的行当上的场,不是带着戏上来的。"

小麦花瘪瘪嘴,心服口服地叹了口气,"岳老师,您知道的,咱这行最忌讳死脸子,我妈说亲爹死了也得在台上笑!我小时候被打怕了,现在要改还挺难。"

"嘻,都一样,慢慢改吧,这现代戏的演法儿跟老戏不一样。"岳鸿霞指指丈夫,"他不也得改吗!诸葛亮改扳道工了。"

白少杰私下的举手投足带着羽扇纶巾的潇洒劲儿，可上了台一拎起号志灯就俨然成了钢铁意志的李玉和，尽管他个头并不算高大魁梧。小麦花深感佩服，向他请教秘诀。他只漫不经心说："没什么，做戏做戏，做就是了。要说这军代表，还真不是假内行，确实指点了我不少。"

"就凭他？！"

"说起来他也算咱的半个同行呢。"岳鸿霞朝小麦花微微一笑，"听说小时候在老家是学戏的，不知学的什么地方戏……参军以后被个老干部提拔……"

"我的姐姐，您怎么什么都知道！"白少杰把小茶壶送到妻子唇边，半开玩笑地打断了她的话。小麦花看着这对名角儿夫妻的打情骂俏，颇觉有趣。

一个多月后，终于要排到"痛说革命家史"了，这一场是李奶奶和铁梅的重头戏。晚间，小麦花在宿舍坐立不安，一会儿哼两句，一会儿走走身段，最后心烦意乱地冲到凤仪床边，抢过她手里的《水浒传》扔到一边。

"你看我这么闹心也不理我！天天就捧着这几本破书，齐大才子把你也带成女才子了是不是？"

凤仪把书捡回来，反击道："你怎么不说你前一阵儿不见人影，连吃饭都要放我鸽子？"

小麦花自知理亏，躺到她身边，声音软下来，"小义，明儿要排'说家史'了，岳老师说我演的情绪还是不对。怎么办啊，'二郎神'又要训我了！当着那么多人，回回让我下不来台！"

"说家史？"凤仪想了一会儿，"'断臂说书'不就是说家史吗，陆文龙也是父母双亡的孤儿，你想想他啥心情？在台上咋演的？"

陆文龙是孙玺以前常扮的角色，《八大锤·断臂说书》也曾是剧团的代表剧目。小麦花眼睛一亮，跳下床就跑。

"哎，这么晚了你干吗去？"

"我去排练厅走一遍！"

"真是士别三日，当刮目相看。"凤仪又找补了一句，"对了，陆文龙是听了半天书才听明白，李奶奶可是开门见山说的，李铁梅的震惊劲儿估计比陆文龙还大吧。"

"还是你脑子好使！早点睡吧，别看书了，小心让人揭发了你！"

"你不说谁知道！"凤仪在床上跷着二郎腿又翻开了书。

小麦花跑到排练厅，见里面亮着灯，偷扒着门一瞧，竟是徐烽脖子上挂着铁链正在走李玉和出监那场戏。一句"狱警传似狼嗥我迈步出监"唱得酣畅淋漓，跟着是一串横蹉步接单腿转身，蹁腿亮相，干脆利落，她不禁叫了一声"好"！声音很轻，但徐烽还是听见了，稳步朝门口走来。

"你干吗来了？"

他巨大的影子罩住了小麦花，她壮着胆子说："我想先练练明儿的走位。"

"那你走给我看看吧。"

他摘了铁链子，端端正正地在椅子上坐定了。她愣住，望着他魁梧的背影在心里叫了声苦，只好硬着头皮战战兢兢地演了一遍，几次忘词都是由他提醒的。

演完了，她自知不妙，开口便先讨好，"徐、徐队长……您对这戏可真熟，能直接上台演了……"

"那是我应该做的。"他极快地一语带过，皱着眉站起来走近她，"但你还不够熟，或是不够懂。你说说，李铁梅这里是什么情感？"

小麦花嗫嚅道："她跟敌人有……有杀父之仇。"

徐烽脸上竟闪过些许笑意，吓了她一跳。"'杀父之仇'——你说话怎么还跟老戏词儿似的。不错，敌人杀了她全家，但她这个孤儿很快又有了一个新的家庭，她姓陈，她爹姓张，她奶奶姓李。你说，是什么让这没有血缘关系的三个人成了一家子？"

她低头抠手，屋里极静。

良久，徐烽一字一句地告诉她："是革命理想。"

被他攥在掌中的铁镣铐发出金属摩擦的响动。"它不是空的，而是像亲情一样实在，或比亲情更真实、更深刻，甚至可以替代血缘成为人和人之间的纽带。血亲的家庭只是为了延续香火，而共产主义大家庭里的每个人都甘愿牺牲个人的生命来换取革命火种的延续。这就是《红灯记》的精神，也是每一个无产阶级战士的精神。"

小麦花战栗了，这一次并非因为恐惧。

绿窗愁

听奶奶讲革命英勇悲壮，却原来我是风里生来雨里长，奶奶呀！十七年教养的恩深如海洋。今日起志高眼发亮，讨血债，要血偿，前人的事业后人要承担！我这里举红灯光芒四放……

小麦花这一段唱，时而高亢，时而低回，伏在李奶奶膝上时，蜿蜒的祖孙情打湿了人心，而手持红灯的一刻又如烈火燎原。

台下军宣队、工宣队的人都看呆了，听傻了，拼命鼓掌，徐烽也终于展开了眉宇间的郁结。

那天的排练顺利结束了，岳鸿霞蹒跚着走下台，坐到椅子上甩了甩胳膊，白少杰立刻挽起她的袖子，熟练地给她按摩小臂，又一下下捋着她的十个指尖。

小麦花忙问岳老师怎么了。

"没事，老毛病了。"她笑着摇摇头，"小囡，你今儿可是入戏了，一句'风里生来雨里长'把我眼泪都唱下来了！"

小麦花不好意思地抬手捋了下耳边的头发，岳鸿霞揽着她的肩膀准备去食堂。白少杰拿起座位上的茶壶和毛巾，说："你俩去吧，我先回屋把鸡炖上。小麦，晚上去我们那儿喝鸡汤啊！"

往食堂走的路上，小麦花由衷地感叹："岳老师，您跟白老师的感情可真好！"岳鸿霞也不否认，大大方方回答："是啊，要不是有他撑着我，这几年早活不下去了。"

"小时候就听过不少您学艺、成名的事儿，想不到现在能跟您二位一起演戏……"

"呵，同行、小报的嘴，骗人的鬼，好些编出来的故事我自己看着都可乐。"

小麦花自觉失言，岳鸿霞却坦然一笑，"不过我不在乎旁人说什么，要不然也跟少杰走不到今天。"

二十年前在上海滩，她是横跨菊坛影坛的坤伶翘楚，三十未嫁，而他是京华梨园世家出身的倜傥公子哥儿，阅尽繁花却迷上了这位年长他近十岁的冰霜美人。小姊妹们都劝她牡丹亭不牢、红楼梦易醒，正经嫁个稳妥人才是归宿；他家里亦不支持，只愿他不近梨园，改换门风。这两个人却吃了秤砣铁了心一般走到今天，从众叛亲离到挨批遭整，始终不离不弃，在素有无情或滥情之名的伶界堪称一段佳话。

岳鸿霞和小麦花在食堂门口碰上了独自来打饭的蒋凤仪，她对前辈向来恭敬，此时规规矩矩地向岳老师问好。岳鸿霞拉着她聊了几句，热情地邀她晚上也来吃小灶。

傍晚，在工宣队给岳白夫妻安排的小破屋里，四个人围桌而坐——"桌面"是一张不知从谁家查抄出来的榧木棋盘，被白少杰偷偷捡了回来。作为"四旧"的围棋虽不能下了，在名贵棋具之上吃饭也算是大灾大难中的风雅事了。

白少杰把鸡腿夹给妻子，又给两个女孩分鸡翅，随口与凤仪寒暄，"你就是那个挑过班儿的小武生？五几年是不是到上海去唱过一期？我们听过你的名号，就是没来得及上园子去看你的戏！"

凤仪捧着碗低头笑了笑，那段日子他不提她几乎都忘了。今年她才不过二十出头，但想起那个叱咤舞台、生龙活虎的自己，却觉得是上辈子的事了。岳鸿霞看出了她的失落，拍拍她的腿，"小囡，没事，总能挺过去的，你还年轻呢。"

"就是，就是，现在已经好多了。"白少杰轻声附和，"刚开始的时候，可受了罪了。单位里四个大小伙子，拿着咱练功用的藤杆，站四个角，她站中间，跑到这个角挨一棍儿，再跑到那个角挨一棍儿，就这么一边跑一边挨打……我只能看着……"

两个女孩听得都撂下了筷子，岳鸿霞忙止住丈夫的话头，张罗开饭。饭吃到一半，她自己也忍不住叹了口气，"现在也还是有不少人在遭难哪……前几天我听说唱七仙女的那位寻短见了，是个大角儿呢……人死了，革委会的头头还要作践她……"

白少杰忙打断了她，"姐姐哪，你不让我说，你自己也别说了！好在咱那位徐烽同志人还不错，咱就阿弥陀佛吧。戏子的身子，从来由不得自己啊。"

凤仪和小麦花闻言，各有所思。

离开岳鸿霞的小屋后，凤仪感叹："这二位都是大角儿啊，可是待人真好。"

"岳老师还偷着教了我几出老戏呢，"小麦花轻声说，"他俩好像没孩子。不过夫妻做到这分上也值了。"快到宿舍的时候，她突然停住脚对凤仪说，"我去练会儿晚功，你先回吧。"说完便转身走了，留凤仪在原地默默怔了好一会儿。

小麦花去了排练厅，但她自己没练功，而是站在门外看别人——看徐烽练功。

他脱了绿军装，只穿着白衬衫，袖子高挽着，衣服的皱褶好像是活的，在他的一抬手一踢腿之间透出筋骨肌肉的形状，以及更深处的风雷激荡的气势。

在小麦花眼里，徐烽的表演不逊于白少杰。白少杰的唱念做打当然更专业，但他只在戏里做李玉和。而徐烽不同。小麦花不知道他为什么如此执着于自学自练这出戏，但她想世界上若真有"李玉和"，他该是徐烽的样子——

休看我，戴铁镣，裹铁链，锁住我双脚和双手，锁不住我雄心壮志冲云天！贼鸠山要密件毒刑用遍，筋骨断体肤裂，心如铁坚。赴刑场气昂昂，抬头远看：我看到革命的红旗高举起，抗日的烽火已燎原……

　　暮去朝来，蒋凤仪发现了小麦花的异样。当她又说要去"练晚功"的时候，正在床上织毛活儿的凤仪一把拉住了她，"别去了，多累啊。也给你本儿书看着玩吧，水浒看不看？写得真好呀！"

　　"不看！你那几出儿水浒戏我早就看腻了！"小麦花摆摆手，"不是武松杀潘金莲就是石秀杀潘巧云，连宋江这么个怂人还要'坐楼杀惜'。好不容易有个好女人扈三娘，还配了个矮脚虎。"

　　"不看就不看，还上纲上线的……哎，你以前不是看不上李铁梅吗，怎么现在这么积极？"

　　"以前是以前，我演着演着就觉出她的美了。"

　　凤仪忍不住嗤了一声，"不贴片子，没有水袖，不做身段，她能美得过杨贵妃、杜丽娘、王宝钏？"

　　小麦花正色道："她们是美，可是肩不能挑、手不能提，对社会有什么作用和贡献呢？"

　　凤仪愣了，停下手里的毛衣针，话中带了怒气，"好，就你有用，就李铁梅有用。可你去练功房是为了贡献社会吗？"

小麦花猛回过头来瞪着她，"你什么意思？"

"你当我傻啊？你到底想干啥？"

"你不傻，你跟着你那位大才子好好长学问去吧，少来管我的闲事！"小麦花丢下这句话，摔门而去。

凤仪气得把织了一半的毛衣扔到地上，毛线脱了针，弯弯曲曲地盘旋在一起，剪不断、理还乱。她盯着那堆毛线，想起那年小麦花跟她挤在一张床上，她看着她织水杯套，她说没用，而她说"越没用的东西越好看"……还有后来，她遇上了庄团长那码事，小麦花大骂他"人面兽心肠"，还形影不离地做她的"保镖"，好像唱旦的她成了英雄，而唱武生的她做了一回被保护的佳人。

可是现在，她要怎么做才能保护她呢？凤仪感到自己拔剑四顾心茫然。

在蒋凤仪和小麦花的关系变得日益微妙的同时，《红灯记》的排演进入了冲刺阶段。服装、道具、灯光、布景，细小至戏服上补丁的位置都要和上面规定的"样板"一模一样。

徐烽日日攥着秒表站在台下，他的任务就是确保戏中那个世界的完美无瑕，那是光明的乌托邦、神圣的理想国，善恶分明，美丑对立，复杂的私欲和人性消弭了，不允许僭越、放纵，与模棱两可。压抑吗？他并不觉得，因为在极致的、近乎宗教仪式般的戒律中，人竟能达至快感的顶峰，那是道成肉身的超越性体验，仿佛他能超越人之为人的限度，在艺术的献祭中完成革命，亦完成他自己。

锣鼓停了，他按下秒表，一针见血地点出了好几处失误，众人唯有点头称是。

"现在最大的问题是——"他提高了音量，"第一场和第二场戏之间，李奶奶家的布景摆得太慢了！整整比规定的慢了半分钟！舞台队，你们要尽快解决这个问题！"

宋小五等人连忙答应着，只有凤仪没露面，一直躲在幕后听着前面的动静。良久，无人说话，她以为完事了，正要走开，耳中突然又响起那个冷硬如铁的声音。

"服装组，铁梅这个红袄，腰身儿要再改小一点！"

翠裙腰

在那个年代结束很久之后，样板戏潜移默化的影响仍在继续。对于吕娜这样的八零后乃至比她更小的一代人而言，"我家的表叔数不清"或《沙家浜》里那段脍炙人口的"智斗"是耳熟能详的。但那天是她第一次耳闻样板戏背后的微妙细节。

横山教授显得更兴奋，轻叩着下巴转圈踱步。"改服装腰围这个事很有意思！也许并不能简单认为是军代表用色情眼光看女演员。这些年，学界对那个时期的性与性别问题产生了很多新观点，比如有人质疑1990年代流行的性别消除论，转而认为样板戏其实非常重视性别符号的运用，像《红灯记》《白毛女》，正面主角哪个不是俊男美女？当时的大众那么爱看《红色娘子军》，跟那些芭蕾舞演员的服装造型恐怕不无关系。尽管如此，样板戏还是极大地抹杀了'性'问题的复杂模糊性。比如 1965 年的《白毛女》电影就删去了喜儿被强奸、怀孕生子的情节。也就是说，样板戏里的人物尽管有突出的性别特征和性魅力，但他绝不被允许与性欲、性关系产生纠缠，否则就是对革命叙事的玷污……"

他像上课时那样侃侃而谈，吕娜是习以为常的，而蒋雏仪竟也没有一丝无聊的神色，反倒听得入了迷。那些样板戏她儿时早已腻烦，殊不知横山这样的"老外学者"竟会专门研究它们，而且他提到的一切观点都令她感到新鲜。

今人或许已经很难想象那个以样板戏为"大众娱乐"的时代，毕竟戏里的人和人性都太崇高、太完美了。其实演戏的人和看戏的人一样，都是凡常的饮食男女……

在《红灯记》公演前夕，全团按规定下乡劳动半个月并在当地参加毛泽东思想学习班。进村以后，蒋凤仪觉得处处都有点眼熟，刚想张口告诉小麦花，一回头却撞见她不冷不热的脸色，便把话咽了回去。十月的秋风拂过，城里此时已是一片萧瑟，而乡间的冬小麦刚冒出了一寸多高的青苗，凤仪望着无边的绿畦感到既舒适又怅然。

土地啊土地，你的生命力与天同长，而人生又有几个秋呢。

在生产大队给剧团安排的住处，小麦花还是和凤仪睡一个炕，俩人枕头挨着枕头，却很少在清醒的情况下看到彼此。

她们白天分散在村中各处干活，晚上，凤仪在灯光昏暗的小学教室里学习《反对自由主义》《纪念白求恩》《为人民服务》以及"两报一刊"的社论，而小麦花则跟着样板戏的演员组去晒场排练。

不知是白天干农活太累还是晚上的政治课太催眠，凤仪总是沾枕头就着，而一睁眼，旁边的小麦花早已不见了。凤仪老想逮住她说两句悄悄话，却苦于抓不到机会。这天她特意在睡前喝了不少水，指望着早一点被尿憋醒，没想到半夜就忍不住起夜了，再一觉醒来，又是人去枕空。

她懊恼地抓抓头发，无心去劳动，便溜了号一路跑到房后不远处的小山上。四面无人，清冷的空气从鼻腔吸进肺里，她觉得痛快了一点，竟大着胆子喊起了嗓儿。初还不敢高声，可是气息一旦顺了，音量挡也挡不住，响亮的咿咿呀呀很快传遍了山野。在荒无人烟的林子里，连南飞的北雁都无心把目光停留在天涯孤客的身上，于是她在此间感到久违的放松，甚至放肆。

"嘿，你干吗呢！"

背后突然传来的这一声吓了凤仪一跳，她连忙回头，见是齐克谐。他瑟缩地揣着手，腋下夹着一卷报纸。

"你不是看见了吗。"

"你敢吊嗓子？小心让人家听见，说你'贼心不死，妄图复辟'！"

她无奈地叹口气，问他去干吗。

"军宣队让我去广播站念报纸……这儿能抄近路。"

她点点头，转身要走，小齐却又叫住她，问："怎么最近老一个人儿？小麦就那么忙？"

她怔了一下，抬脚把一块石头踢开老远，"忙，忙死了，她要是忙出事来，我饶不了他！"

小齐稀里糊涂地扶了扶眼镜，"什么事？饶不了谁？"凤仪没理他，仰头望天，发现周围是一片柿子树，枝头挂满了娇红的小灯笼，似乎比剧团后院那几棵树上的果实更饱满坚实。她眼珠一转，一刻没犹豫就抓着粗枝攀上了树。小齐慌得在树下直转圈，"你这是要窃取无产阶级的劳动成果啊，快下来，我不吃！"

"谁说给你了？！给我接着点！"

命令传来，他只好把报纸撂下，撑开了衣服下摆。她倒也不多拿，只摘了两个扔下来。小齐接了柿子放到报纸上，又想过去扶她，谁知她离地两米就往下跳，他反倒挡了驾。

她一下子砸到他身上，俩人都摔了个四仰八叉，不过垫在下面的是小齐。凤仪腾地从地上弹起来，气急败坏地去拽他，口中埋怨他碍事，回头捡起两个柿子便一溜烟跑了。她听见他在背后委屈巴巴地嘟囔了句"真狠心"，忍不住边跑边乐出声来。

她没去吃午饭，在衣服里藏着那两个柿子跑回屋，一进门竟发现小麦花独自躺在炕上。太巧了，她喜不自禁地咧开了嘴角，"你咋没去食堂？"

"累了，歇歇腿儿。你傻乐什么？怎么也不去吃饭？"

小麦花的语气仍旧很硬，但此刻谁都听得出她仅仅是"嘴"硬。凤仪不语，把柿子一个，又一个地摆到小麦花枕边，像两盏小灯一样点亮了她的笑。她掀开被子坐起来，一手一个掂了掂，强行绷着脸说："没熟透呢！"

"那就先放着呗。"凤仪摸了摸小麦花的辫子梢 —— 她的马尾巴早换成了铁梅式的大辫子 ——"吃饭去吧！"

小麦花没再犯别扭，依言下地穿了鞋，又回身把那两个柿子仔细地摆到她俩枕头中间。

天气的阴晴能影响心情，但作用力远不及在乎之人脸上的阴晴。连着下了两天淅沥小雨，蒋凤仪心里却很明媚，干活时腿脚都像踩着锣鼓点儿。

下午从地里回来，她溅了一身泥水，正要冲进屋去换衣裳，却见团里不少人围在墙边张望，见她来了纷纷让出一条路来。她纳闷地走过去，把头上的斗笠掀起了一点，不觉被视野里的东西惊呆了 ——

"'双柿'祭'双十'：打倒现行反革命蒋凤仪！！！"

加粗的文字底下还传神地画了两只柿子，不是红色，而是墨黑墨黑的。大字报淋了雨，那柿子的墨色正慢慢洇晕成一大片乌云。

"谁贴的啊？""若想人不知，除非己莫为！谁让她自己干出这事儿。""'反革命'现在咋处理啊……""能咋处理？陪绑、游街、看枪毙呗！"

雨声掩盖了窃窃私语，凤仪把斗笠摒在地上，扭头进了屋，再出门时手里握着那两只柿子。

"小义，你咋了？弄这一身……"小麦花刚从外面回来，浑然无知地去拉她的袖子。

凤仪甩开小麦花的手，直直望着她，猛地把手里的东西扔出去老远——那柿子确实没熟，像小皮球似的弹了两下，滚到水坑里去了。扔完柿子，凤仪抬脚往院外跑。岳鸿霞夫妻俩远远看见了，想要拦着她，没拦住。

她在红柿满枝的山坡上坐了一下午，直到雨停，小齐来找她。

"你怎么知道我在这儿。"

"白老师跟我说了。我猜你大概跑这儿来了。"

"现在真想把这片柿子都打下来砸烂了！"

"那你也成小将了，柿子何辜啊！"

小齐话说出口，自己不禁哑然失笑。凤仪并没听出那巧合的一语双关，但嘴角也微微一牵动，非常不易察觉。小齐偷瞄到她脸色的转晴，这才小心翼翼问："你觉得是小麦？"

她不语。

"我想不会，那柿子是你给她的，大伙儿都知道你俩好得像一个人，这事闹起来对她有什么好处？"

"那……"

"她演这个李铁梅，不知得罪了多少人。眼下要公演了，贴这么一张大字报可真是一箭双雕。"

她又沉默了一会，猛拍了自己脑袋一下，"是我气糊涂了！"

"现在怎么办……你怕吗？"

"反革命吗？看枪毙犯人吗？我不怕。脑袋掉了碗大个疤。我只怕……"怕什么，怕被最亲密的人背叛、算计，情义错付。如今这都是常态，可她受不了，在想象里也不行。片刻，她拍拍屁股站起来。小齐问她干吗去。

"去……去找她。"

"该去上学习班了呀！"

可她头也不回地下山了。

雨过天晴，夕阳欲坠，凤仪独自往晒场走，远远看见岳鸿霞夫妻并肩而来。他们待要安慰她，她却急着先开了口，"岳老师、白老师，今儿排练这么早就散了？"

"嗐，今儿没排练，我们刚给村里人演了一遍，演完就散了。"岳鸿霞说完，悄声问她是不是在找小麦。她点头。

"散了戏她就跑没影儿了，恐怕已经回去了吧！"

她匆匆道了谢便走，岳鸿霞似乎还想说什么，但没开口。

凤仪回了住处，又跑出来，因为小麦花不在屋里。她记不清自己那晚到底走了多少路，几只野狗一直跟着她在村里转来转去。她时而有熟悉的感觉，时而辨不清东南西北，终于，几个在月亮地儿里闲坐的老乡叫住她，"那娃子，你转悠啥呢？是省里剧团的不？"

她只好拖着沉重的步子走过去。

"丫头还是小子？"两个大娘面面相觑，直到她开口向大伙儿打招呼。

"咦？"一个叼着烟袋的大叔凑过来上上下下打量她，看得她倒退了一步。"你是早几年来俺们这儿赶过庙那小武生？"

她走南闯北去过不少大城小镇，自己也不确定是否来过此地。

大叔见她一脸迷茫，提示道："你爹带着你？你们爷儿俩姓蒋？"她连忙点头。"那就没错了！再往前说，你就是落生在俺家小西屋的呀。俺家老太太在的时候老念叨你们。"说罢，大叔又向几位乡亲夸赞她如何嗓子好、功夫佳。

然而她还是很迷糊，"我记得那地方叫秦家庄呀？"

"是啦，"老乡们咧开了嘴，"现在叫'勤稼生产队'了！"

凤仪并不知在她急找小麦花的同一时刻，小麦花也在四处找人。今天她在台上"痛说革命家史"的时候就一直用余光寻觅他，而他竟没像往常那样在台下密切监控戏里的一举一动。

散戏后，她在村口的一座破庙里找到了他。被破了四旧的庙，里面几乎是废墟，而他正自己演得投入，演着革命志士李玉和。她没卸妆，仍穿着铁梅的小红袄，奔跑后脸上胭脂愈鲜浓，整个人像团火似的闯进去。

"你……？"

"蒋凤仪不是反革命！"

他明白了她的来意，恢复了钢板似的脸色，"那为什么摘柿子？不是梨，不是桃儿，不是杏儿？"

"就摘柿子了，怎么了？"

"为什么偏挑十月十号？没早一天、没晚一天？"

"就碰巧是十号，怎么了？"

"没怎么，那人家揭发得有理有据。"他冷冷地说。

"她是摘了送给我的，那你把我也算上吧。"小麦花毫无惧色，也许是为了凤仪，也或许是因为她对他的恐惧早已变成了别的什么。

"你以为人家没揭发你吗？"他突然吼出来。她愣了一下，而他旋即恢复了正常的音量和语气，"……公演就快到了，不能因为你耽误了正事。"

"我不管。你不能给她扣这帽子。"小麦花目光灼灼地盯着他，"你非要扣的话，我罢演。"

"休想，拿枪押着也得把你押上台！"

"那我就贴我自己的大字报，我揭发我自己纪念'双十节'，我排练态度不端正，我还揭发我……我给军代表起外号！"

"你说什么？"徐烽不敢相信自己的耳朵。

"对！我，给你，起外号——'二郎神'。"小麦花一字一句地说出来，还故意指了指自己的脑门。

她板着脸，他却笑了，破庙里仿佛有佛光一闪。"为什么？"

"因为你不近人情、铁石心肠，守着你那点死理儿不放！二郎神不就这样吗，一会儿去捉孙悟空，一会儿去拆散三圣母和刘彦昌……"

此时，村子另一头的老乡们正陶醉于一场隐秘的盛会——蒋凤仪唱起了老戏！叔叔大爷们轮流放哨，把她围在中间，唱完"劝千岁杀字休出口"又唱"我正在城楼观山景"。她又做回"帝王将相"了，在这国度中最广大、最穷苦的人们面前，在最朴素也最丰饶的农田之畔；那是她诞生其上的热土，也是戏曲渐行渐远的原乡。她和戏、戏和她，重逢于此，生机再现。

与此同时，在一阵唇枪舌剑之后，不知为何，徐烽投降了。"可是……"

"怕不处罚不能服人吗？"小麦花看出了他的为难，"我替你想好了——搬布景那活儿现在还没达到规定的速度，交给她吧，她一定能做好。"

"哦？你这么信任她？她就这么神？"

"男怕'夜奔'，女怕'思凡'，你听说过吗？你要是看过她的'夜奔'就知道她身上有多神了。那劲头，男人也不如她。"

"是吗，可惜现在看不到。"他的某道防线不知不觉溶解了，竟没有意识到《夜奔》是封建旧戏，而眼下是何年何月？

红袄，破庙，柔风，残月……时空的规则一霎时错乱了，乱得光怪陆离。

"《夜奔》是看不了，"她说，"但《思凡》可以。"

然而，另一处的人们的确正在看《夜奔》。在凤仪唱完"一轮明月照窗前，愁人心中似箭穿"之后，秦老太太的儿子、那位烟袋大叔提议来段武戏。那天她已经很疲倦了，可是没有拂老乡们的盛情。

她抖擞了一下精神，痛快道："那我就来一支《夜奔》里的曲子吧！"

《夜奔》【雁儿落】【得胜令】

望家乡去路遥，望家乡去路遥。

想母妻将谁靠？俺这里吉凶未可知，他、他那里生死应难料。

呀！吓得俺汗津津身上似汤浇，急煎煎心内似火烧。

幼妻室今何在，老萱堂恐丧了。

劬劳，父母的恩难报；

悲号，叹英雄气怎消，叹英雄气怎消。

在林冲逃往梁山的路上，小尼姑也抛却了青灯古佛。前者被惦念拖重了脚步，而后者一往无前。

《思凡》【风吹荷叶煞】

奴把袈裟扯破，埋了藏经，弃了木鱼，丢了铙钹。

学不得罗刹女去降魔，学不得南海水月观音座。

夜深沉，独自卧，起来时，独自坐。有谁人，孤凄似我？

似这等，削发缘何？恨只恨，说谎的僧和俗。

哪里有天下园林树木佛？哪里有枝枝叶叶光明佛？

哪里有江湖两岸流沙佛？哪里有八万四千弥陀佛？

从今去把钟楼佛殿远离却，下山去寻一个年少哥哥，

凭他打我、骂我、说我、笑我，

一心不愿成佛，不念弥陀般若波罗！

　　莲台早已坍塌，理想国的战士当为无神论者，他曾以为他的信仰比宗教更笃诚。可当她踏着佛像的碎片走来，穿着铁梅的服饰，却唱着小尼姑色空的心声，他不仅忘了她究竟是谁，也迷失了他自己。

　　他记得他是进庙来演李玉和的。李玉和与李铁梅，名为父女，实则没有血缘关系，是革命的红灯赋予了他们存在的意义。若没有那盏红灯，他们便灰飞烟散。在宏大的赞歌里并没有位置留给个体的肉身、情感与记忆。徐烽忽然感到自己向来坚定饱满的心空了一块。

　　原来他缺失的部分在她那里，在她披荆斩棘的下山路上，

每一步都痛,每一步都美。他看着她弃佛而去,向他而来。
小袄的腰身按他的要求改得刚刚好,一抹摇曳的红,愈来愈
近,愈来愈热,朦胧了他,融化了他……

四
边
静

　　那天晚上，蒋凤仪回来得比小麦花还晚。漆黑的屋里有姑娘们轻微的鼾声和翻身的动静。她蹑手蹑脚地上了炕，躺下竟发现小麦花没睡着，正眨巴着眼静静地瞧着她。

　　她连忙张嘴想道歉，可是小麦花把食指放在唇边嘘了一声。她们就这样侧卧着面面相视了很久，凤仪终于还是忍不住开了口，带着愧疚小声吐出一句"对不起"。

　　小麦花的眉睫间有清炯炯的微光，可是没说没关系。

　　"对不起。"她说。

　　隔天剧团要回城了。临行前秦大叔的老婆来到小院找蒋凤仪，递给她一兜儿馒头，"闺女，带着路上吃！"她婉谢，那婶子却大喇喇地说："拿着吧，你跟俺们这儿有缘分，昨儿晚上又……"

凤仪连忙摆手截住了她的话茬，小麦花见状走上来接过了布兜，"婶子，我替她收了，谢谢您的心意！"

"啊，姑娘，你是昨儿的铁梅！演得真好呀，俺们都掉眼泪儿了，都说没看过这么好的新戏！"她拉住小麦花的手，真诚地嘱咐，"下回再来啊！"

"成！"

回剧团以后，蒋凤仪得知了她的新工作——搬布景。由两个柿子引发的"反革命事件"不了了之了，她心有疑窦，小麦花只说是几个老同志帮她做了担保，而打死不承认自己为她说过情。凤仪自然不信，甚至想去找徐烽对质，但他自从回城后就不见人影，军宣队的人也对他的行踪守口如瓶。

此时距离公演只剩不到一个月了，她只好一门心思扑在李奶奶家那几个桌椅板凳上，苦练"布阵"功夫。很快她就发现这不仅是体力活，更是技术活，摆得快还不够，还要摆得准，否则演员的走位、调度都会受影响。

这天演员都走尽了，蒋凤仪还在那儿跟一台道具布景较劲，宋小五走过来说："小义，我看你折腾好几天了，还不行啊？"

"小五叔，您不知道，他们把时间卡得特紧，还说排《智取威虎山》那个团，换景最快的时候才用十秒！"

"你过来，我指点指点你。"

凤仪笑道："您天天跟盔头打交道，还懂这活儿哪？"

宋小五挺了挺腰板，"你忘了我爹是干啥的啦？"

"宋爷爷……哎呀我怎么把这个忘了！"她乐得蹦起来。于是，在戏改大潮带走"检场"这个工种多年以后，当年那位老检场人的手艺经由宋小五之口、凤仪之手，再次默默贡献于现代戏的舞台。很多事都是这样，在看似势同水火的"新""旧"之间，时间的溪流向来是欲断难断的。

青年剧团的《红灯记》首演大获成功，上级来看了也大加赞赏。在把主要演员表扬一通之后，他们没忘了"那个换景的小鬼"。凤仪硬着头皮上了台，以前她是这里的英雄，而现在要加上"幕后"两个字。有几个干部还认得她，甚至有人仗义执言，"凭人家搬这三把椅子的功夫，就值 130 块钱。"——那是她落难之前的工资数目，也是她的一条罪证。此言一出，虽然她还是不能上台演戏，但从此日子总算好过了一些，不再被人天天批、日日斗了。

那天人人一派喜气洋洋，唯有小麦花脸上淡淡的，北京来的首长不知她平日是个"人来疯"，还当她谦逊羞涩，特嘱剧团要好好培养这个年轻人。在舞台队和乐队受接见的时候，她已经悄悄溜进后台了。在那儿她看见了徐烽，只是擦肩而过的一瞬，她的头发丝都战栗着兴奋。

"回来了？"她问。

他点了下头，疾行的脚步几乎没有停留。此间的蛛丝马迹被岳鸿霞看在了眼里。白少杰进来叫她，"凤仪等着咱一块吃饭去呢。"

"你们先去，我和小麦还没卸完妆呢。"她把丈夫支走了。

后台渐渐空了，只有她和小麦花相背而坐，各对着一面大化妆镜，一圈灯泡不留死角地照在脸上。样板戏不让戴假发套，岳鸿霞的青丝被生生刷成了白发，此时她刚把发髻解开。"小囡，你说我老了以后，头发白了，就是这样吧。"

小麦花一愣，在镜中望着她——白发垂腰，可脸上皱纹很少，透着股静穆的仙气儿，"岳老师，您保养得好，现在想这个太早啦！"

"女人就要趁早想清楚才好。"岳鸿霞慢慢梳着一头浓密的头发，"以前我天天吃珍珠粉，为了台上扮相好看。其实不唱戏的时候，我根本不擦脂抹粉，甚至不出门，也不在乎什么美不美的。可是后来吃珍珠粉成了我一条罪状了。说我资产阶级作风就罢了，还有轻嘴薄舌的说我是为了'勾引'少杰。这叫什么话？我们都是两口子了，我还用勾引他吗？"

小麦花感叹："跟那些人真是没法讲理呀。"

"他们无非是觉得我岁数比他大，肯定要笼络着他。甭说我没有，就算有，又跟他们有什么关系呢？女为悦己者容，我们还是正头夫妻，他们管得着吗？人啊，就逃不出一个'色'字。就算你是为了'艺'他们也不管，不在乎，反正盯住一个'色'字就能随便给你泼脏水。"

小麦花默默不语。

"所以我有时候觉得凤仪这样的坤生倒有个好处，在台上凭真本事服人，不受人乌七八糟的闲话……不过也不尽然，孟小冬那么好的女老生，大伙儿三句话不还是离不开她跟梅兰芳那点事吗。"

"做女人可太不容易了。"

"这话你说对了。"岳鸿霞站起来，走到小麦花身后替她梳理辫子梢，"咱唱戏的说自己卖艺不卖色，行得正人家尚且不信，要是有个不小心，那简直……"

"岳老师，我……"

她也许想辩解，但其实也没什么可辩解的，好在岳鸿霞接过了她的话，"你这孩子是块唱戏的料，忙过了这一阵儿演出，我想收了你，不知道你肯不肯？"

"真的，岳老师？！……师父！"她迫不及待地脱口而出。

几周后，上面为青年剧团安排了一场内部汇演，观众全是京津沪各大样板团的人，无疑是给了年轻演员们一个在业内露脸的机会。岳鸿霞、白少杰夫妻都是成名多年的大角儿了，明眼人都看得出这是省里特意在捧小麦花。

到了演出那天，蒋凤仪简直比小麦花本人还紧张兴奋，一直在她身边上蹿下跳，一会儿递口茶，一会儿给她捏捏肩，搞得梳头师傅都烦了，抢白了她一句，"又不是你上台，真是'叫花子起五更——穷忙'！"这话说得挺重，小麦花待要开口，凤仪却毫不在意地朝她摇摇头，不再折腾了，只静静看着师傅给她编辫子。

"得，齐活儿了，换衣裳吧！"师傅用红头绳紧紧地扎住了小麦花的发梢。

小麦花抬起头，在镜中远远看见了徐烽。她站起来回身，他却不见了。凤仪没察觉，麻利地伺候着她穿上了第一场戏里的红底白花小袄，纤腰一捻，青春扑面，的确是不同于王宝钏的另一种美。化完装的岳鸿霞走了过来，柔声问："小囡，准备好了吧？"她点点头。

演出很顺利，几个主角唱念俱佳，情感丰沛，小麦花尤其突出 —— 她的红袄和那盏红灯是舞台上最抢眼的两抹色彩，也象征着熊熊不熄的革命火种。戏演完了，演员谢幕时许多人上来献花，甚至熟人相见在台上聊起天来。无人注意到一个穿白衬衫绿军裤的短发女人沉着脸走到小麦花面前。

小麦花保持着标准的微笑看着这个女人，直到发现对方手里既无鲜花，脸上也无笑意。

"你凭什么演李铁梅？"

陌生女子以这样生硬刺耳的一句话开场，使小麦花误以为她是个因眼红而失去理智的同行。但很快，她意识到不是。

"你经历过战争吗？你开过枪吗？你在枪林弹雨里跟着大部队转移过吗？你一晚上急行军过六十里山路吗？"

小麦花张口结舌。眼前是一张清秀白净的面孔，漆黑的眉毛自然地挑出一个高傲的弧度。

"啊，傅……傅敏，小敏啊，你怎么来了？"旁边有个上岁数的领导认出了她。

这女人顺着声音唰地把头扭过去，轻蔑地叫了一声，"哦，鲍叔叔……不对，是鲍局长了！怎么，革命样板戏我不能来看吗？'老保'不配看样板戏吗？"

"配、配……"那位局长讪笑着躲远几步，扭头跟身边人耳语了一句。

"你是……"小麦花一句话未问出口，那女人又发出了连珠炮似的逼问，"你是什么出身？听说从小唱戏？那你父亲一定没有十几岁就参加革命、上过前线也做过地下工作、受了十几处枪伤，还被敌人严刑审讯过吧？那可比李玉和还……"

"傅敏！"有个人从后台跑出来，是他，上前拉住了那女人的胳膊。"跟我走。"

"我为什么要走，我还没说完'革命家史'呢！只许李铁梅说吗？！"她嘴里还在质问小麦花，却把眼睛死盯着徐烽，刚才铿锵有力的声音突然发颤了，"你父亲，一定也没有因为听了一出家乡戏就把一个小戏子破例提拔，百般栽培，还倒贴了自己的女儿吧！戏有什么好看的？这世道比戏精彩多了！这不，转眼他就被打倒了，你、你们倒成了革命家了！"

她拼命挣脱开徐烽的胳膊，一手抓住小麦花，另一只手指着她、指着他，而且指到旁边的那群人里，"你们不配！"

刚刚跑出去上厕所的蒋凤仪这会儿回到了后台，当时所有人都挤在幕侧看着这场比《红灯记》精彩百倍的闹剧。

"戏子，你们都是不要脸的戏子！一个比一个演得好！"

傅敏的话成功打倒了在场的所有人，带妆的、不带妆的，没人敢去营救小麦花。蒋凤仪就是此时跑上台的，她掰开傅敏的手，拉着小麦花就跑。人们给她俩让出一条路，也给傅敏扔出的两只破鞋提供了通道 —— 一只落在她身上，另一只落在她身上。

上小楼

　　站在小麦花面前的时候，徐烽的爱人傅敏油然而生一种高傲与悲凉交织的情感。高傲是因为这红色江山是她的父辈戎马半生打下来的，她比对面这个眼梢含媚的年轻姑娘、一个女戏子，更有底气指认自己为"李铁梅"。而悲凉是因为，在戏里那个"假铁梅"聆听奶奶痛说革命家史的时刻，她这"真铁梅"正沦为一个无家可归之人。

　　父亲在风暴中锒铛入狱了，如今丈夫也要离她而去。她十分确认台上的小麦花就是她的敌人，这敏锐的直觉也许是她那早年从事地下情报工作的父亲留给她的唯一一份遗产。

　　徐烽自此从剧团蒸发了，人们对他的去向讳莫如深。而小麦花不一样，她是人人可议论、践踏的"破鞋"。在当时的语境下，"破鞋"的评判不只是道德的，同时也是政治的。作为李铁梅的扮演者，她跟有妇之夫搞破鞋的行为不仅证明她是个坏"女人"，甚至可以说，她根本站到了"人民"的反面，玷污了李铁梅乃至革命样板戏的纯洁。

然而也许是出于对剧团体面的考虑，团里只是停了她的全部演出，暂时并未对她做出任何处理，也没有开她的斗争会，让她当众详细交代她和徐烽之间的起因、经过、结果、语言、动作、姿势……至于以后会不会开，谁也说不好，大家甚至暗暗有点期待——毕竟那套程序才是处理"破鞋"的标准呀。

小麦花在屋里直挺挺地躺了两天，蒋凤仪寸步没有离开她，这是团里给她的任务；其实就算没人要求她，她自己也必会如此做。她连食堂都没去过，小齐送来的双人份的饭全让她一个人吃了。小麦花不吃不喝不哭不睡，就像砧板上的鱼一样冲着天花板干瞪眼。

凤仪一直靠在她旁边织毛活儿，织完了两斤开司米毛线。那毛线还是她俩去年秋天买的，她买了黑的，小麦花买了白的，俩人约好了要织一模一样的高领毛衣，谁知风波一迭接一迭，严寒已来了多时，冬衣却迟迟未织就。

"哎，小麦子，你那件怎么着了？你看我这就差袖子了……你教教我怎么织扭针儿吧？"她若无其事地推推小麦花，并没得到任何回应。

凤仪想起自己当日被庄团长欺负之后抱着小麦花大哭的情形，她多希望小麦花也那样抱着她大哭一场啊。可小麦花没有。在戏里戏外嗔痴了这些年，演遍了各式各样的女人，她深知美人泪节妇落得、怨妇落得、弃妇落得，就是怀春少女也落得，唯独淫妇落不得，便是落了，也得不到同情。潘金莲、潘巧云哪个不曾梨花带雨地苦苦哀求？可终归挡不住道德的钢刀。英雄啊，向来是杀美人易，救美人难。惯演武松、石秀的凤仪也慢慢懂了这个道理，手里的毛线早已乱如一团麻。

第三天中午，岳鸿霞来了，但没有进门，跟凤仪在门外交谈片刻后便离开了。凤仪关上门，走到小麦花枕边，轻轻拉了一下她零乱的辫子梢，"岳老师说，她还是你师父。"

小麦花闻言，眼里波光闪过，终于扑簌簌落下了两行清泪。凤仪见了，长松了一口气，试探着问她："辫子都散了，我给你梳梳吧？"

她听话地坐了起来。

于是一辈子没留过长发的蒋凤仪解开了小麦花的红头绳，拿梳子给她理起了那一头又厚又硬还打结儿的青丝。尽管她已经很小心了，但梳齿还是扯下了不少头发，她看着直咧嘴，"疼吗？"

小麦花摇摇头，没吭声。费了半天劲，凤仪手下诞生了一条七扭八歪的大辫子，并没比梳头之前好看太多。然而小麦花在镜子里照了照，干脆利落地说："挺好！我饿了，你给我打饭去吧。"

"小齐一会儿就来送饭。"

"他又不知道我爱吃啥！"她见凤仪还犹豫着不肯动窝，

便说，"青天白日的你还怕我……"

凤仪忙打断了她的话，端起饭盒往食堂跑。

她回来时，小麦花正端坐在床边，洗过了脸，还换了身衣裳。"我去的时候还没开饭呢，等了半天。"凤仪把饭盒打开，"没白等，有你爱吃的炒辣椒呢。"

小麦花没搭话，接过饭就吃，狼吞虎咽，咬牙切齿。凤仪有点傻眼，小麦花平时吃饭做事都是慢条斯理的，往往是她都盛了第二碗，小麦花还没数完十颗米粒呢。今天想必是饿急了……

"慢点儿……"她歪头看了看小麦花的脸，"能吃能睡就对了，我打十二三岁来了这儿就被人扣帽子，要是都放在心里、顶在头上，早把脖子压折了！"

小麦花把脸埋在大饭盒里，嘴里塞满了辣椒，听到她的话忍不住笑了起来，笑得咳嗽不止，眼泪横流。凤仪正跷着二郎腿躺在她身后，忙拍她的背，"慢点儿……邪门儿了，你三天两头吃辣，嗓子还那么好！"

小麦花的咳嗽终于停了，她把空饭盒放下，抹了抹嘴，"小义，我心里憋得慌，我要唱戏，你陪我唱。"

"成，你要唱哪出儿?《贺后骂殿》还是《晴雯撕扇》?"

"没跟你开玩笑！你陪不陪我? "小麦花拧过身子，把她从床上拽了起来，"我要唱'别窑'。"

凤仪一惊，"你疯啦? 敢在他们眼皮子底下唱帝王将相才子佳人？"

"反正李铁梅做不成了，我就要痛痛快快唱一场王宝钏。你不敢啊？"

"我有什么不敢的？"蒋凤仪一骨碌从床上跳了起来，肩肘撑开，拉了个架子，"三姐休要泪交流，丈夫言来听从头，十担干柴米八斗，你在寒窑度春秋。守得住来将我守……"

"我不要在这儿唱。"小麦花一把捂住她的嘴，"我要扮上！晚半晌儿你跟我走。"

那晚的月牙像一片噙着笑意的唇，也像一弯微蹙的眉；小星几点，目光迷蒙。

她俩人不是第一次黑夜潜行了，倒也从容淡定。小麦花领着凤仪来到后院，在那座老仓库门前站住了脚。凤仪晃了晃落灰的大锁，"怎么进啊？"小麦花又拉着她绕到窗根儿底下，"甭装蒜，这难得住你？"

凤仪无奈地看了她一眼，找了两块砖头垫在脚下，轻轻一跳翻上了窗台，进屋以后甩了根绳子出来，把小麦花也拉了进去。

库房里混合着灰尘和樟脑丸的味道，红漆戏箱横七竖八地高高摞起，箱子缝里夹着各种褶子、官衣、蟒袍的边角，繁复的刺绣在黑暗中微微闪着奇异的光泽。这里仿佛是一座被废弃的宫殿，看得出大军压境时人们离去得很匆忙。

三年前，书记老赵从庄团长手里救下了这批行头。那天凤仪一趟趟地帮忙抬箱子，回去晚了，忘了给小麦花打热水，被她好一通埋怨……想到这儿她回过头，见小麦花从身上掏出了两根蜡烛，正要划火柴，忙叮嘱她小心点儿。

一双烛光颤颤巍巍地亮起，像是在冰冷的洞窟里撑开了一顶暖色的轻纱帐子。小麦花拉住身边箱子里流出来的一只水袖，拽出来一看，是件黑色绣花帔子。她把它抖了抖，泰然自若地披上了。凤仪愣在原地，看着她继续翻箱倒柜，找出了一面破镜子和一盒干结的胭脂。凤仪没说话，拿过镜子来用袖口揩去上面落的灰，又放回到她面前。

她便对镜梳妆起来了 —— 用唾沫润了润胭脂，抹在唇上；又化了一点在手心，拍在眼窝和脸颊。没有上底彩，也没有画眉眼，小麦花现在的样子实在称不上美，可是她的眼睛像着了火似的，火光映红了脸和唇，居然显得那么绚丽而自然。

凤仪见她举着胭脂靠过来，连连说："我不抹！"

"别的都可以不要，"她吮了吮中指，在盒里蘸了一下，"英雄扦儿一定得有。"手起腕落，一道冲天红染在了蒋凤仪眉间。

"行了，来吧。"

"不行呢，你得扎靠。"

"谁知道靠在哪个箱子里呢？"

"那儿有一套 —— "小麦花手往墙角一指，原来是排练穿的一套粗布大靠和厚底靴。蒋凤仪被噎得没话说，只好从灰尘堆里拾起那两扇铠甲披在身上。许久没练功，更久没上台了，凤仪对这身行头有点陌生，但也隐隐感到了兴奋。"你就折腾我吧……过来！帮我扎靠旗！"

小麦花低头一笑，走过去给她把绳子系得紧紧的。

"三姐，你可满意了无有哇？"全身披挂的蒋凤仪向着小麦花张开胳膊，提起两片下甲。她终于微笑点头了。

无论如何，扮上了就要好好演下去。蒋凤仪扬起马鞭上场了。

> 俺，薛平贵。是我前去投军，降了红鬃烈
> 马。圣上见喜，封俺后军督府。只因西凉夏国，
> 打来连环战表，要夺我主江山。圣上挂苏龙、
> 魏虎以为正副元帅。可恨王允老贼，上殿参奏
> 一本，将俺后军督府，改为马前先锋。今乃黄
> 道吉期，即日就要出兵。因此全身披挂，去到
> 寒窑，辞别三姐。王允哪，老贼！平贵得地，
> 若不杀你，非为人也！

此时的王宝钏还不知道丈夫被自己的父亲设计，将赴一趟凶多吉少的征程。她只是个正在等丈夫回家的新婚妻子，尽管他们的"家"只是一座寒窑。丈夫叫门了，看不见他悲愤的神色，她只忙着蹲伏在地上开那小小的窑门，曼声唤他："薛郎！"

他也回应她，像往常一样，"三姐！"

她点手招他，千娇百媚的两个字，"来呀！"

"来了！"

他忍痛答，可是踌躇良久才俯身转腰，背着那一身累赘的铠甲挨门而入。满身荣耀照亮了寒窑，宝钏先是喜悦，听明缘故后，大惊，大悲，进而大怒。

"手指相府高声骂"，骂父亲，骂姐夫，就像她十八年后指着西凉高声骂薛平贵一样，狗血喷头，不留情面。她就是"红鬃烈马"啊，又艳又烈。可是薛平贵降了她。人生初见，她邀他来赴彩楼盛会，"你若不来失了信，休做忘恩负义人。"

"小姐不必细叮咛，平贵岂是无义人？"

十八年后，一语成谶。他回来了，可是身畔早已有了番邦公主，究竟是做了无义人了。归来的薛平贵"少年子弟江湖老"，可他多出来的不只是五绺髯，更是中年人的私心和疑心。仰手接飞猱，俯身散马蹄，烈马要配少年。少年老了，烈马也就不必执着了。王宝钏苦守寒窑十八年都旺盛的生命力，在她"大登殿"后的十八天却熄灭了。若只求王权富贵，她当初又何必要把绣球抛给他呢？

可是现在的她无法预料十八年后的事，只知道眼前人须臾之间就要离去。丈夫给她留下十担干柴、八斗老米，要她挨不下去就回转相府、另择佳婿，她却如同受了辱，"曾记得与我爹爹三击掌？纵然饿死寒窑，也是不回去的了！"

薛平贵做出了那时那地一个男人能做出的最平凡也最真情的承诺，"为夫此番征战西凉，与你留下的柴米若是不够，你就在这窑前、窑后、窑左、窑右，与人家浆浆洗洗、缝缝连连。等为丈夫回得家来，我是一家一家，登门叩谢！"

此时他想不到自己归来时可能风头无双，更不会谋划重逢时要检验宝钏的忠贞；他只朴素地相信：能在妻子艰难度日时帮她一把的乡亲邻里、婶子大娘就是值得他来日俯身一拜的恩人。

能交代的都交代了。战鼓遥响，他要走了。

"薛郎，你当真要走么？"

"走了！"

"待为妻送你一程。"

"外面风大，不送也罢。"

"一定要送！"

"如此，有劳三姐！"

薛平贵双臂扶着王宝钏，她长长的水袖搭在他粗粝的甲衣上，两个人转了一圈，又一圈，抽泣声要鼻嗓合用才做得足。宝钏猛一抽身，掩面而泣，薛平贵一惊，唤着"三姐"，拾起她的水袖给她拭泪，自己却又泣不成声；宝钏又忙回过身来，拈起平贵胸前的靠绸，给他拭泪，嘱他"一路之上须加小心"。

再无别话。他展开她的一只水袖，牵着，就像牵着她的手，侧身走开，一步，两步，袖子翩然而落。他带不走。

且行且哭，她送他到三岔路口，所有的志气都没有了，只是拉着他，不要他走。大炮轰隆，战马嘶鸣，她竟追着他跑起圆场来了，两个人的脚步都很利落，几乎见人飞不见脚动。她水袖大甩，随着他的马鞭上下飞扬，终于攀住了他的甲衣，死不放手。

薛平贵拖着王宝钏走了一串蹉步，左手拔剑出鞘，手起剑落，她双水袖一洒，腾空使了一个屁股座子，高起轻落，跌坐在地上。平贵则背着一身靠旗翻了个身，一手马鞭，一手宝剑，挥臂踢腿，"踩泥儿"亮相，留下一句——"三姐，你要保、重、了！"

他斩断了她牵着的那片衣襟，打马而去。

王宝钏唱一句西皮哭头，"薛郎，我夫！"再起身时，薛平贵已下场了。"见儿夫跨雕鞍，我失魂丧胆。但愿他及早回，奴心才安。"她对着虚空唱完最后一句摇板，又凄迷着眼喃喃了一声"薛郎"。

一切复归平静。

蒋凤仪哭了。以前人家老批评小麦花的王宝钏没个青衣样子，俏丽有余，哀婉不足，可是小麦花有她自己的一套说辞，"这时候王宝钏和薛平贵新婚燕尔，还没苦守寒窑十八年呢，干吗要苦大仇深呢！"

可是今天的小麦花不一样。她脱去花旦味儿了，不再是少女，而俨然是个女人了。眼里的火成了岩浆，水一样淌出来，顺着她的水袖，漫到她的铠甲上，渗过一层层粗布，烫疼了她的心。

"小麦子，你唱得真好。等咱唱回了老戏，你一定能成角儿！"蒋凤仪走过去，抹抹自己的脸，也抹抹她的，手上沾了她的泪、汗和胭脂。

"我给你把靠解了吧。"小麦花腕子一抖，收了水袖，转过身子一个扣儿一个扣儿地解着蒋凤仪胸前绑的粗麻绳，"疼不疼？刚才怕旗子掉了，系得紧点儿。"

凤仪摇摇头，垂着眼睛看绳子在小麦花手里上下翻舞。

"哎哟——"

"怎么了？"

"没事，指甲劈了。"

"太暗了，看不清，回去给你包吧。"蒋凤仪把她的手拉到眼前，又鼓着腮帮子吹了吹她的指尖，"笨劲儿的，还非得留长指甲。像我们天天在地上翻跟头的就留不了这个。"她一面说着一面退到墙边，靠旗抵着墙，自己卸了一身戎装。

小麦花走到衣箱堆砌的"城墙"下。那双蜡烛已经快烧到头了，淋淋漓漓的蜡油凝在斑驳的漆皮上。她"噗"地吹灭了微弱的火苗。仓库里恢复黑暗，只有一线月光穿窗而入，像薄霜落在她肩头。

"小义。"

"嗯？"

"咱们回去吧。"

"你唱够了？"

"够了。"

"那痛快点了吗？"

"痛快了。"

"得，三姐，咱回窑去哇！"

蒋凤仪让小麦花先攀着绳子出去了，自己也跟着跳上窗台，费力地解那根系在窗边的绳子。

"你折腾它干吗？"

"不然呢？"

"放那儿呗。万一以后还想来玩儿呢？"

"姑奶奶你可饶了我吧！"

她说完轻轻一跃，落到地上，手搭在小麦花肩头，边往宿舍走，边哼哼起"一马离了西凉界……"

"嘘——不怕人家听见？"

"不怕，我本来老生就唱得比他们好！"

"喊，你还说我折腾你，明明是你自己唱得瘾上来了！"小麦花踮起圆场的脚步往宿舍跑去，一路跑一路唱，"前面走的王宝钏。"

蒋凤仪也追上去，"后面跟随平贵男。"

"进得窑来把门关。"

"将丈夫关至在窑外边。"

"出得窑来高声骂，无义的强盗骂几声。寒窑一旦交与你，不如碰死在窑门！"

"三姐不必寻短见，为丈夫跪在窑外边。"

…………

陆

雁儿落

"为什么……"

"你……就一点没看出她不对劲？"

"头两天是不对劲……后来，岳老师来过，她精神头儿就
好多了……"

"岳老师？什么时候？我听说那天中午军宣队把小麦叫
去，把处分结果告诉她了……"

"什么处分？！"

"你不知道？就是……要让她转业，去农场……落户。"

蒋凤仪闻知此言时，她和齐克谐正坐在老家的地头上。
早春二月，田里仍一片萧条，只有越了冬的小麦进入了返青
期，黄叶渐渐变成青绿。只要熬过春寒，它们就会顺利拔节、
成穗，在盛夏时节迎来欢畅的收获。然而人有时候比草木更

脆弱。

凤仪请了病假，在老家躺了一个礼拜没下炕，直到小齐从团里溜出来寻她。是父亲大手一挥把一摊烂泥似的她撮了起来，让小齐带她出去走走。失去手足一般的滋味，蒋松霆自己尝过不止一回，可是除了硬挺过去，他别无经验可以传与女儿。凤仪轻飘飘地跟着小齐走过一道道田埂，却只能想起运动正如火如荼的时候他、她和小麦花跑回来避难，在乡间干活、玩笑、唱老戏。彼时的桃花源成了眼下的伤心地。

那天晚上回宿舍以后，凤仪帮小麦花把折断的指甲小心翼翼地剪了，又包扎了她流血的指尖。折腾了这么一场，提心吊胆两宿没合眼的凤仪倒头就睡着了，蒙眬间记得小麦花像往常一样窸窸窣窣地洗漱、拾掇，又在床头织了一会毛活儿。

第二天一睁眼她向旁边扭头，小麦花的床空了。她腾地掀开被子跳起来，一团东西软软地掉到地上——是和她自己那件没完工的黑毛衣一样质地的白毛衣，用了扭针的织法。

她捡起毛衣愣了几秒钟，趿上鞋就跑。一开门，好像所有人都知道了什么她不知道的事。她本能地朝着嘈杂喧嚣的方向跑，一路不闻风声，唯有风言风语。

"这可真成'玩火自焚'了！"

"多悬啊，要是把整个院儿点着了，那小娘们儿就把咱全搁进去了！"

"可惜了那些老行头……"

"她这叫'给封建残余陪葬'……"

凤仪跑丢了一只鞋，终于跌跌撞撞抵达了那嘈杂人声的源头——昨夜她们偷爬进去的老仓库。

大家刚刚把火灭了，接替徐烽工作的军代表黑着脸向仓库里嚷："人找着没有？"

蒋凤仪感到天旋地转，但还是下意识地要奔过去，却突然被人拦腰抱住了。是小齐。她想要挣脱，居然做不到。小麦花不是常常笑话他是连墙头都不会翻的文弱书生吗，怎么突然来了这么大的力气？她想不通。而他的确是拼尽全力才勉强捺住疯了似的她，任她又抓又踹也不松手，因为知道绝不能让她过去，不能教她看见……

她又悲又急，乃至精疲力竭，最后竟眼前一黑晕倒在他怀里。

一折"别窑"，她与她一别永别了。

> "出得窑来高声骂，无义的强盗骂几声。寒
> 窑一旦交与你，不如碰死在窑门！"
> "三姐不必寻短见，为丈夫跪在窑外边。"

一别十八载，薛平贵归来时还能见到王宝钏，尽管伊人"容颜不似彩楼前"。可小麦花却一去不回了，她在凤仪心目中的轮廓永远停在了二十几岁的样子。此后多年，蒋凤仪不再演《红鬃烈马》，尤其听不得"进窑"那一段。

因为真正寻了短见的并不是王宝钏啊。

那天小齐陪她在田间地头坐了很久。小麦花的头七已经过了，据说那是亡者魂魄返家的日子。蒋松霆被小麦花叫过一声"爸"，他便认为此处当为她的家，于是为她烧了纸、摆了饭，包括一小盅酒。凤仪呆呆地看着父亲忙活，说不上自己是信还是不信这一套。她只知道，无论小麦花的魂魄是否前来造访，她自己丢了的魂儿是一时半会儿回不来的。此时她望着眼前一片挨挨挤挤的麦苗，觉得人间是如此寂寞，既无胡琴锣鼓，也不再有笑语。

只有他还在。为什么每次她失魂落魄的时候他都恰好出现呢，上次在柿子林，上上次在地下书市，上上上次……

"小义，"齐克谐第一次如此唤她，她竟没觉察出异样，"小麦的艺名为什么叫小麦花呢？"

"她姓麦，戏班子里随便给她起的。"凤仪不自觉地微微扬起嘴角，"我也说她这名字没道理，小麦哪儿有开花的？"

"不是，"小齐沉吟了一下，"麦子也开花，只是花期比昙花还短。"

吕娜是在听完这段往事后萌生了重拾学术的念头。

途途是三月份出生的，到了年底，吕娜终于下定决心完成了博士申请。横山教授为她写了推荐信，她也在他的建议下选择了以戏曲史为研究方向，尤其关注坤伶或曰女艺人在无限风光背后的曲折命途。那是藏在宏大叙事皱褶里的美丽与哀愁，在历史的天空中雁过无痕，但应该有人去找寻、收集它的羽毛，证明那雁儿曾来过。

在这个找寻和收集的过程中，她发现戏里戏外的那些悲欢离合根本不是书斋里的理论能够概括或解释的。在读伍尔芙、波伏娃、朱迪斯·巴特勒读到头昏脑涨的许多个深夜，她是听着《夜奔》入睡的，在那条孤寂的长路上又每每梦到金铃子、银蝶子、小麦花、岳鸿霞的故事。当然，她最感兴趣的还是蒋凤仪，因为"夜奔"还在继续，她的故事还在继续。

"文化大革命"开始后的第四年，蒋凤仪和齐克谐结婚了。

一切似乎都顺理成章，就连剧团里口舌最毒的那些人都说他们般配。有人形容他们为"才子佳人"，小齐笑而婉谢，他当然知道这个词在当时不是好话。说白了，他只是个"知识越多越反动"的臭老九，她则是无戏可演的女武生。老戏里佳人周济才子或才子搭救佳人的情节很多，但像他俩这样倒霉到一块堆儿的确实少见，而这何尝不是惺惺相惜的缘由呢？

婚前小齐带凤仪去北京见他奶奶。她泰然自若，他却有点紧张，因为知道老太太是大家闺秀出身，规矩多、脾气大，而凤仪又是不会曲意逢迎之人，故唯恐俩人不对付。不过他似乎多虑了。

凤仪那日素面朝天，衣着简朴，然而只伏在老人膝前大大方方地叫了一声"奶奶"，老人就顿时眼前一亮。她用手摩挲着凤仪的额头、眉毛，用略带神秘的口吻赞她"好相貌"，小齐开着玩笑把凤仪扶起来，"奶奶，您相面哪？可别宣扬您封建迷信那一套！"老人也开怀笑了。

齐家在北京的宅子被收归公有之后住进了十几户人家，总算没把老太太扫地出门，而是让她住了门房。小齐的大姑和二叔想把老太太接走，可她坚决不肯，至今仍自个儿驻守于此。抄家很彻底，没抄走的累赘东西也都被老太太潇洒地扔了，所以这间几平米的小屋倒清清爽爽、不显逼仄，只是墙角放了一只巨大的木桶。

老太太见凤仪一脸纳闷，便笑着告诉她："那是我嫁妆里带来的泡澡桶，老木头呢，跟了我一辈子。如今虽弄不动它了，也舍不得丢。"

凤仪走过去拍拍那大桶，扭头说："我伺候您洗个澡吧。"老太太待要推辞，她已手脚麻利地开始打水、烧水，小齐还没来得及插手便被她轰出门去了。

等他再进门时，水汽氤氲，空气里飘着淡淡的肥皂香，老太太已换好了衣裳，干干净净的坐在床上。齐克谐一下子想起小时候，他不喜欢父母屋里的药味，奶妈便每晚把他抱到上房睡觉，那股熟悉的熨帖而清爽的味道，来自老红木家具、佛前香和二十多年前的祖母。他眼窝热了，紧紧拉住凤仪的手。

"哎，湿着呢！"

他不管，牵着她走到老太太跟前，"奶奶，我俩的事儿，您没意见吧！"

老太太眼中含笑，招手让孙子附耳上来，"小子，我早先交给你的那件儿东西呢？"小齐连忙在怀里掏摸，拿出来一条黑色的石珠串，恭恭敬敬双手奉上。

老太太接过来，亲自放到凤仪掌心，慈祥道："姑娘，如今我们家也不称别的了，这是奶奶以前贴身的东西，留给你。克谐这孩子，爹妈走得早，他跟着我长大，可我不能陪他一辈子。我们家从老太爷起就迷戏，到他三叔，再到他。本来我是不愿他再跟戏打交道，可是缘分啊，人奈何不得。我虽不懂戏，可也知道若做好戏必先做好人。奶奶看得清楚，你是个好姑娘，不一般。只要你们惜缘惜福，好好过日子，我也就放心了。"

凤仪攥着珠串点点头，小齐略拉了一下她的袖子，两个人跪下给老太太行了礼。

点绛唇

    婚礼，蒋凤仪本是不欲办的。敲锣打鼓她听惯了，也从不怯场，可那是演英雄好汉，不是做新娘子。对于后者，她只能想到台上旦角的凤冠霞帔，美是美，可仿佛跟自己不沾边儿。然而蒋松霆怎能应允呢？他立马瞪了眼，"不成！我就你这么一个闺女，你就我这么一个爹，哪能不声不响地就出门子了？闹革命还不让人办喜事了？"

    凤仪挠了挠父亲布满花白胡茬的下巴，"爸，我是'文艺黑线'，他是'反动文人'，我俩办事儿谁敢来？"

    "谁说在城里办了？就在这儿办！我蒋七的闺女出嫁，我看谁敢不来！"

    于是蒋凤仪和齐克谐在非常时期办了场非常热闹的婚礼。那一天恰是立冬，天寒地冻，但喜气盈盈。小齐的家人，包括年事已高的奶奶，并没有远道而来。一对新人是在女方的家里，在无数没有血缘关系的乡亲们面前完成了他们人生中最重要的仪式之一。

凤仪搽了红唇，却没有穿红嫁衣；她穿的是小麦花留给她的那件白毛衣，并把自己那件黑色的改大了，织好送给了小齐。新人一出场，大伙儿难免窃窃私语，"咋回事儿？小两口儿穿得跟黑白双煞似的？"不过很快，酒、菜和戏就转移了人们的注意力。

蒋松霆下血本大摆筵席，当下端着酒碗一桌桌喝过去，接受乡亲邻里的朝贺，喝一碗便要扯着嗓子唱一段，最后竟唱起了他一向不屑的现代戏——《智取威虎山》里那段脍炙人口的"今日痛饮庆功酒……"

那一如既往荒腔走板的嗓音听得大伙儿龇牙咧嘴，忙协力把他按在凳子上，"七叔、七大爷、七祖宗，今儿大喜的日子，您总得让俺们听两口儿顺耳的吧……您坐、您坐，吃菜……还是新娘子来一个吧！""对，新娘子来一个！""小义来唱吧！"老少爷们儿起坐喧哗地哄起来。

凤仪也不推辞，她走过来冲他们举了举酒杯，真诚道："这些年我都不在我爸身边，多亏了村里人替我照看老爷子。借今儿这日子，我谢谢各位，往后还少不了要劳烦大家伙儿。我也没什么别的本事，就给大家唱个《四郎探母》里的'见娘'吧！"

说罢她一饮而尽，略低头拱了拱手，"老娘亲请上受儿拜，千拜万拜也是折不过儿的罪来。孩儿被擒在番邦外，隐姓埋名躲祸灾。萧后待儿恩似海，铁镜公主配和谐。儿在番邦一十五载，常把我的老娘挂在儿的心怀。胡地衣冠懒穿戴，每年间花开儿的心不开。闻听得老娘征北塞，乔装改扮过营来。见母一面愁眉解，愿老娘福寿康宁永无灾。"

小齐夹在酒酣耳热的人群中望着她，他似乎比他们都清醒，又比他们更沉醉。小麦花织的毛衣跟别人不一样，不是直上直下的，而是特意卡出了腰线。如今凤仪把它穿在身上，因她比小麦花个头高一点，越发显得"花鬘斗薮龙蛇动"。他欢喜却并不意外，因为早在她灰头土脸地在练功场上挥汗如雨时他就看出她的美了。美人在骨不在皮，况且她是铁骨，不是媚骨。他感叹西方人结婚穿白有道理，白衣胜雪才衬得起她的一唱一念、一颦一笑。他不是总幻想她扮作青衣的样子吗，如今她唇点丹朱，虽不是青衣，却是新娘了；他的，新娘。这世道负他，知识负他，百家言、千钟粟都成了泡影，可他拥有了实实在在的颜如玉啊！

然而就在同一时刻，他的老泰山是另一番心情。蒋松霆听着女儿的"见娘"哭成个泪人，旁边有人偷笑，"瞧这蒋老七，跟个老娘们儿似的，平常的威风哪儿去了？"

他没法不哭。二十多年了，他既是爹，也是娘，而眼前的新娘子是谁呢？是在台上威风凛凛的女武生，是十岁挑班、随父冲州撞府闯码头的"小班主"，是被他逼着、打着、骂着练功的淘气鬼儿，是翻着筋斗到台上救他下场的小毛猴，也是三岁那年在他怀里口口声声说"不走"的小义儿。是他的女儿啊，今天成了别人家的新媳妇。这回，她真的要走了。乘着一艘他拦不住的船，驶向人生的下一个港湾。

那天午后，赴宴的人群散去，新郎新娘费了大力才把烂醉如泥的蒋松霆弄到炕上去。工宣队只给他们批了一天假，下午他们就要回城了。凤仪也有点晕晕乎乎的，但还是像往常一样给醉酒的父亲沏了壶酽茶放在炕桌上。小齐拧了一条热毛巾来，她给枕上的他抹了把脸，浓眉依旧，可是须发皆已花白。这还是那个大手一挥就把她抱在怀里、扛在肩上的父亲吗……明明那白酒味还是熟悉如初、浓烈如初。

她坐在炕沿上握着父亲的手，良久，觉得自己头脑清醒点儿了，便对小齐说"走吧"。她放开手，走到门口时蒋松霆突然嘟囔了一声，她没听清。

"我爸说啥？"

小齐摇摇头，揽住她的肩头跨过了门槛。

傍晚时他们进了"新房"。工宣队安排凤仪住到齐克谐的小屋里去，正好把她和小麦花的那间宿舍收回了。劳顿了一天，又喝了酒，她不想吃晚饭，只说要"躺一会儿"就不见外地把自己撂到床上睡着了 —— 其实还是她自己原来的那张单人床，搬过来拼在了他那张单人床旁边。人累极了打的盹儿往往最香甜，凤仪醒来时已是半夜了，一睁眼看见小齐正倚在他那半边床上支着腮帮子目不转睛地瞧着她，惊得她一个"乌龙绞柱"坐了起来。

"你看……看什么？"

她刚睡醒，舌头还不利落，抬手抹了抹嘴边。小齐笑了，没说话。

"你笑啥……我打呼噜了？"

他笑得更欢了，摇摇头，从写字台上拿过一瓷缸子温开水递给她。她如得甘霖，猛灌了几大口，身心顿时清爽多了。小齐把杯子放回去，端端正正盘腿坐在她面前，一对新人仿佛庙里相对参禅的两个老和尚。凤仪的眼珠转了一圈，讪讪道："你这屋里书挺多的哈……他们抄过了还剩这么多……"她又不是第一次来，纯属没话找话。

"花前月下，读书无趣。"小齐朝她眨眨眼。

"那你想干吗？"她警惕地坐直了一些。

"你忘了？我们家祖传爱昆曲。"他脸色有点得意。

"你会唱哪出儿？《夜奔》你会不会？"

"那是你的拿手好戏，武戏我就不班门弄斧了。都说男怕'夜奔'，女怕'思凡'，净怕'钟馗嫁妹'，小生怕'拾画叫画'*，"小齐清了清嗓子，朝她作了个揖，"咳咳，那小生我就献丑个'拾叫'吧，林教头莫要见笑。"

* "拾画叫画"，《牡丹亭》中的一折，为小生独角戏。讲述小生柳梦梅寄宿在杜家旧园，于太湖石畔拾得杜丽娘自画像，深为爱慕，且观且唤，仿佛与真人对话。

凤仪忍笑道："尔且唱来！"

"待我展开，观玩一番……"小齐坐在床上像模像样地做了个展画轴的身段，唱了起来，确实是游刃有余，一派儒雅蕴藉的风度，"这慈容只合在莲花宝座。咦，为甚独立亭亭在梅柳左？吓，不栽紫竹，边傍不放鹦哥。原来不是观音。"

若论风流手段，才子佳人戏里的小生个个是好手。小齐装作认真"看画"，却突然搔了一下凤仪的脚心，"喏！只见两瓣金莲在裙下托。吓，是尊嫦娥！"

她大笑，一脚踹过去，他却躲开了接着唱，"又不像吓！我想既是嫦娥，并不见祥云半朵。嗳，也非是嫦娥。"

他抬眼望着她，故作诧异地摇摇头，"既不是观音，又不是嫦娥，喂，难道人间女子不成？吓哈哈哈！这画蹊跷，教人难揣难摩……"

悠悠唱完这最后一句，小齐摘了眼镜扔在一边，凑近了端详她的脸。她是画，画是她，教人难揣难摩，难舍难割。

她也觉得自己变成了画，是辗转流落多方的卷轴，长久以来都封存着，直到有人小心翼翼地把她轻放在案头，解了她的丝绦扎带，手握着白玉裱轴把她铺展开。她无法不忐忑，因为想起在庄团长办公室里无助的那一刻。可是他说："小义，别怕。"于是她始知"拾画叫画"的人不会伤害她。

空气变得很稀薄，仿佛都被他抢去了，原来画里画外的两个人竟能如此贴近。她演过许多男人，尤其是血气方刚的英雄；她惯于观察、摹仿男人的表情、姿态、气度，乃至她的举手投足比大部分男演员更风神洒落。她的女儿身要服膺于武生的四功五法，她打拜师学艺的那天起就知道；但她的武生拳脚底下也藏着一个女人的敏感与柔婉，这一点她却是今日方知。

舞台离她而去，小麦花离她而去，刻骨的孤独纠缠她日久，却似乎终于在一泓温暖的、包裹着她的清泉里被冲淡了。不能在台上演男人，便在画里做个女人吧。她深深地吸入一口气，拥抱了万顷波涛。

昼
夜
乐

　　第二天早上，齐克谐打开屋门发现地上躺着个小木盒，捡起来一看，里面是一对珊瑚釉描金骨瓷茶杯，盒底附了一张祝贺新婚的字笺。他抱着这盒子进了屋，拿到床畔给凤仪看。她揉揉眼，握着纤细的杯把举起来打量，阳光竟穿透了金红色的杯壁洒到被子上。

　　"谁送的？"

　　"这么讲究的海上货，还能有谁？"小齐把那字笺递到她眼前，落款是"白、岳"两个字，"这年头，也不知道人家怎么藏住这东西的。"

　　凤仪盯着字笺上笔锋俊逸的两行贺词，突然"咦"了一声，"这里还有咱俩的名字呢！"

　　"文以寄闲，武可安家。凤友鸾谐，暮酒朝茶。"小齐念了一遍，枕在她腿上哈哈大笑，"白老师真是明白人啊，这是劝咱俩都看开点儿呢。你瞧，我肚子里这点墨水只能偶寄闲情用了，你这身本事还能安家护院！"

凤仪忍笑把他的脑袋扒拉开，翻身下了床，三下五除二地收拾停当，临出门前问小齐："怎么谢谢人家呢？"

小齐想了想，说他亲自去道谢，不用她操心了，毕竟她身担要务——下午有演出，她还得给座山雕擦皮靴呢。

自从《红灯记》下马以来，《智取威虎山》成了剧团的重点排演剧目，不过对她的工作没什么影响，只是从给日本兵擦皮靴变成了给座山雕擦皮靴。

小齐去向白少杰夫妻道谢，岳鸿霞又热情地邀这对新婚夫妇来他们屋里吃晚饭。小齐受宠若惊，"岳老师，您和白老师连一块糖也没吃我们的，又送了那么珍贵的礼物，我们哪儿好意思白拿又白吃呢。"

"别说这么见外的话，我喜欢跟你们小孩子在一块。"岳鸿霞的声音低柔婉转，"凤仪和小麦以前常来……"

白少杰连忙插话道："小齐呀，你还没尝过我的手艺呢，晚上早点来，咱俩喝两盅！"

晚间，小两口上门时白少杰正在煤球炉子上炖着一锅小黄鱼，南豆腐被他托在手上，直接拿菜刀划了几下便白嫩嫩、颤巍巍地滚进了锅，一点没见碎。

小齐赞叹："白老师，好功夫啊！"

岳鸿霞把一瓶黄酒放进小奶锅里用热水温着，随口道：

"他就是穷讲究。没办法，人家大少爷吃过见过。我这粗人托他的福才过得细致些。"

当年艺惊上海滩、才貌双艳的大角儿说自己是"粗人"，小齐和凤仪都忍不住笑了。凤仪看白少杰在门口拿着火筷子撅灰，忍不住小声问："岳老师，你们天天自己做饭啊？去食堂吃多方便。"

"在家吃饭，家里有饭味儿，饭里也有家味儿。屋子再小也是个家呀！来，开饭吧！"白少杰把小黄鱼炖豆腐和几个小菜端上了那张"棋盘桌"，招呼大家落座，又从热水里拎起了酒瓶，扭头问妻子："姐姐今儿喝点儿吗？"

她摇头，他便倒了三杯。"岳老师过两天还有戏，不敢喝。其实她酒量最好。"他把酒递给小齐和凤仪，又端起了自己的杯子轻声说："来来来，咱们庆祝一下，这世道无情人有情啊，祝你们小两口白头到老！"

岳鸿霞也以茶代酒，四个人一饮而尽。"小囡，喝着怎么样？"

"有点像料酒！"凤仪老老实实地回答，大伙儿都笑了。

酒足饭饱的小两口回了自己的小屋，俩人捧着肚子倒在床上。"岳老师是横跨菊界影界，白老师是兼通戏艺厨艺啊！你没看见，他切菜的时候还'前弓后箭'呢！真是做饭练功两不耽误。"小齐说着爬起来学白少杰的姿势。

凤仪笑得在床上打滚儿，半晌，她一骨碌坐起来宣布："我也要学学做饭了！"

"哦？"

"从小到大除了练功唱戏就没干什么别的。如今唱不了戏，也该过过正常人的日子了。"

小齐听出了她语气里的一丝怅惘，伸手按了按她脑后翘起来的短发梢，"林教头要变林娘子了吗？"

"怎么，你看我不像贤妻良母？做一个给你看看！"

"哈哈哈，'贤妻'已经是了，'良母'嘛……咱还得继续努力！"

凤仪闻言飞红了脸，赏了他一拳。

此后，她果真热情满满地练起了厨艺，只是惨烈的现实很快令小齐意识到，凤仪那双手耍得了钢刀，却玩不转菜刀，那双眼拿得准戏的火候，却拿不准菜的火候。当她又一次把一盘名为"土豆丝"的条状物摆上桌并虚心请小齐品鉴的时候，他尝了一口，给出了引经据典的点评，"好、好！老子说'大音希声，大象无形'，咱这叫'大味少盐'！"凤仪自己也尝了一口，随即撂下了筷子，"你拐着弯儿骂人！"

小齐诚恳地握住她的手，"好汉……哦不，娘子啊，你的好意小生心领了，实在是消受不起……还是我来试试吧，赶明儿去向白老师拜师学艺，就不劳烦娘子洗手做羹汤了。"

不久，小齐的技艺着实突飞猛进，主要是他不像凤仪那么急脾气，备料、切菜、调味、炖煮，他都耐得住性子，自然成果喜人。半年下来，凤仪吃胖了。她承认自己在做饭这件精细事上缺乏天赋，于是欣然承包了家里的力气活儿。这种分工方式在他们的婚姻生活中持续了很多年。

结婚以后，她几乎不练功了。许多个漫漫长夜，她和小齐窝在床上拥被看书，通常是"禁书"，然而"雪夜闭门读禁书"最是一种安逸而又富于刺激性的体验。她喜欢自己读，更喜欢听他讲。有时这会让她想起小时候听师父说戏的情景，不过师父说的是台上的剧情、程式、台词、锣鼓，而小齐侃侃而谈的是古往今来的文章天下事。夫妻俩最常聊的还是《水浒传》。小齐带她在黑书市买的那一本已经翻得破破烂烂的了，但她还是经常打开了就不放手。

"小齐。"

"嗯？"

"为什么宋江老想着招安呢？真是武松说的，'今日也要招安，明日也要招安，冷了兄弟们的心'。"她合上书，叹了口气。

"这问题很复杂，水浒之所以有那么多版本，恐怕跟不同人对招安的不同理解也有关系。不受招安的话，你觉得这一伙土匪真能扛得过大宋朝？"

凤仪愣了一下，小齐接道："说宋江愚忠也好，'投降派'也好，在那一伙儿人里，他大概是少数几个身处江湖而深刻了解庙堂规则的。"

"怎么人家方腊就不投降？"

小齐笑了，"方腊自立一个小朝廷，他日壮大了，跟大宋朝又有什么区别呢？所以啊，想改天换地太难了，就凭几个文人、几个武夫很难做到，或是看似做大做强了，实则又回到了原点。也许宋江这样在'忠君爱国'的框子里做点贡献是最稳妥的出路了。"

小齐见凤仪不说话了，便掐掐她的脸颊，"你知道'林冲夜奔'这出戏为什么感人？"

"为啥？"

"因为这时林冲还在路上。他刚逃过了一难，跟过去决裂了，那么痛、那么狠，好像他这一奔就能奔出个名堂，奔出个'海沸山摇'。"

"他就是奔出来了呀！"

"那是李开先的改编。在《水浒》里，他那一夜是奔出来了，可是奔上了梁山，最后又怎样了呢？有了这么个绝望的结局做底子，那一场满怀希望的'夜奔'才显得那么美。"

一提《夜奔》凤仪就失了神，直到小齐在她耳边轻唤："哎，我问你，林娘子管林冲叫什么？"

"官人。"

"哎！"他坏笑着答应了一声，她反应过来，拿胳膊肘拐了他一下，"好哇，占我便宜！"

"不敢不敢……我是说，'官人'这称呼在北宋盛行就是因为科举制度日趋成熟，天下读书人的妻子都希望丈夫取仕当官。其实林冲也跟宋江一样有过加官进爵的文人心态。"

"那他怎么不成天嚷嚷招安？"

"因为他是真的被那个制度伤透了心。"小齐一字一顿地说，"他没杀过人，没放过火，没开过黑渡船，没卖过人肉包子，仅仅是因为老婆长得好看就被害得家破人亡，他是真真被逼上梁山了啊，还会愿意再走回头路吗？"

凤仪还要再问，小齐却倚着枕头把她拽倒了，"良夜迢迢别光读书呀！哎，你再叫一声官人我听听！"

"呸！"

"就一声……"

"……"

剔
银
灯

　　穿林海跨雪原，气冲霄汉，抒豪情寄壮志，面对群山。愿红旗五洲四海齐招展，哪怕是火海刀山也扑上前。我恨不得急令飞雪化春水，迎来春色换人间！

　　整整一冬，剧团大院里一直回荡着《智取威虎山》中杨子荣高亢入云的唱腔，蒋凤仪无法不心有戚戚。杨子荣是英雄，单枪匹马的英雄，使人想起长坂坡前的赵云、挑滑车的高宠，而如今的她是个普普通通的已婚妇女，大家看到她只会问，"戏服熨好了吗？""布景摆上了没有？"

　　齐克谐和她每隔一阵子就回北京去看看奶奶，但这天舞美队有急活儿，她便没跟小齐走。晚上忙完了后台的事，她独自溜溜达达地回到小屋，门推不开，这才发现自己没带钥匙。这还是结婚以来小齐头一回没在屋里笼好了火、备好了夜宵等着她。她心里竟有一瞬的难过，转念不免嘲笑自己越大越没出息了。

冬夜漫长。她想了想，又走回了刚才干活的小礼堂。后台伸手不见五指，她摸索着走到幕侧。一片淡淡的月光投在舞台上，墨绿色的台毯宛如苍苔，曾留下了多少高底靴的印痕，那沓杂的足迹里也有过她的一双；而现在，草深苔绿无人行。蒋凤仪不由自主地走了上去。

她想起那年"武斗"刚开始的时候，她带着小麦花和小齐躲回乡下，父亲跟她说"十年河东，十年河西"。大河汤汤，带走了跟她那么要好的朋友，又把她带入婚姻和凡常而温馨的人间烟火，可是舞台依然在她够不着的对岸。

"打虎上山"的布景摆在台上，被晶莹月色模糊了轮廓。她孤零零地站在那儿，恍惚间威虎山化成了梁山，东北密林中的大雪似乎飘到了草料场外的山神庙。那不是杨子荣的世界了，俨然变成了林冲的、她的……

蒋凤仪站在这方寸之间，如与天地同在。她想唱，想做，想打，想回到少年时，凭一己之力演出满台夜色，再把女儿身熔化成英雄泪，洒在夜奔的路上。然而，她竟做不到了。原来身体的记忆和脑中的记忆一样，都是有时限的。她抬脚，却不知第一步该迈向哪里。她想起那晚小齐说的，林冲"真的被那个制度伤透了心"。林冲如是，小齐何尝不是，她自己又何尝不是呢？此刻，她唯有定定地站在原地，念出了那首她仍铭记于心的定场诗。一字一句，如杜鹃啼血。

欲送登高千里目，愁云低锁衡阳路。鱼书不至雁无凭，几番欲作悲秋赋。回首西山日已斜，天涯孤客真难度。丈夫有泪不轻弹，只因未到伤心处。

最后一个字砸在地上，半空中竟传来了回响——那是洪钟般的一声"好！"，几乎同一时刻，一束追光亮起，打在凤仪身上。她来不及感到错愕或惊吓，本能地抬手挡眼。手放下时，模糊的视线中出现了一个老者，佝偻着腰，沿着一架隐秘的楼梯从高处的灯控室走了下来。她见来人是个老头，便不怎么忐忑了，只剩下好奇。

老人背着手走到舞台上，端详了她一会儿，她没敢开口，直到他问："是老春雀班儿蒋七的姑娘？"

她这才忙不迭点头，"我岁数小，不知您老怎么称呼？"

"罗云仲。我在老仙和看过你和你爸爸拉《柴桑关》的枪架子。"

"啊，罗……罗老板！"凤仪不自觉地延续了早年间人们对他的称呼。她想起他了，那个在父亲拿枪把子打她时"挺身而出"的罗老板，下巴上的一丛白胡子没变，可魁梧的身材、红润的脸色全变了。

"哎哟，丫头，甭这么叫，扎耳朵！"罗老头连忙摆摆手，于是她改口称"罗爷爷"，问他为何在此。"这不，你们这儿要排'威虎山'，就把我调过来'控制使用'了。估计是看我老头子在干校挖不动河泥了，还不如放到这儿来'使用使用'。平时说戏，演出的时候打追光。"

他见凤仪一脸复杂难言的表情，便呵呵笑了两声，"我早听说你们爷儿俩在这儿，没想到还真碰见了。说起来我跟你们春雀班儿是有点缘分。"她不解。"当初我跟你们老班主燕五爷演过《长坂坡》呀，他的糜夫人，我的赵云，我俩的'抓帔'可是一绝！"

凤仪笑了，带点小骄傲又有点不好意思，"要论缘分，我走上学戏这条道儿还是因为您呢！"

老头一惊，"跟我有嘛关系？"

"因为您'晾台'了呀！"她眨眨眼，讲起四岁那年在鸣新茶园的事，"您这'大猴王'没来，我这小毛猴才头一回跑上了台。"

老头哈哈大笑，拍拍她的肩，"那几个戏混子拿那么俩钱儿打发我，我一赌气就撂挑子了。我这辈子就闹了那么一回脾气，没想到闹出来一个女武生！"凤仪的嘴角微微翘了一下，笑意随即消融在落寞里。罗云仲看出来了，略探着身子低声问她："孩子，《夜奔》现在还能从头到尾走下来吗？"

"忘得差不多了。"她惭愧坦言。

他又问："当初谁教的你？"

"我师父严松霁。后来李三福老爷子也给我说过。"

他点点头，"是正路子。废了多可惜，咱爷儿俩再把它捡起来吧！"她眼睛亮了，"您是说……您老愿意教我？"

"嘁，什么教不教的。当初我差点害得你爸爸下不来台，又把你引上了这条道儿，还不该弥补一下吗？"罗老头偏着脑袋，突然接了一句，"孩子，你还想走这条道儿吧？"她连忙说想。老头这才舒了一口气，徐徐问她："现在有戏演吗？"她摇头。

"'威虎山'里有武戏开打，正缺人呢，我把你加进去吧！群戏，也看不出你是女的。"她脸上有迟疑的神色，罗云仲一望而知，"不想跑龙套？嫌跌份？"她不语，老头叹了口气，"丫头，我这是为你着想。你要是老不上台，自己功废了不说，人家赶明儿轰你走、让你转业怎……"

他话未讲完，她已脱口而出："罗爷爷，'威虎山'，我演！龙套就龙套！"

罗老头欣慰地笑了，又语重心长道："这样板戏啊，耗了人不少心思，确实有玩意儿。"他顿了顿，把嗓子又压低了些，"可它长不了！"凤仪讶然。"你看这杨子荣闯进威虎山、打入匪窟，有没有点像咱老戏里的'天霸拜山'？"

"是有点儿像！"

"可'拜山'里的黄天霸和窦尔敦势均力敌，一来一去才有人味儿、有戏味儿，这样板戏呢……"

凤仪抢了话："杨子荣一直在中间，座山雕和八大金刚就没露什么正脸儿。"

"对啦，这英雄太像神了。给人看的戏没有活人气儿，只有敌我斗争，你说它能长久吗？打明儿起，你晚上没事儿就来找我，我就住礼堂楼梯把角儿那小屋。咱爷儿俩拉《夜奔》！"

自此，在罗云仲的极力推荐之下，蒋凤仪成了"剿匪队"中的一员，名正言顺地恢复了练功，每天跟十来个男演员一起披着白斗篷练那段滑雪上山。罗老头说得没错，样板戏的艺术编排煞费苦心，一段雪舞融汇了京剧的武打技巧、芭蕾舞的跳跃动作、民族舞的骑马姿势，幼功扎实如她也颇下了一番气力才掌握。

到了晚上，她便去找罗云仲学《夜奔》，用小篮子装着大带、茶缸子、笔记本和圆珠笔，上面盖着块儿手帕。在这样寂静荒凉的夜里，没有中西合璧的音乐，没有巧夺天工的幻灯布景，他们一老一少悄悄地用口传心授的老办法，用唱念做打的老程式寻找着那出失落的《夜奔》，也寻找着她失落的那一半自我。当杨子荣在万众瞩目之下"打虎上山"时，林冲正奔走在逃亡路上，路远天高烟水寒。天朝的落日在他身后，但他相信这一夜过后的朝阳属于真正的英雄，沉冤待雪，未来可期。

《夜奔》的老路子慢慢回到了蒋凤仪身上，与此同时，新的感悟也萌发于她的心田。她曾以为把《夜奔》忘了也就忘记了那个演林冲的自己，她从此便是个"正常"的女人了。

可原来，她以为忘却了的都早已是她生命的一部分。做女人是"命"，上天注定；而演男人是"生"，使她感到自己在戏里生生不息、生龙活虎，不止于活着，而且在创造——她创造了"他们"的形神，"他们"召唤了她存在的意义。

小齐渐渐发现了她的变化。当她又一次挎着小篮子蹑手蹑脚进屋以后，他在黑影里问她："干吗去了？"她一惊，抚着胸口说："你还没睡啊？吓我一跳。不跟你说了吗，练功去了。"

他啪地拽亮了灯，目光炯炯地盯着她，"什么功啊？"她有点心虚，却依然嘴硬，"练功就是练功，你还管……"

她话未说完，小齐跳到地上，手指点到了她的鼻尖，"你练的不是革命的功，是'帝王将相'的功！"

"好哇，你还敢监视我？"

他爬到床底下开箱子摸出一样东西，回到凤仪面前背着手说："明天带我一块去。"

她扒拉小齐的手——原来他手里是支竹笛。她喜得跳起来勾住他的脖子，"你还会这手儿？！"她刚冲完澡，头发还湿着，水珠噼里啪啦地溅到小齐脸上。他胡乱一抹，把她抱到了床上，"就你有幼功吗？你说，怎么谢谢我？要不先叫声官人吧……"

有了小齐的笛子伴奏，凤仪不但逐渐恢复了身上的功夫，嗓子也越唱越有味儿了。然而就在这出"夜奔"渐入佳境之时，她跟随罗云仲学戏的日程被迫中断了。

1971 年的早春时节，蒋凤仪发现自己怀孕了。

喜
迁
莺

当吕娜所在的城市再次春暖花开的时候，她陆续收到了几个博士项目的 offer。经过和横山教授的讨论，她最终选择了东海岸的一所公立研究型大学。将要离开居住了七八年的地方，她的心情有些复杂 —— 在三十岁的前夕，她竟然又要去读书了，带着一副行囊和一个刚满周岁的孩子。一年的时光，她亲眼看着一个新生命的成长，也亲耳听到了太多旧迹斑驳的故事；而所谓"历史"，也无非是由一个个生命、一段段故事汇成的洪流。

横山教授说，学术研究者和所有人一样身处于这条洪流，不能跳脱，也无法看清它的全貌；只是他们有责任竭尽所能地追溯它的来处，瞻望它的去处，探究它的每一次曲折与转向，并观照其中的万事万物，哪怕是一片浮萍、一粒沉沙。

在吕娜带孩子搬走之前，横山教授和蒋雏仪为她饯行。席间，蒋姐一直把途途抱在膝上，颇有些不舍。欢聚将散时，她一手抱着途途，一手叩着桌子轻唱了一支【驻马听】：

良夜迢迢，良夜迢迢，投宿休将它门户敲。
遥瞻残月，暗度重关，急走荒郊，俺的身轻不
惮路途遥……

这是雏仪第一次在他们面前亮嗓，确有乃母之风，只是声情偏于柔和。横山先生的目光始终没有离开她左右。一曲歌毕，她把孩子轻轻放回婴儿车，拥抱了吕娜，说她一定会去看望她们。

吕娜的第一学期过得很忙碌，要带孩子、做助教、读文献……几乎无暇与横山教授和蒋姐联系，以至于她是通过系里的官方邮件才获悉横山即将来到她所在的大学进行交流访问。

横山教授的航班抵达那日，吕娜去接机，在见面一刻收获了加倍的惊喜：跟横山一同出现在她面前的还有蒋雏仪；而且，两人竟是并肩携手走来的。

他和她都不年轻了，在熙熙攘攘的人群里也毫不特殊，可是吕娜遥看他们一路走着、谈笑着，知道他们彼此之间有了起承转合的新故事。

当晚，伴随着途途的牙牙学语，三人像过去一样聊近况，

聊戏，也聊吕娜的课题。得知蒋姐不久将回国探亲，吕娜请她代为向蒋老师问好，并透露自己也有计划回国搜集资料，只是面对浩繁卷帙，她尚不知从何入手。

雏仪听后和横山对视了一眼，说明天带她去拜访一个人，也许会帮到她。

圣诞将至，街头巷尾多了红红绿绿的点缀，距离节日气氛的铺垫完成只差一场大雪。

清晨天阴，蒋雏仪、横山和吕娜母女造访了一栋位于这座城市唐人街附近的房子，毗邻一间乐器行。门铃响过几声，无人应答，雏仪竟掏出钥匙打开门，领他们走了进去。

客厅里一架古色古香的多宝阁十分抢眼，上面摆的并非文玩，而是各种模样奇古的乐器，吕娜能认出来的只有笛、笙、箫……

正在此时，一阵门响，外面走进一位银发整齐、戴眼镜的老先生，肩上落了些薄雪，手提几个装着新鲜菜蔬的购物袋。看到屋内几个人，他温和又亲热地对雏仪说："宝儿，客人来啦？"

"爸！"她上前接过他手里的袋子，掸着他身上的雪花回答，"来了。"

蒋凤仪怀孕初期的日子过得很辛苦，各种无法抑制的变化令她感到惊恐。长久以来，她习惯了掌控自己的身体，腿能搬到多高、腰能下到多低，自己心知肚明，对困意、饥饿、疲劳，乃至筋骨的伤痛，她都能忍受。然而现在，某种不可名状的力量压倒了她。

在呕吐和尿频的间歇，她时常摸着自己平坦的肚子——跟以前一样平坦，甚至因为无法进食而变得更平坦了——她想不通，大夫说现在"孩子"还没有一根豆芽儿大，它怎么能对自恃钢筋铁骨的她产生如此厉害的影响呢？不光她自己不敢相信，工宣队的人也以为她借故偷懒儿。他们在外面砸门，不顾小齐的阻拦，气势汹汹地闯进来，正赶上她惨白着脸趴在床边大吐特吐。他们愣了几秒，一阵风似的来，又一阵风似的走了，只撂下一句："什么女武生，一点革命意志都没有！"

齐克谐伺候她漱了口，给她擦擦脸，劝道："甭听他们的，这下他们也亲眼看见了。你就好好躺着。"她有气无力地靠在他肩上，"我哪儿还顾得上搭理他们。半条命都吐出去了……"

小齐赶紧掩住她的嘴。他把手放在她的小腹上，确实什么也感觉不到，可心里还是好奇、忐忑，又满怀期待，"这小东西能耐这么大……小义，你想吃点什么？我去做。"

她马上皱起了眉，"什么也不想吃，一想饭味儿就恶心。"

正说着，岳鸿霞来了，手里端着个铁饭盒，关切问："凤仪怎么样了？"

"还那样，喝水都吐。"小齐代她答话。

"我们家那位蒸了点鸡蛋羹，不知道凤仪吃得下吗？"饭盒盖一打开，小磨香油混合着蛋香飘出来。"嗬，真……"小齐的"香"字还没出口，凤仪已经扑到床边又一阵翻江倒海。

小齐低头给她拍背。吐完了，她强撑着坐起来，抱歉地咕哝了一声"岳老师……"岳鸿霞早已把饭盒推得远远的，此时手疾眼快地递给她一杯水，帮她垫高了枕头又笑说："以前听老人家讲，闺女心疼当娘的，在肚子里不闹。你这样八成是个男孩子吧？"

凤仪听了有些蒙，因为她还从未想过肚子里的"小豆芽"也会有性别。小齐刚倒了盆进屋，接话道："不管男孩女孩，大人孩子都健康就好。"岳鸿霞点点头，稍后又建议小齐想办法给吃不下饭的凤仪买点爽口开胃的水果蔬菜。

过了几天，蒋松霆来看闺女了。十几年了，他很少进城，更没踏进过剧团半步，可是眼下他带着大包小包的红枣、核桃、鸡蛋，一个人浩浩荡荡地进了大院。

他是在信里得到消息的，女儿怀孕了，他，要做"姥爷"了……吗？他对这两个字感到陌生，在屋里搓着手转圈，仿佛当初那大红团凤褙褓的触感仍残存在掌心，而小义儿的脸蛋比缎面儿还光滑。转眼二十五年，可她在他眼里还分明是个孩子呀。蒋松霆一宿没睡着，第二天一大早就奔了车站。

这还是他第一次来到女儿女婿的"婚房"，一进屋便感到憋气，"单位就让你们住这儿？真他妈不是东西。"再一扭头看见满桌的水果罐头和女儿怀里的一盆胡萝卜黄瓜西红柿，他又把火气转移到姑爷身上，"我说小义怎么怀着孩子还瘦了，这是喂兔子哪？"

小齐默默给老丈人倒茶，不敢声辩，凤仪却知他东奔西跑买到这些鲜灵蔬果不容易，忙扯住父亲的衣角，"爸，你别瞎嚷嚷……我这天天吐得吃不下饭，也就这些东西还咽得下去。"

"不吃饭还了得？走，咱看大夫去。"

凤仪从小到大连感冒发烧都少，所以本能地抗拒去医院，可小齐也附和，"爸说得是，我早就要带她去看看，她非拗着不去。"

"听她的还行？"蒋松霆立刻变换立场，和姑爷站在了一边，指着女儿说："快把你那食槽子放下，穿鞋下地！"

小齐接了令箭似的走过去帮她穿鞋，又低声对岳父为难道："爸，我前几天一直请假……"

"你该干吗干吗，我带我闺女去！"蒋松霆大手一挥。

妇产科门诊前，男人很少，上了岁数的更是绝无仅有。接诊的是个四十来岁的女医生，一双细长凌厉的眼睛扫过蒋松霆，而他满不在乎。陪自己的女儿看病，他觉得天经地义。

医生问了凤仪几句，最后一个问题是，"你妈或你的姊妹在怀孕的时候有没有类似反应？"她一愣，回头看着父亲，他连忙答："她妈也吐过，但没这么厉害。三个月就又上台……"

大夫不耐烦地打断了他，"跟个人体质和遗传有关，每个人反应程度不一样。回去歇着吧。"

"大夫，这就看完了？不验个血什么的？那老吃不下饭怎么办？"

蒋松霆穷问不舍，但很快被大夫高声的一句"下一个"盖住了。

"这娘们儿什么态度？！就这么为人民服务？"蒋松霆气得直喊，凤仪瞪了他一眼，无力多说。候诊的几个大姐大妈捂嘴偷笑，"哪儿来的倔老头子？女人怀孩子哪有舒舒服服的？至于这么大惊小怪吗……"

无奈之下，蒋松霆骂骂咧咧地揽着女儿往外走。在他们即将踏出医院大门之际，背后突然有人叫了声"蒋大哥"。

是女人的嗓音，柔软而略显沧桑。

一瞬间父女俩都觉得，耳熟。

玉
花
秋

"……秋灵？"

蒋松霆认出她了，尽管此时距离他带着女儿从山东不告
而别已经过去了十几年。俞秋灵那曾经俏皮地歪系着花头巾
的一捧长发剪短了，如今她和这城里随处可见的中年女人别
无二致，甚至更寒酸一点 —— 她穿的不是列宁装或军便装，
而是一件棉布小袄。可穿在别人身上是土气，她穿了却清爽
好看。凤仪迟疑了一下，叫了声"灵姑姑"。

俞秋灵比她更局促，慌忙答应着，"哎……你好！"——
没敢叫她的小名。

"你……你们调到这儿了？"蒋松霆小心翼翼问。

"啊，我二哥在样板三团。我爸没了以后我也跟过来了，
打打杂。怎么来医院了，病了？"秋灵的语气很关切。

"怎么，俞老……"蒋松霆心里沉了一下，也知道不能多问，只好顺口搭音地转移了话题，"啊，这不，闺女怀孕了，害口得厉害，来瞧瞧。"凤仪掐了她爸一把，他嘶了口气，一低头看见秋灵手里拎着几包膏药，忙问，"秋灵妹子，你这是咋了？"

"没事，腿脚落下点小毛病。恭喜啊，蒋大哥……恭喜你，小义！"秋灵眉眼一弯，笑纹里还有旧日春光，又打听他们在哪个单位。

"就小义在省剧团，我早不干了。"蒋松霆说完，女儿拽了拽他的衣角。于是秋灵很快便告辞离开了。回去的路上父女二人无话。他们都目睹了秋灵的背影，走路有点僵硬，显然不是当年那个跷功一绝的她了。

俞秋灵的脚正是坏在跷功上。她结过一次婚，在运动中夫妻俩"大难临头各自飞"了。俞家班被斗得很惨。有人摞起三张桌子让俞老头"下高"，"你不是会翻吗，翻给人民看！"老父已经病得起不来床，三个哥哥各自在受难，五妹还小，于是秋灵提出替父受罚。他们同意了，但是要增加难度——要她穿上跷鞋来翻。结果是，父亲逼她练就的这门日渐失传的技艺祭献了她艺术生命的终结，也宣告了俞家班在大历史夹缝中的风流云散。

从医院回去以后凤仪的心里亦不是滋味。父亲去宋小五家借宿了，她向小齐谈及往事。他轻问："听起来这人还不错，你就那么抵触她？"

"从小到大都是我跟我爸俩人儿，是他说的，他只有我，我也只有他。"

"可你现在有我，又有了这个小东西；你爸还是一个人儿。"

此时她正抱着一瓶山楂罐头，小齐指了指那罐子底下她的肚子，令她一时无言，山楂的酸从嗓子眼返到了鼻腔。

一个星期后，蒋松霆要走了。他到女儿女婿的小屋告别，不让他们去送。传达室的于大爷突然来了，说有人给凤仪送了件东西。小齐接过来打开外面裹的一层层报纸，露出一个小瓷坛子，一开盖，泡菜的酸香蹿了出来。

凤仪走过来探头一看，直接下手拈了一根豇豆放进嘴里咯吱咯吱地嚼了，小齐还没反应过来是谁送的，慌忙阻拦，"哪儿来的啊你就吃？干净吗？"

"干净着呢。"她吮着手指瞄了一眼父亲。

蒋松霆愣了一会，闷声说："有胃口了就正经吃点饭，别饿坏了。"说完便拎起行李出了门。

蒋凤仪怀孕五个月的时候，她大着肚子和小齐回到村里，陪父亲和俞秋灵扯了证儿。从始至终，蒋松霆如在梦里，他既不知为什么秋灵的心思多年不变，也不知女儿何以变了心思。女儿女婿到家之前，他站在秋灵背后看她梳头。

"看啥呀，我都老得没样儿了。"

"你不老，我才是糟老头子呢。"蒋松霆的手抓在椅子背上，在镜中望着她，"灵儿……我……你说半辈子都过去了，你看上我啥了……"

"就看上你有情有义。对闺女、对兄弟，还有，对小义的娘。"

他挠了挠头，感到难为情，"可是对你……当初实在是……对不起你。"

"没什么，我都明白。小义跟我小时候一模一样。"

"你？"

"我们兄妹五个也是我爸一人儿拉扯大的。你只带一个，他带着五个。本来我也可能有个后娘的，可是让我挤对没了。小时候为这事很得意，可是前几年，我爸快不行的时候，我后悔了。他神志不清的时候还在念叨那个女人的名字。就算有我们一大帮孩子，他到死还是想着她。松霆，咱都不年轻了，也都唱不了戏了，就好好在这世上做个伴儿吧。"

当天晚上，俞秋灵下厨做了在这个家的第一顿饭，小齐给她打下手。趁她做饭的工夫，蒋松霆把凤仪叫到屋里，翻出了那块压在箱底多年的英纳格金表。

"小义，这是你妈留给你的东西。本来你出门子那天就该给你的，可那天爸喝高了。今儿拿去吧。"他擦了擦表盘，将它放在了女儿的肚子上。

她拿起金表打量，心里十分茫然。时间川流不息，然而那表针早就停了，正如这世上许多人之间的情缘。

蒋松霆长叹一声，"爸当初跟你妈许了两件事，一是不续娶，二是不让你学戏。到今儿全都破了誓，不知会遭啥报应。"

"爸，我不后悔学戏，你跟……灵姑姑，也该在一块儿。"

"那爸也不后悔。"手表上的六颗钻石闪亮如初，蒋松霆眼里亦有莹光闪过。

从那天起，蒋凤仪对秋灵一直很孝敬，但从始至终没有更改"灵姑姑"这个称谓。只是后来她的孩子开口说的第一个词是发音比"妈妈"难得多的"姥姥"。

自从凤仪的胃口渐渐恢复，她以肉眼可见的速度胖了起来，一些部位的涨幅甚至比肚子还快。更重要的是，她子宫里的那根"豆芽儿"如今已经是个心脏怦怦跳的小生命了。齐克谐经常厚着脸皮向卫生室的人借听诊器，拿回来贴在她的肚子上听孩子的胎心，摸索很久才掌握了这项技能。

一开始他把冰凉的听头像盖章似的在凤仪肚脐周围按了个遍，令她大光其火，他却乐此不疲。就在她要把他一脚踹开之际，他的表情突然严肃了。在空谷风声般的子宫杂音里，他终于找到了那种规律的、钟表滴答般的声响。凤仪看着他眼睛放光的样子也顿感好奇，"真有呀？快给我听听！"

"别抢、别抢！"小齐把听诊器挂到她的耳朵上，而她竟一时没听出来，只好向他投去茫然求助的目光。他把听头又略微挪了挪，笑着咕哝："小东西呀，妈妈还没听见你呢！还唱戏的呢，什么耳音呀！"

在他的指导下，凤仪好不容易也接收到了那一阵阵神奇的声波，来自她的体内，一个小而鲜活有力的身体。她沉默了一会儿，摸着肚子喃喃道："小齐，给孩子起个名字吧。"

"那当然，不过我得好好想想！"小齐拍了拍她放在肚子上的手。

凤仪怀孕以后就不再给《智取威虎山》跑龙套了，她回到了舞美队，在宋小五的照应下也得以逃过了重体力劳动，只干些精细的活计，还时常在后台偷着缝缝连连 —— 那些小褥子小衣服自然都是给未出世的孩子准备的。她的心被一天天变大的肚子以及其中的动静全面占据了，而对于在自己生命里喧闹了二十年的锣鼓，她好像突然间充耳不闻了。

九月的一天傍晚，剧团的几位知名演员接到了参加一场临时会议的通知，被叫到的人包括罗云仲、白少杰和岳鸿霞。当时"开会"是一个恐怖的词语，他们战战兢兢地来到小会议室，看见了曾经负责省里文艺工作的老董，不禁愣住。他在运动初期被赶下了厅长的位子，据说被整得很落魄，怎么现在又……

他们正不知如何称呼老董，好在他抢先一步，寒暄着与他们挨个握手，"哎呀，各位前辈，各位老朋友啊，想不到咱们还能见面呀！"

大伙儿见旁边没有工宣队、军宣队的人，也稍稍松了口气，露出略显难堪的笑容。

"我现在跟各位一样，也是'控制使用'、'戴罪立功'。眼下有个重要任务要请大家帮忙！"老董的语气很神秘，在座的都屏息凝神地看着他，"上面要拍几个传统戏的短片……"

大家一听'传统戏'三个字，不等老董的嘴合上，立刻站起来要溜，"干不了、干不了，这还了得……"

老董赶紧去堵门，留在座位上的罗云仲这时开了口，"都甭忙，听明白了再跑也不迟。"

"就是、就是，还是罗老沉得住气。你们让我把话说完呀！"

几个人闻言只得不情不愿地坐了回来。

"具体的呢，我也不能透露太多。总之是有外宾来访，这片子是放给他们看的，有重大外交意义。"老董把最后几个字咬得很重，"剧目都是上面定的，有一出《夜奔》，找了好几个有名的武生，但不是嗓子不行，就是腿脚不好，都多年没练功了，一时捡不起来。咱这儿年轻人多，你们看有没有拿得出手的？"

罗云仲不动声色地问："什么时候拍？"

"买的进口胶片现在还没到位。最迟十一月要把人选定了，年底进棚，一月中旬成片。"

罗老头略沉吟了一下，声如洪钟地说："我推荐个孩子——蒋凤仪。"

岳鸿霞听了，抬头惊讶地看着他，"罗老，凤仪她……"然而罗云仲朝她微微摇头，白少杰连忙把手按在她的膝盖上。

老董没察觉，只为这熟悉的名字眼前一亮，"欸，这孩子我知道！听说她小时候就演过《夜奔》，我看过她不少戏，就是没看过这出。"

罗老头镇定道："我看过，不错。"

"您老说行我就放心了。今儿晚了，我也不叫她来了。我先把她名字报上去，过一阵子会有人来审核，您费心再多给她说说戏吧，要是被选上了，就是大功一件啊！"

"成。"

于是老董面带欣慰地站起来告辞，"多谢各位配合，这件事在团里、外面都要保密啊！"众人使劲点点头，岳鸿霞的脸色尤其凝重。

雪中梅

"1972 年，外宾来访，难道是……"吕娜在齐老的客厅里差点惊叫出声。齐老淡然一笑，"没人给我们准信儿，只是猜测吧。"

对于那件外交大事，上至高层干部，下至普通群众，无人不紧张。只有蒋凤仪顾不得许多，她心里仅有一个念头：自己又能演戏了，而且是演《夜奔》。初为人母的她本来都快忘了舞台上的那个世界，然而在听到消息的一瞬间，连她自己也没想到她会答应得那么痛快。

那时她已经怀孕快七个月了。

为此，蒋凤仪和齐克谐爆发了结婚以来的第一次激烈争吵。主要是他在吵，因为铁了心的人是无须多言的。

"小义，这事不是开玩笑的，你想上台我知道，但也不急在这一时啊！""小义，这任务的干系太大了，弄不好引火烧身！人家躲还来不及呢！"

她一直坐在床沿不开口，手指在肚皮上轻轻画圈。

"蒋凤仪！"小齐终于火了，把眼镜啪地扔到桌上，而它又弹落在地。他没管，只是狠狠胡噜了一把脸，到底还是沉住了气，席地坐在她脚边，背对着她缓缓说："你就算不顾孩子，不管我，也得要你自己这条命吧！"

凤仪愣了一下，慢慢蹲下去捡地上的眼镜，小齐赶紧回过身来扶她。她举起眼镜对着光端详，没碎，便吹了吹灰尘给他戴上。"小齐，我没事儿。"她摸摸他紧皱的眉头，"我爸说我妈怀着我的时候一直在台上唱到快生。我是生完了才去演呢。"

他抓住她的手，红着眼睛盯住她，"那能一样吗？！她是旦角，你是武生！而且不是别的戏，是《夜奔》啊！平常演都不是一般费劲儿，刚生完孩子怎么演？"

"就因为是《夜奔》啊。"她移开了视线，痴望着小窗户外面的一片漆黑，"这次不演，谁知道何年何月才能再有机会？万一就没了呢？不奔这么一次……我不甘心！"

拼勇斗狠的角力，蒋凤仪在儿时赢了不让她学戏的父亲，二十年后又赢了丈夫。赌局上没有对错，只分胜负，而胜者的所得能否抵得过她的所失，局外人无权评判。败下阵来的小齐别无他法，唯有揣着笛子夜夜陪凤仪去找罗云仲吊嗓、练功。呜咽如泣的笛声从他的唇齿间飘出来，飘到她身边，而他默默坐在角落里，不忍听、不忍看。

扩张的子宫顶着肺，声带的血管也比怀孕前更脆弱，可她一遍遍唱下去。【点绛唇】【新水令】【驻马听】【折桂令】【雁儿落】【得胜令】【收江南】……一支曲子便是一座山丘，全都翻越过去才算是完成了惊天动地的《夜奔》。天寒地冻，呼出的水蒸气犹如白虹，整晚不散去。不知过了多少个这样的寒夜，她终于又能满宫满调地把一整折戏唱下来了。

然而"歌"之外还有"舞"。一个腿脚肿胀、大腹便便，甚至不能自己弯腰穿鞋的孕妇，竟然又笨拙地压起腿来了。初时需要小齐抱着、揽着、扶着，渐渐地，一个人也能行了。有时小齐清早醒来，发现身边的被子早已空了、凉了，跑到练功房一看，她正独自在用功，背影像只企鹅，是亢奋而刻苦的企鹅，拼命想要变回一只翱翔九天的火凤凰。小齐看着想笑又心酸。

他每天变着花样儿做饭，岳鸿霞也常常送来吃的、补的，而凤仪入口很克制，毕竟她怀孕以后胖了不少。那增长的体重对于一个孕妇而言不算多，但对于一个武生来说已经太多了。练完功她的心脏总是跳得很厉害，她摸摸胸口，手又游移下去摸摸肚子，胎动往往也很厉害，仿佛那小人儿正在里面拳打脚踢地表示抗议。她暗暗觉得抱歉，同时也庆幸肚子里的孩子很坚强。天时地利人和，也许她的机会真的要来了。

然而，还有一道难题迫在眉睫。又一天练完了晚功，她忧心忡忡地问罗云仲："罗爷爷，过几天上面就要来人考察了，看见我这样能答应吗？"老头捋了捋白胡子，"我这辈子还没见过你这么有刚劲儿的孩子。你放心，我豁出这张老脸不要也得劝动了他们。凤仪，说心里话，你怨爷爷不？"

"哪儿能啊，我感激您还来不及呢！"

"好，有你这句话，小宝贝儿满月的时候我得送份大礼，好教他也别怨我这老爷爷！"

一周后，老董带着两个人来到剧团。罗云仲昂首阔步地走进会议室，凤仪低着头紧紧跟在他身后。

"郑导，我介绍一下，这是京剧武生老前辈、人称'活赵云''活猴王'的罗老爷子。罗老，这是北京来的导演郑轶夫同志和摄影……哎，小蒋同志……"老董话说到一半，目光偶然掠过她，两秒钟之内笑容就凝固了，"这、这、这，这是怎么回事儿？罗老，这么大的事，您耍我玩儿哪？"

导演和摄影闻声一起打量她，刚坐下的屁股马上又抬了起来。

"等等！"罗云仲高喝一声，按住老董的肩，后退了两步，毕恭毕敬给他鞠了个躬，"董厅长。"

老董赶紧挽他，"您别，我现在不是……"

罗老头不理，径直说下去，"我给您赔不是，那天是我老头子瞒了您，可我没说瞎话。这孩子唱念做打的功夫就是现在打着灯笼也找不着的。"

"我知道呀，可她现在……"

"凤仪，唱个【折桂令】给人家北京的贵客听听。"

罗老一声令下，她开口便唱。一曲歌罢，那位面容清癯的郑导起身走了过来，向她点点头，又对罗云仲礼貌而坚定地说："老先生，我听了，您这位女弟子唱得确实比我听过的几个人都好。可我们不光录音，还要录像的，而且镜头会放大演员动作上的细节的。"

"导演，我的功没断。生完孩子我就能上台！"她说着在当地下了个叉，惊得郑导慌忙弯腰扶住她的肘弯。老董惊魂未定，"你这孩子不是胡闹吗，这哪儿行啊！"

"怎么不行？您忘了我小时候您叫我去北戴河演出，那时候我啥样，现在还能做到啥样！"

老董沉默了。半晌，郑导微蹙着眉沉吟道："我看这样行不行，让小蒋作为替补，先保留在名单上吧。我给你留一小部分胶片，如果到时候你的表演能达到拍摄要求就用你的，不行的话我们只好用别人了。"

她听了，激动得差点哭出来。郑导又严肃地补充了一句："一月五号，是进棚的最晚期限。"

她的预产期在十一月初，蒋松霆老两口从乡下赶来，带着给孩子准备的各种东西。事实上，之前的每个月蒋松霆都会进城来看闺女，带来乡下的新鲜蔬果和秋灵亲手腌的精致小菜，但她始终没将那个神秘的任务告诉父亲，而且每次都是当天就把他轰回去，不让他瞧见自己练功。所以当她为了预产期过去一周自己还没发动而焦躁不安的时候，蒋松霆很纳闷，"你着啥急？时候到了自然就瓜熟蒂落了。哪吒他妈怀胎三年零六个月呢！"

凤仪一听"三年零六个月"，简直觉得像诅咒。刚在屋里溜达了几十圈的她立马又站了起来，"爸，走！"

"干啥去？"

"上练功房。"她不分青红皂白地拉起父亲就走，走得比没事人还快，小齐和岳母赶紧追随。到了练功房，她拿过一杆枪，也扔给父亲一杆，"来，爸，咱俩来套小快枪。"

"你疯啦？走走路得了，还玩儿真的？"

她不管，直接刺过来，蒋松霆一躲，她跟着又是一枪，逼得他只得陪女儿拉起了枪架子，不一会儿俩人脑门上都冒了汗。凤仪停了手，脱下棉袄抛给小齐，扭脸又跟她爸继续操练起来。秋灵在一旁看着揪心，忍不住相劝，"松霆，差不多得了，把小义闪着了不是闹着玩儿的。"

"你看这丫头肯放过我吗？"蒋松霆喘微微地抱怨。小齐抱着棉袄和保温杯，不敢错眼神儿地盯着这对刀光剑影中的父女。凤仪边打边说："爸，您老身手不减当年啊！"

"那是，老子……"他话音未落，见女儿突然站住了，枪把子落到地上。"小义，咋啦？"

三个人连忙聚了过来，凤仪一把攥住小齐的手。

"好像……"她眉头紧皱了一会，随即粲然笑了，"咱上医院吧！"

凤
将
雏

    给蒋凤仪接生的大夫就是她在怀孕初期见过的那个，如今她细长的眼睛里依旧没有感情，只冷静地命令家属把产妇放上平床。凤仪还想挣扎着自己坐起来，被父亲和小齐紧急制止了，他们半抱半抬地完成了对她的搬运。

    蒋松霆好像也认出了那个大夫，他一脸不放心地走过去搭讪。趁这工夫，小齐慌慌张张地将他奶奶给的那串佛珠绕到凤仪手腕上，她勉强挤出一丝笑，揉搓了一把他的头发。齐克谐并不是共产党员，但他也做了很多年的无神论者。然而在生命欲出未出的时刻，作为亲临者的紧张无助足以使他信仰重建。如果可能的话，此刻他希望观音、上帝、关二爷都能显灵。

    "大夫，麻烦您……"

"别说了，这都是我们的职责。"

蒋松霆再次被这中年女医生无情地剪断了话头。他一辈子没说过谀辞，头一回开口偏偏遇上了一尊不受奉承的铁面神佛。

"好了，咱们要进产房了。"她俯身通知凤仪，声音比刚刚轻柔了些。

当年没有陪产一说，凤仪被推走后，蒋松霆老两口和小齐头尾相衔地在走廊里转磨。转了几圈，蒋松霆小声问秋灵："你说，刚才她那么折腾，没事吧？"

"现在知道害怕了，在练功房你咋耍得那么来劲？"

"她非闹着要耍啊，我也纳了闷儿了……她干啥火急火燎的？"

老两口在那儿你一言我一语，听得小齐心烦意乱，终于忍不住说出了事情原委，"小义没告诉你们，是怕二老担心。"

秋灵一声惊叫，"我的老天爷，这哪儿能不担心？！松霆，你得劝劝小义，月子里的身子哪儿禁得住折腾？"小齐也怀着一丝希望偷瞄老丈人的反应。

然而蒋松霆来回踱了一会儿，在椅子上稳稳当当地坐下了，挺直的腰板不沾靠背，"我闺女不是一般人。"话虽如此说，他放在膝上的拳头却微微有点抖。小齐不再吱声，他手揣着兜靠在墙边，兜里一张放了多时的字纸就快被他攥烂了。

产房里的蒋凤仪一直牙齿打战，她说不清是因为寒冷——她只上身穿了件质地稀薄的病号服；因为疼痛——仿佛有巨大的攻城槌越来越频繁地撞向她这座城门；抑或因为紧张激动——那不只是孩子的新生，也将是她的。

"冷吗？一会就该出汗了。"大夫掖了掖她身上盖的被单，"刚才跟你说的怎么使劲儿记住了吗？"又一番阵痛袭来，她咬牙挺了过去，使劲点点头。"这姑娘还挺坚强的。"大夫脸上罕见地流露出几分赞许，向几个助产士下了令，"开始吧。"

一身白袍的大夫如同坐镇的大帅，旁边还有摇旗呐喊的士卒，但冲锋陷阵的只有她一个人，也只能有她一个人，因为战场在她的体内。阵痛是看不见的敌人，潮水般涌来淹没了她，在窒息的顶点大帅却命令她"用力"。潮水退去，她全身湿透，明知下一迭浪头会来得更急、更猛，可她不能做逃兵。

这种疼痛让她想起少年时常做的那个梦，练功、搬腿，黑暗里有巨兽在撕裂她的筋骨，碾压过她的腰身，也许要再剧烈千百倍不止。高宠被铁滑车轧碎身躯，花云在阵中遭万箭穿心，原来英雄也是会疼、会怕、会穷途末路的，她在产床上体会到了那种竭尽全力却再难前进一步的绝望。

"吴大夫，是臀位，要不要转剖？"

大夫的目光飞快掠过蒋凤仪惨白的脸色，点头应允，"让家属去签字。"

然而她的袍角突然被牵住了，"大夫，我不能开刀！"

身经百战的医生撞见了这个年轻产妇的眼神，意外地发现她眼里并非是恐惧；是什么，医生不知道，也没有问，只是伸手又仔细检查了一遍，"不是全臀位。我可以试着帮你转一下，你还能配合吗？"

"能。"

时间过去很久了，产房外的人们没听到一丝动静。别的家属窃窃私语，"咋安安静静的？做手术哪？"

"不是，听说是自己生呢……"

"不可能，哪儿有女人生孩子不大喊大叫的？不会是……"

蒋松霆坐不住了，腾地站起来，"你们少他妈的满嘴胡诌！"秋灵赶紧拉住他。小齐快要崩溃了，他心里早已从祈求神灵变成了咒骂神灵，每一个不好的念头闪过他就掐自己一把。不会的，那不是别人，是她呀！他见过她是何等的身轻如燕、勇猛漂帅，男人做不到的她都可以做到。

但分娩这件事男人做不到，女人，也不一定能做到。

他背对着所有人站在产房门前，如隔天堑，就像曾经她被当众告知"男不演女、女不演男"时那样，他知道她孤独着，痛苦着，却无计可施。岳母正要过来安慰他，门突然开了，大伙儿都吓了一跳。

"47床蒋凤仪，生了啊，女孩。"护士抱着一个褴褛走出来。

"我闺女怎么样？"

"我爱人怎么样？"

蒋松霆和小齐异口同声地喊出来。

陆 | 凤将雏

"在这儿呢！"一架平车推了出来，医生扶在车边，冲他们微笑了一下，"母女平安。但产妇失了不少血，得给她好好补补。"凤仪仰起脸，由衷地对她说了一声"谢谢吴大夫"。她隔着被单拍了拍凤仪，手插进白大褂的兜里飘然而去了，没给家属留下感激涕零的机会。

此时孩子已被秋灵紧紧抱在怀里，"看看这小丫头，长得像谁呀？""当然是像我闺女了！""脸盘儿有点像她爸爸。"

老两口热烈讨论的时候，小齐拉住了凤仪戴珠串的那只手，她掌心有珠子硌出来的深深红印。他把她的手贴在自己脸侧，"有劳娘子了！"她歪头瞅着他，孩子似的露出胜利的笑容，长长地舒了口气。

回到病房，秋灵把孩子放在了凤仪身边，她望着那张又红又皱的小脸觉得有点陌生。他们刚才说孩子长得像这个、像那个，可她丝毫也没瞧出来……但这并不妨碍她在看到她的一瞬间心潮翻涌，汩汩的暖流浸润了她的每一根毛细血管。孩子离开了她的身体，但她们之间的联结好像更强了，因为她现在能真真切切地看到她、听到她、摸到她了，一个独立于她的生命，亦是她生命的一部分。

"来，吃点东西吧。"秋灵把鸡汤递给她，"你爸亲手在小五叔家的灶上熬了三天！"

"小义，"蒋松霆的目光从外孙女的襁褓转移到自己的女儿身上，简短道，"爸知道了。"

凤仪咬着勺子瞥了眼小齐，扭过脸来微弱地叫了一声,"爸……"

"好好养身子,爸支持你。"父亲伸手摸了摸她的额头,她满眼惊喜,这才放心大胆地吃喝起来。半晌,秋灵站在一旁问他们给孩子起名了没有。思绪难平、半天没说话的齐克谐正要回答,却被老丈人抢先开了口,"小齐啊,爸跟你商量个事,这头一个孩子跟小义的姓儿成不成?以后再生了跟你的。"

小齐愣了一下,凤仪也叼着鸡腿嘟囔:"爸,拼死拼活刚生了一个,你说啥以后呀……跟谁的姓儿不一样?"

"吃你的,甭插嘴!"父亲眼一瞪,她不吭声了。

小齐瞧着妻子尚无血色的脸,又看了看他刚出生的女儿,心早已化成了一掬溶溶春水。这样粉团团、软绵绵的一个小不点,硬是在凤仪肚子里挺过了九个月,每天跟着她在练功房里颠簸受苦,最后又闯过了一道鬼门关,孩子不容易,妈妈更不容易。好在如今她们娘儿俩都平安,他别无所求了。于是片刻沉默之后,他点头答应了老丈人的"请求"。

蒋松霆满意地拍了拍大腿,"你看,杨月楼杨小楼,金秀山金少山,人家这父一辈子一辈的名字起得多讲究!咱们这行儿就得这么一辈一辈地传下去。"凤仪只顾着啃骨头,没理会父亲话里的意味,小齐却欲言又止地低了头。

"那叫啥呀?蒋小仪?"凤仪漫不经心的点子被父亲嫌弃了,"什么'小姨',还姑妈呢!"秋灵提议:"你们爷儿俩听听孩子爸爸怎么说吧。"

小齐想了一会儿，终于放开了那张攥了很久的纸片，把手从兜里拿了出来，"叫蒋雏仪吧。'桐花万里丹山路，雏凤清于老凤声。'闺女以后要比妈妈还强。"说罢，他探着身子轻轻摸了摸婴儿露出襁褓的小手，一转头和凤仪四目相对，她眼里带着星星闪闪的笑。

"好啊，好名字，人家老进士家就是祖传的墨水儿多。"蒋松霆大喜，秋灵赶紧使了个眼色让他噤声。

当晚凤仪早早地把老两口赶回去歇着了，他们前脚刚走，护士后脚就进了门，上手就来解凤仪的衣服。"干……干吗？"她吓了一跳，下意识地抓住自己的领口。

"你吃饱了孩子还饿着呢！"护士说话挺冲，但指导她哺乳时很有耐心。她有些笨拙地配合着护士的指令，小齐也红着脸手忙脚乱地过来帮忙，而刚出生的孩子却"无师自通"，在接触到妈妈身体的瞬间几乎是又准又狠地叼住了目标。凤仪先是一惊，随即被猛烈的疼痛与另一种奇妙的感觉席卷了身心。

"现在可能还没有奶，你要让孩子多吸，慢慢儿就多了！"她傻傻地朝护士点点头，保持着刚学会的姿势，一动也不敢动。护士走了，小齐紧张兮兮地凑得更近了一点，"疼吗？"

"还行。"凤仪无暇多说。他支着腮全神贯注地看了半天，突然乐出声来。

她抱着孩子悄声问他："你笑啥？"

“想不到你当妈还像模像样的。”

“没吃过猪肉还没见过猪跑？”

“你这是什么粗俗的比喻……”

“嘻……《白蛇传》总看过吧，白娘子不就这样？”

“还想着戏呢……”小齐摇摇头，把女儿抱起来轻轻拍着，“唉，宝儿啊，你妈是个戏疯子啊！”

“这是你给闺女起的小名儿呀？也没啥‘脱俗’的嘛。”凤仪朝他眨眨眼，他没搭腔，只催她快休息。那晚小齐没睡医院给的折叠床，就坐在椅子上守着病床上的凤仪和小床里的女儿。

她半夜蒙眬醒来发现小齐伏在床边睡着了，于是撑持着坐起来要给他披件衣裳。他的外套正盖在她被子外面，她拿起来一抖，兜里那张纸片掉了出来。走廊里的灯光像薄霜似的落在床头，她打开那皱巴巴的纸条一看，上面只有四个字——

宝笛

剑笙

上京马

　　"宝笛、剑笙，"吕娜在校园的咖啡厅里与横山教授聊起她从齐老口中听到的往事，"'宝剑'——《宝剑记》是'夜奔'的出处。"

　　"笛子和笙是齐老最喜欢的两样乐器。"横山接道。

　　"齐老起名真是用了巧思。原来蒋姐的小名儿是这么回事。"吕娜用勺子搅着面前的一杯热柠檬水，她还没给途途断奶，所以至今不敢喝咖啡，"现在又有几个爸爸能答应孩子随母姓？"

　　"说起'冠姓权'这事，现在在中国好像是热门话题？其实在戏曲界，解放前就有不少女艺人让孩子随母姓了。当然，这些女艺人让孩子随母姓是有现实考虑的，母亲的姓名背后是她在业内的名望。"

"有趣，这个长期被视作'贱业'的行业反而给了女性从业者超前于时代的权利和自由。如果不是在梨园行，一个随母姓的孩子即使在今天也容易被人恶意揣测，他／她是不是野孩子？或者爸爸是不是死了？"

"要让这种'特殊'的权利为每一个做母亲的女性所拥有，这是学者和普通人都该为之努力的事。"横山先生放下手里的咖啡杯，语气平静而郑重，"'她'不必是著名演员、艺术家，仅仅因为她是孩子的母亲，就应具备和孩子父亲平等的冠姓权。使用或不使用是她的自由，但我们要为她争取这个自由选择的权利。"

三天后，蒋凤仪出院了。从很大程度上说，离开了子宫的孩子只是换了种形式寄居在她身上，她们的连接处以前是脐带，现在是乳房。

头一个礼拜，她几乎完全在床上度过，每天除了摄取食物就是把自己作为食物喂给女儿，这种循环十分辛劳，但也充满了神奇和美妙。她的感官和理性完全被孩子的喜怒哀乐操控了，因为那或高或低、长盛不衰的哭声牵动的不仅是她的心，也是她的身体。就像她的腿脚会不由自主地配合锣鼓点那样，如今孩子的哭声成了她泌乳的号角。似乎不需要大脑的指挥，她的身体就天然地知道孩子需要她，那种最赤裸、最纯洁的肌肤相贴使"被需要"成为一种不无痛楚却无比幸福的体验。

这天小齐和丈母娘在小屋外面的炉子上熬鱼汤，屋里只有蒋凤仪和父亲。经历几番手忙脚乱、痛不欲生之后，她终于基本掌握了哺乳这项技能。女儿热乎乎的小巴掌揸在她的胸口，闭着眼睛衔住她，吸吮得非常有力。凤仪望着孩子一脸满足的样子，自己心里也充盈着甜蜜。她自小到大接受的训练都要求她的身体刚强、勇猛，可是怀里这个小婴儿只用了短短几天工夫就教会了她做一个温柔的妈妈。她无法不温柔，因为孩子那么小、那么软，那么需要她。

她喂完了奶，蒋松霆把孙女接过去，熟练地竖抱在肩头，边轻拍着边来来去去踱步，一副忧心忡忡的样子。她有点纳闷，"爸，你转啥呢？看得人眼晕。"

蒋松霆没答话，只是抱着孙女站住了脚。他扒着襁褓凝视，每个吃饱了奶的婴儿都拥有天使般安然的神态，二十多年前的小义儿也是如此。他忍不住用指肚轻触了一下孙女圆嘟嘟的脸蛋，"小丫头，越长越可人疼。"

靠在床上的凤仪闻言扬起了嘴角，紧接着却听见一声长叹，"唉……我的闺女可前功尽弃喽……"

她听了一愣，那四个字太重了，像一块大石头从天而降砸在她眼前，震碎了眼前的一切美好。"爸，什么……什么前功尽……"

"你说呢？"父亲微微抬起眼皮，复杂难言的目光在她身上飞快地扫过。

她心里惊涛涌起，唰地掀开被子下了地，慢慢走了几步，又低头审视自己。这是生产以来她第一次把注意力从孩子身上转回自己身上 —— 孩子在她肚子里没"白住"一遭，她出世了，却给妈妈留下了张裂的骨缝和松弛的皮肉；而小齐和继母每天精心奉上的汤汤水水除了生成乳汁，剩下的都变作脂肪贴在了她身上。

她猛地记起自己向老董和郑导做的承诺，登时头上冒了汗。是她把生孩子这件事想得太简单了，原来她不只是把孩子带到人间，同时也不知不觉地被孩子带入了一种新的生命状态，那状态对于任何一个母亲而言都再正常不过，但对于一个武生而言……

她站在父亲身边痴痴地瞅着自己的女儿，从小的练功之痛和刚刚过去不久的分娩之痛一齐涌上心头，而没有一种刻骨的痛不伴随着刻骨的爱。但她必须有所取舍。

"开饭啦！"

小齐端着一盆鲫鱼豆腐汤进了屋，岳母跟在他身后。他先给凤仪盛了一碗，回身却见那父女俩在原地一言不发、一动不动，便问："小义、爸，怎么都傻站着？"

凤仪面对他挂着黑眼圈却兴奋欢欣的样子，鼓了好几次劲儿，终于说出口，"小齐……今儿，我不喝了……"

他一时间没明白是怎么回事，秋灵也怔住了。蒋松霆淡淡对她说："晚上给小义炒点儿麦芽。"

"炒麦芽？"

"对。"

秋灵没生养过，在和蒋松霆回宋小五家的路上她才得知，炒麦芽是回奶之物。她小心翼翼地问他："真要让小义……"

蒋松霆没瞪眼也没嚷嚷，只是沉沉地点了下头。他默然想起当年金铃子生下女儿后第一次登台演《彩楼配》，那天的大轴儿是银蝶子的《晴雯撕扇》。他终于明白当晚金铃子因何在散戏之后倍显失落甚至大发无名火了。

如今，他们的女儿是武生行当，一具轻盈的身体对她的意义更加不言而喻。

"可怜了宝儿啊，才那么点儿大。"秋灵的轻叹像重锤一样落在蒋松霆心上。他何尝不心疼呢。当初埋怨金铃子吃得少、奶水不足的是他，今天狠心要让孙女断母乳的也是他，归根结底，都是为了小义。因为小义不只是他的女儿啊，他那双阅人阅戏无数的眼睛瞧得明白，她还是个不可多得的、文武双全的好坤生。她不该仅仅做女儿、做妻子、做母亲，她还应该成角儿，必须成角儿。他决心让她拜师学艺的那天起就是这么打算的，如今更加坚定。

全家的精力和财力很快流向了孩子的奶瓶。为了求购奶粉这件事，他们借钱、借票，最后还是借了岳鸿霞夫妻在上海的人脉才终于解决了小雏仪的口粮问题。齐克谐从始至终没有提出异议，不光是因为碍着岳父的情面，更因为他此时已经非常清楚蒋凤仪的选择，而且深知她打定了的主意不会更改。

他学着拿奶瓶喂女儿，孩子本来像饥饿的小鸟似的张着嘴大哭不止，可是奶嘴到了唇边又哼哼唧唧地不肯吃，总要闹腾一通才委屈巴巴地吸吮起来，吃几口，再微弱地抗议几声。同一时刻，蒋凤仪正背对着父女俩，把汩汩奶水挤到痰盂里。

产后十八天，她回到了练功房，肚子虽卸了货，此时练功却比孕期更难、更苦。小齐明智地选择不相陪，因为守着一只嗷嗷待哺的小雏鸟已经够让他难受了，凤凰涅槃的景象他不忍也不想看。秋灵帮着一起带孩子，而蒋松霆又像从前一样做了女儿的监工和陪练。其实女儿已经不需要他陪了，既不用他拿绳拎旋子、帮着搬腿，更无须他追着、撵着、逼着。现在他的职责是给她递茶、擦汗，时常劝她歇一歇。

大部分时间，他只能眼睁睁看着她跟自己软弱无力的身体较劲，替不了她，也帮不上忙，可女儿的功夫就这样在他眼前慢慢恢复起来了。

某天，蒋松霆在练功房里见到了罗云仲，他诚心诚意地道了一声："罗老板，多谢您老栽培抬举！"

长他一辈的罗老头紧紧握住了他的手，"不、不，是我要谢谢您教出了这么好的孩子！有这样的孩子在，老戏的香火断不了！"

1972 年元旦之后，蒋凤仪在老董的陪同下到了北京，比郑导规定的进棚期限早了三天。此时距离她生下雏仪过去了仅仅四十天。

楚
天
遥

　　在摄影棚里给蒋凤仪勒头的是一位老师傅，手法利落得当，嘴里虽絮絮叨叨，倒也有效缓解了她的紧张。

　　"这俩月来了八个'林冲'了，嘿，没想到今儿来了个'女林冲'。姑娘，跟你说，上了场别怕那摄影机！头几个就是，都是大角儿呢，也不知是忒久没上台了还是怎么着，一出去就胳膊不是胳膊、腿儿不是腿儿的，把导演急坏啦！听说那胶卷儿贵着呢……也难怪，'帝王将相才子佳人'都多少年不让演了？抽冷子又把人拎出来轰上台演老戏，还说是'重要任务'，谁能不心慌？唉，人都给整怕了……不过，我看你年纪轻轻倒沉得住气！"

　　他哪知她这口气沉了多时，已经沉到底了。如今一线阳光照到幽暗的海底，她正铆着劲儿要重见天日，只是水面上还看不出波澜。然而老师傅弯腰给她系大带的时候，她还是一不小心露出了慌张的神色。

恢复练功有些时日了，虽然在一般人眼里她跟"臃肿"不沾边儿，但毕竟不再是十来岁的少年了——如今她是二十七岁的孩子妈，身体上的变化她自己最清楚。不过，佘太君百岁还挂帅出征呢，她心一横，抛却了杂念，像从前父亲和师父要求的那样，在心里静静地默上场前的最后一遍戏。

临开拍前，老师傅给她佩带宝剑，惊呼："嗬，真够沉的！"

那绿鲨皮鞘内的银鎏金烤蓝刻花剑是罗云仲在孩子满月那天送上的大礼。"木头家伙什儿轻省，但还是这有分量的真玩意儿称手，静着动着都好看！"老先生把剑双手递给她，又慈爱地看了看小齐怀里的孩子，满含憧憬道，"凤仪啊，我交给你，以后你再连剑带戏交给这小凤凰！"

眉间有英雄扦，腰中有英雄剑，那个女儿身的她和英雄气的她终于又合二为一了。熟悉的锣鼓响起，她在镜头外"咳嗨"一声长啸，扶剑疾行出场，至台中，斜跨出一大步，拔剑出鞘，"啪"地一抬头，目光凛如剑光。

对面的郑导抱肘而立，情不自禁地打了个寒战。满台荒凉夜色，镜头外也很寂寥，只有导演、摄影师、灯光师和老董。这注定是一场没有山呼海啸的演出，与其说是演给摄像机，毋宁说是演给她自己。那黝黑的镜头伸向她，如同一条无限长的隧道，她全情投入其中，唱到底，奔到底，光芒渐渐照亮了周遭。

上一次她如此光芒四射还是在北戴河的小礼堂里。整整十年了。当天演出之后，座中那位特殊的观众说她还是"小孩子"，不懂什么叫"逼上梁山"，还预言她"要唱好《夜奔》，至少再用十年功"。

当真十年。她也当真懂了。

> 按龙泉，血泪洒征袍。恨天涯，一身流落。
> 专心投水浒，回首望天朝。急走忙逃，顾不得
> 忠和孝……吓得俺魄散魂消，魄散魂消。红尘
> 中误了俺五陵年少……

她愤而拔剑，又无奈收剑，双手在眼前揩过，弹泪风前，"血泪"二字高腔入云，余音里有无尽苍茫。这一路山高水险地走来，倩谁揾英雄血泪？揾了又如何。她本该绽放在舞台上的青春年华耽搁在时代的红尘里，已然无从追讨……

整整半小时，郑导大胆地用了一镜到底。戏曲究竟有别于电影，冲突与和谐之美不在于"蒙太奇"而在于人全身上下时时流动的唱念做打，尤其是这"一场干"的独角戏。蒋凤仪没让他失望。她演下来了，唱下来了，高难度的动作也都潇洒利落、不打折扣地完成了。

> 一宵儿奔走荒郊，穷性命挣得一条！

梁山已在眼前，她最后走了两个扫堂旋子，一脚把大带踢上肩头，又行云流水地轻轻拂开，按剑下场。郑导和老董带头，棚里的人们把不多却动情的掌声献给了她。老董激动地握住她的手道喜："凤仪同志啊，导演说你一条过啦！而且，我们决定就用你演的这个了！"

她望向郑导，他清峻如石像般的面孔也露出钦赞的神色，郑重地告诉她："是的，你的表演能够打动任何人，不论语言、文化和政治立场。不过刚才我真替你捏了把汗呢，我们给你留的胶片只允许你重来三次，幸好你一遍就过了！"郑导说到后半句话时如释重负地笑了。

凤仪紧绷的神经总算松弛了，身子也顿时软弱下来。其实她知道自己的气力也只够演一遍而已。老董兴奋于这个重大任务的圆满完成——不只是她的，也是他的，所以口中滔滔不绝，而她已几乎什么都听不到了。

隔着厚厚的油彩，郑导察觉了她不正常的脸色，忙借故拉走老董，请凤仪去休息。在化妆间里，老师傅替她搽了头、解了大带就回避了。她在镜子前瘫坐了很久才自己动手脱了贴身的水衣子——全湿透了，后背是汗水，前胸是奶水。

任务完成了，蒋凤仪向老董请了半天假去探望小齐的奶奶。老人看上去又衰老了一些，但见到她格外欣喜，又有点意外。"丫头，刚出了月子怎么就往外跑？天儿还冷着呢。"

"啊，我是……团里派我来出差的。"

"你们领导太狠心，放着那么多身强力壮的，非得差遣你。"老太太握着她的手,"你这手比我的还凉!脸色也不好,是不是月子坐得不安生?我就说,克谐这孩子哪儿会伺候人呢?我也帮不上忙……"

老人皱纹密布的眼窝湿了,凤仪连忙摇摇她的胳膊,"奶奶,小齐挺照顾我的,我身子也棒着呢。您不信,我给您翻一个!"说着她佯装要站起来翻跟头,逗得老太太笑出声来,按着不让她起身。

然而她还是站起来了,手脚麻利地把火炉子搬到院里擞去了炉灰,又添了新煤,待火上来后才搬回屋里,烧水、擦泡澡桶。老太太颤巍巍地走过来拦她,"今儿甭折腾了!"她只说了声"没事"便又埋头忙活起来。

半晌,水蒸气袅袅升起,温柔地附着在一切干燥、苍老的表面。老太太背对着她问道:"丫头,那珠子戴着呢吗?"她闻言把湿漉漉的腕子伸过去。

"好、好!"

那是"四旧"的东西,平时她都压箱底藏着,但这次来北京之前她偷偷把它塞进了行李里。似乎,它的确保佑了她。

沉静了一会儿,屋里只闻水声潺潺。

"哪天把小丫头抱来给我瞧瞧吧,见着第四辈儿,我也就没什么遗憾了。"

凤仪手里的毛巾略停了停,答应了一声"哎"。

她回到家时小齐、父亲和继母都惊讶于她的任务完成得这么快,可她却觉得这三天过得无比漫长,仿佛走了太远的路，想了太多的事。她扶剑而归，面容憔悴，眼睛里却熠熠生辉。这一趟"夜奔"成功了，奔得痛快、潇洒，但她不想只奔这么一次。

她想一直奔下去。红尘莽莽，还有多少光阴耽误得起呢？她不想到了小齐奶奶的年纪心中留有遗憾。

小屋里物品纷乱，声音嘈杂。老两口正在冲奶粉，齐克谐哄着哭闹的孩子，看见凤仪进门，他高兴地轻拍着褓裸说："宝儿啊，别哭了，妈妈回来啦！"

她连忙放下宝剑，脱了棉袄把孩子接过来，轻轻柔柔的一团落在怀里，却同时沉甸甸地挂在心上。这么小、这么软，她能带着她去跋山涉水、星夜驰骋吗？

"宝儿问问妈妈，演完了戏能不能再给我们吃口奶啊？我们宝儿不爱喝奶粉。"小齐俯身贴在女儿的小脸旁边嘀咕。其实不用他旁敲侧击，她的身体已经听到了孩子的诉求，急切地回应以肿胀、热痛。蒋松霆的表情瞬间变得很紧张，倘若女儿此时解了怀，他是拦不住的。然而她没有。

凤仪一声不吭地接过继母手里的奶瓶，在手背上试过温度后将奶嘴送到哇哇大哭的婴儿唇边。她用奶瓶喂饱了女儿，又抱着孩子在屋里缓步转圈，目光一直没离开女儿的小脸。

直到孩子睡熟了，她才抬起头对齐克谐说："小齐，过两天咱们带孩子去看看奶奶吧。"

不待小齐回答，她把脸转向了父亲和继母那边，声音轻而坚定，"爸，灵姑姑，等我们从北京回来，你们帮我把孩子……带回老家吧。"

就这样，出生不到百天的小雏仪离开了父母。一个多月后，《中美联合公报》在上海签订并发表。蒋凤仪并不清楚这件事会对中国乃至世界历史的走向产生何其深刻的影响，她只是一门心思地继续投入到练功学戏这件事上。依旧是在幽静的夜里，她跟随罗云仲一出接一出地温习老戏，将长坂坡的赵子龙、探母的杨四郎、借东风的诸葛亮偷偷寻回来，回到她的身上。而她能否有朝一日再将他们带回到舞台上，她和罗老爷子都不知道，却也都默默期待着。

冬练三九，夏练三伏，四载寒暑悄然而过。

柒

新水令

1976 年的开端笼罩在集体性的悲恸中，周总理去世了。在将近半个世纪前的那个寒冬，人们抽泣、号啕，乃至跪地不起，无数双朦胧泪眼远送灵车缓缓驶过长街。无论长幼，悼念者的哀痛中似有一种无助的失怙之感。时代的风云激荡了十年，人心思定，而总理的离去无异于一根象征性的定海神针的倒塌。当时为他戴黑纱是被禁止的，但北京的黑布和白花还是脱销了。

齐克谐和蒋凤仪甚至戴了更长时间的孝，因为小齐的奶奶也在那段时间溘然长逝了。这位享过大福也受过大难的老太太也许是齐家的"异类"，因为她终生不听戏、只念佛，早先是为她那多病的长子也即小齐的父亲，后来为一去不回的钧广，再后来为孙子，为那唱戏的孙媳妇以及她给齐家带来的重孙女。

在奶奶膝下长大的小齐短短几天之内瘦得脱了相，凤仪找不到恰当的语言来安慰他，因为知道祖孙二人更相为命的感情超越了可表达的范畴，所以她唯有打起十足的精神，从擦身换衣到守灵出殡，无一时不尽心尽力。

单位给小齐和凤仪批丧假时很吝啬，以至于他们甚至来不及回村接上女儿一起去北京奔丧。凤仪向工宣队求情，队长板着脸说他们两口子没有自知之明。她一肚子悲伤委屈愤怒到了极点，一步迈出去要和他理论理论，可终究还是被小齐拽了回来。

他们离开北京时是个滴水成冰的寒夜，夫妻俩走在寂静无人的胡同里，一双影子被路灯拉得狭长而单薄，紧紧贴在一起。小齐忽然站住脚回头张望了一会儿，祖母不在了，这座早已成为大杂院的老宅子从此刻起就跟他彻底无关了。凤仪耐心在他身边等着，听到他说，"奶奶带我回北京住到这儿来的时候，我刚四岁——就跟宝儿现在一样大。"

"可惜宝儿没来给老祖儿磕个头。"

"没关系，奶奶不讲这些虚礼儿。老太太在天上也会保佑宝儿的。"他转过身来，夫妻俩继续往胡同口走。他忽而问她："奶奶给的念珠串子带来了吗？"

她说戴着呢，随即拉起了棉袄袖子。他赶紧把她的手揣进自己兜里，先摸索到冰凉的珠子，然后又握住了那只比珠子还凉的手。"周总理走了，奶奶也走了。心里空落落的。"

"小齐，还有我呢，"她反过来攥紧他的手指，"咱们还有闺女呢。会好起来的……我爸常说'十年河东，十年河西'，我就不信咱没有出头之日！前几年来外宾的时候他们不还让我演《夜奔》呢吗，以后……"

她的话还没说完小齐就紧张地嘘了一声，朝左右瞅了瞅。安静了半晌，他轻叹："挺长时间没回去看看闺女了。"

"是啊，我也想孩子了……"

一晃半年，剧团里还在排演《磐石湾》《节振国》之类新出炉的样板戏。蒋凤仪每天依旧是白天打杂、跑龙套，晚上小齐做好了饭，她匆匆吃完便溜去找罗云仲学传统戏。罗老头如今眼见着一天比一天衰弱，他和凤仪谁也没说破，但一个拼命教，一个拼命学，因为都知道身上的好玩意儿留不住，只能靠人代代相传，传下去就有，传不下去，就没了。

这天晚上凤仪悄悄进屋时又是午夜了，小齐已经睡熟，照旧给她留了一盏床头灯，两块当夜宵的麻花。她蹑手蹑脚地走到床边，从他手底下抽走一本没了封皮的《戏考》，然后把他滑落到鼻梁上的眼镜轻轻取下来放好。她摸了摸小齐的脸，扎手，不像原来那么光洁了。已过而立之年的男人，才子，大学生，有过书生意气，有过以笔为戈的壮志——却终究跟她一样壮志难酬，也同样在无意义的挫辱中蹉跎了岁月。

她"贼心不死"，他就默默支持着，桌上的一餐饭，床头的一盏灯，数年如一日。有时他在门口的小炉子上煎炒烹炸，团里人过来过去地插科打诨、冷嘲热讽，"哟，秀才炒菜都这么细致！你们家那口子还没学会做饭哪？真是享福的命啊，不当角儿了还吃小灶儿！"凤仪有一次碰见了说这话的长舌妇，腿一抬，越过了她的脑袋顶，脚抵在门框上头招呼她，"嫂子，别走啊，进屋一块吃，顺便教教我做饭！"那女人脸一僵，低头从她脚边溜走了，小齐边盛菜边哈哈大笑。他从没向她提过这些风凉话，也没问过她天天练功学戏还有什么用。倘若他问了，她必无言以对。就冲这一点，她打心眼儿里感激小齐，有空便在家里抢着干力气活儿——因为对于做饭这件事她确实至今无解。

床头灯熄了，那晚她又是辗转反侧，不知是累得睡不着，还是脑子太乱。从北京演完《夜奔》回来已经四年了，她一度以为老戏的复苏不再遥远，所以上了弦似的用功，谁知曙光总像挂在小毛驴眼前的胡萝卜，可望而不可即。她三十岁了啊，一个女武生的黄金时期说来就来，也说去就去，来去只在眨眼间，所以在一天天变强大的同时，她也一天比一天彷徨。路漫漫，云渺渺，何时才能"博得个斗转天回"，何时才能"海沸山摇"呢？

凌晨时分她才有了困意，刚蒙眬睡着却突然被一阵剧烈的晃动惊醒了。她扭头看看小齐，他翻了个身嘟囔道："回来了？"

震颤还在持续。她瞬间反应过来，踢开毛巾被一跃而起，拖着小齐就往外跑。真的"海沸山摇"了！小齐迷迷瞪瞪、几乎脚不沾地地被她生拉硬拽到外面，眼前一片模糊，念叨着"我的眼镜",下意识地要回身去拿,凤仪一把扯住他,吼了句"不许去!"话音刚落小屋便像积木似的塌了,埋没了未尽的余音。

1976年的这个闷热夏夜,天边有轰隆巨响。小齐哆哆嗦嗦地摸索到凤仪的手,两个人的掌心都冷汗涔涔。他们对视了一眼,愕然很快变成惊恐,不约而同地拔腿往传达室跑。这时团里人差不多都拉家带口地聚集在室外了,大院内倒塌的建筑不少,也有人被砸破了脑袋和手脚,幸而没有性命之虞。清晨时,空中再次传来异响,这次是金鼓齐鸣般的雷声。

那天蒋凤仪夫妻冒雨排了很久的队才打通了村里的电话,女儿和蒋松霆老两口都没事。凤仪心里的石头落了地,她垂下头抵着小齐的肩窝,长出了一口气。

夫妻俩跟着大伙儿忙活了两天两夜,抢救完公共财产才得空去收拾他们那小屋的残局。罗云仲赠予的那把宝剑最先被刨了出来,因为平时裹得里三层外三层所以毫发未损。书箱子也没压坏,只是泡了水,俩人也顾不上反动不反动了,当下把一本本泛黄的禁书晾在了太阳底下。小齐的眼镜尸骨无存,所以他在震后很长一段时间内行动不便。凤仪抱着剑在废墟里继续翻找尚有利用价值的东西,突然小齐唤了她一声。她走过去,见他正蹲在地上眯着眼端详着什么。

"你这眼神儿还找着宝贝了?"

"还真是宝贝。"

凤仪顺着他的目光看去,也瞬间惊呆 —— 在砖头木块的夹缝中竟长出了一蓬纤细白嫩的豆芽。

"这是那天睡觉以前我备下的绿豆，打算早上熬绿豆汤的。"

面对着萌芽于废墟的这一片郁郁葱葱，夫妻俩沉默了很久。

震后一个月，省剧团奉命赶赴唐山慰问演出。当地大规模的清理工作初见成效，家家户户开始搭建砖头压油毡的简易房。与此同时，依然有大批尸体未得掩埋，死亡的气息无孔不入，穿透了这座素有"钢都"之誉的城市。剧团人员在一处露天剧场演出，这里的舞台尚且完好，但也只剩下一座舞台。

夜里大家都住帐篷。蒋凤仪跪在地上帮着白少杰铺塑料布，忽闻他叹了口气，"前一阵儿我还过来跟唐山京剧团的人学《节振国》*来着……听说他们这儿的一个头牌老生也……"

凤仪直起腰来擦汗，见岳鸿霞抱膝而坐，怅然望着窗外。从这里能一眼望出去很远，因为稍高的建筑都已成平地。夜色里，街头的高音喇叭仍在循环播送着指示，"下定决心，不

---

* 《节振国》，改编自小说《赤胆忠心》，由唐山京剧团在五十年代创排。1976 年复排并有望成为新一批样板戏之一，后唐山大地震中剧团 80 多名演职人员中有 30 余人震亡。

怕牺牲，排除万难，去争取胜利……"然而尸骨堆上不断暴露出恶劣的人性，偷抢之事层出不穷，远远近近的枪声时而响起，以示威慑。

团里准备的节目都是样板戏里的经典唱段，可是不管杨子荣、郭建光与李玉和们唱得多么慷慨激昂，台下的观众始终表情木然。面对比倒好声更可怕的死寂，见惯风浪的演员们汗如雨下。他们唱的那些大是大非、大忠大奸在无数干枯泪眼的注视下显得那么单薄甚至刺耳。

散戏后，有个当地基层干部来找工宣队长。"我说句不该说的，现在谁还听得进去敌我斗争？"

"那想听啥？"

"听点有人情味儿的……"干部压低了嗓子，"能不能唱两段老戏？《四郎探母》之类的？"

工宣队长吓了一跳，可是举目四顾，一切坚固的东西都烟消云散了，若几句老戏能让死者安息、生者安慰，也算是不违背此行的初衷吧。他默然点点头，答应去问问演员队。

大伙儿一听都瞠目结舌，不仅是惊讶于工宣队长的大胆，也因为他们中的大多数早就把传统戏忘得差不多了。队长点名问白少杰夫妻，不料岳鸿霞淡淡说："会倒是会，可是少杰这两天累发烧了，嗓子没了。没人跟我配。"

队长愣了，不知她说的是实情还是有意推脱。凤仪在一旁坐着，心都要跳出来了，想也没想就抓住了岳鸿霞的手，张口欲毛遂自荐。

白、岳两口子直冲她使眼色，工宣队长察觉了，急问：
"怎么？你能上？"

"凤仪……别逞强。"岳鸿霞表情紧张，因为不晓她一直
偷偷练功学戏的事。

"我能！"

她终于按捺不住了，噌地站起来。工宣队长环视周围，
确认再无其他人应战，只得默许她上场——她要上场了！女
演男，杨四郎。

次日，岳鸿霞和蒋凤仪一长一少登台，素着脸，一点妆
也没化，手里没有一个道具，观众们不止于木然，简直不耐
烦了，呼啦啦站起来要走。然而岳鸿霞婷婷袅袅地一做身段，
众人怔住了，那不是李奶奶、阿庆嫂或江姐的姿态；她再一
开口，满座皆惊。

"听他言吓得我浑身是汗，十五载到今日才吐真言。"

她是铁镜公主！台上是那出绝迹于世十几年的《四郎
探母》！

人们纷纷归座，眼、耳、心被简陋的舞台抓住了，一瞬
间想起了那个阔别已久却依然熟悉无比的故事。遥远的辽宋
之争，国的衰微与家的破碎，忠的失守与孝的缺憾，一切矛
盾交汇到杨四郎这个复杂而纠结的人物身上。

"原来是杨家将把名姓改换，他思家乡想骨肉不得团圆。
我这里走向前再把礼见，尊一声驸马爷细听咱言：早晚间休
怪我言语怠慢，不知者不怪罪你的海量放宽。"

她是铁镜公主，那么旁边那个年轻的短发女人……

"我和你好夫妻恩德匪浅，贤公主又何必礼忒谦。杨延辉有一日愁眉得展，定不忘贤公主恩德如山。"

蒋凤仪没着戏服、没戴髯口，可她一抬脚动手就俨然是那身在番邦、思母心切的杨四郎了。此处不是叫好的节点，好儿声却迫不及待地响了起来。

> 杨延辉：公主要我盟誓愿，双膝跪在地平
>
> 川。我若探母不回转——
>
> 铁镜公主：怎么样啊？
>
> 杨延辉：也罢！黄沙盖脸尸骨不全。

凤仪单膝跪下，是戏中人最郑重的大礼，上有天、下有地，实所共鉴杨四郎的誓愿：他去探母，此去必回。而她藏在杨四郎的躯壳里，也要天地为她作证，在这方舞台上，她已经回来了，终于回来了。那天，阴晴不定，那地，满目疮痍。可是她许下誓言，此一归来，她再也不离开了。谁也不能、任何事也不能，让她离开。

公主和四郎你来我往，完成了一段醋畅淋漓的"鱼咬尾"快板对唱，公主最后同意助丈夫一臂之力。

"一见公主盗令箭，本宫才把心放宽。扭回头来叫小番！"

全场屏息等待的那句"叫小番"的嘎调，凤仪轻而易举

地唱上去了，又亮又稳，顿时炸起如雷的掌声与喝彩，短暂地冲散了人们心中郁结多时的愁闷。接着她做了个捋髯抖袖的身段，潇洒地收于一句散板——

"备爷的千里战马扣连环，爷好过关！"

喜春来

蒋凤仪和岳鸿霞的《坐宫》火了，许多人从别的区赶来，打听"唱《四郎探母》的剧团在哪儿演出"。团里乱了，有胆小怕事的开始跳出来阻拦，矛头直指蒋凤仪，"外头风声还紧着呢，咱就唱上'汉奸戏'了。有些人想'翻案'想疯了，别连累了大伙儿一块吃挂落儿！"

她没吭声，可是心里有谱儿。被大地震震碎了心的老百姓再也无法从英雄的赞歌中找到共鸣，他们此刻需要的就是杨四郎这样一个受难之人，他不是英雄，只是妻子的丈夫、母亲的儿子、儿子的父亲，和他们每个人都一样；他见了宋营的老母又负了番邦的妻儿，顾了妻儿又弃了老母，生死关头的那种抉择之苦，许多人在灾难中也尝到了。聚集在外面的人群就是为杨四郎，也为她蒋凤仪而来的，谁也拦不住。

台上的样板戏果然唱不下去了，热烈乃至激愤的喊声盖过了杨子荣气冲霄汉的高腔，随处可见的砖头瓦砾成了群众表达诉求的工具。灾民是惹不起的，他们再没什么可失去的了，也就再无畏惧。

工宣队长连忙轰着岳鸿霞和蒋凤仪上台。"小囡，今儿不唱《坐宫》了，"岳鸿霞在简易幕布后面突然回头，"咱来个《见娘》吧。"她的老旦和青衣一样拿手。然而凤仪愣了一下，"按哪个……"

"台上见吧！"岳鸿霞拍了拍她的肩。上了场，坐宫的夫妻换作了久别重逢的母子，佘太君一开口便是一幅满门忠烈图，"一见姣儿泪满腮，点点珠泪洒下来。沙滩会，一场败，只杀得杨家好不悲哀。儿大哥长枪来刺坏，你二哥短剑下他命赴阳台。儿三哥马踏如泥块，我的儿你失落番邦一十五载未曾回来……"

金沙滩残阳如血，至今在记忆里洗刷不去，杨四郎能做的唯有深深一跪，"老娘亲请上受儿拜，千拜万拜也是折不过儿的罪来……"

蒋凤仪在上面唱着，注视着她的是无数双模糊泪眼。死亡是沉重的，但比起惨死的亲人，偷生成了一件更沉重的负担。往事并不如烟，杨四郎将终生背负着亡灵的重量，一如他无法摆脱于国不忠、于母不孝的罪名。他能否被原谅，取决于佘太君，宋营的大帅、他的母亲。

蒋凤仪紧张地等着岳鸿霞接唱。

"我的儿失落番邦外，为娘每日挂心怀。夫妻恩爱不恩爱？公主贤才不贤才？"

凤仪听到她如此唱，心才安定下来。

原来《四郎探母》自1949年以来备受争议，"人情"是这出戏的亮点，亦是最大的污点。因为人情，变节的杨延辉就能被宽恕吗？1951年，《戏曲报》刊载过八种改编意见，有的让佘太君大骂儿子，使他羞愤自杀；有的安排杨延辉戴罪立功，向母亲献出辽国机密。*蒋凤仪上了台也不知岳鸿霞要唱哪一版，直到刚刚，从她口中娓娓道来的终究还是最老的唱词。

后来凤仪问她上场前是怎么打算的，她说本来没想好，可是看到底下那些观众的眼神，最后还是决定按母子情深的老路子唱，哪怕它"敌我立场"不正确。佘太君脱下了威严的铠甲，她此时只是"四郎探母"里的"母亲"。忘了大忠大义，忘了辽宋之争，面对失而复得的儿子，她只想问问他家长里短的些小之事，因为从那些琐碎里她才能得知，十五年来他过得好不好。

台下泣声一片。

许久之后的1993年，蒋凤仪第一次到台湾演出，也是这

---

*　参见张炼红著《历炼精魂：新中国戏曲改造考论》第五章《罪与罚：大义灭亲、忠孝节义和政治伦理》。

出《四郎探母》，也是这样的泣声。今人觉得戏曲离现实太远了，其实曲短情长，绵长得足以穿越时光，也横跨海峡。

> 雨歇后，阡陌静，放牛童。柳笛声。依旧
> 河山在，弦书鼓，世人听。沧桑去，常遗恨，
> 是何情？

几天后，蒋凤仪和剧团的人们在帐篷里收听了广播中的沉痛告书。又过了不到一个月，振奋人心的消息传来。浩劫，结束了。

各行各业的重建工作逐步展开，全国范围内开始整顿样板团，恢复、调整艺术院团建制。蒋凤仪所在的青年剧团迁到了省会城市，成为当地重点扶植的文艺单位。蒋凤仪和齐克谐的工资虽没恢复到运动前的水准，但终于脱贫了，他们也从小平房搬进了筒子楼。

盼望"重见天日"的蒋凤仪每一天都在焦躁中度过，而黎明的到来如同痛苦的妊娠，晨光熹微，欲出不出。新家还没收拾停当，她和小齐蹲在地上拆行李，绳子解了一个扣儿，两个扣儿……解到第三个，她突然站起来扔下东西就跑。

"干吗去呀？"小齐在身后喊，她没听见，一口气跑到团长办公室。从前的书记老赵如今做了团长，凤仪十二岁进团，他几乎是看着她成长、扬名，又落难的。她在他面前毫不掩饰，直眉瞪眼地说了四个字："我要演戏！"

老赵的答复更简洁,只有一个字,"等"。他还要她等!可是没办法,十年动荡让人不敢轻信眼前失而复得的平静,更不敢轻言到底什么能演、什么不能演,谁能演、谁不能演。他让她沉住气,接着跟罗云仲老先生练功学戏。她抿了抿嘴唇,掉头离开了办公室,没告诉他罗老现在已经教不动了。

数月后,罗云仲得到了平反;又过了不足月余,老先生仙逝了。他将一身好本事尽量留给了弟子们,包括晚年遇到的蒋凤仪,但还是有许多技艺未待传下来就被他带走了。

凤仪像他在世时那样每天练功不辍,回到家就长时间地盯着壁上的宝剑——那是女儿过满月那天罗老送的大礼。现在孩子已经五岁了,但剑还不能出鞘,她也不能登台。

直到转年八月的一天,小齐气喘吁吁地跑回家告诉她一个消息,"北京的院团复排《逼上梁山》了!"

她当时正在洗一大盆衣服,忘了拣出深色的,结果一条红背心掉了色……她盯着浅粉色的水面上一团团晶莹细密的肥皂泡,觉得如梦似幻——《逼上梁山》不是现代戏而是古装历史剧啊,主角不是革命战士而是豹子头林冲啊!

既然《逼上梁山》能演,那么《夜奔》是不是也……

是不是……终于,过去了?

是不是……终于,回来了?

她不顾手上的泡沫跳起来拉住他的胳膊,一个劲儿问:"是不是!"

小齐望着她眼睛里的星光闪闪,原本想稳妥些说尚不确定，但最后还是使劲点了点头，然后又挽起袖子从水里捞出了自己被染成粉红色的衬衫。他觉得好气又好笑，可是转头瞧她在屋里手舞足蹈的样子，鼻子不禁一酸。

新编历史剧复苏了，传统老戏也开始蠢蠢欲动，但政令未出，"帝王将相、才子佳人"们只能以打游击的方式出现在舞台上，一如蒋凤仪的回归之路。

刚开始团里还不敢违背"男不演女、女不演男"的原则，只允许她教戏、排戏。即便如此她也高兴自己有了用武之地，于是毫无保留地把一肚子的四功五法掏给了身边大大小小的男演员们。后来，下乡演出时有人认出了跟着舞美队搬道具的她，一定要她唱几段，团领导睁一只眼闭一只眼便让她上台了，结果她一开口，老百姓就再也不放她下去。

就这样，蒋凤仪终于又从柴米油盐、台下幕后杀回了舞台上，尽管只能在农村的土台子上露面，但她并不介意。胡琴、锣鼓、掌声、喝彩就是叮叮咚咚的清泉，无论周围是乡野还是闹市，她只要痛饮、只要畅游。

这股劲头儿乐坏了看戏的父老乡亲，也使剧团的领导和同事刮目相看，只有齐克谐有点被吓住了。她经常提起铺盖卷跟着演出队一走就是十天半个月，每次回来都累瘦一圈，可是眸子里那把火越燃越旺。他不敢劝她少演一点，也未提她有多久没跟他一起回村去看女儿了。

许多年后面对采访者的镜头，她坦承自己也许真的有那么一段日子忘记了女儿的存在。不只女儿，包括丈夫、父亲，家长里短、儿女情长的一切她都忘了；甚至舞台下的她自己好像也变得虚无缥缈了，只剩下闷头吃、倒头睡。

这样快乐吗？采访者问。

当然快乐！

年逾花甲的她说出这四个字时目光依然明亮兴奋得像个孩子。那是什么样的快乐呢，她努力用语言描述，就像是世界整个颠倒了，日常生活单薄如泡影，而满面油彩、唱念做打的她才是真实存在的，舞台上的灯光一亮，一切都是欢喜，戏里的乐事是喜，悲壮也是喜，出汗流血受伤也俱是……

这种欢喜是无价的，也是代价巨大的。

那段日子，齐克谐奉命深入基层采风，于是剧团再次到农村演出时他跟着去了。最受欢迎的戏码还是刚刚正式解禁的《四郎探母》。

正演到"见娘"时，凤仪跪在饰演佘太君的岳鸿霞膝前三叩首，每一叩都要把头顶的发缕高甩起来，直冲而上，再一个头磕下去，重重垂落甩发。

那天刚叩了两记，舞台旁边高悬的汽灯忽然"嘶嘶"两声熄灭了，下面的观众立刻乱了，有高声催促快换灯的，有抱怨别人踩了自己脚的，有招呼孩子别跑远的……演员们见多了土台子上的小事故，只不急不躁地在原位等着，凤仪也趁机站起来活动了一下腿脚。

"妈妈——"

嘈杂之中忽然有个尖利的童声跳脱出来，不过很快就被周围的吵吵嚷嚷淹没了，台上的蒋凤仪却听得真切，心里绞着疼了一下。她下意识地转头向黑黢黢的台下张望，自然什么也看不清，但很快就听见了一个中年女人的呼应，"这儿呢！"

打足了气的灯很快又亮了起来，观众归座，锣鼓再起。佘太君端坐如初，杨四郎伏地叩完了最后一个头。岳鸿霞示意凤仪起来，目光交汇的瞬间却吓了一跳——那跪地的"四郎"眼眶潮红。

这出戏好不容易演完了，她们回到帆布棚子下面卸妆。岳鸿霞扳过凤仪的肩膀一看，发现她仍是泪汪汪的，忙问："小囡，怎么了这是？"

她抬起胳膊抹了一把眼睛，说想闺女了。这一年半载，没回过几次家。

岳鸿霞抚着她的后背，又悄悄看了眼手表，劝她别哭。"我记得你们那村离这儿不远吧？正好小齐也在，你们两口子一块回去看看孩子吧！"

"啊？这行吗？"

岳鸿霞笑着安慰她，"那有什么不行的？'宋营离此路途远，快马加鞭一夜还'！"

这时副团长和小齐聊着天走进来，凤仪冲过去"通知"领导：她要回家一趟。

"大晚上的，你干吗去？"

"我要回去看我闺女。"她声音哽了，小齐也不禁怔住。

领导清楚她的情况，但还是有些为难，"明儿早上开锣戏是你的呀！"

"王团，"岳鸿霞抢过了话茬，"我跟凤仪换一下。"

岳鸿霞的戏原本是大轴儿。凤仪此刻除了嗫嚅一声"岳老师……"再也说不出别的什么。

"我知道您高风亮节，也知道这两口子不容易……可是，这么晚了，又是十几里山路，怎么回去呀？我这也是为你们的安全考虑。"

几个人正不知如何是好的时候村支书喜滋滋地过来给演员们道辛苦。他听了凤仪的愁事，一拍大腿，"这有啥难的？让俺家大小子套车送你们一趟！明儿早上再把你们拉回来！"

大恩不言谢。凤仪拽着小齐随村支书跑回了家，坐上了支书儿子赶的大车。

时值乍暖还寒的初春，她刚刚的一身大汗在车上渐渐凉下来，心里兴奋得怦怦直跳，眼皮却一阵阵地发沉。小齐感到她在自己怀里微微发抖，困得不住点头，于是赶紧摇晃她，"别睡啊，一会儿着凉！"她答应着，不一会儿又东倒西歪了。就这样半睡半醒地，凌晨三点钟的时候他们赶到了熟悉的小院外。

蒋松霆披衣打开大门，惊得睡意全无，赶紧把女儿女婿和那赶车的小伙子迎进了屋。秋灵也早闻声起来了，忙着给他们收拾床铺。凤仪强睁着眼睛说我先看看宝儿去！

"明儿一早看吧！孩子睡得正香呢，别吵醒了她。"

小齐也点头称是，押着凤仪回了小西屋。她爬上炕，脑袋一沾枕头就呼呼睡着了。

普
天
乐

　　早上五点多钟，村里的鸡和狗渐次吵闹起来。但叫醒蒋凤仪的并非鸡鸣犬吠，而是一个娇娇嫩嫩、哼哼唧唧的小童声，说熟悉也熟悉，仿佛召唤着她的思潮一路往回涌，回到那个小娃娃拱在她怀里找奶吃的时刻；说陌生也陌生，毕竟小娃娃太早离开她的怀抱，离开后她这当妈的错过了太多，比如孩子第一次学爬、第一次走路、第一次说话，包括说出"妈妈"这个词。

　　一眨眼的工夫，吃奶的娃娃已经是个苹果脸、扎羊角辫的漂亮小姑娘了，出现在她惺忪的视线里。小齐抱着女儿站在炕边，蒋松霆老两口倚在门口瞧着。凤仪艰难地从枕上爬起来，面对许久未见的女儿居然有一点不知所措。

　　"宝儿，叫人！"

姥爷急着发出指示，但小雏仪只偷瞥了炕上的她一眼就把头扭了过去，勉强抓着小齐的肩膀叫了声爸爸。

"宝儿，叫妈妈！妈妈赶了一晚上路回来看你的。"齐克谐贴着女儿的小脸蛋念叨了半天，她才终于用微乎其微的声音嘟囔出那两个音节，尽管在凤仪听来，她几乎只是做了个口型。

"过来，妈妈抱！"凤仪盘腿坐起来，张开胳膊，小雏仪瞅了瞅姥姥姥爷的眼色，不情不愿地朝她那边挪了一下屁股，没想到下一秒就被她一把搂到怀里去了。清香好闻、温暖又软和的一个小人儿呀，可是比上次见面又长大了不少……凤仪的胳膊箍着女儿，吸着她的味道，很久不想撒手。

可是女儿既不习惯她的怀抱，也不喜欢她的味道——昨天奔波了半宿，进屋倒头就睡，她身上有汗味，头发里也满是灰尘。终于，小丫头尖叫一声"不要"，跳下炕跑到秋灵身后去了，拉着姥姥要去外面玩。老两口的脸色瞬间都有些难堪，尤其是秋灵。孩子见大人们都不理睬她的要求，一赌气自个儿跑了，秋灵只好跟出去。

蒋凤仪披着被子坐在炕上，扭头看孩子在院里东扭扭，西蹦蹦，后来跳起了皮筋儿，时不时地冲姥姥甜甜一笑……半晌，她听到父亲的一声唤，"小义"。

"怎么了爸？"她仍旧盯着外面。

"宝儿她……你灵姑姑……"

"爸，甭说了，我知道。替我谢谢灵姑姑，她辛苦了。"

凤仪打断了父亲的话，转过头来跟小齐说，咱该走了。

马蹄达达，夫妻二人一路无言。待赶回了昨晚上演出的村子，她下了车就去扮戏，不一会儿便神气十足地上了台。那天的戏码是《闹天宫》。齐克谐坐在底下跟老乡们一起看戏，石头缝儿里蹦出来的孙悟空简直被她演活了，好一个本领高强、无忧无惧的齐天大圣啊。

"神，真神了！你们团这个女武生不得了！"大爷大娘们向小齐竖起大拇哥，并不知他们是夫妻。他附和着点点头，带出一丝苦笑。

这次演出结束回城以后，齐克谐暗自琢磨了一个多星期，瞒着凤仪回了趟岳父家。蒋松霆像往常那样拉他坐在小桌前，摆开一盘象棋，又招呼秋灵烫一壶小酒儿。酒过三巡，小齐这回没让着老丈人，三下五除二地赢了棋局，然后放下吃来的棋子，说爸我想跟您商量件事。老头这次输了棋也不急不躁，把棋盘往旁边一推，说正好儿，爸也想跟你商量点事。

"那您先说。"

蒋松霆没推辞，直截了当开了口，"我就小义这一个闺女，我们老两口给她带孩子，没话说，而且我们也真心舍不得宝儿，尤其是她姥姥……但爸不瞒你说，小义生下来以后，就是因为她娘是台柱子，台上离不了她，结果孩子醒着的时候除了吃奶都见不着娘，会说话了也叫不出那个字儿……宝儿小时候，我是看你们那屋里太憋屈，也怕小义为了奶孩子把身上的功废了。现在孩子也大了，我想着无论如何得让她回去，孩子还是得在娘身边啊……就一件事我放心不下，小义是我带大的，我知道这孩子粗枝大叶的，而且打小儿学戏，旁的我什么也不让她干，家里的事儿她啥都不在行，孩子若回去了……"

"爸，您不必说了，"齐克谐端起小壶斟满了两只酒盅，"我今儿来也是为这事。我跟小义都谢谢您二老这些年替我们照顾宝儿。眼下我们总算有个窝儿了，孩子也到了该上学的岁数，要论教育条件还是市里的好些。小义虽然演出忙，但我的时间还腾挪得开，照顾家里和孩子不成问题。"

蒋松霆闻言长舒一口气，主动碰了碰姑爷的杯，"小齐啊，咱爷儿俩想到一块儿去了。爸替小义谢谢你。"

小齐闻言忙双手托起杯子，与老丈人面对面一饮而尽。

在西半球漫长的冬季，齐老的家中谈笑不断，时而夹杂着横山教授由生疏到熟练的笛声。他们交谈的话题从人生到历史，从戏里到戏外，使没有经历过的人如同身临其境，又使亲历者回首一顾，发觉自己已走出了太远，去日滔滔不可追。

吕娜好奇刚满月就被送到乡下的孩子乍回到母亲身边，该是怎样的疏离啊。

"确实是生疏得很，"齐老说，"老两口把孩子送回来那天，孩子哭啊闹啊，她姥姥也直抹眼泪儿，后来被她姥爷拉着，一步三回头地走了。也难怪舍不得，宝儿是她姥姥拿奶粉一点点喂大的，老太太不容易。"

至于蒋凤仪，虽在常人眼中"不像个当妈的"，但女儿渐渐接受了她，觉得和她在一起"很好玩"。

女儿回到市里的那一天，齐克谐送完老两口，进家门便见哭累了的小丫头正在四处打量，最后瞄上了挂在墙上的宝剑。那是蒋凤仪最宝贝的物件，但当时她犹豫了一下，还是把剑取了下来。

"沉啊，拿好了！"

"好！"

女儿大大咧咧地点点头。剑一递过去，她的胳膊猛往下一坠，吓得凤仪赶紧伸手去接，小丫头却哈哈大笑，"逗你玩儿呢！"

"好啊，敢要你妈！"凤仪拉了拉她的小辫儿，"这是罗老爷爷送给妈妈的，他还说以后让我送给宝儿呢。"

"真的？"

"真的！"

雏仪脸上浮现出一丝得意的喜色，低头用小胖手去摸那剑身上细细的兽面纹。显然，初到新家的孩子还不懂这件"玩具"之于母亲的意义。

宝剑锋从磨砺出，梅花香自苦寒来。1979 年冬去春来的时候，这把剑终于等到了再次出鞘的机会。

那是为庆祝国庆三十年举办的全国传统戏汇演，也标记了蒋凤仪舞台生涯的正式回归。当时她的同辈演员大多唱惯了样板戏，一时找不回老味儿，于是官复原职的董厅长毫不犹豫地点了蒋凤仪的将，并且亲定她演唱《夜奔》。

临上北京那天早晨，凤仪心里兴奋而略感忐忑，给七岁的女儿扎小辫儿时心不在焉。"妈你梳的什么呀，歪啦！"雏仪对着镜子不满地发出抗议。

"凑合吧，你妈的手艺到这儿了！"凤仪把她赶下椅子，自己坐在镜子前。小齐买了豆浆油条刚进家，招呼气哼哼的女儿，"先吃饭，一会儿爸给你重梳，你妈今儿没心思，紧张着呢！"

"谁说我紧张了？！"凤仪在镜子里瞪了他一眼，翻找出落灰的口红和眉笔——她在台下长年素面朝天，但团领导要求她这次进京前要"捯饬捯饬"。片刻，她回头问那爷儿俩："好看吗？"父女俩看看她，又面面相觑了一秒钟，扑哧而笑。女儿毫不留情地说："不好看！凶巴巴的。"她天生的眉眼线条凌厉，素颜时有飒爽少年气，勒头扮戏后更加神采奕奕，却不适合日常妆，涂完口红好像老了十岁。

她转回头来又照了照镜子，扯了块手纸把嘴抹了，走到桌前拈起半根油条，又拎起了门边的行李袋，"俺去也！"

"小义"，齐克谐唤了一声，她叼着油条站住，丈夫和女儿异口同声朝她喊："马到成功！"

确实成功了。

那天参加演出的大多是运动前乃至解放前就成名的大角儿，她的戏码自然被排得很靠前，没想到效果竟出乎意料地火爆。"咳嗨"的长啸隔帘传出，无异于昭告天下，"我，林冲，要出来了。"

底下给了她一个碰头好儿，那好儿声并非来自普通观众——当天坐在台下看戏的几乎全是中央首长、各界名流以及今天被称为"泰斗""大师"的那些艺术家，每一个名字都在戏曲史上熠熠生辉，而在当时，他们只是一场漫长磨难的幸存者。"四大名旦"、"南麒北马"、"活武松"盖叫天、"活神仙"李少春……都不在了。林冲逃过了他的大劫，许多人却没有逃过他们的。彼时，台上三十出头的蒋凤仪只是晚辈，表演也有不足与过火之处。但她的一声高叹入耳，也入心，叹出了座下无数感慨。

都说同行是冤家，可也唯有同行最了解同行的悲辛，而她又是那么让人眼前一亮的后生，使劫后重聚一堂的前辈们感到寒冬似乎真的过去了，一片老树中已有新芽冒头。也有京津一带的老人儿知道她并非"新芽"，而是当初那个十来岁的小武生长大了。认识的、不认识的，都给了她格外热情的掌声和鼓励。她演完了回到台下看戏，一开始满腔的得意与欢喜，看着看着，心却渐渐沉静下来了。她以为自己已经吃了够多的苦，攒了够大的本事，可是台上的那一个个诸葛亮、赵子龙、白娘子一出来，她顿时懂了，她还差得远呢。

他们和她们，有的蹲了十几年监狱，有的喂过猪、挖过河，有的做了样板戏的幕后指导，还有的，挨过毒打、寻过短见，没死成。身材走样了，容貌沧桑了，但在"八、答、仓"的锣鼓点儿里一亮相，她只有感叹的分儿 —— 角儿还是角儿啊。

梅葆玖扮作虞姬出来的时候她眼睛湿了。他比她年长十余岁，他们当时也并不相识，可是"男不演女、女不演男"的戒律让他们在过去的十几年里遭受了相似的禁锢。台上的他已经年过四旬了，错过了一个男旦艺术生命中最好的年华，可是许多人在他出场的瞬间跟凤仪一样眼眶湿润。因为他那张上了装的面孔实在太像梅兰芳。

"红尘里误了俺五陵年少"，林冲如是，蒋凤仪如是，一代人如是。耽搁了的青春不可复得，痴心不改的人必须加快脚步往前奔，比过去更加勇往直前。

从北京回来以后，蒋凤仪一天比一天忙，白天练功，晚上演出，往往不止一场，文武穿插着来，前面《战太平》《闹天宫》，后面《借东风》《哭灵牌》。小齐也不清闲，老戏的剧本在十年动荡中散佚颇多，他除了整理当初严松霁留下的那些以外，还到处去图书馆、书店库房乃至废品回收站搜罗遗珍。知识又重新变得重要了，大家对他恢复了尊重，青年演员上门求教时无不称一声"齐老师"，可他待人接物的态度似乎没什么变化，依然温文尔雅，不卑不亢，剧团大院里的人们也依然看到他推着自行车进进出出地买菜做饭接送孩子。

不管案头工作多忙，睡觉前的时间他雷打不动地陪女儿读书，有唐诗宋词，也有《巴黎圣母院》《童年》《李尔王》。他坚信没什么书是小孩子不应该读的，事实上，他反对任何针对书籍的分类管制，不管是依据年龄还是什么别的。

雏仪八九岁时已经可以跟父亲头头是道地讨论书中的情节和思想了，有时看着女儿滔滔不绝的小大人儿模样，他会想起落难中和凤仪逛地下书市、"雪夜读禁书"的那段日子。如今那些书都已开禁，他们却没有了朝夕共处的大把闲暇时光。他几乎习惯了凤仪在女儿入睡甚至他入睡之后才回来，而有夜戏的第二天早晨，她又往往要多睡一会儿，直到父女俩都出门了才起床。

这天他给女儿盖好了被子，关了小台灯，自己回到大屋躺着看书。突然外面响起一阵砸门声，他赶紧趿着鞋跑过去，门一开，白少杰和另一个男演员搭着蒋凤仪挤进来，吓得他一迭连声儿地问，"怎么了、怎么了？"

他们把她撂到床上才擦着汗告诉他，"低血糖了，下了戏就晕了。刚给她吃了块糖，好多了。"略寒暄后，齐克谐送他们到门口，白少杰略迟疑了一下，回头叮嘱他："小齐，劝凤仪悠着点儿啊，毕竟是女同志。"他连忙点点头，关上门跑回床边，先给她冲了杯白糖水。

"怎么晚上不回来吃饭？"

"来那个了，肚子疼，在后台躺了会儿，一睁眼就要上台了。"

她把空杯子递给小齐，一扭头见雏仪在门边探头探脑，便冲她说："睡觉去，妈妈没事！"女儿磨磨蹭蹭地回去了，小齐咕哝道："什么没事，脸都白了。躺着吧，给你热饭去。"

须臾，饭好了，他却不让她下床，她只好接过了碗筷，"好像我坐月子似的，在床上吃喝！"

"坐月子你不也没消停吗，满打满算坐了一半儿。"他在床边坐下，把她的脚搁在自己大腿上，"身子不舒坦怎么不回戏，还'大闹天宫'？真当自己是大圣了？"

她乐了，扒着饭答："这就至于回戏了？你也太小瞧我了。"

话虽如此说，她胡乱吃了几口，放下碗筷就趴在床上起不来了。

小齐洗了碗回来，从包里拿出个什么剥开了塞进她嘴里。"啥呀，我吃饱了……"她闭着眼嘟囔。

"巧克力！我去上海开会时候买的。"他凑在她耳边说，"我都没敢告诉闺女，要不就没你的分儿了。怎么样，好吃不？"甜味同时在舌尖和心尖化开，她点点头，略欠起身来却"哎哟"了一声。

"以后随身带着吧，赶不上吃饭就来一块。腰怎么了？"

"可能抻了一下，睡一宿就好了。你把红花油递我！"

"现在不能使那个。"小齐把她的脑袋按回枕上，用力适中地给她揉起了腰。

"嘻，我倒忘了。"她呻吟了几声，但凝结的酸痛渐渐在他手下散开了。半晌，她长舒了口气，捏起旦角儿小嗓儿道了句："官人哪，有劳。"

小齐的嘴角偷偷扬起来，可是故作严肃地跟她说："警告你啊,白老师都说了,你毕竟是女同志,也不是十来岁不知道累的时候了,别太拼命,听见没有?"他推了推她,没反应,原来已经睡着了。

第二天早上,小齐醒来时惊见凤仪已经起了,还去买了早点回来,精神焕发地在餐桌前招呼父女俩起床。"太阳打西边儿……"他话未说完,雏仪蹦着高儿地抱着一个花花绿绿的铁盒子上了桌,早已剥了糖纸扔进嘴里一块,"妈,哪儿来的?"

小齐揉揉眼,看看糖盒,又看看凤仪。她忍笑说:"妈送你的。"

"妈妈太好了!"雏仪搂着她的脖子亲了一口,在她脸上留下一丝巧克力的印子。她拍拍雏仪的屁股,催她去刷牙洗脸。

女儿出门后小齐叹了口气,"好哇,借花献佛!"凤仪得意地一挑眉毛,"小丫头就跟你亲,还不许我笼络一下?"

雏仪回来后,单腿盘在椅子上吸溜豆浆,突然眨巴着眼问凤仪:"妈,庆红说你们过俩月要下乡啊?带我去吧!反正放暑假。"庆红是宋小五的小女儿,虽然按辈分比雏仪长一辈儿,俩孩子却是岁数相仿的发小儿。

"你添什么乱?还是回姥姥家玩几天去吧。"

"我先跟你们去演出,然后你们也去姥姥那村儿里演几场,顺便把我放下。"

凤仪差点呛了饭,"你倒挺会安排!你是团长啊?"

雏仪见此路不通，又掉头去缠磨爸爸，果然很快见效。他说："你就带宝儿去吧，正好我自己在家写点东西。"凤仪想了想，也便点了头。雏仪欢呼一声溜下了饭桌，把钥匙挂在脖里，背起书包就跑。

　　"不吃了？"

　　"来不及了！"她嚷了一嗓子，又翻身回来抓了两块巧克力，风风火火地夺门而去了。

尧民歌

冬，夜里赶路，白天演出；夏，白天赶路，夜里演出。
随着禁锢解除，国营剧团的演员们似乎回到了旧日江湖艺人
走南闯北的生存状态，只是一辆解放牌大篷车取代了过去牲
口拉的大车。庙堂可以向艺术发号施令，但勃勃生气终究只
能汲取于民间，在那里，演戏人和看戏人相隔一座小戏台，
却同气连枝，一起搅在"人生"这出大戏里，生命不止，戏
不落幕。

在蒋雏仪和宋庆红这对小伙伴的想象里，随团下乡演出
应该是一件轻松愉快的事，可以一边看戏一边游山玩水。但
她们打错了算盘。人们挨挨挤挤地坐在戏箱上，车像船一样
颠过而非驶过华北的广袤大地，沙尘从四面八方灌进来，有
苦说不出 —— 因为张嘴即吃沙子。

装车卸车的活儿她们俩也跑不了。雏仪本来觉得她妈在家已经够说一不二了，没想到出了门更厉害，自己每次要溜都会被一把抓住，"巧克力白吃了？搭把手儿！"雏仪在她妈眼皮子底下几乎没有偷懒的机会。但上了车蒋凤仪总是很安静，不管外面风吹雨打，她有本事一秒入睡。

　　这天傍晚他们又在赶场，田间水塘映着天空中光艳的晚霞，小风褪去了燥热。大家闲聊着耗时间，雏仪捅了捅庆红，"你说我妈怎么睡得那么香？我屁股都颠成八瓣儿了，她屁股是铁做的吗？！"

　　庆红也是个活泼好动的小丫头，但是比雏仪更早钻后台，见识多，心也更细，"累的呗！费力不讨好……昨儿我还听见他们背地里说你妈呢。"她压低了嗓子。

　　雏仪闻言睁大了眼睛，"他们说什么？"

　　"还不是说你妈霸着台吗，什么戏都上。喊，让他们上也上不去啊。"

　　小姐儿俩正在咬耳朵的时候，一直咣当咣当前进的车子突然吱扭一声停住了。车抛锚了，司机跳下车去鼓捣，也有人借机到外面活动活动腰腿。蒋凤仪还在安睡。不知过了多久，车子轰隆隆地重新开动了，她忽然惊醒，撩开帆布向外一看，月亮已经爬得高高的了。

　　"什么钟点儿了？还没到？"

　　白少杰看了眼手表，"九点了。刚才修车来着，看来今儿得回戏了。"

雏仪和庆红的两个小脑袋靠在一起，哈欠连天，"回了才好呢，困死了。"

快十点时他们才到站。那天的目的地是秦家庄，那个凤仪熟悉的秦家庄。他们晚到了三个钟头，没想到老乡们仍未散去。副团长连忙赔不是，村支书憨厚地笑了，"大伙儿都说你们原先是常客，这回肯定是路上有麻烦才误了，都情愿多等会儿。今儿晚上还能演个一出半出的吗？"

副团长扭头看向凤仪，那晚的戏码原定是《长坂坡》，她是主角赵云。

"演！"

她说完便跟大伙儿一块去卸车搭台。雏仪小姐儿俩互相看了看，也跑去帮忙。

不到一刻钟，开锣了。白少杰的刘备闷帘儿唱一句导板，"哭声遍野追兵紧"，蒋凤仪的赵云提枪打马而来，在前开路。蜀军烧新野，弃樊城，携数万百姓流离败走，至当阳景山之下，刘备哀戚，张飞焦躁，而赵云依旧机警镇定地守卫着主公及其家眷的安全。"夜宿"这一折，没有唱、没有打，常山赵子龙的忠与勇却要在举手投足之间树立起来。

蒋雏仪和宋庆红在人堆儿里蹿来蹿去，好不容易找了个空地坐下。台上正演到刘备等人席地休息，而赵云巡视一圈后给坐骑松了马鞍，手掩口打了个哈欠，这才一撩下甲，右脚斜蹬在椅上，以拳托头，微合双目。他也累、也困，可是必须半睡半醒地警惕着。

雏仪看到这儿不禁鼻子发酸。身穿蓝边白靠的赵云多漂亮啊，他即使一动不动也显得气度非凡，一点不像她妈在车上垂着脑袋打盹儿的样子。可是今天她突然觉得他和她妈似乎也有点像。

很快，张飞来报"曹操连夜发追兵"，赵云立刻"哎呀"一声反应过来，整甲、提枪、扳鞍、上马，风驰电掣之间完成，站定后靠旗猎猎，枪头微颤。叫好声响起，这赵云没辜负大伙儿一夜的期待。

散了戏已近午夜，对于乡村来说早该是属于睡梦的时间了，那天却像过年一样热闹。村干部早就为剧团众人安排好了住处，"房东"老乡们纷纷来认领自己的"房客"。

"丫头，跟俺们家去吧！"

刚洗完脸的凤仪回头见一个头发花白的老太太，身后站着个抽烟袋的老头，她愣了一下，随即叫出来，"秦大叔、婶子！"

老两口咧嘴笑了。"想不到你还记得俺们啊，你们小十年没来了！上回你们来搞学习班，你还是偷摸儿着给咱唱老戏呢！"秦大婶搓着手，后半句还神神秘秘地压低了音量。老头则满不在乎地大声说："那咋会不记得？她就落生在俺娘的那间小屋里呢！"

这时，雏仪溜达过来了，蒋凤仪赶紧让她叫爷爷奶奶。雏仪依言叫了，那老太太喜得拉住她仔细打量，又惊奇地看看凤仪，"哎呀你的娃都这么大了？！你看着还是个年轻闺女哩!"凤仪拂开额前被打湿的头发,哈哈大笑,"婶子呀,我都三十多了!是小闺女她娘啦!"

蒋凤仪母女拎着行李卷跟老两口回了家,秦家的小院刚刚翻盖一新,但她依稀觉得自己所站的位置就是当年从山东归来后她和父亲寄宿过的那间屋,那时的她比现在的雏仪大不了多少,那时秦大叔的白发老娘把卸了一半妆的她当成了小男孩,那时师父严松霁、老琴师韩四和检场老宋头都还健在,师父就是在这儿给她起了艺名,"凤仪"……

女儿早已瘫倒在炕上了,她却还在小屋中间发怔。过了会儿,老两口把一个大木桶滚进了屋,门口还有几桶热水。秦大婶跟她说:"丫头,洗个热水澡松快松快吧!"未待凤仪道谢,大婶又把两个煮鸡蛋塞进她手里,"给你们娘儿俩当夜宵!"说完退出屋去了。

母女俩对视了一眼,雏仪手脚麻利地开始脱衣服。"嘿,人家给我准备的洗澡水!"

"你也进来呗!我不管,反正我得洗,脏了好几天了!"

凤仪不禁叉腰嗤笑,"吃不了苦你非跟着来!"

母女俩从未以这种形式共浴,俩人都觉得有点新鲜。凤仪入水后胡噜了一把脸,把胳膊搭在桶边,向女儿提起:"你老祖儿以前也有这么个大桶。"

"那桶现在哪儿去了?"

"烧给她老人家了。"她给女儿揉洗着头发,回忆道,"你老祖儿那老太太挺有意思,你们家人人爱戏,只有她一辈子不沾。"

"她为啥不爱呢？"

凤仪沉默了一会儿才开口，"戏这东西，沾上了就戒不了。若是干了这行儿，就更受苦。"

她给雏仪冲净了头发，命令她帮自己擦背，于是雏仪第一次如此仔细地打量母亲的身体，竟是新伤摞着旧伤，因为皮肤白而尤显得触目惊心，"咋青一块紫一块的？"

凤仪背对着女儿趴在桶沿上，适意地闭着眼，漫不经心答："天天摸爬滚打，哪儿能不磕着碰着？"

女儿不吭声了。半晌，凤仪说："所以你好好上学，别老跟我出来东颠西跑。跟你爸似的当个大学生多好！"没想到小丫头迅速接了句下茬儿，"我爸这大学生还不是天天给你做饭捶腿？"

凤仪忍笑扭过头来弹了女儿一脸水。

母女俩收拾完，前后脚儿扑倒在炕上。一身清爽，再加上小凉风一吹，虽然疲乏，困意反倒不那么浓了。雏仪从枕上骨碌起来，骑在她妈腿上给她捏肩、捶背，一脸讨好地问："怎么样妈妈，舒服吗？"

"还行吧，比你爹劲道差点儿。你又要出什么幺蛾子？"

"妈，闲着也是闲着，你给我讲讲你小时候学戏的事儿！"

"没什么好讲的，就一个字，苦。"

雏仪见她妈不愿开口，手立刻不老实了，按摩说话间变成了胳肢，痒得凤仪上气不接下气地笑着在炕上打滚儿求饶，"别闹了、别闹了，再把人家吵醒了！"

"那你讲不讲？"

"我讲、我讲……"

那个暑假是雏仪和母亲的第一次长时间共处。以前她只从姥爷那儿听过母亲小时候的一些趣事，而从母亲口中，她才慢慢知晓了许多欢乐与风光背后的艰辛。

蒋凤仪年轻时并不是善于言谈之人，很多事她甚至没有告诉过小齐，可是与女儿同榻而卧的那些日子，她把细碎的过往毫无保留地掏了出来。为父亲救场，随师父练功，被省委发掘，受教于李三福，结识岳鸿霞夫妻，结婚生女，重遇罗云仲，再演《夜奔》……当然，还有多年不能登台的憾，与严松霁、小麦花离她而去的痛。那是一段不算漫长却已足够丰富的人生经历，很多片段甚至是沉重的，但她在女儿面前没有顾忌，有时讲着讲着，她甚至恍惚觉得女儿是另一个自己，自己回溯着、倾听着那些渐远的跫音……

雏仪有时略发惊叹与疑问，大部分时候是静静听着。虽然很多东西还不能理解，但她喜欢听故事，一如她喜欢在台下仰望母亲跃马扬刀、气吞万里。在遥远的心驰神往之中，女儿一点点走近了母亲，熟悉了她，佩服她，甚至，懵懵懂懂地想成为她。

络丝娘

那次下乡演出的最后一站确实如雏仪所愿来到了姥姥家门口，蒋松霆和秋灵到村口去迎剧团的车。副团长率先跳下车去握他的手，"老蒋老师，您好、您好！久闻大名！"没想到老头不给面子地背起了手，"不敢当，我不是什么老师，顶多是个'老坏分子'。"

副团长是近年才到任的，并不清楚往日恩怨，只好向蒋凤仪投去求助的眼神。她走过来嗔怪着叫了声"爸"，挽住他的胳膊，扭头叫团长先带大家开进去。雏仪也早溜了下来，钻到了秋灵怀里。一家人相偕走在村中的土路上。

"宝儿瘦了啊，也长高了！"

"姥姥，我妈天天剥削我！白天搬道具晚上给她捶腿！"

秋灵满眼宠溺地笑了。

凤仪转身要揪女儿的耳朵,她却早已躲到了姥姥身后。蒋松霆见外孙女都换上小短褂小短裤了,女儿却还披着绒线衫,不免纳罕,"什么天儿了,小义,你捂痱子呢?"

凤仪摇头说总觉得冷。秋灵在后面叹了口气,"这是身子闹亏空了,瞧着又瘦了不少。散了戏回家补补吧,你爸那鸡汤早就炖上了。"她闻言回头,另一手搀住了继母。

那晚的戏码是《长坂坡》里的"掩井"一折,蒋凤仪演赵云,糜夫人是岳鸿霞。凤仪在"急急风"的锣鼓中上场,一出来就是一串飒飒生风的翻身儿,以表现赵云在四面敌军中苦苦寻觅主母和幼主的焦急心情。

及至糜夫人投井的节骨眼,舞台上那一把表示"井"的椅子成了全场焦点。赵云回身待要抱起阿斗,又见糜夫人要寻死,忙一串蹉步赶上前去,她已登上"井口",他伸手抓去,只抓下了她的帔子。一刹那,赵云抛了帔,在井口一个"倒扎虎"向后仰翻到地上,险情堆叠到最高潮。

赵云的"抓帔"要出彩儿离不开一个功夫到家的糜夫人,这短短数秒的动作,岳鸿霞和蒋凤仪配合得间不容发,激起了一阵热烈的喝彩。

蒋松霆也在下面看戏,他身旁的外孙女跟其他观众一起兴奋叫好,而他静默着。老戏恢复有一阵子了,他却是多年来头一回看女儿粉墨登台,自从他辞职回乡以来。凤仪扎靠开打,刀光剑影、靠旗翻飞之间,她仿佛在缩小、缩小,特制的小行头裹着小小的她,日复一日,在锣鼓声里长大、长大……别人只道那一身披挂威风凛凛，只有当父亲的晓得它的分量。行头沉甸甸的，眼前行头之下的她，不到一年工夫瘦了将近二十斤。女儿是他的，他心疼；但角儿是舞台的、是观众的，他知道她必须如此。

次日上午没有蒋凤仪的戏，她和女儿来到戏台子底下时正赶上大伙儿乱成一团。待会儿是岳鸿霞的《三娘教子》，给她配演薛倚哥的一直是宋小五的儿子宋庆军，他是团里的小生演员，因为模样俊，身量也不甚高，所以也兼演娃娃生。当下庆军正靠着戏箱坐在地上，眉头紧皱。

雏仪悄悄问庆红，"你哥咋了？""肚子疼，起不来了。我爸正训他呢！"果然，宋小五拎着戏服，跳着脚数落儿子，"你这小子，别的本事没有，专会耽误事儿！知道早上有戏，你又胡吃海塞啥去了？"

"没吃啥，就是睡醒了叫渴，喝了几口刚打上来的井水……"庆军小声嘟囔。

"你说你还能不能上？"

"我、我上……我先上趟茅房！"说完他连滚带爬地一溜烟儿跑了，宋小五冲着他的背影追骂不休。蒋凤仪刚要说由她代演，庆红却笑嘻嘻地拽了拽她爸的袖子，"这有啥呀，我哥这活儿谁不能来？"宋小五一愣，"你能来？"

"宝儿能啊！"庆红朝雏仪招招手，张口给她垫了句三娘的唱词，"那都是父母养非神下降，难道说小奴才禽兽投胎？也罢！手执家法将儿来打——"唱罢高高举起了手，雏仪也不含糊，一把托住她的胳膊接唱道："你打别人孩儿好不害羞！"

岳鸿霞在一旁抱着手乐了，"我看可以！"那小姐儿俩一脸得意地相视而笑。凤仪虽也暗暗吃惊，但终归不放心，"岳老师，还是我来串吧，这丫头就会疯玩，谁知道上了台立得住立不住？别搅了戏。"

雏仪立刻不乐意了，噘着嘴正要争辩，突然救星从天而降。"怎么立不住？就许你打小儿往台上跑？"

宋小五叫了声"七哥"，原来是蒋松霆迈着四方步走了过来。"救场如救火。来，宝儿，姥爷伺候你扮戏！"雏仪一听，朝她妈吐吐舌头便堂而皇之地坐上了椅子，双脚离地悠悠然晃荡着。蒋松霆亲手给孙女上装，宋小五也赶紧帮她穿戏服，尺寸不合适，折了好几道，用别针固定住。庆红也跟着跑前跑后凑热闹。

凤仪反倒被挤到了人群外。她傻站着看女儿被勒起了头，吊起了眉眼，敷上了底妆，一点点变得陌生，又变得熟悉……她的老父亲蹲在地上，多年未曾沾油彩的手一边托着孙女的小脸，另一边笔走龙蛇地给她勾眉眼；他已黑发无多，可是神情毫无老态，格外专注细致。而当初她第一次登台后，父亲却是那么粗暴地抹掉了她的小花脸。凤仪此刻竟有些理解那时的父亲了。

岳鸿霞踱到她旁边，悄声问："不放心？"

她笑着挠挠头，"也不是……说不好……"

"咱这行儿就是这样，做父母的都不愿让孩子走老路，可是孩子天天被戏熏着，自己就上道儿了，拦也拦不住。叫孩子试试吧，不行她自己就知道怕了。"

凤仪默然点点头，殷切道："岳老师，今儿台上您多关照吧！"岳鸿霞拍拍她的肩。

少顷，雏仪上了台，带着一脸赌气的神色，"众学友嘲笑我无娘悲惨，气得我逃了学转回家园。"孩子演孩子，一派天然，并无做戏的痕迹，凤仪这才略略放下了心。女儿的台词和脚步都很熟练，一望而知剧团大院里的子弟们平时没少照葫芦画瓢。观众们果然没瞧出破绽，甚至觉得今天的薛倚哥比往常大人扮的小孩子活泼可爱得多。

人群的最外围站着俞秋灵。她在家里忙活了一早上才出门来看戏，赶到时戏正演到薛倚哥顶撞三娘。

王春娥：手执家法将儿来打——

薛倚哥：你打别人孩儿好不害羞！妈啊，你要打，生一个打，养一个打。你打别人的孩儿，好不害羞，好不害臊！

王春娥：儿啊，这两句话，哪个教导与你？

薛倚哥：饭也会吃，书也会念，这两句话，还不会说么？

王春娥：话倒是两句好话，可惜儿太讲

迟了。

薛倚哥：你今天不打我，我还不说呢。

王春娥：哎，天哪！

薛倚哥：哎，地哪！我呀，我玩儿去喽！

王春娥：小奴才一言问住了我，闭口无言
王氏春娥。叫一声薛郎夫阴曹等我，等候了你
的妻同见阎罗，我那薛郎夫啊……

秋灵早已看出今日台上的小倚哥是谁了。时隔多年，那
一句"你打别人孩儿好不害羞"令她听了依然感慨，但不再
心惊胆战。当年蒋松霆父女不告而别之前，她和小义合演的
最后一出戏正是《三娘教子》，小义还借着演戏让她在台上出
了丑。世事难料，谁能想到那个撞了后娘一个跟头的"小倚
哥"后来主动认她作了后娘呢。

那回在医院重逢，她记下了小义害口吃不下饭，回家后
便腌了开胃的泡菜送到剧团。她想起二哥在破庙里骂自己的
那句话，"上赶着给人家当后娘"，话里有话，因为他们兄妹
最知道后娘的下场。也许人的命运真有轮回，秋灵在看到小
义的眼神后才明白了那个曾差点当了她后娘的女人在她面前
的恐惧。只是那女人到死也没跟俞老头走到一起；而泡菜送
到剧团一个月后，肚子微隆的蒋凤仪找到了她，开口第一句
话就是，"灵姑姑，我来给我爸做媒。"

如今，凤仪肚子里的孩子成了她的外孙女，又在台上演

起了薛倚哥。演三娘的岳鸿霞年纪比她还要长几岁，也是奔六十的人了，可扮上戏依然大方美丽。人生无非是这两条路，一条在台上，一条在台下，秋灵心头也许有一瞬的怅然若失，但很快消散了。

四周有掌声响起，她情不自禁地微笑。她不是薛倚哥的三娘，但她是小雏仪的姥姥。谁也不能否认这个身份的意义之美好。

多年之后，在大洋彼岸，蒋雏仪告诉横山和吕娜，她母亲毫无疑问是一个成功的艺术家，而这份成功里也有姥姥的一笔功劳，尽管她始终自称"只是个家庭妇女，普通的农村老太太"。

清江引

蒋雏仪从国内探亲归来，横山教授飞回西海岸去看她，见面时送上了一大捧花。"怎么样，回家的感觉好不好？"

"你说回国还是回这儿？"雏仪笑问着接过了花。他愣了一下，随即摊开手，"Both……世界越来越大，人越走越远，确实是'处处无家处处家'。蒋老师好不好？"

"好，她也让我问你好。"雏仪继而打听吕娜的研究进度，横山说要出成果必经煎熬，但历经煎熬也不一定能得到满意成果。

"跟练功学戏一样。"雏仪感叹。于是他自然而然地问起她儿时学戏苦不苦。

"当然苦了。"

"那后悔吗？"

"后悔。"

蒋雏仪轻描淡写地吐出这两个字，看到横山的表情闪过一丝惊讶。毕竟大部分像她一样中途放弃的人面对这个问题依然会给出否定答案，哪怕是违心话。

"这大概是我跟我妈最大的差别吧。她为了唱戏这件事是九死不悔的。这个世界对她来说，只要还有戏台在，哪怕别的什么都没了，她也觉得这个世界存在；可是如果没了戏、没了艺术，就算给她再多好东西，这个世界对她来说也不存在了。"

横山静默了半晌才开口，"那你呢？"

"我？我只是个普通人。"她笑了，用抹布擦着桌上的浮尘，云淡风轻道，"后来我经常想，我迷上的到底是戏，还是我妈演的戏，或者压根儿是演戏的我妈呢？如果是最后一个，那我可能一开始就选错了路。"

将近两个月的下乡演出结束，蒋凤仪母女回到家时是个大中午，齐克谐不在家。她把铺盖卷扔在地上去洗了把脸，回来时雏仪早已迫不及待地掀开了桌上的竹罩子，下面是还冒着热气的红烧肉和炒青菜，绿豆粥却已经晾得半温了。

"嚯，你爸这是下血本儿了。"

小丫头没空搭理妈妈，直接坐下开始大快朵颐。第一次跟着演出队风餐露宿，她意外收获了初次登台演戏的乐趣，也吃尽了超出想象的苦头。但是两块红烧肉下肚，"苦"就忘得差不多了。等到吃饱喝足，她撂下碗又要去找庆红玩。

凤仪没力气拦她，洗了两只碗回到屋里倒头就睡。农村吃住条件差，又要一场连一场地演文武双出，演完了便坐着大篷车咣当咣当地在田野山间转场，说不累是假的。此刻终于躺上了自己家的床，竹席凉丝丝的，枕套显然是新换的，荞麦皮的清香混合着好闻的阳光味儿，不出三分钟她就睡熟了。

齐克谐到家时太阳还未西斜，她迷迷糊糊地睁开眼，纳闷他怎么四点多钟就下班了。

"早退了呗。宝儿呢？"

"外面疯玩去了……"

"这么亮你也睡得着？"他走过去拉上了窗帘，回来并头躺到她身边，用手刮了刮她脸上被凉席硌出来的一条条印子，"林教头晒成黑旋风了？"

她抽出手来要打他，被他捏住了腕子，"每次下乡回来都累瘦一圈儿！"

"可是老乡真捧场啊，我唱着也起劲儿。对了，大才子，你这俩月在家写出什么……"她一句话未说完已被他拉到了怀里，"娘子行行好，别谈业务了……再谈闺女就要回来了……"突然有几丝阳光溜进来，照在脸上痒酥酥的。她眯起了眼睛，微风扰得窗帘动如波浪，而涟漪的中心是她。

夕阳西下时，小齐问她饿了没有，中午的红烧肉好不好吃。

"不知道,全被你闺女霸占了。"

"这孩子,我一会儿得批评教育她!改善伙食是为了给我们的主演同志补身体的,不是给小东西解馋的!"

凤仪扑哧笑了,随即又皱起眉头,说你批评教育她点儿别的吧。

"什么呀?"

她郑重其事地告诉他:"这孩子要学戏。"

事实上,齐克谐听到这个消息并不十分惊讶,甚至觉得是等了快十年的一件事终于来了。早在孩子刚降生,老岳父提出让她随母姓时他就有了心理准备,可是这么多年他也没想好自己应作何决断,况且女儿从妈妈那儿遗传的冲劲儿、倔劲儿也似乎不容他斩钉截铁地说"不"。

当天晚饭以后他把女儿拉到身前,用商量的口吻跟她说:"宝儿,爸爸不反对你先跟着妈妈练功,但要考戏校也得小学毕业以后,希望你现在不要耽误功课,毕竟以后做什么都离不开知识文化。"

"我没耽误!我每天放了学再练!"雏仪的口气理直气壮。

"那……妈妈给你讲过她小时候学戏的事没有?……讲过,那你……还是要学?……那万一,我是说万一,你觉得自己吃不了那个苦,或者觉得没意思了,要及时说出来啊。你不是非得走妈妈那条路不可……"

"我非走不可!"小丫头挣开父亲的手,脚步咚咚地跑进自己的小屋去了。

齐克谐铩羽而归。对于女儿学戏，蒋凤仪跟丈夫一样内心纠结。当晚，夫妻俩辗转反侧，可是谁都不想先开口，最后还是小齐打破了沉寂，"这两年戏校重新招生了，也教文化课。学戏应该不像以前那么……"

然而凤仪飞快地抢过话来，"啥时候学戏也是个'苦'字。不吃苦练不出来。吃了苦，也不见得就能成才。"

小齐双手垫在头后，眼望屋顶，"你光盯着台上那点事，我是觉得大环境更不乐观。你看现在剧场里的人明显比老戏刚放开那会儿少多了。"

凤仪虽不愿让女儿受苦学戏，但听小齐如此说，她又有点不乐意，"就算是梅兰芳马连良也不能天天满座儿呀。"

"那你打算让闺女学戏了？"

"我得先试试她。"

小齐紧张地欠起身子看着她，"你要干吗？"

"我能干吗？还不是小时候我爸试我那法子。"

第二天早上不到六点，蒋凤仪拿着一根藤杆出现在女儿床头，唰地挑开了她身上盖的毛巾被。雏仪艰难地睁开眼，皱着小眉头待要发作，突然想起了什么，一言不发地开始穿衣服。二十分钟后，母女俩进了练功房。

此时练早功的还没几个人，凤仪搬了个凳子端坐在场子中间发号施令，"先跑几圈去吧，回来耗腿。"少顷，雏仪冒着一团热气跑回到她妈面前。凤仪拍拍手，说了声"来吧"

便用膝盖夹住了女儿的右腿，用力把她的左腿往脑袋旁边掰。

雏仪倒吸了一口凉气，愣是没吭声。尽管她和庆红偷着压腿、翻跟头有一阵子了，但柔韧性根本还没到那个程度，蒋凤仪心知肚明，可是偏要掰痛了她。然而，当妈的心思，女儿也心知肚明。母女俩就这么默默较着劲，一条腿搬了四十分钟。

其间不断有人走进练功房，凤仪若无其事地一边卡着女儿的腿，一边跟来来往往的同事打招呼。

大家调侃："哟，林教头练上自己的闺女啦？手够狠的！孩子脸都憋红了！"

"嘻，谁不是这么过来的？"她笑笑，左腿练完了，又把女儿的右腿举上去，还是四十分钟。麻木的左腿站在地上，比刚才更难支撑。凤仪不动声色地注意着女儿的表情——自然是一脸坚贞不屈。孩子就是孩子，以为这世上所有事只要自己坚持便一定能达到目的，无非是用两个法子，"哭"或"忍着不哭"。凤仪有点想笑，有点欣慰，又有点隐隐心酸。

过了一会，有同事过来找她，说赵团长叫她去办公室一趟。此时女儿腿上筛糠似的颤抖已经传到她手上了，她慢慢把雏仪的腿放下来，"今天先到这儿吧，明儿接着来。"她说完便起身走了，雏仪咬着牙看她出了门才一屁股坐到椅子上。

赵团长，也即当初的书记老赵，在剧团干了大半辈子，如今虽已年近退休却依然在为台前台后的一摊事操心卖命。凤仪十二岁进团，老赵几乎是看着她长大的，所以她在他面前没大没小，进门张口便问："怎么了老爷子，找我什么事？"

"没规矩的丫头！不老都让你叫老了！"他故意板着脸，却起身给她倒了杯水，"最近给你派的活儿不少，连轴儿转累不累啊？"

"不累，我愿意！"

老赵鼻子里哼了一声，露出愁容，"你倒是愿意演，愿意看的人可越来越少了。唉，现在大伙儿对老戏的热乎劲儿可没那么大喽。"

凤仪愣了一下，类似的话小齐昨晚刚说过，"那您什么意思啊？"

老赵没答，却问："你们家那口子最近干吗呢？怎么拿不出东西交差？"

"不是刚整理了几个老本子吗！"

他敲敲桌子，"我说的是新本子！一时写不出的话，我记得他以前是不是写过一个，叫什么，啊对，《梨园将军》！让他改改给我拿过来。"

凤仪直摇头，"我问过他，他说那不是他现在想表达的东西了，不过他现在好像是在写新……"

老赵揉着太阳穴打断了她，"得了得了，真是拿秀才没辙，让他慢慢儿表达去吧。"他说着翻出几个本子扔在桌上，"这是外地寄给我的几个新编戏剧本，我打算让大伙儿先排一个出来试试水。"

凤仪随手翻了翻，剧名尽是《女儿国》《巫山神女》《王熙凤戏贾瑞》之流……她吓了一跳，嘟囔道："怎么名字都那么……'粉'*？"

老赵瞪了她一眼，又无可奈何地干咳了两声，"我说你年纪轻轻的怎么比我这老头子还死心眼？最近那电影《庐山恋》看了没有？咱再不紧跟时代潮流，谁还进戏园子？"

凤仪一时语塞，"我看这些戏里也没我的事儿，您爱排就排吧，找我干吗？"

"你毕竟是团里的骨干嘛，有责任知道咱的处境。我看就先排这个《巫山神女》吧，你帮我跟鸿霞说一声，让她帮着设计设计舞蹈唱腔什么的。她毕竟上岁数了……恐怕也看不上这本子，就让年轻人演去吧。"

她略沉默了一会，抬头说："没别的事了？那我练功去了。"老赵一点头，她起身就走，他赶忙招呼："哎等等，把这本子交给鸿霞！"她回身从桌上抄起剧本，迈着大步出门了。老赵苦笑着摇摇头，"当妈的人了，还跟傻小子似的。"

周日，蒋凤仪和岳鸿霞两家人照常聚在一桌吃饭，白少杰用小泥壶烫了些黄酒，除岳鸿霞之外的三个人对饮了一盏。放下酒盏，小齐看似漫不经心地问："岳老师，那新本子看了吗？"

"看了。"岳鸿霞与小齐心照不宣地笑了笑。蒋凤仪却憋

---

*　粉戏，即以色情内容为噱头的剧目。

不住火气，"那您真要给那戏设计指导啊？那也叫'戏'吗？"

"什么戏啊？"雏仪好奇地插了句嘴，脑袋上立刻被她妈用筷子敲了一下。岳鸿霞摸摸她的头，依然柔声细气，"老赵也不容易，他为了叫座儿是什么都敢试。"

"就用这戏叫座儿？"

"这不是'推陈出新'吗……"小齐说。

"这也不新鲜嘛，"白少杰顾自饮了一盅，"解放前在上海这种新戏还少吗？只不过没传下来罢了。"

岳鸿霞拿过丈夫的酒盅也啜了一口，悠然道："唱了一辈子，这戏一会儿新、一会儿老，折腾个没完。人老了可就老了，禁不起折腾了。明年我就六十了，该退休让台啦！"酒入眼波，她的一颦一笑还是那么仪态万方。

凤仪夫妻俩都吃了一惊，因为深知凭岳老师的功力再战十年没问题，况且白少杰也还没到退休年纪。可是他在桌上握着岳鸿霞的手告诉他们："我也打算提前退了。离开南边好多年了，也该回去了，没事在西湖边跟票友随便唱唱也蛮自在。"

说罢他问妻子："嗳，姐姐，《浣纱记》里的'游湖'你还会吗？"

岳鸿霞略点点头，两人便在桌上叩着板眼唱了一支【清江引】，"人生聚散皆如此，莫论兴和废。富贵似浮云，世事如儿戏。唯愿普天下夫妻都是咱共你……"

凉亭乐

台上的"巫山神女"被十几个仙姬簇拥着，满台干冰散发出氤氲白雾，在魅惑的粉紫色灯光的笼罩下，仙女们的一袭薄纱底下隐约可见白色棉毛衫的印子。又到了"神女沐浴"的名场面，底下时而有流氓哨响起。蒋凤仪立在幕侧，心里不是滋味。这出戏公演以来岳鸿霞一次也没来看过。从外地请来的话剧导演说她编的舞蹈身段太"平淡"了，不符合开拓创新的时代精神，于是亲自操刀设计了这一段，果然成了反响最热烈的看点。

可那种"热烈"不同于以往剧场里戏迷们发自肺腑的叫好，也注定不会长久。果然不出两个月，这个花了不少钱排出来的新戏已经没人看了，因为老戏迷看不惯，年轻人不屑看 —— 有那个工夫还不如去录像厅看个香港电影，货真价实的浪漫香艳，或是在家偷偷听邓丽君，尽管是翻录过多次的磁带，但那甜蜜的"靡靡之音"依然撩人心弦，戏台上的咿咿呀呀怎可同日而语？

八十年代初的大陆，再次西风东渐，新旧更迭，许多人称之为"新启蒙"的时代，意与开启蒙先河的"五四"时代遥相呼应。一个甲子之前，新文化学者们曾对京剧口诛笔伐，却没挡住它在三四十年代走向辉煌的顶峰；而一个甲子之后，戏曲的命途幸运不再。

剧团开会时，团长老赵直言不讳："搞噱头戏到底不是长久之计啊，农民都搞包产到户了，咱们不改革不行了。"

有人问："怎么改？"

"北京上海的京剧团都搞承包了，承包出去的演出队，国家给基本工资的百分之七十，剩下的靠演出收入，补齐基本工资后，除了上缴剧院的，剩下的个人分红。"

"这不是搞单干吗？"

老赵拍了桌子，"现在倒是不单干，有人没事干，有事没人干！干与不干、干多干少、干好干坏全一个样！大锅饭眼看就揭不开锅了！"

大家沉默了半晌，有个唱丑儿的小伙子叫凌跃，大着胆子问："谁能承包？"

"谁都能！你来一个？"

"不了、不了，"他嬉皮笑脸地摆摆手，"哪儿有丑角挑班儿的。"

此言一出，不少人心里一动，包括蒋凤仪。是啊，这不又是"挑班儿唱戏"了吗？多少年了，唱戏的早已远离江湖，谁能想到有一天改革的春风会往回吹呢，回到那个遥远的梦境，艺人在天地之间闯荡，恃才而行，凭技吃饭。

　　"我来。"

　　她声音不高，但满屋都听见了。最后一排，正在笔记本上瞎划拉的齐克谐诧异地抬起头来。

　　赵团长眼睛一亮，他知道这种事没人开口则已，而一旦有人挑头儿就会变成你争我抢。果然，几个岁数正当年的旦角、老生演员很快也举起了手。老赵不动声色地点点头，记下了名单。最后他宣布："本来考虑分成三个演出队，现在既然大家这么踊跃，咱们就要用民主投票的方法做决定。具体形式待定，大伙儿先回去等信儿吧。"

　　当天在家吃晚饭的时候，齐克谐和蒋凤仪起了争执。

　　他开门见山问她："你踏实唱你的戏还不够？你觉得你自己是当领导的料吗？"

　　"我也是为了把戏唱得更好、看的人更多啊。再说我怎么不能领兵？我十岁就挑班儿了。"

　　"现在跟那会儿不一样了，大家吃惯了白来的大锅饭，谁老老实实服你管？再说你也不是会来事儿的人。"

　　"来什么事儿？卖座儿就是硬道理。除了台上的戏，其他都不叫事儿。我不管，他不管，难道就看着这剧团散了、剧场荒了？"

小齐还要再劝，她却已经把碗撂下了，扭头向默默观战的女儿，"吃完了？"雏仪点点头。"走，练晚功去！"

娘儿俩走到门口时，小齐忍不住叮嘱了一句，"溜达溜达再练，小心得阑尾炎！"

那天她们没去练功房，而是拿着刀坯子溜达到了附近的小公园。入秋了，草木凋零，但目光所及的景象并不萧条。山石上放着一台双卡收录机，十来个男女正在忘我地跳着迪斯科，围观的人比跳舞的还多。尽管暮色四合，还是有人不肯摘下蛤蟆镜；喇叭裤的裤脚在地上盘旋，落叶被扫起，如低飞的蝴蝶。雏仪一边走一边看，不觉笑出了声。

"傻乐什么？"

"庆红说她哥刚买了条那种裤子就被她爸给铰成墩布条儿了！"

凤仪也笑了，手搭在女儿脖子后面，往公园深处走，越走，那舞曲的节拍越弱，到了凉亭边，耳中不知何时已变成了胡琴声——几个老头正在自娱自乐。

凤仪带着女儿在小湖边练了一套刀法，她舞起来缠头裹脑，攻前顾后，一垫步、一旋腕都气势逼人，而戏曲的身段又巧妙地磨合了武术动作中过分凌厉的棱角，达到了力与美的谐和。雏仪还很不熟练，眼睛一直瞄着她妈，手里、脚下不时磕绊。偏偏凤仪是个急脾气，教几遍做不对，手里的刀坯子便朝女儿的屁股去了。挨了揍，也长了记性，再做时确实好多了。反复几遍，雏仪差不多能独自把这套刀舞下来了。

母女俩大汗淋漓地歇了脚，正准备收拾东西回去，亭子里的几个老头却瞅准了时机，噼里啪啦地拍起了巴掌。

母女俩拎着刀走过凉亭时，一个老头搭讪道："功夫真不错！是旁边剧团的？"凤仪客气笑笑，"您过奖了。"另一个老头问她："你们团有个女演员，台柱子，唱武生的，叫……"

雏仪立刻接过话去，"就是我妈呀！"

"哦哦，真是你呀！"几个老人将凤仪围到中间，"怎么最近老不见你上台了？新编的那些玩意儿我们都不爱看，也看不懂……"

"现在演老戏不叫座儿，演一场赔一场，团里正想办法呢。以后还得指望您老几位多捧场！"凤仪捋捋头发，冲几个老头颔首。

"好说，我们就指着听戏是个乐儿呢。今儿正好有弦儿在，您给我们来几句吧！"操琴的老头一听，赶紧搭弓上弦，配合着拉出了几声央求似的"吱吱呀呀"。她也不推辞，"那我唱两句'八大锤'吧。"

夜色里，小将陆文龙那穿云进月的唱腔冲了出来，"奉命助战兼程往，披星戴月奔疆场。吩咐车辆往前闯——"来往遛弯儿的人也停下了脚步，朝亭子里大声喊"好！"，唱完了，她向几个老头告辞，领着雏仪走了，穿过了许多惊奇赞叹的眼神。雏仪装作目不斜视的样子，心里却与有荣焉。

回家路上，雏仪偷瞧着母亲的脸色，终于问出口："妈，你真要承包呀？"

"怎么，你也有意见？"

"没、没，我举双手双脚支持！本来嘛，有本事的人就该当头儿呀！"

凤仪忍笑拍了下女儿的脑袋，"能不能当上还不一定呢。你紧着拍马屁，不会又有事求我吧？"

"我是真心话！就是……妈……戏校快招生了……"

"哦。你想学什么行当？"

雏仪觉得她妈明知故问，"庆红要学旦，我要学生行儿呀！"

"我看你毛毛躁躁的，学不了老生。"

"我本来就要跟你学武生！都练这么长时间了你还不放心？"

"这刚哪儿到哪儿？"凤仪揉着自己的肩膀，仰头望见晚云里沉浮着的几颗小星，"女孩子学武生，要是学不好，唱不了头牌，又难改别的，等于废了。而且现在你看看，唱戏的前途……妈也说不好……"

"哎呀，你怎么也跟我爸似的婆婆妈妈的？我不管，反正我跟庆红要去报名！"雏仪说着往前蹿了两步，拧了个旋子，像一只轻盈的小燕儿高高飞起，轻轻落下。

三天以后，剧团的布告栏里贴出了试行经济承包责任制的通告，最终的三个承包人"由汇报演出后的观众投票结果决定"，戏码是《群英会》《四五花洞》《铁公鸡》。同一时刻，剧院外面的售票处也贴出了大幅海报，冷落多时的门庭再次被兴奋的戏迷们包围了，"嚯，这几个戏可热闹，赶上过年了！"想看热闹的还有团里的许多人，"这《群英会》是大群戏，《四五花洞》是四个花旦站一台，偏偏《铁公鸡》是为她一人儿预备的！老赵这意思明摆着了，还投什么票？"

"那就给她找个打擂的！"——他们知道汇演当天老赵有事外出。

到了演出日，蒋凤仪进化妆间后发现戏单子上赫然写着《双双铁公鸡》*。她脸上不见慌乱，只淡定地坐下让宋小五帮她勒头。须臾，她在镜子里看见从外面走进一个人。

是孙玺。

---

* 《铁公鸡》为一出火炽的武戏，主角张嘉祥（武生饰）扮作马夫，护送清廷大臣向荣前往太平军营中赴宴。凡遇喜庆场合，常有"双双铁公鸡"（即两个张嘉祥、两个向荣同台）、"四四"乃至"十十"，如同武生盛会。

踏阵马

蒋凤仪知道他早就出来了，也隐约听说他回了团里，但还没跟他打过照面儿。确实老多了，虽然不见白发 —— 他保留了号子里的光头，说是扮戏方便。其实他回团以后还没被派过正经活儿。

孙玺出狱那天，是老赵亲自去监狱门口接的他。他无父无母，入国营团后也不再有师父。跟凤仪一样，他是作为"好苗子"被组织选中的，组织也栽培了他。可他不甘心只在戏里做英雄。那场翻天覆地的风雨使很多人误以为自己可以乘云直上，但终归从半空掉下来了。好梦如戏。他应该留在舞台上做"假英雄"的，戏里的"假"是艺术，而戏外尽是骗术。

老赵见到他，问的第一句话是，"功还在吗？"他点点头，老赵也点点头。在狱中八年他没闲着。为了保持强健，主动去干重体力劳动，睡觉时也把腿别在枕头旁边练腿功。狱中粗粝的饭食、严厉的狱警，以及自己的光头，都使他想起小时候在科班学戏的日子。小时候，坐科如坐牢，是受罪；如今坐牢如坐科，是救赎。他没敢想自己还能上台，所以当团里的某些人撺掇他演《双双铁公鸡》的时候，他拒绝了，因为知道自己一个有前科的人也不可能去承包什么演出队。但他们假传了老赵的旨意，说是"为了让戏更热闹点"，而且搬出往事来，"当初你也是咱们团的头牌武生啊，现在真是阴盛阳衰喽"。明知那是激将法，他终于还是无法抵挡。

孙玺给自己化了妆、换了戏服，又默默不语地出去了，和进门的蒋雏仪擦肩而过。她蹦蹦跳跳到母亲身边，"妈，那是谁啊？"凤仪好像没听见似的愣了一会，对宋小五说："小五叔，您忙去吧，我这儿完事了。"

他也出去了，凤仪这才吩咐女儿："帮妈把衣服重新穿一下！"

雏仪一脸纳闷，"这不穿完了吗？……啊？这……好、好……"

外面已上了将近八成座儿。汇演的最后一天了，戏码又是绝迹于舞台多年的一出火炽武戏，观众自然格外期待。齐克谐本是不欲来看的，第一，他不支持妻子带头承包；第二，他知道《铁公鸡》是极吃功夫的一出戏，他不爱、也不想看她拼死拼活地满台翻滚摔打。然而当天他还是不由自主地来到了剧场门口，惊见海报上的"铁公鸡"多了"双双"两个字。

他疑惑忐忑地跟着人潮进了剧场，找了个靠后的位置坐下。片刻，开锣了，扮作马夫的张嘉祥一串筋斗翻到台上。是孙玺。四十多岁的人了还能翻，而且动作干净利索，不容易。掌声未落，又从下场门翻上来一个张嘉祥，是蒋凤仪。

小齐的眼睛直了。两个张嘉祥一高一矮，差着型号儿，可是扮相一模一样，都是黑色短打，而且 —— 一样地"褶膀子"*。张嘉祥为向荣牵马坠镫，那看不见的"马"顽劣不驯，马嘶蹄跃全靠人的表演。小翻、前扑、旋子、飞脚、砍身……孙玺身强力壮，凤仪敏捷漂帅，俩人表演之精彩程度不相上下。而且，凤仪那裸露在外的肩膀虽纤瘦，可是肌肉线条坚实有力，不少观众并没有看出她是女人。

"右边那个，个儿小，功夫还挺俊！"

"那是，人家是当家的女武生啊！左边儿那个倒不知是哪儿来的。"

"女的？！够豁得出去的，露半拉膀子满台乱滚，万一穿帮了，还嫁得出去吗？"

"瞎操心，人家闺女都挺大的了，娘儿俩常去旁边那小公

---

* 褶（xué）膀子，指斜穿戏服，露出半边肩膀、胳膊，通常用于表现特定情境下彪悍勇猛或豪放不羁的人物。

园练功呢。"

"嘿，那我是瞎操心，她爷们都不操心我操什么心……"

"哈哈哈……"

幕侧，雏仪和庆红也在偷偷看戏，看得眼花缭乱、热血沸腾。"听说那人是你妈的老对头，而且，"庆红扒着雏仪的耳朵说，"还是个劳改犯呢！"

"啊？！那他还能上台？"

"不知道谁搞的鬼，就是想让你妈下不来台呗。没想到她这么拼……"

"一开始不是这么扮的，这是上台前刚改的。"

"这下从功夫到扮相，一点毛病也挑不出来了。你妈承包这事没跑儿了！"

台上演到张嘉祥在太平军营里火热开打的时候，小齐起身走了，经过那几个看戏时嘴里片刻不闲的观众。

"好！""漂亮！"

"劳驾，过一下。"

"……"

"这人有病啊？正演到节骨眼儿他走了……"

"甭管他。看戏吧，都是真刀真枪！不是木头玩意儿。"

果然，台上一片银光闪闪，不闻锣鼓，只闻仓啷啷的兵刃相击声。这样全武行上阵的戏多年不见了，孙玺在刀光剑影里也无法不感慨。他余光里看到翻扑跌打的蒋凤仪，跟他一样的扮相，可是更小、更瘦弱，这么多年她的身影都在他左右，甩不开、挥不去，那只救场的小猴儿，那出不耍枪花的《挑滑车》，那年在北戴河的"重要任务"……两个人都不声不响，可是暗自较量。

再后来，她还是她，不让她唱戏也死守着那方舞台，可是他失守了。同行相轻，她又是女人，他从不肯承认把她放在眼里，可是那一刻他突然觉得自己老了。其实他的身手依然比不少年轻人还矫健，只是对比令他感到不堪——她似乎从小到大没变过，尽管蹉跎了十几年，还当了妈，但那劲头，还有扑在戏上的那颗怦怦跳动的心，谁都能一眼望穿。心气不变，人就好像永远年轻，永远无所畏惧。

他到底还是输了。

一错神儿，孙玺手里的钢刀掉了。在一片纷杂的"叮叮当当"之中，他那一声并不明显，底下甚至没叫倒好儿；在台上掉把子是大忌，但已经获得巨大满足的观众似乎宽宥了他的失误。在他心里却有什么东西随着落地的钢刀轰然倒塌了。座儿的目光没在他身上。

齐克谐走出剧场时热烈的掌声响起来了。蒋凤仪谢了三次幕，回到后台，雏仪和庆红蹦着高儿地喊"太棒啦"，宋小五则赶快给她披上一件衣服。同事们也走上来祝贺，半戏谑半真心，半揶酸半佩服，"好个'林教头'啊，有魄力！"她淡淡一笑，照常去洗脸卸妆，人群也就讪讪地各忙各的去了。她擦着脸，雏仪忽然扽了扽她的衣角，"妈……"

她回头，看见孙玺。他上了点年纪，那双不会笑的眼睛被皱纹牵得低垂了，显得和顺了些。凤仪在心里踌躇应当如何称呼，她似乎叫过他"玺子哥"，但那是太久之前的事了……

好在他先开了口，也没有称呼。"不错，功还是那么好。"

"你也是。"

"不行喽……"他拿颈间的毛巾抹了把脸，没接触她的直视，少顷，略显突兀地问起，"你还记得在老仙和，你跟我们班儿里的一群小秃小子比翻跟头吗？"

"记不清了。"

"说实话我一直不服你，觉得你就是有个好爹、好师父。我想我至少有一点儿比你强 —— 我是男的。今儿……我服了！"他拱拱手，艰难地咧嘴笑了一下，转身而去。

凤仪坐在凳子上沉默了一会，直到听见女儿嘀咕"一个劳改犯，牛什么呀"，她立刻拍了雏仪脑门一下，"别这么说！"

几天以后，齐克谐像往常一样接雏仪下学，又去买了菜。回到院里时几个熟人正在阴凉里下象棋，看见他们父女便招呼，"老齐，来、来，杀一盘！"四十岁以后，他在一些人口中渐渐从"小齐"变成了"老齐"。

"不了，回家做饭了。"

"哎呀，来一盘！还早呢，饿不着你们家林教头。"几个人拖他坐下。一面码着棋，一面有人调侃，"咱们单位顾家的好男人太多了，老齐，你们这样儿的让哥们儿我不好办啊。

我老婆一天到晚叫我向你学习！"

另一个搭腔，"那你也让你媳妇学学人家林教头！我媳妇要也唱头牌，我也甘心伺候着她。吃他的炮啊！"

"别着马腿儿呢！啧啧，哪儿能人人都那么大本事？有那本事也没那巾帼不让须眉的魄力啊！"

齐克谐两手轻敲着吃来的棋子，抬头看了他一眼。有人连忙岔开了话题，"哎，小闺女蹿个儿了啊，姑娘还是长得像爹。"

雏仪却不客气地顶了回去，"谁说的？"——她认为自己的五官还是很像妈妈的。"宝儿，先把菜拿回家吧。"父亲发话了，她点点头，从车筐里取出篮子，大步流星地走了。

"人家姑娘想女承母业呢，你非说人家随爹！老齐，戏校招生了，你闺女也得学武生吧？"

"不知道，她自己拿主意。"

"哎，这女武生唱好了可比男的吃香，你瞧瞧，《铁公鸡》，说褶膀子就褶膀子，能不叫座儿吗？"

"就是，别看平时不言不语的……"

有人越说越拦不住了，嘻嘻哈哈地压低了嗓子，"欸，老齐，说实话，你天天看你老婆在台上演男人，你……心里没障碍吗……"顿时喑哑的笑声浮起一片。

"将！"齐克谐的棋子应声落在对方的帅位，他站起来，把手里吃的那颗"帅"哐当扔在棋盘上，"她是因为褶膀子才叫座儿吗？她起早贪黑练功的时候你们干吗呢？在这儿嚼女人的舌根子，你们算他妈什么男人？"

那几位没想到平时文质彬彬的齐克谐也会发火儿，各自脸上都有些挂不住。恰好白少杰下班经过，忙凑过来打了个圆场，"走，小齐，上我家喝两盅去，我烧两个小菜。"

捌

三台印

　　不久，蒋凤仪正式承包了第一演出分队，半年后老赵退休了，剧院改组，下设两个团，她又成了一团的团长。那年她三十七岁。

　　上任后接到的第一个任务是为岳鸿霞办告别舞台的演出。连演三天，最后一天是《穆桂英挂帅》，团里几乎所有人都上去跑龙套了。这样的一位大角儿要归隐了，谁不愿再傍她一回，沾点仙气儿呢？那是真正从京剧的黄金时代一路走来的前辈啊，赚过金条，也受过磨难，演过千娇百媚的杨贵妃，也扮过《红灯记》里的李奶奶……

　　演到最后一场时，蒋凤仪和齐克谐破天荒地并肩坐在台下看戏。首先出场的是穆桂英的一双儿女，文广和金花，饰演者不是旁人，正是雏仪和庆红这对还没正式入行的小姐妹。

岳鸿霞点名叫她们配戏，昭昭然一片提携之心。小将文广一身蓝白靠，金花女一身粉白靠，长长的翎子巍然悬在头顶。

无论是戏里的这对"姐弟"还是现实中的小姐儿俩都是第一次戎装上阵，台下的蒋凤仪不免万分忐忑。没想到她们俩倒是派头十足，掏翎、转身、正袖、紧甲，一套起霸的程式做得像模像样，眼角眉梢又是满满的青春气息。

"父帅来了！"两个孩子退到一边，身着湖绿大靠、戴黑三髯口的杨宗保出场了，穆桂英的丈夫自然还是由白少杰来演。都说男尊女卑是中国道统，其实戏台上从不乏女强男弱的伉俪，恰如穆桂英杨宗保。在"杨家将"满纸血泪的忠良图上，他们的爱情无疑是一抹温情亮色。

须臾，闷帘儿传出一声清亮华丽的导板，"大炮三声如雷震"——穆桂英出场了，顿时激起掌声雷动。岳鸿霞一身红色大靠，手中的马鞭亦是殷红，身后的小兵高擎一面"穆"字大旗，满台士卒将领无不拜倒在这面旗帜之下。梅兰芳晚年排这出戏是有道理的，他上了年纪，不复轻盈娇美，可是扮起那挂帅出征的穆桂英却格外压得住台。美人惹怜爱，美却不以色侍人的女子受人敬重。

当下，杨宗保领着儿女向她深施一礼，口呼"元帅"。年轻时她就是他的元帅，如今依旧。台下的齐克谐不知怎的忽想起半年前白少杰在昏暗的楼道里劝慰他的话，"这行儿就是这样，干得差了叫人瞧不起，干得好了又受人挤对，何况要'挂帅'。"

穆桂英挂帅，多荣耀啊，可是台上台下有几人了解个中悲辛？他们只期待着看她"披绣甲，跨征鞍，整顿乾坤"，她自己也觉得责无旁贷，做元帅就顾不得儿女情长。齐克谐望着那满台煊赫出了神，杨宗保，抑或是白少杰，有没有过哪怕一瞬间的对这世间无数平凡夫妻的向往呢？这样的向往，有错吗？

> 辕门外层层甲士列成阵，虎帐前片片鱼鳞耀眼明。见夫君气轩昂军前站定，全不减少年时勇冠三军。金花女换戎装婀娜刚劲，好一似当年的穆桂英。小文广赳赳执戈待命，此儿任性忒娇生。擂鼓三通辕门进，众将士听我把令行。

蒋凤仪听到岳鸿霞这几句，不禁鼻酸眼热。岳老师是她的长辈，雏仪是她的女儿，台上的老与少之间相隔将近半个世纪，那是一辈人的大半生，也是戏曲从高峰向低谷的滑落。时移世易，她不得不承认京剧在摆脱"样板戏"的桎梏之后也不再是人们文化娱乐的中心。戏曲独占鳌头的时代过去了，岳鸿霞的时代过去了。

筹办告别演出时作为团长的蒋凤仪一度隐忧；令人欣喜的是，不出几天工夫票就售罄了。可是她举目四顾，发现周围尽是苍颜白发，纵然每一声喝彩都恰到好处，每一阵掌声都情真意切，但在岳鸿霞这代人离开舞台之后，台下的他们又还能驻足多久呢？戏离不开人啊。穆桂英上有佘太君下有金花女，她亦是上有老下有小，帅旗挂起来了，战鼓擂响，身后没有退路。

岳鸿霞和白少杰南归以后，蒋凤仪托人给孙玺带过话儿，希望他加入麾下，但被拒绝了。他后来落在了戏校，不是正式教师编制，却兢兢业业地为许多孩子打下了坚实的基本功，包括蒋雏仪——她如愿女承母业学了武生。

那时戏校的授艺方式已无异于一切现代教育体制下的学校，四十五分钟一堂课，更不允许体罚。孙玺大概代表了最后一批出师于科班棍棒之下的艺人。那些毯子功、把子功是他打小儿没日没夜练出来的，如今的孩子和家长却视其为浪费时间，学两招够台上用的就行了，何必太较真儿呢。然而孙玺默默延续着科班里的老传统，对于愿意跟他练功的学生，他一丝不苟，倾囊相授。

雏仪进了戏校，母亲对她的要求愈发严格，毕竟现在她正式走上了这条路，她们便不只是母女，更是同行。道路尽头是"艺术"两个字，蒋凤仪待之如神圣，自然看不得别人亵渎。雏仪就是从那时起渐渐懂得了这一行的苦不只在于身体，并在日复一日的苦练中慢慢感到了自己和母亲之间的真正差距。

雏仪十二岁起由母亲亲授开蒙戏——《夜奔》。她看了太多遍母亲的这出拿手好戏，在城里、乡村、台下、幕侧、排练场，已经没什么新鲜感了。"这戏我看都看会了，妈，先教我《挑滑车》吧！"自从给岳鸿霞配戏扎了一次靠，她便对那身铠甲着了迷，而单枪匹马挑滑车的高宠小王爷无疑是最威风的长靠武生之一。

"不行！学武生哪儿有用长靠戏开蒙的？一披上大靠，这儿那儿的毛病全挡住了，往后就改不过来了。"蒋凤仪用藤杆敲打女儿的胳膊和小腿，"开蒙必得学《夜奔》《探庄》《蜈蚣岭》这几个戏。"

雏仪先是泄了口气，随即又黏在她妈背后撒起娇来，"那学《探庄》啊！多有意思！"

"不行！《探庄》，石秀走完头场边，杨林就上来垫戏了，石秀再演一会儿，老头儿又上来了。《夜奔》不一样，是'一场干'，全靠你一人儿，偷懒不行，功夫不到家也不行。这个戏拿下来了，再学别的就好说了。我小时候就是这么过来的。"蒋凤仪说着又起腰来威胁，"你学不学？不学我走了，忙着呢！"

"学、学！"女儿心服口服，赶紧笔管条直地站好了。

一折半个小时的《夜奔》学了将近八个月。唱念要一字一句地抠，做打更是一招一式地练，光出场那声搭架子的"咳嗨"就不知喊了多少遍。说不枯燥是不可能的，孩子又是贪玩的天性，难免跟妈妈打起了游击。蒋凤仪承包剧院一团以来，大伙儿的饭辙落在了她头上，所以她现在一个月有二十多天都在带团四处演出，多半是下乡，所以亲自看着雏仪练功的时间少了，但还是千方百计地抽空儿手教她。

某个星期天早上，雏仪、庆红还有几个孩子照常去练功房，蒋凤仪给女儿布置的任务是一百个小翻儿、五十个旋子，可是小伙伴们凑在一起玩得正欢，谁也不想动窝儿去练功。有个孩子从怀里掏出一本《大众电影》，神气活现地说："我从我姐那儿偷偷拿的！她每期都买。"

"这俩人谁啊？"封面上是两个容光焕发的年轻女人，一个穿米色夹克，另一个穿红裙子，手里都抱着鲜花和奖杯。

"明星呗……刚拿了金鸡奖！"

"什么是金鸡奖？"

"呃，我也说不好……是给电影明星的奖吧！"

"那唱戏的有啥奖？"

"不知道……哎，宝儿，你还不练功去？不怕你妈看见了揍你？"

"她昨儿半夜才到家，一时半会儿起不来呢！"

几个小伙伴边聊边轮流翻看着那本卷了角的杂志，突然庆红拽了拽雏仪的衣角。她一回头，见蒋凤仪正抱着胳膊静静站在练功房门口，手指勾着一根藤条马鞭。她吓得一骨碌爬起来，三两步跑到她妈面前。其他几个孩子叫了声团长好，立刻作鸟兽散了。

"妈……"雏仪嗫嚅着，借口还没想好，脑袋上已挨了一下打，"嘣"的一声，随即是火辣辣的痛。她没敢揉，也没敢抬眼。

"翻前，一百个。"母亲一个多余的字也没说，语气严厉得很。雏仪赶紧跑到垫子上照做，翻一个，身上就挨一鞭。那藤条的红缨子在她眼前舞来舞去，身体机械般的翻转伴随着稳准狠的疼痛，从一个点蔓延到全身。

"1，2，3……21，22，23……"她翻蒙了，也被打蒙了，鼻涕眼泪流了一脸，可是顾不上求饶。旁边几个小伙伴都看傻了，却也不敢求情，只有庆红悄悄贴着墙边儿溜了出去，一口气跑回了家属楼。

"齐老师，宝儿挨揍呢，您看看去吧！"

"又偷懒儿了？"坐在写字台前的齐克谐放下了手里的笔。

"不是说蒋老师昨儿睡得晚吗……我们就多玩了会儿……"

"这孩子……蒋老师教戏，不让我管啊！"他知道孩子练功有多苦，可也知道凤仪早上挣扎着起床时有多艰难，也怪不得她发火儿。

"今儿不一样……她一边儿翻，她妈一边儿抽她呢……"

齐克谐听后到底坐不住了，跟着庆红跑到了练功房。

乐中悲

　　齐克谐和庆红到了练功房门口，那小丫头留了个心眼，没跟着一起进去。这时雏仪的筋斗已经翻完了，正在拧旋子，身体像表针似的飞转，头上的汗在地面洒了一圈又一圈。"抬头！""太低了！"蒋凤仪手拿藤杆在一旁发号施令，忽听到脚步声，转身质问丈夫："你干吗来了？"

　　他把椅子上的大茶缸子端起来，又从怀里掏出一块麻花，"给团长大人送早点。"凤仪伸手接了，他忙向女儿远远使了个眼色，雏仪趁机直起腰来稍作休息。

　　"谁又通风报信去了？"凤仪啃了口麻花，正要扭头四顾，却被齐克谐按住了肩膀："大礼拜天的，好不容易在家歇会儿，甭跟孩子较劲了，先跟我回去吧！"

　　她含笑甩开胳膊，"我一忙她就闲，我一瘦她就胖。今天我得闲儿，得好好练练她！你别添乱。"

齐克谐也笑了，"我有正事跟你说！"她闻言放下吃的喝的，回过身去，雏仪早已及时恢复了练功状。"停吧。拧了多少？"

"五十！"

蒋凤仪哼了一声，"少说有七八个的水分！跟我来这套，都是我小时候玩儿剩下的！"

"瞧瞧，你妈后脑勺都长眼了！这么忙还来陪你练功，以后少惹妈妈生气。"齐克谐绷着脸帮腔，下一秒却从兜里拿出手绢递给女儿，"小花猫儿擦擦脸！"说完朝她挤挤眼睛便强拉着凤仪走了。

庆红这会儿才从后门溜进来，"怎么谢我？"雏仪没劲儿理她，爬到椅子旁边伸手够到了她妈的茶缸子，猛灌了几大口，仰面朝天躺倒在垫子上，"我妈真是后脑勺有眼……刚才我就是少拧了八个……"

夫妻俩到家以后，蒋凤仪开门见山，"说吧，啥事儿？待会儿我自己还得练功去呢。"齐克谐不语，从抽屉里取出一沓东西放到她膝上。她拿起来一看，惊呼出声。

"你写的是他？"

"是。"

"你一直在写的就是这个？"

"是，"他背对着她坐在写字台前，长舒一口气，"终于写完了。"

确实太久了，上一次凤仪把他原创的本子拿在手里，标题还是《梨园将军》——那是十九年前的事了。彼时的他大学刚毕业，进了剧团，迫不及待投身于轰轰烈烈的社会主义文艺建设，却在须臾之间折笔沉沙。过去的光阴对于一个拥有浩渺历史的国家而言也许不算漫长，对于个人而言却足以剥落他的青春，改写他的视野。

　　这世界也的确改变了。他曾经写下这样的豪言壮语，"台上大英雄，台下真将军。改天换地时，无处不风云。"如今，新的时代见证着新的风起云涌，商场、宦海，处处都在改天换地：从地平线上浮起了一个金光闪闪的美丽新世界，曾经遥不可及的港台与西方再次成为潮流所向。"研究导弹的不如卖茶叶蛋的"，那是老百姓茶余饭后的俏皮话儿，语境却是沧海桑田的巨变。越来越丰富的物质与文化商品出现在生活的舞台上，不，不够，还要更新鲜、更丰盛、更富足，要加倍的刺激和快活来弥补过往，不要政治、不要绝望、不要死亡……可是他写了这样一个戏——《林冲之死》。

　　这戏能成吗？齐克谐心里真的没底。林冲已经死了太久，那是北宋年间的古人了，还能在这"新"字当头的时代唤起共鸣吗？林冲也活了太久，在名著中、评书里、戏台上，人们对他的故事了如指掌，还能接受他的人生有另一种可能性吗？

　　他坐在窗前等着蒋凤仪读完剧本，俩人一直没挪窝儿，更没吃午饭。他不敢观察她的表情，只盯着书桌上落的斑驳树影，直到黄昏时空气中的尘埃飘然游弋到他眼前，一粒粒被余晖照得分明。楼下杂乱的脚步声和谈笑传入屋内。"哟，买煤气炉了？我听说这次院里一共没几张票儿，团长都没敢伸手，你咋拿到的？""指着咱单位得猴年马月了？我们家老金托了个朋友……"

齐克谐站起来活动了一下肩颈，拉上窗帘，走到门边打开了灯。"还没看完？"他扭过头见白炽灯照在凤仪脸上，满是泪光，吓了他一跳。

"小齐，"她抹了把脸，一拍膝上的剧本，非常坚定地说，"我得把这戏排出来！"

他听后一则喜，一则忧，"真的？你觉得写得可以？"他在她身边坐下，摘下眼镜揉了揉眉心，"可是拿什么排？你们现在挣得刚多了点儿，你要大伙儿不出去演出了、跟你排戏，谁能答应？"

"你甭管了，我去想辙。舍不得孩子套不着狼！"

齐克谐听她如此说，默默把手覆在了她的手背上，恰在这时女儿推门进来了，"要拿我套什么狼呀？"她满头汗，一身土，看见凤仪发红的眼睛大吃一惊，连忙紧贴着她坐下，"妈，怎么了？还生我气呢？我自个儿练了一天了……"

"屁股起来！"

凤仪大喝一声，吓得女儿跳了起来。"什么呀？……《林冲之死》……剧本？"雏仪再一看署名，也不禁尖叫，"爸，你写新剧本啦！"

齐克谐笑着捂耳朵，"你们俩别嚷嚷了，比大花脸还吵人！"

"妈，这戏你是主演吧，除了你还有谁能当林教头啊！"

"少拿话哄我。这下我一忙活，你又能放羊了！"凤仪要从女儿手里抽回剧本，她却不撒手，"让我拜读一下，看看有没有适合我的角色！"

雏仪说完蹦蹦跳跳地跑回小屋去了，夫妻俩都乐了，不待继续谈正事，屋里又传出一声号令，"爸，快开饭吧，我饿了！"

此后数月，蒋凤仪一边带团四处演出一边琢磨设计新戏的唱腔和身段，更重要的是她一刻不停地在心里扒拉着算盘，可是算来算去终是不够。

寒冬已至，天阴欲雪。这天她进了剧场后台，见地上有不少泥脚印，赶紧让雏仪和庆红找了一摞旧报纸铺在屋里，生怕弄脏了戏服鞋袜。小姐儿俩蹲在地上，干着活儿悄悄闲聊。庆红说："现在也就你妈跟我爸这样的老同志还讲究这个。"

"有的人也是太不讲究了，踩着裙子满地跑，还有的拿袖子抹汗擦鼻涕，多恶心！"雏仪直撇嘴。

"公家的东西谁心疼？脏了旧了也不用他们赔。"

"那倒是，我妈就是老忘不了她小时候挑班儿那一套，行头全是血汗钱……"

俩人正聊着，走廊里传出蒋凤仪的声音，"小吴，你怎么穿着靴子上厕所？说了多少遍了。"

"哎呀，团长，刚才内急来着，没留神！您放心，我没尿脚上！"

雏仪和庆红面面相觑。一直在收拾戏箱的宋小五闻声走了出去。"少耍嘴皮子！原来马连良先生讲的'三白'*你们戏校老师没教给过你？"宋小五虽只是箱倌，但毕竟是五十多岁的长辈，小年轻儿不好意思顶撞他，只好低头认错，"得得得，宋师傅，我错了，下不为例！"

半晌，蒋凤仪走回屋里，由宋小五帮她勒头扮戏。雏仪从镜子里瞄到母亲烦闷的脸色，刚进门的团长助理凌跃也敏锐察觉了异样，赔着小心问："领导，谁又气您了？"

"还不是为了他们糟践东西？"庆红一向嘴快。

小凌是个白净精明的小伙子，父母也是行里人。像许多梨园子弟一样，他小时候哭着喊着非要学戏，父母想了个损招儿，送他去学丑行，以为能就此逼退了他，不承想却逼出了一个腿上、嘴上功夫俱佳的武丑演员。武丑号称"开口跳"，凌跃却在二十出头的年纪因膝伤不能再上蹿下跳，痛苦了半年，到底不忍心离开这一亩三分地，遂转到了行政岗位，成了蒋凤仪的得力助手。

他佩服蒋凤仪的艺术，更佩服她的为人，所以鞍前马后

---

* 　三白，即护领白、水袖白、靴底白。

十分尽心，且凭自己插科打诨的本事在团里起了不少润滑剂的作用。蒋凤仪想筹排新戏的事只有几个近人知情，他便是其中之一。

当下她叹了口气，"这一针一线全是钱，什么时候才能攒够资金呢？"

"光靠攒是攒不出来的。"小凌斩钉截铁地说。

"那……"

"咱得拉赞助！这年头，三条腿的蛤蟆不好找，两条腿的老板可是满街跳。马克思不是说过吗，'资本家就是人格化的资本'，拉来了资本家，资本不就来了吗！"小凌一本正经地搬出了革命导师，大家忍不住笑了，过后又都感到一丝苦涩。

窗外的天越发阴沉，风雪压境而来，不知外面的观众有没有后台人多。但锣鼓响起，蒋凤仪又要上场了。

沽美酒

　　赴饭局那天，蒋凤仪坐在齐克谐的自行车后座到了饭店门口。她跳下车时还问他："真不跟我去？"他摇摇头。

　　"那我进去了。"

　　"待会儿要我来接你吗？"

　　"甭介了，我走回去吧。不知道要吃到几点。"

　　她摆摆手就走了，登上最后一节台阶时摘了毛线帽子，掸了掸身上的雪珠。两个穿得像英伦骑士的门童给她拉开了门，她长驱直入，他们则在背后睃了她一眼。

　　齐克谐看在眼里，忍不住笑了一下，仰头又见几个龙飞凤舞的大字，"涌金大酒店"，题字的是当地一个著名书法家。杭州有个"涌金门"，水浒里的浪里白条张顺就是在那门下池中被乱箭射死的。而这大酒店显然无意指涉那段血腥的故事，于此推杯换盏的人们需要的仅仅是一个字号响亮、装潢体面的场所，在其中，吃、喝、说话从人的自然属性上升为某种必须习得的社会技能。

扶画鹢，跃花骢。涌金门外小桥东。行行又入笙歌里，人在珠帘第几重。

齐克谐目送她的背影消失，然后蹬起车离开了。饭店门口停着几辆小轿车，是这时代的画鹢舟、五花马。兜兜转转，历史总在循环，戏要唱下去，少不了要找人搭台。如今处处都"以经济建设为中心，大力发展生产力"，文学清高吗？艺术高于生活吗？可是文艺生产也是生产，是生产就离不开资本，资本即血液。在他和凤仪的青年时代，这"血液"一度被认为是肮脏的万恶之源，但现在它俨然成了一个大大的"红十字"，无论是谁，有它则活，无它则死。

蒋凤仪穿过长长的走廊，遥见小凌正在包厢门口等她。

"我的领导哎，您咋才来！"

"不是六点吗？"

"反正人家早到了，就等您呢！咱请客吃饭，您……穿这就来啦？"他一言难尽地盯着她的枣红色大棉袄。一列穿旗袍的女服务员从他们身侧鱼贯而过。

"大冷天儿你叫我穿啥？赶紧进去吧！"她推门而入，小凌忙跟着进了屋。

不待小凌介绍，屋里的主客已经站了起来，是个三十出头的胖子，但看得出特意打扮了一番，油头锃亮，脸上也很干净，"蒋老师！您好、您好，久仰大名！下大雪，车不好开吧？"

他的手伸了过来，蒋凤仪把右手拿的毛线帽子塞进兜里，与他握了握手，坦然道："我爱人骑车送我来的，慢了点。"

"您这样的艺术家还坐自行车？！"胖子一脸大惊失色，蒋凤仪第一次听人家称她为"艺术家"，也惊了一下，随即笑答："不然我走着来吗？那更慢了。"

趁胖子啧啧感叹时，小凌见缝插针道："这是荣豪酒厂的庞老板。庞老板，我们团长就是这么个艰苦朴素的作风，上面原来是要给她配车的，但她说单位本来就穷，有那个钱还不如排戏用呢。您瞧，她满脑子除了戏没别的！"

庞老板摇摇头，"'越穷越光荣、越穷越革命'的时候过去了。现在甭管干啥事，你没钱，就没的说；有钱，没的说！"他用生动的语气和神态准确区分了两个"没的说"的意蕴，令能言善道的小凌也自愧弗如，连忙捧场，"啊……哈哈哈，您说得精辟啊，真精辟！庞老板的口才没的说、没的说！"言罢，他向蒋凤仪使了个眼色，她也只好开口，"庞老板……"

"哎，蒋老师，太客气了，叫我红红吧！"他豪爽地一拍胸脯，见蒋凤仪和小凌表情错愕，忙诚恳解释，"哦，我爸给我起的小名儿，咱工人阶级家庭没别的，就是出身红、思想红！我爸也是您的戏迷！前几年老戏刚放开那阵儿，我跟我爸大半夜夹着棉被去买票，好不容易排到了，一人只能买两张，想多买几张，对不起，您再重新排队去！……那会儿您有三十吗？身手真冲！我小时候净看样板戏了，没看过老戏，是您让我大开眼界啊。嘿，想想比现在的武打片还过瘾呢！可惜这两年太忙，没空进剧场了。"

"红红"老板回忆起青葱往事，白胖的脸上闪过幸福而怅惘的神采。小凌借机把话题推进了一步，"这就是您跟戏曲还有我们剧团的缘分啊，眼下这个新戏能不能面世就托您的福了！"蒋凤仪噘圆了唇做了好几次尝试，还是叫不出口老板的芳名，"那个……您看我们的剧本了吗？有什么意见建议？"

"哦，我翻了翻。是你们单位的编剧写的？"

"没错，编剧就是我们团长的爱人，有文化，大学生，祖上还是进士呢。才华横溢，文笔没的说！"

"知识分子好，我崇拜知识分子！可惜我读书不行，只能去做小买卖。我祖上就是做小买卖的，我爷爷解放前拉着小车儿卖酒。现在我也卖酒，没什么丢人的。"

"那是那是，改革改制嘛，不管黑猫白猫，抓到耗子就是好猫！要是还吃大锅饭，早晚得饿死，人才也都埋没了！"小凌看看庞老板，又看看蒋凤仪，一句话捧了两个。而凤仪只管夹了一根菜叶子默默嚼着，任他们高谈阔论。

"我在剧本里数了数，'酒'字一共出现了三十四次，明确喝酒的场景也得有四五处。"庞老板突然蹦出这么一句。

"是，您有什么指教？"

"很简单，凡是戏里出现酒坛子酒瓶子酒罐子的地方，都贴上我们荣豪酒厂的名字。"

"呃……"小凌沉吟着，用筷子卷起一根柔滑的粉条。

"那您能给我们投多少钱？"蒋凤仪直截了当地抛出了核心问题，惊得小凌刚吸进嘴的粉条差点滑出来。但酒厂老板答得很痛快——

"五万。"

"成。贴！"

一锤定音。《林冲之死》这部戏里所有的梁山好汉都在台上大饮特饮"荣豪酒"，此为后话。但戏曲毕竟是写意的，好汉们的酒碗都是空的，真正尝过荣豪酒辛辣滋味的只有蒋凤仪和凌跃。

那天，庞老板亲自启开了桌上的酒瓶，满斟金盏，喜道："蒋老师，这酒见证了艺术和市场的结合啊！咱俩得喝一个！"蒋凤仪话不多说，与他干了杯。谈买卖，就是酒咽下去，条件吐出来，在吞吞吐吐的往复中完成交易。今天双方都早早吐了口儿，谈妥了条件，但该吞的酒还是不能省。小凌没真喝，他从茶杯沿儿上偷眼看到蒋凤仪可是实实在在地干了一杯又一杯，而庞老板依然在不断提出她应该再多喝一杯的理由，论据十分充分，从主观原因谈到客观条件，又从历史背景谈到个人机缘……

小凌不知她的酒量，却觉得白酒无论如何不能这么喝下去。他终于按住了庞老板伸向酒瓶的手，提议道："干喝无趣，我给大家唱点什么助兴吧！"

庞老板的舌头略微僵硬，但表达和表现欲依然旺盛，"对啊，我怎么忘了！唱……我也能唱！我是听着样板戏长大的！"

蒋凤仪握着酒杯，微微苦笑。

"怎么，您不信？来，正好咱仨，来、来个'智斗'！"他猛然站起来，酒坛子似的身影摇晃了两下，小凌忙起来搀扶，"啊，好、好，看您这气势，一定是胡司令吧！我们团长唱老生，正好来刁德一；阿庆嫂归我，咱丑行儿学啥像啥！"

然而老板抽回了胳膊，向蒋凤仪微觑着眼说："以前看蒋老师的戏，我们好多人都不信您是女的，也从来没看过您演女的。今儿得让小弟我开开眼！"

小凌怔住了，因为他也从没看过她演旦角，而且闻知她在动荡岁月中就是因为不愿改行当而被迫远离舞台十几年。一向善于插科打诨的小凌沉默了。

"行啊。"没想到她一撸袖子站了起来。棉袄早就脱了，里面是一件半旧的白毛衣，脸上不施粉黛，微有酡红，快四十岁的女人了，眉宇间依然英气勃勃的，不衰颓，也不做作，"唱就唱，'胡司令'，您请吧！"

小凌闻言以箸击节，庞老板便当仁不让地开了口，在专业人士面前毫不怯场，"想当初老子的队伍才开张，拢共才有十几个人、七八条枪。遇皇军追得我晕头转向，多亏了阿庆嫂……骗走了东洋兵，我才躲过了大难一场。似这样救命之恩终身不忘，俺胡某讲义气终当报偿。"

小凌一边卖力叫好一边偷瞅蒋凤仪，见她不紧不慢地拿起庞老板放在桌上的烟盒，拈出两支递了过来，脸上挂着似有若无的笑意，"参谋长，烟不好，请抽一支！胡司令，抽一支！"

小凌见她唱得认真，赶紧伸手夹了烟，接出刁德一的词："这个女人不寻常！……阿庆嫂！适才听得司令讲，阿庆嫂真是不寻常。我佩服你沉着机灵有胆量，竟敢在鬼子面前耍花枪。若无有抗日救国的好思想，焉能够舍己救人不慌张！"

"参谋长休要谬夸奖，舍己救人不敢当。开茶馆，盼兴旺，江湖义气第一桩……"醋畅的流水板倾泻而出，蒋凤仪的旦角唱腔居然婉转大方，颇为动听。阿庆嫂不是"单纯"的女英雄，她身处于江湖沉浮与正道沧桑之间，即使是样板戏的肃杀美学也不能涤荡她在人们想象中的微妙风情。但那份风情带着凛凛侠气，不可亵玩焉。

凤仪扭过身子，略低头向庞老板拱拱手，"司令常来又常往，我有心背靠大树好乘凉。也是司令洪福广，方能遇难又呈祥！"

庞老板满意地微笑着，向她举杯致意。

小凌许久未曾开嗓了，可是蒋凤仪轻轻松松地把他带入了戏。他在心里感叹角儿就是角儿啊，演什么像什么，戏里如是，戏外嘛，她只是不屑于演。

"垒起七星灶，铜壶煮三江。摆开八仙桌，招待十六方。

来的都是客，全凭嘴一张。相逢开口笑，过后不思量。人一走，茶就凉，有什么周详不周详！"

她嘴里唱着，随手拿起自己的酒杯，在延宕的板眼里轻晃着杯底，残酒唰地一泼，最后一个字随之落地。

"好！"庞老板和凌跃心情各异，但不约而同地拍响了巴掌。

在阿庆嫂给胡司令递烟之时，齐克谐正坐在家门口，指间有一朵微弱的火花。他是在写《林冲之死》的日子里依赖上香烟的，妻子和女儿都不知情。

夜已深，那朵火花快熄灭的时候他听见了脚步声。烟头落在雪地里，烫出一个小而深的孔洞，慢慢从内向外融化着。庞老板坚持让自己的司机把蒋凤仪和小凌送回了剧团大院，小凌扶着她进了大门。

"哟，齐老师，等着呢？"

"啊，没少喝吧？"

"我没怎么喝，主要是团长，团长有量……"

他笑笑，接手揽住了蒋凤仪。

"对了，事儿谈妥了！咱的戏能上马了！"小凌兴奋地轻声告诉他，又聊了两句便告辞了。

齐克谐怔怔立在原地，凤仪靠在他肩上，呼吸间热乎乎的酒气盖住了他身上缭绕的烟味。她不知何时把帽子摘了，抓在手里乱耍，嘴里还在哼哼《沙家浜》，"这草包倒是一堵挡风的墙……我必须察言观色把他防……"

齐克谐吃了一惊。结婚十几年了，他也曾开玩笑求她唱两句旦角戏给他听听，她却一直推说"没小嗓儿"。没想到今天他在这样的情景下饱了回耳福。

他把帽子抢过来，给她戴上。

"热！小齐……"她东倒西歪地凑到他耳边，短而硬的发梢蹭着他的脖子，"你知道那老板叫什么吗？红红！……哈哈哈哈哈，红红……五万块钱，我可以排新戏了！我……又要演林冲了……"

"我知道了。小义，咱回家吧。"

古竹马

东京八十万禁军教头林冲,为因身犯重罪,断配沧州。去后存亡不保。有妻张氏年少。情愿立此休书,任从改嫁,永无争执。委是自行情愿,即非相逼。恐后无凭,立此文约为照。年月日。

——《水浒传》第八回 林教头刺配沧州道,鲁智深大闹野猪林

林娘子:见休书不由我柔肠寸断,顾不得闺阁礼端,长亭执手观泪眼。想当初两家尊长来往繁,青梅尚小,隔帘偶见你庭中习武临风前。一朝结发为夫妻,至今燕语绕梁间。闲来

常把神佛念，不求富贵，只为绿窗下、常看月缺月圆。万不想祸由妾身起，图不轨，奸贼设计把忠良来坑陷。官人哪，你怨我怪我，妾不恼，却为何要苦苦打散今生缘？愿妾此身为南风，随君一去入袍衫。未料君怀不肯开，雨襟烟袂，无处话凄寒。

——《林冲之死》第二折"长亭"

在《林冲之死》完稿三十余年后，吕娜向年逾古稀的齐老请求借阅剧本，而他抱歉地摇摇头，说当初出国仓促，并没有带来。所幸吕娜就读的学校有一所藏书量颇丰的图书馆。几经搜寻，她在亚洲区的一本名为《新编戏曲剧本汇编·京剧卷（1980～1999）》的大部头里找到了《林冲之死》的全部唱词。

图书馆是个凝固光阴的地方，尽管那里面有一多半的文字属于"虚构"，另一半也仅仅在名义上标榜"客观真实"，但悖论是，一切文字在落下的瞬间都创造了属于它自己的时空，你出入其间，便忘了真假。水浒里的一纸休书、齐老笔下的唱词，莫不如是。

林冲原是个安分守己、年轻有为的良民，林娘子也是水浒里罕见的好女人，但他们的婚姻依然是个悲剧。吕娜在剧本中读出了齐老为这对悲情夫妇编织的甜蜜恋爱史——林冲之父曾是提辖，林娘子之父是张教头，门当户对的两人青梅竹马，可惜后来没能白首偕老……

把一出戏从纸上搬到台上，既需要有人捧钱场，也需要人场。蒋凤仪刚得了前者就失了后者。她在单位开诚布公地讲："团里现在确实穷，多演出也确实能多挣钱，日子就好过一点。可咱们毕竟是搞艺术的，眼睛不能只盯着吃饭穿衣这点事。老演老戏，老戏老演，艺术还有什么活力？"

立刻有人撇嘴，"又不是没排过新戏，上座儿吗？"

"以前搞的新戏纯是卖噱头，剧本很粗糙，但齐老师写的这个有内涵、有新意，而且很感人。"她的回答干脆利落，举贤不避亲。

凌跃把几份剧本发了下去，大家默默传阅着，不少人面露惊讶。齐克谐冷眼旁观，心里着实捏着一把汗，看看凤仪，却仿佛镇定自若。他不无感慨地想起自己刚分配到剧团那会儿总在人前指点江山、激扬文字，而那年十九岁的她最怕开会发言。

"我不强求大家跟着我背水一战。想走的现在就可以走。"

她话音刚落，几个素日不服她的便扬长而去了。三天后，剩下的人里又有好几个向上级打了书面报告，要求调动。戏曲是角儿的艺术，少几个配角不影响唱大戏，可是团里的大青衣也走了 —— 林冲没了林娘子。

蒋凤仪、齐克谐和凌跃聚在小小的团长办公室里，一个坐着，一个站着，一个满屋溜达。良久，齐克谐用衬衫的衣角擦了擦眼镜，擦完却迟迟没戴上。世界很模糊，他有些茫然地问凤仪:"怎么着小义,还排吗?"

她坐在椅子上,正把脚搭在文件柜上压腿,听到他的话猛地抬头,"排啊,怎么不排?"说着放下左腿,又把右腿架了上去,铁皮柜发出一声巨响。她斩钉截铁地吩咐小凌:"替我和齐老师买两张去杭州的火车票。硬座就行。越快越好!"

凌跃停下乱转的脚步,小心翼翼望向她,"杭州?干……干吗去啊?"

蒋凤仪眉峰一扬,敲了敲桌子,"到梁山借得兵来,高俅哇,贼!定把你奸臣扫!"

蒋凤仪夫妻去杭州之前先回了趟村里。自从承包以来她一直无暇去看望老两口,只有齐克谐带女儿回去过几次。看到他们进门,父亲面露惊喜,嘴上却念叨,"不年不节的干吗来了?"凤仪挽住他的胳膊,"不过节就不能回来看你啦?"

"回就回来,咋还拿行李?"他把她手里的旅行袋接过去,她只敷衍说要去外地开会。

父亲咂咂嘴,"当领导就是麻烦,耽误多少练功唱戏的工夫!功没丢吧?"

她玩儿似的就把腿搬到了脑袋旁边,问:"老爷子满意了吧?"展示完,她跑到厨房去给继母帮忙。瞅着女儿风风火火的背影,老头乐了,扭头叫女婿去杀盘棋。

厨房里,秋灵问凤仪:"你们出来了,宝儿自己在家咋吃饭?"

"吃食堂呗,要不然去小五叔家蹭饭。您甭操心,那鬼丫头还能饿着自个儿吗？"

秋灵笑了，"也是，十几岁的大姑娘了。在戏校受罪没有？"

"人家老师到点儿下课，哪儿像原来学戏，我爸跟我大爷从早到晚盯着我。"

秋灵在围裙上擦擦手，小声笑问她："那天我跟你爸还琢磨，宝儿也这么大了，你跟小齐考不考虑再要一个啊？其实早几年就该给你提醒儿的，一直怕耽误你工作。现在演出没那么多了吧……"

凤仪瞪大了眼睛，"灵姑姑，您老两口没事儿瞎想啥呢，这一胎不是挺好吗。再来一个，再练一遍回头功，可要了我的命了！"见继母欲言又止，她开玩笑地指向外面，"那满墙的大字您没瞧见啊？'少生孩子多养猪！'"

蒋松霆快七十了，依然每餐必饮白酒。凤仪知道父亲老了，可是一闻到那股蹿鼻子的酒香，她便觉亲切踏实。饭桌上，老头得知了排新戏的事，主动碰了姑爷的酒盅，对他说："小义这孩子脾气随我，不是当领导的料。看在爸的面儿上，小齐，你得多帮衬着她。"

齐克谐受宠若惊地托起酒盅，"爸，您说哪儿的话。"

凤仪反问："我怎么不是料了？小时候不是您叫我挑班儿的吗？"

蒋松霆不语，半晌，扒拉了一下女儿的脑袋，"吃完没有？吃完陪我上后院练练手去！"她只好撂下碗随着去了。

父女俩打起了小快枪，然而来去没几个回合父亲便收了枪，立在原地微微喘气。

"累了爸？歇会儿。"

她要来搀父亲，他却挡开了，只问："你灵姑姑跟你说了吗？"

"说啥呀？"她愣了一下，随即反应过来，"不是刚告诉您吗，我这儿忙着要排新戏呢，顾不上别的！"

蒋松霆点点头，又摇摇头，"唉，当初说好的，宝儿跟你的姓儿，再生一个跟人家的姓儿……"

"姓啥不都是我俩的孩子吗，爸，你今儿怎么婆婆妈妈的！"她走过去把两杆枪放回了墙边。

"你不懂……对了，我问你，小齐咋还抽上烟了？"看她一脸茫然，父亲叹了口气，"你打小儿爸就盼着你成角儿……可你也别光顾着台上的事。两个人过日子，你也得上点儿心。"

她随口答应着，低头看看表就说该走了。

父亲摆摆手，"走吧。回屋先给你大爷上炷香。"

两个小时后，蒋凤仪和齐克谐坐上了南下的火车。他们的座位在车厢的最后一排，一上车凤仪就把腿举到窗边耗着。齐克谐尴尬地看了看周围，小声说："你在这儿也得耍吗？"

"拳不离手，曲不离口，我又没碍别人事儿！要排新戏了，我得时刻准备着。"她抱着胳膊找了个相对舒适的坐姿，一边耗腿一边闭目养神。其实根本睡不着。火车的咣当声交织着谈话声、咳嗽声，以污浊的空气为传播介质；坚硬的座椅随声浪震颤，颠簸着人们酸痛的肌肉和骨骼。而她的姿势更是自讨苦吃。

闭着眼不知忍了多久，一阵哭闹声在耳边炸响。她睁眼，见前面是个抱孩子的年轻女人。旁边的大爷显然不是她的亲友，一直在叨叨指责孩子的吵闹。凤仪向前张望的时候，那啼哭不止的孩子也正在母亲怀里挣扎着回头，似乎突然被她"朝天蹬"的架势吸引了，哭声的分贝骤减，眨巴着大眼睛怔怔盯着她。

凤仪想起自己身边带了一兜子秋灵塞给她的食物，便掏了个苹果递过去，孩子伸出两只小胖手接了，破涕为笑。凤仪夫妻俩也不禁笑了。

孩子的母亲急忙抢过苹果，扭过身来要还给他们，她忙说没关系。那女人坚持不肯要，直到齐克谐也开口相劝才道着谢收下了苹果。

"这孩子还挺好玩儿。"他侧头对凤仪耳语。

"是好玩儿。"她说完，过了会儿，又笑叹一声。

"怎么？"

"今儿老两口不知道想起啥了，还劝我再要一个。"

"你怎么说？"

"哪儿有时间精力？"

齐克谐沉默了片刻，抱起手来，"可惜宝儿小时候不在咱们身边。"

火车驶进了隧道，周遭的光一瞬间被没收，黑暗使人期待隧道的另一端是个全新的世界。

　　"这个戏不也是咱俩的孩子吗。拼了命也得把它生下来。"凤仪从窗边放下了早已麻木的腿。"我睡会儿。"她抻个懒腰，歪头靠在了齐克谐肩上，他把叠在膝上的大衣拉起来，盖住自己和她。

　　她闭着眼悄悄抽了抽鼻子。他的大衣上确有淡淡的烟味。

收江南

"'晴湖不如雨湖,雨湖不如月湖,月湖不如雪湖',古人诚不我欺啊!"

"你走快点行不行?"蒋凤仪回头,隔着八丈远招呼东张西望的齐克谐。

"你来过杭州没有?"

"怎么没来过?打小儿走南闯北。"

"那你比我强,我还是第一次看见西湖。难怪人家白老师两口子要退休归隐,确实是好地方。"夫妻俩一前一后走在堤岸。湖面并未结冰,像巨大的翡翠盘一样倒映着四周景致,薄雪之下苍枝犹绿。近岸是一大片残荷,空无一子的莲蓬和倒垂的莲叶被风干成雕塑状,天然一幅枯笔水墨。齐克谐赶上几步揽住她的肩头说:"老了以后咱们也来这儿啊?"

"刚哪儿到哪儿你就想着退休了？我还要'博他个斗转天回'呢！刚才那街坊是不是说这么走？"

"是，就是那排小平房吧？来之前也不跟人家打个招呼，扑空了怎么办？而且你觉得岳老师那么大岁数了，还能给你演林娘子吗？"

"不试试怎么知道？"凤仪靠得离齐克谐更近了些。南方的冬天，凉意湿答答地往里渗，穿再多也觉得不暖和。"再说我也没别的退路了。"

夫妻俩找到了赵公堤畔的这家票友曲社，悄悄溜进后门，果见岳鸿霞和白少杰正在前面且歌且舞。是昆曲《断桥》，没扮上，只穿了个带水袖的练功服。守着西湖唱《白蛇传》，再应景不过了。屋里的人不少，蒋凤仪拉着齐克谐在最后一排坐下，此时台上的许仙正跪在白娘子面前乞求她的原谅。尽管小青怒容不减，白素贞终于还是心软了，叹了声"冤家"，跷起指头戳许仙的脑门，他向后一仰，她忙伸手拉住。执手四目相对，许仙嗫嚅着"娘子……"

一年不见，岳鸿霞夫妻功力不减，显然他们的退休生活从未与"戏"分离。旁人到了这个年纪大多在含饴弄孙，而他们仍在戏里谈情说爱。人老了，眼角眉梢的戏却更浓了，连皱纹里都盛着情意。齐克谐轻声笑说："白老师怎么还唱上小生了？不戴髯口看着还挺不习惯的。"凤仪目不转睛地盯着前面，"活到老学到老呗。"

白素贞：曾同鸾凤衾，指望交鸳颈。不记

得当时，曾结三生证？如今负此情，反背前盟。

许仙：卑人怎敢？

几句软语温存过后，许仙取得了白素贞的原谅。他还跪
在地上，她走过来，蹲下扶他。本是白娘子扶许仙，岳鸿霞
却是几乎被白少杰半托半抱着才站了起来。蒋凤仪看在眼里，
心沉了一下。屋里的票友们只管热烈地鼓起掌来。

一折《断桥》演完了，一群加起来有几百岁的戏迷和票
友把岳鸿霞夫妻团团围住，聊个不停。凤仪在外围转悠了半
天，还是白少杰先瞧见了他们，"凤仪、小齐，你们怎么来
了！"岳鸿霞闻言从人群里挤出来，惊喜地拉住她的手，一
声"小囡"出口，叫得她鼻子一酸，仿佛自己不是什么一团
之长，而还是当年那个刚满二十、处处受排挤的小毛头。

"是个好戏！"

岳鸿霞夫妻看完剧本给出了一致的肯定，白少杰兴奋地
拍了拍齐克谐的肩，"十年磨一剑，小齐啊，你可够沉得住
气的！"

"那……"蒋凤仪把急切的目光投过去。

"可是小囡啊，林娘子我可演不来了，扮相不行了，跟你
不配。关键是现在腰腿不利落。"她说完，白少杰补充道："那
几年受罪留下的旧伤。"

凤仪想再争取一下，但齐克谐按住她放在膝上的手，主

动表了态，"岳老师、白老师，是我们冒昧了。我们回去再……"然而岳鸿霞微笑着打断了他，"别急着回去，我虽然演不了了，但我要带你们去个地方，看看能不能挑出一个林娘子！"

次日，四个人赶早去了杭州下面的一个县剧团。岳鸿霞告诉凤仪夫妻："这儿的团长跟我有点交情，他前些日子来找过我，说是剧团要解散了，学员班有一批孩子毕了业没处去，问我有没有门路。我根本没个一官半职，而且离开南边大半辈子了，跟领导们也不熟。本来想问问你的，还没来得及，你们就找上门来了……"

他们一路聊着一路走，越走耳边的轰鸣声越响，进了剧团竟看见一辆推土机驰骋在院子里，处处暴土扬尘。"怎么……不光解散还要夷为平地？"齐克谐嘀咕了一声。岳鸿霞有点急了，快步往楼里走，地上坑洼不平，白少杰和凤仪忙跟上去扶着她。

办公楼空荡荡的，他们在狭窄的走廊里往返了几次毫无所获。布告栏里的一张纸飘然落地。齐克谐捡起来一看，是张戏单子，"3月7日上演，《红鬃烈马》，演员表……"

那张发黄的纸仿佛枯荷叶，看着还完好，一捏就碎。齐克谐觉得没戏了，可岳老师和凤仪还一副不死心的样子，愣是从办公楼一路闯到了宿舍楼。女生宿舍比外面的工地还热闹，行李堆了一地，满屋叽叽喳喳。

齐克谐和白少杰在门口站住了脚。岳鸿霞在大敞的门上敲了敲，轻嗽了一声，"请问，你们施团长呢？"

"你找施团长啊？我们还找他呢！"靠近门口的一个姑娘正蹲在地上叠衣服，头也不抬地抢白了她一句。

"我是你们团长的朋友，我叫岳鸿霞。有点事要找他商量，有人知道他去哪儿了吗？"

听到这位前辈大角儿的名字，屋里顿时安静了。几秒后，有人小声搭腔："他可能去人事局了……"

凤仪忍不住问："你们这儿是怎么了？"

"怎么了？关张、散伙、崩登仓了呗！"门边那个姑娘说话依然火气十足，还是旁边人作了解释：此处已被征地，就要盖商场了。

蒋凤仪见状马上自报家门，并发出诚挚邀请："我们团缺人，有没有唱青衣的想来试试？"

姑娘们面面相觑了一会儿，随即又低头各干各的了。"这年头儿谁还唱戏？""学这几年就够后悔的了，不能再上当了。""谁知道你们哪天就解散了？"

齐克谐在门口听得真切，皱着眉唤了声"小义……"，却被她突然提高的音量盖了过去，"来了就唱主角！"

"真的吗？"

怯生生的一个问句从屋子最里面飘出来。岳鸿霞和凤仪引颈望去，发现窗边有个长发姑娘正在上下铺的梯子旁压腿，手里还捧着一本书。逆光，看不清她的脸。

"就显她能！都什么时候了还假清高呢。""让她显去吧，以后谁苦谁知道……"

蒋凤仪压着满屋的啧啧议论又朝里面喊了一嗓子，"真的！"

于是那姑娘小心翼翼地跨过遍地障碍物，走到门口。一瞬间，蒋凤仪、岳鸿霞、白少杰和齐克谐全愣住了。这四个人的反应让姑娘有点摸不着头脑，她瞅着凤仪又试探性地确认了一遍，"蒋团长，您刚才说的，是真的？"

"是、是……真的。"凤仪盯着她的脸，舌头打结，全然忘了一切该问的重要问题，还是岳鸿霞把手轻搭在姑娘肩上，柔声询问她的名字。

"我叫温靖。"

"安静的静还是女字旁的婧？"

"一个立一个青。"

凤仪一时没反应过来，"嗯？"

"'靖康耻犹未雪'的靖。"齐克谐说。

"对。"姑娘点点头。

那天后来，温靖领着他们进入拆了一半的练功房，岳鸿霞让她做了几个身段，又听她唱了几句。蒋凤仪当即决定要了她，并问她是否需要一段时间跟家里人商量。

"不用。"她声音不大，但态度很干脆，"我下周就去报到。"

走出县剧团后，四个人都舒了一口气。岳鸿霞掸了掸身上的土，又默默挽住凤仪的胳膊。半晌，白少杰还是忍不住感叹，"像，真有点像……"

　　造化钟神秀，时空中的每粒尘埃都拥有不同的面目，但美丽的姑娘总难免分享相似的特征，也许是眉眼的走势，也许是唇角的弧度。况且在这以白为美的国度里，能被认为"黑里俏"的女孩子并不多，当年的小麦花是一个，今天的温靖，是另一个。

　　蒋凤仪直到坐上了离开杭州的火车依然如在梦中。齐克谐没多说什么，只是揽她在怀里。回程的一路她仍在读《林冲之死》的剧本，可是读一会儿就恍惚怔忡，醒过来又接着读。下火车后他们看见了前来接站的凌跃。她对他说："小凌，过两天你得再来接个人。"

　　"接谁？"

　　"林娘子。"

水仙子

  凌跃以为蒋凤仪亲下江南请来的"林娘子"必是个颇有名望的大青衣。为了代表单位形象，他去火车站前精心捯饬了一番，穿得西装笔挺；写名字牌，"温靖"两个字换了三种字体，废了十张纸，终于觉得满意了。他把墨水吹干，夹着牌子出发了。冯慧、海萍等几个年轻旦角正在院里聊天，看见他走来都吃了一惊，"哟，跃哥，打扮这么精神干吗去啊？"

  "哥哥我哪天不精神？"他抹了抹额角的头发，照常跟姑娘们插科打诨，"我接站去。"

  "接站还是接亲啊？"

  "怎么，你舍不得哥哥去啊？那，还有点工夫儿，陪你练一段'小放牛'吧！"说着他用手里的纸板轻拍了小花旦的脑袋一下，眉飞色舞地唱起"那边厢来了一个女娇娃，头上戴着一枝花……"

小凌在姑娘群儿里耍了一通宝，惹得她们追着打他。他见状赶紧把名字牌抱在怀里溜了，"别给我弄坏了！不跟你们闹了，接林娘子去了。你们努努力，没准儿还能给林娘子配个小丫鬟！"

温靖没想到蒋凤仪会派人来接她这个县剧团来的小学员，所以看到小凌举的牌子时还怀疑他要接的是重名的旁人。她左顾右盼了半天才走过去鼓起勇气开口："请问……您是京剧团的吗？"

小凌只顾踮着脚尖远眺，听到她的声音猛然收回目光，发现面前站的是个年轻姑娘，奶白色的围巾裹着一张纤秀小脸和略显凌乱的长发，身上的宽肩黑大衣微微收一点腰。他也有点犹疑，看着她，又确认了一眼自己手里的牌子，"我是。您是……"

"我就是温靖。"

小凌心里纳罕，可是马上热情地与她握手、做自我介绍。他赶着接过她手里的行李，暗吃了一惊——这姑娘穿得挺别致，旅行袋怎么破破烂烂的？分量倒是不轻。

"嗬，挺沉的，这一路辛苦了！"

"就是几件衣服……和几本书。凌老师，还是我自己拿吧！"她抱歉地笑笑。

"没事没事，直接叫我名字就行。按老话儿讲，我就是给咱们团长'跟包的'。你可是团长请来的救兵呀！想不到你这么年轻……有二十吗？"

"二十一了。"

"那也够小的。不过团长亲自挑的人准没错！你一跟她搭戏就知道了，她能带着你进戏，一进去都出不来！"小凌也只比温靖大三四岁，但毕竟在剧团干了好几年，言谈话语间十分圆熟。

"跟团长……搭戏？"

"是啊，你不是演林娘子吗？"

"我是。可，林冲是……蒋团长？"温靖一脸难以置信。

"合着你不知道啊？"小凌乐了，"林冲就是团长，团长就是林冲啊！"

凌跃一路把温靖护送到了剧院的单身宿舍，他看出她性格腼腆，所以极力穿线搭桥，帮着她和室友们互相熟悉。

"都忙着呐？"小凌把她的行李袋放在墙角的空床边，笑嘻嘻地招呼屋里的两个姑娘，"这就是温靖，刚下火车。以后大家就是同事了啊！这是王海萍，唱花旦的；这是冯慧，武旦。还有个于玲，结婚搬出去了，你就睡她这床。小温，这几个小丫头都是戏好人也好，有事你就问她们啊，甭客气，是吧妹妹们？"他说着朝她俩挤了挤眼睛。

"得了跃哥，别捧我们了。估计你是另有所图吧？"她俩跟小凌调侃了一阵，但善意地拉着温靖，告诉她脸盆水杯放哪儿，哪个柜子是空的。

"那你们聊吧，温靖，今儿早点休息！我向团长复命去了。"

"哎等等……跃哥，"温靖学着那俩姑娘的称呼叫住了小凌，把刚摘下的围巾又戴上了，"我跟你一块去，跟团长打个招呼。"

他们出门了，屋里的冯慧和海萍悄悄等了一会，估摸那俩人走远了才叽叽喳喳地聊起来。"这就是'林娘子'啊？也没什么嘛，跟咱岁数差不多……""漂亮是漂亮，就是有点黑！""啧啧，看见她的大衣没有，是不是上海货？款式挺洋气。"

凌跃带着温靖走在剧团大院里，不时跟来往的熟人打招呼。他见她走路只管盯着脚尖，便主动打破了沉寂，"那几个小丫头嘴贫，你别介意啊。"她忙抬起头来，连连说没有，再一环顾周围，不禁疑惑地问他："那个不是办公楼吗？我们这是往哪走？"

小凌笑答："去办公室可找不着团长！她这会儿准在练功房呢。"

果然，他们进门时蒋凤仪正在跟一个小伙子练《三岔口》的"摸黑对打"，这是一出武生和武丑相互配合的精彩好戏，贴演此剧时上座率必高。蒋凤仪只穿着贴身的蓝色棉毛衫和半旧的运动裤，闪转腾挪地跟搭档对刀、夺刀，快如闪电的搏斗中，武丑手里的刀猛地朝横里一飞。

"留神！"小凌赶紧把看得入神的温靖往旁边拉了一把。交锋还在继续，赤手空拳的武丑朝蒋凤仪的腕子一踢，她的刀也飞了。两个人接着近身翻打，筋斗的起落贴合得完美一致，她在地上一个"兔子蹬鹰"，腾空而起，他也在一个"抢背"之后迅速起身，两个人站稳亮高矮相。

"漂亮！"小凌拍起了巴掌，蒋凤仪这才看见他们，便让搭档先去休息。那小伙子朝凌跃叫了声"师哥"，气喘吁吁地往旁边去了。"唉，我要是也能傍着您来一回《三岔口》就好了！可惜这膝盖不争气。"小凌摇头晃脑地把椅子上的茶杯递给凤仪，语气随即转喜，"不过，我把您的'娘子'给接来了！"

凤仪没去接茶杯，她擦了擦额上细密的汗珠，偏头向小凌身后看去。那藏在厚重的羊毛大衣底下的身影略显笨拙地朝她鞠了个深躬，半张脸都埋在围巾里，然而只那一双眼睛就让她又恍惚了一下子。

"来了？"她挽起棉毛衫的袖子，主动握住了温靖的手，相遇处一个暖热，一个冰凉。"外边儿冷吧？去过宿舍了？好，先歇着吧，明天团里开会，再一起讨论排戏的事。"她的语速似乎比平时还快，匆匆说完便转身而去，可是走了几步又回头叫住小凌，嘱咐他帮温靖去会计处报销火车票。

几天后，蒋凤仪在家一边背词一边耗腿，门框上被她拴了个滑轮，绳套穿过去，绳子一头在手里拽着，另一头高高吊着脚。

"想俺林冲，以先在京师与娘子安稳度日，也曾指望为国尽忠，封侯万里。到如今，被高俅这贼坑陷我这一场，闪得我有家难奔、有国难投，星夜趱向梁山。雪夜难行，困在这酒馆，好不愁闷人也！也罢，酒保，与我取笔砚来……（念）'仗义是林冲，为人最朴忠。江湖驰闻望，慷慨聚英雄。身世悲浮梗，功名类转蓬。他年若得志，威镇泰山东。'"

此时齐克谐正在窗前跟一块生肉较劲，专心致志地用镊子夹着未褪净的猪毛，听到她的念白随口问道："题诗这块儿，你是真写还是假写啊？"凤仪闻言愣了一下。她从没想过这个问题，毕竟在戏里写诗作画一般都是做做样子而已。"你倒给我提醒儿了……这'反诗'是写在墙上，不是纸上，瞎比划一通估计不好看。"

"嗬，那您还真要挥毫泼墨啊？"

"那有啥不行的？"她把腿从绳套里放下来，在屋里兴奋地溜达起来，"小时候我爸带我去北京看戏，人家有个老艺人就是边唱边画，慢板唱完手底下也画完了，那画儿就当场拍卖！"

齐克谐噗嗤笑了一声。

"你笑什么？你笑我字儿不行呗？"她走到窗边拍了他一下。确实，她一天学堂都没进过，童年时是师父严松霁用戏本子教会了她认字写字，落难中闲来无事也曾跟齐克谐一起练过字，但水平显然还不足以在台上"亮相"。

"不行我可以练啊！来这么一下，符合戏情，也更抓人。"她决心已下，立刻把丈夫面前的猪肉端开了。

"哎干吗！我还没拔完呢……"

"你写一遍！我看看。"她不由分说地铺开一张报纸，又把毛笔砚台鼓捣了出来。

"唉……"齐克谐在围裙上擦了擦手，"想起一出是一出！我这一会儿当伙夫一会儿当书童的，'一赶二'啊！"

"你哪儿是书童啊，你是先生！我是书童。来来来，先生，快写吧！"凤仪把搋好的笔塞到他手里。他瞧着她急不可耐的样子，忍笑接过笔也便写了。片刻，她举起报纸打量着，齐克谐也托腮看了一会儿，沉吟道："我的字太规矩了，林冲逼上梁山前写这样的字还说得过去。这会儿喝醉了题反诗，得多些狂狷之气。"

凤仪听了哈哈大笑，"说白了你这字也不行呗！"他刚要反驳，肩上又被她掌击了一下，"对了！你不是认识几个书画协会的老爷子吗？你替我去求他们几幅字，拿回来我学学。"

"得，我又成跑腿儿的了。"

夫妻俩正说着，雏仪进家了，庆红也跟在后面。

"哟，庆红来啦！"

"她爸妈有事出门了，我叫她来吃饭。"女儿一瞧饭桌上空无一物，立刻嚷饿。

"好、好，我做饭去。刚才要不是你妈出幺蛾子，饭早做得了。"齐克谐出去了，凤仪又回到门边把腿吊了起来。小姐儿俩瞅着她手里的剧本，互相使了半天眼色，最后雏仪开了口，"妈！看剧本哪？"她妈眼皮都没抬一下，"有话直说。"

"妈，戏里林冲和林娘子第一次见面那一小段，你叫我和庆红演呗！"

凤仪认真地想了想，"也不是不行，你俩的岁数、个头、扮相倒是合适。可是林娘子是温靖的，我许她当主演的，得人家答应才可以吧。"

庆红还没见过温靖，不免好奇地问雏仪："温姐姐是不是个大美人儿？我听我哥和他那几个哥们儿这两天念叨个没完……"

"我也没见过呢。"

说话间，齐克谐端着菜进屋了，雏仪趴在桌前猛吸了一口气，冒出个点子，"妈，叫温姐姐来家吃饭吧！"

"你以为都跟你似的，一顿饭就收买了？"

"那可说不好，"她用手拈了一块红烧肉扔进嘴里，"我爸这手艺确实不错！"

看
花
回

　　温靖来家吃饭那天，蒋凤仪特意没去练功房，而是留在家中给丈夫打下手儿。筒子楼的公共厨房是个藏不住秘密的地方，忠实地透露出家家户户日子里的酸甜苦辣。"哟，团长今儿怎么下厨房了？""什么贵客啊？值得咱林教头亲自择菜？"她一笑置之，低头认认真真干自己的活儿。

　　齐克谐的菜炒得了，他俩端着盘子一前一后进屋，她这才看见桌上有一瓶花雕酒。"你买的？还是你心细。"

　　"原来在白老师那儿不是老喝吗。好久没喝了，还真有点想。冬天也活血。"

　　她点点头，转身去开柜橱。

　　"人家找得着门儿吗？"

　　"宝儿和庆红上宿舍接她去了。"她说完，叉着腰朝丈夫眨眨眼，"杯子好像不够了。"

"瞧咱这日子过的，五个杯子都凑不齐……"

"有了！"她在柜橱深处又翻腾了一会，拿出一个小木盒，"这不就齐了吗。"是那对珊瑚釉骨瓷茶杯——当初岳鸿霞夫妇送给他们的新婚礼物。齐克谐接了过去，仔细地取出杯子，盒底的丝绒垫布上仍躺着那张贺笺，"文以寄闲，武可安家。凤友鸾谐，暮酒朝茶"。

他捏着这张泛黄的薄纸，摇头笑笑，"现在是既不得闲儿，也不安生呀。哪里是'暮酒朝茶'，简直是'宵衣旰食'！"

正说着，门砰然开了，雏仪和庆红拥着温靖走进来，"妈！温姐姐来了！"

蒋凤仪和齐克谐瞬间都有点手忙脚乱，屋里本就不宽敞，他们一人拖出一把椅子，招呼温靖"快坐"，反倒叫她尴尬在原地，"团长，齐老师，你们坐……"还是那小姐儿俩先大大咧咧地落座了，又把温靖拉到她俩中间的凳子上。

"我们家不常来客人，他们俩紧张！姐姐，别见怪！"雏仪俨然一副东道主的样子。温靖受宠若惊，"没、没……团长，我来得急，都没给您带点东西……"

凤仪摆摆手，宣布开饭。庆红立马不见外地抄起了筷子，"温姐姐，齐老师做菜的手艺可是一绝！"

"家常菜，小温，随便尝尝吧。"齐克谐把桌子正中间的砂锅略向对面推了推，小黄鱼炖豆腐，白少杰亲授的一道江南风味。

饭桌上，蒋凤仪将安排雏仪和庆红演少年林冲和林娘子的想法向温靖如实以告，她不但痛快答应了，而且提了个创意，"剧本里这段'初见'是林娘子送别林冲时的回忆，我想是不是可以利用灯光分割一下舞台，让这两个场景同时出现在台上？"

凤仪听了眼前一亮，齐克谐也称赞这办法巧妙，在舞台上做出了电影镜头的效果。

两个期待上台的小丫头最兴奋。雏仪欢呼："温姐姐的点子好呀！妈，倒酒哇，大家干个杯！"

"你个小丫头喝什么酒，喝你的汽水儿！"

"这黄酒有什么大不了的？我姥爷的白酒都给我尝过！"

齐克谐开了酒瓶，给两个小姑娘倒了个杯底儿，给自己半杯，又向一对骨瓷茶杯里斟了些，琥珀色的酒透过杯壁，仿佛红晕从里漫到外。

"好漂亮的杯子！我怎么没见过？"雏仪伸手想摸，齐克谐却绕过了她的手，把一杯递给客人，另一杯递给凤仪，开口道："那就祝这个新戏在咱们林教头和温靖的合作之下大获成功吧！"

那两只骨瓷杯子相碰，音如环佩。须臾，凤仪问女儿："好喝吗？"

"有点像料酒！"

大家闻言都笑了。

吃饭时凤仪关心的话题三句不离戏，却见庆红的眼睛一直盯在温靖身上，便问她在看什么。

"姐姐，你这衣服是哪儿买的？"

庆红的话一出口，那一家三口不约而同望过去，原来温靖身上是件毛呢格子坎肩，领子却是西服的样子。温靖脸上微微泛红，垂下眼帘拽了拽衣角，"哦，这个啊……不是买的，是……是我爸做的。"

"你爸是裁缝啊？"雏仪快人快语。

"不是……"温靖的脸更红了，"他就是手巧，什么都会。"

"宝儿，没礼貌！"齐克谐朝女儿皱皱眉头。

"怎么啦？"雏仪满不在乎，笑嘻嘻对温靖说，"我爸也手艺不少，但是不会做衣服。爸，你继续努力啊！"

父亲脸上闪过一丝尴尬。凤仪瞪了女儿一眼，她立刻吐吐舌头闭嘴了。

"小温啊，"凤仪喝完了杯底最后一点酒，嘱咐温靖，"在团里好好干。要是有坏小子敢招惹你，跟我说！"

那天温靖走后，忙活了半天的齐克谐昏睡了一下午，醒来时天已经黑了，外屋微有亮光。床边放着一杯半温的茶，他拿起来喝干了，戴上眼镜慢慢下了床，脑袋依然有些发沉。

"醒了？才喝了多少就醉了，你的量不至于啊。"凤仪正在灯下挥毫泼墨，听见动静并没有抬头。

"不知道，太久没喝了吧。"他走出来张望了一下，"宝儿呢？你们吃晚饭了吗？"

"吃了点剩的,我打发她练功去了。你饿吗,有粥。"

他摇摇头。"真练上了?"

"你拿回来的这几幅字,我打算临寇老师的这个,够潇洒,但又不那么草,台底下能看出来写的是什么。"凤仪指着那几张他四处求来的墨宝。

齐克谐俯身察看,见她写过的报纸已经摞起一厚沓了,地上还散落着好几团纸球儿。"嗬,够用功的!"他捡起一团废字展开看了看,站在她旁边活动了一下脖颈,索性也铺开摊子练了起来。

许久,凤仪直起腰来捋了捋笔尖,简短道:"我看了温靖的档案,父母离异,她跟着她爸长大的……跟我一样。"

"难怪呢。又当爹又当妈,连裁衣裳都会。为什么离婚?"齐克谐手里的笔没有停。

"那几年,还能因为什么?她爸成分不太好。"

"当妈的怎么舍得下闺女呢。"他自言自语。凤仪没搭腔,只顾歪头端详他的字,赞叹:"还是你临得像!"

他听后把笔放下,走到她背后捉起了她的手。屋里很安静,只闻钟表滴答和笔锋过纸的沙沙声。练字和练功一样,要形神合一,他从掌心感到她的精神非常专注,她也能体会他的力道顺着笔管传到她指间,耳边是他的耐心指点,"笔拿高一点……这竖要出锋,这儿要先提后顿……"

给他们提供模板的那位老书法家应是懂水浒也懂林冲的人,字的间架结构大体端方,但酒入狼毫,锋芒冲破了规矩,钩锁相连处绵绵不绝的是去日之愁，亦是来日之志。

那天晚上夫妻俩一起把林冲的那首诗写了许多遍。"他年若得志，威镇泰山东"，"东"字的最后一点沉沉收笔，湮没了报纸上细密的铅字。夜很深了，窗缝间闯入的北风猝不及防地掀落了几张纸。凤仪刚要去捡，齐克谐却把下巴轻放在她肩上，蹭了蹭她的耳朵。"我猜你挑的这个林娘子一定能演好……娘子你说呢……"

她肩头一缩，笑着蹙眉"啧"了声。

雏仪就是在此时推门进家的。"你们干吗呢？"她小脸冻得通红，使劲儿抖了抖帽子和围巾，"外边又下雪了。"

几天后，雏仪和庆红背好了词，第一次正式听齐克谐讲解剧情，由蒋凤仪给她们说场上表演。

> 林冲：（白）父亲在内与张世伯交谈，许我在院中闲步。方才那张世伯言道，他檐下这十八般兵械枪棒任我取玩，我不免上前开开眼界。呀，端的一杆好枪！待我取来操练它一回。
>
> 张氏女：（念）父女相依在东京，不求浮利与虚名。故交临门笑语频，亲挽云袖把茶烹。（白）锦儿，茶好了，快送进去吧……哪里来的响动？绣帘微挑探风声，原来是林家的哥哥习练在庭中。流星飒沓花叶震，十年磨得武艺精。

在"八答仓"的锣鼓点儿里，年少的林冲抛枪、接枪，翻身亮相。小丫鬟锦儿托盘走出，"啊，小姐，你看什么呢？"

两处无声。少女水袖一遮，又含羞一撒；相隔不远的少年郎执枪在手，枪头红缨飘扬。

十三四岁的雏仪和庆红个子已经蹿了不少，脸上稚气未脱，但身段比一年前给岳鸿霞配戏时利索规范多了。尤其是雏仪，尽管没有扮上，但脚步一出来就俨然是个英气逼人的小武生了。

蒋凤仪想起自己第一次与小麦花排《平贵别窑》，也差不多是这个年纪。古老的戏曲艺术在时光长河中延续着永恒的魔力，那曾造就了她的，现在又将雕琢她的女儿。成材，成器，成为英雄，在台上挣得一分风光，在台下就要付出十分血汗、百分苦思。

"妈，怎么样？"雏仪把枪一戳，露出洋洋得意的神色。

"庆红，你说呢？"

庆红抖抖水袖，噘着嘴咕哝："宝儿光顾着耍枪，我看她，她不看我！"

旁边的温靖莞尔一笑。

"庆红说得对。"蒋凤仪站起来，走到场中拍了拍女儿的肩，"你俩先歇会儿。小温，咱们来吧。"

小林冲带着几分不服气，悻悻退到旁边。温靖则麻利地系上了腰包*。

蒋凤仪坐在了一张椅子上，双手被缚，凝眉，微微垂着头。排练场里莫名地鸦雀无声了，长亭向晚，离别在即。

"夫啊——"

温靖的声音骤然冲出来，把毫无防备的大伙儿吓了一跳，包括远远站在场边的齐克谐。那么高亢、哀婉、凄怆的声音，余音渺渺处，这个初来乍到、怯生生的年轻女孩子已然变成了林冲的娘子、水浒里最苦命的女人。

像无根的轻云似的，她跑圆场急急而来，林冲却扭过头去，避开了她的目光。

桌上有张纸，两行字句，永世诀别。

"见休书不由我柔肠寸断，顾不得闺阁礼端，长亭执手观泪眼……"她跪行到他面前，且哭且唱，唱往日恩爱，唱少小相识，唱世事无情人有情，他活着她就等待，他死了她便守节，不信好人得不到公道。

然而，她的一腔衷情只换来他沉重的长叹，"唉，娘子啊……"

温靖痴望着咫尺之内的这个面无粉黛、身着便装的中年女人，想起小凌那天说的话，"林冲就是团长，团长就是林冲"。但这不是人们见惯的那个夜奔路上的林冲，而是刚经

* 腰包，系在腋下的白布，表示旦角行路的装束。

过了白虎堂前的诬陷，又遭了刺面之刑的林冲 —— 虚弱、颓唐，使爱他的人感到陌生，心里拧着疼。

蒋凤仪的一大段唱，没有高腔，仿佛血泪都隐忍在胸膛，一压，再压。

半晌，林冲迟疑了一下，拾起林娘子的水袖一角，轻沾了沾她的脸颊。

小小的一个动作，温靖的泪真的下来了，戏曲演员本不该如此，但她没忍住。在场的人也都看入了神，尤其是雏仪和庆红。

自从不演薛平贵，蒋凤仪多年没跟旦角演过如此浓挚的对手戏了。排练场里年轻人居多，除了齐克谐，少有人知她当日的《别窑》何其动人。

凌跃不知何时进来的，他呆呆站在门口，头发上的雪化了，流到眉梢也没察觉。

如
梦
令

　　"带你去做新衣服。"她像一只风筝被牵着，轻飘飘的喜悦和兴奋。比她大四岁的哥哥被妈妈牵在另一边，秤砣似的压慢了速度，急得她不行。他们走在岛上的小镇里，其实就是渔村里面纵横的几条老街，人们彼此熟悉，只有他们是外来客。她看见她自己经过一个小而幽深的门脸，她知道那是裁缝铺。她想叫住妈妈，可是发不出声音，而且被迫越走越快，好像风筝要起飞了。飞过长长的老街和街上的供销社、理发店、一家酱园、一个小饭馆……天和海中间现出起起伏伏的小山，青石板的台阶蜿蜒到云端。从半山腰火柴盒似的小屋里，父亲出来了，粗布衬衫的袖子高高挽着，如礁石屹立在海风里，一步一步走下来，温暖有力的大手抱起她。再回头时，妈妈和哥哥已经不见了。

孤帆远影碧空尽……

"温靖,温靖,醒醒!"是王海萍在叫她,"做噩梦了?"

她醒过来。并不是"梦",也不算"噩",但依然泪流满面。她有点不好意思,"对不起啊……"

"入戏太深哪?"对面床的冯慧咕哝着翻了个身。

《林冲之死》的排练还在每日继续,可是场上的"梁山好汉"越来越少,直到就剩下一个林教头。

"人呢?"蒋凤仪穿着厚底靴站在三米高的"山"上问凌跃。

"这儿呢,"他朝她挥了挥手里的一把病假条,"一个说脚崴了,一个扁桃体发炎,一个腰扭着了……哦,还有一个——落枕了。"

"好哇,都给我泡病号儿。"

"这不是快过年了吗……好多人走穴去了。"

她没再说什么,走近高台的边沿,默默酝酿。小凌识相地站远了一点。一个"云里翻",她从空中稳稳地落了地,紧接着是几个摔叉。经典的一折《夜奔》要半个钟头,而在《林冲之死》里她只用几个高难度动作来诠释雪夜上梁山的这段坎坷之路,紧凑惊险,夺人眼球。当然,也极吃功夫。舞台最中央的人就是这样,面对千万束目光,不仅要承接礼赞,也要经得起考验和挑剔。

小凌看着她练了个把钟头。从小练功学艺的他自认为也算刻苦的了,可是在她面前觉得自惭形秽,惭愧的倒不是自己身上的技术，而是那颗心。他知道请病假的那些人在歌舞厅唱几首歌的收入抵得过他半个月的工资，都是岁数相仿的年轻人，他模样、嗓子也不差，能不动心吗……况且自己在团里不能上台了，难道就一辈子给团长做"跟包的"？图什么呢？他承认自己动摇了。

可她又图什么呢？小凌的父母也是剧团的老人儿，早就给他讲过蒋凤仪少小成名的故事，目的是规劝，"你看，八九岁就红了，又怎样呢？说不让你唱就不让你唱了，愣是十几年上不了台。说让你唱，刚生完孩子也得爬起来练功。这行儿苦啊。"他以前把这故事当作传奇来膜拜，现在终于慢慢懂了其中的残忍。她到底又回到舞台上了，但是当大角儿、唱大戏、赚大钱的时代已经过去了，可能永远也回不来了，如今冉冉升起的是"歌星""影星"。星光那么璀璨，她为何执拗地在漆黑的荒径上跋涉不停呢？

"领导……"

"怎么了？"

"您打算练到什么时候？"

蒋凤仪抬腕看了看表，"再练一会儿吧。你想走就走。"

"不是……我是说，以后……"

她愣了一下，站定擦汗，"你小子今儿怎么了？垂头丧气的。"

"我就是纳闷儿，都光杆司令了……您别生气啊……您咋还那么大劲头儿呢？"小凌坐在地上苦笑着摆弄那几张病假条。

"不是还有你这个小兵吗？你也没劲头儿啦？前一阵子拉赞助还多亏了你。"

"嘻，都是您'沉着机灵有胆量'，"他借用了一句"智斗"里对阿庆嫂的赞美，"我没什么功劳。到现在还赖在团里也是因为佩服您的本事。"

"我这点本事算个啥，你是生得晚，没见过那些大角儿最好的时候儿，我还算赶上个尾巴。小时候有一回我爸带我去看高老板的《古城会》……"她一谈戏就滔滔不绝，排练场里只开了一排灯，她站在灯下，小凌坐在黑影里，小学生似的仰头望着她。"他那一个出场就震住我了，就在那一个锣鼓点儿里，也就三秒钟吧，三秒钟！他那关老爷就像海水一个大浪似的，'哗'地冲到台口，再往回一退，一揸刀——"

她穿着平常的运动装，架子一拉，亮了个相，眼里光芒四射。"现在我一想还浑身起鸡皮疙瘩呢！"她兴奋地告诉小凌。他没看过高老前辈的演出，但当下他也起了鸡皮疙瘩。

"可是……"他纠结着，终于还是说出口，"现在不是高老板那会儿了。万一，我是说万一，新戏排出来没人看怎么办……"

蒋凤仪弯腰掸着厚底靴上沾的灰尘，随口问他："小凌，你哪年生人啊？"

"六零年。"

"那会儿我刚被调进国营团没两年。"她说着又练起功来，来来回回地踢着腿，每一下都贴到脑门，"我五岁拜师学艺，十九岁被轰下台。后来结了个婚，怀了个孩子，也想过不在台上摸爬滚打了，就过个正常人的日子吧，也挺好。我也想做个贤妻良母呀，你不知道吧，我可会织毛活儿了，一宿能打出一条毛裤。可是突然有一天，有人跟我说你又能演戏了，而且是演《夜奔》。我就头也不回地跑上去接了这个任务，上去就不想再下来。'红尘中，误了俺五陵年少'，那时候才算真懂了这句词儿，也懂了自己。打那儿起我就明白了，我就是爱这一行儿，练功唱戏就是我该干的事儿。别的事我没想过'怎么办'，也不愿浪费时间去想。"

她指了指身后那摆起来的三张桌子，"这样的玩意儿，我还能翻几年呢？五年、十年？总不会超过十五年吧。武生的好光景没多长，特别是女武生，所以我耽误不起。"

说完，她接着踢腿，一步一步地走到场子尽头。地毯很旧了，磨得发白，而且千疮百孔。小凌喉头发紧，死盯着地上的一个窟窿，闭住一口气，生生把泪憋了回去。一同憋回去的还有一句话。表哥从南方回来，再次提出要带他一起去发财，"大活人天天唱死人留下来的东西，有什么意思？"这次他没断然拒绝，父母感到意外惊喜。"等团里排完《林冲之死》吧。"他向他们如此许诺。

可是现在他主意又变了。不想走了。还是离不开这个女人。她的某种气场使人折服，无关性别，只是……那么一股劲头，那么纯粹、干净、有力。此后许多年，在国内外那些容纳上千人的大剧场里，她的这种气场仍能填满每个角落，像吸引了这一晚的凌跃那样，吸引无数后来人。

"领导，"他远远地冲排练场另一头喊，"什么时候让我拜您为师吧！"

她踢着腿走回来，笑了笑，"我哪儿够收徒的资格？"她没问他不上台了还拜师干吗，但告诉他省里要办个文化管理进修班，她报上了他的名字。

小凌听了一怔，终于还是低下头偷偷擦了擦眼睛。

这时排练场的门开了，温靖跺跺脚，在门口掸去大衣上的雪才走进来。

"我也不是光杆司令嘛，这不又来了一个？"蒋凤仪朝小凌一扬下巴。他从地上站起来跟温靖打招呼，"来啦？欸，你跟团长那段儿不是明天合吗？"

"是，我想着再来练练，还不熟，"她搓着手含羞道，"怕拖累了团长。"

凤仪把练功帔递给她，"来吧，一块儿。"

温靖尚在犹豫，凤仪已笑着躬腰作了个揖，"娘子，请吧。"

于是小凌搬来一把椅子，温靖坐了，支腮作睡状，蒋凤仪推"门"而入。一步跨出去，便入了戏，也入了梦。林娘子痴望着林冲，惝恍地摇摇头，梦呓似的浅唱，"长亭一别到如今，多少心事对月吟。嫦娥应解离人苦，直送相思入梦魂。"

他俯身轻拍她的肩头，"娘子，夫妻团圆，不是做梦。"

她讶然睁开睡眼，离了椅子走到他面前，脚步欲进还退，水袖一抖一扬，落到了他的胳膊上，两个人转了一圈，又一圈。"金风玉露一相逢，便胜却人间无数。"想问、想诉的太多，曲有尽，意无穷。

林娘子：不是做梦？

林冲：不是做梦。

林娘子：如此，官人哪，你可曾牢狱蒙伤损，是否道阻屡受惊？三餐饥饱何人问，夏衫冬衣倩谁缝？

林冲：说来话长，所幸无恙。

林娘子：待我谢天谢地。细思往事犹不平，夜夜思君坐到明。雷声隐隐感妾心，侧耳听去非车音。移鸳枕，留泪痕，更筹数尽情不尽，断肠人忆断肠人。

林冲：娘子，这些时日难为你了。如今我已在梁山做得头领，特来接娘子上山安顿，生死再不相离。

凌跃在旁边以掌代鼓，念着锣经，锣鼓越来越仓皇——门前兵马从天而降，惊醒了春闺梦里人。这一折叫"梦会"。

温靖收了水袖紧张地等蒋凤仪点评。

"还不错，还可以再放开一点，毕竟是在梦里，"她略低头想了想，"那四句可以学着昆曲载歌载舞的样儿……'可曾牢狱蒙伤损'，丈夫好不容易回来了，搭着他，左看看，右看看，有没有受伤？'是否道阻屡受惊'，抚一下他的胸口。'三餐饥饱何人问，夏衫冬衣倩谁缝？'你水袖这么一翻，再来个穿针走线……"

温靖和凌跃都看呆了，因为她前一秒还是林冲，后一秒走起小碎步，伸出兰花指，举手投足间就变了个人……变得"女人味"了。

"哎呀妈呀，您还有这手儿……上回听您唱阿庆嫂就吓了我一跳，没想到还有更厉害的！"小凌拍手大笑。

"……我来个旦角儿就那么可怕吗？！"她瞬间回到平时的豪爽样子。

"不、不，您演得特别细腻！您怎么对青衣还有研究呢？"温靖的表情混合着敬佩和好奇。

"隔行不隔理嘛，戏情戏理都是相通的。我这也算不上'研究'，只是以前看过岳老师教……"她话到嘴边又咽下去一半，"教别的旦角儿。那会儿不让演传统戏，教是偷着教，学也偷着学。这些精华要是没了，戏曲还有什么本钱？那会儿都没丢的东西现在更不能丢。"

温靖赶紧点点头。

又练了几遍，蒋凤仪看着表道："挺晚的了，回去吧。"

"外边不好走，我送您吧。"

她听到小凌的话，摆摆手，"俺八十万禁军教头还用得着你送？要送你送小温吧，你们也顺路。"

　　回宿舍的路上，温靖的手里还在比比划划做着刚才蒋凤仪说的身段儿。小凌感叹，"现在像你这么认真的不多了。今儿团长还被他们'晾'了呢。"

　　温靖诧异地看了他一眼，半晌，小声说："团长太不容易了。"

　　"没办法，她喜欢这个，天生就要吃戏饭的。干这行儿的都是打小儿就喜欢吧，我也是。"他笑问她，"你为啥学戏呢？"

　　"我吗？没什么崇高的理由，"她吸了吸鼻子，"就是为了把户口迁回城里。"

　　雪越下越大了，脚踩上去咯吱作响，温靖似乎觉得挺好玩的，每一步都踩得格外用力，脚陷得深了，险些跌倒，被小凌一下子伸手拉住了。她红着脸说了声谢谢，松开他的手，扶正了自己的帽子。身后那一串深深的脚印已经被雪覆盖了，来路茫茫不可追。

思
远
人

    过年之前，剧团的所有演员总算凑齐了，热热闹闹演了场封箱戏。由于上半年蒋凤仪带团下乡演出频繁，所以大伙儿年底的收成并不差，除了上缴剧院的，个人的腰包也鼓了不少，足以踏实过年。然而蒋凤仪并不能踏实下来，他们一家三口和老父、继母吃了个年夜饭，初一便匆匆回城了。两周后的开箱戏她就要贴演《林冲之死》了。海报都已印好，怕正月里忌讳，没写剧名，只说"新编水浒大戏，别样英雄人生"。

    家在外地的职工都回去过年了，本地人也到处走亲串友，剧团大院到了一年中最冷清的时候。"温靖，电话！温靖，电话！温靖，恁哥哥来……"高音大喇叭里传出于大爷山东味儿的广播，穿过空荡荡的院子，直钻进温靖的耳朵里，尽管她的脑袋正蒙在被子底下。她噌地跳下床，抓起大衣往外跑，终于在于大爷嚷出更多信息之前赶到了传达室。

她听电话的工夫，于大爷一直坐在旁边闭目养神，耳朵却警醒地竖着，仿佛感到自己作为团里最年长的老人有义务监护这个孤身滞留宿舍的女孩子。然而她对着电话一共只讲了三个近义词，"不……算了……再说吧。"

炉子上的水咕噜咕噜地开了，于大爷起身去灌暖壶，听见背后一声略带沙哑的"谢谢大爷"，再转头时电话旁边已经没人影儿了。

温靖那天照常去了练功房，进门便见一个热火朝天舞动银枪的身影。是雏仪。她放下枪跑了过来，"咦，温姐姐，你怎么没回家呀？"

"个么侬哪能也在此里？"她手插着兜嫣然一笑。

雏仪虽听不大懂，也差不多能猜出她的意思，"我呀？我们家过年过节的跟平常差不多。以前还能在姥姥家多玩几天，这次就待了一晚上。我又不爱跟我爸去串亲戚，就来练练功呗。"

"你这刻苦精神直追你妈妈呀！"

"我妈天天嫌我懒呢！她都好长时间没跟我们一块儿吃饭了。"

雏仪眉宇之间跟母亲一样有飒爽英气，只是没剪短发，脑后还甩着一条马尾辫。温靖捋了捋她的辫子，问："团长今儿怎么没来？"

"一大早就跟庆红她爸去找一个做盔头的老师傅了。"

"庆红呢？"

"她去奶奶家了。"雏仪嘴里说着，围着温靖蹦跶了一圈。

"怎么了？"

"嘿嘿，她们都说你这大衣特别，哪儿也没看见卖的。今儿我也瞧瞧！"

温靖来到剧团后很快成了姑娘们的潮流风向标，她们的讨论之热烈使得向来不太关注穿衣打扮的雏仪也不禁受了影响。

"不是买的呀，"温靖把雏仪从背后牵过来，笑说，"那天不是告诉你了吗，我爸爸会做衣服。这是他的一件旧大衣，改小了给我的。上次那坎肩儿是他的西服，把袖子剪了！"

雏仪吃惊地拉着她，又上上下下地看了看，赞叹道："真的哇？你爸手太巧了！那我得告诉她们，让她们甭费劲了，买不着一样的！"

"哎，别……"温靖微红着脸岔开了话题，"庆红没来，我陪你走一遍吧，她的词我都记住了。"

于是两人演起了一对年少懵懂的有情人，一个在庭中习武，一个在厨下烹茶。也许是太过寻常的定情方式，但林冲的一生本该如此寻常。在被逼上梁山之前，他没做过任何法度之外的事，一切慷慨悲歌的起点仅仅是他拥有一段美满的姻缘，一个面容姣好的妻子。

雏仪的幼功很扎实，舞枪弄棒不在话下；难的是枪棒无情人有情。林冲不只是武夫，他还具备梁山好汉少有的细腻心思。发乎情止乎礼的遥相一望，他和她便读懂了彼此的心。雏仪和庆红演这段时经常不能入戏，因为从小玩到大，她看见庆红作羞涩状就想笑，为此没少挨蒋凤仪的臭骂。可是当下温靖用水袖半遮着脸，向意中人脉脉一转眸，雏仪竟然呆住了。

在戏台上，只有那样顾盼传情的明眸才能把剧场最后一排的观众也收服吧。此刻的"小林冲"已然被收服了，鹞子翻身时脚底下不慎绊了一下，长枪"哐啷"落地。

雏仪一屁股坐在了地上，温靖赶紧跑过来。"怎么了宝儿？崴着了吗？"她试着活动了一下，神情悲壮地看向温靖，"完了，我妈会宰了我的。"

从练功房到家不过几百米的路，温靖架着雏仪走了二十分钟。俩人个头儿差不多高，雏仪又正在青春期，体格比温靖壮实不少，所以心里怪过意不去的，"唉，温姐姐，麻烦你了，其实我金鸡独立也能蹦回去……哎哟哟哟哟……""别开玩笑了，"温靖冒了一脑门子汗，可是丝毫不敢懈劲儿，"那只脚要是也崴了你就惨了！"雏仪一听，龇牙咧嘴地叹了口气。

齐克谐独自回北京拜年，此时刚到家不久。前年二叔过世了，所以他只须拜望大姑一家，却身心俱疲得像串了十门亲戚。与齐家的老祖母不同，这位大姑对侄子娶唱戏的女演员一事始终颇有微词，这回那母女俩都没来拜年，更使她不满。

"哟，我这大侄子自个儿来啦？"

"姑妈，您老过年好……团里有演出，她们娘儿俩都要排练，这不，托我给您拜年，还有这些东西……"

"不敢当，你们家里尽是角儿，忙啊！"

"瞧您说的，什么角儿啊，现在看戏的人少，演员都费力不讨好儿。"

"看戏的少了？可我们齐家的老少爷们儿就离不开戏啊。看你三叔，这么多年一去不回头，好不容易来个信还三句不离戏，只顾打听那什么春雀班儿的人还唱不唱。还有你，长房长孙啊，奶奶以前多疼你，你呢？打一结婚就跟倒插门儿到她们家似的，连孩子也能跟人家的姓儿……"

老太太的嘴像一只出了故障的录音机，只会倒带，而且倒起来没完没了、不知疲倦……齐克谐本能地过滤了大部分噪音，却牢牢记住了一条信息：去国离乡三十余年的三叔来信了。

回了家，他在沙发上怔坐良久。三叔钧广在他的印象中早已面目模糊，空余一个穿白西服的、瘦削潇洒的身影。记不得他的脸，也许还因为儿时的自己总是骑在三叔的脖子上，穿过深深庭院，抬头看成群的鸽子扑棱棱飞过屋脊，耳边总少不了几句西皮二黄，彼时听不懂，但那宽洪的声音他忘不了。三叔是个奇人，据说在国外一辈子没成家，天涯浪荡无拘检，那是如今人到中年、终日忙里忙外的他无法想象的。

外面响起一阵掏钥匙的动静，他走过去把门开了。一边架着雏仪一边单手帮她找钥匙的温靖吓了一跳，抬头叫了声"齐老师"，他更吃惊。

"爸你回来了？快快快，扶我进去！"

"怎么了这是？"

他从温靖手里接过女儿，她还没落座就急着朝屋里探头探脑，"我妈没回来呢？唉，倒霉……我好像把脚崴了……"

"啊？哪只啊？我看看，骨折没有？"

"这边……应该没折吧……"

温靖站在门口，见齐克谐脱了女儿的袜子，小心地托起她的脚踝察看，脸上心疼又焦急。温靖默默张望了一会，朝屋里说："宝儿，齐老师，那我先回去了，有事要帮忙的话再叫我！"

"谢谢姐姐送我回来！"雏仪四仰八叉着喊了一嗓子，蹲在地上的齐克谐这才反应过来，起身向温靖道谢，她忙说没事，匆匆离开了。

"走，上医院。"温靖刚走齐克谐便拿起女儿刚摘下来的帽子围巾又把她裹了起来，自己到桌前唰唰地写了个字条。

"一定要去吗……能不能先别告诉我妈……"她还在做最后的挣扎。

"我敢瞒着她吗？"齐克谐走到女儿面前俯下了腰，"走吧小姐。"雏仪只好爬上了爸爸的背。"嗬，这么沉了你！难为人家把你架回来……"

蒋凤仪匆匆赶到医院时父女俩正从骨科诊室里出来。她抢过丈夫手里的X光片，边看边急问："怎么样啊？"

"还好，没骨折。"

她刚松了口气，他又接着说："但软组织挫伤得比较严重，大夫说完全消肿得俩礼拜。"她立刻瞪了眼，照着雏仪的后背赏了两巴掌，"还有几天就要公演了你知道吗？上哪儿贪玩折腾去了？！耽误多少事儿啊！"

雏仪单腿蹦着躲她妈，"没玩！练功弄的！"

"别跑！再摔着！"凤仪一把抓住女儿的胳膊，"练功你就有理了？功在平时，临上场了就该保护好腿脚，这不是你一人儿的事知道吗？你要是平时够用功，这会儿就不用临阵磨枪了！"

"我就是肿着也能上台，保管不耽误你的戏行了吧！"雏仪觉得委屈，小脾气也上来了。

"什么叫'我的'戏？！一台无二戏，谁也不能糊弄！"

"我怎么糊弄了？！糊弄我还大年初一去练功？"雏仪挣扎着要抽回自己的胳膊，却挣不过她妈的手劲儿，医院走廊里来来往往的人都朝他们一家子看过来。齐克谐皱着眉拉凤仪，"宝儿也不是故意的，干这行儿哪有不受伤的？你骂她能解决什么问题？"

她甩开他的手严厉道："我是叫她记住，唱戏的身子不是自个儿的！"

回去的路上，齐克谐用自行车推着女儿，凤仪在旁边走着，一家三口谁也没说话。街上人烟稀少，清冷的空气里凝结着烟花爆竹燃放后微微刺鼻的芒硝味儿。到了楼下，齐克谐锁了车要去背女儿，被凤仪推开了，"你腰不好，我来吧。"

雏仪别着头不乐意，"我自己能走！"

"少废话，你那脚现在不能吃劲儿。"

雏仪到底还是让她妈背了。自从学戏以来，母女俩的肢体接触主要是"打人与挨打"的关系。如今她个子蹿起来了，趴在她妈背上时感到一种异样的不适，但还是不得不承认，她妈走得很稳，比她爸稳，使她感到彻头彻尾的安全可信赖。只不过隔着一层层的冬衣她也感到自己贴着的那副身板似乎不像印象里的那么厚实。心头酸了一下，她的手搂住了妈妈的脖子。

快到家门口了，齐克谐赶上去开锁，却意外发现温靖托着腮坐在台阶上。她看见他们仨，忙站了起来，"团长，齐老师，宝儿的脚怎么样？"

凤仪把女儿放下来，略有些喘，"哦……还行，没折。今儿麻烦你了！欸，小温，你放假这么快就回来了？还是压根儿没回家？"

温靖含糊地笑了笑，低头掏出一个纸包，"都怪我排练的时候没照顾好宝儿。这个……是我爸以前熬的土膏药，还有几贴……我用过，蛮好使的，您可以给宝儿试试！不打扰了，我先走了。"

凤仪诧异地接过来，不等再开口，温靖已经跑了。

归去难

　　不知是雏仪岁数小恢复得快，还是温靖给的膏药果有奇效，总之她的脚踝确实在一周之内恢复如初了。蒋凤仪悬着的心暂时放下了，但还是严肃告诫女儿："好武生离不开一双好腿。"这是师父严松霁教给她的话，如今她又如数教给了下一代。

　　公演前夕，她请宋小五到家里给雏仪剪头发，为了以后包头扮戏方便。虽说雏仪性子好动，但她那一头黑亮的长发毕竟留了很多年，心里着实舍不得。找不到什么拒绝的理由，她只好眼巴巴地看着她妈，忧心忡忡地警告："正月里理发死舅舅！"

　　蒋凤仪不为所动，"别扯淡，你没舅舅。"

　　看热闹的庆红咯咯直乐，雏仪瞪了她一眼，忿忿一拍大腿，"剪吧！"

宋小五用一根细红绳把她的头发紧紧绑起来，说声"来了啊"就齐根儿"咔嚓"了一剪子，然后拎着这束头发送到她眼前晃了晃。雏仪闭着眼摆摆手，"扔了扔了！"

"别啊，小五叔，我收着吧。"齐克谐走过来接收了闺女剪下的辫子。雏仪上小学时天天是爸爸给扎小辫儿，技术一点不比那些巧手妈妈差。现在闺女追随其母成了女武生，她的长发和他的手艺都用不着了。

宋小五取出剪子和推子开始修剪雏仪的头发，蒋凤仪时不时出谋划策，"鬓角再短点"，"多露点脑门儿，台上显精神"。

碎发从雏仪眼前纷纷而落，她眯着眼望向镜子，渐渐觉得还不错，至少，更像妈妈了。最后宋小五给她摘了围布，安慰似的摸了摸她的脑袋，"你这小头发不算短。你妈遭难那时候教人家剃了阴阳头，她就从我这儿要了个推子，愣是自己把那半边儿也给剃了！跟个秃小子似的，还跟你姥爷说是为了凉快儿。"

雏仪和庆红听了都哈哈大笑，齐克谐扭头看凤仪，见她正弯腰扫着地上的头发，表情很坦然。

《林冲之死》首演那天恰是正月十五。票卖得不错，至少能上五成座儿。一到后台蒋凤仪就让女儿躺上了戏箱子，叮嘱她，"别下地溜达，一会儿腿发沉。也别聊天，就歇着。要喝水跟我说。"

雏仪老老实实照做了，有点受宠若惊，毕竟她妈平时从未如此"无微不至"。凤仪自己扮好了戏才来亲自给女儿上妆、穿戏服，因为怕她太早勒头受不了。

"裤腰带系紧了，要不然一翻打容易掉……这块儿，折进去，别露出来……"

雏仪张开胳膊傻站着，任凭妈妈一边上下忙活一边交代她各种穿衣戴帽的细节，讲得那么耐心，手法那么老练。当下不光她自己感到新奇，就连远远坐在化妆台另一端的温靖也看得入了神，直到宋小五叫她去换戏服。

这边雏仪的月白箭衣已经上了身，腰间扎紧了宝蓝色的大带，印堂上染着一道火焰似的英雄扦儿，刚才的少女俨然成了个美少年。庆红穿了跟雏仪同色的绣花帔，跑过来打量了她一番，夸她扮相不错。

"娘子，请啊！"

"官人请。"

小姐儿俩勾肩搭背地跑到侧幕条候场，惴惴不安里透着兴奋劲儿，凤仪看着她们的背影觉得恍若隔世。

"团长。"

温靖叫她。她回头，见林娘子穿一身寒素的青褶子，银锭头面皎如冷月光。"咱们也准备着吧。"

蒋凤仪盯了她一会儿，"胭脂有点重了。"说着拿起粉扑子在她脸上轻敷了两下，这才满意，"成了，走吧。"

是夜，温靖裹着大衣坐在排练场门口的台阶上，北风直往脖子里灌，可是心里依然热潮澎湃。首演相当成功。大幕一拉开观众就觉出新鲜了，一座舞台，两个时空，在灯光的明暗变幻之间便是人世的缘起缘灭，如梦幻泡影，如露亦如电。那不仅是一个好人的无妄之灾，也是一段爱情的消殒，一个女子的心碎。如果说那个荒谬的时代至少把林冲逼成了英雄，那么林娘子的命运从她收到休书的一刻起就注定全然是哀婉不幸的了。《水浒传》第二十回，林冲得知娘子死讯，"潸然泪下，自此杜绝了心中挂念"。在英雄生命里经过的女人总是红颜薄命，她命薄如纸，却将厚重的悲壮与决绝留给了他 —— 自此他一身转战三千里，无所念，也就无所惧。

观众看得过瘾。老戏迷喜见这新戏的唱念做打不含糊，没弄得像不伦不类的话剧杂交体；年轻人感到剧情跌宕紧凑，跟印象里一句话唱十分钟的老戏不太一样。同时，在唱腔、武打之外，无论男女老少都被一个"情"字打动了。"世总为情"，真挚的表演能摇动草木，洞裂金石，更何况是肉长的人心呢？挑大梁的蒋凤仪自不必说了，就是那林娘子和两个小演员也脸上身上全是戏啊！

剧场里许久不闻那么热烈的掌声与喝彩了，蒋凤仪领着全体演员一连谢幕三次。她接过了一捧捧鲜花，向台下四方鞠躬，"多谢大伙儿捧场！我打小儿学戏，是在观众眼皮子底下长大的。如今当了这剧团的'小头领'，团里老老小小的饭碗全仰仗在座各位。这是我当团长以来排的第一出戏，不好的地方还很多，大伙儿多包涵，多提意见。现在都说戏曲不景气、要完了，我不信。只要底下还有一个人看，我们就演！也希望我们接着演，你们接着来看！”她这段话说完，底下传来此起彼伏的响应，“说得好！”“一定来！”“京剧死不了！”

台上的演员有许多湿了眼眶。尽管请过假、溜过号儿的不在少数，但归根到底是为了生计。若对这行儿心中无爱，怎能经受台下十年苦功；若台上的戏能唱到天荒地老，又有谁不愿从一而终呢。

雏仪和庆红望着底下一张张晃动的面孔，略感忐忑。刚才演戏的时候她俩只顾盯着彼此，倒不觉得紧张，如今往下面一瞧却直眼晕。这片海洋似的陌生人就是所谓"衣食父母"，雏仪看看他们，又扭头看看身边，知道他们的掌声十之八九是给妈妈的，而妈妈确实当之无愧。"观众不可欺"，那是她的口头禅，也是眼前的真情实景。

"还有一句话。我从前没少演林冲，但都是演《夜奔》，'一场干'的独角戏。今天这个不一样，是我们团这么多人共同的心血，他们信任我才肯跟着我苦干，我在这儿谢谢大家了。"蒋凤仪转身给众演员鞠了个躬，随后突然牵起温靖的水袖，向台沿走了几步，"最后我要向大家特别介绍一下我们这位林娘子，她叫温靖，非常年轻，而且是远道而来的新人，是我们团的老艺术家岳鸿霞老师推荐来的。温靖非常刻苦，业务也过硬，希望大家多支持鼓励。多一些这样的新力量，我们的戏一定会越唱越好！"

温靖眼前模糊，心中是一片久违的光亮。

那掌声在她耳畔回荡，噼里啪啦的像一挂千响的大红鞭炮，但她已不再是几天前那个在孤枕上听千家万户爆竹声的她了。台下喜庆的声波仿佛带着温度，紧紧包裹了她。自己当真演得那么好吗？她知道，若没有林冲，林娘子的美与哀愁便无所附丽。她慌忙向观众鞠了几个躬，随即把脸转向了蒋凤仪。她庆幸自己还带着妆，不过两颊的胭脂一定比刚才红，红得发烫。凤仪也还没卸妆，但已经捂了头，汗湿的短发有些凌乱，额角被水纱勒出了深深的印子。丝绒大幕缓缓落下，她拦住了温靖语无伦次的感激之辞，眉眼飞扬地朝她点头一笑，很快便大步流星地往后台走去……

"怎么在这儿傻坐着啊？找你半天了。"

凌跃双手插在夹克兜里，站在几米开外看着她。温靖吃了一惊，但腰酸腿软，还不想站起来。"跃哥？我……散了戏在这儿静静。你怎么来了？找我有事？"

"没事就不能找你呀？"小凌也坐下了，比她低一节台阶。她听他如此说，一时不知答什么好。他见她不言语，忙从怀里掏出小保温桶，"我奉团长之命来慰问你。"他把保温桶放在她膝上便转回了头，背对着她说："外加口头表扬一分钟，今儿演得非常好！唱念做表俱佳，成角儿指日可待！"

温靖抿嘴一乐，摇了摇那小桶，里面有液体晃荡，"什么呀？"

"团长让我在门口小店儿买的元宵，吃吧。"

她待要推辞，可是一场大戏演下来肚子确实饿了，也便拧开了盖，淡淡的白雾飘起来。小凌把手向后一抬，递来一把钢勺。她愣了一下，接过来，"团长让你买的？"

"是啊。"

"你不吃？"

"我在家一出锅儿就吃了，这是给你的。"小凌话说出口，发现背后又没有声息了，立刻意识到自己说漏了嘴。他赶紧扭过头，特别真诚地看着她，"我这是为我们剧团和团长找到了优秀的大青衣接班人感到由衷的喜悦和幸运，小同志，你就别客气了！"

温靖低头看着圆滚滚热腾腾的元宵，终于还是食指大动，捞起一只送进了嘴里，软糯的皮一咬开，香甜的黑芝麻馅心漫过舌头，落到胃里感到熨帖温暖。肚子满足了，她的胆子也壮了些，主动问凌跃："跃哥，以前团里哪个青衣花旦给团长配过戏啊？"

"她演武生戏多，没什么跟旦角的对儿戏。我刚进团的时候看她跟岳老师一起演过《四郎探母》，也不常演，白老师那会儿是头牌老生啊。"

"哦……"她细嚼慢咽了一会儿，忍不住感叹，"可她怎么那么会演啊？那眼神，真绝了，看得我心里绞着疼，根本想不起来她是女人。"

"天分呗，没辙！今儿底下好些人直抹眼泪儿。这新戏成了！"小凌的语气非常骄傲，欢快地抖起腿来，"哎，对了，你演得也不错啊！你看，团长当着那么多人夸你。听说你为了排练过年都没回家啊？”

"嗯……"温靖拿勺子轻轻戳着小桶里的最后一只元宵，按扁了它又慢慢弹回来，"你们北方的元宵都是甜的哦，我们那里的汤圆有的包菜包肉，岛上还包刚打上来的鱼虾呢。"小凌问她家在什么岛，她说了个他没听过的地名。那是浙东一带的诸多小岛之一。

小凌心头浮起一种奇异的感觉，仿佛小舟摇曳，载着他飘飘悠悠不知所向何方，他便任它飘摇。他略侧过脸来问："隔得大老远，你爸妈不惦记你吗？像我，出去十天半个月我爸妈也不管，可我妹天擦黑儿不回家他们就急了，非得支使我满世界找她去。"

温靖双手抱着保温桶，指尖轻敲了几下。"我爸爸，前年去世了。我倒是也有个哥哥，可是我妈、我哥的那个家，也不算我的家了。"

她说完晃了晃小桶里的元宵汤，站起来泼在了树坑里，把盖子拧好还给了小凌，"跃哥，谢谢你。"

苏生 著

夜奔

第二册

SPM
南方传媒
广东人民出版社
·广州·

玖

归
国
谣

首演当天，齐克谐并没去剧场看戏。

写这剧本的念头早就有了，也许早在无边暗夜中他吹笛给她伴奏的时候。他们那时还是新婚的小夫妻，每晚偷偷摸摸溜去小礼堂，罗云仲老先生在那儿手把手地重教凤仪《夜奔》。四面墙上都贴着花花绿绿的标语，一张盖一张，最下面的已经褪色了，可是无人知晓那一切何时会结束。

"按龙泉，血泪洒征袍。恨天涯，一身流落。专心投水浒，回首望天朝。急走忙逃，顾不得忠和孝……"

日复一日地练，他听得出她越唱越好了，到最后简直不只在唱林冲，也在唱她自己，夜幕遮掩下的那个角落就是她的"水泊梁山"，他知道她渴望着有朝一日跨马登程，杀它个回马枪。

那么他的"梁山"又在哪儿呢？罗老头夸他笛风甚佳，是所谓"满口笛"，凤仪看他的眼神也满是钦赞。被人夸总是高兴事，但也有一丝苦涩。自己的当行本色是拿笔杆子，不幸折"笔"沉沙，小时候聊以自娱的玩意儿倒派上了用场。唱吧，唱吧，两个人总得有一个把自己的本色坚持下去吧，所以后来她怀着孕接下那个大任务，月子里去练功，乃至把刚满月的孩子送回老家，他一律没拦着。别人都说她在最落魄的时候找了个最好的丈夫，体贴，勤快，关键是什么事都顺着她的心意；这样的丈夫是个稳固的依靠。

旁人不会知道，那时的他把自己和她当成一个人，甚至，把她当成了他自己隐蔽的"梁山"，一个眷恋的家园。他给她讲水浒，故事里有他的感慨；他为她吹笛，笛声里也有他的哀乐。同是天涯沦落人，相惜相依是自然的，但隐隐地在心底深处，他清楚其实是自己依赖她更多一点。

等到她又能唱戏、他又能写作的时候，她像什么事都没发生过一样回到了台上，再次扎根、发芽，噌噌地生长，而他却提笔惘然。他们刚随单位搬到这座城市时，她从资料室的几箱旧文件里翻出了一份幸存的《梨园将军》的剧本，偷偷拿回来给他，他盯着那上面"编剧：齐克谐"几个字看了很久，却越看越陌生，直到无法辨认。毕竟，那个激情澎湃、充满革命热忱的故事已经离他太遥远，在时间上，在心境上。

当时他们的行李还堆在新居里没拆包，她蹲在一地狼藉里摇晃他的膝盖，"小齐，润色一下，再拿出排啊！当初那个

'夏允武'我还没演上就靠边儿站了。"

他揉了揉她的后脑勺，那儿有几根头发桀骜不驯地支棱着。"这个算了吧，夏允武就是个配角。我再写个新的给你，量身定做，你的主角儿。"

她略带诧异地抬眼瞧着他，笑了。

"不信啊？你等着。"

"好啊，我等着。"

"怎么在外面等啊，不冷哪？"

坐在花坛边的齐克谐一激灵，凤仪和女儿已经走到他跟前了。他搭在膝上的手不由自主地抖了一下，半截烟灰落地。

"爸，你……？"

"没事，甭掐了，"她打断了女儿的话，"一天别抽太多就行了。"

指间的烟其实已经快燃尽了，他吸了最后一口，故作轻松地问她，"演得怎么样啊？"

"你觉得呢？"

他揣摩着她的表情，迟迟没开口，雏仪等不及，跳到他俩中间眉飞色舞地讲起来，"当然是马到成功啦！爸，你怎么不去看啊？观众都在底下直喊我妈的名字呀！那酒厂老板还特意跑到后台把她戏里写的那幅毛笔字要走了！"

他听着女儿的复述，抬眼看向凤仪，见她疲惫的脸上绽开盈盈喜色，这才略放下心来，但只一秒钟，便又冒出更多问题，"字写得快慢跟伴奏合吗？那几段唱也都没问题？下高儿的时候没伤着吧？”

凤仪不语，只手揣兜笑看着他，先点点头又摇摇头，女儿却噘着嘴抗议起来了，“哎哎，老齐同志，你怎么只关心主演，不问问我的戏啊！”

“哟，把我们家小林冲忘了……那你演得怎么样啊？”

“嘿嘿，我觉得还不错！是吧妈？”

“行了别嘚瑟了，快回家吧……”蒋凤仪拍拍女儿的屁股，她便一溜烟跑进楼门洞去了，一路跑一路喊饿。“这臭孩子，一点苦都吃不得！”凤仪说着也往家走，齐克谐跟上去，胳膊穿过她的肘弯，在棉袄兜里攥住了她的手。

“回去吃元宵吧，刚煮的。”

整个正月，《林冲之死》一连演了十几场，别的人物大多分 AB 角，大林冲却始终由蒋凤仪一人担纲。别人过年都吃胖了，唯有她又清瘦了几分，脸上更见棱角，眼圈也一直黑着。十几二十岁的时候再辛苦也吃得下睡得香，如今却时常累到失眠。散戏之后齐克谐少不了给她捏肩揉腿，但她还是觉得歇不过劲儿来，只是台上的同事与台下的观众看不出端倪。这天副团长来找她商量巡演的事，交谈间她照常把腿抵在文件柜上拉筋。

“嚯，你这腿就没沾地的时候儿。”

“唱戏不练功，越演越稀松呀，”她笑笑，“把日程给我看看。”

“这回是小凌联系的台口，都是熟地儿。就这个，”副团长指向表格上的一个地名，"这是个新矿区，请咱们去演。但他们那儿没有室内表演的条件，寒冬腊月的，你看要不要回了他们？"

"还是去吧，"她几乎想也没想，"人家矿工一年到头不见天日，挺不容易的，唱两场，让他们也热闹热闹。"

正说着，凌跃走了进来，说大门口有人找她和齐老师。

"谁啊？"

"他不说……是个老头，打扮得跟个老华侨似的……"

蒋凤仪有点纳闷，到另一间办公室叫上了齐克谐，俩人一起往大门口走，隔着老远就瞧见一个穿深灰长大衣、头戴黑呢鸭舌帽的侧影，身形倒看不出年纪。齐克谐越走越慢了，凤仪忍不住回头催他，话未出口，身后已传来皮鞋嗒嗒的脚步声和爽朗宽洪的一句问候，"克谐，还记得我吗？"

齐克谐扶扶眼镜，略显局促地迎上去，微颤着声音唤他，"三……三叔！"

蒋凤仪大吃一惊。齐钧广当时已年逾花甲了，但依然瘦削挺拔，步子很快，眼睛也熠熠有神。

"好久不见！"他颇正式地握了握侄子的手，说话语气迥然不像个长辈。不待齐克谐答复，他又飞快地握住了凤仪的手，故作神秘地弯腰小声说："你是小义儿，是不是？哦……现在叫，蒋、凤、仪！"她笑着点头，虽然对眼前这个派头十足的老人毫无印象，但当下她也大大方方地叫了声"三叔"。

"我走的时候你才这么点儿大，你爸整天抱着你在茶园子的后台玩儿，"齐钧广伸出两手一比划，又扭头向侄子，"你也才不到四岁！一转眼，我都成老头子了，没想到你们'燕侣莺俦今已就'啊，哈哈哈！"老先生在海外漂泊了大半生，非但乡音未改，而且说话间时不时夹带一两句戏词儿。

齐克谐脸红了，再加上久别重逢的复杂心情，竟有些语无伦次，"三叔，您……您什么时候回来的？我过年的时候去看大姑妈，她也没透个准信儿……早知道我该回北京给您老接风的……"

"我前几天到的，是我让她别告诉你们！"老先生狡黠地眨眨眼，"昨儿我还回天津的老宅子看了看，现在是什么街道办事处了，我刚溜达到垂花门就教几个戴红袖箍儿的老太太把我轰出来了，说'闲人免进'……"

夫妻俩交换了一下百感交集的眼神，不禁哑然失笑。

当晚，齐钧广拒绝了侄子侄媳请他下馆子的提议，坚决要在家吃饭。斗室里多了一个人，立刻更显拥挤，但老先生兴致高昂，在屋里转悠参观，最后目光落到了墙角一摞写满毛笔字的废报纸上。他抽出一张看了看，惊奇道："克谐现在还练字？这字嫩了点，倒有点狂劲儿……"

凤仪不好意思地挠挠头，"那是我写的……让您见笑了。"老先生瞅瞅她，又瞅瞅手上的字，哈哈一笑，"像、像！"这时齐克谐端着最后一盘菜进了屋，招呼他们落座，"你那字也不怕三叔笑话？不过临阵磨枪，写成这样也不容易了。三叔，快吃饭吧！"

"我看这字写得不错，有逸气！"老先生走到桌前深吸了一鼻子，说道，"等会儿孩子！"

"甭等她，不知道又跑哪儿疯去了。"凤仪替三叔拉出了椅子，但他摆摆手，转身去开自己的行李箱，拿出一个裹得严严实实的盒子，"给你们带了件礼物，应该用得着。"他拆了盒，取出一台机器稳稳放在了写字台上，盖子打开，内壁印着一个英文词，"VICTROLA"。

"唱片机？"齐克谐走了过来。

"没错。现在这玩意儿不时兴了，但我还是习惯用它，听着有味儿。"齐钧广又拿出几张老唱片交给凤仪，"这是我早些年淘换的，梅兰芳、余叔岩、麒麟童的都有。"

她如获至宝地接过来抱在怀里，"太谢谢您了！这几年我正到处寻摸这些老宝贝呢！"

这时雏仪到家了，身后背着个长长的袋子，看见屋里的阵仗有点发蒙。"宝儿，叫三爷爷。"雏仪听见她妈如此说，又纳闷地看了一眼她爸，齐克谐轻声告诉她，"是爸爸的三叔。"虽然从没听父母提起过，但她还是脆生生地喊了声，"三爷爷好！"

齐钧广笑眯眯地答应着，"好、好！人齐了，开饭喽！"说着他从箱子里掏出一瓶白葡萄酒，"来，团圆岂可无酒！"凤仪忙推辞道："三叔，我这两天还有戏，让小齐陪您喝吧。"

"没事，这跟咱中国酒不能比，甜水儿似的，喝一点不碍的！"老先生说罢拿起她的杯子倒酒，只倒了个底儿她就赶紧把杯子接过去了。他笑说这敬业的心气儿也是师徒相传。

"我妈就是不懂享受生活！三爷爷，给我尝点儿！"雏仪嘻嘻哈哈地把自己的杯子递出去，齐钧广果然给她倒了些。"哇，真的，齁儿甜！"她咂咂舌，老先生开怀笑了。

席间他们得知齐钧广半生游历多方，如今定居在太平洋西岸的一座大城市。酒过三巡，菜过五味，老先生缓缓对凤仪说："给我讲讲他后来的事吧，你师父……松霁。"

那不是个太长的故事，甚至仓促得荒唐，儿戏一样。他听完，喟然长叹，"是我那一封信害了他。"

"三叔，那年头，怎么着都是错，跟您没关系。"蒋凤仪和齐克谐都如此宽慰他。

老人持杯愣怔了片刻，随即重整精神对凤仪说："你带三叔唱个《战太平》吧！以前你师父总带我来那段儿，是他的拿手戏。"

雏仪兴高采烈地插嘴道："三爷爷，我给你们拉弦儿吧！"她进戏校以后对胡琴萌生了兴趣，学戏之余也开始向团里的老琴师求艺。凤仪笑说她刚学了没几天，拉得像锯木头，齐钧广却欣然纳之，"来吧，孩子，抄家伙！"雏仪立马跑下桌，从门边那长长的袋子里取出了胡琴。

她像模像样地摆好了架势，弓下飘出了颤颤悠悠的琴音。但凤仪唱得一点也不含糊，"头戴着紫金盔齐眉盖顶——"

好嗓子，好气魄，齐钧广听了心里凛然一震。人生是条不归路，旧事、故园、离人，俱不可追。但琴音戏腔不会老，花云永远是那出《战太平》里的英雄。他跟随凤仪一板一眼地唱，就像多年前坐在青山茶社里，跟着严松霁把那句导板的高腔顶上去。

"为大将临阵时哪顾得残生！撩铠甲且把二堂进，有劳夫人点雄兵……背转身来跨金蹬，但愿此去扫荡烟尘。"

唱毕，齐克谐直拍巴掌，"三叔，您唱得好，神完气足！"

老先生谦虚地摆摆手，呷了一口杯中酒，迫不及待地问凤仪，"小义，上哪儿买票？我要去看你的戏！"

"这……"她为难了，"三叔，我们刚在市里演完，过两天就要出去转台口了……"

"那带我一起去吧！我付你们车钱、饭钱！"

"不是钱的事儿，"齐克谐忙解释，"他们出去就得上山下乡，条件不好，哪儿能让您跟着受罪去？"

"那怕什么？"老人坦然耸耸肩，"我也是枪林弹雨里走过一遭的，还睡过原始大森林呢！"

雏仪惊呼了一声，"您还打过仗哪？"

"说来话长了，咱'上山下乡'的时候三爷爷再告诉你！"

玉
壶
冰

　　演出队出发那天，凌跃在宿舍楼里跑上跑下地催促大伙儿动身，到了温靖的屋门口，他整了整头发才敲门。

　　"小温，收拾好没有？该装车了。"

　　"进来！门没锁！"她罕见地嚷了一嗓子，把凌跃吓了一跳，推门进去，见她正披头散发地攥着一捆绳子跟被褥较劲，脑门上都冒汗了。他二话不说便接过了她手里的东西。

　　"出门儿跑码头，打铺盖卷可是个技术活儿。海萍她们也是，怎么不帮个忙。"

　　"怪我没早点问她们，今儿一大早她们就出去了。没想到弄这玩意还挺费劲！"温靖抹了抹额角，弯腰帮小凌按住卷起的被褥。

　　"没事，你就看着吧。"小凌单膝压在铺盖卷上，驾轻就熟地用绳子捆了三匝，"下乡确实苦了点儿……这回她们几个不用去，可算高兴了。我记得于玲第一回打行李也是死活打不起来，急得直哭，哈哈哈哈哈！"

温靖抿嘴一乐，探头向窗外望去，急道："别耍贫嘴了，人都上车了！"

"甭急，他们还能把林娘子丢下吗？哎，跟你说，这回还有个神秘人物跟咱一起去呢，你猜是谁？"

"谁？"

"齐老师的三叔！"小凌一脸满意地掂了掂自己的成果，够牢固、够紧实。他提着它，跟温靖并肩出了门，"听说以前是国民党的翻译官，抗战刚结束就出国了！一走就是小四十年……别说，老头儿还挺精神，洋派头！"

温靖的眼睛好奇地忽闪了两下，从小凌手里抢过了自己的行李，"快走吧，别让大伙儿等着！"

这一次路上的时光似乎比往日过得快，因为大家的注意力都被那"老华侨"吸引了。齐钧广为了行路方便，特意把大衣皮鞋换成了轻便的"短打"，上面是翻毛领皮夹克，足蹬一双耐克旅游鞋——虽是轻装上阵，他这一身打扮仍比当时大街上百分之九十的年轻人更时髦。蒋凤仪母女俩看到他时不禁愣了一下，前来送行的齐克谐悄悄在她耳边解释："我三叔打年轻起就是这范儿……"

在车上，老先生谈笑风生，平易近人，很快和团里的老老小小打成了一片。众人大嚼特嚼着他分发的巧克力和大杏仁，向他询问着有关"西方资本主义国家"的一切。

"老爷子，听说美国人一家一辆小汽车啊？孩子都把牛奶当水喝？难怪又高又壮的！"

"是差不多家家有车，主要是公共汽车少，不开车的话出不了门……"老先生认真地回答，"牛奶嘛，我反正一喝就拉稀！"

大伙儿都笑了。"齐老师平时不声不响的，想不到还有您这么个'海外关系'！"

"我走的时候他还小呢。"

有人跟蒋凤仪打趣，"团长，一家三口还不跟老爷子一块儿出国享福去？"

她淡淡一笑，"我出国能干吗？我只会唱戏。"

"干啥不来钱啊？还唱什么戏……'唱戏的是疯子，看戏的是傻子'，这年头儿还有几个傻子看戏？"

"我就看啊！"齐钧广提高了嗓门，"我也唱。我们那边儿的曲社每个月都有票友活动，还去大学里演呢，外国人都看得挺起劲儿。"

于是众人起哄请老先生露一手，他张口就来，一段京剧接一段昆曲，各有韵味，赢得了满车的掌声。蒋凤仪扫视车上的几个年轻人，包括自己的女儿，"不是我捧老爷子，你们现在戏校里学的那几出儿比老票友肚子里的东西少多了、差远了，咱都多用功吧！"

小凌坐在温靖后排，扒着她的椅背悄声笑说："看来齐老师有家学渊源啊，这夫妻俩不是一家人、不进一家门！"温靖正全神贯注地望着蒋风仪，听到小凌的话微微点了点头。

跟着剧团几天跑下来，齐钧广对这个侄媳妇刮目相看。年轻时他是见识过大角儿的，如今的蒋风仪虽还称不上炉火纯青，但她的唱念做打、工架气度已经足够使他感到久违的激动。尤其是她腿上的过硬功夫，让老先生情不自禁地想到了鼎盛年华的故人——严松霁伤退舞台之前的风采她没见过，可是他见过。

往事萦心，他隐约觉得风仪身上有股子"老"派头，对待跟戏沾边的一切事都极较真儿。不同仅在于，在京剧的辉煌时期，台上台下如同一架天平的两端，作艺的人付出多少辛苦，便收获多少真金白银；而如今，天平的那一头高高翘着，待遇惨淡，她在这一头甩下的血汗却从不肯缺斤短两。

他们转场到矿上时赶上个大风天，好不容易搭起了台，沉重的丝绒大幕愣是被风刮得与地面平行了。台前幕后之间立刻没了遮挡，坐在凳子上闲看演员化妆的齐钧广发现台底下已经挤满了人，有不少矿工还戴着安全帽，脸都没洗就来抢看戏的好位置了。

"嚯，这儿扮着林冲，下面坐着好些个李逵！"他正跟演员们谈笑，小凌走了过来，不放心地问风仪："领导，这么大风，您禁得住吗？"

"风大倒是其次，"帮她扎大靠的宋小五搭腔道，"关键是这天儿冷得邪乎！你瞧，这开水里刚捞出来的毛巾，一拧就冻成板儿了！"

　　然而凤仪若无其事地接过了小凌手中的银枪，"没看见底下满座儿了吗，看戏的都不喊冷，唱戏的能喊吗。"上场前，雏仪拿着件东西跑过来，拉着她说了句什么，她摆摆手没搭理，径直登台了。

　　"宝儿，怎么了？"齐钧广招手叫她。

　　"三爷爷，我妈还发着烧呢，我让她彩裤里面套一条秋裤，她不听，嫌碍事儿。"雏仪往台上张望了一下，她妈已经威风抖擞地起霸亮相了，激起一阵碰头好儿；可是她的小眉头紧皱着，"还说演起来出出汗就好了，好什么呀，烧两天了。"

　　齐钧广听了不禁起身走到幕侧。这场戏是《林冲之死》里的"常胜"，演绎的是林冲上梁山之后的赫赫战绩 —— 攻打祝家庄、大战呼延灼、力斗关胜、败郝思文……数场激烈的角逐浓缩在一折戏里，车轮战一般，流水的败将，铁打的林冲。可她到底不是铁打的啊。后台的人都揪着心，终于演完了，台下的掌声与喝彩却穷追不舍。

　　宋小五替凤仪掭了头、解了靠，她又匆匆回到台上，谢幕、加唱，反复三次。女儿在幕侧把热水送到她嘴边，她牙齿直打战，水洒了一身。"妈……"雏仪拉住她，然而外面的热浪依然未退，她又要出去。齐钧广拦住了她，回头朗声吩咐："宝儿，扶你妈歇着去。"

　　小凌搬过一把椅子，温靖给她裹上了军大衣。她确实累了，坐下就起不来了，可是耳朵支棱着，听见前面传来老先生从容不迫的声音，"各位工人同志，感谢大家的支持和厚爱，不过我们的主演同志今天身体抱恙，实在不能再唱了。如果大伙儿还不尽兴，可以由我再来'现眼'两段儿，请大家多多指教我这个'新人'。"

底下响起笑声阵阵。一个老头儿自称为"新人"，又穿戴得像大明星似的，工人们都觉着新鲜，便不客气地点起了戏码，马派的《空城计》、麒派的《徐策跑城》、谭派的《定军山》……齐钧广来者不拒，学谁像谁。前半生是富贵闲人，后半生是天涯浪子，他没想到晚年的自己竟会站在寒风凛冽的破台子上，把他从小就爱的那些戏唱给成百上千个煤矿工人听，他和他们之间在过去没有、在未来也不会有一丝关联，但在当下的一刻，他们听得那么满足，他也唱得如此过瘾。后来，他将这一次表演引为自己票戏生涯的巅峰。

那天剧团在矿上演完立即奔了下一站，是他们常去的一个村镇，村干部早已为他们安排好了房子。蒋风仪带着女儿、庆红和温靖住一间，房东特意把东屋让给她们——以东为贵，那屋里的炕头也最热，就像老乡的心。

晚饭后，小凌溜了过来，见屋里只有温靖和庆红，温靖的腿上放着一本打开的旧书，庆红嘴里则叽叽喳喳不停。

"在门口就听见你大呼小叫的，什么'杏子衫''杏子头'啊，有没有桃子李子栗子梨？"他扒拉了一下庆红的脑袋。

"跃哥你土不土啊！"庆红撇撇嘴，"我说的是山口百惠演的幸子！"

"就对这些乱七八糟的上心，你怎么不问姐姐点儿业务上的事儿？"

"你怎么知道我没问？再说了，山口百惠也是演戏的啊，人家演的电视剧可比咱的戏火多了，我学学她有错儿吗？"庆红一向伶牙俐齿，嘴上不吃亏。

"嗬，你个小丫头心思还不少！"

"你还说我，我还没说你呢！你的小心思我也知道。"庆红跳起来点点他的肩膀，"'拂墙花影动，疑是玉人来。'哥，你来了，我是不是该走了啊？"

"反了你了！"小凌举起手要弹她的脑瓜崩儿，她一闪身跑了，在窗外还不忘喊了句"温姐姐小心！"，刚才一直没吭声的温靖脸红了，小凌也有点不好意思，讪讪地问她："团长好点了吗？人哪儿去了？"

"刚才房东大姐给熬了点姜汤，又送了饭，已经退烧了。这会儿在后院盯着宝儿练功呢。"

"真是闲不住……你看什么书呢？"他翻过那书皮一瞧，书名是繁体字，《越中园亭记》，里面内容是竖排版的，"妈呀，这看着不头晕吗？你居然还有这种老古董！"

"瞎看着玩儿。"

"谁写的？讲什么的，讲盖房子吗？这有什么好玩儿的……"小凌颇有些摸不着头脑。

"关于私家园林的，跟盖房……差不多吧。"温靖低头笑笑，"是个叫祁彪佳的明朝人写的，他还是个戏曲理论家，跟他夫人一起点评过几十出昆曲戏呢。"

"这两口子又盖园子又看戏，够会享受的啊！"

温靖摩挲着破损的书皮，摇摇头，"他后来在自家园子里投池自杀了。"

凌跃一时语塞，还没想好如何接话便见温靖下了炕。"挺晚的了，我去叫团长回来休息吧。"她连书也没放下就匆匆出了屋，小凌站了一会，从怀里掏出一包核桃大枣放在炕桌上，也默默转身离开了。

好风光

　　齐钧广和老乡同桌儿吃完了晚饭，独自打着手电在村里散步。冬夜的乡间小道上杳无人迹，但并不寂寞，因为大喇叭里正源源不断地输出当天的国家大事，播音员的嗓音很甜润，但内容干燥如呼啸而过的北风。风停了，继而响起一首甜美女声演唱的民歌，"南泥湾好地方，好地呀方，好地方来好风光，好地方来好风光，到处是庄稼，遍地是牛羊。往年的南泥湾，到处呀是荒山，没呀人烟。如今的南泥湾，与往年不一般，不一呀般……"

　　好嗓子，齐钧广在心里发出赞叹，但举目四顾，并不确定今日的乡土大地与他离开那年究竟有何"不一般"。比起乡村，城里的变化确实很大，例如，人们都不看戏了。在他的少年时代，五四新文化人士对封建糟粕的围剿已进行了很多年，可戏园子照样火爆。他打小儿上新式学堂，学英文法文，但也没妨碍他跟着祖父爱上了咿咿呀呀的老戏。世事漫随流水，如今他也是爷爷辈儿的人了，回到故乡又赶上了第二波"西风东渐"，这一次，他眼见传统文化真的被大部分人抛弃了，像垃圾、落叶一样，被西风扫地出门……

"村民们注意了，村民们注意了，省剧院一团又来咱村演出了！明天两点钟在村口戏台贴演新编大戏《林冲之死》，主演还是蒋凤仪同志！大伙儿要看戏的早点吃晌午饭！村民们注意了，村民们注意了……"刚刚的悦耳歌声毫无预兆地被一个中年男子的粗门大嗓打断了，听得出他很兴奋。齐钧广笑了笑，忽而对这乡间的一石一树产生了莫名的亲切感。

他走到蒋凤仪借宿的小院外，还没进门就听见竹竿在地上敲鼓点的动静，进去一看，雏仪正穿着三寸高的厚底靴在跑圆场，她妈披着棉袄在一旁虎视眈眈地监督。

"三叔，您来啦。"蒋凤仪撂下竹竿迎上来。

"还发烧吗？"

"三爷爷，您瞧她这精神头儿，像有病的吗？倒是我快累死了！"雏仪跑着圈接了句下茬儿。

"我看你还是不累。"她妈回头瞪了她一眼，给齐钧广搬出一个小板凳，"我也没顾得上去您那院儿看看，吃住还习惯吗？"

"挺好、挺好，你们接着练，甭管我。"老先生乐呵呵地坐下了，饶有兴致地旁观凤仪教闺女。片刻，齐钧广忽发出一声轻叹，"看来你小时候他也用这法子练你啊。"他指着雏仪的脚下——原来那"靴子"竟没有鞋鞘*，俨然是一双圆口鞋。

凤仪愣了一下，"您说这鞋啊，是，以前我大爷就是把鞘儿剪了让我穿，说这样练脚脖子的劲儿，到了台上再穿带鞘儿的就是小菜一碟了。"

"他跟我说过他在科班里就这么练私功，变着花样儿地自讨苦吃啊。"老先生的脸上闪过一丝孩子气，"我偷着试过一回他那鞋，嗬，根本抬不起脚，甭提跑圆场了！宝儿啊，你就按你妈这法子练，准能长本事。"

正说着，温靖出来了，叫了声"齐爷爷"便走到蒋凤仪身边，"团长，您感冒刚好，早点歇着吧，明儿还有两场呢。"凤仪嘴里答应着，竹竿打的笃笃锣鼓点却没停，温靖只好退到老先生旁边等候。

他瞅见她手里的《越中园亭记》，惊奇道："想不到现在的年轻人还有耐心读这个。"

温靖红着脸说自己只是闲来翻翻，并看不太懂。他把书接过来，借着手电筒的光粗览，见那字里行间有些圈点，看上去有年头了。"园子造的好坏，三分看匠人，七分看主人，这祁彪佳是个胸中有丘壑的，也是个懂戏的行家。你读过他

---

*   鞘（yào），即靴子或袜子的筒儿。

的《剧品》《曲品》吗？"

她摇摇头，"只是听说过……"

"不读也罢。"齐钧广笑着把书合上还给了温靖，她脸上有些不解。

"读书人看戏听曲，本来是为了聊解仕途经济之苦，可他一认真起来，便又动了礼乐教化的心思，祁彪佳也没有跳出这个框子。其实老百姓看戏或是图个乐儿，或是为了痛快一哭，戏这玩意儿担不起那么多郑重其事的负累，条条框框多了，就把编戏演戏的人困死了。人也一样，负累多，绝得不着真闲趣。祁彪佳大概是想做闲人的，造了个世外桃源，到头来还是跳进池子里做了个殉主的忠臣……"

他侃侃而谈许久，温靖听得云山雾罩却又入迷。月亮高升，那娘儿俩终于收工了，齐钧广从小板凳上站起来，告了句晚安便溜溜达达地走了。

蒋凤仪草草洗漱完回到里屋时，庆红雏仪小姐儿俩已经睡着了，温靖正跪在炕上用小笤帚扫另半边褥子。凤仪拿毛巾擦着脸，随手翻了翻放在桌上的那本书。农村用电受限，屋里点的还是煤油灯——沾满油污的墨水瓶托着黄豆粒大的微光，果真是"一灯如豆"。她借着这点亮光给两个孩子掖了掖被子，也轻轻躺下了。温靖捻灭了油灯，良久，听见旁边还在辗转反侧。

"团长，不舒服？"她小声问。

"没有，估计下午睡多了。"蒋凤仪又翻了个身，"刚才跟爷爷聊什么了？"

"他给我讲那本书，哦不，讲写书的那个人来着……爷爷的学问太深了，讲得我都迷糊了。"

凤仪笑了，"咱们这行儿还真离不开学问人。我不能上台那阵儿，齐老师给我偷偷鼓捣了不少书，多亏了他，我也算因祸得福，喝了点墨水。"

"您和齐老师真是志同道合。那写书的祁彪佳，他夫人也是个才女，就像一对戏里的才子佳人呢。"

"人家是佳人，我是个粗人。"她正自嘲，熟睡中的雏仪突然嘟囔起来，"妈……再让我歇会儿……"

"小丫头，做梦还要赖皮！"她欠起身来瞟了一眼，把搭在女儿被子外面的大衣盖严了些。温靖隐隐约约看在眼里，肩膀往被子里缩了缩。

蒋凤仪悄悄说："我像她这么大的时候，一天演三场都不知道累。大夏天演《平贵别窑》，扎着大靠，吃饭也不卸。"

温靖想起凌跃说团长很少演生旦对儿戏，不免吃了一惊，"您还演过薛平贵哪？"

"怎么没演过。"

"那谁的王宝钏啊？"

片刻寂静后温靖才听到她的回答："小时候的一个好朋友，后来走了。我就不怎么演这出戏了。"

走了，是调去别处了，转行了，还是什么，温靖没继续问下去，只是迫不及待地提出："找机会我陪您演啊！"

凤仪似乎想了想，然后说了个"好"字。

剧团在此处演了三天，离开时车上的戏箱子旁边堆满了白菜土豆。齐钧广亲眼看见那些老乡扛着麻袋而来，不顾蒋凤仪的劝阻，把他们朴素却饱满的心意塞进车里。他陡然想起自己年轻时在戏园子里的见闻，阔人为了捧角儿不惜往台上扔金银珠宝。一只金戒指对于他们来说或许只是九牛一毛，而土产之于农民却是粒粒皆辛苦。蒋凤仪看着这些东西很感动，而且确实需要，因为当时城里的日子也并不宽裕。

此行的最后一站，齐钧广见到了蒋松霆。从前他们并无深交，如今重逢齐老先生却亲热地叫了声大哥，蒋松霆虽也感慨万千，但还是照旧称呼"齐先生"。

"哎，大哥，咱们现在是儿女亲家了呀！"齐钧广攥住蒋松霆的手，他一想确实如此，于是也重重地把钧广的手握了握。他带齐钧广来到堂屋，来到严松霁的遗像面前，那照片是解放后拍的，松霁戴一顶八角帽，穿中山装，嘴角虽没有笑，但眼睛里依然盛着谦和笑意。这身打扮让齐老先生觉得陌生，但也只陌生了一瞬间。

"严大哥，我是钧广，回来看你了。"他一个躬鞠下去，雏仪瞥见妈妈和姥爷都湿了眼眶。

当晚秋灵做了一大桌菜，两个老头频频推杯换盏。齐钧广赞道："大哥，您果然好酒量，我早听严大哥说过。他跟您可不一样，滴酒不沾。"

蒋松霆哈哈一笑，"那是以前，后来我害我师哥破了戒了。

他自己也能喝个三两白干儿呢……唉，今儿要不是你来，我也摸不着酒，她们都、都不叫我喝！"他指了指老伴和凤仪。

"今儿我陪您尽兴！"齐钧广说着站起来执壶倒酒，"四十年前没机会跟您喝，再过四十年也没咱了，就得今朝有酒今朝醉啊！"

蒋松霆端起杯来与他一碰，酒却迟迟没有入口。"四十年，再过四十年我这闺女都是老太太了，我这孙女也该成角儿了。那我就算对得起他……他们了……"他喃喃自语，齐钧广默然听着，笃定点了点头。

那天他们聊的许多人和事是雏仪乃至她母亲都没听过的，垂垂老矣的追忆者使他们口中的故事显得更久远，而离去的人在追忆中还是当年模样，可惜重逢只能在梦里，醉里……深夜，蒋凤仪把沉醉的父亲扶到炕上，雏仪也拉着姥姥一起到小西屋睡下了。

凤仪回到堂屋时，齐钧广还坐在桌前，精神依然矍铄，"小义，这一趟的戏都唱完了吧，咱俩也喝一个。"凤仪听他如此说，便拿起父亲刚才的小酒盅，自己斟满了去敬齐钧广。老人一饮而尽，她亦随之。

放下酒盅，她望向老先生，虚心道："三叔，您跟着看了一路，我今儿才敢问问您，依您看，我们这新戏怎么样？"

"很好，不是奉承，写得好，演得更好。"

"小齐写的这个结局真的可以吗？我是很喜欢，但听文化局有的专家说……"

"有何不可呢？难道林冲确有其人吗？就算真有这么个人，你我谁见过？哪个'专家'见过？反正施耐庵可以写他，评书可以讲他，戏里可以演他，你演，观众看，林冲就在你身上，也在大伙儿心里。饭桌上不还聊了吗，松霁当年帮你姨编戏，给尤三姐加了段剑舞，还用了《群英会》里周瑜的身段儿，也是《红楼梦》里没有的，可谁不说他加得好呢？"

"可我们这个林冲，是不是太文气了？有点不像英雄，倒像个书生了。"

齐钧广在指间转着小酒盅，悠悠道："我记得水浒里林冲一出场穿身青绿袍子，拿一把折扇儿，不就是文人打扮吗？其实啊，英雄也有书生的迂腐念头，书生也有英雄梦。自古如此。"

"您这话有意思！"

"小义啊，"齐钧广起身在屋里慢慢遛了遛，又踱到了严松霁的照片前，"这趟回去我就该走了，机票是十五号的。只有一个遗憾 —— 没看成你的《夜奔》。"

蒋凤仪站起来，非常干脆地告诉他："我单给您'奔'一回。"

劝金船

"数尽更筹，听残银漏，逃秦寇，嗳好，好教俺，有国难投，那搭儿相求救？"

蒋凤仪"走边"上场，没扮上，只在腰间匝了大带，挎着宝剑。她起反云手，向右后转，侧身亮相，齐克谐刚好把紫竹笛举到了唇边。幽雅的笛声飘出来，填满了不大的排练厅，荡尽杂芜，只留一径夜色任她奔走。林冲启喉一曲【点绛唇】，盘腿坐在练功垫上的齐老先生情不自禁地直起了身子。

她果然没食言，果然完完整整地演了出《夜奔》给他一个人看。

好，确实好啊，唱得满宫满调，舞得潇洒俊逸，不露一点吃力的样子，其实稍懂行的人都知道这折戏演下来有多辛苦。"男怕'夜奔'",纵是壮年的小伙子也常常过不了这一关,不是唱得断断续续就是减省了身段,可她不光能唱能舞能打,而且陶醉其中。

齐钧广敏锐地发现她的戏路子跟老一辈并不完全一样,是某句翻了高腔吗,是某个动作更细腻吗,是,也不是。总之她的表演竟像电影似的,连最细微的表情都禁得住特写镜头。"怀揣着雪刃刀,怀揣着雪刃刀,行一步唉呀哭嚎啕,急走羊肠去路遥",道路有终点,满腔血泪却洒不尽,在眼里,在脚下,斑斑驳驳。

"适才间明星下照,一霎时云迷雾罩,忽喇喇风吹叶落,震山林声声虎啸,又听得哀哀猿叫……呀!百忙里走不出山前古道……"

笛声急促起来,彻夜奔逃的林冲已几乎耗尽了气力,此时的他草木皆兵。一无所有的人、不能回头的路,又何惧殊死一搏?齐钧广的老泪噙在眼里,所有逃过、奔过的人都懂得林冲。"想亲帏梦杳,想亲帏梦杳,顾不得风吹雨打度良宵!"在他模糊的视线里,疾行的蒋凤仪停下脚步,拔剑出鞘,旋风似的单腿转灯儿,右手撑地,左腿向后一甩,背剑砍身儿亮相,又稳又准——剑穗不偏不倚正搭在她右侧的山膀上。

"一宵儿奔走荒郊,穷性命——挣得一条!"她收锋入鞘,微颤手指,那是绝处逢生时刻的精疲力竭,回望来路,泪眼枯干,从此没有悲,唯余恨;继而紧紧袖口,重重一踩脚，牙缝里挤出最后一句唱，"到梁山借得兵来，高俅啊，贼！定把你奸臣扫！"

黎明时分，登上了梁山的林冲再不是从前那个守卫皇城的林教头了。

齐克谐的笛子放下了，老先生这才想起拍巴掌。凤仪远远站着，额头、鼻沟晶莹一片。她解开剑和大带，披上了丈夫递过来的棉袄，气还没喘匀便问："三叔，您看我'奔'得还行吗？"

齐钧广掏出手绢擦了擦脸，舒心地说自己回来这趟"值了！"

"那您以后常回来，到剧场里去看我演。"

他笑笑，突然问她："你想一辈子就在乡下和家门口演吗？"

夫妻俩一时都愣住了。还是齐克谐先开了口，"三叔，您的意思是……"

"现在大伙儿的眼睛都往外看，不拿自个儿的好玩意当回事了，反倒是外国人更稀罕东方艺术。"

齐克谐点点头，"国家也常派演出团出国的，北京、上海的院团去得多。"

"那是公家的'文化外交'，我说的是个人的、市场的。"齐钧广看着凤仪，从容道，"据我所知，前段时间美国一个演艺公司请了个北京的名角儿带队去东海岸巡演，最低票价是8美元，最高的，80美元。"

她吃了一惊，尽管自己对钱一向缺乏概念，但那个数字实在足够震撼，以至于她有点不敢相信，"这么贵，有人看吗？"

"市场就是这样，有时候东西越贵越让人觉得它值那个价儿，更何况咱的艺术确实好啊，凭什么卖得比他们的芭蕾舞、歌剧便宜呢？而且那边的运作流程已经很成熟了，宣传、广告都是配套的。三叔这些年在国外做的就是这个事。你是唱武生的，武戏尤其容易被外国人理解，一定会大受欢迎的。"

"三叔，出国演出的事我倒还没想过。您也说了，去的都是大角儿，我还差着道行呢，不赚钱事小，给咱这艺术丢人事大。"

"不演出也没关系。"齐老先生从垫子上站起来，在一排刀枪把子前踱步，"当年我走的时候，说走就走了，谁也没管，谁也没顾，在老太太跟前更没尽过一点孝心。说起来我也是个没心的，自在惯了。可我没想到松霁会因为我那一封信送了命。"

凤仪待要接话，他却继续讲了下去，"虽说是人各有命，命由天定，但这头顶上不止一块天，'天'跟'天'不一样。我这一辈子四处飘着，处处为家也就处处无家，对我来说'家'是无所谓的，我也不觉得哪儿比哪儿更好，只要过得舒心自在就够了。小义，我听克谐说，奶奶在世时没少受你的照顾，三叔谢谢你。后天三叔就回去了，还想再问你一句话，你们一家三口愿不愿换个地方生活？我无儿无女，也没有别的牵挂，只希望尽一点力，让你们……"

　　他有些哽咽，扶着墙边的一杆银枪，没再往下说。齐克谐心里很乱，因为眼前欲言又止的老人和他印象里那个潇洒不羁的三叔不一样。也许人老了都会多些挂念？三叔的意思他懂。这些年人都蜂拥往外闯，去留学、去打工，甚至，去嫁人，只要能出去就行。天高海阔，外面的世界究竟是什么样子呢？是否真的如同伊甸园？齐克谐想到他们夫妻日子最苦的那几年，他们这代人把最好的青春年华陪葬给了那段最灰暗的历史，比更年长、更年轻的人们都多一些创伤。难怪现在最坚决要走的往往是中年人，他们的理想熄灭过一次，如今再见到希望的火苗，哪怕是化身飞蛾也要扑上前去。

　　那天晚上，齐钧广离开很久后他和凤仪还待在排练厅里，两个人坐得相当远。

　　其实他很长时间没练笛了，于是此时又把它拿起来吹了几支曲子，从【折桂令】到【收江南】。没有她的唱念做打，笛声显得有些单薄，但却丝丝入扣地融进了这样清寒的夜色里。她听着他的笛，发觉原来乐音跟人声一样，也是会随着年龄和心境而变化的。十几年前，她是"三名三高"的黑尖子，他是"知识越多越反动"的臭老九，他陪她偷偷摸摸地练功，一个不敢使劲吹，一个不敢大声唱，游丝般的笛声托着克制的唱腔，缠绕，依偎，挨过斗转星移，月升月落。十几年后她是一团之长了，又重新成了台柱子，却几乎没机会，也不需要再让他伴奏了。

耳边的笛风萧萧瑟瑟，孤寂的不止林冲一人。一年三百六十天，她有将近三百天在台上摸爬滚打，不是铁石心肠，也并非不解深情，可是一扎进戏里她就什么都忘了；在这件事上，她不需要别人心疼她，因为她的快乐也不是别人能体会的。所以她不可能离开这片天地。

身上的汗落了，小风从窗缝间吹进来，她打了个寒战，走到墙角拿起了笤帚。这段日子她不在，来这屋里练功的人留了些垃圾在地上，砌末也扔得乱七八糟。她收拾完了，又把自己那柄沉甸甸的剑放回袋里，大带也卷好了装进小篮子。

"小齐。"

听到她唤，笛子幽幽地停了。

"明天早上团里要开例会，我不能去送三叔了，你替我，请老人家见谅吧。"

"好。"他说。

次日清早，齐克谐和雏仪把老先生送上了回北京的火车。他为妻子不能来送行向三叔道歉。齐钧广并不介怀，只说："你这媳妇不是一般人。没点拗劲儿的人成不了大事，不过太拗了也可能伤了自己。你告诉她，哪天改主意了，随时告诉三叔。"

他点了点头，老先生又把一袋子英文教材交给雏仪，叮嘱她两件事，一要好好练功学戏，二要学英语，"三爷爷等着你拿英文给我写信！"雏仪痛快答应了。齐钧广摸摸她的脑袋，又拍了下侄子的肩膀，便转身登程而去了。

回家的路上，雏仪问爸爸为什么她妈不愿出国，他没答，却问她想不想。

"我吗？"雏仪甩着手里那袋子书，满不在乎地说，"无所谓，我听我妈的。"

齐克谐望着走在斜前方的女儿，忽觉她剪短发以后的侧脸更像凤仪了，眼角眉梢那种天不怕地不怕的神气甚至更胜一筹。

"快走啊老齐同志，我回去还要练功呢！"

他无可奈何地笑了笑，紧走两步跟了上去。

夜如年

三叔走后，齐克谐消沉了一阵子。《林冲之死》写完了，也排完了，在省内演了一圈，没赔，当然也没怎么赚。蒋凤仪每天依然忙忙碌碌，白天在团里练功，晚上不演出就伏案练字，林冲那首"反诗"在家里飘得到处都是，他捡都捡不完。"身世悲浮梗，功名类转蓬。他年若得志，威镇泰山东。"她的字确实突飞猛进，可是他不愿再看，因为那几句诗越读越像个笑话。

他又像从前那样把自己埋进了浩如烟海的老戏本子里。故事大多是文人写的，于是戏里的书生总能达成他们在现实中失落的梦想，一是抱得美人归，二是富贵功名就。齐克谐有时感慨文人自命清高，嘴上说着"诗庄、词媚、曲俗"，其实心里从未跳出这世间的俗套。

蒋凤仪晚上到家时他正靠在床上读书，塑料台灯的暖黄色光亮斜斜地打下来，照出了他那件黑毛衣上起的小绒球。"宝儿呢？"他随口问她，眼睛并没从书页上移开。

"上小五叔家玩儿去了，庆红留她过夜。"她走过来，把床头柜上的烟碟拿去倒了，"看什么呢？"

"远山堂二品。"

她凑近瞅了眼书皮，"嗬，又是祁彪佳，看来这人挺有名。"

"什么意思？"

"下乡的时候我看小温也有一本他的书。"

"是吗，这孩子还挺好学。"

"可不是吗，练功也肯吃苦，还说要给我配王宝钏呢。"蒋凤仪在床沿坐下，揉了揉自己的肩膀，目光落在了他的黑毛衣上。"时间长了，有点懈了，"她抚着那上面的麻花纹说，"抽空儿给你织个新的。"

"多谢，我心领了，不敢劳您大驾，"他笑笑，伸了个懒腰，"宝儿那件你织了一冬天了，这都快开春儿了。"

她这才想起柜子里那件"半成品"，其实根本称不上"半成"，因为只完成了领口而已。当下她把它取出来，拿起了毛衣针，手艺依旧娴熟。她是个急性子，不干则已，一开工就停不下来。她垂着头，发梢萋着眉毛，眼角有些小皱纹了，在灯下却给她的神情添了几分柔和。手起手落，一穿一绕，她重复着相同的动作，齐克谐不知何时撂下了书，看得入了神。良久，他问："你打算一宿织完啊？"

"嗯？"她还没言语，手却被捉住了，猛地往他那边一拉。"哎，脱针了，扎着你……"他没理。外面春寒料峭，屋里也不暖和，她握了半天毛衣针的手指冻得有点僵，可他的掌心却出了汗。冷与热之间是久违的贴近，近得两个人都有些恍惚。本以为日子已经够忙碌了，其实还有太多填不满的沟沟壑壑，渴望款款的、湿润的温情去弥合罅隙……

然而也许有原因，亦或许没有，总之人对自己的、对彼此的身体都可能出乎意料又无法抗拒地感到隔膜，像是在黑暗中奔忙了很久，明知熟悉的家园就在那儿，却一次次无功而返；尽管相隔咫尺，但都知道越不过去了。风平浪静，夜还长，他迟疑了一会，把台灯又拧开了，伸出手去够眼镜。她先拿到了，帮他架到鼻梁上，摸了摸他的脸，"你又不练功唱戏，怎么最近瘦了呢？"

她披衣起来，去把窗户开了条缝。清冷的空气扑进来，倒不像冬天的寒风那样凛冽了，还似乎夹带着一丝春泥的柔软气息。她深吸了一口气，转身对他说："跟你商量个事，我要上北京去演《林冲之死》。"

她的语调很轻快，而他望着掉在地上的那堆毛线，一时还没反应过来。

"北京那边联系你了？"

"没有。"

"省厅推荐你了？"

"也没有。"

他愣了，"那你……"

"三叔那天说得对，不能一辈子只在家门口演。"

"你这会儿又抬出三叔来了……在家门口好歹有群众基础，你多少年没进京演出了？北京有几个人认得你？"

"现在不认得没关系。北京是个大考场，我要进京赶考！你们读书人不是最讲'十年寒窗，一朝登科'吗？这道龙门跳过去，我这么多年的戏才算没白唱。"

"要是跳不过去呢？"

"回来再练。"

简短有力的一句话，太熟悉的顽固语气，他听了心里一阵烦躁。"你能不能别老想起一出是一出？排戏这半年多没演出、没进项，这刚缓过来一点，你又要往北京闯，团里人会怎么说不用我告诉你吧？你不怕人家骂化了你？"

这话明明是一盆冷水，却像热油一样激起了她的犟脾气。她直截了当地告诉他："既然让我当这个团长，我就得带着团去闯大码头。我打小儿就这么过来的，不知道什么叫'怕'。这戏是不是你写的？你不想把它打响了？"

"我怎么不想，可我不能像你似的不管不顾。俩人全跟戏疯子似的，在单位还混不混了？还有家里……"

他话未说完却被她打断了，"什么这个那个的，我看你就是少点魄力，算什么男子汉大丈夫？我第一次在天津卫挑帘儿，园子老板看我小，只让我给人家'挎刀'，我爸咬死不答应，他信我能唱头牌，天津、上海、北京，唱了个遍。我现在这么大了，难道越活越回去了？"

"好、好、好，你们父女俩有魄力，我自愧不如！"他的眉头拧到了最紧，可是火气还憋在嗓子眼，不想高声说话被左邻右舍的同事听见，"那你打算怎么带大伙儿去北京？就俩肩膀扛一脑袋？你上会计那儿看看账本，排戏那五万块钱还剩一个大子儿吗？"

他说到了点子上，钱，是个绕不开的问题，可她依然嘴硬，"你不用管，我去想辙。"

"我不用管你跟我'商量'什么？说白了，这么多年你跟我商量过吗？"他去抓床头柜上的烟盒，空了，他把它随手一甩，正砸在她脚下，"你想辙，再去拉赞助呗？酒厂拉完了，要不要去烟厂拉？反正省里排得上号儿的就那么几个老板。攒饭局喝大酒，挨个去拉、去求吧！我不管！"

蒋凤仪顿时火冒三丈，同时也有些愕然。平时不是没有磕磕碰碰，她也确实总是强势的一方，但他从没……算了，不愿多说了，反正她知道自己的主意是不会变的。她一脚把烟盒踢开，进了女儿的小屋，砰地摔上了门。

孤枕无眠，怎到天明。她到办公室的时候窗外还黑沉沉的，只有地平线上亮起了一道浅淡的金光，好像一只刚刚张开缝的睡眼。她没开灯，在椅子上枯坐着，不过腿还是习惯性地架在高处抻筋。桌子上散落的文件在黑暗中依然泛着幽幽的白光。她别过脸去不想看。

当头儿，处理行政问题，安排任务，分配奖金，甚至调解两口子打架……这都不是她想干的事，更不要说向上级要经费、赴酒局拉赞助。跟人、跟钱打交道，对她来说太难了，而且费力不讨好。去年一整年，她一边干着这些琐事一边演了将近三百场戏，没人比她演得更多、更卖力。然而年终分红只因她比别人多拿了三十几块钱就立刻被说三道四。她想起自己打算承包剧团之前丈夫劝她的话——大伙儿吃惯了大锅饭，一时半刻转不过思想来，且她的脾气极不适合做领导。她不得不承认他说对了。

她适合什么呢，唱戏。她当然比谁都清楚，因为她不止于"适合"，戏对她来说就是光，是热，是血液，她不能没有它，所以甘愿为了它去做那些她不愿做的事。她眼见着这几年多少剧团解散了，多少同仁转行了，许多事她不做就没人做了；都不做，这戏也就唱不下去了。可是现在，她真的不知道应该怎么做，还能怎么做……

门外有人在转锁。

这屋的钥匙凌跃也有一把。平常她一般直奔练功房，他来开门、沏上热茶，她练完功正好喝。此时他提着暖壶走进来，一开灯吓了一跳。

"妈呀，我还以为进贼了呢！"

"什么贼不开眼，来我这寒窑偷东西？"

"那倒是。"凌跃上前给她倒水，顺便偷觑她的脸色，调侃道，"想起个真事儿，以前有个戏班子进了个贼，被逮住了。

班主让他选，是送官还是跟着练一上午功，那贼选了练功，结果练了没两下子就哭着喊着让人把他绑了去见官……"

她扑哧笑了，小凌这才稍稍舒了口气，小心翼翼问："领导，昨儿没休息好？"

她没搭茬儿，他在屋里磨蹭了一会，终于又想起一句话，"对了，今儿下午我得请个假。"

"干吗？你也要挣外快去？"

"冤枉！您忘啦？您叫我去那个文化管理进修班的。上周开课了。"

"哦，对……我都忙忘了。上学的感觉怎么样？"她勉强笑笑。

"上回是开班仪式。嗬，人还真不少，有梆子团的、评戏团的、歌舞团的，还有个民营话剧团呢！聊了聊，现在大伙儿的日子都不好过……对了，老厅长还去给我们讲话了，老头儿还是那么能侃，真是'革命人永远是年轻'，侃得我们热血沸腾的！"

"哪个老厅长？"她怔了一下。

"还有哪个？姓董，官复原职以后一直在文艺口儿呀，前年刚退。您不是说当初省委就是派他去把您收编的吗？"

她顿时来了精神。那位曾与她交集颇多的老首长大概已是古稀之年了吧。以前都是他来找她，给她布置任务，这次她要"以下犯上"了。

蒋凤仪正在心里快速盘算，小凌突然指着她身后发出惊叹。她回头望去，原来窗外朝霞灿灿，如同一片绛红洒金的羽翼在淡蓝的天际徐徐展开。她站在窗前，对着玻璃的微弱反光整理了一下头发，然后转身便走。

"您上哪儿去？'早烧不出门，晚烧行千里'，估计有雨呢。"

"见官去！"她说。

帝
春
台

半月之间，朝廷天使到来。奉圣旨，令先锋宋江等，班师回京……宋江等随即收拾军马回京。比及起程，不想林冲染患风病瘫了，杨雄发背疮而死，时迁又感搅肠沙而死。宋江见了，感伤不已。丹徒县又申将文书来，报说杨志已死，葬于本县山园。林冲风瘫，又不能痊，就留在六和寺中，教武松看视。后半载而亡。

——《水浒传》第一百一十九回　鲁智深
浙江坐化，宋公明衣锦还乡

蒋凤仪按小保姆说的路线一路追索，果然在小公园南门内的大槐树底下找到了老董，当时他正在跟一胖一瘦两个老头争论猴儿戏到底应该是"猴学人"还是"人学猴",声音之大引得旁边练气功的几个老太太频频怒目而视。

"演猴儿不像猴儿,还有个啥意思?"瘦老头质问老董。

"你不懂,孙悟空跟动物园里的猴子可不一样,那是美猴王、齐天大圣!演得毛手毛脚的就小气了。"

"啥大气小气的,我就知道我小时候看的那'孙悟空斗十八罗汉',真叫个活灵活现!这戏现在都没了……"胖老头痛心疾首地摇着脑袋。

老董突然眯起眼,推开两个老伙伴,向观战的蒋凤仪招手,"小鬼你来啦?你说说,演孙悟空是人学猴啊还是猴学人?"他见到她似乎一点也不奇怪,她倒是有点意外,快步走上去叫了声"老厅长"。

胖老头和瘦老头都愣了一下,"厅长,就你?你是厅长?"

"我是听戏长大的,简称'听长',"老董摆摆手,急切地拉住凤仪,又指了指他的两个老伙计,"你告诉他们,谁学谁!"

"您说呢?"

"人先得学会猴的特点,但上了台须得再进一层,演出猴学人的样子。"

"您说的是。"她点点头,真心赞叹老董是懂戏之人。

"听见没有?"老董得意地背起了手,然而那两个老头并不服气——他们凭什么信这个女的?

"你们不认得她?好好看看!"老董把凤仪往前推了

推，她略显尴尬地朝大爷们微笑。"有点眼熟……""京剧团的？那怎么了，她才多大，有三张儿吗？我们可也是吃过看过的。"

凤仪挠挠头，"谢您了，我快四十了……"

老董则傲视群雄地"喊"了一声，"你们知道她给谁演过猴儿戏吗？"他们追问，他却不理了，招呼凤仪："咱们走！不跟他们瞎耽误工夫了！"

"给谁演过啊？天王老子啊？"两个老头在他们背后起了个哄。

火烧云出现在早上，午后果然下起雨来。她走在细雨迷蒙的街头，一路回想着老董的话。

"不知道为啥，我猜你早晚得来……

"首演那天我去看了，不，没跟他们一块儿……我自己买的票呀。

"戏挺好，够出人意料的，又有老味儿……

"当初寻摸你们这批苗子不容易，现在不剩几个了……你们团那个孙什么，跟你一块去北戴河演出的，我看他不错，谁知道……现在在戏校？也好……

"你的心思我知道……组织上现在确实有困难，尤其是咱们文艺口儿的……我也只能帮到这儿了……

"去吧，还是要去，你应该去！你就是那天不怕地不怕的小猴子呀！九九八十一难，不受个遍哪儿能取到真经呢？"

蒋凤仪赶到艺术处办公室门口时在裤子上抹了抹手，掏出兜里的条子，幸好没湿。这张纸最终换成了三千块钱，"西天取经"的盘缠有了，准确地说是"借到了"，因为处长在预祝她进京演出成功的同时明确表示这笔钱是从兴建文化馆的专款中抽出来的，那是今年省里的重点项目……处长的意思她听明白了，尽管她并不理解为什么一座死的文化馆比一台活的戏更"重点"。

副团长联系了北京的几个剧场，最后有一家接受了他们。

"咱票价定多少？人家说首都京剧院的头牌老生是一块八——"副团长谨慎地补充道，"现在的最高价儿。"

"那咱们也一块八吧。"她说。

副团长和凌跃面面相觑。小凌咽了口吐沫，问："那咱演几场？"

"你们说这盘缠够花几天的？"

"四五天？五六天？"

"那就演五场吧。"

一锤定音。破釜沉舟式的计划，没有风险评估，没有投石问路。她豁出去了，非要闯这么一回不可。万一就，闯出去了呢？

大雨下了三天，她忙活了三天，启程的日子快到了竟发起高烧来。起不来床，却一直在梦里翻啊打啊，就像小时候凌晨四五点就被拉出被窝去练功，大汗淋漓，一会汗落了，身上热一阵冷一阵。梦里的天总是不亮，看不清陪她练功的人是谁，那声音时而年轻时而沧桑，时而暴烈时而温柔……

如同窗外的雨，淅淅沥沥，濯净了残冬的街道，浇绿了春草，便雨歇云散了。

她睁开眼时雏仪正把药端到床头。女儿用自己的脑门贴了贴她的，说好像不烧了。她头一句话是，"团里有事找我吗？"

"没事，就小凌和温姐姐来过，问你怎么样。"

她这才放心，把药一仰脖子灌了，咂嘴说好苦。外面的天还阴着，燕啼莺啭却穿窗而入，似乎只是一场梦的工夫寒冬就过去了。她在屋里环顾了一圈，问雏仪："你爸呢？"

"给你熬粥呢。"女儿话音刚落齐克谐便进屋了，把碗放在床头柜上，用手背试了试她的额头和脸颊。她要去端碗，他却已经拿在手里了。勺子递到她嘴边，她脖子一梗，躲开了。

"吃吧，不是还要'杀进'北京城吗？"他无奈地笑笑，把粥吹了吹，勺子又送了过来，"林教头马到成功！"这一次，她果然乖乖张了嘴。

两天后，她精神抖擞地带着团出发了，而这行程不可谓不悲壮。从1979年国庆赴京演《夜奔》到现在，已经五年过去了，那是改革的春风吹开桃李闹枝头的五年，也是传统戏曲在短暂的"第二春"之后蓦然走向花谢花飞的五年。倘若戏台侧畔，时代的巨舸已扬帆而去，她还能凭一己之力博得个斗转天回吗？

也许真的可以。

那一年，谁也没想到唤醒早春京华的不是长安街的玉兰花，而是长安大戏院里的一台新戏，一个尚未叫响名号的女武生。

头一天，座未七成，但掌声与喝彩久违地填满了剧场。

第二天，不少行里人闻风来看戏。

第三天，戏票紧张了。售票处排起了长龙，更多的名角、名人、领导打电话、托人来求购。

原来不是没人看戏，原来大伙儿心里还盼着好戏、好角儿，好一曲快意恩仇的梁山绝响，好一个常使世人泪满襟的豹子头林冲啊。那是人们熟悉的林冲，英姿勃发、武艺高强、克制隐忍，却终归被一场风雪中的大火逼上了梁山。他的心比雪还凉，仇恨又比火更热。

那又是一个前所未有的林冲。无人见过"五陵年少"时期的他，以及他最后的时刻。天地不仁，以万物为刍狗，万物的归处无外乎一死，但总有些人的死如诗如歌，如戏如梦，如一趟奇旅，由台上的她引着台下的他们。

"长亭"与"梦会"，她至情至性。

"夜奔"与"常胜"，她允文允武。

"刺俅"与"庙冽"，终于举座皆惊。

"神圣吓神圣，保佑弟子林冲，一路无灾无难，早到梁山，借得兵来，报了深仇，自当重修庙宇，再塑金身。"

那是林冲在雪夜上梁山的途中曾落脚的古庙。在那辨不清面目的神塑脚下，他睡过短暂而安稳的一觉。再睁眼时，他"甩开大步，直奔梁山走遭也"，以为这一去就能扫荡烟尘，踏平不公。此后三载寒暑，水里来，火里去，林冲几无败绩。但世人都知道他最终还是败了，败给这世道。转折就在高俅被活捉上山的那一刻。

多么讽刺，林冲、呼延灼、关胜、秦明，四路英雄围堵官兵，水中更有那浪里白条张顺，将高俅信手拈来；而下一幕却是忠义堂上大排筵席为高太尉压惊，"宋江执盏擎杯，吴用、公孙胜执瓶捧案。卢俊义等侍立相待"。

林冲没有出场。就这样，默默被招安了，征辽国，讨方腊，兄弟们死伤近半，他侥幸留得性命，却病倒在班师回朝的路上，缠绵病榻半载而亡。

但那不是这出戏里的林冲，不是蒋凤仪演的林冲。

高俅啊，好奸贼，可恨你倚仗权势，扰乱乾坤，白虎节堂坑陷我一场，迫得我夫妻分离，有家难奔，有国难投。流放途中又差人暗害，不得逞便又火烧草料场，那时若被你赚去了性命，死了还背个玩忽职守的罪名。可恨你几次三番作恶不成，犹不肯放过我家娘子，趁我离乡背井，纵你那逆子上门夺抢，害我娘子叫天不应、唤地不灵，只得一死明志。想俺林冲清白一世，忠孝立身，奈何这天地之大竟只容得下坏人与死人！真真可笑，可叹，可悲……如

今你落在我手，林冲已是死过几遭的人了，焉
能容你活命！今日定要用尔的狗头祭奠我妻
冤魂！

　　锣鼓敲在人们提起的心上。林冲抓住高俅的袖子，疾疾
如风地走了一串蹉步，右手就要去拔剑。龙泉剑与奸佞头，
只差毫厘之末。宋江等人一拥而上，救下了高俅。银烛高照
的忠义堂前，一个人面对一群人。那是江湖的胜利，也是朝
廷的胜利。只有他一个人败了。
　　全世界负了他，而他负了一个人。
　　被簇拥着的高俅泰然一拂袖，只轻蔑地反问了他一句：
"我儿前番求娶的是那被休的张氏女，焉是你林家妻？"
　　那高举的剑缓缓放下了。
　　"明日一早，恭送高太尉回京，某等切盼招安诏敕早降梁
山。"宋江的声音朗朗响起，灯光寂灭，暗如永夜。
　　再亮起时，仅有一盏佛前灯。林冲茕茕孑立在那间古
庙里。
　　"林冲之死"，死于此。

忆故人

三场演完，剧场通知蒋凤仪："光演五天不行啦，买票的要挤破头了。"另外几大剧场也很快找过来，一个接一个，演出排满了一个月。

那些日子，开锣以后还有很多没抢到票的戏迷在剧场外面逛荡，盼着有人退票。不少人甚至几个场子追着看。据说文化部的某位高官有一场也没搞到票，利用"特权"站在幕侧看了一晚上林冲的背影，引以为殊荣。

散戏后，人们围堵在后门外等着一睹"林教头"洗尽粉墨的风采。

大家知道那演员是个女人，但亲眼见到她时还是吃了一惊。她看起来要比他们预计的不起眼，长裤、藏蓝色外套、平底鞋，不施粉黛，扔在人堆儿里毫不特殊；同时她又似乎比他们想象的更有"范儿"，漆黑短发，话不多，脸上笑吟吟的，但眉梢眼角如有清利剑气，使人见之忘俗。

晚上回了招待所，几个人凑在蒋凤仪的屋里吃宵夜。温靖蹲在小电炉旁边煮方便面、卧鸡蛋。不是没人邀饭局，但蒋凤仪不想去，也没多余的精力去应付。雏仪和庆红在床上给她捏肩捶腿，小凌则埋首在一大堆报纸里搜罗戏评。两个小丫头看着他一脸认真的样子都很不解，"跃哥，你费那劲儿干吗，明摆着大伙儿都喜欢这戏呀！""就是啊，剧场里天天跟疯了似的，还有人唱反调不成？"

小凌一边翻报纸一边摇头，"这你们就不懂了，老百姓的嘴头子跟这些文化人的笔头子可是两码事。"

温靖抬起头来问他："真有唱反调的？"他默默递过去两张报纸，指了指标题。

"小温，念念！"趴在床上的蒋凤仪闭着眼下了令。

"一篇是《从名著到舞台：'戏说'的尺度今何在？》，另一个，《水浒好汉还是才子佳人？论新编戏的格局》……"温靖念完标题偷瞄了她一眼，见她没反应便继续念了下去，结尾最后一句是："尽管剧本的立意和编排还有待商榷，但不可否认的是，蒋凤仪同志功底深厚，唱念做打俱佳，表演可圈可点，令人眼前一亮，是不应被埋没的优秀戏曲人才。"

炉子上煮的面条突然喷泉似的冒起来。

"潽了！"

温靖的眼睛还没从报纸上移开，小凌已经手疾眼快地端起了小锅。

雏仪气鼓鼓地嚷起来："这啥意思？是说我妈演得好，我爸写得不好？"庆红没吱声，温靖却有些忿忿地说："难道林冲有爱情就是格局小了？水浒戏里的女人只能要么当点缀要么是祸水？"

蒋凤仪听后愣了一下，对这句话有似曾相识之感。她下了床，招呼大家先吃东西，她自己却端着碗迟迟没动筷，"小温说得对。我是相信这戏是好戏的。咱们只管好好演，别人嘴里的词儿今天一套明天一套，咱管不了，也不必太在意。"

有一个人却无法不在意。

那些戏评齐克谐也都一一看了，心情很复杂。文人相轻，自古而然，这戏在北京大受欢迎已是事实、已是胜利，是所谓剧评者驳不倒的，他如此劝自己；其实心里还有不甘、不平。蒋凤仪带队在北京公演期间团里如同放了假一般，只有他还照常去上班。一个人，一支烟，在冷清清的办公室里消磨时光。没想到某天竟有人来找他套近乎，是团里的一个小生演员，这出戏里没有他的用武之地。

"哟，齐老师，真在这儿哪？我说怎么家里没人呢。"

他笑笑，把桌上的烟碟拿开，又开了窗，招呼来人落座。对方殷勤道："没事没事，您抽我这个！"他摆手婉拒了。

"咱们团这个新戏可是火啦！您听着信儿了吧，部里那几位都去看戏了！"

"你们团长有魄力，这趟北京去对了。"

"咱不能只去一回呀！齐老师，您得接着写，保管写一个火一个！"

齐克谐明白此人的来意了。有时人捧戏，有时戏捧人，演戏的总离不开写戏的。

"为这个写伤了，一时半会儿拿不起笔来，"他盯着桌上的墨水瓶，语气淡然，"而且你没看戏评吗，人家说剧本'有待商榷'。"

"您为这个不痛快哪？"来人伏在他的桌子上，神秘地向前凑了凑，"没必要。不关您剧本的事儿。咱这公演不是正赶上梨花奖要评奖了嘛，保不齐抢了谁的风头。可是团长的功夫硬啊，长着眼的都看见了，他们说不出个'不'字来，只能拿剧本说事儿。"

"评奖？"

"是啊，多少人请都请不来那么多尊佛，咱这戏可好，大人物都上赶着捧场！趁着团长在北京，您还不让她多活动活动？那她拿这奖可就没跑儿了！以后咱们单位的日子也好过。"

然而齐克谐摇了摇头，"这种事她不会。"

在北京的那段日子，一向睡眠很沉的蒋凤仪总梦到年少往事，梦到和小麦花吵架。自己拽着小麦花，不许她去排练场，哄她一起读水浒，她却说水浒戏看都看腻了，武松杀潘金莲、石秀杀潘巧云，连怂人宋江也要"坐楼杀惜"，总之里面没说女人一句好话……

斯人去后，凤仪曾向齐克谐提起她俩的那次辩论，彼时他们已是夫妻。他沉吟良久，说小麦骂得对。

十几年过去了，她多想告诉小麦花啊，他写了、她演了一个水浒戏，里面有一个好女人。容貌好，性情好，姻缘好，原本一切都好的她却被这世界轻而易举地颠仆了命运——但那不是她的错。

那天蒋凤仪入睡后，房间里的电话铃响了，是温靖接的。

"是，您找哪位……是齐老师吗？"温靖握着听筒，伸头望向另一张床，见蒋凤仪的脸半埋在枕头里，被子裹得像个密不透风的蚕茧。她压低声音说："团长、团长睡着了……不用叫了？好，都挺好的，您放心……那就这样……"

刚要放下电话，她忍不住加了一句，"齐老师，观众的反响都很热烈，我……我们也都觉得剧本很好。"

春夜清寒，有花香入梦。戏一场场地演过去，北京的玉兰花从含苞到盛开，像展开的纤纤玉指抚摸着春风，花开花落，刚好月余。

倒数第三场演出结束后，蒋凤仪又连谢了几次幕，回到后台时筋疲力尽，然而还没卸妆就听见雏仪高喊，"妈！你看谁来了！"

她回头看去，旋即惊喜地站了起来，一大捧花已迎到她面前，她隔着枝枝叶叶一把抱住了送花的人。"岳老师，您来啦！"

岳鸿霞那头黑瀑布似的青丝剪短了，白发毫不掩饰地杂错其间，她身后的白少杰戴一顶深蓝解放帽，俨然与大街上普通的老大爷无异。夫妻俩连声夸赞："凤仪，演得好，真好！这戏立住了！"

"还多亏了您给我找的林娘子啊。"凤仪一手挽着岳鸿霞，另一只手把恭恭敬敬站在旁边的温靖拉了过来。

"小囡，你也长进多了！在这边还习惯吗？"岳鸿霞关切地问。

"一切都好，团长很照顾我。"温靖忙不迭地点头。

雏仪和庆红也跑过来凑热闹，"岳老师，白老师，你们怎么才来啊？过两天我们就要回去了！"

"甭急，你们回不去呢！"白少杰刮了刮她俩的鼻子，从身后掏出一个纸卷，是《戏剧文学大观》，"看看这篇。"

凤仪知道那是一本颇具权威地位的期刊。她接过来，直接从白少杰画圈的段落读起。

　　有人批评《林冲之死》太像"才子佳人"戏。"才子佳人"的欠缺在哪儿呢，一般认为这种戏太"私人"，只讲个人情感领域的缠绵与纠葛，缺乏宏大的社会历史观。林冲与林娘子的感情戏确实是私人的，但却是一道在"私人"肌理上撕开的伤口，痛处的根源恰恰在于"公共"领域，即以高俅为代表的封建社会的权力和制度。这样的感情戏不仅是感人的，而且具有启发性。新时期以来，党和国家一直在探索发展之路，希望构建一个公正、光明、开放的社会。而我想，这样的社会，其意义不只是政治经济的，它还意味着世俗理想的实现，意味着每一对平凡而恩爱的夫妻都能安心地白首偕老，不必担心无妄之灾和飞来横祸。在这个意义上《林冲之死》是引人遐思的：如果英雄气短、红颜薄命的悲剧能绝迹于人间，那么"才子佳人"式的美满生活将不再是虚构。这样的世界，难道不值得我们期许吗？

蒋凤仪读完这段不禁眼圈发热，一看署名并不认得，"白老师，这个'郑轶夫'是……"

她话音未落，后台走进了一个六十开外的老先生，高个子，脸型端方，戴一顶鸭舌帽。岳鸿霞夫妇颇热络地跟他打招呼，她却不明就里地傻站着。老先生摘下茶褐色眼镜看着她，礼貌地点了点头。

"凤仪，你不认得他了？"岳鸿霞小声在她耳边提示，"1972 年你来北京拍……"

"啊！郑导？"

带马行

"好久不见！"

郑轶夫向蒋凤仪点头致意。当年多亏了他一句话，老董才答应把大肚子的她留在备选名单上；他特意保留了胶片，她才得以演成《夜奔》。那次不过几天的接触，她觉得那张不苟言笑的面孔有如石像。多年风霜已过，"石像"的棱角柔和了，似乎也不再那么冷峻，但仍有些令人敬畏的距离感。

"郑导，您好，没想到您也来看戏了！"

"我怎么不能看戏？"

"您不是电影导演吗……"

郑轶夫不置可否地笑了。岳鸿霞捅捅她，"郑导是看戏的行家，还导过不少戏曲电影呢。"她恍然大悟，原来那次的"政治任务"由他执导筒并不是偶然。

"老郑,听说你这篇评论很受重视啊!上面好像要留凤仪在北京再多待些日子?"白少杰向郑轶夫打听。

"是,剧协要给凤仪同志办专场演出。"郑轶夫望向她,语气很平常,"提前跟你通个气儿,好好想想要报什么戏。"

此言一出,满屋子人欢欣鼓舞,她却一时缄默。"专场",专为她而设。北京这座大考场、大擂台终于肯定了她,是意外之喜,更是夙愿得偿。习惯了以苦为乐,可真正的喜事从天而降时,反倒觉得喜悦与沉甸甸的悲辛相比是那么的飘渺无根。况且她自己知道这还远不是终点。师父严松霁说过,吃苦不难,难的是尝到了甜头还吃得下苦。这话她一直不敢忘。

"《夜奔》,一定要有啊!"在七嘴八舌的嘈杂人声里,郑导略弯下腰叮嘱了她一句。她用力点了点头。

《林冲之死》演满了一个月,紧跟着就是专场演出。蒋凤仪献上了三出戏,《四郎探母》《长坂坡》《夜奔》。凤仪邀岳鸿霞演《四郎探母》里的铁镜公主,她却笑着婉拒了,"老太太了,还演什么公主?这不是有现成的好旦角儿吗!"她把温靖拉过来。

"小温,你演过这出没有?"

"学过,没演过……王宝钏倒是演过几回……"

凤仪沉吟了一会儿,还是不愿动王宝钏和薛平贵的戏,便对岳鸿霞说:"您给小温说说铁镜公主的戏吧。还有,您得给我来个余太君,咱再唱一回'见娘'!"

"好啊,咱娘儿俩再'见'一回。"两人都想起唐山大地震那年在废墟上的合作,无法不心生感慨。

从废墟到大礼堂,她走了将近十年。年少得意,青年蹉跎,中年浴火重生,这把烈焰一燃起来就成了燎原之势,映红了半边天。

大轴儿的《夜奔》演完,大幕合拢,凤仪摘了软罗帽,露出一头利落短发;大幕又缓缓拉开,她在前辈、专家、首长们的热烈掌声里跑回台前。那天的《夜奔》演得格外好,她身上好像有使不完的劲儿,压都压不住。谢幕时她向台下挥手致意,有人上来献花,她接过来朝天上一抛,仰头笑得像个孩子。花落下的瞬间,接住,往腋下一夹,她便甩头迈着大步退场了,走路带的风扬起了额前碎发,腰间宝剑的红缨也随之一起一落。彼时三十九岁的她终于在首都最高等级的剧场里博了个斗转天回、海沸山摇。

"不可一世,又如此天真。"这是当天坐在台下的郑轶夫导演对她的印象。

演出之后开座谈会专门讨论她的"艺术特点",她一改舞台上的豪放自如,只低头听着那些大人物轮番用高级的词语点评她的表演,简直如坐针毡。最后他们问她有什么"感想、体会、展望",她在屋里犹疑地环顾了一圈。郑轶夫向她点点头,示意她大胆说。

"我没有各位那么大的学问,就壮着胆儿说两句大白话吧。第一,我没有专家们说的那么好,我自己清楚,我离前辈的艺术水平还差得远，连人家的脚面还够不到呢。第二，我们团的台毯都破了，排练场的垫子也不够，演员练功要受伤的。"

她说完，众人面面相觑了几秒钟。郑轶夫用余光在领导们脸上扫过，含笑开口，"基层文艺工作者的心声多朴素啊，组织上一定得支持！"说着带头鼓起掌，打破了一室沉寂。

会后他背着手在她耳边表示赞许："很久没听见这么实在的发言了，把官大人们都震了！"她不好意思地搔搔头发，未待作答，他已爽朗大笑着离开了。

两天后剧团踏上了归程。在剧场后台收拾行李时凌跃一把扯掉了道具酒坛子上贴的"荣豪酒厂"的红纸，"这回上面拨钱了，再不用求爷爷告奶奶了！"

"靠上面拨钱不也是求人吗。想不求人，还是得靠咱自己的戏。"蒋凤仪把那张揉皱了的红纸接过来，展平叠好塞进兜里，跟另一张纸放在了一起，那是郑导的联系方式，他说以后排戏时有问题、有想法欢迎常交流。

全都收拾停当了，她轻呼了一口气，"打道回府吧！"

来时前途未卜，去时衣锦还乡。蒋凤仪在火车上照常架着腿拉筋，并不妨碍她头靠着车窗睡了这些日子以来最安稳的一觉，睡得那么沉，连进站的汽笛声都没听见。直到女儿兴高采烈地推醒了她，"瞧外面！"——月台的天棚上挂着一条大红横幅，"热烈欢迎我省杰出戏曲艺术家蒋凤仪同志进京展演载誉而归"，棚子下面挤满了人，包括省里的大小领导干部、电台、电视台、报社的人……她的脑袋瞬间疼了起来。

一下车她就被包围了，太多的赞美与提问涌过来淹没了她，空气稠杂，她只觉呼吸艰难、笑肌发酸。突然她在人堆里瞄到一个有点眼熟的身影，是一个多月前见过的那位艺术处处长，于是她想起一桩正事，"黄处长，您什么时候方便？我去还钱。"

"小黄，怎么回事？"省委领导一皱眉，处长脸上的肉惊慌地抽动了一下。

"啊，没有的事，没有的事……蒋团长，您这回可真是给咱省里争光了！以后剧团有什么需要尽管提！"

小凌和温靖等人听了不禁悄悄扬眉吐气地一笑。

"凤仪同志啊，"领导拍拍她的肩，"你看兄弟省的文艺部门都来向你取经了！他们后天要办戏剧节，请你去呢！"

她有点蒙，"后天？这么多演员呢，一个多月没回家了，这就直接又出发了？"

"用不着哩，你去就中！听说你的《夜奔》是一绝！"

"那就去吧。"人家说得直白，她也答应得挺痛快，凌跃和雏仪都没来得及张口拦她。

"好，好，蒋凤仪同志的敬业精神值得我们学习啊！大家一起吃个便饭，既是接风又是送行！"领导一声令下，大伙儿拥着她往站外走。副团长也在人群里，她悄悄溜到他身边问："我们家齐老师没来？"

"来了，不爱凑热闹，在外面呢。"

齐克谐立在出站口外，远远看见了她。同一车次的旅客都走得差不多了，只有他们这一群人浩浩荡荡地缓步而来。走在头里的几个领导脸上都是凯旋的神气，边走边挥着大手高谈阔论，她却一路羞怯怯地微低着头，表情有点不自在；身上还是去时的那套衣服，风大，颈上加了一条丝巾，手指勾着丝巾角儿。他摇头笑了笑。

　　雏仪蹦蹦跳跳地朝他跑过来。他搂过女儿的肩头问："这一趟好玩吗？"

　　"好玩！爸，你是没看见，我妈在北京火得不得了呀！"

　　"爸知道。"

　　"她这就要去外地参加戏剧节了，这帮人真是的，一口气儿也不让人喘！"

　　他拍拍女儿的脑袋，这时大部队也出来了。凤仪告诉领导这是她爱人，剧团的编剧、《林冲之死》的作者。

　　"不错，不错，凤仪同志这次的成绩也有你的功劳！走，一起吃饭去！"

　　然而齐克谐说家里已经做好了饭，要和孩子回去吃。

　　领导自然不多加挽留，队伍又有说有笑地走起来了。一家三口退到旁边空地。她拎着行李袋，脸上是疲惫的，也累瘦了，但眼睛里的光彩比去时还闪亮。

　　"那我走了？过几天就回。"

　　"走吧。悠着点，别太累了。"

　　她嗯了一声，转身而去。

"林教头马到成功！"父女俩照例在她背后异口同声。她没回头，可是做了个背鞭策马的身段儿，潇洒至极。

自此蒋凤仪添了很多五花八门的职务，剧协、文协、政协、人大、妇联……戏里戏外扶摇直上的名气把她推向了更多陌生的舞台，而她偏偏是一个什么戏都要认真唱的人。但本事再大的人也没有分身术，所以她辗转于许许多多场合的身影通常只意味着她于某处的缺席，那个地方是"家"。

从那一年起，全国各地的戏迷从剧场里、电视上、广播中知晓了这个技艺精湛、形神俱佳的女武生，戏就是缘分，陌生的会渐渐变熟悉，变痴醉，变得离不开，使无数不懂戏的人也懂得了她的表演何其动人。然而缘分也如戏，有开场，有落幕，有大喜大悲，还有太多无笑亦无泪的莫可奈何。

佛霓裳

那年一进入腊月蒋凤仪就忙得没在家吃过饭。

单位终于再次分房了，这回他们搬进了一套小三居，虽然也算不上宽敞，但与从前的筒子楼相比已是天壤之别。最大的那间卧室被蒋凤仪指定为丈夫的书房。家里的陈设很简单，唯一的装饰是客厅墙上的两幅彩色照片 —— 母女俩在《林冲之死》里的剧照，小林冲风华正茂，大林冲沉郁冷逸，剧照下面是餐桌。齐克谐独自坐在那儿吃饭时两个林冲均以拔剑远眺的姿态看着他，某一天他终于端着碗转移到了沙发上。

林冲好像是不用吃饭睡觉的，凭着一腔热血就能活。凤仪是这样，女儿也日渐步了她的后尘，有时候练功累了就直接歇在戏校宿舍。屋子大了，不再是暂避风雨的小窝而是个像模像样的家了，可是一家有两个女武生的日子却清淡得像空气，不，空气至少还能把屋子填满……

日子有时太清淡，有时又太闹腾。他和凤仪一起受邀出席了不少活动，俩人都是不喜交际的性子，以前他还比她游刃有余一些，但现在不一样了。至少她不用频繁地做自我介绍。她站在哪儿，人们的目光便聚焦在哪儿，然后顺便落在她旁边的他身上，她的名字以及他们的夫妻关系铸就了他最醒目的头衔。

"这位是？"

"我爱人齐克谐，《林冲之死》就是他写的。"或者，"编剧齐老师 —— 蒋凤仪同志的爱人。"

不提《林冲之死》还好，一提话锋就会毫无例外地朝两个方向切入，通常是朝着她，"好戏，演得太好了！蒋凤仪同志简直是活林冲！"有时也冲他而来，"好戏，好戏……能不能按这路子再写一个？您看，水浒好汉有一百零八个呢！"

后一种辞令让他更不能接受。大部分人只看到一出《林冲之死》捧红了一个"活林冲"，那么"武松之死""李逵之死""花和尚鲁智深之死"还得捧红多少角儿啊！至于写作者想抒发什么、叹惋什么、讽喻什么，其实并不重要。原来，这并不重要。他懂了。

他的不自在她也懂。人们夸她的人物塑造得好，她说那是他的剧本写得好；人们说她那幅"反诗"的字够潇洒，不像初学者，她也坦言是他手把手带她练出来的。可是人前人后她越如此他越觉得不自在。再后来，他学会了自报家门，"我是蒋凤仪的爱人。她在那儿呢。"然后就把她拉过来，推出去，他正好溜之大吉，出门去吸一支烟。烟草燃烧的气息比室内的空气更清新。一呼一吸的轻松感之后，烟雾散去，虚空中是否留有一丝怅惘呢，他自己也说不清。

腊月二十五，要"封箱"了，剧团内部照例有个联欢会。本来蒋凤仪当天下午就要赶去外地录节目，可还是拎着行李到团里照了个面儿。不管平时她心直口快地训过多少人练功偷懒、办事马虎，一年忙到头了，她觉得自己须向所有人道一句辛苦。

早年间的戏班子总要趁着封箱玩一玩"反串"*，让大花脸贴上片子来一出青衣戏，旦角儿戴上髯口扮一回老生。卖艺糊口不易，年终岁末的这份自娱自乐是难得的轻松一刻，也成了延绵不断的传统。剧团的小礼堂在这一天欢声笑语不断，凌跃尤其是这种热闹场合的主角，虽然平时不上台，但模仿能力一绝的他是反串旦角的行家。这回他拽着蒋凤仪一起上了台，张罗着合作一段"叫张生"，他来红娘，团长来小生。底下顿时掌声如雷，小凌趁机在她耳边叨咕了一句。

全场安静下来，鼓点敲响，俩人随即角色上身。

"我拿着棋盘，遮着你的身子，引你进去。"凌跃说话

---

* 　反串，指演出与自身本工的行当不同的角色，与性别并无关系。

间亮出准备好的棋盘，摇身一变成了小红娘，娇喝道，"张先生！"

蒋凤仪立刻端袖挺胸，兴冲冲答应了一声"有！"，迫不及待的一个字，登时引来笑声一片。

"你要老老实实听我的号令！"凌跃趾高气扬地翘起兰花指，唱起欢快的西皮流水，"叫张生隐藏在棋盘之下，我步步行来你步步爬。放大胆忍气吞声休害怕，跟随我小红娘你就能见到她。可算得是一段风流佳话。听号令且莫要惊动了她！"小凌把棋盘舞得天花乱坠，蒋凤仪也配合着他的脚步闪转腾挪，唱到最后一句时俩人双双腾空一跃，走了个又高又飘的旋子，落地亮相。大伙儿一愣，随即前仰后合地给这"武艺高强"的丫鬟和书生叫起好儿来。

坐在过道旁的齐克谐也忍笑鼓着掌，隐约听到于玲、王海萍和冯慧几个姑娘连连发出惊叹，"团长玩儿这两下子脸上都那么有戏！""就是啊！团长要是男的，得迷倒多少女人啊！""温靖，你可太幸福了！一来就傍着团长当上了林娘子……"

齐克谐无意中回头，见温靖正目不转睛地盯着台上，好像并不在意别人话里带的刺儿。"是啊，团长演的男人就是最好的男人。"

"哈哈哈哈，林娘子魔怔了，在戏里遇上'最好的男人'了，那凡夫俗子还能入你的眼吗？"几个姑娘嬉笑一片。温靖红着脸不说话了，手枕着下巴，默默伏在前面空座位的椅背上。

台上的蒋凤仪简短发言后把话筒还给了小凌。

"各位，团长百忙之中还来陪咱们玩儿，大家鼓个掌感谢她这一年对团里的贡献吧，也祝愿咱们团在林教头的带领下越来越红火！"

她在满堂掌声里向大家拱拱手，跑下了台。

"咱们团长要去外地录节目了，她不在，咱可以'不务正业'了！"小凌在台上继续插科打诨。"跃哥先来一个！""对，来一个，就你老哼哼的那个广东歌儿！"团里的年轻人纷纷起哄。

"好，那我抛砖引玉，给大家唱一个林子祥的歌，歌名叫《每一个夜晚》。"

蒋凤仪在女儿耳边叮嘱了几句，齐克谐把脚边的行李袋递给她，她接过来朝他点点头，他也点点头。呢子大衣还在他怀里抱着，她拎起来搭在胳膊上，像往常一样，独自匆匆而去。

大家都在全神贯注地听凌跃唱歌。他嗓子很好，粤语发音也学得像，虽然在座的都听不太懂，但莫名地觉得动人。齐克谐再回头时，凤仪早已出了礼堂大门。

············

已淡忘从前共你度过几多风与浪
只知过往欢笑大半数也因你起

在漫长路途莫论你我未来在哪方

……………

求万里星际，燃点你路

叮嘱风声代呼唤你千趟

……………

这首歌唱完时她已走到了院门口，看见传达室的于大爷正拽着一个男人争执着什么。"大爷，怎么了这是？"

"凤仪啊，"于老头是剧团的三朝元老了，所以蒋凤仪从不让他老人家叫她的官称，"这人直眉瞪眼就要进去找人，哪儿有这个规矩！"

"您找哪位？"她问。

"你是……？"来客看上去年纪不上三十，白净斯文，略带南方口音。

"这是我们团长！"于大爷没好气儿地搭腔。

"噢，你好！我是温靖的哥哥……我叫梁清。家里有点事，我想找她……我也出示了身份证、工作证，可这位老伯就是不让我进……"

"嘿，你还恶人先告状！你姓梁，她姓温，你又没给我看户口本，我怎么知道你是不是她哥？再说我不是要给你广播叫她出来吗，您非拦着不让啊！"

"我……她……"他一脸焦急，却吞吞吐吐地不肯多说。

蒋凤仪直爽道："您进去吧。她就在后头东南角的小礼堂里。"

他感激地道了谢就往里跑，于大爷的表情还是不放心。
"没事，应该是她哥。您歇着去吧。"凤仪拍拍老头便出发赶
路了。

小礼堂里，大伙儿正嚷嚷着让温靖表演节目，她结结巴
巴地说不会唱流行歌曲。"那反串个地方戏！黄梅戏？评戏？
越剧你总会吧？"她还是把头摇得像拨浪鼓。凌跃见起哄的
人里有好几个是他的铁哥们儿，便张口替她解围。

"今年除了团长，属林娘子业绩最好，也该给大伙儿出一
个节目嘛！跃哥你别护着！"他们如此说，小凌有点不好意
思。平常给温靖配演丫鬟锦儿的于玲突然提议："靖儿会昆曲
呀！'游园''思凡''断桥'，她都会！"

"昆曲好呀！男怕'夜奔'，女怕'思凡'，咱林教头的
《夜奔》那么好，林娘子的《思凡》肯定也不赖！来一个！来
一个！"几个小伙子使劲儿撺掇，温靖只好点了头。

"笛子呢？常师傅呢？""老常病了，没来。"乐队的人
回答。

度曲无笛则如行舟无水，温靖听了立刻想溜下台，庆红
的哥哥庆军赶紧拦住她，"哎哎，不碍事！拿个笛子来，让齐
老师露一手儿！你们光知道团长的《夜奔》唱得好，跟你们
说，齐老师的笛子也是专业水准！"团里知道齐克谐会吹笛
的人不多，于是大伙儿对这个节目更加翘首以待。

庆军把笛子擦了又擦，直往齐克谐手里塞，他推辞不

过，只好接过来向温靖投去询问目光。她略显拘谨地向他鞠个躬，朝台下说："那我给大家唱一支《思凡》里的【风吹荷叶煞】。"

没想到庆军哥儿几个又嚷起来，"太俗了！""听得起茧子了！"雏仪悄悄跟庆红咬耳朵，"你哥他们闹什么幺蛾子呢？""我也不知道啊，这几个一肚子坏水儿！"正说着，四五个小伙子不顾凌跃的拉扯小跑到台上，众星捧月般围住了温靖，"唱那段'数罗汉'吧，我们跟你一块儿演！"底下笑声一片，把她窘得不行。

齐克谐在年轻人面前一向没什么架子，此时却也看不过去了，半开玩笑地站了起来，"你们团长刚走你们几个就要翻天哪？"

"不敢不敢！"小伙子们嬉皮笑脸地在台上摆好了五花八门的姿势，"我们是给温靖当布景的，演罗汉！齐老师，您以前讲课不是说过吗，梅兰芳就用过'活罗汉'！"话音一落，他们立即像雕塑似的定住了。大伙儿笑得更欢了，噼里啪啦地鼓起掌来。温靖无可奈何地向台侧的齐克谐点点头，于是他握着笛子坐了下来。

有人跑到排练厅取了个云帚给温靖，她接过来定了定神便开口念了话白，"越思越想，反添愁闷。不免到那回廊下，散步一回，多少是好……"念白毕，她手持云帚婷婷袅袅地走到那一群"活罗汉"中间，纤手向两边一指，"你看两旁罗汉，塑得来好庄严也——"大伙儿听到这话，又看着那几个龇牙咧嘴的"罗汉",不禁哈哈大笑。

这时笛声幽然飘浮起来,清扬如水,屋里渐渐静了下来,只听得温靖一人的唱,宛转相伴她独自的舞。

柔软的云帚在小尼姑的手里时静时动,轻垂慢举,随着她一个一个地"数罗汉"——"一个儿抱膝舒怀,口儿里念着我。一个儿手托香腮,心儿里想着我。一个儿眼倦开,蒙眬地觑着我。唯有布袋罗汉笑呵呵……"

她细细数来,含羞,带笑,数的原来不是罗汉,而是少女心事。突然笛声急促起来,如凉风吹皱一池春水。她脸上由笑转忧,由忧转惧,踱着惶然无措的云步徘徊在台上:

> 他笑我时光挫,光阴过。有谁人,有谁人
> 肯娶我这年老婆婆?降龙的,恼着我;伏虎的,
> 恨着我。那长眉大仙愁着我,说我老来时有什
> 么结果……

齐克谐一面吹着笛,心里感慨万千。这出戏流传百年,剧作者在纷繁过眼的历史中却没有留下一丝可循的踪迹;可他无数次惊叹于这位无名先人的妙笔,那笔下的情生意动是何等幽微,何等恰切啊。

他对这出戏也有复杂的禁忌甚至畏惧感,因为多年前在乡下的蒋家小院里看小麦花演过一次……现在想来,她的《思凡》演得有点过火了,唱念的尺寸都大了些。而温靖,就

刚刚好。小尼姑并不是勇士，她有怕，只是人生苦短，比触犯清规戒律更可怕的是佛前灯下漫漫无涯的孤寂。

笛声止，喝彩起。

鼓掌的人群里包括那个自称是她哥哥的年轻人，静静伫立在礼堂的后门处。

蓦山溪

温靖走出来，看了梁清一眼，回身把礼堂的后门关好才叫了声"哥"。她脸上没什么意外或激动的样子，虽然北上以来他们就没见过面。

"给你写信也不回，打电话讲不了两句就被你挂了，我只好过来了。"年轻人微皱着眉头，语气还是关切，"在这边怎么样？"两个人相对而立时，无论是他们自己还是旁观者都可以瞬间确认他们是一对兄妹。

"蛮好的。其实你不用来。"

"我不能不来。跟你说过了，妈妈情况不太好。趁着过年，跟我回去一趟吧。"

"不。"她声音很小，但很坚决。

"别再倔了，你不怕有一天后悔吗？她现在真的……很想见见你。"

"那你呢？"她突然抬起头盯着梁清，"哥，那年我求你去看看爸爸，你不肯去，现在后悔了吗？"

"我……"梁清躲开她的眼睛，"我后来去了，我去医院了呀……是你不让我见他！"

"晚了。那时候人已经昏迷了。见也没有意义了。"温靖的喉咙哽了一下，说完就要走，梁清一把拉住她。

"我后悔，我错了！是我当时心里转不过弯来……因为他，我和妈真的吃了很多苦。你也别再怨妈了，她一直觉得对不起你，怪自己没能力带两个孩子……"

温靖很快打断了他，"我一点也不怪你们把我留下，我跟爸爸过得不比别人差。你们受苦也不是爸爸的错，他没做错任何事。"

这时候小礼堂里传出一片闹闹哄哄的声浪，她听见有人在里面招呼她的名字。

"我回去了。"

"可是妈妈也没错啊。"梁清在她背后喊出声。她顿了一下，还是推开了那扇沉重的大门，闪身而入。

"一年二年，养起了头发；三年四年，做起了人家；五年六年，讨一个浑家；七年八年，养一个娃娃；九年十年，只落得叫一声和尚，我的爹爹，和尚爹爹呀！"

仙桃庵里小尼姑"思凡"，碧桃寺内小和尚"下山"。一个"先逃"，一个"必逃"，这对少年尼僧途中相遇，相偕还俗，从此红尘作伴而去。温靖回来时，凌跃正被他那伙儿"罗汉"兄弟按在台上唱"下山"。

"哎，温靖回来啦！来、来，你们俩就赶紧把这出戏唱完吧！"

她心里立刻明白是怎么回事儿了，不禁扭头睃了小凌一眼。他不敢看她，左冲右撞地想要挣脱那几个哥们儿的拉扯，"今儿不是联欢会吗，怎么成我一人儿唱堂会了？把我累得孙子似的，你们几个安的什么心……"

"安的好心啊！这不叫'堂会'，这叫'专场'！"几个哥们儿朝他一通挤眉弄眼，一语双关道，"平常你哪儿有这机会？"

温靖被再次拥到台上，她的目光穿过嬉笑看热闹的人群，落到礼堂的尽头。梁清还没走。

她转过身去，不知从谁手里接过了云帚，轻轻一挥道："唱吧。"

小凌愣了。"瞧瞧，还是人家干脆！"哥儿几个拍拍凌跃的肩膀，一哄而下了，把舞台留给他们两个。

齐克谐握着笛子坐在台侧冷眼旁观，看透了年轻人之间的小把戏，却看不透这个女孩子。二十出头的年纪，比自己的女儿大不了几岁。现在的孩子哪个不爱玩、不赶时髦？可她鲜少出现在剧团大院之外的地方，在台下总有些郁郁寡欢的神情，上了台却又能瞬间入戏。他跟凤仪说过，她亲选的这个林娘子准没错。事实确也如此。至于他自己为什么下了这样的预言……当然是希望妻子的新戏能成功；更深的潜意识里，或许也迷信了"缘分"这回事。温靖的眉眼确实和她曾经最好的朋友、最好的搭档长得太像了，虽然性格天差地别。

多奇妙啊，人生的每一天都不可复来，戏台上却总有新人唱着旧故事，唱思春的少女、风流的小生，唱有情人终成眷属，也唱薄情人必遭报应。岁月驱驰，转眼他和凤仪都人到中年了，戏里那点事永远不会变，而戏外，大概只有早夭的芳华不会老去，入土的情分不会淡薄。

台上的戏正演到妙趣横生处，小尼姑和小和尚相互试探着，俩人都谎话连篇，一个说去探母，一个说去化缘，似乎巴不得要打发了对方好各自赶路，一转身却又心怀不舍，频频顾盼。齐克谐不觉看得入了神。戏要动人，只须一个情字。情不知何物，少年人渴而饮之，饥而餐之，有它才能活，无它就要死，为了它不惜冲破世间一切法度和权威，管它是家法、国法，还是佛法。

倾心的一刻就是奋不顾身的一刻。

他恍惚想起自己也曾那么年轻过。他是在什么时候倾心的呢，对凤仪。是他在单身宿舍里啃着麻花笔耕不辍之时偶然听见她唱【折桂令】？是他晚归时进不去大铁门，意外撞见她在后院调皮捣蛋？是他们一起去逛黑书市，他偷眼瞧她，而她目不转睛地捧读一本《水浒传》？还是，最艰难的那段日子里他在台下一次次目睹她挨批遭整……他记得她被罚在台上拧旋子，一口气拧几十个，一圈汗水洒在台上，却不掉一滴泪。剧团里从不缺少美丽的姑娘，为什么偏偏是她，那么刚硬、倔强、天不怕地不怕的她，让他想陪她一起走这不平的世道。现在的她还是那样，在她认定的路上走得乐此不疲、专心致志，而他又为什么难以抵抗地感到累了、倦了……

"齐老师……"温靖在台中央轻声叫他，他这才回过神来，慌忙拿起了笛子。

正是相逢不下马，果然各自奔前程。南无佛，哎哎呀，阿弥陀佛。

小尼姑与小和尚分开三次，又重遇三次，唱着"各自奔前程"，却口是心非。仙桃庵的她和碧桃寺的他终于还是走到了一起。逃之夭夭，桃之夭夭，偷尝了禁果的甜，必难逃苦果的涩——据说全本戏中小尼姑和小和尚的结局很悲惨。然而后面的情节早已失传了，人们如今都当这是一出喜剧。

"倘有人看见，就说我们是夫妻。"

"哪有光头的夫妻呢？"

"咱们就说从小是秃子。"

台下的笑声伴着掌声响起来，只有温靖的哥哥梁清感到悲哀，替妹妹，替自己，也替父母，一对曾经恩爱却大难临头各自飞的夫妻。他知道温靖不会跟他走了，于是头也不回地离开了礼堂。

傍晚时，热闹的剧团大院渐渐变得空旷了，淡蓝色的天空显得极高远，清冷的风里夹带着北方冬天特有的煤烟味，不清新，可是让人感到踏实，毕竟大部分平凡男女的归宿就是人间烟火。凌跃揣着手往排练厅走，寒风把脸都吹僵了，可是嘴角情不自禁地频频上扬。

刚刚在小饭馆里，他劈头盖脸把那伙儿兄弟臭骂了一顿，他们却不急不恼，"我们不推一把，你啥时候能跟温靖'下山'？"他无言以对。别说"下山"了，她就像一片冰面，晶莹美丽，但让人不敢伸手摸，太凉；更不敢往上走，因为不知道冰下面藏着什么波澜。

没想到她今儿竟然痛痛快快地和他合作了一出打情骂俏的戏，而且他们的合作多么严丝合缝啊，好像彩排过无数回似的。尤其是小和尚要背小尼姑过河的时候，她往他背上轻盈地一蹿，他又稳又准地托住她，蹚过那条无形的蜿蜒水流，他的脚步轻快，她倚在他身上笑嘻嘻甩着云帚。难道真的冰融雪化了？小凌心里的一江春水止不住地叮叮咚咚涌下了山。

推开排练厅的门，果见温靖一个人在那儿，正盘腿坐在垫子上用纤细的手指梳理着那支云帚。

"今年又不回家啊？"

"嗯。"

"小温，我不知道你有什么……困难，你不想说的话我也不问。不过，"凌跃在她旁边蹲下，鼓足勇气说出了那句他设计了很久、最接近于表白的台词，"你要是愿意的话，欢迎你去我家过年。"话一出口，自己听着竟然耳熟。

"你既知'桃之夭夭'，须知'其叶蓁蓁'。我和你做个

'之子于归，宜其家人'吧。"

那是小和尚的念白。他不觉腾地红了脸。

然而她究竟不是小尼姑。

"我不愿意。"

这回答太快太干脆，与她平时委婉的说话方式完全不同，小凌的心仿佛掉进了冰窟窿。他想了一会，还是试探着又问了一句，"今天我在台上看见你出去又回来……有个人跟着你进了礼堂，他是……"

"是我哥，亲哥。"

小凌听她如此说，心情稍稍平复了一点，希望还没完全破灭。

"跃哥，我记得你说过，你也有个妹妹？多大了？也是行里人吗？"

他不知道她为什么问这个，但还是老老实实作答："她吗，上高中了。我爸妈不让她学戏，说不能一家子全干这个。"

温靖点点头，"人各有命，像我就只会干这个，也只想干这个。"

"可是……人不能在戏里活一辈子啊……"

"不能吗？可是戏里的事都有准谱儿，现实嘛，谁知道走着走着就变成什么样了。"

小凌想不通一个年轻漂亮、事业也蒸蒸日上的姑娘为什么对人生如此消极，但他只想表明自己的心迹，如果只有这一次机会。"温靖，你来咱们这儿也快两年了，我现在还记得团长当初让我去接站，她说接'林娘子'，我还以为是个成名的大艺术家，光写名字牌我就练了十张纸。"他说着挠挠头，自嘲地笑了，"你以后一定能成大艺术家，我是没啥本事了，但是你知道吧，我对你……我是真心实意的。"

真情如火，无意的心却不只像冰，更像不融不动的千年冻土。她紧抿着唇摇了摇头，"跃哥，我来剧团以后，生活上、业务上，很多事给你添麻烦了，你现在也忙，以后就别替我操心了。"

"可……今天……我还以为……"凌跃终于垂下了头，怔望着她手里那柄软如发丝的云帚。

"唱戏是我的工作。但戏是戏，我是我。"温靖说完就扔下云帚站了起来，踢踢踏踏地跑出了排练厅。门扇在她身后一开一合地摆动了几下，冷风直入，飕飕地带走了屋里不多的热乎气。

开春之前，温靖的母亲去世了，梁清一个人操持了后事，没有再来找她，也没有打电话或写信。

那天的事凌跃后来没向兄弟们提起过，但他们看出了他的颓唐挫败，都替他鸣不平，说温靖演戏演傻了，不识好歹。还说太拼业务的女人不适合当老婆，看看团长就知道了。小凌制止了这种说法，但剧团的小伙子们从此都对温靖避而远之。

那一年的梨花奖在北京揭幕，蒋凤仪凭新编戏《林冲之死》和传统戏《夜奔》一举夺魁，荣登榜首，在自己四十岁的前夕摘得了这一中国戏曲界的最高奖项。

　　齐克谐渐渐放下了戏曲剧本的创作，开始承接一些话剧、电影、电视短片的编剧工作，于是他的应酬也日渐多起来。有时候蒋凤仪晚上排完戏、练完功回到家，屋里跟外面一样黑，厨房里也不再有他的身影。

　　三年后，雏仪和庆红从戏校毕业，正式进了剧团。

　　在多次进修学习之后，凌跃在而立之年当上了剧团的艺术室主任，并且经人介绍认识了一个叫杨笑笑的姑娘。那是个只知梅艳芳不知梅兰芳的外行，不懂戏，但人如其名、爱说爱笑，他随口讲的每句俏皮话都能把她逗得花枝乱颤。俩人相处半年后结婚了。

　　都说人生如戏，可是戏中人从不知对方的脚本。相遇与错过，重逢与永别，也许完完全全是偶然，也许没有谁和谁必定要在一起。毕竟人生在世从来就是一场独角戏啊。

拾

玉漏迟

林冲道："感谢泰山厚意。只是林冲放心不下，枉自两相耽误。泰山可怜见林冲，依允小人，便死也瞑目。"张教头那里肯应承，众邻舍亦说行不得。林冲道："若不依允小人之时，林冲便挣扎得回来，誓不与娘子相聚。"

——《水浒传》第八回　林教头刺配沧州道，鲁智深大闹野猪林

夜阑珊，佛灯暗，大梦方醒透体寒。我也曾忠心照肝胆，图个名扬功建；我也曾忍气吞怒火，只求家宅平安。我也曾忍无可忍、退无可退，烈焰烧断回头路，风雪之夜上梁山。上

梁山，征袍血染，男儿泪，且向风弹。急走忙逃，落脚在古庙佛前，许下痴愿，若奔得残生一线，必取贼头报仇冤；江湖只待英雄聚，不信人间无月圆。

实可叹，不该把琴瑟之约来抛闪。立休书，辜负她一片真心，誓与我共苦同甘。到今日，方知世事如幻，天理无觅处，惟情比金坚。弟子顿首，双膝跪在地平川，向佛前再许一愿。倘我妻亡魂未远，保佑我和她泉台相见，再续前缘。念去去，万事皆休，悔我一念之差，误夫妻百年。

——《林冲之死》"庙刖"

电影《林冲之死》（1988 年，中国大陆）

导演：郑轶夫

主演：蒋凤仪、温靖、韩子峰、彭雪方、于玲、冯慧、徐冬、蒋雏仪、宋庆红

类型：戏曲

片长：91 分钟

…………

夜深了，蒋凤仪在浴室背对着镜子给自己的肩膀贴膏药，有点艰难，却不想叫醒女儿来帮忙。肩周炎的毛病是前些年

带雏仪练基本功落下的。绳子一头拴着雏仪腰间的铁环，另一头由她提着，燕子掠水似的旋子拧起来，最多的时候一口气拧到六十个。绳子一松，雏仪直接累躺在地上，她的膀子也酸得抬不起来，但心里是高兴的，这孩子的身体素质和劲头真像她自己小时候。欣慰之余也有慨叹，岁月不饶人，过了四十岁，她明显感到自己的体力不如从前了；不过，随年龄一起增长的还有经验和气度，用老观众的话讲，她"镇得住台了"。

蒋凤仪摩挲着贴得凹凸不平的膏药走出了浴室，靠在床上拆信封。自从三年前在北京重逢郑导以来，两个人不时写信交流。谈戏，谈艺术，谈传统与创新。他说，"艺术有什么用呢？其实真没什么用，我们的世界就是这样子。古希腊悲剧达到了那样伟大的高峰，成为整个西方戏剧史的基石，可那个文明还是消亡了。唐明皇、李后主都通音律、好梨园，但艺术并不能平战乱、除奸佞、安民生。不过它的无用与无奈也可能就是最大的用处。艺术那么美，显得现实那么丑恶；现实有如此多丑恶，可是艺术依然那么美。这是遗憾，也是幸运。艺术家正是这种遗憾之美的创造者，幸或不幸，这就是他们注定要做的事。"

字里行间几经畅谈，她和他结成了忘年交。在许多人眼里，郑轶夫是个秉性有点古怪的孤老头；在她眼里，他只是和她一样"幸而不幸"的求索者。

是夜，蒋凤仪读着信睡着了，次日醒来时床头灯还亮着，枕边也还空着。她走到书房轻轻推门进去，齐克谐果然又睡在那儿了，眼镜还架在鼻梁上。她替他把眼镜取下来，折好了放在写字台。他的眉头微微一皱，但没有睁眼。好像已经这样很久了，他应酬晚归就独宿书房，说是以免打扰她休息。这两年他写的几部片子口碑都不错，有古装，有现代，有电影，有电视剧，还有纪录片，唯独没有戏曲。他仍然不喜交际，但也渐渐习惯了。在戏曲之外的领域里，在虚礼浮谈之间，他终于成了"编剧齐克谐"，而不再仅仅是"'活林冲'蒋凤仪的爱人"。

她转身出去，端来一杯浓茶留在他伸手可及之处，然后照常和女儿早早出门练功去了。那一天，她在剧团宣布了要应郑导之邀把《林冲之死》拍成电影的决定，大家都惊讶又兴奋。

当晚她坐在书房里等齐克谐回来。时钟过了十二点，有钥匙开门的动静，他果然径直进了书房，看到她在屋里，有点惊讶。

"还没睡？"

"跟你说个事，我答应郑导了，要把《林冲之死》拍成电影。"

"哪个郑导？"

"还有哪个？郑轶夫。"

"哦？我以为他早就收山了呢。怎么想起来要拍这个？"

"他说中国戏曲这门艺术应该走得更远，甚至比中国人走得更远。他懂戏，也懂电影，我相信他能拍好。而且这戏我不可能演一辈子，趁着现在体力还够用，留一个片子也好。"

这是他第一次听到她感叹年龄，心里震动，脸上却淡淡的。"早跟你说了，累了就歇歇。怎么这个电影你愿意拍，我之前找你客串一下你都不答应？"他任编剧的几部作品，导演都提过让凤仪去演个角色，待遇颇丰，可她从来没点过头。那几年，戏曲演员都削尖了脑袋往影视界钻，她却避之不及。她有她的道理。名与利是赚不完的，人的精力则是有限的，用在了一处就不能用在另一处，而她的一身一心早已有了归属。

"这是戏曲电影啊，我就是干这个的。你们拍的那些东西我不会演，再搅和了你们。"她笑了一下，"那你对这电影还有什么建议吗？"

"没有。"齐克谐随手打开一本书，漫无目的地翻起来。

她点点头，让他早点休息，便站起身走出了书房。

蒋凤仪带着参演《林冲之死》的演员又进了北京，在电影厂一扎就是几个月。相隔许久再次合作，她和郑轶夫却默契如经年累月的老搭档。郑导在工作中全然不像个老人，他雷厉风行，说话直接。道具布景组第一次把方案拿给他时，他看了一眼就扔在旁边，两个字："太实。"

戏曲是写意的艺术，如果全用实物搭景，那么演员的程式化动作会瞬间变得虚伪可笑；而电影要用镜头讲故事，如果摄像机所到之处空无一物，又与剧场实况录像何异呢？郑导的解决办法是用水墨丹青来绘制布景，那画出的城楼巷陌、荒野苍山，远观如真，近看似幻，令蒋凤仪拍案叫绝。

最绝的是林冲雪夜上梁山所用的"雪"。

蒋凤仪从离地三米的高台翻下来，接着几个高难动作也一气呵成，棚里众人正要鼓掌，她却突然叫了停，指着地上的"雪"表示不满。

大伙儿凑上去一看，原来那泡沫塑料制的雪由于她的翻打纷纷飘了起来，有些还粘在了她的深色戏服上。可是那又能怎么办呢，电影里的"雪"一向用这种材料。

郑导叫她去歇会儿，自己蹲在地上扒拉了半天，半晌一拍脑门。第二天，现场多了几个大麻袋 —— 是盐，几百斤盐，细细地铺开，晶莹反光，好一片白茫茫大地真干净。凤仪轻踩上去，打了个飞脚，"雪珠"飘扬却不粘连。她又走了几步，大家都啧啧称奇，原来那地面如同真雪似的留下了她的脚印。她回头一看，开心得像孩子似的跳起来，"嘿，还是怪老头有怪办法！"他也哈哈大笑，声如洪钟地喊了一声，"开拍！"

拍电影虽辛苦，比起在剧团又要演出又要处理行政杂事的日子还是轻松了不少，闲暇时蒋凤仪跟大伙儿玩成了一片，而且带着头玩，玩得比谁都起劲。不光剧团的同事看她像换了个人，就连电影剧组的工作人员也都说没想到"艺术家"在台下是这样的。有一天中午，她带着女儿、庆红和温靖打扑克，旁边的场记、服装师、化妆师有的看着她们玩，有的到处找地方睡午觉，棚里渐渐一片静谧。

"俩五。"

一阵吹哨似的呼噜声传来。

"俩K。"

又一阵……

"俩二。"

又……

"炸弹！走了！"凤仪把手里的牌扔出去，四下张望，只见摄影师王胖子脸上蒙着一张报纸，在躺椅上睡得正香。王胖子的肚子像座山，山一起一伏，脸上的报纸跟着吹起又落下。凤仪走过去背着手低头瞅了他半天，他毫无反应，温靖几个人不禁面面相觑，偷笑起来。

凤仪朝她们嘘了一声，发现地上放着林冲题反诗用的笔墨，立刻动了心思。"小温！"她轻叫着指了指温靖脚下的毛笔。温靖低头一看，向她摆手摇脑袋。雏仪却乐开了花，抄起毛笔飞跑着送了过去，"妈，给！"她点点头，接过来，小心翼翼地揭开了王胖子脸上的报纸。醒着的人都来了精神，聚过来围观，见她绷着笑，淡定沉稳地在他的大圆脸上画起了"丁老头"，嘴里还念念有词，"一个丁老头儿，借我俩煤球儿，我说三天还，他说四天还。一个烧饼三毛三,三根儿韭菜三毛三,一块儿豆腐六毛六,两根儿韭菜不要钱……"

大作画完了，大家终于忍不住笑成一片，王胖子浑身的肥肉一哆嗦，登地坐了起来，表情跟他脸上的"丁老头"一样茫然……

笑够了，有人跟她"挑衅"，"林教头，别光欺负老实人，你敢给老头儿画吗？"说着朝远处的导演专座努努嘴。

蒋凤仪甩头扬言："那有啥不敢的？你们等着。"她随手抱起几罐油彩溜过去，这回大家都没跟着，远远看着她一顿忙活。

下午，郑轶夫嚷着"开工、开工"走过来，所有人都别过脸去不敢看他，噗嗤噗嗤的笑声却此起彼伏，只有蒋凤仪立正站好，大声答应了一句："遵命，大圣！"

郑导被勾了个孙悟空的"倒栽桃"脸谱。

驻马听

在摄影棚里最受关注的人除了蒋凤仪就要数温靖了，摄影师尤其赞她上镜，还偷偷告诉她某电影剧组正在挑女主角，建议她去试试。而她像在剧团时一样文静，没她的戏就坐在镜头外看别人演，通常是看蒋凤仪，或是听蒋凤仪跟郑导谈戏，再不然就自己边压腿边看书。

雏仪和庆红却是一分钟也闲不住，偶然听见棚里有人哼哼"妹妹你大胆地往前走"，觉着新鲜，一问才知是电影插曲。那片子当时正火，小姐儿俩抬脚便要去看，还拉温靖一起，自然是没有拉动。

她俩排了很久的队才买到票，不过确实值得，从电影院出来时庆红的眼睛哭得像桃儿。雏仪笑话她至于吗，她说雏仪铁石心肠。

雏仪不申辩，只拖着庆红赶路，生怕再晚她妈要发火了。庆红却还沉浸在剧情里，"人家电影拍得多好啊，这么一比，难怪咱那老戏没人看呢。多少年了，还唱'十八年老了我王宝钏'呢，有啥意思？！"

"我妈要是听见这话肯定不乐意……咱回去就要复排《红鬃烈马》了呀，她跟温姐姐的'武家坡'，让咱俩来'别窑'。"

"想想就烦……"庆红叹了口气。

"我觉得挺有意思，我还没看过我妈演薛平贵呢！"雏仪把手搭在庆红肩膀上，"你瞧人家温姐姐这两天在棚里就开始背词了。"

"用得着吗，这老词儿做梦都说不错……哎，她今年有二十五六了吧？也不搞对象，也不出去玩，就天天跟着你妈泡在排练厅里。别说，她那一脸坚贞不屈还真像王宝钏。"

"就你嘴损！人家这两年拿了不少奖了。"

"那有啥用？工资涨了几块钱？还不如没事的时候出去客串个电视剧。"

"这叫术业有专攻！我妈连我爸写的电视剧都不演呢！不过我爸现在也是太忙了，我都好长时间没吃他做的饭了。"

"你就知道吃！"俩人一路嘻嘻哈哈地回了电影厂。

小姐儿俩的戏份是最先拍完的，蒋凤仪便让她们先返程。雏仪进家门放下行李就蜷进了沙发里，齐克谐从书房走出来，纳闷问女儿怎么自己回来了。

"我妈跟温姐姐没完事儿呢，估计下个月才回来。"

"提前打个电话，爸去车站接你啊。在车上着凉了？"他过来摸了摸女儿的脑门，她只嘟囔了一声肚子疼。片刻，他从厨房端来一杯红糖水，雏仪喝完，把空杯子推到乱七八糟的茶几上，旁边一次性饭盒摞得老高，烟灰缸也很久没倒了。她批评父亲："老齐啊，领导不在家你就这么无组织无纪律啊？"

"这两天赶稿子太忙了。"齐克谐收了茶几上的杂物，又拍了拍女儿的腿，把她压着的几件衬衫抽出来，"怎么样，拍电影好玩吗？"

"好玩啊，郑导挺有意思的。他还夸我妈是'五十年才出一个的好角儿'呢。"

齐克谐笑笑，继续埋头收拾着。雏仪躺了一会，缓过劲儿了便溜达到厨房翻箱倒柜，"我记得这儿还有一盒巧克力……"她仰脸在柜橱里扒拉，不提防一个木盒子哐啷掉到了台面上。她爸赶紧走来打开察看，还好里面的东西没碎。

"什么呀？杯子？"雏仪伸头看过去，"挺好看的，我好像见过……别收了，拿出来用吧。"

"是岳老师白老师送的礼物。"齐克谐刚要把盒子收回去，雏仪手疾眼快地抡出了里面那张贺笺，大声念了出来："'凤友鸾谐'，哈哈哈，爸，这是 —— 结、婚、礼、物吧？庚戌年是哪年？"

他只好告诉她，七零年。

"庚戌年、立冬。"雏仪念叨着，跑到客厅看了眼月历牌，兴奋道，"就是下个月呀。爸，结婚纪念日哟！不做点好吃的庆祝一下吗？"

他望着盒里的两只骨瓷杯子，金红色的釉面光洁如初，心里不禁微有触动。这类"庆祝"在他们家一向是没有的，以前没条件，后来没时间……就这样一年年走过来，猛地回首一顾，起点已在记忆中模糊不清了。当下他把两只杯子从盒里取出来摆在台面上，对女儿说："好啊，到时候爸来做，你想吃点什么？"

不料雏仪笑嘻嘻地摆手，"甭问我，你俩的纪念日，你们自己吃吧！"

凤仪的归期恰巧定在那一天，齐克谐嘴上不说，心中隐怀期待。早晨父女俩一起去买了菜，还有一瓶上好的女儿红。立冬了，黄酒最宜活血祛寒。到家后雏仪放下手里的塑料袋就溜了。齐克谐叫住她，"你不给爸打下手儿？"

"我怕菜做好我就走不动了！"

于是他独自在厨房忙碌起来。其实家里最懂得赏识他手艺的人就是女儿。因为是姥姥带大的，雏仪的口味被惯得敏锐刁钻。六岁刚回到爸妈身边时，她跟爸爸的互动正是始于餐桌。那时候他们的日子不宽裕，他却变着花样儿地笼络女儿的胃。他做好了饭，头件事是把每道菜依次夹一点到女儿碗里，她便煞有介事地边吃边点评，"这个咸了""那个淡了""花椒炸煳了！"爸爸一律虚心接受，坚决改正。

凤仪简直看不惯这父女俩每天在饭桌上的一唱一和，尤其是小丫头闹脾气，说每个菜都不好吃的时候，当爹的还要单独给她开小灶。照凤仪的意见，应该饿她几顿，而他却说宝儿嘴刁是福气，"不像你，不懂享受生活"。她倒是同意这话，因为吃喝玩乐对她来说根本不是享受，她最愉悦的时光都在舞台上。所以她通常迅速扒完自己的饭就往排练场跑，"你们爷儿俩慢慢享受吧"。

　　锅里的五花肉与融化的冰糖翻滚在一起，渐渐变成诱人的红褐色。这是他的拿手菜，凤仪和女儿都喜欢，可是凤仪吃得很节制，还经常警告女儿，"再胖你就甭演林冲了，改演鲁智深吧！"雏仪往往嬉皮笑脸地乖乖放下筷子，任凭她妈把盘子端走，她却跟爸爸交换个默契的眼神——他早已偷偷给她留了一份独食儿。

　　"滋啦"一声，锅里注入了开水，调小火慢慢炖着。齐克谐关上了抽油烟机，嘈杂的声响一停，屋里霎时非常安静。那两只骨瓷杯子洗好擦净了，立在桌上像一幅静物画。黄酒被徐徐地灌进了小壶，幽淡的醇香飘出来，顺着空气悄悄游走。他有些心不在焉地把小壶按在装着热水的碗里，按下去又浮起来，就像心中的某些块垒。

　　这段日子团里的其他演员也陆陆续续从北京回来了，一同回来的还有些风言风语，有关蒋凤仪和郑轶夫。对于后者的私生活其实人们知之甚少，有的说他离婚了，有的说他老婆死了。更有好事者提起三年前郑轶夫写的那篇剧评，"要不是他捧她，能在北京火成那样？现在又拍电影……老头都多少年不出山了？图什么不是明摆着吗。”

万众瞩目与万夫所指从来只有一线之隔，二者她都经历了太多。在台上演英雄汉的女人，私底下也风风火火，从前常有人半玩笑半嘲讽地说她“没有女人味”，现在她演男人出了名，人们又翻回头去盯住她“女人”的一面，迫不及待想发掘点花边儿，“瞧，演了半天英雄，不也有见不得光的事儿？”

齐克谐理智上知道她不是那样的人，情感上，到底有复杂难言的滋味。多少年了，凡是跟戏沾边的事，她说一不二，想干就干，从来没有一次问过他的意见，也没有顾虑过他的感受。怀着孕练功，把孩子送回老家，承包剧团，跟孙玺同台竞技《铁公鸡》，孤注一掷进北京公演《林冲之死》，及至这次去拍电影……作为客观的见证者，他必须承认她的每一步都走对了；但作为丈夫，他终究无法客观。都说“十世修得同船渡”，他与她风雨同舟了这么长一程，终于发觉她这条船最离不开的是水。

戏，是她的水。

暖着小酒壶的热水不知何时已经凉下来了，他回到厨房，锅里的肉汤也快收干了。他关了火，拿过一把小葱，细细地切了准备做点缀。做到这最后一步工序居然走了神，一不小心割破了手，伤口不深，没觉出疼来，还是血洇到案板上才发现。他正在水龙头底下冲着伤口，突然外面响起敲门声。

又没带钥匙？她在台上比谁都精细，下了台却总是粗心大意。齐克谐只好甩甩手上的水去开门。

门一开，外面站的是温靖。他颇感意外地向她身后张望，没别人，只有一只行李袋，他认得是凤仪的。

"小温？"

"齐、齐老师，"她站在原地，弯腰把袋子推进了门，"这是团长买的东西。"

"买的什么？她人呢？"

"都是磁带、唱片、录像带，还有书。"她气喘吁吁地直起腰来，"呃，团长要在北京再待几天，导演好像觉得哪儿还有点问题。"

齐克谐没言语。温靖并没瞧出他的异样，只是又低头从包里掏出一条围巾，"这是宝儿落在招待所房间里的，我也给她带回来了。"

他点了点头，伸手接过来，"这孩子丢三落四的。谢谢你了小温。"

"齐老师，您的手……"

他低头一看，白围巾已经沾了点血，忙换到左手拿着，"切菜的时候破了点皮儿。我先把这围脖儿泡盆里去。"他回来时温靖还站在门口，默默递给他一个创可贴。他愣了一下，也便接过来贴了伤口。

"那齐老师，我走了。"

"吃饭了吗？"他几乎是下意识地问出这句话。

她慌忙谢绝。

"没事，反正这顿饭就是给……给你们接风的。"

温靖不是不懂礼数的人，也并不贪嘴，可不知怎的坐到了那桌饭菜面前。她以为雏仪也在家的，坐下了才发觉不在，她想走，一扭头看见厨房里他的背影，终是没有起身。

正午的太阳光明晃晃地洒进来，将那对金红色的杯子照成透明状，也照花了她的眼睛，那么精美、纤薄、不牢靠的物什，放在这装潢朴素的屋里却相得益彰。她记得自己用过这杯子，那是四年前她刚到剧团时团长请她到家里吃饭。当时他们夫妻住的还是筒子楼。

那天在饭桌上"林娘子"与"林教头"碰了杯，她感叹团长真是个豪爽大气的女人，难怪能把英雄演得入木三分，团长的爱人则是一派谦谦君子的风度，却能写出那样悲慨壮阔的剧本。跟着英雄辗转鹏程千万里，她这初出茅庐的生坯子如今也是小有名气的戏曲演员了。只是她最想让他看见自己成绩的那个人，看不到了。

齐克谐把最后一盘菜放到桌上，在她斜对面坐下，顾自端起了饭碗，也请她别客气。

她略感不安，"齐老师，不等等宝儿吗？"

他只摇摇头。能怎么说呢，说女儿为了父母的"纪念日"特意躲了出去，可她妈妈压根没回来？

沉默了一会儿，他随口问起拍电影的事。她忙说团长一如既往出彩儿，雏仪也常常受导演表扬，以后大有前途，一定会成角儿的。

"成不成角儿的，无所谓。当了父母才知道，只要孩子过得开心就够了。"

温靖没想到他反应如此淡然，一时没了话说。

"导演夸这个夸那个，难道没夸你吗？"他瞧出她的窘状，温和笑了，"我可是老听你们团长夸你。父母都为你高兴吧！"

"他们啊，都不在了。"

他吃了一惊，低声抱歉，她摇头说没事，"已经有些年头了。不过，有时候确实很希望我爸爸能看到我演出。"

齐克谐忽然想起凤仪跟他提过温靖档案里的家庭情况，于是他告诉温靖天下的父亲都一样，知道儿女成才一定会感到欣慰，"你们团长也是跟着宝儿的姥爷长大的，是老爷子培养出来的。"

"可能吧。虽然他希望我成的'才'不是唱戏。"阳光从她背后洒过来，使他看不清她的表情，连带着她的声音也显得悠远迷蒙了。

当话题随着太阳的缓缓西斜转移到某个不在场的人、某个过去的时空，当下滞冷生疏的空气也似乎流动起来了。思绪如同孤独生长的藤蔓，原本不期相遇，却在蜿蜒的途中偶然触到了丝丝缕缕的另一枝，诉说，倾听，追忆，忘怀……

他是个什么样的人呢，在她心里无比熟悉，说出来却有些陌生了，好像是在讲别人的故事。

温靖在整理父亲的遗物时发现他一生画了很多图纸，那么细致严整，风格上中西合璧，古今交融，可是没有一张成为现实里的建筑，就像他的人生也被早早地粗暴揉皱，抛进了个人无法左右的历史泥流。在泥流中，他们一家的故事并不特殊。起因仅仅是当地要将一座破亭子连带它周围的断壁残垣刷成红色以作为开大会的临时场所，而他出头阻止，因为"那是寓园的遗址"。

　　寓园是什么，是封建文人、贵族地主阶级祁彪佳的私家园林，是他和老婆游山玩水、喝酒听曲的腐朽生活方式的罪证。祁彪佳誓死不降清，自沉于园中池塘？那又怎样。"士大夫气节"换句话说便是"自绝于人民"。毫无意外地，他成了建设局最早的"二类右派"之一，全家被下放到东南沿海的一座小岛。上岛半年后，妻子选择离开，带走了比温靖大四岁的温清，后来他改随了继父的姓。

　　温靖觉得自己其实不怨妈妈把她留下，可是怨她说了谎，她说"带你去做新衣服"，那是以前母女俩都喜欢做的事。温靖自打学会走路就跟时髦漂亮的妈妈学会了穿衣打扮，都是布拉吉，可妈妈身上的总是比别人的剪裁得体，因为有爸爸那双尺子似的眼睛做参谋。那天她拉着妈妈的手一路上在想，这里的裁缝会做布拉吉吗？然而她们走过了岛上唯一的那家裁缝铺，并没有停下脚步。妈妈一路把她带上了山，带到爸爸采石头住的临时小屋，然后领着哥哥走了，一去不回头。那年她五岁。

岛上的生活其实不算悲惨，那里有海滩、野花，还有明媚的阳光，只是晒黑了她原本瓷白的小脸。父亲因为人勤手巧在当地没有遭到刁难，也没有让她的生活受委屈。他会开山，会架桥，盖房更是不在话下；他还向渔民学会了打鱼、补网，追随山野郎中认全了岛上的草药。他尤其没忘了小女儿爱美，因此学会了做衣服，甚至左邻右舍的姑娘媳妇婶子婆婆也来向他取经，因为别人不够裁一件衣服的布料到了他手里竟能绰绰有余。

　　可是岛上的物资供应毕竟有限，即便有货也没钱，于是他以前的西服、大衣、的确良衬衫被源源不断地拆、剪、缝，成为她的新衣服。每一次新装上身她都要大摇大摆地在岛上走一圈，引来大家夸赞，"俏小妮又穿新衣服啦？"

　　外面的革命风云似乎被大海隔绝了很多，她在这座近乎被遗忘的小岛上长大，父亲的脾气也在日渐变得古怪。白天干活明明已经很辛苦了，可是晚上还偏要教她读书、认字、代数、几何……她在蚊虫的嗡鸣声里昏昏欲睡，他急了，抄起木尺打她的屁股，她一挡，胳膊挨了一下，顿时高高地肿起了一条红痕。她没想到他居然哭了，转身去捣草药，回来敷在她的胳膊上。面前的纸笔被他一把扫到地上，沾染了他手上的绿草汁。

　　他说爸爸错了，学这些没用了。

　　不知从何时起，跟他们一家同时下放的人陆陆续续都回去了。但直到运动结束，他们父女依然归期无望。她这才慢慢懂了他的郁结。后来县剧团学员班招生的消息传来，她终于有机会满足父亲的夙愿，就像她小的时候，父亲从没有一次让她的希冀落空。她问剧团的老师，是不是考上了她就能回城。老师说是。她又问那她爸爸呢。大概是老师惜才，太想招走这个漂亮伶俐的姑娘，所以他想了一会，告诉她如果立了功就可以让她爸爸也回城。

她那么兴高采烈地跑回家，父亲却不同意，因为在他为女儿勾画的蓝图里从来没有"唱戏"这个选项。最后她搬出一个人，他终于无话可说。

"你说过，祁彪佳不光懂建筑，还是个戏剧家。"

于是在上岛十年后，十五岁的温靖回到了城市，带着一本祁彪佳的《越中园亭记》，几件父亲手缝的衣服，还有他自制的膏药，因为他知道女儿学戏身子骨必要吃苦头。确实很苦，尤其是她已经过了练幼功的年纪，腰腿都硬了，可是她生生地挺了过来，只为当初招生老师的那个"承诺"。

一年后，当她总算熬过了抽筋扒皮似的基本功训练正式开始学戏时，父亲真的回来了，当然不是因为她立了功，而是国家落实了政策。另一个她当时不晓的原因是，他已自知时日无多。

父亲没有看到温靖的毕业汇报演出，那天她演的是《红鬃烈马》里那折著名的【武家坡】。戏里的王宝钏等到了离家十八载的薛平贵，可人间有太多事并不是付出了真心就能等到圆满的结局。她学成了，县剧团的生计却每况愈下。哥哥梁清不时来探望她，要带她"回家"，可她不肯，推土机进了院也誓不收拾行李。因为也确实没地方可去。

哥哥口中的"家"，是他们的；而她和父亲的家还在那座小岛上，那儿有她赤脚跑过的沙滩，他亲手盖的房子，还有今夜退去明朝一定会回来的潮汐。

再后来，岳鸿霞带蒋凤仪来挑林娘子，挑中了她。齐克谐想起那天在县剧团的走廊里飘落在他脚下的戏单子，印的正是《红鬃烈马》。

桌上的菜没怎么动，可是女儿红慢慢少下去，直到这只杯子空了，一眼望过去，透出那只杯子的轮廓，同样的伶仃、空无，彼此默然相对。

锁窗寒

　　蒋凤仪从北京回来了，凌跃去火车站接的她。晚上齐克谐到家时推开卧室门，看到她正在熨衣服。那一向是她最不爱干的活儿，因为耗工夫、急不得。在团里，她最讲究水袖、护领要熨得平平整整，小五叔退休后她再也找不到合意的箱倌师傅了。新来的服装管理员永远达不到她的要求，她只好不厌其烦地亲自示范，毕竟不能登台的那些年她跟着宋小五学了不少拾掇行头的手艺。而私底下，她大部分时间都是运动装，抓起来就能穿。

　　今天，她在那儿慢条斯理地熨他的衬衫，雪白的蒸汽从她手底下徐徐升起，熨斗平稳地经过袖子、前襟、后背，最后是领子，正反都要熨平，尤其是领尖不能翘角。隔壁屋的女儿已经睡了，她开着齐钧广送的那台唱片机，用很小的音量放着余叔岩的"十八张半"。一段《鱼肠剑》的西皮原板滋滋啦啦地飘出来，而她似乎毫不介意老唱片磨损的音质，一边埋头干活一边饶有兴致地跟着轻声哼哼，"一事无成两鬓斑，叹光阴一去不回还。日月轮流催晓箭，青山绿水常在面前……"

"电影明星哪能干这个活儿？"齐克谐把大衣脱了扔下，头枕胳膊直接躺倒在床上。响动盖住了余叔岩的唱腔。

"我算啥明星呀……我看你这几件衬衫堆在那儿……"她的手没停，一抬头才察觉他显然喝多了酒，于是止了闲谈催他快点洗漱休息，又放下熨斗要去给他端杯茶，却被他拦住了。

"不用不用，不敢劳动贤夫人。"

凤仪觉得齐克谐不对劲，往常他应酬回来只是安安静静独宿书房，从不多话。今天不知怎么了。可是她没搭理他，径自要去倒茶。

"我说不用。"他的语气突然严肃冷淡，不像醉中，"我问你，那天为什么没回来？"

"哪天？"

"立冬。"

"立冬是哪天……"她想了想，并没意识到那天除了是"立冬"还有什么特殊，"噢，你怪我在北京多耽搁了几天？小温没告诉你吗，有几个镜头导演让我重拍了一下，又重新录了几句唱。就为这事，至于吗？"

他默然端详了她半天，发现她几个月没理发，颈后的头发长了，临时绑起一个小抓揪，像二十几岁时那样，竟有些俏皮。气色也轻盈，仿佛有什么地方不一样。一定有什么地方不一样。"是不是戏的事儿你全都至于，我的事……你和我的事，都不至于？"他猛地从床上坐起来，一把抓住她的胳膊。

"你说啥呢？你有什么事啊？喝高了你！"她感到莫名其妙，火儿也上来了，"你的事就是天天饭局酒局、折腾到半夜三更回家撒酒疯？我早想问问你了，你写剧本就好好写，非得跟那帮人搅和一通才有灵感？"

她要甩开他的手，他却握得更紧了，而且把她拽得离自己更近，一字一句道："你还想问我？！只许你们谈艺术？写信谈不够，拍电影也不够，还要单谈。是不是？"

凤仪愣在原地。他把她另一只胳膊也攥住了，坐在床边抬头盯着她，镜片后面的眼睛冷冷然，血丝密布，"你们谈什么了，你给我讲讲？是不是我剧本写得不行，配不上你这'活林冲'的表演？'五十年才出一个的好角儿'，谁配得上？是不是大导演、大艺术家才配得上？"

"你混蛋！"

她一甩膀子，抽出胳膊推开了他。他站起来又扳回她的肩膀。她是不会服软的人，眼里更不揉沙子。两个人在争执中他断断续续说的话她有的听清了，有的没听清，有的听着像醉话，有的又像真心话，可是没有一句让她相信是他说出口的。错愕、愤怒、委屈，头昏脑涨，好像被困在一个天旋地转的黑屋子，震颤停不下来，她也出不去。

唱片机被"哐当"撞落到地上。老唱片掉出来一半还在转，直到被唱针划出尖利的一声才停下来。小屋里的女儿迷迷糊糊地叫她，"妈，怎么了？"两个人都静下来。凤仪清了清嗓子才大声答："没事，熨斗掉了。接着睡吧！"

说完，她和齐克谐面对面又站了一会，她把身上的外套裹了裹，抬脚往外走。

"回来。"他叫住她，拎起椅子上自己的大衣，出了卧室。过了很久，她突然闻见一股煳味，赶忙走过去把熨斗收了，白衬衫的前肩已经焦了一片。她双手撑在熨衣架上对着那块焦痕出了半天神儿，终于把衬衫扯下来揉成一团儿扔到地上，"啪"地关了台灯和衣躺倒。

从北京回来的第二天她照常上班了，渐渐地也隐约听到了那些关于她和郑轶夫的闲话。她觉得无聊，而且憋闷。人言可畏，演惯了戏的男男女女更是话里带刀，刀刀见血。父亲以前跟她说过，一个人若能带好一个戏班子闯江湖，那就没什么干不成的事了。想到这儿，她忽然发觉自己好长时间没回家看看老两口了，忽然很想父亲。他不是当年气壮如牛的他了，头发白了，耳朵背了，腰板也不那么直了，可是在他身边她永远是温暖而安全的……水里来，火里去，她以为自己当真什么也不怕呢，原来也怕误解，怕孤独。

外面的风言风语和家里的冷战同时进行着，在台上万夫莫当的她一天天感到茫然无力，只能把自己关在练功房里挥汗如雨。星期天的中午，团里空无一人，她还在跟自己较劲。门外有动静，她停下来回头，见凌跃拎着暖壶走进来，默默给她的杯子里续了水。

"嗬，凌主任，大礼拜天儿的干吗来了？"她走过来端起杯子吹了吹，随口跟他开玩笑。如今他是剧团内政外交都离不开的大忙人，在她跟前晃悠的时间比从前少多了。

"领导，您这么叫可是骂我，我可一直拿自个儿当您的小跟班。"凌跃放下暖壶反坐在一张椅子上，抱着椅背问她，"大礼拜天儿的，您干吗来了？"

"练练功呗，我还能干吗。"她理了理汗湿的头发，突然想起来，"对了小凌，笑笑快生了吧？"凌跃和杨笑笑结婚快两年了，婚礼时蒋凤仪随了一份大红包。

"劳您惦记着，是快了，预产期是下个礼拜。"

"那你不在家伺候媳妇儿，出来瞎转悠什么！"

"媳妇要伺候，领导也不能不管呀，而且我还想跟您取取经呢。"

"跟我取什么经，我是个反面典型。没老老实实坐月子，落了不少毛病，可别学我。"

"您那是为事业不怕牺牲……再说我学的不是您，我们男同胞得学齐老师。谁不知道齐老师是'林教头'的坚强后盾？"

凤仪顿了顿，勉强一笑，"你小子哪儿是取经，是要给我上课呀？"

"我哪儿敢呀，"小凌把椅子往前挪了挪，推心置腹地说，"您不让我拜您，可是在我心里早就把您当师父了，做艺、做人，我都只有跟您学的分儿，一辈子也学不完。但有一样儿您……好像不开窍。"

"哪样儿？"

"您演了半天男人，可还是不懂男人那点心思。除了戏里，哪儿有那么多心胸开阔的英雄好汉啊？谁心里都有转不过弯儿的事，您得多理解。"

"我是什么样的人，你都知道，他会不知道？别人不信我就罢了，连他也不信我。这事我没法理解。"

"哪儿有'信不信'，只有愿不愿意信。"凌跃拿起凤仪的大衣给她披上，"早点回家吧领导。跟齐老师好好聊聊，说话软和点，别拿台上钢筋铁骨的劲儿，忒硬忒凉就不好了。"

小凌的话她多少听进去了，在心里兜兜转转，颠来倒去，只是想不好如何开口。日子还在继续，她和齐克谐都早出晚归，似乎默契地做到了同住一个屋檐下却互不碰面。

在团里，她开始给雏仪和庆红排《平贵别窑》了。自从演过了林冲和林娘子，小姐儿俩合作起来更加游刃有余，显然也更懂得戏情戏理。十八年后"武家坡"的薛平贵有多复杂，十八年前"投军别窑"的他就有多单纯。如若没有这份青涩又坚定的情意，王宝钏也不会死心塌地苦守他归来。

"薛郎，你当真要走么？"

"走了。"

"待为妻送你一程。"

"外面风大，不送也罢！"

"一定要送。"

"如此，有劳三姐！"

　　戏排得很顺，排完戏雏仪和庆红要去逛商场看电影，蒋凤仪也点头答应了。从剧团回家的路上，她满脑子都是女儿扎着大靠的样子，一戳一站都英气勃勃，眼睛里又忍着不舍，庆红的表情也分明是难解难分。她感叹有些戏年轻的孩子演起来就是形神俱似，如果让现在的她去演，不知能否如此动人。

　　这出戏看的就是一对年少夫妻的情深意笃，年轻真好啊，不遮不掩，敢爱敢恨，更无惧人言。她反复琢磨着雏仪和庆红的几句念白和出窑的身段，越琢磨越有感触。薛平贵心事重重地往外走，一不小心脑袋撞上了低矮的窑门，宝钏赶紧凑上去查看他有无受伤，他说声"不妨事"便俯身出了窑，这一走就是十八载，是他们整个的青春岁月。

　　这座狭小的寒窑曾是王宝钏和薛平贵的新房，里面不只有辛酸，一定也有不为外人道的甜蜜缠绵。凤仪不由得想起当初工宣队指定给她和小齐的那间斗室，大概也不比一座窑洞宽敞吧，他们在那里度过新婚燕尔，在那里雪夜闭门读禁书，后来也在那里有了女儿。惦着往事，脸上、身上的戏必然更加真切；惦着往事，她的心也忽而软下来。

那天晚上她悄悄进了书房。窗帘没拉严，露出半弯月亮，月光像烛光一样颤颤巍巍的，有时很近，有时很远。齐克谐面壁睡着，她在他身后躺下来，对着黑暗中的天花板怔望了一会，侧过去抱住了他。在窄窄的一张沙发床上，她的脸贴着他的背，因为拥挤而没有一丝空隙，她只觉得暖烘烘的，想说点什么，可是太困太累了，终于还没说出口就睡着了，而他也没有动。那一宿她睡得很沉，无梦到天亮，早上睁眼时书房里只剩下她自己。

那个冬天的第一场大雪飘然而至的时候，电影《林冲之死》上映了，上级组织全省各大艺术院团集中观摩，她和他都出席了。

最后一场"庙刎"结束，灯光暗下去，掌声响起来，许多人说电影甚至比舞台版更震撼。她被请上台讲话，一捧鲜花抱在怀里，目光向台下寻觅，发觉他不知何时已经离场了。

惜分飞

"提起当年泪不干，夫妻们受苦寒窑前……"

薛平贵在武家坡上对王宝钏试探一番之后终于相信了妻子的忠贞，他追她回到寒窑，在门外表明心迹，诉说当年惨惨戚戚的夫妻分别，诉说他如何千辛万苦远征西凉，如何因祸得福娶了西凉国的代战公主，又如何意外收到了那大雁衔来的血书 —— 来自他寒窑受苦的发妻宝钏，"那一日驾坐银安殿，宾鸿大雁口吐人言。手执金弓银弹打，打下了半幅血罗衫。展开罗衫从头看，才知道寒窑受苦的王宝钏。不分昼夜往回赶，为的是回来夫妻团圆。三姐不信从头算，算来算去十八年！"

蒋凤仪这一大段血泪俱下的唱腔听呆了温靖，凤仪朝她使了个眼色，她才想起来去索要那血罗衫。薛平贵弯下腰把一条巾子塞进了"门"。宝钏看罢，悲喜交加，开窑门与丈夫重新相见，探头一望，平贵刚唤了声"三姐"，她却又慌忙关上了门，心有余悸地娇喝道："呸！我丈夫哪有五绺髯！"

是啊，当初"投军别窑"的薛平贵还是个额下无须的年轻人。如今他老了，她又何尝不是呢。"少年子弟江湖老，红粉佳人两鬓斑。三姐不信菱花看，容颜不似彩楼前。"当下他掩面摆了摆手，最后一句尾音呜咽。

"寒窑哪有菱花镜？"

"那水盆里面。"

"水盆里面照容颜……呀，果然容颜变，十八年老了我王宝钏！"她这才确信外面那中年人就是她的薛郎。然而她还是不许他进门——

"既是儿夫回转，你要退后一步！"

"是、是、是。"

"再退一步！"

"是……再退后一步。"

"还要你退后一步！"

他回头看了看，照实相告，"哎呀妻呀，后面无有路了哇。"

她终于发出一声杜鹃啼血般的哭诉，"后面若是有路，你你你……你也不回来呀！"

薛平贵霎时懂了她满腔的怨，亦是泫然泪下，一撩袍跪在了窑外。王宝钏再无一言，只是过来挽手相搀。

温靖扶起了蒋凤仪。她牵着温靖的水袖，笑说："小温，这儿你唱得太软了。我在西凉川又娶公主又享荣华富贵，你在这儿苦守寒窑，好不容易见了面，丈夫还猜忌你，你气不气呀？得狠狠骂他！"温靖的神色闪过一丝慌乱，只管点头。凤仪朝琴师招了招手，"歇会儿再来一遍。"

又来了一遍，还是不行。

"小温，这趟回家，都还好吧？"

十天前，温靖请了年假回去给父亲扫墓。尽管《红鬃烈马》的彩排正进行到紧张关头，但凤仪想到她来剧团以后还从未休过假，于是不假思索地答应了。

"挺好的，"她攥着水袖说，"谢谢您准我的假。"

"昨儿晚上刚下火车，是不是还没休息好？"凤仪掰着手指头算了算日子，"明天再来一遍吧。后天我就要去北京录晚会了，团里也该封箱。这戏年后就得演，咱加把劲儿。"

温靖连忙又点了点头。离开排练厅前，蒋凤仪不知想起了什么，忽问她西湖下雪了没有，她微怔，凤仪怅然笑了笑，走入了外面的一片白茫茫之中。

从剧团回家的路上行人稀少，只有卖烟花爆竹的摊子前热闹非凡。"嚯，这五千响儿的大挂鞭城里可是不多见啦！""可不吗，我这是专供人家店里开张用的，剩了这点，您来一挂？便宜卖了……"

摊位前的交谈被寒风吹到蒋凤仪耳边，使她想起儿时往事。父亲带她在老戏园子里闯荡，每逢喜庆日子戏园门口都要放万响的鞭炮，这活儿旁人都不敢揽，只有父亲最喜担纲。那震耳欲聋的动静仿佛是太久以前的事了。她想过去看看，但围在摊子旁边的人太多了，她还是没停脚，继续一路往家走。

不知他回家了没有，自从电影观摩会结束那天他摔门而去。

她把钥匙插进锁眼里，锁是开的。她忙推开门，看到衣帽架上挂着他的大衣，地上堆着些年货。

"回来了？这几天……"

"那天……"他抢过了她的话。

"那天，改词的事，是我……"她想道个歉，还没说完，他却先说了。

"是我态度不好。"

她面露意外，他避开了她的眼神，转而问："宝儿呢？"

"回姥姥家了。我……后天去北京录像。"她声音很轻，是抱歉的语气。他平静说"好"，并像往年一样表示他会跟女儿一起陪老两口过除夕。

启程日的中午，蒋凤仪拎着行李袋出了家门，走了几步又折了回来，到办公室让小凌去改票。他惊讶道："车一会儿就开了，哪儿还能改呀？"

"那我出钱，你给我重买一张。"

"改几点的？您干吗啊？"

"改晚饭以后，半夜也行。"她顿了顿，"今儿齐老师过生日。"

小凌去买票了，她把行李袋放下，也上了街。她去的是糕饼店，一进门，甜香温暖的空气扑面而来，她深吸一口气，顺着玻璃柜台慢慢走过去，一一浏览那些蛋糕模型。蛋糕上面精雕细刻的装饰意味着它们不仅仅是食物，更是礼物、是心意：一个憨态可掬的胖娃娃，一只大寿桃，或是一枚红艳艳的桃心……她不禁有点鼻酸。

齐克谐从不忘给她过生日。即使是夫妻渐感疏离的近两年，他很少下厨房了，可到了日子，她进家门仍能看见餐桌上他亲手做的长寿面，方才意识到自己又长了一岁。然而年复一年，她陪他过的生日寥寥无几。今天是他四十五岁的整生日，她觉得自己不能再错过了。

那天她跟温靖排戏时唱到"三姐不信从头算，算来算去十八年"，嘴里没唱完心头便一惊，想起了几个月前那次吵架。她顿时醒悟他为什么怪她"立冬"那天没回来了。立冬是他们结婚的日子，到今年，也是十八个春秋了。小二十年啊，她在台上摸爬滚打了小二十年，他就在台下陪了她小二十年。多少次午夜梦回她感叹自己的身手不再矫健如昔，却忘了当初那个书生意气的小齐也在过往的岁月里沾了满襟风霜。郑导的事、改词的事，一件件接踵而至，似乎来了又去，看似云淡风轻了，可她知道他心里存着芥蒂。凌跃说得对，她应该跟他好好聊聊了。她天天在台上演大丈夫、英雄汉，但她也是妻子，是他的妻子。这些年，自己做得太少了。

蒋凤仪抱着蛋糕走出店门的时候天已经黑了。年三十儿还没到，街上就有急着放鞭炮的了，满地红屑无人打扫，一蓬蓬的跟着她的脚步翻飞，沾在她的裤腿上。她只管甩着大步往家赶。

"小齐，我回来了！"门没锁，客厅里漆黑一片，只从卧室门缝下透出暖黄的光亮。她没脱大衣，端着蛋糕走过去，低头酝酿了一下，捏着旦角的小嗓儿细声说："官人，为妻与你拜寿哇！"

门一推开，她愣住了。

两个人，像是完完整整从一块泥里挖出来似的，从他到她，线条过渡得严丝合缝，在床头灯的暖光底下，那是他，没错；和她，也没错。

是齐克谐和温靖。

屋里的暖气很足，可是凤仪的牙齿和手都不由自主地抖起来，下意识地把蛋糕盒抱得更紧了一些。她的脑子一片混沌，不知道这是他们的第几次。也许是第一次？也可能是第……她一无所知，正如她也不记得自己和他的上一次温存是什么时候了，以至于对这场景产生了隔膜的恐怖感。空气如此绵甜而燥热，她却像一跤跌进了冰窖，从里凉到外，从头凉到脚。

她没嚷，也没动，屋里却好似有千军万马在啸叫，在逃窜。而她如冰柱一样立在烟尘滚滚里，透明的，寒凉的，默然看着他们慌张地分开彼此，分开处散乱着温靖飘飘洒洒的长发，还有她战栗而美好的身体。

蒋凤仪的第一反应竟然是别过头去。

"小义、小义……"

她听见齐克谐叫她。他很久不曾叫她的小名儿了。可是她不敢回头看他，因为怕看到他狼狈不堪的样子，更怕自己会比他还狼狈。直到她确认他收拾齐整了才转过身去，他连衬衫外面的毛背心都套上了；虽然套反了，但她还是认出那是自己以前点灯熬油一针一线织的，于是多盯了一会。他惶然望着她，抖着手把衣衫不整的温靖拉到身后……

他是怕她会动手吗。她有点想笑，又酸楚，那是她的丈夫，那是她的林娘子。好一个读书人，好一个贞洁烈女啊。穿过齐克谐，她看清了温靖的脸，嘴唇苍白的，失魂落魄的，可是散了的魂魄化成一汪水，楚楚可怜地淌出来，就要淌到她脚下了；上一次她目睹这样锥心蚀骨的美人泪，还是二十年前……她像被蜇了一下，猛地抬起脚就走，走到门厅，怔了怔，把手里的蛋糕甩在了饭桌上。

出了单元楼的门，寒风打到脸上。吃完晚饭的大人孩子们都出来放鞭炮了，喧嚣声在冷脆的空气里传得格外远。

"给我，我要点！"

"儿子，来，你点！咱崩穷、接财神！"

"你让他鼓捣什么呀，还'崩穷'呢，再崩着眼睛！"

"点，儿子，甭怕！别理你妈！"

一挂小鞭儿噼里啪啦地响起来，蛮横、暴烈、势不可挡，让人没处躲、没处藏。蒋凤仪撒腿跑起来，一口气跑回剧团大院。四处的爆竹声虽然在身后关不住，但院里终归比街上安静，回家过年的早就走净了，要去外地演出的也开拔了，就剩她一个。她停下脚，嗓子眼里直泛血腥味，空荡荡的胃里绞着疼。她到办公室取了自己的行李袋，可是没处去。火车票是半夜十二点的。

她顺着脚走到排练厅，锁门了。走到传达室，连于大爷也不在，窗口挂着一块手写的"回家吃饭，来客稍候"的小牌子。于是她拎着行李漫无目的地转悠，转到了后院的小礼堂。剧院要迎来三十五周年院庆了，省里拨了一笔钱，准备把这座礼堂推了，盖一座新的大剧场，还说盖好了先让她唱三天专场。小礼堂已经拆了一半，瓦砾遍地，门上仍象征性地挂着锁。

她转了一圈，在一堵两米多高的残墙前面立住，放下了行李袋。好多年没翻墙上树了，她居然有点笨手笨脚的。跳进屋的一瞬间，脚底下震起一片灰，她咳嗽起来，钻进鼻子的清冷空气里掺着霉味，那味道竟有点熟悉……好像老仓库——那个她、她们偷偷翻进去，在里面唱了一晚上《平贵别窑》的伤心之地。那地方一定早就没了，可也一直在她心里。

小麦花死了二十年了吗？可不是吗，小齐都四十五了，今天他四十五了，温靖才二十五六岁。正是小麦花当初的年纪。那时的小麦花、今天的温靖，她们的美她看得最清楚，从头发丝到手指尖，一寸寸都是灵的，柔的，美的，但她知道那种美不在她自己身上。她最美的时刻都在台上，而那座舞台要求她英武、阳刚，脱尽脂粉气。她把身体给了舞台，那身体也就不再属于她自己，也不属于某个人。正是这样的舞台，有时锣鼓喧天，有时空空荡荡，她走着、走着，突然绊了一下，低头一看是根马鞭，短缨都脏得看不出颜色了。她把它捡起来，顺手脱了大衣扔在旁边。马鞭在她手里一挥，依旧呼呼作响。她扳鞍认镫，一蹁腿上了马，跑起疾风流水的圆场步。鞭子在她手里抱、握、拖、甩、涮，她在无声的锣鼓点里平转、射燕、探海、大跳，一圈又一圈。

又只见红日西下月无光，昏惨惨云雾柳成行。又听得庄中人言闹嚷嚷，马嘶尘滚风声狂。急慌忙催马拎缰，急慌忙勒马提缰。披星戴月阳关走，耳听得梆儿响奔扬长。

催马拎缰、勒马提缰，还有背鞭策马、甩鞭打马、飞马下坡、纵马飞奔……戏台上的马趟子花样繁多，都是为了折腾人，仅靠一双手脚、一根藤鞭，在空地中幻化出田野、街市和沙场，还有或走、或停、或惊、或驰的达达马蹄。到底什么是真，什么是假呢？她记得小麦花用手指尖蘸着陈年的胭脂，在她额前抹了一道火似的英雄扦儿，好像画了英雄扦儿她就是横戈立马的英雄了。戏是假的，卖的力气却是真的，投入的深情更是。

戏里一转瞬十八年，别窑的平贵总会回窑，宝钏总会原谅他，唱戏的人知道，台下的人也知道。人心变了，戏也不会变。

戏外十八年一转瞬，最好的朋友、最亲密的爱人、最器重的搭档，离开了她的不会再回来。戏没变，人心却变了。

十八年，小麦花陪她演了一场平贵，温靖陪她演了一场林冲，在台上真的用了情，所以她一步也没走错过。

十八年，小齐跟她做了一场夫妻，在日子里也真的用了情，却不知从哪一步开始两个人越走越远。

谁对谁错、孰是孰非已经说不清，也就不必谈怨恨或原谅了。只有一样事她想明白了，人生并不如戏，后者想方设法把遗憾变成美，而前者不知不觉把美变成不堪。

她气喘吁吁地停下来，满地鞭炮的红屑，是从她裤脚震下来的，爆过，响过，随意落在哪儿就落了吧。留不住的人和事只能如此。

良久，她沉气唱了一句导板——"一马离了西凉界。"平贵别窑，一去十八年，她也十八年没在台上演过这出戏。

"……不由人一阵阵泪洒胸怀。青是山绿是水花花世界，薛平贵好一似孤雁归来。"

余音消散，没有回响。她心里很空，没有着落，可也不再有牵挂。这本戏她还能唱，有板有眼，很好。她抬腕看了看表，从地上拎起大衣拍拍土，穿上了。

"小麦子，我走了。"

她在心里默念了一声，扒着墙往外爬。饿着肚子跑了一晚上，她小腿有点抖，落地时脚一软，有人扶住了她。

是齐克谐。

"小义，"他见她站稳了，立刻松开手，"我猜你在这儿……"

她笑笑，不说话。

"是我做了糊涂事，对不起你和孩子。"

她摇摇头。

"小义，我……"

"小齐，"她看着他，眼神还是清清亮亮的，"我要是男人，也会喜欢那样的女人。那才叫女人味儿吧。可惜我是做不来了。"

"不，不是的……"

"小齐，我在台上比谁都明白，可是一到底下，我真糊涂呀，好多事不明白，"她走到墙根下拎起了行李袋，"可我也不想搞明白了。"

她从齐克谐身边走过去，踩着一片碎砖破瓦，一路没回头。他看着她的背影，短发梢在寒风里一步一掠起，不服帖，可她不去管它。走，便走了。

很久以后。

"妈，当年电影观摩会以后，到底怎么了？"

“我回家以后，他问我最后一句词是什么。”

“‘庙刎’？最后一句怎么了？”

“郑导建议改个地方，我觉得有道理就改了。我说只改了一个字。

你爸说一个字也不行……尤其是那个字，不行。然后他就好几天没回家。”

“这是不是借口？”

“不知道。”

“他是不是跟她去……”

“不知道。”

“那两个字到底有什么区别？”

“不知道。”

念去去，万事皆休，悔我一念之差，误夫妻百年。——首演版《林冲之死》

念去去，万事皆休，愧我一念之差，误夫妻百年。——电影版《林冲之死》

更久以后。

“林冲写休书的时候，他知不知自己伤害了林娘子？”齐老问吕娜和横山。

“不知道的话怎样？”

“是‘悔’。”

"知道的话又怎样？"

"是'愧'。"

"这两种……真的分得清吗？"吕娜忍不住问。

"确实，二者都有。"齐老深深地点了点头，"当年大概是自欺，也欺了人。"

凤孤飞

　　蒋凤仪上了火车，进了北京，录完了节目。她坚持提着一口气，直到唱完进了后台才松下来，听着前面的掌声忽然觉得心里一空，精疲力尽。团圆喜庆的时刻，或许有千家万户都在电视里看到了她的表演。而她一个人走在回家的路上，在大年初二的早上。

　　推开家门，雏仪在，蒋松霆老两口居然也在。她愣了一下，还没开口女儿已经抓着一张齐克谐留的字条送到她眼前，"妈，怎么回事？"除夕那天他自然没有去老岳父家，但打电话拜了年，嘱咐二老注意身体，还叫女儿早点回家陪妈妈。凤仪扫了一眼纸条上的字但没接，只是伸手理了理女儿的头发帘，对父亲和继母说："我先睡会儿去。"

　　卧室的窗帘半开半合，温淡的阳光洒进来，均匀地落在每件物品上，似乎每一件都在它原本的位置上，跟她几天前出门时一样。当然也不全是。她打开衣柜，知道衣服少了一些。挂着的那几件熨好的衬衫被他带走了，包括那件前肩烫焦了的。她没关柜门，直接把自己扔在床上开始蒙头大睡，一睡就是三天。

这三天里，秋灵几次叫她吃饭，把碗端到了床边，可她只迷迷糊糊答应着，并不起来。后来有人进屋在她床头坐下了。她不睁眼也知道是父亲，就像小时候自己为数不多的几次生病，每次他都不眠不休地守着她。与此同时，秋灵也在另一间屋里守着外孙女。父母的关系不像从前那么和睦，雏仪早就隐约有感觉，但她做梦也没想到自己去姥姥家过了个年的工夫她爸就搬出去了，而她妈又什么也不肯说。

第三天的黄昏时分，蒋凤仪终于睡够了，喝了大半杯水，坐在床上愣神儿。熔金般的夕照穿过窗帘，刺眼的光被过滤了，只在墙壁留下一层匀净的浅橙色，投映着她轮廓峭拔的影子。她对着自己的影子胡噜了一下乱蓬蓬的头发，猛然瞥见五斗橱上的唱片机——完好如初。看来他走之前把它修好了。她叫了蒋松霆一声，说爸你给我放一张余叔岩。他走过去放下了唱针，那句"一事无成两鬓斑，叹光阴一去不回还"一出来她就流泪了，也不知是为了那位早逝的天才先贤，还是为了戏里一腔执念的伍子胥，抑或是别的什么。

"小义，"蒋松霆坐回到床边的椅子上，用小拇指抹去她的泪，"女人家干这行儿太辛苦，爸当初不该答应你。是爸不好。"

她摩挲着父亲那只粗糙的大手，摇摇头说她喜欢这个，爱这个，不能没有这个。

"不后悔？"

"不后悔。"

"好丫头，我没看走眼，你就是天生的这块料啊。记着，这世上什么都能变，什么都靠不住，但自己身上的玩意儿永远是自己的。人不负戏，戏就不负人。啥也甭怕，有爸陪着你呢。"

她鼻子一酸，可是扬起脸笑说自己都四十出头的人了，还怕什么？

"你八十了也是爸的闺女！"蒋松霆说着扶膝站了起来，"我去看看你灵姑姑那饺子包得了没有。今儿破五儿呀，起来洗把脸，吃完饺子带你放炮仗去，驱驱晦气！"

她点点头，让父亲把雏仪叫进来。

雏仪进屋后盘腿坐在她对面。一分钟的沉默以后，她听见女儿说，"我跟你"。于是她不必说什么了，张开胳膊抱住了女儿。雏仪拍着母亲的背，也惊讶于自己如此痛快地主动说出了那句话，因为从小到大真的是爸爸陪她的时间更多，而妈妈跟她的相处基本只围绕着一件事，戏——学戏、排戏、演戏。也因此，雏仪印象里的母亲永远是英武潇洒、活力无限的，哪怕是发着烧上台，哪怕是带着伤练功。只有在做"英雄"的间歇她才短暂地成为生活里那个朴素得不起眼、脾气不温柔、分不清醋瓶油瓶的"妈妈"。而雏仪今日方知，英雄也有软弱的时候，也会像丢了魂似的昏睡不起，起来时满脸泪痕。她不知道父亲做了什么对母亲打击如此之大，但她知道这是自己第一次看见妈妈憔悴脆弱的样子。于是在那一瞬间，她几乎是不假思索地做出了选择。

在饭桌上，秋灵破例允许蒋松霆喝几盅，他指指对面，她便给凤仪也斟了一点，又给她夹了一只饺子，"先垫垫，别空肚子喝酒。"凤仪一声不吭地又吃又喝，那祖孙三个都看着她，没动筷子，直到她停下来抹抹嘴，端起了酒盅。

"灵姑姑，爸，你们……"她碰了一下父亲的酒盅，语气里带着恳求，"别走了。"

雏仪一听，目光也望向姥姥姥爷。

二老毫无犹豫地、不约而同地点了头。

蒋凤仪和齐克谐再见面时是办手续。虽然结婚将近二十年，但两个人积蓄不多，财产清单写不满半张纸。他从上到下看了一遍，这些东西都是夫妻一场的"物证"，缘分尽了，物品可以分得清清楚楚，物品里面盛放的岁月和记忆却分不清。纵是分不清，走错的路也不能回头了。他把那张纸折起来，说他什么也不要。蒋凤仪拒绝了两次，未果，没再继续坚持。她在他面前倔强了许多年，这件事就不必了。

"对了，"临分手前，她从兜里掏出绒布包的一件东西递给他，"奶奶的串子，还给你吧。"

他的手指不自觉地抖了一下，可是没伸手去接。"这是奶奶留给你的，收着吧……以后给宝儿。"

她脑海里莫名浮现出齐老太太端坐其中的那间小屋和那只占了相当大空间的泡澡桶，氤氲的水汽蓦地朦胧了眼睛。她点点头，把珠串又包好收了起来。

"我也有件事……"他说不出口。

"温靖吗？"凤仪直直地看了他一眼，淡然道，"你放心，私是私，公是公，我不会难为她。"

他瞬间为自己刚才的话感到卑鄙可耻，再无一言。她说没别的事我就走了，于是他就看着她转身而去。

这就是他们婚姻的收尾。

在这一生之中，齐克谐看过无数次她的表演，以前是坐在台下或幕后，后来是在电视里，再后来是通过录像、视频。别人都叹服她的那些高难度技巧和身段，他当然也叹服，但他最欣赏的是她的每一次下场。戏剧高潮已经过去了，她却能始终提着一股精气神，不露破绽，一直坚持到进入侧幕条三米。那背影之挺拔、步履之矫健仿佛使人相信她一点也不累、不痛、不费力。而他知道她并不是。

如蒋凤仪所言，温靖没有受到她任何的责难，但一个月后《红鬃烈马》公演，"武家坡"一折的王宝钏并不是她。

蒋凤仪和齐克谐去民政局离婚那天，凌跃的儿子过百天。他给孩子起名"凌晓斌"，寓意是能文能武，他老婆杨笑笑对这个名字很满意。百天宴上，笑笑问他团长和齐老师怎么没来，他没搭茬儿，只说"你别喝，还得喂孩子呢"，然后把她手里的酒拿过来自己干了，又斟满了杯一桌桌敬过去。

那天晚上妻儿入睡以后，他一个人溜出了门，跑到剧团大院，直奔排练厅。他知道她一定在那儿。

"指着西凉高声骂，无义的强盗骂几声。妻为你不把相府进，妻为你伤了父女情。天上无云怎下雨，地下无媒怎成婚……"

他在门外就听见她凄婉的唱腔，推门而入，拍了拍巴掌，"好，唱得好。"

温靖一哆嗦，回头看见他，收起水袖叫了声"凌主任"。

他开门见山地质问她："是不是你？"

"什么……"她轻轻吐出这两个字，自己也觉得无力。

"地下无媒怎成婚。"凌跃喃喃重复了一遍王宝钏的唱词，死盯着她，"团长的事……是不是因为你？"

她的手一松，水袖软塌塌地垂到地上。

"是不是……从那次联欢会他给你吹笛子……"

"不、不……"她慌张地否定，自己心里却一惊。如果错误的根源不在肉体，而是始于某种难以言状的悸动，那么她可能很早就犯错了。也许是因为他温柔蕴藉的笛风，也许是他人到中年依然不减的风度，也许是他对妻女的体贴，也许是，她唱了太多遍他写给林娘子的词，盘桓在字里行间出不来……就像她也走不出自己心底的那座小岛，那里流放着她的童年、梦幻，与爱。这世界上的爱有千百种，有的可歌可泣，而有的晦暗不可言说。林娘子爱着林冲，她也痴迷着蒋凤仪在戏里的每一个眼神、每一句唱念。直到郑导讲戏时告诉她，林冲并不是完美的爱人，你演林娘子，死前要有怨。林娘子死了，林冲也死了；她随蒋凤仪演出了一番名堂，恍然发觉自己不可救药爱上的其实是重写林冲的那个人。

"为什么？你图什么？你这么年轻，有模样，有事业，要找什么样的找不着？你干吗要……"

她觉得无话可说，又好像有千言万语，最后只憋出三个字，"你不懂……"

"我他妈是不懂！"凌跃借着未散的酒劲儿吼出来，"你看的那几本书我不懂，你那些心事我也不懂，我最不懂的是你……你们怎么能这么对她？！"

他说到最后一句话，嗓子哑了，温靖诧异地抬起眼帘望着他，"你……"

"别把人人都想得跟你们一样。"凌跃冷冷打断她，一字一句地说，"你对不起团长，你更不配演王宝钏。团长二十年没动这个戏了……可是你，不配跟她演！"

这几年他和温靖除了谈工作几乎别无交流，这更是他第一次也是唯一一次对她说重话，而她似乎并不介意，只是疑惑不解地问他："为什么她……团长……一直不演这戏？"

"因为以前常跟她演'别窑'的是她最好的朋友……后来去世了。"凌跃扭过头去，不让她看到自己眼里有泪。蒋凤仪从未向他提过小麦花，但他在剧团干了一辈子的父母曾无意中道破了那段往事。

温靖怔住了。她想起那次下乡演《林冲之死》她们睡在一张炕上，蒋凤仪在枕上讲起她过去练"别窑"，扎着大靠吃饭也不卸，而关于王宝钏，她只说了一句语焉不详的话，"小时候的一个好朋友，后来走了。"原来"走了"不是调离，也不是转行。小凌骂得对，她对不起蒋凤仪——台下他的妻子，台上王宝钏的丈夫。

她点点头，对凌跃说声知道了，便脱下练功帔离开了排练场。

第二天，蒋凤仪收到了温靖从办公室门缝里塞进来的退演申请。团里人听闻此消息一片哗然，纷纷猜测温靖是仗着自己名气起来了，想要跟团长较量一下子，借此稳固自己"头牌青衣"的地位。于是，大家多少带着瞧热闹的心态静观蒋凤仪如何应付。没想到她面不改色地批了申请，安排了换人，把王宝钏的角色给了一向唱二路旦角的王海萍。海萍吓得不敢接，可是蒋凤仪说，"放心，有我呢。"

她带着海萍排练了五天就开演了。头一场是雏仪和庆红的"平贵别窑"，这是两个孩子毕业进剧团后第一次担纲整折戏，观众们反响不错。蒋松霆老两口和宋小五夫妻也在下面看戏。宋小五感慨地说："七哥，多快呀，眨眼咱都老了。"

比他年长十几岁的蒋松霆却一梗脖子，指着台上说："我不老，我还要看着我孙女成角儿呢。"秋灵和小五的老婆都笑了。

到了"武家坡"，蒋凤仪在幕后唱导板"一马离了西凉界"，人未露面，台底下已响起了喝彩。后台的海萍心里安定了，大伙儿就是奔着蒋凤仪来的，有这样的薛平贵托着，谁唱王宝钏也不会砸锅的。

这一场稳稳当当地唱下来了，台上的卖力，台下的动容。十八年酸辛苦楚一笑泯之，戏里夫妻团圆，胜似新婚。

薛平贵：平贵离家十八年。

王宝钏：受苦受难王宝钏。

薛平贵：且喜今日重相见。

王宝钏：只怕相逢在梦间。

薛平贵：三姐，夫妻团圆，不是做梦啊。

王宝钏：不是做梦？

薛平贵：不是做梦！

王宝钏：如此，薛郎——

薛平贵：三姐。

王宝钏：你，来呀——

薛平贵：来了！

二人相视一笑，执手款款退场，热烈的掌声从四面八方涌起来。

在剧场里人声鼎沸的时候，温靖独自在宿舍里写好了辞职信。

柳色新

温靖离开了省剧团，没有告诉任何人她的去向。有人说她更上一层楼，去了京津沪，也有人猜测她南下广州发展了，又或许急流勇退，打算趁年轻向影视演员转型。蒋雏仪在若干年后的一次偶遇中发现，她其实从未离开这座城市，只是离开了唱戏这个行业。在闹市商业街一家名气颇大的婚纱影楼里，温靖做了老板娘，兼任化妆师、造型师。

那一天，雏仪是她的客人。

雏仪看到温靖很意外，但她见到雏仪却并不惊讶。因为这些年她每个月都要买票去看一场蒋凤仪的戏，雏仪当然也经常出现在台上。去看戏时温靖通常穿戴得严严实实，坐在很靠后的位置，随着戏里的唱腔默默在手里打着板，同时见证了凤仪身边的林娘子、王宝钏换了一拨又一拨，而台下的掌声从不减分毫。其他观众不会察觉这个女人除了穿得多一点之外有什么特殊。许多年后蒋凤仪退休了，她就再没进过剧场。

温靖辞职后不久，齐克谐也调动了工作，他回到北京，进了剧协，但从此再不涉猎戏曲类文字创作。二人一前一后的离开使得团里众人渐渐有所悟，有关蒋凤仪和郑轶夫的谣言也就自然而然地随风消散了。没有人知道做了多年模范丈夫的齐老师和那个被团长一手提拔起来的林娘子是如何开始，又是如何结束的。蒋凤仪母女也不知道，更没打听过，比如他们是否曾经尝试正式结合，还是根本没再走近一步就各自散去了。

齐克谐没再成家，他每隔一阵子回来看看雏仪，父女俩在外面吃一顿饭，说几句话，女儿通常只用寥寥几个字作答，也不怎么动筷子。每次在饭店门口告别，他都叮咛女儿"好好练功，别惹妈妈生气"，雏仪就默然点点头。

蒋松霆老两口在城里住下了，这对于凤仪母女俩来说都是个安慰，尤其是秋灵每天在厨房变着花样儿地煎炒烹炸，使得她们练功、演出回来又能吃上家里做的热饭热菜了。凤仪恢复单身以来，上门做媒的人络绎不绝，介绍的对象有文化人、艺术同行、大款、干部，甚至那荣豪酒厂的"红红"老板也托凌跃来探过口风……有人冲她的名气而来，有人真心倾慕她的舞台风采，还有的直言"就喜欢她身上那股劲儿，够特别"。她多少有些感慨，笑说想不到自己在台上没有女人味，在台下竟还有点男人缘，但也仅仅一笑而已，根本不动念头。再有人打电话甚至找上门时，她就躲在卧室里让老父亲去挡驾。

《红鬃烈马》公演结束后蒋凤仪腰腿的旧伤犯了，本想闭关休养一阵，可是凌跃告诉她深圳有个活动想请她参加，唱她最拿手的《夜奔》。

"深圳？你找台口找得够远的啊。"

"不是我找的人家，是人家主动找的咱。"

"年都过完了，还有晚会？"

"是个三八妇女节的活动……文化局和工商局一块儿办的，"凌跃的语气也有些犹疑，"估计是随便找个由头吧，听说是为了拉一个香港老板的投资。"

"明白了，就是给人家唱个堂会助助兴呗。"凤仪一边说着一边戴上围巾帽子，跟小凌一块儿走出了办公室。夜幕四合，稀薄的云间散落着几颗星。

"那我回了他们？这半年连轴儿转，您也是该歇歇了。"

"还是去吧。万一打出了名气，以后团里也多个演出的去处。多一个台口就是多一口饭啊。"她神色坦然，小凌心里却泛起一丝酸楚。他知道这些日子有多少人向她表达心意，她都拒绝了，拒绝的其实也是衣食无忧的舒坦日子。她自己当然早已不缺名声和饭碗，但团里几十口子人的生计还在她肩上。

他半天无言，直到蒋凤仪拨了拨自行车的铃儿，"我走了啊！你也赶紧回家抱儿子去吧，别光累笑笑一人儿。"

凤仪到家时老两口已经睡下了，床头柜上有一碗小馄饨，是秋灵给她留的夜宵。然而她像散了架似的趴在床上，连去洗把脸的劲儿都没有。女儿蹑手蹑脚地溜了进来。

"还没睡？"她探起身子瞥了一眼，"正好儿，给我贴个膏药！"于是雏仪轻车熟路地拉开抽屉，撩起她妈的衣服，轻轻撕去了腰间的旧膏药。

"撕了贴、贴了撕，这一片都红了。"

"小事儿。"

"这回演完了，能消停几天了吧？"

"消停不了，应了深圳一个活动，唱《夜奔》。"

"你现在这样奔得下来吗？"雏仪坐在床上，给母亲揉着腰。

"奔不下来也得奔，咱端的就是这个碗。有戏演就吃饭，没戏演就要饭。"

凤仪说完，听女儿不言声儿了，便扭过头来拍拍她的手，"逗你玩呢！我还没去过深圳呢，不是特区吗，正好去看看有啥特殊的。再说也不是唱整场，就两段儿，你妈没问题！"

"我替你来一段。"

"你？"

"怎么了？这戏我也学了好几年了。"这一年雏仪已经快十七岁了，在团里也演了不少大大小小的角色，可还从未唱过这出母亲亲授的《夜奔》，因为母亲不允许。蒋凤仪有顾虑。剧团的同仁、周围的老观众都知道这是她多年来的拿手戏，倘若她的女儿演得有一点闪失，旁人口里必不留情。

她至今还记得五八年有一次演出，她唱到"恰便似脱鞲苍鹰"时因为想着父亲挨批斗的事，搬朝天蹬的时候失误了，第一次在台上挨了倒好儿，那滋味真比抽耳光还疼。跌打闯荡了三十多年，她深知这一行的刻薄，好就是好，差就是差，从不容忍瑕疵以及造成瑕疵的任何理由。她闯过来了，早已无所畏惧，可是女儿还小，她本能地想要保护她。所以尽管她清楚雏仪的功夫已经不错了，但还是不敢贸然让她动《夜奔》。

雏仪见她妈不吭声，赌气停了给她捶腿的手，"我知道你想的什么。你放心，我不会给你丢人现眼的！"

"你知道什么……"凤仪无奈笑着摇摇头，转念一想，却也觉得该让女儿锻炼一下了。而且她感到自己和齐克谐离婚以后女儿的情绪一直欠佳，带她出去散散心也好。"那行吧，你来【折桂令】，我来后面的。打明儿起，每天把戏拉一遍。"

"真的？！"雏仪听了喜上眉梢，立刻换了个讨好的语气，"妈，我给你把馄饨热热去吧？"

"不用，没凉呢。"她端起碗来催促，"你快睡觉去吧！"雏仪却一掀被子钻了进去，"我今儿跟你睡！"

母女俩第一次造访深圳时，这座后来兴旺发达的经济龙头城市还如同一个大工地。苍山碧海之间并列着两种截然不同的景观，一面是农田阡陌，一面是钢筋水泥，而前者正在以肉眼可见的速度蜕变为后者。"时间就是金钱,效率就是生命"的著名标语为这里发生的一切做了注解。

蒋凤仪到外地演出几乎从不去游山玩水,因为要熟悉场地、要默戏,而且怕不小心伤风感冒,耽误台上的正事。她自嘲没有享乐的命,但岿然不改自己的原则。到深圳的当天下午她让凌跃带雏仪出去逛逛,自己则早早奔了活动地点,仍是平常的装束,运动裤、平底鞋、不施粉黛。她报出名字,门口的工作人员显然吃了一惊,但随即毕恭毕敬地请她进去,还问她要不要走一遍台,她欣然应之。

这座场馆处处崭新,豪华气派,她正四处打量,音乐骤然响起,她一愣,急忙喊了停。一个自称是音响师的长发男人走出来,问她有什么事。

"您放的是什么?"

"伴奏啊,"他看了看手里的单子,"《夜奔》的。"

"这不是我刚给您的伴奏带吧。"

"这是我们准备的,电音,现在最流行了。"

"我不要电的,我就要笛子的,竹笛子。"

"这个伴奏是我们特意为您这段昆曲配的,增加了迪斯科的节奏感,也更符合这段戏文要表达的意境,"音响师沉了一口气,耐心介绍,"还有个京剧的《女起解》、黄梅戏的《女驸马》,也都配了电音。"

"这段戏的意境不需要迪斯科,只要有笛子、有我就够了。我不管别人用什么。你不给我换,我不演了。"蒋凤仪说着走下了舞台。这时凌跃和雏仪也找了过来，见工作人员一边拦住凤仪，一边跟音响师耳语。半晌，他一甩飘飘长发，悻悻地走回到设备台，大家都听见他嘟囔了一句，"老土。"

"哎，你怎么说话呢？"凌跃大声叫住他。雏仪也扯她妈的袖子，"不演了！有什么了不起的？！"

那几年蒋凤仪在北方文艺界已经是鼎鼎有名的红角儿了，不料在此处受了这般奚落。

"哎，算了。"

凌跃和雏仪都没想到一向脾气火爆的她竟然没什么反应，"人家没说错，我就是土。'土'的好处他还不懂呢。"说着她走向后台准备彩排了，雏仪只好跟过去。音乐再响起时，是她们熟悉的幽幽曲笛声。

人南渡

　　母女俩在深圳首次合演《夜奔》，蒋凤仪为女儿选了京昆改良的林冲扮相，戴绣花倒缨盔、系红鸾带，而她自己还是黑帽素袍的老路子。女儿觉得新造型比旧的好看，她却不留情面，"那是你的戏还不到家，只能在扮相上找俏头。"

　　话虽如此说，雏仪当晚的表现着实不赖。年轻，气力足，唱得满宫满调，动作更是迅如闪电，朝天蹬、射燕儿、飞脚、踩泥儿、顺风旗……一气呵成，毫不费力。雏仪下场后听着满堂的掌声，自己颇感得意。她扶剑站在幕侧，心情愉悦地等着看妈妈演后一段。她知道后面的不比前面省力，且更不容易讨好儿，她妈是有意把最出彩的一段留给了她，自己揽了难活。

　　蒋凤仪踩着锣鼓点上了场，台步那么稳，却又飘逸如风，风中裹挟着仓皇寥落。几个转身之后，她面朝舞台内侧斜跨一大步，拉起了山膀，"望家乡去路遥，望家乡去路遥"，仅这一个定格的孤愤背影就征服了许多没看过戏的观众，也再次征服了她的女儿。

雏仪看见底下坐着的并没有白发苍苍的老头老太太，倒有几个外国人。他们也听得懂、看得懂吗？那花团锦簇的舞台十分宽阔，身着素衣的蒋凤仪却没有湮没其中，反而显得格外高挑、挺拔、抢眼，其实她个子不高。雏仪突然有所悟，母亲的身段是那么舒展自如，她不卖弄，举手投足之间便将英雄气度洒满了舞台；而她的神情又是那么曲尽幽微，紧紧抓住了词句背后的每一处情绪变化，从"俺这里吉凶未可知"的忧惧，到"她那里生死应难料"的心痛，再到"叹英雄气怎消"的悲愤。他们或许不懂林冲，但一定懂得她周身、脸上、声音里的忧、痛、愤。雏仪自叹弗如。

最后几个串翻身加飞脚，她帅气潇洒地完成了，在热烈的掌声里气定神闲地下了场，到了后台才懊恼地告诉凌跃和雏仪，自己不小心崴了脚。原来那晶亮的舞台太滑了，而主办方为了美观不肯铺台毯。正说着，前面通知所有演员上去谢幕，雏仪已经换了衣服，她妈还没来得及，只掭了头便穿着戏服又回到了台上。

当地领导跟演员们握手、道辛苦，还引着几位外商来跟他们合影。轮到蒋凤仪时，他们不急着照相，却带着一脸掩不住的好奇上上下下地打量她，还问了翻译一大串话。凤仪低头看了看自己身上，悄悄问女儿："他们咕哝什么呢？"雏仪乐出声来，"人家不信你是女的！"她这段日子又瘦了一些，削颊、细腰，比雏仪的都细，系上大带更显窈窕，可是一举手一投足都英姿飒爽，不露女相。她听女儿如此说，自己也不禁笑了，抬手抿了抿耳边的头发，那一莞尔的羞态被外国友人察觉了，终于确认了她的性别，纷纷拥上来与她合影。

"林总呢？刚才还在这儿。""有事先走了……""……"周围喧闹未止，她没在意，向那几位外商微笑点点头便扶着雏仪的胳膊离开了舞台。

回家后，蒋凤仪休整了几天，衣来伸手饭来张口，老父亲更是每日用白酒给她搓揉患处。

"我这藏了小十年的好酒，就赔给你这脚丫子了！"

"抠门儿！我重要，酒重要？"她要把脚抽回来，被父亲按住了，"别乱动。"

满室陈酿的香气，她抽了抽鼻子，叹口气，"爸，你说为什么酒越老越值钱，戏越老越讨人嫌呢？"她向他讲起这次"电音伴奏"的事。尽管自己并未退让，而且像往常一样博得了满堂彩，但她心里笼罩的迷雾越来越浓了。

这次虽只在深圳逗留了短短三天，但那座城市令她印象深刻，甚至有轻微的恐怖感。它仿佛没有历史，也没有任何老旧的痕迹。在裸露的泥土之上，一切勃勃生长的恢宏景观都是规划好的。时代是壮阔的，人是渺小的，只能看它平地起高楼，看它大步谋发展，如果那就是未来一切的走向，她所安身立命的这门古老艺术又该何去何从呢。

"新鲜玩意儿谁都眼热，可不是所有新东西都能熬到老。老玩意看着没什么浪头了，其实下面底儿深着呢，沉得下去的人才知道它有多精、多好！"

"可人家说老玩意儿该创新了。"

"配个迪……迪什么？……配个迪斯科就是创新了？人家要听那个，不会去歌舞厅吗？干吗要上戏园子？一行有一行的规矩，老规矩的门还没摸着就敢说创新了？纯属瞎掰！"父亲手底下的劲儿突然大起来，她哎哟了一声。

"疼了？"他忙松开手，嘴里还不肯停火，"你以为四大名旦、四大须生的玩意儿都是老的吗？那也是人家琢磨出来的新东西！可人家不是空口白舌地瞎糟改，肚子里早就把老规矩吃透了，化开了，才长出新的来。"

她心悦诚服地点点头。老父亲一辈子没当过角儿，可是早已把戏里的门道、戏外的世道看得清清楚楚。因为心里清楚，所以脸上的忧虑迟迟不散，"外行说三道四就罢了，要是内行也沉不住气、守不住了，那就是自毁长城。等到后悔了，再想重建也难了。小义啊，你记着爸这话……"

"我曾经问个不休，你何时跟我走。可你却总是笑我，一无所有。我要给你我的追求，还有我的自由，可你却总是笑我，一无所有。噢……你何时跟我走，噢……"

父女俩正聊着，雏仪那屋突然传出一阵嘈杂刚猛的歌声。"小丫头听的啥这么闹腾？"蒋松霆十分疑惑。凤仪哈哈一笑，冲女儿屋里喊："小点声！姥爷给你砸了你就'一无所有'了！"音乐刚弱下去，又听见秋灵开门的动静，"小凌来了？……在，屋里呢……好多了……"片刻，凌跃满面春风地推门进来了。

"我刚歇了两天，又有什么好事找我？"

"领导，您说对了，真是好事，挣外汇的好事！"

他说香港有一家大剧院发来了邀请函，请她率团演出。

"香港？""香港？"父女俩异口同声。

"啊……是、是香港。"小凌吓了一跳，老老实实地重复了一遍。蒋凤仪后知后觉地偷眼瞧父亲，见他拧紧了白酒瓶子，拎着它默默走出了卧室。

当晚，蒋凤仪在灯下坐了很久，面前铺着一张信纸，钢笔也灌满了墨水，最后还是全放下，直接拨了一个电话。那边很快接起。

她说："喂，郑导吗？"

"是。"从一个静谧的空间中传出回响。

"我是……"

"我知道。你说。"简洁笃定，是他一贯的风格。

他们很久没联络了。风言风语吹刮了一阵，她隐隐觉得对不住他，那么端方有格的一个人，都怪自己在拍电影期间玩得忘了形，没大没小。不过与他相处，她确实也不觉得他"大"、自己"小"，他们仿佛只是飘在艺术王国里的两个平等的灵魂，一见如故，久见如新。"灵魂"也许是个太形而上的概念，但她找不到更合适的词，因为他们从来只谈艺术。没有家长里短，没有吃喝拉撒。然而灵魂总要装在皮囊里，皮囊总是沉浮在没奈何的人言世态里。她本不想再打扰他，却发现有些事除了他，她无处讨个主意。

他坚定地说，香港她应该去，如果政审有困难，他会尽可能帮忙。听得出她仍有犹疑，他问她当初借钱进北京演《林冲之死》的一腔勇莽哪儿去了？

她犹疑的是那里的人会不会买她的账。

"买，当然好；不买，就想办法让他买。二十年代的梅兰芳，五十年代的马连良，他们有法儿让香港人挤破了头看戏，你就有法儿。"

"我……"

"怕了？你也会怕？"电话那边朗声笑了。

"谁说我怕了？"她下意识地顶撞回去，忽而发觉心里已经松弛下来了。知道他惜时如金，所以她飞快地道别，然而他没急着挂电话，又静默了一会。

"最近都好？"

"好。"她答得没有停顿。

"那就好。"他也没拖泥带水，"告诉你一个消息，我把电影送审到法国的艺术节了。"

"是吗，那恭喜你了！"

"不，是我要恭喜你。电影走得远，你就走得远。你走得远了，你身上的艺术才能走得比你的人更远。"他的语气坚定不移。

　　两个月后，蒋凤仪率团赴港演出，历时二十天，演出十七场，由她主演的剧目达十二场之多，场场座无虚席，一时名动香江，港媒不吝赞美，誉之为"北地文艺旋风"。

　　在那片尚未脱离殖民统治的繁华之地，在川流不息、乡音各异的数百万人口之中，她因戏结下了一些奇妙的缘分。维多利亚港的华灯之下，海浪悠悠，岁月悠悠，她也重逢了不期相遇的至亲，她的母亲。

潇潇雨

　　郑轶夫说香港观众"若不买账，就想办法让他买"，这"办法"蒋凤仪在赴港之前琢磨了很久，决定在剧目上出新意。她打小儿学了上百出戏在肚子里，在过去并不是稀奇事，因为要卖艺求生，无艺傍身便没有生计，而现在，全国各地的院团翻来覆去常演的只有人人烂熟的那几出。于是趁着准备香港之行，蒋凤仪开始寻思落灰的陈年好戏，猛然想起小时候跟父亲合演过的《金钱豹》，顿时来了精神。

　　她多年没在台上见过这出火炽武戏了，自己也忘得差不多了，便拉着父亲帮她"回炉"，没想到一向聊起戏就没完的父亲居然拒绝了。

　　"为啥？这戏您忘啦？一点也想不起来了？"她急躁起来，而且也不信。然而蒋松霆死活不开口。凤仪穷问不舍，最后还是秋灵猜到了老伴的心思，"小义，你爸是怕这戏你演着太辛苦……"

"那有什么？我以前又不是没演过。"

"那会儿你才多大？"蒋松霆瞪了眼，"满台乱滚，女人家也不体面。"

"甭管男女，上座儿就是体面，不上座儿就是不体面。爸，我要用这出儿作打炮戏*，我要在香港一炮打响！您得教给我。"

"你这丫头真是浑不吝。"

"没办法，都是您带的。"

蒋松霆重重地叹了口气，连比划带说地给她讲起了戏。

凤仪像儿时学戏一样，一点就通，过耳不忘，很快便在排练场上操练起来了。她演金钱豹，给她配演孙悟空的是团里一个年轻的男武生。他们拉戏时雏仪在旁边练功，跌扑翻滚个没完，一身大汗了依然感到心里不痛快。

休息时她终于忍不住把母亲拉到一边，发出抗议："我翻得不比他差呀！你让我跟他一人一场也行啊。"然而母亲只用手抹去了她鼻尖上的汗珠，没言语。

作为娱乐圣地，香港的演出宣传工作果然不同凡响，海

---

* 　打炮戏，旧时戏曲艺人初到一个演出地点，头三天用以招揽观众的剧目称为"打炮戏"。

报上的广告词看得蒋凤仪直脸红——"英雄原是女儿身，传奇女武生首次来港献艺""惊险武戏再现江湖，重演三十年代梨园绝活""真刀真枪，京昆盛宴以飨观众"。话已说到十分满，她别无选择，就两个字，卯上。

开演那天傍晚，凌跃站在幕侧望着陆陆续续落座的观众，怦怦乱跳的心逐渐安定下来。正值台风季，中午时剧场负责人告诉他，天文台刚刚挂出了"三号风球"。

"什么球儿？"

"就是今晚可能有风暴潮。"

已经有一些人来退票了。剧场询问要不要临时改期，被蒋凤仪一口回绝了。"回戏"是她的大忌，也会凉了那些风雨无阻来看戏之人的心。"只要还有人没退票就照演。"她说完便回到后台默戏去了。

狂风暴雨来临前的世界一片宁静。黄昏时西方的天空云层绵密，呈现奇异的绛紫色，细密金光穿云而过，将最后的余晖落在英皇道街角这家剧场的外墙上。夕阳消失后片刻，霓虹灯亮起，一瞬间，在人来人往的街头点亮了一幅巨大的剧照，是《夜奔》里的林冲。为了留悬念特意选了个背影造型——面向斜前方，左手扶剑，右手山膀，剑缨被风微微吹起，在暗夜里摇曳一抹红。这遗世独立的背影周遭环绕着各种电影海报，《旺角卡门》《神探父子兵》《三对鸳鸯一张床》……繁华之地向来是不留白的，悲剧叠着喜剧，每张海报都如一扇待启的窗。戏曲也好，电影也罢，都是造梦，在这些美得如梦似幻的海报下面，蚁潮般的人群从四面八方涌入了剧场，有些人满眼新奇，也有些人一脚踏进去就如同误入时光的逆流，只是满面风霜提示着光阴不再……

"娘，这里。"一个微胖的中年男人左手搭着西服外套，右手挽着一个老太太的肘弯，扶她落座在前排。老太太穿了件大襟儿的浅灰丝褂子，头发全白了，脸色还很润洁。挨着她坐下的还有一个约三十出头、大波浪卷发的女人，她把菱纹羊皮手袋扔在脚边，拉过了老太太的手，放在自己膝上。

这三个人安安静静地坐着，周围很热闹，细听去，满堂广东话里间或夹杂着一些老人的京腔、吴语，乡音未改，还是几十年前的旧城腔调。

"听说是个角儿呢。"

"这年头还能出角儿？您瞅着吧，没大毛病就不错了。"

"搞勿好是阿乌卵冒充金刚钻！"

厚重的钟声似从远方传来，观众席顶上的灯光骤然暗下去，大幕拉开，锣鼓奏响一片欢腾。主角出场，一张勾得凶神恶煞的豹精脸谱，完全看不出本来面目，可是工架大方，气势威猛，待到开口人们才确认：是女人，应该就是海报上那个背影英挺的女武生。

剧情是老员外携女儿扫墓，豹精见色起意。"祭亡人无心观春景，父女扫墓到坟茔。一见坟茔泪双淋，哎呀母亲哪……"父女俩跪在坟前啼哭时，豹精从高处摔叉而下，激起了全场第一次喝彩，果然功夫过硬。

观众席里那老太太却肩膀微颤了一下。

及至孙悟空出场，激烈的打斗开始，全场就再没安静过。一些老戏迷依然秉持着往日的习惯，用恰到好处、短促有力的一声"好"代替鼓掌。此起彼伏的喝彩渐渐吞没了她，声浪越来越高，而她在下沉，下沉，沉到底，苍老的身体似乎不存在了，只剩下缥缈的思绪，飘到台上，脚底下是鱼龙混杂的戏园子，兵荒马乱的世道，可她必须唱、不能停，就像她演的白娘子，身怀六甲还要和青妹一起杀入金山寺顽战。

戏是假的，情是真的。当她把刚出生的孩子抱在怀里，柔情无限，许多以前不懂的情理霎时都懂了。她最爱的行头，大红凤袍，给孩子做褓褓一点也不心疼。师妹在炕头陪着她，丈夫端了鸡汤进来，那浓香是她后来吃过的所有美味佳肴都比不了的。那是他演了一场硬功夫的武戏换回来的，演的是《金钱豹》……

台上的孙悟空攀上高台，豹精也手持兵刃追上去。下一步就要"摔锞子"了。懂行的观众们屏息凝神。

他曾答应她不再卖这手儿惊险的功夫。可是她把碗端在手里，立刻知道他食言了。

"最后一回！有了闺女了，我再不摔了！"

台上人一跃而下。

她把脸扭了过去。

底下掌声如炸雷，她却颤巍巍站起了身。中年男子紧跟着站起来扶住她。旁边的女子也忙欠起身，可是他向她耳语了几句，于是她坐着没动。母子二人悄悄离开了剧场。老太太的满头银发在黑暗中引起了一些注意，但人们很快就把目光移回了台上，火爆的表演仍在继续。

"娘，起风了，上车去等吧。"

"他答应我的，"她好像没听见似的，眼神发愣，"他说绝不让孩子学戏。"

风吹皱了她薄薄的丝质褂子，肩胛骨突出来，站在儿子旁边更显瘦小。他把自己的西服外套给她披上，揽着她的肩膀。

母子俩不知在剧场后门外站了多久，他抬腕看表，知道已经散戏了，可是出来的人寥寥无几。里面正在一遍遍谢幕。后来大幕终于拉上了，又有很多人拥向后台想一睹演员真容。不过这座剧场的安保颇为严格，热情的戏迷们没能如愿。

台前台后终于渐渐恢复了旷静，蒋凤仪开始卸妆、换衣服。

"洪小姐！"

走廊里隐约有寒暄的声音。须臾，一个女人径自走了进来，鞋跟嗒嗒，裙角飘飘。此刻蒋凤仪的脸上正捂着一块热毛巾。

"哎，您……"小凌想叫住那女人，她却快步朝化妆台走去。

蒋凤仪坐在那儿，毛巾拿下来的一瞬间，在镜中看见了自己背后的身影和面孔。两个人都像石头一样定住了。

她波浪卷发，妆容精致，简约婀娜的套裙，黑色高跟鞋。

她短发，素着脸，皮肤被热毛巾蒸得发红，汗渍斑斑的水衣子尚未换下来。

可是……可是……旁边的凌跃和雏仪也都看呆了。

洪明念本该比蒋凤仪更镇静一些，因为她是有备而来，早已看过报刊上蒋凤仪的照片。那时半信半疑，而今四目相对，她在确信无疑的同时更加感到难以置信。这就是方才台上威风凶狠的"金钱豹"，这就是名动内地、技艺超群的女武生，这就是小时候母亲抱她在怀时会不小心叫错的"小义儿"，这就是……她的"姐姐"。

她用不标准的普通话费力地吐出这个词，太难念了，声音微抖。

蒋凤仪既没有应声，也不知如何称呼面前人。她并非"镇静"，只是完全陷入了一片空白。在来之前她已知这片岛屿的百万人口之中或许有她的母亲，但她往往不待想象重逢的场景就暗示自己，不会那么巧。潜意识里其实是抗拒或害怕重逢的。都说血浓于水，可是时光的长河底下尽是阴差阳错的暗流，母女情分飘零在大江大河里，淡了，散了，真的很难再掬起。

她不知道自己那天是怎么跟着明念一步步走到了金铃子面前。她罕见地牵了雏仪的手，雏仪有点不自在，但因为感到指尖传来的冰凉而主动把妈妈的手握得更紧了一些。

蒋凤仪和金铃子面面相视了一分钟，谁也不肯先开口，蒋凤仪是真的不知该说些什么，而金铃子是怕一开口就要落泪。后来明念搭住雏仪的肩膀，告诉她"这是外婆"。雏仪暗自庆幸明念阿姨没让她叫"姥姥"，因为若是那样她也会像母亲一样哑口无言。幸而当下她大大方方地喊出了"外婆"，金铃子"哎"了一声，情不自禁地握住她的手。雏仪发现外婆的手比妈妈的更凉。

　　几个人似乎都轻松了一些，雏仪又望向洪明澄，没等明念介绍，蒋凤仪开了口，轻轻对女儿说："叫舅舅。"略显拘谨的洪明澄显然也激动了，他用语调标准但有些磕磕巴巴的普通话建议："咱们……去吃宵夜吧，边吃边聊。"

八宝妆

台风果然在午夜时分登陆。蒋凤仪和女儿在各自的床上辗转反侧。她们本可以留宿洪家，但蒋凤仪坚称第二天还有吃重的戏码，还是住在剧场附近的酒店比较稳妥。此刻窗外持续而剧烈的风雨如同穿街过巷的巨兽，暴力地拍打着玻璃，仿佛随时要闯进来。

"妈，睡了吗？"雏仪挤到了母亲床上。蒋凤仪嘴里嫌弃，可身子还是默默给女儿挪了个地儿。

"你怕不怕？"女儿问。

她喊了一声，"这有啥可怕的？"

"那你怎么睡不着？你不是一向沾枕头就着吗？"

她在枕上活动了一下肩颈，沉默了片刻，说太吵了。

雏仪像毛毛虫似的在她妈身边拱了半天，终于找到一个舒服的姿势。她眨巴着大眼睛回味这一晚的情景，真像戏文里唱的，"这才是人生难预料"。回味完了，她带着比较的口吻说："外婆年轻的时候应该挺漂亮。不过外婆的头发全白了，姥姥白头发倒不多。"

"你姥姥年轻十来岁呢。"凤仪迟疑了一下，"外婆，跟姥爷同岁。"

雏仪想起今晚在剧场附近那家老字号酒楼里，舅舅埋完单，外婆垂眼望着满桌残羹冷炙问的最后一句话，"你爸现在有人照顾吗？"蒋凤仪说有，据实告之蒋松霆续娶俞秋灵的事。

包厢里安静了一会儿，大堂里充满人间烟火气的喧噪钻进来填补了空白。金铃子点了点头，脸上似有释然。

雏仪是在姥爷续弦数月之后出生的，因此秋灵一进入这个家庭就担负起了照看婴儿的重任。对于雏仪来说，"姥姥"在她心目中有不可取代的地位，尽管她们之间并无血缘关系。今日她从外婆眼中看到了另一种爱，不是细水长流，而像是高高涌起的一迭潮水，分明想要倾泻却又不敢，一次次小心翼翼地退回去，潮涨潮退，整晚都在如此反复。雏仪替她感到为难，甚至有些心疼；但看看她妈，仿佛对外婆跟对姥姥差不多，客气，尊敬，却不亲昵。

在枕上，她忍不住问："外婆跟姥爷为什么……"

"那时候唱戏的日子太难了吧。"

"你为啥没跟着来香港？"

"那不就没你了吗！"母亲轻笑了一下。

"认真的，你为什么要跟姥爷？"雏仪翻了个身，直勾勾瞅着她。

"小孩哪儿想那么多'为什么'，在戏园子里玩高兴了，当然不想走了。"凤仪跟女儿面对面躺着，打量着那张稚气未脱的少女面庞。今天见了金铃子她发现自己跟母亲长得确实像，而雏仪就不那么像自己。"不过我没走也对了吧。外婆什么也不缺了，可你姥爷要没我的话就什么都没有了。"

"她缺了你。"雏仪此话出口，鼻子有点酸，但还是用脑袋蹭了蹭母亲的肩膀，大大咧咧地说，"我跟了你，你就偷着乐吧，要不然你光剩练功唱戏了。"

"挤死了！"凤仪嘟囔着合上眼睛，眼眶还是泛了潮。

母女俩在呼啸的风雨声里慢慢睡去。也许别处有人彻夜无眠，不只因为这骇人的天气。

第二天金铃子母子三人又来看戏了，再次看得心惊胆战。蒋凤仪贴出的戏码是《铁公鸡》。她像五年前"竞选"时那样按照老规矩扮戏，出场后举座皆惊。老戏迷们当然知道早年间的武生演这出戏就是这样"褶膀子"的彪悍扮相，但万万没想到一个女人也如此豁得出去。

他们很快发现她并不是靠这扮相吸引眼球，因为台上那勇猛漂帅的一招一式都足以使人忘却她的性别。昨天她是辨不清面目的"金钱豹"，今天又把脸膛抹得黑红，手底下的刀光剑影看得人眼花缭乱。大家在啧啧称奇的同时也在揣测她的真容，"估计够难看的吧"，但凡有点模样，谁肯演如此吃力的武戏呢？

散戏以后，凌跃告诉蒋凤仪后门外有不少观众等待她合影、签名，但她只说累了，不见。剧场经理不免纳闷，昨天她还说为了没退票的观众绝不临时回戏，现在却连露个面都不肯，但也不好多劝，只问她第三天的安排。原以为是更热闹的戏码，等她报出剧名，经理吃了一惊，苦口婆心地建议她再演一天硬功夫戏以巩固观众。

"您是不是觉得'硬功夫'就是翻跟头？"她笑了笑，"只卖翻儿我去大街上画个圈卖艺就得了，干吗要来贵地？"说完她顾自去卸妆了。

化妆间里，洪明念已等候多时了，手里抱着一个保温盒。

"来了？"凤仪语调轻快地问明念觉得今晚的戏怎么样。

"妈给你炖的燕窝。"明念不答，把保温盒塞给她，微微蹙着眉说，"你明日再这样搏命，我不让妈来睇戏了！"

"你们放心来，"她顿了顿才说，"你回去告诉妈，明天保证不让她担心。"

在港演出的第三天，蒋凤仪一出场，底下鸦雀无声，因为都没认出她来。当然大家还没见过她的庐山真面目。准确地说，他们没认出台上的"他"是昨天露膀子的"张嘉祥"和前天耍钢叉的"金钱豹"。此时的戏中人身穿八卦衣，手执羽扇，戴髯三髯口——这是《空城计》里的诸葛亮啊！

台下的金铃子不禁倒吸一口气，今天确实不用担心女儿因武戏太火爆而受伤了，但另一个极端的场景同样令人忧虑——冷场。这是"文"到了极致的一出文戏，又被太多好角儿唱到了极致，这个前两天还在满台翻打的女武生竟能驾驭吗？

谁料她不仅能，而且驾轻就熟。

她唱得气足韵浓，做得庄雅端凝，及至最后那句极尽纤曲宛转的"你就来、来、来，请上城楼，听我抚琴"唱完，掌声终于轰然而起。文戏若演得妙，掀翻屋顶的效果更甚于武戏。

座中许多白发苍苍的老人对她不吝赞美，金铃子听在耳里，百感交集。前两天的戏她都紧张得看不下去，一面手心出汗一面怨念蒋松霆，他让女儿进了梨园行也就罢了，竟还教她学了武生。戏子的苦、武行的苦他自己还没吃够吗？直到此时，金铃子才略感宽慰。女儿继承了他的身手，又随她有一条宽亮的好嗓子，这样的孩子确实是学戏的材料，当父亲的也确实把孩子培养成才了，而且是文武全才。孩子不易，他亦然。

这一夜蒋凤仪的表演濯尽了火气，只余两袖清风；羽扇纶巾，谈笑间收服了香江两岸的广大戏迷。待到她摘了髯口上台谢幕，尽管自己对演出效果有所预料，但下面的欢呼声之热烈还是超出了她的想象。当下她鞠了一躬，浅笑盈盈地感谢观众捧场，并表示散戏后会在剧场大堂与大家见面。

雏仪心情澎湃地躲在幕侧偷瞄着前面，母亲一走过来她就扑了上去，"妈，真有你的呀！"

多年来蒋凤仪以武戏闻名，其实小时候父亲和师父是按文武兼备的路子栽培的她，只是后来好武生稀缺，她成了武戏的顶梁柱，总无机会一露自己的文戏，就连女儿也没见过她演诸葛亮。即使没机会演，这些戏她从不曾扔下，因为总忘不了自己被赶下舞台的那些年，乡下田间地头的老百姓是多爱听她唱《借东风》《文昭关》《甘露寺》啊！当时样板戏正大行其道，可那些有关帝王将相、忠孝节义的旋律早已深入人心，听戏人忘不了，她这唱戏人更不敢忘。只是没想到上一次唱文戏还是躲在高粱地里，而今却是在这繁华港府。

凤仪把胳膊往女儿脖子上一勾，气定神闲地回了后台，凌跃早已备好了热茶，剧场经理也亲自送来果盘，喜笑颜开地检讨自己昨天目光短浅。蒋凤仪没多说什么，坐在镜子前开始卸妆，棉花球抹去了黑、白、红三色，渐渐露出她的本来面目，淡而耸峭的眉峰，挺秀的鼻子，还有细小皱纹遮不住的清亮眼神。

这一年她四十有三了，然而在这片陌生的土地上，她感到自己登上了事业的新台阶，拾级而上，有一个更广阔的世界待她闯荡。她洗净了脸，但还没完，又破天荒地对镜给自己化了个淡妆，用的是明念送的那套化妆品，最后换了件真丝白衬衫。装扮好了，后台众人都面露惊诧，包括刚刚进门的洪明念。

"还行吗？"她有些不好意思地问。

明念怔了怔，扭头问雏仪，"你觉得怎样？"

"好看！"

明念也点点头，干脆响亮地抛出一个字，"靓！"

满庭芳

那天蒋凤仪姗姗现身时，剧场大堂内至少有百余人在等候。白衣淡妆的她所引发的轰动丝毫不亚于台上那个或勇猛或儒雅的"他"。"女人长得丑才唱武生"的揣测不攻自破了，当然她也并不是大美人儿，但众人的目光就是无法从她身上移开。香港这地界五方杂处、华洋交汇，文娱业又发达，向来是不缺美女名媛的。她那张面孔只让人觉得干净，那么干净，眼角眉梢如有清辉，妩媚处也带着飒飒英气。

这个话不多说、色不惊人的内地女武生就这样在衣香鬓影的港岛打响了名号。在签了很多名，拍了很多照，收到了很多听懂或没听懂的赞词之后，她拱手说感谢各位捧场，自己不会出口成章，唯有在台上对得起大伙儿。所以就，戏里见吧！

接下去的十几天，她文戏串着武戏，文又分唱工戏、做工戏，武又有长靠戏、短打戏，看得港人目不暇接，如醉如痴，慕名而来的群体早已不限于老戏迷，更有大学生、家庭主妇、名流政要、当地粤剧伶人乃至影视界人士。媒体更是极尽渲染之能事，称蒋凤仪带来的这股"艺术旋风"盖过了凶猛的风暴潮，人们顶风冒雨也要去看戏，这样的情景在香港已经几十年不见了。

她给此行安排的倒数第二场戏是《林冲之死》。温靖离开以后，蒋凤仪让团里的青衣轮流担任林娘子。虽然有人唱功弱一点，有人神情差一点，但有她这"活林冲"带着，戏的精彩程度并未削减。毕竟戏曲是角儿的艺术，当舞台中心的那个人足够闪耀的时候，观众往往便忘却了她周遭的配角。这一行的残忍处就在于此。这不可谓不公平，毕竟她在享受万丈荣光的同时也承担着四方审视，对于这座舞台和这出戏，别人可以进进出出、来来去去，而她必须一守到底。

蒋凤仪刚离婚那阵儿有人暗忖她不会再演这出戏了，可是她照演不误。在经历很多事之后，她早已不在乎人家如何看待生活里的她了。只有舞台上的一切她抓住不放甚至斤斤计较，因为在那里好就是好，准得喝彩；差就是差，必要挨骂，谁也骗不了谁，谁也不亏欠谁。

《林冲之死》与香港观众初次见面，一演即红。许多对新编戏嗤之以鼻的老人也眼前一亮：林冲的故事虽被改写了，她的"新"瓶里却分明飘出了"旧"酒香，那醇香来自传统的四功五法，地道，讲究，不该被时代抛弃。其实世上从不缺闻香出动的酒客，只缺她这样的酿酒工。

二十天匆匆而过，观众们的情绪一路高涨，金铃子踏进剧场时的心情却一日比一日沉重。离别犹在眼前，离别又在眼前。她仍有冲动像四十年前那样挣扎着去抢女儿，让她回到自己怀里，但已无力付诸行动。四十年前都没做到的事，如今年老体弱的她更做不到；小小年纪就倔强着"不走"的女儿，如今显然也更加倔强。明澄和明念都了解老母亲的心，他们说凤仪这次演出如此成功，以后少不了频繁来港，而且内地现在开放了，他们也尽可以回去看她。金铃子勉强一笑，未再多言。

闻知凤仪离异，细心的洪明澄想要在经济上贴补她们母女，也被金铃子及时制止了。临别前的饭桌上，金铃子拿出来的礼物是一叠她手缝的老式褂衫，只因雏仪初见她时无意中说外婆的衣服好别致。她给女儿和外孙女一人做了好几件，纱的、棉的、绸的，连扣子都是自己盘的。以前在戏班子里她不善女红，改嫁以后更有人伺候，但成了"洪太太"的她却日益沉迷于这些活计，其实一针一线织补的都是过往的遗憾。那时一个女人若能安稳度日、做个贤妻良母，又怎会去学戏呢？谁料她终于能不唱戏了，过上了稳妥日子，女儿却没给她做"良母"的机会。中断的慈母手中线，总算完成了迟到的身上衣，只是游子归来又要远走，她留不住。

从香港回去以后，蒋凤仪悄悄给老父亲看那一大摞衣服。

蒋松霆坐在床边，粗糙的手掌抚过柔软布料上的细密针脚，一时难以置信——他不信这是金铃子的手艺，更不敢相信她们母女俩真的在那花花世界里重逢了。

"你认你妈了没有？"

"这不见面了吗，还怎么认？"她有点心虚。

"废话，你叫她没有？"

凤仪垂下眼帘。蒋松霆立刻火了，巴掌都举起来了，又听见女儿嗫嚅了四个字：叫不出口。

他的手到底缓缓放下了，落在那堆软绵绵的锦绣上。女儿十岁以后他就没再打过她，如今又怎下得去手呢。更重要的是，他知道她一岁多点就会说话了，却迟迟不会叫娘。

这就是命吧。他叹了口气，站起身来，走到门口时又回头提醒她，"甭跟你灵姑姑说这事了——让孩子也别说漏了嘴。"她点点头，瞬间懂了秋灵在父亲心目中的分量。

蒋凤仪从香港载誉而归，打电话祝贺、奉承她的人不少，有真心的，也不乏别有用心者。她初时还接过电话来敷衍几句，后来烦了，照例让老父去挡驾。蒋松霆的脾气更暴，而且打心眼儿里看不上那些拼命给女儿戴高帽的人。他坚信有些角儿是自己摔打出来的，有些角儿是被人捧出来的，他的女儿一定要做前者。

"喂，找哪位？……不在，有事跟我说……什么'火了'？她还欠着火候儿呢……我是她爹……我哪儿骂人了？我又没说是你爹！"蒋松霆啪地挂断了那天晚饭后的第六个电话。凤仪和女儿偎在沙发里哈哈大笑，秋灵却一脸忧虑，"你这老头子能不能好好说话？你不怕给小义惹麻烦？"

"这帮马屁精才是麻烦！"

"姥爷，歇会儿，来、来、来，"雏仪把他按在沙发上，"看看我妈在香港的录像！"

录像是由当地电视台摄制的，记录了蒋凤仪的演出全程、谢幕返场，还有后台的扮装细节以及对观众的随机采访。香港的年轻观众比内地的奔放多了，画面里传出的欢呼和尖叫震耳欲聋，把老两口吓了一跳。雏仪不禁隔着电视屏幕回想起那风光无限的场面，得意道："难怪他们拍马屁，我妈在香港真的特受欢迎，当年梅兰芳也不过如此吧！"

凤仪还没来得及表态，蒋松霆腾地站了起来，眼睛瞪得老大，气急败坏地训斥孙女："小丫头不知天高地厚！这欺师灭祖的话别再让我听见！"说完，他背着手呼哧带喘地回了屋。雏仪吓得大气不敢出，因为姥爷脾气虽大，但向来对她宠爱有加，一句重话儿都没说过，更别提像刚才那样指着鼻子大骂。

"宝儿，没事，别理你姥爷！"秋灵赶紧安抚了一下孙女，然后追进屋去劝解老头子了。

蒋凤仪的心里也怦怦直跳。父亲的话就像一记重锣敲响在她耳边，嗡嗡的回音犹未散去。她瞅了眼蔫头耷脑的女儿，叫她一起出门遛遛弯，顺手取下了墙上挂的剑。

母女俩去了以前常常一起练功的小公园。这两年蒋凤仪名气大了，在外面舞枪弄棒多有不便，而且工作也越发忙碌，陪雏仪练功的时间少了，故而久违此地。她们沿着浓荫密布的小径走到湖边，凉亭里以前总有几个老头拉琴唱戏，今天却都不在。

"别怪姥爷，他说得没错。"

"我也没说啥呀，不就是夸夸你吗。"雏仪有点委屈。

"你这是替我挨的骂。他要是不嚷嚷这么一通儿，我还真有点飘飘然了。"

"有那么严重吗……梅兰芳早就不在了呀！"雏仪嘟囔，"现在这些唱戏的人里，你就是不错啊！"

"取法于上，仅得其中；取法于中，不免为下。"

"哟哟哟，妈，你还文绉绉起来了。"

"这是小时候学戏，我师父常说的。"蒋凤仪说着在山石上压起腿来，"你是生得太晚，没看过人家大角儿的艺术有多好。我也只赶上个尾巴。现在想想，他们老哥儿俩那么逼着、打着我，就是因为知道往顶尖儿爬有多难。"

雏仪不吭声了，也默默把腿架到石头上。

晚风拂过，一片树叶落在她肩上，母亲伸手替她拈下来。"你那会儿非要学戏，妈没拦住你，让你学了，可是妈没法儿像姥爷他们教我那样去教你。时间不够，我的能耐也不够。"

"妈，别这么说，我再多用功就是了。"

"那你先把'庙刿'那段儿舞剑给我来一遍看看。"

于是雏仪走过去拔剑出鞘，舞了起来。她做完一遍，她妈讲解着要点又示范了一遍。母女俩折腾到大汗淋漓才收剑准备打道回府。路过凉亭时，里面孤零零坐着个老头，脚下倚着一把胡琴。

"魏大爷，今儿就您一人啊？"凤仪跟他打招呼。

"哎，我这儿看您带闺女练了半天了。好长时间没来啦？"老头冲她们和蔼笑了。

"是，最近太忙。您老几位都好？"

"好、好……就是头年儿老张走了。这两天老叶又摔了一跤，估计得养一阵子才能出来。"

母女俩一时无言。还是雏仪先开口，"爷爷还带着胡琴哪！"于是蒋凤仪主动提议让魏老头帮她吊一段。

"成哇！"老头受宠若惊地把胡琴放到膝上，"刚才看你们娘儿俩练的是新戏里的活儿吧，那戏我也看了，就来最后那场的反二黄吧？"

"夜阑珊，佛灯暗，大梦方醒透体寒……"

蒋凤仪搭着魏老头呜咽如泣的琴声唱完了这一大段，唱到身上的汗都落了，小风一吹微有凉意。老头心满意足，不忘叮嘱她以后常来。

回家路上，女儿说姥爷的气应该消了吧，她点点头。快到家时，雏仪突然又想起一件事，"妈，你还没告诉我呢，最后那场《夜奔》演完，谁请你吃大餐去了呀？！"

醉扶归

雏仪问起的饭局是在蒋凤仪演完《夜奔》以后，那是她为香港之行安排的大轴儿。当前面十几出大戏已经制造了足够多的喧腾热闹，最好的收尾大概就是一折古老的昆曲、一个天涯孤客的独角戏。

其实那晚出了个小状况。金铃子母子三个照常坐在下面，不过洪明念身旁多了一个怪模怪样的女人，刺儿头，胖胖的，显然不年轻了，敞穿一件松松垮垮的牛仔衬衫，袖子随意卷着，里面是柠檬黄的米老鼠 T 恤，眼镜框也是同色，看上去跟周围那些衣着考究的太太小姐格格不入。明念似乎对她很尊敬，时而在她耳边讲解些什么。

台上正演到了精彩的【折桂令】，一板三眼，一字一动，唱、做、舞密集到间不容发的地步。观众们用目光紧紧追随着夜奔的林冲，赞叹声不止，金铃子却忽然蹙起眉头，明念问她怎么了，她示意了一下凤仪身后的剑穗。然而下一秒她就如释重负地笑了，轻叹："这孩子，反应挺快。"

"看前面已是梁山，待俺趱上前去！"戏至尾声，蒋凤仪一踢腰间的大带，那软绵绵的丝绦利索地甩到了肩头，紧跟着又是两个又高又飘的扫堂旋子，她面不改色、脚步稳健地下了场。许多人站起来鼓掌喝彩，黑压压的影子罩住了少数仍坐着的观众。黑影里，明念身边的女人撞了下她的肩膀，"哎，你老妈刚才跟你讲什么？"

"她说我姐的剑穗把剑缠住了。"

"是吗？我怎么没看见？"

"哈哈哈，也就一眨眼吧，她很快解开了。"

原来是唱到"掌刑罚难得皋陶"，转身时红缨飞舞，搭到了剑柄上。到了下一句"似这鬓发萧骚"，她一做那低头搓掌的动作便有所察觉，趁着这句唱完，右手拉山膀，左手便飞快地理顺了穗子，一点没耽误后面扶剑走小圆场，转起圈来袍角、大带、剑穗随风翻舞，依旧纹丝不乱。外行看热闹，通常只看到她的"硬"功夫，殊不知把身上这些"软"物件收拾得妥妥帖帖更见本事。

"佩服！真好！"那女人放下衬衫袖子，站了起来，跟众人一起鼓掌喝彩。

谢幕以后，蒋凤仪坐在后台半天没卸妆，毕竟连演了十几天大戏，今天连舞带唱半小时，心脏都要蹦出嗓子眼了，脸上还不能显露一丝疲态 —— 因为舞台上的英雄必须无懈可击。观众也确实没看出丝毫破绽。花篮花束被排着队运进化妆间，屋里摆不下了又沿着墙根堆到走廊里，她引颈看去，是一眼望不到头的花团锦簇，其间还插着戏迷们手写的小卡片。

她脖子上搭着毛巾走过去"采摘"那些卡片，香港戏迷直呼她为"大佬倌"，赞美、表白的话一句比一句大胆，读得她边乐边咋舌。这时凌跃走过来说有人请她吃饭。

前几天晚上也赴了几个饭局，所以她并不意外，让小凌等她收拾好了一起出发。

"人家就请您一人儿。"

她愣了一下，"谁啊？"

"就是深圳工商局晚会上那个林总，那天有事早走了，没跟您说上话。"

她一点印象都没有，只顾洗她的脸，洗完把毛巾往桌上一掷，"甭管什么总，我不去。"

没想到小凌说："……林总是女的。"

蒋凤仪迷迷糊糊地上了接她的轿车，去的却不是大酒楼而是一家幽静的茶室，从外面看已经打烊了，服务员把她领进单间，向里面人轻轻叫了声"岚姐"。是那个刺儿头女人，正斜坐在古色古香的桌子前无聊地捏着一个可乐罐。凤仪踟蹰着问："您是……林总？"

"不用加'您'，"那女人费力地学了个前鼻音，然后站起来伸出了手，"林如岚。我听说你们这行讲究饮热的，饮茶，就约你来这里。"她把茶杯推到凤仪面前，自己又要了一罐可乐，其做派气质毫不符合她那个仙气飘飘的名字。

"我没什么讲究。林总找我有什么事？"这段日子香港的各界名流有找她纯粹探讨艺术的，也有找她谈商业合作的，但她看这女人既不"艺术"也不"商务"，猜不出来者何意。

"哈哈，没什么事，就是聊聊天。那次在深圳我临时有事，无缘见你演出，这次也没看到前面的，好在赶上了最后一场，万幸！"

"看来林总爱戏、懂戏？"

"不、不，我不懂，也谈不上爱。你可以叫我岚姐，"那女人爽朗地笑了，"我是 Mindy —— 哦，明念 —— 的朋友。我应该比你还虚长几岁。"

凤仪愣了片刻，脑子飞速把最近的事转了一遍，随即发出一连串疑问，"明念？那会儿她们就找到我了？您就是深圳方面要拉投资的那个老板？是您叫他们约的戏？"

"你还真是急脾气，"林如岚灌了口可乐，据实告之，"他们是要拉我投资，晚会也是为我办的，大概他们听说我中意老戏，但我不知他们邀了你。"

繁华之地的喧嚣不舍昼夜，而空旷的茶室里只有她们两个人的说话声穿过道道纱幔。原来素昧平生亦可相谈甚欢。林如岚告诉凤仪，明念如今是她的左膀右臂了，但十几年前还是个小助理。偶然一次公司聚餐，她坐明念的车，音响一开竟传出咿咿呀呀的京戏，她纳罕留英归来的本港女孩子怎会听这鬼东西？于是工作之外向来不屑闲谈的她破例和明念聊起来。

"她载我上下班一个月才讲完古。我多年不进电影院了，电视机也不开，听她讲却听得入神。"

据岚姐说，明念后来还给她看了一张金铃子的戏服相片，凤冠、宫妆的扮相，虽然模糊，但一望而知是玉貌绮年。明念告诉岚姐，她是在父亲的遗物中发现了这幅小照。彼时，她妈是小戏班的台柱子，而她爸是忠实的老戏迷。

毕业于英伦名校的洪明念在求职期间接到父亲病重的消息，匆匆赶回家时洪佑安已经过世了，大哥洪明再一家自此不再登门。明念没再回英国，也不忍搬出老屋离开母亲。而金铃子从那时起开始在家里没日没夜地播放戏曲唱片，《玉堂春》《金山寺》《红鬃烈马》……当躲避不及的噪音渐渐变成熟悉悦耳的旋律，明念也在冥冥之中走近了那些她曾经一无所知的往事。降生在香港的她是在母腹中度过了那段颠簸逃难的旅程，作为父母最娇宠的小女儿，她也是最后知晓家族秘辛的人。

听到此处，蒋凤仪百感交集，为那故事里的女儿、父亲和母亲，也为夫妻之爱与亲子之情，但对她而言，那终归像是陌生人的故事，尽管明念的母亲即是她的母亲。

"那岚姐，你……和明念，你们常去看戏吗？"

岚姐摇摇头。香港的京戏班子不多，近年有内地剧团来，她和明念便去看，其实两人都看不太懂，每次看完戏明念就带这位上司回家吃饭，金铃子总亲自下厨做些北方风味。林如岚工作上雷霆万钧，私下却疯疯癫癫，喜开玩笑，和不通粤语的金铃子也能鸡同鸭讲地聊个没完。

"只是现在 Mindy 的男友换来换去，一直不成家，老太太大概暗地里恼我，怪我带坏了她的女儿，碍于我是上司才不好发作！"岚姐大笑。

凤仪也笑了，喜欢岚姐谈吐磊落，举止洒脱。但她心里的疑惑未解，"可你们是怎么知道我……"

"撞到正！深圳那些人大张旗鼓请我睇戏，哇，那电子乐够热闹！听到我头痛。那日 Mindy 也不在，我自己坐不住，先溜了。回去以后有朋友晒他们跟你的合照，吓我一跳——怎和 Mindy 好似一个样！"

后来洪明念托人多方打听，仍不敢确定蒋凤仪的身份。因为她幼年的原名"蒋义"并未见于任何官方资料，且她本人于七十年代末随单位迁离天津，种种情形都与四十年前金铃子乘船离开时大不相同。

恰好那日在深圳参加晚会的人里有一位先生是香港某粤剧剧场的经理。他被蒋凤仪母女的表演震住了，大呼过瘾，并且从中嗅到了商机，有意邀之。岚姐听到消息，利用内地人脉从中斡旋促成了此事。直到蒋凤仪来港演出前夕，洪明念才把这件事告诉了金铃子。她再三给母亲打预防针，说一切尚无定论，但金铃子还是在接过深圳那几张照片的瞬间潸然泪下，尽管照片上浓敷粉墨的戏中人早已不是记忆中的稚子。

"这些年我和 Mindy 去睇戏，总叫老太太一起，但她不肯。来港四十年，这回是她头一遭进戏院。"岚姐豪爽的声口低柔了片刻。

或许正因此，金铃子在母女相见的时刻沉郁多于激动。毕竟她已经为重逢准备了三天，或者，四十年。

"老太太不容易。这些话她们两个都不愿讲，所以我这个外人就多嘴了。也是因为私心，这回你这股'旋风'刮得好猛，我也好奇你这大佬倌台下什么样子！"

蒋凤仪脸上没有太明显的波动，只说："岚姐……"

"嗯？"

"不是要请我吃饭吗？我饿了……"

那天深夜，林如岚带蒋凤仪去了铜锣湾的一家大排档，简易的桌椅板凳占了道路一半，另一半依旧留给汽车通行。虽只是一片绿漆斑驳的铁皮棚，但也端端正正地挂了招牌——"兰珍小馆"，不知摊位前那个瘦瘦干干、手脚麻利的阿婆是否就是"兰珍"。

林如岚显然是熟客，那阿婆一句招待的话也没有，只用油腻的抹布在桌上飞旋了一圈，岚姐笑嘻嘻的问候仅收获了她几个语气词和不耐烦的表情。阿婆擦完桌子扭头就要走，被岚姐一把拽住了围裙，"大樽冻啤先！"

她瞥了眼林如岚，皱纹密布的眼梢也扫过了蒋凤仪，嘟

嚷了一句转身去开冰柜。岚姐哈哈大笑，顶回去一句，阿婆
也笑了。

"啥意思？"

"她说女人家冇女人样，大半夜在外面抛头露面，我说她
也一样啊！"

凤仪也支着额角笑了。这时阿婆已经拿来了啤酒，几盘
镬气缭绕的小炒跟着铺满了桌子。俩人碰了一杯。

"爽啊！以前我们挨更抵夜加班，你妹是宁愿在办公室嚼
饼干也不肯随我来这种地方的。"岚姐放下杯子，在椅子上随
意盘起一条腿。

"要不是这趟戏唱完了，我也不敢胡吃海喝。"

"那人生少了几多乐趣！听说为了戏，你够狠。"岚姐朝
她眨眨眼，"报纸上铺天盖地都是你，有一篇讲，你连女儿都
不管喂？"

凤仪扒着碗里的饭，点点头。也没什么好顾忌的，她说
起那一年生完孩子，只因父亲看着她臃肿的身子叹了句"前
功尽弃"，她便咬牙给女儿断了奶，送回了老家。借钱买奶
粉，她晃晃手，"借了五十块钱，月月想还，愣是两年没还
上。"她说这话时背后是行人如织、灯火通明的港岛夜景，一
切好似一场梦。

岚姐停箸，推了推眼镜框，"是够狠，所以才能成事。"
旋即换了一脸调侃，"你演那'铁公鸡'，我认识的好几个阔
太都替你心惊！"她摹仿她们花容失色的神态语气——"'怕

你走光啦！"

凤仪扑哧了一声，"我们这行儿在台上不分男女，只分生旦净丑的行当。我本工就是演男人，该怎么扮，该怎么演，应当应分，没啥好大惊小怪的。"

"这一点，你够幸运。"

"怎么？"

"因为你可以在台上堂堂正正'冇女人样'啊！"

在兰珍小馆旺腾腾的灶火旁，俩人又嘻嘻哈哈地举了杯。蒋凤仪向这个认识了仅一个晚上的女人讲了不少戏里戏外的趣事、奇事，当然也有苦事，但既是自己选定的路，苦中也要作乐。

直到阿婆要收摊了，过来赶她们。岚姐慢悠悠地站起来，一手搭在阿婆瘦削的肩上，另一只手去掏钱，大面额的一张，让她不用找了。阿婆看在钱的分上收回了白眼，摆摆手叫她们快走。

当晚岚姐没有讲她自己的故事，可是蒋凤仪自此和这个香港实业界的著名女企业家结下了友谊。从这一年起，蒋凤仪成了香港的常客，不仅因为这里有她忠实且巨大的观众群，有她的生母和姊妹，而且因为不善人情交际的她每至此地都可以放下戒备，与岚姐把盏言欢。

很久以后，当她的人生又一次遭遇刻骨铭心的伤痛，她也是在这里疗伤、痊愈，并重新启程的。

拾
壹

月华清

　　赴港演出的成功仿佛在一夜之间把蒋凤仪的声名送上了万里青云。此后十几年，她的脚步逐渐遍布世界，但最使她难忘的还是初访法国时的情景，那也是她和他继电影《林冲之死》后的又一次与最后一次合作。

　　在浩如烟海的文献资料中，吕娜在《巴黎莱辛戏剧周刊》上发现了当时的活动报道以及他们二人的照片。风华正茂的她挽着满头华发的他，两个人的神情都很自然；同时，某种融合的气场使他们看起来并不仅仅像长辈与晚辈。

　　那一年，《林冲之死》在法国的"雾月艺术节"上获"最佳民族文化特色奖"，主演蒋凤仪获"演出特别奖"，是摘得这一荣誉的首位华人艺术家。由于她在国内演出任务繁重，所以直到颁奖礼前夕她才和文化部门的领导等一行人赶赴巴黎。大使馆派了工作人员在机场迎接他们，早先已到达的郑轶夫也在其中。

在机场熙熙攘攘的人潮里，他目不斜视地在她右前方走着，突然问她："看什么？我又老了？"她确实很长时间没看见他了，他也确实面容更清癯了一些，但言谈依旧爽利如风。

"你是'黄忠人老刀不老'行了吧！"

同行者听她如此说，也搭腔道："是啊，郑导为国争光了。上头还特别交代，您对法国文化熟悉，这一趟要听您指挥呢。"

郑轶夫指挥的第一件事就是蒋凤仪在颁奖礼上的"扮相"。他敲门叫她去吃饭，门一开，见屋里赫然挂着一件杏黄镶蕾丝的旗袍和一件大红曳地长裙，地上立着一双恨天高。他顿时露出了摄影棚里的严肃挑剔表情，皱眉问她："怎么个意思？"

"这是参赞夫人借我的行头。"

"你觉得这行头跟你搭调吗？"

"我能怎么办？领导嫌我的衣裳不上台面儿。"她双手插在套头衫的兜里，靠着墙笑了。

"开箱子我瞧瞧。"

她二话没说，掀开了箱子，简单几件，几乎不用翻就可一目了然。

"确实……"他话音未落，瞥见了床尾搭着的一件大襟儿盘扣的水蓝色小布衫，突然眼前一亮，"这是什么？"

"这、这……这是我妈做的。"她挠挠头，抖落开给他看。

"穿这个！"

"……我拿它当睡衣的。"

"就穿这个。"他坚定不移地说。

她只好点头答应。吃晚饭时郑轶夫不见踪影，几个钟头后她在房间里接到了他的电话，让她开门取东西。她在门外拾起一个印着法文的纸袋，里面是一条象牙白的丝麻裤子和一双米色羊皮半高跟鞋。她试了试，腰围正好，鞋也合脚。于是她打电话问他："多少钱？我给你。"

"算了，就当我赞助你两件'私房行头'*。"

第二天晚上，蒋凤仪穿着这身清清淡淡的蓝衫白裤赴了盛宴，在一众金发碧眼、艳光四射的丽人中间蜿蜒而过。几乎没有人知道她是谁，但许多镜头争先恐后地瞄准了她。她觉得不太适应，但也不怎么紧张，因为自己并不用说话，郑轶夫才是那个与人谈笑风生的主角。他把她介绍给很多人，她只管冲那些表情夸张的法国人微笑，猜不到他的介绍使他们对她产生了何其深刻的印象。

法语听起来有点像唱歌，可她端坐在椅子上絮絮听了一

---

* 旧时戏班里，公用戏服为"官中行头"，角儿私人置办的戏服为"私房行头"。

晚上，早已双腿发麻、昏昏欲睡了。突然她感到很多人的目光伴着掌声朝他们这桌飞过来，郑轶夫就在这片欢腾里从容走上了领奖台，那天他穿了一套石青色的西装，步伐略显迟缓，但背影仍如苍松翠柏，雪落枝头。

他接过了那尊精致的奖杯，端详了一下，向台下致意，"很荣幸我们的影片获此殊荣，也为我自己时隔半个世纪能够故地重游而感到喜悦。"当场众人本已惊叹于他流利的法语，听到他说"故地重游"，更是热情地奉上了一波掌声。

"半个多世纪以前的巴黎就是世界艺术中心了，但当时的我并非为艺术而来，像许多有志青年一样，我唯一的念头是以学报国。那时我的专业是化学工程。当时法国有一批学习美术、音乐、建筑、戏剧的中国留学生，在与他们相处一段时间后，我从科学的大厦叛逃到了艺术的殿堂。"

底下一阵笑声，郑轶夫也微笑，"不过，我不认为自己是逃兵，因为我们都相信文化和艺术的进步和科学技术一样重要，甚至更有益于人性的解放和社会的建设。大家都看到《林冲之死》是一部中国戏曲片，而早在我还没学会说话时就迷上了旧戏里的那些高超技艺，但在五十岁之前，我从不认为这门苍老的艺术可堪大任。直到我遇上了影片中的这位主演，蒋凤仪女士。"人们的目光齐刷刷投向她，而她不明就里。

"那是将近二十年前，某天我和其他一些被放逐了很久的人收到一个特殊的任务 —— 在旧剧完全丧失合法性的情形下秘密拍摄一批传统剧目，分配给我的是《夜奔》，而蒋女士是被推荐的表演者之一。我对于这个任务顾虑重重，她的态度却与我截然相反，甚至当场做了个高难度动作来表示自己的能力和决心。我勉强答应了她的请求，但并无信心，因为当时的她很快要做妈妈了。"现场传出一片唏嘘。

"然而三个月以后，她准时出现在摄影棚。我只给她留了极少的胶片，那是我国用有限的外汇高价购置的柯达彩色胶片。那一天，她出色完成了任务，比其他任何人更加出色，没有浪费一丝一毫拍摄资源——我猜她也没有多余的体力去浪费。就是从那时起，我开始重新审视这门古老的艺术，思考它有何种魅力竟使一个年轻人爱它至深，投入至深，乃至在极严峻的环境中坚持练功不辍，并用她的身体把这种魅力传达给观赏者。或许正是这种艺术魅力使我们的决策者选择用经典老戏而非如火如荼的现代戏来代表中国文化，以此款待远道而来的、与我们隔绝日久的客人。"

在座众人表情肃然起敬。

"最后我想讲一个古老的中国寓言。很久以前，有一个叫'混沌'的生灵，它非常可爱，但没有形体、没有七窍。有一天，一些好心人说，为了让'混沌'变得更好，我们给它开凿七窍吧。于是他们就用各自的工具忙活起来。日凿一窍，七日而混沌死。"

这个故事很简短，短到他讲完了大家还没反应过来，直到他稍作停顿后揭晓它的意义，"我们的中国戏曲以及许多传统文化就像这个'混沌'，而我也曾是刀穿斧凿誓要给它开掘七窍的人之一。我们的刀斧曾以文明、进步、破四旧、现代化等等豪言壮语为名义，给人类古老的文化肌理留下了无法磨灭的创伤。在这个世界上，一定还有许许多多美好的事物经历过或正在经历'混沌'的痛楚，每思及此，我心不安。我非常感谢组委会把'最佳民族文化特色奖'授予我们的电影，但我擅自决定不领取这个奖项，因为我想没有哪一种民族文化是'最佳'的，正如也没有任何一种民族文化不值得被珍惜和尊重。"

郑轶夫说着把手中的奖杯轻轻放回了领奖台，同时向台下某处伸出手掌，"不过我们影片的主演蒋凤仪女士获得'演出特别奖'确是实至名归。是她的表演让我看到中国戏曲艺术后继有人，也让我们有理由相信'混沌'不死；文艺之美虽然脆弱，但它必将生生不息。"

掌声和欢呼从各个角落爆发出来，蒋凤仪感到头顶的水晶灯在微微摇摆，璀璨的灯光迷眩了她的眼睛。翻译轻轻推了她一下，于是她站起来，一步步朝他走去，经过无数陌生而满怀真诚钦赞的面孔。她想起他曾说过的话，要走得远一点，更远一点，带着她的艺术、中国的艺术，萍蓬万里，笃行不息。现在她真的走出来了，引她、陪她走到这一步的人正是他。

颁奖人将另一座晶莹剔透的奖杯稳稳地递到郑轶夫手中，他又转手交给了她，向她欣然颔首；隔着那尊奖杯，她眼里有一片星海。

当晚的舞会接近尾声时，郑轶夫在会场外的高台阶上找到了席地而坐的蒋凤仪，一双米色高跟鞋撂在旁边。不远处有一个胡子拉碴、流浪汉模样的人正在拉小提琴，丝绒质感的乐声逆着风游过来，千缠万绕在她身畔。

"怎么在这儿？"

"跳不好，老踩人家脚怪不好意思的。"

"退回十年我倒可以教教你。现在我也跳不动了。"

"你也有服老的时候？"她笑了笑，"你听人家这弦儿，听久了，不知哪儿跟胡琴有点像。"

"本来艺术都是相通的。告诉你一件事，人家组委会邀请你明天做个简短的演讲，关于中国的戏曲表演艺术。"

"我？我讲不了，我可没那口才……"

"你讲得了。少说大道理，多演示。"

"……那我想想吧。里面快完事儿了吗？"她仰头问站在自己身后的他，欲起身，他伸出手拉了她一把，见她还赤着脚。

"快了。你不穿上鞋？"

"脚疼。到门口再穿。"她含羞答，拎着鞋拾级而上。他跟在后面，目下雪白的裤脚无声拂过石阶。

不
水
船

　　一向在舞台上游刃有余的蒋凤仪对于演讲这件事却是"大姑娘上轿 —— 头一回"。她熬了一宿，次日早上把咬烂了笔头才攒出来的讲稿交给郑轶夫审阅，他却看也没看就拧成团儿抛在了脑后。

　　"干吗你？"她不禁提高了一个调门，蹲下去捡那个纸团。

　　"不要念稿子。你随意去讲，我都可以给你翻译。关键要自然、生动。"

　　"随意讲是讲什么？"

　　"你小时候学戏，你师父一开始给你讲什么了？"

　　"什么都不讲，先练功。"

　　"对呀，这就是特色。你就讲你的经历和体会，天花乱坠谈理论的事儿让'专家们'去做吧。"

她若有所思地在房间里徘徊。他低头瞥见她脚上磨破的伤口，半认真半调侃道："高跟鞋也甭穿了，不方便做演示，再摔个大马趴……"

"多谢搭救！"她朝他一抱拳。

到了晚上，蒋凤仪穿着平常的衣服和布鞋上了台，依旧牢牢吸引了全场的目光。她望向笔直站在台角、西服革履的郑轶夫，他从容颔首，她便开了口。

"感谢大家给我这个机会，让我讲中国戏曲表演的特色和人物塑造的方法。在国内也有很多文化人问过我，你是如何体验和传达人物内心的？可见中国和外国的朋友都对这个问题很感兴趣。其实，对我们戏曲演员来说，这并不是最首要的问题。因为我们学戏、演戏的第一件事是先把身上的功夫练到家，练到一抬手动脚就先进入生、旦、净、丑的行当。这一步做好的话，人物就塑造好了一半。这一步做不好，就不配谈内心、入戏之类的问题。"

她说罢直接学起了小生、武生、老生的不同架势和脚步，郑轶夫流畅自如地把她的话一句句译成法文。

"如果我是个年轻书生，就要这样站、这样走——"云手齐胸，步履风流。大家专注地看着她。

"如果我是个武生，就这样——"云手齐额，身姿矫健。众人察觉了微妙而传神的变化，发出轻声回应。

"如果我是老生，做了官，那就得这样——"云手齐眉，派头十足。她正走着，底下突然哄堂大笑，吓了她一跳，原来郑轶夫把她这句话译作了"c'est ainsi que les gens au Parlement marchent"——"国会上的人是这样走路的"。

蒋凤仪虽有点纳闷，但活跃的气氛使她放松了不少。她掠了下鬓边的头发，掏出一块手绢，继续说："旦角不是我的本行，我就勉强学一段《拾玉镯》，请大家猜猜这人物是在干吗。"说话间她脚底下就变成了花旦的小碎步，时进时退，忽起忽落，兜起衣服下摆，转腰、俯身，手绢一撒，嘴里作咕咕声。

下面很快响起了笑声和掌声，还有人喊着回答了她的问题。郑导看惯了钢筋铁骨的她，初见她摹仿娇俏的小花旦，也忍俊不禁，微笑着向台下点点头，"是的，喂鸡。准确地说，是放鸡、轰鸡、数鸡、寻鸡等一系列动作。"舞台上并无一根鸡毛，可是她的手、眼、身、步分明使活泼少女的劳动场景跃然眼前。

"这就是中国戏曲里的程式动作，有时候很生活化，而有时候要高度艺术化。我还是来一个我的老本行吧，做个武生的身段。比如我们平时困了……"她打了个哈欠，抬手枕在脸侧，"可是如果在舞台上就要'睡'得非常夸张、写意。"

话音刚落，她腾空打了个脆帅的飞脚，原地转了几圈，一个后探海儿，接着整个人像把大伞似的唰啦收起，以卧鱼的姿势盘腿坐下，以拳支额——这是《夜奔》里林冲在破庙神案底下打盹儿的身段，从动到静、从醒到睡、从空中到地面，不过短短数秒，却看得人眼花缭乱。全场顿时爆发了一阵喝彩，还有人咚咚地跺起了地板以示兴奋。

蒋凤仪气定神闲地等场子安静下来，然后朝郑轶夫眨了眨眼，"最后请郑导演配合我表演一段游湖吧，能不能给我找个道具？"于是郑导向工作人员耳语，不一会有人送上来一把扫帚，凤仪扑哧一笑，只得接了过来。

大家目不转睛地盯着台上，少顷，她唱着船歌划"桨"而来，"桨儿划破白萍堆，送客孤山看落梅。岸边买得一壶酒，风雨湖心醉一回"。她那起起伏伏的动作真如人在舟中，优哉游哉。最妙的还是她把扫帚另一端伸向郑轶夫，他扶"桨"上船的一瞬间，俩人默契地一站一蹲，一蹲一站，将小船晃悠悠的状态描摹得活灵活现。他们在看不见的波浪里穿行，满载一船掌声与欢呼。舟程匆匆将尽时，蒋凤仪意外听到他唱起了那船歌的后一半。

"最爱西湖二月天，斜风细雨送游船。十世修得同船渡，百世修来共枕眠。"

那歌声苍苍杳杳，如云深处的晚钟。郑轶夫没有翻译这几句词，可是台下的热烈气氛还是在那一刻到达了顶峰。

这一趟行程圆满结束了，好几位法国艺术家和剧界人士邀请她下回一定要再来，而且要正式演出、做系列讲学。

上飞机后郑轶夫惋惜这一次时间太紧张，她甚至没来得及去参观卢浮宫。未待她搭腔，他望着舷窗外渐渐缩小的城市欣慰地说："不过没关系，你的机会还多得是。"凤仪昏沉沉点头，眼皮已经抬不起来，很快便在高空的云波荡漾中睡着了。

她不知睡了多久，蒙眬间感到自己的脑袋一会甩到左边，一会垂到右边，后来终于找到了一个坚实的支点，便睡得更安稳了。也许是因为太安稳，所以她终于觉出了不对劲儿，忙睁开眼坐直了身子。她略扭头，撞见了他的目光，不像平时那样冷峻犀利。

郑导轻咳一声，指了指过道，"劳驾，我要出去一下。"她想也没想，直接把一条腿举过了头顶，让出了空间。他自言自语，"真是练家子……"她悄然一笑。

机舱里已经熄灭了灯光，大部分人都在昏睡，飞机航行中产生的持续而均匀的噪音此时听起来非常明显。他们两个人醒着，说着话。

郑轶夫饶有兴致地谈起他近来对《水浒传》有个发现，"那一百单八将，很多人都是失去了自己最重要的人之后才上了梁山。林娘子受辱，武松没了大哥，李逵死了娘，还有朱仝，那小衙内因他而死……"

凤仪偎在薄毯子里嗯了一声，良久，淡然说老戏里的英雄总是孤家寡人，也都没什么好下场。

座椅上方的小夜灯投下一束追光，勾勒出她峭凌凌的侧影。他直白地望过去，问："凤仪，你也怕孤独吗？"

他很少称呼她的名字，似乎在他们的世界里是不应该有名字、称谓的，也没有太远的客套与太近的人情。所以她怔了怔，屈起膝盖缩进了毯子里，"应该不会怕吧。忙起来什么也顾不上了。一天天忙得脚不沾地，挺满足的。"

郑轶夫点点头，略显疲倦地合上了眼睛，"你需要这样。艺术是需要孤独的。"凤仪也想问他同样的问题，可是话没有出口。少时，他说要睡一会儿。

长途飞行如同受酷刑，身子骨结实如蒋凤仪也不例外。飞机完全停下后，她迫不及待地解了安全带，在过道活动腰腿，而郑导在座椅上缓了一会才站起来。她印象里的他个子是很高的，然而那天也许是机舱空间逼仄，也许是他精神不振，总之他走下飞机时竟有些伛偻。她下意识地去扶他，可是被他避开了。

他们作别在首都机场。郑轶夫告诉她，这趟回来，两个孩子叫他去上海住一阵。

"好。那……"

"我会给你打电话，或者写信。"

听他如此说，她便放心地与他告了别，又去赶回家的火车了。

这次蒋凤仪虽只外出了不到一周，继母还是做了一大桌菜给她接风。"还是家里的饭香啊！"她捧着碗感叹。秋灵抿嘴一乐，又给她夹了一箸子菜。

饭后，她在卧室收拾箱子，雏仪溜了进来，不等母亲问，自己赶紧主动报告，"早晚两遍功，我没偷懒儿啊！"她轻哼一声表示姑且信了。雏仪笑嘻嘻在床边坐下，"妈，法国好玩吗？"

"没玩，不知道。"

"你可真够亏的……那 —— "女儿扽扽她的衣角，乖巧地伸出双手作碗状。

凤仪忍不住嗤了一声，回头甩给她一盒巧克力，"这嘴就是管不住！"

"我还长个儿呢！"

"没听说快二十了还长个儿，光长肉了！"她掐了一把雏仪的脸，女儿的个头早已超过了她，也比她更丰盈，是个大姑娘了。

雏仪推开她的手，吞吞吐吐似有心事，却欲说还休。母亲忙着理箱子，没追问，又拿出一瓶葡萄酒塞给她，"给姥爷的，先藏着。让他看见一顿就没了。"

"给姥姥带东西了吗？"

"带啦！操心！"她催雏仪去睡觉，自己捧着一个精致的小盒子去了老两口的卧室。她敲了两下门，进屋发现地上有一盆泡着中药的热水，蒋松霆正在给秋灵揉脚。他见女儿进来倒没觉得怎样，秋灵却脸上泛红，忙着欠起了身子。凤仪的确有点吃惊，因为一直以来只知灵姑姑无微不至地伺候着老爷子，没想到老两口如此互相体贴。

"小义，有事？"父亲漫不经心地问她，手里的活儿并没停。凤仪瞄见了秋灵脚上的旧伤，没料到她当初伤得这样重，脚趾都变形了；难为她平时忙里忙外，少有清闲时光。

"哦，没事。灵姑姑，给您的。"凤仪递过去一瓶香水。

秋灵虽已过六旬，但犹有韵致。她接过了礼物，嘴里说自己用不着，脸上却是喜悦。

"怎么用不着？喷了这个上居委会值班儿，更得把那几个老光棍儿迷得颠三倒四了！"蒋松霆撇撇嘴。

"你这老头子胡说八道啥呢？"

凤仪乐了，又见她膝上敞开着一本相册，好奇道："这是什么时候的照片？"

"这个啊，有年头儿了。"秋灵轻叹一声，把相册递给了她。原来秋灵的三哥年轻时喜欢摆弄相机，当时俞家班四处跑码头，他拍了不少剧照，一则图好玩，二则有宣传之用。后逢动荡岁月，人人忙着烧东西、扔东西，他却舍不得毁了这些照片，小心翼翼留到现在。如今俞老三年纪大了，整理了这些旧照给妹子寄来，用意不言而喻——兄妹五人散落各地，日后这便是一份念想。

"呀，爸，这还有我呢！……是我吧？"凤仪指着相册一页给老父亲看。照片上的小孩俊眼修眉、黑罗帽、黑箭衣，个子虽小，神情却足，梗着脖子昂然而立；右边的花旦年轻娇艳，跷着二郎腿坐在椅上，微露一双玲珑小脚，显然是绑了跷鞋。

"是，是你俩，这是在临清啊……"

"这是哪出儿啊？"凤仪的关注点落在了戏上，老父亲却还在端详照中人。

"是《翠屏山》。"秋灵肯定地回答。

鞋
儿
曲

　　一大早，蒋凤仪母女俩在剧团大院门口碰见了凌跃一家，两岁的晓斌睡眼惺忪，正被爸爸抱上妈妈的自行车后座，因此哼哼唧唧地表示着不满。

　　"小孩真是一天一个样儿。"蒋凤仪乐呵呵地走过去。凌跃的爱人杨笑笑一面安抚着撒泼抗议的儿子，一面跟她打招呼，说这孩子越来越淘了，每天早上送他去托儿所都跟打仗似的，抱怨完又问起她在法国拿奖的事。她们闲聊时，雏仪逗着那小男孩玩起来，过了会儿，她问杨笑笑自己能不能抱抱晓斌。

　　"你别瞎胡闹，再摔着孩子！"凤仪正要拦，凌跃却说没事，笑笑更是直接把晓斌递了过去，"你抱！可沉啊！"

　　雏仪当真像抱个洋娃娃似的抱起了那个虎头虎脑的小男

孩，果然不轻，她把他往上颠了颠，兴奋地叫蒋凤仪，"妈!他身上有股奶味儿哎!"

"吃奶的孩子当然有奶味儿了，赶紧的吧，人家还要去托儿所呢。"凤仪说着伸手接过了孩子，把他稳放到自行车的小座椅上，"嚄，这小子是挺沉的，喂得真好。"

杨笑笑扶着车大大咧咧地说:"早想给他断奶了，这小的黏人，他爹也惯着他。"

凌跃脸红了，儿子听见妈妈的话则委屈巴巴地抽搭了两声。雏仪从兜里掏出一块巧克力递过去，小哭包瞬间笑成个小太阳。

凌跃跟着蒋凤仪进办公室汇报工作，忙了半天，雏仪满头大汗地推门而入，气鼓鼓地用脚勾过来一张椅子坐下了。

"练完功了?"凌跃给她倒了杯水，"谁惹你啦?"

"他们又嚼舌头，说我妈去法国一趟拿了多少多少钱，大伙儿的工资从来不见涨。"

凤仪没说话，只顾利索地收拾起桌上乱七八糟的文件，终于理成了一厚摞，"啪"地一巴掌拍在上面，"这团长干了小十年了，越干越烦。小凌，要不给你当吧?"

凌跃赶紧摆摆手，"您这么大能耐还受他们挤对，要换了我，骨头渣儿都不剩了。也就您这钢筋铁骨禁得住。"

她无奈地抓了抓头发，转脸问女儿:"对了，你昨儿说有事商量，什么事?"

"妈，你知道有个'小梨花'奖的比赛吗……"

"不知道……不是有个梨花奖吗，哪儿又来了个小梨花？"

凌跃赶紧搭茬儿，"今年不是徽班进京200周年吗，有好几个大活动。这个'小梨花'的比赛呢，只接受二十五岁以下的青年演员报名——哎，这俩小丫头正合适啊。"他指的是雏仪和庆红。

近年来各种奖项、比赛横空出世，蒋凤仪继"梨花奖"之后又添了不少荣誉，但她一向不把这些挂在心上，而且深知跟名利沾边的事都是一潭浊水，所以也不太鼓励女儿去掺和。"好好练功唱戏就得了，甭凑这热闹。"

"妈，你是站着说话不腰疼啊，最高的奖你都得了！"雏仪跑到她身后，搂住她的脖子，"妈，让我们参加吧……求你了，妈？妈妈？世上只有妈妈好啊，你怎么那么狠心？我要是拿了奖也堵了那些人的嘴呀，省得我一上台他们就嚼舌头。"

她被女儿晃得头晕眼花，小凌也帮腔，"是啊团长，就说最实在的，拿个奖以后评职称也有好处。现在闷头儿唱戏不行了，有的事观众说了不算，得评委、专家说了才算数。"

"行行行……非要参加你们就去，我不管……"凤仪站起来往外走，"我练我自己的功去了。"

"妈，你得管呀！"雏仪追着喊，"你得给我们想想报什么戏！"

蒋凤仪去了练功房，正是上午最好的时光，练功的人却寥寥，只有三四个姑娘边聊天边有一搭没一搭地压着腿，看见她进来才一吐舌头，各自散开去跑圆场了。她径自走到墙边，俯下腰双手一撑，左脚一蹬地，拿起个大顶。

这是小孩子初学戏时的一项重要功课，锻炼的是肩、臂的支撑力和腹、背、腰的韧劲，那几个姑娘没想到年过四旬且成名多时的团长还有体力、有耐性练这种基本功。她们颠着圆场步经过她面前，一圈又一圈，眼见她的汗珠顺着脖子滴到地上，有个活泼嘴快的说："您这么大角儿了还大头儿朝下拿大顶啊？"

"那咋了？四岁能大头儿朝下，现在就能，没什么寒碜的。什么时候做不了了，就不能再上台了。"

姑娘们听她如此说，不免表现得更卖力了一些，然而半小时以后，屋里还是只剩下蒋凤仪一人。她又来来去去踢了几百腿，脚下不停，脑子也在飞快地转，琢磨着该给雏仪和庆红这小姐儿俩排什么戏。

中午时分，保洁大姐进来打扫卫生，窗台上不知谁留下个啤酒瓶，她个子矮小，够不着。蒋凤仪正好踢着腿走过来，抬头一看，跳起来把瓶子拿了下来，"哪个浑小子在这儿喝上了？！大姐，给您。"

保洁员接过去，盯着她湿透的短袖衫摇头咂嘴，"您整天来得早走得晚，哪儿是林冲啊，简直是拼命三郎！"她哈哈一笑，接着打起了又轻漂又脆帅的飞脚。过了一会，大姐干完活出去了，凤仪突然定在原地。

"拼命三郎"—— 石秀 —— 她知道让女儿拿什么戏参赛了！

晚上，蒋凤仪叫女儿带庆红回家吃饭，秋灵多加了两个菜。饭桌上，蒋松霆问庆红："你爸妈最近怎么样？好长时间没瞧见他们了。"

"嘻，我哥去日本以后我妈丢了魂儿似的，我爸倒是不闲着，整天泡在票友茶座会。"庆红的哥哥宋庆军前几年就离开了剧团，在广州上海等地扑腾了一阵子，最后索性跟几个哥们儿一块跑出了国。

"就算不唱戏了，干点啥不好，非得往小日本那屁大点的地方凑。"蒋松霆的嗓门稍微大了些，秋灵连忙用胳膊肘杵他，凤仪也说"人各有志"。她给那小姐儿俩夹了菜，自己却迟迟不动筷，"小红，今儿叫你来是商量一下比赛的事。你俩是打算分别报名啊，还是合演一出戏？"

庆红跟雏仪对望了一眼，清脆利落地说，"一块儿演。我知道旦角跟武生的对儿戏少，但我跟那些小生、老生在一块没有跟宝儿那么默契。您给我们想想演啥吧，要不再来一回'别窑'？"

"大伙儿太熟的戏比赛难出彩儿。我是给你们想了一个，但可能有点太生了，你们得从头学。"她说完，小姐儿俩急不可待地问是什么戏。

"《翠屏山》。"

听到这剧名，雏仪和庆红没什么反应，因为完全不了解，那老两口却倍感意外。这是一出骨子老戏，但在五六十年代的戏改中一度被禁，如今已绝迹于舞台多时了。蒋凤仪九岁在山东挑帘儿时曾唱过这出戏，她的石秀，秋灵的潘巧云，俩人势均力敌，戏情张力十足，得到的叫好儿曾响彻台下。昨晚她在秋灵的相册里看到的那张照片正是当时情景，一晃三十几年了。

"行啊妈，那你教我们吧。"雏仪专心致志地剔着鱼刺，头也不抬地应承了。蒋凤仪缓缓扒拉着碗里的米粒说："我也多年没演了，石秀的戏我跟你一块儿从头捡起来。这个杯啊那个奖啊不重要，但既然要比赛，咱就得当成打擂台，就得拿出点绝活儿来跟人家较量一下。石秀的唱腔和一套六合刀都很吃重。"说完，她又把目光转向庆红，"小红，我还要额外给你提个要求。"

"您说！"

"你得把跷功练出来。"

雏仪惊叫："妈？！这也太难了吧？"庆红也立刻磕巴了，"我……我在戏校没学过呀……现在谁还能教这个？"

饭桌上安静了片刻，蒋凤仪和老父亲不约而同地扭头望向了秋灵。

晚间，老两口在卧室里悄悄嘀咕凤仪的决定。秋灵又翻开了那本相册，手指抚过之处，一层透明膜隔开的是森森流水年华。

她幽幽道："咱们年轻那会儿上面就不让踩跷了，说三寸金莲是封建糟粕。我还挺高兴的，那玩意儿多难受啊，不穿才好呢，可我爹不答应，老说跷功废了可惜。"

"俞老有他的道理。花旦、刀马旦的跷功跟武生的厚底儿功一样，都是真本事。我现在一闭眼还能想起你踩着寸子*跑圆场的样儿呢，就是漂亮！"蒋松霆感慨地搓了搓手。以前金铃子是以唱为主的大青衣，青衣是不踩跷的，而秋灵兼善花旦，舞如灵蛇。要说当时既当爹又当妈、独身了多年的他见到台上的"潘巧云"不动心，那是假话。

秋灵不禁低头微笑，亦有一丝苦涩，"漂亮啥呀……就毁在这寸子上了。"

蒋松霆踱过来坐在老伴身边，搂住她的肩，"都过去了……现在不一样了，国家不是说要扶持传统吗？小义够忙的，还要教这俩孩子，咱能帮就帮一把。"

"那是自然。我就怕庆红吃不了那苦，而且……"秋灵面露迟疑，"上哪儿寻摸跷鞋去呢？"

蒋松霆也愣了一会儿，然后信心满满地拍拍秋灵的手，"赶明儿我跟小五儿商量一下，他认识不少做行头的老师傅。"

宋小五得到消息后非常兴奋。他从十八九岁开始做箱倌儿，跟后台打了半辈子交道，给角儿服务了半辈子。自己虽从未在舞台中央闪耀过，但角儿的闪耀离不开他。蒋凤仪第

---

*　寸子，即跷鞋，木制，仿照三寸金莲的样式。

一次登台演《战太平》就是他给她亲手扎上了那身小巧而精致的红靠，靠旗绑得松紧得当，任她在台上如何翻打都绝不歪斜。如今他退休有几年了，但还是不习惯清闲日子，不是去票友曲社过过戏瘾就是跑回剧团"指手画脚"，视察徒弟们有没有执行他的教导。现在儿子出国了，眼前只守着庆红一个小女儿，他自然望女成凤，被蒋松霆培养成角儿的凤仪就是榜样。如今凤仪点名让庆红在比赛里展示跷功，他头一个表示坚决拥护并一口应下了置办跷鞋的任务。

俩礼拜以后，他拖着一只大蛇皮口袋来到蒋家，蒋松霆打开门，吃了一惊，"小五儿，也不用弄这么多跷吧？"

他摇了摇头，"七哥，我去找了原来相熟的几家，早都不干这行儿了，那几个老人儿也都走了。"

"那咋办？"

"我上了趟天津，早先恒昌顺戏衣庄有个顾师傅，手最巧了，"宋小五从兜里掏出一张叠得整整齐齐的纸，"现在他也老得干不动了，但哆哆嗦嗦地给我画了个样子。"

蒋松霆老两口都凑上来端详，秋灵连连点头，指着图纸说："就是这样儿，这是绑带，这是底下的铜箍。那，找谁做去呀？"

"自己动手，丰衣足食！"

宋小五唰啦打开了他带来的大口袋，里面刨、凿、锯、钻的工具一应俱全。

此后一阵子，为了雏仪和庆红的参赛之事，两家的老人着实忙碌起来。家里的空间是不够折腾的，他们便把"作坊"设在了家属楼的院子里。宋小五和蒋松霆负责体力作业，秋灵作为唯一穿过跷鞋的人负责随时提出指导意见，小五的老婆则跑进跑出地给他们沏茶倒水、递递拿拿，这些零碎的活计多少分散了她对儿子的思念。

正是暑热时节，这几个加起来奔三百岁的老人每天在院里加班加点，成品虽未诞生，却已成功吸引了不少注意。

"哟，老爷子、宋师傅，怎么玩儿上木工活儿了？"

也有年纪大的一眼看出了端倪，"这不是跷吗？还是硬跷！谁穿啊？"得知是宋庆红，人们更加不敢置信，"现在的孩子还肯练这个？"宋小五不作答，但面露自豪。

与此同时，蒋凤仪开始抽时间给雏仪和庆红说戏。每天她们仨从剧团回到院里都能看到两家老人在夕阳下忙得热火朝天，看得出他们都老了，腰背没那么直了，白发压过青丝了，可是再仔细凝望，又觉得他们好像变年轻了，探讨工程细节时一脸认真，遇到解决不了的问题还会像毛头小子一样争得面红耳赤。

"小五儿，我就说这托板不够斜吧？"

"您哪儿说了？秋灵姐，您作证，我七哥昨儿不还说再斜就成直板儿了吗？"

"得啦得啦，都甭急，咱再重来吧！"

老几位脸上都有些失落。蒋凤仪走过来，拈去父亲头上的一片木屑，轻劝："爸，你们别累着。"他摆摆手。

雏仪和庆红拨弄着地上的几个残次品，觉得很新奇，"这穿上咋走路？"

宋小五乐了，"闺女，过两天你就知道了。到时候有你的苦吃！"

夏初临

又一个周末，在剧团空荡荡的排练厅里，蒋松霆和宋小五郑重其事地展示了他们的劳动成果。老哥儿俩得意洋洋，雏仪和庆红盯着这对怪模怪样的"跷"却有些忐忑，尤其是庆红，语气里已经隐约透出了一丝恐惧，"这就是跷？""有点像个长把儿勺子……"她俩嘀咕了半天，蒋凤仪开了口，"别光看着呀，穿上试试！"

一语点醒众人。秋灵走过来拿起那木头玩意儿。宋小五的老婆见秋灵蹲在地上给自己的女儿绑跷，赶紧也来帮忙，"大姐，您歇着，我弄吧。"

"没事。这绑跷跟踩跷一样，都是技术活儿。绑松了是要崴脚的。"她一面说着，一面把庆红脚掌的后半部分放到那形如长匙柄的托足板上，又用白布绑带一圈圈地裹起来，直到人脚和那木头"假脚"紧紧贴合在一起。"成啦,站起来吧,慢点儿。"

庆红颤巍巍地站起来,此时脚尖已经悬空了,立在地上的唯有两只木制金莲,密密匝匝的白布一直缠到小腿下方。雏仪叉腰哈哈大笑,"你好像脚折了,打了石膏似的!"庆红扭过头来要打她,重心不稳,险些摔跤。

"悠着点儿。站都站不稳还动手呢,小心真骨折了!"雏仪扶她坐下。

蒋凤仪瞪了女儿一眼,又对秋灵说:"灵姑姑,庆红的腰腿功夫不错,离比赛还有半年多,她这跷功我就托付给您了!"宋小五夫妻也殷切地望向秋灵,她点点头,轻拍一下庆红的肩,"没别的法子,就一个字,'耗'吧。"

从那天起,秋灵开始盯着庆红"耗跷",初时只是靠墙直立,这最简单的一个动作对于穿了跷的人来说却是酷刑,因为重心全在前脚掌,为了保持平衡就必须挺胸收腹;这"亭亭玉立"的姿态坚持不了多久便会引起下肢肿胀、腰酸背痛。对孩子们一向慈爱的秋灵此刻也不得不狠下心来,她不打不骂,但眼睛很尖,庆红偷偷塌腰、曲腿的每个小动作都逃不过她的法眼。庆红她妈在旁看了一会儿就不忍心了,宋小五瞅出了她的心思,赶她回家去给孩子们熬绿豆汤,而他自己坚持跟蒋松霆坐镇在排练厅。

秋灵带庆红练跷,凤仪在另一头教女儿舞六合刀,一静一动,一柔一刚。午后的阳光洒进屋里,两个孩子脸上都亮晶晶的，细密的汗珠总也不干。宋小五看着女儿痛苦不堪的表情也心疼，索性扭头去欣赏凤仪母女俩耍刀。蒋凤仪虽是从头捡起儿时的技艺，但毕竟功底深厚，一招一式有如行云流水，而雏仪的动作显然还青涩得很。

宋小五赞叹："小义这身上真是边式！"

蒋松霆说都是棍棒打出来的。话虽狠，语气却温和。从盯着女儿练功到盯着女儿教外孙女练功，他的目光早已不像当初那么严厉了。

"七哥，您记不记得，严大哥带咱去山东搭俞家班儿演那场《翠屏山》，"宋小五忽然呵呵笑了，"那会儿小义还没椅子高呢，人儿小，还挺要面子，不肯往椅子上爬，愣是不动窝儿，还是我爹过去把她抱到椅子上了。"

蒋松霆也搔着自己花白的头发茬笑了，想起检场的宋老师傅，又不禁淡淡心酸。老宋头跟着跑完了那趟码头就告老还乡了，临行前还留给他一卷火纸和松香做防身之用——那是更早些时候留下的教训。那时小义刚满月吧，春雀社从乡下回天津卫，路上他们那辆骡车掉了队，又遇上了狼，还多亏用老头带的家伙什儿点起一把台火才化险为夷。如今坐在这亮堂堂的大排练厅里忽忆往事，那条荒蛮坎坷的夜路仿佛从过去延伸到了现在，父一辈子一辈地走过来，到自己的外孙女，已是踏入梨园行的第三代了，这路一定还要走下去，只是自己老了，不知还能这样看着她们走到哪一天、哪一站……

"爸，小五叔，乐什么呢？"蒋凤仪让女儿继续练，自己走过来视察庆红的情况。"乐你小时候出的洋相。"老父亲递给她一块毛巾。

"我出过洋相？我怎么记得我从来都神气得很哪！"

说话间，凤仪听见秋灵好几次提醒庆红膝盖又打弯儿了，于是她快步跑出了排练厅，再回来时手里拿着几根树枝子，招呼庆红过来坐下。

庆红还以为她大发慈悲，今天的"受刑"可以结束了，没想到刚坐下蒋凤仪就三下五除二地把树枝撅成几段，绑在了她膝盖后面的腿弯处。"成了，接着练去吧！树枝儿折一根加十分钟啊！"

秋灵一拍巴掌，"宝贝儿，这回你可没法偷懒了！"

果然，小木棍捆在腿后面，膝盖一弯，树枝必折。大汗淋漓的雏仪拎着刀远远望过来，庆红投给她一个绝望的眼神，"石秀兄弟，用你那刀给我个痛快吧……"大伙儿本来都有点心疼，听见她这句话，又都被逗乐了。

秋灵岁数大了，蒋凤仪也忙，不可能天天围着两个年轻人转，很多时候还是小姐儿俩自己用功。地上放着一块九寸长、四寸宽的砖，秋灵给庆红留的"功课"是踩着跷在砖上站半个钟头，练到能站得又直又稳了，再把砖立起来，在窄窄的侧面再站半个钟头。

"哎，树枝儿折了一根，加时间！"雏仪练完了一套刀，悄悄溜达到庆红背后。她一嚷嚷，庆红下意识地挺直了膝盖，片刻，恹恹问几点了。

"还差两分钟，算了算了，你下来吧。"

庆红松了口气，脚步僵硬地走下那块砖，迫不及待地解开跷鞋，"终于解放了……"然而肿胀的腿脚还没松快两分钟，雏仪就像拖死狗一样拽着她起来跑圆场。

"干吗呀你？要我的命啊！"

"我姥姥说了呀，耗完跷不跑跑会淤血的！严重的还会残疾呢！"

"残就残了吧，再不用受罪了……"

"呸呸呸！"

跑完几圈以后，方才毫无知觉的腿脚确实血脉畅通了。两人气喘吁吁地坐在地毯上，雏仪帮她揉腿。旁边是刚刚脱下的跷鞋和那几根树枝，庆红捡起一根扔到雏仪身上，"你说你妈想的这招儿多损！"

雏仪嘻嘻一笑，"这还不算损。你没听我姥姥说嘛，她小时候练跷，她爸可是用竹签子绑在她腿后面，那扎一下多疼啊！"

庆红叹了口气，说练了这么半天，饿了。雏仪随身的小书包一向鼓鼓囊囊，此时她立刻掏出一块巧克力剥了送到庆红嘴边。她低头叼了，瞥见雏仪小臂上的一块淤青，问她怎么回事。

"我妈拿刀坯子打的呗。"

"疼不？"

"没事。她就是急脾气，嫌我笨！没办法，她一做就特别顺溜，我怎么练都赶不上。"

"你现在够不错的了，早晚会赶上你妈的！"

雏仪不语，做了个鬼脸儿，继续低头给庆红揉腿肚子。庆红静了会儿，看了眼墙上的挂钟，懊恼地叫出声来："呀！今儿又没看成《哑妻》！"

"那有什么好看的……情啊爱啊，哭哭啼啼的……"

"我就爱看！这几年咱们团好几个都转行去拍电视剧了，原来演小生那个谁还混成副导演了，他不是跟我哥特别铁吗，前一阵儿还叫我去客串，我爸死活不答应。"庆红的手指轻轻在地上划拉着，无意中提到了温靖，"要说她那张脸真是上镜，拍电影的时候摄影师老夸她嘛。不知道现在她……"

"别提她！"雏仪的小脸儿瞬间一沉，庆红自知失言，赶紧讨好地跪直了身子，转到她背后，"我错了，我错了！石秀兄弟，我给你捏捏肩！……喂，别生气了，你说咱这戏比赛能拿奖吗？"

"我觉得能。我反正是拼了，你也受了这么大罪，我就不信咱镇不住他们。你说呢？"

"能、能、能……"

直到夜深了她俩才离开排练厅，晚风如温热的手掌，轻轻抚过疲惫的身体。

最难熬的三伏天结束时，庆红的跷功和雏仪的舞刀都有了显著进步，蒋凤仪一直想找个机会让她俩上台演一回，顺便也好探知观众对这出老戏的反响，但毕竟排练尚未成熟，不敢贸然在剧场公演。宋小五出了个主意，说他常去的那个票友茶座会是个好地方，里面有不少老戏迷甚至比现在的专业演员还懂行。于是趁着周末，一行人去了"菊友茶楼"，凤仪还特意让庆红带上了跷鞋。

茶楼装潢甚简陋，屋顶的电风扇勉力以中速旋转，发出令人担忧的吱呀声，只是被台上不断传来的各色唱腔掩盖了。打开茶壶盖一瞧，色泽与白开水无异，可见这茶楼的生意不在于卖茶，而在于卖给戏曲爱好者们一隅欢聚之地。

蒋凤仪泰然啜了一口"茶"，又抓了把瓜子嗑起来，饶有兴致地注视着形形色色的票友轮番登场。她在舞台上驰骋了几十年，可是像这样闲适地坐在人堆儿里的机会并不多，所以对这不太整洁的环境毫不介意。台上的表演比起专业演出别有意趣，有弯腰驼背的老者声如黄钟大吕，有貌不惊人的中年妇女一开口就绽放满园春色，还有一个彪形大汉脚步咚咚地上了台，巨大的身躯里飘出了一段极婉转幽咽的"春秋亭"，宋小五低声告诉凤仪，此人号称"建华街程砚秋"……荒腔走板、呲花儿忘词的当然也不少，但博大家一笑亦是成就。

全场最小的一个票友是个四五岁的童花头小姑娘，被爷爷抱上台去，站在桌子上奶声奶气地唱了一段《三家店》，唱到上气不接下气了还抱着麦克风不撒手，大伙儿都拼命给她捧场，蒋凤仪也乐不可支地跟着鼓掌。这时有人认出她来了，窃窃私语渐渐汇成了一片轰动，"是蒋凤仪？""没错、没错！""欢迎蒋老师！""蒋老师说两句吧！"

她也不推辞，拍了拍手上的瓜子壳站起身来，言简意赅道："我是蒋凤仪，第一次来票友活动。看见大家唱得这么高兴，我也特别高兴！"大家自然不肯轻易放过她，一定要她上台去唱两段。凤仪见那小女孩还直溜溜地站在桌子上，便走过去搂着她说："我也唱一遍你刚才那段儿，你给我提提意见吧？"

小女孩眨巴着眼睛，手搭在她肩膀上气壮山河地回答："没问题！"

底下都笑疯了。

"将身儿来至在大街口，尊一声过往宾朋听从头。一不是响马并贼寇，二不是歹人把城偷。杨林与我来争斗，因此上发配到登州。舍不得太爷的恩情厚，舍不得衙役们众班头。实难舍街坊四邻与我的好朋友，舍不得老娘白了头。娘生儿，连心肉，儿行千里母担忧。儿想娘身难叩首，娘想儿来泪双流。眼见得红日坠落在西山后，叫一声解差把店投。"

蒋凤仪揽着那小票友酣畅淋漓地唱完了这一段，大家仍不放她下台。她便把那小女孩抱还给家长，向下面鞠了一躬。

"多谢各位这么捧我。我今儿也确实带了一出戏来让大伙儿检阅，但不是我演，是我们团的两个年轻人。我今年也四十五了，戏曲事业的发展离不开年轻一代，希望大家给她们一个机会，也给她们多提意见，帮助她们进步！我谢谢大伙儿了。"

　　她说完拱拱手，真诚而期待的掌声响起来，于是她向台下某个角落点了一下头。庆红已穿好了跷鞋，此时和雏仪一起款款走了过来。俩人都是便装，但庆红站定后，她脚下那双跷立刻引发了一阵惊呼。

东
风
寒

　　雏仪和庆红在票友茶座会演的是《翠屏山》里的"吵家"一折，里面除了石秀和潘巧云，还有小丫鬟迎儿和巧云的老爹潘老丈，两个配角那天全由蒋凤仪一人反串了。这段戏是讲杨雄之妻潘巧云私通和尚，被杨雄的结义兄弟石秀察觉，故而巧云刁难石秀，将其逼走。

　　庆红踩着跷出场，婷婷袅袅的脚步自带一股妖冶刁蛮劲儿，开口是清脆的京白，"我说石秀，我们这儿又不是庵观寺院、招商旅店，爱来就来，爱走就走。迎儿，给我骂出去！"蒋凤仪登时一改往日的武生架势，迈着小碎步来到雏仪面前，又起腰尖声骂道："石秀，你是个什么东西你！"林教头变小丫鬟，这巨大的反差引得大家笑声一片。此处石秀应该拿账本打迎儿一个耳光，虽是做戏，可是雏仪委实下不去手。蒋凤仪使了半天眼色她才扬手一扇，怒喝："住口！"迎儿立刻捂着脸跑回潘巧云身边娇滴滴地诉苦。

台上无大小，但蒋凤仪如此卖力给后辈配戏，大家自然格外捧场。雏仪和庆红受了鼓舞，也就越演越放松了。那小舞台离观众极近，票友们渐渐看出了端倪——这演石秀的短发姑娘眉眼、身手令人似曾相识，就连那稍嫌稚嫩的嗓音都隐约有熟悉之处……这折戏演完了，蒋凤仪领着两个年轻人向台下鞠躬致谢，终于有人大胆喊出来："演石秀的是您什么人啊！"

她笑而不答，雏仪有点不好意思，还是庆红大大方方说："是我们蒋团长的女儿，我们团的青年武生蒋雏仪。"

"就是前几年新戏里那小林冲啊，长大了。""演得挺好！"大家热情地给予了鼓励，又问"潘巧云"："那你叫什么呀？"

"我叫宋庆红！"

"跷功不错！"

那天散场以后，票房*里的老人们向蒋凤仪感叹多年没看过这出骨子老戏了，没想到被两个孩子重新捡了起来，看来这国粹艺术后继有人啊。那么多沧桑又热切的目光围上来，她亦是百感交集，深知老祖宗的好玩意儿太多了，孩子们差

* 票房，指票友聚会练习的场所。

得还远，她也道阻且长。

临近国庆的时候，蒋凤仪到省里开会。她的社会职务不少，一年到头开的会多，见的人更多。文艺部门的领导班子更迭得如走马灯一般，可是每换一轮都要召见她这位"杰出艺术家"，而她对那一张张拥有相似笑容的面孔印象模糊。那天她刚走出会议室就被一位面生的领导拦住了去路。与她同来开会的凌跃远远看见他们俩交谈了没几句那领导就拉长了脸，略显尴尬地朝她点点头，悻悻而去。他心里顿呼不妙，忙走过去问她来者何人。

"我不知道啊，他说是新上任的什么办公室主任。"

"人家跟您说啥呀？"

"他说要找我谈谈。"

"那您说啥？"

"我说就在这儿谈吧，谈完我还要赶紧回去排戏呢。他不谈，就走了呗。"

小凌无语凝噎。

这已经不是蒋凤仪头一回让领导下不来台了。她的"不会来事儿"出了名，自己却不以为然——不会来事儿如何，会来事儿又能如何？把上面哄高兴了就能在下面多卖出几张戏票吗？戏好不好看、能不能留住观众，终究要凭艺术魅力而非行政力量。质言之，她不愿浪费时间。

她这团长一门心思扑在戏上，日日跟俗务打交道的凌跃却无法如此洒脱。他知道她打心眼里仍是角儿挑班的"老思想"，以为戏比天大、观众不可欺，可是畏下不畏上，一身的不合时宜。他深恐她脾气不改，早晚要吃亏。

半个月以后，凌跃收到了一份剧本。他花十分钟看完了，然后用了一上午做心理建设，终于壮着胆子敲开了团长办公室的门。蒋凤仪正一边压腿一边读文件。

"领导，忙着呢？"

"有事说事。"她头也没抬。

"没事……我就问问，俩小丫头的戏排得咋样了？"

"差不多了吧，还欠点火候。"

"那个……要报什么戏来着？"

"《翠屏山》呀。"她答完，放下笔问他，"怎么了？"

小凌干咳了两声，默默把揣在屁股后头的那卷东西转移到桌上，"领导，您觉不觉得……那戏太陈旧了？我这儿有个新本子您过过目……"

凤仪瞥了他一眼，抄起剧本一瞧，标题叫《新借东风》。"是新编三国戏？"

"呃……不是，"小凌挠了挠额角，顺便挡住了自己半张脸，尽量不去看她的表情，"这是新时代的'东风'……您自己看吧……"

蒋凤仪翻开剧本，开场是六男六女的群舞，同时有十五人组成的合唱队进行伴唱。唱词如下：

改革东风送春天，呕心沥血何畏艰。

心头只有一个字——

干！

白天干，晚上干，男女老少齐参战。

刘公才智赛诸葛，带领全县谋发展、谋发展！

蒋凤仪没再往下读，她抬眼问小凌，"这什么东西？"

他硬着头皮答，"……新编现代戏。"

"这他妈是戏？"她把剧本唰啦扔过去，正砸在小凌脑袋上，"'白天干，晚上干'，我看你是不想干了吧！"

他苦笑了一下，低头捡起剧本掸了掸。挨了骂，他不意外，因为原以为她会直接动手。"我想干啊，所以才给您这本子。这咋不叫戏？有的戏在台上，有的戏在台下，您是只知其一不知其二啊。"

凤仪心里明白了三分，后悔不该迁怒于小凌。她伸手又要回剧本翻了翻，问他这戏里"赛诸葛"的"刘公"是谁。

"剧本里不写了吗，一县之长起家。今年八十大寿。"

"我不认识这么一号儿人物啊。"

"可他姑爷认识您啊。"凌跃靠在椅背上长叹一口气，"就是上回开会，在楼道里被您晾了的那位陶主任。"

凤仪努力回想了半天仍毫无印象。小凌说："您想不起来也没事儿。反正人家说了，本来现代戏不适合女演男，但您是艺术指导，领导信得过，也愿意栽培您的姑娘。伴唱伴舞人家去歌舞团请人，服装道具也全包了。"

"就拿这戏栽培？让我姑娘演谁啊？再说还有庆红呢，俩孩子一块儿报的名。"

"宝儿演青年时代的刘县长。"小凌指了指角色表，"人家都想好了，这儿还有女一号呢，妇女主任金花儿。"

"这不会是陶主任的老丈母娘吧？"

"着哇！"

"去他的吧！"蒋凤仪终于拍案而起，把剧本甩到小凌怀里，自己径直奔了练功房。凌跃寸步不离地跟着她，把利害关系掰开了揉碎了分析了好几遍。他说到口干舌燥，她练得大汗淋漓，可是没再答复他一句。

那一整天蒋凤仪的气儿都不顺，晚饭后秋灵陪俩孩子去练功，她也没跟着。蒋松霆看出她脸色不对，便叫她一块儿下楼遛弯，她只好从沙发里离身。父女俩闷声在楼下转了几圈，晚风微寒，她却烦躁地抹了把脸，"都十月份了还这么热！"

蒋松霆睃了她一眼，哼道："那是你心里燥！说吧。脸上又藏不住事儿。"于是她三言两语道出了原委，还坦承自己把小凌骂了一顿。

"你骂小凌干啥，这些年他鞍前马后帮了你多大忙。骂人可不好，跟谁学的！"

"还不是跟您学的！我是不该拿他撒气，一时没按住火儿。"

"戏饭就是气饭啊，老话儿真没错。甭管什么时候，这唱戏的脑袋谁都想扒拉扒拉。"

"凭什么啊，唱戏的怎么了，我唱我的戏，惹不起有权有势的，可他想支使我，我也不伺候。我不能让他那烂词儿脏了我闺女的嘴。再说人家庆红练跷吃了那么多苦，就白练了？"

"我闺女这脑袋带刺儿，别人还真扒拉不得。"蒋松霆胡噜了一下她的后脑勺，语带赞许，转而也有些顾虑，"那你跟俩孩子商量了没有？"

"干吗让她们分心？"

"你就做主了？"

"论私，我是当妈的；论公，我是团长。这个主我还做不了？爸，您什么时候也这么谨小慎微了？"

蒋松霆没答言，仰头望去，天上的月亮很大，但光晕模模糊糊的。他摆摆手说回去吧，有点乏了。

"这就回去啦？"凤仪挽住父亲的臂弯往家走。楼门口有个低矮的小平台，他抬脚而过时绊了一下，幸好有女儿挽着他，"爸，慢点儿。"

雪花飞

几番精雕细刻，蒋凤仪终于确认两个年轻人的《翠屏山》可以拿上台公演了。快过年了，剧团又下乡演出，三村五里的大爷大娘一如既往视她如自家人，她也像从前一样，到了站就和大伙儿一块卸车、搭台，晚上睡老乡家的热炕，早起帮忙扫院子。在走过许多地方、登上了许多豪华的艺术殿堂之后，她在土窝儿里依然感到安适。时代在进步，而生长于乡土的人们依然听戏，嗜戏，没什么冠冕堂皇的理由，仅仅因为"爱"而已，正和她一样。

剧团一村又一庄地唱过去，离不开几个相熟的基层干部忙前忙后。他们并非专管文艺的官员，但都是做"戏提调"*的一把好手，多年下来已经跟蒋凤仪混成了哥们儿。他们替她跑台口、找房子、排戏码，文武穿插、新旧交替，既使老百姓过瘾，也尽量不让她太辛苦。

这天午后，蒋凤仪在村里演《林冲之死》的选场，前几天一直追着看戏的乡干部小贾和牛子却没露面儿。散了戏她回到老乡家。饭点儿早已过了，她独自盘腿坐在炕桌前吃饭，凌跃在旁给她念之后几天的安排，房东婶子时不时插几句闲话，"还是你们编的戏好。前几天市里不知哪个剧团也来俺们这儿了，他们说演的是咱这儿的真人真事，好家伙，台上的人比台下都多，戏词儿跟大队干部开会似的……"

蒋凤仪一边扒饭一边含笑听着，窗外忽响起一阵急促的自行车铃声。片刻，小贾和牛子掀帘进来了，嚷嚷着："紧赶慢赶还是没赶上！凤仪大姐，我们这回可亏了！"蒋凤仪在他们嘴里一向不是"团长""老师""艺术家"。

"你俩干吗去了？"

"麦子要越冬了呀，去西边那几个村儿看了看。"

房东婶子听说他们也没吃饭，立刻奔了灶房。她端着两碗面条回来时蒋凤仪跳下了炕，"你们吃着，我给你俩单唱！"

这一出讲的是林冲奔走一宵之后在朱贵的酒馆中醉题反

---

*　戏提调，旧时在戏曲堂会中专管分配角色、安排节目秩序的人。

诗，是《林冲之死》里颇有俏头的一场戏，有唱念，有做表，还要当场挥毫泼墨。

"想俺林冲，以先在京师与娘子安稳度日，也曾指望为国尽忠，封侯万里。到如今，被高俅这贼坑陷我这一场，闪得我有家难奔、有国难投，星夜趱向梁山。雪夜难行，困在这酒馆，好不愁闷人也！……"

蒋凤仪在屋里一丝不苟地演起来，外面彤云密布，天阴欲雪，倒是十分应景。"酒保，与我取笔砚来！"她一声令下，小凌赶紧临时客串店小二，铺纸倒墨，她接过笔来且唱且写，唱得酣然，笔下也醉意淋漓。"仗义是林冲，为人最朴忠。江湖驰闻望，慷慨聚英雄。身世悲浮梗，功名类转蓬。他年若得志，威镇泰山东。"

一曲歌毕，全诗收笔。小贾和牛子还端着碗，可是筷子夹起的面条都快耷拉到地上了。屋外窗根底下不知何时也挤满了人，沾他俩的光又看了一遍好戏。

小贾反应快，一个箭步蹿过去把那张字纸叠起来揣进了怀里，牛子想抢已经来不及了。凤仪坐回炕上，自嘲："我这破字儿有什么好留的？！"其实这些年她练字不辍，确实越写越好了。

"大艺术家的字，当然得留着！"小贾拍拍胸口的兜儿。

"什么艺术家……我戴不动这么大的帽子。"

"咱大姐就是艺术家，不过是'三头儿'艺术家——"牛子吸溜完了碗里的面汤，一抹嘴道，"村头唱戏，地头聊天，炕头住宿。"

大家笑成一片,她欣然受此名号。笑完了,她说明天想让雏仪和庆红演《翠屏山》。小凌提议把她们的戏码排得靠后一点,因为刚开场的几出戏观众少。

"她俩最小,你让团里谁给她们垫戏都不合适。"

"那咋办?"

"当妈的垫呗。"凤仪坦然说,"我唱开锣,来个《夜奔》。让她俩在我后头唱。"

小贾和牛子互相看了看。他们知道她连着唱了一礼拜,所以原本跟小凌商量让她歇一天,没想到她非但不歇还要唱《夜奔》——把往常的大轴儿戏放到开场去招徕观众。

"得,待会儿大喇叭里一广播,明儿天不亮大伙儿就得去占位儿!"小贾调侃。

当晚天降小雪,蒋凤仪在农家小院里监督庆红和雏仪拉戏。雪花飞舞,三个人头上却都直冒热气。蒋凤仪舀了几瓢水泼到地上,不一会儿就冻上了一层薄冰,她让庆红穿着跷鞋在冰上跑圆场,自己紧跟在旁边保护着。没想到庆红已经熟练到如履平地。蒋凤仪很满意,"小红,你这回可真是够用功的。以后就得这样!"庆红点了点头。

雏仪的心里却有些七上八下,略带抱怨地嘟囔:"妈,你说你用《夜奔》给我们垫戏,我们压得住吗?"

"没出息!"蒋凤仪用手里的藤杆打了她屁股一下,"我打小儿你姥爷就跟我说,上了台就得像小老虎似的,就是要咬人的。什么都甭怕！"

"难怪你现在跟母老虎似的……"雏仪一吐舌头，庆红也乐了。

"反了你了！"她手里的藤杆扬起，雏仪掉头就跑，"别跑！有冰。"

"那你不许打我……"

"好。"蒋凤仪答应着，转脸抟了个小雪球抛到女儿身上，小院里顿时尖叫、笑声不绝。

次日中午，开场前的锣鼓刚刚敲过了第一通，蒋凤仪已在临近戏台的老乡家里扮好了戏，正在活动筋骨。凌跃呵着手走进来，说外面人真不少，旁边几个村儿的老戏迷都闻风出动了，就为看她这出《夜奔》。也难怪，如今她年岁渐长，不再频繁演这一折唱腔密集、身段高难的独角戏了，即便演也一般是选段。但今天是连头带尾。她听了小凌的话便裹上大衣要出去看看。

"妈，戴上！"雏仪叫住她，把毛帽子扔了过来。

她踩着雪几步走到台上，老乡们纷纷从皮袄里伸出了脑袋，热情满满地吆喝起她的名字。

"大冷天儿，多谢大伙儿来给我捧场。我这身上可能没前几年那么利索了，我尽力，大家多包涵。"她鞠了一躬，乡亲们更加热情地拍起了巴掌。"我演完以后还有我们团两个小孩要唱一出老戏《翠屏山》，大伙儿也给个面子，别起堂啊！"

底下都笑了，向她保证"不走、不走！"，她也笑着拱拱手，返回刚才的落脚处。

走到半路，却见小贾和村支书慌里慌张地朝她跑过来。"大、大姐，"小贾一把拉住她，"别演了！"

"怎么了？"

"你爸病了，中风，在医院抢救呢！电话刚打到村里了。"村支书说。

凌跃见她半天不回屋也出来寻她。小贾三言两语跟他说明了情况，又催道："大姐，快卸妆换衣服吧！我从乡里调了辆车来，这就送你回去。"小凌连忙称是，拉着她就要回屋。她却甩开了他，摇摇头。凌跃大惊，"您……"

"不能走。我得演完。"

那仨人一听都急了，拼命劝她，她却像听不见似的匆忙一摆手，只是声音微抖着嘱咐凌跃："这事先甭跟别人说。去告诉场面*，这就开戏。还有，跟老秦说，今儿尺寸**紧一点，让他跟住我。"老秦是鼓师。

小凌直奔戏台，她回屋去取宝剑，留下一脸愕然的小贾和支书站在原地。雪渐渐由小转大。台上很快响起了第二通锣鼓。紧跟着，就是第三通。

开戏了。

---

* 　场面，即乐队。

** 　尺寸，指节奏、速度、力度等。

"咳嗨——"未见其人先闻其声，幕后这声长啸的意义无人不知：林教头要出来了。台下的碰头好儿应声而起。她冒雪扶剑而来，还是那么俊逸潇洒。亮相、念定场诗、自报家门、夜入古庙、佛前小憩、惊梦而起、山路奔逃……她在一方小小的土台子上唱着、舞着，嗓子比年轻时更醇厚苍劲，一招一式也丝毫不肯减省。

看戏的人们感到了林冲的满心孤寒，却忘了自己周遭的风雪，只管合不拢嘴地赞叹着，"哪儿看得出奔五十了？""就是，还跟壮小伙儿似的嘛！""小伙子有几个能把这几套曲子唱全的？顾了身上就顾不了嘴里。"

那小姐儿俩也已扮好了戏，在幕后张望着前面，渐渐觉得有点不对劲。庆红纳闷道："怎么今儿板这么快？""就是啊，老秦这是要急着干吗去？要累死我妈啊？！"

前面唱到了【雁儿落】。"望家乡去路遥，望家乡去路遥。想母妻将谁靠？俺这里吉凶未可知，他、他那里生死应难料。呀！吓得俺汗津津身上似汤浇，急煎煎心内似火烧……"

响遏行云的一句高腔引来阵阵叫好，而她确实已经身如汤浇、心似火烧了。

"幼妻室今何在？老萱堂恐丧了！劬劳，父母的恩谁报；悲嚎，"林冲掩面拭泪，紧跟着串翻身接飞脚落地。地上雪水横流，但她的速度迅如闪电，看得雏仪直揪心。"叹英雄气怎消，叹英雄气怎消！"飘飘洒洒的袍角、大带、剑穗随身体旋舞，落地的一刻，这句也刚好唱完。蒋凤仪在锣鼓点里定格亮相的瞬间，台下人都看到她眼中晶莹。

英雄有太多不得已。雪满群山的时候，这一折戏终于唱完了，比平时快了将近一倍，她跑圆场下台时腿脚都僵了，险些一趔趄，好在那边庆红和雏仪已经登场了，无人注意到她的异样。小凌手疾眼快扶住她，她二话不说就扯下罗帽，解了宝剑撂到他怀里，不待换衣服便往村口奔。"车来了吗？"

"来了、来了！"小凌边答边把大衣和围巾塞给她，她一把抓过去，让他稍后负责通知雏仪，然后就头也不回地跑了。

台上的锣鼓还在仓仓才才地喧闹着，但她已经听不见了。车向村外疾驰，窗外的风搅雪凝成一幅静谧的图景，很久无人入画，直到一家人坐着大车吭当而来，往戏台的方向赶去。年轻的父母中间夹着一个穿蓝花棉袄的小姑娘，还有个稍大点的男孩有车不坐，偏要在地上跑。那孩子好像不怕冷似的，手冻得通红也要去玩雪……

真的冷啊，车里的蒋凤仪热汗落了，湿透的水衣子贴在身上冰凉，腰里的旧伤疼起来，从一个点蔓延到肩、背、腿，从锐痛变成使人麻木的钝痛。她裹紧大衣，向后望去，那个男孩子紧跑了两步，他爸伸出大手来一拽他，把他拽到车上去了。那家人走远了，地上的车辙和杂乱的脚印很快被雪覆盖，她转回身来愣了一会，脸埋进了围巾里。

司机从后视镜里悄悄打量，他也是她的戏迷，操着浓重乡音安慰她别着急，他保管一个钟头之内把她送到。她没说话，蜷在后座点了点头。

拾壹 | 雪花飞

司机跟今天台上的她一样全力加了速，顶风冒雪把她安全送到了市里的医院，宋小五和副团长正在大门口等她。她下了车冲过去抓住宋小五的胳膊，"小五叔，我爸、我爸……"她在他面前再也憋不住哭腔，话更说不下去。

"小义，别急，别急啊……你爸现在没事了，救过来了，已经回病房了。"

她立马撒腿往楼里跑，副团长追上去喊："团长，老爷子在三楼！302！"

她一路跑一路抹着脸上的泪，下了戏走得急，妆都没卸，她此时的样子在医院里吓着了不少人。她上气不接下气地赶到了病房门口，先看见的是坐在床边的秋灵，凌跃的爱人杨笑笑也在，正拎着暖壶在倒水——小凌一个电话打回来，她便请假过来帮忙了。

秋灵发现了门口的凤仪，赶紧站起来招手叫她。可能是已经耗了太多体力，从门口到床边这几步她走得很艰难。父亲平躺在那儿，她几乎看不到他的头脸。屋里还有另外两张病床、三四个家属，床头桌上有他们的饭盒、药瓶、水果、鲜花，还有枯萎了的鲜花……那么多累累赘赘的东西挡着她的视线，等到她终于走到床边，坐在了凳子上，目光终于找到了他，却觉得如此难以置信。

蒋松霆的一只手放在被子外面，正在打点滴，她小心翼翼地握住他的小拇指，怔望着他的脸。除了闭着眼睛，他的样子似乎和她这趟出门前天天看到的差不多；可是盯着他花白的须发和松垂的皱纹看久了，她又恍惚感到陌生。那些岁月的痕迹使晚年的蒋松霆眉目温和了很多，以至于作为女儿的她都快忘了他的武生出身，忘了他曾经那么地气壮如牛、脾气暴烈，年轻时打架即使以一敌多也向来不吃亏的。

他是从什么时候老去的呢？他，怎么会老呢？

凤仪握着老父亲的手出神儿，杨笑笑以为她急傻了，便絮絮地讲起老头儿今早发病、送医、手术的种种细节，好教她心里有数。"大夫说手术挺成功。会醒过来的，别太担心了！"

"笑笑，灵姑姑，辛苦你们了。"她轻轻说了这一句便不再开口，就那么一动不动地守在病床边。后来秋灵劝杨笑笑回去，她也没听到，更没道别。

不知过了多久，旁边有个陪床的老太太推了推她，手里是一个肥皂盒，"闺女，洗把脸去吧。"她没拒绝，接过来木然点了点头，又端着肥皂盒坐了一会才轻轻放开了老父亲的手。她把大衣和戏服脱了盖在他脚下，只穿着半旧的淡蓝色水衣子朝水房走去，这时才发觉浑身的僵硬已变成了撕扯着每一块肌肉的酸痛。

她拧开水龙头洗脸，凉水怎么洗得掉油彩呢，她当然知道，可还是一捧捧地掬了水在脸上搓，皮肤收紧了，冷得麻木，很快又刺痛了，可是水依然源源不断地从指缝间流出来。凉水混着热泪。

直到她感觉旁边有人来了才关上了水龙头。是秋灵。她在水池子里放下一只搪瓷脸盆，又提起暖壶向盆里注热水，然后试了试温度，唤凤仪来洗。油彩渐渐融化了，连同雪天的刻骨寒意。她洗完脸，秋灵又递上一块毛巾。

凤仪没接，转身一把抱住了继母。

忍泪吟

《翠屏山》的首次正式公演虽是在简陋的农村土戏台，老乡们给出的喝彩和鼓励却是最高等级的。然而雏仪只急于听到一个人的反馈。

“妈！妈！妈妈？……跃哥，我妈跑哪儿去了？”

凌跃按她坐在椅子上，又向左右招呼：“快把洗脸水端过来。老李，赶紧的，给她掭头！”往常下了戏她都是自己动手干这些事，顶多她妈有时来帮一把，今天好几个人一拥而上来伺候，让她挺不好意思的。凌跃一直没给她说话的机会，等到她收拾完了，他亲手给她披上棉袄、戴了帽子，拉着她往外走。

“还没散戏呢，你让我去哪儿？我妈呢？出什么事了？”她一嚷嚷，刚卸完妆的庆红也跑了过来，“就是的，干吗去啊？前面让我们谢幕呢！"

小凌略迟疑了一下，尽可能和缓地向雏仪说明了情况。

雏仪顿时慌了，一面往外走一面磕磕绊绊地问凌跃："那我姥爷……他现在……现在怎么样了？"小凌赶紧告诉她老人已经做完手术了。庆红要陪她回去，被小凌拉住了，再走一个，这趟下乡之行的戏就彻底演不下去了。

刚送雏仪上了车便有人跑过来叫凌跃，"凌主任，台底下炸锅了！"原来今儿蒋凤仪演完就跑没影儿了，两个年轻人得了热烈叫好也不见回应，大伙儿都有些不满。小凌闻言一跺脚，立刻带着庆红翻身往回走。

他几步跨上台，努力平息了一片喧闹，然后连连道歉，"对不住各位父老乡亲，今天有一点突发情况。我们蒋团长的老父亲生病住院了，本来乡里的干部劝她回戏，可她不答应，非要唱完了《夜奔》才走。临上车前团长还让我替她给大伙儿赔个不是，说她今儿心急，唱得不好，大家多担待。"台下瞬间鸦雀无声。

"还有……还有刚才演石秀的青年演员是我们团长的姑娘，下了戏也赶紧回城去了。这是演潘巧云的青年花旦演员宋庆红，我们替她们娘儿俩谢谢大家捧场，也希望大家继续支持我们团后面的演出！"也许是天太冷，小凌说话带了嗡嗡的鼻音，庆红则低着头发愣，他拄了拄她的袖子，两个人一起向台下鞠了个深躬。

下雪天本该是宁静的，可是群山环绕下的小村庄响起了阵阵比刚才更热烈的掌声，为了戏，也为了人——毕竟，角儿在台上神勇无敌，下了台也是跟座中的他们一样人生父母养的肉体凡胎啊。

雏仪赶回城时已经入夜，探视时间过了，医院破例为她开了后门。她在住院部三楼的走廊里看见了母亲，头戴一顶红色的绒线帽子，在白墙、白炽灯的衬托下非常扎眼。演武戏最怕汗落了着凉，所以蒋凤仪习惯了冬天在屋里也不摘帽子。雏仪朝着空荡荡的走廊尽头那一抹红跑过去。她妈正在椅子上屈着一条腿，垂头抱膝而坐，颧骨抵着膝盖。旁边放着一份没动的盒饭，雏仪把它拿开，在她妈身边坐下。

"姥爷……怎么样了？"

蒋凤仪把腿放下，搓了搓脸，答道："没醒呢。"她鼻尖、脸颊泛着一片红，嗓子更是哑得吓了女儿一跳。雏仪没法把眼前的她和白天台上那个勇猛漂帅、声如裂帛的林冲联系起来。母女俩默然并坐了一会儿，雏仪站起来踱步，可是病房门扉紧闭。夜晚的医院有一股特殊的清冷气息，那是人来人往散去之后留下的空寂，消毒水和酒精的味道凸显出来，微微辛辣刺鼻。

这味道勾起雏仪一点淡薄的回忆。大概是她六七岁的时候吧，刚从姥姥、姥爷身边回到城里。有一回在外面疯玩，不知何时发起烧来，又是土又是泥的回了家她妈才发现她小手冰凉，身子滚烫。雏仪记得她妈看到体温计度数时罕见地露出慌张的神色，手忙脚乱地把她塞进被窝，喂退烧药，还许她吃了一块糖压苦味。后来药劲上来了，她睡着了，越睡越热，汗淋淋地醒过来，屋里漆黑一片。蒋凤仪当晚有演出。那是浩劫后传统戏复苏、她演出任务最繁重的一段日子。

雏仪醒来的第一反应是叫爸爸，不在；叫妈妈，更不在。哭闹折腾了半天，终于不热了，稍后又冷起来，只好再哭哭唧唧地缩回被窝里。最后还是齐克谐先回来了，用毯子裹起女儿就奔医院。他念叨了一路"哪儿有这么当妈的？"，可是后来蒋凤仪下了戏跑到急诊室，额角还留着发网勒出来的深深印子，他终归是未置一言。那天打完了点滴，女儿是被她抱着回到家的，半路齐克谐要接替她，她没撒手。

雏仪至今记得这件事，并非由于那点病痛，而是因为从医院回去之后的几天妈妈对她有求必应，温柔体贴，委实像模像样地做了一阵子"慈母"。时隔多年，她在姥爷的病房外面又想起那忽冷忽热、颠簸跌宕的冬夜，心头有一番说不出的滋味。那时的母亲三十出头，尚未成大名，可是演了一晚上戏抱着她往家走依然健步如飞，怀里暖烘烘的，也许有轻微的汗味。如今她是观众眼里的大角儿了，更是女儿心目中的英雄、楷模。可雏仪看着母亲失魂落魄的样子，觉得心疼；也第一次暗暗对母亲的选择产生了怀疑……

"妈，你……何必呢？"

蒋凤仪没吭声。

"村儿里一场戏比姥爷还重要？"雏仪也低着头，可是忍不住小声发出这个疑问，或曰，质问。

"宝儿，不许跟你妈这么说话！"秋灵从对面病房里走了出来。

"姥姥！我姥爷……"

"你姥爷要听见你这么说，一准儿生气。你妈做的没错，戏不可欺，到了什么时候都一样。"姥姥的语气很少如此严肃，于是雏仪略带委屈地闭了嘴。

"灵姑姑，让我陪我爸一会儿吧。"蒋凤仪站起来，打断了她们的对话。秋灵瞧见椅子上一点没动的盒饭，想说什么，终于还是没张口。凤仪便走过去轻轻掩进了门。

从白晃晃的走廊乍入幽暗的室内，她眼前一片模糊，靠在墙边定了一会儿才往里走。短短半天工夫，她已经对病房里的地形非常熟悉了，身手敏捷地绕过隔壁家属的靠背椅，桌脚的暖壶，挂在床沿的尿袋，没惹出一点动静就坐回了他身边。

她悄悄地伏下头，把脸贴着他的手背。余光里，那蓝布帘子一直微微飘拂，不知从哪儿钻进来的风，总也不止。落地的蓝布帘隔开了左右的病床，虽然只是象征性的遮挡，但围起来的这一小片空间还是给她一种莫名的安全感，甚至有点熟悉。像什么呢，她闭着眼睛琢磨了半天。

像一顶"大帐"。

梦回吹角连营。

那是在老仙和戏园的后台，几个龙套打地铺。她觉着好玩儿，父亲便用破被单儿搭起一方小天地，跟她在里面

"比武"。

"大胆秦朗，赶来作甚？"

"奉了都督将令，前来取尔的首级！"

"看枪！"

他"中枪"告饶，可她还一直不肯睡。终于鹦鹉学舌般地暴露了母亲的计划。后来父亲就问了那个决定了她一生的问题：走还是不走。走就有娘，有好吃好穿。不走，"你就只有爸，爸也只有你"。

一定是在大帐里翻腾得太高兴，她轻轻松松地说了不走。

不走。

于是此后许多年，父女二人当真是谁也离不开谁。日子虽苦，她跟父亲舞刀弄枪，玩得开心，只是父亲没想到她玩着玩着认了真，跑上了台，就再也不愿下去。

站在九龙口[*]一亮相就不再是儿戏了，他铁了心要让她成角儿。锣鼓奏起"急急风"，她威风凛凛地披挂而来 —— 这大将还没有对手的腰高，可是大快枪打起来又准又狠，不落下风。台下的叫好儿越厉害她越得意，打得也越快，枪杆一抽，又一送，突然感觉嘴边空了 —— 原来是枪把髯口勾跑了。底下的座儿都笑起来。她到底是孩子，遇事只知找爸爸，所幸他一向都在"出将"的帘后给她把场。

---

*　　九龙口，指演员出上场门数步、稍停亮相之地。

她回头喊他，"爸，髯口……我、我不要了！"大伙儿笑得更厉害。银枪挑着髯口，一下子飞过来，他扬手接住了，向台下作个揖，她便气势汹汹地继续打起来。从此这小武生更有人缘儿……

世事如风，风不止，戏不完，她就不能停。

刚刚秋灵让她在走廊的椅子上吃个饭、小憩一会，可她根本合不上眼。现在趴在父亲的床边却有浓浓的倦意涌上来，她一时撑不住就睡着了。

半空中吊瓶里的药液渐渐少下去，如同更漏，一点一滴计算着无尽的黑暗，无尽的等待。恍恍惚惚地不知过了多久，后脑勺有轻微的触感。她一激灵坐起来。窗帘外已微微透了白，病房内的床、桌、物品显出隐约的轮廓；父亲的面孔仍在黑影里，看不分明。但她，听见了。

"小义。"

"爸……爸！"她瞬间精神起来，开心雀跃得像个孩子，可是一开口就湿了眼眶，"你醒啦！我……我去叫大夫，叫灵姑姑……"

"甭忙。我这样多久了？"他口齿不太清楚，但听得出思维顺畅。

"不到一天……你是昨儿早上……"

"知道了。"他虚弱地打断她，"你怎么回来了？"

"我哪儿能不回来？爸……我，我回来晚了。"

"你回戏了？"

"没有……我唱完了才赶回来的……"

"丫头，你答应我一件事。"

"您说。"

"别说如今我没事，就是哪天我真过去了，你该上台也得上台，不许误了戏。这是咱这行儿的规矩。"

"爸……"

"答应爸。"

熹微的晨光已经洒到了床畔，父亲的神情还是那么说一不二，虽然现在的他连手都抬不起来。

她咬着牙点了头，一低头，眼泪也扑簌簌地落下来。

两同心

蒋松霆很快轰赶凤仪母女回乡下去接着演出。凤仪想在床前多伺候老父亲几天，可他说这不是她该干的事。"要伺候，你回台上伺候看戏的去。你们娘儿俩都撂挑子了，武戏谁演？"终归是父命难违，她只好背着他请了护工，又把他转移到单间病房，并拜托大夫在她演出回来之前别放老头出院。都安排好了，她在走廊里拉住秋灵的手，"灵姑姑，您受累了。"

"小义，放心吧，这都是我分内的事。"

从蒋松霆突然摔倒发病到现在，秋灵一直出奇地镇定坚强，而且精力充沛。即使是凤仪强迫她"换岗"的时候她也没离开太久，因为知道很多事凤仪确实不擅也不便做。

俞秋灵嫁给蒋松霆转眼快二十年了。他们初见时她是名动山东的妙龄坤旦，他也还不到四十。见多了浮浪的毛头小子，她对这个仗义豪爽的男人几乎是一见倾心。其实更早些时候，俞老头曾想把严松霁留在山东，招他做婿。可松霁太文气内敛了，简直不像是武生出身，秋灵在他面前只觉自己像个小学生、小妹妹，唯独不动男女之念。他带来的这个师弟却不一样，脾气冲，有看不惯的事就直言，遇到找茬犯浑的人更是废话不多说，直接动手教训。散了戏秋灵的哥哥们叫他一块儿喝酒，三个山东汉子也灌不倒他。旁观的松霁调侃着来劝，"甭斗了，我这兄弟有'幼功'，打小儿就偷师父喷行头的白酒喝。"半醉的蒋松霆有点不好意思，秋灵则巧笑倩兮，转头拎来一大壶解酒的酸枣汤，一一端给哥哥们，当然，还有他。

十几年之后，她不顾哥哥们的劝阻，终于正式与他结合。那会儿他已经年过五旬，在老家当农民。

秋灵在老伴的病床前想起自己当日对哥哥们摆明的态度，"我乐意。还是那句话，我就看中他是条汉子。就算哪天他老了，病了，瘫了，我也乐意。"果然，再刚强的筋骨也敌不过岁月侵蚀，可她不害怕。他们这辈人都经历了太多大悲大喜、大风大浪，在辱骂叫嚣声中踩着跷翻下三张桌子的时候她就已经克服了人生中最大的恐惧。然而那个荒蛮的场景还是无数次出现在梦魇里，好在蒋松霆总能很快摇醒她，一把搂过她来贴在自己的胸膛。于是在与他共同生活若干年后她终于不再做那个噩梦。哪怕只为这一点，如今她也心甘情愿守他安眠。

半夜他醒过来，问小义她们娘儿俩走了吗。

"早走了。放心吧。"

"你也家去吧！"

"不去。"

"不听话？"

"你听话？那天，是不是偷着喝酒了？"

他哼哧了半天，小声认了错。

在下乡的车上，蒋凤仪和女儿都很沉默。空气中弥漫着一股膏药味，凉丝丝的薄荷冰片使空气更添几分清冷。雏仪知道母亲这三天衣不解带，身体和精神状态都不好，腰间还打了一针封闭，所以主动提出替她演下几个台口的《夜奔》。蒋凤仪这回没逞强，顺从地点了头。

"妈，还有……我们那天的《翠屏山》，"雏仪手里绕弄着围巾穗子，结了解，解了结，吞吞吐吐道，"效果还不错。"

"我知道。"

母亲很少给出如此充分的肯定，更何况她并没看见那天的演出，雏仪不免大感意外。母亲拉过她的手来，撸起袖子瞧了瞧那几块未褪的淤青，说："这么多刀坯子不能白挨呀。"

雏仪把脑袋靠在母亲肩头，"妈，下个月就要比赛了……还是有点慌。"

"放心大胆地去！保准震了他们。"

这趟下乡演出，雏仪和庆红在每一站都献上了《翠屏山》，站站备受好评。潘巧云的刁蛮透着娇俏动人，石秀在心雄胆大之外更有精细计谋，一场场地演下来，俩人的演技也在磨合实践中愈发成熟。此外，雏仪还替母亲演了三场整折的《夜奔》，年轻气力足，其矫健的身手使第一次看这出戏的人大呼过瘾，也使老戏迷望着那熟悉的一招一式感叹她实有乃母之风。

她在台前"奔"，母亲少不了在后面目光紧随。观众叫好儿声不绝，同事们也说这小林冲离林教头不远了，只有蒋凤仪默不作声。头两回雏仪都严格遵从母亲教的路子，不敢有丝毫偏差。到了第三回，年轻气盛的"小林冲"被热烈的气氛烘得有点飘飘然，不免在场上多做了几个有俏头的身段，果然讨得了比往常更响亮的掌声。蒋凤仪眉头一皱，扭头走了。

散了戏，房东给雏仪备了宵夜，她吃饱喝足进屋，见她妈板着脸盘腿坐在炕上。

雏仪顿感不妙，未待解释便被她妈用笤帚疙瘩狠狠打了几下，打得她在屋里转着圈儿求饶。鸡飞狗跳闹了半天，笤帚苗儿掉了一地，蒋凤仪这才坐回炕上，厉声说："你也这么大了，我给你留个面子。要不然一下台就该打！"

雏仪以为她妈这顿火发完了，便也往炕沿蹭，毕竟演了一晚上《夜奔》又困又累。没想到一双厚底靴啪地扔到了她眼前。

"穿上，耗腿！你不是爱卖你这双腿吗。"

雏仪一愣，脾气上来了，不撒娇也不服软，"耗就耗！"说着利索地穿上了厚底儿，一下子把腿搬到脑袋旁边。

　　"不错，有骨气。知道今儿为什么打你？"蒋凤仪在手里捻着一根折断的笤帚苗，眼盯着女儿，态度和缓了一些。女儿直挺挺地搬着朝天蹬，闭着眼答她："多踢了一次大带，多走了一个旋子。破了您的规矩。"

　　她闻言丢开笤帚苗，嗓门又高起来，"不是破了我的规矩，是破了戏的规矩！"没想到女儿毫不示弱，"你以为我不知道？你这《夜奔》也早不是老路子了！"

　　女儿这句叛逆十足的话反而逗笑了凤仪。确实，从小到大的学艺路上，许多名家指点过她这出戏，可是多年来她博采众长，融会贯通，已形成了自己的一套演法。此刻，她向女儿坦承："艺不宗一，我是改了不少，可是哪儿加哪儿减、哪儿快哪儿慢，我都有道理可讲，教你的时候也都告诉你了。你今儿要是能讲出来你多走的那几个身段是什么意思，我就服你，以后我也按你这个演。"

　　雏仪终究无话可说。

　　"讲不出来？那就是洒狗血，伸手要好儿。你丢人不要紧，把林冲也给演'小'了。"蒋凤仪顾自在炕上开始铺被褥，淡淡道，"下一个台口的《夜奔》你先别演了。"

　　"妈！我错了……"雏仪慌了，放下朝天蹬来求她，可是她已经用被子把自己捂了个风雨不透，只闷头扔出一句，"睡觉！"

回城后比赛将近，蒋雏仪除了去医院看姥爷就是泡在剧团和庆红排练，心里仍跟母亲较着一股劲。不久，齐克谐出京开会顺路来看女儿，她只好从练功房跑出来陪父亲吃顿便饭。

　　雏仪赶到那家父女俩常去的饭店时父亲已经点好了一桌子菜，她坐下就吃。齐克谐看着女儿一身运动装、短发齐眉的样子，活脱脱像二十年前的凤仪。他感到欣慰而隐忧，边给她夹菜边试探着提醒，"慢点、慢点。宝儿，平时要按时吃饭、多休息啊……别像你妈似的那么不要命。"

　　雏仪的筷子略停了停，鼻子里嗯了一声。

　　齐克谐已在电话中得知了蒋松霆生病的事。他在饭桌上问起老人的情况，雏仪说还在住院观察，别的还好，就是老爷子心里憋闷，天天闹着要回家。齐克谐从公文包里掏出一盒便携装的磁铁象棋交给女儿，轻道："没事陪你姥爷下下棋，解个闷儿。"

　　雏仪端着碗，那盒子上印的"楚河汉界"四个字闯入余光，使她忽忆往事。以前逢年过节母亲在外演出，父女俩回乡下看二老，茶余饭后姥爷必下战表："小齐，杀一盘！"

　　随着年龄的增长，她趴在姥爷背后渐渐瞧出了棋局的门道，看懂了父亲是如何想方设法、不露痕迹地每次都让姥爷"略胜一筹"。小时候她觉得一盘棋下得那样慢，从天亮下到天黑，姥姥做好的饭都凉了他们还没下完。现在回首，却希望那盘棋永远也下不完，时间也凝住不要走。

"别说是我送的。"齐克谐补充了一句。

雏仪说知道了，然后速速扒光了碗里的饭，拿起那盒象棋就要起身。父亲叫住了她，"宝儿，你是不是要参加那个'小梨花'的比赛？"

她不知父亲如何得到的消息，因为自己并没告诉他。"爸爸在这圈子里也还有几个熟人。"他笑了笑，又小心翼翼地提醒她，"这种活动……重在参与，别太在意名次。"

雏仪果然有点不高兴，"凭什么我就只能参与参与？爸，你也跟别人一样，觉得我永远赶不上我妈吧。"

"不、不，我不是那个意思……'雏凤清于老凤声'，爸给你起这个名字就是相信你以后会比妈妈还厉害。等到比赛那天，爸爸去现场看你的戏！"

"不行，你不许去！"

"好、好，全听大小姐的……那我就不去，坐等你的捷报。"齐克谐在桌前"举手投降"，讨女儿示下，"还要不要加菜？"

"不要，饱了！爸，我回去了。"雏仪抱着象棋盒子走到门口，听见背后传来熟悉的嘱咐，"歇会儿再练功，小心得阑尾炎。"她扭脸张望，看到刚刚一直没动筷、只顾说话的父亲这时才端起碗来。她忍不住鼻子微酸，匆匆转回头推门而去。

少年心

　　"小梨花"杯青年京剧大奖赛的省内选拔赛拉开了大幕。戏校也正好在那一天为新办的武戏特训班举行开班仪式，并邀请蒋凤仪莅临指导。如今戏曲事业不景气，武戏演员更是不好干，辛苦，危险，露脸的机会还少，蒋凤仪觉得自己于情于理应该去给投身这一行的年轻人鼓鼓劲。可是雏仪头一回参加大阵仗的比赛，当妈的难道不想亲自给女儿把场助阵吗？一向雷厉风行的她直到比赛前一天还在纠结不定，最后雏仪替她拍了板，轻描淡写地让她去出席戏校的活动，"你在后面盯着我，我紧张。"

　　"那……明儿让小凌陪你们去吧。唱那段'三眼'的时候别赶，有点洒汤漏水也没事，老何会托着你的。耍刀可千万别掉家伙。大带自己记得扎紧了……"也许是有些内疚，蒋凤仪追加了一连串嘱咐。她絮叨起来也跟全天下的妈一样有杀伤力,令雏仪招架不住……

比赛当日,除了小凌和琴师老何,宋小五自然也陪着去了。他重拾老本行,为两个年轻人勒头扮戏。后台的人不少,都是不到二十五岁的青年演员,大部分是自己忙活自己的,所以庆红再三催她老爸出去。

"有什么不好意思的?哪个角儿没有跟包的?"宋小五泰然自若地抚了抚女儿额前的片子,又检查了一遍雏仪的装束,打量着她说:"你妈打八岁起我就给她勒头,一晃都三十多年了……嘿,丫头,你扮上还真像!"

雏仪和庆红在镜中打量彼此,都对宋小五的手艺表示了赞美,他这才心满意足地转身离开化妆间。出门前他跟几个小花袄大棉裤配解放鞋、脸上画着高原红的姑娘小伙儿撞了个对脸儿,吓了一跳,走出老远了还摇着头念叨:"真是闹不明白……样板戏也没画得这么寒碜啊……"

台后的生旦净丑蓄势待发,台前的评委、观众也渐渐落了座。此时蒋凤仪正在戏校给别人家的孩子们讲话,而齐克谐在熟人的引领下进了剧场。"齐老师,前面给您留了个座儿。""不了,不了,就坐这儿吧。闺女不让我看,偷着来的。"他拒绝了老朋友的好意,挑后排不起眼的位子坐下了。

这座大戏院是在他们离婚后的第二年建成的,他还从未来过。全场都是大红色的软包座椅,再没有钉子翘出头来刮烂人的裤子了,可他如坐针毡。乐池里的场面先生们开始调弦儿了，那拉来锯去的动静对于久不听戏的人来说是种折磨。他正犹豫着要不要出去抽根烟，忽见两个人搀着一个弯腰驼背的老头从前方侧门走进来。贵宾席的人们都站起来把老头往中间让，他却摆摆手，拐棍一戳就靠边坐了。其他人又原地磨蹭了一会儿才纷纷把屁股落回原位。乐池也安静下来，比赛要开始了。

她没来。

齐克谐暗忖，如今论本事、论声望，蒋凤仪在这活动上理应有一席之地，不知是人家有意没请她，还是她自个儿不肯凑热闹。正想着，一阵仙乐缥缈而起，主持人已经喜气盈盈地走了出来。

齐克谐不知女儿是第几个出场，心一直提着，但前面几出都是烂熟的戏码，听得他直犯困。后来武生组的选手渐次登场他才激灵一下坐起来，后背就再也没沾过椅背。

武生组全是正当年的小伙子，大半选择长靠戏参赛，一身披挂先在气势上占了上风——

一出《挑滑车》，高宠小王爷"明盔亮甲金光耀"，单枪匹马会战金兵，大枪花耍得虎虎生风，杀气比天高。

一出《小商河》，杨再兴陷河受围，"紧促促扯断丝缰，颤巍巍血溅胸膛"，一排跳叉从下场门跳到上场门，马惧人惊，壮烈场面摄魂荡魄。

一出《战冀州》，马超见妻儿尸首被抛下城楼，"心中好一似箭穿刀扎"，城下三摔，身背靠旗腾空而起，每一摔都惊险出彩儿。

台上的卖力，台下的兴奋，齐克谐却越看越紧张，那都是和他女儿差不多年纪的孩子啊，背着几十斤重的一身行头，穿着三四寸高的厚底靴，翻、打、摔，一方红氍毹仿佛是他们的千里战场，非要拼出个你死我活。接下去登台的几个短打武生也都不简单，什么绕台旋子，什么飞脚过三张桌，一个赛一个的灵活矫健，比起长靠武生又是另一番风姿。

雏仪仍迟迟未现身。他猜不出蒋凤仪给女儿安排了什么戏来参赛，要靠什么戏才能跟这些身强力壮的小伙子较量？女孩子扎靠，在个头儿上吃亏；跟男孩子拼短打，力量、爆发力上又难免差一些。难道要动《夜奔》？虽说那是凤仪的看家本领，可让孩子用如此难的独角戏参赛，无遮无挡地面对众目睽睽，实在不保险。思来想去，他担心女儿无法取胜，更担心那倔强的母女俩会拼勇斗狠，非要取胜不可……

"下一个参赛剧目是《翠屏山》，表演者：花旦组，宋庆红；武生组，蒋雏仪。"女主持人甜美悠扬的嗓音响起，在齐克谐耳边却无异于一声炸雷，终于来了。这剧目他听着耳生，一时也想不起自己看过没有。他琢磨着，摘下眼镜擦了擦，再戴上时，庆红已翩跹而至了，他首先被她裤腿下方微微露出的小脚震住了 —— 这古老的跷，他只在儿时见过一两回。

待到雏仪出场时他看见她的扮相才稍微放下心来 —— 女儿既不是长靠也不是短打，而是一身青箭衣，紧俏利索而不失稳重派头，跟《夜奔》里的林冲有异曲同工之处。她们这出戏前半段是文场子"吵家"，看的就是潘巧云和石秀的唇枪舌剑，一个心怀鬼胎，胡搅蛮缠，一个血气方刚，不卑不亢。小姐儿俩已经合作了无数回，配合得天衣无缝。看了半天抢大枪、翻跟头的观众自然对这样细致的对手戏感到耳目一新，掌声、笑声不断。

最令人惊喜的还是这花旦展示的久别于江湖的跷功，以及那青年女武生的唱功。备赛的日子里，蒋凤仪花了不少精力陪女儿磨练"吵家"中那段少见于武生戏的西皮三眼。凤仪请琴师老何给女儿吊嗓子，并亲自量体裁衣为她设计唱腔的俏头。娘儿俩怕扰民，常常大晚上跑到小公园去练唱，并且总能在凉亭里"偶遇"埋伏已久的魏大爷，他也总是自告奋勇为她们拉弦儿。蒋凤仪如此上心，意不在一时的比赛，更是希望女儿从此在"唱念"与"做打"上齐头并进。

"石三郎进门来迎儿骂道，直骂得小豪杰脸上发烧，忍不住心头火与她争吵。还看在杨仁兄生死故交……走上前施一礼老丈别了，俺石秀出门去海走一遭。"

这石秀一开口就艺惊四座，原来武生不唱则已，一唱竟也能满宫满调，而且有股子区别于老生的刚劲。女儿的长进，齐克谐听得最清楚。她原先稚嫩发闷的嗓音变得宽亮了，翻高更不在话下。武生能唱的不多，能唱好的更是凤毛麟角，这一点女武生虽有先天优势，后天的勤学苦练亦不可少。

做父亲的和所有观众一样击节叫好，掌声未息，武场子又开始了。石秀一坛酒入喉，醉舞六合刀，是这出戏的又一大亮点，一招一式既要有杀气又要有美感，正所谓"前听三眼，后看六合"。

为了演好这场戏，雏仪继承了母亲在台上不用木头刀枪而用真家伙的习惯。因为金属有分量，舞起来才好看。加倍的舞台效果背后是加倍的付出，她常常练到胳膊酸痛得抬不起来。依赖身体的艺术就是这样，于千百遍枯燥痛苦的重复之后，脱胎换骨，在头脑尚未意识到自己的变化之前，旁观者已经看到了 —— 看到了石秀的醉、勇、愤、狠……蒋雏仪也终于看到了，从他们反馈的欣赏目光中，看到一个戏曲演员能用她的唱念做打表现何其丰富的力与美，能凭她的一己一身俘获多少人的感官和心魄。唱戏的是疯子，看戏的是傻子，疯疯傻傻，如醉如痴，她看到了，感到了，做到了，在舞台中央，这片她从六七岁起就看母亲驰骋其上的阵地，此刻正踏在她的脚下……

齐克谐的手都拍红了，不管过去他对女儿学戏有多少顾虑，在这一瞬间他确是满心欢喜与得意的。这是一种前所未有的喜悦，年轻时看蒋凤仪演戏都没有这种感觉。凤仪的功夫好，扮相俊，传统戏刚复苏那会儿剧场里天天人满为患，知道她是女武生以后，台下的掌声与叫好里便时而夹杂着流氓哨儿，听得他心里不是滋味，甚至暗自希望她不要那么频繁地演出。可此时听着周围人给雏仪的喝彩，他却希望多一点、再多一点，恨不得所有人都见识这个不到二十的小武生，他的女儿，有多么优秀。"雏凤清于老凤声"，似乎真的要实现了。

前唱后打，先文再武。妙！稳了！《翠屏山》演完以后，齐克谐心里松快了，想出去透口气儿，等宣布名次再回来。他还未起身，前方却一片异响，原来是一支管弦乐队侵入了乐池。大部分观众都丈二和尚摸不着头脑。

"最后一个参赛剧目是新编交响京剧《新借东风》，表演者……"

主持人报完幕就退下了，寂静中，指挥的小棒子一甩，恢宏的交响乐喷薄而出。观众们立刻被震慑了，齐克谐也一动没敢动，眼见着一群红男绿女哗啦啦拥上舞台，唱响了序曲。同时，剧中的主角"刘支书"缓缓登上了台角的一座巍峨假山，用"起霸"的身段儿整理了一下自己的中山装，紧了紧风纪扣。

齐克谐还在努力思索着"借东风"、管弦乐和"刘支书"这三者之间的关系，而台上的姑娘小伙儿们已经一脸喜色地唱出了那句曾令蒋凤仪扔了剧本、破口大骂的唱词，"白天干，晚上干，男女老少齐参战……"

目瞪口呆的齐克谐没骂人，只是腾地红了脸，替剧中的演员，也替那位不知何方神圣的同行、文人、"编剧"。

真的太能编了。

"东风习习，史迹斑斑，刘公的佳话千家传，一曲新词唱丰年。时代朝阳光万丈，迎来春色换人间。"

在交响乐结束后的一片死寂里，掌声从前方响起，向后排翻卷而去，凌跃也被卷在其中，心里比旁人少一些疑惑，多几分不安。

等待评委打分的过程很漫长，各行当只有前三名才能入选全国范围内的决赛，空气中弥漫的紧张不言而喻。不知过了多久，开场前被人搀来的那个老头居然自己忽地站起来，转身面对着几百个观众定定地望了几秒钟。齐克谐突然觉得他眼熟，可没等看清楚，老头已经拄着拐杖蹒跚离场了，并执意撇开了要扶他的人。

场内的气氛变得躁动而微妙。

齐克谐已经有了不好的预感，但最终的结果依然突破了他的想象。

庆红在旦角组排名第三。雏仪在武生组位列第四。

而在武生组排第三名的，是《新借东风》里"刘支书"的扮演者。

欢快的音乐及时响起来压下了观众席里的嗡嗡议论，评委们准备上台给幸运儿们颁奖了。齐克谐怔怔坐在原处，直到主持人话筒发出的一声尖利啸叫惊醒了他……一抬头，各组的获奖演员已经鱼贯而出了，他惊见庆红急匆匆从他们后面挤出来，溜到了台下，不一会，坐在前排的凌跃和宋小五也离了座位，跟着庆红往后门跑。

齐克谐慌忙站起来，在过道迎上去拦住了他们仨，问："庆红，宝儿呢？"

催
花
乐

　　凌跃和宋小五看到齐克谐都很意外，但没跟他打招呼，还是庆红叫了声齐老师，说她换个衣服的工夫儿雏仪就不知跑到哪儿去了。庆红刚卸完妆，额前的碎发还湿漉漉的。"别废话了，先回家看看吧！"宋小五一拍大腿，慌了神的齐克谐忙跟他们一起往外跑。到大厅时，小凌叫住了庆红，"那个……小红，你不领奖了？"

　　"这破奖还有什么好领的？"她根本没回头。她爸也只微微叹了口气，招手叫小凌快走。

　　"是他妈的没意思，"他怏怏地赶上来，"老厅长一撤我就觉出不对劲了。"

　　"老厅长？"齐克谐惊问。

　　"是啊，董老，就是前排拄拐棍儿那老头。"

难怪眼熟。齐克谐还记得那位爱戏、懂戏的老首长，他一生中最得意的政绩便是亲自招兵买马攒起了省剧院的最初班底，蒋凤仪正是他最得意的干将之一。时移世易，如今管文艺的少有这么懂行的人了，也不屑去懂。名利场里瘴雾重重，齐克谐害怕女儿看不清，又怕她这一下子看得太清。

他不觉加快了脚步。

到了单元楼门口，庆红对她爸说宝儿会不会躲咱家去了？两家住同一栋楼，于是他们父女俩先回了自己家，而齐克谐也不管什么顾忌了，跟着小凌去敲开了那扇他许久未入的家门。秋灵一开门就被凌跃拉了出来，因为蒋松霆已经出院了，正在家卧床静养。

她说孩子没回来呢。

"那团长从戏校回来了吗？"

"也没呢。出啥事了？"她看见小凌身后的"前女婿"，自然觉出异样。

这时庆红父女俩从楼梯口跑过来，"没在我们家！"

几个人悄悄把事情知会了秋灵，她一下子急红了眼眶，要跟他们一起出去找孙女。一直沉默的齐克谐脱口而出："灵姑姑，您别出去了，爸身边离不了人。"他一时忘了改口，秋灵在忙乱间并未发觉不妥，只是勉强点了头，催他们快去剧团找找。

"别都往一个地儿扎。小红，你们俩平时还常去什么别的地方练功啊玩啊？"凌跃问。

庆红吸了吸鼻子，哑着嗓子说宝儿现在就知道练功，哪儿还出去玩？再说这钟点了，商场之类的地方也关门了。

齐克谐低头想了想，说他还知道一个地方。"小五叔，麻烦你们爷儿俩去团里看看吧，庆红，你也给你们要好的几个同学打电话问问。"他又把秋灵劝回屋里等信儿，然后转身叫凌跃，"小凌，咱俩走。"

凌跃默然点点头，跟在他后面下了楼。走出楼门没几步，杨笑笑牵着孩子迎面跑过来，急匆匆地说："我们刚在花坛玩儿，看见庆红跟她爸……"晓斌抢过妈妈的话，大喊："爸爸走呀，一起去找小姑姑！"小凌拉住儿子的手，扭头问齐克谐："齐……齐老师，您说的地方在哪儿？"

他在这一家三口面前心神一恍。

"哦……就是……往南走，桥底下那个小公园。"他记得以前每到夏天凤仪就喜欢带女儿去那儿练功，因为浓荫密布，比排练厅里凉快。但现在是数九寒冬，他也不确定女儿是否会到那里去，只能凭直觉找找看。

这天晚上月光暗淡，公园里杳无人迹，凋零的草木更是单薄得只剩下张牙舞爪的剪影。他们三大一小沿着唯一的一条石径东张西望地走着，杨笑笑忽然放开嗓子喊起雏仪的名字来。

小凌差点蹦起来。"干吗你，吓我一跳！"

"黑咕隆咚的，不喊怎么找？"

"她要故意躲着呢？你一喊不把她喊跑了？"

两口子正在互相埋怨，齐克谐忽然嘘了一声，往前紧跑了两步。胡琴悠悠，穿过浓黑的夜色，颤巍巍地与树梢间呼啸而过的寒风交缠在一起。操琴的技艺显然不高，时有沙躁的杂音，可是弓子一旦咬上弦，那乐器的唇齿便会不由自主地吐露人心底的喜怒哀乐，纵是说不清或不想说的那些也都汩汩地淌了出来。此时那琴声里满满的委屈，做父亲的怎会听不出呢？

　　他沿着小径跑到尽头时已经气喘吁吁了。毕竟不年轻了，又是常年伏案工作的人，折腾了这半天不免感到头晕眼花。他扶着一块山石喘大气，心里的石头却终于落了地。前面亭子里虽只见个背影，但他知道那是他的女儿。

　　凌跃一家三口先赶了上去。亭子里还坐着一个老头，本来正摇头晃脑地听雏仪拉琴，还时不时指点几句，看见这么多人走过来，赶紧叫她，"姑娘，是不是找你的？"雏仪放下胡琴回头，晓斌已喊着"小姑姑"欢天喜地扑到她面前。

　　杨笑笑也一屁股在她身边坐下，拍着她的膝盖说："妹子，大晚上的，你要急死大伙儿呀？幸亏你爸猜出你在这儿。"

　　"我爸？"

　　凌跃指了指不远处的假山旁，齐克谐正缓缓走来。

　　"爸，我……"她抬头叫了他一声，嗓子哽了，说不下去。

　　"爸爸今天去看你演出了，你唱得棒，打得也好。"他摸了摸女儿的头发，她脸一偏，把头抵在了父亲怀里。

晓斌蹲在地上瞪着亮晶晶的眼睛仰脸瞧着她，伸出小手去抹她的眼角，"小姑姑，你哭啦？输了没关系啊，下次藏猫猫，我藏，你找我！"

本是童言无忌，没想到"输了"两个字碰到了雏仪的心事，她竟哇地一下子哭出来。从小到大她不是个爱哭的孩子，因为也确实没什么好哭的事，别人家兄弟姐妹你争我抢的时候，她这独生女占全了家里的宠爱。她妈就算是全家对她最严厉的人了，在学戏这件事上没少让她吃苦头。可雏仪受过累，受过罚，唯独没有受过委屈。

当下她把鼻涕眼泪蹭了她爸一身，抽抽搭搭问了若干个"为什么"和"凭什么"。齐克谐酝酿了几种措辞，却都没说出口。他想女儿还是太年轻、太单纯了，学了半天戏，也把林冲、花云、杨家将演了个遍，可终究还不懂这世道的崎岖，人事的险恶。

他只能掏出手绢来给她擦泪，"风一吹，脸该皴了。宝儿，快回家吧，姥姥、姥爷还等着你呢。你看晓斌这么小，也跟着跑了一晚上。"

她抢过手绢来擤鼻子。晓斌虽然不懂为什么藏猫猫输了让小姑姑这么伤心，但他果断地从背带裤的兜里掏出一颗奶糖来递到她嘴边，学着她平时的口吻，"乖，别哭了！小姑姑不是最爱吃糖了吗？"几个大人忍俊不禁，雏仪的嘴角也扬起来，低头叼走了那块糖，又抱了抱这个鬼灵精的小子，他身上带着奶香的热乎气为她驱走了一些寒意。

"姑娘，路长着呢，经风雨才能成大事啊。"一直静静旁观的魏老头差不多听出了前因后果，便也劝她，"改天再来，爷爷还陪你拉弦儿！得啦，我也家去喽。"

雏仪走过去帮他收了胡琴，齐克谐和小凌也向老头道谢告辞。

往家走的路上，齐克谐揽着女儿的肩膀，一行人谁也没说话。也许是想打破沉寂，杨笑笑开口道："妹子，你不演那什么'新借东风'就对了！连我这外行都看出那戏太傻啦！就算得奖也丢人。"

雏仪怔了一下，停下脚问她："嫂子，你怎么看过那戏？"

"我看过剧本呀，他拿回来的……你拉我干啥？"杨笑笑扭头望向小凌，这才发现他冲自己使眼色使得五官都错了位。

"跃哥，怎么回事？"

小凌无奈说出了数月之前的事情原委。齐克谐也暗暗吃了一惊，可还是尽量若无其事地安慰女儿，"你妈没告诉你，估计是怕你排戏分心。"雏仪裹了裹身上的大衣，一路没再吭声。

回到家属院时，晓斌已经在凌跃怀里睡着了。齐克谐没再跟他们继续往前走。他抚了抚女儿的后背，"爸爸就不上去了，你早点睡觉！周末没事的话上北京一趟，爸带你散散心。"

雏仪点点头。

"齐老师，您放心吧，我送宝儿上去。"小凌把孩子交给杨笑笑，让她顺便去给庆红家报个信儿。

齐克谐站在街灯下，看着小凌陪雏仪走进了黝黑的门洞。

大概是晚上九点了吧。他们沿昏暗的楼梯一级级爬着，边爬楼梯边听着隔墙传出的港台电视剧片尾曲，诉说着武林恩怨或爱情传奇的歌声伴随着家家户户的人间凡响，有两口子吵架拌嘴，有人骂孩子，还有洗衣机的隆隆轰鸣。不知为什么，雏仪在落寞之中也莫名感到一阵踏实。

她埋头迈着台阶，一层又一层，音乐与所有嘈杂渐渐消弭了，头顶上方却忽然响起咚咚的脚步声，由远及近。她在楼梯转角处停下，一仰头，从落满灰尘的扶栏间隙看到有人慌慌张张、跌跌撞撞地跑下来。

是她妈。

"领导……别跑、别跑，回来了！"走在前面的小凌先叫了出来。

蒋凤仪愣了一秒，扒拉开小凌，三步并两步下到了最后一级台阶。"妈……"雏仪轻轻叫了一声，没准备好如何面对她。

蒋凤仪走过来一把将女儿搂进怀里，重拍了一下她的背，语调几近歇斯底里，"你要吓死妈妈啊？！"

女儿的个头儿早已超过了她，可她抱着女儿，就像孩子小时候她每隔好久才回村一趟，孩子在她怀里别别扭扭，可当妈的不愿撒手。

在雏仪心里积攒的所有对母亲的复杂感受在那一瞬间土

崩瓦解。关于戏，关于比赛，关于母亲告诉她的与没告诉她的……全都不再重要了。母亲是团长、英雄、大角儿、严师，令她向往的、崇拜的、隐隐抱怨的、立志超越的一切身份，也都无所谓了。

她只知道此刻抱着自己的人是妈妈。仅此而已。

到家以后，雏仪吃了姥姥做的夜宵，冲了热水澡。蒋凤仪拿着干净睡衣送到卫生间，没敲门就进去了，女儿有点不好意思，轰她快走。她答应着退出去了却又伸头回来说："今天跟妈一起睡！"

那一晚母女俩聊了些以前没说过的话。

"其实，那个'借东风'……"

"妈，别说了……你不是老念叨梅兰芳、马连良都没得过这个奖那个奖，可那才是大角儿吗。"

"是。明儿我就把我那些奖杯奖状都扔了！省得闹心。"

"幼稚……你不要，团里还要那些东西装点门面呢。"

"都是身外之物。你今天把我腿都吓软了你知道吗。"

"你也有怕的？嚄，平时那么心狠手辣。"

"我能不怕吗，就你这么一个。"

"当初怎么不多生几个？妈，你生的要是个儿子，学戏应该比我强吧。"

"胡说！"

"本来嘛，今儿一看武生组那些男孩，确实劲头足。"

"这也是没办法的事。我学戏的时候我师父就说了，男孩子练一百遍的东西，我就得练二百遍、三百遍才能跟人家一样利索。可是戏要演得好也不是光拼力气，所以才逼着你练唱、练眼神、练做派……不过……你跟妈说心里话，还想接着干这行儿吗？"

雏仪静默了一会，还是说："想。"

拾
贰

少年游

"小梨花"的省内选拔赛落幕后，蒋凤仪托人找来了现场录像带。她没告诉女儿，自己跑到凌跃家，在电视机前回看全部演出。她坐在沙发上，杨笑笑在厨房做饭，小凌一边给老婆打下手一边偷偷观察着蒋凤仪的表情。只有不到四岁的晓斌在客厅陪着蒋凤仪，他端端正正地坐在小板凳上，看得比她还认真。

蒋凤仪在观看过程中还算平静，手在大腿上打着板，偶尔自言自语地点评几句。也不算"自言自语"，因为坐在她脚下的小男孩一直在用自己有限的词汇给她捧哏……

"这孩子扮相不错。"

"好看！"

"这个身上真棒，可惜没嗓儿。"

"不好听！"

"这哪儿都挺好，就是派头错了。'老生躬，花脸撑……'"

"'武生在当中'！"

晓斌随口接出了顺口溜，蒋凤仪不禁一愣，伸手胡噜了一下他的后脑勺，"这小子还挺灵！"

比赛至尾声，雏仪和庆红出场了，晓斌兴奋地从凳子上蹦起来跟着锣鼓手舞足蹈，对石秀那段醉舞六合刀尤其着迷，直到最后一个节目"新借东风"的交响序曲开始了他还在电视机前瞎比划。蒋凤仪异常沉默，她的目光在晓斌扭来扭去的屁股和十七寸荧屏上那些欢欣鼓舞的脑袋之间穿梭，最后简直不知自己在看屁股还是在看脑袋。

凌跃及时走过来关了电视，因为画面已经进行到颁奖环节。"领导，吃饭吧！再看下去我怕您要砸我们家电视了……"

她仍拧着眉头盯住前方青灰色的荧屏，"干这行儿的都不容易，我也不多说什么了。我就纳闷儿这戏为什么非得塞在武生组？'刘支书'抡了两下锄头他就算武生了？那还要什么台下十年功？给我闺女一个六七八九名可能我倒服气了，有几个孩子的玩意儿真不赖。可怎么偏偏是第四，这不明摆着冲……"

"冲您来的。"小凌坦然答道。

蒋凤仪瞬间无言以对，只烦躁地抓了抓头发，半晌静默。杨笑笑摘了围裙走过来，见儿子也在面对着已经熄灭的电视出神儿，"这孩子，傻啦？"

"妈妈，这个好玩儿，我也要去！"晓斌指着电视，山膀一撑，亮了个相。

小凌苦笑，杨笑笑却逗他，"蒋老师在这儿，你问她要不要你！"于是晓斌当真跑到蒋凤仪面前让她带他"一起玩儿"。

"唱戏是好玩儿，但玩儿不好就……"蒋凤仪欲言又止地拍了拍小家伙的屁股，顿觉不对劲儿，"哟，宝贝儿，裤子怎么这么潮啊？"

杨笑笑走过来一查看，拎起他就走，"臭小子，等你不尿裤子了再玩吧！"凌跃和蒋凤仪都乐了，过后又各有一番滋味在心头。

离开之前，蒋凤仪又嘱托了凌跃一件事。

"那天我去戏校那个武生班开班仪式，看见孙玺了。"

"孙玺是谁啊？"

蒋凤仪怔了怔才说："……没什么，就是个教基功的老教师。我看他们那儿条件挺艰苦的，练功的家伙什儿都破破烂烂的。咱是不是能帮一把？虽说咱也不富裕，但好歹有演出就有进项。小兵儿、小猴儿不够数了，也可以叫他们那儿的学生来试炼试炼。"

小凌别无所言，唯有点头。

"对了，那天晚上麻烦你们一家三口了。难为你们还想到去小公园找宝儿。"

"您客气……"他犹豫了片刻，没再多说什么。

蒋凤仪在小凌家看演出录像的这一天，雏仪也没在家吃饭，她去找庆红了。晚饭后，她俩把碗一推就进了里屋，俩人挤在床上，写字台上的三洋录音机放着山口百惠的歌，完美掩护了她们的谈话声。

"哎，你那天怎么想的，一声不吭就跑了？你想散心我可以陪你一块儿啊！"

"我实在是……'闻言怒发三千丈，太阳头上冒火光'！"雏仪语气仍是怂怂的，但转而又有些歉疚，"对不住啊，听说你没领奖？奖杯会送到团里吧？"

"无所谓了。"庆红扭头把录音机的音量调得更大了一些。

"其实……有件事，我得告诉你。'新借东风'那个戏，他们找过我妈，想让咱俩演。我妈看不上那本子，也没跟咱提这事。"雏仪一鼓作气说完了，没想到庆红没有片刻停顿就回答："我知道。"

"你怎么知道的？我妈跟你说了？！"

"不是。"庆红边聊天边梳头，择着梳齿间的头发心不在焉地说，"他们也找我了。"

"让你……"

"让我演妇女主任啊。词儿全跟喊口号似的，我唱不出口。再说了，石秀兄弟，你看嫂子我哪儿像又红又专的妇女主任？"庆红歪头笑了，长发拢在一侧肩前。雏仪瞅着她半天说不出话来。

"宝儿，我也有个事要告诉你。"

"啥事儿？'小梨花'？你接着去北京比决赛啊，我支持你，真的！"

"不，我不比了。我要去日本上学了。"庆红轻描淡写地宣布了这个消息，雏仪半天没反应过来。山口百惠那甜美的日文歌在屋里飘荡，刚才还一句都听不懂的歌词仿佛突然有了具象的意义。

"你爸你妈答应了？"雏仪知道庆红她爸一直盼她成角儿，而她妈不会接受一双儿女都不在身边。

"本来不答应。我哥在那边站住脚了嘛，说现在好多中国人过去上学，也劝我爸妈让我去，有他供着我。反正他一直说这行儿没出路了……"庆红悄悄用眼梢扫过雏仪的脸色，"后来我爸跟我打了个赌，如果咱俩拿奖了，我就留下接着唱戏；没拿奖，他们就放我走。"

"可是你……"

"是，我拿了，你没拿。我跟我爸妈都没想过这种情况。可是那天晚上我跟我爸去团里找你，到处都找不着，回家路上他就说让我去日本，不管我妈答不答应他都让我走。"庆红说着侧过脸去，"估计他看见齐老师那天的样儿……"

雏仪安静了一会儿，笑着推推她，"欸……你记得吗，有一回我妈演夜戏到特别晚，早上我以为她肯定得睡懒觉，就跟你们趴在练功房看杂志，结果一抬头就看见她虎着脸站在门口……"

"记得呀，她不是罚你小翻儿一百个，翻一个就抽你一棍儿吗，那是打得最狠的一回了吧。"

"他们都不敢吱声，还是你溜出去把我爸搬来了！"

两人想起小时候练功吃的苦、偷的懒、挨的揍，都觉得恍若昨天，可是当初到底为什么那么执拗地要学戏，却已说不清楚了。庆红忽然踢开被子，"你看看我的脚。"雏仪低头，见她的脚指甲都是黑紫的，不禁吓了一跳，"穿跷弄的？"

庆红点点头，又把脚缩回被子里，也给雏仪盖上了腿。"从小到大，他们老说我不用功，光靠小聪明……"雏仪忙说你这回够用功了，我妈也夸你。

"嘻，我就是想试试，用功一把能怎么样。"庆红轻轻一笑，"也没怎么样，也成不了角儿。我爸天天念叨你妈多用功、多用功……我也纳闷儿，她怎么就那么用功呢？有几个四五十岁的人还天天耗腿、拿大顶的？更甭提这么大的角儿了。"

"她是真喜欢……"

"是啊。可是你说咱们不喜欢吗？从小听着、看着，当然觉得好玩儿、喜欢，哭着喊着非要学。可我也不知道从哪天起，就没那么喜欢了。可能是听的、看的东西多了吧，才知道比戏好玩儿的还多得是呢。"

"学了这么多年，你不觉得可惜吗？而且你条件不错。"

"我条件再好，好得过温靖吗？"庆红一把拉住雏仪的手，"你别生气，我就是老忍不住想起她。要论练功演戏的劲头，可能就她跟你妈有得一拼。那么好的条件，怎么走着走着就偏了？剧团这一亩三分地，每天就见那几张脸，演那几出戏，反正我是越待越迷糊，越待越烦了，总想飞出去看看。"

雏仪知道庆红喜欢看电视剧，读言情小说，平时也有点多愁善感，可没想到她对她们都熟悉的这种生活有了这么大的抵触情绪。"在剧团就这么不好吗……反正我还挺舒服的……"

"宝儿！"庆红披着被子腾地坐起来，"你妈是人民艺术家，你爸是知识分子、大编剧，你沿这条路走下去，就算不大红大紫也会体体面面的。我爸呢，做了一辈子箱倌儿，我爷爷，做了一辈子检场，这放在以前叫什么？'跟包的''傍角儿的'！他们当然想让我成角儿了，可是我知道我成不了，更不想跟他们似的一辈子耗在戏班子里做'光荣的绿叶'！"

她越说越激动，几乎要哭出来。雏仪挪过去抱住她，先哭了，"你不是绿叶、不是绿叶……你去日本吧，去上学，去镀金，肯定会越来越好的！没准儿还能看见山口百惠呢，你不是最喜欢她了吗！我就是……就是有点舍不得你……"

"我……我也舍不得你……"

俩人抱头哭了一小会，雏仪伏在她肩上蘸着鼻子问："这歌挺好听的，叫什么？"

"阿里戈多阿娜达。"

"听不懂啊……"

"'谢谢你亲爱的'。"

清平乐

　　庆红出国以后，剧团的不少年轻人又内心骚动了一阵子。听说厨师容易办技术移民，便有几个人搭伴儿去学厨，不练台上的"刀功"了，改练案板上的刀功。不出半年，果真有两三个人拿到了三级厨师证。"甭管能不能办成签证吧，好歹多了门手艺。现在下馆子的人可比进剧场的多多了……"这些事蒋凤仪全知道，但不曾多言。

　　雏仪也似乎不为所动，她还是照常早晚两遍功，排练、演出都不缺席，大部分时候是配角，也主演一些《八大锤》《翠屏山》《平贵别窑》之类的戏，缺人的时候让她跑个宫女、扮个小兵，她也二话不说就上台。只是庆红走了以后，她变得有些沉默寡言，也不再关注任何有关大赛、评比、展演的事。除了必要的练功排戏时间，她不太愿意整天泡在剧团里了，不过也没上哪儿玩，而是回家去陪姥爷。

尽管秋灵精心照料，蒋松霆中风后的身体确实大不如前，而且腿脚不利落了，下楼不方便，年轻时老虎豹子一样的人，老了老了，困在了笼子里。雏仪就每天陪他下棋。她的棋受过父亲点拨，技术不错，可是没学会他不着痕迹的"让棋"本事，时不时冒出刁钻的几招，杀得姥爷丢盔卸甲……

"不玩了，不玩了！"

"不高兴啦？来，姥爷，再来一盘儿，我让您个炮。"

"去去去，我用你让？！"蒋松霆的脾气还跟以前一样爆，哗啦啦一推棋盘，"你个小丫头，不干正事，见天儿守着我这老头子干啥？"

"啥正事儿？"雏仪嘟囔着扒拉面前散落的棋子。

秋灵端着一碗削了皮切了块的苹果走过来，递给孙女一块，又塞进蒋松霆嘴里一块，"你这偏老头不识好歹？孩子陪着你还不好？"

"陪着我就能陪成杨小楼、盖叫天、李少春、李万春啦？"

"我不是天天去练功吗。"

"人去了，心没去！"蒋松霆提高了嗓门。他那双带剑光的眼睛盯着孙女，而她只专注地把棋子摞成"塔"，颤巍巍的塔。他的语气忍不住和缓下来，"有些事你们瞒着我，我也猜得着。宝儿，姥爷知道你心里不痛快，换谁也痛快不了。挤对人，阴人，暗里捅刀子，都是这行儿常有的事，我遭过，你妈也遭过。可是自己身上的本事总是自个儿的，谁也抢不走。留得青山在，不怕没柴烧。"

雏仪点点头，没说话，手底下的"塔"却一晃悠，倒了。姥姥坐在旁边，轻轻摸了摸她的脑袋。

"你妈也是，整天东颠西跑瞎忙什么呢？指导完这个又指导那个，对自己的闺女这么不上心？！晚上我得说说她！"

"人家请她做艺术指导，她能不去呀？去外地了还一天打仨电话给你请安，又带团又教孩子，你还数落她？"秋灵又喂给他一块苹果，"少瞎开炮！"

蒋松霆顿时哑口无言。他慢慢咀嚼着，转头看了眼窗外，然而只能看到另一座楼房身上密密麻麻的窗户，玻璃上反射出一块块灰蓝色的天空。

夏天快过完的时候，他向凤仪提出要和老伴儿一起回乡下。蒋凤仪一开始坚决不答应，老父亲这回倒是不吵不嚷，只在窗前静坐抗议。后来秋灵说你就顺着他吧，回去了，我也能扶着他多出去遛遛弯，散散心。凤仪不放心他们老两口独自在老家，秋灵又说村里子侄多，照应不成问题。

凤仪还是不肯松口，直到女儿把话挑明了，"你就答应姥爷吧，他也不光为他自己。"秋灵轻叹一声，"宝儿说得对。你们娘儿俩踏踏实实把心放在戏上，他就比什么都高兴。"说完，她揽住雏仪，雏仪也搂着姥姥的脖子，很久没撒手。

几天后蒋凤仪亲自带着女儿回老房子打扫了一遍，添了不少东西，又找到堂哥堂姐家里，托他们每天去看看老两口。

他们都说七叔是自家人，应该的，凤仪谢了又谢，此后不忘每个月寄给他们一笔钱。

老两口回乡那天，蒋松霆是被剧团里几个青壮小伙子接力背下楼的。听说给团长家帮忙，他们都踊跃参加。负责"第一棒"的小伙子是唱大花脸的，身材敦实，不过还是在背起蒋松霆的瞬间哎哟了一声，"老爷子够有分量的！"

凌跃拍了他光溜溜的大脑袋一下，"你小子的力气全练颠勺儿去了？"

他吐了吐舌头，低头背着老头出了门。蒋凤仪紧跟在后面护着老父亲，雏仪搀着姥姥。每隔两层楼就有一个身强力壮的小伙子站在楼梯口翘首以待，然后蒋凤仪和小凌合力把蒋松霆从一个小伙子背上换到另一个小伙子背上。就这样，在花脸、老生、小生、武生四个青年演员的全力配合之下，这个辗转九层楼的转移任务完成了。蒋松霆一直没吭声，在看到阳光从门洞外洒进来的那一刻他才拍了拍最后这个小伙子的肩头，"孩子，辛苦啦！"

"老爷子，小意思，我背着您拧个旋子都没问题！"

后面跟着的大部队都笑了，蒋凤仪的心里却一阵酸。她望着父亲伏在这个年轻人身上的背影，忽然意识到他不会再回来了。那样要强的、烈性的、硬气了一辈子的父亲，他上一次这么憋憋屈屈地回乡还是三十多年前……宋小五和他老婆也赶下楼来，叫了声七哥，我们赶明儿家去看你。蒋松霆攥了攥他的手说好啊，小五儿兄弟。

老两口和雏仪都上了车，蒋凤仪把几张钞票塞进凌跃的上衣兜里，招呼那几个小伙子，"让凌主任带你们涮羊肉去，我请客。"他们一阵欢呼雀跃，她笑着摆摆手，也坐进了车里。

这一年的金秋九月，第十一届亚洲运动会在中国北京开幕，是亚运会首次来到社会主义国家。包括蒋凤仪带领的省剧团在内的三十余个国内艺术团体和十几个国外及港澳台团体参加了为期一个月的文艺巡礼。结束后上级邀请她去现场观看开幕式，她没去，因为第二天剧团还要去郊区演出。她离开北京时大街上已经戒严了，工人体育场里传出"威风锣鼓"的震天声响，那是来自山西的四百个农民，那是在太行吕梁山间、汾河两岸回荡了千百年的鼓乐，穿过岁月山河，来到了万众瞩目的盛会。蒋凤仪在空荡荡的街头驻足听了一会儿，虽然那彪悍雄壮的风格跟戏台上的锣鼓全然不同，但她还是听得热泪盈眶。听完了，就接着赶路，坐地铁，转到火车站。她的包上挂着一个熊猫盼盼的小玩偶，是这一年街头巷尾随处可见的形象，它跟着她匆匆的脚步一摇一摆，手持金牌奔跑的样子似乎更生动了，似乎前方的一切都，值得企盼。

同年十月，东德与西德合并，德国实现了统一。

十一月，苏联纪念十月革命 73 周年，在莫斯科红场举行了盛大的阅兵式，是为苏联的最后一次阅兵。

再后来，"万维网"诞生了，英法海底隧道建成了，上海证券交易所成立了……

次年，苏联解体。全球冷战结束。

宏大的历史舞台幕起幕落，蒋凤仪带的剧团也一直在路上，咚咚锵锵的锣鼓终日不歇。这世界上的离合悲欢、兴亡更替从未停止过，无论在台下还是台上，只是戏里默认的、坚守的，一次次用浓墨重彩敷演的那道忠与奸、善与恶之间的界线也许从不曾出现在现实里。老百姓的生活还在继续，他们平凡琐碎而同样不乏戏剧性的小日子在视野范围内没有终结的那一天。

两年多的时间里蒋凤仪又率团去了三次香港，演出反响比初次更热烈。生母金铃子的白发已没有更白的余地，凤仪和她相处时表现得更亲热了一些，但她和雏仪还是没有一次在洪家过夜。金铃子没有强求，一如她对于女儿是否愿意叫她一声"妈"也不再抱有奢望，但她依然热衷于在缝纫机上制作中式衣裳，做好了，凤仪就当场穿给她看。

洪明念被公司委派到海外出任要职，她不在香港的日子里，是她的上司林如岚陪着金铃子一场不落地看完了蒋凤仪的所有演出，也跟着老太太了解了不少内行看戏的门道儿。每次蒋凤仪完美收官、准备离港之前，岚姐都要拉她去喝一顿酒，就在她们第一次把盏言欢的那家位于铜锣湾的兰珍小馆。两个中年独身的女人，一个驰骋剧场，一个打拼商场，也不知她们怎么有那么多话聊。

1992 年的秋天，亚热带之地的洋紫荆正开得红气蒸霞。

当蒋凤仪和林如岚又一次在大排档相对而坐时，俩人已经到了无话不说的地步。岚姐晃悠悠举起大樽啤酒撞向她的杯，谑笑着问："喂，你这几番来，揾银唔少喔？"

凤仪哈哈一笑，"挣得跟你这大老板不能比。内地不上座儿，人都在家看你们港台电视剧去了，团里这么多人要吃饭，还是得来你们资本主义的地界儿跑码头。"

岚姐呷了一口冻啤酒，说她很快就能再多一个挣钱的"码头"了。

"真的吗？借你吉言！"微醺的凤仪向她拱了拱手，俩人又叮叮咚咚地碰了一杯。

好
离
乡

"郑老头，怎么这么久没你的信儿？"蒋凤仪在电话里兴师问罪。自法国领奖回来后，她几次去北京都没见到他。

"含饴弄孙了。"郑轶夫语气镇定，可是电话里照例连风雨声、电视声都没有，更不用说小孩子的吵闹。那端从来静如真空，仿佛他就活在电话里，时不时地给她带来一个或喜或惊的新消息。这一次，他让她去海峡对岸演出。

"台湾？我不去。"

"你不看报纸的？北京、上海去了好几拨儿人了。"

她一听，全是前辈大角儿，又想起在香港时岚姐说的"又要多一个挣钱的码头了"，心里微动。

"永达文化公司的人过两天就去找你。他们看了《林冲之死》的电影，很喜欢你的表演。"

"过两天？"

"对，两天。"他也许转头看了眼日历，"礼拜四。"

她已经够雷厉风行了，而郑轶夫每次比她还要快一拍。文化公司的总经理徐正明亲自来了大陆，在郑导的引荐下找到了蒋凤仪。在座的还有几位握有拍板权的省领导……徐经理是文化人，更是生意人，三言两语就说动了领导们，况且两岸文化交流也符合最新的政策导向。

去不去就看蒋凤仪了。她没有别的顾虑，只是此行环岛巡演要一个月，她惦着老父亲，不想离家那么久。徐经理递给她一份手写的稿子，"蒋女士，这是郑导演为您赴台之行写的通告宣传。"

女演男，英雄不计凡身，入戏而已。

通古今，故事不辨出处，入心而已。

跨两岸，真情不问缘起，入骨而已。

笔走龙蛇，寥寥三行，她读了好几遍。

徐正明十指交叉，向前探了探身子，"蒋女士，在台湾有120万军民是1945年以后迁入的，有大概10万人，是您的本省同乡。"

几个数字让她怔了一下，须臾，点头应了这趟演出。

两天后徐经理带着摄影师去为蒋凤仪拍摄宣传特辑，下午拍了她的练功照，晚上拍了舞台照，散戏以后还想拍生活照。

"生活？你这一天看到的基本就是我的生活了……"她笑了笑，开始疾风骤雨地卸妆。

徐经理抬头看了眼墙上的钟表，抱歉地说："蒋女士，真是不好意思，不该这么晚还上门打扰您的家人，但我们这趟实在时间有限。很想拍一些您的日常活动、家庭场景，这样可以让台湾观众提前熟悉您，拉近和您的距离……"

她很快接过话来，"没什么打扰的……哎，你非要拍就跟我走吧。"于是徐经理、摄影师和其他工作人员扛着设备跟蒋凤仪母女一起回了家。他们进了门，开了灯，徐经理差不多信了蒋凤仪的话。屋里没人，也没什么豪华抑或温馨的装潢陈设，只有她们母女在《林冲之死》里的剧照挂在墙上夺人眼球。

"家里只有您和女儿吗？"

"是。以前还有我父母，前两年回老家了。"蒋凤仪答着话，走到厨房现烧水沏茶。自从老两口儿回去以后，家里恢复了清锅冷灶。

摄影师在不大的屋子里转着，寻找可堪拍摄的角度，忽然被卧室门框上一个拴着绳子的滑轮吸引了，"哇噻，这是什么东西？"

雏仪随口说吊腿用的。

"怎么吊？"

蒋凤仪就把茶壶放下走过来给他们演示：穿上厚底靴，

搬起一条腿，脚伸进半空中的绳套里，绳子另一端握在手里，升旗似的把腿"升"到脑袋旁边。"就这么吊。"

"每天吊多久啊？"

"反正我妈看书看电视的时候都这么吊着……"

徐经理赶紧推了下摄影师，照相机"咔嚓""咔嚓"地响起来。蒋凤仪泰然道："唱戏不练功，越唱越稀松。我们这行儿就这么苦。"她口头说着苦，笑得却灿烂，那天穿的是件大红的套头衫，站在略显惨淡的白墙前面，艳得刚刚好。摄影师又给她们母女拍了几张合影，这就组成了宣传画册中"大陆著名国剧艺术家、法国'雾月艺术节'首位华人获奖者蒋凤仪"日常生活的全貌。

下一步就是商谈演出剧目。徐经理说全由她自己决定，只有一出戏是大陆剧团去台湾必须要演的，不演观众不答应。

"什么？"

"《四郎探母》。"

蒋凤仪想了想，说她想邀两个退休的老艺术家一起去演这出戏。徐经理愉快地答应了，因为越老的角儿在海峡对岸越受欢迎。

不久，岳鸿霞、白少杰夫妇北上与蒋凤仪重逢。如今"老艺术家"的牌子越来越值钱，但他们退休后一直鲜少公开露面，只在西湖岸边过神仙眷侣的日子。虽已奔七十的年纪了，俩人依旧腰板直，眼神亮。不是没人邀请他们去港台甚至海外演出，但两个老人不想跟着一群生人跑那么远。这次随蒋凤仪一起，他们却欣然愿往。

凤仪母女去火车站接了他们，又要请他们去吃饭，白少杰却拍拍自己背在胸前的双肩包，"我带了好黄酒，走，买菜去，咱们在家吃。"在离开这座城市将近十年以后，老先生对剧院附近几个菜市场的位置和特点记忆犹新，在东边买了青菜又要去南边挑一尾鲜鱼。当凤仪耿直问询南边和东边的鱼有什么区别时，他认真来了半句韵白，"哎，好汉你有所不知 —— 塘沽来的海鲜先送到那儿！"岳鸿霞不禁抿嘴推了他一把。

四个人终于拎着大包小包回到了蒋凤仪家。白少杰立刻钻进了厨房，果然是缺油少盐，他暗自庆幸自己有先见之明，食材、佐料买得齐。他掌勺，三个女人给他打下手儿。岳鸿霞择菜时看着客厅墙上的剧照，又扭头瞧了瞧雏仪，向蒋凤仪感叹："日子过得快啊，宝儿都是大姑娘了。""可不吗，二十多了。"

雏仪盯着岳鸿霞像摘花一样摘菜叶的纤纤玉指，笑嘻嘻说："岳老师，您还跟以前一样漂亮！戴上额子就是白素贞，扎上靠就是穆桂英！"

"明明是老妖怪了！"

"白娘子修炼了一千八百年，跟她比，姐姐你还年轻着呢！"白少杰把第一盘菜端上了桌。很快，四盘八碟纷至沓来。

屋子里有了饭菜与油烟味，比平时多了不少热乎气儿。

雏仪尝了一块清蒸鱼，登时崇拜地望向白少杰，"白老师，这鱼确实不一般！您做饭水平还是那么高！"

"那是，你爸的手艺还是我教的呢！"他刚得意地端起黄酒就见岳鸿霞飞过来一个眼色，忙低头啜了一口。

蒋凤仪不甚在意，端起了自己的茶杯，"白老师、岳老师，打我年轻起您二位就一直栽培我、帮扶我，这回又远道儿陪我去演《探母》，我就以茶代酒道谢了，希望二老健康长寿，多让晚辈儿见识见识真本事！"

岳鸿霞拍拍她的手，"凤仪，别这么说，这都是缘分。退回三十年，谁能想到会有那么一场难？可要没有那一难，我们也不会被发到北边儿来，也就遇不到你们这些孩子。你那会儿比宝儿还小呢，我们都知道你这一路走得不容易。现在我们都老了，下边这辈还小，你正是累的时候。要说谢，也该我们谢谢你，多难也没撂下唱戏这副担子。"

"我挺自在的，一点也不难！"凤仪笑了，话锋也就转到了戏上，"这回的《探母》，您二位看咱怎么个演法儿？白老师，'坐宫''过关''见弟''见母'都是您拿手的，您挑，我傍着您！"

白少杰放下酒杯开了口，"这事我们在家商量了。凤仪啊，你早就是过硬的'头牌'了，没得说，我们都傍着你！'坐宫'的铁镜公主让鸿霞和团里的年轻旦角儿轮着来，咱俩也轮着来四郎。让鸿霞跟你！后面我给你配'见弟'的六郎，她再给你配个'见娘'的佘太君，你看成吗？"

蒋凤仪听了这安排，虽没喝酒，喉咙里却热滚滚的，良久才吐出一句话，"白老师、岳老师……多谢您二老捧我！"

　　从这次出访演出开始，省剧院一团正式改称"蒋凤仪剧团"。在传统戏曲整体萎靡的大环境下，"蒋凤仪"三个字无疑显露出了独树一帜的市场价值。

　　一行人抵达桃园机场时，台北阴雨霏霏，并不是想象中蓝天碧海的岛屿风光，但永达文化公司的徐经理亲自来接机，他身边还有一个怀抱鲜花的女人，大概不到四十岁，个子不高，微卷的及肩短发，穿米色毛衣裙，气质非常娴雅。她把花送到凤仪怀里时喜悦如一个小女孩，"终于见到您了！"

　　那软糯的台湾腔听得蒋凤仪耳朵痒酥酥的，连声说谢谢，却不知如何称呼她。"这是华大戏剧系的副教授，周晏如老师。"徐经理连忙介绍，"周老师为我们的宣传活动出力颇多哦，尤其是在高校，她一直给大学生开课讲国剧艺术。"凤仪吃了一惊，因为"教授"在她印象里总是面孔古板的老夫子……而周晏如言谈举止使人如沐春风。

　　晚上在房间里，雏仪趴在床上吸着椰子看她妈整理行李。"妈，台湾人讲话的调调好温柔哦！你看周老师，也不年轻了，可是说话特别可爱……"

　　"是，我一和她说话就感觉我自己跟孙二娘似的。"

　　"不和她比，你也跟……"

　　"你又找打？"

　　"别、别……"雏仪跳下床来，"我看看你明天记者招待会穿啥行头？"

蒋凤仪默默把一件青绿色暗竹叶纹的对襟儿绵绸上衣从箱子里拿出来。

"外婆做的？"

她点点头。上次去法国，郑轶夫说她穿中式衣裳比西服、裙子更有味道。她把衣服平放在床上，旁边是一本演出宣传册，扉页印着他写的那三句话，入戏、入心、入骨。这次他又推了她一把，把她推过了一湾海峡。她在电话里想问但没问，他为什么不来呢？

莫思归

　　虽然剧团以"蒋凤仪"为名号，但记者会的焦点原不是她。在台湾，老观众和各方名流熟悉、期待的仍是岳鸿霞、白少杰这样 1949 年以前就已成名的大角儿，而时年四十七岁的蒋凤仪尚属"年轻"。她穿得像一竿青竹似的走出来，人也像临风修竹。面对记者们七嘴八舌的提问，她说话不多，艺术之外的事更是绝口不谈。

　　她的少言寡语使整个人更添几分神秘，记者们无法把面前这个白净清俊的女人和文化公司以及周晏如老师在前期宣传中渲染的那个大武生联系起来。他们锲而不舍地追问、拍照，用明星级别的礼遇"招待"蒋凤仪，以至于当她终于走出那栋大楼时后背都湿了，比演一出大戏还累。工作人员领他们走的是后门，因为前面已经聚了不少闻风出动的戏迷。

就在等司机把车开过来的几分钟里，徐经理的助手给蒋凤仪讲下一步安排，雏仪挽着岳鸿霞聊东聊西，忽然斜刺里跑出一个人，抱着一大捆花儿，枝枝丫丫遮了半张脸。

蒋凤仪还没反应过来便闻女儿惊叫一声，噌地躲到她身后。她定睛一看，虽没出声，心口也怦怦直跳。枝杈顶端露出了那张刚刚掩映在花枝后面、被分割得支离破碎的面孔，现在，它更加支离破碎。几乎是寸草不生、凹凸不平的一个肉球，爬满了紫红色的瘢痕；看不出年纪，甚至辨不清五官，口鼻只是张合的孔洞，一只眼睛无迹可寻，另一只也只能睁开一条缝。工作人员很镇定，低声告诉她可能是老兵。

果然，他说自己是她的老乡，等不及剧团巡演到高雄，他便开车来台北了，只为送她这一捆刚斫下来的鲜花，麻绳系着半米长的粗硬枝干，并无一片绿叶，只有花艳如火。她赶紧接过花来，斜抱在胸前，却对送花人憋不出一句话。他也几乎没有片刻停留，在祝她演出顺利之后就转身离开了。凤仪望着那背影才发现，他宽松的大短裤底下有一条腿是义肢。

车来了，周晏如坐在副驾驶向她招手。工作人员想帮她把花放到后备箱，她说不用，抱着它上了车。白少杰落座后还向窗外张望，说好家伙，那脸炸得比钟馗还吓人。岳鸿霞嗔怪地看了他一眼，幽幽叹了口气。

毛茸茸的花瓣蹭着凤仪的下巴，她问周老师这是什么花儿。

"木棉。"周晏如望向后视镜，见那一簇簇火红贴着蒋凤仪竹青色的衣服，分外夺目，"我们也叫它'英雄花'。"

下午，他们在剧场里走台。排到"巡营"一折时，雏仪持马鞭上场，"俺，杨宗保。奉了父帅将令，巡营瞭哨。"念白之后，是一大段西皮原板，她唱了没两句，突然忘词。旁边一个席地而坐、棒球帽压得低低的年轻人正在小笔记本上奋笔疾书，此时头也不抬地小声说："耳边厢又听得銮铃声震。"经他提醒，雏仪才勉强唱完了这一段。蒋凤仪的火气早已冒起来，几步走到女儿跟前，"怎么回事？这几句还拿不下来？"

"我又没唱过小生……你非让我现'钻锅'*……"

原来团里的小生演员家中有事，未能同来台湾，蒋凤仪只好把杨宗保的角色临时派给了女儿。隔行如隔山，雏仪确实勉强。蒋凤仪转身望向那个提词的青年，她一直以为他是剧场的打杂人员，"小伙子，你是哪儿来的？"

"我……"他手足无措地摘了帽子，露出俊秀的五官。他看看蒋凤仪，又伸长脖子向远处寻觅，周晏如忙走过来，笑着说："这是艺工京剧队唱小生的，叫卢荻，想来观摩学习一下，我就带他来了。蒋老师，您不介意吧！"

"不介意。别光'观摩'呀，卢荻是吧，这出戏你有？"

---

* 钻锅，指演员为扮演自己所不会的角色而临时学习。

他诚惶诚恐地点点头。于是蒋凤仪把女儿手里的马鞭抽过来递给他，"你来一个我瞅瞅。"他又向周晏如发出一个询问的眼神，得到肯定后便摘下帽子上了场。唱完这一段，他毕恭毕敬等着蒋凤仪点评。

"嘴里的字儿不太正，身上有点蹩脚。"

卢荻听了这直白的评价，挺拔的个子仿佛矮了半截儿。但凤仪很快又说："不过你唱得不错，就给我们救个场吧！"紧跟着命令女儿给他正正字音。雏仪倒也乐得摆脱这个反串任务，便答应着溜达到场边去了。卢荻茫茫然呆立在原地，没想到和大陆国剧"明星"同台的机会就这样从天而降。"好运咧你，还不快去！"周晏如拍拍他的肩膀，他才忙不迭地追过去向雏仪请教字音。

第二天晚上，"蒋凤仪剧团"在台北艺文中心大剧场献上了传统戏《四郎探母》，黑压压的观众席中不知有多少离乡背井之人，无论地位、职业、军衔，今夜他们都是等候入戏的杨四郎。

岳鸿霞和白少杰的"坐宫"掀起了意料之中的第一个高潮。一桌二椅，生旦对坐，他们一开口就把座中人带回了半个世纪前的老戏园子。还是那个味儿，还是当初那一对在沪上风光无限的传奇伉俪啊。太熟的老戏，观众们听的看的早已不是情节，而是声音、神态、小动作夹缝中的功夫和情感。他们耐心地等待戏中人将秘密一点点道出，情绪一层层铺陈，最后才等到那句把欢畅冲到顶峰的嘎调"叫小番"，至此，满堂好儿倾泻而下。

后台的卢荻听到了那些欢呼喝彩，不由得更紧张了。他大概是今夜所有演员里最紧张的一个。蒋凤仪走过他身边时有些诧异，"还没演就出汗了？吓得？"他还没来得及作答她已拿着马鞭扶剑上场了。从"过关"开始杨四郎就换作了她，装扮也从"坐宫"的蟒袍玉带换成了箭衣马褂。杨四郎带着公主盗来的令箭一路出了关，直奔宋营。蒋凤仪快马加鞭的圆场加上几句西皮快板就令不熟悉她的观众清楚了她的功底，于是又是一阵掌声如雷。

今晚落得清闲的雏仪抱着母亲的保温杯站在幕侧，一扭头，瞥见卢荻头顶那对长长的翎子在轻微颤抖，不免觉得好笑，"不至于吧，你头一回上台呀？"

卢荻目不斜视，摇摇头。他那张五官立体的脸擦粉涂脂之后达到了秀气与英挺的平衡。

"那你这么紧张干吗？"雏仪拧开杯子吹了吹，"反正台底下的人也不是来看你的……"

正在做深呼吸的卢荻一口气没吸完就被噎住了，他勉强吐出这口气，忽而觉得轻松了不少。这时台前又响起了掌声。"哎，我妈下来了，该你上场啦。"雏仪丢下这句话，去给她妈递茶了。

杨宗保登台巡营。蒋凤仪在后台边喝茶边侧耳聆听卢荻的唱，说这小伙子还真不错，指点两句就有长进。待到前面唱至"耳边厢又听得銮铃声震，军士撒下绊马绳"，她又起身准备出场了。雏仪接过杯子嘱咐了一句，"妈，小心点！"

"没事儿。"

杨四郎星夜驱驰，终于离亲人只有一步之遥。"眼望宋营灯光影，刀枪剑戟似麻林。催马且把宋营进，闯进宋营见娘亲。"蒋凤仪唱完这几句，场边大锣重敲三记，她亦抡圆马鞭紧抽三下，疾行之中单腿一蹬翻了个"吊毛儿"，马鞭顺势甩到身后 —— 表示杨四郎被绳索绊了个人仰马翻。其身段之干净利落引得台下好儿声四起，台上的杨宗保也不禁目瞪口呆。

宗保把归来的四伯父当作番邦奸细押进了父亲杨六郎的大帐。"见弟"一折拉开了亲人重逢的序幕。

> 杨四郎：上面坐定同胞人。弟兄分别十五春，怎知我今到来临。中军帐内稳站定，问我一言答一声。
>
> 杨六郎：本帅帐中用目睁，见一番汉帐中行。龙行虎步非凡等，你是番邦什么人？家住哪州并哪郡，要见本帅为何情？
>
> 杨四郎：家住山后磁州郡，火塘寨上有家门。我父令公官极品，我母余氏老太君。十五年前沙滩会，失落番邦被贼擒……

锣鼓锵锵，兵将森森。蒋凤仪和白少杰的快板对唱紧凑得插不进一丝风声。换个人也接不住蒋凤仪那穿云裂石的嗓子，换个人也不配白少杰这样的前辈屈尊为二路老生。观众忘了他们本身的年龄和性别，所有人只屏息凝神地听着，终于听到她唱：

六弟下位把兄认，我是你四哥回宋营！

一瞬间，所有人含在喉间的那声"好"喷薄而出，连同泪水夺眶。那泪，从这刻起就再也收不住。明明听了又听、熟到烂熟，可是他们依然爱这出戏，需要这出戏，需要那个被战争剪断了手足情的兄长在"见弟"里替他们诉一诉"弟兄分别十五春"的衷肠，需要那个思母心切的不孝子在"见娘"里替他们甩发三叩首，在老娘膝前忏悔一声"千拜万拜也是折不过儿的罪来"，也需要那个在远方另结良缘的不义人在"见妻"里替他们与受苦的糟糠之妻抱头痛哭，再挨她一记耳光。《四郎探母》的故事传了几百年，在台上演了千万遍，不够，一定要再演千千万万遍，让他们今生或许无法弥补的真遗憾在戏里换得个假圆满。

"船到江心马临崖"，时光不能倒流，纵是错路也只得向前，不能回身了。杨四郎终于还是辞别了苦苦不放他离营的妻子、弟妹和老母，六弟把宝剑和令箭递给他，他匆匆接过就走。如果说陪四郎哭一场，或曰让四郎陪他们哭一场，是观看《四郎探母》的仪式，那么这仪式通常到此就结束了。没想到蒋凤仪在即将走入下场门之前蓦地停步，回头向目送她的家人摆了两下手，无力的，无奈的，超出了程式身段规范，却是符合人物与人情的。

一曲离歌两行泪，更问亲人几时归。

也许就，再无归期了。

当晚的台北艺文中心，舞台上演佘太君的岳鸿霞落泪了。台下的周晏如和徐经理落泪了。后台的雏仪和其他演员也都落泪了，包括临时客串的卢荻。

后台的化妆镜映着那一束"英雄花"，依旧红艳如血，宛在枝头。其实这世上哪有什么英雄呢，都是逃不脱一个情字的人子罢了，只是情有千头万绪，顾了一种，总要舍下另一种。

百尺楼

台北首演结束之后，岳鸿霞夫妇被几个故人接去叙旧，蒋凤仪没有同去，也婉谢了徐经理安排的饭局。周晏如独自到酒店房间道辛苦时她刚洗完澡，正在擦头发，雏仪则被她勒令在地毯上练晚功。

"你们肚子饿不饿？要不要尝这个蚵仔面线，很好吃噢！"周晏如当天穿的是件奶白色的羊绒衫，蒋凤仪便拨开她的手，自己把那几个油浸浸的包装盒摆到桌上。雏仪早就从地毯上一骨碌爬起来，连声感谢周老师送温暖。

"你又没上台，吃什么夜宵？"蒋凤仪用筷子打了下她的手。

"我给你端茶倒水，还辅导杨宗保发音吐字了呢。"她坦然地挑起一筷子面线尝了尝，赞了个"鲜！"

"人家是替你顶的差事。"蒋凤仪转头对周晏如说,"周老师,替我谢谢那个……卢荻吧,今儿演得不错。他要有空的话,下面几场的杨宗保就都接了吧!"

"那他要高兴坏了,今天跟你同台一次就跟我说要失眠了呢!不过今夜可能台北很多人都睡不着。本来大家都哭完了,心满意足准备回家,结果你最后那一挥手……唉,又把人的泪逼出来了。我看过大陆不少人演这一出,都没有这个设计。"周晏如手托着腮,声音很轻,可是听得出非常兴奋。

雏仪搭茬:"我妈以前演也没这一下。"

"所以是即兴的?!"

蒋凤仪放下筷子低头沉吟了一会才说:"今天走到那儿自然而然就做了。不知道为什么,今儿这一场让我想起唐山地震那年我们去慰问演出,岳老师跟我冒险唱了一段'见娘',台子周围全是废墟,我们在上面唱,他们就坐在废墟上哭。那时候我十多年没登台了,更久没唱过《四郎探母》。从我八九岁起那就是禁戏了,'叛徒戏'。你敢相信吗,《四郎探母》居然被禁。"

"我信啊。以前在我们这里也是禁戏。"周晏如微微一笑,"因为老兵跟灾民一样,一看就哭,那还了得!"

"我们还禁过《锁麟囊》,因为穷丫头受了阔小姐的救济,犯了'阶级调和论'……"

"我们禁过《昭君出塞》,那句'文官济济全无用,武将森森也枉然'后来改成了'文官济济全有用,武将森森也英勇'！"

"我们还禁'鬼戏'……"

"我们禁'匪戏'——就是你们1949年以后新排的剧目……"

俩人你来我往，一直说到不约而同地笑出来。"唉，笑话儿太多了，说不完。"蒋凤仪扯去头上裹的毛巾，甩了甩半干的短发。那张清水脸分明不娇嫩了，可还是像少年郎一样有棱角，有英气。周晏如不觉呆呆地看了她几秒钟。

"我脸上有东西？"

周晏如忙摇摇头，然后打开自己的挎包，掏出一摞五颜六色的笔记本，"来，给我的学生们签个名！"

凤仪没多问，拿起笔唰唰地签。女儿却好奇地说今晚没看见几个年轻人呀。

"过两天你就看见啦！"周晏如说着凑过去看凤仪签名，"好字！能文能武。"

她扑哧一笑，说你这大教授太抬举我了，我可一天学堂都没进过。周晏如满脸不相信的样子，雏仪说："真的，我妈以前填表，生怕人家说她没文化，还在教育程度那栏儿偷着填'初小'。其实就是一天学也没上过……哈哈哈哈！"

蒋凤仪一本接一本地签着字，头也不抬地说你就揭你妈的短儿吧！

周晏如赞叹，"那你一定是天才！我知道你去领奖的时候，演讲把外国人都震住了！"

"那也不是我的功劳……"她的笔略停了一下，面前还剩最后一个精致的羊皮面小本子，正要伸手去拿时，周晏如说："这是卢荻的，拜托你多写一句鼓励的话吧！"她随手翻开，发现那上面密密麻麻记的全是关于演出排练的要点和图示，最后几行是昨天雏仪给他纠正的念白字音。于是她写下了这样两句话：

"取法于上，仅得其中。取法于中，不免为下。"希望你再接再厉，更上一层楼！

蒋凤仪　1993 年 11 月 18 日

二十多岁的台湾小生演员卢荻就这样加入了蒋凤仪剧团的环岛巡演之行，几乎每一天都在震撼中度过。梨园的根基和主脉毕竟留在了大陆，不要说岳鸿霞夫妇那样的前辈、蒋凤仪这样的中流砥柱，便是雏仪和其他年轻演员的基本功之扎实也使年龄相差无几的他感到惭愧不已。最初团里人觉得这个总用帽子遮着半张脸的男孩子不太爱理人，他们问他关于台湾的吃喝玩乐、风土民情，他通常只答"还好吧""可能是""我也不太清楚"，可一聊到戏，他就反过来刨根问底，虚心求教，连化妆师、乐师、盔箱师傅都不放过，此外，装台卸台的累活儿他也抢着干。卢荻的虚心勤快很快赢得了大家的赞许，他则表示自己随团以来大开眼界，深以为幸。

"这有啥？我们团长的看家戏你还没见识呢！"团里人得

意一笑，拍了拍卢荻的肩膀。

第二站的演出地点是一所著名大学。当晚的打炮戏是蒋凤仪的整折《夜奔》。正如周老师此前所预料的，这一次来的全是年轻人。台下人头攒动，青春洋溢，使人误以为这里即将举行的是明星演唱会。然而大幕拉开，毫无绚丽的舞台布置，灯光平铺直洒，亮如白昼。

演出前夕校方人员与蒋凤仪接洽，他们贴心询问：既是"夜"奔，是否需要追光？是否投影满天星斗？她一概不要，笑而反问：都用投影打出来了，还看我什么？校方解释，大学生对于传统艺术的接受程度与年长的戏迷不同，更何况台湾年轻人受美国、日本的流行文化熏习日久。对此，周晏如的脸上也掠过一丝隐忧。

"是吗，"蒋凤仪随手揭下了腕子上的膏药，眉头没皱一下，"我来台湾，一为老人儿，二就是为了征服年轻观众的。"

果然马到功成，一奔扬名。

其实不过是亡命之徒寂寞的夜路罢了，没有偶像剧的浪漫，没有警匪片的刺激。就他一个人，就她一个人。一腔悲，一心恨，一身勇。往日的峥嵘、和美、恩爱全都顾不得了，天地之间只余两个端点，生与死。林冲是被逼着从生路踏上了死路。白虎堂、野猪林、草料场……活着太难了，可他终于大难不死，奔了出去，这是绝望至极的一路，也是向死而生的一路。

蒋凤仪确实不需要任何外在的辅助，甚至任何"辅助"

对于戏中人和看戏人来说都是一种干扰。观众们的上身渐渐脱离了椅背，眼前的她似乎是另一个时空里的人，但他们又仿佛与她同呼吸、共心境，经由她的表演，他们感同身受着林冲的凄怆与孤愤。

幕侧，卢获呆若木鸡地站在岳鸿霞夫妇和雏仪背后，他和台下的年轻观众们一样，是平生第一次观赏这出名剧，情不自禁地像几天前跟她同台时那样浑身微微发抖。少顷，他听见白少杰从容感慨："姐姐，你看凤仪这《夜奔》跟她三十出头那会儿的演法又不一样了。"

"是啊，年轻的时候冲啊，跟闪电似的。不过现在更像林教头。"

"没错。火气少了，苍劲儿多了。"白少杰点点头，又拍了拍雏仪，"姑娘，你妈这一出儿够你学的！"

台上已经演到了节奏紧张的尾声。

"天哪，天！"林冲仰天哀叹一声，"适才间明星下照。一霎时云迷雾罩，疏喇喇风吹叶落。震山林声声虎啸，绕溪间哀哀猿叫……"越来越仓皇的脚步下面是穷途末路，身畔草木皆兵，在黎明将到未到的时刻，戏里戏外、台上台下所有人的心弦都绷到了最紧。

及至唱到"吓得俺魄散魂消，似龙驹奔逃"，蒋凤仪低头抬袖揾泪，下一秒便腾空摔叉落地，紧跟着又一跃而起。

底下的掌声如痴似狂。白少杰也望之咋舌，跟雏仪说："劝你妈悠着点吧……"雏仪说她哪儿肯惜力呢，就是心里想省省，身上也习惯了。岳鸿霞眼中不忍，摇了摇头，"小囡你不知道啊，女人到了岁数，身子骨真容不得逞强。"

说话间蒋凤仪唱到了【煞尾】，扶剑而立，远眺来路。"一宵儿奔走荒郊。穷性命，挣得一条。"唱罢紧了紧袖口，向前大跨一步，指天立誓，"到梁山借得兵来，高俅哇，贼！定把你奸臣扫！"

最后，她走了两个扫堂旋子，一踢大带，八达仓，那么潇洒、俊逸、壮志凌云地退了场。卢荻亲眼看见前排几个女孩子几乎要哭出来。那绝不仅仅是哀戚、叹惋，更是感官震撼带来的本能的生理反应。这样的林冲，这样的她，并不是在电视或大屏幕上啊，而是活生生在他们眼前，没有灯光布景，真的只有一个人，寂寂而来，茕茕而去。艰难沉郁的林冲，身轻如燕的蒋凤仪，人们究竟是为谁动容？座中人没有答案，也无暇思考，他们只想，也只能，报以掌声、喝彩与湿润的眼眶。

卢荻大梦初醒般地飞跑到另一侧，正赶上蒋凤仪步入后台，尚且维持着刚才的挺拔英姿。他在离她一米之外的地方刹住脚，棒球帽也跑歪了，激动万分地想跟她说点什么，却没来得及。后台众人很快围住了她。他像个局外人似的傻看着他们有条不紊地忙碌，有接宝剑的，有给她揉头、擦汗的，她落座后，雏仪赶紧把茶递上。他也终于看清此时喘吁吁的她已不似方才一派神勇。蒋凤仪抬起头，他惶然闪到旁边。

"凤仪啊，累着了吧？"白少杰和岳鸿霞也走过来关切询问。她说没事儿，但到底是缓了一会才站起来，然后回到台前谢幕去了。前方很快传来震耳欲聋的山呼海啸。

"蒋凤仪！""蒋凤仪！"……

下一站，再下一站，俱是这样的盛况。

到达新竹时，剧团的住宿和演出都在周晏如任教的大学校园里面。首场演出之后，周晏如陪蒋凤仪一行人走出礼堂，准备返回下榻处。走了没几步，蒋凤仪站住了，仰头惊道："原来你们这儿的树叶也会变红的！"那是路边的一棵乌桕，在昏暗的路灯下依稀可见树顶一片丹霞。"是啊，湖边还有一条小路，两边都是枫叶，明天带你去走走！"周晏如说。

谈话间，不远处突然亮起几点闪烁的射灯，晃花了蒋凤仪的眼睛。同时，她又听见了她自己的名字，呐喊响彻校园中央的这条马路。须臾，一队骑着机车的年轻人呼啸至她面前。"请问，你是不是蒋凤仪？"他们跨坐在各自轰隆巨响的坐骑上，团团围住她。

"我是。"

"你的戏太好啦！看着真过瘾！"

周晏如一问才知，他们之中有的是校内的大学生，有的是高中、高职的学生，也有的不是学生。而且，好几个人是从台北、台中一场场看过来，一路追到新竹的。

临近午夜时分，将凤仪站在那棵流丹溢彩的乌桕树下面，借着路灯和几个小伙子的打火机火苗给这些年轻人签名，一边签，一边耐心回答着他们或幼稚或高深或令她啼笑皆非的问题。

"《夜奔》是昆曲，《四郎探母》是京剧。昆曲不是京剧，但京剧里有不少昆腔戏。

"我觉得传统戏曲不会灭亡，不是还有你们吗。

"呃……我真是女的……你再仔细瞧瞧？

"……"

当晚，蒋凤仪久久没能入睡，入睡后又做了很久的梦。梦里四下漆黑，在虚空中浮现起一线明明灭灭的灯火，如珠链，似银蛇，好像那群年轻人的车灯……亮光渐渐游弋过来，从远处飘到她身边，从冷色变成暖色，是火，是灯，蜡烛插在镂空的萝卜里，系一根麻绳，三乡五里的农民提着这点光亮来看她。

"白天唱《战太平》那孩子在哪儿呢？"

"呀！不是小子，是个闺女哩。长得恁俊！"

荧荧烛火后面是无数张沧桑的面孔。她兴奋得意，又有点怕，只顾抓着爸爸的手，往他身后躲……

映山红

在新竹的第二天早晨，蒋凤仪醒得很早。她起来给女儿掖了掖被子，把窗帘拉紧了一些，神速梳洗之后抓起外套出了门。

她走进楼下的餐厅时周晏如已经优雅地坐在窗前了，颈上系着条真丝小方巾，手边一本书，一杯咖啡，"早啊，吃点什么？"

"不用。我习惯了，练完早功才吃饭。"

"不吃早饭要长胆结石的。"周晏如替她点了一份，又问她女儿怎么没下来。

"懒呗，晚上一演武戏早上就赖床。"凤仪笑了笑，"让她多睡会儿吧。"几分钟吃完了早餐，她站起来披上皮夹克，下令，"出发！"

"好帅！"

"还有更帅的呢。"她悠悠然戴上副墨镜，是昨晚"机车车队"里一个小女生送给她的礼物。

早晨的校园人影稀疏，虽是十一月了，大部分草木仍葱葱茏茏，只是湿润的清气扑面微寒。枫叶确实转红了，在一片冷翠之中尤为醒目。周晏如见凤仪仰头张望，先自开口承认，"不能跟你们北方的红叶比！建这学校时，栽这些树的人大概是为了聊慰乡愁吧。"凤仪点点头，说你什么时候去大陆，我带你去北京的西山看红叶。

"前几年我去过一次北京，那时手续好麻烦的。你经常去北京演出吧？"

"也不是经常，现在看戏的少，演出不是那么多。二十多年前倒是常去，那会儿我女儿的老祖儿还在北京，隔三岔五去看看她。"她见周晏如表情困惑，解释道，"就是孩子他爸的奶奶。"

对方顿时了然，想必也大致知道她的情况。

离婚五年了，这也是她第一次无意中提起他。"那几年不能上台，天天打杂儿，练功也是偷偷摸摸的。心里闷，有时候跟他去北京，看完老太太就去爬山。秋天的时候，一片山真的红得像烧起来一样，天儿越冷它越红。树比人有骨气啊。"

"我听说你当时吃了不少苦。"

"比我苦的大有人在。不让女演男，正好儿，我结婚生孩子去了，还读了不少禁书。要不然天天唱大戏，我还真没工夫干这些事。"她笑，周晏如也笑了。

"你好会利用时间哦！不过你们不只生了一个女儿，还有你的新戏成名作，想必也是从那时候起就开始孕育了吧。"

"应该是。"

"那么……除了同病相怜和志同道合，你和孩子的爸爸有爱情吗？"

"有过。"周晏如问得直白，她也答得坦荡，"读书人，才子啊，偶尔玩儿着唱两段昆的，真有柳梦梅那个范儿。我到现在想起那几年他为我和这个家做过的一切，包括《林冲之死》的剧本，还是觉得贴心，感激。只是爱情也好，男欢女爱也好，年轻的时候好像缺了就活不了似的，可是一旦活过来了，能留的留下来，留不下、变了味的，就任它去吧。日子要继续过，天变地变，我的戏也还是要唱下去的。"

"佩服你的洒脱！不过确实，人间事要是都那么圆满，谁还看戏呢？"

她们一路聊着，脚下不知何时铺了一地金黄的栾树落花，果实包裹在鼓蓬蓬、薄如蝉翼的鲜红果皮里，像无数盏小小的红色孔明灯，浓艳更胜于枫叶。

几个在湖边晨读的学生看见了她们俩，没人认出周老师，倒有两个学生认出了蒋凤仪。于是她摘了墨镜，在他们的英文教材扉页签下了自己的名字。他们离开后，蒋凤仪感叹："周老师，想不到你们这儿的大学生真给我们捧场。"

"这些年大学、高中、国中的老师们尽了不少努力，希望年轻人不要丢掉传统文化。但我还从没见过他们这么热情地追捧一个国剧演员。我和我先生经常在家里听戏、讨论戏，但我儿子听到十四岁也还是不喜欢。你那天说要'征服台湾年轻人'，我就把你的狂话告诉了他，他才勉强去看了你的《夜奔》，本来想证明自己'刀枪不入'，结果昨晚他说真的服了！"

凤仪笑着睁大了眼睛，说想不到周老师的孩子都这么大了。说话间不远处传来一阵咿咿呀呀的动静，她们转过灌木丛，发现一身浅灰运动装的卢荻正在湖岸喊嗓子。他虽然已经随团演出了一个多星期，但没跟蒋凤仪说上几句话，此时被她听见自己不甚悦耳的开嗓声音，不禁红了脸。

"好啊，就着水边喊嗓儿，老辈人都这样。"蒋凤仪跟他开玩笑，"人家都在这儿念英文，不嫌你搅和呀？"

卢荻说还好吧，转头一瞧，刚才那几个书声琅琅的同学确实都不见了。周晏如手插在大衣兜里看着湖对岸往来的年轻学子，告诉凤仪："他以前也是在这儿念英文的。"原来卢荻是周晏如教过的学生，大学毕业服兵役期间才意外加入了艺工队，不出几年便成了小有名气的国剧新生力量。

"噢，原来是高材生'下海'*啊！"蒋凤仪不免重新打量

---

* 下海，戏曲界指票友转为职业演员。

了他一番，然后指了指他的大长腿，"卢荻，我说句实话，你是块材料，但没有幼功，不把身上练出来的话，嗓子再好往台上一站也是票友，不是这里的事。"

"那我应该怎么练？"听了她这不客气的断言，平时内向的卢荻也突然变得态度直白。他要她给个方法，而且那语气表明：但凡她给了，他肯定会照做。

"怎么练？"她不介意他的唐突，只言简意赅答，"生练、死练。头一样，你以后就一边踢腿一边喊嗓子，还有厚底儿，在家也别脱！小生最要紧的是脚底下潇洒好看，你的脚步不行，腰腿、上身就都跟着别扭。"

她讲完，周晏如拍了拍卢荻的肩膀。她俩接着散步，他便跟在后面踢起腿来，地上的落叶发出均匀的"嚓嚓"声。周晏如轻叹："难怪年轻人喜欢你的戏。我想我终于懂郑伯伯为什么说你的表演既传统又现代了。或者，用他的原话讲，你'自以为守旧，其实已经叛逆出新了'。"

"郑……？"凤仪一愣。

"郑轶夫。"周晏如谈起他就如谈论自家长辈，事实上，他正是周晏如的父亲周怀禹留学法国时的学长，当年两个有志青年，一个学理工，一个攻商科，但最后都改投了戏剧艺术的怀抱。彼时的欧洲，多少中世纪的教堂和古迹毁于轰炸，但艺术的殿堂总在一些人心里屹立不倒。他们随着战争的蔓延颠沛辗转于欧洲各地，是难兄难弟，更是高山流水的知音。乱世危难之间，他们都受了爱尔兰剧作家萧伯纳一句名言的鼓舞，"所谓爱国心，是指你身为这个国家的国民，对于这个国家，应当比对其他一切的国家感情更深厚。"于是从法国到英国，又从英国到香港，他们曲曲折折地回到了山河破碎的内地，最终不得不承认，"爱国"不只是爱一片土地和这土地之上的人民与风物，这种爱还要求他们必须选择一种立场作为前提。郑轶夫和周怀禹就是在那时分道扬镳的。

"我爸爸走的路跟郑伯伯很不同。他来这里以后没有继续从事跟戏剧甚至跟艺术沾边的工作。直到我研究所毕业，他去旁听我的答辩才发现我的课题不只是'莎士比亚'，而是'莎士比亚和汤显祖的跨文化比较'。他根本想不明白我是怎么喜欢上那些东西的，因为他从没带我进过剧场，也不跟我谈那些事。不过后来，他常和我讲，'如果有一天你能见到我的老学长就好了，他最懂中国的老戏。'三年前我终于去北京见到了郑伯伯，也算是替我父亲圆了一桩夙愿。"

"他确实很懂老戏。电影的拍摄手段和我们舞台艺术的特点有时候针尖对麦芒。说实话，不少做电影的人是看不上我们戏曲的，觉得太老套了，落后！但他不一样。"

"你也不一样。说你传统，是因为你对四功五法特别看重。但是在表演中，你的情感有很多溢出戏曲程式的时刻，这恰恰是符合镜头艺术，也是最能打动当代观众的时刻。他们或许不懂那些程式的意义，却可以懂你'溢出'的那部分情感，这一点可能你自己都没意识到，比如那天《四郎探母》的结尾。"

周晏如不知不觉走到了蒋凤仪前头，"我在郑伯伯家的时候，他拿出你的好多录像带给我看，有剧场实况，有他自己在电视上录的。那天聊了很久，我还没出他家的门就下定决心以后一定要把你请过来演出！这次徐经理去大陆请你，我有事脱不开身，不然真想再去看看郑伯伯，不知他现在身体恢复得怎么样了？上一次见他时，刚做完手术不到一年……"

"什么手术？"

"你……？我以为你知道的……"周晏如有些不安，但还是如实相告。

凤仪回忆了一会儿。那个手术时间大概就是他和她从法国艺术节归来之后不久。

秋风起，枫叶落到湖心，一点点红激起皱纹千道。

嚓嚓，嚓嚓。

卢荻踢着腿赶了上来，看到她们俩在碧色沉沉的湖水旁边默然站着。于是他也停住了脚。

"练完了？"凤仪问。他点点头。

"我昨儿晚上琢磨着要调整一下戏码，想演一出《战太平》，里面有个小生，你帮我配一下吧。"

卢荻忙不迭答应了，说这是好戏，难得看到。

她也开始活动筋骨，喊了喊嗓子。少顷，面对着这片并不宽阔的水面，唱了一句——"头戴着紫金盔齐眉盖顶，为大将临阵时哪顾得残生。"

寿星明

在新竹的最后一场，蒋凤仪献上了《战太平》。这是当年严松霁的拿手好戏，多少人百看不厌，只为等他那一句"节节高"的导板。蒋松霆也是因为女儿玩儿似的就把松霁这一句模仿了几分像，所以改变心意允她学戏。寒来暑往，苦学不辍，她八岁首登氍毹时贴的正是这出《战太平》，且一战成名。转眼四十年过去了。

蒋凤仪那张脸，宽额削颊，俊扮武生则英气逼人，戴上髯口扮老生又清峻有派头。如今年纪越长，她身上的大将风度也越发厚实了。

"叹英雄失势入罗网，大将难免阵头亡。"

朱文逊小王爷不听花云良策，致使城破兵败，花云被绑着双手上了台，虽落难而气势不倒。

卢获配演小王爷，身穿粉白色龙纹箭衣，他那平时挡着眉峰的头发收进发网子以后整个人更显得星明月朗。在幕侧候场的他已经不像前几天那么紧张了，但还是被蒋凤仪的表演震得一愣一愣的。"真好，你妈妈太厉害了，'活花云'啊！"他的话是冲雏仪说的，不过始终目不转睛盯着台前。

"什么'活这个''活那个'的，我特不爱听别人这么说我妈。"雏仪毫不掩饰地皱了皱眉头。

"对不起……但是……为什么？"

"她'活'什么也不是，就是个大活人罢了。其实她平时稀里糊涂的，出了剧场连东南西北都分不清。"

卢获眼睛里咕咚涌出了笑意。

"我妈只在台上风光。你看来台湾这些天，别人出去参观啊吃饭啊，她哪儿都没去！人家以为她那么大名气，肯定没少享受，其实啥也没享受……想想挺亏的。再过俩生日就五十的人了……"

"每个人享受的东西不一样，可能对她来说，唱戏就是最大的享受了！"卢获说完又追问了一句，"她生日是什么时候？"

"十一月二十四。哎呀，你该上场了！"雏仪猛然听见台前急促的锣鼓，一巴掌把卢获推了出去。

卢获扮演的小王爷和蒋凤仪演的花云一起被押入陈友谅的大帐。臣想拼死尽忠，奈何主上已经斗志全无了。

朱文逊：卿家，此番进得帐去，是叫骂得
是，还是哀求去的是？

花云：自然是叫骂得是！

朱文逊：还是哀求去的是！

蒋凤仪抓着卢荻的手腕，一个拒不求饶，一个偏要求饶，她终于恨了声"唉，懦弱无刚呀！"，扬手推开了他。小王爷的贪生怕死衬出了花云的慷慨就义。蒋凤仪对卢荻越来越流畅的配合颇为满意。

卢荻跟着剧团从新竹一站站演到了高雄，这天谢幕时他却没有上台。雏仪端着保温杯走进化妆间时正碰上还没卸妆的他往外跑，俩人撞了个满怀，她往后一撤，手里的茶大部分泼到了对面，幸而已经晾得不烫了。先惊叫出声的是雏仪，卢荻连连说着"对不起"，跑到墙角捡回了滚落的杯盖。

"我倒是没事，反正都洒你身上了……欸，你怎么没上去谢幕？"

"我……我有事！"他把杯盖放到她手里，一溜烟儿跑了，一路跑一路顺着衣角往下滴水……

雏仪晃了晃杯子，发现没剩什么了，只好又回到楼下的房间接热水。等她再回来时，瞬间愣住了。她站在楼梯口，发现整条走廊的灯光都熄灭了，化妆间也黑着，刚刚谢幕归来的演员们在屋里吵吵着"是不是停电了？"，里面也有她妈的声音。

雏仪知道楼下并没有停电。她摸黑往前走，很快就瞧见另一端的楼梯口亮起了一点、两点橙红色的小火苗……一列烛光摇曳缓行着，与之相随的，是一首众人合唱的生日快乐歌。雏仪迎着这支唱着歌、端着小蜡烛的队伍慢慢走过去，借着半明半昧的光亮认出了队伍里的徐经理、周老师、周老师十四岁的儿子，以及几个从台北新竹跟过来的年轻戏迷，还有走在最后面的卢荻，他没有拿蜡烛，而是抱着一只大蛋糕。

他们鱼贯进入了化妆间，雏仪在门口停住脚步，听到里面的演员们发出一片惊呼，后来也纷纷加入了生日歌的合唱。蒋凤仪站在原地，被汇聚而来的烛光渐渐包围。卢荻放下蛋糕，大家把手里的蜡烛一一插到奶油里，整整四十八根。蜡烛的柔光映红了她油彩未卸的面孔，也隐去了岁月在她眉目之间留下的痕迹。雏仪远远望着，觉得妈妈仍是自己小时候坐在台下仰视的那个扬鞭策马的英雄，还是那么年轻，潇洒，神采奕奕。

"蒋老师生日快乐！""团长生日快乐！"人们此起彼伏地送上祝福，又催着她许愿。于是她双手合十闭上了眼睛，须臾，噗地吹灭了蜡烛。四十八根，一口气，果然是不同寻常的肺活量。欢呼响起，灯也打开了，屋里顿时明亮如初。有人问她许了什么愿。

"说出来就不灵了呀！"她语带娇嗔，大家都笑了。"但我还是有几句话想说。真是没想到各位会给我这个惊喜，特别感动，也特别感谢。好久没过生日了，一下子就四十八了……我承包这个团的时候不到三十八岁，到现在十年了。那会儿天不怕地不怕，觉得自己什么都能做到，也什么都能做好，挑班儿算什么呀，我九岁就挑班儿唱戏了，可真做起来才知万事不易。多亏了好多人的帮助，像我们团的老艺术家岳老师、白老师，还有那些一直跟着我东奔西闯的同事，还有这几年新加入的年轻人……还有一些人……不在这屋里，有的也不再跟我同路了，但我也还是记得他们，感激他们。尤其还要谢谢这几位台湾的朋友，让我知道原来我们的传统艺术还有这么大的市场，还能吸引这么多年轻人来看戏、学戏、演戏！"

她说最后这句话时几个年轻戏迷欢欣鼓舞，而卢荻立在后排，小心挡着自己衣服上的水渍。周晏如说："蒋老师，是我们要谢谢你带来这么好的艺术！以后一定要常来哦！"

凤仪将了将耳后的头发，笑叹一声，"大伙儿都知道我爱舞台，其实有时候我也偷偷琢磨退休的事。武生的艺术生命比较短，我自己知道自己身体素质不如以前了，可不想哪天打不动了，在台上摔个大马趴，那多丢人呀！我宁愿从从容容地退休，也给大家留个好印象。可每次一上台我还是高兴，自在，不想离开，就坚持到现在了。人家说'五十知天命'，我还差两年，但已经想明白了，我的天命就是练功唱戏。既然是命，我就打算一直唱下去了，能唱到哪天算哪天！"

她的语气一派洒脱，当场却有不少人红了眼眶。这时雏仪走进屋来。蒋凤仪招招手，问女儿刚才跑哪儿去了。话音未落，雏仪突然在她脸上叭地亲了一口，"妈妈生日快乐！这是我送你的生日礼物！你是最棒的，但是为了观众，为了团里的大伙儿，还有我，不要太累了。"

女儿已经是个二十出头的大姑娘了，这孩子气的一吻却让刚才努力控制着情绪的蒋凤仪功亏一篑。眼角泛潮的她也搂过女儿来亲了一口，心头恍惚不已，仿佛女儿昨天还是个吃奶的小娃娃，吃了不到一个月就被抱去姥姥姥爷身边了。六岁刚回来时跟她生疏得很，她是怎么"收服"女儿的呢？是有一回小雏仪哭着回家，因为家属院里几个小男孩用树棍挑着肉虫子吓唬她。小姑娘被秋灵带得精细，而跟着父亲长大的蒋凤仪却是从小啥都不怕的。当下她合上戏本子拉着女儿下了楼，女儿站得远远的，目瞪口呆地看着她在草窠里挖了一大堆蚯蚓、毛毛虫装进玻璃罐，然后追着几个淘小子，手拈虫子一条条地往他们脑袋上、脖领子里扔……雏仪先是捂着眼睛不敢看，后来偷偷从指缝中看到他们边跑边叫，再后来就破涕为笑了。当晚有好几个同事牵着孩子上门声讨，说你闺女怎么往我儿子身上扔毛毛虫？你看都蜇红了！蒋凤仪揽着女儿，不卑不亢地说："不是我闺女。是我扔的。下回再让我看见这几个小子欺负我闺女，我还扔。"同事们张了张嘴说不出话来，抽了自己儿子屁股一巴掌，拉着孩子转身走了。门一关上，她和女儿你看我、我看你，大笑出声……

凤仪心绪未平，海萍、冯慧、于玲等年轻旦角也嘻嘻哈哈地凑上来，说团长我们也没准备礼物，让我们也亲一口吧，谢谢您栽培我们，带我们到处见世面！她笑着勾勾手，"小娘子们来吧！"于是她们尖叫一声，挨个上来"盖"自己的唇印，后来连岳鸿霞和周晏如也在她脸颊上轻轻落下一吻。

最后徐经理调侃："蒋女士，请允许我们也表达一下敬意！"说着弯腰来了个文质彬彬的吻手礼，蒋凤仪哈哈大笑，两个戏迷小伙子跟着仿效徐经理。卢荻夹杂在他们中间，分得了瞬息如电。

当晚回到酒店后，蒋凤仪和女儿倚在床头闲聊。她纳闷他们怎么知道她的生日，雏仪便说那天她跟卢荻闲聊时提了一句。"哈哈，我忘了说是阴历的。好在你今儿没戳破！"

"大家都是好心，我干吗煞风景！"

"是啊，不过他还挺细心的，我一说就记住了。"

"怎么，你看这小伙子不错？为娘替你……"她话未说完，雏仪一下子从床上弹起来抗议。

凤仪笑道："这有什么的？男大当婚，女大当嫁。"

"首先，我觉得这个人蔫了吧唧没什么意思。其次，"雏仪翻过身背对着她妈说，"我是不会再在这圈子里找……"一句话终于没说完就止住了。

蒋凤仪也静了一会，拍拍女儿的屁股，"我也是开玩笑，哪儿能让你找这么远一个？以后我想看看你还得漂洋过海！"

"越说越没边儿了！寿星佬快睡觉吧，明儿还要翻三张桌子呢！"雏仪扔了个枕头给她妈，伸手关了灯。

凤还巢

给蒋凤仪"过生日"那天，徐经理请剧团演出队的全体人员吃饭，赴宴的还有台湾戏曲界、文化界和报刊媒体的不少名人。餐厅位于澄清湖畔，徐经理包下了二楼一整层，席间大家欢谈畅饮，自然少不了清歌几曲。卢荻是在座辈分最小的，很少开口说话，有时帮着几位老人家倒茶斟酒。一位老先生接过他倒的茶，打量了他几眼，"这不是康乐队训练班出来的那个小生吗？"周晏如说没错，他本来是旁观学习的，结果蒋老师给他机会，让他客串了几出戏。

蒋凤仪也微笑夸了他两句。老先生用拐棍轻轻敲了敲地，扭头对卢荻说："孩子，我听过你的唱儿，嗓子不错。这回你估计也知道人外有人天外有天了，接着多用功吧。"卢荻诚恳地点点头，徐经理趁机提议这位新秀演唱一段以纪念这次难得的合作。

卢荻没有多加推辞，站起来说："我唱一支'拾画'里的【千秋岁】吧，借这牌子名祝蒋老师生日快乐，也请各位前辈多批评指教。"

　　小嵯峨，压的旖檀合，便做了好相观音俏楼阁。

　　片石峰前，片石峰前，多则是飞来石，三生因果。

　　请将去炉烟上过，头纳地，添灯火，照的她慈悲我。

　　俺这里尽情供养，她于意云何？

他身子直得僵硬，但嗓音悠扬，也许稍嫌不稳，如岸边彩灯在湖中投下的倒影，华丽的浮光下面是一寸寸微澜。一曲清歌，荡尽宴会的喧噪。

时钟已经过了十二点。蒋凤仪站起来端着酒杯说："谢谢这么多朋友、长辈对我的厚爱。别的无以为报，咱还是台上见吧。"说完干了杯中酒，要提前退席。大家知道她第二天的戏码是《林冲之死》里吃重的几场，所以也都谅解。于是当晚，她们母女成了生日宴上最先退场的人。

次日，舞台上摞起三张高桌，开场前一个小时就已几乎坐满的剧场里弥漫着一片期待的躁动。后台，蒋凤仪闭目端坐在镜子前默戏。这是打小儿父亲和师父给她立下的规矩，不管多熟的戏码在开场前都要静心回顾一遍。此时她像往常一样不言不语，可是不由自主地微蹙着眉头，放在膝上的手也有点发抖。来来往往的大伙儿都知道她默戏的习惯，不敢打扰，自然也没察觉她的异样。直到勒头师傅过来给她扮戏，刚动手就哎呀了一声，"团长，脑门儿这么热啊？"她睁开眼，在镜中朝他摆摆手，但雏仪和其他人都已经听见了。

雏仪伸手来摸她的额头，她说没事，低烧。"这还低？都烫手！"岳鸿霞不放心地问是不是昨晚喝了酒，出门着凉了。"估计团长是连轴儿转，累得！""那还能上台吗？"大家围着她七嘴八舌的时候，卢荻甩开长腿跑出去，很快提着一个袋子跑了回来，掏出一支体温计交给雏仪。一试体温，37.9度。"妈，这可是高烧了。你现在觉着怎么样啊？"

"也没怎么着，就是有点忽冷忽热的。"她说着便招呼师傅继续给她勒头。卢荻在化妆台上扒拉出一块空地，把袋子里的感冒药、退烧药一股脑儿倒了出来。蒋凤仪看了一愣，旋即笑了，但坚决地一概不要，还开玩笑说："吃了犯困，睡在台上咋办？"

卢荻不知所措地抹了抹帽檐下的汗。雏仪听了，直接转头跟舞美人员说："麻烦您带人到前面撤一张桌子吧。"

"干什么！"蒋凤仪瞪了她一眼，口气凶起来。

"你要干什么？还翻三张桌子？"

"以前有点小病不也照样上台？"

"以前什么岁数，现在什么岁数？"

"轮不到你管。你妈心里有谱儿。"

大家一看母女俩剑拔弩张，识相地把劝告的话全都咽了下去。蒋凤仪站起来挎上剑，径直到幕侧候场去了。不一会儿，锣鼓胡琴响起，稍后，掌声如潮涌，在后台也听得清清楚楚。

雏仪坐在她妈刚才的椅子上，把面前那堆药盒扫进袋子里还给卢荻，"对不住了，这林教头一向油盐不进，不领情。"卢荻默默接过袋子，踌躇着问她："……你不去看戏？"

"不看！不就是嫌撤桌子丢人吗。丢人和丢……"说到一半，雏仪自己闭了嘴，到底还是起身踱到幕侧去了。

岳鸿霞搂过她的肩膀说别太担心，你听你妈这嗓子不哑，身上也还挺利落。

《林冲之死》里的"夜奔"只有区区几分钟，但翻山越岭的道路同样惊心动魄。蒋凤仪已经站上了那第三张高桌。咄咄逼人的锣鼓把气氛挑到了紧张的顶点，然后骤然停歇，在片刻的万籁俱寂之后，观众们预先爆发出叫好儿，还有人大喊"卯上！"，之后全场重新陷入寂静的等待。

雏仪背过身去不再看，可也知道她妈今天在高台上酝酿的时间久了一点。须臾，台下终于传来一阵比刚才热烈数倍的喝彩。她问旁边一动不动的卢荻，"我妈没事吧？"

"没事……不是……"他语无伦次地回答，"是特别特别好……"

下了戏，蒋凤仪掭了头，女儿去贴她冒汗的脑门，却发现凉丝丝的。"我就说没事嘛，出出汗就好了。"可是送她去医院的车已经等在剧场外面了，蒋凤仪被不由分说地拉到医院，一化验，连白细胞都不高。当下大夫只能暂时得出"疲劳过度"的结论。徐经理听了暗舒一口气，殷勤地亲自把蒋凤仪护送回酒店。

凤仪问女儿今天卢获买的那兜子药后来怎么处理了。

"我还给他了呗。"

她有点过意不去，"合适吗？"

"那怎么着？我应该说多谢，收下了，我们留着以后慢慢儿吃？"

"你这孩子说话真气人……"

"你干的逞能事儿更气人！"

当晚，雏仪见她妈没再发烧，也就放下了心。没想到第二天下午开戏之前蒋凤仪的体温又高了起来，还是头沉，乏力，忽冷忽热，咬牙上了台，唱念做打依旧没一点含糊。这次散戏以后，大伙儿押着她去了一家更大的医院，抽了更多血，做了更细致的检查，但除了腰腿的旧疾之外还是没查出什么"内伤"。然而第三天，还是如此，她却说什么也不肯再去医院了。"发烧倒没什么，抽血抽得我腿都要软了！"

幸而台湾之行已到了尾声，蒋凤仪每天下午发着"无名烧"，演完了最后几场戏，台下的观众并无一人看出破绽。收官演出结束后，她虚汗淋漓地上台谢幕，座中的男女老少欢呼着要她保证下次还来，她不知是第几次眼眶泛潮，稳了稳情绪，露出率直而认真的笑容，向台下的他们说："我保证！"

在桃园机场，蒋凤仪剧团即将踏上归途，徐经理、周晏如和卢荻都去送机了。他们望着蒋凤仪苍白的脸色，都劝她回去以后再全面检查一下身体。她点点头，嘱咐了卢荻一句"好好练功"，便与他们挥别了。

飞机在北京降落时正是傍晚，雏仪摸了摸母亲的额头，有点高兴地说："今儿好像没烧。是不是在那儿水土不服？一回家就好了。"

蒋凤仪听见"回家"两个字，心里忽然一阵扑腾。按原安排，演出队出机场后要在北京休整一夜，第二天再去换乘火车。但蒋凤仪在宾馆里坐立不安，抓起电话给凌跃家拨了过去，没人接，又拨办公室，也没人，于是呼他的BP机。五分钟以后，凌跃把电话打了过来，她张口就说她们母女俩今晚就回去。

他答得快而简短，"好。晚上我去火车站接您。"

"我让你隔几天给我们家打个电话，打了没有？"

"打了，您放心。我这儿有点事，先不说了啊，晚上接您去。"

"你等会。"她叫住他，"你别蒙我。我刚给家里打，怎么没人？"其实她没打，不知道为什么，好像害怕按那几个熟悉的键。

凌跃那头安静了一会，话筒里隐隐约约有女声高喊，"下一个，王××……"

"你在哪儿？"蒋凤仪压着嗓子问他。

"人民医院。领导，快回来吧。您不打，我刚才也要给您打电话的……"

挂上电话十分钟，蒋凤仪母女离开了宾馆。演出队的其他成员到晚饭时分才发现她们人去屋空。

俞秋灵此刻独守在老伴儿的病床边。她知道凤仪娘儿俩快回来了，所以谢绝了蒋家子侄们的陪伴，坚决叫他们回村去了。她让守了几天的宋小五夫妇、凌跃杨笑笑小两口也回家去，他们拗不过也走了，只有凌跃坚持陪到晚上十点，然后从医院直接奔了火车站。

秋灵打了一盆热水放在床头，然后给蒋松霆的颔下围了一条毛巾。几天工夫他的腮边鬓下就冒出了一片又密又硬的白胡茬，现在被厚厚的肥皂沫覆盖了。一直到晚年他也习惯用老式剃刀给自己刮脸，但此时秋灵手里拿的是小凌带来的一次性剃须刀。

"松霆，我可没干过这活儿，刮疼了、刮得不好，你可别怪我。我知道，你要干干净净地见孙女，见小义……"她戴上老花镜，一边轻轻念叨着，一边逆着胡茬刮起来，初时手有点抖，后来就渐渐掌握了要领。不一会儿完工了，她自我感觉还不错，用热毛巾抹去蒋松霆脸上残余的泡沫后却发现刮破了个小口子，一丝血迹渗出来。秋灵心疼地吹了吹，但他的眉头始终一动未动。

蒋松霆第二次中风昏迷已经第六天了。他没有偷着喝酒，也未曾动气。那天他和秋灵照常要去田边的小树林遛弯，出了院门，秋灵说风大，转身回去给他取围巾，再回来时他已经昏倒在地了。

有了第一次的经验，秋灵在蒋松霆被送医抢救的全程都表现得比上次更镇定。但大夫这一回没有当机立断让她签手术同意书，而是让她做一道艰难的选择题。"以病人现在的情况，动手术的话，可能就下不了手术台了。"大夫知道这是本省名人的父亲，于是试探着问秋灵，"老太太，您要不要跟家里人商量一下再拿主意？"

"闺女不在……对，闺女……"秋灵喃喃着抓住了大夫的袖子，"我不能让老头子不见闺女一面就走……您有没有办法……"

"可以先试试保守治疗。"

"能坚持多久？会不会醒？"

"这具体要看病人的生命力和意志力了。"大夫说完追加了一句，"尽量多跟他对话，进行听觉刺激。"

她走出医生办公室，蒋家的晚辈和剧团的凌跃、副团长等人一拥而上，全都主张立刻通知远在台湾的蒋凤仪。但她摇了摇头。大家都愕然、焦急、不赞同，尤其是小凌，背上直冒冷汗，因为不敢想象蒋凤仪回来以后可能面对的结果以及她的反应。毕竟这次她不是在百十公里外的乡村，而是在海峡对岸啊。

然而秋灵表情坚决，她先向凤仪的几个堂哥堂姐直言："我是半路嫁给你们七叔的，我不管你们是不是打心眼儿里认我这个七婶，反正老头子的心思我最明白，他是绝不肯让小义耽误台上那些事儿的，尤其是这么重要的一次演出。我谢谢你们几个孩子陪着过来，但这个主必须得我做。"说完，她又转向凌跃，只有一句话，"小凌，你别怕，我会跟你们团长讲清楚的，这事全在我身上。"

话都讲明，秋灵一头钻进病房，几乎六天六夜衣不解带，目不交睫。她牢牢记住了大夫的建议，一直在蒋松霆身边说啊讲啊，最后实在没词儿了，她背起戏本子来，《白蛇传》《武家坡》《三娘教子》……她背得声情并茂，想象着她是白娘子，他是许仙；她是王宝钏，他是平贵男；她是王春娥，他是薛广……可是剧中人聚聚散散，相逢、分离又团圆，他却一直不肯醒过来。但好在，他还坚持在那儿，坚持到凤仪母女俩终于快回来了。

秋灵握着他的手，在泪枯词穷很久之后再次开口。她说："松霆，我又想起一件事来！也是你们爷儿几个搭在我们俞家班的时候，每回孩子有夜戏，你晌午就非得按着她歇一觉儿，生怕她晚上没精神。那天中午你跟严大哥还有我大哥、二哥喝了点酒才回屋。后来我在窗户外头偷偷一瞧，看见你怀里搂的是个枕头，准是这鬼丫头给你塞的，她自己跑出去撒欢儿去了。我把你摇晃醒了，跟着你和严大哥一块出去找她，嗬，那孩子正在冰上出溜着玩儿呢。那会都开春儿了，河里都快化冻了。严大哥让你别嚷，别吓唬她，好不容易才把她哄上岸，你揪住她就打了顿屁股，我们都拉不住……我知道你是怕……怕极了，俩腿直筛糠，我还从没见过你那个狼狈样儿……

"……你天不怕地不怕，不就怕小义有一点闪失吗？她跟你一样啥都不怕，可是怕……怕见不着你这一面啊。要真是那样，我不敢想她得疼成什么样，比掉冰窟窿里还要命吧。那她一定要恨死我这个后娘了，得比小时候推我一个跟头那会儿还恨得厉害。你就算不为了我，就为了小义……为了你这宝贝闺女和孙女儿，你可一定坚持住，等着孩子……"

"姥姥！""灵姑姑。"

秋灵的话还是没得到蒋松霆的回应，但她听到了这熟悉的两声唤，不禁长舒了一口气，仿佛霎时卸下一副重担。这担子她一人肩负了好久，一端是父亲，一端是女儿，中间是她，后娘。现在她终于解脱了，没有责任了，只安心做他的爱人、老伴儿，终于可以在所剩不多的相守时光中追念只属于他们两个人的半生风雨。

蒋松霆生命的最后一程是在秋灵、凤仪和雏仪这三个女人的陪伴下走完的。有一些人路过病房时向里面张望，点点头或摇摇头，说这老头儿虽然没儿子，但是有这娘儿仨没日没夜地守着，值了。

那几天，雏仪在医院的厕所和水房里偷偷哭过几遭，但她母亲并没有。她也没有埋怨继母或小凌。事实上，她比任何人都清楚父亲对她要求的那份"孝"不是能在膝下、床前尽的，他要她在舞台上尽孝——大孝。她做到了，不后悔，父亲想必也满意。

蒋松霆又在昏迷中度过了半个月，转眼那一年的十二月就要过完了。元旦虽不比春节，但医院里还是有不少住院病人勉强撑持着回去与家人团聚了。蒋凤仪依然和女儿、继母守在父亲的病床边，宋小五的老婆和杨笑笑每天轮流来给她们送饭。听着窗外的西北风，凤仪并不觉得悲哀，因为如今与她最亲密的人都在这间病房里了。

那天晚上是雏仪最先发现姥爷微微睁开了眼睛，她跳起来，冲出去叫护士大夫，而蒋凤仪和秋灵一边一个，握着蒋松霆的手，叫他，但他无法说话。大夫很快来了，检查后轻声告诉她们，有什么话尽快跟老爷子说吧。然后大夫和护士退出去，但并没有走远。

蒋凤仪目不转睛地望着老父亲，她不害怕，只知道自己不能错过这最后的一分一秒，不能遗漏他想留给自己的任何讯息，哪怕他已口不能言，手不能书。她看见他的眼珠向雏仪那边移动，然后移回她身上。

她意会。"爸，我知道，宝儿……我一定好好教她……就像小时候，您跟我大爷教我那样，让她成才……"雏仪流着泪说姥爷我一定用功。

他的眼睛闭了一下，表示满意；然后又睁开，向秋灵那边望了半天，又转回凤仪身上。

她意会。"爸，您放心，我保证好好孝敬灵姑姑……以后我在哪儿，她老人家就在哪儿，绝不让她离开我身边。"秋灵一直忍着没哭，听到她的话，到底落了泪。

他的眼睛又欣慰地闭了一会，再睁眼时，只能张开一半，但久久地，久久地，停在她身上。

她意会。"爸，我懂。戏是天，戏是命。我一辈子都记着您的话。您见着了我大爷，就在天上盯着我，我要是有一天练功偷懒儿，您老哥儿俩就罚我。"

听到这句话，他的眼里似有浑浊的微光，虽然微弱，但还是不熄，久久，久久。秋灵不忍他盘桓受苦，终于对凤仪说："小义，你爸还是舍不得你。你再说点什么……好教他，安心地走吧。"

凤仪把脸贴在他的手背上认真地想了一会，然后抬起头捋了捋自己额前的头发，清清嗓子说："爸，我给您念《夜奔》的定场诗吧。千斤话白四两唱，您不是说这段最见功夫吗，您听听我有没有长进。"

欲送登高千里目，愁云低锁衡阳路。

"你给咱闺女起的啥名字，一个小姑娘叫'蒋义'？！"

"啊，我起的时候确实是按小子起的……不过姑娘也一样，姑娘也得有情有义呀！"

"铃儿，大夫说蝶子是一下子就过去了，没受罪。"

"不对，大夫说得不对。她不是'一下子'没的，我妹妹她……受了二十年罪。"

"你怎么养她？就唱戏养她？养大了再叫她也去当个小戏

子？松霆，我求你了……"

"你起来……我跟你保证，我绝不让孩子学戏。一定不让！万一你哪天回……"

鱼书不至雁无凭，几番欲作悲秋赋。

"老七，你听听孩子这《战太平》！……好孩子，跟四爷爷说，谁教的你呀？"

"呃……大爷老唱，我听着听着就会了……"

"爸，大爷犯了什么错？啥时候能回家？……爸，他们会把你也带走吗？"

"小义，甭怕，爸跟大爷，肯定能有一个陪着你。"

"叔叔，现在老戏不让演了，男演女、女演男也不行了。"

"小齐，你有文化，你给叔说说这是啥道理，学生能打老师、儿子能斗老子，咱老老实实唱戏的倒成了'大逆不道'了？"

"秋灵……我……你说半辈子都过去了，你看上我啥了？"

"就看上你有情有义。对闺女、对兄弟，还有，对小义的娘。"

回首西山日已斜，天涯孤客真难度。

"爸，咋了，叹啥气？什么'前功尽弃'了？"

"小丫头怪招人疼的……可是喂奶喂个一年半载的，你这身上就前功尽弃了！"

"爸，我没事，四十多的人了，我啥也不怕。"

"你八十了也是爸的闺女。记着，这世上什么都能变，谁都能负你，但人不负戏，戏就不负人。"

"姥爷，我妈在香港真的特受欢迎，红得天崩地裂呀，当年梅兰芳也不过如此吧！"

"小丫头不知天高地厚，这欺师灭祖的话别再让我听见！你妈还差得远着呢！"

"丫头，答应我一件事，要是哪天我真过去了，你该上台也得上台，不许误了戏。"

"爸……"

"答应爸。"

丈夫有泪不轻弹，只因未到伤心处。

蒋凤仪抑扬顿挫的念白在空旷的病房里回荡，最后三个字掷地如金石声。病榻上的蒋松霆终于缓缓合上了疲倦的双目，眼角留下了一点泪痕，只有，一点点。

雏仪和秋灵在他身边嚎啕出声，而蒋凤仪站起来退后几步跪下，一个响头叩在地上。

"爸，您走好。"

她的眼角有泪，但也只有，一点点。

大夫进屋看了一眼墙上的钟表，零点刚刚过去，新年到了。窗外的夜空中绽放了一朵朵绚烂的烟花，盛开，熄灭，只在眨眼间。

蒋松霆寿享八十有一。

拾
叁

晚云高

　　为了老父亲的后事，蒋凤仪向上级领导张了口，得到一个土葬的批条。她向来不愿为私事求人，但别无他法，因为实在不忍父亲化作一缕烟，一把灰，委身进一个小盒子。他一生胆烈心侠，最不堪受的就是憋屈。凤仪让他入土为安了，一壶老酒浇在地上，从此山高水阔，她走到哪儿、唱到哪儿，他老人家想必都听得到。

　　蒋松霆的葬礼极尽哀荣。对蒋凤仪稍有了解的人都知道她事父最孝，但那天她的状态还是令众多送行者大吃一惊。一身缟素的她不只哀戚，而且柔弱，弱不禁风似的，简直都不像她了——那个在人们印象中出生入死的英雄仿佛丢了她最重要的铠甲。

　　下葬后第三天圆坟，这次只有亲人在场。事毕，雏仪一边挽着母亲，一边挽着姥姥，三人默默往家中小院走。到了门口，秋灵说让她们娘儿俩先回城，她自己在家里收拾收拾。蒋凤仪一听这话，散乱的眼神顿时收了起来，斩钉截铁地摇摇头，"灵姑姑，您是我爸的老伴儿，是孩子的姥姥，爸不在了，咱们一家子更得在一块儿。您要是有什么东西没拿，让宝儿进去取。"雏仪勾着老太太的肩膀，用了一招更奏效的苦肉计，"姥姥，跟我们家去吧，以后我不想吃食堂了……"

秋灵终于红着眼圈点了头，思忖良久，只让雏仪进屋拿一样东西，"把你姥爷那套小酒盅带上，小心点，别磕了碰了。"

秋灵跟着回城以后，家里重新有了烟火气，凤仪母女俩几乎饭来张口，同事熟人登门时也终于不用一到饭点就告辞了。蒋凤仪出远门演出时只要食宿条件优越便把继母带在身边。秋灵的身子骨颇康健，她随剧团东达日本，西到欧洲，南至新西兰、菲律宾，着实领略了他乡风景和蒋凤仪在域外舞台上的风光。只有香港一地，她是不肯去的。

蒋凤仪在声名愈隆的同时也面临越来越大的压力。从八十年代首排《林冲之死》以来，她已经十年没有"新作"了。一是因为没有她看上眼的剧本，另一方面，她一直在忙着收集整理接近失传的老戏。各级文化部门领导都鼓励她"创新的步子迈得大一点"，团里有些年轻人也颇感不解：当初还没什么人搞新戏的时候，团长借钱也要排《林冲之死》，如今各个剧团都争相推陈出新，她为什么悄没声儿地退出了这股潮流？

不论是上面的明示还是下面的私语，蒋凤仪一概听不见似的。只有雏仪知道母亲并没有看上去那么平静，甚至，她开始变得有点反常。

雏仪第一次发现母亲大半夜拎着厚底靴出门时还以为她是梦游，所以没敢叫她。几分钟后，她在窗前看见她妈到了楼下，穿上厚底，开始围着花坛跑圆场。雏仪给她妈数着圈数，最后数得傻了眼 —— 那半宿蒋凤仪至少跑了五里地。偶有一声犬吠引得她抬头张望，雏仪赶紧缩回脑袋，确定了母亲不是梦游，而只是，睡不着觉。

半夜跑圆场的助眠效果显然并不好，蒋凤仪的黑眼圈越来越重。两个礼拜后，当她又要潜行出门时，雏仪从自己屋里溜出来把她拽住了，"妈，别去了……"

蒋凤仪手足无措得像一个被撞破了秘密的小孩子。

"这么跑，身子吃不消！你睡不着，我去你屋里陪你吧。"

"没事……我不跑了……我回去了，你也快睡去吧。"黑暗中，蒋凤仪一直低着头，说完就径自进屋了，倒把雏仪一人儿晾在了门厅。

时值初春，屋里暖气刚停，冰窖似的，可蒋凤仪身上的被子简直盖不住。她在床上辗转反侧，有时觉得床太小，打个滚儿就要掉到地上去了；有时又觉得床太大，像个爬不出去的火坑，有一层热炭在身子底下烤着。她汗水涔涔，一脚踢开被子，不一会汗落了，浑身的皮肤像沾了水又晒干的粗草纸，幻想中的细毛刺儿扎得她苦不堪言。她以为自己闭目很久了，甚至以为种种不适只是一场噩梦，直到眼眶的酸胀使她意识到自己其实一直睁着眼睛……

可是她不敢下楼折腾了，已经惊动了女儿，不能再吓着灵姑姑……数尽更筹，听残玉漏，就这么眼睁睁挨到了天亮，迫不及待爬起来到排练厅练早功，却眼前发黑差点晕倒。她终于明白为什么"失眠"是一种病了。小时候她的觉永远不够睡，每回师父或父亲把她揪出被窝、挑着灯笼带她出门喊嗓子，她能喊出哭腔来；三十出头的时候演出最密集，睡着了沉如泰山，整宿都不翻身；走向五十岁时，她的嗓子还能唱得满宫满调，高难身段也都还游刃有余，却没想到失眠成了第一桩纠缠她的病痛，而且痛苦得令人绝望。

她开始畏惧夜晚的到来，为此她甚至在自己的卧室增设了一台小电视，并且翻出昔年没打完的一件毛衣随意开始接着织，看也没看是什么尺寸、给谁织的。一直织到电视屏幕上只剩下无意义的彩色几何图案，毛线也用完了，这时才展开这件半成品审视了一下。怔了片刻，她把它放下了，也不再去找是否还有毛线存货。又是一夜无眠。

再后来，她开始疯狂观看前辈的演出录像带，不管生旦净丑，什么戏她都看。有一天晚上看的是梅兰芳的《贵妃醉酒》，那是大师在花甲之年拍摄的影片，但其登峰造极的艺术美感还是令电视前的她如醉如痴。这出戏有什么引人入胜的情节吗？只是深宫寂寞的杨贵妃因爱人失约而独自借酒浇愁罢了。现实中的醉只在一宵之间，酒醒梦散，而艺术化的醉是永恒的。画面上的贵妃先是掩袖而饮，继而举杯豪饮，最后俯身衔杯而饮，一个大翻身，缓缓将齿间的杯子放回盘中，醉意从心头一点点漫到眉头。那深厚而细腻的功夫蒋凤仪感叹自己一辈子也赶不上、学不尽。

四十分钟的戏看完，蒋凤仪更精神了，同时受到了一些启发。她悄悄走到厨房，从柜橱深处掏出了父亲的遗物——包裹得里三层外三层的几只小酒盅，然后东寻西找，拿走了秋灵蒸鱼炖肉用的一瓶二锅头。她没敢多喝，一怕隔天头沉误事，二怕细心的灵姑姑有所察觉。杯酒下肚，她端详着这只普普通通的蓝花白瓷酒盅，口沿有小磕碰，一不小心就刺嘴，可父亲用了它几十年……

这个秘密的方法也只奏效了一阵子。某天她微醺睡去，却在凌晨醒来，扭头一看闹钟，她感到自己就像躺在手术台上惊觉麻醉药过了劲儿的病人。病人……她想自己或许真的得吃药了。她打开灯开始翻药箱。这一翻她发现许多药都过期了，于是噼里啪啦地挑出来扔在地上。最后箱子里不剩什么了，但并没有安眠药。她抱着药箱子坐在床沿，过了会儿，门上两声轻敲。

"灵姑姑，把您吵醒了？"

"岁数大了，觉少……我看你这屋亮了半天灯，找什么呢？"

"睡不着，找点药。您那儿有吧，给我一片得了。"

秋灵没说给，也没说不给，却抽了抽鼻子，"小义，喝酒了？"她未答，但床头柜上还摆着"罪证"。

"喝了酒可不能吃药，要出危险的！"秋灵说着把药箱子抢过去翻了翻，确定没有安眠药，但还是没把箱子还给她。

"我倒没留神……那我不吃了，您快回去睡吧！"凤仪爬回被窝里，被子一直拉过了口鼻，只露出两只眼睛朝秋灵眨了眨，一副准备入睡的样子。秋灵欲言又止，只好把药箱子和地上过期的药一股脑儿敛起来，声明一律由她保管，然后才轻轻出了门。

旷日持久的失眠使蒋凤仪的脾气愈加火爆了，而女儿成了最直接的受害者。以前她的炮火只针对练功演戏的正事，家长里短的一切她甚少放在心上，而现在，鸡毛蒜皮都能变成导火索。这天凤仪母女俩又在饭桌上吵起嘴来，姥姥一如既往地站在母亲那边，雏仪气不过，径直出门跑到团里去了。

那是个周末，练功房里没人。雏仪平躺在海绵垫子上，依然觉得气儿不顺。高处的小窗口洒下一把凌乱的阳光，她索性闭眼睡了一个悠长而安静的午觉，梦里没有聒噪……直到一双纤手捂住她的眼睛，扑簌簌的睫毛抵到了上面暖洋洋的掌心。

桃
花
落

　　"谁啊？！"蒋雏仪顺着捂在自己眼睛上的手往上摸，一双麻秆儿似的腕子，她知道了，没睁眼也没起身，只攥住那胳膊往前一甩，来人顺势一个前翻，降落在海绵垫子前端理了理头发才转过身来。是小时候玩惯的游戏，今仍熟练；是去了日本的庆红，三年半以来第一次回国探亲。

　　"怎么把头发剪了？"雏仪一骨碌坐起来，抱膝瞧着她——内扣的发梢衬得下颏更尖，配个齐刘海，倒比走之前还显小。

　　"省事儿啊，我住的地方就鸽子窝那么大，洗澡得排队。哎，你看见我怎么一点笑模样都没有？有没有良心？"

　　"你有良心？一走三年多。我问你，我们前一阵去东京演出你怎么躲着不露面？"

"你们票太贵了，我买不起呀！"庆红做出一脸无辜。

"胡扯，什么你们我们的，你要是去了，能让你买票吗。那你这会儿怎么回来了？"

"因为……"她往前一扑，把下巴垫在雏仪的膝盖上，眼珠晶亮，"我考上大学了！总算有脸见江东父老了哈哈哈！"

"真的！太好了！真行呀你！"雏仪喜不自禁地叫出声来，张开了胳膊，小姐儿俩抱在一起。抱够了，并排跷着二郎腿躺在垫子上，排练厅斑斑驳驳的顶棚还跟从前一样高。

"大礼拜天的，你怎么自个儿在这儿待着？"

"练功。"

"胡说八道，我进来的时候你睡得正香。"

"本来想练的。昨儿膀子扭了一下，疼。"

庆红闻言坐起来把雏仪翻了个面儿，抻起了她的两只胳膊。雏仪嚷痛。

"狗坐轿子不识抬举……我是让你享受一下五千日元一小时的按摩服务！"

庆红的哥哥庆军与一个在国内当过骨科医生的朋友合开了一家推拿按摩院，她有时去帮忙。庆军按价付她工资，她额外再在日料店打一份工，便不需哥哥给她生活费了。

"在那儿上学的中国人没有不打工的，高干子弟到了那儿也是穷学生，下了日语课就去刷盘子。人人都干得，我有什么不行的？"

雏仪从垫子上爬起来，摸了摸她的手背，"我看看你刷盘子刷得手糙了没有？"

"当然没有！护手霜我可从来不省！"庆红说着翻过雏仪的手心，"比你这舞枪弄棒的手嫩多了！"

夕阳西下时她们俩走出排练厅，落日的余晖落满肩头，门口的桃花已经开了，风拂过，花瓣飘洒了一地，可是抱在枝头的花团锦簇丝毫不见少。有那么一瞬间，俩人都以为她们是刚练完功要回家。

在大门外，她们碰见了来办公室取东西的凌跃。这一下午她俩聊天的工夫，庆红她妈的嘴也没闲着，现在整个家属院都已经知道了庆红的好消息。凌跃揉了揉她的脑袋，"小丫头不简单啊，成了大学生了！哎，你剪的这就是'杏子头'？"

庆红想起昔年的玩笑话，嘻嘻哈哈地捶了他一下。谈笑过后，她说要替雏仪请一天假，明天她们去给老爷子扫扫墓。

"咦，家里放着个团长，跟我请什么假？"

"就跟你请！"雏仪没好气儿地冲凌跃说，"你替我上报。她要开炮也麻烦你替我顶一下。"凌跃也知道蒋凤仪这一年半载脾气不好惹，于是赔着小心笑了笑，从公文包里掏出一个信封交给雏仪，"那你也替哥哥我办个差。这是五一节的戏票。"

"你又让我去跑票*？！"

"不不不，这是供电局要的票。他们袁局长是你妈的戏迷呀，你记得他吧？你亲自去送，表示一下咱们对领导支持咱文艺工作的由衷谢意，也希望……"

"也希望他们单位今后多包几场演出。行了跃哥，我知道了。"雏仪把信封抽了过来。

夕照消失后的春夜分外清寒。回家路上，庆红问，你妈都带着团周游世界了，在家门口还卖不出去票？雏仪没答，勾住庆红的肩膀说：走，今儿我去你们家蹭饭。

这天晚上，雏仪不在家，蒋凤仪走出卧室和继母面对面吃晚饭，总觉得空气中有一丝尴尬，胃口也不甚好。秋灵先开了口，"还跟孩子置气哪？"

"没有。也不知道中午怎么了，无名火儿压不下去。"

老太太舀了一碗汤放在凤仪面前，说明天要"带"她去医院——好像她是个小孩子。她笑了，连连说从小就怵大夫，又不是什么大毛病，不愿去。二十多年了，秋灵在她面前几乎从不以长辈自居，可是今天一反常态地拍了板，"就这么定了，得去。别的都好说，你这天天吃不下、睡不好，上了台跌扑翻打的又不肯减省，有点闪失怎么办？到时候别说我对不起你爸，跟你在香港的亲娘也没法交代。"

---

*　　跑票，即向各大单位推销演出票。

蒋凤仪怔了一下。自从当年第一次从香港演出回来她就谨遵父亲嘱咐，对秋灵绝口不提生母的事。虽然她早已猜到秋灵或许什么都知道，可是亲耳听到后娘言及亲娘，还是心情复杂。秋灵又拍了拍她的手，"宝儿还年轻，啥都不知道，我还不知道吗？女人到了这岁数都是这么过来的，实在不舒服就吃药调理调理，没啥大不了的。"

　　第二天，雏仪前脚儿出门找庆红，蒋凤仪和秋灵后脚儿就去了医院。一进诊室，大夫问明谁是病人后对蒋凤仪进行了批评教育，"这么大人了，还用你妈陪你看病？"她低头挨呲儿，老太太赶紧表示多大岁数也是父母的孩子。

　　"说吧，什么症状。"

　　她说也没什么，就是睡不着觉。但秋灵立刻作了细致的补充，指出盗汗、心慌、不时低烧、皮肤瘙痒、关节酸痛、情绪不佳等问题……她一边听着，一边只有点头的份儿，顺便觉得自己好像不可救药了。

　　大夫听完，开始面无表情地提问。她像是没背书的小学生，在老师面前期期艾艾。

　　大夫果然像严师一样教训了她，"自己的事，这么稀里糊涂的？"教训完了，龙飞凤舞的一堆单子也开完了，啪地甩到她面前，"去吧。下一个！"

　　出了诊室，她后背都湿了，悄声对继母抱怨："灵姑姑，'听她言吓得我浑身是汗'啊……"秋灵忍笑嘘了一声，陪她楼上楼下地抽血、化验、做B超。她们走到超声室门口时，走廊的椅子上坐了两个相谈正欢的孕妇，而她们的丈夫各自揣着手在闭目养神。凤仪挽着老太太安安静静地坐下来，听她们喊喊喳喳地聊着，聊至最热闹处，连凤仪都忍不住偷瞄了一眼身边那两条山峦起伏的曲线。

过了会儿，又一个大肚子缓缓而来。这一排椅子已经坐满了，凤仪噌地站起来，让新来的孕妇坐。那是个年轻纤细的姑娘，肚子大得和四肢不成比例。凤仪看她比自己的女儿大不了几岁。

年轻的孕妇推辞了两句，凤仪忙说没事、没事，我不用坐……然后大步流星地溜到走廊尽头，在窗台上旁若无人地压起腿来。十几分钟以后，秋灵招手叫她，她这才一溜烟跑回来进了超声室。无论是多么自恃钢筋铁骨的人躺在诊查床上都难免心生俎上鱼肉之感，蒋凤仪也不例外。时间一分一秒流逝，屋里只闻机器低沉而持续的震动声，她害怕这种静谧，更怕大夫突然宣布任何骇人的发现……然而，怕什么来什么。

"哎，您……"大夫的声音颇轻柔，却已经足够使人心惊肉跳，不料提出的问题让她摸不着头脑，"您是运动员吗？"

"不、不是……怎么了？"

"哦没事，我看您肚子上都没什么肥肉……"大夫嘟囔着收起了仪器。

蒋凤仪一走出超声室，秋灵就迎上来关切地问大夫说了什么。"大夫夸我瘦溜儿。"她说完就把单子塞给继母，自己迫不及待地奔了卫生间。一个中年女人迎面撞上她，嗷地尖叫出声。蒋凤仪早就习以为常。"别怕、别怕，都是女同志……"她笑笑，拉开隔间门闪了进去。

大半天的时间耗在医院里，蒋凤仪身心俱疲的程度不亚于演一场大戏。

"所以不算是病，对不对？"她最后问大夫。

"确实是一系列身体和精神表现，每个女人都会有，轻重因人而异。"大夫从不会简单地做出"是"或"否"的回答，"不乏有人比生病还难受，要死要活的。"

回家路上，凤仪在心里掂量着大夫的话，无声苦笑了一下。秋灵问她怎么了。"灵姑姑，我是想啊，十来岁的时候我进女厕所就老让人轰出来，五十了，进女厕所还让人认错！当女人的福我是没怎么享，打小儿就没留过小辫儿，没怎么穿过裙子，可这当女人的苦，我倒是一样儿都没落下……"

那种"苦"在她的记忆中有一个明确的起点，便是十三岁在剧团走廊里初见小麦花的那一天。月月年年，就这么过来了，她甚至总结出一套与自己生理周期相适应的练功安排，不能做重的，就做轻的，不能练腰腿，就练唱念，她是如此坚持下来的，也是这样要求女儿的。潮信的来去之间是积累在身上的功夫与伤痕，也是一去不回的青春。她是从不服软的人，未曾想到有一天自己的身体会用这种最自然的方式轻轻告诉她，你老了。

"这也是没办法的事，谁让你非挑武生这行儿？"秋灵开玩笑说，"小义，要不你打今儿起把头发留起来，我给你扎小辫儿！"

凤仪哈哈大笑。

转过街角，秋灵指着一座栅栏门问她，"这是不是宝儿原来上学的那个戏校？"她们所处的是后门，正好能看见一群十来岁的学生在院子里翻来滚去地练基本功。老太太不禁呦了一声，"怎么这年头儿还让孩子在土地上练毯子功？家长不心疼哪？"

"缺钱啊。"凤仪叹了一声，"我让小凌把团里的旧垫子拿了些过来，还是不够。什么都缺。"

她们说话时，几个学生认出了蒋凤仪，凑过来隔着栅栏跟她打招呼，人越聚越多，后来校长也被惊动了，一溜小跑来到后院，褪色变形的西服下摆随风扬起，露出塞在裤腰里的红秋衣。这位崔校长是个五十多岁的矮胖子，唱了半辈子二路老生，后来嗓音塌中，连二路活儿也接不了了，便被发配到教育战线。他双手攥着栅栏激动地说："蒋团长！哪阵风把您吹来了？快请进来指导一下我们的工作！"

好事近

崔校长把蒋凤仪和秋灵迎进了办公室，踮脚从柜子最上层取下一只茶叶罐，茶沏了一半又忽然放下暖瓶，出门拦了个学生去通知食堂中午做几个小炒。蒋凤仪连连说不用麻烦。"没请您下馆子就够过意不去了！那回武生特训班开班仪式您二话不说就来给我们捧场，我们也没好好答谢您。也实在是'逮'不着您这大艺术家啊，以前是全国到处跑，现在是全世界飞来飞去。今儿您自己撞进我们这破庙来了，我可不能放您走！"崔校长提着大暖瓶来了个"凤凰三点头"，下面水花四溅，上面口沫横飞，说话间已经把两杯茶送了过来，先递给秋灵。

"老太太，留神烫！我这还是第一回见着您老人家，可是我见了您就特别亲。为嘛呢，原来三团唱老生的俞秋贵俞老先生……是您三哥对吧？哦，二哥……我打二十多岁就给二哥……呸……给俞老先生挎刀，唱到四十多，他老人家的调门儿一点没降，我介嗓子倒先塌了，这不就来戏校了，您猜怎么着，我带的第一拨儿孩子就是您孙女儿那届。她一来考试我就琢磨上了，那眉眼儿、那劲头儿，像谁呀……"

他夸了一圈，回到蒋凤仪身上。秋灵保持着慈眉善目的微笑，凤仪却听得不耐烦。她把烫手的瓷杯放回桌上，学着他的口音，"老崔，你介口才，唱不了戏了也该去曲艺团呀，放在戏校糟践了。你直说有嘛难事？"

"'家有三斗粮，不当孩子王'，我这也是没办法。蒋团长，您算是说着了，难，办学校可真难，简直是把难放在小车儿上，忒难了！最难的是……您知道这年头光有真玩意儿没用，甭管干吗都离不了一样东西。"

"什么？"

"王八壳上贴广告。"

"……啥意思？"

"牌子硬。"老崔弹了弹自己光秃油亮的脑门，发出一声脆响。"我知道您惦记着我们，时不时就接济一把，可是救急不救穷啊。我们要是有了重点学校的招牌，日子就好过多了，好苗子肯进来，以后毕了业也容易有好去处。现在一到局里开会就把我们跟幼儿园、少年宫的搁在一堆儿，您说这能有出头之日吗？"

"这……"蒋凤仪为难道，"老崔，我也不知道管这事的庙门冲哪儿开啊，我……"

"不、不，求神拜佛的事儿哪能劳动您呢，说句实话您别生气——您这脾气也干不来……"老崔笑眯眯地给她几乎没动的茶又续了热水，"我只是想让您帮孩子们排两出参评的戏。我知道您忙，也不用真往我们这儿跑，只要在'艺术指导'那栏儿让我们借用一下您的大名就行！"

从戏校回家的路上，秋灵笑说这个崔校长嘴贫了一点，不过是个办实事的人，关键是对孩子们真上心。凤仪点头。"这些孩子也配得上他这份儿心。灵姑姑，刚才真没摔着？"

"说了好几遍啦，没摔着！倒是你，没事吧？"

"没事……就……屁股有点疼。"

刚才蒋凤仪在老崔的办公室听明用意后，郑重其事地表示她绝不会只挂名不露面。她把理由讲得直白——一不愿糊弄学戏的孩子，二也怕他们的戏排出来不尽如人意，砸了她自己的招牌。崔校长不仅感动，而且佩服她是个义气爽快人，当下请她到食堂边吃边谈。

还不到学生开饭的时间，食堂门口只有一个教务老师翘首以待。崔校长吩咐他先陪贵客"入席"，他自己却小跑着进了后厨。

"老崔干吗去了？"

"每天开饭之前他都得把菜先尝一遍……"

秋灵闻言便坚定说："咱在这等会儿崔校长。"

此时一阵尖锐的电铃声响彻校园。她们站在食堂入口旁，隔着半透明的塑料帘子看到统一穿着蓝色练功服的学生们龙腾虎跃地从四面八方汇聚而来，显然是饿疯了。

"蒋团长，咱还是先上楼坐吧，别让这帮饿狼崽子挤着您！"老师话音未落，两个男孩子你追我赶地跑进了食堂，落后的一把扯住了抢先的，前面这个只顾转身拉扯却不看路，冲过门帘，一头扎到了蒋凤仪和秋灵中间。老太太虽没被撞到哪儿，半大小子脚底带的风也足以刮得她失了平衡，身子一歪就要倒。蒋凤仪要扶已经来不及了，所幸她身手够快，连摔跟头都走位精准，恰恰好好垫在了老太太身子底下。

连老师带学生全都吓傻了眼，惹祸的男生更是一动不动地定在原地，饭盒早不知滚到哪儿去了，手里却还紧紧攥着一双筷子，刚才在后头撵他的那个男孩子反应倒快，第一个跑过去援助地上四仰八叉的贵客。

"慢点、慢点……扶老太太……"凤仪忙道。

老师、学生一拥而上，老太太虽闹了个大红脸，但确实毫发无伤。蒋凤仪早已自己骨碌起来了，再三问秋灵磕着碰着没有。

"哎呀啥事都没有，你不是接着我了吗，你自己摔着没有啊？"秋灵转着圈给凤仪掸身上的土，掸到后面，她赶紧拦了老太太的手。

教务老师的一腔惊惶已经转变为怒火，咆哮着揪住那两个男生的耳朵，"你们两个小兔崽子眼睛长脑瓜顶儿上去了？！睁眼看看把谁撞了？"

"李老师，不是我……"

"放屁，你不追他他能撞上吗？以为我不知道你们俩的疯病？"

蒋凤仪在众目睽睽之下摔个大马趴，本来也又羞又气，可是人家老师骂得够狠，她倒不便发作了。她打量了一番，俩学生都是十四五岁年纪，差不多的个头儿，一个虎头虎脑，浓眉大眼，另一个脸颊略瘦，单眼皮，看着挺老实；冲撞了她的却是后者。

"你们这俩臭小子吃饭还赛跑？是你们这儿的饭不够吃？"她板着脸问话。

教务老师赶紧表示不关饭的事……那俩孩子也摇头。

"那猴儿急什么？！"

"吃完……去练功房……抢地儿……"他们俩吭吭哧哧地说完，蒋凤仪和秋灵都有些意外。教务老师叹了一口气。

这俩孩子跟着他们走到楼上的"会客餐区"时崔校长已经等候多时。"郝鹏、俊文，你们俩干吗来了？"他有点纳闷，转而又欣喜地问李老师，"你已经带他们见蒋团长了？"李老师一脸难堪。

"是啊，我叫他俩一块吃，正好问问你们的教学情况。"蒋凤仪泰然自若地接过了话茬儿，屁股沾到椅子的瞬间却不禁眉头一皱，强忍着疼招呼那两个垂手而立的学生落座。

崔校长毫不掩饰对这两个孩子的喜爱和厚望。原来撞人的那个叫刘俊文，追他的叫郝鹏，家里都不是梨园行的，可这俩孩子有天赋、肯用功。"我就说，还是苦孩子适合学戏！娇生惯养的，动他一个手指头家长都不干。我就特批老师们对这俩孩子随便儿打！不打不成材！"

秋灵听着不忍，"哎哟崔校长，现在可不兴科班儿那一套了。以前打坏了多少孩子呀，戏没学成还落下残疾了。"

"老太太，您慈悲心肠，我开玩笑呢，"老崔连忙指着这俩孩子说，"他俩也不用人打着、催着。我们这练功房不是地儿小不够用吗，这俩小子每天早上较着劲儿地早起，你六点我五点，你五点我四点半……前一阵门房儿跟我说他俩现在四点就溜进去练功。我一听，赶紧拎过来骂了一顿，正是长身体的时候，觉不够睡哪儿行？骂了，也还是不听，我也不能半夜蹲门口守着去……哎，怎么都不动筷子？来来来，老太太、蒋团长，吃啊！"

秋灵先拿起筷子给那两个孩子夹了菜，他俩却还是直挺挺地坐着不敢动。半天没开口的蒋凤仪拍了两下他们光溜溜的脑袋，"吃啊！吃饱了才有劲儿赛跑啊！"

他俩一激灵，几乎同时抄起筷子开始扒饭，扒着扒着，郝鹏在碗边扑哧偷笑了一声，俊文听了先还忍着，后也低头笑起来，险些喷了饭……李老师端着碗频频怒瞪他们，秋灵和凤仪却若无其事。

"怎么回事？笑什么？像什么样子！"崔校长渐渐觉出不对劲。

蒋凤仪放下筷子，改变了刚才每礼拜抽空儿过来两天的承诺。"老崔，我想好了。打明儿起我来你这儿报到。什么时候把戏排完了我什么时候走。"

此言一出，崔校长、李老师，连同郝鹏和刘俊文都看着她怔怔不语。须臾，老崔端起盛着鸡蛋汤的小碗朝她举了举，"大恩不言谢。林教头，我们学校的这群小儿郎就交给您操练了！"

那天蒋凤仪和秋灵在戏校跟老崔聊了很久，到家时已近黄昏，但雏仪还没回家。秋灵有点担心，"宝儿说是和庆红去给老头子扫墓，怎么这会儿还不回来？"正念叨着，雏仪风尘仆仆地进了门，蒋凤仪睃了她一眼，转脸对秋灵道："我就说您甭着急吧，肯定又疯玩去了。哪儿弄的一身土？是扫墓还是扫大街去了？"

"你凭什么说我玩去了？"

"那你干吗去了？"

"懒得跟你说。"雏仪脱了外套回到小屋，被长途车颠了一天的筋骨终于放松下来。

本来扫完墓庆红提议回城去看刚上映的《大话西游》。可雏仪惦记着凌跃交给她的那几张戏票，一定要先送去供电局才安心，庆红只好依了她。没想到俩人跑到供电局才得知袁局长这一阵子忙得很，刚从南方回来又下电厂视察工作去了。

"那我明儿再来。"

"明天局长要去北京开会。"

"那……麻烦您告诉我电厂的地址吧。"

出了供电局，庆红拱了拱雏仪的肩膀，指着那个远在郊区的地址问她："你不会真要去吧？你把票撂在这儿不就得了。"

"不成……送票就是送话儿啊，话不送到怎么行呢。你别想溜！"雏仪一把抓住庆红的小细胳膊。

"得，《大话西游》没看成，变成郊区一日游了……"

两个人坐上了公交车，站了半路，到后半程才找到座儿，车上的人越来越少，窗外的景色也愈发荒凉，直到地平线上出现了高耸入云的"大烟囱"，雪白的烟雾腾腾升起。"谁要是住城里，来这儿上班可太受罪了。""人家厂子肯定也有家属院儿啊。""哎你说那是烟囱吗？怎么'烟'是白的啊？"俩人叽叽喳喳不停。售票员嚷道终点站到了，催她们下车。

两个姑娘在传达室磨了半天牙，看门的大爷就是不让她们进去找局长，"里面大着呢，跑丢了算谁的？"于是她们只好坐在大爷提供的小马扎儿上托着腮帮子干等。终于，一个大部队呈"人"字形朝大门口缓步而来，走在人群最中间的是笑容可掬的领导。雏仪兴奋地跳起来，喊了一声"袁局长"，看门大爷慢了一步，两个小丫头已经蹿了进去。

"哎呀，是小蒋呀，怎么跑到这儿来了！"袁局长一眼认出她来，人群跟着他停下脚步。

"我给您送五一节的演出票来了！您看在我跑了这么远的分儿上，到时候可得去捧场啊！"

"那是一定的，再忙也不能错过你妈的戏！她最近还好？

到时候贴哪几出儿好戏？哎，这丫头怎么也有点眼熟？哦，是你们团原来那个小花旦！"

他们聊了好一会儿，发电厂的工作人员都鸦雀无声地站着，袁局长忽觉不太合适，忙把信封里的戏票抽出来一张，递给离他最近的一个头戴安全帽、半卷着深蓝色工作服袖子的年轻人，"小陈，这次二号机组的升级改造你立了大功，这算是我个人给你的小嘉奖吧！这是咱们省……"

"不用了局长，我不看戏。"

袁局长被这句直白得近乎单纯的拒绝噎了一下，转头有些尴尬地对雏仪说："小蒋啊，你俩等一会儿，坐我的车……"

"不用了袁局长，我们不耽误您的正事了。"

袁局长惨遭二度拒绝。雏仪拉着庆红向领导道别，转身离开前把一个白眼送给了他身边的那个人，一直走到公交车站雏仪仍面带愠色。庆红拍拍她的后背，"得啦得啦，别生气了，你还指望工人兄弟都懂戏呀！"

乳
燕
飞

晚饭后，雏仪边看电视边耗腿。蒋凤仪瞅了她一眼便自己回屋去给戏校孩子们选剧目，母女俩谁也没搭理谁。

雏仪耗了两集电视剧的工夫才把腿放下来，正在跺脚放松酸麻的肌肉，姥姥在屋里叫她过去帮忙纫针。她甩着腿走进屋，老太太的鼻梁上挂着一副老花镜，递给她一枚细针。

"您又缝什么呀？"

"你妈这裤子今儿刮了个口子。"

雏仪没搭茬儿，用嘴抿了一下线头，对着灯光专心致志地往针鼻儿里穿，针太细了，她费了半天劲才弄好，小心翼翼地递给姥姥。"这不是有大针吗，您非得用那么小的！"

"那是缝被子用的，针脚儿那么大多难看啊。"秋灵接过了针却不急着缝裤子，只慢慢把线捻了一个结，"丫头，你也觉得这针鼻儿小啊？你那心眼儿比针鼻儿还小呢。"

"跟我说话还旁敲侧击的！我给您纫针还要听思想教育。"

"我倒不想多嘴，可你跟你妈现在动不动就……"

"那怪我呀？"雏仪喊冤，"她本来就跟火药桶似的，现在整个儿就是一原子弹，还专门瞄着我的脑袋扔，躲都躲不开……"

"不怪你，也不能怪她。"秋灵说着放下针线，从床头柜上拿过了几张检查单，"今儿我陪你妈去医院了。"雏仪一听"医院"两个字，立刻把单子抢过来看，"我妈怎么了？……这……这算啥毛病？有事没事？"

"说没事也没事，女人都得有这么一段儿。说有事啊，浑身都是事。大夫说有的人难受得寻死觅活的呢。"

"那我妈应该不会……她只会把我逼得寻死觅活。"

老太太被逗乐了，一戳雏仪的脑门，"你看看你妈去吧。今儿我们还去了趟戏校，她绊了个跟头，哪儿磕了碰了也不跟我说……"

雏仪溜进屋时她妈正趴在床上看唱词，手里的戏本子举得八丈远。

"妈，有点老花眼了啊？赶明儿上台得留神，别一个筋斗翻到观众身上去了……"

戏本子照着她的脑袋扇过来，她一躲，滚到床上抄起枕头做挡箭牌。枕头底下露出了几个小药瓶。雏仪在她妈身边躺下，拈起药瓶看那上面的小字，半晌，轻声问："妈，从什么时候开始的？那一阵子老低烧跟这有关系吗？”

“我哪儿知道……你甭操这闲心。”

“你跟姥姥今儿去我们学校了？还要给他们排戏？那你最近不上台了？”

蒋凤仪嗯了一声。“你们这一茬儿都大了，我歇歇，你们也能多上台锻炼。”

“妈，别这么说，看戏就是看角儿的，你才是台柱子啊。我今儿去给袁局长送票，他还让你五一节多唱两段呢。”

“你今儿扫完墓送票去了？”凤仪扭过头来，摸了一下女儿的脸蛋，“五一节我是要唱的，这一阵子就算了。在戏校排戏就当是休假了。”

“也好。不过你对那些小孩可别又打又骂的……”

“我打别人家孩子不是犯法吗。”

“打自己家孩子也犯法！对了……”雏仪突然扑过去扒她妈的裤腰，“听我姥姥说你在大庭广众之下摔了个屁蹲儿啊？怎么搞的，林教头遭谁暗算了？让我瞅瞅……啊哈哈哈哈哈，真磕青了……”

蒋凤仪说是把排戏当成“休假”，次日起得却比平时还早，自己溜达着到了戏校。崔校长本来殷勤地表示要每天接送她，被她拒绝了，“你骑车接我啊？你带我还是我带你？”马屁虽没拍成，老崔还是早早候在了学校门口，陪着她参观了一圈。

虽然自己的女儿在这儿上了几年学，凤仪却是第一次走遍这座不大的校园，一边走一边听老崔向她介绍各个老师的情况：教旦角戏的赵老师，因为剧团要精兵简政，便把她这半老徐娘"精简"了；教武功的王老师，一身南派武生绝技，却在京朝派为主的圈子里被挤对得站不住脚；教把子功的季老师，以前专给一位大角儿配下手*活儿，后来自己傍了一辈子的角儿故去了，他也无心再留恋舞台……

蒋凤仪很快听明白了，戏校，所谓后备人才的"摇篮"，其实也是一些前辈的艺术生涯之"坟墓"，耕耘于此的人们各有各的绝活儿，也各有各的不如意。凤仪不免对戏校的前途更多了几分关切 —— 学校若评上了重点，不只对孩子们有好处，于这些晚景凄凉的同仁亦是慰藉。

说话间他们走到了排练厅门口。如今戏校原则上不招女孩子学生行儿，所以屋里一水儿小秃小子，正挨挨挤挤地靠在墙根拿大顶，若一个撑不住就势必把旁边的都连累下来。一个身材魁梧的老师背手而立，脑袋跟学生们一样锃光瓦亮，从后影儿看不出年纪。老崔说："这是教基功的孙老师。本事不小，我几次想调他去教正戏，但这人就是不……"

"我知道他。"

"您知道？"老崔一怔，"哦是了，他是从当年那个青年剧团下来的，您跟他认识吧？听说他有点前科……嘻，不过

*　武戏对打中胜出一方为"上手"，落败一方为"下手"。

拾叁｜乳燕飞

那个年头儿……"

蒋凤仪未接老崔的话，推门走了进去。孙玺转过身向她点了下头，然后叫倒立的学生们都起来。蒋凤仪一扫量，发现刘俊文和郝鹏站在最前面，一个低头看脚尖，另一个大眼睛藏着笑。这屋里的孩子有几个年纪稍大，知道她的声名，其他的学戏时间还不长，压根不认得她，瞧她就是个中年妇女，听着崔校长天花乱坠的吹捧，对她感到既好奇又有点不服。

蒋凤仪抱着手在屋里转了转，见乌突突的墙上刷着四行醒目的大字——

传于我辈门人，诸生须当敬听：
自古人生于世，须有一技之能。
我辈既务斯业，便当专心用功。
以后名扬四海，根据即在年轻。

她心里怦怦猛跳了几下，上前问学生们知不知道墙上这几句是哪儿来的。大家不敢贸然出风头，只有郝鹏挺了挺胸脯，刚要张口却被刘俊文闷头抢了话，"是富连成的训词。"

"是了。富连成出来的人都算是咱的祖宗辈儿了。人家是科班，咱这也是科班，虽然时代不一样了，唱戏这一行的光景也不一样了，但练功学戏的法子还是一样，没什么捷径。当初人家富连成的老社长说二十年以后我要让全天下的戏班子没我的学生就开不了戏。崔校长把这几句词写在这儿，看来是有雄心壮志。今天能挣钱的营生多了，你们随时可以掉头就走，走了的我决不怪你，但没走的我一定不会惯着你，唱一天戏就得用一天功。我不惜力，你们也别想偷懒。废话不多说了，先跑跑圆场吧。"她说完就把夹克脱了撂在椅子上，迈出了步子。

蒋凤仪这一番既不客气又非鼓励的开场白令学生们一时发蒙，然而崔校长大嚷一声，"跑啊！"他们只好跟在她身后开始跑圆场，孙玺也压在队尾一起跑。这项基本功本没什么稀奇，可是他们跑着跑着，老崔看着看着，都感到了不对劲儿。因为蒋凤仪一跑起来就不停了。

一刻钟、半小时、一小时……排练厅里有粗有细的喘息声渐渐织成了一张网，这群刚刚还活蹦乱跳的男孩子此时如同垂死挣扎的鱼，勉强摇头摆尾地扑腾，只因蒋凤仪还在前面领着，短袖衫湿透了，可是气息纹丝不乱；年近六旬的孙老师也还在后面赶着，步速一点未减。

老崔数到第一百圈的时候蒋凤仪停了。所有孩子像瞬间被抽掉了脊梁骨似的就地瘫倒，他们服了，一个最基本的跑圆场，蒋凤仪把他们跑服了。这确实是个中年妇女，只不过她同时是个苦功练到了家的大武生。

"没出息，起来溜溜！别坐着！"孙玺拿藤杆捅捅这个、敲敲那个，可是谁都爬不起来。

"各位小爷，得罪了，咱明儿见！"蒋凤仪叉着腰笑了笑，拎起自己的夹克走出了排练厅。崔校长端起茶缸子追了出来，她接过茶呷了一口，"老崔，我要个老师帮着我一块儿排戏。"

"您点、您点。"

"就孙老师。"

"他？这人脾气怪，跟别的老师都不对付……"

"我知道。就他了。"

蒋凤仪"休假"的日子里，年轻演员们各自忙着准备五一节的戏码，雏仪将要演《八大锤》里的双枪小将陆文龙。庆红已经回国待了半个月，几乎每天都跟雏仪一起泡在剧团；此外，上二年级的凌晓斌放了学就跑来找她们。他管庆红叫红姑姑，管雏仪叫小姑姑，因为她是剧团这一辈人里岁数最小的。

庆红很久没进小礼堂了。雏仪在台上响排的时候，她一直在欣赏墙上的剧照，其中不少还留有她的倩影，比如她和雏仪合作的《林冲之死》《平贵别窑》，还有那出踩跷的《翠屏山》。

"哎，臭小子，你瞧姑姑这张照片好看吗？"

"好看。"

"那是……"庆红得意地回过头来，却发现晓斌根本没在看她指的照片，而是抱着前面的椅背目不转睛地望着台上耍双枪的"陆文龙"。她拍了一下他的屁股，"看得还挺带劲……你懂啥呀？"

"我啥都懂！"晓斌扭着屁股挣脱开她的手，眼珠盯着台上，嘴里流利地背出了一串念白，"中原成逐鹿，山河风雨飘。金戈征尘滚，壮志吞南朝。俺，陆文龙！"

雏仪排完了戏，来到他们身边坐下。晓斌立刻黏到她身上，熟练地从她兜里掏出两块巧克力，一块喂给她，一块塞进自己嘴里。雏仪吩咐他"赏红姑姑一块"，庆红翻了个白眼，摆摆手不要。

这时台上排起了《红娘》，那以前也是庆红的拿手戏。胡琴奏起反四平调，莺莺潜进张生的书房，却把红娘关在了门外。庆红跟着哼哼起那段脍炙人口的"佳期颂"，"小姐呀小姐多丰采，君瑞呀君瑞你大雅才。风流不用千金买，月移花影玉人来……"

雏仪用晓斌递给她的毛巾擦着汗，赞叹道："哟，你唱得还真不错，在日本一边刷盘子一边吊嗓子来着？"

"去你的吧。有一回一个朋友结婚，请我们去卡拉OK，她们都夸我唱得好。我说唱歌算什么呀……我就给她们清唱了一段这个，打那儿起就老让我唱。这帮人也是逗，在国内从来没看过戏，去了那边倒听出滋味来了……"

"你朋友都结婚啦？那还上学吗？对了，你有没有情况？从实招来！"

庆红不禁低头瞥了一眼晓斌，发现这小家伙居然趴在雏仪腿上呼呼睡着了……这才放心作答："有啊，不过后来又没了。"

"中国人还是日本人？"

"日本人。"

"哇行啊你！长什么样？"

"就三浦友和那样吧。"

"谁信啊……"

"爱信不信。"

据庆红说，那是她在咖啡厅打工时认识的一个人。他工作的公司长期与台湾有贸易合作，所以他每天晚上都就着黑咖啡学中文，那张英俊面孔上的表情比咖啡还苦。有一晚，她在听到他念了三遍"我下'裸体'去找你"以后，终于忍不住字正腔圆地纠正了他——"我下楼梯去找你"。就这样相识，相知，相爱，甚至也在喝咖啡喝到上头、学语言学到迷乱时谈及婚嫁，他用中文，她用日语，都因不娴熟而被迫以最直白的词表达了真心，分歧也因而从一开始就无所遁形。

"确实，不少人结了婚、拿了身份就不上学了。"

台上的戏演到了结尾处，张生进京赶考，莺莺将在闺中等他归来完成花烛，从此做一个相夫教子的贤妻良母。庆红朝戏中人扬了扬下巴，对雏仪说："我戏都不唱了，跑出去一趟不是为了这个。"

雏仪默默伸出胳膊，把她的脑袋按在自己肩上。过了会儿，凌跃来礼堂找她们，一眼看见台上演的是《红娘》，惊呼："哎哟二位姑奶奶，怎么带我儿子看这么少儿不宜的戏！"

庆红依然歪在雏仪肩头，向下指了指熟睡中的凌晓斌，"跃哥，没事。你们家这小东西只爱看武戏，不爱看才子佳人……"

似娘儿

　　宋庆红假期结束要回日本了，临行前一晚还是在剧团陪雏仪排练《八大锤》，凌晓斌也照常在侧。

　　"凌晓斌，给我拿个垫子来，地上太硌了……"庆红说。

　　"自己的事情自己做。"小家伙支着脑袋趴在地上，全神贯注地看着雏仪完成探海、射雁、朝天蹬之类的繁复身段。庆红气哼哼地站起来，从他身上迈过去时踢了下他的屁股，对雏仪说你这个小跟班儿我还支使不动！

　　这时雏仪扔枪出手，晓斌仰脸瞧着那银枪从他脑袋顶上掠过，又被小姑姑一探身勾了回来，紧跟着一个干脆漂亮的亮相。

　　"好！"

　　他恰到好处地拍起了巴掌，然后跑过去扛起她的两杆枪放到墙角去了。雏仪胡噜了一把他的脑袋，在庆红身边席地而坐，"别说小孩儿了，从小就连猫啊狗啊都绕着你走。"

"喊，这些小东西不待见我，我还不稀罕他们呢，也就你爱哄着他们玩儿。明儿我就走了，你们接着玩儿吧。"庆红若无其事地从兜里掏出一个小盒子扔到雏仪怀里，"给你带的，一直忘了给你。"

"啥呀？"雏仪打开一看，是一支口红，"我用不着呀。"

晓斌伸手要摆弄，被庆红手疾眼快抢回去了。

"怎么用不着？你也二十多了，除了练功唱戏就不出门见人吗？"她挪到雏仪对面，扳起她的下巴，直接动手试涂那支口红，"知道吗，日本有个词儿叫'刹那主义'，就是及时行乐呗，喜欢什么、想要什么，就赶紧去做。那边的中国留学生差不多人人都有个电视、录音机啥的，你知道哪儿来的吗？……别说话……不是买的，是捡的。都是日本人扔的，好好的就扔了，扔了再买新的。人家觉得自个儿努力工作了，挣钱了，就配用好东西、新东西。我觉得挺有道理。"

"抿一下……这颜色挺配你的嘛。你白。"庆红给她涂完了，满意地端详了一下，又问晓斌，"你说小姑姑涂这个怎么样？"

"好看！"

"多好看？"

"比红娘、莺莺都好看！"

庆红和雏仪哈哈大笑。那是一支浅玫瑰色的口红，刚练完功的雏仪脸颊也是淡淡的绯红，和唇色相得益彰。她把口红揣进兜里站起身，又把庆红拉了起来，"明儿早上我还要练功，就不送你了。一路平安！"

"嗯。"

戏校的排练场上此时一片热闹喧腾。蒋凤仪给学生们定的戏码是《定军山》，这出经典剧目不但人物众多，而且唱段脍炙人口，场面大气磅礴。崔校长格外赞成，因为这出戏还有个名字叫"一战成功"——好兆头。此戏若一战成功，重点学校的牌子大概不远了。

蒋凤仪说戏是从主角说到龙套，从情节说到锣鼓经，事无巨细地说给所有人听。虽然谁都知道主角只有一个，但她要求每个孩子都熟悉戏里的每个角色。到了分配任务的时候，她去征求孙玺和其他老师的意见。

这出戏主角是黄忠，戏份其次重的是严颜，二位都是白胡子老将；戏校高年级学生里最出挑的也是两人，郝鹏和刘俊文。孙玺主张让他们俩轮流演黄忠和严颜，但别的老师不同意。"俊文的嗓子倒仓*还没倒过来呢，时不时冒鬼音儿。""俊文这孩子内向，在台上放不开，还是郝鹏适合黄忠那不服老的劲头儿。"

孙玺不再说话。最后还是由崔校长拍了板，郝鹏演黄忠，

---

*　倒仓，即男孩子青春期经历的变声。

刘俊文演严颜。他的理由更加高瞻远瞩，"这俩孩子我都喜欢，可是看戏要看角儿，一出戏最好就往外推一个，推得多了就跟没推一样，谁也占不到好儿。俊文这孩子岁数小一点，但更沉得住气，这回就让他先给他师哥挎刀吧。"

蒋凤仪无意插手戏校的内部决定，回到排练场便照实宣布。第二天正式开排，谁也没想到公认的老实孩子刘俊文尥蹶子搅了戏。

当天回家以后蒋凤仪一直坐立不安，大晚上跑到秋灵屋里翻药箱子。"灵姑姑，给我拿一个祛瘀消肿膏。"

"你咋了？"

"不是我……"

秋灵顿时更紧张，"你打人家戏校的孩子了？"

"打了……唉……也不是我要打的……"她欲言又止。

"打哪个了？"

"……都……都打了。"她从秋灵手里接过药膏，顶着星星月亮又出门了。

今天排练，一开始的文场子还四平八稳。诸葛亮巧用激将法，激得老将黄忠和严颜先后进帐请缨，最后黄忠被点为正帅，严颜为副帅。郝鹏和刘俊文的念白都铿锵有力，一听就是下过功夫的。几句念完，蒋凤仪和孙玺满意，旁边那些岁数尚小的孩子们更面露佩服。

"一个西川英名大，一个威震在长沙；二位老将齐上马，得胜回来把功加。"

然而上马一开打，戏的节奏渐渐不对劲了。黄忠、严颜合战张颌，本来这套对打不求火炽，工架、气势以大方稳重为要，可是打着打着，刘俊文不听蒋凤仪嘴里念的锣鼓经了，把虎头大枪耍得飞快，郝鹏也不甘落后，随之疾舞长刀。演张颌的孩子被他俩追着打蒙了，脚下失稳拌蒜，再加上穿着三寸厚底靴，一下子崴倒了。他坐在地上，龇牙咧嘴地指着"二位老将"向蒋凤仪告状，"蒋老师，他们俩……他们俩打我……"

　　孩子们哄堂大笑。郝鹏直喘粗气，莫名其妙地瞪着刘俊文，但俊文脸不红心不跳，杵着枪杆直直站着。

　　蒋凤仪走过去检查了一下地上那孩子的脚腕，确认无恙后扭头质问刘俊文和郝鹏，"怎么个意思？你是严颜，八十一；你是黄忠，七十。你们俩是老将军，不是小流氓。刚才耍的这是哪一出儿？！"

　　旁观的孩子们笑得更欢了。

　　"笑什么？都闭嘴！"

　　半天没吭声的孙玺这时站起来，脚步咚咚地走到场子中间。一直梗着脖子钉在原地的刘俊文不禁后退了一步。孙玺问他："想干吗？"

　　"不想干吗。我不演了。"他把手里的枪哐啷扔了。

　　郝鹏一惊，随即撇了撇嘴，"爱演不演，不服你找校长去呀。"

　　"你闭嘴！真拿自个儿当角儿了？！"

孙玺把郝鹏骂得低了头，又轻轻一勾脚尖，挑起了刘俊文扔的那杆枪。他攥着枪杆，背手在俊文和郝鹏之间踱来踱去，"好啊，真好。都知道你们俩摽着劲儿呢，没想到一块儿摽到歪路上去了。本事还没学会，就学会斗狠、阴人、使绊子、说风凉话儿了！我把话撂在这儿，就你们这样的，把杨小楼盖叫天的本事给了你，也成不了角儿！"

"知道为什么吗？"

孩子们鸦雀无声。蒋凤仪也静坐不语。

"缺德！你们这帮浑小子缺了德了！让你演个严颜，就委屈你啦？让你演个黄忠，你尾巴就翘天上去啦？眼皮子浅呀，真浅！心气儿用错了地方。我不跟你们讲大道理。就看眼前！"孙玺忽用枪尖遥遥一指蒋凤仪。

"看看人家，再看看我。为什么人家在那儿，我在这儿？为什么人家成大角儿了，我在这儿跟你们这群不成材的小兔崽子混吃等死？嘿嘿，不怪你们。怪我。"

他冷笑了两声，字正腔圆慢道："我缺德。活、该！"

蒋凤仪脸上没动声色。孩子们却都吓住了，尤其是刘俊文和郝鹏，他们俩的一身好功夫都是这几年被孙玺手把手练出来的，虽然他们对他末尾几句话似懂非懂，但争强好胜的叛逆心此时都被打退了，不约而同地服了软，"孙老师，我错了……"

孙玺实施的处罚是"打通堂"*，他扔给蒋凤仪一根藤杆。她很犹豫，因为除了自己的女儿，她确实没打过别的孩子。可是他说："吃一次打，长了记性，省得吃一辈子亏。"

他规定郝鹏和刘俊文各挨十下，其余的孩子各五下。于是蒋凤仪用藤杆，他用严颜那支大枪的枪杆，给在场二十多个孩子的屁股留下了通红的印记。当时刘俊文十四岁，郝鹏十六岁。许多年以后，他们俩成了一辈青年演员中的佼佼者，一个赴京、一个迁沪，在各自单位挑大梁之余经常南北往来给对方配戏，在一起或分别接受采访时，二人不止一次地提到名家蒋凤仪和戏校那位名不见经传的孙老师"合伙"给他们的那顿体罚。虽然他们至今不知道蒋凤仪和孙玺之间有过什么陈年的恩恩怨怨，但，学艺先学德，他们说自己一辈子也忘不了。

当晚，蒋凤仪走进学生宿舍时大部分孩子都脸朝下趴着。她知道铺位在最里面的一个小男孩年纪最小，刚满八岁，是戏校不久前破格录取的。她在他床边坐下，一撩被子，亲手给这孩子抹药，手指尖还没碰到伤处，枕上已传来一阵哼哼唧唧。

"哎哟瞧给这小不点儿委屈的……"凤仪忍不住笑了，"我们就跑了个龙套小兵儿，一句词儿没有，还跟着这些师哥

* 打通堂，指旧式科班里一人犯错，全班挨罚。

一块儿挨打。学戏可太遭罪了，是不是？下回你妈来了，让她把你领走吧！"

其他孩子都嬉笑起来，这个小男孩赶紧抹抹眼泪，说："不走！"

"好小子，有志气。"蒋凤仪给他盖好了被子，又去给另外几个岁数小的孩子抹了药，然后把药瓶塞在了睡上铺的刘俊文的枕边，"你们几个大小伙子不用我动手了吧？"

刘俊文红着脸点点头，手悄悄伸过去握住了药瓶。蒋凤仪没马上走，她在屋里转了一圈，边转边说："我排戏给你们招出一顿打，但打得不冤，你们都得记住了，一台无二戏，心里有多大的委屈，多大的气，也不能撒在台上。不过体罚确实不对，所以我多饶你们一出《阳平关》*，排好了，等到五一节我们团演出的时候，你们陪着我上台试练一把。"

屋里的孩子们一听能跟她同台，立刻欢呼雀跃起来。

蒋凤仪"嘘"了一声，走回到刘俊文的铺位下面，"我来黄忠，你给我来赵云好不好？"

这出戏讲的是赵云救黄忠，谁的戏份出彩儿一目了然。俊文一脸难以置信，喃喃答，"好。"

---

*　《阳平关》常接演在《定军山》之后，讲述黄忠斩夏侯渊后，曹操亲率大军至阳平关报仇。黄忠再次请战，遭曹兵围困，幸得赵云及时解围，杀退曹军。

她紧跟着又问："郝鹏在哪儿呢？"

"这儿呢！"

"你配个徐晃，愿意'屈尊'吗？"——徐晃是被赵云打败的魏将之一。

"愿意、愿意……不是……我应该的！"郝鹏比俊文能言善道。

"好。第一回见面你们俩撞了我个大跟头，今儿你们也挨了一顿揍，咱扯平了。"

屋里又一阵嘎嘎笑声。蒋凤仪走到门边啪地熄了灯，轻道："孩儿们，睡吧。把伤养好了接着爬起来练功！"

蒋凤仪在戏校泡了将近两个月，自己一直没登台。转眼五一节就快到了，她回到剧团看了彩排，做了些指点，对女儿和其他演员的表现基本满意。顺便，她把自己要演的剧目通知了凌跃——《阳平关》，和戏校学生们合演。

小凌有些顾虑，"您跟这些小毛孩子一块儿演，不怕让他们搅了您呀？当天可有不少领导来看戏呢。"

"我在台上连这几个孩子还罩不住？百学不如一练。"说罢她狡黠地眨眨眼，"领导不来我还不叫他们演呢。"

蒋凤仪设想得非常好，不料天公不作美，演出当天从傍晚开始风雨大作。观众上了不到一半，前排的贵宾们倒是都如约而至了。锣鼓胡琴按时奏响，渐渐掩盖了外面的电闪雷鸣。

然而，台上演到《红娘》，在莺莺夜入张生书房的一刻，整座剧场忽然唰地陷入黑暗。灯光熄灭的时机太恰到好处了，以至于台下观众过了好一会儿才意识到那不是香艳的舞台设计……而是，停电了。

三岔口

"风流不用千金买，月移花影玉人来。今宵勾却了相思债，无限春光抱满怀。"

台上的小红娘刚唱完这句，剧场黑了。有人起哄，"真吹灯了呀！"片刻之后，黑暗中四面八方都爆发出叫嚷声，"停电了？""还演不演？""退票、退票！"

稳坐前排的几位领导派人去找蒋凤仪问情况，发现后台比前面还热闹。《红娘》是倒数第三个节目了，陪蒋凤仪在大轴儿[*]演《阳平关》的十几个戏校学生此时都已到位，加上崔校长和带队老师，本就不宽敞的化妆间被挤了个满满当当。

---

* "大轴儿"为最后上演的节目，"压轴"为倒数第二个节目。

雏仪主演的《八大锤》是压轴戏，她早就扮好了，正在角落安安静静坐着默戏。停电以后，她第一反应是把晓斌圈在怀里不让他乱跑。

"小姑姑，怎么回事啊？"

"等着呗。你爸不是去打听了吗。"

凌跃很快打着手电筒回来了，报告蒋凤仪："下暴雨，周围这一片儿都停电了。"

到后台询问情况的正好是供电局袁局长的秘书，答道："今年邪门儿，刚五月咱这儿就入汛了。一会儿估计就来人抢修，但至少得四十分钟一个小时吧。"

观众和领导都不会干等那么久的，可蒋凤仪还不死心。凌跃说倒是有两盏应急照明灯，可亮光儿也就比手电筒强点。

"嗬，那不成《三岔口》*了吗！"团里的武丑演员谢波开了个玩笑，实际已经准备收拾东西回家了。谁料说者无心，听者有意。

"哎！小谢说的有道理啊！"

"我？我说什么了我……"

谢波还未反应过来，蒋凤仪已催着凌跃去通知观众，"赶

* 《三岔口》，由短打武生和武丑主演的经典剧目。该剧讲述任堂惠夜宿旅店，与店主刘利华因误会而引起搏斗的故事。该剧以模拟黑暗中打斗为最大特色。

紧把应急灯摆上，跟观众说咱们来个应景戏，真真儿的《三岔口》！只此一回，错过就没了！我去看看让谁上。"说完她走回了化妆间。小谢抽了自己一个小嘴巴，恨自己多嘴。今天就他一个武丑在场，不管哪个武生演任堂惠，他都跑不了要演刘利华。

凌跃只好硬着头皮走到台上施展他口吐莲花的本领，"各位领导，各位观众，由于天气原因剧场突然停电，估计得有一会儿工夫才能恢复，想退场的观众现在就可以去退票。不过，我们蒋团长突发奇想，要请大家看一出《三岔口》。大伙儿都知道这戏讲的就是摸黑开打，但从古到今谁也没真的摸黑打过……今儿虽说不是完全黑，但对演员的功夫也是个巨大考验……"说话间，工作人员匆匆忙忙上来更换砌末，光线太暗，遗漏了旦角掉在台毯上的一支凤钗。待到凌跃讲完，台下的观众走了一些，但大部分都满怀好奇地留了下来。

"今儿先不演《八大锤》了，"蒋凤仪在后台急火火地问几个年轻武生，"咱来个《三岔口》。谁跟小谢一块儿上？"

两个小伙子都没吭声……按说这是短打武生的拿手戏，但真要在黑灯瞎火的舞台上刀对刀、拳对拳，谁心里都有点拿不准。蒋凤仪二话不说，自己坐到化妆镜前轻车熟路地打开了粉盒，"得了，我来吧。"

"妈，"雏仪走过来，摘了自己的翎子，"还是我来吧。你一会儿还有《阳平关》呢，赶双出儿太累了。"

"你……行吗？"蒋凤仪迟疑了一下。雏仪毕竟是女孩子，近身较量的短打戏她一般不安排女儿演。

"怎么不行？我原来在学校老跟小谢演这个。"雏仪和小谢是戏校同学。一旁的崔校长听了这话也点头称是，"我记得这俩孩子配合挺默契！"

于是蒋凤仪亲手帮女儿换衣服，顺便叮嘱她一些要领，不一会儿小将陆文龙的团龙箭衣、厚底靴就换成了紧窄的抱衣抱裤。那边小谢也扮好了，过来一瞧有点傻眼，"你啊？"

"怎么？看不起我？"雏仪拉着小谢，扶持着往前台赶。

"不敢……就是黑咕隆咚的，怕伤着团长的大小姐。"

"少废话。"她一下子蹿上了大幕和二道幕之间的桌子，躺下跷起二郎腿，手垫头作睡状。大幕徐徐拉开，闭着眼睛的雏仪感到了一点微弱的光亮。幕侧，小谢扮演的刘利华走矮子步登台，手握钢刀潜到"房门"外，刀刃由上划到下，撬开了门锁。雏仪扮演的任堂惠警醒地睁了眼，轻巧地翻身"下床"，一脚把大带踢上肩头，理了理衣服。锣鼓戛然而止，观众亦屏息凝神地看着他俩持刀围桌摸索，时而飞脚上桌，时而旋子下桌，在影影绰绰的光线下演绎"相逢对面不相识"。平时这出戏的看点是演员要在亮如白昼的舞台上虚拟出伸手不见五指的感觉，而此时此刻，最大的挑战是在真的半瞎状态下激烈交锋。

坐在黑影里的观众不断发出叫好，台上的打斗也在持续升级，从单刀对单刀，到空手对双刀，最后变成空手对空手的对打，风声飒飒可闻。戏校的孩子们簇拥着蒋凤仪站在幕侧，他们小声惊叹，凤仪一直提着的心却慢慢放了下来。最后，戏中人双双跑了个虎跳，滚地后小谢走了个抢背，雏仪则乌龙绞柱从地上腾起，二人亮高矮相。

在噼里啪啦的热烈掌声里，顶光明明灭灭地闪了几下，随即齐刷刷亮起，来电了！蒋凤仪大喜过望，赶紧轰身边的孩子们去扮戏。这时台下忽然传来一阵惊呼，她回头张望了一下，没发现雏仪和小谢的背影有什么异常，于是也离开了侧幕条。

须臾，蒋凤仪已经扮上了老黄忠，正在扎靠旗时听见谢波一路嚷嚷着进了后台，"快快快……挂彩了！"她一听，抬脚就走，盔箱师傅拽着靠旗绳子追在她后面。"怎么了？"她迎上去一看，吓住了——雏仪的额角破了个口子，血顺着伤口流了半张脸，雪白的抱衣也斑斑滴滴染了红。

蒋凤仪一面细看女儿脸上的伤，一面叫人"拿棉花、拿棉花！"，卸妆用的棉球拿来了，她慌忙给雏仪摘了罗帽、掭了头，用棉球捂住了那道细而深的伤口。凌跃也急问小谢怎么回事。

"不是我、不是我……地上不知道怎么有支钗……我们虎跳完了一滚，就……"小谢还没说完雏仪便打断了他，并且推开了她妈的手，自己按着那个棉球，"哎呀没事……电也来了，妈，你快上台吧！"

盔箱师傅已经手脚麻利地给蒋凤仪扎好了靠旗，刘俊文和郝鹏一个捧着白三髯口、一个举着象鼻刀，正不知是进是退。凌跃让她放心，他带雏仪去医院。小谢也赶忙表示自愿陪同。

"疼不疼？"她问。

雏仪摇摇头。母亲的眼睛还是离不开那团渗血的棉球，但到底还是说"一会儿妈去医院接你"。然后从刘俊文手里抄过了觷口，一边戴一边转身往台前跑。

凌跃和小谢陪雏仪下楼梯，凌晓斌一迭连声地叫着"小姑姑"飞跑过来。凌跃赶他回去，他不肯，非要一起去医院。无法，只能拖着这条小尾巴。大厅檐下雨水如瀑。医院虽不远，但路上积水难行，打车也肯定不易，凌跃叫小谢去找剧场经理，借用他们的专车。

"这段日子一定要注意用电安全！下个月会来人做专项检查。"

"是、是，今儿麻烦几位师傅了，外面忙完了又来我们这儿……"

小谢迎头碰见剧场经理送几个穿深蓝工装的人往外走，赶紧上前拦住他，"哎、哎，刘经理，我们有人受伤了，借你们的车去趟医院！"

"哟，怎么弄的啊？伤得厉害吗？刚才冯处长看了一半儿要走，他那司机今儿没跟着来，我们就派人送他去了……这会儿还没回来呢。"

"啊？！那怎么办……"小谢正在挠头的时候，那三个戴安全帽的电力人员又掉头回来了，领头的是个人高马大的小伙子，爽快道："一拐弯儿不就是医院吗？坐我们的车吧。"

大厅门口，凌跃正小心翼翼地揭开棉球察看雏仪的伤口，"血倒是不流了。这口子可够深的……"

"这就是？"那几个人跟着小谢和剧场经理走过来，都被雏仪脸上的血渍唬了一跳，她捂着额角低头站着，感到莫名其妙。

"你们在这儿等着吧，我们去把车开过来。"几个人手脚麻利地披上湿淋淋的雨衣冲了出去。雏仪听明原委后不好意思让这么多人陪自己搭车，索性让凌跃父子俩不要去医院了，也免得小孩子淋雨着凉。凌晓斌一开始还不答应，直到他爸威胁他不听话下回就不带他看戏了。那吵闹的小尾巴终于偃旗息鼓。少顷，工程车转了个弯在阶下停稳，谢波扶雏仪上了车。

小谢落座后顿感轻松，"哎呀妈呀，终于坐下了。几位大哥，多谢了啊，活雷锋！"他们都说不客气。开车的小伙子把手搭在副驾椅背上，扭过头来倒车，雏仪抬眼一瞧，不禁愣了几秒。他也瞅了雏仪一眼，却没察觉什么异样，只是专心而熟练地把车开出了剧场的院子，胸有成竹道："小兄弟，忍着点，保管一刻钟把你送到。"

雏仪捂着额头呼了一口粗气，小谢噗嗤乐了，被她狠狠剜了一眼。俩人一路没再吭声，只听着前座那几位闲聊。

"听说今儿袁局也在里面看戏呢。"

"谁不知道他好这口儿啊……每年联欢会他都得唱一段

儿呢。"

"难怪人家单位都发电影票，就咱这儿老发戏票……"

"哎，听说他今儿带着上回立功的几个人一块儿来的，陈工，你怎么没……"

"我不爱看。那玩意儿有啥好看的？"

"你看过吗？"

"没有……"

车里两位岁数略长的老师傅忽然默契地不言语了，车里安静下来。窗外雨声潺潺。

驾车的"陈工"技术确实稳健，说话间已经顶风冒雨地疾驰到了医院门口。"到站！"他停了车，又转头递过来一把伞。雏仪没接，径直下了车，小谢连忙接过来，从另一侧跑过去给她撑开了伞。她敲了敲车窗，小伙子立马摇下了玻璃，"不用……"

他的"谢"字还未出口便被雏仪抢白了，"你没看过凭什么说不好看？"

"……"小伙儿一时无语。巨大红十字灯箱的光从她身后射过来，晃得他眯起了眼，但在雨丝与光柱交织的模糊视线里，那张狼狈却俊秀的面孔渐渐清晰起来——虽然满面怒气，胭脂也早就花了，还凝结着血道子，可是一双眉眼的轮廓依然干净明利。

"不过你这个眼力可能确实看不出好儿来。"雏仪撂下这句话转身便走，哗哗地蹚着水进了医院大门，一身白戏服在雨里特别鲜明。小谢追着她，又回头朝车里打着手势敬了个礼……

车里的陈姓小伙子手搭方向盘，后知后觉地望向两个老师傅，"她是女的？"

他品着他们俩的表情，语气很快变得更加惊讶，"……你们都看出来了？不是……她一路没出声儿，你们怎么看出来的？？"

"啊，陈工，你进厂这么长时间了还不知道啊……"坐在副驾的老师傅乐呵呵地拍了拍膝盖，"她妈是咱省里的名人啊。就算不看戏的，谁还没在报纸电视上见过那娘儿俩的照片？他们隔三岔五给各大单位送票……好些领导是那蒋团长的戏迷呢。"

送票……二十六岁的青年工程师陈石想起了几个月前在电厂门口拦住袁局长的那个姑娘，以及她送给自己的那个白眼儿。

弄花雨

"帐中领了军师令 —— "蒋凤仪在幕后唱了句导板。她
几个月没上台了，老观众们迫不及待地给了她碰头好。四个
小兵雄赳赳气昂昂地列队跑出来开路，黄忠老将随后提刀打
马而来，一副飘飘白髯，身披杏黄大靠。

"也曾一战取定军。赵国廉颇八十整，日餐斗米肉十斤。
老夫今年七十整，我与廉颇不差毫分……"

蒋凤仪在台前站定，长刀背在身后，几句快板激如奔涛。
快五十岁了，她的老生戏打磨得愈发醇厚有味。老生亦分文
武，像黄忠这样的武老生既要有年龄感又须"虎老雄威在"，
非得技情俱备方能演绎到位。

"好，挂味儿！哎……怎么今儿的小兵全是小孩子啊？"

"谁知道咱这艺术家活宝又要闹哪出儿。"

"对了，刚才演《三岔口》的是她闺女吧？"

"没错，不知道怎么弄的，那一脸血，还愣是演完了……"

前排的袁局长和其他几位热爱文艺的领导窃窃私语着。台上，一个小胖墩扮的曹操亲自持令旗登上北山，坐看魏兵魏将围战黄忠。杀声震天，披挂上阵的几员大将都是戏校的高年级学生，他们背上的靠旗随着脚步翻飞，在观众眼前形成了一条流动的瑰丽彩带，将饰演老黄忠的蒋凤仪环绕其中，五六件兵刃一齐压住了她的象鼻刀。她把刀轻轻一挑，转身舞了几个稳中见快的大刀花，光彩熠熠的眼神一放，朝众敌将喝了声，"来战！"

只此一戳一站，仍霸气地抢走了所有人的注目。

几番交手，黄忠究竟寡不敌众，"曹兵来的似涌潮，黄忠今日遭圈套"。值此千钧一发之际，赵云似从天而降一般赶来。刘俊文穿一身镶蓝白靠，戴黑三髯口，用他那杆龙胆亮银枪挡住了众魏将，救下了老黄忠。

"四将军来了？"

"来了！"

"不要放他们跑了哇！"

"杀！"

黄忠退场，赵子龙一推髯口，长枪扬起，杀入阵中。平时蔫不出声的刘俊文到了台上变得虎气生生，对战郝鹏扮的徐晃时表现尤其精彩。两个孩子势均力敌，但被严师教训之后都不敢任性抢戏，所以此时打得严丝合缝、密不透风而又不违一攻一守的本分。最后徐晃不敌赵云，走反蹦子跳开，赵云一个大翻身儿，把银枪猛地一收，二人齐亮相。观众们给两个少年大声叫好，幕侧的崔校长乐得见牙不见眼。

魏兵落败，曹操在山头"哎呀"一声叹，"眼看猛虎将擒到，何方又来一条蛟！白盔白甲白旗号，莫不是常山的赵子龙他又来到！"

搭救黄忠的赵云已不是当年长坂坡时白面无须的扮相了，可是舞台上江山代有才人出，明日的蛟龙猛虎就将出自这一群稚气未脱的孩子。大幕再拉开时，剧团演员和戏校学生们出来谢幕，领导也都走上去与他们握手。

"演得好、演得好，后生可畏啊！……哎，凤仪呢？蒋团长哪儿去了？"有领导询问。

这时蒋凤仪已经卸了行头，一边系着外套的扣子一边跑到台上，还没开口就被握住了手，"今儿这老将军演得有威啊！就是你的戏份太少啦，偷懒了是不是？怎么不带着前面的《定军山》一块儿演？"

她勉强笑了笑，急急忙忙地把崔校长拽了过来，"黄书记，您要看《定军山》啊，下个月有一场，您可一定得赏光！老崔，待会儿把学校办参评演出的事儿介绍一下！各位领导，大雨天儿，难为大家还来捧场，但我得赶紧走了，闺女还在医院呢！"

袁局长好心相助，"哎凤仪，你怎么去啊？叫小冯送你吧。我搭黄书记的车。"

晚上九点钟，蒋凤仪把演出后的各种交际事宜托付给了凌跃，自己坐着袁局长的车赶往医院。雏仪的额头早就处理完了，缝了三针，又贴了一块纱布，此时她和小谢百无聊赖地枯坐在急诊室的长椅上。那身缎子团花抱衣溅了不少泥水，配着脸上的伤，显得非常狼狈。她有点懊恼，"早知道应该换了衣服再来。把这行头糟践了。"

小谢已经困得哈欠连天，闭着眼睛嘟囔，"你心还真大，还惦记着行头……大夫说你那口子可能留疤呢……哎，你妈怎么还不来？我请你打车回家吧，明儿让你妈给我报销。"

"呸！那也叫你'请'我？雨没停呢，这会儿估计也没什么车……你不爱等就自己溜达回去吧。"

"不行，那也太不够哥们儿了。"小谢靠着椅背的身子又往下滑了滑，就快躺下了，"你还挺能等的，一点都不着急。"

"这算什么呀……我上一年级的时候我妈接我下学就从来没准时过，我天天坐在传达室小板凳上等她……"

"那后来呢？"

"后来就改我爸接我了……再后来我就自己上下学了……"

"看来有个名角儿妈也挺受罪的！"小谢没心没肺地乐了，过了会儿，随口道，"你刚才干吗对人家'雷锋'大哥那么横啊？人家不就是叫了你一声小兄弟吗，你现在这样儿谁看得出你是女的？要不是那傻大个儿助人为乐，你且到不了医院呢……"

雏仪腾地坐直了身子，刚要开口，一串忙乱的脚步声传来，小谢立刻跳起来，"团长、团长，这儿呢！"

蒋凤仪跑过来，撩开女儿的头发帘察看，不等她问，小谢已经非常殷勤地报告了情况。她一听伤口深、可能留疤就急了，要去问大夫有什么补救措施。雏仪赶紧拽住她，"妈、妈，嘘——别闹腾，大夫说的是'可能'，又没说一定……再说了，就算有点印儿，化了妆上台也看不出来！"

"女孩子脸上留个疤，以后嫁不出去我这当妈的罪过可大了……"

和雏仪做了多年同学同事的小谢差点笑喷，险些脱口而出不留疤也没人敢娶，转念一想还是没再嘴贱——今儿这一场临时抓差的《三岔口》不就是因为自己要贫嘴吗。但雏仪还是瞪了他一眼，站起身往外走，"快回家吧，姥姥还等着呢。"

蒋凤仪的手心全是汗，在裤子上抹了抹，赶上去拉住女儿的手，小声说："你姥姥肯定得怪我……"

从医院回家的路不算远，但司机小冯给领导开惯了车，稳字当先，车上那仨人又都累了一晚上，故而很快先后睡着了。母女俩在后座，雏仪把脑袋枕在了她妈肩上。在距家属院不到百米的一条大街上，一辆工程车驶过了他们。

"我雨鞋里都是水，真够受的！"

"人家陈工都没说啥，你叨叨什么。"

"到了夏天，这一片儿更得三天两头停电。"

"谁说不是……咦，那不是袁局长的车吗？"

两辆车擦身而过的瞬间，陈石向旁边瞄了一眼，一抹雪白戏袍掠过视线。他以为自己看错了。

暴雨逐渐转为淅淅沥沥的小雨，冲去了车身上的泥污，车窗内凝结的薄雾久久不散。九十年代的北方城市并没有繁华绮靡的夜景，在清冷无人的马路上，路灯透过玻璃上飞滚的雨珠，折射出朦胧而缤纷的点点光晕。

一个多月后的周末，齐克谐照例从北京过来看女儿，还是约在剧院附近的饭馆。虽然他并不想遇到旧日的同事，但为了不耽误雏仪练功排戏的时间，也只得如此。雏仪的伤口早已拆了线，可愈合处依然泛着淡淡的粉红色，她对着练功房的镜子把额前的头发扒拉了半天，觉得应该可以蒙混过关，没想到她那心细如发的父亲还是一见面就看出了端倪。

"怎么头发帘儿往那边梳了？"齐克谐轻轻一抚女儿的脑门。露馅了。"怎么弄的？！跟别人对刀枪把子碰着了？谁啊，手底下这么没准儿？"

"没谁。演《三岔口》的时候台毯上有点零碎，没留神。"

"剧场现在都这么干活吗？"

"停电了嘛，都手忙脚乱的。"

"停电了怎么还……"齐克谐迷糊了一瞬，很快猜出来了，"真行，摸黑儿演《三岔口》，这狠招儿别人还真想不出来。演就演吧……干吗非派你呀！"

"我自己要演的。这出戏我跟谢波配合挺好的。"雏仪若无其事地夹菜吃饭。

"谢波……是不是你戏校那个同学？小伙子挺机灵的，就是个儿矮了点、话多了点。你们……"

雏仪放下筷子，无奈地瞅着对面，"爸，'我们'什么呀？我们就是哥们儿啊。我没把他当男的，他更没把我当女的。我跟团里这帮人都玩儿得挺好的，打成一片！"

"傻姑娘呀，还玩儿呢。"齐克谐笑了，其实他何尝不希望女儿永远是个长不大的小姑娘呢，可是她的确长大了，二十三岁，青春正好。几年前的"小梨花"比赛失利后，齐克谐逐渐意识到女儿的成才之路也许要比少小成名的凤仪走得更坎坷。女儿虽不会经历父母一辈经历过的极端磨难，但她或许也难以拥有绝地复苏又迅速崛起的历史机遇。如果女儿不能成大角儿，他至少希望她过得幸福，比她妈妈幸福，也比他，幸福。

"宝儿，剧团的圈子还是小，你应该多接触一下外面的人，交交朋友、聊聊天也好啊。"他终于切入了自己准备好的正题，"《戏剧文苑》有个编辑小关经常跟我约稿，我跟他聊了几次，这个年轻人挺优秀的，是北大……"

"打住打住！爸，"她抬起头认真又笃定地直言相告，"你身边的那些文化人儿，包括且不限于编辑、编剧、作家、诗人、画家、老师、学生……我一个都不想见。我吃得差不多了，你还有别的事儿说吗？"

齐克谐虽还一口饭菜未动，但已经被噎住了，停了半晌，还是说，"……有。"

"跟保媒拉纤有关系吗？"

"……没有。"

"那你说吧。"

"下半年三爷爷想叫我去他那儿一趟，大概九十月份吧。你要不要跟你妈请个假，和爸爸一起去看看三爷爷？"

"三爷爷生病了吗？"

"不、不，老爷子身体挺硬朗的，一年里有大半年都在到处游山玩水。他就是邀请我们去玩玩，大概也有点事要商量吧。"

"那……我还是先不去了吧。"雏仪的语气有点抱歉，"八月底我妈要跟着艺术代表团出国，我要是也走了，团里有的戏就没人演了。爸，替我向三爷爷赔个不是吧，什么时候他再回来，我一定陪他看戏、吃饭、爬长城！"

齐克谐无可奈何地点点头，"随你吧。我也看出来了，这团离了你们娘儿俩就不转了是不是？"

雏仪夹了一箸子菜放到她爸碗里，撒了个娇，"快吃吧爸爸，都凉了。出国别忘了给我带点高级巧克力回来！"

赤枣子

戏校学生傍着蒋凤仪演的《阳平关》给领导们留下了不错的印象。不久后学校举行"教学成果展示演出"，领导们果然大多到场观看，也亲眼看到了校园里硬件设施的残破。蒋凤仪在演出后的座谈会上直言不讳：早年间有名的科班，不管是叶家的富连成、尚小云的荣春社，还是李万春的鸣春社，没有一个不是"毁家办学"。据说当初叶春善老先生每天晚上都要亲自提着灯笼"查寝"，尚先生为了支撑教学用度卖尽了七所房产、一部汽车。今天戏校都由公家管了，更不该冷落了那里的师生。天天说振兴民族文化，归根结底不能务虚，而要从"人"抓起 —— 一手留住那些身怀绝技的前辈，另一手托起未来可期的后生。

参评结果公示后，戏校如愿摘得了市重点的牌子，得到了拨款，教师的待遇也有所提高。孙玺背地里向蒋凤仪道了一个"谢"字。除了这一个字，他说自己别无可赠。

她淡淡说那我连这一个字也不要你的，你教我几出戏吧。

他大惊，不知她到了这个岁数还想学什么。

"想学的多着呢。以前我师父说姑娘家别把形象弄得那么吓人，所以不肯教我勾脸武生*戏。我知道你会。"提到严松霁，孙玺目光躲闪了一下，但答应了她的要求。其后数月，刘俊文、郝鹏和其他一些有心的学生经常在晚间溜到练功房外偷窥孙玺教蒋凤仪，后来就变成光明正大地沿着墙根坐成一排旁听。他们没想到一向只教身训课的孙老师原来如此腹笥渊博，更没想到在台上风头无两的蒋团长学戏时认真如小学生。

学《艳阳楼》，孙玺让她"搭个架子"。**

"啊嗨——"她喊了一嗓子。

"你这是哪吒出来玩儿了？太尖了！"孙玺此言一出，围观的孩子们乐成一片。

"啊嗨——"她面不改色，又来了一遍。

---

* 　勾脸武生，指脸上画有脸谱的武生形象，例如《铁笼山》的姜维、《艳阳楼》的高登，多由武花脸戏改化而来，所以唱念风格、工架、造型以及威势气魄都还保留着许多花脸的表演特征。

** 　《艳阳楼》的主要人物高登是个尚武好色、骄横狂傲的纨绔子弟。搭架子，指人物在幕后回答问题或报名号。

"这是林冲啊？太正了！"

孙玺在学生们面前没给她留面子，她也不厌其烦地一遍遍喊，终于略找到了勾脸武生音色里的豪横味儿。一声"啊嗨"枯燥重复了无数遍，岁数小的孩子们都东倒西歪地打上了盹儿，而俊文和郝鹏这样渐通门道的少年却深受震动。行里人惯称身上的功夫为"玩意儿"，听来轻巧，实则太难了。眼见蒋凤仪这样的角儿尚且为了幕后一声"啊嗨"千锤百炼，不少学生都慢慢抛却了偷工减料的小心思。练吧，他们一日日面对她在暑热蒸腾的练功房里挥汗如雨的身影，意识到这一行可能真的没有捷径可走。

当年八月的出访演出期间，蒋凤仪亮出了她新学的这出《艳阳楼》。谢幕时那些外国人怎么也无法相信刚刚戏里的恶霸大花脸是这个女人演的。其他演员也跟她开玩笑，"活林冲"演了一回又丑又凶的高俅之子*，不怕"晚节不保"？她答曰坐吃山空才晚节不保。转头又抗议："不对……怎么就'晚'了？我还小着呢！"说罢朝几位白发苍苍的老艺术家努努嘴，引得大家开怀一笑。

团长虽不在，剧团还是要定期下乡演出。乡干部小贾和牛子像往常一样给他们跑台口、找住处，只是见面时毫不掩饰语气里的遗憾，"哎呀蒋大姐咋没来呢，大伙儿都盼着

---

*　《艳阳楼》里的高登为高俅之子。

她呢！"

"你蒋大姐又为国争光去了，这不还有蒋小姐呢吗！她妈的拿手戏她现在差不多都能来。"凌跃远远指了指正在跟众人一起搭台的雏仪。

"那也好……"小贾拍拍凌跃的肩膀，"对了，跟你们团的人说，晚上在村里走路当心，我们这儿正改造电网呢，工地似的，别磕着绊着。"

"哟，轮到你们这儿啦？我说怎么地头儿多了好些电线杆呢。"

"可不吗，等到线都拉好了，下回在台上挂它一排四十瓦的大灯泡，保准把翎子上几根毛儿都照得清清楚楚！"

凌跃点点头，说他记得前几年老乡家里还点煤油灯呢。

"什么是煤油灯呀？"正在放暑假的凌晓斌第一次跟着剧团出来，听见看见什么都觉得新鲜。几个大人笑而未答他的问题，却都一脸感慨。

到了晚上开戏前，凌晓斌已经跟村里几个小孩混熟了，带着他们在台前幕后乱串，得意洋洋地给小伙伴们进行着知识普及。

"哇，好多胡子啊！"

"不许摸！这叫髯口，这是黑三，这是黪三，这是白三，这是白满……"

几个淘小子欣赏髯口、刀枪和大靠时，一个清秀单薄的小丫头望着梳妆镜前的各种旦角头面出了神。凌晓斌扭头一看，果断抛下小兄弟们凑了过来。

"苗苗，你瞧什么呢？"

"没瞧啥。"小丫头脸红了，既不多说，也不乱动。但凌晓斌非常主动地指给她看，"这是凤冠，这是泡子……这是……我也不知道了……"他挠了挠头，暗悔自己平时对旦角的穿戴缺乏关注。不过苗苗已然对他佩服得五体投地了，只是后台进来扮戏的演员渐渐多了，她怯生生地着急要走。

"别忙！"凌晓斌一手拽住她，另一只手伸到油彩盒里蘸了蘸，迅雷不及掩耳地在苗苗脑门上抹了个红点儿。"照照，好看不！"他把苗苗推到镜子前，不提防自己屁股上挨了一击，是团里一个暴脾气的老演员，"臭小子，外边玩儿去，别在这儿捣乱！"

挨了训的凌晓斌还是捂着屁股磨磨蹭蹭不愿走，正在上妆的雏仪招手叫他过去，"兜儿撑开。"

他依言而行，雏仪把自己包里带的巧克力糖都塞进了他的两个裤兜里。

"全给我啦？"

"你出去请客去吧。"雏仪瞄了一眼周围这群眼睛放光的小孩，又轻声问那小姑娘，"你叫苗苗呀？我们要准备开戏了，你们快出去找地儿坐吧！"

苗苗乖巧地点头。凌晓斌从满兜糖里拿出来一块，剥了塞进雏仪嘴里，"那小姑姑我们走了！"然后拉起苗苗，招呼上那几个小子就跑了。

三通鼓响过，台下的空地已经坐满了村民。比起蒋凤仪来演出时树上挂满人的盛况，今天算是"上座率"一般般了，但这几个孩子还是没寻到好位置。此时他们尽管嘴里嚼着凌晓斌分的糖，但还是埋怨他耽误了大家抢地儿。晓斌见惯了城里剧场常年只上几排座儿的冷清景象，并不知在乡下看戏还要"抢地儿"。只有苗苗没怨他，她安安静静地把糖握在手里，表情有一点忧郁。于是他更自责了。

晓斌低头琢磨了一会儿，"有了！你们跟我来，咱去个好地儿！"他豪气万丈地一挥手，带着这群孩子回到了后台的棚子门口。苗苗拉住他的衣角，"不是不能进吗？咱们别……"

"没事，咱不去那儿！手给我。"晓斌安慰苗苗，然后牵着她钻到了戏棚的木架子底下，后面的男孩子也都跟着进去了。原来刚才在后台玩的时候晓斌发现这里一直通着舞台下方，而所谓"舞台"也不过是由若干木板临时搭起的离地一人高的架子，木板之间有指头宽的缝隙，一仰头就能看见演员在上面走来走去。

从来没人在如此刁钻的位置零距离看戏。尽管根本看不见演员的脸，但这几个小孩都觉得刺激好玩，演员在上面跑圆场，他们也在底下跟着乱窜。台上唱到了《翠屏山》。晓斌指着木板缝里露出的一双雪白厚底告诉苗苗："这是我小姑姑。"

"你姑演谁呀？"

"拼命三郎石秀！"

苗苗嗯了一声，显然对另一双缎子绣花鞋更感兴趣，"这个呢？"

"这是潘巧云，坏女人！"

晓斌说着拣起了一根小树枝，从木板缝里伸出去使劲捅了捅"潘巧云"的脚底。自从庆红走后，蒋凤仪没再强求其他女孩子练跷功，因此台上这个花旦穿的是普通薄底彩鞋。当下，本来正在撒娇要泼的潘巧云猛然感到了脚底的异样，不禁"嗷"地尖叫了一嗓子，吓得蹦起老高。台上的蒋雏仪愣了，台下的父老乡亲则哄堂大笑。晓斌、苗苗这几个孩子更是蹲在地上捂着嘴乐不可支。

然而他们乐了没多久凌跃就带着人找了过来。戏台底下空间狭小，于是凌跃派个儿不高又身手矫健的谢波进去抓人。台上石秀和潘巧云的"吵家"继续演了下去，上面"吵"得热闹，下面跑得更欢腾。小谢终于把凌晓斌捉了出来，气喘吁吁还不忘插科打诨，"禀告凌主任，您家小爷带到了！是不是来一出儿《辕门斩子》？"

在全村人集中在村东头看戏的同时，西边的工地上聚了几个满身尘土、头戴安全帽的电工和技术人员，其中一个正从十米高的电线杆上爬下来，其他人用手电筒给他照着亮。他跳到地上，跺跺脚，向旁边说："白忙一趟！陈工，咱明儿就撤吧。"

大家都附和，"是啊，那几户不松口儿，这线肯定是拉不成了。他们愿意黑灯瞎火，就让他们瞎着去吧。"

"我想着明儿上午再劝劝他们……"

"没用，村支书的话他们都不听，还能听你的？都说给补偿了还是不干，也不知道咋想的……这么巴掌大的一块地、几棵破树，比用电还要紧？"

"就是的，跟这些老农讲不清道理！"

一直闷闷蹲在地上的陈石站了起来，虽然微勾着头，依然比周围人高出一截。他想说什么，终究还是没说。一行人扛起器械往住处走，越走越清晰地听到锣鼓喧腾。

"哎，支书说今儿村里唱大戏吧？"

"是啊，看看去！……累了他妈的好几天，好歹解个闷儿。陈工你去不去？"

陈石接过了对方肩上的工具箱，摇摇头，"你们去吧，东西给我。我回去睡觉了……"

初秋夜，月亮非钩非圆，清光淡淡。除陈石之外的几个人赶到唱戏地点时大伙儿的叫好声正热烈。台上，英姿飒爽的石秀正在舞六合刀，凛凛刀光皎如月光。

次日上午，雏仪在屋里踢腿压腿，凌晓斌愁眉苦脸地伏在小炕桌上奋笔疾书。他爸罚他今天不许看戏，也不许出去玩，特嘱雏仪盯着他写暑假作业。她踢完了二百腿，晓斌也写完了二百个生字，声泪俱下地哀求："小姑姑，我写完了，放我出去吧！"

"你出去干吗啊？"

“看戏去。”

“上午没武戏，是《白蛇传》，你不是不爱看吗？”

“可……可我要去找苗苗玩！！”凌晓斌终于呐喊出他的真实心声。

几分钟以后，雏仪让步了，但要求作为“电灯泡”陪同晓斌一起出门找苗苗。他拉着她在村里东拐西绕，把她都转糊涂了，“你到底认不认路？问明白人家住哪儿了吗？”

“问明白了……她说她家门口有棵大枣树，都结果儿了，又脆又甜！可是她妈不让她吃，我说我帮她打枣儿……”

他颠三倒四地絮叨着，雏仪听得哭笑不得，“说白了还是不知道门在哪儿啊……”

“在那儿！”晓斌忽然撒着欢儿奔过去，雏仪跟上前一看，还真在一座破院子外面找到了一棵枣树，不算高大，可是结的枣儿确实不少，一颗颗青绿而饱满。

院门没关，雏仪和晓斌同时伸头朝里面张望，见瘦瘦小小的苗苗拉着一个比她更小的男孩站在院里。“苗……”晓斌还没喊出第二个字，屋里传出一阵尖利的叫骂，雏仪赶紧拉着他站远了一点。他俩刚躲开院门就见一个中年妇女把一个穿深蓝工装的大个子推了出来。

“滚滚滚！你听不懂人话？你们电线杆子爱戳哪儿就戳哪儿，就是不许砍俺家的树！”

“可是这个树在这儿，我们没法……大姐，要不我帮您把树挖出来，挪个地儿再……”

"放屁，人挪活树挪死你没听说过？"

"这是为了全村用电方便啊，现在这个变压器的电压……"

"什么'电鸭电鸡'的，俺们家不用电！凭什么为了他们用电，砍俺们家的树？！"

"昨天说了，公家给您一百块钱补偿，您要嫌不够咱可以再商量。电这东西不是没用啊，家里孩子读书写字也不能没……"

这位大姐成功地没有给他一次把话说完的机会。"你嘴上还没几根毛儿，管得着俺们家孩子吗？这树年年结果儿，卖多卖少都是活钱。你们非要砍也行，五百块钱，没啥可商量的！"

"五百……"

雏仪听不下去了，并且她也一早认出这个小伙子是她第三次意外遇见的"小陈"。看来他不光眼力不佳，嘴皮子也不好使，于是她忍不住仗义执言，"你这不是敲公家的竹杠吗！你这个破树值五百块钱？都什么年头儿了，我就不信你们家不用电！"

"嘿，哪儿又来了一个多管闲事的毛丫头？"女人气势汹汹地叉腰朝她走过来，陈石上前一步挡在她前面，"大姐、大姐，别急……"

"你敢把我怎么着？"雏仪一点也不怕，一巴掌推开了小陈，直面村妇。这时苗苗小心翼翼蹭过来，叫了一声妈。

"一边儿待着去！"女人反手搡了小丫头一个趔趄。"苗苗！"晓斌要冲过去，雏仪紧紧拉着他不放，但心头的火气更盛了，"你这人怎么蛮不讲理？！对自己的闺女都撒泼！"

"你管得着吗？你哪庙儿来的？"

"我是省剧团的。我去告诉你们乡里的贾书记你信不信？虐待儿童犯法！"

"好啊，俺说这死丫头昨儿上哪儿疯去了，合着是凑热闹看大戏去了！让你看！把弟弟扔在家不管……还勾搭着臭唱戏的作践你妈！"她薅过苗苗来劈头盖脸就打，雏仪和陈石都看不下去了，不约而同上去拦她。"你们两个杀千刀的外人欺负到寡妇头上来了？你们走不走？走不走？……还不走？行，俺放狗了！"

她说罢披头散发地冲向小院另一端。

这时，陈石真挚地望向雏仪，说了一个字——"跑。"

"什么？！"

"跑！"

他拉起晓斌的手，撒腿就跑，晓斌的另一只手被雏仪牵着，她只好跟着跑起来。很快，他们身后果然响起一阵雄浑的犬吠。村里小巷纵横，但陈石似乎对路很熟悉，在速度不减的情况下不断变换奔跑方向。雏仪攥着晓斌的手不敢放，脚底下也只好紧跟陈石的速度，可是心里实在恼羞成怒。自己昨天还是舞台上的英雄好汉啊，今天却莫名其妙跟泼妇对骂，现在还被狗撵得抱头鼠窜。

而且……那只骨瘦如柴的土狗居然如此有毅力，还在穷追不舍。"我跑不动了！"晓斌抬头朝右手边的雏仪哀嚎。她恨道："你小子这体力还想学武生？！"

晓斌没顾得答复她，一下子就被陈石拎起来扛到了肩上……

小重山

凌晓斌被陈石从肩头放下时，惊魂未定，但还是讲文明懂礼貌地仰头说了句："谢……谢谢叔叔。"

"没事。快跟你妈妈回去吧，认路不？"陈石弯腰摸了摸晓斌的脑袋。

"……？"晓斌纳闷地瞅着他，又回头看看雏仪，清脆响亮地介绍，"这是我小姑姑！"

陈石闻之，动作停了，收回手来抹了一把自己脸上的汗，装作什么事都没发生似的向几步之外一言不发的她露出一个淳朴无邪的笑容，"我说呢，你……"

"你说什么你？"

"我说你……跑得挺快的！真的，一点没拉后腿……"

"住口吧你。"雏仪拉起晓斌掉头就走。

"哎……谢谢你啊,挺仗义的,这么支持我们的工作……"他说到后面,自己都觉得尴尬,于是声音渐弱下去,整了整肩上工具箱的带子也准备离开。

雏仪回头找补了一句,"真不敢当!我压根儿不知道您是干吗的……就知道每回遇见你都没好事儿。"陈石竟认真掏出工作证来给她瞧。她扫了一眼,哼道:"嚯,工程师。"

"电力工程师……简称'电工'……"

她没憋住,笑了。他也松了口气,像棵灰头土脸的大杨树,小风吹过,厚阔的枝叶一抖擞,尘埃尽落。凌晓斌忽然摇她的手,"小姑姑,《白蛇传》唱完就该你了!"她嗯了一声,晓斌的审视目光又在她和陈石之间转了一圈,"你们认识呀?那叔叔跟我们看戏去吧!"

"晓斌,人家不……"雏仪把他拯过来,话音未落,从没看过戏的陈石鬼使神差地脱口而出:"好啊!"

途经一大片农田,一棵树也没有。晓斌在前面疯跑,毫不在意毒辣的太阳,而雏仪手搭凉棚。陈石跟在她后面,高高大大的影子覆下去,在地上形成一小片阴凉。她悄悄往里面凑,他不知是无心还是有意,影子渐渐罩住了她。

她叫晓斌别跑远了,他便回来拉着她的手,边走边不断扭头问陈石:"叔叔,你刚才为什么去苗苗家?"

"因为我们想在她家枣树那个地方种个电线杆,她妈不让。"

"那个阿姨就是她妈?对她好凶啊!"

"唉，是啊。"

"那个小弟弟呢？"

"是她弟弟。"

"苗苗家真的没有电吗？那她怎么看动画片？"

"没有电，她家也没有电视。"

晓斌的问题一个接一个，陈石回答的声音低沉而诚恳。晓斌不知不觉把右手伸到了他手里。雏仪向右瞄了一眼，没言语。快走到戏棚子时，雏仪放开了晓斌，让他带陈石找地方坐，并嘱咐他不许再去台子底下捣乱，然后就匆匆跑去扮戏了。

台上的《白蛇传》开演有一会儿了，老乡们已经坐得里三层外三层。晓斌领着陈石在外圈转悠，忽然听见怯生生的一声唤，"石头叔叔，晓斌哥哥。"

"苗苗？""苗苗！"他俩转过身异口同声。苗苗一哆嗦，怔了一下才把鼓鼓囊囊的一小包东西塞进陈石手里，"给你们的。"那是一条洗得看不出颜色的旧手绢，里面露出几颗光滑青绿的枣子。她送完这包东西便要走，被晓斌一把拉住了，"跟我们一起看戏吧！你看白娘子多漂亮！"他向台上遥遥一指，白娘子那身仙气飘飘的素罗裙和日光下晶莹剔透的水钻头面果然勾住了苗苗的目光。

几分钟后，他们在舞台侧面的一个小土坡坐了下来，陈石很没眼力见儿地坐在了两个小孩中间。他真的是平生第一次看戏，虽然好歹知道《白蛇传》的故事，但许仙一开口他就掉了一地鸡皮疙瘩 —— 京剧小生那大小嗓结合的声腔在他听来好像踩了猫尾巴才会出现的动静儿。

　　许仙：二位娘子何往？

　　小青：我们主婢二人在湖中游逛，不想中途遇此大雨。我们要回钱塘门去，请问君子您上哪儿去？

　　许仙：我在清波门居住。这样大雨，柳下焉能避得？就用我这把雨伞吧。

　　白素贞：只是君子你呢？

　　许仙：我么……我是不要紧的呀。

　　台上秋波互送，台下，两个小孩隔着陈石不停地一问一答，通过他们的对话，陈石也算沾光得到了艺术启蒙：这一折叫"游湖借伞"；白娘子是青衣，小青是花旦；他们乘船而不见船，只用身段脚步表现水波荡漾……苗苗越听越心驰神往，而陈石，终于睡着了。

　　"最爱西湖二月天，斜风细雨送游船。十世修来同船渡，百世修来共枕眠。"老艄公悠悠唱出了那首人人耳熟能详的船歌，雨后的西湖之上，许仙鼻观口、口观心，心里则是情波潋滟。白娘子倒不似人间女子忸怩，主动向这偶遇的敦厚君子发起了攻势。

白素贞：雨过天晴湖山如洗，清风习习透裳衣。

许仙：真乃是西湖比西子，淡妆浓抹总相宜。

白素贞：问郎君家住在哪里？改日登门叩谢伊。

许仙：不敢当喏。寒家住在清波门外，钱王祠畔小桥西。些小之事何足介意，怎敢劳玉趾访寒微？

白素贞：这君子老成令人喜，有答无问只把头低……

戏中人船步摇曳，伴随着脍炙人口的一段流水对唱以及微妙细腻的身段表情，台底下叫好连连。上完妆的雏仪溜到戏棚外，一眼望见了土坡上的那三个人。这么热闹的锣鼓胡琴，这么响亮的掌声喝彩，他居然，耷拉着脑袋，睡得频频点头。两个小东西倒是乐得倚着这个大灯泡的膝盖当扶手，晓斌一边嚼着枣子，一边指着台上给苗苗答疑解惑。

雏仪甩头回了后台，凌跃正在找她。"你俩刚才跑哪儿去了？"

"他作业写完了，我带他出去逛了逛。"

"我就知道你经不住这小子缠……中午没吃饭，上台盯得住吗？先垫点吧。"凌跃递过来一个馒头。

"没事跃哥，我吃块糖就行。"她去翻自己的包，才想起昨天把糖都给凌晓斌"请客"了，又胡乱翻了翻，没找到存货，却从隔层深处摸出了一把雨伞。她撑开来看，深蓝色，无一丝花纹，好像不是自己的……

她出神儿回想，忽听凌跃叫她："宝儿，快收起来！"伞通"散"，后台打伞犯忌讳。雏仪反应过来，慌忙把伞塞回了包里。

台上这折戏已经快唱完了。白娘子和小青先下了船，许仙终于壮着胆子问了小姐贵姓。

小青：我们小姐姓白。

许仙：原来是白小姐。你可知我姓什么？

小青：君子你么？姓许，对不对？

许仙：我正是姓许，你是怎么知道的？

小青：你那把雨伞上不是有大大的一个"许"字儿吗？明儿个请君子早点来，免得我们小姐久候啊！早点来，早点来！

小青耳提面命，许仙受宠若惊，老艄公则蹲在船头露出一脸洞察世事的悠闲与了然，看着许仙像个傻小子似的开开心心跑回船上，在跳上船板的一瞬间却笑容凝固，"哎呀，方才那位小娘子姓什么来着？哎呀她姓什么……她姓……"

"白！"老艄公无可奈何地点醒了痴郎君。

雏仪就着茶水随便啃了几口馒头就换衣服登台了，演《八大锤》。一身粉白战袍的番邦小将打马而来，头上摇摇摆摆的雉尾透着趾高气扬的劲头儿。她眼睛往下一扫，却见小土坡上已杳无人影。有一瞬间的空空落落，也不知是心里还是胃里，但她马上全神贯注地投入了战斗——激烈的车轮大战，小将用双枪战胜了岳云帐下的"八大锤"，而且胜得不费吹灰之力。

战斗结束，小腿微抖也得硬撑着不能教人看出来。进了后台，凌晓斌把茶递过来，她喝了一口，他又把她刚才没吃完的馒头端过来，她摆摆手。放下馒头，他从兜里掏出一颗青枣投喂她，酸甜微涩。

"还要吗？"

她点点头。他就把兜里剩的几颗都放进她手心里了。她塞进嘴里一颗，开始卸妆。

"你刚才又跑哪儿去了？"

"石头叔叔和苗苗走了，我就回来了。"

"……你叫得还挺亲热。"

"苗苗这么叫的嘛。"

"你怎么舍得放苗苗走了？"

"她说她弟弟快醒了。石头叔叔就说他送她回家。他们就一起走了。"

"他还敢去她们家？"雏仪擦脸的手停了一秒，问晓斌，"你们还聊啥了？"

"石头叔叔问你……"

她嘘了晓斌一声。晓斌立马切换成"气声",在她耳边报告:"他问你叫什么名字……我告诉他了……他还问怎么写……"

"你写了吗?"

"我……我还不会呀!"晓斌挠挠头,没敢说自己写下了她的小名。

雏仪弹了他一个脑瓜崩儿,罚他把她的名字写五十遍,还警告他今天的事不许告诉别人。晓斌挺胸立正说:"遵命!"

她若有心事地又拿起一颗枣,还没放进嘴里却放下了,"对了,你不说苗苗她妈不许她吃树上的枣儿吗?那她……"

"啊!那她会挨打吗?"

雏仪和晓斌面面相觑,陷入沉默。

秋月夜

剧团每回下乡都要一两个月，返城已近中秋。雏仪到家时姥姥正趴在窗边往下望，听见开门的动静吓了一跳。雏仪头上身上和行李袋都灰扑扑的，进门就急着去洗澡。

"我这眼神真是不济了，愣是没看见你进院儿。"秋灵念叨着，跟在孙女后面接收她的脏衣服，给她拿毛巾，又去热晚饭。晚上九点，秋灵摆上了一大桌菜，在屋里转来转去，仍不落座。

"姥姥，别忙了，快吃吧！"

"我给这老哥儿俩斟一盅。"

餐桌边的五斗橱上摆着蒋松霆和严松霁的黑白照片，不远处的墙上即是凤仪母女的剧照，外人来了或感诧异，但家里的三个女人都不觉得这样的布置有什么不妥。"孙女儿回来了啊，放心吧。"秋灵念叨着倒了两盅白酒放在柜橱上。

晚饭后，雏仪帮着姥姥在阳台晾衣服，升至中天的月亮泛着淡淡的赤金色，不像平常那么清冷。"月亮快圆了呢。"雏仪把湿衣服唰啦一抖，挂到晾衣架上。

"可不吗。你妈昨儿来电话了，说是演出反响挺好，让他们加两场。中秋节之前回不来了。"

"不回就不回吧，她过年过节哪儿在家待过啊。"

"干的就是这行儿嘛，看戏的越闲，唱戏的越忙。以前那些大角儿忙个一两期就能买房买地买汽车啊。就连你妈小时候挑班儿那一年半载，一个月挣的都能顶四个县委书记的工资 —— 原来听你姥爷说的。"

"我天，我都没听她提过！"

"她哪儿懂钱多钱少啊，反正有戏唱她就高兴，半辈子过去了不还是这样吗，小孩似的。"

"小孩都比她会算计……我那天看晓斌买冰棍自己还记账呢，数儿算得挺利落……"

祖孙俩晾完衣服，闲聊着回到屋里，雏仪习惯性地要去门框下的绳套里耗腿。秋灵说刚回来就甭练了，"趁着你妈不在，偷个懒儿！"

"那干点啥呢……哎，姥姥，我拉弦儿您唱一段吧！"雏仪抄起了落灰的胡琴。对于这项额外技能，她不曾勤学苦练，但有心事的时候总会想起它来。

她的提议遭到姥姥的拒绝，"唱不了……嗓子早塌了。"

"怎么唱不了？原来在家您可没少唱。我姥爷还每回都要凑热闹，他那五音不全的嗓子老把您带跑了哈哈哈……"那是雏仪童年记忆中的快乐辰光。

"乡下独门独户的……这都住一栋楼里，让人笑话……"

"哎呀，您是团长家的老佛爷，谁敢笑话？再说海萍、于玲她们不是还常来找您请教吗！"雏仪说着把胡琴放到腿上开始定弦。老太太没奈何，或许也被勾起了闲情逸致，便随意点了一段。

"……细思往事心犹恨，生把鸳鸯两下分。终朝如醉还如病，苦倚熏笼坐到明。去时陌上花如锦，今日楼头柳又青。可怜侬在深闺等，海棠开日我想到如今……"

秋灵的声音稍嫌低哑，气力也明显不足，几乎盖不过雏仪那生涩的胡琴声，但是幽微婉转，虽无水袖，手、眼却都传情达意。雏仪听着看着无法不动容。

"姥姥，您唱得有味道。"她抱着胡琴呆了一会儿，忽道，"我妈那《林冲之死》里的'梦会'借了这一段儿的东西吧。"

"是啊，要是肚里空空，全靠瞎编哪儿行啊。甭看你妈不唱旦角儿，这些戏她可全都熟。"秋灵说罢缓缓站起来，催孙女早点休息。

秋夜微寒，本该睡得舒服，而雏仪辗转反侧。她下乡这些日子，姥姥把她的床单枕套全拆洗了，小闺房里被打扫得一尘不染。好干净，也好安静，静得人心中生乱。麻纱窗帘外的月影慢慢沉潜下去……明亮的晨光洒到枕畔时她才沉沉入睡。天光大亮，秋灵打开门缝瞧了一眼，见孙女睡得正香，便又轻轻掩上了门。

一连几天，雏仪在练功房里时常走神儿，最明显的一点是兵刃总脱手。放了学就来看她练功的凌晓斌最先发现了她的异样，但他自己也是蔫蔫儿的，磨蹭过去帮她捡起枪，又磨蹭到她身边把枪递给她，抱怨道："小姑姑，你今天怎么老掉把子啊！"

"有点累。"她把银枪一横，坐到地上。凌晓斌也叹了口气，盘腿坐在她对面。她看着这小大人儿闷闷不乐的样子觉得好笑。"你叹什么气？老师又要请家长啊？说好了啊，我可不能再冒名顶替了！"

"什么呀……唉，你不懂，"他摇摇头，"我有心事。"

"小屁孩有什么心事！"

"小孩怎么不能有心事？！"

"哈，那我猜猜……"雏仪话讲了一半，凌晓斌已抢着接道："本宫心事倒有，慢说公主，就是那大罗神仙也难以猜透。"*她顿被逗得前仰后合，乐完了，扒拉了一下晓斌的脑袋，"我猜着了……你不会还惦记着苗苗吧？你们不是拢共就认识了两天吗？"

"两天怎么了？我吃了她家的枣呀……你也吃了！你说她

---

* 　　此句为《四郎探母》中杨四郎的词。

挨打没？她妈那么凶，差点连你也揍了……还有，她家通电没？她……"晓斌说着说着，忽然醍醐灌顶，"啊，我也知道你的心事！你惦记……"

雏仪一把捂住他的嘴，"别胡说！就凭她妈还想揍我？！你想知道苗苗怎么样了，我给你出个主意。"几分钟后，她领着晓斌到了凌跃的办公室门口。

屋里，凌跃正在赔着笑脸打电话，晓斌被雏仪一把推了进去，一通儿上蹿下跳险些搅黄了他爸费九牛二虎之力拉到的一笔赞助。"……滚一边儿去！……啊，何经理，不是说您，我说我儿子呢……"话一出口，更不对味儿，气得凌跃踹了晓斌一脚，同时脸上露出加倍虔诚的笑意，"……那个，何经理，那咱就说定了！好、好，下礼拜请您吃饭，您一定要赏光……"

挂了电话，凌跃朝他儿子咆哮了十分钟，门外的雏仪听得战战兢兢，晓斌却毫无惧色，继续死缠烂打。

"什么苗苗？……挖什么树……跟你有啥关系？咱又不是供电局……你小子刚多大就围着小姑娘转？"鸡同鸭讲半天，凌跃终于被缠得没辙，只好给那村里的支书打了电话，晓斌还啪地按下了免提键。雏仪贴着墙根听得一清二楚：苗苗家得到了五百块钱补偿，枣树给电线杆腾了地，村里的布线工程可以顺利进行了，她家也将告别"无电户"的日子。

电话打完，凌跃没好气儿地问儿子："您满意了吗？你哪儿是跟我们下乡演出啊，简直是微服私访体察民情去了……

好家伙，一棵树五百块钱……快顶你老子一个月工资了……咱这儿还没脱贫致富呢，你还有闲心管人家小姑娘家有没有电……早知道我也他妈的种树讹钱去了，省得到处求爷爷告奶奶……去去去，回家写作业去……"

雏仪听着凌跃的满腹牢骚忍不住笑出来，不提防小谢从走廊另一端走过来，远远喊她："哎，你干吗呢？"她吓了一跳，不等晓斌出来就自己跑了。

蒋凤仪的归期一天比一天近，雏仪觉得再不行动就来不及了。中秋节前一天，凌晓斌没来剧团，反倒是雏仪去学校门口接了他一起回家。走到半道，她撒开他的手，吩咐："去我们家跟我姥姥说，晚上我不回去吃饭了。去给人家还个东西。"

凌晓斌停了脚步，像老干部一样背起手瞅着她不说话。

"听见没有啊？"

"人家是谁？还什么东西？"

雏仪不理他，径自往前走了。晓斌颠着书包紧跑两步追上了她，"你不说我也知道——"说着把一块小石子往前一踢，"对不对？"

她低头一瞥，不禁莞尔，可是脚步没停，只听见晓斌在后头喊："小姑姑……加油！早去早回！"

夕阳西下，雏仪等来了半年前跟庆红一起坐过的那路公交车。这个时间段没什么人往市郊跑，所以她有幸坐在了窗边。车开得非常狂野，干燥的秋风从窗缝灌进来，把她的头发帘都刮起来了，白净的额头上仍依稀可见那道因演《三岔口》而留下的小疤痕。她赶紧推上了窗户，对着斑斑驳驳的玻璃整理头发。一瞬间自己有点笑话自己。她想起晓斌刚才那副心知肚明的样子，不知道是这小子太机灵，还是自己太傻。

半年，见过三次面，每次都是意外，甚至直到第三次她才知道他的名字（而他可能还不知道她的）和职业（虽然她还不清楚电力工程师和电工的具体区别）。每次她都很狼狈，无论是带伤搭车还是与村妇骂架；不过他也没强到哪儿去，永远是那身工作服，一点也不光鲜体面。小谢背地里叫他傻大个儿——他至少有一米八，这样的身高要是学戏就没饭吃了……当然他不须学戏，也不看戏，压根就一点儿也不懂戏……生在戏窝子里的雏仪从小到大很少跟这样的人打交道。可是狗嘴逃生那天，他扛起晓斌就跑，她倒对他有点刮目相看了，而且跑着跑着，发现他长得还挺周正。剧团里英俊的小伙子太多了，有的比女孩子还漂亮，因她是团长的女儿而对她巧用玲珑心的更是大有人在。但他身上有股他们都没有的劲儿，她说不清道不明，却莫名对他产生了一份好感和信赖……

当高大的冷却塔出现在车窗外时，天色已黑。电厂传达室的大爷照例把她拦在门外，然后给陈石的宿舍打了电话。半晌，他敞穿着工装外套跑出来，白背心在夜色里特别鲜明，"大爷，谁找我啊？"老头朝她努努嘴，她脸红了，但站在那儿依然英姿挺拔，像个小豪杰。他愣了一秒，忙系好了扣子走到她面前。

"是你啊！找我有事儿？"

"还你雨伞。"

"大老远来就为这个？"

"是。"

"怎么来的？"

"坐车啊。"

"我送你回去。"

"不用。"

"不行。"他的理由简短有力，"这儿荒郊野岭的，跟市里不一样。"

"这儿也有恶犬？"

传达室大爷早已默默调小了收音机的音量，但还是没听明白这两人怎么一来二去就傻乐起来，然后双双往外走。他提醒："石头，大晚上的带人姑娘往哪儿去？最近这片儿外面可乱！"

"我没骗你吧！"陈石低头看了她一眼，转身道，"没事大爷。收音机不给您修好了吗，快听书去吧！"

他这一送，就把她送回了市区，一路无话，直到上了过街天桥他还跟着。她赌气说你还跟着我干吗，下了桥我就到家了。

"我得到对面坐车回去呀……"

去一趟，回一趟，兜了个圈子。她觉得不甘心，到底主动开了口，"我听说……苗苗她家那棵树挪了。"

"是。"

"公家真给了五百块钱？"

他不语。她知道自己猜着了。"你是不是傻啊？你看不出来她妈是讹钱？还是你工资太高、一个月挣好几个五百？"

他挠挠头笑了，"没、没……不到一个。"说完他急着转移话题，慌不择路地转到了自己最不熟悉的领域，"对了，那天你和晓斌带我看的戏……"

"好看吗？"

"好看。"

"好看得睡着了？"雏仪在天桥中间站住了，"不爱看戏……那你喜欢看电视？电影？话剧？"

"……我都不爱看。"

她有点失望，也好奇，"那你除了上班……"

"我爱看汽车。"

"汽车有什么好看的？！不都是四个轱辘一个方向盘。"

"谁说的？每辆车的'脸'都不一样！"陈石趴在栏杆上指给她看，"车灯是俩眼睛，车牌儿是嘴……"

雏仪有点恐高，但还是抓着栏杆仔细看了一会儿，扑哧一笑，"真的哎，还有表情呢！"

"没错。还不光像人脸……你看这松花江，脸像个熊猫，那个，像鲶鱼……"

"那这大奔像老虎头。"

"对呀,这就叫'虎头奔'!"

桥下是一条并不算壮观的"车河",但稀稀落落的过往车辆眨着形态各异的眼睛,点亮了不见星辰的夜空。雏仪侧过身,仰脸点了点陈石的肩膀,"哎,你这不是挺能聊的吗?刚才一路你哑巴了?"

"我没想到跟你聊这个也可以……你们戏里那些,我都不懂。"

雏仪的嘴角翘了翘,须臾,轻拍了一下栏杆,微微的震动沿着金属管子一路传过去。"我听人家叫你……石头?"

"是。"

"石头……"

"你说。"

"你以后是不是再也不看戏了?"

陈石没答,却从两个兜里掏出了五张戏票,满脸认真地问她:"哪天有你的戏?"

秋波媚

"还什么东西去了？"

"还……"雏仪的"伞"字未出口，忽然意识到那把伞还握在自己手里，压根儿没有交给陈石。她见桌上地上堆满了月饼盒和果篮，忙跟姥姥打了个岔，"都是给我妈送的礼？"

"是啊。你一天不在家，我应付了好几拨儿人，怎么都拦不住……要是你姥爷在，估计得连人带东西都给人家轰跑了……你明儿拿到团里，给几个小年轻儿分了吧。对了，你吃饭了吗？"

"吃了。"

她一溜烟儿回了自己的小屋，直到半夜三更才蹑手蹑脚出来找月饼充饥。嘴刁的姑娘，即使偷食儿吃也得打着手电挑一盒莲蓉双黄……

两天后雏仪有演出，心情忐忑如第一次登台。

国家机关和事业单位在数月前开始实行"双休日"制度，所以剧团在周六增加了场次，希望多上座儿。开演前，小谢在剧场门口抽烟，随意数了数进场的人头，叹了口气。他懒得早早进去扮戏，正叼着烟晒太阳时看见了陈石。羊群里跑骆驼，他那大个子让小谢一眼就认出来了，上前打招呼，"嘿，这不是学雷锋那大哥吗，今儿也来看戏了？"

陈石站住脚，直愣愣问他："……我认识你吗？"

"哎，您贵人多忘事！那回下大雨，不就在这儿吗，我们同事伤着脸了，血了呼啦的……我陪她搭您那工程车去医院来着！我叫谢波，唱小花脸*的。"小谢是出了名的嘴贫爱聊，此时他拉着陈石走到一边，递了他一根烟。

"不会。"他摆摆手，"我叫陈石。叫我石头就行。"

"石头？哥们儿这名字一听就是实在人啊，以后看戏甭买票，我带你直接进去就得了呗。"

"哦，票是单位发的。"

"……"

陈石没意识到自己的"实在话"噎了小谢一下子，只顾真诚地向他请教，"我没怎么看过戏……你给我讲讲这出儿要演啥？"

* 小花脸即丑行。

小谢顿时兴致高涨，义不容辞，"这你可问对人了，外行看热闹，内行看门道嘛！这戏前头叫《八大锤》，后头叫《断臂说书》，话说岳飞和金军交战，金兀术的干儿子陆文龙把宋军四员大将打得落花流水，其实这陆文龙是大宋一个忠臣的遗孤，但他不知道自己的身世……这戏看的就是陆文龙的功夫，穿着三四寸的厚底儿，耍双枪、耍翎子，腿功特别吃重……欸，忘了说了，演陆文龙的就是上次挂彩的那位，是个姑娘，我们这儿的女武生，你那回没……"

"这我知道。"陈石已经把剧情听了个八九不离十，急着要入场。小谢却拉住了他，纳闷问："你知道？"

"不就是蒋雏仪吗。"

小谢立刻琢磨过味儿来了，他把烟头一扔，抻长了胳膊勉强搭住陈石的肩膀，"来来来，哥们儿，不用谢，我再教你几招儿叫好、捧场的手艺。你进去以后别往前蹿、别往后躲，就坐在第六排正中间！为什么？因为我们演员出来一亮相，眼睛就得盯着那个点，盯着那儿才有神！还有，叫好儿都有褃节儿，叫不对了，唱戏的烦你，看戏的也笑话你，叫对了，嘿，保管都对您刮目相看。比如这个戏里有个'三起三落'，就是她得把腿搬到脑袋旁边，然后……"

陈石上学的时候就是聪明学生，只靠听、不用记笔记的那种。在剧场门口听完了小谢的临时教诲，他点点头，攥着戏票信心满满地进去了，小谢手搭额角朝他敬了个礼，也跑进化妆室扮戏去了。

看戏的人不多，不用对号入座。陈石噌噌地超过了几个拄拐棍的老头，直奔第六排，果然在正中间笔管条直地坐下来。老大爷们暗骂不迭，且嫌他挡视线，所以他后面一圈都空空无人。后台，小谢扮好了戏，溜达到雏仪身边上下打量。

"你吃错药啦？围着我转什么？"

"你看你，老出口伤人！我是看你这胭脂有点淡，显得没精神。"

"真的吗？"雏仪当真在镜子里照了照，又在腮边补了一点红，"行了吧？"

"印堂再来点儿，骁勇小将嘛，就得精神焕发。"

"我看你是神经病发了。再抹就成猴屁股了。"她起身准备去候场，小谢把马鞭递给她，摇头晃脑道，"狗咬吕洞宾啊……得了，好好演吧，千万别辜负观众期待啊！"

雏仪闻言有点心虚，但也没多说什么，白了小谢一眼便出场了。站在九龙口向下一望，她瞬间瞧见被诸位老大爷"孤立"的他了；他却佯装镇定地努力观察了一会儿，又竖着耳朵听了听身后几个老头子的点评才确认那是她。有的人台上台下差别甚大，比如蒋雏仪，本身模样挺甜净，轮廓不像母亲那么凌厉，但勒头吊眉以后就变得英气勃勃，又比骨骼粗大的男人多了轻盈和灵动。

她演的陆文龙先战岳飞，再战严成方、何元庆、岳云、狄雷，双枪对八锤，看得陈石眼花缭乱。在仓仓才才的聒噪锣鼓里，他闹不清那些插着一身旗子、跟雏仪对打的人谁是谁，也不懂她做的各种技巧何为射雁，何为探海，何为涮翎子，何为双枪花……但他的目光就是无法离开一身紧俏箭衣、头戴紫金冠、冠上插着两根长长"触角"的她……

人家天天在台上这么折腾，难怪跑得像飞毛腿……陈石如此想。

那两根雉尾翎随着她的一举一动而不断颤悠悠地变幻着弧度和方向，韧如长鞭，柔如涟漪，陈石盯着它们出了神，并且不大恰当地联想到了自己小时候在村头大柳树上抓的天牛……它们身披黑底白星铠甲，也有两根威风凛凛的长"翎子"——他知道绝不能只抓其中的一根，否则就会折断这美丽的触角。那种小心翼翼又激动兴奋的滋味啊，是童年生活里为数不多的亮色，时隔多年又痒酥酥地爬上了他的心头。

身后的老戏迷们忽然大声叫了个"好"，他回过神儿来，见她金鸡独立定格在台上，左手扬枪，左腿后抬夹着另一杆枪，而翎子尖儿弯下来轻抿在唇间。这样漂亮而骄傲的姿态，这样一个英武、矜贵甚至隐约带一点妩媚的小将军，居然就是雨夜里那么狼狈、在乡间那么朴素、前几天还和他大晚上趴在天桥上看汽车的那个姑娘吗。他由衷地跟着其他人鼓起掌来，在戏里戏外、似真似幻的空气里，觉得她这么近，又那么远。

他忽然想起了小谢的教导，"朝天蹬三起三落"——叫好的"褃节儿"。

台上的她已经把双枪归到了右手，横背身后，左腿真的轻而易举贴到了头侧，然后又移到身前，扳着这条腿慢慢蹲下去。全场寂静……陈石有点蒙……所以到底应该什么时候"叫"呢……算了，赶早不赶晚，趁着那些老头儿还没张嘴，他决定先发制人。

真是洪亮有力的一声"好"啊。

可惜不是时候儿。小谢在幕侧捂着脸笑出声，"傻哥们儿，早啦……"

雏仪正蹲到最低点，听见他那一嗓子，脸倏然红了，身子微微抖了抖。台下立刻有人起哄，怪叫："稳住！"她虽年轻，到底是十几岁就上台历练了，一点也不怵，此时定了定心，顺顺当当地站了起来。直到第三次落、起结束，热烈的掌声才哗啦啦涌起。

于是陈石明白了，这才是"裉节儿"。这出戏的最后十分钟他没脸再抬头看她，而她不能不看他，因为他还坐在那个正正好好的位置，让台上人把他的坐立难安尽收眼底。

雏仪进了后台，小谢忍笑给她递茶，"好腿好腿，稳如泰山！"她薅住小谢的后脖领子质问："好啊你谢波，背着我捣什么鬼了？"

"哎哎，别动手动脚！我捣什么鬼了？我是学雷锋大哥做好事啊，不过今儿时间太紧，没把他教好，是我失责，我一定再接再厉……"

"……怎么哪儿都有你啊？！你可真够闲的。"

"你不够意思啊，是不是多年哥们儿，连我都瞒着？你给我说说，你俩啥时候认识的？怎么化敌为友了？我保证不告诉别人……"

　　两人正叽叽咕咕时凌跃远远叫雏仪，"宝儿，卸完妆跟我回团里一趟，跟你说点事。"她本来惦记着下了戏就溜，故而不情不愿地问是什么事。

　　"你妈的事。她明儿到北京。"

　　雏仪一听，马上去洗脸，然后甩了甩发梢上的水珠，叫小谢附耳上来，"让他先走吧……说我改天去找他。"

　　"让我当红娘跑腿报信儿也可以……就是我饿了走不动道儿，你带着吃的没？"

　　雏仪从包里掏出一块月饼扔给他就匆匆走了。小谢打开一看，不禁朝她的背影抱怨："嘿，五仁儿的啊，我牙口不好！"

　　回到办公室，凌跃偷偷知会了雏仪一个消息，让她先别告诉姥姥。蒋凤仪到京后还不能立刻回家，因为这次出访演出发生了一个不太愉快的小插曲。有个叫钟琴的女演员，跑了。

　　"跟我妈有啥关系？"

　　"其实没关系……就是她俩住一屋儿，组织要向她了解一下情况吧。"

　　那是南方一个大院团的当家旦角儿，四十出头了，可是依然美得张扬冶艳，难免名声就不太好。她丈夫是颇有名气的鼓师，也在随行之列，但她死活不跟他住一屋，在酒店大堂闹着要找个女演员做室友，理由是她老公打呼噜，影响她睡眠，睡不好就影响演出，演不好就是给国粹艺术抹黑……钟琴跟带队工作人员软磨硬泡的时候，她那鼓师丈夫面无表情地独自上楼了；别人也纷纷溜之大吉，只有蒋凤仪慢了一步。因她演武戏，在屋里天天要踢腿压腿，组织上特意安排她独住一间。

钟琴便在领队的默许下逮到了她，尽管此前二人并不认识，但自来熟的人有本事直白热络得让对方无法拒绝，何况钟琴笑靥如花，"蒋大姐，你一个人呀？你睡觉打呼噜吗？"

"……不、不打……吧。"

"那走，咱俩住一屋！"钟琴非常自然地挽住了她的胳膊，替她领了房卡。

蒋凤仪是个省事儿的人，无可无不可。坐飞机坐得腿肿，她进屋放好了行李就在墙边拿了个顶，钟琴则细细地整理东西，该挂的挂起来，该摆的摆出来……

她看在眼里，忍不住问："你为啥还带一口空箱子？"

"在这儿买的东西放进去呀！蒋大姐，你出国这么多次，是不是都买厌了？"

蒋凤仪笑笑，继续耗顶，可是眼睛控制不住地跟着这个女人满屋转。因为钟琴确实是绝色佳人，卸了妆以后眉目仍浓艳得化不开，而莹白的皮肤就像衬着牡丹花的薄宣纸。晚上，蒋凤仪吃了片安眠药躺下酝酿睡意，钟琴脸上抹得绿幽幽的，手拈一片面膜朝她走来。

"不不不，我不……"

钟琴不由分说地把湿漉漉、黏答答的面膜糊在了她脸上，用纤细的手指抚平边边角角，咯咯直笑，"女武生也是女人呀！"

次日早上，钟琴起得比蒋凤仪还早，但直到凤仪活动完了筋骨、收拾停当准备下楼吃早餐时她仍在对镜描眉理鬓。凤仪再回到房间时她刚擦好了高跟鞋，边穿边说："我收拾好了。要出发了吧？"

蒋凤仪嗯了声，递给她一份打包好的早餐。

钟琴怔住，坐在鞋凳上接过来，仰脸朝她嫣然一笑。

豆
汁
记

　　那一趟演出，钟琴的一出《马前泼水》令蒋凤仪印象深刻。穷书生朱买臣只知苦读，无心养家。大雪日，他进山打柴，却空手而归，崔氏不堪忍受，逼他写下休书，改嫁他人。数年后，朱买臣中第得官，衣锦荣归，崔氏疯疯癫癫当街跪求夫妻合好。朱买臣命人取水泼于马前，言道崔氏若能将水收回盆内，即可收留。崔氏知其意绝，投河而亡。"覆水难收"即出于此。

　　钟琴演的崔氏既不像端庄青衣，又非娇俏花旦，却有本事一会儿气得人牙痒痒，一会儿令人心酸。尤其是当朱买臣软语哄她将来"定做一品夫人，享凤冠霞帔"，把一只蒙着破红布的笸箩盖到她头上时，崔氏先是如坠云雾般的憧憬与欢喜，继而痴梦乍醒，怨愤难当，诀别之心再无回还余地。

每演到此处，台下那些语言不通的外国人都能被钟琴的表演打动，甚至同情她、怜爱她。剧目单上的英译名是"Crying over Split Water"——舞台上并没有出现一滴水，但它涓涓地渗进了每个人心里。

蒋凤仪觉得钟琴不简单。一连几天也没听她吊嗓子，演出前走台也吊儿郎当，但大幕一拉开就人物附体。晚上躺在被窝里，蒋凤仪睡不着，侧过身去主动开了口，"小钟，你这出戏演得好！能不能给我说说？"

钟琴正盘腿坐在床头涂指甲油，闻之挑眉惊笑，"姐姐您要改行啊？"

她也笑了，"我可改不了……但我可以回去让我们团那些小姑娘学学。天天唱苏三、红娘多絮烦呀。"

钟琴逗她，"我肯教，您学得来吗？"

"隔行如隔山，但隔行不隔理，我能照葫芦画瓢嘛。不是我吹，当初天天演样板戏的时候，都去北京学《红色娘子军》，别的团都派一队人，我们单位就派了我一个儿，这摊儿听听，那摊儿看看，回去就排出来了。"

"早听说您是个狠角色，果然名不虚传啊。"钟琴叹口气，翘起自己蔻丹鲜亮的纤纤春笋仔细端详，"你看这儿买的指甲油干得就是快……就怕您团里那些小姑娘看不上这出戏。谁不爱演二八佳人、孝妇贤妻啊，崔氏演不好就讨人嫌。"

"演好了就招人怜！而且这戏多有现实意义，现在两口子想不到一块儿、过不到一块儿的还少吗？"凤仪是个急脾气，趴在枕上追问，"你倒是教不教给我？"

钟琴钻进被窝关了床头灯，"现在不教！我睡得不够双眼皮就变三眼皮，难看死了。明儿上午不是自由活动吗，你陪我去逛逛商场，我逛高兴了就给你说戏！"

次日，蒋凤仪果真做了钟琴的跟班儿。大美人在万恶的资本主义购物天堂流连忘返，不会几句英语也没关系，芳踪所至之处西服笔挺的导购人员无不主动把新款呈到她面前。试衣服时钟琴询问蒋凤仪的意见，而凤仪自己虽不重打扮，审美鉴赏力却敏锐，她一针见血的点评令钟琴心服口服，以至于买内衣时也把她拉进了试衣间。

钟琴大大方方地宽衣解带，蒋凤仪却有点不好意思。好在这试衣间甚是宽敞，容她瘫坐在柔软的皮凳上，把自己埋进钟琴的一堆购物袋里。直到钟琴问"好不好看"，她才不得不探出头来。

"好……"

第二个字未出口，她愣住了，眼见钟琴身上疤疤瘌瘌的创痕，说触目惊心亦不为过。"你这……怎么弄的？"

钟琴只顾对镜专心地调整肩带，语气淡淡，"能是我自己弄的吗？"

"什么？！你老公敢……"蒋凤仪瞪了眼，但很快就被钟琴岔开了话题，"别说没用的了，你看我穿这合适不？"凤仪心不在焉地扫了一眼，低头敛起几个购物袋，小声说："还可以再大一码儿。"

那天她们回酒店的时间有点晚了，大伙儿瞥着钟琴的大包小包刚要兴师问罪，蒋凤仪却从兜里掏出一对银耳坠晃了晃，"我让小钟帮我挑的，好看吗？"

有人打趣，"哎哟林教头您连耳朵眼儿都没有还买耳坠子？"

"老来俏不许？不就耳朵眼儿吗，我明儿就打去。"

大家哈哈一笑也就略过不提了。

其实耳坠是钟琴在大街上一个流浪手艺人的"地摊儿"上买的。那人一身酒精、麻叶味儿，比比划划地漫天要价，跟他砍价也假装听不懂。钟琴到底花高价买了两对，猫头鹰造型，一对眼睛是绿宝石，她自己留了，另一对眼睛是红宝石，强行送给了蒋凤仪。凤仪说从没见过首饰做成夜猫子样儿的，但她说就是这样才别致。

当着众人钟琴一直冷着脸，进了房间才谢蒋凤仪解围。她说别当回事儿，谁都得活在别人的眼皮子、嘴皮子中间儿；稍犹豫了一下，还是问到了钟琴的私事，甚至问是否有自己能帮忙的地方。钟琴依旧回避了话题，只说，大姐，我给您讲讲戏吧。

那天晚上，她把《马前泼水》给蒋凤仪仔仔细细说了一遍，连崔氏带朱买臣，包括两个人的台词、身段、脚步、锣经，几乎一个人演了一整出。凤仪边看边记，两天后她已几乎背熟了戏路子，还跟钟琴开玩笑说要是演朱买臣的演员临时病了，她现在就能上台替补。

然而"朱买臣"没病,"崔氏"却跑了。

钟琴什么都没拿。她的两只箱子以及刚买的各种衣服鞋帽都还在房间里,教人猜不出她的出逃究竟是临时起意,还是根本蓄谋已久,拿这些东西做烟幕弹。不然她为什么非要跟素不相识的蒋凤仪住一屋呢?大家神秘兮兮地向凤仪打听,其实她比他们还纳闷,但未发一言。

归国后别的演员陆续回家了,她却被留在北京多待了数日。这种事不是第一次出了,所以组织上很重视。面对提问,她没说一句假话,可也没有和盘托出,比如钟琴不愿提起的那些。谈话一轮接一轮,而且话题渐渐往她身上引,她有些不耐烦了,"您这是什么意思,我帮她'脱逃投敌'了?"

"我们也是按程序了解情况嘛。毕竟她这次出去跟你走得最近。何况,你有海外关系。"

"我有什么?"

"你前夫的三叔,一直在那边从事演出策划和经纪工作。"

"您也说了,前夫。"

事情终究不了了之。经过的大风大浪太多了,她算是处变不惊,虽然心里有说不出的滋味。准备回家那天,她偶然在晚报上读到一则戏讯,是个老艺术家告别舞台的演出,于是毫不犹豫地拖着行李去了剧场。

剧场里一楼坐满了一半,二楼空空荡荡,而且是久无人迹的样子。她上了楼,独坐在正中间,手搭着落灰的扶栏。老艺术家是男旦,晚年瘦小枯干,扮相可以说是令人不忍卒睹了，他的小生搭档也是位老先生，两个老头儿颤颤巍巍地演一对梦中重逢的新婚小夫妻，而蒋凤仪和很多人一样看得入神，以至于中途有两个人从另一侧上了二楼，窸窸窣窣地入座，她也没留意。

终朝如醉还如病，苦依熏笼坐到明。去时陌上花如锦，今日楼头柳又青。

空旷的舞台，两个腿脚蹒跚的老人，可是眼睛、水袖、声音依然灵动而缠绵，使人相信花谢花开、离别相聚、生老病死俱是无可奈何的命数，但这一生中总有些光景是难以忘却的。

演旦角的老先生紧抿唇角，眼梢低垂，把水袖向小生身上一掷。那是说不出口的念念不忘，千斤重，在戏里只消轻轻一拂袖便已昭然。

她瞬间泪湿，也没有想起什么，只是为了戏。

演出结束，灯光大亮，她擦擦眼睛站起来，不远处那两位同坐在二楼的观众也起了身，是个中年妇女挽着一个老人。楼下的掌声经久不息，连同着热切的呼喊，送给台上的老艺术家。每一台戏都是一场期会，幕落一别，不知何日再见。所以老戏迷都不愿离去。

一端是告别，另一端有不期而至的重逢。她走过去，叫他一声怪老头，"在这儿逮到你了！"

郑轶夫似乎是单方面断了与她的联络，很久了。上一次通话还是她去台湾演出之前，他自称"含饴弄孙"了。当然不是，周晏如不小心说漏了他的病情。她若想找到他自然可以找得到，但她也没有。

他面容更清癯了一些，倒是不悲不喜，只说逮我干什么，你属猫的？

她笑出声，因为知道他属鼠，长她将近两轮。但他从来没有长辈的架子。

"别傻乐了。请你到寒舍小坐吧，下午正好有个'小朋友'要来看我——你也认识的。"

他们一起下楼，到了门口，陪同他的保姆取出轮椅。凤仪怔了一下。他自自然然说今天要走一走。她在旁未加劝阻，搀住了他的肘弯，他亦没抗拒。

北国的秋天真正当得起"秋高气爽"四个字，湛蓝无云的天，风扫落叶的地，天地之间该凋落的都凋落了，萧萧瑟瑟，也坦坦荡荡。郑轶夫不是原先在片场雷厉风行、调度千军万马的他了，但气场衰而不弱。老了、病了，却不教人感到可怜。保姆推着轮椅慢悠悠跟在他们身后，他忽然停下，转头说："小卫，你不是老夸'林冲'长得俊、身手也俊吗，就是她。"

保姆卫大姐立刻推着轮椅赶上来，边走边打量凤仪，"呀！三天两头瞧那电影，人在眼前我愣没认出来！"

她笑，"那会儿年轻呢。"

"现在也年轻哩，就是电影里十足像男人，真人显得秀气！一会儿您得给我签个名！"

说话间到了郑轶夫的家。郑家格局敞亮，家具也都精良，但显然人气不盛。她安然坐在大沙发上谈天说地，片刻门铃响了，郑轶夫拦着保姆，让凤仪去开门。她起身去开，吃了一惊，"你是……卢荻？"

原来卢荻是来拜师的。这几年两岸交流渐盛，跨过海峡来拜师学艺的人越来越多了，卢荻将要拜的师父正是今天台上演小生的那位田老先生，郑轶夫是中间的引荐人。

卢荻依旧穿着简单而入时，戴灰色棒球帽，眼睛笼在阴影里仍瞬间认出了她，脑子却蒙了。他双手提着礼物，下意识地想扶帽檐却不行，只能左看看郑轶夫，右看看蒋凤仪，招呼打得语无伦次，"郑导演……您好……蒋老师……好久不见！本来我想过一段时间去拜访您的，没想到在这……"

凤仪已经笑眯眯坐回了沙发上，"好久不见！你们该聊什么就聊什么，我就是碰巧来蹭杯茶喝。"

"是啊，卢荻，随便坐，你见着她干吗这么紧张？"郑轶夫转头"质问"凤仪，"你在台湾横行霸道了？"

"哪有！我对外形象温柔得很。"

卢荻默默在单人沙发上坐好，先替周晏如老师转达问候。闲聊间，郑轶夫问及他这次来京要学的剧目。

"田先生说我应该拓宽戏路，像《金玉奴》*里的穷生、杨

---

*　《金玉奴》为传统剧目，亦名《棒打薄情郎》。讲述穷书生莫稽雪天饿倒在街头，金玉奴用几碗豆汁救他于饥寒，后嫁他为妻。莫稽中第得官后嫌弃金玉奴出身低微，在船上推她落水。金玉奴大难不死，最终使负心无义的莫稽得到重惩。

宗保那样的翎子生都能演才好。”

蒋凤仪点头表示赞同，“千人千面，会演行当不够，还要会演人物。”

“《金玉奴》不就是《豆汁记》吗？”郑轶夫忽然一拍沙发扶手，把话题带上了歪路，“卢荻，你喝过豆汁儿吗？”

“……我喝过豆浆，永和豆浆……”

“走，我尽地主之谊，带你们喝豆汁儿去吧！”

凤仪和卢荻面面相觑，郑轶夫却已经站了起来，而且请保姆不必跟着。“我不跟着也行，但您得用它。”小卫指了指角落里的轮椅，“要是又累着了，郑星回来我没法交代。”

卢荻帮着卫大姐打开了轮椅，而郑轶夫还立在原地以沉默表示抗议，直到凤仪走到门边取来了他的大衣和围巾。

几乎没有人在黄昏时分造访豆汁店。他们在几张油光光的小方桌之间随意挑了个位置，西斜的秋阳照进屋来，使惨淡而稀脏的白墙、白地砖有了些许温馨的底色。郑轶夫像点下午茶一样点了三碗豆汁，老板让他们自己去拿焦圈儿和咸菜丝。卢荻自告奋勇，被凤仪拦下了，因为认定他根本不识焦圈为何物。

她去取了来，灰绿色的三大碗豆汁也冒着热气上了桌，郑导率先端起来，一口下去似乎通体舒泰。而他面前的两人都不动弹。“请啊。凤仪，你喝过没？”

“我喝过。所以我不喝……”她揣着手纹丝不动，并且善意提醒卢荻，“我劝你也不必勉强。”

"卢荻，别听她的！知道吗，梅兰芳在上海的时候，言慧珠专门用玻璃瓶装几大瓶豆汁从北京带到上海去孝敬他。"郑轶夫神情自若地边聊边喝，"你看《豆汁记》里这个莫稽，饥寒交迫的时候喝了金玉奴给他的……"

他话说到一半，卢荻已经好奇地端起碗来咕咚了一大口。郑导的鼓励目光和凤仪的同情眼神同时集中到他脸上，而他终于还是在片刻石化之后背过身干呕，然后非常抱歉而礼貌地吐露了自己的想法，"郑导，我这份……好像变质了。"

"不是'你那份'……这东西根本就是馊的。"凤仪说完，本着同甘共苦的精神也勉强抿了一小口。

"这是一种独特风味！喝惯了还上瘾呢。你看戏里那莫稽第一碗囫囵下肚，第二碗就得细品。"郑导学起戏台上的动作，把筷子在碗里一搅。

卢荻受了剧情的鼓舞，凭着惊人的毅力把自己那碗豆汁干了，然后把蒋凤仪几乎没动的那碗也拿过来，试图"细品"……没做到，再次选择了一饮而尽。放下碗，他诚恳好学地问郑轶夫："郑导，您在教我体验角色是吗？"

"啊？……我就是，想喝这口儿了啊……"

蒋凤仪闻之，忍不住大笑。

深院静

卢荻告罪离席，冲出门去买矿泉水。

蒋凤仪半天止不住笑，"你把小朋友坑了，人家以为你在这儿言传身教呢。"

"我确实'身教'了。"郑轶夫亮出自己干净的碗底，又微微倾身看她的碗，"嗬，真是一点儿没糟践，把你那份儿也解决了。"

卢荻回来后，凤仪调侃："还不如不'体验'吧，这回知道豆汁什么味儿了，上台更演不出那馋样儿了。"

他把一瓶水拧开递给郑导，另一瓶默默推到她手边，有点尴尬。演惯了文雅潇洒的公子书生，要他在台上席地而坐喝豆汁、舔碗底，还要刮碗、嘬筷子，确实不易。他诚恳问："那我怎么才能演得真实一点？"

郑导微笑与凤仪对视了一眼，和蔼对卢荻说："现在动不动就讲'体验角色''真听真看真感受'，其实问题没这么简单。话剧、电影、戏曲各有各的艺术逻辑，对'真实'的定义和表现方式都是不一样的。"

"说白了，先把四功五法吃透了再琢磨别的。"凤仪告诉一头雾水的卢荻，"穷生的脚步怎么走、翎子生的脚步怎么走，练好这些基本功才配谈'体验角色'。咱们也不是不讲'真实'。我刚进团的时候，有个李老爷子讲《挑滑车》，高宠骑在马上，那枪花就要绕开马头。可你要是连枪花都耍不溜，怎么演都不会像高宠。"

卢荻顿感惭愧。郑导拍拍他的肩，鼓励道："慢慢来。有句话叫'有法之极，归于无法'，身上的规矩越熟，表演也就越自由，甚至于说放浪形骸也不过分。这样的戏观众才看得过瘾而且动情。"

瞬间，卢荻想起蒋凤仪在台湾演《四郎探母》，即将下场时回头向母亲无力的那一摆手——已然跳脱程式之外，又确乎在情理之中。绘花者绘其馨，绘泉者绘其声，绘人者绘其情，在这最后一点上，戏曲的动人力量丝毫不亚于任何现代的艺术形式。然而，他仍有一个挥之不去的疑问："戏曲表演这么妙，怎么才能让更多人知道呢？"

他的问题很直白，蒋凤仪默不作声，而郑轶夫发出喟然一叹，"是啊，这个问题我也琢磨了很多年，还没琢磨明白。但一门艺术要繁荣，一定需要新人才、新观众，也需要新作品……"

凤仪闻言垂下眼帘，仍知道他正望着她。

"你啊，十年没排新戏了，可是也不必急。究竟要不要排、怎么排，以后多跟卢荻他们这些年轻人交流，也许会有新思路。"

卢荻向她侧目，从未见过她这样痴痴定定。毫无疑问，她珍重他说的每个字。

最后，她答了一句："我尽力。"

"我知道。豆汁儿喝完了，该回家喽。"郑导从轮椅上略欠起身，面朝着小店门口次第亮起的街灯和来来往往的路人，眼里无法掩饰地浮现了倦色。

当晚，蒋凤仪推着轮椅，与卢荻一起送郑轶夫回家。居民楼门口伶仃的树影里，一个高挑瘦削的女人抱着手踱来踱去，发现他们后径直快步而来。卢荻此前已经见过她，两人互相打了招呼。

"凤仪，这是我女儿郑星。"郑轶夫微微偏头告诉她。她也听说过他有一儿一女，儿子从商，女儿从政，据说是外交官。"星儿，这是……"

"蒋老师您好，久闻大名。"郑星话风简断，伸出手来快速而有力地握了握她的。

"不敢当……"凤仪甚至没来得及抹去掌心的汗，握完手，松开的瞬间，轮椅的扶柄被郑星接了过去。

目光交汇的短短一刻，蒋凤仪未能辨认郑星哪里长得像她父亲，只讶异于她那双幽蓝色的大眼睛在夜色里格外深邃。

"那郑导，我走了。"凤仪手插进夹克兜里。卢荻也随之向他道别。

"好，回去路上小心。"郑轶夫点点头。从轮椅旁走过时，她弯下腰捡起了他垂落在地的围巾。一方薄羊绒的边角裹着她的指尖送到他手里。她要他"多保重"，他说放心。

郑星推着他走了。凤仪和卢荻在原地目送，听见她说，"下个月我要去法国。明天郑昂接你去他那儿住一阵子。"于是郑轶夫立刻叫女儿停下。他转过头请卢荻一同上楼，因为有件礼物要他转交周晏如。

卢荻看了蒋凤仪一眼。

"你去吧，我先走了，还要赶火车。"

不待卢荻再开口，她匆匆而去。

蒋凤仪深夜归家，继母和女儿都在等她，老太太不停念叨怎么这次出去这么长时间。她笑而不答，只顾从箱子里掏出琳琅满目的东西，大部分是钟琴说值得买她便买了，好不容易才把老人哄回屋睡觉。雏仪跟着她妈进了卧室，听她轻声打趣，"你姥姥比以前爱唠叨了。"

"惦记你。妈……没事了吧？"

"你知道啦？没事儿，没告诉姥姥吧？"她忽然停止理箱子，从夹克内兜掏出那对猫头鹰耳坠放到女儿手里，"给你的。"

雏仪拈着一瞧，做工挺细致，样式也特别；只是她跟母亲一样，"我没耳朵眼儿呀。"

"打去呗！"蒋凤仪继续收拾她的箱子，片刻，起身拍了拍女儿的脸蛋，"这么大了，该捯饬就捯饬，这活儿妈可教不了你。"

雏仪不知怎的脸一红，手心虚握着这副耳坠回自己房间去了。

每次外出回来蒋凤仪都要格外忙碌一些时日，不但案头有一堆工作等她处理，还要多演几出戏以慰许久没见着她的老戏迷。

雏仪就是趁着这个空当儿又去电厂找陈石了，约定中午十二点在大门口见面。只有午休那么一点工夫，她和他在电话里都没提到见面后要做什么、吃什么、聊什么，就像两个刚认识不久的小朋友，只单纯地想一起玩儿，无论玩什么都开心，又像两个毫无经验的笨贼，急于接头，却不懂任何江湖规矩。其实陈石至少知道一条规矩，应该是他去找她才对。可是雏仪不让他来，主要是怕被母亲发现；另一方面，对于终日泡在练功房里的她来说，自己一个人悄悄摸摸跑到郊区赴约，既放松又刺激。

凉飕飕的小风从窗缝钻进来，刚被打了洞的耳垂被风一吹，不那么发热肿痛了。尽管身体上的这个变化非常微小，但在她心里，自己似乎与之前全然不同了。

雏仪脚步轻盈地到了电厂门口，陈石却不在。她等了一刻钟仍不见他的人影，传达室大爷替她拨了电话也没人接，于是扔给她一个小马扎就继续吃自己的午饭，还顺手拧开了饭盒旁边的半导体。咿咿呀呀的唱腔一出来吓得雏仪一激灵——电台放的正是她妈前几天在剧场演的《文昭关》。

"一轮明月照窗前，愁人心中似箭穿。实指望到吴国借兵回转，谁知昭关有阻拦……"

雏仪坐在小马扎上托着腮看天儿，天上是大日头而非明月，但被传达室关卡阻拦的她心情跟伍子胥一样愁。

更重要的是，她饿了。

大爷吧唧嘴的声音盖过了伍子胥的长吁短叹。她抽抽鼻子，立刻判定他吃的是驴肉火烧。饥饿渐渐转为怒气。她再次恳求大爷放她进去找人。大爷不理她，抹抹嘴，自己一边整理信件，一边哼起了刚才那段"一轮明月"。

雏仪百无聊赖地抠着手，扑哧一笑。大爷立即停下来问她笑什么。

"您唱的是哪派啊？"

"马派啊！……哦不，杨派，杨派！你听我这苍音儿……"

"什么羊啊马啊……我看您是'驴派'……"

"嘿，你怎么骂人哪！"

雏仪坐在小马扎上没回头也猜到老头儿气得够呛。她忍住笑，"没有没有，我是说，您唱的是保定京剧吧？发音吐字有股驴肉火烧味儿。"

大爷自知口音浓重，音量低了三分，但气势不减，"小丫头片子，你懂个屁。有本事你唱一个。"

于是雏仪手拍着膝盖，张口就来。她虽是武生坐科，但耳濡目染，老生戏自然也会得不少。第一个音儿出来大爷就被勾得从窗口探出了头，惊得合不拢嘴。唱完了，她仰脸朝老头乖巧一笑，主动提出："大爷，我教教您这头一句吧。"

十分钟以后，她如愿进了厂院的大门。老大爷不仅详细告诉了她通往生活区的路线，而且提醒她石头也许在宿舍楼东南角的篮球场打球。她一溜烟儿跑没了影，大爷回味着刚才她指导的唱腔，咕哝："这姑娘看着怪眼熟……"

深入电厂大院腹地时雏仪才明白大爷不让她进来是有道理的——这里面比剧团家属院大多了。远处的冷却塔、烟囱、电力铁塔对她来说都是些用途不明的庞然大物，而她一路走过的这片区域又极富生活气息，各种设施应有尽有。食堂、澡堂、商店、粮油站、招待所、医院、小学校，还有一座幼儿园，阿姨正带着一班小孩儿在融融秋阳下"一网不捞鱼，二网不捞鱼……"

她仿佛是误入了一座陌生而欣欣向荣的小城。

不远处的红砖楼就是他的宿舍了。她在楼下转了半天，没人出入，也不好意思贸闯。楼侧有几只鸽子笼，她便蹲在那儿跟鸽子大眼儿瞪小眼儿。

咕咕，咕咕。鸽子叫，肚子也叫。

恰在此时陈石和他的同事大刘骑着车回到了楼下，两人把车咣唧一扔就瘫坐在台阶上，并未发现不远处的她。但她听见了他的声音。

"我得上去拿饭盒。饿得我前胸贴后背了。"

"等我抽完这根儿。好嘛，这一上午，幸亏你找着那泄漏点了。"

"这冷却塔'小马拉大车'，长期超负荷，肯定要出问题。"

"听说要建新的了，年底前应该能批下来。对了，石头，元旦舞会，你可一定得来！"

"我不。"

"拗啥呀，老大不小了。你要抱着冷却塔睡一辈子啊？你嫂子她们科有个小护士叫文虹，长得挺俏式，就是矮了一点——跟你这傻大个儿正好中和一下。说话也温柔，不像我们家叶大夫整天大呼小叫……"

"嫂子知道你说她坏话吗。"

"本来嘛……反正你见见人家小文！"

"我不。"

"你小子不识好歹！噢，你是不是自己有情况？上回小李说半夜三更在大门口看见你跟一个圆乎乎的小姐说话……我还不信，你能那么开窍儿？"

"……哎呀……糟了！"

"啥？喂、喂……你干吗去？不吃饭啦石头？"

醋葫芦

忙晕了头的陈石这才想起与雏仪的约定。他猛蹬着自行车赶到大门口，传达室大爷却说那姑娘已经跑进去了。"我说什么来着，在里面找不着北了吧，不让进非进，我也是让她哄迷糊了……哎石头，这丫头哪儿的啊？怎么还会唱两口儿？唱得还挺像那么回事儿……"

"回见吧大爷。"

陈石顾不上解答老头的疑问，又蹬起车进了院，沿途东张西望。宿舍楼后面有个小角门，雏仪早从那儿出去了，快步往车站走。一想到刚才被人描述为"圆乎乎"，她就气不打一处来。

明明只是天儿冷穿得多，另外，她确实曲线丰柔。从青春期开始这便成了她演武生的一个小障碍。为此，她妈让她贴身裹平了才穿水衣子。第一次是妈妈亲自帮她，下手不轻，"勒得慌也得忍着！要不然一上台就穿帮了呀。"

在台上没穿过帮，在刚刚却被揭了短儿。

她烦躁地跺跺脚。公交车半天不来，一辆突突冒黑烟的摩托却驶过她身边又倒了回来。座上的人穿了个亮闪闪的假皮夹克，一脚踏在马路牙子上，朝她挑挑下巴，"妹妹，打听个事儿，这附近是有个厂子吧？"

雏仪没好气儿地一指，"那么大烟囱你看不见？"

"是吗，哪儿呢，我真没瞧见。哎，妹妹，要不你上来，领我过去。一会儿我再把你送回来！"

她这才反应过来，倒也不害怕，只板起脸叫他滚蛋。

"别介，你看，这大公共也不来，你要去哪儿哥哥送你吧，一脚油儿的事儿。"说着屁股一歪就要伸手去拉她。她忙甩胳膊，恶心得差点蹦起来，"你不滚我可不客气了！"

"好啊好啊，千万甭跟哥哥客气……我又不是坏人，你给我带个路呗，你不说那厂子就在前头吗……"

雏仪险些忍不住要上脚踢他了，以这个角度和她的身手，直中流氓面门应该没问题。然而这时突然有个男人的声音冲过来。

"我给你带路！"

雏仪和摩托上的二流子同时愣住，扭头看见陈石在不远处把破自行车一撂，半卷着灰迹斑斑的袖子走过来，手按住摩托车把问那流氓："你不要去厂子吗？我熟。要不要我骑你这屁驴子带你？"

那人仰脖儿瞟他，咽了口吐沫，嘟囔道："他妈的臭工人多管闲事儿……"随即脚踹踏板扬长而去。

陈石立刻转头问她："没事吧？"

"就凭这么个废物能把我怎么着。"她没看他，只假装引颈张望，没想到公交车真的远远而来。

他抓紧时间道歉，"刚才对不住啊，我不是故意让你等的，工作上有点突发情况。"

"晚上还有演出，我先走了。"她低头磨蹭着下了马路牙子，又听他在后面说，"那天告诉你了，这片儿挺乱的，你下回别来了……"

公交车在她面前呼哧一声停下来。

本来她的气消了一半，陈石这句话却令她顿时比刚才更恼火。

"成！我再也不来了。"说完她抬脚就上车，另一只脚还没离地，他竟拽着挎包带把她拉了下来，急道："不是那意思！我是说，我……"

"走不走！走不走啊！两口子打架回家打去！"司机师傅大喊。

"谁跟他……"雏仪脸一红，抢回自己的包带，噌地上了车。

雏仪闷闷不乐地回到剧团时，小谢正倚在大门口跟别人闲聊，见她黑着脸一阵风似的飘过，便紧跟了上去。

"大中午干吗去了？"

"管得着吗你。"

"嘿，不是求我带话儿的时候了！怎么跟漏了电的电线似的？就欠人家修修你。"小谢旁敲侧击的玩笑话此时听着刺耳。雏仪拿胳膊肘使劲杵了他胸口一下。

"哎哟我天……你这没良心的……刚才你妈找你我还给你打掩护呢！"

"我妈找我？你怎么不早说！"

"你也没问啊。"

"知道啥事儿吗？"

"好像是来了个台湾友人，我不认得……你们上回去也不带我！哎，我就纳闷儿了，怎么出去玩的好差事老轮不上我啊，就下乡的时候非拉着我，躲都躲不掉……"

雏仪白了他一眼，匆匆往团长办公室跑去了。

她轻轻推门进屋时，蒋凤仪正如常一边压腿一边向凌跃交代事情。卢荻坐在沙发上，棒球帽、浅蓝色牛仔夹克，背上的双肩包都没摘下来，看见她便站起身打招呼。

"是你啊！漂洋过海干吗来了？"

雏仪大大咧咧的发问使他颇感局促，凌跃赶紧搭腔，"看你这话说的！人家当然是来学戏的，刚拜了田继蘅老先生为师，现在正儿八经是行里人了。"

"我还差得远……"卢荻不好意思地搓搓手，告诉雏仪，田老先生得知他在台湾跟蒋凤仪同过台，便极力建议他去找她学一出《八大锤》。"师父说了,这是武生、小生'两门抱'的戏,会了这出儿才算文武两条腿都有了,只是他老人家现在教武的吃力了。他说当年蒋老师演这个戏,身上最规矩。"

蒋凤仪说:"这是老先生抬举我。这两天先让宝儿带你把这戏走一遍,我再给你细说。"言罢吩咐女儿不许偷懒儿。雏仪忙点头。

凌跃给卢荻的杯中续了水,告诉他:"小蒋这出戏是从小儿让我们团长打出来的。而且说实话,团长多少年不在台上演这出儿了,她可是隔三岔五地演,戏迷都喜欢这个小将军。"

于是卢荻马上对雏仪拱手道:"请将军多多赐教!"

蒋凤仪下的令就是圣旨。隔天午后雏仪没敢再溜出剧团大门一步,当然也因没心情。她枕着自己的包,百无聊赖地躺在练功垫上等着卢荻来学艺。门吱呀一声响,进来的却是刚放学的凌晓斌。

她坐起来,蔫耷耷地说,"今天没工夫陪你玩,有正事。"

"我知道!我爸说小姑姑要教人家《八大锤》!我也要一起学!"

"拉倒吧。把你小胳膊小腿儿摔坏了,你爸你妈不得找我算账。"

"摔不着,我这是大武生的好腿!"晓斌说着下了个竖叉,并向雏仪摊开小巴掌,"饿了!有吃的吗小姑姑?"

雏仪把挎包扔给他,自己去拿厚底靴和银枪。晓斌在她包里一通翻找，忽然嘎嘎笑起来，弃巧克力于不顾，举着一个信封在垫子上兴奋地打滚儿，"咦，小姑姑，这是什么！是不是你给石头叔叔的情书啊？"

"胡说八道什么你！"她听了一惊，连忙走过来，果见晓斌手里有个"陈石收"的信封，字迹歪歪扭扭。

雏仪这才想起昨天传达室老头放她进厂院时让她顺便带一封信给他，她看也没看就塞进了包里。想到昨天的事，她不禁郁闷，只忿忿说："我的字儿有这么难看吗？"

"那他的信怎么在你这儿？这是谁写的呢？会不会是别人给他的情书啊？哎，里面好像还有画儿！"凌晓斌对着阳光仔细观察这封信，说得雏仪都忍不住抢过来瞧了瞧，单薄的白信封确实隐约透出密密麻麻的字迹和乱七八糟的图案。

她喊了一声，"还能有人给他写情书？！"

"石头叔叔挺好啊！"

两人正一言一语地讨论着，卢荻敲门进来了，雏仪忙把信塞回包里，让晓斌叫卢叔叔。

凌晓斌不认生，张口就叫，卢荻弯腰与他握手，语气温柔敦厚，"你好呀！羡慕你能天天待在这里，一定学了好多东西吧！"

"那是，我会的多着呢……"

雏仪把晓斌轰到旁边去了，"这戏身段儿多，咱先活动活动？"

"没事，我怕耽误你时间，刚才已经活动过了。直接开始吧!"卢荻说着换上了厚底靴。

这出戏难度颇大,动作繁难,而表情却要做出一派少年英豪的游戏态度,似乎不费吹灰之力就把对手玩弄于股掌之间。卢荻上大学后才开始接触戏曲,没有幼功,尽管努力,但闪转腾挪的灵活性确实还不如学着玩儿的凌晓斌。

一个小时后,雏仪招呼他坐下歇会儿,安慰他:"这戏厚底儿功吃重,你是脚腕子还不够劲儿。多练练就好了。"

卢荻跟她面对面坐在垫子上,默然低头揩汗,忽然被她的厚底靴吸引了,"你的鞋怎么这样子?"

"哦,我小时候一开始练功我妈就把鞋鞓儿剪了给我穿,她说她师父也是这么练她的。穿惯了这个,再穿正常的靴子就跟玩儿似的了。"

卢荻想了想,转头叫一旁耍枪花的凌晓斌,"你帮叔叔去找把剪子好不好?"

"我书包里就有啊,做手工用的。"

卢荻接过剪子就要动手改造自己的靴子,雏仪赶紧拉住他。

"蒋老师的师父这么教她,她这么教你,现在你教我,我当然也要照做啰!"

眨眼的工夫,他那双靴子也变成了没鞓儿的圆口鞋。穿好了站起来,失去了靴筒的支撑,脚下瞬间失稳。雏仪手疾眼快扶住他,"小心!"

恰时有人敲门而入。

她抬头一瞧，心差点跳出来。

"石头叔叔！"晓斌像小猴子似的蹦跶过去，被陈石笑眯眯抄起来举了个高儿。他今天没穿工作服，半旧的卡其色外套里面是件不那么白的白衬衫，但整个人还是挺拔精神。

雏仪强压着紧张，面无表情地问他，"你干吗来了？"

晓斌没管她的脸色，领着陈石径直走到长凳前面。陈石也一副泰然自若的样子，坐下后仰脸认真地对她说："我找谢波来了。"

卢荻的胳膊还被雏仪挽着，此时他不禁向旁撤了一步，勉强站稳，小声问她："你的……朋友？"

"不是。"雏仪斩钉截铁说完，立即对陈石下了逐客令，"那你快找他去。不在旁边那练功房跟小姑娘吹牛，就在大门口跟居委会老太太侃大山呢。"

"我找完他了，"陈石露出一个干净明亮的笑容，"他说你在这儿。"

丁
香
结

　　陈石坦坦荡荡说完那句话，凌晓斌和卢荻都心照不宣地偷瞄雏仪，尤其是晓斌，毫不掩饰地露出了缺少大门牙的坏笑。被三双眼睛包围的她把银枪往地上一戳，甩头给卢荻下令："接着练！"

　　"哦、哦！"卢荻忙摆正脸色，也捡起了自己的两杆枪。他穿着刚刚剪了靿儿的厚底靴，感觉腿脚像灌了铅，举步维艰，更不必说做身段。况且不算宽敞的练功房里现在多了位人高马大的"看客"，在这份热腾腾的注视下，卢荻自觉跟雏仪保持了相当安全的距离。但毕竟武戏要手把手教，他越是要避嫌，动作越走样儿，雏仪便越要给他抬胳膊扳腿。

　　她并没想到要顾忌什么，几番亲身示范、亲手矫正之后，脑门、脖子上汗珠晶莹，短袖衫也湿透了。这会儿她才觉得她妈当初教她不容易。演戏和教戏是两门相对独立的科目，尤其是舞台上的天才，或许无法理解为什么常人听不懂、学不会、做不到她们轻轻松松就达到的技艺。所以蒋凤仪教女儿时总是很暴躁，而雏仪教卢荻却不能动粗……

她此时教他的是陆文龙打败岳飞后的一个亮相。双枪花、抛枪、接枪、单腿翻身儿、前探海儿、单腿转三圈、扬枪定住，这一串儿动作她从小做过千百遍，故而行云流水。

聚精会神的不止卢荻一人。

那个第一次近在咫尺"看戏"的门外汉感到她离自己那么近，近到他能听见她衣袂间的风声，近到枪尖的闪闪银光晃花了他的眼睛。

凌晓斌靠在陈石旁边，牙还没换齐的小屁孩满嘴老词儿，"怎么样石头叔叔？边式吗？"

"啥叫'边式'？"

"就是……帅吗？"

"帅！"陈石不假思索地猛点头。

雏仪无暇搭理这一大一小两个狗腿子，因为卢荻的单腿翻身儿怎么都翻不过来，或是翻过来了却站不稳。陈石虽不认识卢荻，但也看得出雏仪与这个眉清目秀的小伙子关系比跟他熟，而且她此时轻声细语非常有耐心，累得一脑门子汗也没提高半点音量。可是这哥们儿也太笨了吧……

他悄声问晓斌："这个很难吗？"

"还可以吧……也没那么难！"

"你会呀？"

"我偷偷试过！"

"那你够厉害的，是你小姑姑教的你？"

陈石和晓斌正在一唱一和，雏仪气呼呼大喊："给我闭嘴！"态度完全不像对卢荻那么温和友好。于是他马上拍拍晓斌的脑袋，"嘘"了一声。

"我说你呢！"雏仪拿银枪一指陈石，"你个外行瞎起什么哄？！"

陈石不羞不恼也不争辩，双手一举表示投降，倒是卢荻脸上红一阵白一阵。晓斌待得没意思了，索性跑到旮旯里趴在道具箱上打开了一张红叉密布的试卷。陈石见雏仪对他爱搭不理，也讪讪挪过去看晓斌写作业，只是仍忍不住时时转头张望她和卢荻。

凌晓斌专心对着一道错题啃铅笔头，表情没了刚才的轻松欢快。陈石随意一瞥，正确答案脱口而出，说完又拧过身子盯着那俩人。晓斌眼一亮，摇着他的肩膀求教，他头也不回，三言两语把那道"鸡兔同笼"讲明白了。晓斌佩服得直抱拳，"石头叔叔，你讲得比我们老师清楚多了啊！你做这张卷子能得一百分吧！"

"这算个屁……我高考数学满分。"

"哇，叔叔叔叔……那你帮帮我吧，我爸说我期末要是再考不好就不让我来剧团玩了……欸，你别看了，有啥好看的，他要得还不如我呢。"

"好看……"

"谁好看？"晓斌撅着屁股凑到陈石耳边，"我小姑姑好看？那你怎么还跟别人……那个……传情书！"

"什什什什……什么情书？别瞎说！"

晓斌伸头瞄了瞄雏仪，见她还在跟卢荻较劲，便偷偷撑开她的包，指着那封信小声质问陈石，"是不是情书？里面还有画儿呢！"

陈石一瞧信封上的字迹就笑了，"这个啊……怎么在她这儿……"

话音未落，身后忽然哐当巨响。他俩齐刷刷望去，发现卢荻在地上摔了个四脚朝天。陈石忙跑过去帮雏仪一起扶他，"怎么了、怎么了？怎么练趴下了？"

雏仪瞪了他一眼，急问卢荻："哪儿疼？脚崴了没有？我就说你穿不惯这鞋嘛……"

"脚倒没事。"卢荻试着转了转脚腕，忍痛说膝盖有点别扭。

雏仪顿时更紧张。戏曲演员受伤是常事，但任何一次受伤都可能是大事。她当机立断要带卢荻上医院。

"没那么严重吧，我感觉还好……"他试着走了两步。

"别走了、别走了！去拍个片子才放心。"

陈石抓住时机挺身而出，"我送你们吧。今儿怕等公交太慢，我开车来的。"

"你不会把你们工程车开我们院儿里来了吧？！"

"不、不是……哥们儿的车。"陈石的同事大刘有辆夏利，平时有点小故障就让陈石修，所以也肯偶尔借给他开开。

卢荻颇觉不好意思，雏仪也略犹豫，但陈石轻轻一拨拉她，接替她搀住了卢荻，不由分说地把他的胳膊往自己脖子后头一架，"走吧！我又不是第一次给你们运伤员。"雏仪没再说什么，背身嘱咐晓斌："去你爸办公室等着！他开会回来告诉他，我带卢叔叔去医院了。记住没有？"重音放在"我"上，晓斌心领神会地点点头。

下楼梯时卢荻是被陈石背下去的。他虽极力抗拒，奈何陈石十分热情，雏仪也怕他单腿跳台阶再受伤。卢荻只稍比陈石矮半头，幸而身材清瘦，但两个大小伙子胸背相贴的画面还是令旁边的雏仪不厚道地笑了，说他们俩像《双下山》。

"'下山'有啥好笑的。"陈石不明就里，卢荻却差点当场从他背上滚下来……

车停在后院。雏仪跟着卢荻一起坐在了后座。陈石转头倒车时胸有成竹说小兄弟别急，今儿没雨，十分钟就能到。

卢荻以为是跟他说话，忙答"不急不急，给你添麻烦了"。雏仪却面上飞红，扭脸向窗外。陈石从后视镜里看见她的侧脸，耳垂红红的，别着一枚小到不易察觉的银针。

无论什么天气、什么车，他一如既往耳听六路眼观八方，开得平顺稳健。在十字路口，一道红光伴随轰鸣而过，是辆当时大陆街头少见的三菱跑车，引得陈石和卢荻不约而同行注目礼。"好家伙，GTO！"

卢荻显然忘了膝盖疼，也兴高采烈道："确实漂亮！但这车发动机是前置的。"

"而且是前横置。你也喜欢车？"

"是啊！高雄有不少外汇厂，引进的是从日本汽车上拆下来的高系列引擎，都是台湾没有的。我一直想去把我的车改装一下，可我妈死活不许我去，拿她没办法……"平时卢荻在学戏之外很少闲聊，没想到此时竟与陈石相谈甚欢。

"当妈的都这样！原来是台湾同胞啊，对不住，我一来，把你们排练搅和了。"

半天没机会开口的雏仪见缝插针，"你也知道你搅和啊。"卢荻马上解围道："没有没有，都是我自己的问题。今天还要多谢这位朋友帮忙。请问怎么称呼？"

"陈石。"

"叫他石头。"

轻描淡写一句话，有人听在耳中，心花怒放。

在医院一番检查后，确定卢荻的骨头和韧带都无大碍，大概是腿部肌肉力量欠缺，导致360度翻身儿时扭了膝盖。雏仪这才放下心来，叫卢荻在走廊长椅上坐着，她去取医生开的外用药膏。陈石自然而然跟着她。

"你跟着我干吗？对了，你今天怎么没上班？"

"跟同事换班儿了。"

"这儿没事了，你可以走了。"

"我走了你弄得动他吗？"

"一会儿我们团会来人的。"

"那我再待一会儿……我还有话要说，我向你正式道歉，我……"收费窗口前熙熙攘攘，他寸步不离地追着她，话到嘴边却卡了壳，"对了，你为啥生气来着？"

折腾了这半天，他是真忘了，雏仪也被问得有点发蒙，瞧着他的一脸诚恳只觉哭笑不得。

俩人面面相觑时凌跃赶到了医院，一进大厅就撞见了排在队尾的他俩。"宝儿，怎么样了？卢荻伤哪儿了？"

雏仪忙把手里的病历本递给他，催他去陪卢荻。她虽假装不认识陈石，但凌跃眼尖，且记性极好，立刻认出了他，"哟，这不是上次在剧场门口做好事那师傅吗？本来我要给您写感谢信呢，结果那天忙忙叨叨忘了问您名字，就没写成，真是不好意思！"说着伸出了手。陈石与他握了握，随口报出自己的名字。

"小陈师傅，怎么也来医院了？家里谁病了？"

"他自己有病。"雏仪怕他说漏嘴，淡定抢答。

"对，我有病。"陈石点点头，声如洪钟，言之凿凿。

惯擅察言观色的凌跃心里早已明白了七八分，但没戳破，匆匆寒暄两句便去找卢荻了。他一走，雏仪强忍的笑大大地勾弯了她的嘴角。

"你笑，随便笑！解气了吗？"

"还行吧。"

"还不解气的话……我请你去我们那儿玩吧。"

"你们那儿有啥好玩的？再说了，你不是不让我去了吗。"

"这次我接你，完事儿再送你回来。新年舞会……来吧！"

"我考虑一下。"雏仪一面漫不经心地回答，一面取完了药，向他告辞。

"欸，等等，你是不是……还有点儿东西要还给我？"陈石试探着指指她的包。

她脸一红，忙从包里翻出那封信递给他，想问点什么，到底还是忍住了。

晚间，蒋凤仪演出一结束便在凌跃的陪同下去卢荻租住的小屋看望他。回家以后，她又一通儿翻箱倒柜，然后进了女儿的房间。雏仪正和衣趴在枕上出神儿。

"他是没幼功的人，正经厚底儿还穿不稳，哪儿能穿那种！要是摔出个好歹怎么办！"蒋凤仪拍了女儿屁股一下。雏仪听她妈话里话外并无异样，知道凌跃没有泄露她的小秘密，心里顿感安定。

"他听说你小时候也这么练就非得试试……"

"这孩子有点痴劲儿。"蒋凤仪没再追究卢荻受伤的事，只把一个纸包放在女儿枕边，轻声说，"你明儿把这给他。我记得还挺好用。"

雏仪打开一看就变了脸色，唰地掸到地上，翻身朝里躺了。"我不去。要送你自己送。"

蒋凤仪起身去捡，又在床边默默坐了片刻，拿着那个纸包出去了。

里面的膏药是当年排练《林冲之死》时雏仪崴了脚，温靖特意送来的。雏仪记得她说那是她爸爸亲手熬制的。

拾
肆

舞春风

　　卢荻在省剧团学艺的第一天就光荣负伤，蒋凤仪心有不安，次日晚饭前她拿着饭盒和那几贴膏药再次前去慰问。为了就近练功学戏，卢荻租的单元房就在家属大院里。凤仪走到门口时听见他在里面拍曲子，唱的是《牡丹亭》里的"拾画叫画"。于是她收回手来，等他唱完了这一段才敲门。

　　卢荻还有些一瘸一拐，但开门神速。她把手里的东西放在桌上，顺口问他："喜欢唱昆的？你们小生这行儿，确实得学学昆曲才够文气。"

　　"您也喜欢昆曲？男怕'夜奔'，女怕'思凡'，小生怕'拾叫'，都是独角戏，我这'拾叫'比您的'夜奔'差得太远了。"

　　凤仪顿了一下，笑笑不语。她听得出卢荻下了真功夫，比起上次在台湾给她庆生时唱的那支【千秋岁】，进益很明显，使她不禁对这半路出家的年轻人多了欣赏。"膝盖好点了吗？小谢中午给你送饭没有？"

"小谢？是凌主任的太太亲自送来的。真的不好意思，一点小伤，给大家添了这么多麻烦！"卢荻从桌上拿起一只晶亮的玻璃杯，不顾她阻拦，又洗了一遍才倒茶给她。她接过茶，让他快坐。"谢波这小子又耍滑儿。你在这儿是客，我们已经够照顾不周的了，见谅吧！"说完打开饭盒推了过去，"也不知道合不合你的口味，尝尝。"

饭盒里二荤一素，码得整整齐齐，还在冒热气。卢荻立刻开动，说不好是不是真饿了，总之不像平常那么彬彬有礼。他迫不及待评价："好吃！没想到您的厨艺跟唱念做打一样棒！"

她乐呵呵支着腮，笑纹牵得眉眼纤长，"我哪儿有厨艺啊，是我们家姥姥做的。"剧团的小辈儿都跟着雏仪管秋灵叫姥姥，久而久之，蒋凤仪也就如此向旁人介绍。

他也笑了，年轻干净的脸，秀气和英气结合得刚刚好，合该演小生，若挂上髯口就可惜了这副星明月朗的好相貌。"是这样啊，那请替我谢谢……姥姥。"他学着叫这北方人的称呼，有点拗口，"您不会做饭也正常。郑导说您天生就是为了戏来的！"

"是吗，他背地里有没有说我坏话？"

"有。他说你在摄影棚里带头打扑克，给人画鬼脸，还对他下手，害他带着猴脸在片场走来走去发号施令。"

"我是帮他在大家面前改善一下形象。要不然老那么严肃，人人怕他。我反正不怕。"

"郑先生想必和您是知音吧。他也是为了艺术理想付出了太多，甚至子女都不理解他。"

"这我倒不知道，这么多年他从没跟我提过私事。上次他带咱们喝豆汁我才第一次见他女儿。叫郑星是吧，长得像外国人似的！"

"郑星的母亲就是中法混血啊。听晏如老师讲，郑太太是在里昂长大的。"

卢荻告诉蒋凤仪，郑太太出身于当地有名的华商家庭，到她已经是旅法的第三代了。上世纪四十年代，兵荒马乱，人人自危，她父亲竭力资助了很多困滞海外的中国留学生，包括郑轶夫以及周晏如的父亲周怀禹。郑轶夫归国后不久，她也背离家庭，追随他来到了大陆，一片对她而言完全陌生的"故土"。五十年代中期，她曾作为翻译跟随中国艺术代表团出访西欧，那是她生前最后一次回到生她养她的法兰西。

"据说那些年郑太太在电影译制厂工作，也做配音……后来身体瘫痪了，郑导一直照料她，到七十年代初她过世他才又出来工作。"

蒋凤仪听后很受震动，思忖良久才喃喃自语："那会儿应该还年轻啊，怎么会生那么严重的病。"

"不是生病……"卢荻略显踌躇。见其表情，凤仪未再追问。他很快闷头吃完了饭，指着她带来的另一样东西问是什么。

"哦对了，差点忘了。是膏药。"她赶紧打开纸包拿出一贴，"我闺女以前崴脚用过这个，效果不错。"卢荻把那土法制的黑膏药翻来覆去察看，茫然不知如何使用。

桌上有几支凌跃带来的蜡烛，因为偶尔停电时用得着。蒋凤仪便点了一根，拈着布片两角在小火苗上烘，坚硬的油黑色膏体逐渐软化了，散发出幽微苦涩的药香，混合着蜡烛燃烧带来的淡淡烟味在空气中盘桓。卢荻第一次近在咫尺地注视她做一些戏之外的事，细琐，柔缓，全然不像舞台上那个豪气干云的大英雄。可是她烘着烘着，走神儿了，不知在想什么。

"小心。"他提醒她时，她的手已经被火苗燎了一下，自个儿吹了吹，没当回事。

"蒋老师，没事吧？"

她摇摇头，让他挽裤腿。他迟疑了一下便照做了。

"是这儿？可能有点烫，忍一下。"她确认了他膝盖的患处，把膏药敷了上去，边角按服帖。确实稍嫌灼热，卢荻皱了下眉，可是一动未动，也许错觉渗入皮肤的余温不是来自蜡烛。

她没多停留便起身告辞了，也不让他送。"会用了吧？揭的时候用热毛巾敷一下。早点休息。"她走到门口时忽问，"宝儿教你，你觉得还行吗？"

"很好很好！"他答得笃定，且没有多嘴。

荧荧，煌煌，是单支烛火，抑或摇曳一片的灯光。

超过一千平米的电厂职工俱乐部，球灯旋转，光斑绮丽，普照所有翩翩起舞的身影。当然青年男女居多，不光是厂里的工人和技术人员，还有子弟学校、子弟医院的职工与家属，以及蒋雏仪这样的外来客。

紧靠舞场四壁各有一排红沙发，她和陈石端坐其上喝汽水，而一起来凑热闹的谢波早已消失在衣袂翩跹的人群中。本来剧团今天也有新年活动，她向她妈告了假，说是有同学聚会。小谢得知后死皮赖脸要跟着，"同学聚会，我不去岂不是露馅儿了？再说了，我给你们俩鸿雁传书这么长时间，也得有点福利吧！"总之谢波从不放过任何吃喝玩乐的机会。

自那日在医院一别，雏仪未再单独见过陈石。临近年末演出增多，她无暇去找他，他也不好再到排练场添乱。但每礼拜他都去剧场看一两出她的戏，逢她出场他便聚精会神，别人一开唱他就忍不住犯困；有一次被邻座的老大爷用拐棍捅醒，他自我检讨想必是打呼噜了。于是再到听不下去的时候他就做数学题，在锵锵的锣鼓点儿里写下详细步骤和解题思路。那都是凌晓斌的功课和错题，由雏仪挑选，经由谢波，传到他手里，他做完了再原路传回去。谢波每次都偷偷翻一翻，却从没发现夹带的秘密小纸条。他跟雏仪说我真是服了，人家都传情书，你俩传数学题。这么耗下去，估计把晓斌辅导成陈景润了，你们俩还没捅破窗户纸呢。她照例肘击了小谢一下子，可也记住了他这句玩笑话。

舞场的空气弥漫着橘子汽水的酸甜。现场乐队吹拉弹唱一应俱全，此刻演奏的是《昨夜星辰》，萨克斯手胸前挂的金色"大烟斗"飘出华丽宛转的曲调，悠悠地，溶溶地，漫过了一道无形的水位线。

"你们这乐队是哪儿请的？水平不错呀。"

坐在雏仪侧后方的陈石正与她耳坠上那只猫头鹰对视，一双红宝石眼睛盯得他心神不宁。"啊？……不、不是外面请的，都是我们厂子的人。我认识吹大喇叭那个，是汽轮机技术员。"

"什么大喇叭，人家叫萨克斯好吗！"她扑哧一笑，却没再打趣他，也因为忽瞅见谢波搂着一个小巧玲珑的姑娘转到了舞池边缘，俩人配合得像一对齐飞的小蝴蝶。"你看小谢，说他不练功也是冤枉他，这身手还真矫健。那姑娘你认识吗？也是你们厂的吗？"

"呃，她好像是……职工医院的护士。跟大刘的爱人是同事。"他仔细看了看，如实相告。

"是小文吗？"她对那天偶然听到的他和大刘的闲谈记忆犹新，或曰耿耿于怀，不待他回答，又直问他："你请我来玩儿就是坐着喝汽水？会不会跳舞？"

"不会……"

"我教你。"

陈石不知怎么就被她拽进了舞池，电光石火之间就搭上了她的腰，托住了她的手；仿佛是落入一汪真正的池水，一面身不由己，一面又本能地扑腾。其实他从小在河里洗澡，水性最好，所以他虽不会跳舞，却懂得身体随着水波起伏就不会淹死。而且他有个优点，做自己不擅长、不了解的事情时即使笨拙也坦然，一点也不遮掩、害臊。于是管它什么快四慢三伦巴探戈，他昂首挺胸地任由她带着自己进退，追赶，迂回，旋转……他脑子好使，却无意去记舞步，只顾低头盯着那对猫头鹰的眼睛，又亮，又锐，在一片万紫千红中间，是那么特别；她，是那么特别。

明知自己和她之间有太多不一样、不可能，可他停不住脚，也移不开目光……

谢波揽着小文经过陈石和雏仪身边时大感意外，见缝插针地问她："啥时候练的私功？"她白了他一眼，领着陈石转到别处去了。因为被小谢言中了——她确实练了"私功"，在卢荻的辅导之下。

卢荻膝伤未愈的那几天依然坚持去练功房，坐着练唱念。她一直陪着他，休息时偶然问起他会不会跳舞。

"上大学的时候舞会蛮多的。华尔兹、恰恰之类，勉强会啦。"

"教我！"

她坦率提出了请求，卢荻也欣然答应，转头把凌晓斌叫过来，让他充当了雏仪的临时舞伴——"虽然比较小只，但没关系！"

她在卢荻的口授和晓斌的陪练之下迅速出师。来赴新年舞会前夕，卢荻含蓄地祝她"联谊"愉快，而晓斌直白地塞给她一张纸，"跳完舞让石头叔叔帮我看看这几道题。"

一曲终了，音乐戛然而止，她和他的手不好意思再放在一起，但各自掌心的热度都久久不散。有个领导模样的人在台前拿起话筒发表了一些俗套的新年致辞。影影绰绰、依依偎偎的人群偶尔小声说话，唯有他听得特别认真，而她只隐约听见了一些宏伟的只言片语，比如"开年大工程""二期扩建""百天完工"。

大家以热烈的掌声表决心，也是催领导快点讲完。"最后提一句啊，去年进厂的几位青年工程师和技术员在过去几个大项目里都表现不错，尤其是集控运行班组的陈石啊，在三位女职工休产假、一位老同志休病假的情况下，带领运行二班实现了骄人业绩，而且做到了'零非停''零灭火'。新的一年希望同志们再接再厉，为我们社会主义电力事业多多发光发热！"

听到他的名字，雏仪心里动了一下，抬眼望去，他倒是自自然然的样子。大概察觉了她的目光，他这才有点不好意思地笑了。

夜里十点，往常这个时间雏仪应该在家练晚功。今天虽然跟母亲扯了谎，但她究竟不敢玩到太晚。谢波正和护士小文聊得火热，不肯走，于是陈石独送雏仪回家。他们出门，正碰上大刘和他老婆叶大夫进门——老夫老妻，舞会过半了才来凑个热闹。陈石大大方方把"省剧团的小蒋"介绍给他们夫妻俩，顺便借车钥匙，大刘张着嘴半天没反应过来。

"拿钥匙啊！"叶大夫狠踩了丈夫一脚，朝雏仪微笑。大刘忙掏出钥匙递过去。

"谢谢嫂子。刘哥，明儿我替你值夜班！"

大刘夫妻目送他们并肩离去才斗着嘴走进了职工俱乐部的大门。

"陈石这不是身边儿有人吗，你还让我叫小文！"

"不是你说小文跟他挺合适吗？！……谁知道这小子自个儿开窍了……甭说，刚才这姑娘笑得还挺甜，怎么看上我们这块硬石头了。"

"人家小伙子多精神，又有上进心。你瞧你邋遢的，穿双片儿懒来舞会？"

"你还说我。你看你那腰，我都搂不过来了还跳哪门子舞……"

这一回陈石送她，她悄无声息坐了副驾驶。到了厂院门口，传达室老头朝车里招了招手。"这么晚了还出去呀。正好儿，石头，有你一封信……哟，这姑娘又来啦？上回那《文昭关》你还没教我第二句呢！"

雏仪歪头笑道："大爷，下回您别拦着我进门我就接着教！"

"不拦、不拦！"

深夜的公路上车辆稀少，与刚才轻歌曼舞的地方相比似乎是两个时空。俩人都安静没说话。车窗外，寒风飕飕过耳，她仿佛听不见，只忍不住一直瞄着他随意放在手刹边的那封信，字迹跟上次她看见的那个信封一样，歪歪扭扭。

半晌，陈石问她，"冷吗？"手探到出风口试了试温度。她赶紧收回了视线，说不冷，又随口找了个话题打破沉寂。"你是参加工作以后头一回去舞会？跳得还可以，没踩我脚。"

"我是生下来头一回。上大学的时候就没去过……"

"在哪儿上的大学？"

"东北。"

"怎么去那么冷的地方？"她听他口音，知道是本省人。

"军工大学，免学费嘛。"他语气坦然，"我上大学就花了家里十八块五，是第一次从家去哈尔滨的火车票钱。"

"勤工俭学？都干过啥？"

"什么都干过，后来主要是开车，跑长途。"

"很累吧，吃饭睡觉都没准点儿，也危险。"雏仪别的不懂，却也知道这些年给她们剧团开大篷车的司机换了好几拨儿，皆因受不了颠簸劳顿之苦，"怎么不找个稳定点的工作？"

"我觉得挺自在的，不用听老板吆五喝六，时间也灵活，不耽误学习。课少的时候多跑几趟货，课多的时候就少跑几趟。反正我喜欢开车在路上跑。"

"闷了还可以看'车脸'哈？"她想起那次在天桥上，他说每辆车都有一张不一样的脸。也许这"妙趣"是在一趟趟长途奔波中发现的。

"是呀，一点也不闷。好多人跑车都喜欢带着媳妇儿，就怕一个人在路上无聊了犯困。我就从来不困，自个儿全国各地跑多开心……"话说到一半，他忽然意识到副驾驶上正坐着她，连忙改口，"那个……当然还是车上带着人更好……能说说话……"

听他如此说她反而有点羞涩。他也发觉了这话怎么说都不对劲儿，喉头一滚咽了口唾沫，告诉她快到家了。

"今儿还挺快的……"她向外望了望，有一丝不舍。"对了，晓斌有几道……"她检查了一下随身的东西，摸到了来之前凌晓斌交给她的那张数学题。

"放这儿。"他不等她说完便接过了作业纸，同时，把那个信封塞进她手里。

"干吗？"

他握着方向盘目视前方，直爽笑说你不是盯了一路吗。

"谁盯了……跟我有什么关系。"

"你认识。"

"我认识？我怎么会认识？"雏仪拿起信封又好奇地看了看，"那……我真拆了啊！"

陈石按她的要求在离家属院三百米远的地方停下车。她把那封夹杂着错别字、拼音和小画儿的信叠好放回了信封里。"石头，"下车前她说，"晓斌也一直惦记着苗苗。哪天没事咱们去看看她吧。"

陈石把信揣进兜里，点点头。她下车走出几步远了，他忽然摇下车窗叫住她，鼓起勇气说："你戴这猫头鹰……挺好看的！"

雏仪进家时她妈正在客厅耗腿，电视象征性地开着，并没有发出任何声音。"回来了？"

"嗯。姥姥呢？"

"我催她睡去了。"蒋凤仪打量了一下女儿，猫头鹰的红宝石眼睛摇曳在同样淡淡绯红的腮边，"同学聚会喝酒了？"

"没有！"她坚决否认，飞快回了房间。

"喝就喝了呗……还敢做不敢当……"蒋凤仪笑了一下，关了电视，在女儿房门外敲了两记，"明儿早起一个钟头，给我把今儿的晚功补上！"

宴桃源

卢荻养好伤后继续跟雏仪学习《八大锤》，最后由蒋凤仪验收、指点。他从头到尾认真走了一遍，虽然腿脚仍不够稳健，但总算没有大失误。排练厅地方大，暖气不足，他额头上却冒着热气。

"快穿上点吧。别着凉。"

他听她如此说，尽管热得要命，仍依言披上了军大衣。大衣是前些日子凌跃给的，因为看他带的衣物不足以抵御北方的严寒。经他一穿，这身过时的松绿悄然在剧院上下成了新时尚。

此时他等着她的评价，心里很虚，但也怀着一点小期待。蒋凤仪抱着保温杯半天才问了句："卢荻，你今年多大啊？"

"二十六。"

"你演得太老成啦！这个陆文龙才十六岁。"她放下保温杯，从他手里拿过那两杆银枪，"这兵器在他手里就跟玩意儿似的。"枪杆在指间转起来，悠悠荡荡却不掉，好像是她身体的一部分，手随眼动，眼神特别亮，满满是玩世不恭的少年气，虽然她早就不年轻了。他正盯着那滴溜转的枪尖儿，她忽而停下来，在他眉间虚戳了一指头，"这儿就不能有皱着的时候！"她压根没使劲，他却恍了一下神儿，向后微微一趔趄。

蒋凤仪赶紧拽住他，笑说累得站不住啦？还是缺练。

他诺诺点头。

这时凌跃和雏仪走进来，寒暄几句，卢荻便说学完这出戏他就要回北京向田老先生继续学文戏了。"过两个月，春节的时候我再来给大家拜年！"

凌跃脑子里灵光乍现，不放过任何叫座儿的机会，"小卢，你干脆来参加我们的封箱演出得了，你来个折子戏！"

"啊，我的水平……"

"没问题、没问题！'宝岛小生新秀与大陆名家艺术交流成果展示'！咱再下帖儿请几位领导来捧捧场，明年的补助就有着落了。"凌跃习惯性运筹帷幄。

安排敲定，蒋凤仪又告诉女儿一个好消息：今年庆红要回国过年。

"真的呀！她信里都没告诉我！"雏仪兴奋得抱着她妈直蹦跶。

"去去去，我老腰疼着呢……"蒋凤仪嘴里嫌弃，脸上却也喜气洋洋。卢荻虽不知她们在聊什么，但见她眼角眉梢笑意蜿蜒，忍不住跟着开心。

年前半个月宋庆红从日本回来了，她是半夜到的家，次日大清早就闯进雏仪卧室掀了她的被子。雏仪抱着枕头哀嚎："妈！大礼拜天的还不许多睡会儿？！"

"还没过年呢就叫得这么客气。"

她这才睁眼，看见庆红插着手在床头居高临下。她没起床，倒把庆红也拉到了枕上，俩人一个像上了弦似的叽叽喳喳，一个半睡半醒、嗯啊敷衍。突然空气安静了几秒钟。雏仪感到香风细细吹拂到自己脸侧。

"你居然扎耳朵眼儿了！"庆红根据这个微小的变化斩钉截铁地下了断言，"你有情况。是谁？"

雏仪还是没睁眼，但翘弯弯的睫毛颤了颤，没经住几轮拷问便坦白了。"你见过。"

于是庆红搜肠刮肚地把戏校、剧团那些年纪品貌相当的男同学、男同事猜了个遍，"是唱架子花那个？给你配鲁智深的。""不是？那是金豆儿？一挨倒好儿就哭鼻子那个。""也不对？难不成是……"

"行了行了，生旦净丑都不是！"雏仪实在听不下去了，含糊提示，"你记得上次你陪我去电厂送票，那个袁局长……"

"不会吧！袁局长比你爸岁数还大吧？"

"什么呀！"她气急败坏，"是袁局长给他戏票他不要，还说从来不看戏的那个！"

当天俩人关着门卧聊到日上三竿。庆红对雏仪讲述的由一系列事故组成的故事哭笑不得，并直截了当地问了一个关键问题："除了跳了回舞，你们还没怎么样吧？"

"当然没有！"雏仪腾地红了脸。

"就算有也没啥呀，什么年代了。我就是怕万一这人不靠谱，你……"

雏仪打断了庆红，很笃定地告诉她，"别的我不知道，但这个人挺正派的，而且心眼儿很好。拿枣树讹钱那家儿有个小丫头，他现在每个月给她寄五十块钱。怕那孩子她妈把钱吞了，特意把钱寄到乡里的供电所，还附带一个贴了邮票的信封。那孩子取了钱就给他回信，供电所的熟人帮着寄过来。他对这小孩够上心的吧，就是带工人去村里布线时候认识的。"

"我管他对村儿里小孩上不上心干吗？"庆红翻了个白眼，"我只关心他对你上不上心。口说无凭，我得见见真人。"

原本雏仪和陈石约了个日子要一起去村里给苗苗送点东西，如今便加上了庆红，且被爱凑趣的谢波听到了风声。恰好卢荻从北京回来准备彩排封箱戏，他跟这几个人混熟了，不再那么拘谨，于是也欣然加入了他们的行列。再加上凌晓斌这条永恒的小尾巴，本来两个人的约会变成了一场盛大的出游。

一辆小车肯定是不够坐了，他们借了辆四面漏风的面包车，但并不影响路上的欢声笑语，尤数谢波最聒噪。庆红闭着眼揶揄，"你可真是三斤半的鸭子两斤半的嘴……我记得你不是最烦下乡了吗。"

"只要不演出就好……乡下破台子，夏天晒冬天冷的，你可算逃出苦海了。"谢波说着拉过庆红的手察看，"不过听说中国人在那边都得刷盘子？我看看……哎，我记得以前你手上就一个斗，剩下全是簸箕啊，现在怎么……"

"现在几个斗？"

"一二三四……十一个。不愧是学国际贸易的，以后要大富大贵了别忘了穷哥们儿啊！"

"滚。"庆红抽回手，眼都懒得睁，"听宝儿说你找了个小护士啊，人家怎么还没把你这破嘴缝上？"

谢波一听更来了精神，倾身扒住陈石的椅背，"对了石头，你不是跟小文认识吗，她在你们厂子人缘怎么样？追她的人多不多？"

"我不知道……没跟她说过话。"

"她不是你们职工医院的吗，就没给你打过针抓过药？"小谢的余光瞥见了坐在副驾的雏仪，忙一脸了然地拍了拍陈石肩膀，"哦哦，不方便说，算了我不问了……"

雏仪回头瞪了他一眼，眼梢也轻轻掠过陈石。"真没有……"陈石目视前方，没察觉什么，只略尴尬地支吾了一下，"她是……妇科的。"

几个人顿时都憋笑不语。跟卢荻一起坐在后排的凌晓斌本来睡着了，听到这话迷迷糊糊地嘟囔起来，"副科多有意思啊……体育课音乐课最好玩了……"平常文质彬彬的卢荻竟第一个忍不住乐出了声，很快车里就哈哈笑成一片。

　　快过年了，村里却出奇冷清。陈石、雏仪和晓斌见到苗苗时她刚洗完一大盆衣服被单尿布，小小的人儿从一座山似的湿衣服堆里站起来，兴奋得手足无措。乡里过集，她妈带着弟弟去了，家里只剩她。陈石没多说什么，挽挽袖子捞起了一条床单，雏仪忙走过去帮他一块儿拧，苗苗还没来得及阻拦已经被晓斌拉住了，他把带来的零食和书一一展示给她看。

　　吸足了水的棉布又沉又凉，雏仪力气不小，仍感到吃力，且手指骨节冻得生疼，但她没吭声。"我来吧。"陈石将已经绞得差不多干的床单又拧了一把，然后唰啦一抖搭到了竹竿上。"咱们不来，她自己怎么弄这一大堆？"雏仪甩了甩胳膊，递给他下一件，他默默接过去没答话。晾完最后一件，陈石弯腰泼掉了大木盆里的残水。圈在角落里的狗受了惊扰，站起来汪了一声，雏仪下意识地往陈石后面躲，俩人目光碰到一起，都有点不好意思。

　　苗苗挎着小篮子随他们走出院门时小谢和庆红正等得不耐烦，俩人靠的电线杆就立在从前那棵枣树的位置。雏仪一手搭住一个的肩膀，张罗着野餐去。几个人找了个背风的空地，小谢迫不及待地接过苗苗的篮子，大失所望，"野餐就是餐他妈的白薯啊。"

"当着小孩你说话文明点！不吃滚开。"雏仪从他手里抢回篮子。"你也没文明到哪儿去……"小谢打着哈哈儿坐下了，"我是怕咱这台湾友人吃不惯。"

卢荻立刻表态，"我在北京的时候很喜欢吃这个！可是在这儿怎么烤？"

他们七嘴八舌时，庆红一直没言语，静看陈石带着苗苗和晓斌忙活，不一会儿就搭出一方土灶。袅袅炊烟升起来，烘暖了周遭的空气，大家也都围着这点热乎气儿坐得更近了些。等待白薯"出炉"的过程颇为漫长，小谢在地上划拉着树枝随口问苗苗："哎这小丫头，你就是上回跟晓斌一块儿钻到台子底下让我逮出来那个吧？"

小姑娘很害羞，晓斌却一脸满不在乎，"我带苗苗去玩儿的，怎么着？"

"嗬，你小子还挺豪横。苗苗喜欢看戏呀？"

她嗯了声，埋头去捅土灶下的柴火。

"想学戏？喜欢啥行当？你瞧我们这儿还挺齐全，有小生，有武生，有花旦，还有咱这小花脸。"谢波指了一圈，也没落下陈石和晓斌，"哦，还有个司机和小后备军。"

大大小小都被逗乐了，晓斌抢着说："苗苗喜欢花旦！"于是大伙儿撺掇庆红教她两句。庆红脸上淡淡的，不太想开口，最后实在推脱不掉才唱了句《红娘》里的"一封书倒作了婚姻媒证"。这一段是不太常见的南梆子，雏仪小声嘀咕：

"你这不是难为人吗……"

没想到苗苗马上像模像样地把这句唱了出来，大家都夸唱得好，连庆红也不免惊讶。苗苗的胆子渐渐大了一些，说后面的她也会。卢荻闻言站起来朝她招招手，"我陪你一起来！"

在烟雾缭绕、坑坑注注的荒地上，穿着臃肿军大衣的卢荻依然走出了儒雅书生范儿，"看明月照着我孤形单影，盼佳期盼得我神魂不宁……"雏仪告诉陈石，张生正在书房琢磨他和崔莺莺的婚约，红娘奉命来请他去见老夫人。

苗苗颠着小碎步走来，唱完那段南梆子，假装叩门。卢荻一本正经用韵白问："门外何人？"苗苗笑嘻嘻答："是我啊！"

"哎呀，红娘姐到了！红娘姐请坐！"卢荻毕恭毕敬地弯腰给这八九岁的"小红娘"作揖，大家哈哈大笑着鼓掌。小谢半玩笑半认真道："苗苗，以后考戏校吧，保准比这红姑姑唱得还强！"

庆红耸耸肩，"比我强有啥用，还不是一样没出路！"

几个人的脸色都掠过一丝微妙，苗苗虽懵懂，却也识相地低了头。专心致志盯着灶火的陈石和晓斌没留意他们的对话。片刻，陈石自信满满地宣布"熟了"！然后扒拉出一堆表皮黢黑的烤白薯。

空气中顿时焦甜四溢，饥肠辘辘的一伙儿年轻人都不顾忌什么了。雏仪用小棍儿夹过来一个，刚要动手却听见陈石说"烫，再等会儿"。她乖乖收回手，他却拿起来在两手之间掂了几过儿，掰开了递给她，里面的瓤吱吱流油。小谢吃着还不忘调侃雏仪，"瞧把你娇的。你还怕烫啊，手上茧子比我都厚。"

雏仪还没说什么，庆红先笑了，"她怎么不娇？怕黑，怕打雷，怕虫子……小时候我们院儿几个小子拿毛毛虫吓唬她，最后都被她妈收拾哭了。"

"哟，想不到咱团长还挺护犊子……"

"别看她妈盯她练功狠，谁要是欺负宝儿了，她妈可不答应。"

"哎哟喂谁敢欺负咱林教头的千金……不过刚进戏校那会儿，我们好些人还真不知道底细。有一回团长来示范演出，那劲头，那气势，大伙儿都疯啦，就她跟没事儿人似的坐着，我们一问，她说那是她妈……改天又来了个编剧老师给我们讲课，讲得有意思，小礼堂的过道都坐满了，结果她溜出去打乒乓球去了，合着那是她爸……你说人家这得天独厚的条件……"

陈石和卢荻本来都听得入神，庆红瞟了眼小谢，他顿知失言，便讪讪不再往下说了。陈石不禁纳闷。

"没什么，"雏仪撕着焦黑的白薯皮告诉他，"我爸跟我妈后来离婚了。"

陈石只是哦了一声。谢波连忙岔开了话题，"欸，石头，你也上剧场去了不少次了，看过我们团长的戏没有？"

他摇摇头。因为蒋凤仪有演出的时候，雏仪从来不许他去剧场。

"是不是她不让你去？"谢波朝雏仪努努嘴，"估计是怕吓着你，我们团长在台上真是比男人还男人。"

一直默默啃白薯的卢荻忽然抬起头，认真说："蒋老师她，很美啊！"

最高楼

电厂的扩建工程如火如荼地进行着，投资巨大，目标宏伟，建成投产后的年发电量将大幅度提升本省的电力平稳运行水平，为当地经济发展带来强有力的能源支撑。这些词句都是雏仪从新闻里听来的，至于具体会达到什么效果，陈石只说，以后你演出的时候剧场大概再也不会停电了。厂领导给全省人民立下的军令状是"百天完工"，厂里的技术人员和进驻的建筑工人都全力以赴，故而那次出游之后陈石一直无暇再进剧场看戏。

雏仪想去看看他，拉庆红一起，没想到一向最厌烦坐公交的庆红痛快答应了。俩人都穿得圆滚滚的，在颠簸的车厢里像元宵似的摇来摇去时，庆红问她打算瞒她妈到何年何月。她说没想好，先维持现状吧。

她说不清维持现状是为了自己，还是为了母亲。在人前人后蒋凤仪经常念叨女儿是个大姑娘了，练功学戏之外也要考虑终身大事了。然而面对热心人的介绍和推荐，只要雏仪说一声不愿意，母亲从不多加一句劝。

　　妈妈在姥爷临走前许诺要培养她成才，她也向姥爷保证自己一定用功。她确实是这样做的。"小梨花"比赛之后，她看出了名利场的庞杂，不再那么争强好胜了，反而渐渐稳扎稳打地积累起了荣誉和人气；虽然达不到母亲年少时的盛名，但在全国的青年戏曲演员里也堪称佼佼者了。她视唱戏为自己热爱的职业，胜于其他任何更赚钱或更轻松的工作，所以她不会转行，但她也一天天明了，自己的这份热爱以职业为边界，她做不到也不愿意像母亲那样让戏占据生活的全部。

　　这个念头在她遇到陈石，一个完全与戏不沾边的小伙子之后变得更清晰。

　　她问庆红对他印象如何。口舌刻薄的庆红出人意料地说"还不错"，但是很快接了一个"但是"——"他们家是干吗的？条件怎么样？我猜……不太好吧。"

　　"你都猜出来了还问我。具体我也不清楚。反正我又不想傍大款。"

　　"家庭是基本经济单位，没有稳定的经济就没有稳定的家庭。你就是没吃过缺钱的苦。"

　　"我根本不怎么花钱啊！除了买点零食，连衣服都不用买，天天练功服。别拿你学的那套教育我了。说说，这一年半载，你又俘虏日本男青年了没？"

庆红眉尖微挑，摇摇头。她正在交往的是个中国留学生，她的学长，在国内是高干子弟，三十多了却辞掉公职选择留学。国内的身份背景在海外不值一文，他甚至比一般家庭的年轻人更努力，为了证明自讨苦吃的路没走错。他追求庆红，说她和他是一路人。

"他这样的，在国内的时候没对象吗？"

"有啊，门当户对的大小姐。他不出去的话大概孩子都有了。"

"那你……"

"他们分了以后我才答应处处看的。你把我想成啥了。"庆红推了一下她的脑袋，"就算没遇着我，他俩一个国内一个国外，这样牛郎织女似的感情也长不了。现实就是这样。"

雏仪和庆红这回进电厂大院时一点阻碍也没有，传达室老头只善意提醒她们工地杂乱，不要靠近。但雏仪进院以后直奔工地，因为知道今天陈石在那儿。目的地并不难找，建造中的冷却塔已有十多层楼高，看上去像一个微有曲线的巨型水泥筒子。

离着还有一百多米远庆红就不肯再往前走了，并且抱怨自己的靴子落了一层灰。雏仪让她在原地等着，擅自溜进了工地，倒是没费周折就找到了陈石，因为他正在冷却塔脚下与别人吵架。在上空传来的各种噪音里，她没听清他说的那些专业术语，但对方反击他的话非常通俗易懂，比如"拿着鸡毛当令箭""存心让上头的领导、底下的工人都过不好年"……

她走到他身后不远处，注意到他真的很生气，后背剧烈起伏，但他讲一句对方顶回五句，导致他话没说多少，呼吸间却一片白雾蒸腾。对方依然轻蔑挑衅："干吗你，你小子还敢打我？甭说你了，就连……"雏仪没等对方这句话说完，抢先叫了声石头，因为看他的拳头已经攥紧了，怕他真动手。他回过头，脸上未散的怒火全变成惊讶，"你怎么跑这儿来了？！"

"我来……"

她话未说完，他抓起她的手就往外走，一边走着，另一只手已经解了自己的安全帽，不由分说扣在她的脑袋上。帽子太大，直接盖过了眉毛，她下意识地想调整一下，他以为她要摘，用命令的口气说，"戴着！"她吓了一跳，没敢再折腾，微微仰着脸才能看清前方的路。其实不看路也没关系——如果舞会那回不算，这是他第一次牵她的手，虽然不是有意为之。

他连刚刚的争论也顾不上了，对方追骂了一句："不给老子上课了？真他妈逗……别回来了！小心砸死你。"他铁青着脸，可没再作声，也不让她回头。

庆红不放心，正在工地边缘四处找她，见她戴着安全帽灰头土脸地被他拉出来，哈哈大笑说她像偷地雷的。陈石却无心玩笑，严肃告诫她们以后不许进工地。

雏仪哦了一声，"帽子还给你。"她只晃了晃脑袋，因为右手还被他抓着。她戴着兔毛手套，他刚才甚至都没意识到那是她的手，现在慌忙松开了，却好像有一只毛茸茸的小动物在他掌心留下了温暖的触感。

可是他让她回去，说自己今天要加班写报告。庆红有点生气，因为她们大老远来了，他甚至没请她们找地儿坐下喝口热水，但雏仪居然心平气和地接受了。作为补偿，回到市里她请庆红看了场电影，片名朦胧靡丽。庆红以前最爱看电影里的男男女女搞对象，但这次居然睡着了。她在片中摇滚青年的聒噪电吉他声中醒来，只有三字评语，"瞎折腾"。

一周后是小年儿，剧团封箱演出，来看戏的群众多，领导也多，场内一片喜乐祥和的气氛。

卢荻和团里的花旦合作了一出《豆汁记》，唱念很认真，只是表演上仍有些放不开。下场后，他匆匆卸了妆便去旁观蒋凤仪扮戏，因为她今天演武松，他从没见识过。看着看着，卢荻的表情渐渐有些困惑。她脸上用的黄底彩比平时多，眉毛也描得黑重，扮相可谓粗犷。

她没扭头也察觉了他的欲言又止，手里的动作没停，只笑问："不好看吧？"

他委婉答："跟您的林冲不太一样。"

"不一样就对了。虽说都是武生，但身份、性格千差万别。武松就要丑一点、粗一点才能丑中见俊，粗中见细。舍不得扮丑，就出不来那个劲儿。你演《豆汁记》也一样，再漂亮的小伙子也得放下柳梦梅的身段儿。"

最后一句话隐含批评。卢荻忙点头,感到惭愧。

年过五十的蒋凤仪扮作好汉武松,唱念做打处处与林冲不同,一派彪悍狠厉、杀气腾腾,几乎令卢荻望之生畏。这样的她不美,可这样的武松毫无疑问是美的。

台下彩声如潮时,有人潜行到贵宾席向其中一位说了些什么,眨眼间一排领导便呼啦啦走空了,其余人不禁纳罕,场内略显躁乱。尽管台上蒋凤仪的表演丝毫未受影响,很快拉回了观众们的注意力,但雏仪还是忍不住抱怨:"有什么要紧事,这么不给面子?!"因为匆匆离去的身影里甚至包括母亲的忠实戏迷,供电局的袁局长。

"我打听打听去?"庆红问。

"行。我去接点热水。"雏仪抱着母亲的保温杯也走开了,幕侧只剩下卢荻。须臾,蒋凤仪的正式演出结束,大幕合上又拉开,戏迷们热烈请求她返场,点得最多的剧目还是《夜奔》。她笑着抹抹汗,痛快道:"那行,奔一段儿'折桂令'……我先喝口水去!"

卢荻听到了,这才意识到雏仪去接水还没回来。他忙走进去找她,路过化妆台时发现保温杯敞着放在那里,热气萦绕,他立刻端起杯子给蒋凤仪送过去。她喝了两口,回到舞台。卢荻望着台下的观众,羡慕他们三天两头就能花很少的票钱进剧场看她、听她,而他即将坐飞机回台北了。

当天散戏后,蒋凤仪和卢荻找了半天,保温杯的盖子仍不见踪影。因为雏仪正攥着它，坐在赶往电厂的出租车上。陪同前往的庆红和小谢不敢贸然安慰她"没事"，因为电厂确实出了事，大事。

冷却塔施工现场发生坍塌事故，多人被埋。

献
衷
心

出租车停在电厂门口，几辆小轿车跟着一辆大吉普从旁边驶过，长驱直入地进了院。

外人已经不允许入内了。小谢边跟传达室大爷搭话边朝庆红使了个眼色，她便拽着六神无主的雏仪一溜烟儿跑了进去。

往常像一座热闹小城似的厂院仿佛忽然寂静了，一辆救护车迎面开出来，庆红忙把她拉到路旁，接着又是第二辆、第三辆……它们无声经过，直到出了大门才开始凄厉地鸣笛。庆红握着雏仪的手，感到她在身后警笛响起的瞬间猛地一激灵。

她甩开庆红的手，开始朝着那个巨大的水泥筒子飞跑。跑着跑着，忽觉不对劲儿。庆红不是说电厂出了倒塌事故吗，可是未完工的冷却塔明明依然巍峨屹立着。她们赶到工地，看到周边围满了各种车、机械和人，高音喇叭里传出急促的指令。塔的底部是一圈水泥柱，穿白袍的大夫护士从柱子之间钻到塔里，然后担架一副副抬出来。

她在塔下仰望，明白了。倒塌的是冷却塔内部的施工平台，那天陈石和工程单位的人就站在那下面激烈争吵，现在那片地方满是钢条泥块。她深一脚浅一脚地奔过去。没有人阻拦或留意她，大家都焦急而忙碌，医务人员在救护自己的病人，工人在搜救自己的同事，家属在恸哭自己的亲人……而陈石算她什么人呢，还什么都算不上，甚至，相识这大半年以来她和他见面的次数屈指可数，也因而每一次都记忆深刻。

原来他的轮廓已经深深刻入了她原本素白如纸的生活里。

从雨夜的剧场到冬日的乡村，一切都不像才子佳人的戏码那样浪漫，一切又比曲折离奇的故事更让她感到踏实可靠。还有什么比踏实可靠更重要呢。她并没有到处喊他的名字，因为喊不出声。一张张陌生的面孔闪过眼前，她想好了，如果他现在、立刻、马上识相地出现，那她明天，不，今天就带他回家去见她妈，告诉妈妈，这个人她认定了。

庆红跟在她身后不停说宝儿别哭、别急、小心脚底下……她恍惚了，自己都不知道自己哭了，只是视线一点点变得水雾模糊，眼眶里的泪满了，落了，视线又变清晰；反反复复，像不停变焦的镜头，在不知所措的寻觅中竟真的捕捉到了熟悉的身影。他和她一样没戴安全帽，甚至连外套也没穿，深蓝色毛衣灰扑扑的，头发、脸上也是，因他正跟工友和搜救队员们一起徒手清理地上掉落的杂物，寻找被砸伤、掩埋的人员。

她叫了声石头，也许太轻了他没听到，只顾捡起一根钢筋，然后直起腰把它扔远。钢筋哐啷落地时她又叫了一声，他听见了，不敢置信地望过来。她却一秒也没迟疑，跑过去一头扑进他怀里。真好啊，这个人没事，全须全尾，隔着几层冬衣也能感到他身上的热乎气儿，还有怦怦有力的心跳——她的耳朵不偏不倚贴在他胸口。

陈石显然没想到她这么快就耳闻了风声，几乎和市领导们是前后脚儿到的。但他没问她怎么来了，因为知道原因唯有一个：她担心他，怕他会……

如果不是他申请了过年留守工地，所以趁着小年儿请假回家了一趟，他可能真会被埋在里面，就像已经救出来和还未救出来的那几十个工人兄弟和技术人员。他不知该庆幸还是后怕。刚才被这惨烈场面震麻了的神经忽而慢慢复苏了，他这才觉得手疼，而且站定以后脊背上的热汗被寒风吹透了，很凉。怀里的暖意此时尤其珍贵。大难不死的他陡然放下了许多顾虑，哪怕只有这一次也好啊，于是他张开胳膊抱住了雏仪，但掌心还是与她的大衣保持了一些距离。

寒暖交织的刹那他不禁打了个颤。

"冷啊？"雏仪齉着鼻子问他，并没等他回答就把他抱得更紧了一些。

废墟上的这个拥抱没有持续太久。陈石的同事大刘找了过来，看见雏仪也很诧异，"小蒋来了？石头，快回去吧，刨了一下午了，该歇歇了。"他见陈石没有要走的意思，便低下声音补充了一句，"我问了，找得差不多了。"

"都找着了？"

"有希望的差不多都救出来了……但脚手架和平桥上的那些……十来层楼高啊。"大刘低头叹了口气，然后指指他的手，"去那边让你嫂子给你包一下吧。"职工医院今天上班的所有科室的大夫护士都来到工地为轻伤员处理伤口，包括大刘的爱人叶大夫。陈石摇摇头，说他回宿舍自己弄就行了。

雏仪这才发现他手上又是土又是血。

"那……小蒋，你陪他回去吧。唉，大过年的，谁能想到会出这样的事儿呢……"

庆红和谢波紧随着雏仪和陈石，一起走回了宿舍区。平常爱说爱笑的小谢此时也心情沉重，他拍着陈石的后背安慰："兄弟，吓着了吧？知道你心里不好受……"

陈石蔫蔫坐在床沿，抬起头，脸上疲倦但真诚，"我没事，今儿给你们添麻烦了……"

小谢待要答话，庆红拉拉他的衣角，俩人端着脸盆、毛巾出了房门。

雏仪默默替他挽起袖子，察看他手上的伤，"疼不疼？"

"我应该把报告直接交到厂长那儿，或者去局里……他们就没法把事压下来了……"

"有纱布碘酒吗？"

"这么赶工肯定要出问题的……但我没想到这么快……"

"这两天手别沾水。"

"这么多人……一下子就……没了？"

"石头，这事不怪你。"她没法再假装听不见，站在床边搂他在怀，"上面不搭理你这小年轻儿，有什么办法？那天你和工程队的人吵架我也听见了，他们明显是有人罩着……"

人微言轻，他懂。以前不服，以后，更不肯服。这些话他没对雏仪说，只是老老实实举起手任她抹药、包扎，眉头一皱也没皱。将近天黑时，她在他的再三催促下才和庆红、小谢离开电厂。

窗外的天色慢慢暗了下来，小雪飞扬。工地上的挖掘仍在继续，北风是冷的，混凝土高塔是冷的，高杆灯的光亮也是冷的，映着一地狼藉，慢慢被雪覆盖……

宿舍里的陈石一直没开灯，和衣蜷在床上，迷迷糊糊睡着前被震天响的电话铃惊醒了。他立刻翻身跳下床，用缠着纱布的手不太利索地接起了话筒，嗓子有点哑，但在听到那端声音的一瞬间就调整好了自己的语气。"……妈？……早到了……没事啊……什么眼皮跳，别瞎想，我好着呢……早上忘了说，那井台儿你甭管，等我回去拾掇……"

雏仪当然没有像她在工地上许愿的那样立刻带陈石去拜见她妈。她在小谢和庆红的陪同下回到家，这俩人很够朋友，主动替心神不宁的她编了瞎话。蒋凤仪没起疑，也不知电厂的事，只埋怨他们一声不吭就溜了，都没跟卢荻道个别。明天，他就要回台北了。

然而，关于电厂重大伤亡事故的消息终究很快传开了。遇难工人大多来自周边农村。大年三十儿这天正是他们的头七。上级的初步调查结果显示，事故原因包括工程计划贸然激进，罔顾科学合理性；安全监管部门失于监察，执法不严；施工单位疑有"地方保护伞"，资质存伪，劣迹斑斑……无论根源何在，原本一项万众期待、轰轰烈烈、打算载入功劳簿的工程就这样变成了悲剧。有些人丢了生命，有些人丢了纱帽；对后者的惩罚远远不能抵偿前者的损失。

"唉，一个个都是家里的顶梁柱，剩下老婆孩子咋过年……"除夕这天，秋灵一边准备年夜饭一边忍不住感慨。蒋凤仪给她打下手，无言地摇摇头。这是老父亲走后的第一个年，她破天荒地早早拒绝了所有晚会演出邀请，留在家里陪伴继母和女儿。

雏仪心不在焉地削着土豆皮，听见姥姥说的，手一滑，土豆掉了。蒋凤仪蹲下捡起来，念叨这丫头最近怎么了，丢了魂儿似的。姥姥说大概是年前演出太累了，趁这几天好好歇歇。雏仪没吭声，从她妈手里拿过土豆去洗。

她当然是惦记着陈石，因为知道他没回家，此时正在单位值班；但她没理由在除夕夜溜出去看他。毕竟这是近十年来母亲第一次在家过春节。

虽然只有三口人，但姥姥掌勺的年夜饭很丰盛。四盘八碟上桌后，娘儿仨先给蒋松霆和严松霁上了香，斟了酒。虽然凤仪有意不停地找话说，但饭桌上无论如何不能算热闹，幸好电视一直开着，喜气盈盈的欢笑声溢出来，填充了家里略显清冷的空间。三个人都竭力比平常吃得多了些，但面前的菜还是不见少，所以她们在吃饱后还是捏着筷子迟迟没离桌。

这时外面有人敲门，是庆红和谢波，俩人一进屋就扯着嗓子亲亲热热地祝团长、姥姥过年好，秋灵喜笑颜开，强塞了一人一个红包。俩人拜完了年就叫雏仪一块儿出去放花。雏仪情绪欠佳，推脱着不想去，庆红朝她挤了挤眼睛，和谢波强拉着她出了门。

几个年轻人出去后，凤仪和继母又坐着闲聊了一会儿便准备收拾桌子，敲门声却再次笃笃响起。"这孩子又落什么东西了……"凤仪说着走过去开门，抬眼一看不禁愣住。

门外人风尘仆仆，肩披一层薄雪。

"卢荻？你怎么……回来了？"

情天久

卢荻压根儿没回台北。封箱演出后他回北京溜达了几天，游览了之前没来得及逛的各个公园，也顺便给家人买些礼物。其实他知道父母看不上名胜古迹出售的那些小纪念品，他们是受过良好教育的实用主义者，对一切不实际的东西抱有怀疑批判态度，其中也包括儿子如今从事的这门艺术。童年的卢荻听话懂事，按父母的要求苦练钢琴，因为他们欣赏西方古典音乐的高雅与严谨。谁知机缘巧合下，卢荻上大学后因周晏如开设的一门选修课而投入戏曲怀抱，还千里迢迢到对岸拜师学艺，因而和父母的关系闹得很僵。有时他也讶异于自己在这件事上的勇气，转念又觉得也许自己本来就有反骨，只是从前没有遇到真正所爱。

他这样想着，却没敢登上进站的公交车，而是一路步行——他害怕因为听不懂售票员大姐浓重的儿化音而坐过站或被骂得狗血喷头。那趟车途经火车站，他看到车厢里挤满了异乡人和他们的行李，而他自己，直到大年三十的上午才来到首都机场。是日北京大雪，他将乘的那趟航班不幸取消了，几个台商围住柜台焦急地询问改签之事，没有直飞的，经停香港、日本的也都愿意。只有他，思考了数秒，拖着小箱子离开了机场，稍后又离开了北京。

雪夜驱驰，他到她家楼下时依然没想好要说些什么。所幸她也没有细问就把他请进了家门，问他吃饭了没有。他摇摇头。

蒋凤仪和秋灵交换了一下为难的眼神，他倒自己主动坐到残席前说这些就够他吃了。秋灵慌忙拦着，绝不肯让客人吃剩的，于是转身去厨房给他煮下午刚包好的饺子。他站起来字正腔圆地说"谢谢姥姥"。须臾，白胖滚热的饺子上了桌，连同秋灵腌的腊八醋。蒋凤仪抱手倚在沙发背后，沉默注视他不顾形象地一通儿风卷残云。老太太陪他坐在桌边，半晌，迟疑地开口："孩子，慢点儿……要蒜吗？"

卢荻鼓着腮帮子坚定回答："好！"

凤仪不由一笑，想这台湾小孩是全面入乡随俗了。

雏仪被庆红和小谢拉到楼下，出了家属院，上了冷清的大街。她一眼看见路灯下那个高高大大的身影。

"去吧去吧，我们放花去了。"谢波推了她一把。

"这么多……你是要炸碉堡？"庆红瞪着小谢提的一大袋

烟花爆竹。

"说点吉利的行不行……走,多叫几个人一块儿放!"

那俩人走了,雏仪踱到陈石面前,说溜达溜达去吧,他点点头,跟着她一起往附近那个小公园走。他们始终保持着半米的距离,直到踏上了公园小径才变成并排。她问他手上的伤口好了吗,他说"好了",可是躲着不让她去拉自己的手。她微微一怔,大步走到亭子里坐下了,决心今天要跟他把话挑明。

"这地儿,一到夏天我和我妈就来这水边练功,三伏天儿也不歇。"

"挺辛苦的。你为啥学戏?"

"因为这东西我打小儿就听、就看。那你为啥学那个……那个,电力工程?"

"因为带电的东西,我小时候没听过、没看过。上小学的时候,同桌俩人点一盏煤油灯。我还记得捡民兵打靶掉的子弹壳,装上黄豆在灯上烤,烤熟了还挺香……老师在上面讲,我就在下面边烤边吃,后来……哎,扯远了……"陈石不好意思地挠挠头。

"你还挺会玩儿,我以为你是好学生呢。后来怎么了呢?"

"我就是好学生。后来考到镇上的中学,教室里才有电灯。"

"石头,我知道你学习好,人也好。我……"

"不、不，你不知道，我没你说的那么……"他慌张打断了她。

陈石的眉眼硬朗鲜明，在夜色里也看得出强忍着情绪。沉默片刻，他从怀里掏出一小瓶二锅头，在地上泼了一半。大片残雪化开，浓烈的酒气徐徐弥漫，辣得人想流泪。

雏仪抽抽鼻子，轻声问："工地上的事，都处理完了吗？"

"完了，死了的一人一笔抚恤金。这种事在农村多了，估计骨灰刚下葬一大家子人就要抢那几万块钱……有几个工人看着挺小，不知道成年了没有。"

"石头，你心里难受，我也不知道怎么能让你好受一点……但今天我想谈谈咱俩的事。"她扳过他的肩膀来，话未继续，他却坦直望着她，抢先说："咱俩不合适。"

"怎么不合适？"

"我……"

"你什么？家里穷？农村的？我也是跟着姥姥、姥爷在农村长大的，我不在乎这个。我就问你，喜欢我吗？"

陈石没想到她的问题如此直白，一时间喉头堵得说不出话来。雏仪从他手里把小酒瓶抢过来呷了一口，面不改色说我喜欢你。"从小儿我喜欢的事就一定要干，多苦多难也无所谓。我妈一开始不愿意我学戏，她带我练功就生掰我的腿，想弄疼了我，我就不学了。可我就忍着让她掰，后来她服了。我没见过比我妈心更硬的人，她都拦不住我喜欢戏。你能拦得住我喜欢你？除非，你不喜欢我。所以石头我再问你最后一遍，喜不喜欢我？你要说不，我站起来就走，绝不缠着你。"

陈石定定地瞅着她的眼睛，心分两半，滋味难言。忽然酒瓶口递到他嘴边，她命令道："你喝一口，好给我老老实实、痛痛快快答话。"他平素不是怯懦的人，今天确实反常，连自己也恼恨自己，于是依言灌了一大口。向来不喜饮更不善饮的他登时呛得涕泪交流，但身上寒意顿消，火辣辣的酒劲儿也逼得他诚实回答了她的问题，"我喜欢你。"

"我是谁？"

"小蒋。"

"谁。"

"蒋雏仪。"

"谁。"

"宝……儿？"

她的唇角刚翘起来，一不留神他却把小瓶里的残酒一饮而尽了，然后抬袖抹抹嘴，深深地，也是痛苦地，呼了一口气，"可是宝儿，我就要调走了。"

原来电厂的事故牵扯深远，陈石的小小一份报告虽在部门主任一级就被压了下来，但还是成了某些人容忍不下的眼中钉。恰逢单位要对口支援某个西南山城的电力工程建设，便把陈石明升暗降地派了出去。

雏仪尽量维持着表情的镇定，问他要去多久。

"理论上工程完了就能回来，但谁说得好呢……少则半年，多则……"

"管它多久，我等你就得了。"她没让他说完，直接问什么时候启程。

"下周吧。"

"我送你。"

陈石不记得那天自己是怎么被出租车拉回电厂的。他断片儿前的最后记忆是自己晃晃悠悠地被雏仪扶着走出公园后门，她说："没想到你是个'一杯倒'，要是我姥爷还在……"

他们前脚从后门出去，蒋凤仪和卢荻后脚进了公园。因为他说他回来是想拜她为师，向她学《夜奔》。这并不合规矩，因为他刚拜了田老先生；也无甚必要，因为他是小生而非武生。但卢荻就是这样脱口而出了，自己也不确定这想法是临时起意还是深藏已久。蒋凤仪没有当即表态，而是带他来到这地方，一面踢腿一面给他讲女儿从小跟她在这儿练功的苦事和趣事。卢荻听她的声口，看她的表情，不再遥不可及，而只觉她是一个母亲，一个女人。

"这丫头我本来是不愿让她学戏的，你知道女孩子学武生有多苦？好不容易练出来了，一结婚生孩子，身上的功又要退一大半。可她非要学，我拦不住。按说这孩子有灵气，也卖力，但，怎么说呢……可能是时代不一样了，也可能是我教得不好 —— 有很多地方我只会演，不会教。"

"她已经非常出色了呀。如果在我们那里的剧团，她一定可以做主演了。"

"不要说她，就连我也是岁数越长越觉得自己有太多地方做不好，做不到，觉得自己没资格做别人的师父。可是这几年也有不少人要拜我，有真心的，也有图我这点虚名的。若是真心的，我恐怕耽误了人家，若是假意的，我也怕脏了自己的名字。所以谁来找我学戏，学哪出，都可以，但我是想好了不收徒的。要是从你这儿开了口子……"

卢荻未等她讲完便深深点头说他懂了。她笑笑，脱了大衣请他拿着，自己往前走到一片没有积雪的空地，一甩腰拧起了旋子。卢荻有些诧异，因为这样费力的动作通常是年轻短打武生的专长，在台上偶尔凌空拧几个便可得喝彩，而她一口气拧了二十个，全都又高又漂。但看得出她做完以后累得不轻。卢荻忙把大衣给她披上，问她要不要去前面亭子里歇会儿。

她摆摆手说不用，也自嘲老了，小时候最多可以拧一百个不停。

"那只是'技术'，您现在足以凭'艺术'服人了。"

"你还挺会安慰人。"她笑起来眼里还是纯挚少年气，"我是给我老爹拧的。"

去年赴台演出之前她回老家看他，他问，小义，你还能一口气拧十个旋子吗，她自信答二十个也能。于是他放心了，"行，你走吧。"那是老父亲对她说的最后一句话。等她归来时，病榻上的他已在弥留之际。但也无妨，他要的她都知道，所以决心每年岁末除夕做给他看。

夜空被烟花爆竹熏得雾蒙蒙，看不见繁星，却有一点莹莹闪闪在她眼中。"卢荻，走吧。过年有家不回，不孝。"

陈石启程前夕雏仪说要和他吃一顿饭，他到了饭馆才发现小谢、庆红，甚至凌晓斌一家三口都在座。庆红见人齐了，率先半玩笑半认真地"警告"凌跃夫妻，"跃哥、嫂子，宝儿这顿饭叫上你们俩，你们可得保守秘密！尤其是跃哥，不许做团长的耳报神！"

凌跃连连保证，"不能、不能……其实那回我去医院接卢荻就看出来了，这么长时间我多嘴了吗？还有我们家这小子期末数学考了一百分，我也知道是谁费的心。小陈同志，你和我们宝儿妹妹的事，我绝对支持、绝对祝福！祝你们……"

"哎呀谁要听你打官腔儿！"杨笑笑不客气地打断了丈夫。她端详了一下陈石，心直口快问雏仪："我也看这小伙子不错，妹子，为啥不告诉你妈啊？她不会反对的。"

雏仪与陈石对视了一眼，很坚定地告诉杨笑笑："嫂子，就算我妈反对我也不怕。但现在还不到时候，先不用让她操心。等这趟工程完了，石头回来我就带他去见我妈。"

他在桌面上大大方方攥住了她的手。

凌晓斌大喊石头叔叔我会给你写信的！把我不会的题寄给你！

"没问题。你会寄信吗？"

"我交给小姑姑，和她的情书一块儿寄！"

桌上的大人都笑了。小谢早已动了筷子，埋头边吃边调侃，"这回真是鸿雁传书了。石头，你可不能做那一去不回的薛平贵、蔡伯喈、陈世美……嘿，这么一数，咱老戏里的负心汉还真不少！"

大伙儿都骂小谢耍贫嘴。庆红点了瓶酒，站起来给各人杯中都斟上了，雏仪说石头不喝酒，她没理会，甚至给他倒得格外满。她端着自己的杯子说明天陈石走，过几天我也要回日本了，难得大家聚在一起，我唱一段助助兴。

庆红轻易不开金口，今日主动要唱，大家自然都欢迎。她唱的是《红娘》结尾的几句流水，字字玲珑，也字字铿锵。

自古道佳偶于飞怨偶愁，好夫妻偕老到白头。

但愿你金榜题名后，既完花烛结鸾俦。

若是喜新忘了旧，始好终弃骂名留。

明日里青青河畔柳，安排泪眼送行舟。

庆红唱完这几句，隔壁桌的人都给她鼓掌，还大喊"再来一个！"她不理睬，站着把酒干了，然后盯着陈石直截了当地问："听得懂吗？要不要用普通话给你念一遍？"语气有一点讥诮和一点威胁。

桌上安静了几秒钟。雏仪摇摇庆红的手，还没来得及打圆场便听到陈石简短而笃定的回答。

"不用，我听懂了。若是喜新忘了旧，始好终弃骂名留。"他朝庆红举起杯子，也一仰脖干了。

长
相
思

　　雏仪从少年时就常演《平贵别窑》，宝钏送平贵，她是被送的那个，狠下心把宝钏牵住的衣襟一割，打马而去。如今她送陈石，却只恨自己没多长几只手牵着他。两个人几乎是刚刚向彼此剖白了心迹就要分开，欢情霎时变离情，最是难舍难分。

　　正月十五已过，火车站人头攒动，与陈石同车南下的旅客尤其多，扛着大包小包挤满了站台。人来人往中也有手中空空的混混、卖茶叶蛋的小贩和抱住行人大腿不放的小乞丐。空气中稠杂的味道多少冲淡了依依惜别的气氛。陈石只有小小一件行李，他一手提着包一手拉着雏仪，走到人少的月台尽头，让她背靠柱子。他左看右看，不厌其烦地提醒她一会出去时护好了包，路过小摊什么都别买，瞅见甩着膀子乱撞的人要躲开……

"知道，我打小儿就跟着剧团到处跑。家里人没来送你？"

"我妈身体不好。其实也不该让你来。这儿太乱。"

"我不怕。"她自然而然地圈住陈石的腰，脸埋进他怀里，周围的嘈杂似乎瞬间都不存在了，"你们单位就这么抠门？一天一宿的火车，连个硬卧都不给买！"

她的声音似乎是贴着他的胸口一路传到他耳中，很近很近。于是陈石忍不住用空着的那只手揽住她，嘴里只漫不经心说："不算啥。"

"怎么不戴个围巾？"

"不冷。"

怎么不冷，棚子外面在飘雪呢，天地之间一片白蒙蒙的，黑色的铁轨因而格外鲜明，孤独的两条平行线，直直地延伸向远方。她靠在他怀里有些遗憾地想，自己的围巾若不是粉红色，她便摘下来给他带走了。

温淡的金色从雏仪背后照过来，那是穿过万里阴云的冬阳，也是火车即将驶来的方向，车还未到，所以每一缕阳光都弥足珍贵，丝丝流转在陈石眼前，暖融融，又有点痒。是她的头发一直在他下巴底下蹭，清香味一直飘上来。他不禁深吸了一口气，迅雷不及掩耳地低头亲了一下她的脑门，隔着太过多余的刘海儿。她显然始料未及，红着脸扒拉了一下头发，反倒被他瞧见了额角那个小疤。

"是那回弄的？"陈石当然记得大半年前那场夜雨，以及血流了一脸的白袍小将。

"是啊，难看死了。"

"谁说的。"

"不过要没它，也不会认识你了。"雏仪踮起脚也在他颊边落下一吻，"石头，照顾好自己，给我写信。"她今天搽了庆红那次带给她的口红，给他脸上印了个浅浅的唇印。火车就在这时呜呜咽咽地进站了，她慌忙抬手抹了抹他的脸。他发现她的眼睛一下子红了，粼粼如耳边猫头鹰耳坠上的微光。他盯着这点红，俯下头说："放心。"

庆红在火车站外面等着雏仪，陪她一起回家。一周后，庆红回了日本。

雏仪的生活恢复到过去的平静，演戏、练功，甚至比以前更刻苦。只是现在她三天两头往剧团传达室跑。陈石离开前交给她几百块钱，托她每个月照常寄给苗苗五十块。她说自己的工资根本没地方花，足以替他出这笔钱，但他坚决不肯。于是她像他之前那样，每月把钱寄到乡里的供电所，连同一个贴好邮票的信封。苗苗也给她回信，图文并茂，夹杂拼音。她第一次收到回信时把开头的拼音念了两遍，才明白那个词是"婶婶"。

她也常常催小谢去取信，或主动"帮"他取，因为陈石按她叮嘱，寄来的信都是"谢波收"。传达室的大爷有一回纳闷问："小谢，你在大西南山沟子里还有亲戚？"她在旁边有点紧张，小谢却拿过信来面不改色地胡诌："是啊，我妹夫。"她忍笑翻个白眼，被占了便宜还得感谢他。

日子堆叠，如锁在抽屉里越来越多的信笺。雏仪在练功房的角落里，在散了戏的剧场空座上，在深夜的小台灯底下读信、写信。陈石向来不诉相思苦，他的字没多好看，但大而磊落，字里行间也总是阳光灿烂的口吻，虽然他待的那个地方终年湿气蒙蒙。他说那里山清水秀，每次开工程车出去都心旷神怡；那里的伙食不错，好多菜他都不认识，只是食堂大师傅用辣椒太狠，吃得他"上下着火"；去山里勘测时，寨子里的少数民族村民热情招待他们，姑娘们唱着山歌劝酒，还说米酒不醉人，小女孩老奶奶每顿饭都喝，他信了，结果还是被一杯放倒；他还说，当地虽然条件艰苦，但大家心很齐，为了电力建设众志成城，他资历尚浅却深受重用，能发挥所长使他感到充实、有意义……

他的信毫无修辞手法，完全是白描式的流水账，可雏仪时常读着读着就笑出来，笑后心里又酸酸的。她看见夜晚的万家灯火会想起他，看见流光溢彩的车河会想起他，在偶尔停电的一片漆黑里更会想起他；有时大幕拉开的瞬间她也会眼睛一花，以为坐在最正中位置的不是某个白发老人，而是他……这个城市依然照常运转着，发展着，繁荣着，与此同时，那一年的中国大地上仍有七千余万无电人口、近三万个无电村。雏仪并不晓得这些数字，但她知道陈石就在其中的某一处幽暗里。寂夜无边，再青的山、再绿的水也是蒙昧恐怖的。雏仪曾在信中天真地说她觉得围着篝火唱歌跳舞的日子挺好的，但陈石说，没有电就意味着那里的人们比城里人少了一半"有效时间"，像苗苗那样的孩子永远也没机会走出去看看外面的世界。

陈石被派出去对口支援的日子里，雏仪意外地和电厂职工医院的护士文虹熟络起来。那个曾差点被介绍给陈石的姑娘在新年舞会上和谢波跳了一晚上舞，自此俩人约会不断。小文姑娘越来越认真，小谢却退缩了，终日神龙见首不见尾。不过，平素玩心甚大的他没再招蜂引蝶，甚至跟团里旦角们玩笑的时候都少了，宁愿独自泡在他过去最厌烦的练功房里。雏仪深以为罕，再三追问，小谢终于向她吐露苦衷：自己原本一人吃饱全家不饿，可剧团这点钱粮何以成家养家呢。

雏仪对小谢的印象由此大为改观，但并不赞成他的逃避。男女之间捉迷藏，向来是躲的人容易，找的人难，而后者往往更执着。果然，有一天她在传达室翻找陈石的来信时碰见了上门来堵谢波的小文，一个外表娇柔乖巧的姑娘，义正词严要向谢波"讨个说法"。雏仪带她去了练功房。小文在那儿看到了一个她前所未见的谢波，拧旋子、打飞脚、跳铁门槛的他身轻如燕，但也累得几近虚脱，全然不似往常嬉皮笑脸。然而，他在扭头与她四目相对的一刻还是做了个俏皮的鬼脸儿。

从此，小文常常逆着雏仪往日去电厂的路线来剧团找小谢，旁观他练功，还给他按摩解乏。小谢趴在垫子上故意叫得很惨。雏仪有时不留情面地揭穿他，有时和小文聊聊天，但通常不会在他俩跟前逗留太久。除非小文从大刘夫妇那里打听到了陈石的近况。

经由小文，雏仪得知了陈石在信中不曾提及的、他工作中的另一面。比如那里虽山清水秀但地势险峻，有时路途太长，他是队里唯一能和专职司机轮流开车的人选，九转十八弯的山路上，尽管小心再小心，仍不止一次遇到险情；比如他虽被委以重任，但由于人手紧张，他须得跟工人们一样扛着测量仪器、三脚架、榔头、柴刀翻山越岭；比如大山里的男女老少虽热情好客，但亦不乏当地干部都奈何不了的刁民、恶霸，有时暗地捣鬼阻挠工程，有时明里挑衅，甚至大打出手……

她知晓了这些内情，在回信里却不敢动声色。她依旧语带调侃地让他少吃辣，也半玩笑半真心地警告他不许沾惹辣妹子。只是她后来的每封信结尾都多了"平安"两个字，这两个字笔画太少，写不尽她的思虑，只好在后面加上一个又一个叹号……

除了一字一句地尺素传情，她也在一针一线地给他织围巾。是小文教了她这项新技能。其实雏仪知道她妈挺会织毛活儿，会的花样不少，但她绝不肯向妈妈求教。等她完成这条杰作时已经快春暖花开了，不过她还是决定把这份小心意寄给他，谁知下个冬天到来时他能否归来呢。

完工后雏仪去外地参加了一场汇演，隔天回到家就打算奔邮局，不料刚收了针、放在枕边的围巾失踪了。她挨个房间搜找，结果在她妈屋里发现了，一样的毛线，一样的花纹，却迥然是另一条围巾，织得平平整整，针法细密。她差点气哭了，正在咬牙切齿时母亲练完早功回来了。

蒋凤仪一眼看见女儿手里的东西，却没留意她的脸色，只顾擦着汗邀功，"我昨儿晚上瞧你那围脖儿织得跟破渔网似的，就给你拆了。一宿就织完了，怎么样，你妈这手艺不减当年吧，要不要我教教你？哎，哎……？"

雏仪没等妈妈说完就跑回屋砰地关了门。姥姥买菜回来，悄声问你们娘儿俩又闹什么呢？蒋凤仪也莫名其妙，"我就说了句她毛活儿织得不怎么样……好心当成驴肝肺……"

贫也乐

　　雏仪虽怨母亲鲁莽拆了她亲手织的围巾，但最终还是屈服于她的手艺，把这个"冒名顶替"的礼物寄给了陈石。他在回信中夸她织得好，而且还有"落款"，同事们见了都笑，他坚信他们是嫉妒。雏仪纳闷什么"落款"，后来才想起小时候她在学校总是丢三落四，她妈就在织好的围巾、帽子、水壶套角落绣一个"宝"字。舞台之外蒋凤仪如此细心的地方不多，也多年不做这些琐碎活计了，孰料她织这条围巾时居然延续了这个习惯。雏仪拿着围巾时没留意，读到信才后知后觉，先是好笑，后也感慨。看来妈妈还当她是个孩子呢。

　　她经常在所有人都离开练功房以后趴在地上给陈石写信。在旁边写作业的凌晓斌等她写完了，就把自己解不出的难题塞进她的信封里。当时奥数已经开始在中小学蔚然成风，在陈石的远程辅导之下，晓斌像开了窍似的对数学产生了兴趣和直觉，甚至到剧场看小姑姑演出的时间都少了。凌跃对于儿子的变化喜闻乐见，也感动于小陈同志在千里之外认真履行着对一个小学生的承诺。此外，他也谙悉两个有情人隔山望水的不易，所以偶尔雏仪在演出中走神儿，他都尽量替她在蒋凤仪面前遮掩。

谢波和文虹渐渐发展到了谈婚论嫁的地步。小文的父母都是电厂老职工，似乎不大看得上小谢的职业，认为他是"穿绸子吃粗糠——表面光"。小文让他别在意她爸妈的话，小谢却说叔叔阿姨这评语很准确，台上的戏服可不是绸子的吗，台下他的工资水平也的确只够粗茶淡饭。他在业务上变得很积极，从前能躲就躲的下乡演出现在也抢着去，在企业邀约的一些庆典商演上尤其卖力，跟头翻得像风车似的，因为老板们在底下大声数着数儿，翻一个就往台上扔一张大票儿。雏仪在幕侧感到不忍、愤慨。唱戏不是耍把式卖艺，文艺工作者不是旧社会的下九流，他们是受这样的新教育长大的，可如今这行业颠连在金钱至上的大潮中，人人都有身不由己的理由。

蒋凤仪一手撑持着剧团的局面，另一边也没忘了底下戏校的情况。崔校长经常造访她的办公室，向她汇报那些好苗子的成长进程：谁身上功夫长进了，谁顺利渡过倒仓期了，谁能登台唱一出了……她每次也直白提出自己发现的问题，比如学文戏之余不能忽视武戏，录音录像带不能代替口传心授，太早分流派没好处……崔校长还在她的建议下每周带高年级学生去文化宫做几场营业演出，票价虽便宜亦是个进项，孩子们也能得到锻炼。果然不多时，刘俊文和郝鹏这样的尖子就在老观众圈里树起了小小的口碑。

有一日崔校长带来一个坏消息：开春前孙玺因为煤气中毒进了医院，现在还偏瘫着，估计不能再任教了。凤仪问他可有家人？老崔说孙老师没孩子，好像有个老伴儿。这回烟囱漏气，亏得他有身手，硬撑着把窗户捅开了，要不两人都得折在里面。不过也因他身体好、肺活量大，吸的煤气多，后遗症倒比老伴儿更厉害。几个月过去了，戏校还没找到合格的抄功*老师，低年级的小兔崽子们全放羊了。

当晚她睡不着，和女儿在枕上聊了些陈年往事，最后塞给女儿一个信封，嘱她找时间给孙玺送去。雏仪轻声问："妈，你不恨他？他害了你师父。"

"你上戏校的时候他不也是你师父吗。我也不是为他的人，只为他的艺罢了。"

隔天下午，雏仪按崔校长给的地址去了孙玺家。那是个大杂院，她左拐右拐才找到家门，刘俊文和郝鹏小哥儿俩也在，正合力把孙老师搬到院里晒太阳。他们说平时师娘一个人弄不动他。

---

* 抄功，即教师用外力诱导、帮助学生完成翻筋斗等基本功训练。

他俩管雏仪叫师姐，寒暄几句，俊文似乎看出她有话要跟孙老师私聊，便拉郝鹏进屋去帮师娘烧水泡茶。雏仪也没多说什么，只是把信封塞进他盖的薄毯子，祝他早日康复。他自然极力不肯要。雏仪原封不动地复述了母亲交代的话："好好活着，替祖师爷传道。"她也补充了自己的一个提议，"您至少添个轮椅。"

孙玺没再拒绝。后来，戏校工会又另添了些心意，由那小哥儿俩连轮椅一起送到了孙家。

雏仪得知戏校教基本功的老师缺人，于是主动向母亲和崔校长请缨，还拉上了小谢一起。蒋凤仪稍加犹豫后答应他们每周各代两天课。雏仪自打教过卢荻之后就对教人有了些体会，而且她耐心足，脾气好，带学生练功恩威并施，颇受欢迎。谢波也善和小孩打成一片，加上他俩本身功底扎实，不由得孩子们不服。

第一回领课时费，雏仪出了会计室就把她那份给了小谢，他一愣，嘴里依旧调侃，"小姐赠金何意啊？小人我卖艺不卖身。"

"咱俩就甭客气了。我来这儿是图个散心，跟小孩在一块儿就啥烦心事都忘了。你就拿着吧，早点跟小文把大事办了。"

"行，够义气，那我就收着了，谁让咱人穷志短。石头啥时候回来定了吗？"

她黯然。

"别急，我夜观天象，见红鸾星动，料定你佳期不远……哎、哎，别走啊，我错了……"

兼职代课的那段日子雏仪总体上心情不错，甚至在闲聊间向母亲暗示了自己的憧憬：以后若不能在一线演出了，就去戏校当孩子王。然而蒋凤仪立刻反问为什么不能，怎么不能？

她含糊其辞，"你不是说得有人替祖师爷传道吗。"

蒋凤仪却皱起眉，说年纪轻轻的，好好演戏才是她该走的'道'；自己在舞台上还没摔打出名堂来，拿什么传给下一辈儿呢。

雏仪听了，没敢再多说。

又一个周一，雏仪照常到戏校教课，却发现有好几个平时不错的学生今天明显不在状态，连一些基本的身段技巧都做不到位，甚至包括一向最踏实认真的刘俊文。她说再来。他默不作声照做，努力了，还是不行。

"俊文，怎么回事？周末玩儿累了？"

这一批学生个头都差不多比她高了，可是眼下一个个垂首而立，像犯了错的小孩子。俊文没回答她的问题，只说蒋老师我再来一遍。

仍差得远。她不体罚，唯有冷着脸让他们不断重来，最后实在忍无可忍，藤杆举起来了，却被郝鹏急慌慌叫住，"姐，哦，不……蒋老师，俊文他们……"

"他们怎么了？"

那几个孩子的表情明显是宁愿挨打也不愿秘密被戳破，郝鹏也欲言又止，终于还是被雏仪逼出了实话："他们周末跟谢老师拍戏去了。"

于是那天雏仪学了个新名词，"外围武行"。跟群众演员一样不露脸，干的活儿却是一般群众来不了的 —— 演群殴，乱战，顺着土坡往下滚……撸袖子挽裤腿一瞧，个个有伤，也不敢去学校的医务室。

雏仪看后即刻宣布下课，自去药房买了一堆东西交给郝鹏去分发，她扭头回剧团找小谢兴师问罪。

"谢波，你太过分了。你居然敢带学生出去跑剧组！"

"是他们非跟我去的，我拉别人还有提成儿，那几个小子去，我可一分都没拿。"

"你说的是人话吗？他们磕了碰了你负责吗？要不你去他们宿舍看看。"

"看什么看，破个皮儿也算伤？练功唱戏就不受伤吗？拍电影的皮肉伤换的钱还多呢。"

"我看你是掉钱眼儿里了。他们周末去文化宫正正经经演出不挣钱吗？十几岁的孩子要那么多钱干吗？"

小谢冷笑出声，"他们戏票卖多少钱？去动物园看猴儿都他妈比那个贵。甭说他们，咱们演出又能挣几个大子儿？'要钱干吗'，你可真是站着说话不腰疼的大小姐。你当人人都是你妈那样的大角儿？"

"谢波你说这话有良心吗？别人这么说就罢了，你居然也这么说我妈。没错，她是角儿，可她天天累死累活，一年挑梁上百场为谁啊？卖戏，卖的不就是角儿吗？不然团里这百十号人还有饭吃吗？你看不上这碗饭，趁早另起炉灶！"

小谢自知说错了话，赶紧拉住雏仪道歉。"对不住，我不是冲你，更不是冲团长……你猜这香港剧组给什么价儿，一天八十！你刚才说那些孩子要钱没用，不是。那刘俊文追着求我，说他爷爷病了……别人也各有各的难事，我也不知道是真的编的……你说得对，这事不合规矩，我保证下不为例……求你别告诉崔校长，还有团长……"

雏仪听到一半时怒火已经没了，变成了某种不可名状的心情。她最后只说让小谢放心，自己不会泄密。

日子在继续，每个人都在寻觅与追逐，为了钱，为了理想，或为了爱……

陈石离省已逾半年，工程紧张，他一次也没有回来过，雏仪当然也无法去看他。所以当蒋凤仪决定应某戏剧节之邀率团南下时，雏仪第一反应是凑到团长办公室的大地图前仔细寻找那座城市的位置。她惊喜万分地发现，那里离他所处的大山很近、很近。

花
间
意

已快入秋，南方仍是暑热蒸腾。蒋凤仪事务繁杂，时间一再腾挪，直到演出当天才率团来到活动的主办城市。其实抵达时间比预期的早了一点，但她拒绝先回宾馆稍作休息，而是带着人马径直奔了剧场。

场内空空，却比外面更像蒸笼，老旧的剧场里只有一前一后两台柜式空调，出风如苟延残喘。凌跃皱眉质问主办方："你们这活动的前期准备也太糊弄了。今儿是武戏专场，演员中暑不是小事。"

接待人员叫丁娟，是个不善言辞的中年女人，此时连连道歉。戏曲市场低迷，这里的京剧团受冲击尤甚于北方，且演员们本身水平有限，武戏功底薄弱，便想到邀蒋凤仪剧团来演出，一则吸引人气，二则取经借鉴。由于经费紧张，几家文艺单位合力才办成这次活动。丁娟说她们自知硬件条件欠佳，尽力做了些弥补，演出时舞台两侧会增设电扇和冰块，后台也早备下了西瓜、冷饮。

小谢一听，立刻招呼着雏仪和其他几个年轻人去切西瓜。蒋凤仪叮嘱他们少吃凉的，别激着嗓子，尤其是雏仪，一会儿开场戏就是她的《夜奔》。

天下艺人是一家，蒋凤仪没再苛责主办方，只问票卖得怎么样。

"很好！给几个领导和大老板送了票，其余全卖出去了！"丁娟说。

她领着蒋凤仪和凌跃在前面察看舞台设施，年轻演员都在后台躲清闲、抱怨天气、夸赞当地姑娘肤白清秀。放暑假的凌晓斌也在随团之列。他端了块西瓜给雏仪，说已经晾得不冰了。雏仪摇摇头，悄悄往后门溜达。

"小姑姑干吗去啊？"

小谢闻之，叼着雪糕棍儿走过来低声问她："不是约的散戏以后见吗？这么一会儿都等不了？"

她不语，索性快步离去。小谢在她身后喊了一嗓子，"多买点藿香正气啊！早去早回，待会儿开饭了！"

片刻之前陈石呼了她，她找了个电话亭打过去，他说自己昨夜已到市里，祝她演出成功，散戏后剧场外见。匆匆几句话，彼此都听得出难掩的激动。挂断了，她想了想，竟又鬼使神差地拨回去，是一家招待所。打听了一下，距离不算远，开戏前的午休时间正好够她往返一趟。当然忐忑，可还是自己说服了自己：与其揣着心事登台演戏，不如抓紧先去见一面。离别日久，早一分钟重逢都值得。

雏仪在出租车上一路向外望，四周多山，绵绵雾霭经年不散。云间含的湿气浸透了路边的参天大树，枝枝叶叶鲜绿欲滴，不像北方的行道树那样灰扑扑。她想果然水土养人，温风拂进车里，脸上很滋润。不知这大半年过去了，自己看起来可有变化；不知他，可有变化？

陈石听见敲门声的时候正在刮胡子。平常跟工人们混在一起，形象无所谓，今天却不一样。好像是他要上台表演节目似的，虽然只有一个"观众"。

"谁啊？"

"送开水的。"

她故意换了个腔调，他果然没听出来，让她放在外面。

"不行！"她一急，现了原声。

里面似乎停顿了数秒，门打开一小半，他只露了半张脸，看到她的一刻笑得阳光灿烂，不顾唇上腮边一片白花花的泡沫。雏仪莞尔，却也一眼看出他瘦了，眉目比她印象里更硬朗。只是他慌慌张张地抵着门不让她进。

"你没穿裤子？"

"……穿了。"

"那你让我进去再说。再站着警察叔叔要来抓我了。"

她闪身钻了进去，这才发现他是穿了裤子，可是光着膀子呢。"太……太热……"他没敢看她，大步跨到床边抓起白背心飞速抹了一把脸，然后套上身，还要穿衬衫，被她制止了，"行了行了……要不要穿西装打领带？"

房间里仅一把椅子，他请她坐了，给她倒了一杯水，自己老老实实端坐在床沿。生疏还是有一点的，倒不如书信中放得开。电扇不停在摆头，一会儿吹乱她的头发，一会儿掠过他的脖子。他问："热不热？"

"热。走几步就出汗，这种天气你们怎么工作？"

"山里凉快。你们几点开戏？"

"三点。"

"出去走走？屋里闷。"

"就跟你说说话儿，我都不怕，你怕啥？"

"我没……"

言语间雏仪的呼机已经哔哔响了两次，是小谢叫她回去吃午饭。她随手关了它，往床上一掷，不慎弹落在地。他忙走过去捡，直起腰时她已离开了椅子，站在他面前。

"是不是团里有事？"

"没事儿。"

"不是说好散戏以后我去找你吗，你怎么……"

"我等不及了。"她坦率盯着他。无须多言，重逢的拥抱来得晚了点，可是不约而同。电扇仍在旋转，静谧中显得噪音极大，风力却不怎么强，吹不透两人之间的热切。上一回如此亲近还是冬天，所以一个隔膜甚少的拥抱足以使年轻人的脑子和身体变得恍惚，仿佛陌生，又好像终于熟稔。

那一边，剧场附近的饭店里，蒋凤仪一行人已经快吃完了。小谢提心吊胆地瞟着团长的脸色，咬紧牙关说雏仪是到附近的药店给大伙儿买祛暑药去了，"估计是道儿不熟，走岔了。"凌跃父子俩都点头佐证。

"甭等她了。吃完没有？吃完就回去！"凤仪黑着脸说完，大家忙不迭点头，呼啦啦站起来。走到门口时，她转身让小谢打包一份饭。

返回剧场的路上遇到一座商场开业，大楼前张灯结彩，音乐喧天，围观凑热闹的人不少。蒋凤仪掸去头上落的彩色纸屑，目不斜视地穿过了人群。凌跃牵着儿子落在后面，一路跟小谢窃窃私语。商场前的大音箱突然发出尖利的啸叫，仨人捂着耳朵加快了脚步。

此时雏仪和陈石除了对方的鼻息什么也听不见。她忘了开场前半小时要默戏的规矩，忘了自己要演的是妈妈轻易不许她贴的《夜奔》，更忘了林冲的风雪亡命路是何等孤凄悲壮。此时此刻，那都离她太远了；只有面红耳赤的他离她最近，吻落在额头、眼睫、鼻尖上，可是还嫌不够近。她扬了扬下巴，细不可察的小动作诓他又近了一步，毫厘间的一步，体验却全然不同了。金风玉露一相逢，便胜却人间无数。但都知道不可以再近了。尤其是陈石，手贴在她腰间，掌心隔着衣服也烫到了她，可是从始至终没有乱动。

平常干活的时候大家尊陈石为工程师，私底下工人老大哥们却没少拿他这未婚的小伙子开涮。他们知他今日来会见女友，更是连续几宿向他进行知识轰炸，直至他抱起枕头落荒而逃。他不是个胆小的人，可是他的原则感比胆量更大。

雏仪闭着眼抹去了他鼻梁上湿漉漉的汗。涓涓滴滴，一分一秒。

凌跃在剧场门口踱来踱去地等着雏仪，没等到她，却等来了陆陆续续退票的观众。明明离开戏还有一段时间，他困惑不解，赶紧去问主办方。还是上午那个中年女人，片刻之后气喘吁吁跑回来告诉蒋凤仪和凌跃，路口那家商场开业庆典请了一位歌星，因此拐走了不少来看戏的观众。

"退了多少票？"

"大概……至少两成吧。"

蒋凤仪又问凌跃："宝儿还没回来？"

"没……要不要再等会儿？"

"不能等了。让第二个唱的现在扮戏。"

凌跃点点头，刚转身就听见她交代剧场工作人员重开窗口卖票，"写两块牌子，一个摆台口，一个摆外面。今儿的《夜奔》我来。"

"领导，那您大轴儿那个《艳阳楼》……"凌跃立刻折回头来。

"唱啊。"

"双出儿……行吗？"

"不行也得行，咱这就叫'内忧外患'。等这丫头回来我饶不了她。"她说完，进了化妆间。

还是陈石先从耳鬓厮磨中警醒过来，一看时间，拉起雏仪就跑。他在街头拦出租车时深感自责，要陪她去，被断然拒绝了。她尽量掩饰着心里的仓皇坐进车里，想跟他说散戏后再见，可是没说出口，因为不确定能否再见。她误场了。犯了大错，更触了母亲的大忌。坐在车里，雏仪没顾得上想借口，也许是知道什么借口都无济于事了，她开始默戏。

　　呀！吓得俺汗津津身上似汤浇，急煎煎心内似火烧……

　　行一步哎呀哭号啕，急走羊肠去路遥……

　　想亲帏梦杳，想亲帏梦杳，顾不得风吹雨打度良宵……

雏仪赶到剧场时，后台鸦雀无声，但前面的掌声喝彩很热烈。她还不知道她们这场演出在和商场门口那位歌星打对台。因此她虽猜到演出顺序会因自己迟到而调整，却不知外面早已摆上了墨字淋漓的大牌子——"特邀武生名家、'活林冲'蒋凤仪前扮英雄，后扮恶霸；《夜奔》《艳阳楼》武戏双出不容错过"。

牌子打出去以后，余下的票很快都卖出去了，甚至门口还出现了等待退票的人。老剧场的一方苍绿台毯上，林冲独唱独舞；同一时刻，歌星的话筒指向台下，热情洋溢的大合唱响彻街市。

剧场罕见地坐满了，主办方大喜过望。其实商场门口的人数远超此处。这或许就是时代的选择。

高亢入云的唱腔传进后台，雏仪错愕地望向周围同事，谁也没吱声。只有凌跃默默把蒋凤仪的小茶壶放进她手里，朝幕侧努努嘴。她藏在厚重的丝绒幕条之间，眼神再躲避也能看到母亲脸上的汗从罗帽里往下淌，打个飞脚，汗珠就飞溅出去。林冲是冒雪夜奔。蒋凤仪年轻时某次演出结束，有位老先生特意到后台提醒她要学会控制，最好不要满头大汗，此后她一直很注意，竟练出了身上湿透而脸上几无痕迹的本事。但今天这样蒸桑拿的温度，她实在无法了。

临近尾声，节奏越来越快，唱到"吓得俺魄散魂消，似龙驹奔逃"，她高高跳起，一个摔叉落地，腿一收便利索起身。五十出头的人了，摔叉之后手不扶地就能跳起来，观众掌声如潮，观摩学习的当地演员更是钦佩不已。当然也有人心疼多于惊叹。

《夜奔》结束了，雏仪捧着小茶壶迎上去，"妈"还没叫出口，蒋凤仪已面无表情地走过了，连用眼皮夹她一下都没有。后台备好了一张躺椅，大伙儿七手八脚给团长捵了头、脱了戏装，她便抓紧时间躺下歇会儿，丁娟还贴心地用湿毛巾包了棒冰敷在她额上。雏仪几乎插不进手去，直到别人散去了才蹲下要给她妈捶捶腿。蒋凤仪却脚一蹬，动静极大地翻了个身，差点把她掀得坐到地上。凌跃见状拉走了雏仪。

几出戏过后，蒋凤仪起身勾脸、换行头，再次上台，演那出孙玺教给她的《艳阳楼》，摇身变成令人闻风丧胆的恶霸高登。雏仪垂头丧气坐在塑料躺椅上，见那上面水印斑斑。她没辙了，找了根马鞭等在下场门。这出戏演完，她没敢叫妈，只是追着蒋凤仪做检讨，"团长我错了，您打我骂我扣我工资都行，就是别不理我……"

蒋凤仪确实是个憋不住火儿的人，甚至不待洗脸就从女儿手里抽过了那根马鞭，厉声问她演出前跑哪儿去了，一再呼她为什么不回电话。

雏仪下意识摸兜，竟发现呼机不见了。期期艾艾、吞吞吐吐了半天，她心一横，最后说您别问了，直接打吧，打到解气为止。

凌跃要上来劝，被蒋凤仪一个眼神吓退了，何况她脸上那横眉立目的脸谱还没卸。

"好啊，翅膀真是硬了，敢晾台，敢说瞎话，还敢打死不开口。我还不能问了？你今儿必须给我说清楚！不是买藿香正气去了吗？你给我拿出来！拿得出来吗？谎话连篇，还拉着别人串通一气蒙我……"

小谢听见最后这句哆嗦了一下，暗搓搓想溜之大吉，回头向门口一瞄却险些叫出声来。

"药在这儿呢。"此话出口，屋里人齐刷刷转头，好几种不同的眼神落到手提一袋子祛暑药的陈石身上。刚刚他发现雏仪的呼机落在了招待所，又担心她不习惯此地气候，所以买了药带过来，走到化妆间门口正好听见"藿香正气"四个字。他没想到那就是雏仪她妈，因为勾了大花脸，跟报纸上他见过的照片不一样。再加上雏仪被骂得狗血喷头，他一冲动就闯进来了。

"你是哪位？跟我们这个演员什么关系？"蒋凤仪的音调稍微降了降，但语气严肃更胜于方才。

"我们是朋友。"

"什么朋友？"

陈石看了看雏仪，她低着头，所以他犹豫不知该不该开口。蒋凤仪冷峻扫了他一眼，"狐朋狗友？"

"不是！我们是正经……男女朋友。"陈石被逼急了，脱口而出。

"这么说你是她男朋友？"

"是。"

"你知道我是谁吗？"

"……不、不知道。你是谁也不应该那样骂她……"

"我是她妈！"

蒋凤仪没等陈石说完，用最高调门亮了身份。所有人先是安静，随即发出了窸窸窣窣的窃笑。她没笑，锐利目光扫过所有人，唯独不看雏仪和陈石。于是大家也都不敢笑了。她走到小谢面前，用马鞭戳他胸口，"你小子全知道！"小谢嬉皮笑脸地躲开了。

她走到凌跃面前，"小凌，你也知道？"他表情愧疚，觉得对不起领导。

她又走到看见陈石后格外兴奋的晓斌跟前，弯下腰问他："你这小不点也知道？"谢波小声搭茬儿，"他比谁都知道……"

"好哇，都学成了，演得严丝合缝！"蒋凤仪点点头，"演给我一人儿看，当我是傻子！"

她直起腰来把马鞭一扔就往外走，站在门口的陈石赶紧让开道儿。

"领导，您、您干吗去啊？我陪您！"凌跃追到门口喊。

"我解手儿去！憋死我了……"

相
见
欢

蒋凤仪对着洗手间斑斑驳驳的镜子站了很久，盯着自己脸上的"三块瓦"：大三角眼，尖眉子，眉间勾一笔血道子，十足的凶神恶煞。刚刚自己就是带着这副尊容见到了那个自称是女儿"男朋友"的小伙子，也多亏脸上这层油彩掩盖了她的惊慌错愕。即便如此她仍心悸得厉害，迟迟没缓过来。

她在镜子里看到雏仪走进来，忙低头打开水龙头。

"妈，换衣服去吧，文化局的人请您去吃饭呢。"

"你那个……"

"我让他回去了。"

凤仪暗松了一口气。对于这个话题，母女俩心照不宣地暂按不表。

晚间的饭局上，当地领导和几家文艺单位的骨干都在座。

文化局局长与蒋凤仪客套一番之后板起脸批评负责接待工作的丁娟，"小丁啊，演出前你们怎么不做好调查研究呢？差点冲撞了蒋老师。幸好咱们这位'活林冲'的艺术感召力强，不怕跟那些唱歌跳舞的打对台！"

蒋凤仪这才知晓那个在剧场一直跑前跑后、老实巴交的女人竟是本市京剧团的团长，于是主动向她道辛苦，"这事不怪丁团长，今天她没少费心。人家走穴，咱跑码头，各凭本事吃饭，谁也不能拦谁。我今儿唱得挺过瘾，更没想到你们这儿的老百姓这么捧场！"

刚被领导点了名的丁娟脸上红一阵白一阵，听见蒋凤仪替她解围才抬起头来，眼里满是感激。

另一位上岁数的干部悠悠然开口，"嘻，我们这里爱戏懂戏的人不少，您的戏好，他们自然捧。以前我们这京剧团里也有叫得响的好角儿，只是挑大梁的一走就房倒屋塌啦。"

在座各位脸上都浮现出令人玩味的表情，局长嗔怪他多言，却也无限追念往日风华，"人家的扮相、嗓子、做派，确实好，她那出《马前泼水》在全国都有名。可惜咱留不住。小丁啊，你要是有你师姐一半的本事，团里也不至于落到现在这个地步。"

丁娟的神情再次难堪，蒋凤仪于心不忍，也对那位"好角儿"充满好奇，"人才往京津沪跑也是常事。不知小丁的师姐是……？"座中人语焉不详地笑称人家跑得更远，一盆水泼到大洋对岸，挣美元去了。桌上的话题很快就转移了，杯盘叮当之间丁娟低声告诉她，师姐叫钟琴。

凤仪不禁愣了片时，直到女儿推她，"妈，人家敬你酒呢。"

淡酒半杯，她不再多饮。席间有人挽留她们多演几场，蒋凤仪直言若有人听、有钱赚，自然没有不唱的道理。

"有的、有的！我们这里现在有个大工程，工地上几百号人待在大山里半年多了，夜里不是赌博就是打架，上面让想办法丰富工人同志们的精神文化生活……要是唱几场大戏……"

雏仪听见这话心里狂跳起来，不慎掉了筷子。坐在她旁边的干部以为她们嫌演出条件艰苦，立刻表示出场费好商量。

"买票看戏的都是衣食父母，不管在哪儿。不用再商量了。"蒋凤仪泰然应下了演出邀请。在座各位喜笑颜开，待要举杯同庆，她却扭头邀请丁娟："丁团长，听说《马前泼水》是你们的看家戏，有人给我说过这出儿，但我从来没演过。咱俩来一回？"

剧团住宿的宾馆外一条街都是夜市，行人如织，至午夜仍未散去。蒋凤仪一直侧卧不出声，但雏仪知道她没睡着，于是跳下自己的床，挤到她身边。

"热！起开。"

"心静自然凉。睡不着啊妈？"雏仪手伸到她枕下摸疏肝解郁的药，"吃药了吗？"

"不吃早气死了。"

雏仪若无其事地抚母亲的背。蒋凤仪拨开女儿的手,依然背对着她,良久之后,用尽量克制的语气质问:"你们……干了什么好事儿没有?"

"干了呀。"

此言一出,雏仪感到母亲的肩胛骨嗖地收紧了。她忍笑接着说:"我们帮助贫困儿童来着,还扶老奶奶过马路,马路边捡到一分钱,交到警察叔叔……"没等诌完,蒋凤仪腾地翻过身来,重重拍打了她几下。雏仪一边躲一边赌咒发誓他们规规矩矩,清清白白,不曾越雷池一步。最后她凑在母亲耳边小声而恳切地说:"妈妈,石头挺靠谱儿的……"

蒋凤仪轻哼了一声,没接茬儿,但安静听女儿简单讲述了陈石的情况。不过当雏仪提出要带他当面与她聊聊时,她却沉吟片刻,拒绝了,只说等他调回去以后再见不迟。

蒋凤仪剧团即将进山演出的消息传来,陈石的同事、工友们都很惊讶:这毛头小子第一回见未来丈母娘就"铁锤打铜钎——硬碰硬",没想到人家居然不计较,还来"慰问"他了。

开戏当晚,蒋凤仪登上了由工人们临时搭建的简陋舞台,不多时大伙儿就把调侃和好奇抛到了脑后,因为她和丁娟合作的《马前泼水》实在动人。凌跃原以为工人们看文戏会不耐烦,但他担心的冷场或起堂并未发生。相反,大家很快入了迷,看到贫贱夫妻斗嘴时哄堂大笑,戏至尾声时心里又都酸酸楚楚。

蒋凤仪扮的穷书生朱买臣衣锦荣归，丁娟扮的崔氏当街拦马。朱买臣虽忆念旧情，却又深恨她当日嫌贫爱富的嘴脸，于是命人泼水于马前，"你若能收起，夫妻团圆；你若收它不起，你我各奔东西！"崔氏惨笑几声，疯癫而去。

下台后，蒋凤仪边卸妆边鼓励丁娟，说她唱得不错，只是要学钟琴的台风，放得开才好。

"蒋老师……您看过我师姐的戏？"

她点头笑笑，转身去帮雏仪扮戏。

由于那日连演《夜奔》《艳阳楼》后腰疾发作，蒋凤仪在这里没再贴武戏。女儿为弥补过失，第一次替她演出《林冲之死》里吃重的选场。

台上已经高高摞起了三张桌子。

那一晚，雏仪无疑是舞台上的中心。她正处在一个女武生的黄金年龄，嗓子亮，身手冲，简直稍微动一动就得好儿。蒋凤仪在幕侧静静看着，仿佛自己也变年轻了；可惜她二十几岁的时候寂寂沉埋于暗夜，每天给人家搬布景、擦皮靴、打洗脸水……若非如此，她不会懂《夜奔》里那句"红尘中误了俺五陵年少"，也不会把舞台和每一次演出机会看得那么重。花有重开日，人无再少年，她不会幻想时间倒流，可是望着女儿轻盈漂帅的背影，她深深地害怕她"五陵年少"的大好光景也会为红尘所误……

台下的掌声惊醒她。雏仪已经登上高台，锣鼓停了。蒋凤仪的目光扫向台下，所有人都目不转睛地盯着高处的林冲，唯有前排一个小伙子耷拉着脑袋，无论旁边人怎样搋扯他，他死活不敢抬头看。

蒋凤仪叹口气，将目光移回女儿身上。短暂的静谧之后，一个利索的"云里翻"，雏仪稳稳落了地。台下喝彩爆发。

那天演出后她和陈石在僻静处话别，充耳不闻周围人来来去去的起哄，竟也没听到当地领导在台前喜气盈盈地宣布工程已通过了市政部门的初步验收，正式竣工在即。喧嚣渐渐散去，夜晚的大山恢复了寂静。戏箱都已收拾齐整，蒋凤仪远远唤了女儿一声就快速钻进了车里。

陈石的身体一僵，雏仪轻轻笑说别怕，我妈不吃人。笑在唇边，不舍却已悄悄流出来，他用手背蹭了蹭她的脸，两个人又紧紧抱了一下，她扭头跑上了车。

重逢果然不远。三个月后陈石任务完成，回到电厂，职位也升了一级。俩人刚刚结束了分隔两地的苦日子，自然都期待关系早日合法化。然而临近年底，蒋凤仪事多人烦，一直没空接见陈石，雏仪便主动表示愿意先跟他回家去拜会他的家人。没想到他挠挠头说："我妈不让你去……"

雏仪大惊，"为什么？她不喜欢我？可她还没见过我啊！"

"不是、不是……她说路远，不麻烦你去，她要自己来。我也不知道啥时候……"

雏仪闻言更惊讶。两边的母亲似乎都不按常理出牌，令两个年轻人很头疼。几天后的周六，陈石慌慌张张闯到剧团的练功房找雏仪，把她吓了一跳，"你今天不是轮班儿吗？"

"我妈来了！"

"那你给我打个电话，我去你那儿啊。"

"我请个假的工夫儿，她又走了。"

"走哪儿去了？"

"应该是……你……你们家。"

往家赶的路上雏仪难免有怨言，因为知道妈妈前几日演出劳累，今天好不容易在家补觉，却被陌生人找上了门，恐怕她不悦。陈石很自责，无奈说他妈就是那样风风火火的性子，什么事都敢干。雏仪被气乐了，"这么巧，看来我妈今天棋逢对手了。"

她带着陈石推开家门时并未见到想象中的尴尬或交火场面，姥姥和母亲正和客人坐在沙发上和和气气说话。他先向长辈问了好，可是雏仪一时语塞。

蒋凤仪招呼她叫人，"这是陈阿姨。"她乖乖叫了，这才看清陈石的妈妈短发花白，大眼睛很有神，人虽瘦弱但周身利落。她开口第一句话就乐呵呵地问了雏仪一个"深刻"的问题，"闺女，你是搞艺术的，石头这傻小子跟你有共同语言吗？"

陈石一副请求老娘给他留面子的表情，但老娘没理他，只管望着雏仪。她眨眨眼，嘎嘣脆地答复："有啊！他干的事我也不懂，但我们都是为人民服务呀！"屋里几个人全笑了，陈石妈笑出了泪，抹抹眼睛对蒋凤仪说："有姑娘这句话我就放心了。蒋大姐，咱们接着聊咱的吧。"

凤仪点点头，对女儿下了驱逐令，"宝儿，你跟小陈先出去转转。"

庆
青
春

蒋凤仪休息时秋灵向来不敢打扰，那天老太太却径直到床前掀了她的被子，"快起来，亲家婆来了！"

"什么亲家……"她迷迷瞪瞪地坐起来。

"陈石他妈上门了！肯定是要跟你商量俩孩子的事儿。"

"商量……怎么商量？灵姑姑，我……我跟她说啥呀？"她一面往身上套衣服一面茫然地向继母求教。老太太也摸不着头脑，因为无论在城里还是乡下，对方如此贸然行事都不合常规，似乎只好随机应变了。

蒋凤仪走出卧室，看见陈安秀在屋子中间端端正正地站着，衣裳干净朴素，白头发不少，但鉴于她自己也是染的黑发，所以猜不出对方年纪，便客气以大姐呼之，请她坐在沙发上。

"好几年没来市里了，这一片儿楼真不少，转得我晕头转向！"

"是……您怎么不提前打个招呼，我们也好有个准备。"蒋凤仪随口说完，秋灵立刻轻踢了她一脚，向陈安秀笑道："怎么小陈没陪你来？他跟我们宝儿处了这么久，我早想见见这孩子了。她妈也念叨着让宝儿请他来家吃饭，就是这阵子团里太忙了……"

"老太太、蒋大姐，"陈安秀朗声笑了，"你们待见石头这小子自然好，要是看他有啥毛病，就直接骂，我不是护犊子的人。"

她们忙说没有。

"不瞒你们，石头和他姐姐是我一人儿带大的，但我可从没把他拴在裤腰带上。自打他十八岁去上大学那天起，我给他买了张火车票，就再也没管过他。如今他要立业成家，本来我也不想插手，又怕落个老不懂事的骂名儿，所以才厚着脸皮来交个底。"

蒋凤仪见对方说话如此爽快，心里多了几分好感，又不免疑惑她要交什么"底"。

"我就是来问问，你们城里现在对彩礼啥说法儿？"

"什么彩礼？我们不……"凤仪自己是在特殊年代办的事，本就不了解旧俗，如今更想不到要算计这些。然而秋灵递给陈安秀一个橘子，不动声色地拦了凤仪的话，"石头妈，我们家里只有宝儿一个孩子，像她这么大的，独生子女可少，都是因为她妈事业上忙，孩子跟着我们老两口在乡下长到上学的岁数。老头子脾气大，可是在孙女面前从来不敢高声儿，能趴在地上给孩子当马骑。现在孩子大了，当婚当嫁，我们在她身上不图啥，只要他俩人小日子过得和美就好，老头子在那边也就放心了。"

陈石妈听了秋灵一席话，又眯着眼端详墙上那母女俩的大幅剧照，点点头，"老太太，您的意思我听明白了，这闺女是您家里的宝贝疙瘩。我自己也有闺女，可是我闺女十七岁就自个儿跑到南方打工去了，为了给她弟弟挣学费。没办法，村里一亩地也不分给我，什么零碎活计都干遍了，也供不了俩孩子上学。好在他姐弟俩现在都有着落了。他姐姐说弟弟哪天结婚，她出钱，但我不答应。"她从怀里掏出一个手绢包，打开后露出一张存折，"这是石头每个月寄给我的，从上大学跑长途那会儿算起到现在，全在这儿了。蒋大姐，我今儿全数交给您，您看得上，就拿着钱去办喜事；要是看不上就替我扔这小子脸上，让他自己再去奔。您是大艺术家，养的孩子也优秀，我没能耐，没家底儿，只能让他自己凭本事娶媳妇儿。我多一步帮不了他，也绝不扯他后腿，说到做到，他成家以后我再不要他一分钱。"

蒋凤仪和秋灵都大吃一惊，坚决不肯收下这笔钱，而且一再表示孩子孝敬妈是天经地义。雏仪和陈石进门时两边正在推那个烫手的存折，陈安秀向蒋凤仪使了个眼色，她才不得不把存折压在了大腿下面。

两个年轻人在屋里还没站稳脚就被支了出去，顶着瑟瑟寒风瞎转悠。雏仪得知陈石也是随母姓，有些惊讶，"这么巧！从小到大别人都说我特殊呢。"

陈石坦言自己根本没见过爸。

"你就不觉得……缺点啥？"

"不觉得啊……我妈比别人家的爹还厉害，我姐倒是像娘，每回我妈揍我她都拦着。我妈特别听我姐的话。"

"你爹妈为什么分开？"

"我妈说他喝酒耍钱打老婆。其实这在我们那儿不新鲜，但她忍不了。可能是她年轻的时候在城里做过几天工，脑子开通。"他说完这个突然停了脚，她的手正揣在他兜里，自然也被拽着走不动了。

"干吗？"

"你嫁给我，我不会动你一指头。"

她的脸倏然红了，可是擂了他一拳，"凭我的体能，才不怕你呢。"

"哎，我体能也很好的，要不咱俩赛跑吧！你跑，我追你！"

雏仪心里的似水柔情瞬间蒸发，翻了个白眼。

"来啊，走路多冷啊！你不跑我跑了，你来追我！"话音刚落，他真的以冲刺的速度跑出去了。她钉在原地，见他半天没有回头的意思，左右瞧了瞧，只好撒腿去追他。

那天他们俩在院外跑了十几圈，热血沸腾地回家时陈石妈已经走了。雏仪埋怨她妈没留住客人,陈石略有黯然,但明白一定是自己的妈执意不肯多留。当晚,他第一次在蒋家吃饭,姥姥对他很热情,蒋凤仪话不多,但亦和颜悦色。饭后雏仪拿出几本相册给陈石看,他看到里面与蒋凤仪合影的那些人,始知她有名到何等程度。

晚上陈石走后,蒋凤仪把存折交给了女儿,让她找时间还给陈石,还说"办事儿不用你们俩花钱"。她没反应过来办什么事,扭头看姥姥笑吟吟的,才一把勾住了母亲的脖子,"妈!你答应啦?!"

蒋凤仪好不容易甩开女儿,皱眉笑说自己累了,便往卧室走。她进屋关门之前嘱咐雏仪:"哪天带石头去北京让你爸过过目吧。"

雏仪一直没向父亲报告过她的个人问题,这次直接在电话里宣布她"要结婚了",并且补充说明"我妈已经同意了"。于是齐克谐瞬间明白女儿不是征求他的意见,而只是通知他一声。

劳燕分飞快十年了,小雏鸟已亭亭长成。有时他会在电视里或一些场合上领略到她们母女的风采,女儿的身手直追盛年时的蒋凤仪,而凤仪的表演日益沉稳醇厚。一段无论如何不算短、以失败告终的婚姻似乎未曾在她的生命中留下刻印,至少在他看来是这样。他感到慰藉,为了一个不可多得的艺术家;也偶有失落,为了一个自己爱过的女人。这是文人式的多愁善感、自作多情,他渐渐在心底有所悟,对于那样一个戏痴、戏疯子而言，戏外的一切爱与期许也许终归是枷锁。

他庆幸女儿没有她那么光芒万丈、那么高处不胜寒。

以前他那样宠着女儿，爱护着她，给她讲故事、念诗词歌赋，用半个月工资买跟她一样大的巨型洋娃娃，她疯玩磕破了膝盖，他整宿盯着，怕她睡梦中抠破了痂会留疤。只是努力枉然。到了一定年龄，她还是自然而然地爱上了那个真真假假、虚虚实实的舞台，她妈妈是舞台中央的英雄；从此流血流汗都成稀松平常。

但好在她并不完全像妈妈。她爱吃，爱玩，有小脾气，有时候也怕苦偷懒。从前凤仪在练功场上打孩子，他壮着胆子劝阻却误挨了棍棒，就势躺下装样，助女儿躲过了一劫……齐克谐回想起多年前那一幕，忍不住微笑，连洗菜的动作都慢了。

雏仪带着陈石进门后第一句话就是："爸你还没开始做饭呢？我都饿了。"

他抱歉地揩揩手上的水，去和陈石握手，"你电话里没说小陈爱吃什么、不吃什么，所以我要当面问问。"

陈石受宠若惊，"叔叔您好，我不挑食。"

这也是雏仪第一次走进父亲在北京的家，精雅，洁净，没有女人的痕迹，甚至也没有太多日常生活的痕迹。她不愿去追索这房子本就如此抑或是父亲因她造访而有所准备。所以，她只是安然坐在中式圈椅上，问陈石觉得这样的家具怎么样，他挺了挺腰板，为难道："好……硌。"

齐克谐在厨房听见女儿的笑声，伸出头来张望，雏仪便拉着陈石去围观她爸煎炒烹炸。其实他很久没下厨了，手有点生疏，女儿拈起一块炸好的鸡丁尝了尝，不留情面地批评："爸，切得大小不一，火候儿就不匀了吧。"

"嘴这么刁，难伺候。"她爸用胳膊肘扶扶眼镜，无奈笑了，趁机问那洗好了手却不知从何帮忙的小伙子，"小陈，你会做饭吗？"他摇摇头。

"我教教你吧，挺简单的！"于是齐克谐开始传道授业，事无巨细，包括花椒炸到什么程度是刚刚好、葱结在锅里多长时间就该捞出去……陈石没等听完就坦言："一点也不简单……这太浪费时间了吧！"

"在家做饭，家里有饭味儿，饭里有家味儿。宝儿练功演戏累一天，让她学做饭的话……"

"她也不用做。我们厂里有食堂，"他颇为笃定地表示，"我觉得还挺好吃的。"

雏仪替她爸紧了紧围裙，顺便轻戳了他一下，"是呀爸爸，石头工作挺忙的，还要轮班儿、倒班儿。再说我们可以回家吃姥姥做的饭啊。你要是不嫌麻烦，我们也常来你这儿打牙祭！"

齐克谐只好略带遗憾地打消了向后辈传艺的念头。饭桌上的闲聊也不算顺畅，因为隔行如隔山，陈石不知电视上正在热播的电视剧出自他面前的齐老师之手，而齐克谐一介书生也不甚了解电力建设事业的艰难险阻。不过在稍嫌漫长的安静中，做父亲的不难看出女儿和这个小伙子的两情相悦……

雏仪忽而察觉父亲的打量，有点不好意思，主动提议："爸，你不说车坏了吗，让石头给你看看去吧。"今早他在电话里告诉女儿，车出了点故障，所以他没法去火车站接他们。

"不、不……这活儿哪能让客人干……"

陈石放下早就空空如也的饭碗，迫不及待地说："没事叔叔，我喜欢干这活儿！"

到了楼下，他没接雏仪递给他的手套，因为"碍事"。尽管有她在旁边东问西问地捣乱，但他还是没用太长时间就解决了问题，自信满满地让齐克谐上车打火儿。果然一点即着。隔着车窗，齐克谐看见女儿拍了拍陈石的肩膀，陈石朝她扬扬下巴，趁她扭头的工夫在她脸上抹了一道儿灰，登时尖叫笑闹一片。

齐克谐在心底认可了这对小儿女。

他送他们到火车站，临别前问了一个问题："小陈，宝儿的职业跟你比可能有点特殊……你，有什么看法吗？"

陈石稍稍一愣，其实没想到她的职业有啥特殊，但他灵机一动借用了雏仪那日对他母亲的答复，"没什么看法。都是为人民服务！"

她听了，靠在他肩上扑哧一乐。

苏生 夜奔

SPM 南方传媒 | 广东人民出版社
·广州·

拾
伍

万年欢

大洋彼岸的一座艺术会场里，吕途小朋友第一次正襟危坐地看戏。三年前蒋凤仪举办"从艺六十五周年"海外演出时她刚刚满月，全程在后台的婴儿车中昏睡。那天老太太唱了多久她就睡了多久，蒋雏仪也就目不转睛地看了她多久。

这一回的演出单位"Bell Peking-Opera Troupe"是北美为数不多的职业京剧团体之一，在华人戏迷圈颇负盛名，但久居书斋的吕娜此前并未听说过。她刚收到蒋姐和横山教授寄来的戏票时疑惑这家京剧团怎么起名叫"贝尔"（Bell），看到中文名字才了然——原来是"钟剧团"，主演、创始人、负责人：钟琴。

吕娜原本担心三个小时的演出途途会坐不住，幸好她只是偶尔跟许久未见的蒋雏仪窃窃私语，此外就是在一段太过悠缓的二黄慢板中靠着妈妈睡了一会。小小年纪的她已初具看戏的"基本常识"：排在最后的才是最精彩的，所以她并没有错过大轴儿《马前泼水》。台上的钟琴年过六旬，身材发福，但表演风格依然鲜辣。一个有笑有泪的故事，一段覆水难收的情缘，无论是小孩子还是外国人都不难看懂。

该活动的名义是庆祝"钟剧团"成立二十周年，正式演出次日还有一场不对外售票的小型聚会，受邀者大多是剧团成员的亲友和一些资深的老票友、老戏迷，吕娜母女跟随蒋雏仪，有幸跻身其间。她按参加一般学术会议的规格穿了件休闲西服外套，帆布包里装着记事本和笔。而横山教授则是一身质地精良的墨绿正装，配一方暗红口袋巾，花白络腮胡修得齐齐整整。他一向穿着考究，吕娜不惊讶，但往常朴素的蒋姐也显然细致打扮过，一袭黑丝绒长裙，耳边红宝石光艳夺目。这一年她四十五岁。

吕娜和途途不约而同地"哇"了一声。

"哇！Aunt好漂亮！"

"哇！蒋姐，你们没告诉我dress code这么高级别啊！"

雏仪不语，笑吟吟地弯腰任途途用小手拨弄她的耳坠。"别担心，观众穿什么都可以 —— "横山教授替她们拉开了宴会厅的门，向雏仪做了个请的手势，"但这一位今天不是观众！"

屋里已经高朋满座，琴师正坐在小小的半圆形舞台一侧调弦。人群之中，一个穿锦缎旗袍的老太太谈笑风生，富态如一朵大牡丹。她看见雏仪后，跑圆场似的轻盈奔来，雏仪叫了声钟阿姨，两人拥抱过后还亲热地贴了贴脸颊，耳坠子撞在一起，一式一样，不过钟琴那对是绿宝石的。雏仪向她表示祝贺，钟琴一笑带过，切切问询她母亲近况。

这场聚会是清唱串联着怀旧。发言者中有不少上了年纪，言语迟缓，乡音各异，吕娜很想一字不落地记下这些口述资料，无奈小朋友不配合，一趟趟以上卫生间为由拉着她乱跑。她们再次回来时主持人正在报下一个节目："……齐宝笛女士，《夜奔》，【折桂令】。"

吕娜牵着途途站在门口，一时没有反应过来，直至目睹雏仪起身，走向小舞台，横山教授持一管竹笛随之。雏仪向台下介绍他时用了个英文词，称他是她的"partner"。在座无人觉得异样，只有吕娜尚处在震惊中——为了那个陌生而又似曾听过的名字。

齐宝笛。

途途一直在跟着哼哼【折桂令】，尽管她根本不懂词意。

一曲毕，掌声如潮。横山教授回到座位，雏仪则被留在了台上，大家一定要再听她唱一段。她推辞几番未果，与琴师打了个招呼，又唱了一段《三家店》。

　　将身儿来至在大街口，尊一声过往宾朋听
　　从头……

香港回归前半年，蒋凤仪剧团再次前往演出，市面上一票难求，一些素不看戏的人也想方设法抢票去体验了一回"国粹"的魅力，因为他们中的许多人不久将移居海外。洪家在简短的商议后决定不追随这波浪潮，因为金铃子年事已高，再不愿承受颠簸离乡之苦，实则也是不想在地理位置上离凤仪更远。这一次演出雏仪没有去，因为她正忙着筹措建立她和陈石的小家。电厂分的房子已经到位了，小小的一居室，把空房子变成"家"的过程处处艰辛，也处处甜蜜。

剧团的香港之行少了一个武生，幸而多了一个得力的小生——卢荻追踪着蒋凤仪剧团的讯息，从台北飞过去"搭班儿"客串，无形中略略分担了凤仪的压力。半个月的演出之后，他跟着她回来准备参加雏仪的婚礼。

蒋凤仪还给女儿带回了三件贵重的礼物：洪明念送的一套婚纱，岚姐送的一部数码相机，还有外婆金铃子亲手绣的一对鸳鸯枕套。她独指着第三件悄悄叮嘱女儿不要让姥姥看见，因知秋灵也在一针一线地赶做着相同的物件。

不久，雏仪又收到两个国际包裹，一个来自庆红，另一个来自三爷爷齐钧广。她带着外婆绣的枕套和这两件包裹去了新房，打算和陈石一起拆看。她进门时，他正在扫地，放下笤帚凑过来细瞧那枕套上的戏水鸳鸯，见他手脏，她拈起柔滑的锦缎一角在他脸上蹭了蹭。屋里空无一物，只好临时在头顶拉起一条绳，把枕套挂了起来。俩人席地而坐，在四只鸳鸯的俯瞰之下拆礼物。庆红在信里说学业忙，不能请假回来，但自己送的这件宝贝保管她和陈石都会"爱不释手"。雏仪失落地放下信，掂了掂包裹，悻悻说这么轻，能是啥宝贝。一层层打开了拎起一看，竟是一件玫瑰色的蕾丝睡裙，丝丝缕缕，面料少得可怜。两人对视了一眼，她红着脸笑骂了庆红一句。

陈石顿了顿，言道："难怪轻……"

三爷爷给雏仪的信照例是用英文写的，这是当年他第一次回国探亲时与她的约定，为了让她不丢下外语这门技能。这个有趣的老头说包裹里的东西是"世界上独一无二的"——俩人打开后发现是个八音盒。确实制作精巧，但何以"独一无二"呢？陈石翻来覆去研究了一遍，没瞧出它的机械结构有何特殊，便给它上了弦。悠扬的乐声飘出来，雏仪立刻就懂了。"这是【万年欢】的牌子，哪儿的八音盒有这样的曲子呢，肯定是三爷爷自己鼓捣的。"

一个寓意美好的曲牌，一段婉妙的音乐，两人那天反反复复听了好多遍，直到暮色四合，绮霞向晚。陈石有些话想说又不知如何开口。他一直喜欢她是个爽直明快的姑娘，不娇气，不矫情；现在他愈发意识到这品质的可贵，因为她分明被那么多人爱着、惦着。但他不愿花她家里的钱去办婚礼、置新家。他有积蓄，加上他妈交给准岳母、准岳母又交还他的那个存折，其实是一笔不少的钱了，可是够不够让她风风光光、开开心心地嫁给他呢？他心里没底。

屋里还未开灯，夜色渐渐弥漫进来。空荡荡的客厅中间，她枕在他腿上把玩那个八音盒，又听了一遍【万年欢】，好像也听见了他的心声。

"石头。"

"嗯。"

"我手里也有钱。这些年工资一直没怎么花过。"

"那你攒着呗。"

"不攒了，跟你的小金库放一块儿吧。我们自己的事花自己的钱。"

"真的？"

"骗你干吗。我不在乎那些虚排场，搞得跟演戏似的。咱们踏踏实实过日子比什么都强。"

她把他的心里话偷走说了，于是陈石默然低头看了她半天，看得她放下了八音盒，勾过他的脖子来要了一个吻。厂院里的大喇叭开始播放晚间新闻，声音很近，但讲述的那些恢宏大事似乎离他们小小的巢非常遥远……

陈石把自己的钱都交给了雏仪，她便全权承担了买家具的事，因为她的工作时间更灵活些，而且她也愿意精挑慢选新家里的每件物品。小文主动提出陪她一起去逛，她欣然答应了，猜测小文也在筹划她跟谢波的婚事。谢波依然在辛勤地跑剧组挣外快，小文的父母依然不愿接纳他，但雏仪不止一次在家属院里看见她出入小谢的单身宿舍，穿双雪白柔软的护士鞋，蹦蹦跳跳得像只小兔子。

在家具城，两个姑娘的关注点并不一致，经常一个想往东、一个要奔西。小文喜欢看色彩斑斓的布艺沙发和瓶瓶罐罐的装饰品，而雏仪的重点很明确，她认为其他物品都是次要的，只有一件东西必须要有，必须要好。

"床。这个最重要！"

她斩钉截铁说完，小文咬着下唇忍笑朝她猛点头。

"喂，你被小谢带坏了啊！"雏仪反应过来，推了她一把，"我们这行儿你也看见了，颈椎、腰椎、后背、膝盖……天天不是这儿酸就是那儿疼。床好，睡觉就是养伤；床不好，睡觉就是伤上加伤！"

功夫不负有心人，雏仪最终挑到了令自己满意的床架床垫，一张两米大床驾到后卧室空间所剩不多，她果断放弃了梳妆台，毕竟大部分时间自己都是短发素颜。

小文陪她去了三四次家具城以后就推说身体不适，不再去了，雏仪以为她逛烦了，自然不强求，很快自己选定了其余几大件。不久后的周末，小文到剧团找小谢，顺便来问候雏仪，于是她热情邀请小文在接亲那天也来家里陪她。然而小文慌忙拒绝了，理由是陈石在厂里那些哥们儿都挺闹腾，她怕被捉弄。

雏仪许诺不会让她受欺负，但她吞吞吐吐一再不肯，只说"不方便"。雏仪有点明白了，上上下下打量了她几番，却又不敢相信，最终还是小文亲口承认自己怀孕了。雏仪眼一瞪，要替她去教训小谢，被她拉住了。"宝儿姐，跟他没关系……"

"跟他没关系？孩子不是他的？"

小文哭笑不得，说孩子是他的，但主意是她自己的，这样她爸妈就再不能阻拦婚事了。

雏仪很意外，想不到小文看着像乖乖女竟有如此大胆之举。"你出了这么个歪主意，小谢居然答应了？他还是太欠揍！"

"用不着他答应。我俩这个事儿……一直我做主。"

雏仪听后在她耳边多问了几句，她也耐心解释，还写下了几款药名。最后她拜托雏仪先别把消息告诉谢波，怕吓着他。

聊完这个小秘密，小文开始观察雏仪囤积在房间里的各种与婚礼有关的物什，尤其是那套婚纱，仅是从防尘袋底露出的那一点皎洁边角就已足够引人注目。她撺掇着雏仪穿上给她看看。

"特别费事儿，就试过一回，我妈帮我的。她说简直比我们扎大靠还麻烦……"

"我不嫌麻烦！我帮你！"小文兴高采烈地催着雏仪脱了毛衣，又协助她穿上了婚纱，然后就移不开视线了 —— 毕竟抹胸式婚纱在当时的内地还很少见。

雏仪有点不好意思，"你看啥呀……都是女的……"

"女的跟女的也不一样……宝儿姐，你结婚穿这个，我保证所有人眼珠子都得掉出来！"

"说实话我不太想穿……太扎眼了。而且怎么说呢……

我穿着它浑身不自在，都不像我了……"

"那……这么高级的婚纱不是浪费了吗！"小文提议，"要不你俩去拍套婚纱照吧，你这件肯定比影楼的那些都强。"雏仪觉得她这个办法不错，于是决定就去她口中"特别火"的那家店，温纱梦影。

伤情怨

　　"温纱梦影"坐落在步行街的繁华路口，二层是摄影棚，一层则四面落地窗，窗前立着一尊尊身材曼妙、穿着各式婚纱的假人。雏仪和陈石去的那天是个工作日的上午，但店里仍有三对新人在做造型。一个染了金发的小妹得知他们并无预约，所以请他们登记名字后另选时间。雏仪有点懊恼，跟着小妹走到前台，问："今天真的排满了吗？"

　　金发小妹正在翻记录本，一个虚倚在橡胶模特身后、向窗外闲望的女人闻声回头，与雏仪四目相对。她的头发剪短烫卷了，略显老气，但那张脸还是纤薄秀丽，不像三十四五岁的人。几乎没有犹豫地，她唇边浮起一抹浅笑，对雏仪说："着急的话，可以为您加个位置。"前台小妹眼露惊讶，但没敢质疑经理的决定。

雏仪站在原地一言不发，直到陈石推她才硬生生答了一个"好"字，语气似乎非常理所当然。倒是陈石兴奋地道了个谢，庆幸没有抱着这沉甸甸的婚纱白跑一趟。

"不客气。简单填个表吧，先生姓名？"柜台后的女经理亲自拿过了记录本，执笔望着他。

陈石报了自己的名字，又说了雏仪的，刚要解释是哪两个字却见对方已经唰唰地写好了，打开另一个册子请他们挑化妆师。雏仪走过来随意翻了翻，目光并不在纸上，张口便问水平最高的是哪位。

金发小妹搭腔："那就是我们经理了，但……"

"那我就选她。"雏仪简短说完，得到了女经理温柔而爽快的答应。这下不光工作人员，就连陈石也颇感诧异。

"去看看婚纱吧，喜欢什么风格的？"

"不用，我自己有。"雏仪依然面无表情。

于是经理引颈看向陈石提的品牌袋，很赞赏地点点头，随即又建议："先生的西装款式有点旧了，要不要看看我们的？"

另一个姑娘带陈石去挑衣服了，雏仪被领到化妆镜前落座，经理站在她身后，两个人的目光终于在一尘不染的镜子里交汇。

"恭喜你啊。"

"谢谢，温姐姐。"

陈石站在一排大同小异的西装面前听着小姑娘天花乱坠

的介绍，觉得很头疼。他想让雏仪直接替他指定一件，扭头却发现她在跟经理说话，不知她们在聊什么，但她脸上冷冰冰的样子是他从未见过的。

须臾，店员用大托盘装了几顶颜色长短各异的假发送到雏仪面前，"小姐，您的头发太短，不好做发型，要不要戴假发或者加发片？"

她只瞥了一眼就皱眉移开了视线，向镜中说："不要。我不喜欢假惺惺的东西。"

拿托盘的店员愣住，温靖朝他轻轻摆了下手。他走开后，温靖用梳子尖在雏仪短而厚密的头发之间左分右挑，沿耳际编了一圈俏皮的小辫，画的妆面也轻盈，但额角的小疤被遮得很好。不多时，陈石溜过来，弯腰偷看她在镜子里的模样。

雏仪对自己的妆发满意了，站起来检视陈石的造型，温靖也在旁打量了一番，夸道："小伙子个儿高，穿这套挺帅。"言罢，她从衣架上挑了领带要给他系，他也顺从低了头，然而那双纤纤素手刚沾到他的衬衫雏仪就上前一步把领带抽走了。温靖没说什么，退到一边抱肘看她掸了掸陈石的领口、肩头，然后平平整整地打好了领带。

他低头一瞧，刮了下她的鼻子，"系得不错啊！手挺巧。"她笑笑不语。

以前她父亲仅有两条领带，经常被年幼的她从衣柜里拖出来耍，系在腰里当大带踢着玩。她妈发现了，说你爸是个讲究人儿，踢坏了他去开会就没得戴了。于是蒋凤仪把自己的旧行头给女儿玩，又赶紧擦净熨平了那两条领带，松松打好了结挂在白衬衫外面。雏仪就是在那时向妈妈学会了这一手儿。只是若干年后，衣柜里和家中各处都不再有父亲的痕迹。

这一切都与父母为了排新戏而特意从南方招来的那个女孩子有关。当年的她岁数比雏仪现在还小，而雏仪彼时是稚气未脱的少女，喜欢那个漂亮文静且穿衣打扮跟别人不一样的温姐姐。母亲也时常叫孤身在此的温靖来家吃饭，不让她干活，只跟她聊戏，等齐克谐做好了饭，在桌上谈的依然是戏。有时父母见解不同以至于辩论起来，温靖不吭声也不敢动筷子，雏仪便给她夹菜，告诉她这是常事……

"蒋小姐，我去帮您换婚纱吧。"

雏仪点点头，跟着温靖走向更衣室，路过挂满华丽礼服的衣架时，惊见其中有几套戏曲行头。她不禁停住脚，扒拉了一下。

店员小姑娘以为她感兴趣，忙热情介绍："这是我们店的特色，化妆和发型别的地儿都做不了，好多人专门来我们这儿拍戏装照呢。您要体验一下吗？造型有杨贵妃、虞姬、杜丽娘、穆桂英……"

"有林娘子吗？"

"……林娘子是谁啊？"小姑娘求助似的望向经理。温靖淡淡告诉她："是《水浒传》里林冲的娘子。"小姑娘似懂非懂地点点头，咕哝道："咱这儿没有林娘子吧？"

雏仪兀自进了更衣室，在身后留下一声冷笑。

温靖没让店员跟着，一个人进了更衣室帮雏仪换装，替她穿衬裙、整内衣、理裙摆，最后蹲在地上给她穿鞋。过程中难免有身体接触，但雏仪并不觉得羞涩别扭，坦然俯看着她忙活。毕竟从前除了母亲，温靖也时常帮她和庆红这两个小妹妹穿行头。她亦忘不了《林冲之死》首演前不久自己在练功房崴了脚，瘦怯怯的温靖半搀半架地扶她回家，把她送到她爸手里，然后在门口观望了很久才离去……

她提着层层累累的裙角走出来时陈石已经闲待得不耐烦，所以掏出了一张凌晓斌的奥数题，坐在花团锦簇的服装堆儿里盯着题目心算，无视周围人的目光。

"石头。"她轻轻叫了一声。

他抬头看到她的瞬间，腾地从椅子上弹了起来。眼前一片雪白。好白啊，白纱，白缎子，她的手臂，脖子，还有平时看不到的一些部分，全都白璧无瑕，只有脸上绯红淡扫，唇点丹朱。雨夜偶遇，她也是一身白，可他怎能料到那个狼狈流血的"白衣小将"会成为他今日纯洁美丽的新娘子呢？

"好看吗？"她见他傻站着不说话，轻轻扇了扇裙摆。

"好看、真好看！"他也意识到自己词汇的匮乏，于是动用了脑海中为数不多的看戏回忆，"有点像白娘子……但比她漂亮多了！"

她仰头笑了，招手让陈石扶她进摄影棚，十指交扣的一刻在他耳边抱怨："高跟鞋比我们厚底儿还难穿！"

温靖在后面弯腰替她提起裙尾，也微微一笑。

雏仪在照相机面前当然是自如的，陈石却无比僵硬，摄像师大叔调侃他："小伙子，搂的又不是别人家的媳妇儿，放松点！"

"我们这位就是老实！"雏仪一面护短儿，一面却又捉弄人，忽地蹿上了陈石的背捂住他的眼睛。陈石下意识地托住她，向背后扭头的瞬间，她在他脸上落了个吻。于是摄影师抓拍到了那一套照片里最生动的一张。

几天后，俩人在新房里贴"囍"字儿，陈石突然一拍脑门，扔下了手里的东西，"该去取照片了呀！"雏仪坐在床边，慢条斯理地用小刷子在"囍"字背后一层层抹糨糊，抹得红纸脱了色，最后小声说："不想取了。"

他惊问为什么，她强装笑脸，低头搓了搓手指上染的红色，"照得太假了，本人没那么好看，你还是天天看我这大活人吧！"陈石坐到她旁边，凑近去观察她的表情，小心翼翼问："宝儿，你这两天好像有心事儿？那天我就想问你……你跟那影楼的老板娘好像……认识？"

许久，雏仪终于向他倾吐了实情。至此她算是把一颗心毫无保留地交付给了陈石，连同没忍住的泪落在他肩上。

她说我妈录完晚会回家睡了三天三夜。那是我第一次看见她哭。就三天，三天以后她就像没事人似的去团里练功了。如果是我，我做不到……

陈石揽她在怀里，下巴贴着她的额头默默蹭了很久，低声道："'若是喜新忘了旧，始好终弃骂名留。'放心吧，我记着呢。"

雏仪破涕为笑，又听他喜滋滋说："照片不取正好儿，反正应该把我照得挺傻的……我觉得我本人比照片顺眼，以后你也天天看我这大活人吧！"

意难忘

新房收拾好以后，陈石接母亲陈安秀来参观，蒋凤仪得知后给女儿放了一天假，让她顺便请陈安秀到剧场看戏。于是雏仪陪着准婆婆看了母亲主演的一出武戏和一出《马前泼水》。戏演至崔氏逼着朱买臣写休书还她自由，陈安秀看得十分乐呵，更令雏仪感到意外的是她似乎很懂得看戏的门道儿，没错过任何一个鼓掌喝彩的节骨眼。

雏仪开玩笑道："您是内行啊，不像石头，每回不是睡得打呼噜就是瞎叫好儿。"

"我懂啥呀，闺女，是你妈演得好啊！啧啧，刚才还是个喝酒杀人的汉子，这会儿又成穷酸秀才了，真是演啥像啥！"

不多时，蒋凤仪携着饰演崔氏的旦角演员于玲出来谢幕，观众不算多，但掌声持续了很久，直到几个粗门大嗓的男人在台下怪叫起来，"演得好哟！""嫌贫爱富的臭娘们儿！""有你后悔的那天！"于玲朝底下望了望，一跺脚跑回了后台，那几个男人叫嚣得愈发厉害。往常也有耍酒疯、逗贫嘴的观众，但像这样成群结伙的闹事者不多见，两个保安跑进来也没压住。

蒋凤仪的脸沉下来，在台上发问："什么意思？几位是觉得我们演员演得不好还是太好了？"

"演得好啊，活脱脱的贱货。"

"既然演得好就不能让你们撒野了。你们最好赶紧滚，要是想练练，我们后台有的是陪练的。"

团里几个小伙子见于玲哭哭啼啼跑下台，此刻又听到了蒋凤仪的话，于是像得了将令般龙腾虎跃地冲出来，跟保安一起把那伙儿闹事者轰出了剧场。

雏仪这才挽着陈石妈往后台走。陈安秀忧心忡忡问："闺女，你平时上台也有人这么搅和？"雏仪连忙说没有，不知今天什么情况。化妆间里，几个姑娘正在安慰于玲，蒋凤仪问她原委，她只摇头不语。

陈石妈在旁叹气，"都说你们台上风光，谁知道净受这没来由的气！"

凤仪向她道歉招待不周，本是请她来解闷儿，不料反添了堵。陈安秀嗔怪她说话见外，让她处理正事要紧。凤仪被提了醒，招呼女儿，"快出去瞅瞅，别让小谢他们真捅了娄子。"

话音未落，谢波他们已经耀武扬威地凯旋了，声称把那几个废物教训了一顿。原来于玲最近在和她那嗜赌成性的丈夫闹离婚，男人拖着不离，还召集赌友们用这下三滥的法子教她当众出丑。他们一群社会渣滓自然不敌剧团这些壮小伙，还未怎样交手就抱头鼠窜了。"于玲姐，他们知道你今儿贴这个戏，故意找茬儿的！"小谢说完，于玲呜咽道："团长，这戏我以后不演了！"言罢披上大衣跑出了门。

　　一片寂静中，陈安秀忽然开口："干啥不演呢？要我说这姑娘就该天天演，演给那没出息的男人看！真是啥赖汉子也敢当自己是个宝，女人离了他就是有眼不识泰山。算啥山哩，就是一摊烂泥，靠不住，还粘脚！"

　　大家听了都笑起来，蒋凤仪也没苛责动粗的小伙子们。还是雏仪眼尖，把藏在人堆儿里的卢荻揪了出来，"你也打架去啦？还光荣负伤了！"他按着帽檐一个劲儿往后躲。蒋凤仪走过去掀了他的帽子察看伤势。小谢忙解释："人家不是打架的，是拉架的！误伤、误伤……"

　　那天后来，卢荻跟着蒋凤仪回了她的办公室，被按坐在椅子上。她一边用棉签擦他脸上的伤一边数落，"你这小孩也不让人省心，可别跟我们这儿的野小子一块儿混了，人家打架的没事，你拉架的倒挂彩了……你可是演小生的，这脸蛋是饭碗，就像我们武生的腿似的……三天两头漂洋过海来学艺，你要是有点闪失我可没法交代……"

　　卢荻重重点头，她要他别动，他想也没想又点了一下头，倏尔静止，她眼里闪过一点笑。那张干净俊朗的面孔在她手下被粘了个创可贴，指肚上的薄茧擦过他的额头，这一丝摩擦使他心中不安。他感到自己不应该瞒着她，尤其是他明知她在乎的人和事。

"成了，走吧。"

"蒋老师……"

"还有事？"

"嗯……"卢荻嗫嚅，"您找时间去看看郑导吧，郑星不让我告诉您，但……"

蒋凤仪在卢荻的陪同下去医院探望郑轶夫，心里没有太多沉重的负累。人终有一别，何况是忘年交。特护病房外的走廊一侧是透明玻璃，直对着外面的小花园。尽管是冬天，但午后的阳光落在苍绿的松树上，犹如迟暮美人戴了满头金翠，别是一番景致。凤仪的脚步不由自主慢下来。迎面从病房里走出一个步履匆匆的中年男人，见到她后似乎形色迟疑了一下，点了个头，但没有驻足。卢荻说那是郑导的儿子郑昂。他和郑星一样高鼻深目，只是眼珠很黑，不易被认出是混血。

卢荻和蒋凤仪进入病房时，郑星正在没收她父亲床头的一摞书籍和剧本，但仍抽身与他们快速握手，幽蓝的眸光带着一个外交官的礼貌与疏离，"蒋老师，您来了。"

令凤仪略感安慰的是郑轶夫精神尚好，也未着病号服。他整整齐齐叠穿了衬衫与毛衣开衫，只是略显臃肿的衣物之下，他的脸和手都比上次见面更加癯瘦。"你不是家里在办喜事吗，跑来干吗？"是轻松甚至有点不耐烦的口吻。

"闺女自个儿操办，我不管。"她也轻松道。

"这话倒是。你要是管狠了她，老了以后小心被她管，一点自由和人权也不讲。"他无辜眨眨眼。郑星闻之微微一笑，抱起了那摞书，"我先走了。说好了，要读哪本明天向我借阅，限借两小时。"卢荻主动帮她搬书，送她走出了病房。

凤仪此时才在床畔的椅子上落座。他很平和地问她："最近都好？"

"好。"

"听说你贴了《马前泼水》？好多个剧种都有这出戏，京剧的这一出儿现在倒是很少有人唱。"

"是。我跟一个南方演员掭的叶子*，回来以后教了我们团几个旦角儿。说来有意思，前两天演这戏还闹了场乱子。"凤仪将前日的风波讲给他听，并且复述了陈石妈一针见血的金句——扶不上墙的烂泥还粘手粘脚甩不开。

郑导哑然失笑，称赞她这位亲家的妙语恐怕编剧坐穿书斋也写不出。他还说老戏里逼着丈夫写休书的女人大概只有阎惜娇和崔氏，阎惜娇是移情别恋，而崔氏实在是日子过不下去了。

---

*　掭叶子，指戏曲演员偷学别人的技艺。

"所以崔氏这角色挺出彩儿，老戏里的女人也不见得除了烈女就是淫妇嘛。"

"唔，她只是个……普通妇女，想离婚而已。"郑轶夫沉吟片刻，提起五六十年代戏改的时候他的一个作曲家朋友曾与他探讨要排一出京剧现代戏，就是表现妇女主动解除包办婚姻的。

郑轶夫追忆，当时新戏的创作如火如荼，文艺工作者们怀着满腔热忱探索如何用艺术手段表现劳动人民的生产生活。那位朋友家中的保姆在闲谈中鼓动他"表现表现我们农村妇女离婚有多难"，作曲家不解，因为当时《婚姻法》已颁布数年，离婚何难？保姆道他不知隐情。乡下稍有权势的男人有不少趁机离掉了"封建婚约"下的糟糠之妻，而女人纵是如愿离了婚，走出乡法庭的那段路也如过鬼门关，有太多刚刚恢复了自由身的女人走在半道儿被骂，被打，以至于被杀。作曲家闻之大骇。

据郑轶夫描述，朋友是个外表邋遢但心如磐石的人，既答应了保姆的诉求就一定要付诸行动。他找来一群同道中人集思广益，有导演、编剧、作家、诗人、演员……他们围坐在作曲家的钢琴旁，也请那个保姆同坐畅谈，度过了一个个混合着琴声与烟味、争论与静默的夜晚。

"这部戏后来编出来了吗？"

"没来得及……对了，他也有个女儿，比星儿小好几岁，不知后来……"

拾伍 | 意难忘

蒋凤仪没有追问。她已经不知不觉让他说了太久的话，心里有点懊悔，于是默默削了个苹果，切下很薄的一片用牙签递给他。他接过去半天也没入口，苹果慢慢氧化泛黄。

"日子过得真快。刚认识你的时候，你还是个小姑娘。现在你的姑娘都要结婚了。"

"什么小姑娘！挺着个大肚子。"她笑起来，啃了一口手里的苹果，酸到鼻腔深处，过后才有一点甘甜。"多亏你给我那个机会，成全我的痴心妄想。"

"你是自己成全自己。艺术要是没有痴心，不就成买卖了吗。若当作买卖，谁还肯干这样赔本的傻事？"

"干傻事的人不少。你不也是吗。"

他点点头，语气很平常地带出一句话："我是有个未了的痴心。想给你拍个电影。"

她心里震了一下，面上仍自若，"不是早就拍过了吗。"

"不是拍林冲，是拍你。我原本是很看不上林冲这个人的。我喜欢鲁智深，'钱塘江上潮信来，今日方知我是我'，真佛罗汉一样的人，不掺一点私心、伪心……可是你演的林冲不一样。有时候我也分不清那是他还是你了。不管怎么说，你这个人、你的经历，都跟你的林冲一样值得一出戏、一部片子。"

然而她很认真地摇摇头，"我只喜欢在戏里演人物，太实的东西不美，我也不喜欢。我自己、我的生活，微不足道。"

她说话总直接得近乎不知好歹，而他从不介怀，只侧过脸去看窗外的苍松翠柏。"你这人真怪。我是来不及给你拍了，但没关系，我想以后一定会有人替我，哦不，替你做这件事。"

"你才是怪老头儿。"她笑。

她不知在他床边坐了多久，想解决了那个苹果就走，但一边聊一边吃，总也啃不完。护士在门口探了几次头。最后她站起来，对他说好好休息，过几天再来看他。

"凤仪，"他叫住她，眼里第一次隐约有留恋，"不给我一块喜糖吗？"

她包里确实带着，可是不确定他能否吃，所以犹犹豫豫。

"不碍事的。你怕？"

"我不怕！"她痛快地剥开一块，是晶莹剔透的水果糖，递到他嘴边。他嘬了，含糊而适意地长舒一口气，与她道别。

走到病房门口，她碰见了郑家的保姆小卫，对方立刻认出了她，"哎呀是蒋老师，好久不见！"她也微笑问好，可是无心多谈。擦肩而过的瞬间她瞥到小卫拎的袋子里装满了录像带，最上面那盒的封面她太熟悉。

太阳快西斜了，晚风平添几分寒意。卢荻已经在小花园里溜达了很久，忽然看见她的身影闪出了病房，低头疾走到透明长廊尽头才站住脚，右手握着半拉苹果，用手背揩了揩眼睛。

凤
楼
春

　　凤仪，我看了你在台湾的实况录像，《四郎探母》在那里有特殊意义，想必你也感受到了。结尾的加工很好，很自然。或许会有人说是"话剧味"，而我想，是人情味……闻令尊西去，万望节哀，须知为人父母者最不忍见儿女哀毁骨立。

1994 年 2 月 16 日

　　凤仪小友，法国那边来信，称赞你上次颁奖礼后的演讲和示范很清晰易懂，我也认为你有讲学的天赋，虽然你说自己一天学堂也没进过。明年夏天不妨再去欧洲，顺便欣赏他们的话剧、歌剧、芭蕾。

1991 年 10 月 2 日

艺术那么美，显得现实那么丑恶；现实有如此多丑恶，可是艺术依然那么美……艺术家是这种遗憾之美的创造者，幸或不幸，这就是他们注定要做的事。凤仪同志，这就是你注定要做的事。我诚挚希望你对《林冲之死》的电影拍摄事宜予以考虑。

1987 年 1 月 4 日

蒋凤仪同志，上个月你的专场演出非常精彩，也许稍嫌火燥了一点。但如今菊坛颓靡，人心不振，恰需要一股强风烈火。我必须说，你的台风很特别，不可一世，又如此天真。

1984 年 5 月 8 日

……一个公正、光明、开放的社会，其意义不只是政治经济的，它还意味着世俗理想的实现，意味着每一对平凡而恩爱的夫妻都能安心地白首偕老，不必担心无妄之灾和飞来横祸。在这个意义上《林冲之死》是引人遐思的：如果英雄气短、红颜薄命的悲剧能绝迹于人间，那么"才子佳人"式的美满生活将不再是虚构。

这样的世界，难道不值得我们期许吗？

—— 郑轶夫《评新编水浒戏＜林冲之死＞》

（《戏剧文学大观》1984 年第 3 期）

　　蒋凤仪连续几晚整理郑轶夫的来信，边整理边重读，一年年翻过去，终于翻阅到了最底下的那张剪报。当年她进京演《林冲之死》时剧场里十分火爆，但专家学者们毁誉参半，批评者认为该戏对个人情爱的表现削弱了主人公的英雄气概。这种诟病在郑导的剧评发表之后才渐渐销声匿迹。

　　雏仪悄悄走进房间，靠在书桌旁看母亲戴着老花镜读信。蒋凤仪从未藏着掖着，没离婚的时候这些信件也都是放在明面上。雏仪拿起几封读了读，又小心按年份摆回去。她坐在床尾望着母亲在灯下的一剪孤影，踌躇良久终于问出口："妈，早几年你有没有想过跟郑导……"

　　"没有。"

　　"为什么？人言可畏？还是……因为我？"

　　"也不为什么，没必要而已。"

　　"你们不是知音吗。"

　　"知音干吗要拴在一块儿过日子？"凤仪摘了眼镜，起身去拉窗帘，"就像一股烟儿，一片云彩，本来挺美的，非要攥在手里就没了。"她转过身，女儿已经摆好两个枕头，钻进了被窝。她吃了一片安眠药，躺在另一侧，无奈道："你又来跟我挤什么？"

"舍不得你呀！"

雏仪的脑袋贴过来，却被她妈一掌推开了，"少给我灌迷魂汤！舍不得我你还偷摸儿搞了一年地下活动，刚被我发现就着急飞出去搭小窝儿！"

"你看你还一直装大度，原来这么记仇儿！"雏仪强行挨过来，"妈，别看你脸上不抹啥高级的，皮肤还真不错……妈，别生气……你看我也不小了吧，你当初不也是这个岁数……"

女儿的声音弱下去，蒋凤仪一想，还真是。只是当年二十五岁的自己已经饱受许多坎坷，乃至生离死别，而身边二十五岁的女儿在她眼里还是个孩子。这些年来，她是母亲，也是师父，教女儿练功学戏，也教她人品艺德。可是在婚姻中如何自处与相处，蒋凤仪自己也缺乏成功的经验；又或者，假使时光倒流，她有方法挽救那段夫妻缘分，她亦不确定自己是否会那样做，如果代价是放弃另一些她无比珍视的东西……

"妈、妈？……真的吗？"

"什么真的吗？"她刚刚出神儿，没听到雏仪前面的话。

"姥姥说你生我那天还跟姥爷打了一套小快枪才去医院……"

"不然怎么办，预产期过了你还赖着不出来。我进棚录影是有期限的，人家过时不候。"

"那不好意思啊，让你受苦了。"

"没关系，扯平了，我也没让你吃上几天奶……不过你看你喝奶粉长得也挺皮实，说明你妈血汗钱买的奶粉不错。"

事已成过往，可付笑谈，而当年并不是。老两口带走了刚满月的孩子，她泡在练功房里苦苦恢复身上的功夫，说她心狠的大有人在。后来女儿回到她身边，因乍离姥姥的细致照顾而时有小病小灾，周围人的关切中也有旁敲侧击：没吃过母乳的孩子就是身体弱。直到孩子长大了，她也当了团长、成了角儿，依然有人替她记着这一笔，只要她奖勤罚懒得罪了人，暗地里必有怪话：为了霸住台，连自己的亲骨肉都舍得下，这样硬心肠的人什么事做不出？

心酸委屈不是没有，而是顾不上；也曾享受初为人母的温馨时光，但老父亲长叹的"前功尽弃"四个字使她幡然梦醒，承受不住那种如抽去脊梁骨一般的空洞恐慌感。她拉过雏仪一只手来摊开抚了抚，也有茧，比她自己的薄一点。她对女儿不讳言，"那会儿我也纳闷，怎么女人一生了孩子就变了，胳膊腿儿都好像不是我自己的了。那场回头功真是练得我死去活来，很苦……"

雏仪从没听母亲抱怨过"苦"，无法想象她都说"苦"的事情是何滋味。

那是将产后柔弱疲顿的一身血肉亲自打散了重塑一遍的过程，塑成能再次登台"夜奔"的钢筋铁骨。流的是汗，是泪，是血，是乳，痛至骨头缝里，痛得要死，置之死地而后生。这并不伟大；这只是一种选择，是她身为一个女武生因不愿放弃舞台而必须经历的一番涅槃。但如今面对即将出嫁的女儿，母亲希望她至少可以少经历一点、晚经历一点。

"宝儿，妈说这些你懂吗……妈不是舍不得放你飞出去，就是总觉得，你还小呢……"

"我懂。你放心吧。"

"好。明儿晚上去陪姥姥吧。"

"嗯。"

明晚就是雏仪出嫁前的最后一夜了。秋灵把早已做好的新被褥打开又叠上，翻来覆去几遭终于用金边红绳捆好，四四方方如一只礼盒。蒋凤仪对女儿的婚事细节如甩手掌柜一般概不过问，秋灵可做不到。她怕年轻人嫌弃大红大绿，特意挑了淡粉色的被面，却又谨遵记忆中的老讲究，缝被子时一线到头，不断线、不接线、不结疙瘩。她甚至寻出了当年"破四旧"时幸存的几枚通宝铜钱，细细密密缝进了四个被角。齐克谐也托人转交了一样东西，凤仪装进文件袋里，让老太太夹到了被子中间。

万事俱备，只待陈石那小伙子来接亲了。

陈石几天前收到了卢荻送的一份礼物。卢荻坦言这次离开台湾时并不知他们的婚讯，只因上次他膝盖受伤被陈石帮忙送到医院，在路上得知陈石也喜欢汽车，两个人聊得投机，所以特意背来一摞自己收藏的港台美日的汽车杂志送给他。陈石收到礼物很高兴，并恳请卢荻加入他的接亲队列。

此前谢波悄悄给陈石透了口风：庆红给团里几个女孩子写了信，远程排兵布阵，让他休想轻轻松松把雏仪接出家门。陈石已经领教过雏仪这位闺中密友的厉害，心想她出的难题必是自己这个门外汉答不上来的。既然卢荻不能算剧团内部的"娘家人"，又当他是朋友、送了他礼物，那自然就可拉入男方阵营了。卢荻欣然答应。

艰辛的接亲之旅并不始于"家门"外，而是从楼门口就开始了——整栋楼住的都是剧团的同事和亲属，每一层都有庆红设下的关卡。蒋凤仪搬了个椅子坐在家门口侧耳倾听，年轻人的笑闹声直冲上九楼，她对屋里的女儿说慢慢等着吧，小陈一边爬楼一边"坐科"呢。

庆红布置的问题很刁钻，有不少卢荻也不会，答不上来就文罚唱歌，武罚俯卧撑。陈石宁愿选择后者，姑娘们手执藤杆，动作不到位就打，并念念有词："宝儿就是被我们团长用这藤杆打着长大的，庆红让我们教给你——同、甘、共、苦！"

陈石咬牙没喊疼，小谢看不过去，在旁笑嘻嘻求情："姐姐们高抬贵手吧，晚上的大轴儿戏新郎官还得卖力气呢！"大家哄笑一片，姑娘们又转头用藤杆去教训小谢。

房间里，冯慧、海萍几个人陪着雏仪，凌晓斌也在这儿凑热闹。她显然等得有点着急了，也心疼陈石一直受罚。姐妹们却坚持："不能心慈手软！必须狠狠考验他！"

晓斌忍不住鸣不平，"小姑姑，干吗欺负石头叔叔！"

姑娘们噗地笑出来，代她回答："他想当你小姑父！"

"那怎么了？挺好的啊。"

"他今儿把你小姑姑娶走，明儿她就不住咱院儿里了。你不想她？以后你上哪儿吃巧克力去？"

本是逗趣的话，九岁的凌晓斌却陡然难过起来。他蹭到雏仪膝前问："真的吗？小姑姑以后不在这儿住了？"

雏仪不知怎的心里一酸，她推开那嘻嘻哈哈的姐儿几个，认真向晓斌保证他还会经常看见她的，因为她还要来团里上班呀。

晓斌稍感安慰地点点头，同样认真地对她说："小姑姑，石头叔叔……哦不，小姑父要是欺负你，你要告诉我啊！我……"

她波光粼粼的眼睛弯起来，打断了晓斌，"他不会。"

陈石终于踏进了蒋家门，满头大汗向蒋凤仪和姥姥问好，一群年轻人很快闹闹嚷嚷地挤满了客厅。一个嗓音甜美的小花旦宣布："陈石同志，恭喜你只剩最后两道题了哦，答对了接新娘子，答错了受罚！第一题：简述以下戏曲名人之间的关系 —— 王瑶卿、王凤卿、王幼卿、王少卿、王桂卿、小王桂卿。"

陈石望向卢荻，却只收获了一个绝望而愧疚的眼神，于是二话不说趴下做俯卧撑。秋灵摇头笑说这刁题把她都绕懵了。陈石从地上站起来，气还没喘匀就收到了终极题目："选择题 —— 蒋雏仪小姐英明神武的母亲、著名戏曲艺术家蒋凤仪同志在传统戏《夜奔》和新编戏《林冲之死》里塑造的林冲形象哪个更好？"

卢获一听，张口欲答，但蒋凤仪忽然在人群外举手高呼："哎哎，蒋凤仪同志宣布这道题不成立！没法选！"大伙儿轰地笑起来。

在一片欢腾笑语中，她走到女儿的卧室外笃笃敲了两记，推开了门，"丫头，走吧！"

解红慢

　　一对新人在大伙儿的簇拥下出了家门，屋里只剩下蒋凤仪和秋灵。老太太回屋换了件衣裳，出来时凤仪已经准备出发了，身上仍是寻常装束，"嚯，老太太真漂亮！咱也下楼吧，车等着呢。"

　　"小义，你……倒饬倒饬去！"秋灵罕见地用命令口吻跟她说话。

　　"倒饬啥呀，又不是我嫁人。"

　　"你是娘家妈，别给姑娘跌份呀。又是当领导的……"

　　凤仪受不住唠叨，快步走进卧室开衣柜，秋灵紧跟其后，拦住了她伸向灰西服的手，转而替她挑了一件金铃子手缝的宝蓝色对襟外套，又盯着她描了眉毛，涂了口红。她用指尖抹去超出薄唇边缘的红色，扭脸请示："您看我扮相还行吗？

不给您和您孙女丢人了吧？”

“行、行。”

“不行也没办法了，我就这条件，不像老太太您天生丽质，跟二八佳人似的。”

“还有心思逗呢，嫁闺女也不见你难受……”秋灵原本心里酸楚，被她一打岔又忍不住笑了。

“难受啥呀……她又不是嫁到天边儿去，不还得乖乖在我手底下练功唱戏吗。您要是舍不得，跟她去新房住两天吧！”凤仪开着玩笑挽老太太下楼。

“去你的！没正形儿，我跟人家小两口掺和啥……”

婚宴设在市里颇有名气的“涌金大酒店”。齐克谐在大门口觉得眼熟，又记不起几时曾来过。他到的时间有些早，服务员还在摆放杯盘，主桌却已有两个女客在座。他猜到是陈石的家人，但由于未见过面，不好意思多交谈，他只微笑向她们点点头便端坐不语了。举目四顾，他对宴会厅温馨大方的布置基本满意。女儿自己安排了一切，他再三申请才争取到一项任务：每份请柬上的宾客姓名都是他手书的。

一阵喧闹冲进门，是剧团的各位到了，蒋凤仪扶着秋灵走在中间，微笑应答各种祝福。齐克谐不禁站起身。已在各桌落座的前同事们有意无意地投来目光。凤仪满面春风地走过来，掠过他身边，先和陈石妈互道了一声大姐。齐克谐僵了一下，待要坐下，她却向他伸出了手，表情与刚才无异，“齐老师。”

"蒋老师。"他马上顺应她的称呼，与她握了握手，缎边袖口柔若无物地拂过他手背。

"陈大姐，这是宝儿她爸。"凤仪替他和陈安秀相互介绍，陈安秀对知识分子表现出热烈的尊敬，他对女儿的准婆婆亦非常谦和有礼。

陈石的姐姐陈苇主动给几位长辈倒茶。凤仪接过茶，发现陈石的五官很像他妈，细眉细眼的陈苇却迥乎不同，估计是更像爸爸。

陈苇读完高二就去南方打工了，多年打拼，如今在一家外资工厂做到了人事经理的位置。陈石妈说她工作很忙，昨天半夜才赶到家。"石头大喜的日子，我哪能不回来。"陈苇向女方家道歉，"我应该早点回来帮忙的。石头就知道埋头干单位那点事，听说这新房啦酒席啦都是小蒋一个人张罗的，真是辛苦她了。"

女方家三个人见陈苇言谈举止温和妥帖，对这门亲家更增加了好感。

新人端酒杯走到主桌时陈石惊喜地揽住了姐姐，"姐！妈不是说你走不开吗！"陈苇个子不高，在弟弟身边更显瘦小。她踮脚拍拍他的背，"臭小子，以后就自己顶门立户了！"一语未完即红了眼眶。陈石妈却豪放地摆摆手，"小苇，干吗呀，人家娘家妈都高高兴兴的，你哭啥！这傻小子有姑娘要，咱还不偷着乐？"

大家闻此言都开怀一笑，陈苇忙收了泪，雏仪也挽住她甜甜叫了一声姐。今日任司仪的凌跃趁势把茶盘端过来，让新人改口敬茶。世界上最亲热的那两个字眼落地，两位母亲都痛快应之，齐克谐接茶杯的手却微微一抖，茶水洒在了衣服上。"哎呀，爸……烫着没有？"雏仪用陈石递给她的小毛巾帮父亲擦手，要拿走杯子，他却连忙把那半杯热茶端到嘴边啜了一口。

"没事、没事……爸祝你们同心偕老。天长地久难免磕磕碰碰，小陈，希望你多理解宝儿。"

"我记住了，爸。"陈石对于这个称呼很陌生，但他努力做到吐字清晰坚定。

婚礼上两家的亲戚都不多，蒋凤仪也没有遍请大官名流来撑场面，只邀了包括供电局袁局长在内的少数几位相熟的领导，所以现场气氛轻松融洽，剧团和电厂的年轻人都玩闹得肆无忌惮，也把一对新人折腾得够呛。

长辈们另有交际，大部分是围着蒋凤仪，灌了她不少好话和酒水，她也破天荒地来者不拒。袁局长是证婚人，他亲自手持酒杯来到主桌敬凤仪，"蒋团长，刚才新人交代恋爱经过你听见了吧！你家姑娘可是为了给我送票才跑到电厂碰见小陈的！我算是大媒人吧？怎么谢我？"

"我敬您！"凤仪面已酡红，但仰头又饮了一杯。齐克谐在旁不好拦她，只默默给她茶杯中添了茶。

"干喝就完啦？你今儿不给大伙儿唱一段？"袁局长此言一出，各桌宾客群起响应，新郎新娘周围的一伙儿年轻人也应声望向蒋凤仪。她那身宝蓝色的缎面衣裳很抢眼，一寸寸皱褶斑斓摇曳，卢荻的目光都淹没进去了。

然而她坚决一句不唱，也未托任何借口。

大家的呼声仍不断，凌跃立刻打圆场："大伙儿听我说两句，宝儿妹妹结婚，我们团长比谁都高兴。今儿她可是高堂母啊，咱就让她好好坐着享受吧！不过这么大喜的日子哪儿能没戏？在座这么多生旦净丑，哪位上来助助兴？"

"我来吧！"

自告奋勇的不是团里的演员，而是远道而来的卢荻。他表示一对新人是他的朋友，都热心帮过他，所以自己理应送上一份祝福。

"好啊，那就请台湾优秀青年小生演员卢荻给我们唱一段！京的、昆的？"

"昆的吧。今天没有乐队，大家就随意听我哼哼两句！"

他说完，凌跃正要带头鼓掌却见齐克谐起身走过来，手里竟有一支曲笛，主动提出要给这小伙子伴奏。凌跃愣了一下，但很快搬来一把椅子放在台角，欢迎这二位精诚合作。

热烈掌声中，二人各就各位。齐克谐并不知卢荻何许人也，卢荻也从未见过他，但他知道他是谁。

齐克谐坐下轻问："唱什么牌子？"

"'拾叫'里的【千秋岁】。"卢荻答，一个多余的字也没有。齐克谐闻之一顿。少顷，笛声起，唱腔紧随，如水推船移，一江春景悠悠流入人们耳里，心里。

小嵯峨，压的旃檀合，便做了好相观音俏
楼阁。

片石峰前，片石峰前，多则是飞来石，三
生因果。

请将去炉烟上过，头纳地，添灯火，照的
她慈悲我。

俺这里尽情供养，她于意云何……

唱得有进步；笛声，也没退步。雏仪的眼睛泛了潮，躲
在陈石背后悄悄抹眼角。蒋凤仪端起自己的杯，兀自抿了
一口。

午后，婚宴至尾声，主桌上的秋灵年老，陈石妈身体不
好，齐克谐无心豪饮，只有蒋凤仪喝得最多。一群年轻人跟
着去了新居闹洞房，准备开启第二轮狂欢，而此处酒足饭饱
的长辈们渐渐散场。

陈安秀告辞前拉住蒋凤仪的手说："蒋大姐，我这儿子是
个实心眼，只要是他认准的人和事儿他保准一心一意。"

"陈大姐……哦，对，亲家……"蒋凤仪拍拍陈安秀的
手背，"我信你。我就这么一个丫头，她往后有伴儿了，我高
兴、高兴。今天喝得有点多，我得回去了。您以后常来！我
还请您看戏！"她说完便撑着桌沿站起来，身子有点晃悠。
齐克谐要扶她，被她避开了。凌跃和卢获见状走过来，分别
搀了秋灵和蒋凤仪。

拾伍 | 解红慢

"齐老师，我们送团长和老太太回去。您也路上小心。"凌跃说完，四个人便走了。

进家门后，蒋凤仪颓然瘫进沙发里，秋灵却手脚麻利地泡了一壶酽茶，先倒给凌跃和卢荻。卢荻没喝，杯子握在手里微微摇到不烫了，转头递给了蒋凤仪。她喝了半杯，长舒一口气，"一个个全都变着花样儿灌我……"

"灌你，你就非得喝？随了你爹的毛病。"秋灵叹了一声。

"我爹……对了。"她从沙发里跳起来，不让凌跃和卢荻插手，自己斟了两盅酒摆到蒋松霆和严松霁的照片前。"爸，大爷，宝儿嫁人了啊，你们老哥儿俩也喝杯喜酒。咱家小丫头……长大成人了。"她背对着卢荻他们，视野里的照片轮廓终究还是渐渐模糊了，黑与白洇成一片水雾。

黄昏时分，橙红色的夕照洒满了新房，朋友们终于都走净了。刚洗去一身疲惫的雏仪看着桌上那堆红包，考虑要不要去拆。"数钱急什么，"陈石把一个红丝绒的盒子在她眼前晃了晃，"送你个礼物！"

雏仪迫不及待地抢过来打开，居然是"三金"——金项链、金手镯、金戒指。她吓了一跳，"石头，我不是说不用买这些吗！我天天练功出汗也不方便戴。"

"是我姐带来的，让我一定给你。"他据实以告。

"这太贵重了……"雏仪不安地盯着盒里那一片金光闪闪。项链和手镯显然是一套，成色足赤，花纹精致，但……陈石顺着她的目光拿起了那枚明显格格不入的、色泽泛白的素圈戒指，不容分说地套上她的无名指，"这个不贵，是我妈的嫁妆。我姐当年去深圳之前我妈给她的。"

雏仪举起手端详，穿窗而入的霞光透过指缝，填补了戒指上的划痕与磨损。"好看吗？"

"好看。"陈石把这只手牵到唇边叭地亲了一口，又不知从哪儿拎过来一个鼓鼓囊囊的布口袋，"还有好东西呢！"

"还有！这是谁送的？"

"苗苗。"他从袋子里摸出一颗小小的枣，在衣角蹭了蹭就送到她嘴边，她叼了，口中酸甜生津，猛想起："她家的枣树不是让你们刨了吗？"

"这是野酸枣，树上尽是刺儿呢，不好摘。这是山栗子，比板栗甜……"

"那这么多，得摘多久！"雏仪抓起一捧，感到于心不忍，"苗苗这孩子干吗要……"

"'早立子'呗。"陈石脱口而出。

"小孩怎么懂这个……"她装作若无其事地又放进嘴里一颗枣，默默系上了袋子。

"小孩懂啥呀，就是看人家撒床都用这两样儿吧。"

"你懂？"雏仪忍笑投去一个挑战的眼神，陈石直勾勾瞅了她半天，憋出一句"你试试？"不待她答话，他把整齐叠在床尾的锦被一扯，兜头盖脸蒙住了自己和她。片刻窸窸窣窣、嘻嘻哈哈，两个人却又钻出了被子，手里是一个文件袋，雏仪从中取出一封信、一个存折。信上只有寥寥一行字：

"宝儿，小陈，这是妈妈和爸爸的一点心意，取之用之，只要你们幸福。"

字迹是齐克谐的，但蒋凤仪也在他的落款旁边签了自己的名字。存折上有两笔数额一致的存款。时隔多年，父亲和母亲的名字重新出现在一起，是为了她。

信上终是掉了几滴泪。

"宝儿，"陈石捏了捏文件袋，又倒出一只画着拥吻男女的小纸盒，"还有这个……"雏仪搭眼一看，猜到是母亲的良苦用心……

新月已经爬上了乌蓝的天幕，如一弯笑眼，新娘的睫毛和月光一样湿漉漉，也沾湿了新郎的眉目。两个人对彼此的身体都不是全然羞涩陌生的了，但最后一层月影纱仍留到此时才揭开。拍婚纱照那天陈石已经见识了一片春雪旖旎，但今日的花烛之下他才看到白雪周遭经年累月的血印子。

他语无伦次问："怎、怎么弄的？"

"在台上演男人不能穿帮呀……"她有点羞赧，伸手去捂他的眼睛，却被他挣脱了。

"疼不疼？"覆在上面的不再仅仅是目光，他的声音也逐渐含混迷蒙。

"习惯了……石头，别看了……"

可他不让她关灯，是诚恳地，热切地，愕然地，心疼地，发现她身上更多更多处淤青、伤疤、创痕……于是他这才相信今天接亲时抽在他身上的藤杆真的曾伴她长大，这才明白为什么夏天她也穿长裤，这才稍有体会岳父何以在初次见面时坦言女儿的职业"有点特殊"……

她像一丛雪在篝火旁慢慢融化，雪下的秘密藏不住了，索性也不再藏，淙淙的，滚烫的，水火相遇，交叠缱绻。忽而焰火远了，周身一凉，原来他去摸索那盒丈母娘送的"礼物"。

"石头，你不用，我做准备了……"她把他拉回来，呢喃的一句话他初时没懂，直到她贴着他的耳根讲得更明白。情动两处，柔波万顷，月牙儿陷入游云，久久流连忘返……

望海潮

雏仪习惯了早起练功，新婚次日不到七点钟就自然醒了，但一动未动。她亲自挑的这张大床确实舒服，只是似乎闲置了大部分面积；鸳鸯交颈的绸缎枕套确实丝滑，以至于陈石的脑袋半夜从枕上滑到了她的颈窝，鼻息沉沉，整宿没挪开。她正犹豫着要不要把他推回枕上，脖子落枕可是很难受的，没想到他忽然惊醒坐起，揉着眼自言自语："今儿礼拜几？我好像是早班……"

"傻了你？咱们放婚假呢！"

"哦对……"他刚要后倒，雏仪却轻踢了他一脚，让他去倒杯水。水来了，她拥被坐起来，从床头柜的抽屉里取药吃。

"要天天吃？"

"是啊，小文还说最好每天同一时间吃呢。"

陈石似懂非懂点点头，接过她的杯子来也喝了一口，又速速钻回温暖的被窝里，埋头抱住她。那实在是一副因先天基因和后天训练而骨肉匀停、健康饱满的身体。

她掩口在他的头发里悄悄一笑，抬手揉了揉他的太阳穴，"昨儿喝酒了，头疼不疼？"

"不疼，没怎么喝。小谢教了我一招儿，全偷偷吐了。"

"这些门道儿他是专家……也算他做了件好事。"雏仪忽而想起小文告诉她的小秘密，不慎漏了半句风声，"他就要双喜临门了。"

"什么？"

"过一阵儿你就知道啦。"

三朝回门，姥姥接过小夫妻手里的礼物，责令他们以后不要买东西。蒋凤仪正被迫坐在桌前择菜，帮腔道："带着嘴和肚子就行了。老太太要给你们做满汉全席，我当了半天小工了！"

雏仪和陈石赶紧洗手帮忙。姥姥突然发现菜买了一堆，米却见底了，陈石主动陪她去买，雏仪也要跟着，被姥姥拦住了："买个米还兴师动众的！小陈跟我去就得了，你跟你妈待着。"

屋里只剩母女俩，雏仪刚坐下拿起一根芹菜就听见她妈开门见山地问："给你们的东西用了没有？"她脸红未答，母亲笑了，"这有啥害臊的？"

她只好说"没有"，蒋凤仪立刻瞪了眼。

"吃药了！"

"这我不太清楚……对身体有什么副作用吗？"

"没什么，还能调内分泌呢。"

蒋凤仪这才稍稍放心，随即便问这两天练功没有。

"妈，你简直是周扒皮、黄世仁……我休的是国家规定的婚假！"

"你休呗，每天还不能抽一个钟头活动一下筋骨？你们俩总不能一天到晚……"

雏仪没等她妈说完，一片芹菜叶子掷了过去。

晚饭时，姥姥不停给雏仪和陈石夹菜，仿佛他们是逃荒而来的饥民。陈石闷声狼吞虎咽，雏仪却捂住碗大呼吃不了了。蒋凤仪自己给自己夹菜，悠悠道："身在福中不知福啊。姥姥现在给我做饭，炒一个菜都嫌多。"

秋灵带笑把盘子往她面前推了推，"俩人能吃多少呀，做多了都剩了。你今儿就沾你姑娘姑爷的光多吃点！"

谈笑间门外忽响起急促的敲门声。陈石放下碗去开门。

"卢荻？"

老太太立刻招呼他一起吃饭，他却焦急摇摇头，目光投向蒋凤仪。她撂下筷子，很平静地问他："是郑导……？"

他无言垂首。她没说什么，起身回屋换了件素色衣服，出来时雏仪也离了饭桌，要陪她一起去。

"不用。这些东西你一会儿带走。"蒋凤仪简短交代了一句，将一个袋子放在沙发上。

"这么晚了怎么去啊？买火车票了吗？"雏仪问卢荻。他摊开掌心的钥匙，说租了辆车。

陈石并不知他们大晚上要去哪里，但他热心问卢荻是否需要帮忙，因为他善开夜路车。卢荻拍拍他的肩，让他放心。

是夜，秋灵早早休息了，也不肯留孙女陪她。回电厂的公交车上，雏仪打开袋子，见是一些录音录像带和一副耗腿用的滑轮绳子。进家门后，雏仪第一件事就是叫陈石帮她把绳子拴在了卧室门框上方，就像原来在家时那样。陈石依言布置好，好奇问她这东西"怎么玩？"

她穿上厚底靴，一只脚挂进绳套里，手里攥着绳子另一端，高高把腿吊到脑袋旁边，"就这么玩。"

陈石目瞪口呆，"要待多久？"

"最少四十分钟——一条腿。"她朝他挤挤眼睛，"三天没练，我妈不高兴了，今儿得多耗一会儿。"

他靠在沙发背后看她金鸡独立，片刻，忍不住问："宝儿，卢荻带妈上哪儿去了？"

"去……送一个老朋友吧。"

车稳而快地行驶在公路上，目的地是渤海湾内的一处港口。郑轶夫的骨灰已于几天前从那里撒入大海，今天是他的"头七"，郑家人乘船出海祭奠逝者。

"怎么不早点告诉我？"蒋凤仪坐在副驾驶，望着飞速向后闪去的路灯和车辆，街景渐渐褪色为荒芜夜路。

"我也是下午刚知道。郑星说她父亲有遗言，不让打搅您家里办喜事。"

深夜的港口杳无人迹但依然灯火通明，起重吊架如同巨型烛台高擎着一盏盏暖黄的光焰，影子投映在海面上，颤簌簌更似烛光。卢荻开车沿岸兜了几圈，找到了独坐在水泥墩上的郑星。他远远停下车，握着方向盘扭头对蒋凤仪说："您去吧，我在车里等着。"

郑星身边有一束白菊，她正手拿一枝百无聊赖地扯着花瓣，有些飘到路边，有些落入海中。她察觉到有人走近，便拧过身子坐着与凤仪握了握手，力度仍是坚实认真的，那双幽蓝的大眼睛也依旧静水流深。她把那束花递给凤仪，"这是给您留的。风太大，有点吹蔫了。他现在不知道漂到哪儿去了，就聊表一下心意吧。"

蒋凤仪接过花走到栏杆边，半凋萎的菊瓣几乎是一触即掉，点点碎白很快消失在海天一色之间，来自远方的涛声平缓而有力。她面对着一片漆黑，听到郑星在她背后缓缓说："忘了恭喜您，女儿都结婚了。其实您比我年长不多。1972年他给您录的《夜奔》上面很满意，算是立了个小功，所以我才进了大学。要不然我是通不过政审的。"

长夜漫漫，雏仪晚功练毕，从母亲给的那堆音像资料里挑出了《林冲之死》——是近年新出的 VCD 光盘。她蹲在影碟机前将碟片小心放入光驱，托盘缩回后嗡嗡作响，仿佛那是光阴倒流的声音。她窝回沙发，腿搭在陈石身上，带着小得意按下遥控器，"让你见识一下本小姐十五岁的风采！"

画面亮起，片头文字都是手书的毛笔字，铁画银钩的"林冲之死"之后，依次出现"导演：郑轶夫""编剧：齐克谐""主演：蒋凤仪"等字样。

陈石手下揉捏着她那双吊了两个钟头的腿，饶有兴致地盯紧电视屏幕。正片开始的第一个镜头就是少年林冲在庭院中习武，一身白缎团花箭衣，手中银枪烁烁。雏仪抖抖腿，"石头，这是谁？"

"这是我媳妇儿。"

她哈哈大笑，"呸！这是小林教头！那会儿脸上有点肉肉的……"

"现在也……"

"什么！"

"没事没事……哎、哎，这不是……！"

"就是庆红啊。"

绣帘微挑探风声，原来是林家哥哥习练在
庭中。流星飒杳花叶震，十年磨得武艺精。

《林冲之死》第一折"无猜"

画面中，还未成为"林娘子"的张贞娘一面在厨下生火烹茶，一面悄悄掀帘打量庭中英姿飒爽的少年郎，她手里的扇子越摇越慢、越摇越慢，直至一个虚镜头模糊了画中人的轮廓，岁月转身而过……

千帆过境，在码头留下堆积如山的集装箱，每一只都重达数吨，但在夜色中它们就像五颜六色的积木块，由钢铁巨臂砌成一座城堡。

郑星透露了她父亲最后几年中生病、手术、休养、复发、过世的一些细节，后期身体极痛苦，但他很少吭声，也一直放不下老本行。他在病榻上坚持看剧本，后来意识已模糊而躁动，郑星把报纸卷起来当剧本握在他手里才能使他渐复平静。蒋凤仪听在耳中，觉得这是他会做的事；又感到陌生，因为他不曾教她看见自己衰朽不堪的一面。

话题也渐渐向前回溯。

"蒋老师，不瞒您说，您刚离婚那几年我向我父亲表示过，如果他想和您结合，我和郑昂都不会反对，"郑星望着不远处安眠在水中的一艘大货轮，话锋忽转，"虽然您跟我母亲很不一样——她是个非常非常……怎么说，不止于美丽，而且有女人味的女人。"

蒋凤仪坦然一笑，并不觉得被冒犯；她只问她："你父亲怎么说？"

"他说不需要。"

凤仪松了一口气，这就是了，她和他总算都没辜负对方，也没委屈自己。

"我猜是因为您这样的艺术家不愿有家庭负累，而且他也自知年岁大了。还有……那年他给您拍《林冲之死》，在家琢磨了好几天，做主改了那句台词。我想，他后来没与您正式走到一起的另一个原因是他还忘不了我妈妈。这就够了，他确实不该忘了她。"

"我听说你母亲……"

"是的，瘫痪，瘫了四年零三个月，那么漂亮、优雅的一个女人，变成吃喝拉撒都要人伺候的废人。我去插队了，郑昂还小，幸好我父亲伺候得够用心，让她直到走的那天也是干干净净、体体面面的。"

"这也是不幸之幸了。可是……我不明白，这跟我们的台词有什么关系？"

"我母亲是因为1966年他提出离婚才跳楼的。"

见休书不由我柔肠寸断，顾不得闺阁礼端，长亭执手观泪眼……万不想祸由姜身起，图不轨，奸贼设计把忠良来坑陷。官人哪，你怨我怪我，姜不恼，却为何要苦苦打散今生缘？愿姜此身为南风，随君一去入袍衫。唯恐君怀不肯开，雨襟烟袂，无处话凄寒。

《林冲之死》第三折"长亭"

画面中的林冲斜扎着大红罪衣、手戴镣铐，落魄中仍见英俊挺秀。陈石明知那就是他的岳母大人，但心里还是对不上号，毕竟她平时与普通中年妇女差异不大，只是头发短一点，装束素一点，走路步子大一点；而她一扮起来就完全变了个人，变得阳刚气十足，丝毫不露女相。

倒是与林冲执手对泣的那个女人，尽管戏妆浓郁，但他仍观之眼熟。"这就是那个……影楼老板娘吧。"

雏仪默默点头，看着林娘子和林冲并头跪在一起，眉目哀婉动人。这个男人被发配流放，临去前给她留下一纸休书；所以她爱他，怜他，也怨他——他口口声声不愿误她青春，言语无法抵达的内心深处，或许也怕她带累他的声名。

郑导为温靖讲戏，讲了很久，她眼里终于有了怨。十年过去了，雏仪不得不承认：母亲后来的搭档无一人堪比温靖，至少在"长亭"这一折。

五十年代初，电影厂上下无人不知郑夫人是个眼似碧海、笑如晴空的混血美人。她为外国电影翻译台词，也亲自配音。坊间传说她和郑轶夫的爱情故事比外国电影更浪漫。

风雨欲来，很难说她和他谁的罪名更重；事态越乱她的想法越简单，唯有生死与共四个字，而他做了不同的决定。无人知晓这个决定的初衷：他究竟是要保全她，还是撇开她？多年之后郑星仍无断言，但当时她的母亲显然认定了后者。

她没死成，以瘫痪在床的形式实现了与丈夫的"共患难"。甚至当权者也认可了这种改造方法：她成为瘫子，他伺候瘫子，顺便在医院做杂工。她的语言和思维能力无损，但从此拒绝与他对话，直至病逝。他们曾经谈不完的共同话题是艺术、自由、美，与爱，当这些都不复存在时，语言和生命也就了无意义了。八十年代初，郑星进入外交部工作，遵母遗命将其骨灰带回法国，葬入外祖的家族墓地。

夜晚的海风寒冷刺骨，卢荻坐在车里看到郑星和蒋凤仪都面朝着码头的方向，因为只有那儿有光亮。此处现在只做货运码头，但当年二十一岁的洛梅为爱情与理想从法国里昂出发投奔共和国及她的爱人，就是在这里下的船。

"洛梅"这个诗意盎然的名字其实是法文音译，郑轶夫参照的是《白蛇传》里那首船歌，"桨儿划破白萍堆，送客孤山看落梅。岸边买得一壶酒，风雨湖心醉一回。"

洛梅喜欢这个名字，更喜欢田汉先生改编的《白蛇传》，美丽执着的白娘子不是妖、不是仙，而是充满了人性的光辉。这是五十年代大江南北演出最火热的几出戏之一，老艄公这首歌的后一半更是人尽皆知："最爱西湖二月天，斜风细雨送游船。十世修得同船渡，百世修来共枕眠。"

蒋凤仪想起她第一次随郑轶夫去法国参加艺术节时应邀做演讲。他配合她示范"船步"，她划着桨随口唱了前四句，而他接出了后四句，那么自然而然。

大海比西湖辽阔，人生也比戏更曲折。她和郑星握手作别，两个人都指尖冰凉。她回到车上，卢荻把暖风开到最大仍能听见她的牙齿在打战，于是从后座拿起自己的军大衣盖在她身上，同时看到她手里拿着一摞信纸。

"我听晏如老师讲，她父亲也是海葬的。说不清那一代人是放下的东西更多，还是放不下的更多。"

蒋凤仪想了一会，感到确实，说不清。

陈石和雏仪看完《林冲之死》时已过午夜，片尾的"完"字停在屏幕上很久了，她仍靠在他怀里不想起来。他拍拍她，"给妈打个电话吧。"她马上打过去，母亲很快接起了，说自己已经到家，准备睡了。语气很平和。

挂上电话，拉起窗帘，她与他额头抵着额头，唇齿间是只有两个人能听到的私语。夜色是不均匀的，有些地方月影含羞，有些地方清风吹散浮云。

蒋凤仪戴着老花镜坐在写字台前翻看郑星交给她的东西。郑星说："我父亲的遗言是跟我母亲有关的东西都烧给他，您的来信都还给您，以备您今后参考之用。"她把那沓捆扎好的信放在凤仪膝上，又从兜里掏出单张一页纸，"这个，我拿不准是跟我母亲有关还是跟您有关，但……还是留给您吧。"

凤仪在灯下展开这张纸，从上到下写得满满当当。但只有两句，或曰一句，台词。

念去去，悔我一念之差，误夫妻百年。
念去去，愧我一念之差，误夫妻百年。
念去去，悔我一念之差，误夫妻百年。
念去去，愧我一念之差，误夫妻百年。
　愧我一念之差

愧我一念之差

愧我一念之差

…………

拾

陆

恋香衾

　　雏仪和陈石结婚后发现，他看戏时打瞌睡不仅仅是因为
不懂戏。她用了很久才弄明白他五班三倒的排班表，这种违
背生物钟的作息方式导致他入睡后容易惊醒，平时又难免犯
困。婚假结束，轮到他值夜班那天碰巧雏仪也是晚上演出。
散戏时已经月黑风高，母亲说姥姥做了夜宵，问她要不要回
家住，她犹豫了一下，还是坐车回了电厂。陈石没像往常那
样在车站等她。

　　进家门后她把灯全打开了，又随手放了一盘磁带，胡琴
锣鼓声盘绕在小屋里，伴她窝在沙发上嚼饼干。一段二黄慢
板没唱完她就起身去调小了音量，因为怕左邻右舍听不惯。
她在这里还不认识几个人，虽然很多人早已耳闻她。厂里的
男女大部分"自产自销"，大家自然都对嫁进电厂大院的"女

<1363_footer>1333</1363_footer>

演员"挺感兴趣；只是她跟他们想象中的样子不尽相同，尤其是她在楼下练功的时候，黑夜里的刀光剑影不止一次吓到路过的工友。

厂子离市里真的太远了，在拥挤的车厢内一路站到单位已经腰酸腿疼了，可是还要照常练功排戏。尽管起床时间已比从前提早了一个小时，但婚后上班的头一个星期她就迟到了两次。第一次是错过了跟她妈一起练早功。她进门，蒋凤仪出门，打量了女儿一眼，问她吃早饭没有，她说练完再吃。过后，有同事到练功房叫她去一趟团长办公室。她不待换下汗湿的衣服就跑去了，做好了挨骂的心理准备，进屋却见茶几上敞着两只饭盒，是热气微微的小米粥和白胖胖的包子。蒋凤仪忙于案牍，脸遮在文件后面，漫不经心说："不烫不凉吧？以后就在这儿吃早点。姥姥交代的。"温热的粥滚落喉咙，雏仪只嗯了一声。

第二次迟到是误了团里的例会。蒋凤仪正筹排《三家店·打登州》，秦琼这人物既要有嗓子，又需英武做派，不少人推荐雏仪和另一个男演员共演一角。蒋凤仪对女儿唱念做打的功底有信心，但也知她没演过戴髯口的武老生戏，须勤勉加练才能堪此大任；若完成得好，从此便拓宽了戏路。这里热火朝天地讨论着，雏仪却在快散会时才从后门悄悄溜进来坐在了谢波给她留的位子上。

蒋凤仪提名点姓地批评她，有人半玩笑半扎针，"小两口刚成家嘛，谁不是这么过来的？出门上班比'秦琼发配'还难呢。"雏仪在一片或无意或善意或不怀好意的窃笑声里低了头。凌跃及时止住起哄,轻问蒋凤仪:"团长,角色安排现在宣布吗?"她未接话茬,一边收拾起自己的纸笔水杯一边吩咐人事科干部"扣蒋雏仪半个月奖金"。

雏仪不怨母亲,当晚就把起床的闹钟又调早了半小时;怕吵醒枕边人,她总是在丁零零的第一个音符响起时就按停它,然后轻手轻脚从他怀中脱身。一周里总有几次他会把她揽回来,眼都不睁地贴在她颈后嘟囔,"再睡五分钟。一会儿骑车送你去车站。"五分钟一到,他必定爬起来履行诺言。他也劝她晚上有演出就回娘家住,她每次都点头,但戏服一脱下就忍不住奔回自己的小家。在台上她还是英雄豪杰,家国大义压过儿女情长,而在台下,她俨然变成了离不开窝的小家雀儿。

只是,"家"并不总是温馨安逸的。脏衣服不会自己跑进洗衣机,地板不会把自己擦干抹净,事事都要人亲力亲为。雏仪深知每家都逃不开这些问题,即便是她那从年轻起就被同事们形容为"饭来张口"的大角儿母亲 —— 旁人不晓她包揽了家里的脏活累活,最脏的是买煤,最累的是洗衣服。那时还没有洗衣机,蒋凤仪每周末都要坐在大盆边搓洗一下午,她干活麻利,可不算细致,连续染了齐克谐的几件衬衣之后终于记得衣服下水前要分拣颜色;但女儿幼时身上易过敏,她从不敢马虎,遵医嘱单独洗孩子的衣服,漂洗后还要用开水烫。练功演戏再累她也坚持不让齐克谐沾手这些活儿,因知他经年累月被筒子楼里的家属们调侃为"上得讲堂下得厨房"的秀才，每天买菜做饭、打扫卫生、辅导孩子已属不易。按她自嘲的说法，虽做不成贤妻良母，总得卖一膀子力气。

雏仪清楚陈石不是她父亲那样的细腻讲究人，她更不愿他变成那样；她自己也不像母亲那样对衣食住行得过且过，相反，她甚至有点享受操持掌控家中一切的感觉，包括陈石从头到脚的穿戴 —— 原本他进了厂房就得套上工作服，里面穿什么根本无所谓。他倒不介意雏仪的安排，只是她三番五次扔他的旧内衣袜子，他便屡屡自己捡回来。此外，他不太理解雏仪没事就拿着抹布到处擦拭并不存在的灰尘，"你跟我妈一样，非要擦得苍蝇站上去都打滑儿……"

雏仪笑而反问他怎么一点也没继承这个优良传统。其实她以前也甚少做家务，而结了婚，她不知不觉有了个小主妇的样子。他撸起袖子来帮忙，往往胡乱收拾一通就把她拐带到卧室里去。外面的大喇叭播送着午间新闻和车间安全生产提示，大太阳照得满室亮亮堂堂，小屋里的一切都光明正大，因为这个地方叫"家"。

陈石上夜班这一晚她听着戏睡着了，磁带一直放到了头儿。蒋凤仪定下的规矩，演出后的次日不用早起练功，所以雏仪睡前没定闹钟，早上醒来时窗外晴朗明媚。她伸着懒腰走出卧室，一下子愣了。她竟不知他何时进的家门，怕吵醒她就和衣躺在沙发上补起了觉，腿都伸不直。她坐在旁边犹豫了片刻，还是轻声叫醒了他，"石头，进屋睡去吧。"

他迷迷糊糊之间发觉她正盯着自己，不好意思地抓抓头发，"忘换衣服了。"

雏仪三令五申要求他进家门换了衣服才能沾沙发，洗了澡才能进卧室，但今天她心软了，轻轻拍了拍他的脸，说："没关系。"

"那我去洗澡。"

"算啦，先睡。"

一个倒班周期后又逢他夜班，雏仪从食堂买了夜宵往值班室走，道路两旁尽是玉兰树。他们办婚礼是在年初，此时严冬已过，玉兰树枝头毛茸茸的芽苞裂开了缝隙，露出几瓣雪白。他工作时从不让她去找他，她说我演出你怎么老去看呢，他答曰不是一码事，他们的活儿"不好看"。尽管如此，她还是在他巡检时制造了几次"偶遇"。他们的工作内容确实枯燥，但她喜欢看他一丝不苟的样子。

到了值班室门外，她没敢贸然进去，因为里面有不止他一个人的说话声，想必在场还有刚分到他手下的大学生。其实他比人家大不了几岁，语气偏要那么严肃，雏仪不禁嘴角微翘，然而笑容很快凝固在唇边。

"工作服、绝缘鞋、安全帽，一个也不能少……你头发要收到帽子里！"

"我收了啊。"

"那这是什么？"

雏仪没敲门就进去了，屋里有一男一女两个实习生，陈石手里抱着那女孩子的安全帽，紧盯着她把满头秀发扎紧盘起。雏仪的目光扫过去，女实习生正忙着跟自己厚密的长发较劲，没好气地回敬了她一眼，男生则向陈石做出询问表情，"陈工……"

"哦没事，我爱人。"

他把手里的安全帽还给女生，拉着雏仪出了值班室。"让你别到处乱跑！黑灯瞎火更危险。干吗来了？"

"给你送夜宵。"

她脸上没有笑模样，他不察，只低头去翻她手里的袋子，"我还真饿了。带了几双筷子？"

"一双也没有！"她扯回袋子，扭头走了。

"哎，宝儿！"他喊她，没回应，飒飒背影很快消失在夜色里。

天光大亮时他下班回家，不一会儿又跑下了楼。周六，不上班，也无演出，她竟没在屋里睡懒觉。

"大姐，今儿看见我媳妇儿出门了吗？"他问家属楼下买菜归来正在闲谈的几个中年女人。

"一清早在这儿唰唰耍了半天大刀……没敢跟她打招呼。耍完了上去拎了个包又走了……"

陈石向她们道个谢，转身直奔车站。

大姐们在背后嬉笑，"小两口吵架了？媳妇儿回娘家了吧！你可小心点……"

内
家
娇

    雏仪在周六清早回到娘家，进门第一句话就是："妈，《三家店》的唱我练了半个月，你听听。"之前她在团里开会时迟到，母亲不但当场扣了她奖金，而且绝口不再提让她演秦琼的事。几个男演员已经开始跟蒋凤仪排这出戏，唯独雏仪被拒之门外。母亲是故意晾着她，她心知肚明。

    从孙女进门起姥姥就围着她转个不停，并疑惑，"小陈怎么没来？"

    "他刚下夜班，在家补觉呢。"她若无其事答。

    "眼睛怎么有点肿？"秋灵一提，蒋凤仪也不禁侧目而视。

    "昨儿没睡好。"她半真心半扯谎，"晚上自己一人儿不踏实。"

"以后他值夜班你就回家来！你看每天坐车来回折腾，都累瘦了！你妈也……"

凤仪打断了老太太的念叨。她直入主题，在沙发扶手上拍着板听女儿一段段唱起来，表面不动声色，但暗喜女儿下了功夫、长进明显。这出戏唱至一半，陈石赶到了家，叫姥姥、叫妈，都得到亲切回应，雏仪却连眼皮也没抬。他随口怪她走之前都没跟他说一声，她立刻顶回去："我回我自己家还要跟你打报告？"

"接着唱吧。"蒋凤仪睃了女儿一眼，嘴里哼起了过门儿，雏仪便不再搭理陈石。他也不去打扰，只里里外外帮姥姥干活，难免满屋走动，又被雏仪嫌碍眼。姥姥让他坐下歇着，他就听着旁边那母女俩你一句我一句地唱，丈母娘老说"不对"，雏仪就翻来覆去把一句重唱无数遍，终于"对了"，他却听不出跟第一遍有啥区别。姥姥看他脸上挂着黑眼圈，困得连连点头，于心不忍。"小陈刚下夜班吧？去宝儿屋里躺会儿，饭好了叫你。"

他摆摆脑袋，还没答言就听雏仪说"脏了吧唧的不许躺我的床！"，这下连姥姥都觉得不顺耳了。"我不躺。小心眼儿！"他捏了一把她的脸，没等她发作便从沙发上站了起来，"姥姥，您刚不说要找人拾掇油烟机吗，我来吧。"

他三下五除二地拆了外壳、网罩，屋里施展不开，于是拎起那堆油迹斑斑的东西去楼下收拾。雏仪望着他的背影欲言又止，门关上后才咕哝，"着什么急，吃完饭再折腾呗。"

蒋凤仪翻着戏本子头也不抬道："还不是让你挤兑得站不住脚了？"

陈石在楼下空地清理油烟机时已接近饭点，四下无人。半晌，谢波一手提着烧鸡一手夹着烟进了院，隔着老远就兴奋地和他打招呼。

他也挺高兴，"快，帮我挽挽袖子！"

谢波把自己的烧鸡放得离油烟机远远的，叼着烟来给他挽袖子，顺便打量了他一眼，"哟兄弟，脸色有点差啊。你说你们都是合法夫妻了，悠着点儿，细水长流啊。"

他踢了谢波一脚，说自己是刚下夜班。

"下了班就来丈母娘家辛勤劳动，真是模范。我们团长千金呢？"

"唱着呢……"陈石朝楼上努努嘴，边干活边向谢波打听，"小谢，你们最近排戏呢？那个什么……秦琼的戏？"

"是啊，挺叫座儿的一出老戏。他们都争着抢着演秦琼……跟我没关系，咱是唱丑儿的。"谢波说完才反应过来，立刻压低了声音，"她……为这事不痛快了？你们不是刚结婚吗，她前一阵业务积极性上差了点，我们团长排戏就没带着她，怕人说闲话嘛……最离谱儿的是有人说女的结了婚嗓子就受影响，过两年再一生孩子就更不行了。这不是胡扯吗，我们团长四十岁以后还涨了一个调门呢……这话你可别告诉她，甭看她平时大大咧咧的，其实心挺重……"

陈石点点头。她这些日子每晚在厂院里加倍练功练唱，他要么待在屋里读自己的专业书，要么就下楼去捣乱，挟持她回家……想到此，他有些内疚。油烟机已经洗出了银亮的本色，他在抹布上擦擦手，问谢波和小文最近怎么样。他听雏仪说每个周末小文都泡在小谢的单身宿舍，小谢下厨，小文给他收拾屋子，饭菜味混合着酒精消毒水味，剩的酒精就被小文用来给他拔火罐。

"挺好，嗨，就是她们女的吧，没个准脾气。本来点名要吃我炒的火爆腰花，你知道那腰子多难收拾？结果小爷我刚一炝锅人家就说闻着想吐，支使我去买熟食……算了不聊了，娘娘还等着我呢……哎，石头，改天来尝尝我这拿手菜，给你补补！"

"你自己补吧，我用不着……"

陈石带着焕然一新的油烟机回到家，姥姥夸了他十分钟。饭桌上雏仪没再用话挤对他，但脸色仍不好看，他给她夹了几次菜都被挡了回来，最后一次，连筷子也不小心被她打掉了。蒋凤仪本不想干涉小两口内务，此时忍无可忍，冲女儿瞪了眼。"有事说事。摔摔打打像什么样子？"

"你问他。"

"小陈你说！"

丈母娘不怒自威。陈石自觉放下碗，老老实实交代，"我带了两个实习生……有一个是女生。做安全检查，我提醒她整理头发来着……"

"就这事？"

陈石嗯了一声，雏仪仍忿忿，"妈，他……"

"那不是人家的工作吗？好好吃饭，再闹我揍你了。"

雏仪不敢再顶撞，但到了晚上仍不肯跟他回家，钻进小屋不出来。蒋凤仪拍拍发愁的女婿，"白长这么大个子……你把她扛走不就完了？"

陈石以为丈母娘在开玩笑。

"真的，赶紧回家吧，我跟姥姥也要歇着了。"

他得了将令，果真进屋扛起她就走。蒋凤仪淡定给他们打开门，不忘嘱咐女儿："那段慢板回去再多练练！"雏仪没顾得答复她妈，在他肩上又抓又咬，但只下了一层楼叫嚣就变成了花枝乱颤的笑。

次日黄昏时分，她又要下楼练功，这回陈石主动陪她一起。他看她打飞脚、拧旋子时身轻如燕，自己也玩兴大发。

"你都这么熟练了，干吗还天天做？"

"这是短打武生的基本功，就得天天练才能保持漂劲儿，我妈到现在也是这样。别说她了，当年盖叫天大师每天晚上演完戏都是从戏园子一路打着飞脚回家。"

"看着也不太难。"

雏仪不禁嗤笑，说他一个也做不来。

陈石不服，表示自己从小到大也是能跑会跳的运动健将。但为了保险起见，他请雏仪再示范一次。

"我示范十次你也不行。"她说完，一连串打了十个飞脚，全都轻漂脆帅，啪啪作响。她叉腰站在十米之外望着他，戏谑道："你能打响一个，我奖励你。"

"说话算话！"他助跑、腾空、起跳……失败。

雏仪跑回来，一面给陈石揉腰一面忍不住揶揄，"怎么样啊？闪着没有？"

他强撑着摇摇头，还嘴硬，"我这是昨儿累着了……"

腰间又被掐了一把。

"疼、疼……我是说擦油烟机累着了！"

早春日落很早，但余晖如温暖的怀抱，金色臂弯沿地平线展开，拢护着天地之间的每一个人。雏仪与陈石牵手往食堂走，他摸到她无名指上戴着那枚他母亲给的素圈戒指。俩人路过大门口时听见传达室传出咿咿呀呀的戏曲广播，但被看门老头的大嗓门盖过了。

"来客登记！姓名、单位、联系电话！"

"我就给我姑娘送点东西您还得查户口？"

"这是我们这儿的规矩。你姑娘是厂里什么部门的，住哪楼哪号？"

"我姑娘不在你们厂子上班……姑爷是你们这儿的，什么部门来着……我也忘了。"

"嘿，你这人……"大爷不满地从窗口探出头来，定睛一看，忽然语无伦次，"哎哎哎哎……哎呀、哎呀妈呀！"

"您甭这么客气……"

蒋凤仪呵呵一笑，又闻身后真正有人叫妈，应声扭头，雏仪已经笑嘻嘻赶到近前挽住了她的手，陈石也跟在旁边。

她见小两口亲热如常也便放心了，从网兜里掏出一个饭盒递给女儿，"吃晚饭了吗？姥姥小火慢炖的牛肉，非让我跑腿儿给你们送来。"

陈石告诉传达室大爷这是他岳母。老头早已从窗口探出半拉身子，激动地握住了蒋凤仪的手，"蒋老师，真是您哪！我是您的戏迷！都说石头娶了个京剧团的女演员，我怎么也没想到是您的闺女啊！是我眼拙啊！"

"不赖您！这丫头长得不太像我。"蒋凤仪语带调侃，任凭老头继续摇晃她的手。

"像！咋不像？！以后上剧场，除了您的戏，只要有这姑娘的戏我也得看！"

"您捧场！"蒋凤仪说着，耳中听出电台正在放的是《三家店》，于是指了指收音机，"赶明儿我闺女贴这出儿，我给您送票！"

老头连声称好。雏仪抱着饭盒愣了一下才惊喜地叫起来："妈，你答应我演秦琼啦？"蒋凤仪抬手抹去女儿脖子上未干的汗珠，只说了句好好练便转身打道回府了。

她不肯留宿，不去他们家里喝一杯茶，也不让他们送。

雏仪站在电厂门口目送妈妈走远，太阳已经落山，郊外荒凉的大街上夜色初临。电台里的《三家店》唱到了最经典的那段西皮流水。

将身儿来至在大街口，尊一声过往宾朋听

从头。一不是响马并贼寇，二不是歹人把城偷。杨林与我来争斗，因此上发配到登州。舍不得太爷的恩情厚，舍不得衙役们众班头。实难舍街坊四邻与我的好朋友，舍不得老娘白了头。娘生儿，连心肉，儿行千里母担忧。儿想娘身难叩首，娘想儿来泪双流。眼见得红日坠落在西山后，叫一声解差把店投……

双
韵
子

电厂大院和剧团家属院一样是个小社会，也是个大家庭。大刘和叶大夫两口子是陈石在厂子里最亲的人，大刘与陈石以兄弟相称，其实他是陈石刚进厂时负责带他的师父。一转眼，不到三十岁的陈石手下也有了小徒弟。

他带雏仪到刘家吃饭，进门就开了一瓶桌上的汽水咕咚咕咚喝起来，被雏仪啪地打了一下手。"没事没事，就跟自己家一样。"大刘笑呵呵地给自己开了一瓶啤酒，象征性问陈石："不喝？结了婚的人了，还拿老娘的话当圣旨？"

陈石摇摇头，又拧开一瓶汽水递给雏仪，随口问："冬冬不在家？"刘冬是大刘和叶大夫的儿子。

"半大小子哪儿有在家的时候？打球去了，还想拉你一块儿呢，让我轰走了。"叶大夫端着最后一盘菜走出厨房，宣布开饭。她秉持医务工作者作风，不给别人夹菜，为人不讲虚礼但风趣热情。她用自己的玻璃杯碰了碰雏仪的汽水瓶，"小蒋，好好珍惜刚结婚这段好日子！你看到了我这岁数，老的就知道抽烟喝酒，小的天天闹事闯祸……不过石头这一点还不错，进厂这么长时间了也没被带坏。"

雏仪啜了口汽水，带笑瞥了陈石一眼。

大刘独酌着啤酒幽幽抱怨："唉老叶，我要没这点嗜好，日子还有啥意思？天天干一样的活儿，饿不死，撑不着，二十来年就这么晃荡过来了。"

"谁让你干这个了？"叶大夫毫无同情。

"我爹我妈我叔我婶全是厂子里的，这不是自然而然吗……对了小蒋，听说你们这行儿也都是一辈传一辈吧？可比我们风光多了！我不看戏都知道你妈的名气大得不得了。"

雏仪告诉他确实不少人是受家庭熏陶，但也有自己感兴趣的，或是被戏校老师挑中的。无论什么出身，从小练功都是一样苦。

陈石扒着饭帮腔，"是啊，台上看着风光，其实她一身伤呢！"雏仪立刻红了脸，在桌子下面踢了他一脚。

"真是哪一行儿都不容易啊。"大刘十分感慨，"像咱们厂里，要么一潭死水，要么一出事故就是上新闻的那种。上回那冷却塔不就是吗？"

陈石默然，雏仪则惊问："还有过别的事故啊？"

于是大刘一边吃菜喝酒一边信手拈来两个恐怖故事，比如有工人在锅炉检修间隙躲到汽包里取暖，其他人没注意，锅炉点火运转后总显示"动物脂肪超标"，后来紧急停炉放水，人们只在水中找到了一粒金属扣；比如曾有一个刚上岗的大学生在第一次巡检时就脑袋搭错了筋，看着飞速运行、不见叶片的风扇，居然以手试之，手指抽出来时只余半截……

雏仪听到此，筷子都拿不住了，又想起前几天陈石给那两个实习生做安全检查的事，懊悔自己不该跟他任性发脾气。叶大夫瞅见她的脸色，大声制止了丈夫，"你还让不让我们吃饭了！"

"对不住、对不住！"大刘收起了故事，指指对面，"你瞧我们石头就照吃不误。为啥，他毕业刚进厂那会儿我就给他讲破嘴皮子了。石头，现在你也带新人了，这些事儿你可得一五一十告诉他们。"

陈石认真点点头，又拍拍雏仪，"吃啊宝儿，吓着了？我安全意识可是很强的！"

"哎哟哟，牙倒了……小夫妻就是叫得亲热。"叶大夫爽朗开他俩玩笑。

雏仪不好意思地辩白那是自己的小名儿。大刘给妻子的杯中倒了些啤酒，凑趣道："来来来，老宝儿，陪我喝点……欸，怎么听着那么别扭啊……"

大家都笑起来。大刘杯酒下肚，对陈石说了些更掏心窝子的话，"石头，你成家立业了，哥哥真替你高兴。小蒋，你肯定也知道这小子从小到大没少吃苦。电厂这么多人，有像我这样祖祖辈辈的子弟兵，有来头大的关系户，也有石头这样有学历、有脑子，又踏实肯干的小年轻。按说咱这单位福利不错，可是在这儿干久了人就疲了，好像一眼能看到退休。石头，你妈现在身体怎么样了？还成？那就好。趁着年轻没啥负担，你得好好想想自己要走的路，别像哥哥似的，在厂里坐井观天，跟社会都脱节了……"不待陈石答话，他又加了一句叮咛，"最起码过两年就别干运行这块了，值夜班太伤身体……要孩子都受影响！"

"这话倒是没说错。倒班影响内分泌。"叶大夫补充说明。

雏仪低头用筷子数米粒，陈石则大方表示他们目前还没那个计划。

叶大夫心直口快，"我倒是支持现在的年轻人晚点要孩子。像小文，我劝了她好几次，爹妈不答应婚事她也犯不上用生米煮成熟饭的法子呀。我说我给她做手术，不让她受罪……没用，她是铁了心了。三个月都过了……哎，小蒋，你们单位那个小谢靠不靠谱呀？啥时候上门提亲？"

陈石听后睁大了眼睛。原来雏仪之前说的"双喜临门"是这个意思。

谢波几乎是在同一时刻得知此事的，他本人感受到的惊吓多于惊喜。小文一边给他拔火罐一边语气轻松地摊了牌，他背上嘬着几个玻璃罐子一跃而起，小心翼翼问："忘了吃药了？"

“没忘。”

“那……”

“是不想吃药了。”小文盘腿坐在单人床上，噘嘴望着他，“谢波你娶不娶我？”

片刻静谧，一个没吸牢的玻璃罐哼嚓落地，差点掩盖了小谢此时出唇的一个“娶”字，但小文还是听见了。她笑了，要穿鞋下地扫玻璃碴子，谢波攥着脚腕子把她放回床上，自己去拿扫帚。

隔天雏仪和谢波演《三岔口》，本是配合默契的一出熟戏，谢波居然掉了刀。雏仪只好佯装受惊，也扔了刀与他空手过招。俩人功夫到家，打斗迅猛，观众反应一如既往热烈。下了台凌跃却不答应。

“凌主任……昨儿我拔罐儿烫着了……”小谢嗫嚅。

“这理由你也说得出口？你天天跑剧组不都是轻伤不下火线吗？”

雏仪替他讲情，凌跃也知他有难处，训了他一顿，到底没扣奖金。当天晚上陈石到剧场门口接雏仪，看她和蔫头耷脑的谢波一起走出来。他接过雏仪的包，又撞了一下小谢的肩膀，“要当爹了，不高兴？”

“别、别提那字儿，听着吓人……我这儿还天天装孙子卖命呢。”小谢点着烟，狠狠吸了一口。

“怕什么！装孙子卖命都不怕，还怕给你亲儿子当爸爸？”

"别的不说，住哪儿？"

剧院如今已不再进行福利分房，谢波没有赶上末班车。雏仪悄悄捅了他一下，"我妈说你那间宿舍现在反正没别人住，你跟小文就先凑合着。她就当没看见。"

在剧场后门的昏暗路灯下，小谢半晌无言，因为知道她母亲向来不徇私情，何况他自知不是个兢兢业业的好兵。

其实他算是被蒋凤仪亲手挑进戏校的。那时戏校恢复招生没几年，考上了就可减去家中衣食负担，毕业又包分配，故而报名者甚众。十二岁的谢波没练过基本功，更无家学渊源，别的孩子或是张口一段样板戏或是唱歌跳舞，而他表演的节目是学动物 —— 因为从县城到市里考试，所以他生平第一次逛了动物园。他在招生老师们面前满地乱爬，学完老虎学大象，正学到猴子时，恰巧刚演完《闹天宫》的蒋凤仪途经现场，夸了他一句，"这小子一点不怯场，挺有灵气。"于是他通过了那场千里挑一的考验。蒋凤仪摸着他的脑袋嘱咐"好好学，以后来给我演小猴儿"。老师们让小谢波鞠个躬，他却做了个鬼脸，浑然不知那个身着运动装的短发女人是省剧院一团刚上任不久的团长……

往事历历在目。他恍恍惚惚听到陈石说，"……那就这么定了啊！周六我俩陪你去小文那儿搬她的家当。"他这才猛点头，扔了烟屁股，"成。多谢二位兄弟。"雏仪闻之，捶了他一拳。

谢波的提亲以从天而降的一个大包袱告终，小文她妈关了窗户，让他们快滚。小文的花裙子散了满地，小谢一条条捡起来搭在自己脖子上；小文抽了抽鼻子，但户口本握在手里，她顿时对新生活满怀憧憬。

陈石借了大刘的车，帮小文和谢波连人带东西拉到了剧团家属院。几周后他们两个办了简单的酒席，而新娘艳惊四座——她穿了雏仪借给她的婚纱。小文身材娇小玲珑，雏仪让她把婚纱按自己尺寸裁剪，但她没有，只是将下摆缝起了三寸，事后又拆了线完璧归赵。孕期身体的变化使小文刚好撑起了这件礼服，而翩翩裙裾也悄然掩饰了她的秘密。

小谢在婚礼上献唱了一曲丑行名段《下山》，这戏他只在开蒙时学过，此番是凌跃带他重温了唱腔。小谢惊讶地发现已阔别舞台多年的凌主任对这段戏依然驾轻就熟。十多年前凌跃在团里的联欢会上演过这一段，小和尚背着小尼姑跋山涉水，偕入红尘。那时谢波还没进剧团。

> 一年二年，养起了头发；三年四年，做起
> 了人家；五年六年，讨一个浑家；七年八年，
> 养一个娃娃；九年十年，只落得叫一声和尚，
> 我的爹爹，和尚爹爹呀！

小谢选择唱这段自然是大有寓意，但在场知道内情的人不多。雏仪望着新娘子小文，见她双手交叠遮盖在腹部，眼里是浅浅的羞涩，与深深的幸福。

感 恩 多

陈石在谢波和小文的婚礼上破例喝了几杯酒，晕头转向地被雏仪领回家。她去拧个热毛巾的工夫，回来时见他已经躺倒了，好在还记得脱了外面的一身衣服。她把毛巾糊在他脸上，好气又好笑问："你自己结婚都没喝酒，人家结婚你喝这么多干吗？"

他扒拉开热毛巾，脸比刚刚更红，很真诚地回答："替小谢高兴呀！"

"小文穿婚纱好不好看？"

"没你好看。"

"喝高了嘴还挺甜。你们男的沾点酒就变了个人，今儿小谢居然还掉了几颗金豆子。"

简陋的婚宴上，谢波携着小文给蒋凤仪敬酒时已然红了眼圈，检讨自己吊儿郎当许多年，对不起团长栽培。蒋凤仪饮了他敬的酒，拍拍他的肩膀，只说你这猴儿崽子有大闹天宫的能耐，我不替你操心。她转而叮咛小文："姑娘，我一般不管人家的家务事儿，但这小子要是气你，你就来敲我的门！"小文笑盈盈地答应着，从此也随小谢唤她"团长"。

到了兄弟堆儿里，谢波不让小文给他们敬烟，而且压根不许他们在屋里吞云吐雾。他请雏仪陪小文去踏实吃饭，他自己当然被狠狠灌了酒，凡是想拦的也都被拉下了水，比如陈石。小谢在和小文认真谈恋爱之前是玩乐惯了的，这点酒精对他来说不算什么，但在席间他居然很快上了头，泪洒杯盏，郑重其事宣布自己"成人了"，今后一定要闯出个名堂来。哥儿几个一愣，随即大笑，说小谢装什么清纯，你不是他妈的十六岁就成人了吗。

他们的哄笑声引得几桌之外的小文和雏仪回头张望，她们只看到小谢没笑，在抹眼睛，陈石递给他一张纸巾。

雏仪斜靠在床头坐下来，陈石的脑袋拱到她身上，闷声咕哝了一句，"你不懂……"

"我不懂什么？小谢今儿唱的'下山'你听见了吗，唱得还挺好。"

他嗯了一声。那唱词俚俗有趣，谁都能过耳不忘……

"石头，你想不想也……"她抱他在怀里，酒后的酣然鼻息热滚滚贴在她腹部，可是后半句话她终究没说出口，他也没再问，因为已经睡熟了。

小文的肚子一天天大起来，每天坐公交从市里到电厂的职工医院上班，有时她进厂院大门时会和出门的雏仪打照面儿。她讶异于小文到得如此早，后来想到她是为了上车能有座位。谢波的单身宿舍换了一张双人床就成了他们夫妻的小家。凌跃的老婆杨笑笑时常给小文端来家里刚出锅的好吃的，后来也送些晓斌幼时穿过的小衣裳。旧布料柔软亲肤，但杨笑笑担心做护士的小文会嫌弃，一再表明衣服都是烫洗暴晒过的。小文深受感动，古道热肠的杨笑笑直言自己也是受了她家凌主任之命，她说，"艺术上的事我不懂，可也常听他们念叨一台无二戏。那咱在台下也就一家人别说两家话了！"

雏仪每周都回娘家请母亲指点唱腔，吃饭时总叫上小文一起。谢波周六日很少在家，他业余时间在剧组做武行渐渐树立了口碑，从外围武行做到了跟组武行和武替。以前他三天两头逃避演出，游手好闲，如今兼职忙碌，团里的演出他反而一场不落，有人称奇，也有人笑他傻。烟酒他都戒了，因为既不利于未出世的孩子，也费钱。如今他唯一的也是最喜欢的消遣就是把耳朵贴在小文肚子上听动静儿，有时他也犯坏，在老婆的肚皮上画个小花脸，美其名曰向她和孩子同时进行艺术熏陶。

小文心疼他剧组、剧场两头跑，有一回在枕上犹豫着告诉他："宝儿姐说了，你脱不开身的时候她让别人配《三岔口》也可以……"

他立刻睁开昏沉睡眼问："你跟她说我时间腾不开了？"

小文赶紧否认。确实是雏仪主动提出来的。

谢波摇摇头，倦色里也有点得意，"不是我吹，有几出戏她就得和我一块儿演才出彩儿。别人配她，都没我托得严、傍得紧。"

"以前没看出来，你还挺够义气。"

"哎，这话我爱听。"他侧身揽住孕后依然娇小玲珑的小文，手焐在她的肚子上，"老话儿说婊子无情，戏子无义。那是故意糟践我们。你知道我们戏里那些坏人、奸臣、负心汉都叫什么？"

"什么？"

"无义人。"

蒋凤仪决定把熟戏《三家店·打登州》和如今不太常演的《当锏卖马》《秦琼观阵》等几出关于好汉秦琼的戏连缀合排。《当锏卖马》尤其是一出经典的骨子老戏，难度亦大，要唱功，要耍锏的武功，要演出英雄落魄，还要潦倒中不失气度，演起来不能过火，又不能太温，颇为费力不讨好。旁人对排演此戏的热情不高，蒋凤仪却要求女儿必须学会。

天气渐热，雏仪跟着母亲到小公园的湖边练锏，就像小时候那样，但她的学习能力和身手已不可同日而语，看母亲舞一遍她大概就能做下来。然而母亲一如既往不满意。

"这回是演武老生戏，不是武生戏。不拼狠劲儿。要看身份、韵味、尺寸。"

最后三个要点一个比一个抽象，雏仪有点懈气，觉得老生戏演起来不痛快。"妈，要不我还是踏踏实实演武生得了。"

"你那不叫'踏实'，是胸无大志。能两条腿走路干吗要瘸着。"

"两条腿更累啊！"

"谁不累？你看小文天天挺着大肚子从咱这儿往电厂跑。"

"我还从电厂往这儿跑呢，你就知道心疼人家……"四下无人，她撒了个娇，伏到妈妈背上哼哼唧唧，"……不过还是小文更不容易。"

蒋凤仪拉住女儿勾着她脖子的手，声音放轻了些，"我听笑笑说，小文两口子打算买套房子，离厂子近些，到团里也不远。那小区的房价大概一千五一平。"

"哦，看来谢波不声不响地攒了不少银子啊。"

"跟你说正事呢，嬉皮笑脸的……"蒋凤仪拖着女儿的手，把她拉到面前。

雏仪随母亲学戏时，陈石正在凌晓斌家辅导他做题，因为他将要参加小学华罗庚数学竞赛了。为此，他大大减少了去排练厅或剧场看雏仪练功演戏的次数，所以格外盼着她周末回娘家，当然不仅是为了她兜里的巧克力。十岁的晓斌已经渐渐懂事了，舞台上的悲欢离合，家属院里的人情冷暖，他不再只看个热闹。

虽然很久没跟着剧团下乡了，但晓斌还记得那个叫苗苗的小女孩。解题的间隙，他问陈石："小姑父，我记得你说苗苗的数学成绩特好？"

"是啊，上次你做不出来的那道金字塔的题，我也寄给她了，她写出了两种解法呢。"

"哇，那她也应该参加华罗庚竞赛啊。你给苗苗写信，让她也来吧！我还能带她看几出戏呢！"

陈石不知如何向他解释苗苗很难到市里来，这时杨笑笑端着一大碗红艳艳的草莓进来了，戳了儿子的脑门一下，"还惦记着看戏！小姑父辅导你功课，你七拉八扯什么呢？！"

晓斌吐吐舌头。杨笑笑把那碗草莓推向陈石，"尝尝，挺甜的。石头，给你添麻烦了啊，得空儿就给这孩子讲题。我们两口子都不是这块料，他爸整天恨不得比台上的角儿都忙。"

"嫂子客气了。晓斌挺聪明，一点就透。"

杨笑笑闻之满面喜色，不敢多打扰便出屋去了。陈石一直没动那碗草莓，直到晓斌放进他手里一颗，自己也小口小口吃起来，染得嘴边一片浅浅的粉红。陈石拿纸给他抹了抹，听到他小声嘀咕："小姑父我跟你说，我妈可抠儿呢。上回就给我吃了五个……然后让我给小文阿姨送了一大碗——还点了数儿，怕我偷吃。"

"嗯……因为她……"

"怀小宝宝了嘛，我知道！"

陈石正端起杯子喝水，立时呛了一口。"你还啥都知道！"

"我妈说小文阿姨怀着宝宝还要每天赶公共汽车，太辛苦了。小文阿姨对我也挺好的，非让我吃，说不告诉我妈。她还让我摸她的肚子，问我是弟弟还是妹妹。"

"你想要弟弟还是妹妹？"

"都可以……我更想让我小姑姑给我生个弟弟妹妹。你跟她说，她要是怀小宝宝了，我给她买一大筐草莓。"晓斌一边翻开下一页练习题，一边认真把陈石当传话筒，并不认为他在这件事里有什么别的作用。

陈石笑了，胡噜了一把晓斌的脑袋，那碗鲜灵的草莓落在眼里，心里有几分沉甸甸。

正午时分，小公园的林荫也遮不住毒辣的太阳了。蒋凤仪母女收起家伙什儿往家走，俩人都汗淋淋的。快到家时，雒仪拜托她妈在陈石面前不要提刚才的谈话。蒋凤仪点点头，又道："《秦琼卖马》里得有个能插科打诨的，让小谢跟你一块儿吧。"

行路难

晚间雏仪在屋里耗腿时陈石总是埋首读他那些专业书，他在厂里的工作并不太需要与时俱进的技术知识，因而他自己更觉需要。所以雏仪不开电视打扰他，只是一边吊着腿一边背《秦琼卖马》的唱词，"家住山东历城县，秦琼名儿天下传。我本是顶天立地男儿汉，好汉无钱到处难。"

雏仪默念着这几句，感叹现在的人都说看不懂老戏，其实这些戏词多么平实，多么永恒啊。她把酸胀的腿从绳套里放下来，来回溜达着，几次走过五斗柜后终于轻轻拉开抽屉，取出了父母给她夹在新婚锦被里的那个存折。

她背着手走进卧室，一眼看到陈石捧读之物的花哨封面：一个身着"三点式"的曼妙女郎摆出小鸟依人的姿势，依的是一辆法拉利。这是卢获送他的汽车杂志。

"我还以为你在用功呢！"雏仪嗤了声，躺在床尾，腿高架在床头促进血液循环。陈石抬起手揉着她的小腿肚子，答曰劳逸结合。

她扭脸，发现他袜子上赫然一个洞，立刻翻身起来揪住他的耳朵，"这破袜子我扔了你怎么又捡回来了！"早晨她把它们敛到一只黑袋子里，但出门前忘了丢。

"我以为你故意藏起来让我找呢。"

他答得那么理直气壮，倒把她逗乐了，"滚，我拿你臭袜子玩什么捉迷藏。你自己扔了去！"

"你怎么老跟我那几只袜子过不去……穿里面别人瞧不见。"

"我家官人从里到外、从头到脚都得体体面面的！"

她的语气不容置疑，陈石不争辩，只是把她搂到怀里转移了话题，"过来看看，你觉得哪辆车漂亮？"他把杂志翻得哗啦啦响，她却一点也不感兴趣，暗忖如何引出自己想说的话。

"都差不多……跟我有什么关系。"

"怎么没关系？"陈石合上杂志，捏了捏怀中人的肩头，很笃定地提议："宝儿，咱们买辆车吧。"

她只愣了一秒就做出了积极的呼应，"噢，是啊……你那么喜欢车，好啊。"

"欸，我就在厂里上班，开什么车。"

"那……"

"你开！这儿离你们单位太远了，早上起得太早。你演出又老是在夜里，回来路上也不安全。"

"我？我不敢……"

"真刀真枪你都敢耍，这有啥不敢的。去上个驾校。再说还有我给你当陪练呢。就是……"他的声音忽而低了些，"我手里现在还差一点，估计得从你爸妈给你的……"

"是给咱俩的。"她伸出手盖在他唇上，"石头，别跟我分'你我'。"

他沉默片刻，抿住她的手指点点头。

婚前诸多事宜花了小两口大半积蓄，婚后他们各管各的工资，所以雏仪浑然不知他是如何在半年之内又攒起了一笔钱。当晚及以后，她只字未向陈石提起母亲关于买房的建议。他们很快买了一辆车，跟杂志上那些炫丽的财富象征不沾边，仅是代步工具。车是陈石挑的，但他遵照的不是自己的喜好，首要条件并非他向往的操控感、驾驶感，而是安全性。

于是不久后雏仪成了剧团第一个开私家车上下班的人，用小谢的话讲，"够飒！"母亲和姥姥一开始不无担忧，但坐了一次她开的车后就基本放心了，因为陈石确实带她练出了稳妥的驾驶技术。他还谆谆告诉她许多"保命"的要诀，都是他上大学时天南海北跑货的经验，她那会儿只当故事听。若干年后，她在地广人稀的大洋彼岸生活，离了车寸步难行。有一次在郊外的购物中心买完东西，暮色沉沉中拎着大包小包找到自己的车，发现门把手上缠了乱七八糟的铁丝，脑子一震，没多看第二眼就立刻拉开门上车落锁，扬长而去，从后视镜里看到两个穿黑帽衫的人闪出来冲她做了个下流的手势。她迎着最后一丝夕照往家开，直到月亮升起来，连同异乡的都市灯火璀璨如星；心跳已经平复了，可是不知不觉流了满脸泪，大概是因为后怕，或者……

买车之后雏仪提出要跟陈石去看他妈。婚前婚后，她还从没踏进过婆家，这实在说不过去。陈安秀来了市里几次，雏仪带她去剧场看戏，有传统戏，也偶尔有经典样板戏，后者蒋凤仪从来不唱，但雏仪发现她婆婆对此似乎兴趣颇浓。

"我记得那回的《马前泼水》您看得挺乐呵，没想到您更喜欢现代戏呀。"

"嘻，当年村里大喇叭天天放啊，熟。"

"那我回家找点磁带，改天给您送去！"

"闺女不用，道儿远，你整天够累的了，别瞎折腾。你俩好好过日子就得了！"

于是陈石每次回家看他妈都不带雏仪一起。如今有车了，她说什么也要去一趟，并表示自己一脚油儿就能走，陈石一听便服气了，但还是要求由他来开，因为乡村土路坑洼难行。

雏仪去看婆婆之前回娘家翻找现代戏的音像制品，几乎没有，好不容易才寻到一盒磁带，剧目却都是她没看过，甚至闻所未闻的。蒋凤仪说那会儿现代戏的创排很火热，作品浩如烟海，只是有幸成为"样板"流传下来的不多罢了。

"那这盒磁带哪儿来的？"

"可能是郑老头给我的。"

"那……我能借给我婆婆嘛？"

蒋凤仪沉吟了一下，答应了，又备了几样糕点茶叶让她一同带走。

一路上雏仪的心情如小学生春游，感叹坐车到底比开车舒服。她前半程一直在吃零嘴儿，后半程路途颠荡，把她颠得睡着了。睁眼时，车静止着，她迷迷糊糊问陈石是不是到了。

"没呢。你还能睡会儿。"他正微微前倾着身子，耐心盯着什么。

她欠起身望了望，是一只大白鹅领着一队小鹅昂首挺胸地横穿他们面前的土路，扑棱棱跳入池塘。等到最后一只小鹅也扭过去了，车继续开起来。睡意消散了，她环顾四周，努力回想，"我打八九岁就跟着我妈下乡，这一带的村子应该都来过……你说你会不会见过我！"

"不太可能……"

"笑什么，怎么不可能？哪个小孩不爱看戏。"

"你们下乡总得去看得起戏的地方吧！再说偶尔有唱大戏的，我妈也不让我凑热闹……"

雏仪幼年长在乡间，被姥姥姥爷当成宝，可也耳濡目染了不少重男轻女或是溺爱幼子独子的常事。她早就瞧出自己的婆婆不是那样的人，但没想到她管教儿子严厉至此，连戏都不让看。

陈石说这不算啥。他小时候趁着秋收大人忙碌，逃了课跟小伙伴们钻进小山包似的麦秸垛里撒欢打滚，被他妈发现了。结果他沾着满身草屑被扔进了舅舅家的地里。陈安秀说要是不念书就去割麦子。当妈的掉头就走，小小的人儿淹没在无垠的麦田里。麦子粗壮，人小力弱，一镰刀割不透，腰却很快疼得直不起来；舅舅和表哥们粗声粗气地说小孩哪有腰，又嫌他割的麦茬不齐，或是漏割的太多，他听着，不能反驳却又不愿服软儿……

待到终于连滚带爬回到这片金色海洋的岸边，体内水分蒸发殆尽的他如同一个干燥僵硬的小稻草人。地头有半玻璃瓶浅褐色的液体，他以为是别人剩的茶水，抓过来刚要一饮而尽却被人狠狠踢翻了。抬头一看是姐姐陈苇，挎着水壶，满脸惊恐。他喝了姐姐送来的水，姐姐给他择了手上、身上的芒刺，在淡淡月色下领他回家。进了家门，妈没露脸儿，可是桌上留了饭，还热着。他急急吃完，求姐姐给他补习白天落下的功课。

再大了几岁，陈石猜到那瓶被姐姐踢翻的液体是农药。他再也没逃过学，虽然淘气事依然不断，但脑子开窍加上心意坚定，他的成绩异常出色。只是在课本里读到"金色的麦浪"之类的语句时他从来不觉得优美，只感到深深的恐怖，仿佛那真的是滔天巨浪，曾经差一点就卷走了他，使他永无出头之日……如果没有妈妈，如果没有姐姐。

车子停在村里的宽阔处，陈石一手提了东西，另一手牵着雏仪沿长长的缓坡上行。如今年轻人大多外出务工，乡间空气清新而寂寥。雏仪忽被某种熟悉的动静吸引了，是有人在拉胡琴，虽荒腔走板，仍能听出是"西皮小开门"。他们经过那拉琴的干瘪老头时陈石叫了声茂叔，老头咧嘴冲他们笑，手下的琴音顿时跑调得更厉害了。雏仪想说点什么，可是陈石拉着她，脚步没停。他们走向半山腰的一座齐整小院，左右都无邻居，只闻鸟鸣啁啾。

雏仪刚要夸这位置清静就听见院墙内传出絮絮的怨骂，声音越来越近。"……不明不白的丫头你养到那么大，自己的亲侄子娶媳妇你一毛不拔！有本事搬到城里去，远远儿地离了我们跟前！不去？是你那城里媳妇嫌你这老破鞋丢人吧，要不怎么一次也没见人家来过。白养了个好儿子哟……"

雏仪听得稀里糊涂，抬头偷瞧陈石，他脸色沉得很。这时一个穿红衣的矮胖妇女像一只炮仗噼噼啪啪烧出院门，看到他们的一瞬间熄了火，换作满脸堆笑。

"哎呀石头回来了！这是新媳妇吧！不得了，不得了，听说是省里的大演员呀……"

雏仪被她摩挲着手，感到自己从上到下被那妇女用目光扫描了一遍，扫描结果平平无奇——毕竟她通身朴素的运动衣裤，只无名指戴了枚旧戒指，对方暗自掐了一下，不以为然。

"这是二舅妈。"陈石简短地告诉她，她便礼貌问了个好。

二舅妈没在她身上多耽搁，直接向陈石宣布他表弟要结婚了。

他深谙其意，从兜里掏出一个信封，略犹豫了一下，还是整个给她了。她当面抽出钱来点，似有不足的表情，雏仪不禁去摸自己的包，被陈石按住了。二舅妈没察觉，收起钱大度地说："得，那份子钱我提前收了。日子定了请你们来吃席呀！"

"我们不一定有空。祝他们百年好合吧。"

她撇撇嘴，抬脚就走，陈石却一把抓住她的肘弯，惹得她嘶了一声。"二舅妈，我妈身子骨弱，好静，你以后少来搅她。"他说完就撒开手，带着雏仪进了院门。

二舅妈低声骂骂咧咧地走下长坡，看见停着的那辆车，十分懊悔刚刚心慈手软。

她离开后不到半天小两口也出来了。陈安秀看到媳妇上门挺高兴，对她带来的磁带也欣喜纳之，可是终归不肯留他们太久，说是自己吃素，他们吃不惯。

媳妇陪婆婆说话的工夫，陈石把里里外外能干的活儿都干了，也没多言语就听母亲的话准备回市里。雏仪无法，悄悄把自己包里的那个信封留在了婆婆床上。

他们走时，那个孤老头还在拉胡琴。一人一琴的影子被夕阳拉得老长，虚薄如他的琴声。雏仪走过了几米远，挣开陈石的手跑了回去。

她对老头说："叔，您这弦儿不准了，我给您调调吧。"

老头受宠若惊，胡琴交付到她手里，信任的眼神像个小孩子。

陈石站在几步之外看雏仪抱着胡琴坐在老头身边，金红色的余晖淡淡扫过她的侧脸，远近炊烟袅袅升起。他从未觉得这村庄的黄昏如此美丽。

玉
抱
肚

　　雏仪和谢波合作的《当锏卖马》上演时小文已怀孕七个多月，小谢不许她挤进剧场，但首演那晚她还是求了杨笑笑陪她去，刚参加完华罗庚竞赛的凌晓斌也获准一同前往。仨人入场后一眼瞧见了陈石高出周围一截的背影，因他早早占住了第六排正中的座位——这是他第一次进剧场看戏时小谢告诉他的最佳位置，不过今天他把这宝位让给了小文。

　　这出戏对于雏仪和小谢而言都是新尝试，主学武生的她头一回戴黑三髯口演老生，惯演"开口跳"武丑的他也挂上白四喜髯扮起了弯腰驼背的老店东。二人出场时，陈石和小文都差点没认出各自的媳妇和老公。台上的俩人平时总是出场未交几言便开打，今日却动口不动手——秦琼被困客店，盘缠用尽，遭遇店主王老好冷嘲热讽。王老好逼问秦琼，若是他拖着钱不付，天长地久死在店里，如何是好？秦二爷索性破罐破摔。

　　秦琼：等你二爷死后，你买那寿衣寿帽。买一口大大的棺材。将你二爷成殓起来。店主东，你就不要这样打扮。

　　王老好：要怎样打扮？

　　秦琼：你头戴麻冠，身穿重孝。手拿哭丧棒，给我摔丧盆子，你回来，请上一个大大的份子，你岂不是发了财了？

　　王老好：这么一说，那我不成了您的儿子了吗！

　　二人你来我往如说相声，台下笑声四起。好汉落魄无奈，决定忍痛卖马还钱。"哎，店主东，将你二爷的黄骠马，拉在大街之上，卖些银钱，还你的店饭钱就是。"

　　雏仪这句念白讲完，谢波忽然一抖机灵改了原词，不屑道："现在的大款都开奔驰宝马，谁还要您的黄骠马呀！"*

　　此言一出，观众先是愣住，随即哄笑叫好连连，蒋凤仪

---

*　　这里的原词是王老好嫌弃马瘦："您那匹马呀，插根蜡头儿成了马灯了，谁要哇！"

也在后台笑而点头，"小谢这现挂砸得好，说进人心缝儿里去了。"

小文更是乐得停不下，令杨笑笑倍感紧张，忙指她的肚子，"你们家小谢真是大活宝……差不多行啦，别惊动了里面这个小活宝！"小文听后乖乖捂住嘴，轻抚了抚腹部。杨笑笑松了口气。她很少进剧场，也不爱看戏，但她知道自己的丈夫以前和小谢一样，也是鼻子上抹块白的丑行。凌跃跟她相亲时早已不登台了，却保留了职业性的插科打诨、能说能笑，与性子活泼的她一拍即合。如今人到中年，他殚精竭虑地辅佐团长，操持着剧团的生计，眉间不知何时添了川字纹。杨笑笑体贴他的方式很简单，也与艺术无涉，即热心地关怀着团里的年轻人及其家属，希望大家能在这行业不景气的情况下同心同德，不离不弃。

台下的笑声渐渐止住，在一片静谧期待中，王老好执鞭走来，牵来了"黄骠马"。晓斌在陈石耳边提示，"小姑父，大伙儿都等着听这段唱呢。"

"店主东带过了黄骠马——"一句顿挫悠长的慢板唱了半天还没完，陈石迫不及待问晓斌："这算唱得好不好？"

"好！"

"什么时候能叫好？"他虚心请教。

"现在！"

恰时雏仪这一句尾音刚落，晓斌和陈石的大声喝彩比老戏迷们早了半秒钟，引得她的眼梢朝他们轻扫而过。这次捧场稳准狠，陈石很得意，悄悄和晓斌互撞了一下拳头。

演出颇为成功。雏仪的老生唱腔自然还欠着火候，但胜在"规矩"二字，没露武生的马脚。陈石亲眼看见几位老先生在散戏后笑容可掬地围住她，称赞后生可畏，鼓励她再接再厉，"争取将来像你妈一样做个全才，文武昆乱不挡。"她脸上红通通的，不知说什么好。蒋凤仪在不远处静静看着女儿。

剧团的"秦琼系列大戏"连演了一个多月，演员们的体力消耗很大。陈石只要不上夜班就到剧场看戏，回家时他开车，往往不等到家雏仪就睡着了。

最后一场《当锏卖马》开戏前，谢波迟迟没化好妆，雏仪走过去催，见他右腕子缠了绷带，正用左手颤颤巍巍地勾脸。她二话没说抢过了他的笔，坐在他对面，边画边问："咱这戏又不开打，你怎么还负伤了？"

小谢仰着脸任她涂抹，笑嘻嘻不答，她也就明白了，趁机调侃他，"敢情不是工伤……是外快挣太多，数钱数得抽筋了？欸，你这么拼命，怎么不见你捞个正经角色演演，光给人家当替身？我还等着哪天在武侠片里看见您露脸儿呢。"

"我老婆怕女明星勾搭我。谁让咱魅力大呢。没辙，为了教她放心，小爷我就牺牲一下星途吧。"

"呸，你真是欠管。小文管得还不够严！"

"是没你严……哎我说，你们家石头够老实了，你别整天盯贼似的盯着人家。你看他一来后台接你，眼睛都不敢往旦角儿身上瞄……我告诉你，要宽严并济……"

"行了勾完了，你闭嘴吧！"雏仪放下笔，把白犀口戳到小谢嘴边。小谢戴好后在镜中端详片刻，真诚对她说："姐，谢了啊。"她怔了下，自己确实比小谢大半岁，但他甚少如此嘴甜，每回如此叫必是有事相求。

果然，他说这场戏演完要跟剧组到郊外一个风景区拍三个礼拜外景。

雏仪很惊讶，"啊？小文不是还有一个多月就要生了吗？"

谢波垂首，"所以我才麻烦你。你帮我求一下笑笑姐，这一阵子替我瞅着点小文。我去说，她和跃哥准要骂我……可你知道吧，应了的活儿不能不去，再说孩子出来以后开销肯定更大……我们不是刚买了房吗，现在兜儿比脸还干净……"

雏仪打断了他的话，让他放心，她们大家会照看好小文。

小谢给她作了个揖，"有劳了！秦二爷，咱上场吧。"

这一场演完，雏仪的业务暂时清闲了，小谢却马不停蹄地赶赴山区拍戏，他有手机，但那地方没信号，只能每天收工后跑到山脚下的小卖部给小文打电话，或是趁着别人吃午饭的时间去，无人排队就能多说几句。

雏仪每次回娘家都去看小文，大白天她不锁门，雏仪敲敲门便进去了，看见她穿着睡裙恹恹躺在床上看电视，肚子顶上放着半袋山楂片。雏仪拈了一片扔进嘴里，拉她去家里吃饭。她说不饿。"你吃了这么多开胃的，哪能不饿？你不走我可抬你了！"雏仪佯装伸手去抱，小文咯咯笑起来，只好随她上楼去了。

屋里，陈石正一盘盘帮姥姥端菜，很快摆了满桌。蒋凤仪去开会了，不知何时回，小文想等一等，老太太和雏仪都说不用，把筷子塞进她手里，陈石也盛了饭放到她面前。一家人待她如此热情，她不能不动筷，却委实食不知味。

饭吃到一半时蒋凤仪风风火火地进了家门，小文要站起来，被她按住了。入座后，她见小文碗里的饭几乎满着，神情也郁悒，不免关切询问。

"她怕生的时候小谢回不来！紧张着呢，自己吓唬自己。"雏仪心直口快，也有点好奇，"你不是妇科的吗，没生过还没见过？"

"真没见过 …… 去我们那儿的不是做人流就是上环取环……"

陈石默默端起碗扒拉饭。蒋凤仪则从容自若地劝小文别害怕，因为怕也没用。

"都像你似的就好了，啥也不怕！"秋灵不禁笑了，转念又摇摇头，"全像你也不行，太悬了。小文啊，宝儿她妈生她那天还在练功房里折腾呢，跟老头子对小快枪，一套没耍完就去医院了。你可别学她，最近自己在家别干重活。"

"我、我不敢 …… 听着都腿软…… "小文瞠目结舌，闲谈间又勉强吃了两口饭，忽而皱眉撂下筷子，踌躇着说有点不舒服。

"不会吧？！说来就来，还差着日子呢！"雏仪刚刚的谈笑风生一扫而光，一迭连声地叫姥姥、叫妈。秋灵也吓了一跳，陈石更是茫然无措。"别瞎咋呼！"蒋凤仪制止了女儿，沉着问小文什么感觉。

小文毕竟是医护专业，孕期也看了不少书，所以尚保留着一丝镇定，只说要去趟卫生间。"走，我陪你。"蒋凤仪放下碗过来扶她，她略推辞了一下也就顺从了。客厅里的三个人静悄悄等着，不一会儿见蒋凤仪扶小文出来，让她躺在沙发上。

"团长，我这……"小文脸色绯红。

"没事，躺。"蒋凤仪拨开小文眉前的碎头发，快而不乱地问她，"去医院要带的东西收拾了吗？"

她平躺着紧盯蒋凤仪，睫毛有点抖，但准确报出了行李袋的位置。蒋凤仪立刻扭头命女儿下楼去取。陈石说他去，被丈母娘叫住了。

"团长，我真的这就要……？可是谢波……"小文强撑的冷静情绪倏尔崩塌，眼泪汪汪的，话也说不全了。

"别哭、别哭！"蒋凤仪飞速摸了摸她的脑袋，又从兜里掏出一把车钥匙递给陈石——是剧团负责接送她的专车。"一会儿宝儿送我们上医院，小陈，你开这辆去接谢波。认识道儿吗？"他说认识，丈母娘又叮嘱了一句，"注意安全，尽量快点。"

安排完陈石的任务，蒋凤仪坐回小文身边，安慰她离生产还得有一阵子呢，继而问她娘家的电话。

小文犹豫了一下。蒋凤仪拍拍她的手，"丫头，不管以前怎么着，这么大的事儿哪能不告诉爹妈？我要是你妈，不气死也得急死。"她听后垂下眼帘，念了个电话号码，蒋凤仪写下来交给秋灵，"灵姑姑，一会儿我们出门了您给小文家知会一声。"老太太了然。

此时雏仪喘吁吁拎来了一个大包，小文确认无误。"那咱出发吧？就别爬楼梯了。"蒋凤仪扶她坐起，招手叫陈石过来。他依言抱起小文便疾走下了九层楼，轻放进自家的车子后座，不忘嘱咐雏仪开车别慌。

他教雏仪别慌，坐进那辆团长专车的瞬间却发现自己的心跳前所未有地急促，因为没遇过这样的事。小文虽有身孕但不算沉，可他的胳膊还是坠得发麻，掌心也湿黏。他以为是汗，在裤子上抹了抹，定定神便启动了车子。一路上他只有一个迫切的念头，可千万得把谢波这小子速速运送到小文身边；后来又萌生了个稍远的念头——如果他和她有那么一天，他可千万得寸步不离地守着她。

石
榴
花

　　谢波得到口信后没换衣服、没拿行李，更没向剧组请假，直接从片场跑了。他拉门上车，屁股还没坐稳陈石就踩了油门，一拐弯往城里驶去。他在余光里瞥到小谢身上破破烂烂的袍子，焦急中忿忿道："你小子在这儿拍戏还是要饭？"

　　他不知谢波是给剧中的丐帮老大当替身。小谢没答，握着车顶的拉手慌张问陈石："我老婆怎么样了？"

　　"肚子疼，上医院了。"

　　"谁陪着呢？"

　　"我媳妇儿和我丈母娘。"他顿了顿，"也给小文娘家打电话了。"

　　小文的父母本就不看好他们的婚事，如今必定对他更不满。但此刻小谢顾不上担忧这些，只是喃喃自语："我还说尽量早回去几天呢……这是早产了差不多俩礼拜啊？会不会有事啊？"

陈石很想安慰他不会有事，却也自知毫无说服力。车子渐渐驶出群山环绕，静谧中只闻呼啸的风声。半晌，小谢攥着拳头重重砸了下自己的大腿。

小文的肚子发动得很快，没等到父母赶至医院她就被推进了产房，一大堆单子都是她自己歪歪扭扭签的。待产过程只有蒋凤仪母女陪着她，雏仪一会给她擦汗，一会问她要不要吃东西喝水，然而再多嘘寒问暖也不及蒋凤仪默不作声地握着她的手。小文感到那只手不像一般女人的那样柔软细滑，可是她此时正需要那股坚实的力道，尤其在阵痛的炮火越来越密集的当口。

"丫头，别怕。小谢和你爸妈都快到了，我们也在这儿等着你。"蒋凤仪在小文被送进产房之前抚了抚她的额头。小文委屈巴巴的眼泪差点又涌上来，但触到对面的目光，她硬生生把泪憋回去了，因为蒋凤仪说那样对即将到来的"战斗"百害无利。

产房外，雏仪心慌意乱地走来走去，不时把耳朵贴在门上听动静，转头却见母亲端坐如钟，甚至还闭上了眼。

"妈呀，你可真坐得住！一点也不着急！"

"我着急管啥用？我劝你也消停点。这事儿谁也帮不上忙……"

雏仪在椅子上坐了几分钟，又忐忑起来，"刚才在病房一个劲儿喊疼，怎么进去以后倒不声不响了？"

"大夫不让喊呗。"

"大夫这么凶？"

蒋凤仪嘘了女儿一声，轻道："大喊大叫力气就散了。疼也得忍着。"

谈话间屋里到底传出了几阵断断续续的呻吟。雏仪光是听着已觉得浑身不得劲儿，迟疑着问她妈："能有多……多疼？"

"这怎么说啊……"蒋凤仪搔搔耳后的头发，保守打了个比方，"比你小时候撕腿下腰再疼十倍……嗯，一百倍吧。"

雏仪听后一缩脖，偎在母亲肩上不吱声了。

安静并未持续太久，小文的父母哥姐一大家人很快聚齐在产房外。小文是家里最小的孩子，做了二十来年乖乖女，也被全家人宠了二十来年，却在终身大事上跟家里闹崩了，带着肚子嫁了个一穷二白的唱戏的。如今孩子要出生了，那不靠谱的女婿居然不见踪影，文家人的心疼、焦虑、气愤一股脑儿化作无名火喷向了蒋凤仪——谁让她说自己是"小谢单位的领导"呢！

"我就说唱戏的没有正经人啊！真是坑了我闺女了……她要是有点什么事……"小文妈哽着嗓子说不下去，小文爸默默蹲在墙根。

"别让我看见这王八蛋，不然打折他的腿！再把他们的场子砸了，都甭他妈唱了！"小文的大哥是电厂的车间工人，雏仪看着他那身工作服非常眼熟，但他和他妈说的话实在难听，她想反驳，被母亲暗暗拉住了。

小文的姐姐得知她是在蒋家开始肚痛的，话中更夹枪带棒，"我上礼拜看我妹还好好的。离预产期还有小半个月呢……她在你们家吃啥了、干啥了？"

"你这人怎么说话呢？！怎么乱咬好人啊！"雏仪终于忍不住顶撞回去，三言两语和小文的大姐吵了起来，蒋凤仪把女儿挡在身后，不让她多嘴，她自己则尽量向文家人解释情况。

陈石和谢波赶到时正看到蒋凤仪母女被四口人堵在墙边，文家大哥的手差一点就要指指点点到蒋凤仪脸上了。陈石抢先跑过去拦住了怒气冲冲的文家人。他们见他也穿着电厂的工装外套，不禁愣住。

"爸、妈、大哥、大姐，别、别难为我们团长……是我不好，没照顾好小文……"谢波垂首立在文家人面前，他们瞧着他怪模怪样的打扮越发气不打一处来，围上来又骂又打，将他本就褴褛的乞丐装撕扯得更加惨不忍睹。陈石上前搭救，也无端被连累了几下子。

"干吗呢！干吗呢！谁是文虹家属啊？"产房的门忽然开了，护士走出来怒喝了一嗓子。

乱战的一团人瞬间停火，男男女女都说"我是！"

护士怔了下，果断问哪位是文虹的爱人。灰头土脸的谢波立刻跨步上前。护士对他的扮相视若无睹，语速极快地告知小文出血较多，此前的配血量恐怕不够，让他一同去输血科申请紧急用血。

谢波一听腿肚子都软了，喏喏答应着随护士小跑而去。文家人则忙着把几乎吓晕的小文妈扶到椅子上。蒋凤仪见小谢神情恍惚，便打发陈石跟过去陪着他。

"妈，他们……"陈石不放心地望望旁边。

雏仪和她妈都说不要紧，催他快去。

陈石追去时谢波已经进了输血科签字。那个产科护士守在门外不让他进。他在原地打了个转，猛地向护士恳切道："劳驾问您个事。"护士吓了一跳，教他直说。

"像这种情况……爱人用血量大的，俩人血型一样的话可以给自己老婆输血吗？"

她忙摇摇头，"理论上不可以，有可能引发新生儿溶血症。"

"那……"

"担心这种意外的话献个血不就得了。配偶做手术之类的就能优先用血了。"

她话音刚落谢波就走了出来，三个人匆匆返回产房。路上护士对小谢说你之前干吗去了，你老婆一直问你回来了没有。

"我……"

护士进了产房，门又紧紧关上了。小谢仍傻站在门口，陈石走过去拍拍他的肩，他一动不动，突然扯着嗓子朝里面喊:"老婆我回来了!"

小文生了一个男孩,母子平安,只是未足月的孩子体质稍弱,出生后即被送进了保温箱。病房里,全家围着小文,但她睁眼后看见的第一个人就是被挤到床尾的谢波。他挨过去握住她的手,她立刻瘪瘪嘴哭了,伤心道:"我一眼都没看见宝宝呢!"

"别哭别哭……"小谢抹去她的泪,告诉她孩子没事,一礼拜就能出保温箱。

小文又上上下下打量了谢波一会儿,带着哭腔却又笑出声来,发出了跟陈石相似的感慨:"老公你怎么穿得像……要饭的啊!"

谢波不忘插科打诨的本事,牵着小文的手捂住自己的嘴,小声说:"我这是丐帮帮主!"

小文笑得泪花四溅,谢波怕不利于她身体恢复,赶紧劝停。小文不笑了,爸妈立马端上了小米粥,她摇摇头,问:"团长和宝儿姐呢?"

蒋凤仪母女和陈石此时仍站在走廊里,他们不愿打扰里面的一大家子人,又觉得直接离开不太好。雏仪仰脸仔细察看陈石的眉梢眼角,问他刚才拉架时文家一伙儿人碰着他没有。他说没有,又嘱咐她以后势单力薄的情况下别吵架,好汉不吃眼前亏。

"那女的骂我妈,我当然得骂她了!真要打起来我们也不怕呀。"雏仪不满地朝屋里耸耸鼻子。

"行啦……"蒋凤仪活动了一下腰腿,"这不是皆大欢喜了吗,别再说了。"

"唔……可惜现在不能看看那孩子!也不知道他们给宝宝起名儿了没有……"雏仪挽着陈石向病房里张望,看到小谢走了出来。

他在走廊里给蒋凤仪郑重地深鞠一躬,她连忙扶起他,趁机告辞。

"不、不,团长,姐,石头,我老婆请你们进去。"

小文当着她全家人的面向他们道谢,蒋凤仪只笑容可掬地叮咛她好好养身体。小文妈面带歉意,张口要说什么,凤仪悄悄一摆手,很快就领着女儿女婿离开了病房。

来时雏仪没注意这家妇产医院的庭院里种了几棵石榴树,花开正艳,绿枝上仿佛挂满了火红的小风铃,饱满的子房内大概孕育着无数颗红玛瑙。母亲忽在身后喊她靠边点,她和陈石应声往路旁让了让。

原来是一对年轻夫妇走过,妻子抱着襁褓,小伙子拎了各种杂物,还是忍不住扬手摘了一朵石榴花,偷偷插到了身边人的发间。她扭过头,怀里的婴儿也露出了小脸,酣眠在淡淡花香里。

紫骝马

　　谢波和小文的儿子还没出保温箱，剧团就接到了外地发来的演出邀请。蒋凤仪排的"秦琼系列大戏"全由年轻人担任主演，却一丝不苟复原老戏路子，其中不乏濒临失传的剧目，那些几乎被遗忘的旧珍拭去灰尘，竟使人耳目一新。多地邀她率团前往，往返行程要两个月不止。这一趟收入预计不低，但小谢请了假，蒋凤仪谅解，安排了另一丑角和雏仪配戏。

　　雏仪婚后还不曾和陈石分开如此久，启程前夜在家收拾行李时神情怏怏。陈石看她裹着浴袍走来走去，头发未干，水珠溅到箱子里，内中条理清晰地摆放着衣物拖鞋、洗漱用品、奶粉饼干，和治感冒发烧、跌打损伤的药物，一望而知是惯出远门的人。他插不上手，于是拿来电吹风，趁着她蹲在地上做最后整理，正好坐在床沿给她吹头发。嗡嗡风声里，他随口感叹她带的东西够齐全的，没想到被她听见了。

"这还算多啊？原来我们走台口有时候连正经住宿的地儿都没有，铺盖卷、锅碗瓢盆全带着……像小谢这种啥都不带的，老从我这儿蹭吃蹭喝。"她手上的动作停了几秒，"现在条件强多了……时间好快啊，小谢那么不靠谱的人居然当爹了。"

"老说人家不靠谱……那天往医院赶的路上可把他急坏了。"

"早干吗去了。钱什么时候不能赚，老婆就生一回孩子，他还往外跑。"

陈石想替小谢辩解点什么，可是忍住了，专注在暖风里揉着她一头短发，很快就吹干了。雏仪拿来一个红包在他眼前晃了晃，"姑姑的见面礼！过两天孩子出院了你替我送过去。跟小文说，等我回来以后就去看她和小宝贝！"

陈石接了红包放在床头柜上，转头揽她到身前，"一走那么多天，你送我点什么？"

"嗯，你闭眼。"

他没想到真有惊喜，果真闭了眼。等她手搭在他肩上命令"睁眼"时，他视线迷眩了一下。眼前是庆红送的那件"新婚礼物"，他只在拆包那天见过一次，轻飘飘像一抹霞，她当时怪不好意思的，飞快收进了衣柜深处。

"这礼物喜欢吗？"

他顾不上用语言回答，已是最恰切的回答。

她感受到了。丝丝缕缕的红纱如她的牵念，恨不能织成一片网，柔而密地缚住意中人。"石头，不许跟那帮人出去鬼混！我不在，你不许自己去舞会……"

"好。"

"下班就回家！"

"好。"

"我可要每天晚上八点往家打电话！不接你就完了。"

"好。"

她想了想，没有具体嘱咐了，又重申了一遍中心思想，"你给我老老实实的！"

"你就这么不信任我？"他决心止住她过分的担忧，即刻就奏效了，"你给我老老实实的吧……"

次日赶火车，她起得很早，不忘吃床头的药，然后放进包里。

雏仪去外地几天后，谢波和小文的儿子健健康康出院了。陈石惦记着她托付的事，却不好意思单独上门，所以想等办满月时再去送红包。不料日子还没到，小谢主动来找他了。

那天陈石是在大刘和叶大夫家蹭的饭，饭后又跟大刘父子一起看球赛，仨人一会欢呼雀跃，一会捶胸顿足，吵得叶大夫在家待不住。大刘听见动静也没回头，只问她干吗去。

"八点我要看《一帘幽梦》呢。你们霸着电视，我上淑华家看去！"

陈石一听，眼睛仍盯着绿茵场，口中却急问："嫂子，现在几点了？"

"七点五十了呀。"

点球大战一触即发。他嘻声一拍大腿，告辞回家。

"叔，不看啦？"冬冬非常不解。他含混说有事，匆匆走了。

大刘父子俩都怪叶大夫多嘴。她叉起腰反击："关我啥事？肯定是人家媳妇儿要查岗呗！哪像你，拿老婆的话当耳旁风！还有你，刘冬，作业写完了吗就看球？！"

一大一小默契闭嘴。

陈石在家门外开锁时就听见刺耳的电话铃了，终于赶在最后一声响完之前接起了话筒。雏仪完全不介意长途话费，好一通盘问他今天接电话怎么如此慢。他耐着性子解释了半天，后闻那端有丈母娘隐隐的声音，雏仪总算悻悻作罢。然而话筒刚撂下就再次聒噪响起，仿佛烫了一下他的手。他举至耳边，有些烦躁道："宝儿，我明天不出去行了吧……"

电话里传来小谢的嘎嘎乱笑，"兄弟太惨了吧，这是远程遥控啊。"

他略尴尬，自己也觉好笑，问小谢找他何事。

"你下来。我在你们家楼下。咱哥儿俩兜兜风去。"

他感到意外，但夏夜无事，雏仪也查完岗了，他揣上车钥匙便准备出门。到门口时折回头拿了那个红包，想了想，又从自己钱包里取出两张大票添了进去。

小谢果然拎着一个塑料袋站在院里，一副悠闲样。两人上了车，陈石边打火边问他怎么有工夫出来瞎晃。

"小文在娘家坐月子呢。"

"难怪你这么自在。"

"哪儿啊，我啥活儿都干……洗尿布，哄孩子，拍嗝洗澡，我老婆堵了奶我还得……哎算了跟你说这个不合适……反正我可没闲着。"

"那怎么有空找我兜风？往哪儿开啊？"

车已驶出电厂，谢波指了个方向。"这不是想着你独守空房，带你散散心吗！"

陈石的语气忽然紧张，"……你小子要带我上哪儿？"

"哥们儿你的警惕性和自觉性真是太高了！我姐没看错人。"小谢笑岔了气，同时竖起大拇哥，"放心吧，就是找地方聊聊天。"

陈石在他的指挥下驾车穿过大街小巷，不多时进了一个小区，停车上楼，小谢掏出钥匙开门。踏入这套四白落地、空无家具的两居室后陈石才恍然大悟。雏仪从没对他提过小谢两口子买房的事，没想到他穿得破破烂烂在剧组"要饭"，竟然"要"出了一套房。陈石心里多少受了震撼。

"啥时候买的？"

"我老婆怀孕五个月的时候吧。听说以后单位都不分房了嘛，又想着她天天挺着肚子坐车上班太受罪了，咬咬牙买了。结果这罪还是没少受……前一阵刚收房。"小谢靠着窗边坐下，拍了拍地，又从袋子里拿出两个饮料罐、一盒花生毛豆。

"不喝，还开车呢。"陈石也席地而坐，环顾四周，"行啊小谢，有本事！这也不晚啊，以后一家三口有窝儿了。"

"这果啤，没酒精的。酒我也戒了。"谢波递给陈石一罐，与他互碰了一下，"可惜……住不上了。"

陈石不明所以。小谢低头剥了一颗花生，闷声说："石头，我们……要去香港了。"

那日谢波从片场不告而别，导演震怒，因为由他做替身的那个演员不只是片中主演，更是位大佬。导演紧急安排了其他武替，精益求精的大佬认为皆不如谢波，一则因谢波的侧脸和他本人出奇相像，二则因为他"身上有戏"，一举一动都比只会武术的替身多了神韵。

谢波未能拿到剧组的酬劳，但在小文生产几天后，他收到了那位大明星派人捎来的一笔不少的营养费。随钱到来的还有一个电话号码和一个口信：若有意，可携家眷赴港发展。

犹豫了一天，谢波悄悄照着号码打了过去。他的决定已是显而易见的了，但当陈石得知他们一家三口下周就要启程时还是大吃一惊。

"有个片子很快就要开拍了。人家不会等我的。本来小文家里不同意她跟我走，孩子太小，她的工作又是铁饭碗，去那边也有那边的苦。但……反正我们想好了，我俩，哦不，我们三口人是绝对不能分开的。钱要挣，人也得在一块儿。"

"那……你跟团里说了吗？我没听宝儿和她妈提……"

谢波是直接向剧院上级递交辞呈的。"我没脸见我们团长……还有我姐。到底是当了'无义人'了。"

不知从何时起,谢波的"姐"字不离口。陈石撞撞他的肩,又碰了下他的饮料罐,"你这是志在四方,没啥错,谁不想带老婆孩子过好日子?哎,那我以后是不是能在香港武侠片里看见你的大名了?"

小谢低垂的眼睛亮起来,"你别看演员表,你得在职员表里找!我早晚要混成动作指导!"

一些年之后,陈石早已不敢看戏,但偶尔会看香港电影,那些打斗场面比戏曲舞台上的夸张许多,而他依旧会看得睡着,醒来后正好浏览"职员表"。终于有一天,"动作指导:谢波"几个字真的映入了他的眼帘,尽管有可能是同名同姓的陌生人,但他还是像喝醉了一样激动不已。

几罐无酒精的果啤,堆成山的毛豆花生壳,那晚小谢和陈石坐在地上聊到凌晨。小谢主说,他主听。

小谢讲到自己被送去考戏校是因为家里孩子多,数他最淘气,学了戏既给爹妈省事,又能包分配;讲他和雏仪、庆红少小合作的趣事,他从未把头发比自己还短的雏仪当女孩子,她更没把瘦猴儿似的他当男子汉;他也直言不讳自己的荒唐往事,一人吃饱全家不饿的那些日子他甚至想过这样晃荡一辈子也挺潇洒,直到遇见了小文。

他忽然坏笑问陈石:"石头,你跟我姐……你是那个……那个……第一次吗?"

陈石也不羞涩,"我跟她,什么都是第一次。她也一样。"

小谢肃然起敬,"你们俩合该在一块儿,虽说看着好像没啥共同点,但缘分就是这么难说呀!我要没去蹭你们厂的舞会,也不会认识小文。我和我姐十来岁就在台上一块摸爬滚打,她就没正眼儿看过我,没办法,她喜欢笔管条直的正经人,嗯,就你这样的!"

陈石仰头看看雪白的屋顶,笑了,也感叹缘分奇妙。他猛想起一事,忙掏出红包递给小谢,"宝儿给你儿子的,她说自个儿又当姑姑了,这是见面礼。还说一回来就要去你家看孩子呢……"小谢接了红包,强作欢笑,"干吗当姑姑啊,小文让孩子认你们当干爸干妈。我说不行!你俩得生个闺女给我儿子当媳妇。"

"哎,扯远了……"陈石的眼神飘忽了一下,啜了口果啤,在地上顿了顿罐子,"说了半天,你儿子起名了没有?"

"起了 —— 谢琼。"

"哪个琼?"

"废话,当然是秦琼的琼。能是穷光蛋的穷吗!"小谢从兜里掏出一个红本本,"今儿刚办的出生证明。"

陈石在身上擦擦手才接了过来,展开一览 ——"婴儿姓名:谢琼,性别:男,出生日期:1997 年……"底下是"父亲姓名:谢波,母亲姓名:文虹"。右半页上方是母亲的拇指印,下方是婴儿的右足印。他偏着头端详了很久那个红彤彤的小脚丫,还没有自己一根手指长,可是印泥精准拓下了婴儿脚底每一道细细的纹路，证明这个孩子在世界上的独一无二，至少对于他的父母而言。

他突然很想看看这个孩子。"小谢，出发那天，我去送你们。"

"成。"

谢波头靠着玻璃窗，闭眼哼哼起雏仪在《秦琼卖马》里的那段唱，"店主东带过了黄骠马，不由得秦叔宝两泪如麻。提起了此马来头大，兵部堂王大人相送与咱。遭不幸困至在天堂下，欠下了店饭钱，没奈何只得来卖它。摆一摆手儿你就牵去了吧！但不知此黄骠落于谁家……"

外面天色浓黑，周围高楼犹亮着几扇窗口，不知何人无眠。陈石也毫无睡意，任凭小谢的唱腔飘进他耳里，心里。

拾
柒

情江曲

剧团到外地巡演期间，尽管《秦琼卖马》的丑角换了人，但雏仪的新搭档有心保留了谢波那句现挂 —— "现在的大款都开奔驰宝马，谁还要您的黄骠马呀！"每回此言出口都反响热烈，所以直到蒋凤仪退休后多年，这仍是该剧团每一个"店主东"的固定台词。

那趟行程漫长而紧张，雏仪除登台演出外还要随母亲参加当地的研讨交流会和示范表演。然而每天回宾馆后她再累也要给陈石打电话，有时高兴了还打不止一个，不高兴就打得更多。蒋凤仪被搅得不胜其烦。

"这话费团里可不给你报销啊！"

"不报就不报！我自己出。"

蒋凤仪无奈。母女俩很久没有共宿一室了，熄了灯总是迟迟不睡。女儿不介意倾吐些甜蜜的悄悄话，母亲听了也莞尔，同时有点隐忧。

"丫头，我看石头是个老实孩子，你也别太任性了。天天提着耳朵审，人家不烦哪……"

雏仪闻之，心里有现成的有力论据可以反驳母亲，但她没说出口，只默默翻了个身抱紧枕头。母亲也意识到了，不好再多言。

几天后，蒋凤仪从剧院上级口中得知了谢波辞职的事。那一晚，陈石没等到雏仪的电话。她和谢波、小文聊了一会儿，他们夫妻有些愧疚，而她的语气并未流露一丝遗憾，毕竟台上台下人来人往，向来是剧团里的常态。

"反正我们常去香港演出。功夫别丢，下次我去了，你得过来给我配个《三岔口》！"

"没问题！就是到时候我得叫'客串'了，哈哈……"

彼此都安静了一会儿。雏仪听见那端传来小谢琼底气十足的哭声，并不像早产体弱的孩子。小文离开电话去喂奶了，雏仪向谢波感叹："你儿子嗓门儿真大。"

"岂止是大！立音、炸音、脑后音……全都有！"

他恢复了调侃口吻，雏仪也笑了，祝他们一家子在香港平安、幸福。

小谢答："姐，你们也是。"

雏仪没把准确归期告诉陈石，她回来那天正赶上电厂举办夏季职工篮球赛。赛前，检修部的队员们向陈石所在的运行部叫嚣，说他们老上夜班的体力不行，风一吹就倒。

运行部反击，"嘿，一会打服了你们！别修锅炉了，去修胳膊腿儿吧。"

厂里男多女少，趁着姑娘们聚在场边，男青年们都不肯示弱。尤其是有心上人在观赛的小伙子，球一到手就忘了团队配合，左冲右撞，试图露脸，往往落了空。陈石却是认真为了打球而来的。场外有人在小黑板上记录着每队的个人得分，不知不觉地，陈石名字后面的数字越加越多。

雏仪拖着箱子经过时正好一声哨响宣布了比赛结束，运行部险胜检修部。厂领导给获胜方发奖品，无非是挂历、水杯之类的东西，随后又亮出一个信封，"这是特别奖励，给得分最多的队员！来，小陈。"

大家立刻伸长了脖子望向陈石手里，见是几张戏票。相熟的同事们哗然大笑，"主任，这奖励'特别'啥呀！人家陈工的丈母娘就是那剧团的团长，他看戏还要票吗。"陈石瞅了眼剧目，是下周的《八大锤》，看来雏仪很快就要回来了。他心头一喜，把票分发给了周围人，"这是我媳妇儿的拿手戏。欢迎大家去捧场！"

场边的年轻女孩子也都凑过来，有想要戏票的，有给队员们送汽水、递毛巾的，自然有不少纤纤素手伸到陈石面前。刚巧一只篮球被挤出了人群，滚到雏仪脚边。她抱起来，朝人堆儿里叫了声"石头"。嗓子脆亮，穿透力非常强。

他抬眼看到她，亦是兴冲冲脱口而出："宝儿！

你回……"

"接着！"她没等他说完就把篮球扔了过去，一条高远的抛物线，吓得他身边的姑娘们四散躲避。他扬手接了球交给同事便跑下场和雏仪一起回家去了。姑娘们看见他接过她手里的箱子，她给他擦了擦脸上的汗，在金灿灿的阳光里相携走远。

她们喊喊喳喳地耳语，"这就是陈工的爱人？啧啧，脾气挺横。"

"是运动员吗？"

"不说了是唱戏的嘛……"

齐克谐听说女儿回来了，提出想见见小两口。父亲奔六十了，雏仪不愿他像以前那样受累从北京赶过来，在饭店匆匆一聚后再赶回去，所以她和陈石到北京的家中看他。一进门，桌上已经摆满了饭菜。齐克谐满面春风，话也比平时密集很多。

"爸，什么事这么高兴？"

他似乎一直在等女儿这个问句，于是马上摘了围裙，进书房取了件东西递给她。陈石也歪头去瞧，见是戏曲学院发来的大红聘书，惊奇道："嚯，爸当特聘教授了！"

雏仪却不以为然，"这有啥新鲜的？您不是一直到处讲课吗。"

"这回不一样。我要专心教书了。"

他说自己将暂时不再接影视剧的创作工作。到了这个年纪，他对名利已无更多渴望，决心翻回头拾起戏曲文学的老本行。雏仪未细究其原因，只表示支持，因为父亲去教书就可减少应酬，于身体有利。

她把聘书还给父亲，他却没接。"宝儿，你翻到后面看看。"

原来背后夹着一张宣传单，标题大字是"新世纪戏曲人才进修研习班"，底下是密密麻麻的介绍："由中宣部、文化部主办，选拔功底扎实、敬业认真、具备一定知名度的青年戏曲演员到高等院校进修深造，促使他们全方位提升表演技能、艺术理论、文化水平及人文素养，为即将到来的21世纪培养国粹艺术的中坚力量和领军人才……"

雏仪没读完这一大段话就放下了单子，漫不经心地夹了口菜。

"怎么样宝儿，多好的机会！"

"这进修班要上多久？"

"三年。这是全日制上学的，毕业有正式文凭。你看这要求，'功底扎实、敬业认真、具备一定知名度'，你样样符合啊。报名试试吧，要是考上了，爸爸教书，你上学，多好！"齐克谐眼含憧憬。在他心里，女儿没上大学一直是个巨大的遗憾。

然而，女儿的反应不如他愿。"三年？！您让我在北京上三年学？那等到毕业我都三十了。"

齐克谐也恍惚了片刻。确实，已经长大嫁人的女儿，事情不能由父亲做主了。他扭脸问陈石："小陈，对于宝儿上学的事，你有什么意见吗？毕竟，你们要是有什么计划的话……"

陈石正在擦那张单子上落的菜汤，听到岳父唤他忙抬起头来，"爸，我没什么……我看这上面说'21世纪的中坚力量和领军人才'，那是不是以后有这文凭的人更吃得开啊？"

齐克谐赞许地点点头，"没错。宝儿，你看小陈都没意见……"

"我有意见。"雏仪的声音提高了一倍，"那我三年都不演出了？就坐在教室里'进修'？我妈一天学也没上过，不照样成角儿！"

女儿搬出一个最好使的挡箭牌，齐克谐不禁怔了下，但没被难倒，"你妈可没少下私功，那几年她看的书比别人上学看的还多，不就是怕人家说她没文化吗。而且现在时代不一样了，甭管干哪行儿，学历是个硬指标。"

"我妈看书，我在家就不学无术吗？不信您问石头。"雏仪索性撂下了筷子，直截了当告诉父亲，"反正让我为了一个文凭在学校蹲三年，我不干！"

饭桌上的气氛骤然僵冷。在陈石的劝说下，她勉强答应回去思考几天。齐克谐尚怀一丝希望，叠起那张宣传单让女儿拿去和她妈商量一下。她没伸手，还是陈石接过来揣进了兜里。

回去的路上雏仪很沉默，陈石几次欲挑起话题都被她敷衍过去了。她一直侧头望着窗外，车开进厂院后，她遥见职工俱乐部里明明昧昧地闪烁着幽紫色灯光。

"今儿有舞会？"

"可能吧。"

"停车。跳舞去！"

陈石对于这项活动既不擅长也无甚兴趣，但自从俩人交往时他邀她赴了一次元旦舞会之后，她的兴致和技艺与日俱增。婚后他们更成了厂里舞会的常客，舞伴是且仅是彼此。

今天俱乐部里的人不多，空间宽敞，通风良好。他熟练地搂了她的腰，任她控制脚下的速度和方向。按说男方更宜担此任务，但他不行，经常不是踩她的脚，就是撞上别人。于是换雏仪领导，她时时刻刻盯着他的眼睛，可是毫不妨碍她闪转腾挪，满场翩跹。

他不必在舞步上费心，所以又想起饭桌上的事。

"宝儿，为啥不去上学？"

"怎么，你是大学生，嫌弃我学历低？"她换了策略，带笑质问他。他也知她故意如此说，气而无奈，在她腰间轻掐了一把。俩人一阵嘻嘻哈哈，脚下也乱了章法。几个没寻到舞伴的年轻小伙子瞧见他们，溜达过来打招呼。

"我们看了半天啦！嫂子跳得真好。陈工你歇会儿，嫂子，带带我们吧！"

陈石一向觉得跳舞比打球累，巴不得要下场，可是雏仪不放手。她朝几个男青年一甩头，干脆利落道："不要！我就跟我们家石头跳。"

小伙子们哄笑一声，各自散去。这时音箱唱响了下一首流行歌曲。从容悠缓的慢四步里，陈石忽然低声说："宝儿，如果是为了我，不……"

她将手探上去，掩住了他的后半句话。也许是跳累了，她停了脚，脸贴着他的心口，在原地随着乐曲轻摇慢摆，姗姗地消磨去这夏夜的时光。

当你说要走

我不想挥手的时候

爱情终究是一场空

…………

就当我从来没有过

还是忘了你忘了我。

一
丝
风

　　休息日回娘家，陈石几次用眼神催促雏仪，她终于拉着母亲进了里屋。她并没带那张"进修研习班"的宣传材料，但一进屋就看见写字台上放着一模一样的东西，另外还有一厚沓详细的课程介绍，上面被她妈画了些圈点。

　　雏仪不禁有点慌。"妈，你也知道这个啦……前几天我爸还催我报名呢，他也要去那儿教书了……"

　　"你戏校毕业就进团了，没考大学，你爸心里一直不是滋味。这'新研班'倒是个机会。"蒋凤仪脸上无甚情绪，只问，"你自己怎么想？"

　　"我……我不太想去。三年啊！把我圈在学校里，身上都锈了。"

　　蒋凤仪没有立刻表态，而是拿起那沓材料翻了翻，"这文化课、理论课的比重确实大了点，每学期就学那么几出戏，武戏更少。"

雏仪心中暗喜，但母亲随即沉吟道："不过，办这班儿恐怕不光是为了学理论、学戏，也是个宣传工程。要是不去的话……"

母女俩在屋里谈话时，陈石一边帮姥姥干活一边竖着耳朵关注里面的动静。秋灵早早开始筹划两个月之后的中秋节，张罗着请陈石妈来家里聚一聚。陈石顺口提起姐姐也将带着他的小外甥从深圳回来过节。

"那更好了，姥姥请客，咱大伙儿下馆子！"老太太回想起婚宴上见过一次的瘦瘦小小的陈苇，看不出已是当妈的人了，遂问孩子几岁了，叫什么名字。

"三岁了，叫磊磊。"陈石说姐姐、姐夫工作忙，每次来去匆匆，平时甚少把孩子带回来。

"那你妈一定挺想孩子的，隔辈儿亲嘛。要是我们宝儿离我十万八千里，我可要想得吃不下睡不着了。"

屋里，雏仪不知说了些什么，母亲最终没有反对她的决定。"上学有上学的利弊，在台上摔打也有得有失，你自己想好了就行。但人家要学的东西你不能落下。去让你爸给你拉个书单子。"女儿满口答应。

"另外，"蒋凤仪又下了一道令，"戏校的崔校长这学期四处请神，找了几位老先生，个个都是戏包袱。你每礼拜抽空儿去跟着学几出戏，学一出是一出，以后这些人不在了，就把宝贝都带走了。"

于是雏仪没有到高等院校"进修"，而是遵母命到戏校"回炉"去了。她混在一群十几岁的孩子中间，一招一式地随老先生学那些生冷剧目。熟悉的戏也有，她初时不以为意，渐渐地才对"常学常新"四个字有所悟。

教《四郎探母》那天，她因为这出戏实在太烂熟，所以在家多耽搁了一会，姗姗赶到戏校时学生们已经下课了，老先生居然独坐在教室里摇着蒲扇等她，令她大感过意不去，何况这位老爷子住得很远。

"没什么，来一趟不多待会儿我多亏啊。来吧姑娘，你把'见弟'走一遍我瞧瞧。"

她依言连唱带做，老先生给她哼着胡琴和锣鼓经，一遍之后，他问她演过这戏没有。

"没有，但经常看。"

"看过谁的？"

"看我妈的多……"

"你说说，'见弟'这儿的快板对唱，你为啥要来回溜达？"

"因为……"她从未想过这样细枝末节的问题，所以答不出所以然。

"因为你妈就是这样？"

她说是。老先生呵呵一笑，"瞧得出你妈给你打的功底够瓷实，嗓子、身上都不错。但你还得记住八个字：'以功悟法，以法悟理'。比如这《四郎探母》，可不是'叫小番'唱上去就成了。四郎被抓进宋营，他看见两边兵将，又看见上面坐的元帅是自己的弟弟，心里难道没想法吗？我看你妈走这几步就知道她心里有戏，你走的一步不差，但就跟观光旅游似的。所以啊姑娘，多琢磨，光面儿上像你妈不够，得像人物！"

一席话说得雏仪红了脸。她从小到大最常听到的表扬就是夸她像她妈，只有今天这位老先生委婉点出了这种"相像"的不足甚至误区所在。那天她送老先生出了校门，自己却没回家。最近几天陈石出差了，她早归无事，便在校园里四处闲步。几个孩子正在树荫下拉山膀，嘴里背着《夜奔》的定场诗。"男怕'夜奔'"，无论什么年代这都是武生开蒙的必修课。

"欲送登高千里目，愁云低锁衡阳路。鱼书不至雁无凭，几番欲作悲秋赋……"

这几个孩子显然正在倒仓，即使光念不唱也能听出嗓子暗哑。雏仪望过去，全是秃小子，个中并无一个女孩。1949年以后的教育政策不再鼓励培养反性别表演的人员，十几年前她就是戏校里的独一份。以前雏仪从不觉得自己寂寞或特殊，因为有母亲这个活生生的榜样在面前 —— 她演的英雄好汉比多少男人更阳刚潇洒啊，动情处的细腻幽微又出自女人的独到体察。太多人为蒋凤仪痴狂了，包括作为女儿的雏仪，而且，她还比别人多一份痴念。

母亲是女人，她也是。母亲是武生，她也是。她追随心里的英雄，一天天长大，却日渐明了母亲的成功不仅在于她是女人、她演武生，更重要的原因是，她在艺术的感知和表现上天赋过人。而天赋，或许无法遗传，也不是刻苦耐劳就一定能换取的。

几丝小凉风吹过来，站在阳光地里的她竟打了个冷战。望着不远处那几个用功的孩子，又想起那位老先生的质言，她心底突然泛起一阵恐惧。她怕以后做不成母亲那样的红角儿、艺术家吗？可能会有一点遗憾吧，但这已几乎是她默认的现实，并不算可怕。

她怕……

她怕的是明知自己不能成为一个不凡的女武生，却又做不好一个平凡的女人。这个念头在她脑海中沉浮很久了，可她不敢告诉母亲，也不便向陈石倾诉。

"……回首西山日已斜，天涯孤客真难度。丈夫有泪不轻弹，只因未到伤心处。"

孩子们的念白打断了她的思绪。尽管他们嗓音欠佳，但合念的这几句听来气势如虹。雏仪不禁拍起巴掌。几个孩子齐刷刷扭头，随即撒着欢儿朝她跑过来。她也瞬间认出了他们。陈石被调去对口支援的那大半年，她和小谢到戏校代课教基功，这几个学生都是她手把手带过的。在那段饱尝相思之苦的日子里，是与孩子们共处的时光给了她宁静和慰藉。她甚至委婉向母亲提过，倘若有一天她不想在舞台上争锋斗狠了，就去戏校工作。然而母亲认为她年纪轻轻不该图安逸，前程还没奔出来就惦记起后路了……

傍晚时分，刚从外地出差归来的陈石到戏校接她。他在铁门外站了很久，看她和六七个学生在草地上坐成一圈。她时而示范几句唱，时而学他们的怪相，她仰头大笑，孩子们挠头挝脸，也一片嘻嘻哈哈。后来有个小胖子朝大门外指了指，她回头发现他，起身像小鸟似的飞过来，跳起来勾住他的脖子。陈石只用下巴颏儿蹭了蹭她的额头，很快一脸正色地把她从自己身上扯下来。原来那群人小鬼大的孩子正扒着栅栏围观他们呢。

中秋节之前，陈苇带着孩子回来了，陈石独自去接站。次日雏仪有演出，在剧场里才与婆婆、大姑姐和外甥见面。三岁的磊磊是个认生又有点任性的小孩，看起来也比同龄人瘦弱一些。陈安秀几次三番哄他叫舅妈，他就是不开金口。陈石见状轻拉雏仪衣角，"化妆去吧！别误了场。"

她灵机一动，询问偎在妈妈怀里的磊磊："要不要跟舅妈去后台玩？"

陈石和他妈都劝她别让孩子去捣乱，反倒激起了小孩的好奇心。他露出半张脸，问："好玩吗？"

"好玩呀！都是你没见过的。"

磊磊闻言在座椅上晃悠悠站起来，伸出双手让她抱。"这么几步路还不自己走？"陈石拍了孩子屁股一下。雏仪说没事，又征得了陈苇的同意，便抱着磊磊去了后台。

那里的一切五颜六色，光怪陆离，磊磊的小手指来指去，不自觉念叨："舅妈这是什么？""舅妈那是什么？"她都耐心告诉他。其间一个正在化妆的大花脸朝磊磊咧嘴一笑，吓得他扭头紧紧搂住了雏仪的脖子。

"小姑姑，这是谁啊？"

雏仪一看是许久未见的凌晓斌，非常高兴。他快升六年级了，功课很忙，今天是因她第一次演经典传统戏《四郎探母》，所以他特意求了他爸前来捧场。一进后台他就瞧见小姑姑怀里抱了个小崽子，心里挺别扭。

雏仪却如遇救星，因为她现在必须开始化妆了。"晓斌，帮我带磊磊玩一会，我得扮戏了！小心别磕着碰着。"

距离开戏还有一阵子。陈苇问起昨天怎么不见雏仪踪影，陈石忙答："她最近挺忙。在戏校学戏，还在那儿带学生练基本功。"

"又演戏又学戏还教戏？石头，你们要缺钱跟姐说啊。"陈苇神情很关切，陈安秀也盯着儿子。他解释不是为了钱，"她就是喜欢……喜欢跟学生在一块儿。"

"那么喜欢教孩子，你们自己生一个教呗！"陈苇笑了。

"姐，说哪儿去了！赶明儿跟她家里一起吃饭，你可别提这话。"

"怎么，她妈不许你们要孩子？"

陈石含糊表示条件还不成熟。

"我弟条件差哪儿了？要样儿有样儿，要学历有学历，工作也体面。"

"在厂里耗一辈子有什么体面的？现在国营厂这个情况……"

陈安秀听到儿子如此说，便岔开了姐弟俩的话题，吩咐陈石去把孩子领回来。他离开后，陈安秀掩口咳了几声，怪女儿多嘴。

"我也没说什么呀！我就是看小蒋挺喜欢带磊磊玩儿嘛……怎么了妈，身体不舒服？"

她摆摆手没言语。

陈石来到后台时正赶上一场"纠纷"。磊磊瞅见了《四郎探母》里要用的彩娃子*，想拿起来玩一玩，被晓斌义正辞严制止了。他很不满意，"一个破娃娃，为什么不能摸？"

"不是破娃娃，是喜神！谁也不能瞎摸！"

雏仪听到俩孩子的吵闹跑过来，发现磊磊已经被陈石抄起来夹在胳膊底下了。她轻道："磊磊，小哥哥说得没错，那个娃娃不能玩。"晓斌听后扬起头，转身去帮她拿髯口。她趁晓斌不在，拦住陈石的脚步，俯身安慰了磊磊一句话，他的小脸上立刻阴云转晴。

陈石把外甥抱回座位，向陈苇直言："姐，你跟姐夫对

---

* 　彩娃子，即戏中的道具娃娃，又称喜神。按戏班旧时规矩，在后台必须脸朝下放置，不可擅动。

磊磊不能太溺爱。这小子……"姐姐半笑半认真地打断了他，"怎么？非得像咱妈管你那么狠？磊磊，舅妈带你玩什么啦？"

"舅妈要送我个娃娃！"磊磊心满意足地把胳膊搭在了两侧扶手上。

不多时，灯光熄灭，大幕拉开。雏仪扮的杨四郎缓缓出场。

一
叶
落

中秋节之后，陈石连续几晚伏案忙碌。雏仪轻手轻脚走到他身后，把一件东西放到台灯下，呱呱哭声吓了他一跳 —— 原来是个会出声会眨眼的玩具娃娃，精致的公主裙外面套了件极不相称的麻花毛衣。

"明儿我有演出，不能去火车站，你帮我把这个送给磊磊！"她贴在他颈后笑嘻嘻道，"可爱不？我姥姥看见了，说天儿凉了，还给勾了个小毛衣。"

陈石摸着那娃娃的金发，知其价格不菲，是雏仪的一片心意。"你还真买啦！磊磊也是太娇了点，秃小子玩什么洋娃娃。"

"欸，小男孩就不能喜欢洋娃娃？照你这么说，我们女的也不该演武生了。"

"我可没说……你又冤枉我！"

她坐到陈石腿上揪起他的耳朵，语气确有不满，"我冤你了吗？最近你老不理我，废寝忘食干吗呢？"她说着就去翻看他手下那沓稿纸，标题是"主要用电企业生产能耗调研及电量营销方案"。她不禁咦了一声，"你一个工程师研究这个干吗？"

"嘿，我们搞技术的就不能研究市场了？"陈石立刻学起她刚刚的口吻。她哑口无言，他一手揽着她一手继续奋笔疾书起来。片刻，他手里的笔被抢走了。"石头，过几天有个南方的剧团来演他们新编的《白蛇传》，陪我去看吧！"他掂量了一下手头的工作，直言不得空儿。

雏仪怏怏地抱起洋娃娃走到窗边，中秋刚过不久，一轮满月已经消瘦了几分。那回她下乡演出，巧遇在村里改造电网的他，也是这样的秋凉天，一眨眼两年了。她记得那次的《白蛇传》刚演到许仙骗白娘子饮雄黄酒陈石就已睡得东倒西歪，至今他也没完整看过这出经典戏……

他埋头写了半晌，不经意间抬头，见她仍默不作声地趴在窗台望天儿。庆红许久未回国探亲，小谢两口子也去了香港，她现在除了练功唱戏，恨不能时时刻刻与他黏在一起。他偶尔有点烦，但也能体谅她的心情。

"走，狗皮膏药，陪你跳会儿舞去。"他走过去从背后抱起她转了个圈，"不说话？去不去？"她不动声色按了娃娃背后一个按钮，怀里传出了奶声奶气的儿歌，"亲亲爸爸，亲亲妈妈，高高兴兴去玩耍……"

职工俱乐部里不复往日热闹。舞场四周的彩灯坏了几盏，还有的忽明忽暗，在斑驳的墙面上投映出零星几个人影。

"堂堂一个发电厂，居然灯泡都不亮？"雏仪啧啧抱怨，转到空空如也的半月形小舞台时忽问，"以前不是有现场乐队嘛，那几个吹拉弹唱的哥们儿哪去了？"

陈石咽了口唾沫，摇摇头，没告诉她现在厂里"减员增效"的风声很紧，工人们都没心情来消遣娱乐，也怕被厂领导扣上游手好闲的帽子。跳了两三支曲子，雏仪先发现了陈石他们的部门主任，他不跳舞，只坐在场边抽烟，浓浓云雾遮住了半张面孔。陈石不愿上前，她却说哪有见到领导不打招呼的道理，于是牵着他走了过去。主任笑着掸掸烟灰，"还是年轻人精力足，上了一天班儿还跳得动。"

陈石一时答不上话，雏仪却脆生生接道："范主任，我们家石头在业务上太投入，我带他劳逸结合一下才能更好地提高工作效率呀！"

"哈哈，是、是，小陈今年确实贡献很大，带头攻克了好几个技术难题。厂里就应该精兵简政，让年轻人施展拳脚啊，你们说是不是？"

雏仪没听出弦外之音，刚想附和却被陈石捏了一下手心。主任见他俩不吱声也就转移了话题，"咱们下周末有个茶话会，别忘了来啊。家属也来！"

茶话会前一天，雏仪独自去看外地剧团演出的新编《白蛇传》，一回家就扑倒在床。陈石放下手里的工作过来扒拉她，"喂喂，你还老说我，你怎么不换衣服就躺下了？"

"累死啦！"

"你不是看戏去了吗？"

"台下看戏变成上台救场了……你猜这戏叫啥？"

"不是《白蛇传》吗。"

"错！这叫《美杜莎与许仙》。"

"美杜莎是谁？"

"没文化！就是希腊神话里一个蛇发女妖，人家这戏中西合璧。而且你猜这剧团哪儿来的？"雏仪指挥着陈石帮她更衣脱袜，顺便告诉他，"就是你去支援建设那地儿，丁娟带的团！"

一年前蒋凤仪剧团南下演出，那位老实巴交的丁团长亲自接待，在后台细心周到地伺候所有大小演员，给雏仪留下了深刻印象。这回她所在的剧团编排了这出新奇大戏进京献艺，并在周边省市巡演。戏中打斗激烈，可他们拿得出手的武生就一个人，几场演下来旧伤发作，无法坚持。丁娟去找蒋凤仪搬救兵，偏巧凤仪和凌跃都外出开会，她受了副团长几句敷衍，正是求助无门时碰见了雏仪，自告奋勇帮她救场。

雏仪本以为自己客串的神将只须与盗仙草的白蛇对打一套剑法，没想到她被吊上了威亚，送上了升降台。上有钢丝，下有干冰，把她折腾个够呛，所幸该完成的技巧和身段都顺利完成了。散戏后丁娟对她千恩万谢，她看着丁娟脑袋上盘踞蜿蜒的一条条"蛇发"和身上的希腊式长袍，只求了一件事："丁团长别客气，就是……你千万别告诉我妈……"

丁娟扯下滴里嘟噜的头套，垂目笑了，"就算你不说，我也不敢让蒋老师瞧见我这模样的白娘子……没办法，拿了我们那儿一个女老板的赞助，人家说得和国际接轨。这造型还是她亲自设计的呢！"

雏仪没再多嘴。丁娟热情请她吃夜宵，她也婉拒了，说家里人还等着她呢。

"对了，上次你们在我们那山区的工地演出，你对象是不是……"

"是呀，"雏仪欢快地抢了话，"他现在是我老公啦。"

丁娟忙着恭喜她，还说陈石参与的那个电力工程在当地广受好评。临别前，她递给雏仪一张名片，表示将来他们夫妻若回去旅游，她一定尽地主之谊。

秋夜静如止水，陈石拧了一条热毛巾敷在雏仪被威亚勒出的瘀痕上，劝她明天在家歇着，不要去茶话会了。她却倔强摆头，"不，我要去！你们范主任说带上家属的！"

次日，茶话会开在舞场里，雏仪第一次在白天走进这间活动厅。明晃晃的阳光照出了棕红色地板上沓杂的脚印，墙上那行"走向现代化，迎接新世纪"的标语也异常鲜亮。屋里临时放了些桌椅板凳，大半已被占满，大家忙着窃窃私语，桌上摆的茶水、盐汽水和瓜子糖果几乎无人问津。

叶大夫坐在闭目养神的大刘身边冲雏仪招手，于是她拉着陈石走到他们旁边落座。今天说是职工携家属参加，其实大部分夫妇都是厂里的双职工，她熟人不多，只和叶大夫闲聊几句。"今儿不年不节的，开什么茶话会呀？"她说着从桌上拿了瓶冰镇盐汽水，噗地翘开盖子喝了一大口。

叶大夫语焉不详地抿抿唇，拍了下她的大腿，"天儿凉了还喝这个？"

"没事儿，我每天出汗多。"雏仪又灌了几口，转头把瓶子塞进陈石手里。

不多时，范主任到了，坐下后迫不及待地点燃了一支烟，在自己面前吐出一帘烟幕。中秋已过，但他的开场白还是从月圆人和谈起，迂回许久才谈到厂里现在的困难，"跟别的厂子比起来，咱的效益不能算差，毕竟他们生产什么都离不开咱的电啊！但话说回来，别的厂子倒得太多，用电的也就少了……一个大厂子就是个大家庭，咱们运行部门更是老中青三代都有，老一辈的主要贡献是'传帮带'，但咱要大跨步往前走，还是得靠年轻人。像上半年小陈、小马、王兵申请的那个技术专利，给咱们解决了多少麻烦、省了多少人力成本！"

雏仪听到陈石被领导表扬，笑微微碰了下他的肩膀，而他紧攥着汽水瓶一动不动，表情复杂。

范主任拿几个青年技术人员当引子，渐渐牵出了真正的话头，"其实咱们运行这块儿，真不好干，又苦又累，像老同志、女同志、身体不好的同志，你们干吗非得受这个罪呢？

老是倒班，日夜颠倒，轻则脱发便秘，重则不孕不育啊！"

主任自以为幽默地朗声大笑，却没得到任何呼应。他干咳着摁灭了烟头，试图调节气氛，"今儿是茶话会嘛，大家别干坐着，该吃吃、该喝喝！小陈的家属来了嘛？欸，小蒋同志，今儿给大家唱点啥？"

雏仪并不是第一次参加厂里的集体活动，也习惯了被点名要求演唱助兴。今天的场面虽有点异样，但她还是落落大方地站了起来，刚要开口却被范主任堵住了，"小蒋啊，老戏你唱得挺多，样板戏你会不会？"

她迟疑了一下，说没正式学过。

"'要学那泰山顶上一青松'肯定会吧！想当年我在厂里的宣传队演郭建光，大伙儿最爱听这段！"

范主任亲点唱段，她只好应下。

> 要学那泰山顶上一青松，挺然屹立傲苍穹。八千里风暴吹不倒，九千个雷霆也难轰。烈日喷炎晒不死，严寒冰雪郁郁葱葱。那青松逢灾受难，经磨历劫，伤痕累累，瘢迹重重，更显得枝如铁，干如铜，蓬勃旺盛，倔强峥嵘。崇高品德人称颂……

雏仪学不来样板戏咬牙瞪眼的做派，她尽量唱得内敛些，但吐字还是清晰而铿锵。陈石听了几句便觉得不对劲。然而迟了，座中已有人按捺不住，怒冲冲吼出来："别他妈唱了，还不够添堵的！什么青松，咱是想当柴火都没人要！"

雏仪愕然停住，陈石立刻拉她坐下，对那发火的工人大哥说："邢师傅，这不关我爱人的事。"

"管你们谁是谁！凭什么就我们工人吃亏？"

"就是的！什么茶话会，不就是要轰人了吗。真是说的比唱的好听！"

一片嘈杂之中，大刘暗暗扯陈石的袖子，劝他别多话。良久，大家还是自动静下来，目光聚焦到范主任脸上。

"大家别太悲观，柴火，也是可以发挥余热的嘛。一句话，减员增效、下岗分流是咱们深化改革的重要举措。"范主任又点起了烟，这一次他直言不讳，遥远的声音从云雾缭绕中传来，"第一批下岗名额是十八人，希望大家有个心理准备。"

霜天晓

茶话会之后陈石没跟雏仪一起回家，因为刚踏出职工俱乐部的大门就有人来报告机组出了故障，他和大刘匆匆赶去处理。叶大夫见怪不怪，与雏仪结伴而行，边走边安慰她："刚才的事别放心上，那几个师傅不是冲你……这个范主任也是，得罪人的话他不直说，倒叫你来热场子。下岗就够难受了，他挑那戏词更气人，什么'风吹不倒、雷也难轰'的，就差说下岗光荣了。那么光荣，他怎么不带个头？唉，十八个名额，十八家老小的日子要难过喽。"

雏仪原本心存不悦，听了叶大夫所言才明白其中原委。

陈石一天一宿没回来，只托人给雏仪捎了个口信。次日中午他进了家门，贴身衣物被汗浸得一道道盐渍。雏仪扒了他的脏衣服塞进洗衣机，轰他去洗澡，又趴在地上擦他踩进来的一串黑脚印。她忙完一通走进卧室，瞬间放轻了脚步，其实没必要，因为他早已在洗衣机的隆隆巨响里香甜入睡。

他这一觉却没睡太久，睁眼时雏仪正在晾衣服，窗外是一片红融融的晚霞。

"这么快就醒啦？下次我不开洗衣机吵你了。"

"没，我没听见……"他坐起来搓搓脸，从床尾拿起一只衣架递给她，她接过去搭上一件他的汗衫，略一踮脚挂到阳台的晾衣绳上，白色的衣服即刻被霞光染作橘红。绳子是他拉的，看来稍高了点。他下床走过去把剩下的衣服快速挂好。秋风吹过来，湿漉漉的衣角飘飞着隔在两人之间。雏仪听到他说，"宝儿，昨儿受委屈了。"

"什么呀，我早忘了！"她拨开层层湿衣服钻到他面前，理了理他乱糟糟的头发，"我知道大伙儿心里有怨气，对事不对人。就是……石头，你会不会……？"

"不会，别担心。"

"那就好。叶大姐也说嘛，厂里离不开刘哥那样的老骨干和你这样的高材生。"

"刘……"陈石顿了顿，没搭话茬。须臾，他进屋坐到写字台前又开始写那份市场调研。雏仪进厨房加热从食堂打来的晚饭，阳台外的漫天红霞也转瞬淡入夜幕。

等待第一批下岗名单公布的那段日子，家属楼里的气氛和人际关系变得很微妙，交替出现的沉寂与大吵取代了凡常的喜怒哀乐。

渐渐地，雏仪莫名感到左邻右舍看她的眼神有点怪，于是她增加了回娘家的频率。这天她出门前陈石提出陪她一起。"你今天不值夜班吗？"她已记熟了他的倒班周期，但他摇了摇头。

回到剧团大院后陈石说自己去买点东西，让她先上楼。待到他提着几个袋子进家门时那娘儿仨正围坐在桌边，雏仪直呼："买啥去了，都等你吃饭呢！"

"给姥姥和妈买了点水果。"他放下袋子，从中取出一瓶酒放在桌上，"还有这个。"

"干吗呀？你还添毛病了？"

"偶尔喝点有什么大不了？小陈，拿杯子去。"蒋凤仪朝女婿努努嘴。

杯子取来了，姥姥不饮酒，雏仪也捂住杯口白了他一眼，"都喝，谁开车？"

蒋凤仪闻之推来了自己的杯子，"我来点儿。"姥姥也在旁打圆场，"少喝点没事，多了不好。本来就老上夜班，宝儿怕你伤身体。"

他倒完酒，深吸了一口气才开口："姥姥，我以后……不用上夜班了。宝儿，妈，我调到计划营销部了。"

雏仪听后睁大了眼睛，随即联想到最近电厂家属楼里人们对她的态度——似乎他们比她更早察知了他的升迁。"什么时候的事？领导的安排还是你自己申请的？我怎么从来没听你提过？"

尽管她这一串问题都在他意料之中，但他还是未想好如何作答。幸而岳母主动解围，与他碰杯，"这是好事啊！刚听宝儿说你们厂里现在也有困难，你这时候上了个台阶，说明受器重。好好干，妈祝你大展宏图！"

蒋凤仪的热情鼓舞令陈石深受感动，说声"谢谢妈"便仰脖饮尽了杯中物。但雏仪一直冷着脸，只在他又一次要与丈母娘碰杯时哼道："你能喝多少自己心里没数？"

陈石的手僵在半途，蒋凤仪喝了自己的酒，开玩笑道："没事，甭理她。"

"凭什么不理我？"雏仪对母亲的立场颇为不满，"妈，你知道计划营销部是干吗的吗？"

"我怎么不知道？剧团里不也有跑市场、拉业务的吗？"

"你看石头适合干这个吗？他天天跟机器打交道。"

"谁规定跟机器打交道的就不能跟人打交道了？好比演武生的还不许学文戏了？年轻人得有点事业心。"

"为了事业，家庭就扔一边儿了？那结婚干吗，当孤家寡人得了。"

话赶话至此，饭桌上霎时安静下来。陈石见她们母女俩为了他的事拌嘴，赶紧收了酒瓶，姥姥也勒令雏仪息战吃饭。半晌，雏仪默默给她妈夹了一箸子菜，暗悔自己出言无状。

晚上从娘家出来，雏仪踩着满地黄叶喇喇疾走上车，微醺的陈石跟在后面，老老实实坐进副驾驶。她一言不发地点火启动，忽见母亲穿着单衣追出了楼门洞。"怎么了妈？"她赶紧摇下车窗。

"喏，拿着。"她妈递进来两只饭盒。

一路上，窗外街景闪电般后退，过了会儿，陈石抱着微温的饭盒低声道："刚才不该跟妈那么说……"

"还不是为你！"雏仪憋在心口的火气蓄势待发，"调动工作这么大的事你居然瞒着我？"

"我没……我写的市场调研你也看见了。领导觉得我的方案不错，所以……"

"当初我就不明白你为什么要写那东西！你不是喜欢研究技术吗？你不是讨厌虚头巴脑、喝酒谈生意那一套吗？怎么说变就变了？"

陈石没正面回答，只喃喃道："你不是一直怕我在一线出事故吗？……慢点开。"

"你满世界应酬我更怕你出'事故'！再说厂子那么大，除了营销就没别的部门可以转了？"

"营销部门的待遇和机会是最好的，而且是活工资……宝儿，到家再说吧。"

陈石的酒劲儿上来了，很不舒服。驶离市中心后，路上空旷，雏仪不断提高的音量和车速使他更加头晕目眩。

"不行，我要跟你说清楚！石头，别拿钱堵我的嘴，我嫁给你不是图钱！要是为了大富大贵我就不找你了。我只想跟你踏踏实实过日子，这要求过分吗？"她扭过脸来质问他，语气很倔强，可掩不住哭腔。

陈石强忍着头疼望向她那边，白光刺目，使他一惊非小。

"看路！"他下意识猛打了一把她的方向盘，手里的铝饭盒落地发出哐啷巨响，几乎同时，一辆拐弯的大货车在他们眼前暴土扬尘而过。

雏仪吓白了脸，他连说了几遍"靠边停"她才反应过来，慢慢在路边停下了车。

"石头，我……"她松开方向盘，把冷汗直冒的手伸向他那边。

"蒋雏仪你听我说！"他不容分说捉住她的手，声音也大了，一字一句警告她，"永远记住安全第一。你生气，要吵架要打人都可以，但绝对不能带着气开车！"

她自知理亏，没吱声。

"记住没有啊！"他啪啪打了几下她的手心。

她使劲点头。

"还有，我调岗不光是为了钱。范主任让我把刘哥的活儿接过来，我不愿意，所以才去营销部试试，没想到真成了。"

"什么？他们想让……"

"他们想让刘哥办内退。冬冬刚上高中，嫂子脾气又急……他倒是想得开，说以后就开着他那辆夏利去拉黑活儿，赚的不见得比现在少……眼下丢饭碗的人多了，但他是我的老大哥，又是一进厂就带我的师父，我不能拿了他的碗给我自己添饭。我记得小谢以前老念叨，你们戏里管这样儿的叫什么，'无义人'啊！"

雏仪嘴角翘动了一下。他开了车窗，几丝瑟瑟秋风潜进来。说话的工夫他们身后已停了长长一队人马，有的士也有黑车，司机们纷纷走入路边的一家小面馆，也有的三三两两缩着肩膀在店外抽烟聊天。

陈石的酒意被风吹散了大半，他握着雏仪的手坦承："我自己也确实想到营销部闯一闯。宝儿，我也想踏踏实实过日子，谁不想？这些大晚上还东奔西跑的人不想？下岗那些人不想？上回出事故砸死的那些人不想？"

他突然提起那件事，雏仪的心沉了沉，只好更紧地攥住他的手。

"我算看出来了，想要真踏实还是得先折腾出个名堂来。我妈我姐拉扯我长大不容易，我姐当年功课比我好，她本来想上北大、想当作家的……还有，宝儿，你说嫁给我不图钱，所以我更不能坐井观天混日子。就算、就算咱俩可以，那……以后呢？你想小谢为啥要去人生地不熟的香港？还是那句话，你相信我，该干什么、不该干什么，我有准谱儿。"

陈石借着残存的酒劲儿倾吐了积压已久的心里话，她没法再说一个不字，唯有转头飞快地抹干了眼角。他没看到，因为正弯腰去捡脚下的饭盒，"幸亏盖得严。差点就吃不上姥姥的炖牛肉了。"

她不禁扑哧乐了，"你还想着炖牛肉！"

他见她表情回转，稍感释然。"对了，你晚上都没怎么吃饭，要不要给你买碗面条去？你看这小店儿还挺红火。"他指向路边，煮面大桶摆在店门口，热腾腾的水蒸气温暖了深秋的萧索夜色。

"不要……我要吃那个！"

陈石顺着她的视线看去，光秃秃的树下有个卖烤白薯的摊子，摊主老头正端着一碗面在吸溜。

"我自己去买吧，你不是头疼吗。"

雏仪刚要解安全带就被他按住了，"我正好透透气去，你开车跟开船似的。"他说着便推开门，自言自语道："我媳妇儿还挺好养活的……"

陈石下车后，她趴在方向盘上侧头望着他那高高大大却走不成直线的背影，悄然笑了，过了会儿，眼底又渐渐露浓云重。

君不悟

    婚后一年，陈石从生产岗位调到了销售岗位。在遍地关系户的计划营销部，他从资历背景到为人处事都实属异类。最初，新同事不把他当回事，老朋友更替他担忧，因为"会说话"和"能喝酒"这两门销售必备技能恰是他的弱项。但他愣是蹚出了自己的一条路，短期内签下了几家大企业的用电订单，在谈判桌上凭的是过硬的技术知识和调研能力而非巧舌如簧。此外，许多客户都对他的一个"基本原则"印象深刻 —— 无论多么重要的饭局，他坚决要在晚上十二点之前回家。有个总工级别的大客户与他相谈投缘，调侃道："小伙子，你是灰姑娘啊？过了十二点就要现原形？"他直言这是自己跟老婆的约定。席上众人大笑，笑过之后，也对这个年轻人更多了份信任。

然而他最希望得其信任的那个人始终无法心安。雏仪从他西服口袋里掏出一张印有"经理"字样的名片那天，她抱着这件衣服在床边坐了一个钟头。她应该高兴才对，至少，不该难过或大惊小怪，毕竟这年头从天上掉块砖头砸死十个人，能有九个都是"经理"。那是一个风刀霜剑搏激流的时代，胆怯落后者比失败者更丢脸。雏仪从十几岁起演英雄好汉，她理解一个男人对建功立业的渴望，无论古今。

当晚她从饭店打包了一桌好菜，备下一瓶红酒。刚好那天陈石也没有外出谈业务。他进门后一惊，还以为自己忘了什么重要日子。雏仪如常招呼他洗手吃饭，后来又递给他一个信封，是谢波和小文的来信。

他立马撂下筷子展读。信中提到他们在香港租住的地方很小，还不及剧团那间单身宿舍，没买床，"每晚一打开铺盖卷就想起以前下乡的日子"。不过，小谢也自豪表示几个剧组抢着请他，相信在不久的将来他们一家三口定会在寸土寸金的香港拥有自己的房子。小文现在是全职主妇，一手管孩子，另一手管他的账，"两手都抓，两手都硬"。

随信而来的是一沓照片。陈石一张张翻过去，有全家福，有小谢和大明星们的合影，但出镜最多的还是小谢琼，每张背后都有小文做的标注，"1997年8月8日，琼儿百天照"，"1997年11月23日，宝宝会打滚儿了"……

雏仪在旁感叹小孩长得真快，照片一张一个样。

"是啊，我送他们去机场那天，孩子才这么点大……"

陈石一比划，差点碰着雏仪手里缓缓倾倒的红酒瓶。他望着高脚杯里宝石红的液体有点惶惑，因知她打心眼里不喜他沾酒。

她看出他的心思，叮咚碰了一下他的杯子，"今天替小谢他们高兴嘛；第二，也祝贺我们家陈经理……"

他忙解释那只是虚名，但雏仪很快就笑吟吟地宣布了"第三"——"我支持一下老公的工作，咱今儿练练酒量。"

三杯两盏，她面上艳如酒色，他看在眼里，不免上头得比往常更快。

他现在不用上夜班了，但其实忙碌胜于过去。然而，自那日在路上争吵之后，雏仪不再有怨言，除了提出那个午夜前必须回家的规定。她还屡次单独开车回村去看望婆婆，没告诉陈石。他接到母亲询问媳妇是否安全到家的电话才知悉她的奔波。如此绵密的一片情，令他亦喜亦忧。

那瓶红酒尚余一半时他坐不住了，凑到她近旁，可她脱身而去，打开了录音机，嘻嘻哈哈要他陪着跳舞。他们的确很久不去职工舞会了，甚至不清楚厂里现在是否还办那些欢声笑语的集体活动。

他顺从地站起来，但脚下已无所谓舞步，只是搂着她在客厅轻摇慢摆，就在心猿意马再难抑制时听见她说："石头，单子慢慢多了，会更忙吧？"

他唔了声。

"以后喝了酒的话，我有空就去接你吧。"

他怔了下，醉意退去几分，本以为她多多少少放松了一些，原来并没有。知道无法说不，他唯有把她搂得离自己的心跳更近，吁叹"你啊你……"

尽管陈石已有心理准备，但雏仪的车出现在饭店门口的频率大大超出了他的预估——她明明通常在晚上有演出。他并不知晓，现在只要她和母亲的戏码不在同一天，她便想方设法央求凌跃把她的出场时间往前调。

凌跃深感为难。论私，他不愿眼见雏仪自掉身价；论公，将叫座儿好戏放在日场也不合规矩。奈何她一再软磨硬泡，今天说石头胃病犯了，明天说他应酬那地方不好打车。凌跃心里明镜一般，却只好瞒着蒋凤仪尽量满足她的要求。

有时他会想起自己初做团长助理的那几年，下部队、上矿山、转村镇，一年三百六十天，蒋凤仪主演将近三百场……一个女人，这样未免太操劳了，他也偷偷劝过她，没用。那会儿雏仪还在上小学，找不着妈妈就天天缠着他问："跃哥，我妈去哪儿演出了？""我妈今天几点的戏？"再大了一点就问："我妈昨天那个身段是不是这么走的？""我妈那翻身儿咋跟别人都不一样？"转眼十几年，现在她最常对他说的是："跃哥，今儿放我早走会儿吧……"

下了戏，她给陈石打了个电话，换好衣服就离开了化妆间。凌跃望着她匆匆而去的背影，叹了口气。

秋风凛凛，热汗未落的雏仪打了个冷战，赶紧钻进车里。她还未坐稳，竟有人猛拉开后门跟了进来，车子轻微晃了晃。

她一回头，吓得魂不附体，"妈！你……你怎么来了……"

蒋凤仪沉着脸怒喝："这话应该我问你啊！"她今天原本是"微服私访"来检阅几个戏校学生的实习演出，没想到竟看见女儿走出剧场，于是尾随至此。

"我、我来……演出……"

"演的什么。"

"《夜奔》。"雏仪嗫嚅。这是独角戏，她想改时间就改了，不妨碍别的演员。不然谁肯答应她往前调戏码呢，即使是配角也希望唱观众多的晚场戏啊。

蒋凤仪顿时火冒三丈，手里抓着什么就往女儿身上扔什么，"你妈带你练功学戏、教你《夜奔》，是为了让你唱开锣、垫场子的？真是越大越没出息了！戏码往后挪一步多难啊，得让观众认你、同行服你，好不容易能唱中轴儿、压轴儿了，你倒好哇，自毁长城！"

雏仪默默捡起座位四周散落的雨伞、水瓶、戏单子……她本不想开口，但母亲一再逼问她早早唱完戏要去哪儿逍遥，她只好说了实话。

母亲听后，更加恨铁不成钢。"傻丫头啊，人家一个大小伙子，有手有脚，兜里有钱，用得着你去接吗？再说老婆堵到饭店门口去盯梢，爷们儿不怕丢面子？你听妈的，把心多用在自个儿的正事上行不行？你这岁数，正是身上、嗓子都冲的好时候儿，长功夫就看这几年，你怎么就不知道珍惜啊！"

"妈，你让我去戏校学戏，我去了；一天两遍功，也从来没敢落下……可是……可是一到晚上我就心慌，怎么压都压不住，上了台也唱不好的……妈妈，求你了，你就让我多唱点日场吧，我一样会卖力气的！"

"你这是作践自己，也作践了好戏。"蒋凤仪低语了这一句，随即又提高了嗓门，"你干脆彻底别干了！就专职给小陈当保姆当司机去。我把话撂在这儿，你看看天长日久他瞧得起瞧不起你！"说完，她下车摔门而去。

雏仪没立刻启动车子。她记着陈石的叮嘱，等情绪稍平稳了才驾车离去。被骂了个狗血喷头，她反而踏实了些，因为深知自己的所作所为依照母亲的标准的确"没出息"；让母亲看清她"没出息"也好，这样以后她想退居二线或去戏校做些清闲工作，母亲大概就不会激烈反对了吧……

半小时后，雏仪在一家粤菜大饭店门口轻车熟路地停下来。厂里最近在争取一个广东老板，所以两个月内她到此五次了。她抬腕看时间还早，于是放低靠背，拉下外套帽子闭目养神，毕竟上午演的是《夜奔》，年富力强如她也累得腿抖。

车里照常放着戏曲广播，是传统戏《三娘教子》，贤良淑德的女子靠织布抚育丈夫留下的独苗，不是亲娘胜似亲娘；而读书不争气的孩子出言顶撞，三娘愤而割断机布。

古老的故事，古老的价值观，只有戏里那娃娃生向母亲求饶时的撒娇语气与如今的小孩无异 —— 谁人不是这样长大的呢。

"孩儿下学回来，一言冒犯母亲，现有家法在此，望母亲高高举起，轻轻落下；打儿一下，如同十下；打儿十下，如同百下；打在儿身，痛在娘心。娘啊，你饶了我吧！"

雏仪闭着眼听到这几句稚嫩的念白，嘴角翘了翘。她八岁第一次登台就是临时给岳鸿霞配演这个小孩角色，当时她妈紧张得不得了，生怕她砸锅，孰料她日日在台下看戏，那几句词早已滚瓜烂熟，演起来虽奶声奶气却大方自然，下台后被妈妈一把抱起来举了个高儿……

突然笃笃几声拍打。

她恍惚睁开眼，天色已经黑透了，有两个臃肿人影压在车窗外。她摇下一条窗缝，纳闷问对方有何贵干。

"哟，还是个女的。"一个穿棉背心的中年男人跟同伴对视了一眼，弯腰向车里轻蔑道，"新来的啊，懂不懂规矩？"

"女的怎么了……关你们什么事？"她莫名其妙。

"嘿，你趴在哥儿几个的地界儿上，还不关我们的事？看你是个小娘们儿，不跟你一般见识，赶紧滚！"

雏仪这才猜到这两个出言不逊的男人是黑车司机，于是忍气告之："我不拉活儿。我接我老公。"

"扯淡。这个月我们盯你好几回了！接人？你男人在这儿上班啊？厨子还是领班儿？"

她陡然语塞，正考虑要不要挪个地方时看见陈石和另外几个人走出了饭店，他送他们上了一辆奥迪，又向路边东张西望。她赶紧按了下喇叭。

窗外的两个男人吓了一跳。陈石很快走到车边，狐疑地瞪了他们一眼。

他们讪讪走开了，其中一个擤了下鼻子，嗤笑道："真他妈新鲜，爷们儿在外面喝大酒，媳妇儿还上赶着来接驾……"

陈石坐进车里还一直向后望，问雏仪刚才有事没有。

"没事儿。"她从容系好安全带，递给他一只保温杯。

轮
台
子

　　进家门后雏仪替陈石挂起西服和领带，随后默默穿上厚底靴到卧室门框下耗腿。陈石冲完澡走出来，见她吊着腿纹丝不动，表情也木然，于是戳戳她的脸，"琢磨什么呢？"

　　她说没什么，告诉他厨房有银耳莲子羹。他盛了一碗来，先喂她，她只抿了一口就不再要。他坐到餐桌前稀里呼噜吃完了，夸她手艺不错。

　　"不会做饭，还不会做这个吗……"她自嘲着，换了一条腿吊起来。

　　陈石瞧出她有心事，不放心地问："宝儿，刚才饭店门口那俩人在你车旁边转悠什么呢？"

　　"哦，没什么，开黑车的，以为我抢活儿。"说到这儿，雏仪低头笑了笑，"巧了，今儿我妈还说呢……"

"说什么？"

"说我甭唱戏了，专职给你当司机去得了。"

他一听，急问原委，雏仪却是轻描淡写的语气，"其实没什么大不了的。你调岗了，我也可以调啊，天天在台上摸爬滚打多累，要是去戏校工作的话就轻松多了。你胃不好，我也可以学着做饭……"

"不行！"他斩钉截铁地打断了她，"妈说的是气话你听不出来？宝儿，你为了我不去北京上学，我已经觉得够过意不去了……"

"我不去那什么进修班，也是我妈的意思啊。"

"她答应你不去，是为了让你多学戏多实践，可不是为了让你回家给我洗衣服做饭的……你要是不上台了，多可惜啊！"

"还好吧。石头，你知道，我挺喜欢跟戏校那群孩子在一块儿的，他们没有坏心眼。在台上演出不光是身上累。我们这行儿刻薄得很，不容人……你红了，遭人忌恨；你不红，又挨欺负。像我妈看着风光，只有我最清楚她受的罪。而且就因为她是我妈，多少人盯着我啊，我有点小错他们就能戳我妈的脊梁骨，她不说我也知道……我想着，我要是没我妈那个本事，就别给她丢人现眼了……"

"现在没有，以后还赶不上吗？你先别管你妈，也别管我。我就想问问，你自己喜不喜欢上台演戏？"陈石想起自己第一次正正经经坐在剧场里看她演出的那天，她是《八大锤》里的双枪小将，长长的翎子巍峨在头顶，倏尔又被她衔到唇齿间，那样骄傲恣意又带点妩媚的姿态，他一辈子也忘不了。

她沉默不答。良久，她问陈石，如果她真的不登台了，他是否会看不起她。

"不是我看不起你，是你自己根本适应不了！"陈石把银耳汤的碗推开，背对着她低沉道，"宝儿，你记得我跟你讲过我小时候逃学，我妈把我扔到地里去割麦子？我本来以为挺好玩的，真干起来才发现还是坐在教室里念书最舒服……你呢，打小儿就长在台上，以为去戏校轻省，真的不能上场，听不见观众鼓掌叫好儿了，你心里不惦记、不难受？你要是难受，我更难受……"

他说完看看表，估摸雏仪晚功练得差不多了，便走过去托着她的靴底退出了绳套，说："明儿我早点下班，陪你回娘家。"

"干吗？"

"给妈低头认错。"他在她耳边咕哝，"说实话，媳妇儿，你这驾驶水平也不够当专职司机呢……"

次日傍晚他们进家门时姥姥正在客厅择菜。雏仪小声问她妈在哪儿，姥姥摆摆手。里屋传来一阵争执，有凌跃的声音。雏仪以为是自己的事连累了他，细听了一会才发觉另有缘故。

"不是说彩唱吗？怎么又改成清唱了？清唱我就不去了。

我还没到走不了、耍不动的岁数呢！'唱念做打'就剩下傻站着唱了，那跟票友有什么区别？"

"您瞧现在不都是这样吗，办活动的省事，剧场里省事，演员也省事，何乐不为啊！"

"都省事了，一块儿糊弄观众？"

"给观众看看这些角儿的真面目也不错啊。您看人家年轻演员一个个倒饬得多漂亮。"

"谁爱去谁去吧。我这张老脸没啥好看的！"

蒋凤仪说罢拉开了房门，贴在门外偷听的雏仪和陈石差点扑倒在地。小两口瞬间红了脸。凤仪没给他们好脸色，指着女儿转身对凌跃说："对了小凌，还有件事。这人不想干了，赶明儿把她的戏都给我撤了。"

凌跃一听，知道露馅儿了，脸上非常难堪。雏仪也一时不知如何启齿。

还是陈石先开了口："妈，都怪我刚调了工作还不适应，又犯了几天胃病，宝儿是为了照顾我……"

蒋凤仪听后稍露缓色，但仍气哼哼道："那是你们俩的家务事，我不管。我就管团里的业务，谁偷懒耍滑也不能饶。"说完，她抬脚往屋外走。

雏仪急中生智，从桌上抓了一把痒痒挠，双手举着挡到了她妈面前，学起娃娃生的娇嫩腔调："孩儿下学回来，一言冒犯母亲，现有家法在此，望母亲高高举起，轻轻落下；打儿一下，如同十下；打儿十下，如同百下；打在儿身，痛在娘心。娘啊，你饶了我吧！"

"去去去……少在我跟前演戏！"蒋凤仪强行板着脸，但嘴角也忍不住噙了笑。凌跃见机找补了一句："您若还不解气，老薛保也给您跪下了！"

这屋里闹作一团，引得姥姥用围裙擦着手走进来。"你们这《三娘教子》唱起来没完了？要不要我给你们说说戏？这一出儿我年轻的时候最拿手！"几个人一笑，凤仪不好再跟女儿僵持，于是招呼大家开饭。

凌跃为难道："领导，那这新年演唱会怎么办啊！您不去也得找个人替您吧。"

"妈！"陈石喜滋滋提议，"让宝儿去呗！"

临近年底，电厂的市场指标亟待冲刺，陈石更加早出晚归，但坚决反对雏仪再为了他而腾挪演出时间。她心中隐忧不散，可新年、春节接连将至，繁重的演出任务确使她分身乏术。尤其是那场新年清唱会，据说有北京来的领导要莅临观看，她既应下了邀约便不敢怠慢。

蒋凤仪点了《战太平》里的一段，雏仪苦练了很久，又去找戏校的老先生精磨细研了几番，总算在母亲面前勉强过关。另一难关是活动主办方的服装要求——尽管正值隆冬，但女士都要穿裙装。

雏仪十二岁以后就很少穿裙子了，一因练功不方便，二因腿上伤疤多。如今为了一段几分钟的晚会表演，她不得不跑了趟商场添置"行头"。

演出当天，女演员们无论青衣花旦刀马老旦，一律精心打扮，争奇斗艳，雏仪在百花丛中实在不起眼。但登台后她一句刚劲峭拔的导板出口，稳稳得了个满堂彩。

来自首都文艺部门的马副局长向旁边人耳语："这孩子唱得有老味儿啊。哪个院团的？名字有点怪，怎么写？"

本市的陪同人员说她是蒋凤仪的千金。

领导长哦一声，又问："怎么今儿不请蒋团长来唱两段？我一直想认识认识她呢。"

知情者含蓄答曰蒋凤仪身体抱恙，见领导笑而不语，忙补充："其实小蒋得她妈真传，《夜奔》一绝，就是今儿清唱，不适合武戏。"

"你们这位'活林冲'的《夜奔》我前些年看过一回，印象深刻啊！现在她倒是不常贴这出儿了，估计是岁数不饶人吧。这样的好戏确实得往下传。我以前还真没听说过她这闺女。多大了？你们省送去上新研班的年轻演员里怎么没有她？"马副局长是新世纪戏曲人才进修项目的主要负责人之一，所以到各处视察都不忘发掘青年才俊。

"我们找她谈话了呀……您不知道，她爸还在新研班教书呢……可我们这位蒋团长脾气怪，不让闺女去北京镀金，倒教她跑到戏校去跟一帮小孩子一块儿瞎折腾。"

"角儿都有角儿脾气，讲究口传心授的老传统，可以理解。"马副局长宽容微笑，"不过年轻人还是得紧跟时代步伐，了解现在的文艺政策。明年就是五十年大庆，紧跟着又是千禧年，这都是好机会啊，是人才就要抓紧出头露脸，你们说是不是？待会儿我得给这些孩子好好讲讲形势。"

周围人频频点头。

演唱会渐入尾声，雏仪正在后台和熟人闲聊，忽有工作人员跑过来通知她返场一段《夜奔》里的【折桂令】。大家顿时投来意味深长的目光。

雏仪没多想，喝了一口水就回到了台上。她是第一次身着便装"夜奔"，方知母亲为何反对清唱——只能张嘴不能做身段的滋味的确别扭。她虽穿的是裙子，仍忍不住略抬手动脚，仅此一点锋芒微露，台下的喝彩便更热烈了几分。

活动落幕后，外面华灯初上，雏仪和其他几个小有名气的演员应邀随领导去赴饭局，在一家华而不实的、本地人平常不会涉足的"本地特色菜"餐厅。

她过去都是跟母亲一起出席这种场合，基本只须埋头吃菜，今天却硬着头皮说了不少场面话，又随大家敬了几轮酒，不免头昏脑涨，于是和另一个女演员悄悄结伴出去透气。

她俩在洗手间多逗留了一会，雏仪心直口快地抱怨领导们在席间也要给大伙儿"开会"。同伴年长一些，言辞委婉，"说明领导重视咱戏曲这块儿……听说上了新研班的一毕业就能开专场，我是超过年龄限制了，进不去……这么好的机会，你年纪轻轻怎么不去呢？"

雏仪敷衍了几句。这时，四五个挟着浓烈香水味的年轻女孩子叽叽喳喳着涌了进来，凑到洗手池镜子前补妆，把她俩挤到了一边。

两人缓缓往回走，雏仪轻笑："大冬天，我穿毛裙子都嫌冷，她们露胳膊露腿儿的还挺欢实……"

"嘻，人家这也是'上班'的行头……"

雏仪听后一愣，那几个女孩子已后来居上，鱼贯走向一间包厢，里面远远飘出一阵笑语喧哗。她立刻停了脚步。

唱戏的耳音最准。

雏仪谎称要再去趟洗手间，待同伴走远后，她快步回到那个包厢门口。仅有刹那犹豫，她在房门关闭之前闪身而入，一眼就看到陈石，尽管是背影。

直对门口的上首坐着个操浓浓广东腔高谈阔论的中年人，旁边还有个副手。他们身后几个陪酒的女孩子先看到雏仪，口气随便道："姐们儿走错屋了吧？"

酒酣耳热的老板闻之抬眼，豪气招呼："一起、一起啦！"

背对包厢门的陈石这才纳闷回头，忽地站了起来，惊诧万分地望着咫尺之外的雏仪。她今天这身打扮他早上出门前并未看到：酒红的毛呢裙子，高筒皮靴，非常利落飒爽；而脸上是剧场化妆师给化的舞台妆，私下看过分浓艳了，难怪她被在场几个女孩子当作"同行"。

陈石紧盯着她，她的目光却绕开了他。

她听屋内座上宾的口音，猜到是陈石最近一直在争取的那位大客户，所以礼貌地向他笑了笑，"王总您好，打扰了。我……我先生今天出门没带钱包，我买菜路过，正好给他送过来。”

那位王总瞥了眼陈石的反应，语带调侃："原来是陈太太啊，幸会、幸会！出门买菜打扮这么隆重啊！"

"我爱人这是……刚演出完。对不住王总，我送她一下。"陈石说着就要带她出包厢，却被她触电似的甩开了手。

"哦？又不是外人，别急着走啊。"王总兴趣盎然，立刻起身向她伸出手来，"陈太太是歌星？演员？是我孤陋寡闻了！"

雏仪从陈石身边掠过，与王总握了握手，"您客气了。我没那么大本事，是唱京剧的。"

"我以为唱京剧的都是阿伯阿婆呢，没想到还有你这么靓的。快请坐！"他啧啧称奇，又指向陈石，"你家先生连唱歌都不会，你们是怎么认识的？跟他吃饭太闷了！所以我才……哈哈哈……"一旁的副手会意，摆摆手遣走了屋里的几个女孩子。

雏仪不顾陈石的脸色，从容落座，一个穿迷你裙的姑娘临走前还笑嘻嘻地替她满上了杯子。尽管她在刚刚的饭局上已经疲于应付，但在此处还是大大方方地敬了王总一杯，笑言："我先生唱歌不在调儿上。有些人说的比唱的好听，他说话也不好听，但有准谱儿，业务上跟您保证的事都不会出岔子，您尽可以放心。"

"那你这么会说，唱的想必更好听啰？可惜我听不懂京剧。"那几个姑娘方才已打开了卡拉OK机，王总便试探着问，

"陈太太喜欢唱流行歌吗？"

雏仪淡笑说唱得不好。陈石强捺着情绪，低声劝她："刚唱完一场，歇歇嗓子吧。"

"你老公不答应啦。也是，陈太太是搞高雅艺术的，我这样的俗人哪有耳福！"

"艺术不分高低，我平时还没机会唱歌呢。"她霍地站起身，"那我献丑个粤语歌，您别笑话。"陈石伸手要拉她回座，却只来得及瞟到她耳坠上的猫头鹰摇曳而过，红宝石眼睛一闪，刺疼了他。

"好啊好啊，什么歌？"

"《几分伤心几分痴》。"

这边"陈太太"带着微醺唱歌依然游刃有余，那边，包括马副局长在内的领导和同行们都疑惑小蒋怎么逃席不回了。晚来小雪，徐徐地飘过每扇雾气朦胧的窗口，外面是一色清冷，温暖如春的间间包厢内却各有各的气氛，一席酒便是一台戏，觥筹交错之间，你方唱罢我登场，或喜或悲，亦醉亦醒。

醉

中

天

那一晚，陈石和雏仪是被王总的奥迪送回去的，这待遇陈石自己从未享受过。外部车辆深夜不能进厂院，他俩下了车。她趔趔趄趄着往家走，酒红色裙子在雪地里很抢眼。传达室大爷远远看到陈石脱了自己的外套追她，而她像团火似的闹腾，他包裹不住。大爷像过去一样叫他"石头"，询问他们是否有事。

"没事儿大爷，您歇着吧。"他说完，紧跑了两步强行揽住她。老头咂咂嘴，关上了小窗。

一直到进家门，她的挣扎始终没停，不让他扶，不让他碰，但他不能不碰，因为她喝得太多了。睫毛膏花了，颊边不知是腮红还是被风吹得泛红，嘴上也分不清唇膏与红酒印……

"你看看你自己像什么样子！"他逼她坐到沙发上，给她脱高筒靴，而她不管不顾地一蹬，两只沾泥带雪的靴子高高飞起，又天各一方地跌落在晶亮的客厅地上。她忽地站起来，须得抓着他的胳膊才立得稳，"你凭什么说我？是谁说'该干什么不该干什么心里有准谱儿'的？你自己说说你干什么了！"

"我干什么了？！你进屋不都看见了吗？人都是王总叫的，他是客户，我是求人家签单子的，我能把他叫的人轰出去吗？你还嫌我不够累不够闹心是不是？你盯梢盯到我们谈事桌上去了！这笔业务我跟了这么久，要是被你搅黄了，你知道厂里又得有多少人下岗吗？"

"你少给我扣帽子，你也大可把心放在肚子里！我知道，我跑进包厢去让你丢面子了，可我又把你的面子挣回来了，挣得比你自己的还多！我蒋雏仪打小儿给首长们演出都没这么卖力气，今儿陪个暴发户唱了一晚上烂大街的破歌儿，你猜他是生气啊还是满意啊？"

她这几句话戳到陈石痛处，他一言不发地死盯着她。她赤脚站在地上，推着他的胸口步步紧逼，"你说啊？他满意了，单子有戏了，你应该高兴啊！"

"我不高兴！你……"

"我什么？我陪他唱歌喝酒，你就不高兴啦？告诉你，我天天都不高兴！还得装着，忍着，因为你说这都是为了正事……我就陪了这么一回，那以前呢？以后呢？是不是每回都有那些乱七八糟的人？陪他，是不是也陪你？陪唱、陪喝、陪……"

陈石没让她说出最后一个字。挣扎与撕扯很快换了一种形式。初相识那会儿他觉得她像个男孩子似的爽利明快，后来发现她任性敏感起来不输林黛玉。而今天，她不幽怨，不委婉，痛痛快快变成一头小野兽，呲了牙，炸了毛，字字如刀，恨不能生吞活剥了他。他气极了，但一想到她刚刚在酒桌上收着齿爪、敛着性子博看客一笑，他又心痛，对她的气也变成了对旁人的、对自己的，火气在五脏六腑里横冲直撞，别无疏解……

从抵抗、失守到反攻，她很快压过了他的气势。疯狂掌控着，也贪婪索取着，加倍的海沸山摇只为求证世界和彼此在这一刻的存在。酒后的感觉系统是迟钝的，伤了自己与对方也浑然不知，在直上云巅又雨收烟散之后，疼痛的余味是留给身心的唯一纪念。沉沉睡去以前，陈石感到她鼻息滚烫。

次日雏仪没有演出，也没回娘家，但母亲找上门来了，拎着几袋东西，还有被她落在饭店的羽绒服。一大早有熟人把这件衣服送到了蒋家，并转达了马副局长对雏仪寄予的厚望。"小蒋一声不吭就跑了。人家领导挺大度，没说啥。"

熟人走后，蒋凤仪琢磨了一会儿也果断出了门，倒不是因为女儿得罪了领导。

她来到女儿家时陈石正在厨房削梨煮水。他在丈母娘面前甚感慌乱，毕竟这是她第一次造访；但她对客厅地上稀脏的泥印子视若无睹，开门见山问女儿怎么了。

"有点着凉……刚吃了退烧药了。"

蒋凤仪听他也鼻音浓重，没顾上多问，急着进屋瞧女儿。转身前她看到小奶锅里的梨片渐渐转成了半透明，嘱咐道："多加点冰糖，这丫头爱吃甜的。"

卧室里窗帘拉得紧紧的，雏仪仍在蒙头大睡，昏暗光线下的满地狼藉多少还是令蒋凤仪吃了一惊。陈石端着冰糖梨水走过来，有点难堪，一边捡地上杂物，一边叫雏仪，"宝儿，醒醒！"

她不答，只嗖地扔出一只枕头，擦着陈石的脑袋顶飞过去，被蒋凤仪扬手接住了。

"妈来了！"他小声提示。

蒋凤仪走到窗边唰地拉开了帘，窗外雪晴，本就明朗的阳光映到白茫茫的地上，愈发亮得刺目。雏仪勉强睁开眼，惊道："妈……大雪天儿跑出来干吗……"她嗓子哑得厉害，显然不只因为着凉。

母亲在床边坐下，摸摸她的额头，汗津津凉丝丝，于是松了口气。她招手叫女婿把梨水递过来，拿勺子搅着降温，淡问："饭吃到一半把领导晾了，你闹的哪出儿？"她支吾过去了，母亲未再深究。"听说你昨儿《战太平》唱得还行。现在这样儿……春节还能唱吗？"

"有什么不行的？还一个多月呢。"

蒋凤仪听了，心里安定了些，喂过去一勺水。雏仪懒懒坐起来，习惯性先从床头拿了颗药，就着清甜的梨水咽了。

陈石去给丈母娘沏茶，蒋凤仪见他出去了，勺子再送到女儿嘴边时顺带了一句悄悄话，"吵架了？动手了吗？"

"他敢？！"

"他不敢你敢啊。你记住，别仗着自己有两下花拳绣腿就胡来，跟男人打架，女的占不着便宜。谁都有个脾气，只要没有原则问题就成……他有三言两语惹着你了，能忍的就忍了，忍不了的，回家告诉妈，别自己硬碰硬！"

从小到大母亲都告诉她，只要勤学苦练，她不比男孩子差；而今天，台上台下那么硬气的妈妈教她学会服软儿。她知道，妈妈是怕她吃亏。雏仪鼻子里一酸，勉强点点头。

"小陈嘴上不说，还挺会疼人儿的。我来的时候人家正给你熬粥煮梨呢……"蒋凤仪又絮絮劝了几句，但喂了她不到一半就罢工了，"自己喝吧，又不是三岁孩子了！"

雏仪接过碗喊了一声，"我三岁的时候你可没喂过我！"

蒋凤仪出了卧室，关上门。客厅已摆好了茶，陈石正挽着袖子在擦地，她一眼看见他胳膊上几处抓痕牙印。"小陈，我走了啊。"她大声说，并没坐下喝一口茶。女婿送她到门口时，她却努努嘴，躲进厨房跟他说了几句话。

他以为丈母娘要兴师问罪，没想到她轻声说："这孩子小时候我没工夫管她，被老人儿和她爸宠坏了。小陈，她有不懂事、得罪你的地方，看在我的面子上，别跟她一般见识。"

他连连说没有。

"我还不了解她的性子吗？跟谁好就掏心掏肺，一闹起来，说话办事也真欠揍。可是小陈，妈有句话不能不说。"她抬头望着比自己高一大截的女婿，"我的丫头只能我教训，别人要是动她一个小手指头我可不答应。"

陈石正色向她保证自己决不会动粗。

"妈知道你是个老实孩子。"蒋凤仪拍拍他的肩，又指了下她放在门厅的几只礼品袋，"下个月宝儿跟你回家过年，这些东西带给你妈。我听宝儿说，你妈喜欢听现代戏，那报纸包的是几盒带子，有京剧，也有评戏、梆子的，儿女都不在身边，这些东西给她解个闷儿吧。"

这是他们结婚后的第一个春节，陈石听岳母如此说，心里很感动，转念也有不安，"谢谢妈。那三十儿晚上……您和姥姥……"

"那几天我要录节目，今年我带着姥姥一块儿。你们踏踏实实回家过年去。就是……"她顿了顿，"初一晚上省里有场晚会，宝儿得去。希望你跟你妈谅解吧。"

红
窗
影

　　春节前夕，陈石终于如愿以偿拿到了那笔大订单。其实该谈的条件早已谈妥，只因他涉世未深，说话办事有欠圆融，故而一直被客户吊着。那场饭局之后，王总痛快签下了两年的合作协议，使电厂超额完成了年度电量计划。陈石不得不承认，是雏仪的逢场作戏在最后关头助了他一臂之力。

　　酩酊半宿，高烧一场，雏仪着实被陈石细心照料了几天。酒醒烧退，两个人都默契不再提过去的事。激烈的争吵并不解决问题，但足以使气极恨极的双方意识到问题重重之下，他们是深爱彼此的。长久而言，这积压了隐患，近期来看却浓情潮涨，漫过了分歧。

　　年三十，雏仪随陈石回家过年。村里处处热闹，陈家小院里也不安静，交响乐和胡琴锣鼓交织的现代戏伴奏荡气回肠地迎接小两口进家门。陈安秀正独坐在窗下专注地剪窗花，红纸屑落满炕沿。

"妈，你又不耳背，开这么大声儿干吗！"陈石径直走去拧小了音量。屋里还是简单整洁，墙上挂着雏仪的剧照，夜奔的林冲，双枪的陆文龙，如今又添了耍锏的秦琼。她心里暖而微酸，在婆婆对面坐下，笑说陈石不懂，"听戏就得声儿大一点"。说完，她将母亲代为搜罗的更多现代戏磁带递给了婆婆。

陈安秀忙擦了擦手上的红纸印子，接过东西来。"我就是瞎听，难为你妈还惦记着！一年到头够忙了，过年你这棵独苗儿还不在跟前，我怪过意不去的。"

"逢年过节我妈从来不在家，今年她带着我姥姥去外地了，演出完正好旅游一趟。再说小苇姐回姐夫老家了，您不也是自个儿一人吗！"雏仪说着凑过去看炕桌上铰好的窗花，不是"福"字，而是精镂细刻的各种小动物，她不禁惊叹婆婆手巧。

陈安秀指着窗花如数家珍，"你属猪的，石头属鸡，小苇属虎，磊磊属狗……""行了妈，我把您这动物园贴起来。我丈母娘人家是团长，您也当个园长。"

陈安秀听到儿子的调侃，随手抄起炕帚打了他一下。

雏仪也拿起剪子来尝试剪窗花，但很快就知难而退了，于是下炕去打扫院子。婆婆拦不住，便教陈石跟她一起。天寒地冻，她忙活起来毫不介意，陈石几乎抢不过她。两人冒着热气再进屋时，陈安秀竟剪出了一幅尺来长的秦琼像，参照物显然是雏仪的剧照。陈石说再凑个关羽就能当门神了。

一句话提醒了陈安秀。"闺女，你演过关老爷不？"

雏仪连连摆手，"过去戏班的规矩，女人不能演老爷戏，不能演判官。早几年我妈想试试，被我姥爷狠骂了一顿……他说就算不怕得罪神鬼，也怕活人给她扣帽子……"

"凡是男的干了得好儿的事，女的干了就是坏规矩。干真的不行，演假的也不行！"

雏仪见婆婆愤愤不平的样子倒乐了，"您这志气和觉悟真高。"

"是吧，我妈说的比唱的还好听，就是没机会成角儿。"

陈石一语未完又被抽了一笤帚，"又拿老娘开涮！"

除夕夜，家里只有这三口人，却也其乐融融。晚间在堂屋看电视时陈苇打来了电话。陈安秀按下免提，磊磊奶声奶气地给姥姥和舅舅、舅妈拜年。陈安秀笑逐颜开说明天就把压岁钱寄给他，雏仪也问磊磊喜不喜欢上回的洋娃娃，还想要什么别的礼物，她一同寄去。

磊磊立刻认真思考起来，而旁边似有窸窣耳语。片时，他脆生生开口："我不要礼物！明年舅妈送我个小妹妹吧，比洋娃娃好玩！"

雏仪还未搭言，陈安秀已拿起了话筒，又和陈苇简单交代了几句就不再聊。挂上电话后她告诉陈石："你姐说你那屋窄憋，晚上让你们睡她那屋。"

电视看到十点时，盘腿坐着的陈安秀已困得睁不开眼，险些摇晃栽倒，雏仪手疾眼快扶住她，"妈困了呀？"

"嗳，我回屋去了，你们看吧！"她捋捋鬓，低头去找鞋。

"甭穿了！我背你。"陈石说着便在他妈面前弯下腰。

"别闹……哎……臭小子！"陈安秀还要拒绝，但没拗过儿子。雏仪捡起婆婆的鞋，扭头见她在陈石背上甚显单薄，以至他脚步轻松如背着一个小孩子。

辞旧迎新的欢哗长夜，两个年轻人睡不着，雏仪便提出要在村里转转。走下院外的长坡，花炮声一家比一家响，好像在比赛。她捂着耳朵一个劲儿躲，因为次日晚上有演出，怕震得耳鸣。陈石只好带她往僻静处溜达。噼里啪啦的炸裂声弱了，俩人渐渐可以听到彼此。

"过年你妈睡得还挺早，不守岁？"

"不守。以前我姐在家，她俩都睡了我就溜出来玩会儿……嗯，就咱俩这样。"

"以前过年就你们仨？"

"不然呢？"

"怎么不去你姥姥家？你不还有俩舅舅吗？一大家人多好。我从小就羡慕别人家过年人多热闹。"

"他们说嫁出去的女人三十儿回娘家挡兄弟的运。所以我姐结婚之前我告诉她，要是哪天她离婚了，我一定接她回家过年。"

"哪有大喜日子这么说话的！"

"真心话嘛。"

天上有鞭炮硝烟挡不住的星光。雏仪戴着兔毛手套的手被他揣在兜里，俩人又走出一段，他听到她说："等妈岁数再大点，把她接到市里来吧。"

"好。"

"等我妈唱不动了，也得跟咱们住一起！"

"好。"

"两个这么厉害的老娘搁一块儿，你不害怕呀？"

"不怕。就是得努力赚钱，换个大房子。"

她静默了一会，歪头在他肩上蹭了蹭，"石头，这阵子辛苦了。"

他猛地停步，立正给她敬了个礼，答："为人民服务！"她刚哈哈笑出声，远处忽响起轰隆一发大礼炮，吓得她往他怀里钻。

"好汉，胆儿这么小？"

"谁说的？"她若无其事继续走，却被他拉住了。

"胆儿大也别走了，前面是乱坟圈子了。"

"你又吓唬人？"

陈石说不骗她，于是俩人踩着积雪与荒草原路返回，再次途经家家户户的火树银花。雏仪在一座破院外站了会儿，因为里面没有爆竹声，只有一缕断断续续的胡琴曲调，她猜操琴的是上次自己帮着调过弦的那位老人。陈石问拉的是什么，她说《夜深沉》。

他们悄悄摸摸回到小屋时发现被褥没了，原来已被转移到姐姐那间房。雏仪进去后四下打量，见炕头高高垒着几摞书，一本砖头似的《红楼梦》书脊已开了线，底下还压着几件花花绿绿的旧衣，旁边是半瓶花露水。她有点尴尬，在炕沿磨蹭着不肯上去。

"没事……"陈石铺好了床，又指了指地上，"你瞧我妈给你准备的多齐全。"她见是只痰盂，脸一红，"我三天两头下乡，不怕出门上厕所……"

"天儿凉。别不好意思，不用你倒。"他拍拍炕沿催道，"快睡吧，明儿一早你还要回市里呢。"

熄灯后，遥远的细碎的欢腾渐渐归于平静，村里那些东躲西藏了半宿的狗此时才溜出来长吠，使热闹过后的迢迢寒夜不至于空寂。炕烧得很热，雏仪的胳膊探出被子，伸到枕下，触着了一个冰凉的小盒子。她好奇地掏出来看，"什么东西？"

陈石闻言从她背后贴过来，接过这个小盒子。微淡的月光照在质地粗糙的零件上，他好半天才告诉她这是他做的半导体。他少年时对无线电产生浓厚兴趣，梦想自己动手攒一台，上高二的姐姐参加作文比赛得了一点奖金，带他去旧货市场和电料行凑齐了元件。他说攒好了送给姐姐，让她带着去上大学。当时高考已恢复两三年了，老师们都看好陈苇，陈安秀甚至早早开始为她缝制新被褥。婶子大娘们纷纷不

屑 —— 又不是出嫁，做什么新被子？而陈安秀得意道："上大学比上花轿风光多了！"

后来她的新被褥做好了，陈石的半导体也攒出来了，陈苇却自己退了学，跑去了南方。那一年，深圳刚刚被确立为特区。

雏仪能感到颈后鼻息沉沉，可是看不到他的表情。良久，她轻问："这……现在还好使吗？"

他未答，但手里鼓捣不停，沙沙噪音里突然冒出了支离破碎的人声。

"能收着啊！"她惊喜地叫出来。

"嘘——"

几经调换，他们用这年头久远的自制半导体收听到了本省的戏曲广播电台，播放的正是春节特别节目。最后一曲恰是蒋凤仪和一个旦角的"坐宫"。

"我和你好夫妻恩德不浅，贤公主又何必礼义太谦。杨延辉有一日愁眉得展，忘不了贤公主恩重如山……"

半导体音量调得很小，她枕在他臂上，俩人都凝神听着，不知何时就睡熟了。

琼
林
宴

大年初一，雏仪回市里参加晚会彩排。她比家家户户的拜年大军起得还早，本不想打扰婆婆，没想到陈安秀已在灶上忙碌。昨夜剩了不少菜，但她还是现熬粥拌小菜蒸鸡蛋，摆了一大桌。雏仪极力进食，直到陈石警告她小心待会儿一翻打，吐在台上……

他目送她开车离去，返回家时陈安秀换好了一身出门的衣裳，桌上放了只小篮子。

"妈，收拾好了？"

"好了，走吧。"

母子俩去了昨夜陈石口中的那片"乱坟圈子"。其实并不见坟冢，只是一片坑洼不平的荒地。此处原有几棵大柳树，每年春风起时兀自摇曳生姿。如今碎石松土之间只留了几个大洞，树，据说被城里一个开发商买去绿化楼盘了。

陈石自觉在地头站住，把篮子递给他妈，嘱咐她脚下小心。然后就是等着。等到无聊了，他盯着树坑发呆。忽有一股风吹过来，夹带了烟熏火燎的气味，他转头，见纸灰像墨黑的枯叶，翻飞几下便在风中杳无踪迹了，而她的白发被吹乱了，也还是白发。

他从记事起就在每年正月初一陪着他妈来烧纸，却又不被允许随她走近。问她给谁烧纸，答曰一个"好人"；问她怎么不带姐姐一起来，答曰姐姐"胆儿小"。于是他徒生自豪之情，认为有责任在这几步路上保护好妈妈。岁岁年年，他长大了，渐觉光阴凝固的坟地没什么可怕的；爆竹声中一岁除，在热闹非凡中流逝的时间才可怕。眨眼又长了一岁，他虚岁而立了，母亲已及六旬。

和雏仪结婚后，他屡屡感叹丈母娘头发真黑，在台上闪转腾挪的身体真硬朗。雏仪说头发是染的，身上也是咬牙为之，本来有些技巧早该减省了，只是她不肯。

也许每个母亲都有她不愿言明的秘密。

少顷，陈安秀挎着空篮子走出来，陈石掸去她衣服上的灰，扶她回家，半路上碰见了他的二舅妈和表弟媳妇。他有心绕道走，他妈倒是淡定自若，因知那婆媳俩就是来给她"拜年"的。

"嗬，又烧纸去啦？给爹娘烧纸也没见你这么勤快。"

"他们有好儿子好媳妇，不用我操心。"

"大过年的，你那好媳妇呢？我还说莲子过门儿大半年了都没见过她嫂子，今儿带她去你们家认认亲戚呢。"

陈安秀闻言冲她二嫂身边的年轻姑娘笑了笑，一眼瞧出她肚子微隆，"莲子，你嫂子工作忙，一大早回市里了。下回见吧。"她掏出个红包递给莲子，说是姑妈的一点心意。

莲子怯生生伸出手，红包已被她婆婆闪电般揣进兜里了。"你这媳妇了不得，真人见不着，只能隔着电视瞅瞅……听说石头升官儿了？赶明儿把你弟也弄厂里去得了，你也有个帮衬。南方全是私人厂子，太苦了呀……还是离家近点好。"

陈石还未答，他妈先一口回绝了，"他们厂里效益不好，现在只开人不招人。"说罢，母子俩不约而同抬脚就走。陈石听见他舅妈骂了句闲街，"装什么正派……不要脸的破鞋……"

他瞬间刹住步子，要转身，陈安秀沉声不许。

从清晨到夜晚，雏仪在会场待了一整天，盒饭分到手时已凉透，多亏了在婆家吃的那顿丰盛早饭使她撑到了最后。戏曲晚会落幕后，领导们上前慰问演员。由于省里的文艺部门又换了几员将，剧院院长忙着把台上的演员一一介绍给他们。轮到雏仪，照例要被补充说明是"蒋团长的姑娘"。雏仪礼貌鞠躬，请领导们多多批评指教。

"咳……"果有一位嗽了嗽嗓子。

院长立刻虚心地望向他，"您请讲！"

领导语重心长道："她这双枪是耍得不错，但《八大锤》

这节目应该让主角上啊。"院长愣了，雏仪深深埋下头去；片刻安静，后排还是有几个人没憋住轻笑出声。

大年初三陈石就上班了，雏仪独自回娘家，将那日的笑话讲给母亲，蒋凤仪却笑不出来——管戏的人不懂戏，没有比这更无奈而可怕的事了。凌跃一家三口来串门，他劝蒋凤仪："说几句露怯的外行话不要紧，不瞎指挥咱就谢天谢地了。您少生无用的气，眼下又要受累了！"剧院即将迎来四十五周年院庆，必要贴演几出精彩武戏。

晓斌在旁非常兴奋，"得有《长坂坡》吧？还有《武松打店》《金钱豹》《艳阳楼》，还有小姑姑的石秀、秦琼……"

凌跃弹了一下儿子的脑瓜，"你还点上戏了……这些都好说，院长下令要重排全本的《林冲之死》呢，说这是咱们单位的重点创新成果、精品剧目、看家戏，得一辈一辈往下传。"

蒋凤仪母女都沉默了一会。《林冲之死》文武并重，武戏开打需要的配角、龙套尤其多，功夫要求也高。这些年团里人来人往，首演的原班人马早已流散，她们母女一般只演选场，而全本已许久不见诸舞台了。

雏仪想到了戏校那几个尖子。母亲说刘俊文和郝鹏分别得到了京、沪院团的实习机会，启程在即，"人往高处走，不能挡人家的前程"。

晓斌插嘴道："让我跑个龙套吧，我能翻！"蒋凤仪摸摸他的脑袋，"好小子，踏踏实实上学吧，别吃这份苦了。"雏仪也掏出压岁钱给晓斌，转告他："小姑父看你期末卷子了，考得还不错，就是又犯小马虎了！"

晓斌接过红包扭扭屁股，略带怅然道："好长时间没看见小姑父了呀！"

陈石与雏仪原定要去北京陪齐克谐过元宵节，但他再次出国探望三叔去了。无儿无女的齐钧广潇洒了一辈子，交游广阔，晚景并不凄凉，齐克谐每回去了就是陪他看戏、会友、吃饭。演出经纪是老爷子在海外的主要事业之一，因各种原因飘在异乡以艺为生的华人无不知晓他的大名，希望搭上他的人脉。齐钧广邀侄子漂洋过海来看戏的原因之一便是请他为这些艺人改编些剧本。其实老爷子学贯中西且懂戏，只是上了岁数，不愿再劳心。齐克谐本来对海外的戏曲演出不以为然，几出戏看下来竟叹为观止。虽然配角水平勉强，行头砌末品质不精，但大家的卖力程度远超他近年在国内所见。三叔说他们背后没有公家，万事自由，必然也须万事自强。"其实凤仪很适合这种形式，可惜……"齐钧广略发感慨，也只是一语带过。

父亲虽不在家，雏仪还是随陈石去了趟北京，第一次参加了他的大学同学聚会。他们母校虽在东北，但由于有相当一部分同学已在京落户，故而聚会地点也选在此处。闲谈之间雏仪才得知，他们毕业分配依据成绩排名，陈石本有机会选择首都的工作单位，但那一年他妈生了场大病，他没多犹豫就回到了家乡。

入学十年，毕业六载，很多同学都不再从事电力行业了，对于陈石这样仍扎根在电厂的人，有人调侃地背了个顺口溜："开着小车是抢险，背着挎包是农电。精神萎靡是运行，翻山越岭是电建。"

大家笑得拍桌，雏仪也不禁扑哧乐了，因知这几样他恰好都干过。"你乐啥呀，我不干这几样儿你就遇不上我了。"他坦然说着，给了她夹了一筷子菜。同学们顿时起哄得更厉害，说上学那会儿万万料不到石头能找着媳妇，而且还找了个戏曲演员。

在座诸君都对戏曲艺术缺乏了解，只有一位抱怨道："前阵子我还真带老婆孩子去看了场戏，是个南方来的剧团，说是演《白蛇传》，又跟什么古希腊神话相结合。咱也想带孩子接受接受艺术熏陶啊，结果那白娘子戴着满脑袋长虫一出来就把我闺女吓哭了……"

这位男同学的爱人抱着三岁的女儿，一边给她喂饭一边补充："他就会瞎糟践钱！闺女最怕蛇了你不知道？去动物园都不敢进爬行馆。"

"哎，这戏就是那美什么莎吧？！你不是还……"陈石话未说完就被雏仪用眼神狠狠制止了。她望着对面那个天真无邪、专心吃饭的小姑娘，感到很抱歉。"唉……我们京剧也不……不全是那样……这估计是个创新的作品。"

有人搭茬儿："这年头儿啥都创新。饿死胆小的，撑死胆大的。像咱这还捧着铁饭碗的就是胆儿太小！瞧瞧人家'变压器'！”

“变压器？”雏仪一头雾水。

“我们班卞亚琪。他们净给人起外号！还故意‘小卞’长‘小卞’短的叫人家。”席上唯一一个女同学告诉她，转头又朝几个男生撇撇嘴，“后来军训，你们知道人家底细了，不是一个个吓得要死？就陈石没叫过人家外号。”

“那会儿他一学期有俩月都在外面跑车，哪知道这些……哎，石头，听说了吗，这‘变压器’现在可是……”

雏仪正支棱着耳朵待闻其详，雅间的门忽然开了。

山外云

　　"麻烦你们了！"机场附近的一家酒店门前，卞亚琪临下车前拍了拍司机椅背，"蒋雏仪，你车开得挺稳！"

　　她这样称呼，不假装亲热，但直白磊落。雏仪向后视镜里开朗笑了，冲她挥挥手，陈石也说了声"慢走"。

　　卞亚琪是同学聚会上最后一个到的，有几个人上赶着叫她"卞总"，她一概不理，先站着自罚了三杯。雏仪抬眼望去，见她留个沙宣头，刘海二八分，黑毛衣牛仔裤，个子瘦高。不知怎的，她一到场，刚才口无遮拦的男同学们说话都收敛了些。

　　"前两年聚会你都没来，原来是办终身大事去啦。"她对陈石点点头，他便向她介绍雏仪。她听说雏仪是京剧演员，大呼："巧了，我前阵子刚赞助了我们那儿的京剧团，他们排的新戏在北京演了好几场呢，叫《许仙与美杜莎》！我还给他们出了不少主意。"

众皆大笑，带着小闺女的那个男同学指指雏仪："我们刚还聊这个呢，人家行家说那玩意儿不叫京剧！你赔我票钱！"

"你小子还这么抠门！"陈石拍了他一下。雏仪有点尴尬，忙向卞亚琪解释："我是说我自己演老戏多，现在的新编戏……我不太了解。"

卞亚琪大方笑称："没关系，你随便批评！我是纯外行。"

"那你掺和这种事干吗？这戏能赚钱？"有人不解。

"还不是我们家老爷子，有个文化局的老朋友求到他……要我投钱没问题，但我是生意人，不能让钱打水漂儿。戏曲我是不懂，但我懂再好的东西，不会营销、没人看也是白搭。"卞亚琪朝那位看了戏的同学扬扬下巴，"他这样的都被我诓进剧场了，这包装成不成功？"

大家点头附和，成功、成功。雏仪听了，心下很感慨。

聚会上，大家聊着、笑着，有人春风得意，有人强作欢颜，只有在追忆同窗往事时流露出平等的白驹过隙之感，毕竟再年轻的人与回忆里的自己相比也不那么年轻了。

兴尽各奔东西。

陈石喝了几杯，雏仪因为要开车，所以滴酒未沾。驶过饭店门口时她发现卞亚琪仍站在路边打车。夫妻俩对视了一眼，靠边停了，陈石摇下窗招呼："卞亚琪！上来吧，捎你一段。"

她没怎么犹豫就跑过来坐进了后座，报出机场附近的地址。"不好意思啊，有点远，明天一早还要赶飞机回家。"雏仪说没事，顺路。

卞亚琪在车里倦态很浓，不像饭桌上那么健谈。上高速后，雏仪摇上了车窗，刚要伸手去开广播，忽听后面说："陈石，前年我们那儿山区的 304 工程，你去了？"

他只嗯了一声。对于那段带有"流放"性质的经历，他不愿多谈，在聚会上也未曾提起，不晓她从何而知。

"那地方不好干，我爸他们六几年也在那儿做过工程，前后左右'四面石头夹一块肉'，很危险，牺牲了好几个人呢。"

雏仪闻言微微侧目，陈石轻喷，示意她好好开车。空气安静半晌后，卞亚琪略发感慨："怎么现在改做销售了？你不搞技术太可惜了。喝酒扯淡糊弄人的事该是我这种不学无术的人干的。"她说完这句话，也没有等他回答便挎上了包、抓了抓头发。车停稳后，酒店门童替她打开门。她一只脚踏到地上，又扭头向他们夫妻道谢："下回请你俩吃饭 —— 两顿，补上原来欠你的那顿。"后半句显然是对陈石说的。

继续往家开的路上，雏仪过了很久才淡淡开口："她家里是部队的吧。"陈石惊问她怎么看出来的。

"这年头还有谁包儿上会别毛主席像章？"

"还真是。上学那会儿她包上的像章就不重样儿，好多人笑她土呢，后来听说她那些都是挺少见的珍品……"陈石告诉雏仪，卞亚琪的父亲是东北工程兵某师的参谋长，六十年代初支援三线。她出生在西南山区，高考时被父亲逼着报了东北的军工院校。

"她是班花吗？"雏仪问。

"反正得排前三。"陈石一本正经说完，被雏仪掐了一把，因知他们班总共只有三个女生。

"她说话挺痛快的。你们有交情？怎么还欠你一顿饭？"

"没什么交情，就……合作过一回大作业。"陈石见雏仪脸色平常，于是也无意隐瞒什么。那时他和卞亚琪都三天两头翘课，只不过他是去跑长途，她是自己到处游山玩水。上课点名，他有室友兄弟们轮流代答，而她暴露无遗，考勤分被扣得精光。那次的小组作业别人都已两两结对，只剩风尘仆仆归来的他和她。他满可以独立完成，奈何她穷追不舍要与他结组。最后她只挂名、没干活，但做口头报告时居然能条分缕析，侃侃而谈，也算出了份力。事后她要请他吃饭，他说没空，她也没坚持，接着又分别上了路，一个奔波，一个逍遥。

"你后来没再跟她合作过？"

"没有。我怕她拖我后腿……"他答得直白，雏仪不禁轻轻一笑。他也笑了，将椅背放平了些，"人家现在是企业家喽……睡会儿，不认路了叫我！"

她点点头，很快就知陈石睡熟了。他酒后的鼾声总是比平时重一些。

为了半年后的院庆，全本《林冲之死》的复排工作紧锣密鼓地开始了。除了林冲的戏份，火炽开打的群戏也是此剧的一大亮点。蒋凤仪每日带着一群武行小伙子在练功场上挥汗如雨，当真像水泊梁山上操练人马的林教头。

凌跃依然尽心尽力地照顾着上面、督促着下面，忙碌而愉快。他喜欢在排练间隙给那些毛头小伙子讲创排此剧时的诸般不易。缺钱，团长自筹资金，找酒厂老板拉赞助，在饭局上唱了一回阿庆嫂；缺人，她和编剧坐硬座赴杭州西湖畔找老前辈帮忙，从濒临解散的县剧团领回一个林娘子；缺士气，大伙儿当时不太拿她这团长当回事，各自忙着走穴或是干副业，每天排练前只见病假条不见人影……

如今不一样了。

省里拨了专项资金，将院庆演出视作这一年重要的文化政绩；所有参演人员均知机会难得，分外卖力；蒋凤仪早已名声在外，许多人期待着这场艺术盛宴，包括远在香港、台湾的戏迷们。

只是首演时正当盛年的"林教头"如今已年过五旬。每天给其他人排完戏后，蒋凤仪给自己额外加了一遍功。雏仪跟着加了一遍，不全是因为敬业，主要是担心母亲有闪失，可她不敢明言。毕竟"老了"两个字，英雄自己说得，却听不得别人说。

她也知道母亲最大的顾虑是夜上梁山那一场的"云里翻"。蒋凤仪能拼、够狠，可她绝不莽撞，向来主张"武不擅动"。雏仪暗中留意着，眼见她已经把重头戏都熟过了几遍，唯独绕开了这一段。

这天练功场上最后只剩她们母女。凌跃来传达院里的重排意见，被蒋凤仪一一驳回了。

“上面说院庆是好日子，明年又是国庆……戏的结局要不要改改？”

“不行。林冲是‘喜剧英雄’吗？”

“院里问需不需要做新行头？现在好多新戏的旦角儿都不贴片子了，造型更丰富一些。”

“不要。弄那些乱七八糟的服装，以后演别的戏用不了，全烂在库房里了。”

“新布景、伴唱、交响伴奏？”

“不……”

“全不用，我就知道。”凌跃合上了自己的记事本，“那没什么要添的东西了？”

蒋凤仪沉吟了一下，“没有要添的，但要减一点。最后的‘庙刎’，林冲就不要再舞剑了。搅戏。”

凌跃欲言又止。

“小凌，你觉得我老了、要歇工？”她叉腰笑了，“老是老了，倒不至于要不动那几下。就是没必要。以前净想着多卖几手儿，塞的东西太满了反而不美。懂的人自然懂，就这么办吧。”

他答应着，最后说：“还有件事。他们好像商量着……院庆要请齐老师也回来参加。”

"应该的。"她面无波澜，只是补充，"别忘请岳老师、白老师。"

凌跃离开后，母女俩继续各自练功。屋内一角摆着三张桌子，是"山"，摆在那里很久了，她们踢着腿过来过去，仿佛它不存在。那天蒋凤仪终于在山脚下站住了，扶着桌腿半天低头不语。

"妈，膝盖还肿吧？"雏仪小心问出口，"要不然……"

"你来。"蒋凤仪言简意赅地主动提出，"你从开头演到这块儿。"

"真的？"

"真的。你不是替我来过这场吗，那次在小陈他们那个工地上。"

雏仪未加推辞。她在感到重任上肩的同时也难抑心酸。她知道"让台"对于角儿来说绝非易事，哪怕是让给子女，尤其是这样具有特殊意义的场合。舞台永远在那里，其实不是人让台，而是"台"要求其上的"人"永远将活力无限、游刃有余的身姿呈现给观众。没有人青春永驻，但在新旧更迭中，艺术常青。

于是从这一年的年初开始，雏仪将大部分精力放在筹备院庆演出上。同一个林冲，母亲让了几步，她进了几步，这几步无疑是个大台阶，登上去便是另一番风光。母亲为她的表现感到欣慰。偶尔她比陈石到家更晚，床头柜上放着未收起的胃药。她躺下时，他翻身抱住她才眉头舒展。

日复一日，她相信了他的心，可在练功场上翻打跌扑时仍忍不住惦记着应酬桌上的他，因为越来越清楚他当下闯荡的这条路终不合他的志愿。卞亚琪的一句话在她脑海中挥之不去，"陈石不搞技术研究太可惜了"。

　　不久后，卞亚琪真的再次北上造访，邀请他俩吃饭。陈石吞吞吐吐地向雏仪转告了这个邀约，竟得到爽快应允。车开到了饭店门口，她却坐着没动，"你去吃吧，这儿离剧团不远，我去练会儿功。"

　　"宝儿，你……"

　　"我知道你们是谈正事。去吧，待会儿来接你。"

　　她目送他进了饭店，长长吐出一口气，解开了安全带。春寒料峭，但南归的小鸟啼声婉转，明媚了韶光。它们在光秃秃的树木之间忙碌往来，衔枝筑巢。

　　她闲看了一会儿麻雀搭窝，从包里拿出一张折叠整齐的稿纸，是父亲昨天交给她的。经反复思考，他还是决定不出席院庆活动。不过，他早早拟好了一份祝辞。

　　雏仪在等待陈石的过程中又读了几遍这些文字，细碎的阳光洒在纸上，雪般耀眼。许是过去太久了，连她也忘了那出戏里有父亲一半的功劳。

　　倏尔一片云飘过，暗影落在字里行间。

　　　《林冲之死》是悲剧，但不是为了催泪而悲；重武戏，但不是为了开打而武；谈爱情，但不是为了煽情而爱。它诞生于一个乍暖还寒的时代，凝聚着每一位主创人员及幕后工作者的心血。它关乎人性，情义，理想，与明天。

今天这部戏完整地重现于舞台，如能带给观众新的感动，当归功于戏里的痴男怨女，戏外的老将新兵；如有无法弥补的遗憾与阙漏，实咎当年执笔者之无能。

值此院庆之际，感谢过往的每一份缘分，也希望大家继续支持省剧院、关注戏曲事业的振兴与发展。

春服既成，风乎舞雩，咏而归。祝大家观剧自得，余兴无尽。

拾
捌

陌
上
花

卞亚琪和陈石这顿饭从正午吃到日暮。雏仪很耐心地在车里等着，直到回了家她也没问什么，照常练功耗腿，以及，背《林冲之死》的唱词。长亭送别那一场是重头戏之一，如今归了她，唱念、神情、做派缺一不可。

陈石不停地喝水，因为卞亚琪挑的那家川渝菜馆重油重辣。雏仪盯着剧本，让他别喝凉水了，小锅里的银耳莲子羹应该炖好了。他盛了来，热气腾腾，埋头搅了半天也没送进嘴里。

"我与你好夫妻恩爱三载，怎忍心梁间燕两下分拆。奈何高俅贼……"

"嗯？"他从发呆中抬起头来。

"啊？我背词呢。"她顿了顿，放下本子问他，"石头，你想说什么？"

"我……"陈石犹豫了几秒，一鼓作气说了，没有保留——卞亚琪鼓动他加入她创办的公司。她谈了国营厂的处境，行业的发展，她公司的现状与前景。最重要的一点是，她保证他可以专心于技术开发，直言跑市场是她的事。她有人脉，善交游，目前业务范围已涉及周边几省的军工单位、高校、企业、民用……

只是，公司位于她的家乡，那座山清水秀的西南城市。雏仪虽只去过一次，但仍记得那里夏天的湿热空气，以及比空气更热切的、那个久别重逢的拥抱。记忆坠沉了她的心。

"宝儿，你要是不愿意我去，我……"

她打断了这句话，提出明天要跟他回村去看看婆婆，"过完年到现在我一直没回去过呢。"

她没吵没闹，甚至眉头都没有一丝皱。陈石感到意外而不安。这段日子她很少对他耳提面命了，他以为是她忙于排练，顾不上。但眼下他，不，他们俩的生活面临这样一个新选择，他想不出她何以如此平静。这天夜里，那顿火辣辣的晚饭在他胃里烧起来，雏仪起身去给他拿药，后半宿他睡得安稳了，她却失眠到天亮。

次日回到婆家，她和陈石妈照常谈笑，只是午后实在困得睁不开眼，本想小憩一会儿却沉沉睡到了黄昏。起身后屋里屋外静悄悄的，她踱到院里才听到婆婆房内有隐约交谈，陈安秀嗓门大。

"……你自己拿主意，别顾着我。自己喜欢的事就去干。你毕业那年就让妈拖累了，这回我说什么也不能……你们小两口得好好商量……她不吱声就是为难啊。要是两地分居……我？我不走……村儿里活人是没我惦记的了，但……反正我哪儿也不去。"

婆婆最后一句话的语气异常坚定。雏仪断断续续听了一会儿，自己默然溜出了街门，漫无目的地走下了院外的长坡。已是家家户户做晚饭的时间，路上没什么人，一条毛色黑黄的土狗突然蹿出来拦着她狂吠。雏仪素来怕狗，正迈不开步时有个穿红塑料拖鞋的年轻孕妇远远走来，手里端着一只盖了手绢的蓝边瓷碗。

"别怕，它欺生……"孕妇走到她近前，抬脚轻踢了那狗一脚，不料拖鞋反被它一口叼走了，衔到路中间甩着玩。她急得摆手，一只饺子从碗中掉落，狗立刻丢下拖鞋，叼起地上的饺子摇头摆尾而去。雏仪赶紧捡回那只拖鞋，连声道着歉放在孕妇脚下。孕妇也脸红了，微肿的脚探入鞋里便要走。

"宝儿！怎么跑出来不说一声？"

陈石沿路找到她。"睡醒了随便遛遛。"她说。

那孕妇见到陈石，叫了声哥。他这才发现面前是表弟媳妇莲子，数月不见变化很大。经他介绍，雏仪很热络地问起她要去哪儿。莲子含糊说婆婆让她去村东头送饭。

"满子又打牌去了？"他问，随即劝道，"你回去吧。天快黑了道儿不好走，我和你嫂子替你送去。"

莲子绝不肯答应，直到雏仪爽快地接过了她手里的碗。她脚步缓慢地走远后，陈石撩开手绢拈了一只饺子扔进嘴里，揽住雏仪说："走，回家！"她瞪大了眼睛，"有病啊你！不是给你表弟送饭吗？"

"饿着他。让他赌。"

"那莲子不落埋怨？"

他无言以对。往东去的路上，雏仪走着走着扑哧乐了，"人家这碗饺子，狗偷了一个，你偷了一个。"

"那你吃亏了，快来一个！"他把碗递到她眼前，被她笑着推开了。

到了那个赌博据点，陈石让她等着，他自己进了门，尽管出来得很快，仍沾了满身呛鼻的烟味。他掸掸衣服，蹲下系鞋带，忽而背上一沉，雏仪的胳膊勾住了他的脖子，于是他二话不说就背着她站了起来，慢慢往回走。

"累啦？"

"还行。就是浑身疼。最近练得太狠了。"

"难怪轻了。回家多吃点！"

她贴在他耳边点点头，好奇问："你这表弟二十出头，怎么不干正事？"

"他爹妈就这么一个儿子，宠坏了。"

"你妈不也只有你一个儿子？"

"嗯。她跟别的妈不一样。"

半晌，雏仪环着他脖子的手松开了，轻轻胡噜他的头发，"妈不容易吧……石头，你也不容易。"

他没作声，过了一会，又听她问："卞亚琪要你什么时候给她答复？"

"她说让我先考虑着。但年底会有个大项目。"

"好。你再给我一段时间。"

途经一片鸭鹅嬉戏的池塘，几个小孩正徒手捏草叶上的蜻蜓，看见陈石背着雏仪走过来，不约而同地把目光转移到他俩身上。雏仪不好意思了，要下地，他死活不松手。

不久之后，她独自去了趟北京。那天父亲有课，她约他在戏曲学院附近的一家茶楼见面。翻开茶水单，她看着既眼熟又纳闷，于是问服务员："这'兰芳袭人'是什么？"

"茉莉花茶。"

"'砚秋寒香'呢？"

"菊花茶。"

"那这'三堂会审玉堂春'……"

"大红袍。"

"那就来一壶这个菊……哦，砚秋茶吧。"

茶水送来后，齐克谐很快夹着几本书进了门。雏仪向他提起这家茶楼的"因地制宜"。父亲告诉她这儿的老板是一个老毕业生，虽转了行，仍有解不开的戏曲情结，故而在母校门口开了这家店。他说完，又招手点了一份"打金砖"。

"什么东西？"

"奶油黄桃蛋糕。"

雏仪笑嘻嘻望着父亲,"吃了长肉,我妈要骂我了。"

"偶尔开个斋,不要紧,她又没千里眼顺风耳。"父亲在桌上抱肘打量她,"今儿挺高兴?排练还顺利吗?没受伤吧?怎么自己来了,小陈呢?找爸爸有什么事?"

"怎么这么多问题!想你了,就来了。"

齐克谐听到这句话,简直喉头一哽,忙啜了口茶。这十来年,女儿对他虽不是冷若冰霜,但始终存着芥蒂。刚刚那六个字无异于春风化雨,绵绵洒在他心尖上。只是未待他情绪平复,女儿便展露了此行的真正目的。

"爸,我要告诉你一件事。等院庆演出完了,我打算……调走。"

"走哪儿去?"他大惊。

她未答,从包里掏出丁娟团长的回信,推到父亲面前。他蹙眉读信时,"打金砖"端上来了,雏仪低头用小匙在蛋糕表面刮了一层奶油和果酱送入口,一点也不嫌甜腻。齐克谐将那封不长的信反复读了好几遍,然后静等女儿的阐释。

"爸,这次演完《林冲之死》,我应该算是有点名堂了。"雏仪讲得不谦虚,"你看丁团长说了,她那儿没有好武生,常年不演武戏。我去了就跟她挂双头牌。她那人我接触过几次,说话很实诚。"

"宝儿,你听爸讲,现在你妈还在团里,当然轮不到你挂头牌。武生像你们娘儿俩这样能打又能唱的不多,你傍着你妈再好好历练几年，咱们这儿的大角儿、老先生也多，你能多看多学。年轻人，还是宁做凤尾不做鸡头啊！而且你跑到那么远……"齐克谐循循善诱至此，见女儿面不改色，猛然意识到这些道理其实她都懂。他停了片刻，问："是为了小陈，对吗？"

"是为了我自己。爸，我不能拦他的事业，可我也不想跟他分开那么远，以后聚少离多。"

齐克谐沉默着提起壶给自己和女儿的杯中续了茶。雏仪盯着手边的"砚秋茶""打金砖"，毫无预兆地转移了话题："但凡唱过戏的人都放不下这些东西吧。爸，你知道吗，温靖开了一家影楼，还有戏装照呢。"

齐克谐端着茶杯的手抖了一下，难掩惶然。好在女儿无意追问他到底"知道"还是"不知道"。

"爸，你写的院庆祝辞特别好，但你太谦虚了。'今天这部戏完整地重现于舞台，如能带给观众新的感动，当归功于戏里的痴男怨女，戏外的老将新兵；如有无法弥补的遗憾与阙漏，实咎当年执笔者之无能。'"她完整地背出这段话，笃定道，"爸，你不是无能。你跟我妈都有能耐，你们以前也真的……珠联璧合。可是为什么就过不下去了呢？"

"是爸爸的错。"

"当然是你的错。但是……"雏仪没有说下去，低头塞了一大口蛋糕，下巴上沾了奶油，"前一阵子我妈骂我没出息，教我别干了，轰我回家去天天守着石头。我真想不干了。结果院庆一来，我妈让我接了她的几场戏。我没想到……感觉那么好啊。从小到大也演了这么多年了，不知道为什么，我好像刚尝出一点成角儿的滋味。确实美，确实舍不得。"

"那你……"

"可是我也舍不得石头啊。"她放下小匙，脸埋进手里，"爸爸，我喜欢唱戏。可我又做不到像我妈那样，我没那么大的本事，也狠不下心。我只能想到这么个折中的法子。求求你了，帮帮我……"

她最后说得呜呜咽咽，父亲几乎没听清。他只是拉开她的手，用纸巾擦去她的泪和下巴上的那点奶油，"你说要爸爸怎么做？"

"替我，说服我妈。"

芳心苦

"宝儿，我找你妈商量过了。"

"她怎么说？"

"她同意了。"

"我妈……她还说什么别的了吗？"

"没有。"

一直到后来，雏仪也不知父亲是如何说服了母亲，但如她所猜，那是父母离婚后的第一次直面交谈。

上回为了女儿的"嫁妆"，那一张存折，他们是在电话里快速达成了共识。这次，齐克谐驾车前来，停在剧团附近的僻静处，一棵老槐树的阴凉里。天气响晴，他从后视镜里看到蒋凤仪顶着大太阳远远走来，心中惝恍了一下。近年偶尔见她都是在衣冠楚楚的场合，今日眼前人却如故一身练功服，脖子上搭着忘记取下的白毛巾，脚步仍风风火火。他记得她生完孩子那年苦苦减了十几斤，峻拔体态便一直保持到现在。

只是当她额上带着汗、挟着外面的一股热风坐进后座时，眼角眉梢的岁月痕迹终归是明显的，不过她本也无意遮掩。

齐克谐把空调温度调高了些，随即开门见山地讲明来意。

"她为什么不自己告诉我？"蒋凤仪沉默了片刻，问出这么一句。

"孩子怕你不答应。"

"她以为让你当说客，我就能答应？"

"蒋老师，"他没答，却反问了她一个突兀的问题，"你演了半辈子英雄好汉，有一点，男演员永远比不上你。你知道是什么？"

她烦躁摇头。

"有人曾经跟我说，你演出了女人心里最理想的男人味。后来我写电视剧，看电视的更是女的比男的多，我就总想着你在台上的样子去写男主人公。"

"这和闺女的事有什么关系？"

"但你不懂男人真正的心理，至少不比男人更懂。我想小陈不会为了宝儿放弃这个事业上的机会，就算放弃了，心里难免有不平。尤其他家里不容易，自己打拼到这份上，吃了不少苦。"

"那宝儿就该放弃？你也算半个行里人，你不是不懂……"

"我懂，闺女其实也懂。是你不……"他扼住了后半句，叹道，"蒋老师，这一行儿水太深，我不是真行家，但我是宝儿的爸爸。你也不光是行里人，你还是宝儿的妈。不是每个女孩子都能做到你那样，就算真能，也不见得真想、真愿意。你觉得是'放弃'，是因为你眼里除了戏容不下别的。可是宝儿……弃了一头儿，可能就成全了另一头儿。"

齐克谐说完，见凤仪久久寂然，知她已无法招架。也许，这是他们发生过的所有争执里，他唯一取胜的一局。他并无喜悦，对于她的不甘不舍，他亦能感同身受。"孩子不能在你身边成大材，我也觉得可惜。但你我就这么一个女儿，只要她开心，健康，以后小两口和和睦睦生儿育女，也是好事吧……"

那天蒋凤仪下车后过了好一会儿他才启动了车子。挡风玻璃上落了一层嫩白细小的槐花，雨刷器扫过，淡淡甜香无孔不入。他蓦地想起女儿幼时甚喜他蒸的一道糯米槐花糕，可惜南方少有槐树……

这天之后，蒋凤仪母女如常在排练场上一起练功排戏，谁也没提这码事，但雏仪好几周没回娘家，怕与母亲私下相对。直到蒋凤仪某日去外地开会，雏仪晚上出了剧团，惦记独自在家的姥姥，于是回去探望她。

秋灵正泡着脚在看电视，一见孙女进门，忙着要起身。雏仪抢先开口："您接着泡！我不渴不饿不吃水果。"她在姥姥身边坐下，瞥见热水盆里依旧放了中药包。

雏仪陪姥姥聊了几句闲话，还是姥姥先关切地问起一串实际问题，包括陈石办好辞职了没有、他们打算怎么安顿陈石妈、南下之后的住房如何安排……雏仪说陈石让她专心准备院庆演出，这些事由他去料理。

秋灵平静地点点头，拿起毛巾擦脚。过去蒋松霆每晚替她按摩足底，老爷子去后，雏仪也目睹过母亲为姥姥做这件事，她知道母亲是对姥姥尽责，对姥爷尽孝。秋灵当然也知道，所以通常不允凤仪如此。

今天雏仪将姥姥的脚放到自己膝上，她初时不肯，但雏仪说："姥姥，跟我，不要紧的。"少顷，又问力道可以吗。

秋灵微微蹙眉笑说："你们三辈儿武生，都有把子力气。"

于是她下手轻了些，低头半晌，嗫嚅道："姥姥，对不起。"

"这有啥对不起的！"秋灵笑了，稍后才反应过来孙女所言为何，她的语气便更加坚定了，"你觉得一个人好，认准他了，跟他到天涯海角也值得。再说了，咱们这行儿原来不也是四海为家跑江湖吗，只要你还唱，你妈、你姥爷就没白费心。"

"我妈也不怪我吗……"

"她还说要在咱们院儿里租套房子呢，到时候让陈石他妈搬过来，方便互相照应。"

雏仪再难发一言。

"就有一宗儿……院里发话了，你走以后得立马补上一个，标准就是能把《林冲之死》唱下来。眼下这几个武生还差点意思……没事，你妈他们这几天招新的呢……"听到姥姥如此说，她方知为什么最近团里多了些来来往往的生面孔。

这晚，雏仪想留下陪姥姥，被拒绝了。姥姥教她放心。"你妈不在家的话，庆红她妈和小凌媳妇常来我这儿转转。庆红这丫头对象换了一个又一个，把她妈愁得不行。对了，她还请了假要回来看院庆演出呢！"

雏仪露出由衷欣喜的笑容，"这样的大热闹少不了她。"

几天后，蒋凤仪正在指导雏仪和演林娘子的于玲对戏，凌跃忽然过来请她，她放下本子就随他去了。雏仪继续和于玲练了半个钟头，终忍不住向她打听他们的去处。于玲支吾了一会，还是告诉她了。

她偷溜到那间大活动厅门外时，五六个陌生的壮小伙正在走廊里边压腿边低声交谈。屋里，蒋凤仪、凌跃和几个资深老演员、副团长、书记等人坐成一排，他们面前是个顶多二十出头的年轻人，正在自报家门。

雏仪听到身边这几位也在互相搭话。"里头那是河南来的。你是哪儿的？""山东。我听说你那单位不错，怎么也想着出来？""人往高处走啊。全国有几个团是武生挂头牌的？""你估计有戏，我就撞撞运气吧……人家'活林冲'眼光忒高……"

屋内很安静，只闻身体、脚步与地面的摩擦声。

"小伙子，下个高儿看看。"副团长指了指屋内一角的高台。对方点点头，利索地爬上顶，稍稍酝酿后一跃而下，紧跟着来了几个跳叉。

"身上挺好。"副团长看向蒋凤仪。她没回应他的目光，只问应试者："小伙子，喘口气儿。开蒙的时候学过《夜奔》吗？"得到肯定答复后，她说："从【新水令】到【折桂令】，你唱给我听听。不用身段儿，只唱。"

年轻人面露难色，硬着头皮唱了，尽管她为他拍着板眼，可惜还是唱得令人不忍卒听。他垂头出来后，里面喊了下一个名字，走廊里的一位嗽了嗽嗓子，昂首阔步进去了。一句"叫小番"的嘎调传来，外面的这些竞争者都不禁叫好，"唱武生的有这样的嗓儿，难得……"

然而随后蒋凤仪要求他"起个霸看看"，山膀一拉就露了破绽。她压根没问他是否学过《夜奔》，因为有这出戏打底子的人身上不会如此松懈。

走廊里的人一个个进去，又离开。最后一位甚至还没考就打了退堂鼓，无奈里面已经叫了他的名字。他进门前狐疑地跟雏仪搭讪了一句："你也是来……"雏仪没答，对他说了句"加油"，但仍未改变他铩羽而归的结局。

面试结束后，排练厅的门被关上了。片刻，屋里的吵声渐渐大起来。雏仪能听出母亲被明里暗里地"围攻"了。

"院长说要找个以后能接《林冲之死》的，您老拿《夜奔》难为人干吗？"

"说实话，这戏当初就是为我写的，根子就是《夜奔》。

身上、嗓子拿不下《夜奔》的，就拿不下《林冲之死》。"

"那咋办？这是最后一拨儿来考的了……现在能唱歌的不唱戏，能唱文戏的不唱武戏。"

"关键是您还文武都要，一点不将就！又要能打能翻，又要能唱，这样儿的就算有也早跑到北京上海去了！"

"也有咱小蒋这样要往下跑的……要我说，怪就怪您当初就生了一个宝贝蛋儿，多来几个就不愁没人接班儿了。"

此话意在开个玩笑缓和气氛，但屋内并没人笑。

回
心
院

　　排练厅内的争论熄灭后，雏仪迅速躲远了，等到众人散去她才溜回门口，不过还是和最后出门的凌跃打了个照面。雏仪有些难堪，但不等她开口他便略显疲倦地朝她点点头，指了下屋里就离开了。

　　一排空椅子的正中位，蒋凤仪支额坐着，肘下压着记录面试情况的笔记本，也并没记下几笔。雏仪靠墙站在走廊里，半晌，"唰啦"一声纸笔落地的动静吓了她一跳。悄悄望去，见母亲离了座位，开始一趟趟踢腿，前的、旁的、十字的……鞋底掠过地面的摩擦声单调重复几百遍，甚至起落的间隔都保持均匀不变。

　　那种沙沙声雏仪从小听到大，磨薄了地毯，磨厚了记忆，深深浅浅，刻录在她身体里。像许多出身梨园家庭的孩子一样，她和母亲的关系是既近而远的。近是因为她幼时看戏，大了学戏，母亲的羽翼一直罩着她，似乎雏鸟的翅膀总不够硬，不能离巢另觅枝头。远是因为，在与戏无关的场合里，母亲总是缺席的。

小学写命题作文《我的妈妈》，别人站起来念"我的妈妈是纺织工人"，"我的妈妈是售货员"，轮到她时，"我的妈妈是英雄好汉"一出口便引来哄堂大笑。这也难怪。小小年纪的她尚不知"演员"这个职业，同学们更不知，况且从没见过蒋雏仪的妈妈来接她或是开家长会。

在同龄人天真得毫无掩饰的笑声里，那一刻的雏仪真是怨妈妈啊，或者说怨那份使她不同于其他妈妈的工作。可是放了学，她仍旧忍不住和庆红一起跑到排练场看热闹。

只是那一天，她观赏英雄大显神通时不免脸上怏怏。

她妈休息时发现了，拉拉她的小辫儿问："怎么了？嘴噘得能挂油瓶了！"雏仪不吱声，庆红照例做了她的代言人，噼里啪啦讲完，蒋凤仪哈哈一笑，"别生气啦，妈妈给你'飞'一个。"那是她惯常逗女儿的招数，每次"飞"的方式都不重样儿。

当天团里刚演完《白蛇传》，白素贞"仙山盗草"的那座"仙山"摆在屋里。她轻盈登上去，以一个"台蛮"凌空翻下，紧跟着一口气几个小翻儿翻到女儿面前。雏仪抬头一瞧，咯咯笑出来——她妈嘴里正叼着一株从山顶摘下来的"灵芝仙草"。

雏仪所不知的是，那天晚上父亲拿着她那篇分数惨烈的小作文给母亲看。睡眼蒙眬的蒋凤仪只瞥了一眼，"你教她写作文不就得了，给我干吗……"

"不是写的问题……你是不是应该给孩子认真讲讲你这工作是干吗的？"

"不用……长大了就明白了……"她敷衍了这一句，扭脸就睡熟了。

廿年如梦，雏仪确是长大了，并且从事了和母亲相同的工作。然而对于它的涵义，说不好她是明白了抑或更加糊涂。半醒半惑之间，她发现母亲又站上了"山顶"。

而她的心情早已不复童年时的兴奋与期待。

她曾听过凌跃劝蒋凤仪，"把下高儿省了，《林冲之死》您演到六十没问题。没人挑剔这一点儿！"

但母亲斩钉截铁答："我挑剔！哪天不能下高儿了，这戏我就不演了。让小的们演去。"

时至今日，团里能大致拿下这出戏全部唱腔和动作的小字辈，仅有雏仪一人。此刻她在门外偷偷盯着静立在高台边沿的母亲。

没有锣鼓点催促的寂静中，时光更加难挨。雏仪几次想冲进去，叫妈妈下来，别翻了。但她没有，只是默默蹭回走廊的墙边。等待也是较量，不知她的心思和母亲的腿脚，孰更坚定。

过了许久，里面"咚"的一声，动静虽不小，她听得出是平稳落了地的。挺好。她放心了，快步离开。

已经走下楼梯了，已经快走完楼梯了，她的步子却越来越慢。阳光泼洒在最后几级台阶上，办公楼门扉大敞，外面是云蒸霞蔚的初夏黄昏，晚风初起，树影婆娑着。她忽然迈大步跑起来，三步并两步，于是那烫金般的光景离她越来越远。

她是掉头往回跑了。

沿幽暗阴凉的楼梯跑向顶层那间排练厅，一路不敢停下。

雏仪边跑边怨妈妈，就像瞬间回到小学的课堂上，自己的作文被同学们笑话的那个时刻。怨她为什么是"英雄好汉"呢，怨她为什么跟别的妈妈不一样。她的妈妈不穿裙子，不善做饭，甚至都不会给她扎小辫儿。现在的她更怨妈妈为什么如此执着、执拗。山太高了，就不要飞了，不可以吗？这样她也可以安心飞走，去另筑自己的小巢……

不可以吗！不可以吗？

她一路跑着，在心里歇斯底里地问，却无比清楚妈妈会说，不可以。她如此怨怼，如此不解，不知不觉泪眼迷蒙，眼前又一点点变明晰。

正是这样执着执拗，这样多年来马不停蹄、人不解甲的妈妈一直让她仰视、自豪、引以为榜样啊。她想起自己也曾哭着喊着要学戏，就在那间排练厅里，妈妈故意生掰硬搬她的腿，等她求饶，可她不求，非要和妈妈做一样的事不可。

改革初期，妈妈想要承包剧团，爸爸不赞成，小学刚毕业的她却举双手支持，扬言我妈有本事，就该当团长。后来父母分开了，也是她主动来到昏睡了三天三夜的母亲面前，宣布"我跟你"。妈妈一把抱住她，她拍拍妈妈的背，好像一切都没什么大不了。

是啊，她说过要跟着妈妈的。

她抹了把脸，气喘吁吁地推开排练厅的门。蒋凤仪正背对着门口手扶膝稍作休息，闻声纳闷地直起腰来，"你……？"

"妈……"雏仪走过去抱住了个子比她矮半头的母亲，极力克制着抽噎说，"我不走了。"

母亲没言语，好半天才抬手拍了拍她的背。

院庆的日期一天天近了，雏仪排练更加刻苦，尤其注重她和林娘子的那场"长亭"。她披枷带锁，斜扎大红罪衣，演林娘子的于玲银头面、素装扮，二人悲悲戚戚、痴痴喃喃，是排练场上最卖力的一对身影。

十几年前《林冲之死》首排时，于玲虽比温靖岁数大、进团早，演的却是林娘子的小丫鬟锦儿。如今当了主演，于玲很珍惜机会，每次排练都一丝不苟，但晚上她通常比雏仪走得早，为此总有些内疚。雏仪并不介意，只略感疑惑。大概两年前，于玲的赌徒丈夫指使狐朋狗友来搅和她和蒋凤仪主演的《马前泼水》，被剧团的小伙子们教训了一顿，不久后她总算离掉了那个男人，如今家里应该无甚负累。

得知她是去学校接儿子，雏仪很意外，"于玲姐，我记得你儿子都十几岁了吧？"

"十四了，跟咱这戏一边儿大。"于玲语气得意，转而也有感慨，"当初就是因为刚怀上这孩子，我只能演个……嘻，时间真快。"

"十四了还用接呀？我小学二年级就自己上下学了。"

"唉，我要不去接，指不定下了晚自习就被他爸偷偷摸摸接走了。明年就中考了，我怕他耽误了功课。"

雏仪有些义愤，"那你告诉你儿子别跟他走呀！他老缠着你们娘儿俩怎么行。"

"人家父子俩打断了骨头连着筋，我拦不住。有孩子在，真是没法断得干干净净，好在他管不着我的事了，我能踏踏实实搞搞业务，知足了。"于玲说完背上了挎包，又贴心叮嘱雏仪，"你也别耗得太晚了，早点回家吧！年纪轻轻的，别累坏了身子。"

雏仪答应着，在于玲离开后很久，她依然在练跪蹉步。练完撩起裤腿看了看，青紫之上有血丝渗出来。可还不愿回家。

这一段时间她总不知如何面对陈石。之前他事无巨细地准备着南下的诸多事宜，尤其拜托卞亚琪替他寻租市京剧团附近的房子。他甚至还提前给苗苗寄了半年的钱，雏仪看到邮局单据，终于强忍情绪向他坦白："石头，以后我按月替你给苗苗汇钱。就像……上回……"

他愣了一下，没明白，稍后才懂她不能随他走了。然而，她并没有一句阻拦他独自南下的言语。为此，他也没在她面前流露一丝懊恼或失望。那时分隔两地不也熬出头了吗，这次条件更优越，他每个月都能回来看她，再往后，也许公司会向北拓展，也许会成立分公司，也许他会自己出来单干……每种设想都是安慰，每份安慰都是承诺。他希望她能放心、宽心、安心。

然而离人若心安，还会有古往今来的悲歌怨曲吗？她不能陪他走，他不能为她留，两地分居看来是在所难免了。

雏仪躺在台毯上叹了口气，轻轻哼唱"长亭"一折的词。母亲每唱至此处都能引人泪下，因能以技服人，更以情动人。如今，她也渐有所悟。

我与你好夫妻恩爱三载，怎忍心梁间燕两下分拆。奈何高俅贼逞豪强为非作歹，这繁华人间不容我年少夫妇到头白。为丈夫此去山高路远千里外，唯恐娘子遭连累、受遗害、守孤枕、短粮柴。不如一别两宽各飞去，缘浅情深，林冲我黄沙盖面不忘怀……

斗
百
草

　　院庆演出前两周,宋庆红回国了。她每次回来都直奔剧团练功房去找雏仪,这一次也不例外。她在门口看见雏仪头戴甩发,手上缚着锁链,独自跪在地上念念叨叨,于是跑进屋扑通跪到她身旁,搂住她娇滴滴叫了声:"林家哥哥你不要我了哇!"

　　"吓我一跳!"雏仪抚着胸口打量她,"你这头发越剪越短,比我都短了。"庆红在日本发型换得和男友一样勤,这回她剪了个轻薄的金色短发。

　　"现在流行这样的!听说过吗,经济发展状况和女人头发长度呈正相关,现在不是金融危机吗……"庆红说着拎起于玲留下的白色腰包,问:"怎么就你一人?林娘子呢?"

　　"接孩子去了。"

"来，我陪你练练。"

"你又没演过这段。"

"没演过还没看过吗？"庆红利落地系上腰包，扭到了场边。"你还玩儿真的呀……"雏仪话音刚落，那厢已经发出一声哀呼，"夫啊——"

庆红跑了圈圆场，双膝伏地跪行而来，偷瞄着地上的剧本哼哼唧唧瞎唱了几句，表情还是很足。雏仪只好也单膝跪下，蹉步向前，攥住她的手接唱了自己的词。二人脉脉良久，腕上挂着累赘锁链的林冲拾起娘子的腰包下摆一角，轻沾了沾她的腮颊……随即抽身便走。

"好！收工！"庆红脸上的悲色瞬间收起，从地上跳起来，"一大早起来赶飞机，困死我了。走，回我家吃个夜宵，今儿晚上一起睡！"她过去拉雏仪，她却支吾不肯，惹得庆红揶揄，"好哇，有了真官人，就不要我这假娘子了！"雏仪没笑也没反驳，在地毯上坐了下来。

庆红便也席地坐下来，碰碰她的肩头，"你到底怎么想的？跟我说说。"其实她下午一到家就已耳闻雏仪的近况，心里很担忧。

雏仪两手之间哗啦啦摆弄着铁链子，对庆红毫无保留。庆红听完很肯定她的选择，"陈石走，你留下来，这样对俩人事业发展都好。你唱武生的，必须有几个好武行围着你。比如小谢走了，你是不是有时候觉着不得劲儿？咱这儿人手齐全，要是去了那边，就你一个光杆儿牡丹。就算让你挂头牌，难不成天天自己唱《夜奔》？"

"我倒没想这么多……我留下，主要是舍不得我妈。"

"白夸你了，合着还是因为离不开妈……"

"不。"雏仪摇摇头，"是她离不开我。"

"她是为你前途着想吧。而且，她本来不是也同意你调走了吗？"庆红不解。在她心里，只有她妈那样的家庭妇女才会抓着孩子不放，逼得她在家待上三天就开始心烦意乱。

"不全是，估计她自己都没意识到。但我能感觉出来。以前我也以为她只要有戏唱就生龙活虎，别的什么也不需要、谁也不需要。可那天我在门口偷偷看她，突然觉得她没我印象里那么强大了。说了你可能不信，但她真的需要我，不光是接班儿演这个戏。其实我最难受的还不是她需要我，而是我知道我没那么需要她了……所以我才更不能走。"

"谁都会老啊，况且是武生……"庆红正要安慰她几句，却听雏仪突然话锋一转。

"你说，我真的不能求石头留下吗？"

她问完这个问题，盯了一会庆红的表情，自己就偃旗息鼓了，"……不能，是不是？……他都没要求我跟他走，他也怕耽误我。我要是让他留下，太自私了……我懂，所以压根没和他提过，就是跟你说说……"

"宝儿，心别这么重，你想留住他也正常。人都是自私的！你还试过想调走，陈石主动说过要为你留下吗？他怕耽误你，恐怕也担心你哪天后悔了会埋怨他，这不算自私吗？

自私有错吗？没错啊。人不为己，天诛地灭。"庆红抚着她的后背，顿了一下，"可是……可是爱一个人，又总该无私一点，为对方考虑……你看我就是太自私，不愿意为别人牺牲一丁点，就只好自己飘着啦。"

"你歪理还一套一套的。"

"怎么是歪理？瞧你的词，'为丈夫此去山高路远千里外，唯恐娘子遭连累、受遗害、守孤枕、短粮柴……'记得当初郑导讲戏的时候说林冲不是好丈夫吗？他没明说，我后来琢磨，林冲是不是想把娘子留给高衙内，好教高俅对他手下留情啊？多自私！"

雏仪喷了一声，庆红扔下剧本道："算了算了，说林冲不好你生气。我看陈石这人还挺靠谱，你就放他去南方打拼打拼，你也跟着你妈再唱几年，大不了多给国家贡献点电话费、交通费。等你妈六十退休了，你们另做打算不迟！快九点了，咱撤吧，你到底跟我回家还是回厂子？"

庆红打着哈欠要站起来，却一把被雏仪拉住了。"别走呢。我告诉你，我现在就有个打算。"

"什么？"

院庆排练到了最紧张的关头，蒋凤仪却被请到北京观看了一场新编戏的"内部观摩演出"。开锣前，一位领导特意走到她的座位前与她寒暄，旁边人及时告诉她：这位是专抓戏曲振兴工作和后备人才培养的马副局长。她意识到这就是饭局上被女儿"晾了台"的那位领导，不免比平时多说了几句客套话，马副局长却是真诚表示那回蒋雏仪的演唱令他印象深刻。

说话间大幕拉开，锣鼓奏响。蒋凤仪翻看着演出介绍，了解到这个戏是由畅销武侠小说改编的，特色是"剧情跌宕，文武并重"。主角勾脸，行头上没有奇装异服，看得出参照了老戏《艳阳楼》《铁笼山》之类，蒋凤仪不禁心生期待。

随着剧情进展，她渐渐听出了问题。编剧似乎不通戏曲音韵，许多词句不合声腔，但这并不妨碍演员唱得非常卖力，高音频出，长腔更是拖了一板又一板，大有不得喝彩誓不罢休之势。蒋凤仪听着都替他嗓子着火，看戏时不住喝水。

下半场的武戏开打倒是令她眼前一亮。这位演员和对手围着一张桌子忽起忽落，先是对刀枪把子，然后解衣而战，戏袍在手中挥洒如鞭，末尾赤手空拳，在制服对手之后自己也终于力竭，从桌上一个鲤鱼打挺跃起，摔"硬僵尸"倒落在地。

蒋凤仪鼓起掌来。虽然这个演员刚才的文戏猛洒狗血，但唱功还是有的，加上这样的身手，凤仪觉得他确有"文武并重"的潜力。所以她一直忍着内急坚持看完了全剧，谢幕时才往洗手间跑。

匆匆返回礼堂途中，她和一个穿淡蓝水衣子的小伙子擦肩而过，已走出几步了却被身后一声"蒋老师"叫停了脚步。她反应了一会儿才认出是戏校的刘俊文。他快二十岁了，比四五年前高了些，更显瘦，话仍不多，但在她面前难掩兴奋地鞠了个躬。

"是俊文呀，我早听说你在北京实习呢，没想到真碰上了。你那小伙伴呢？大眼睛那个。"

"郝鹏？他在上海转正了。"

"不错，都有出息了。哎，刚才你跑龙套了？我倒没注意。"她随口问着，忽发现他脸上有没卸干净的脸谱油彩，再看看他湿透的衣襟，顿觉不对劲儿。"怎么，刚才开打的是你？"

俊文没吭声，抹了抹脸。

"俩人合演，怎么说明书上不写名字？"

他还是不语。蒋凤仪明白了，且知他是个省吃俭用的苦孩子，于是拍拍他的肩，"先歇着吧。待会儿来找我，带你吃饭去。穷文富武啊，得吃点好的补补。"

次日，观摩演出后研讨会，与会者有的熟练运用高深理论，有的直白浅显大夸特夸，蒋凤仪还是闷头只管喝水。会议中途安排了昨天那位主演献唱戏中重点唱段，伴奏带刚放出来大家就开始酝酿捧场的表情。

蒋凤仪也凝神听着，眉头越拧越紧。台前演员唱到了激情澎湃的高腔，音量和音高一路猛进，即将到达顶峰了。蒋凤仪突然旁若无人地朝后勤人员高高举起了自己的瓷杯，"劳驾，麻烦给我换杯水 —— 掉了个苍蝇。"

中气十足的一声招呼。大家都愣住了，前面演员的嘴停了，周围众人即将拍响的手也停了。但，激昂的唱腔并没停，而且随着胡琴伴奏完美地冲上了最高峰。

在尴尬至凝固的空气中，不明就里的后勤人员果真给她端来一杯水。她道了谢接过来，向左右歉然颔首，"对不住、对不住。请继续！"

当然无法继续了。那位演员傻站在原地，他的院团领导替他解释，昨天演出太卖力，嗓音失润，方才如此是为了不给各位专家扫兴。

"没关系，不扫兴。文的唱不了，来段武的吧。"

台前演员神色更慌张，推脱道："下串儿都不在。"

"我给你来下串儿。"蒋凤仪死咬不放，"刚才各位不都夸那段围桌开打漂亮吗，不想再观摩一下？"

相熟的人都知蒋凤仪处事不圆滑，但平时这种场合她顶多保持沉默，不曾像今天这样锋芒毕露、教人下不来台。所以在场只有人微微向她使眼色，并无一人呼应她。

然而马副局长开了金口："来一段！难得蒋老师甘当绿叶，不能错过啊！"说罢吩咐后勤人员去拿刀枪把子，不忘嘱咐"搬个桌子来"。

于是蒋凤仪当真陪着那位主演在会议厅里重现了舞台上的武戏片段。他的动作虽明显比昨天的戏中人松垮，但好歹是完成了。可到了最后要躺在桌上往下"摔僵尸"时，他说什么也不肯继续了。

"薪火相传，文武兼备 —— 优秀中青年演员新编剧目展演及研讨"，会议室里高悬的条幅被凉爽小风吹得微微抖动，寂静中，空调声非常明显。

蒋凤仪抬头瞟了一眼。

"文武兼备，就是文的假唱、武的用替身？摔不了、不想摔，可以不加这样的东西。但咱们戏台上没有玩儿假的这一说，更没有用了人家还不提名字的道理。"

蒋凤仪的眼睛并没看那位演员。她只是在屋里环顾一圈，轻轻把刀放在了桌上。

"今儿扫兴的是我。少陪了。"

九
回
肠

蒋凤仪在研讨会上"开搅"的消息很快传开了。关于时弊，同行们心知肚明，但谠言直声的人并不多。赞叹也好，讥诮也好，冷眼旁观也好，总之大家都真切见识了"活林冲"的脾气。说真话得罪人，蒋凤仪并非毫无悔意。她自己倒是无所谓，但替刘俊文隐忧。离京之前她把那孩子叫到住处，坐在大堂里嘱咐了他几句。"这回我的火儿没压住，冲动了。不过你甭怕，在这儿踏踏实实干，赶明儿我给你们团领导打电话赔个不是。"

"蒋老师，我不怕。您也不用为了我给他们……您又没错。"

"毕竟在那种场合撒野了。"她笑着搔搔头发，又问他，"最近家里还好吗？你爷爷身体怎么样？"

少年心里很感动，只顾点头。她从桌上拿起一个信封给他，是本次会议补贴，"本来想走之前再带你撮一顿去。最近排练紧，我得赶快回去了。自己吃去吧，算我请客，演武戏的不能亏待了身子！"

蒋凤仪没有容他推辞，并转移了话题，"这次你开打那段确实不错，继续努力。不在学校了，练功也别偷懒！"

"那段用了《艳阳楼》的东西。孙老师教您的时候我看会了，所以团里才让我上。您放心，我记着您和孙老师说的，'武生的腿，就不能搁在地上'。"

她听后甚慰，不忘叮咛："要是下次演出再不写你的名儿，或是有人给你穿小鞋，一定告诉我。"

"蒋老师对我们的工作这么不放心啊！"

洪亮一声笑叹，她和刘俊文转头望去，是马副局长进了大堂，直奔他们而来，并无旁人跟着。他不请自坐，看了看俊文，对蒋凤仪说："我来送送您，顺便跟您保证——这次暴露的风气问题我们一定重视。该罚的罚，该奖的奖，这样的孩子，不会让他受委屈。"

俊文腰背直挺，微抿了一下唇。

"有您这句话我就踏实了。我还想呢，要是您这儿的大庙容不下我们这小和尚，我可要把他带回去了！正好我们院庆缺人手。"

"蒋老师，我愿意回去！"

蒋凤仪和马副局长都愣了一下。俊文再三表示要为院庆出份力，她思考了片刻，说："那我就从北京'借'你几天。不用跑龙套，你给我来个正经角色。"

她宣布角色后，连马副局长都惊讶。他拍拍俊文道："蒋老师是要捧捧你啊。孩子，好好演，到时候我去看戏！"

一周后，省剧院四十五周年院庆暨传承版《林冲之死》首演，剧场里座无虚席，每位观众手中的宣传册上都印了齐克谐写的那段话，"《林冲之死》是悲剧，但不是为了催泪而悲；重武戏，但不是为了开打而武；谈爱情，但不是为了煽情而爱。它诞生于一个乍暖还寒的时代，凝聚着每一位主创人员及幕后工作者的心血。它关乎人性，情义，理想，与明天……"

由于这次戏票紧张，内部票的位置很靠后，庆红俯瞰着攒动的人头，激动又感慨。而坐在她身边的凌晓斌居然正拿着一张卷子眉飞色舞地跟陈石讨论什么"船速、水速、顺水、逆水"。

庆红伸手去抢卷子，这小子手快，根本没让她沾到边儿，并且不耐烦地教她"别捣乱"。

"哎，以前你不是一看戏就来劲吗？今儿你小姑姑的大戏，你怎么还有心思琢磨数学题！"

"又没我什么事儿……连个龙套都不让我跑。"

"你才多大！说起来，我们排这戏的时候还没你呢。"

"哼，那刘俊文也没比我大几岁嘛……"

"人家都十八九了……噢，你小屁孩眼红了呀？"庆红抱着胳膊逗他，"他是专业的，你连票友都算不上。"

晓斌闻言和庆红打闹起来，陈石赶紧弯腰抱起座位下的花束，"别踢了我的花！"庆红扭头一看，见他膝上的一大捧鲜花比剧场门口卖的水灵多了，只是月季郁金香勿忘我毫无主次地混杂在一起。她翻个白眼，将自己准备的那束递给了他，"难为你还知道送花……你跟我换换吧，瞧你那杂拌儿似的。"

她那是一大束白百合。

陈石不服，认为自己的以数量和丰富性取胜。但晓斌捅了他一下，"小姑父，拿红姑姑这个吧……"

仨人正说着，有人走向他们这一排，怀抱着少见的香槟色玫瑰，幽香扑鼻。

"瞧人家这品味！"庆红只顾看花，陈石却站了起来，兴奋道："卢荻，你也来啦！"

"石头，好久不见！"

远道而来的卢荻一改平时的休闲装、棒球帽。今日他西装笔挺，除了鲜花，还拎了一大袋东西。落座后聊起熟人们的近况，得知谢波去了香港，他略感意外。

"卢叔叔，小姑父也快走了呢。"晓斌蔫蔫地插话。庆红不语，陈石摸摸他的脑袋，简略向卢荻解释了几句。

卢荻抱着玫瑰安静听完，只说："两情若是久长时，又岂在朝朝暮暮。"

灯光就在此时转暗。大幕开，胡琴起，锣鼓动。

舞台亮起一半，那是豆蔻年华的张氏女与庭下舞枪的白袍少年郎。临风踏叶，枪扫落花，那样俊的功夫，引得闺中人隔帘拍手，台下观众也鼓掌。倏尔一双小儿女没于黑暗。

林冲，刘俊文饰，十八岁。

舞台亮起另一半，那是柔肠寸断仍坚心不改的林娘子与她身着大红罪衣的丈夫。一纸休书，长亭向晚，他舍娘子、别家乡，几经挫辱磨难，终不见容于世道。六出奇花飞滚滚，填不平心中沟壑。火光冲天，雪野无涯，林冲夜奔梁山。一个"云里翻"落地，彩声四起。

林冲，蒋雏仪饰，二十六岁。

舞台自此成战场。再出现时，他全身披挂，帅旗当空，从天朝的禁军教头变为梁山泊里的头领上将。这世界颠覆了他的人生，他也誓要反叛它的规则。铁甲银枪，戎马半生，他与仇敌再次咫尺相对。未料胜利的边缘，原来是抗争的终点。

林冲，蒋凤仪饰，五十三岁。

此为传承版《林冲之死》，是凌跃拟的名号。蒋凤仪将林冲的英姿勃发、大悲大志给了年轻人，留与自己满身沧桑。但这最末一个林冲，仍是所有人眼中的焦点。从扎靠开打的稳重工架，到怒斥高俅的铿锵念白，再到尾声的大段唱腔，她无一处炫技，却又处处技精、形现、容动、神随。

至"庙刎"，她删去了佛前的舞剑，青灯荧荧，只照着一幅拄剑跪地的背影。她的唱，使人忘却了那是"唱"，只觉是泣，是诉，是语言无法抵达的内心忏悔。最后一句，伴奏歇止，全场唯余她的声与情。词，用的是电影版。

"念去去，万事皆休。愧我一念之差，误夫妻百年。"

剑影过，佛灯熄，大幕落。片刻宁静后，掌声喝彩如风雷激荡，涌自四方。

演员们出来谢幕时，除了蒋凤仪一领青衫，别人都已换下了戏服。许多观众上前献花，有男有女，有老有少，不乏资深戏迷从外地乃至港台一路舟车劳顿前来。

陈石直奔雏仪而去，将那束百合送给她。舞台大灯之下，她格外明眸皓齿，身上的白衬衫和花儿不分彼此。他见她许久没有笑得如此明媚，忍不住抱了她一下。等下台后回头一看，陈石发现后面的观众纷纷仿效他，而雏仪一边回应戏迷们的热情拥抱，一边远远望着满脸不乐意的他，表情很无辜。

台下，卢荻抱着那束香槟色玫瑰端坐不动，庆红却待不住了，拎起陈石买的那捆体积格外庞大的花束上了台。她见别人怀里都已花团锦簇，只有最靠边的刘俊文手背后笔直站着。他岁数小，脸生，且卸妆后单眼皮不出挑，大家甚至没认出他是小林冲。于是庆红把花递过去，他惊得退了半步。

"拿着呀！"她把花向他胸膛前一塞，撩了下金色的头发帘，跑到中间去搂住雏仪亲了一口。

蒋凤仪收了太多的花，收到一束就往左右传，最后合影时她竟怀中空空，懊恼如小孩似的双手一摊。俊文走到她面前，深鞠一躬，把花献给了她。凤仪笑着接了，转身面朝着从杭州赶来的白发苍苍的岳鸿霞、白少杰老夫妇，也给他们深鞠一躬。那束丰满馥郁的鲜花最后落在他们手中。凤仪挽着二老站在舞台中间，岳鸿霞招手叫俊文留在前排，雏仪也不让庆红下台。于玲在雏仪另一侧，她是当年的锦儿，今日的林娘子。凌跃和剧院的其他行政干部、幕后人员一起站在演员们身后，有些恍惚地望着好几台相机镜头，不知该盯住哪里。在闪光灯的快速眨动之间，他觉得台下某处似有昔日倩影一掠而过。

院庆演出首场完美落幕。观众渐渐走空后，卢荻来到后台，蒋凤仪刚洗完脸，正坐在镜子前闭目定神。他走过去，将玫瑰稳放在化妆台上，"蒋老师，祝贺您演出成功。"

她睁眼看到花，倦色尽扫，凑近深吸一口气。天越晚，花香越浓了。

有人调侃，"这不是送小姑娘的花儿吗，林教头也看得上？"

"嘿，我不是女人啊？别说女人，水浒里那些男的不也戴花？"她反唇相讥，大家都笑了。

闲谈间，有人喊饿，卢荻赶忙打开一大袋台湾糕点和特产，"这是晏如老师让我带给大家的。"团里人对卢荻已不陌生，便蜂拥过来自取。他抢先从中拿出一瓶精心包裹着的金门高粱，蒋凤仪怔了怔。那回他在她家里过除夕，她曾偶然提起老父亲在世时嗜饮烈酒，故而她到各地演出都买特色酒带回家，逢年过节在遗像前敬一盏，遥寄孝心。

她没想到卢获竟记下了。"吃的归你们，这是我的！"她向同事们张罗一声，护起了酒瓶。

　　此时雏仪和陈石已在回家路上。她头靠着车窗，百合花倚在肘弯。他开着车问她："累吗？"

　　"还行。"

　　"还有三天折子戏，加油！"

　　"两天。最后一天没我的戏，是我妈的《夜奔》。"她稍顿了下，"石头，你看我今儿演得怎么样？"

　　"好！身上边式，唱得讲究，脸上有戏。"

　　她乐了，"你现在还会拽两句内行话了。但你骗人！坐那么远哪能看清脸上有戏没戏。"

　　"确实看不清……"他坦白，随即好奇问，"宝儿，你真哭了吗？'长亭'。"

　　"在台上不许真哭，妆花了不好看。"

　　车里静了一会儿，陈石说："你也骗人。"

替人愁

院庆演出的最后一天上座率比首场还好，因为大轴儿戏是蒋凤仪的整折《夜奔》。看戏要看角儿，对于很多人而言，再花哨热闹的大戏也不如她二十多分钟的一奔到底。有老观众替她也替自己盘算，不知下次整数院庆时大家还有没有眼福看到"活林冲"连头带尾的《夜奔》。

开戏前座中议论纷纷。演《林冲之死》时蒋凤仪让了戏份，难免使人猜测她廉颇老矣，《夜奔》恐怕不得不偷巧省工。结果并没有。

是夜，雏仪也坐在台下。陈石拉着她的手，能从掌心感到戏中唱腔的起承转合与身段的龙飞凤翥。"看前面已是梁山，待俺趱上前去"，最后这句念白出口，蒋凤仪一个扫堂旋子，一踢大带，飞也似的跑圆场进入幕侧。直至此时，雏仪的手指才放松下来。

与他们坐在一处的刘俊文痴痴愣愣地念叨："好，太好了……怎么背影都这么好！这功夫是怎么练出来的啊……"

卢荻深以为然地点点头，庆红惊讶问："你第一次看啊？"

"第一次看完整的。"

"我们像你这么大的时候，团长每个月贴一次《夜奔》。是不是宝儿？哎，这么一说，觉得我自己都老了。"庆红摸了摸脸。

"师姐不老……我那天还以为你是学生呢。"刘俊文很老实地作答。

庆红听了受用，笑嘻嘻冲雏仪说："我告诉你了吧，敷面膜不能嫌麻烦。给你带的东西记得用！"雏仪敷衍了一句，拉着陈石站了起来，"我们去后台打个招呼就回家了。"

"你妈不是要请大伙儿吃夜宵吗！"

"你们去吧。"

庆红只好望着她的背影走远，心中忧虑。不知最近自己劝她的话，她听进去没有。

陈石和雏仪的小家最近乱糟糟的。她说忙完院庆会亲自给他收拾行李，他也答应了，但仍悄悄开始自己动手，很轻易就被她发现了，因为他的各种物品放在哪里他并不清楚，而她一清二楚。她索性接手，每天排练后回到家就理箱子至深夜，越理越乱。陈石不敢说什么。她明明最善打点行装，何况他根本没几件东西。

今夜，院庆演出正式落幕了。到家后雏仪继续忙碌，陈石插不上手，默默看了半天，忍不住劝她歇一天，不要收拾了。她置若罔闻。

"秋冬的厚衣服带不带？"

"不用吧，会经常回来的。到时候再拿也可以。"

"突然变天儿呢？那边又没有暖气。"

"那就少带点。不太冷。"

"围巾呢？"

"用不着。"

他说完，见她突然不吭声，这才发现她拿的是当初她"亲手"织了寄给他的那条蓝色围巾，边角还绣有一个"宝"字。"带，必须带。"他立刻改口，并扯过来系在脖子上。

"讨厌……"她笑骂着去解，他却不让。

行李终究还是没收完。这几个月太忙了，遮盖了离愁别绪，更无暇它事。她专心演完了林冲、陆文龙、石秀、秦琼……身上又添了轻重红紫几处伤，他问疼不疼。

"自找的，不疼……石头，你也可以做自己喜欢的事了，高不高兴？"

"高兴。"

"石头，你舍得我吗？"

"舍不得。"

"石头，我也舍不得你……"

那是他最怕听到的话，因为无从安慰，只好用行动表示。

在痛苦与沉溺之间，她低语了什么，含混不清；但由于距离太近了，他还是听得无比真切。

她没想到这句话说完，他的反应那么强烈——强烈地反对。他翻身躲开的瞬间，她脑子蒙了一下。"我以为你喜……"

"我是挺喜欢孩子。"他语气直白，也显然慌乱，"但现在不是时候。太、太不是时候了……我就快走了啊，而且你的工作也不能……"

"反正院庆结束了，现在没有大活儿，就趁你走之前。"

"妈不会同意的。"

"我妈？我都为她留下不走了，她管不了我。反正早晚的事……叶大姐说过，早一点，身体恢复得快。石头，你为什么……"她伸手去拉他，被挡开了。

"我还想问你为什么！到这会儿了你跟我说这个是什么意思？"

"我没什么意思……我没法跟你走，你又不知道要在那边干到什么时候，我真的不想自己一个人。有个孩子的话，我……"

"你怎么不想想，你要是真怀上了，我能让你自己一个人吗？！还是……你跟我装糊涂？"他没等她回答，把枕头夹在腋下逃出了卧室。

雏仪到天快亮才蒙眬睡去，八点多钟陈石出门时她醒了，下意识地如往常一样吃了颗药。再闭眼，睡意已无。

庆红接到她的电话后来了电厂。在光线略暗的客厅里，敞放的两只大箱子很碍事。沙发里有只枕头，皱巴巴地凹下去一块。她跟着雏仪走进卧室，不提防被门框上挂的滑轮绳套刮了一下脸。她抓着绳子倚在门边打量雏仪，见她脸沉眼肿，穿件松松垮垮的短袖衫，闷声整理衣柜。

"叫我来就是看你干活呀？我可不给你打下手儿。"庆红说着把脚边一双男士袜子踢得远了点，百无聊赖地仰头看看吊腿的绳子，试着抬起腿，差得太远了，于是很快放弃，轻呼一声走到雏仪身边。"你跟他……"

"他不答应。"

雏仪嗓子很哑。但庆红竟觉松了口气。"算他脑子明白。你自己一个人怎么带孩子呀！你姥姥那么大岁数了，陈石他妈不愿进城，难不成你指望你妈？……"

"他还说我装糊涂。"

"什么？"

"他估计是觉得我想用这事拴住他，不让他走。"

"宝儿，那你是不是……"

"我说不好。他说出来我才……可能吧。但他走也没关系，我可以自己带。"雏仪扔下手里的衣服，坐在床沿，"我就是想有个孩子了。"

庆红挨着她坐下，瞥见床头柜上放着谢波前阵子的来信，便顺手抽出里面小谢琼的照片翻了翻。"长得比小谢好看。我没见过小谢的媳妇，男孩像妈？这么点儿大是挺好玩的。我记得晓斌小时候你就喜欢带着他玩儿。"

"我想要孩子不是为了好玩儿。你不懂!"

"我怎么就不懂?"庆红的声音突然像个针尖冒出来,但很快收了回去,带着一点自嘲说,"女人到了岁数,激素水平都催着你当妈。去年冬天我去北海道出差,看见两个幼儿园老师带着七八个小崽子过马路,都穿得像球儿一样。下大雪,老师拉住这个,那个又跑了,就像……一堆西瓜乱滚似的。"

庆红恢复了笑模样,雏仪也莞尔。

"跟我一起出差的男同事,我们俩……关系不错。我随口说了句真想抱走一个,结果他当时就要跪下向我求婚,吓得我回去就和他断了,顺便换了个工作。"

"也快三十了,不想找个人定下来?"

"好多事不是光'想'就能决定的。过去的人好像轻轻松松就结婚成家了,有孩子了,孩子大了又成家……现在时代不一样了。不说别的,你要是有孩子,还想让他学戏吗?"

雏仪沉默。

"不管学不学戏,总得有人照顾他、辅导他吧。你小时候好歹你爸工作还不忙。现在你跟陈石呢,当爹的在外地,当妈的整天在台上。你记得以前多少人说你们家的闲话?你要是能像你妈似的刀枪不入也行。你行不行?孩子有点头疼脑热,你能不能狠下心把他锁屋里,自己照登台不误?"

庆红不用看雏仪的表情也知自己戳了她的痛处。"宝儿,以前你净看打打杀杀的武侠小说,还笑话我看琼瑶。其实你心最软了，想对所有人好，舍不得妈，舍不得老公，以后肯定也舍不得孩子。可是谁也不能事事都做好啊。我觉得你还是先想清楚自己到底最想要什么吧。"

雏仪被庆红一席话说得身心俱疲，毫无招架之力。她仰面一倒，闭目横躺在床上。过了一会儿，庆红推她。她睁开眼，眼前是一张小小的黑白照片，是八九岁的她俩，并肩坐在一盘石碾上。

庆红趴在她旁边，拈着这张照片说："昨儿我在家里碰巧翻出来的。我都没印象了，我爸说是咱们头一回跟团下乡时候我哥照的。有两张，给你一张。"

"可不吗。就是那回唱《三娘教子》，你哥闹肚子……"

"哈哈哈……我想起来了，你救场给岳老师配了个娃娃生！"

"都是你撺掇的。"雏仪接过照片来端详，又举到庆红脸边比了比。

"变样儿了吗？昨儿俊文还夸我显小呢！"

她点点头，又摇摇头，片刻之后轻道："要是还能天天在一块儿多好啊。"

引
驾
行

　　院庆演出期间，马副局长从北京过来，一场不落地看了四天戏，并出席了总结大会，在会上提出学习"蒋凤仪精神"。剧院上级替她受宠若惊，因为耳闻了她在首善之地"砸场子"的事，马副局长不怪罪，反而特来捧场，真是她和整个单位的荣幸！他们齐刷刷向她使眼色，她只好站起来发表感言："我年轻的时候都说学习雷锋精神、焦裕禄精神，那都是高尚伟大的人。至于我……实在没什么'精神'，就算有也不是我的，前几辈子作艺的人都是这么过来的，不这样就唱不下去、吃不上饭。现在日子好了，国家发工资，这点本分成了'精神'，我说不好该高兴还是该难过。这么说好像有点不知好歹，但这是我的真心话。多谢各位包涵。"

　　蒋团长这几句"不知好歹"的话讲完，大家面面相觑。

然而马副局长放下茶杯，坚定地鼓起掌来。其他人也便很快跟上了节奏。

散会后，马副局长走到近前与她握手，"蒋团长，我就佩服你这种敢说真话的人！"

"不敢当，我最怕开会，编不出好听的。"二人聊着一起走出会议室，刘俊文竟在外等候。

"这孩子还没回北京？一会儿跟我一块走吧！"

领导如此和蔼，俊文却直摇头，眼巴巴望着蒋凤仪。她见状道："找我有事？到练功房说吧。"马副局长跟着他们一同去了练功房。一进门俊文就迫不及待开口："蒋老师，求您让我留在咱们这儿吧。我不想回北京了。"他声调恳切，甚至有一丝委屈，同在练功房的卢荻和雏仪不禁望过来。马副局长有点尴尬。

"俊文，不是我不留你。但北京的机会难得，你在那边实习好处很多。我不能误了你。"蒋凤仪坦诚道，"而且不瞒你说，我们这儿一个萝卜一个坑，走一个才能补一个。"

雏仪在旁听了，心里滋味复杂难言。

她话说到这分上，刘俊文无法再坚持，但他涨红了脸又憋出一句："那我……能不能再提个请求。"

"你说。"

"我想跟您学《夜奔》！"

"这倒没什么……"凤仪刚要应允，马副局长却大喝一声"等等"，吓了大家一跳。

"噢，我的意思是，"他环顾一周，清清嗓子道，"小刘的提议很好，蒋老师要是同意的话，就不要开小灶了，咱们办个大席！"

"您的意思是？"

"我听说这戏以前是武生开蒙必学的。现在呢，全国各地的院团我转遍了，能完完整整拿下这出戏的年轻人没几个，武功底子比老一辈退步得厉害。我想您教一个也是教，何不多教几个，十几个？几十上百就更好了！运动员有集训，咱们文艺界也可以有嘛。你们梨园行不是常说男怕'夜奔'，女怕'思凡'吗，多培养一批能奔的林冲，对戏曲事业的继承和发展是功在当代、利在千秋的大贡献啊！"

在场几人都被马副局长的高论说晕了。蒋凤仪却徘徊琢磨，迟迟不答复。卢荻自知是外来客，但还是忍不住发表疑虑："这样……蒋老师太辛苦了吧？"

马副局长瞅了他一眼，很快回应道："是，这事需要蒋团长克服很大困难，但组织上会尽量在酬劳方面对蒋团长的辛勤付出表示肯定与感谢。"

"我没什么困难，也不是钱的事儿。"她立刻停下脚步，摆摆手，"您说的现状我有同感，这个集训我也挺感兴趣。但我有三个条件，您说行，咱们再往后谈；您说不行，那就恕我不能从命了。"

"您请讲！"

"第一，集训时间不能太短，这个戏没法儿速成。我不管别人怎么着，反正我师父教我的时候，一个出场我学了一个多月。二十多岁那会儿，我找罗云仲老爷子重新下挂*，又练了大半年。"她又指指女儿，"她开蒙的时候，这戏我教了她八个月——我这丫头可不笨！打基础就得犄角旮旯儿都拾掇利落了，不然日后会落毛病。"

"八个月有点太长了，咱们选上来跟您学戏的演员应该都有一定基础了，用不着这么久。"

"那至少仨月吧。"

"成，咱凑个整，一百天！第二呢？"

"我不收徒。集训结束后，千万别给我搞什么集体拜师。我跟这台湾小伙子说过，现在还是这个话，教戏学戏可以，不用绑个师徒名分，不互相沾光，也省得两相拖累。"她说完，卢荻点头表示佐证。

马副局长只好答应，尽管他确实希望借用"集体拜师"这种流行的方式以扩大声势。"还有什么条件呢？"

"我的工资够花了，希望组织上多补贴要参加集训的孩子。学戏不易，武戏演员更费力不讨好。伤病多，挣得少，出角儿不容易。"

刘俊文听后眼圈滚烫。马副局长也怔了下，郑重道："您放心吧。我回去就着手安排这件事。这桌大席您掌厨，我跑

---

* 重新下挂，指重新请教、学习已经学过的戏。

堂儿，咱非得喂出几个角儿坯子不可！"

"百炼成钢·精武集训"项目很快落实了，计划延请包括蒋凤仪在内的多位武生、武丑、武旦、刀马旦名家，为全国各院团选拔上来的一百名青年演员进行为期一百天的密集培训，旨在扭转当今戏曲界重文轻武的局面，传授濒临失传的武戏剧目，全面提高武戏演员的艺术水平，为传统文化在新世纪的传承与振兴培养后备力量。

陈石在电视上看到了新闻报道，活动地点设在本市，丈母娘将担任这个项目的"总教头"，集训初定于演出淡季七月正式开始。雏仪估计也要跟着忙碌一阵了，还是大伏天。但这样也好，忙起来就少些胡思乱想。届时，他应该已经在南方了。

庆红又回了日本。那天向她倾诉之后，雏仪没再和陈石提过要孩子的事。她想起庆红说的，每个人都是自私的，可是爱一个人总该为对方有所考虑。她私心里或许的确希望一个孩子能留住他，但也不愿耽误他的前程；他私心里害怕会被留下，也因知自己不忍让她独自承担一个孩子的成长。其艰难不易，他当然知道。既然彼此都有私心，也都有衷心，所以默契地不再深究孰多孰少。

端午节后不久，省剧院召开了项目启动仪式，满满一天的会议和研讨，雏仪提前告诉陈石自己会晚些到家。于是当天他没去食堂吃饭，而是去了大刘家。桌上除了七盘八碗菜肴还有一网兜粽子。"知道你最近忙，没敢去搅和你，包完冻了几天。"叶大夫嘱咐他饭后带回家去,"我记得你媳妇爱吃甜的。"

"谢谢嫂子,又让我连吃带拿。几天不来蹭饭我就惦记着。"

"叔,我妈这手艺也就你夸她……"刘冬插嘴。

"你石头叔从毛头小伙子吃到三十了,小十年,再难吃也习惯了!"大刘说着悠然给自己开了瓶啤酒,刘冬也要分一杯。

"去去去,喝什么酒,做不做功课了?高不高考了?想接你爸的班儿在这厂子里耗一辈子?"刘家三口人照常吵吵闹闹。或许正是这份家味而非饭菜本身的味道令陈石惦记、向往。

又是一年世界杯。饭后,叶大夫完成对丈夫儿子的例行批评教育之后出门遛弯去了,三个男同志立刻占据了电视机前的高地。伴着冗长的开场广告,陈石告诉大刘,下礼拜他就要递交辞职报告了。大刘的眼睛对着电视,但表情欣慰,"刚才你嫂子吵得我脑仁疼……但她有句话挺在理,是该趁着年轻逼自己一把……"——那是她刚刚对刘冬的训诫。

话音未落,刘冬忽然兴奋叫起来:"哎,爸,就是这个,'奔 2'处理器,128 兆内存!"

"这玩意儿卖一万多?你玩电脑,让你妈跟我玩儿命?"

"这怎么是'玩'呢!这是最新科技。叔,是不是?"

陈石几乎没犹豫地点了点头,向他们父子俩详细解释了几句。他刚上大学时还不知计算机为何物，但近年凭着本能的好奇心恶补了不少知识。最近在研究卞亚琪寄来的公司资料时，他发现她嗅觉灵敏，也对信息技术的前景格外看重。这一领域，或许真的大有可为。

刘冬听了他的话更加得意，"还是石头叔懂行。爸，你落伍了！"大刘将信将疑。球赛开始了，他们的对话随之中断。战局正酣时，电话铃响了。仨人谁也不肯动，最后还是刘冬被迫去接了电话，很快嚷嚷着跑回来。

"叔！小蒋阿姨叫你去医院！"

"她怎么了？"陈石噌地站起来。

刘冬语无伦次，"她说……噢，不是她……是……"

行
不
得

　　陈石妈是被侄媳妇莲子送到医院的。

　　莲子生了个女儿，满月酒没大办，婆家只请了几个本家亲戚，却不包括陈安秀。莲子觉得过意不去，偷着来给她送红鸡蛋。在这个远嫁而来的年轻姑娘心里，这位不受全家待见的姑妈比全家人对她更大方直爽。丈夫游手好闲，婆婆刁钻，莲子时常抽空跑到独居的陈安秀家，也不见得倒苦水，只为躲一会清静，也顺手帮她干点活。

　　这天她进门时陈安秀正准备去市里给儿子送一床她新做的被子。其实自打陈石决定南下后，他每周都回来看妈。陈安秀知道他启程在即，于是打算自己进城一趟，嘱咐儿子不必再回家辞行了。

　　莲子掂了掂那新棉花絮的被子，坚决要做伴前往。幸而有她陪着，陈安秀下了大客车疼痛难当之时不至孤立无援。但莲子吓得不轻。医院向她询问病人直系亲属的联系方式，她竟一时想不起陈石在什么厂子，更不知他的联系电话。情急之下，她脱口而出："我表嫂是京剧团的！"

全市只一家京剧院团。电话打来，雏仪跑出"精武集训"的动员大会，直奔医院。

"不本分，活该，报应。"

这晚，莲子的婆婆知情后如此评价，莲子没敢还嘴，低头钻回屋喂孩子。他们没给她留晚饭，她只有满腹饥肠，疑惑，与难过。

雏仪赶到医院时亲眼看见婆婆吐的血块，心里很怕。莲子走后，天色渐晚，她独自楼上楼下地跑着交费、办手续，收费窗口外冷冷清清，收完她的钱后，里面的工作人员唰地拉上小窗户下班了。

她攥着这把单子和零钱着急回到有人气儿的地方去，心慌出乱，东西撒了一地。她蹲下捡，忽而有人过来帮她，是陈石。她好像瞬间有了主心骨，但讲起刚才目睹的情形，还是声音发抖。

然而陈石比她想象得镇定，只说自己已经去过病房了。"交给我吧，"他接过她手里的单子，"晚上只能留一个人。宝儿，你回去吧。"她惊魂未定，不敢自己回家，仍一路跟着他在医院大楼里走。陈石好像看出她的心思，回头对她说："今儿回妈那儿睡吧。"

晚十点，雏仪进家门时母亲正在耗腿，姥姥在泡脚，电视没开，只放着一张《祭塔》的老唱片，"……娘好比月当空被乌云遮透，娘好比瓦上霜日出方休。娘好比弓断弦不能接就，娘好比水东流永不回头……"大段反二黄慢板细水长流地唱着，仿佛无穷无尽。雏仪感到自己的神经稍稍松弛了下来。

好久没在娘家过夜了，小床依旧舒适洁净，而她记挂着婆婆，担心着陈石，难免辗转反侧。少时，门上两声轻敲。

"睡了吗？"

"妈？"

母亲走到床边摸摸她的额头，简短道："给你放几天假。告诉小陈，有什么要帮忙的跟妈说，别客气。"黑暗中雏仪看不清母亲的表情，但听到她毫不拖泥带水的声音就很踏实，于是抵着她温暖而带茧的掌心点点头。

是夜，陈石把他妈做的新被子打开铺在了折叠床上，被角沾了血渍，他悄悄把它折起来。"挺软和。"他坐在其上颠了颠。

"床太窄吧。"陈安秀侧头看过来。

"不窄。"

"你媳妇到家了吗？"

"到了。"

"你饿不饿？"

"别操心了妈。"他话中带了点气，坐在小床上盯着她，

"您早觉得不对了，是不是？还瞒着！怪我，粗心了。"

"不要紧的，不是来过这么一回了吗，那次捡了条命，老天爷白饶了我八年，这回也该还他了。"

"别瞎说。"

"真的，儿子，别再为我……"

"别说了，明儿早起还要拍片子。那个，我姐过两天回来。"

"你嘴怎么那么快？"

"上回没告诉她差点骂死我。睡吧妈。要干吗？你别动，我来……"

陈石起身手脚麻利地拉上了帘子。隔壁床是个七十多的老太太，护工睡得死沉，她却清醒地关注着旁边的动静，趁陈石走出病房的工夫忍不住隔帘感叹："大妹子你有福。我三天两头跑医院，头一回碰见儿子给妈陪床的。"

陈安秀虚弱笑笑，只答了个"是"字。

熄灯后，她久久盯着儿子屈膝侧卧的背影。上一次他这样窝在她病床边还是个没成家的毛躁小子，可不像现在这么沉着应对，但那些事他不做也没人能做了。她更不愿麻烦陈苇。

八年前也是这样的暑天，大学刚毕业的陈石伺候了他妈小半年，错过了北京上海的几个分配机会，随后便去离家不远的电厂报到了……

次日一早，雏仪提着姥姥做的早餐赶到医院时，保安正忙着挨个叫醒走廊和大厅里打地铺的家属。她小心地绕过他们的铺盖，在病房门外探头向内望，婆婆还没醒，脸色虽苍白但睡得安稳。

"这么早就来了？"

她回头，见陈石从水房走过来，满脸水珠。她掏出手绢给他擦脸，"妈怎么样？你昨儿睡好了吗？"

"睡得挺好。"他接过她手里的保温桶打开看了看，"我妈一会儿还要做检查，不能吃。"

"那……"

"我吃啊。姥姥包的馄饨？"他语气轻松。

"石头，你回家歇会儿吧，我请假了，今儿我陪着。"

"没事，我也请假了。大夫要问病史的，我讲比较清楚。"他站在走廊里埋头吃起来，连馄饨带汤快干完时对她咕哝，"宝儿，帮我把桌上那几张纸拿出来。"

雏仪赶紧进屋轻手轻脚地取了来，递给他之前瞥了一眼，瞬间愣住。那是一份"调岗申请报告"。

"给刘哥吧，让他替我交上去。"

他说完这句话，把保温桶还给雏仪，抹抹嘴走进了病房。

陈石申请从计划营销部调回运行部门，因为轮班虽辛苦，但自由支配的时间多。这份草拟在护士值班记录纸背面的调岗报告所取代的是他早已写好的辞职申请。此时医生尚未下什么断言，但他已心中有数。

卞亚琪得到消息后写了一封不长的信给他。信中没什么表安慰或献爱心的话，只说"来日方长"，末尾附带了国内外几项技术、几家企业的简要介绍，教他继续多加关注。他没回信，但记下了她提到的东西。

陈安秀在医院住下了。最初几天陈石只让雏仪做些送饭、取药之类的事。她很快就不再认可这种分工，"你刚下了夜班又来医院上白班，连轴儿转，是对你自己的身体太自信还是对我太没信心？"

陈石想了想，提出请个护工，这样她只须监督即可。

"不用请了。你不放心，我知道。我姥爷病的时候，我姥姥也一直不用外人的。石头，咱们是夫妻，我又是女人，你能给妈做的事我也能。"

他心底澎湃，却片言难出，在给她示范了很多操作之后，迟疑道："宝儿……我妈这一病，脾气可能不像平时，你多包涵。"

"我不怕，脾气再大还能比我妈大吗？"雏仪冲他眨眨眼，进去陪婆婆了。

尽管做足了心理准备，但实践的难度远超她的想象。当初姥姥和母亲照顾姥爷时她并未出力太多，如今她只能极力回忆那些场景，默背陈石的指导，并向周围的家属请教，总不免笨手笨脚。幸好她忙中出错时陈石妈从未发过脾气，而且非常自强，能自己做的事绝不让她沾手。她们婆媳很快成了病房里的模范，其他老人夸雏仪尽心尽力，陪护家属们则说：瞧人家的婆婆，不找茬，不挑刺，知道心疼人。

蒋凤仪私下补贴了女儿，嘱咐她给婆婆换到单间病房，但陈安秀坚称自己喜欢跟病友住在一起聊天解闷。不久，凤仪来探望亲家，带来了一个名牌随身听。

"陈大姐，这里面是几出京、评、梆、越的现代戏，你听着玩儿。"她亲手把耳机塞进陈安秀耳朵里。

陈安秀认真学习如何操作随身听时，旁边的病友老太太打量着蒋凤仪，突然搭话："瞧着您这么眼熟哪……"然后手拍着床栏叫出她的名字。

"是，我是。您好好养病，出院了去我们那儿看戏啊。"凤仪笑容可掬。

"真好，没想到啊，您不光戏好，教出来的闺女也好。这几天我看得明白，这小两口都是难得的孝顺孩子。两边的老人家儿都享福。"

"为人在世，这都是应该的。"凤仪站起身，对亲家说，"您踏实养着，我过两天再来。"陈安秀攥了攥她的手，答："你忙，别来。"

雏仪送她妈出去，母女俩在医院花园里说了几句悄悄话。她回来时，婆婆正戴着耳机，手里闲闲地撕着一张白纸，撕完了打开是朵大团花。雏仪托在手上一瞧，顿时变了脸色。那张纸是刚拿到的病情诊断，陈石叮嘱她先别告诉他妈。她刚才出门时没留意，不慎落在了椅子上。

"妈……"她在床沿坐下，有些不知所措。

"闺女，没事。"陈安秀将被单上落的纸屑小心敛起来，

"你瞧你妈走路还快得像个小伙子似的呢，我这身子骨不争气。这几天耽误你演出了吧？"

"没、没，我们伏天都不演出，一出汗行头就毁了。"

"不演出，也有正事，那个啥集训？"

"您听说啦。"雏仪笑了，"还没开始呢。我妈跟那些大角儿教戏，我顶多打个杂儿。"

"你妈了不得，名气全是一拳一脚打下来的，别人不服不行。有你妈带着，孩子，你以后也有大本事。不像我，只会拖累儿女。"

"妈，您这么说，石头听见要生气的。"

"嘻，他不是不在吗！你替妈告诉他一句话。"陈安秀望着雏仪，眼睛很亮，"儿大不由娘，可老娘也不由他。跟他说，这一回别瞎折腾了，我也能少受点苦。"

玉
团
儿

雏仪向陈石转达婆婆的原话后，担心他会误解自己嫌弃婆婆，所以忙不迭表明心迹："石头，人生病了难免胆子小。能做的努力咱们都去做，我妈也会帮咱们去打听办法的。"

"我妈不是胆子小……"陈石抱着脑袋思考了一会，说了句令雏仪不敢相信的话，"就依她吧。"

雏仪不知如何答复，又听他喃喃道："就怕我姐不答应。"

陈苇放下工作和丈夫孩子，从深圳回来了，俨然做好了持久战的准备。她到达的这一天恰是"精武集训"正式开幕的日子，雏仪必须出席。陈石接到姐姐后，她下令直接奔医院。到了病房门口，她交给陈石一张存折，"今天我陪妈。你给姐租房去，没别的要求，只要离医院近。"

陈苇到了她妈身边就开始里里外外地忙活，且在短时间内记牢了各项医嘱。雏仪照顾婆婆时，偶尔她想吃点大夫不鼓励吃的东西，或是想出去走走，雏仪一般不强拦，这也是陈石的意思。而待人温和的陈苇行事却严格，陈安秀在她面前听话得服服帖帖。隔壁床的老太太还以为她被虐待了，偷着问："大妹子，前几天那是小儿媳妇，这是大儿媳妇吧？"

"不、不……这是我姑娘。"

"哟，没认出来。儿子长得像你，姑娘随爹吧？"

省剧院的大礼堂里，旌旗飘舞，人心振奋。蒋凤仪穿了一身清清爽爽的白衫白裤，讲话短而真诚，只有"三谢"——首谢领导搭台，再谢同行捧场，最后谢全国各地来学戏的这些后生。

"让我当这个'总教头'，不为别的，因为这些老先生得有个传令官，你们这些小孩儿又得有人监工。老的老，小的小，就把我推出来了。"

这席话引来笑声一片，她正正脸色又补充了一句"恐吓"："我知道你们上学的时候戏校老师不能体罚。这一百天咱可不管那套，'投河跳井，打死勿论'，都别哭鼻子！"

年轻人只觉她谈吐风趣，在座比她更年长的那些老艺术家却感慨万千。"投河跳井，打死勿论"，在旧式科班坐过科的人都签过那张卖身契性质的"生死状"，实属辛苦谋生的无奈之举，然而苦日子也磨出了后辈难以企及的好功夫。一百天不长，或许不能脱胎换骨，但他们这些老艺人至少能让孩子们记住，以艺为生的人应该是什么样子。

开幕仪式后，一百名学员按武生、武丑、武旦等行当分别集结，嘈杂人声吵醒了歪在礼堂最后一排打盹的雏仪。前一天陈石上夜班，她给婆婆陪床，自然没睡好。她捶捶腰，打算出去打个电话问问陈石是否安顿好了姐姐。走到门口时，她见马副局长正在跟她妈交谈，赶紧掉头，生怕被这位热情的领导捉住。不过还是晚了一步。

"哎，小蒋，你怎么没去武生组报到啊？"

雏仪只好踱过来向领导问好，敷衍道："这次挑的都是二十五岁以下的，我超啦！给大家做点后勤服务得了。"

由于报名人数过多，这次集训把年龄门槛卡得很严。但领导不接受她的说辞，"你别想溜。我牵头的进修班你不去，你妈攒的这个集训你还想躲？我特批你做一百零一号学员，多学几出戏！到时候汇演我要来看的。蒋团长，您这总教头对自己的姑娘可不能手软。我看小蒋业务能力有余，上进心不足啊！"

蒋凤仪瞅见女儿的黑眼圈，终是没忍心多说什么。

陈苇回来后，雏仪和陈石的负担减轻了不少。姐姐尤其体谅在酷暑天还要练功学戏的弟媳妇，不准她晚上再来陪护。

姐弟俩承担了主要照顾工作，分工得当又配合默契，但雏仪知道他俩有个尚未解决的矛盾。如陈石所料，姐姐坚持积极治疗方案。陪母亲渡过上一次难关的陈石了解其过程之痛苦，而姐姐似乎也有无法让步的理由。几番争执过后，谁也无法说服谁，雏仪更不好表示立场，三人只好暂在陈安秀面前假作相安无事。

　　不久，陈苇的丈夫带儿子前来探望，雏仪开车去接他们，后座堆了一大包她给磊磊买的零食玩具。这次见面，孩子张口就叫小舅妈。更令雏仪意外的是，磊磊一路上抱着她上次送给他的那个会哭会笑的洋娃娃。

　　因为姐夫和外甥要来，陈石今日和姐姐一同守在病房里，俩人在母亲面前多少有些别别扭扭。陈安秀也不过问，只一边输液一边戴着耳机听戏，或是用废纸撕窗花。这种凝滞的气氛随着雏仪进门才被打破。

　　"妈，瞧瞧谁来啦！"跟在雏仪身后的不只有磊磊和他爸，还有莲子——怀抱着一个小女婴。磊磊一进门就冲进陈苇怀里，有点怯生生地望着病床上的姥姥。

　　雏仪告诉婆婆："我们在医院门口碰见莲子的，她特意带着孩子来看您！"

　　莲子叫了声姑，抱着刚满月的女儿走到病床边，"石榴，这是姑奶奶！"孩子出生在石榴开花的季节，所以起了这个小名。莲子把褓裸递到陈安秀眼前，她迟疑了一下才接过来抱了，动作很娴熟，只是口中嗔怪，"胡闹，怎么带孩子来医院呢！"

　　陈苇姐弟连连感谢莲子，听得她脸都红了。病房里不宜挤着这么多人，陈苇说去给大家买饭，陈石也跟着她去了。路上他打破沉默，问姐夫最近自己带磊磊行吗。

　　"他这次过来，顺便把孩子送到爷爷奶奶家。"

陈苇答得飞快，但陈石知道姐姐心里舍不得。她三十多岁才生磊磊，生产时险出意外，陈安秀不顾自己体弱，赴深圳照顾女儿和外孙将近半年才返回家乡。后来陈苇夫妻经济上稍稍富足了，要接她去颐养天年，她反而不肯再去。

"姐，辛苦你了。"

听到陈石这句话，姐姐的鼻子抽了抽，但脚步未停，"为了妈，我干什么都可以。"

他们端着盒饭走回病房门口时，陈苇突然站住了。屋里，莲子陪着陈安秀在说话，石榴被转移到了雏仪怀中，磊磊也不再认生，一会儿偎在姥姥身边，一会儿跑过去看看襁褓里的石榴。他爸逗他："把你这娃娃送给小妹妹吧！"

磊磊顿时面露为难，细声细气说："姥姥每天打针，不能回家，我带'dodo'来陪姥姥睡觉的，姥姥就不怕黑了。"

陈安秀搂着外孙大笑，"姥姥不怕黑，你妈和舅舅、舅妈都陪着我呢。娃娃是舅妈送你的，你问她！"

雏仪端详着臂弯里这个粉嫩安静的小婴儿，又见磊磊小大人儿似的满脸犹豫，痛快道："磊磊留着 dodo 吧！哎，为什么叫 dodo 呀，是 do re mi 吗？舅妈再买两个，rere 送姥姥，mimi 送石榴！"

"真够拗口的……rere……我这舌头都转不过弯儿来！"陈安秀说完，屋里人都笑了。

门外的姐弟俩许多天没有笑过，此时也不禁嘴角上扬。陈苇玩笑道："你这媳妇出手够大方的。"

"她自己平时除了买零嘴儿都不怎么花钱。"

"你瞧她抱着小石榴还不撒手了。"

陈石瞧见了，但没吭声。

"你们要是早点有个孩子多好，俩人都老大不小了。妈见着孙辈儿也高兴……"

"别说没用的了。"陈石打断了她，眼望屋里说，"教莲子带小石榴常来。"

"毕竟不是亲的。"

"还有磊磊呢。"

陈苇重复了一遍刚刚的话。"姐你啥封建思想！外孙子就不亲？"陈石皱皱眉头，端着盒饭走进了病房。

三奠子

转眼到了一年中最热的时节。病房里虽有空调，但与陈石妈同住的老太太身体比她还虚，陈石妈便依着她不开空调。于是雏仪和陈苇每天轮流给她擦洗、换衣。

雏仪每次都弄得满头汗，也好似水里捞出来一般，婆婆总觉得过意不去，她却大大咧咧逗趣，"没事，好歹是在屋里。以前我妈三伏天让我在大太阳底下练功，大冬天又逼我在雪地里跑。"

"难怪叫'冬练三九，夏练三伏'。你妈也真舍得呀！"

"舍得，我从小儿被她'虐待'。"

陈安秀笑了，掰着手指头算了算，背了句俗谚，"小暑不见日头，大暑晒开石头"，过几天会更热，又说陈石就是大暑出生的。

"就因为这个叫石头呀？"

"那倒不是……"婆婆低头抠了抠手背上输液贴留下的黏胶，感叹道，"真快，这小子三十了。"

婆婆的话给雏仪提了醒。她决定送陈石一份礼物，思来想去，还得找个人陪自己一起去挑。转天她翘了半日集训，拉上正在认真做旁听生的卢荻去了趟电脑城。

"真是麻烦你了呀。那回教我跳舞，这次又帮我挑电脑。没办法，我对这些东西实在外行。"

卢荻谦虚表示自己也非行家，只是给了点个人建议。犹豫了一下，他问起石头的母亲近况如何。雏仪没有掩饰忧虑，也提到了陈石姐弟的意见冲突。

"有时候放手比坚持更难，希望石头收到这个生日礼物心情会好一些吧。"卢荻回头望了一眼后座的巨大包装箱，又微笑对雏仪说，"你好像跟婆婆关系很好喔？一点也没有八点档演的那些婆媳矛盾！"

雏仪开着车嗯了一声，"我结婚以后跟我婆婆相处不多，她一直不愿给我们添麻烦。现在尽点孝心是应该的，我妈也是这个意思。"

"想不到蒋老师在这些事上也很用心。"

"有人背后说她六亲不认，其实以前我爸的奶奶还在的时候，她隔三岔五跑到北京去给老太太梳头洗澡。不过那会儿我还小，也是后来才知道的……"

卢荻听后半天没作声。

"听说你周五就要走了？这次集训搞得我妈不得闲儿，我也事多，没好好招待你。"

"不、不，能看看她……你们的戏，我就很开心啦。"卢获的舌头差点打结，好在雏仪正在专心左转弯。窗外阳光刺眼，他把棒球帽压低了些，眼睛藏在帽檐的影子里，清亮的欢喜却遮挡不住。

为了给陈石一个惊喜，雏仪暂时将电脑寄存在了大刘和叶大夫家。大刘不在，刘冬帮着把纸箱子搬进屋，啧啧赞叹："妈，你看小蒋阿姨的大手笔！这比你们给我买的那台配置高多了！"

"你石头叔用电脑有正事。你呢？这两天偷着玩游戏以为我瞎啊？滚去写作业！"叶大夫一声怒喝，刘冬瞬间消失。她给雏仪开了瓶盐汽水，雏仪顺便请教了一些与婆婆病情有关的医药问题。

叶大夫虽含蓄说自己隔着专业，不甚清楚，但话里话外不太乐观。她了然，要告辞时叶大夫忽想起一事。"你前阵子问要孩子的事，现在怎么样了？先不考虑了是吧？也好，这事急不得。就算备孕的话，也应该停药三个月以后比较稳妥。反正你这个检查结果一切正常，身体条件非常好。"

雏仪勉强微笑点点头，叶大夫送她走出家门，一路安慰，"凡事往好处想。甭管怎么说，这下不用两地分居了，夫妻俩有事一块儿扛，总会过去的……"

雏仪从刘家出来，又奔了医院。虽然今天轮到陈苇陪护，但她还是想去打个照面儿。进了病房，她惊见婆婆的床空空如也。原来陈苇做主将母亲移到单间病房去了。隔壁床老太太向雏仪唠叨："你这个大姑姐也是……老人病了啊，有个人说话解心宽儿，比什么吃药手术放疗化疗都管用！"

陈苇进了单间的第一件事就是擦拭空调出风口的浮尘，又开空调、调温度、在屋里转来转去感受风向，确保母亲舒适凉爽又不会被冷风直吹。

"小苇，别折腾了……过去没空调也没热死……"

"呸呸呸！"陈苇立刻在床头柜上敲了三记，"过日子要朝前看，老提过去干吗？中暑了怎么办？当初你生石头就在这种天儿，受的罪你忘了？我可忘不了。"

"还说我呢，你提的这是多早晚儿的事了？"陈安秀盯着陈苇的侧影，想抚抚她的背，但没有伸手，"石头有你这个姐姐，我放心了。小苇，我想跟你商量商量……"

两个人都忘了医嘱，"商量"很快变为争吵。陈苇最后只固执地重复一句话，"我不许你走。"

这句话似曾耳熟，陈安秀竟笑出来，"当妈的人了，还说孩子话？"

"我不管。等你好了，跟我回深圳，你帮我把磊磊也带大，除非石头有孩子了，你在市里给他们带。这些年我在你身边时间太少了，现在我专心陪你，只要你吃好睡好，长命百岁，儿孙满堂……"她一口气说完，生怕句子断了自己再无勇气继续。

"小苇啊，"陈安秀在她越来越激动的声音里反而平静下来，"陈姨……"

"妈！"

"妈不想要你说的那些了。我只想早点儿安心走，这边见不到的人在那边又能见到了，多好，就像……又年轻了一回。"

雏仪推开病房门时，屋内已十分安静。"哇，好凉快！"她冲到空调底下猛吹了一阵，婆婆再三提醒小心着凉她才转身走过来，猛地看到陈苇红着眼眶。

"姐，你……？"

"那个……小蒋，"陈苇抢先说，"过两天我跟石头回村里取点东西，你陪妈半天吧。"

"好啊。"她一口应下，并未反应过来"过两天"即是陈石的生日。

三十岁生日这一天，陈石开车带姐姐回到村中小院。他按母亲的指示快速拿到了要拿的东西，一刻也不想多停留。陈苇则在自己那间旧屋多流连了一会儿，把炕头的小半导体装进了包里。"姐，走吗？""走。"她答应着，一步三回头地出了门，陈石揽着她的肩头往村外那片荒地走。

陈苇是第一次走近这片无主坟地，陈石也是第一次亲手烧纸，只好参照着记忆中母亲的做法。中午太阳正毒，火边更热，他让姐姐站得远些。"姐，你知不知道这人是谁啊？妈为啥年年给他烧纸？"灰飞烟灭之后，他站起来踏了踏余烬。陈苇摇头，给他掸去衣服上沾的纸灰，姐弟俩遵母命在没有墓碑的墓前鞠了三躬。

母亲叮嘱的事办完了，陈石说还要去找莲子，"宝儿给小石榴买了东西。"于是陈苇独自先回到车上，因为不想见到舅妈。

陈石同样不想，好在是莲子给他开的院门，大热天，小石榴依然紧紧黏在她怀里，手抓着她的领子。陈石不进门，直接递上了一个跟婴儿差不多大小的洋娃娃，酣睡中的石榴毫无反应，莲子却开心得像个孩子，的确，她刚满二十而已，稚气未脱就当了母亲。

她没多想就把石榴塞给了陈石，自己接过洋娃娃摆弄。本以为雏仪那天在病房里开玩笑而已，没想到是当真的，这使她既意外又感动。

"别、别客气……你嫂子喜欢小石榴。"毫无思想准备的陈石小心托着这个真娃娃，幸好石榴在他掌中并没有醒，柔暖的触感令他紧张到语无伦次。双手被占住了，他只能用语言指导莲子操作玩具背后控制哭笑、唱歌的按钮。莲子学会了他才把小石榴还给她，望着她怀中的两个娃娃，由衷道："我妈那天也特别高兴。莲子，谢谢你。"

"改天我再带石榴去看姑和嫂子！"

莲子欢快的话音未落，院内传出了不加掩饰的骂骂咧咧，"傍着街门浪啥呢？……不是早断了这门亲戚吗，上门跟兄弟媳妇拉拉扯扯算怎么回事……"

舅妈夹枪带棒的碎嘴子陈石从小听到大，今日无辜带累了旁人，他再也忍不了，向门内怒道："你好歹一把年纪了，能不能积点口德？"

他舅妈索性一阵风似的卷过来，抢过莲子怀里的洋娃娃扔出院门，"少沾他们家的东西！不清不楚，不干不净！"

石榴受惊吓哇地哭起来，莲子不说话，扒开她婆婆跑出门捡起了娃娃。婆婆更气盛，要去撵她，却被陈石拦住，"你欺负了我妈这么多年，她不跟你一般见识，现在又欺负小辈儿。你今天要是再胡扯一句，我对你不客气。"

"我胡扯？你妈以前干的那些没脸的事，你想听我都说不出口……"舅妈故意伸过脸来，自己拍得噼啪响。

眼见陈石真的急了，坐在路边车里的陈苇不得不跑过来费大力拉走了他。他坐进驾驶座，额上青筋直跳，仍死盯着那座已经紧闭的院门。姐姐打开一瓶矿泉水送过来，他抬手一推，水洒了她一身。陈石忙扭头，见她镇定地用纸擦着，顿时心里更燥乱，"姐，她什么意思？"

"别听她……"

"可我不是聋子啊，我听到三十了，你们还瞒着我？！我要带妈走，她也不走。这儿有啥舍不下的？这几间破房？这几个混账没人味儿的亲戚？还是……那片坟圈子？那埋的到底是哪个王八蛋，害得我妈这么苦还不忘了给他烧纸！"他夺过姐姐手里那半瓶水喝尽了，把塑料瓶捏得变了形。

陈苇别过脸不敢看他。车窗外蝉鸣冲天，是一曲无词的夏歌，旁人不解它的哀与乐。

忆岁月

陈安秀转到单间病房后，雏仪得以在陪护的间隙压压腿，偶尔还给婆婆唱两句她在集训期间学的唱腔。此刻，她在窗台上架着腿向外眺望了一会儿，回头时见婆婆又睡着了。输液瓶里的液体未下去一半，埋着针管的手揽着一只洋娃娃。

雏仪轻轻走过去给她摘下了随身听的耳机，隔着老远就听到里面震耳欲聋的交响乐京剧伴奏。她有时觉得挺有意思，这种"杂交"风格有人排斥，有人推崇，原因各异，不知婆婆因何故如此痴迷。据陈石说，他以前也没发现他妈喜欢听现代戏。"那从什么时候开始的呢？""好像就是从……咱们结婚之后。"雏仪记得当时自己带婆婆看过几次戏，那会儿她还是精神矍铄的。

最近一段时间，陈安秀越来越嗜睡了。

生命力在流逝，记忆却在回潮，她的身体仿佛是割裂了，半在醒，半在梦；半在凉风习习，半在暑热难耐；半在眼下这张囚着她的病床，半在三十年前那片土炕……

　　她仗着自己生过一胎，不肯求人，是八岁的小苇瞧出不对，果断出门请援。她咬牙不许小苇去找自己的娘家人，小丫头便跑了五里地找来了卫生站的接生员。那是个没嫁过人的老姑娘，村里大部分人家从不找她接生，但她救了陈安秀母子。小苇记住了接生员的话，天热细菌易滋生，须勤洗澡换衣，于是她每天都忙着打水、烧水，小小的人儿伺候了陈安秀的月子。但她始终不敢抱那个软绵绵的婴儿，直到陈安秀把他扔进她怀里，说："小苇别怕，这是你弟弟，以后这小子大了，让他跟着你，护着你，谁都不敢欺负咱。"

　　她抱着那个很有分量感的襁褓，从此改口管陈姨叫"妈"。

　　所以，陈安秀听到的第一声"妈"并不来自她唯一的儿子，而是来自孔苇 —— 她的母亲早逝，父亲曾是一位作曲家。

　　陈安秀也有过一个女儿，未满周岁即夭折。乡间总有些年轻子弟不务正业，拿不动锄头，她的丈夫就是其中之一。他爱唱大鼓、落子，尤其是淫词艳曲的那些，她恨他们一伙人唱曲儿时的下流样，更恨他为此害她失去了第一个孩子。她去公社劳动时让他看顾了半天女儿就没了，因为他忙着跟一个解放前跑过江湖的寡妇切磋技艺，吹拉弹唱掩盖了孩子由强转弱的啼哭。

　　她早在大队广播里听说过《婚姻法》，所以铁了心要打离婚，但所有人都来拦她，包括平时那些夸她利索、能干、嫁亏了的嫂子大娘。离不了，她跑了，在一位同乡老太太的介绍下跑到北京当保姆。当时能在干部家做家务带孩子是份美差。她好奇主人家是"什么干部"，老太太说"搞文艺的，作曲家"。她瞬间联想到丈夫唱的那些小曲儿，决不肯去。老太太辗转在城里许多人家做过工，学了满口新词，答曰："人家孔先生作的是社会主义的曲儿，不是封建黄色的那些！"

　　陈安秀初见老孔时不相信他是"干部"，因为他头发像烂草窝，一双懒汉鞋露着脚趾，只有一双手细长匀称，冬天必戴高档皮手套。老孔也不太相信陈安秀能照顾好自己年过四旬才得来的独女，因为比起之前被女儿闹走的那些阿姨，她太年轻了，想必经验不足。然而两岁的孔苇选定了她。

　　陈安秀走进孔苇的小房间后很久没有响动，老孔过去察看，眼前是她抱着孔苇静静哺乳的背影，吓得他赶紧躲开了，过后却又心潮翻涌。孔家要找的不是"奶妈"，陈安秀的行为并不得体，但她和孔苇在相遇一刻产生的彼此呼应注定了她们的缘分。

　　她就这样成了孔苇离不开的陈姨，渐渐地，也令老孔离不开，因为她麻利能干，也因她的明快为人。她亦渐渐懂得，邋邋遢遢的老孔每天都在忙正事——"编曲儿、唱曲儿"居然也能是正事。他大部分时间在钢琴前度过，剩下的时间就陪女儿，或是抱着女儿坐在钢琴前，旁边围着一圈有文化的客人。陈安秀忙活完了，也搬个小板凳坐下，支着腮看他们又说又唱，又笑又吵，简直比村里娘们儿打架还热闹。她记得有个姓汪的诗人，经常操着不知哪儿的口音高声吟诵自己的大作；有个京剧院的琴师，会用胡琴的弦法拉小提琴；还有个姓郑的导演，不苟言笑，但每次都带来一大把外国糖果分给大家，包括她。

那时的文艺建设和政治经济建设一样轰轰烈烈。老孔经常带女儿去看戏、看芭蕾舞、听音乐会，自然也带着陈安秀。每回看完老孔都问她俩觉得怎么样，孔苇小嘴不停，而她从不多话，主要是不懂。但有一回看的是老戏《马前泼水》，她看懂了，并直言不喜欢。"日子过不下去了，想离个婚，有啥错？"

她没想到自己的一句怨言被老孔放在了心上，还成了他们那群文化人聚会的焦点。她被稀里糊涂地拉入对话，他们一会儿说"斯坦尼"，一会儿说"梅兰芳"，一会儿谈伴奏，一会儿论表演——原来他们要为她、为婚姻不幸的农村妇女们写一部现代戏。

可惜未能成形。

左邻右舍的保姆、阿姨一个个离开了，那年孔苇六岁，已有不妙的预感。她每天寸步不离地跟着陈姨，念叨："我不许你走。""陈姨不走。"她如此许诺，终于还是被老孔强行赶走了。

一切都令她痛苦而无法理解。

她回到家，自是没有离成婚，丈夫打了她一顿，俩人凑合着过，后来她又怀孕了。外面混乱不堪，她心里却如一潭死水，也许日子就会这样浑浑噩噩地继续下去。直到某日，那个曾为她介绍工作的老太太偷偷告诉她，老孔被下放到了附近的农场。

她肚子微隆着去看他，没想到小苇竟也在那儿，一因孔家别无亲眷，二因老孔父女不服管教，誓不分开。老孔还是那样邋遢，面貌愈加衰朽，于当下的环境倒是相衬，只是他干活时从不肯摘下自己的毛皮手套，而孔苇的样子更使陈安秀心碎。

她们两个像第一次见面时那样，抱住彼此就不撒手。

"安秀，你带小苇走吧，过一阵我去接她。要是接不了……就让她跟你的姓，当你的女儿，做你孩子的姐姐。"老孔知道她是贫农出身，那无异于一道护身符。

她几乎毫不犹豫地答应了，也没有问老孔他将何去何从。她只说："我最近爱吃酸的，肚子里这个估计是小子。我让他也跟我的姓儿，给我们娘儿俩撑腰。你替我取个名儿！"

老孔笑她不懂科学，但她一再坚持，他想了想，说："真是个男孩的话，叫陈石吧。"

她问有什么讲儿。他含泪呜哩呜噜念了两句什么，她还没问清楚，他就被带走了。当天她在农场管事的面前一通撒泼，真的成功把小苇带回了家。之前一直离不掉的婚也很快离了，因为她带回一个身份危险的孩子，同时也令她肚子里那个孩子来路存疑。风言风语太厉害了，前夫甚至因此离开了村子。她无力远走高飞，却凭着烈性子熬了过来。

她后来再没见过老孔。临产前不久她独自重访过农场，只带回了他的一双破损不堪的皮手套……

窗外几声闷雷，雨如决河。

陈安秀从长梦中惊醒，屋里空荡荡，门口似有轻语。她努力自己坐起来，声响很快引来了雏仪，她在婆婆背后垫了个枕头。"我们吵着您了吧？是我爸来看您了。"于是陈安秀马上让雏仪帮她拧了个毛巾，自己擦脸、梳头，然后请齐克谐进来。

他拎了不少东西，温和有礼，但俗套的寒暄问候之后，只剩下听雨。女儿去打开水了，他和亲家母面面相对，正觉尴尬时，陈安秀突然谦恭而专注地问他："齐老师，我想跟您打听一件事。我年轻的时候听过两句文词儿，上句带个'苇'，下句带个'石'。您可知道全的？"

"啊，我一时还真……"齐克谐语塞了半天，推了推眼镜，"陈大姐，我回去以后查到了一定告诉您。"

陈安秀忙说不要紧的。雏仪提着暖壶进屋后，她极力劝道："你们爷儿俩吃饭去吧，我这儿没啥事。小苇她们就快回来了。"

齐克谐父女推辞不过，一起离开了病房。在医院附近的一家饭馆，雏仪侧头望着檐下雨水如注，父亲用热茶水哗啦啦涮着杯盘，口中问她："你那大姑姐叫什么来着？"

"陈苇。芦苇的苇。"她心不在焉答，满脑子惦记着暴雨中的路况。

齐克谐苦思冥想着，自言自语："挺熟的……到底哪两句呢……我这记性真是不行了……"

须臾，菜齐了，雏仪难免有些食不知味，父亲很关切，"是不是又集训又跑医院太累了？"

"没事。最近我妈没怎么盯我。"

"今儿上午剧协组织我们去参观，碰见你妈把两个大小伙子骂哭了……"齐克谐感触良多，"这次集训的阵仗不小……明年建国五十年，新千年也快了，估计是要为大活动做准备……"

窗外的雨似有转小的趋势。雏仪没在意父亲的话，匆匆吃完便催他送自己回电厂，"哦对了，先去趟蛋糕房！"

江儿水

雏仪到家后等了很久仍不见陈石回来。她打开电视，新闻里全是关于南方的滔天洪水。虽然他此前准备要去的那座城市并不在受灾之列，但她还是一阵阵胆战心惊。生死之间有时苦难绵延，有时只在一刹那。婆婆住院以来，雏仪对生命的脆弱与无常似有更多感触。

夜雨淅沥，她坐在沙发上睡着了，不知过了多久，醒来发现陈石枕在她腿上。她摩挲着他的脸问："什么时候回来的？你不是下午就把小苇姐放到医院了吗？怎么现在才到家？"

他揉揉眼，含糊说开错路了。

这样蹩脚的理由令她不知说什么好，也不敢安慰。她已从陈苇那儿听说了，婆婆要他们姐弟回村取的东西是她自己早已缝好的装老衣。

她的手停在陈石眉间，仍展不开他的愁结。但过了会儿，他眉头松开，主动说："莲子和小石榴都喜欢你送的洋娃娃。"

"喜欢就好。石头，生日快乐，我也要送你一个礼物！"

电脑包装箱上印着"科技先行，幸福全家"八个字，他的表情也的确欣喜难掩，继而听到她在背后说："石头，三十而立，但路还长呢。我知道你有想去的地方，想干的事，慢慢来。以后我全都支持你。"

于是他回到沙发边，依旧躺在雏仪腿上，翻了个身抱住她的腰。她看不见他的脸，只能感到他的眉目随着呼吸慢慢濡湿了她的衣服。"宝儿，我哪儿也不想去了。现在守着我妈，以后我就守着你。"

"今儿嘴这么甜，变了个人似的……"

"我认真的。你上次说的话……还算不算数？"

"什么话？"

"孩子！我们要个孩子。"

"好啊。"她的回答顺畅自然，甚至没有片刻停顿，更没问他为何心意扭转。他没想到她答应得如此痛快，腾地坐起来，"真的？你同意了？"

"真的啊，我同意。"她望着他的眼睛郑重点头，"咱们是该有个完整的家了。莲子、小文，都比我小呢。我之前说想要孩子也不全是因为你要走。我就是觉得，人活在这世上太孤单了，朋友、夫妻、父母、子女……总是有聚有散。我们台上不就是演这些吗。但如果有个孩子，就好像……我、我们俩的一部分扎了根，不再到处飘着了。不管以后发生什么，这条根是不会变的，它也会开花结果，开枝散叶……旧的落了，新的会一直长……"

雏仪说的字字句句流入陈石的心缝。他喉头滚了滚，无法言明自己的感动，唯有向她做了些更实在的承诺，"我知道你跟莲子、小文情况不一样。宝儿，你放心，你只管生，孩子的吃喝拉撒我管，再大一点，我辅导他功课，带他去看你的戏，教他玩电脑！"

他指向墙边那只箱子。雏仪扑哧乐了，"你想得挺远。我下这血本就是给你们玩儿的？"

雨不知何时停的，俩人很久没有共度如此宁谧的夜了。雏仪从床头柜上拿过药盒给陈石瞧，然后往墙角的垃圾桶一扔，"叶大姐说了，为了优生优育，最好停药三个月以后再怀。正好，到时候集训也就结束了。"

陈石唔了一声，埋下头不太好意思地问："那这三个月还能不能……"

"傻！"她忍笑揉揉他的头发，"记得你丈母娘送的那盒结婚礼物吗？"

那一年的七八月间，长江流域的洪水牵动了所有人的心。参加集训的学员们每天中午都一边吃饭，一边盯着挂在食堂中央的那台小电视，新闻播出时屋里总是鸦雀无声，几乎没有人再抱怨练功的辛苦与天气的酷热。

除教授《夜奔》之外，蒋凤仪也倾囊相授其他一些拿手戏。这天她在教《回荆州》里赵云的出场。正午高温，她和学员们一样扎着粗布练功靠，头顶的电扇吹得甲片呼呼摆动，大家脸上仍汗出不止。

四句引子，八个年轻人依次念给她听，反复三遍，排在最后的一个男孩子总是有气无力。她火了，"你这是赵云还是阿斗？还想练就凉水冲把脸去！"男孩抹抹汗，背着一身靠旗呼扇呼扇地跑了出去。

雏仪打了个圆场，"妈，太热了，让大家都歇会儿吧。"母亲默许，她便解了自己的靠旗，也过来帮母亲松了松胸前的绳子。这时刘俊文蹭过来，踌躇着对蒋凤仪说："蒋老师，刚才那个……他是湖北来的。好像……家就在荆江边上。"

蒋凤仪母女都怔住了。

"远望荆州水茫茫，主公安居在他乡。暖阁不知冬已往，野外桃花报春光。"

戏里的兵家必争之地，如今一片泽国，旦夕之间三十余万分洪区群众离乡背井。谁晓其中是否有那个男孩的家人？

他很快洗完脸回来了，下半场劲头足了些。

上午的集训结束后，蒋凤仪被急召到省里开会。凡有举国大事，无论祸福，文艺工作必紧跟形势。有位领导提议排一出反映抗击洪水的现代戏为灾区人民鼓舞士气。问她的意见，她说："还不如把这集训最后的内部汇演改成对外卖票，票钱捐出去。"这个务实的主意获得大家赞同。

百日弹指而过。金秋时节，"精武集训"以盛大的义演为收束，百位青年武戏演员献上了名师们手把手传授的一出出好戏。精诚投入，百炼成钢，来自五湖四海的他们从此懂得，演好武戏不仅仅需要一副铁打的身板，更离不开一颗武戏文唱、揣摩戏情的心；而无论文武，前辈们要这些年轻人记住：学艺先学德，作戏不作假。

义演期间，所有人全力以赴。那个湖北小伙子被蒋凤仪指定出演《回荆州》里的赵云，尽显一身是胆的大将风范。

雏仪作为马副局长特批的"一百零一号"学员，没有缺席任何一场演出。病榻上的婆婆不仅支持她的工作，更自掏腰包买票，吩咐儿子替她去看戏。

《夜奔》在多地巡演了十场。由于学员人多，为了体现集训成果，加大视觉震撼，每场都是三到五个林冲同台，但无论几个，雏仪总被安插其间。因为她已小有上座号召力，而且有她在台上，不只观众买账，其他小林冲心里也更有底。在所有向蒋凤仪新学了此戏的青年演员里，刘俊文是最拔尖的一个。

收官演出定在本市。马副局长亲点雏仪和刘俊文双演《夜奔》。陈石带着凌晓斌一同来看戏。两个林冲从舞台两侧同时登场，效果颇为新奇，既不像独角戏那样孤清，也避免人太多而混淆视听。陈石从没看过丈母娘和雏仪之外的人演这折戏，此时他紧握着保温杯，悄悄问晓斌觉得台上谁演得好。

"当然是小姑姑了。你听刘俊文喘的！"

陈石确也听出雏仪唱腔的气息稳得多。

"不过小姑姑今儿腿脚是有点软啊。"晓斌一副行家的样子，语气里兼有心疼，"一定是演这么多场太累了，得让她好好歇几天！"

陈石摸摸他的脑袋。几年前那个天天牵着雏仪的手不放、只会要糖吃的淘气包如今说话像个小男子汉了。散戏后，晓斌嚷渴，抢了陈石手里的杯子。"哎，这是给你小姑姑的红……"他话未说完晓斌就嫌烫把杯子还了回来，自己去买可乐。

"那我先去后台了啊！"陈石拧好杯盖，在人群中逆行而过。晓斌还是个孩子，而陈石却知道雏仪今日身手稍软的缘故。以前他记不住她的日子，经姐姐提点才学会留意这些事。他们想要孩子的打算陈石只透给了姐姐，她喜悦欣慰，也担忧雏仪常年练功太狠，难免伤身，所以最近她在出租房里给母亲煲汤汤水水时也必给弟媳妇做一份。

集训汇演落幕，筹得善款将悉数寄往灾区。人生有难耐的酷暑严寒，亦有充满希望的春华秋实，日子总该向下一步迈进。

陈石走进化妆间时没找到雏仪，问俊文，也不知。他在楼道里转了几圈，终于看到她从一扇门里闪了出来，衣服已经换好了，脸色不佳，但见到他还是笑得很甜，"你来看戏啦，妈昨儿夜里怎么样？"

"还可以。你跑哪儿去了？这……"他发现她手里抓着条彩裤。

"不小心弄脏了。我赶紧洗一把去。"她小声说。

"我来吧，你歇会儿。"

"别、别……"她正要拦着，刘俊文忽然跑过来找她，"师姐，蒋老师和马局长来了，等着你呢。"

陈石把保温杯递给她，催她快去，自己接过她手里的东西走向了洗手间。

误佳期

　　化妆间里闲杂人等散去，只余蒋凤仪母女、凌跃和刘俊文安静听着马副局长出口成章："三国戏打头儿，然后唐朝《贵妃醉酒》，宋朝《林冲夜奔》，元《六月雪》，明《西厢记》，清《铁公鸡》，大轴儿是革命样板戏。三个小时的晚会，演绎中华文化瑰宝，展现浩瀚历史长卷，恭贺祖国五十华诞，畅想新千年的灿烂前景！"

　　这段讲话若发表在重要会议上必引发掌声雷动，此刻却只有凌跃反应及时，并抛出了关键问题："这可是个大事呀！创意也好，有深度高度广度！听您这意思……咱这儿老中青三个林冲，您要点谁的将？"

　　"我也考察了一段时间了。蒋团长，您的《夜奔》没得说，炉火纯青。但，这次最好演老戏、用新人，体现一下咱们文化传承工作的成果。"马副局长说罢转向刘俊文,"小刘这出戏学得不错,集训这么多人里数你出挑!但唱上还是嫩了点,体力有余,韵味不足。"

俊文低头表示自己差得还太远。屋里静了片刻,焦点集中到一处。

"蒋雏仪同志啊……"领导郑重其事地点了她的名字。雏仪心里一惊,耳朵里嗡嗡的,他后面的话她好像每句都听见了,又似乎全没听清,只记得最后他拍拍她的肩,又握着她母亲的手喟叹:"当初您参加了三十年大庆是吧?1979年,刚恢复传统戏。革命自有后来人,这次五十年大庆,您一定帮小蒋好好准备!不光是为了大局,也是为了孩子的前程。小蒋,有没有信心一飞冲天、一鸣惊人?"

雏仪没反应,直到凌跃轻推她才磕磕巴巴地推脱身体不舒服,要去洗手间,母亲冲她点点头。她疾走出门没几步,和凌晓斌撞了个满怀,被他的可乐洒了一身。

"哎呀小姑姑,对不起……"

"没事……"

"你去哪儿啊?小姑父叫我把这给你。"晓斌纳闷地拉住她,递给她一只黑塑料袋。她打开看,是她的彩裤,他刚洗过。

"他人呢?"

"刚走啊。我看他从这边过来的……"

傍晚雏仪进家门时扑面一股浓香,她鼻子尖,闻到里面夹着一丝温补药材味。她向厨房伸头,看见陈石的背影,这场景使她觉得陌生又熟悉。他没有回头,只若无其事地让她先去沙发上躺会儿。她确实已经腹痛腰酸得支持不住。

浅梦伴随着锅碗瓢盆的叮当,再睁眼时,他正坐在她旁边搅和着一碗鸡汤。"好香……"她抽抽鼻子坐起来,靠近他肩头,试探着问,"今儿怎么没等我就走了?"

"回来炖鸡汤。我姐给的菜谱。尝尝?"他的勺子送过来,她实在没胃口,摇了摇头,"等会儿吧。石头,你……"

"怕胖?撇油了。"

她只好尝了一口,确实清鲜不腻。她知道他是个不善表达的人,但神情说明一切:他都听到了。"石头,我……我还没答应马局长呢。"

他放下碗,摸着她短得遮不住后颈的头发,低低道:"国庆五十周年,是大事。元旦、春节、院庆、集训、义演……都没这个大吧。"

雏仪垂着头没作声。他撩开她的刘海亲了一口她的脑门,在那块小疤上。"快吃吧!我今儿夜班。"然后他就站了起来。她喊说降温了,加件衣服,但家门已经打开又关上了。

一天、两天……她迟迟没答复马副局长。领导很宽容,允许她考虑到元旦之前,但直到年末 31 号仍未收到她的回话。

莲子再次带着小石榴到市里的医院看望陈安秀。转眼孩子半岁多了,尚不会讲话,但对这个世界充满好奇。孩子不认得陈安秀，却对她枕畔那个洋娃娃一见如故，表现出兴奋亲热。"姑奶奶这个娃娃跟石榴的一样，是不是？都是舅妈送的。"莲子翻译了女儿的咿咿呀呀，转头问陈石，"嫂子今儿不在？"

陈石只嗯了一声，他的一根手指正被石榴握着不放。婴儿的握力比他想象得大，掌温也比他高，小手像个温热的吸盘。

"逢年过节别人休息，她们忙呀。"陈安秀笑眯眯地从桌上拿起几张红窗花送给莲子，是各式各样的小兔子，"还有俩月过年了，贴着玩儿吧。"

莲子接了，说过年再来看她。她逗了会儿石榴，随口道："甭来了，姑就要出院了。"

这一年的元旦雏仪并没有参加任何晚会。她一个人在电厂的家中，从清晨坐到日暮。晚上九点，母亲的敲门声吓了她一跳。她谎称自己今天要陪婆婆的。蒋凤仪带了好几只饭盒，一进门就招呼女儿加热饭菜，"姥姥做了一大桌，我刚给医院那娘儿仨送完。"

雏仪想到独自在家的姥姥，有点内疚。她打起精神，把热好的菜端到饭桌上，母亲却鼓捣着录像放映机朝茶几努努嘴，"放这儿吧。"

母女在沙发落座，蒋凤仪按下遥控器，于是刚端起碗的雏仪看到电视上放出了一段年代久远的录像。"马局长不知道从哪儿弄出来的，我都没看过。"母亲说。

如果没有手写的毛笔字横幅作为提示，雏仪无法相信在那个朴素至简陋的会场里即将上演的是一堂举世盛会。1979年10月，几尺氍毹之上，归来的生旦净丑正式重整旗鼓，浓敷粉墨。角儿老了，戏却焕发新生；人活着，艺术就不死。

　　镜头记录了晚会开始前演员们喜泪相逢的场景，一片黑灰蓝的列宁装遮不住"星光璀璨"。母亲连续问了她几个"这是谁？"，她有的能答上来，有的则认不出。倏尔，她抓起遥控器回放、定格，笑对着画面上一闪即过的熟悉身影，"妈，还描眉画眼了啊！"

　　"领导要求的。好看吗？"

　　"好看。年轻。"

　　雏仪已经不记得二十年前那个对自己而言平平常常、匆匆忙忙的早晨。父亲买了早点，七岁的她坐在桌前吃油条，她妈描眉画眼之后给她看，她当时的回答是"不好看，凶巴巴的"。

　　那妆容确实不适合母亲，在一众大角儿中，她也没占到几个镜头，但真的，风华正茂。

　　蒋凤仪很少给女儿看她的演出录像，尤其是早年的，因为她觉得毛病太多。就像此刻，她对着画面里的自己指指点点，这儿欠了，那儿过了……语气苛刻又懊恼。

　　"现在说得体无完肤，当时怎么敢接这大活儿？"

　　"当然敢。必须敢。"

　　"为什么？"

"让他们认识认识还有我这一号儿。既然唱戏，就得让人看见，听见。唱得还不够好，没事，我知道我能越来越好。姥爷就是这么教我的。"

的确是这出给前辈们垫场子的《夜奔》使她崭露峥嵘。尽管她年少时"挑帘儿红"过，尽管她在逆境中练功不辍，但若无这次关键的演出，她不会自此一路青云直上。又狠又帅的亮相非常重要，无论对于一出戏，还是人之一生；错过了，也许就是天涯寥落。

何况是武生。何况是女武生。

雏仪望着画面上盛年的林冲，忽问："这是你最早的录像吗？1972 年的有没有？"她晓得那次是没有掌声与鲜花的"秘密任务"，却如炬火般支撑母亲度过了黎明前的暗夜。

"那片子连郑老头都没有。有我也不想看……毕竟刚出月子，身上软。"

"我倒真想看看，郑导不是说'惊为天人'吗？"雏仪突然仔仔细细地打量母亲，"妈，你这身子骨到底怎么长的？怎么做到的？"

"肉长的！谁让两码事撞上了，只能豁出去了。"她把饭盒向女儿那边推了推，"快吃吧，凉了。"

"妈，我还想问你……"

"问。"

"要是早点知道有那个机会……还会要我吗？"

蒋凤仪的筷子停在半空。女儿终是没有允许她的答案出唇，"算了……还是别告诉我了。"雏仪放下碗，头靠在了妈妈肩上。窗外远远地有烟花绽放的响动，那是1999年到来的跫音。录像里的晚会也进入了尾声，在民乐齐鸣、欢声笑语之中，所有英雄好汉、才子佳人走到台前谢幕，首长们亲自送上鲜花。

"宝儿，妈也想问你……"

"替我给马局长回个话吧，我要去。"

"好！开春儿以后咱再把戏好好打磨一下。"

"妈，这回演完，你得让我休个长假了。"

锦
缠
道

　　由于陈苇最终不再反对保守治疗方案，陈安秀在新年伊始出院了，雏仪将她接回电厂的家中，也请姐姐不必再另外租房。她们母女却都不同意在小两口并不宽敞的家里添乱，尤其是一心想回村的陈安秀。陈石在一旁沉默。

　　雏仪对婆婆直言："妈，我有个演出任务，很重要，不能常陪您了。您和小苇姐住下，我和石头才放心。"她劝完婆婆，告诉陈石，自己打算暂时搬回娘家住，方便练功拉戏。

　　就这样，雏仪在某种程度上恢复了年少时的生活状态。不同的是，她会隔三岔五回到自己家帮忙照顾婆婆，陪她聊聊天，并继续为她带去各种现代戏的音像制品。

　　同时，陈石每周去一趟岳母家。他总是干完所有能干的劳动，吃完饭，然后独自回厂子。姥姥和岳母有时留他住下，他都说不放心他妈。其实姐姐也劝他多陪陪媳妇，但他还是没有一次在雏仪的娘家过夜。

偶尔，他会到剧团看她练功，在她知道或不知道的情况下。流转在他视线里的真是一副越来越轻盈而矫健的身体，就像她唱的，"恰便似脱鞲苍鹰，离笼狡兔，折网腾蛟"。翩飞的衣角、大带、剑穗一次次掠过他眼前，开始总是搅成一团，后来，哪怕她的动作快得他眼花，那些零碎仍纹丝不乱。美的飘逸离不开力的操控。那样有美有力的身体，却似乎只属于她所扮演的英雄好汉……

蒋凤仪将自己那柄鎏金银剑给了女儿，好教她提早习惯它的分量。那剑算是古董，母亲一直很爱惜，雏仪不敢接手。但母亲强行交给她，说："本来就是你的。这是罗老爷子给你的满月礼。"彼时二十七岁的蒋凤仪正是佩着这把古剑进京完成了那个重要的拍摄任务。如今的雏仪恰巧是一样的年纪。

星移斗转，月满月缺。

入夏后，国庆戏曲晚会的首次彩排将至，因此雏仪练功练唱更勤。陈安秀病情日笃，好在陈苇姐弟悉心照料，无一丝懈怠。陈石未对雏仪细讲母亲的病势，只是来岳母家的次数少了，俩人许久无暇见面。

姥姥心疼孙女情绪起伏、排练辛苦，所以天天变着花样做饭，每餐都营养丰盛。这天中午，雏仪进家门时看到饭桌中间的粽子，方才意识到已是端午了。秋灵包粽子用的是五妹从老家寄来的槲树叶子，清香味比平常粽叶浓郁。雏仪坐下剥开一只，夸姥姥手艺好，又说下午要给婆婆她们送几个去。

姥姥喜见她胃口大开，却道："人没齐呢你就开动了。"

雏仪听后冲卧室喊："妈，快来！一家之主不上桌，姥姥不让开饭。"她妈还没出来，外面却响起了敲门声。雏仪打开门，看到是陈石，不禁喜出望外，"你怎么来啦！"

"这话说的，这儿不是他的家呀？"蒋凤仪从里屋走出来，"我叫小陈来的。"

陈石进门后把一堆东西交给姥姥，都是莲子从乡间带来的蔬果鸡蛋。他见雏仪一直盯着袋子里的桑葚，便先给她洗了一把。

"酸吗？"

"甜着呢。喏，你尝尝？"她递到他嘴边一颗。

"你吃吧。我小时候抱着树都吃腻了。"陈石摇摇头，抬手抹去了她唇边一点黑紫色的桑葚汁。

蒋凤仪假装什么也没瞧见，去到老父亲的照片前斟了一盅酒，酒烈味浓，不同于往常，陈石不禁赞了声"好香"。蒋凤仪朝女婿摇了摇那瓶金门高粱，"上回卢荻送的，尝点儿吗？"

雏仪说他晚上还得开车回厂子。

"没事，还大半天儿呢。"陈石主动接过瓶子来斟了两小杯。他很真诚地敬蒋凤仪，"妈，今儿来之前我妈教我替她谢谢您。这些日子，您费了不少心。"

一语未完，陈石的眼眶红了。于是蒋凤仪没再提跟病情相关的话题，只轻碰了一下他的杯，"一个姑爷半个儿，我又没儿子，你就跟亲的一样。往后别这么客气。"

雏仪猜到婆婆近况不好，心中酸楚，忙低了头扒饭。姥姥见状，张罗着让陈石尝她家乡特色的粽子。陈石答应着拿起一只，猛想起去年就是在大刘家吃完粽子接到了雏仪从医院打来的电话。他并不爱吃甜黏的东西，此时极力为之，仍是酒下得快，粽子吃得慢。

雏仪就着他的杯子也喝了一点，但母亲很快制止她，"快彩排了，别伤嗓子！"

"还两个多月呢！而且又不是正式开演。"

"别不当回事儿。这种级别的活动，随时能把你刷下去。"

"吓唬谁啊！凭啥刷我。"

陈石在旁默默不语。

"小陈，小陈？别给她喝了。"

岳母唤了两声他才反应过来，忙从雏仪手里拿过杯子，自己干了残酒。

良夜迢迢，微风穿窗。陈石没喝多少，却从午后睡到了这会儿。晚饭时，雏仪想了想，没有叫醒他。她坐在自己的小床边端详陈石，觉得这一年半载他成熟了，也瘦了、憔悴了。往常她绝不会允许他没洗澡没换衣服就躺上床，而此时，她只希望他能睡个囫囵好觉。

雏仪起身去拉窗帘时听到他迷迷糊糊问几点了。

"快十二点了。接着睡吧，我给小苇姐打电话了，妈没事。"她走回床边，要给他关台灯。陈石仍合着眼睛，却在灯光熄灭的瞬间抓住了她的手，"宝儿，别走……"

"我不走……"她顿了一下，去扯床尾的一条薄褥子，"我打个地铺。"闺房狭窄，本来她打算去和她妈挤一宿的。

"别，地上凉，我……"他欠起身，却被她按住了，后来，她的脸贴紧了他的胸口。

陈石张开胳膊抱住她，便不肯再放。初夏夜是凉爽宜人的，然而那个拥抱不透一丝风，彼此都不愿松开一点点。在这窄小的空间里，她的气息柔风细雨般无孔不入，静谧中仿佛听得到心跳声，两个人的。

"石头，这阵子为什么老躲着我？"

"没躲……忙不过来。"

"你怨我吧？因为我说话不算数。"

"不怨……"

窗帘迎风半开，入睡的人已在梦中，醒着的人，也如在梦中。雏仪半天没再言语，最后用轻乎又轻的声音问："石头，你想不想我？"

他没再说否定词，深呼吸了一下才答："……特别想。"

空气渐渐绵密得剥离不开。麻纱窗帘外的月亮像一叶扁舟轻轻荡起来，带着醉态，沉沦在星河深处，无法回头。

次日陈石睁眼时雏仪已经不见踪影，床头放了杯蜂蜜水，还有一盒胃药。他抱着枕头怔坐了会儿，忽地狠狠抽了自己一下。

一大早雏仪就悄悄起了床。半夜熟睡中，他胃疼起来总是搂得她特别紧，大概他自己都没意识到。她去药房不只买了他的药，还有她自己的。一晌贪欢，只能紧急补救。她当场吃了那一片，店员好心提醒她可能有副作用，服后要注意休息。而她回家把胃药放在陈石身边，吻了吻他的脸，转头就奔了练功房。

夏日昼长，日子过得仿佛格外慢，直到第一缕秋风扫过树梢。

晚会彩排前一周，陈安秀情况急转直下，再次入院。雏仪赶去看望，婆婆已非常虚弱，但仍拉着她的手叮咛她练功不要太辛苦。雏仪故作轻松地点点头，将一个月后国庆戏曲晚会的电视转播时间告诉婆婆，嘱咐她记得看。婆婆也点点头。

陈安秀因为疼痛，额上有层细汗。雏仪拿了毛巾脸盆走到水房，没忍住泪，赶紧在水龙头底下冲了把脸。

她半天没回病房，陈石来寻她，却只见东西不见人，好一会儿才看到她从旁边洗手间走出来。

"宝儿，怎么了，脸色不太好？"

"没什么，来事儿了。走吧。"

她要去接脸盆，陈石没松手，关切地问："来了？……早、早了好几天啊？"

"你记得还挺清楚。"她微有羞涩，"最近运动量大，日子不准。"

"那你多休息。后天我姐在这儿，我去看看你？"

"你陪着妈呀，看我干吗？我也不在家待着。"她眼睛仍
潮着，告诉他，"后儿我爸过来，跟我妈一块帮我再拉遍戏。"

折桂令

　　彩排迫近，齐克谐本想带女儿吃顿大餐放松一下心情。雏仪向母亲请示，蒋凤仪头一回阻挠父女会面，"吃什么吃？！让他别耽误事儿。想看你就来团里看。对了，来的话叫他带着笛子。"

　　齐克谐接到这个旨意顿觉受宠若惊。他知道这次演出意义重大，女儿若要趁三十岁之前在北京乃至全国打响名号可谓在此一举。凤仪最近必定盯得死紧，他做好了不能"探监"的思想准备，却没料到她给了他一个为女儿服务的机会。无论过去多少年，《夜奔》里那几支曲子他是不会记错半点的。

　　到了约定的周末，齐克谐比她们母女更早到达排练厅外。门锁着，走廊里空无一人，他捧着笛盒静待。不一会儿有钥匙叮当的动静，蒋凤仪走在前面，冲他点个头便去开门。他赶紧让开，问女儿："吃饭了吗？"女儿点头。"超过半小时了吗？饭后小心……"

"小心阑尾炎。哎呀爸，啰唆。"雏仪挽着他的胳膊进了门。一切陈设还是老样子。

蒋凤仪站在侧旁，吩咐女儿给齐克谐搬个椅子，放在台毯正对面。他坐下，看着凤仪麻利地给便装的女儿系上大带，稍靠下一点，免得显出女性的细腰宽胯，然后将剑理顺了穗子，挂在她身后。他这才发现女儿用的是那把剑。没有一句废话，凤仪投给他一个询问的眼神，他表示准备好了，她便朝几米开外的女儿说了开始，以掌代鼓，引其入场。

司鼓的是妈妈，奏笛的是爸爸，鼓统领全局，笛托腔保调。所以《夜奔》虽是独角戏，却不是舞台中央的角儿自己完成的；成角儿的路虽艰难寂寞，亦不是她一人踽踽独行。

这一次排练，雏仪格外卖力。

"……回首西山日已斜，天涯孤客真难度。丈夫有泪不轻弹，只因未到伤心处。"这几句定场诗若念得好，便赢了第一关。齐克谐记得凤仪在最苦闷难挨的那些年常常在小屋里念叨这几句，以至于她重回舞台后，每个字都是用声音和身体饱蘸着情绪"写"出来的，像鞭子一样抽打人心。雏仪没有那种刻骨的经历，能念出现在的苍劲程度已属不易。

唱完【点绛唇】，许久不需笛子，于是齐克谐的目光专注随着林冲仓皇逃奔，他逃进一座古庙，在神像脚下跪地祈祷后小睡片刻。戏台上的"睡"亦是繁琐的舞蹈——飞脚、转灯、探海、卧鱼，一串干脆且流畅的动作之后，雏仪坐地右拳支额，左手不离剑柄，须臾从噩梦中惊醒，拍地而起，继续赶路。

齐克谐看到这儿赶忙坐直了身子，竹笛抬至唇边。从【新水令】开始，曲子一支接一支，他虽自己在家温习了几天，到底觉得上了几岁年纪，气息有些不够用了。好在他功底匪浅，运气尚平稳，颤叠赠打的技巧也娴熟，与女儿的初次合作甚是默契。毕竟，她的路数脱胎于其母。

笛声如幽咽泉流，唱腔顺流跌宕，身段更无丝毫阻滞。一遍下来，齐克谐刚要夸，凤仪已经开始一条条罗列不足了。她每说完一项，示范后，雏仪便重做一次或几次，直至她认可。几番之后，蒋凤仪转向一直默默旁观的齐克谐，"齐老师，你看怎么样？"

"挺……"

"表扬的话就不必了。"

他只得坦言："正面都挺好了，后身儿差点。"

雏仪擦着汗，似有不解。

"你爸说得对。背影，不够漂亮。"蒋凤仪给女儿重演林冲在神像前的一拜。背对台下，右膝跪地，撩大带，左腿向旁一大步，重心旋即回到右侧，挺背，扶剑。

"神圣啊神圣，保佑弟子林冲，一路无灾无难，早到梁山，借得兵来，报了深仇，自当重修庙宇，再塑金身。"

这是凄惶的祈愿，也是孤注一掷的誓言。雏仪常年在幕侧观戏，这么多年竟未发觉这一拜从正背后看是何其潇洒挺拔，难怪院庆最后那晚刘俊文感叹"背影都那么好"。

雏仪跪下、起来，起来、跪下，重复了几回。

稍事休息后，蒋凤仪对父女俩下令从头到尾再走一遍。一遍之后又一遍。凤仪对女儿的后半部分表演总是不够满意——那是唱与舞、技与艺、景与情的高潮，她应该做得好一点，再好一点……

> 怀揣着雪刃刀，怀揣着雪刃刀，行一步哎
> 呀哭号啕，急走羊肠去路遥。

悲愤宣泄完了，壮志也立下了，黎明还未降临，漫漫余路上的每一步都在挑战着林冲的生理与心理极限。

> 适才间明星下照，一霎时云迷雾罩。疏喇
> 喇风吹叶落，震山林声声虎啸，又听得哀哀猿
> 叫。俺呵，吓得俺魄散魂消，似龙驹奔逃。

此处一个摔叉——高高一跃，横叉落地的瞬间再跳起——"似龙驹奔逃"。他奔逃在千回百转的山前古道，迷失了方向，惊起乌鸦阵阵飞过松梢，霎时黑夜更黑。渺渺茫茫，恍恍惚惚，巡更人的梆儿、锣儿越飘越远，渔翁解缆，樵夫进山。

拾捌 | 折桂令

天，就快亮了。

过往都成旧梦。

　　　　一宵儿奔走荒郊，穷性命——挣得一条。

　　那天，雏仪的最后一遍《夜奔》并没有唱到【煞尾】的这一句。

　　她在"龙驹奔逃"时摔叉落地，再没能跳起来。身后的剑撞到地上，发出清脆的金属声，她听着心疼，但已无力做什么。

　　爸爸和妈妈以为她摔了腿，不约而同地跑过来。跑过来才听到她说："肚子疼。"

　　"阑尾吗？吃完饭不是有一会儿了吗？怎么会……"父亲扶她坐起，手经过她身子底下，沾了一丝血迹。

　　"来例假了？"蒋凤仪问。

　　雏仪点点头。

　　"我以为没到日子呢，怎么不说啊？疼得厉害？"蒋凤仪一瞧女儿的脸色，没等她再答复，立刻揽她站起来，"走，上医院。"

　　齐克谐说车在院门口，他去开进来，疾走出没几步，听到凤仪叫"宝儿"，回头见雏仪已站立不住。他赶紧掉头回来，女儿便顺势靠在他身前。齐克谐揽着女儿，凤仪弯腰三两下解了她腰里的大带和宝剑扔在地上，"来，妈背你"。

蒋凤仪的动作太快了，齐克谐晚了半拍才追上去给她们母女开排练厅的门。他把车开到近前，从凤仪背上接过女儿安顿进后座。凤仪从另一侧坐入车里，攥着女儿的手，告诉齐克谐："陈石他妈那个医院最近，东大街一拐弯就是。"

时值暑天，雏仪刚刚还满头大汗，此时蒋凤仪却感到她的指尖越来越凉。齐克谐边开车边焦急问女儿情况，她只呻吟，无法答话。父母都知她偶有痛经，但不曾见她痛得这样厉害。凤仪想起女儿兜里总带着糖，伸手一摸，果有一块巧克力。"宝儿，快到了！"她剥了糖纸，把那块软塌塌的巧克力喂进雏仪嘴里，"别睡。"

从剧团到医院，短短十几分钟的车程，雏仪被推入急诊时脸白如纸。

大夫初步检查之后告诉在外等候的蒋凤仪和齐克谐，"病人大出血。"

"大出血？怎么可能呢？不是例假吗？"蒋凤仪看到了女儿裤子上的血迹，还没有平时例假量多。

"是异位妊娠引起的内出血，就是宫外孕。出血主要在腹腔内，可能有少量阴道出血被误认为月经。妇产科大夫已经到了，正在里面商量治疗方案。"这位医生说完就回到了检查室内。急诊室内外的人们都步履匆匆，只有一对父母僵立在原地。

片时，齐克谐不敢置信地望向蒋凤仪，"他说宫、宫外孕？什么意思？宝儿……宝儿怀孕了？怀孕了你怎么还逼她排练？！"

"怀孕了？怎么会呢？怎么会呢……我……"蒋凤仪听到他的问句不禁打了个寒战。她拖着步子走到椅子前坐下，喃喃答："我不知道……"

"你不知道？！闺女怀孕了你都不知道？你怎么当妈的！"

"我、我跟她说过现在千万不能的，我告诉她了啊……她也说不会的……怎么会怀上呢，还是宫外孕……"蒋凤仪面对齐克谐的指责并无情绪，她只是困惑，非常困惑。

再次打开的那扇门中止了他们的对话，换了位更年长的医生走出来，通知他们："保守治疗不可能了，要立刻动手术。"

"什么、什么手术？"

大夫快速进行了说明：孕囊靠近宫角，已经破裂，要切除一侧输卵管以及子宫。"我们理解病人年轻未育，但现在出血估计已经超过 2000 毫升，血压也很低，如果不马上签字手术的话，会有生命危险。您是病人父亲吗？"

手术同意书被递到齐克谐面前，他拿起笔，手竟哆嗦得只戳了一个黑点就再也写不下去。他慌慌张张地叫凤仪，"小……"

"起开！"她抢过了他手里的圆珠笔，毫不犹豫地在同意书上潦草签下了自己的名字，然后还给医生，"大夫！快救我女儿。"

医生说这是职责，随即前去准备手术。

检查室有通道直连着手术室，他们俩并没能在手术前再看到女儿一眼。走廊里有一整排空着的座椅，蒋凤仪坐在一端，齐克谐坐在另一端。但她还是能听到他低哑断续的沉叹，"宝儿是个女孩子啊，这下，你让她……"

"什么也没有我闺女的命重要！"

齐克谐没再言语，因为明白她说得对。

过了会儿，又有护士来让他们签《输血治疗同意书》，也是凤仪签的。齐克谐在旁忧虑地问护士："够不够用？我和我女儿血型一样。"

"医院不能采血。应该够。您放心，病人的爱人连续三年献血，有记录，所以她有权优先用血的。"

护士离开后，俩人再次陷入沉默，少顷却几乎同时开口。"我去打个电话。""我跟小陈说。"

蒋凤仪顿了顿，还是坚持由自己做这件事。不过她没立即起身，直到得知手术顺利完成后才扶着椅背站起来，"齐老师，我去打电话。你在这儿等着宝儿出来。"

齐克谐正为女儿脱险而长松一口气，他摘了眼镜拿在手里，揉着眉心点点头，没有注意凤仪离开时略显蹒跚的步履。

蒋凤仪坐在医院门口的高台阶上等着陈石，她已在电话里向他讲明了方才发生的一切。这是一家颇有名气的三甲医院，她前后左右聚着很多病人家属，在吃饭、抽烟、闲谈，手里大多拿着病历本和 X 光片。只有她两手空空地呆坐着，耳朵里不断灌入周围人谈论的各种可怕的医学术语。她只觉迷惘。那些有关病痛、衰弱，甚至死亡的话题，怎会与她那年轻健康、几小时前还能完完整整演下《夜奔》的女儿发生关联呢？

陈石到得非常快，他穿着电厂的工装，蒋凤仪一眼就瞧见了，但他并未发现岳母，几大步跨上台阶冲进了楼。她浑身僵硬地站起来，挪步到大厅，刚要喊陈石却见他匆匆往楼上跑去。雏仪的病房在一楼，她在电话里告诉他了。

凤仪猜到陈石是先去见他妈了。她虽然不明白他为何如此，但也许是出于某种本能，她跟着上了楼，身体疲软走得慢，所以听到了陈石和陈苇在走廊里的谈话，听得她周身的血都凉了，后来又像热岩浆一样汩汩向头顶涌。

陈苇因惊愕，嗓门比平时高，却说不出一句完整的话，"……怎么……小蒋她、她……"

"姐，是我的错，全是因为我……我混蛋！我来就是和你说一声，这几天妈就拜托你了，我要去陪着宝儿，有事你及时告诉我。我走了。"

他像丢了魂似的，姐姐不放心地拉住他，"石头，你想开点，这种意外谁也想不到啊！"

"不、不是意外。姐，怪我，是我对不起她。我不应该……那天，我真不应该……"

陈苇很快拦住了陈石，"别说了，就是意外！这也不是你一个人的事儿，小两口难免的，加上喝多了……谁承想一次就怀上了。"

"可是，可是，姐，那天我……没醉……而且我、我算过她的日子，我们之前商量要孩子的时候……"陈石在姐姐面前深深地，深深地垂下头，"那天我也不知道怎么想的……国庆完了不知道还会有什么，我怕就这样一直推下去……我真的只是想跟她有个孩子，好好过日子啊，她也说我们该有个完整的家了……"

陈苇陷入静默。

"姐，我后悔，第二天睁眼就后悔了！前两天她说来那个了，我以为没……"他忽然抓住姐姐的胳膊，就像小时候做了错事怕被母亲教训，总是把姐姐当救命稻草，"我不是东西，对不起宝儿，也对不起我丈母娘……姐，你说，宝儿……宝儿她会原谅我吗？我应该怎么……"

蒋凤仪至此再也听不下去。她出了楼梯间，眼睛冒火却一声不响地朝陈石走过去，步子慢，但稳。就像，一头步步逼近猎物的母狮子。

陈苇被吓愣住，陈石下意识地叫了声，"妈……"

话音未落，蒋凤仪扬起手啪地打了他一个重重的耳光，吼道："我是宝儿的妈！"

陈石的嘴角立马见了血，他后退了一步，蒋凤仪紧跟上去。瘦小的陈苇冲到他前面挡着，颤抖却强硬地冲蒋凤仪喊："别打我弟弟！不是他一个人的错！"

"姐！"

"他们小两口早就打算要孩子了，要不是你天天管着、逼着小蒋，事情也不会这样！你女儿喜欢孩子，想过安生日子你知道吗，她不像你这么……这么……"

"姐、姐，你别说了！"

陈石强行拉开姐姐，在蒋凤仪面前扑通跪下了，"妈，我错了、我真的知错了！您让我先去照顾宝儿吧，等她出院了，您怎么打我罚我都可以。我该罚，我不是人……"

"石头，石头，你起来……"姐姐拼命拽他也拽不动，她哭了，他也哭了。蒋凤仪胸口起伏得非常剧烈，却没再动一下手，也没说一个字。

病房里忽传来微弱的问话声："小苇、小苇？石头来了？你们吵啥呢……给我倒点水来……"

陈苇抹了一把脸，踢踢踏踏跑进病房关上了门。陈石仍不肯起来，蒋凤仪虽是站着，并没比他高多少，却像冰山一样迫得他抬不起头，冷得他浑身发抖。空气不知冻结了多久。她的头微微晕眩，但心里已经做好了决定。

她死死瞪着无声掉泪的陈石，压低了嗓子，但语气山海不移，"陈石，我警告你，不许去见宝儿！从今往后，再也不许！如果让我看见你，我一定跟你拼命，说到做到。伺候你妈去吧。"

她说完抽身就走，步子又大又快，迅速离开了这一层。不管身后有多么痛切的哀求与悔愧，全成徒劳。她顺着楼梯噔噔地往下疾行，脚步每震一下太阳穴就跟着突突跳，迈下最后几级台阶时终于眼前一黑……

齐克谐在门诊输液室找到她时急怕交加。"闺女那儿刚下手术台，你这又是怎么了？"

蒋凤仪在险些晕倒的一刻手疾眼快扶住了楼梯栏杆，恰有护士路过，及时带她去量了血压、打上了点滴。医院里有领导认识她，且耳闻了她女儿刚刚在急诊抢救的事，于是到病房通知了齐克谐。

"你过来干吗？我没事。宝儿怎么样了？"

"身子虚，还没醒呢。"

她看出他下一句就要问陈石的情况，于是抢先道："你快回去陪着闺女。小凌一会过来。"

齐克谐还没离开，凌跃已经赶到了。她简略讲了雏仪的"意外"，令他惊骇不已。多年来他处处为她分忧解劳，但这次实在不知自己能说什么、做什么。

蒋凤仪没有等凌跃表达宽慰就直接给他布置了任务，"小凌，先知会马局长一声，宝儿不能参加彩排了。后面的演出也……不行了。我过两天再亲自向他解释。"

"好。"

"回去以后别声张。去家里告诉姥姥，就说宝儿……受了点小伤。别吓着老太太。"

"好，今儿晚上我让晓斌他妈去陪着老太太。"

"小凌，我……还有件私事请你帮忙。"

"领导，您吩咐。"

"给我找个办离婚的律师，写个协议。越快越好。"

凌跃听后怔住，但不敢多言，又待了没几分钟便被蒋凤仪催走了。齐克谐这才忧心忡忡地问她："蒋老师，是小陈跟你说什么了吗？宝儿和他感情挺好的，他如果一时有什么不体谅的，你看，要不要我去……"

"不许去！你要是敢找他，别怪我翻脸！宝儿必须跟他离，我有我的道理！"她忍不住拍了下椅子扶手，点滴软管回了一点血。

"好、好，你别激动……"齐克谐无力地摆摆手，"你的道理我真是不懂。而且，就怕闺女不依啊……"

这时病房的护士急慌慌过来找他们，"齐老师，您快回去吧。您女儿醒了，情绪很不好……"

蒋凤仪一听，自己扯掉了针头，和齐克谐一起往病房赶去。

拾
玖

凄凉调

手术后，雏仪醒得比一般人快了些，但沉重的眼皮还睁不开。两个护士的对话声听起来似近还远，似远犹近。

"年纪轻轻子宫没了，多惨。"

"听说是剧团的？送来之前还在排练呢，难怪出血那么多。"

"哎，她的家属呢？怎么一个人都没有？"

…………

蒋凤仪和齐克谐赶来时，俩人加上护士竟按不住刚动完手术的雏仪。她不让护士碰自己，挣扎间腕子磕到父亲的手表，破了块皮。齐克谐赶紧摘了表扔在一边，竭力把女儿圈在怀里。

"爸，她们胡说八道！"

"我到底怎么了？爸，你告诉我！"

雏仪瞪着眼睛诘问父亲，眼泪在眼眶里打圈却不肯落下来。齐克谐吞吞吐吐，护士一溜烟跑去找大夫。她便从父亲怀里挣脱出来，扯着母亲的衣角问得更直白："妈，我……怀孕了？"

蒋凤仪迟疑了一下，齐克谐冲她连连摆手，但她还是点了点头。

"我有孩子了？我的……孩子……没了？还有我的……"

凤仪望着痴痴怔怔的女儿，果断止住了她的呓语，"宝儿，那不是'孩子'。它来得不是时候，长得也不是地方，差点要了你的命。你听妈说，好好养身子，别……"

"我不管！我要他啊！妈，我别的都不要了，我不要唱戏了，不要练功了，真的都不要了……求求你让他们把孩子还给我！妈，求求你……现在这样，我还不如死了！"

齐克谐听到这句话一把攥住女儿的手，语气近乎惊恐，"宝儿，别胡说，爸爸妈妈只有你……"

"那我呢？我还有什么！"她哭着抽回自己的手。

父亲也落泪了。

赶来的医生为雏仪打了镇静药物，她渐渐睡去时脸上泪痕犹在，可是眉头不受控制地松解了，柔弱而安稳得像个婴儿。父母一直守在病床边，全神贯注盯着女儿，彼此没有交谈。

第二天，蒋凤仪作主将雏仪转到了一家环境幽僻的私立医院，嘱咐齐克谐务必寸步不离，然而她自己没跟女儿打声招呼就走了。

她离开后，齐克谐六神无主，不只因悲痛、疲劳，更因女儿一番番闹累了就在枕上念叨陈石为什么不来看她。父亲也深感疑惑，却不敢违背蒋凤仪留下的死命令。女儿出事以来，凤仪的每一步处理都干脆利落得近乎蛮横，他了解她，知道她打定的主意不可动摇；但他也了解女儿，她的倔强不输给母亲，况且和陈石结婚尚不满三年，如何放得下一片柔情？他担心极了，既盼着凤仪赶快回来坐镇乱局，又怕她回来后母女俩就要剑拔弩张，女儿旧痛未愈，恐又添新伤。

两天后，蒋凤仪回来了，带着一位律师。齐克谐在窗口看到她从对方手里接过一份文件，独自进了楼。他在走廊里迎上去，慌张万分，"蒋老师，真要这么急吗？能不能先问问闺女的意见，毕竟是她自己的事……往后……往后你我都不在了，她一个人怎么过啊！"

"一个人过，也比受人辜负强。"

凤仪平静直率地看着齐克谐，他终于无话可说，给她让开了路。

"我……陪你进去吧？帮你劝……"

"不用。"她打断了身后无力的请求，简短道，"一会儿，也别进。"

她踏入病房后把护士、护工都支了出来，然后嘎嗒锁了门。医护人员没走远，齐克谐则躲到了走廊尽头的窗户边。夏末秋初的北方，清风飒爽，天空那样高远、湛蓝，无一丝云彩能转移他的注意力，黄叶瑟瑟亦盖不过病房里桌椅摩擦碰撞、东西落地粉碎的嘈杂动静。但哭泣叫嚷始终只有一人的声音，听来那么孤独无助。

"妈，我不签……我为什么要离婚？我不离，我要石头！我离不开他……

"是他不要我了吗？他不会的……因为我不能生孩子了吗？

"这是意外啊！都怪我，我要是早点发现的话……妈妈、妈妈，你帮帮我，帮我跟他好好解释……

"你为什么啊……逼我练功，逼我演出，现在还逼我离婚！我不要，我不……

"你回来！妈，你回来……你怎么这么狠心……你是不是我妈啊！"

雏仪的央求再痛、叫骂再凶也没有得到任何回应。她被迫签了字，无名指上那枚泛白的、传自婆婆的金戒指也被捋走了。

"蒋凤仪！"她瘫软在床尾，筋疲力尽地冲着母亲的背影抛出了最决绝的一句话，"我恨你。"

外面的父亲心里一揪。

然而屋里，蒋凤仪的脚步只停了一瞬，旋即揣着那份皱巴巴的文件闪出了门，护士们立刻跑了进去。齐克谐扔了手里那根夹了很久却一直颤颤巍巍点不燃的烟，从走廊尽头慢慢踱过来。凤仪的样子比他更狼狈，衣衫不整，几处伤痕。

"你……"齐克谐嗫嚅。

"齐老师，我把闺女交给你了。"

"你……放心。回家待几天吧，这儿有我。"

"不是这几天。以后，也交给你了。"

"什么？"

"你帮她办手续，送她出去念书，学什么都行。这些年三叔不是跟你提过好几次吗？他……也跟我通过信，是我没当回事，光想着盯她练功唱戏。她还年轻呢，念完书，愿意留就留在那边，重新开始吧。"凤仪一口气说完，声音又提高了一点，"走之前，把名字改了，以后也方便。"

"改名字？"

"对，改吧。改成齐宝笛。"

她这句话出口，齐克谐如泥塑木雕般定住。

凤仪抬头掠了他一眼，视线很快就挪开了，"孩子刚生下来那天夜里，你兜里那张纸……我……看见了。"

蒋凤仪一个人离开了。走之前在熟睡的雏仪身边站了好半天。她不知镇静剂药效能持续多久……但还是壮着胆子在女儿脸上亲了一口，然后转身便走，不敢再多停留一秒。

她几天没回家了，进门后洗了把脸，在老父亲的遗像前给他斟了一盅酒，斟完了，仍握着那个酒瓶子不松手。秋灵来到她身边，从她手里把酒瓶收走了，又从厨房端来一碗鸡汤面。

她默不作声地抄起筷子吃起来，边吃边听秋灵说："我什么都禁得住。你给我说实话，咱家宝儿到底怎么了。腿废了？瘫了？还是……"

蒋凤仪怕老太太继续瞎猜下去，只好告之雏仪的真实病情，也没有隐瞒她为女儿做的一串安排。秋灵的确目瞪口呆，但悲切中也有一丝庆幸，"宝儿……人没事就好。我还想着，她要是真摔得下不了床了，只要我活着一天，就伺候她一天。"

蒋凤仪听了，放下碗握着秋灵的手勉强安慰："灵姑姑，没那么严重。这下，出去长长本事也好。老跟着我练功唱戏，怪没意思的。"

这是凤仪第一次说出"唱戏没意思"这种话。秋灵目光平和又清明地看着她，缓缓道："宝儿的情况我知道了。你再给我说说你自个儿吧。"

"我？我有什么……"

"你为啥这么火急火燎地让宝儿离婚？宁拆十座庙，不毁一桩婚。你这简直不是拆，是生推硬砸呀！我不信宝儿刚出事小陈那孩子就翻脸不认人。"秋灵顿了顿，叹道，"我更不信你这当妈的拿这种遭人恨的主意不是为了孩子好。"

蒋凤仪的唇沿不自觉地微颤起来，可是仍不肯开口。秋灵盯了她一会儿，侧过头去望着蒋松霆的照片，"我这辈子没在你面前充过长辈，更不敢说拿你当亲生的孩子。但你是松霆的姑娘，是宝儿的妈，我待你的这颗真心这么多年你也该明白了吧。我知道你养着、敬着我，也因为我是松霆的老伴儿，你闺女的姥姥。你要把宝儿弄出国去，以后这家里就剩咱俩做伴儿了，你还不给我交个底？"

蒋凤仪到底没忍住，两滴泪掉在汤碗里。她抹抹眼角，将那天在医院听到的陈石姐弟的对话原原本本转述给秋灵。

她大惊，随后急道："怎么……他、他是故意的？不想让宝儿上彩排？你……怎么不告诉宝儿？这样也好教这傻孩子死心啊！"

"您说，这傻孩子要是知道她掏心窝子待的那个人蒙了她，坑了她，她心死了，人还能不能活？万一舍不得离婚，她得一辈子带着怨气；就算离了，她还能再信谁？还敢再信谁？所以我想着，还不如就让她以为是个意外……断得干干净净，换个环境，兴许她能慢慢儿好起来。"

"可是、可是这样……小义啊，"秋灵捋着凤仪鬓边的乱发，哽咽道，"孩子别的不怨，只能怨你啊！搞不好会记恨你一辈子……"

蒋凤仪咬牙憋了片刻，终于还是泪如雨倾，扑到她怀里放声大哭，"我知道，灵姑姑，我知道……她是我身上掉下来的肉呀，我疼死了……灵姑姑，她说我不是她妈……我能怎么办，我也不愿意她恨我啊！都怪我……不该带她练功学戏，那年'小梨花'以后我就该让她转行儿，她想退到戏校教孩子我也不该拦着……是我有痴心妄想……她……他们说得对，我不是好妈妈，我不配当妈……"

"小义，不是你的错，不怪你……要怪就怪……"秋灵抚着她的背，眼睛在屋里茫茫然环顾，"怪这个倔老头子！他非惦记着再练出一个你这样的女武生。哪儿那么容易啊，女孩子就不该受这份罪……"

凤仪趴在秋灵膝上不知哭了多久，总算慢慢收了泪。

"地上凉，小义，快起来吧。"

她搭住秋灵伸过来的胳膊，却没有起身，"灵姑姑，我还有事拜托您。孩子她爸在海边租了套房子，等宝儿出院了就住进去。他陪着，也请了保姆，可我还是不放心，麻烦您也过去住一阵子吧，陪她说说话，这孩子从小跟您亲。等到……等到她走了，我再接您回来。辛苦您了，当初孩子刚满月我就把她扔给您了，这回……我再托付给您一次。"

"没问题，交给我。那……你呢？"

"我……还有事要办。"

月
下
笛

　　西半球的不眠夜，硕大的水晶灯如同一朵倒垂莲盛开在众人头顶，照着满堂欢声笑语。宴会的女主角钟琴敲响了手中的高脚杯，她的嗓音比玻璃更清脆，丝毫不显花甲之龄。"感谢各位新老朋友来参加'钟剧团'成立二十周年的 party。在家千日好，出门一时难，转眼离家二十年了。我年轻的时候爱冒险，爱赌气，苦没少吃，错更没少犯。现在回头想想，也说不清值不值得。但有一句话我有底气说：这些年我一直是靠唱戏养活自己、养活这个小班子的，总算没辜负那些帮过我的好心人。"

　　掌声响起，立刻被她按了下去，"当年我单枪匹马能在这儿立住脚，第一个要谢齐钧广老先生抬爱，帮我攒起了这个小班子。老爷子走了多年，在座的不少人也都知道，您老人家爱玩爱乐，喜欢热闹，咱今儿就一起唱几句您爱听的吧。"说罢，她朝台下某处招手，"来，宝笛带带我们！"

是《战太平》里的那几句，"头戴着紫金盔齐眉盖顶……"

除了雏仪唱的头句导板，底下水平参差的"大合唱"并不悦耳，但莫名令人心有戚戚。相聚在此的人们不见得都认识齐老先生，但每个人都有各自去国离乡的理由。大部分时间他们甘苦自知，在少数时刻则悲欢相通，戏，就是桥梁。

曲终，大家举着杯子散去，三三两两谈笑、交际、合影。自然有人截住她，齐宝笛。

"齐小姐名不虚传！什么时候彩唱一段？"

"宝笛啊好久不见，今年你爸没一起来参加聚会啊？"

…………

派对从下午持续到晚上。吕娜渐渐确认，在蒋姐定居海外的这些年里，她有相当长一段时间是以"齐宝笛"的名字行走于世的。

在宴会厅一角摆放了许多行头、砌末，有专人负责知识普及，一些带着孩子来的老戏迷围在那儿，大部分是祖父母想熏陶孙辈。只有横山教授和吕途小朋友是例外。尽管他们一个衣冠齐楚、络腮胡花白，另一个小裙子里面还穿着纸尿裤，但两人表现出相似的好奇心和求知欲，不时相互耳语交流。

吕娜和蒋姐相视一笑，各端了一杯饮料走向露台。这座国际大都市以天际线闻名，远远近近的摩天大楼被夜色隐没了轮廓，数不尽的明窗如同镶嵌在半空中，璀璨的光与影难辨来处。流动与交汇是这里的常态，《夜奔》《三家店》《武家坡》《贵妃醉酒》等一曲曲古老的爱恨情仇唱响在这片现代丛林的怀抱里，也丝毫不显突兀。

露台上风大无人。吕娜这才用开玩笑的口吻对蒋雏仪说："……现在我都不知道该怎么称呼你了。"

她笑了，"跟原来一样嘛。"

"那……蒋姐，你是什么时候又把名字改回去的呢？"

"我没改回去啊。"雏仪从手包里拿出身份卡给吕娜看，姓名一栏是"齐宝笛"的拼音。

"可我记得咱们第一次见面，你就说你姓蒋。"

那是吕娜怀上途途的前一年，她和蒲楠入住新居的当天就在大门口收到了一盒对面邻居烤的饼干，附着一张祝贺乔迁的小卡片。原本应该是新居主人先去拜访邻居的，吕娜因不喜社交便自动忽略了这个习俗。但本着不欠人情的原则，她还是去敲了对面房子的门，结识了四十出头、短发恬静的女主人，同来自大陆，自然多一份亲切。吕娜送上了一盆花卉，后来，她兴致盎然种在自家院里的花很快旱的旱死、涝的涝死，对门的草坪前却日渐蜂飞蝶舞。日常她们交往不多，但花开时节，蒋姐总不忘剪几枝最饱满的鲜花放到吕娜门前。一年后，得知她"好孕"消息的那天，蒋姐送的花格外多，却特意避开了气味浓烈的那些……

往事历历，于齐宝笛亦是如此。在她出国八年后母亲才第一次来到她所生活的城市看望她；她也是为了母亲的到来而决定搬离市中心的小公寓，在郊区置下了房子，比吕娜早几年入住了那片社区。正是从此，她向左邻右舍自称姓蒋。当时，她对于这个音节已略感陌生。

至于为什么要如此做，她告诉吕娜："可能，是个纪念吧。"

纪念她和母亲在八年的不相往来之后，冰释了曾经刻骨铭心的怨怼。冰层之下淙淙不息的除了血脉，还有太多、太多……露台昏暗，人影憧憧，天上没有星河，脚下的车河却愈发流光溢彩了。

蒋雏仪站在露台上看海景，从扑面稍嫌粗砺的海风判断，自己应该还在北方。她在手术中流失的体力一点点恢复了，心却越来越空，就像夜里的所谓"海景"，只不过是一片伸手不见五指的黑。涛声告诉她，潮汐涨了，落了，来了，走了，循环往复……直到月亮升起来，世界立刻变得不同。那晚的月不是遥远而单薄的一弯愁眉，它在海天之间慢慢露出头来，那么小心，艰难，欲出不出，可是终于水淋淋地脱离了大海，被柔云捧在手心 —— 它金黄，浑圆，饱满，皎皎清辉湿润了她的眼睛。

她瞬间想到"海上生明月"那一句古诗。上小学的时候她总错写成"海上升明月"，父亲告诉她，"生"比"升"字妙得多。她不服气地追问缘由，一向渊博的父亲竟然语塞，只说她长大就懂了。现在的她终于懂了，或者，永远没有机会懂了。

姥姥端着夜宵走进卧室，吓得差点摔了碗，慌慌张张小跑过来揽着她回屋。

"外面风大，别着凉了！"

"姥姥，到中秋了吗？"

秋灵转头看看月亮，轻道："今儿十六了。"

"难怪这么圆。姥姥，你记不记得那回中秋，我拉弦儿你唱戏来着？"

"记不清了。"

"姥姥，我跟你说，就是那回下乡，我碰见石头求一个女的挪她们家枣树……"

"宝儿，咱不说这个。"

"人家不答应，张嘴就要五百块钱。她家有个小姑娘，还有条狗，追……"

"宝儿……"

"好、好，我不说了。姥姥，那你再唱一遍我听听。"

"孩子，咱以后不干这个，不受这份罪了，还唱它干吗？"

姥姥不肯开口，雏仪躺在她怀里顾自哼起来，"细思往事心犹恨，生把鸳鸯两下分。终朝如醉还如病，苦倚薰笼坐到明。去时陌上花如锦，今日楼头柳又青……"唱完了，问姥姥："我没小嗓儿，唱得不好听吧？"

"挺好的。"

"姥姥，头发白了啊？"

"老太太了，还能不白？宝儿，你还年轻，路还长呢。"

"是啊，好长啊……他以后会去南方吧，会认识别人，还会……"

秋灵不忍卒听，更有话难言。她也年轻过，爱过，怨过，失之交臂，幸而又久别重逢，她的经验是，路不走到最后，永远不知陪自己最久的人会是谁；而路走到最后，其实终归剩自己一人。这些话显然不适合现在讲。她只能轻轻摩挲着雏仪的背，在心底长长一叹。

雏仪却仿佛听见了。她搂着姥姥的脖子，合着眼睛向她承诺，"别担心了。为了你，我不会干傻事的。"

齐克谐倚在门外，感到一颗心终于落回了肚子里。这些日子，他和"前岳母"一起守着女儿，心力交瘁，却也配合默契。毕竟孩子刚生下就是由他们两个人照顾的，而凤仪只喂了一礼拜奶就在老父亲的陪伴下回到了练功场。秋灵没有生养过，却对孩子用心至极，齐克谐主要给她打下手。如今仍是。因为女儿视他为蒋凤仪的"帮凶"，串通起来将她困在这个不知地处何方、不知今夕何夕的海景牢房里。

他坐在另一个房间的窗前，反复看手里证件上的"齐宝笛"三个字，是失而复得的心情。他似乎"失去"过女儿不止一次，当老岳父提出让孩子随母姓的时候，当凤仪做主把孩子送回老家的时候，当自己做了错事、离婚搬走的时候……唯当女儿在手术室里命悬一线之时,他始知"失去"的终极含义——不可追回,无法弥补。

他决定陪女儿一起走。三叔齐钧广早有暗示,他无儿无女,生活优渥,只是舍不下做了多年的演出经纪事业。他希望侄子接过他那一手人脉和业务,以使唱念做打的好戏在大洋彼岸的艺术殿堂里长演不衰。耄耋之年的齐钧广并不认为这事业高尚伟大,他的理由风趣至荒诞,"地面儿上要是太安静,我怕我在底下待不住"。

齐克谐曾多有顾虑。年轻时也向往过那个世界的繁华,后来自己有了名利牵绊,反不愿从头再来。如今名利如浮云过眼,是非对错也了无意义,他只是不放心女儿孤身飞走,仅此而已。这一年,他已是近六十的人了,既没能像三叔那样洒脱不羁一辈子,也没做成一个好丈夫、好父亲。若回溯根源,女儿的这场"意外"里何尝没有他的罪咎呢。

他举头望月,那缺了又圆、青春永驻的婵娟,多么令人羡慕。

中秋不久便是国庆。尽管那一天他们没有打开电视,但夜空中的烟花淬火般耀眼,映在海面上,绚烂加倍。盛事如斯,蒋雏仪本该出现在舞台上的。但她并不在,甚至"蒋雏仪"这个名字也不存在了。她很漠然,没有关心谁取代了她的位置,谁会在庆典演出后一飞冲天。姥姥和父亲当然也不会提起。

因为替她出演《夜奔》的是她的母亲。

蒋凤仪面对马副局长的开导和劝说一度无动于衷。他也知自己的要求太不近人情，奈何日期迫近，实无法另委他人。因为这任务无名小辈不敢接，成名大角儿又犯不上冒风险。

　　最后她应了，但提出一个条件。

　　"请说！"

　　"演完这场，我要退了。"

　　"是、是，出了这种事……你是应该好好休整一阵子了。"

　　"不。我的意思是，我要退休了。"

离
别
难

齐克谐划去落款日期的"1999"，改成"2000"。

近期他在办理各种手续文件时不止一次出现这个笔误了，但每次仍心生感慨。被寄予了无数美好愿景的新千年终于到来了，仿佛过去的一千年都就此翻篇，个人的悲欢离合只是页缝间的一粒尘埃。

新年伊始，他违背了蒋凤仪的命令，悄悄回了趟市里，去了医院。住院部的护士说陈安秀还在，于是他留下了一张字条。

照顾女儿的间隙，他翻旧书消磨时光，很轻易地就翻到了一首名作，陈安秀向他打听过的那两句"文词儿"正出自其中——"蒲苇韧如丝，磐石无转移"。他再三思量，无法允许自己对一个将走之人食言。

蒋凤仪从始至终没有将事情的全部原委告知他，不过在医院放下那张字条的瞬间，他似乎也理解了凤仪替女儿做的决定。尽管他仍旧不知那是对是错，但他没法否认世事无常，每一株柔韧如丝的蒲苇不见得都能换来一颗不移不变的坚心。

　　离开医院后，他去了天津，到桂记老店买了份麻花，在街头掰了一块放进嘴里，硬如磐石，并不是记忆中的酥脆味道。他无奈，也不知是自己牙口老了，还是店家的配方创新了。

　　到了他们父女出发那天，秋灵不忍去机场相送，于是留在那套海景房里等凤仪来接她回家。雏仪嘱咐了姥姥很多，姥姥叮咛了雏仪更多，最后还是忍不住劝了一句："你妈快到了，见一面吧？"

　　"不见，我没妈。"

　　"宝儿！"

　　近半年以来沉默寡言、绝口不提母亲的雏仪冷然道："她就不该生我，我拖累了她，她也害了我。"

　　秋灵不知怎的，手扬了起来。齐克谐惊慌失措地叫了声灵姑姑。

　　雏仪睁大了眼睛，霎时泪盈满眶，"姥姥，你要打我？！我说错什么了？我做错什么了？我每一步都听她的，她每一步都要做主，做得这么绝，还指望我认她吗？姥姥，我今儿就走了，你、你还要为了她……打我？"

　　秋灵也哭了，手放下来抱住雏仪。孩子从小到大，她何曾动过她一个小手指头呢。此时她懊悔不迭，唯有摩挲着孙女的脸颊，连连责怪自己糊涂、太糊涂了。雏仪任姥姥抱着，闻着她身上淡淡的香皂味，最后紧紧搂了一下她干瘦的肩膊，低头拉起箱子就走了。

齐克谐追着女儿下了楼。他在上车前匆匆一顾，看到了远处蒋凤仪的专车。

"团长……？"司机小心问她，而她只摇摇头。清晨的海面风平浪静，群鸟低飞而过，没有在天光云影之间留下任何痕迹。

数月后，又到秋风起时。

凌跃来到练功房，像过去一样顺手提了只暖壶，进门却找不到蒋凤仪的杯子。他又忘了，她已经很久不练功了。在马副局长的默许、斡旋以及她自己的消极抵抗之下，蒋凤仪终于如愿挂冠封印，了却一身繁务，连惯例的退休告别演出也不肯办。最近，凌跃正在发愁如何向戏迷们交代。

此刻蒋凤仪盘腿坐在地上对着大镜子出神儿，他轻轻唤了声"领导"。她笑了笑，"是我该叫你一声'凌团'了。"

由于蒋凤仪的力荐，凌跃已升任为业务副团长，肩上的担子比从前更重。"我心里有数，都是您抬举我。"

"别这么说，你小子是当头儿的料。这些年我说话办事得罪人，图一时痛快，全靠你在后面收拾摊子，辛苦你了！"

"您是角儿，角儿就得有角儿脾气。我是给您跟包的，这不都是应当应分的吗。"

"什么角儿啊跟包啊！都是公家发工资，就别提那老一套了。小凌，今年四十了吧？"

"可不吗，再过生日就四十了。"

"晓斌也快上初中了吧？爹妈快到操心的时候了。"

"这孩子的学习我倒不操心，就是最近他老念叨……"小凌止住了后半句话，迟疑问，"齐老师他们……都安顿好了？"

蒋凤仪点点头，答非所问："好好干，你啊，能独当一面了。"

然而凌跃心里实在发慌。她很少这样踏踏实实坐着跟他讲话，以前不是一条腿耗在半空，就是来来回回踢腿。当年一道道难关摆在面前，她都不曾停下过。但这次，她不仅停了，并且大有永不重启的兆头。

"唉，您……您让我怎么'当'啊！我能当八面也没用。看戏要看角儿啊！我说句混账话吧，我觉着，甭管到了什么时候，戏离不了您，您……更离不了戏。"

她没有直接答复这句话，只是眼神恍了一下，"哦……对了，我今儿是要告诉你，我得去一趟香港。姥姥那儿，麻烦你们费心照应几天。"

"啊？好、好！香港那边……？"

"老太太——我……亲妈，走了。"

小凌惊讶过后忙表歉意，"那、那您赶快吧，嘻，您看，我还耽误您这么半天……"

"没事。我再快也赶不上了……"她的语气仿佛是安慰小凌，"睡着走的，是福气。"她说完从地上站起来，腿坐麻了，走路有点不利索。凌跃扶她，刚走出练功房她便催他去忙正事。

"那您保重，"他松开自己的手，转身关门，背对着她哑声说，"我们等您回来。"

金铃子的葬礼在她生前常去做礼拜的一座教堂举行，其建筑风格中西合璧到不伦不类的程度。额枋上有正楷书写的"圣殿"二字，琉璃瓦铺就的亭式攒尖顶上立着十字架。教堂里的熏香味使人心静，全场气氛并无大悲大恸。但洪明念的墨镜下面泪雨潺潺，洪明澄甚至拄了拐杖。

与他们相比，蒋凤仪更像个前来吊唁的外人。除了洪家兄妹之外，她唯一熟悉的人是林如岚。岚姐今日一改随随便便的装束，勉强把自己塞进一件大码黑西服里，表情亦肃穆。前日就是她派人到机场接了蒋凤仪，又安排她暂住在自己的一套空房里，因为知道洪家吊客往来，非宾非主的蒋凤仪处境尴尬。

凤仪心里很感激。的确，她对这场葬礼的一切感到隔膜——环境、仪式、语言，当然包括静静躺在棺木里的那个人，她的生母、她一辈子没有开口叫过的"妈"。

幸而台前有牧师主持一切，她只须跟从他语调祥和的指令。听不懂也无妨，因为周围人的动作整齐划一，时而起，时而坐，时而静默，时而颂歌，在按部就班的步骤中将零落的依依不舍升华为送别与祝福。后来牧师不知又说了些什么，蒋凤仪的前后左右有一大片人跪在了长椅底端的软垫上。洪明澄也放开拐杖跪下了，洪明念没有。凤仪正在犹疑时，站在她旁边的岚姐低声道："不信教的话，不必跪。"

于是她站着没动。

洪明澄起身后拄杖走向台前代表本家致辞，说的是粤语。只有最后一句话他带着哽咽用北方的乡音重复了一遍："今日家慈暂别我们，是为了与家严在天国团聚。娘，我们为您高兴。我们……会想念您。"

有不少人轻拭眼角，蒋凤仪依然静立，不动。

仪式结束后，她随队伍走出教堂，走向山后的墓地，看到了漫山遍野的芒草。微风拂过，草茎低伏，宛如一头柔顺的白发，泛起淡淡金光。

金铃子与洪佑安合葬了。在地价高昂的港岛，这方墓地价值不菲。没有人注意到蒋凤仪何时将一件小物什放进了逝者的棺木。那是一块英纳格金表，出自半个多世纪以前天津老城的荟华钟表行。

蒋松霆续娶俞秋灵那天把这块表交给了凤仪，但她从不曾觉得它与自己有丝毫关联，只是它辗转多方，落在了她手里。如今尘埃落定，物归原主。

葬礼后，凤仪婉拒了洪家兄妹的一切款待，却被岚姐留住了脚步。她看出凤仪的衰弱神色显然不只是为了生母的离世。

入夜后，在兰珍小馆的档口，二人对坐，岚姐感叹洪家老太太一走，她再无地方可以听家常味的啰唆了。档主老阿婆的背比过去更佝偻了，但照旧手脚麻利地揩净了桌子，催她们点菜。"这里也可以，但要使钱。"岚姐言罢，故意东问西问惹阿婆白眼相向，最后还是点了惯常点的几样菜。

已入秋了，炉头的厨房佬仍赤膊上阵，在熊熊火光里抛镬快炒。那里菜未上碟，岚姐已经听明了凤仪用极尽克制的寥寥数语勾勒的伤心事。

"这么说你退位了？可以大胆饮冰的了。"她转头便叫阿婆加了冻啤酒。

"我以为我就够心狠了……你比我还无情。"

"你想靠着我痛哭一场也可以，我膊头够阔。"

凤仪摇摇头，"我哭不出来了。在葬礼上都哭不出来。"

"你摆进棺里一件什么？"岚姐突然问。

"你看见了？没什么，算是……我妈留的一件纪念吧。"

"你是来销债的。"

"还真差不多。销了一笔，还欠着一笔。我恐怕还不清了。"蒋凤仪双手蒙在脸上搓了搓，皮肤微微泛红，红色很快褪去了，面貌恢复黯淡，"我一宿宿睡不着觉，琢磨我是不是做错了、是不是不应该插手……还是，我插手太晚了？你觉得呢？你见多识广。"

"我唔知。"

岚姐掏出手机按灭了一个电话，关了机，抱起大樽冻啤吸了一口。她拿投资举例子，失败者总抱怨自己出手要么太早，要么太迟。她问凤仪是否知道投资成功的关键是什么。凤仪木然。

"信息。得信息者得财富。我若拦你买一支烂股，你一定会感激我。但……"

情感取舍不是股票买卖。数字面前，谁都愿耳聪目明，稳赚不赔；换作人与人之间，有"两情"的地方永远不会"两清"。她想救女儿，快刀斩去了男女之情的乱麻，却浑然不知母爱亦是绑缚。现在，游丝断了，风筝飘走了，除却目送，别无他法。

岚姐想起许多人评价凤仪的女儿长相不随其母，"但这一回，她行事好似你"。蒋凤仪没言语，连饮了几口杯中物，被岚姐按住了手，"你真的不唱戏了？"

"我要是还有心肠唱戏，还算人吗？"

"那你有心肠做什么？"

她又不语。

"别着急走。你要醉生梦死，此地最适宜。"

岚姐挪开凤仪的杯子，把她刚刚还回来的房门钥匙塞回她掌心，不容推辞地拢起了她的手指。

六花飞

蒋凤仪在香港隐居下来了。自国庆后她提出要退休，耳边就一直不得清静，旁人的好奇、关切、挽留以及风凉话确实使她急于找个地方躲起来。

为打消她的顾虑，岚姐建议她把灵姑姑也接来小住。尽管金铃子已经不在了，秋灵还是固执地拒绝来港，但她劝凤仪安心在那儿休整，还说五妹从老家过来看望自己，老姐俩难得团聚，况且家属楼里俱是熟人，她诸事无碍。

凤仪没再坚持，她太累了，累得仿佛这具钢筋铁骨的身体只剩层薄壳，勉强裹着一缕魂。她暂住的这间房子在寸土寸金的港岛算很宽敞了，装修简洁，全屋铺着手织纯羊毛地毯，但没几样家具。岚姐问她需要添什么东西，列个单子，她什么也不要，认为这样最省心。几天后，岚姐竟拉来了一架三角钢琴，是别人送给她做摆设的，她说自己不会弹，摆着落灰。

"我也不会……"凤仪怔望着几个工人将那亮闪闪的大家伙安放在空荡荡的客厅正中间。

"玩啦！谁要你做演奏家？"岚姐说着，伸出手在琴键上颇为粗暴地扫了个来回，杂乱而响亮的琴声在四壁间回荡，驱走了几分冷清。

几千公里外。

没有了蒋凤仪母女的剧团，台下的戏比台上更热闹。这一行儿讲究红花配绿叶，其实没有人天生甘当绿叶，只是要开成一朵冠压群芳的花，太难了。如今冠顶的那朵落了，众人争挂头牌，一到排戏码的时候就闹得火星四射，哪怕到了台上也有人敢明着怠工、暗着使绊。

新上任的团长是个上了岁数的老好人，谁也不愿得罪，只好到处抹稀泥。单位内部打得像热窑似的，剧场里却一天比一天冷寂。身为业务副团长的凌跃穷则思变。他听说市中心步行街上新建成了一座"世纪大厦"，正对十字路口的外墙是整面巨型电子屏。他有心斥资在上面做广告，为年末的封箱演出好好宣传一下。

团里的演员们齐声支持。这是露脸的绝佳机会，而且是大面积地露、滚动着露、露给千千万万仰头张望的人们。那些日子，凌跃家的门槛几乎被踏平。生旦净丑轮番与他较量，把口吐莲花、长袖善舞的本事全用上了。

这天晚上，一个旦角演员赖在凌家客厅里唱《贵妃醉酒》，尖利的咿咿呀呀在窄小的空间里甚是刺耳。凌跃和杨笑笑两口子不知挨了多久，卧室门突然开了，晓斌像个点燃了的炮仗似的冲出来，把桌上的几个礼品袋扔出了门，朝大人们嚷嚷："你们烦不烦啊！你走！你唱得难听死了！你们都不配挂头牌！"少年变声期的嗓音因气愤而更加嘶哑走调。

凌跃大惊失色，怒喝儿子："胡说八道什么！你小子要造反啊，快给阿姨道歉！"

"我胡说了吗？你不是天天在家转圈发牢骚吗！你怎么不敢说出来啊！明明是他们趁团长和小姑姑走了就要造反！"

"闭嘴！"凌跃气急败坏地抄起电视遥控器砸过去，没扔准，在晓斌脚下摔得七零八落。孩子没等他来撵，自己拉开门跑出去了。

凌跃脸上红一阵白一阵地向同事解释孩子快到青春期了，不听话……杨笑笑却口气很冲地打断了他："别废话了。他没穿外套就跑了，快给我追去吧！"

客人自然站不住脚了。

寒夜漫漫，晓斌被押回家后一声不吭地钻回小屋锁了门。凌跃喘着粗气坐在沙发上，端起了茶杯。

"凉了吧，我给你续点热水。"杨笑笑拦住他。

"没事。"他咕咚咕咚喝干了，猛地打了个寒战，"真是……人一走，茶就凉啊。"

"要我说，儿子把真话捅出来也挺好，省得你天天生闷气。团里有的人就是本事不大，心眼不少。"

凌跃没搭腔。老婆、儿子都睡了，他仍坐在客厅里摆弄遥控器的残骸，电视无声地开着，一直停留在戏曲频道。电视上正在回放今年"梨花奖"的颁奖典礼，尽管没开声音，他仿佛已经听到了恢宏盛大的背景音乐。现在多少人渴望踏着这旋律走上台前领奖啊，不惜砸钱、托人、排些千奇百怪的新戏……他犹记得十来年前蒋凤仪是在毫无准备的情况下得知自己获奖的，连领奖时穿的那条稍微鲜亮点的裙子还是他替她借来的。

凌跃终于放弃了修理那堆碎片，往茶几上一推，抬头时忽见舞台上的一排人里有张眼熟的面孔。是丁娟，她打扮得太保守，在一众盛装丽人之间反而显得特殊。自那年南下演出相识后，凌跃也在一些场合跟她打过交道，知道她没什么背景和心机，只是个本本分分唱戏的人。丁娟功底不错，只是神韵欠生动，蒋凤仪曾多次鼓励她要放开一点。如今她获了奖，凌跃有一丝宽慰，看来这年头踏实付出的人还是多少能得到回报的。

此后不久，凌跃敏锐地察觉单位里风向变了。大家从争戏变成躲戏，显然是要统一队形对付他。能挑大梁的全晾了台，只剩些二三路演员和龙套。等着瞧笑话的人很多，因为都知凌跃已经订下了世纪大厦的一期电子屏广告席位，到时候拿不出戏来，看他还端不端"前朝重臣"的架子。

出人意料的是，到了岁末，那座造型先锋的地标型建筑外部如约出现了一幅古色古香的海报——画面简洁，唯见细雨中的一把油纸伞，伞下微露女子的白裙，郎君的青衫。

《白蛇传》
丁娟　饰白素贞　卢荻　饰许仙
新晋"梨花奖"得主携手台湾杰出京昆小生　演绎经典
爱情神话
断桥不断　缘定永生
携手你的另一半，赴一场世纪之约
订票电话：XXXXXXXX
剧院地址：XXXXXXXX

丁娟和卢荻是主动找上门来的，在凌跃最心急如焚之时。这俩人原本不为演戏而来，此前更互不相识，只是他们共同想见的人没见到，却目睹了凌跃的难处，便一拍即合地伸出援手。凌跃深表感激，继而提议贴演丁娟那部获奖的新编戏，《美杜莎与许仙》，却被她红着脸回绝了。"那戏阵仗大，伴奏伴唱有几十人，布景也麻烦……咱们还是老老实实演正经《白蛇传》吧！"

卢荻也赞成，毕竟他这个许仙从未与"美杜莎"搭过戏。

广告效果是显著的，票卖得出奇好。戏本身不新鲜，但凌跃的宣传定位很精妙，把准了年轻人的脉。更助了他一臂之力的是：世纪大厦对面坐落着一家有名的婚纱影楼，许多新人都在化妆挑纱的间隙被那幅海报吸引了。

跨年夜，20世纪的最后一夕，剧场里大幕拉开的同时，商业街中心的巨大电子屏上出现了实时转播，堪称创举。在漫天飘飞的小雪里，熙熙攘攘的行人被不知何方飘来的一曲仙乐勾住了耳朵，驻足在街头，遥望大屏幕上春和景明的西子湖畔——那里也有往来如织的游人，一行行、一对对，偕入湖山美景深处。男女老幼齐唱着一支船歌："最爱西湖二月天，斜风细雨送游船。十世修来同船渡，百世修来共枕眠……"

这是卢荻出的主意。既然主要演员们内讧，那就请实习演员、配角、龙套甚至化妆师、盔箱师傅全部上台"客串"，在这个凄美的爱情故事开头渲染出一幅人间行乐图。

游人散去，白娘子和小青翩翩出场，已被铺垫好情绪的观众毫不吝啬地用掌声迎接她们。

独坐在倒数一排的宋庆红面无表情。前天她登上飞机时还像往年回国一样喜气洋洋，想着小憩一觉之后就到家了。到家后，却发现物是人非。父母是蒋家近人，竟不清楚来龙去脉。她立刻去问秋灵，老太太闭口不言；她跑到团里砸凌跃办公室的门，他躲着不见。排练场上的丁娟和卢荻，跟她一样满头雾水。

多么可笑！她从小到大最好的朋友飞到了大洋彼岸，而她一无所知，只能坐在这儿看戏，看这烂熟的、各个剧团长年反复上演的、她早已腻烦的《白蛇传》。蛇仙姐妹游逛人间，遇上一场意外的雨，修行了千年的白素贞只因那憨厚善良的许仙借了她一把伞便倾心相许。

庆红在座椅上睡着了。故事还在徐徐进行着，讲述新婚夫妻的甜蜜与缱绻，直到某一日，许仙对妻子起了疑心，端阳节故意劝雄黄酒，令白蛇现了原形……

街头的雪越下越大了，被电子屏照亮的那块夜空里，银珠粒粒分明。行人的逗留时间明显缩短了。但有一个男人始终没挪窝，怀抱着一个大硬壳册子，立在街边看戏。无人知晓他是何时站定的，但他个子高，在流动不止的人潮中很显眼。有些人本来没注意到电子屏，目光越过他落雪的肩头才瞟见半空中正在上演的那场戏，不禁讥笑："这么爱看，连张票都舍不得买？"

他毫无反应。看着看着，蓦想起丁娟进京首演《美杜莎与许仙》时，妻子叫他一起去捧场。他没去。她去了，还帮丁娟临时救场，演了仙山神将，武打激烈，又吊了钢丝，不免受了点皮外伤。

现在大屏幕上的这个"正常版"《白蛇传》虽无"空中飞人"，一招一式的打斗也足够精彩。铿锵的战鼓刀剑之声吵醒了庆红。

身怀六甲的白娘子终难敌金山寺众人，小青拼死血战，掩蔽她先行。白素贞虽是主角，这一场扮演小青的冯慧却也得了不少喝彩，因为功夫利落，且不失娇俏。冯慧是武旦，受过蒋凤仪良多指教，凤仪尤其提醒她，虽同顶一个"武"字，切莫盲目效法武生拳脚，反丢了旦角的美与媚。当初蒋凤仪还劝过庆红向冯慧学点武旦东西以拓宽戏路，还叫雏仪陪她练打出手*。不过庆红嫌踢枪太疼了，到底没练出来。

此时她望着舞台上表演愈加成熟的师姐，低落的心潮竟渐渐翻滚起来。白蛇青蛇杀出了金山寺，花惟柳悴逃至断桥边。白素贞触景生情，当日游湖借伞的一幕犹在眼前，如今断桥未断，她却已柔肠寸断了。而小青只有满腔怒火，扶剑唱道："贤姐姐虽然是真心不变，那许仙已不是当日的许仙。叫天下负心人吃我一剑！"

冯慧的嗓音并不出众，却唱出了小青对姐姐的心疼、对许仙的痛恨，引得庆红今夜第一次鼓掌。

掌声刚落，许仙就仓皇溜出金山寺来寻找妻子了。卢荻的扮相非常俊秀，神情更妙，一面急于见娘子，一面又畏惧手不离剑的小青，终于还是战战兢兢上前认罪，果然挨了小青掌掴，被追得满台跑。小青飞起一脚，许仙向前跃去，翻了个又高又漂的抢背。没有幼功的卢荻现在能做出这样难度的身段，实是苦练的成果。观众满意，报以喝彩。

许仙跪地连连求"娘子救命"。白素贞按下小青的兵刃，转眸看向许仙，一字一顿地问他："怎么，你今日也要为妻救

---

* 打出手，指"上手"与一或多个"下手"相互配合，作抛、掷、踢、接武器的特技表演，如拍枪、挑枪、踢枪、虎跳踢枪、前桥踢枪、后桥踢枪、乌龙绞柱踢枪以及连续起跳踢枪等，用 2 杆至 8 杆枪不等。

命么？"

许仙点头如捣蒜。

"你、你、你——"白素贞手指着他的额头，最后一个"你"字出唇，场边大锣猛敲一记，她随之唱起一段椎心泣血的控诉。

雪夜的电子屏上投射着丁娟的面孔，眉头的微蹙，唇角的轻颤，泪的欲落不落，甚至泪沟随着表情变化的下凹都展现得清清楚楚。至于她如泣如诉的唱腔，懂戏与否并不影响观者为之动容，因为人同此心，心通此情。那情……

是恨，"你忍心将我伤，端阳佳节劝雄黄"。

是悲，"你忍心叫我断肠，平日的恩情且不讲，不念我腹中怀有小儿郎"。

是怨，"你忍心见我败亡，可怜我与神将刀对枪，只杀得筋疲力尽头晕目眩腹痛不可当，你袖手旁观在山岗"。

是怒，"手摸胸膛想一想，你有何面目来见妻房"？

他没有面目……没有。头发上落的雪化了，蜿蜒下来。电子屏的强光照着他，来来往往的路人都能看到他满脸涟涟水痕。而戏里的许仙还在忏悔，在表白，"咫尺天涯见无缘……卑人心中似箭穿……得与贤妻见一面，纵死黄泉我的心也甜"。

白娘子心软了，小青却指着许仙啐了一声，"花言巧语将谁骗，无义的人儿吃我的龙泉！"双股剑在手，朝天蹬搬到头边，她在鞋底唰唰磨了两下剑，又朝许仙刺过去。

但夫妻俩终归和好了，观众也高兴。

庆红哭了。

散场后人去楼空，她还趴在前面椅背上不起来。许久，有人轻推她，她以为是清洁工，忙抹抹脸坐直了腰，"这就走……"

"红姑姑。"凌晓斌叫了她一声，递上纸巾。她愣了下，接过来用力擤鼻子，问："你小姑姑出事多长时间了？"

"一年多了。"

"你知道到底出了什么事吗？"

晓斌摇头。

"不行，我要找他问个明白。"

"我陪你一起去！"

晓斌噌地站起来，庆红这才发现他蹿个子了，快跟自己一边高了。于是她没拒绝，大晚上带着晓斌去了电厂。因为不愿跟传达室老头费口舌，她在大门外掏出手机按了电话号码，正思考着开场白时，晓斌扯了扯她的衣角，"小……小姑父。"

庆红几乎没认出那个抱着东西走下出租车的男人是陈石。形销骨立、胡子拉碴的他确实不是原来那个硬朗磊落的样子了。她拉着晓斌走过去，薄薄积雪吃掉了他们的脚步声，却没有掩盖出租车里传出的那个女声，"……很有前景。你好好考虑一下"。

庆红瞬间刹住步子。那辆车很快驶远，而陈石很慢地走过来，看到她后，走得更慢。晓斌撒开她的手，跑过去狠狠推了陈石一把，推得他跟跄了两步，怀里的大册子掉在地上，拍起一蓬干松的雪。陈石马上把它捡起来，掸去封面的雪珠。晓斌气鼓鼓瞪着他说不出话来，他也一言不发。

庆红抱着手冷笑了一声，"'若是喜新忘了旧，始好终弃骂名留。'我还以为你当初真听懂了呢。"

"我懂，我没有，从来没有……她，她是我大学同学……到北京办事，顺便来……"他没说谎，卞亚琪是作为赞助商到北京出席"梨花奖"典礼的。但他没讲完，因为意识到这种辩解毫无意义。多个骂名、少个骂名，没什么区别了。

"你没有？那宝儿为什么要走？你做没做对不起她的事？！"

"我……"他用沉沉的点头代替了后半句回答。

"你到底……"

他抢过她的话，一鼓作气道："我有事瞒着她。我……骗了她。害得她唱不了戏了，还……伤了身体。"

晓斌在侧，他不能也不想说得更多。庆红对这个答复当然不满。但无论她怎样追问他都不再开口，既没有提蒋凤仪委托律师摆到他面前的协议，也没有提齐克谐手书的字条——上半部分写给他弥留之际的母亲，下半部分写给他，"此去万里，勿念勿扰"。

午夜已经过了，庆红的手搭在晓斌肩上，慢慢在街头走。陈石最后告诉她，他没什么好解释的了，她想打他、骂他，都随她。他该。

　　她没打也没骂，更没力气像戏里的小青那样追着许仙满台跑。她只是疲倦地问晓斌："你要教训他吗？他不是小姑父了。"晓斌的拳头攥得很紧，可最后还是松开了，转而抓住庆红的手，拽着她离开了电厂大门。走出几百米，庆红无所顾忌地半唱半嚎了几嗓子，晓斌默默听着。过后，她声音沙哑着告诫他："凌晓斌，你给我记住。"

　　"什么？"

　　"你以后交了小女朋友，可要对得起人家。"

　　"你说啥呢……"

　　"我说认真的。不要害人家。"

　　"……好。"

　　"不要骗人家。"

　　"好。"

　　"不要……反正，不要做无义人啊！"

　　"好，我记住了。"

　　许多年以后，凌晓斌依然记得在那个"世纪之交"的夜晚，他从小就有点烦又有点怕的红姑姑叮嘱他的这几句话。

　　吕娜通过蒋雏仪结识他时，三十出头的凌晓斌已是一所重点高中的物理老师，学生们喜欢他，不仅因为他物理教得好，更因他歌喉堪比音乐老师，身手矫健又如教体育的。每年联欢会学生都期待他的小节目。那一年，他特邀吕娜携途途来看他的表演——《八大锤》里的陆文龙，英姿勃发的小将军。

联欢会后，凌晓斌拎着银枪，在雪后初晴的操场上向吕娜讲起那些往事，许多学生悄悄尾随围观，令她有些不自在。

"没事。现在小孩都八卦，比我妈都操心我有没有女朋友。"

"那你……"

"没有啊。"他坦然笑了，"以前有过，好聚好散了。我没做过无义人啊！"

"我也八卦一下……那个苗苗，后来……"

"你知道得这么多！"凌晓斌颇为惊讶，声音转低了点，"初一暑假，我跟我爸又下乡过一次，还真见到她了。她考上了镇上的中学……他，那时候已经去南方了，但还在给她寄钱……后来功课忙了，我就不再随团到处跑了。怎么说呢，无论如何，他在我心里……不是坏人。"

吕娜感慨良多。凌晓斌见途途盯了半天他那两杆银枪，便走开几步耍了个枪花，问途途："帅吗？"

没想到看过无数名家视频资料的小朋友耸耸肩，"Just so so."吕娜大笑，随即告诉女儿这样讲话不礼貌。

"没事……比起我小姑姑当年，我确实差远了。"凌晓斌抹抹汗。

"蒋姐真厉害啊。而且，她人也真好。"

他赞同地嗯了一声，突然用枪杆戳了下地，"哎，咱俩同岁，你这么叫，不是给自己长了一辈儿，占我便宜吗？"

凭栏人

《白蛇传》演出后，年长的戏迷们像发现了宝似的围住丁娟攀谈，而那些跑到后台要一睹"许仙"真容的姑娘们却不幸扑了个空。

卢荻下戏后匆匆卸完妆就走了，帽子都忘了戴，汗湿的头发被风吹过，他却不觉冷。身上穿的还是第一次来大陆时凌跃给他的旧军大衣，很搪寒。

夜里空无一人的剧院小楼里，"团长办公室"旁边的一间从门缝下透出光亮。"凌主任……哦，凌团长……"卢荻没有敲门，裹风挟雪地闯了进来。

凌跃一惊，看了眼表，"哎呀散戏了？我还说要去给你们献花呢……忙忘了……这次多亏你们……"卢荻略过了他的道歉与感谢，急于问出自己最关心的问题，"她……她们到底怎么了？你今天一定要告诉我！”

“……水凉了，我去打点热的。”

“不用，我喝冷的。”

“你忘了团长说的？热嗓子最忌凉东西激。”

卢荻只好坐等凌跃去打热水，无意间在桌上凌乱的纸页堆里瞥见一本打开的剪报册。他盯着那上面的小幅剧照，犹豫了一下，还是伸手把册子捧了起来。最近的几篇报道都是去年的，“‘活林冲’献艺国庆盛典，功夫不减当年”“男怕‘夜奔’——女武生蒋凤仪上演大成之作”……

“这可是我的宝贝。都是我们单位的光辉历史啊。”凌跃拎着暖壶走进来。

“对不起……”卢荻赶紧要将册子放回原处，凌跃一边沏茶一边说：“没事，你看吧。”于是他一直往回翻，虽说是剧团的历史，其实有大半笔墨都是围绕她的，最早的可追溯至八十年代初。卢荻不禁赞叹：“凌团长，你好用心！”

“没什么。角儿在前头拼死拼活，我这牵马坠镫的也就尽点小心思。”凌跃说完，看出卢荻马上又要奋起追问，索性告诉他：“这几天你估计也听到点风声吧，宝儿排练的时候身体出了点状况，辞职出国了。现在已经安顿好了，都挺顺利的。”

“那她和石头……？”

“离了。”细节处他不肯透露。卢荻愕然，遂问蒋凤仪的去向。

"团长也觉得唱了这么多年，烦了……想歇一歇了。"

"她不会的。她到底去哪儿了？"

"卢荻啊，咱们也认识好几年了，你不是外人。但这事，她有令在先，谁也不能告诉。"

"我很担心她。"

"这个你放心，她身体没事，生活上也不错。"

"我说的不是这些。拜托你就告诉我吧，让我去看看她，我很想她。"

"是啊，谁不想她呢。不光你，就连……"

"不一样。我，喜欢她。"

空气静了。凌跃试着理解他的意思，"你是说，你……敬仰蒋老师？"

"艺术上当然是。但我现在说的是，一个男人对一个女人的，喜欢。"

卢荻的表情真诚坦白得近乎稚拙，脸上微微的发红也并不代表羞怯，只因刚刚卸妆时动作太粗糙了。他迎着凌跃半惊半疑的眼神，耐心做了进一步解释 —— 是用平常语气说出的一句极不平常的话："不是喜欢，是爱。我……"

可惜这句话被凌跃慌张打断了。"等等，等等……"他嘴里念叨着，可脑子已经不转了，只觉自己口干舌燥，稀里糊涂地去桌上乱抓，不慎打翻了茶杯。幸好卢荻异常迅速地抢救了那本剪报集。

过了很久，桌面上的茶水仍在往下淌，一滴、两滴……

宛如长夜的脚步，在无眠人耳边逶迤徘徊。

　　蒋凤仪不知不觉坐在那架三角钢琴前面鼓捣了一晚上，因为怕扰民才终于停下来。这段日子以来，她已经摸索出一些门道了，毕竟她音乐天赋出众，而且十几岁进国营剧团后也补上了西方乐理知识。只是她从未想过与胡琴打了半辈子交道的自己有一天会靠钢琴解闷儿。

　　一开始，她像初学弹琴的小孩子一样，毫无指法可言。顺顺当当弹出《小星星》的那天，她也像小孩子一样开心，情不自禁地扬起了嘴角。那一瞬的快乐过去一会儿之后，她才恍惚意识到自己刚刚笑了。

　　一旦"快乐"被意识到，她就再也快乐不起来，似乎她的潜意识不允许自己摆脱痛苦的包袱。她忽然想起八十年代初"钢琴热"刚开始的时候，齐克谐也是想斥巨资给女儿买钢琴的。但小雏仪天天往剧团跑，一来二去地跟团里的琴师老何学起了拉胡琴。

　　"女孩子弹钢琴多有气质。拉胡琴……好像……不大好看……"齐克谐委婉地表达了反对，却惨遭母女俩的攻击。

　　女儿洋洋自得道："我才不呢。何师傅说了，胡琴比钢琴难多了！钢琴八十多个键，胡琴就两根弦儿，手上轻重差一点都不行。"凤仪也说："学这东西是图个乐儿，跟好看不好看有啥关系？她爱学什么就学什么呗。"

　　小雏仪得了母亲的支持，往剧团跑得更勤了。

早知今日……

她站起身，赤脚踩着羊毛地毯，无声地离开了钢琴侧畔，光洁如镜的琴面映出她茕茕渐远的背影。

除了在这架钢琴前消磨时光，林如岚还强拉着她逛遍了繁华之地的大街小巷。她说自己可以独立出门，不必耽误岚姐工作。但她定要相陪。从前来香港演出时，团里的女演员都免不了抽空逛街购物，只有蒋凤仪在酒店房间里闭关。岚姐曾好奇地用自己胖胖的手掐了一把凤仪的腰，大呼："你身材咁正，怎不打扮？"

其实她也爱美过，但留头发的极限是扎个短撅撅的小刷子，因为演生行的不贴片子，鬓边头发不能太长；高跟鞋穿不惯，也不能穿惯，否则上台穿厚底靴就该崴脚了；至于裙子，偶尔臭美一下，不仅自己走路别扭，别人看着更别扭，反而调侃。久而久之，这些事也就全放下了，放下了，也不觉怎样。

这回，岚姐似乎要帮她弥补从小到大的遗憾，是"恶补"，补得她闻见商场里的香水味就头晕恶心。走到外面，在人潮如织的街头，依然透不过气来，好像遮天蔽日的建筑群不过是层层叠叠的假布景，装束时髦、步履匆忙的人们在唱一场活色生香的大戏，可是没有属于她的角色。那是都市日常生活中无比真实的一隅时空，于她而言，却虚妄如泡影。

岚姐在她面前没有提过"戏"。只有一回，路过她每次来港演出的剧场，岚姐指着对面一爿名叫"星光之家"的小旅馆告诉她，中意她的戏迷不只是阔人、文化人。每逢她有演出，这间旅社必爆满。因为许多人在九龙上班，散戏后已无巴士，于是几个人合租一个小房间挤一宿，次日搭早班车回九龙，下班再过海来看戏，场场不落。她演几晚，他们便这样凑合几晚。

这些人身份普通得近乎卑微，有大厦管理员、钟点工、小摊贩。

凤仪不知岚姐何以了解到他们的情况，但她毫不存疑。戏的根在民间，在众生喜乐悲欢的交汇处。戏是最质朴的理想国，也是理想化了的家乡热土。

奈何如今她，有家难奔。

"走吧。"她记住了那家小旅馆的名字，走过了它。

蒋凤仪只身在港的消息终究没有瞒过小报记者。虽然在层出不穷的八卦资讯里，一则有关"富婆和名伶"一起逛街的报道并不算新奇，但还是成功引起了细心人的注意。

谢波和文虹在香港落脚三年多了，小文每天的重要工作之一就是收集各路报纸杂志的娱乐版面，她不只是关心丈夫参与的那些影视作品的成绩，更为了在字缝里寻找有无关于意外事故、人员受伤的蛛丝马迹。因为小谢一向是报喜不报忧的。

这天小文一边练习和面包饺子，一边歪着头看报纸。儿子上幼稚园了，所以她现在多了些闲暇，惦记着去探班。她捏完最后一只饺子，扶桌站起来，吃了点力，因为肚子里的第二个孩子已经显怀了。也因此，他们今年不能回家过年。

饺子包得不齐整，好像散兵游勇，但没关系，小谢不会嫌弃。她把砧板端起来，骤然发现了被压住的一小块文字。读毕喜不自胜——她想当然地以为蒋凤仪是带团来演出的。小文讲不好广东话，平常不太敢打电话，此时也顾不得了，直接拨给剧场要订票。鸡同鸭讲半天，她听明白了，"蒋凤仪剧团"并没有来。

她带着饺子来到片场时，看到谢波正把脚搭在一处栏杆上压腿，旁边有个瘦削少年，冬天还穿破洞牛仔裤，白T恤的袖子卷到最高，成了个背心，身上尽是泥点，姿态却悠哉，叼着烟趴在栏杆上，也递给谢波一根。

小文立刻皱了眉头，不过谢波倒是摆摆手没接。她走到近前，难免被小谢责怪了一通，怪她这几天害喜反应刚好一点就往外跑。见了饺子，他又要贫嘴，"包得不错！不用咬就知道什么馅儿。"

小文无心跟他逗，只掏出一张纸巾递给旁边的少年，用蹩脚广东话问："尝尝吗？没有筷子了，垫这个……"

"谢谢师母！"对方张口竟是标准的普通话，扔了烟给她深鞠一躬，伸手拈起一只饺子塞进嘴里，连声说好吃。小文吃了一惊，不仅因对方的称呼，更因这个五官秀挺、身材直溜溜的"少年郎"原来是个少女。

"别胡叫！谁答应当你师父了？"谢波瞪了她一眼，转头告诉老婆，"这小孩，乔一恒，串剧组打杂儿的。"

"噢噢，小乔……"

"小乔可是大美女，你看她像吗？……哎，你今天怎么蔫蔫儿的，又吐了？"

小文当着外人，没提什么，只说出门忘了锁没锁门。

"那快回家吧，真是一孕傻三年。怎么来的？"小文不答，于是他拍了她屁股一下，又招呼乔一恒，"你，下工了吧？押送我老婆一段，盯着她打上车你再走。"

"Yes，sir！保证完成任务！"乔一恒昂首挺胸给谢波敬了个礼，在裤子上抹抹手，不顾小文的推辞挽起了她的肘弯，像搀太后老佛爷似的陪她离开了片场。

千秋岁

这天晚上，孩子睡着后，谢波和小文共同端详了很久那张报纸，确认图片上的女人是蒋凤仪无误，只是鬓边白发多了些。两人迫不及待给雏仪在电厂的家打了电话，接电话的是个喉咙粗哑的大哥，不耐烦地说他们打错了。

夜已深，小两口不敢再叨扰更多亲友，带着一肚子嘀咕却也睡不着。小文忽问起："今儿那小姑娘，叫乔一恒吧？是干吗的？"

"啥都干，肯卖力气。本来是群演，后来看她身板儿挺结实，就让她替女演员来点摔摔打打的镜头。毕竟是女孩子，背影儿瘦溜，不容易穿帮。你跟她聊什么啦？"

"她打听你的功夫在哪儿学的，少林寺还是武当山……"

"你咋说？"

"我说你是马戏团学的！你到底跟人家瞎白话什么了，她干吗叫你师父？"

小谢噗笑了一声，"我什么也没说呀，她非缠着我。我说有这工夫你去磨磨导演混个有台词的角色好不好……小小年纪自己出来挣饭吃，一点脑子都没有，不会挑轻省的饭碗……"

"自己挣饭吃？！"

"是啊，她说五六岁就跟着爹妈来香港了，后来她爸不在了，她妈也不管她了……也是，要是有人管，能这么野吗？我瞧这小老乡挺不容易的，就是有点傻……"谢波惋惜地摇摇头。

"我看是你傻了吧！你知道我今儿怎么回来的？"

"我不叫你打车吗？"

"的士站太远了，这姑娘怕我累着。"小文抚摸着谢波的脑袋，猛戳了一下，"她开小跑车把我送回家的！"

港岛的冬夜，在这世界上人口最密集的地方之一，人潮的拥挤并不影响寒风畅行。满街的霓虹灯招牌被吹得簌簌颤抖，镶红描绿的字体在卢获眼前几乎重影儿，这失焦的景象使他如在梦中，但他怀里抱着打包的老火靓汤，那温度是实实在在的。

他从未奢望有机会陪伴她度过寒夜。他责怪自己不应当觉得幸福，因为她正在经历不幸，是一种不同于过往皮肉之苦的痛楚。

来之前他心里并没有疗愈她的良方，直到走进那间公寓，看到了那架漂亮的三角钢琴。蒋凤仪对于他的到来当然意外，但也没轰他，轰也轰不走，只好任凭他每晚过来给她弹一会儿琴，没有太多交谈，她说要睡了，他就停下、告辞。有时她叫停了他还是不走，她就径直回卧室，他用琴声送她入梦乡，然后再悄悄离去。

他觉得自己有点像那个每晚给国王讲故事的人，只是那些故事能讲一千零一夜，而他不能逗留那么久。临回台北的前一晚，他把肖邦的二十一首夜曲从头到尾弹了一遍，仍逡巡不去，她便与他多聊了几句。

"你这钢琴是幼功吧？是自己要学的？"

"我妈妈让我学，我就学了。她天天看着我练。"

"你妈也会吗？"

"不会，但老师教我，她听多了就懂了，我出一点错她都不放过。不过现在家里的钢琴闲在那里，她真的学起来了，录音发给我，我反过来挑她的错，报小时候的仇……"

"挺好的。不在一个城市，她大概也是想儿子。"

之后很久无言。卢荻暗悔自己启错了话题，低头默默擦拭琴键上的指印。

"明天一路平安啊！"她终于端着水杯站起身，向他道别，然后懒懒迈出了步子。

在她身后，琴声又叮咚起来了。她本没留意，快走到卧室门口了却犹豫片刻，折了回来，等他一曲弹完，好奇问：

"你弹的这是……曲牌子？"

"听出来了？是【千秋岁】！我和几个做流行音乐的朋友重新编的曲，想试试做点不一样的东西。"

她摇摇头，"有点意思，但要唱的话肯定不行，合不上腔儿。什么锅配什么盖，老说要借鉴、要创新，怎么没见人家歌剧、芭蕾舞里拉胡琴、吹笛子？哎……又多嘴了，这些事我管不着……我睡觉去了。"

她抽身要走，衣角却被牵住了，尽管是非常快的一瞬。"等等，那我不弹了，你听我唱一遍吧……这是'拾叫'里我最喜欢的一支曲子，你听听我有没有长进。"

她想拒绝，想说自己不听戏，可是他已经从钢琴前站了起来，向她深施一礼。这一礼，他就不是卢荻，而是小生柳梦梅了。她无法，只好在地毯上靠着墙抱膝坐下来，脚边有本杂志，她随手卷成筒握着，掩饰自己心头浮起的一丝慌乱。

须臾，他迈台步到她面前，俯身抽走了那卷杂志——太湖石假山倒了，露出了一卷画轴，被柳生偶然拾得，以为画中人是普度众生的观音。他渴望着被她来度。

如果她能听到，听懂。

　　小蟾蛾，压的这旃檀合，便做了好相观音
俏楼阁。

　　这不是我第一次给你唱【千秋岁】，当然，你大概不记得了。七年前在高雄给你过生日我就唱过，因为曲牌名吉利，希望你千秋百代都过得快乐。那时我还不敢跟你多说话，更不敢期待与你有更多交集。

　　片石峰前，片石峰前，多则是飞来石，三生因果。

　　有些东西能看见、听见、闻见、尝见，可是说不出名字，更没什么因果道理可讲。如果我有机会遇见二十岁的你，我也一定会追求你，求你做我的爱人；如果我有才华为你拍一部电影，我也一定会视你为知己，念念不忘到生命尽头。可这些我都没有，但没关系，我拥有"现在"，已经非常满足了。

　　请将去，在炉烟上过，俺头纳地，添灯火，照得她慈悲我。

　　为什么不可以呢。有人说柳梦梅是在看清画中人不是观音也不是嫦娥而是人间女子之后才爱上她，但我觉得他在看到画的第一眼就爱上她了。不管她是佛、是神、是鬼、是人，只要有情，没有不能跨越的界线。周晏如老师说这是中国戏曲最朴素也最动人的力量。我就是上了那堂课才跑去学戏的。那种情感现实里没有吗？我不认为。

俺这里尽情供养，她于意云何？

乳白色的羊毛地毯吸附了卢荻的悠悠尾音。他挚诚地跪在地上，双掌合十，如在观音像前。

这厢头纳地，添灯火；那厢断肠人远，伤心事多。

他忽然抬起头定定望着她，重唱了最后一句。眼睛里有山水萦纡，茑萝幽蔚。

"俺这里尽情供养，她于意云何？"

她沉默得像一张画。他又唱了一遍。

"俺这里尽情供养，你，于意云何？"

"卢荻，我……"

那句话没能说完。时空像蓦然倾塌的太湖石，一切都翻转了。冥夜亮了，日光暗了，水凝固，山熔化，断处敞开了一线洞天，迤逦而去，是个陌生又熟悉的所在。

花草繁盛过，清波潋滟过，后来说弃就弃了，也不留恋。她自知还有长路要跋涉，无限风光在险峰。如今中途走不下去了，不知哪里伸出一只手，把她拉进一个温柔乡。

她以为那里尽是断井颓垣了，孰料荒芜的曲径尽头还有武陵源。他认为无一处不美，也竭力使她相信这一点。

她不信自己还是一幅精美的画；应该是一艘沉船，不知冷寂了多少辰光，忽被缓缓向上打捞，海水在四面八方包裹着，仿佛她又航行起来了，只是舱内空空荡荡，铜绿斑驳。她知道那不是真正的航行，在见到阳光的瞬间，漂荡就结束了。但这一程浮浮沉沉，很美。

在脱离海面之前，她仔细端赏，再次感叹他是个漂亮的男孩子。他对这评价有一丝不满，"我三十三了哎。"

"那该成家了。明天回去以后，提上日程。"

"我可以不回去。你愿意和我成家吗？在哪里都行。"

"不愿意。"

"因为你对我没有爱吗？"

"什么是爱？想守着一个人过一辈子，也指望他守我一辈子？确实没有。不光对你，对任何人，都早就没有了。人就是光溜溜自个儿来到世上的，敢自己来，还怕自己过、自己走吗？"

"我想人都是带着缺口出生的，能找到缺的那块就是世界上最幸福的事，那种心情就是爱。能找到已经很难得了，不能补上也没关系。只是你好像……没有缺口，不需要谁来补你。"

他是带笑说的，可是笑里藏着寥落。她语塞了一会儿，手搭在额上，仰面盯住天花板上落的一只小飞虫。很长时间以来，第一次提起女儿。

"宝儿那回问我，如果我怀她之前知道有个可以改变命运的演出任务，还会不会要她。"

"你怎么说？"

"我还没说她就捂了我的嘴。可能我真该一直一个人过，醒着在台上，睡着也在台上，生在台上，死在台上。那儿只

认生旦净丑，不认男人女人。女人，真他妈的不好当，我没
当好。我都当不好，怎么教女儿呢……"

"我刚才说错了。"

"什么错了？"

"你还是缺一块的。缺的不是哪个人，是戏。"

"不、不……戏，我……现在提不起兴趣了。"

"我会让你提起来的，我会帮你补上的！一定有办法的！
给我一段时间，我再回来找你。"

"可以找我。但有件事，我先跟你讲明白。"

"你说。"

"记不记得那年春节，你跑到我们家吃饺子？"

"记得。"

"你说，想拜我做师父。那天我没答应，今儿我答应了。
下回你来，正式拜我。"她平静面对着卢荻眼里汩汩泛起的波
澜，补充道，"不愿意也可以，随你。但不拜师的话，以后不
必再来找我。"

沉船出水，海面如初，但每一滴海水都清楚自己失去了
什么，离它而去的，也知断舍是另一种完成。

留
客
住

　　谢波为了打探蒋凤仪在香港的下落，连续一个多礼拜在剧组迟到早退，也是为了躲那个追着他叫师父的黄毛丫头。她和别人说话时讲一口地道粤语，唯独用普通话和他闲聊，三句话不离"功夫"。

　　自打他从小文口中知晓了十七岁的乔一恒是个开跑车的富家女，他就避免在休息间隙再和她侃大山。尽管他对她有点好奇，但想着这部片子杀青后大家各走各路，所以他并没有当面问过她，她千方百计向他请教南拳北腿时他也尽量敷衍而过。

　　突然有一天，乔一恒在片场火了，大家都在疯传她暴揍男主角的壮举，各种细节飘进了谢波耳朵里。

　　那是乔一恒第一次替女主角演"武戏"而非代劳摔跟头、

落水池之类没技术含量的动作。只因片中女侠穿一袭纱衫，男武行上阵实在太扎眼。穿好服装化完妆的乔一恒别扭得连路都不会走了，披着飘逸假发像根拖把一样戳在墙边。但摄像机一开，"拖把"瞬间活了，矫若游龙地大耍九节鞭。那场戏谢波看后大为震惊，因知这样的软兵械比刀枪剑戟更难操控，而她学了两天竟能舞得鞭花缭绕，嗖嗖带响。

谢波看完这段，啧啧暗叹着离开了，没想到下一场戏乔一恒就闹出了乱子。那是个男主角在青山绿水之畔手把手教女主角习武的远景，结果却是乔一恒用九节鞭拴住了那位当红男星的脖子，又一脚把他踹得跪在了河滩上。

男星气急败坏质问她："剧本里让你打人了吗？"

她也一把扯掉头套，露出湿答答的小短毛，反问："剧本里让你摸我屁股了吗？"

"哇靠，你让大家看看，你有屁股吗？"

乔一恒没言语，抡起九节鞭又追着他跑出几百米。

片场人员互相转述这段对话时笑得肆无忌惮，有人说某某阅美无数，居然折在一个假小子鞭下，也有人说某某这么帅，估计有不少女人巴不得被他揩油……

小谢没听完，转身走了。凌晨收工后他离开片场，发现自己的车旁边停着一辆白色小跑，乔一恒正倚车抽烟，黑色圆领衫，大短裤，人字拖。小谢觉得倒比白天那个穿飘飘纱衫的她顺眼得多。

他走过去拍拍她的车前盖，"真够帅的，你这宝马衬得我那个跟驴车似的。"

乔一恒的眉峰耸了耸，掐了烟，真诚道："对不起啊师父，以前没跟你说实话是怕你不带我玩。今儿跟你告个别，多谢你这段日子教了我不少本事。"

"不敢当，我没啥本事。回去好好念书吧，这种地方不好玩，特别是女孩子……不过，你今儿那九节鞭耍得还真不赖，倒像个武生坯子。"

"真的？！你觉得我耍得还行？练这玩意砸了我一脑袋大包呢！"她听他提到九节鞭，眼睛亮了，真把短发参差的脑袋伸到他面前。他摸了一下，确实"硕果累累"。

突然她脖子一挺，抬起头来问他："你刚才说武生……什么武生？"

"呃，就是戏台上演英雄豪杰的呗。我也没跟你透过底，我原来在老家是京剧团的。"

"你们唱戏的，女的也能演这些？"

"能。我们团长娘儿俩都是唱武生的。"

"早说啊，师父，那你教我学京剧吧！就学那个……武生！"

"别介，我可当不了你师父……"

"我不让你白教。你说学费多少，我可以挣，不够我再找我爸要。"

"……你不说你爸不在了吗？"

乔一恒笑嘻嘻露出两颗小虎牙，"噢，我的意思是，他长年不在家。"

"嘿，敢情你家里有钱、父母双全。你这孩子，嘴里一句真话都没有啊！"

"有，我真喜欢功夫。你不是说我应该学武生吗！"

"不不不……你应该少看点功夫片和古惑仔。我那是随口一说逗你玩呢，唱戏这碗饭要是好吃，我干吗背井离乡来这儿？"

"逗我玩？"乔一恒忽然收起笑容，猛地拉开车门，启动之前怒瞪着谢波，像一匹鼻孔呼哧喷气、随时要扬蹄而去的小野马。她说："你和他们一样，和我爸我妈也一样，你们只认钱，就不信这天底下还有人不为钱活着！"

谢波愣住了，明知那是没吃过缺钱之苦的孩子才能说出的话，可他的心还是像被针扎了一下，终于没忍住，顶着乔一恒那台坐骑的轰鸣巨响喊了一嗓子："小丫头片子懂个屁……你别跑！"

几天后，在一棵大榕树的阴凉下，小文挺着孕肚、拉着小谢琼，旁观乔一恒操练十八般武艺。她比平时当替身、跑龙套时更卖力，因为谢波正在全面考察她有无学戏潜质。他看出她学得很杂，散打、杂技、体操，好像什么都学过，又什么都不像，但有一点他必须承认：这个女孩子的身体素质真棒。今天她额上戴了条吸汗的运动发带，脑门一露出来，眉扬目展，他好像已经看到她勒起头、扮上戏的英武样子了。

小谢琼早已惊讶得口水拖下一尺长，小文也不禁赞叹："我怎么觉得，一恒这跟头翻得比宝儿姐还溜？"

"净说外行话，跟头虫算哪门子武生？大角儿都不卖翻儿……唱戏唱戏，最起码得能'唱'！"

"那你教我几句。"乔一恒撩起 T 恤下摆抹去脸上的汗，在树荫下席地而坐，谢波也坐下了。"那我一句你一句啊！估计你找不着调儿。"他在大腿上拍着板，哼唱起来，"将身儿来至在大街口。"

"将身儿来至在大街口。"

"尊一声过往宾朋听从头。"

"尊一声过往宾朋听从头。"

"一不是……"

"一不是响马并贼寇，二不是歹人把城偷……实难舍街坊四邻与我的好朋友，舍不得老娘白了头。娘生儿，连心肉，儿行千里母担忧……"

乔一恒唱的声音很小，更谈不上韵味，但一串戏文那样自然而然、接近于无意识地从她唇间飘出来，无法不令谢波惊讶，"你会？咋不早说？"

"我也忘了我会……就会这一段。小时候我爸妈在广州做生意，把我扔在爷爷奶奶家。我爷爷天天带我去泡茶馆，好多人上台表演节目，我也想上，我爷爷就教了我这么几句，把我抱到桌子上站着唱……也不知道唱的是什么，就觉得挺好玩！"

谢波说她爷爷带她去的地方估计是个票房儿，还告诉她这是秦琼戏，"我转行以前演的最后一台戏就是全本秦琼。我儿子的名字也是打这儿来的"。

浓密的榕树枝叶之间流泻着日光，小谢琼正在追着踩那一地圆圆的光斑。小文走过来递给乔一恒一瓶水，问谢波："你瞧一恒到底能不能学戏？"

"能……学，"他茫然托着腮，"可是找谁学呢？"

"你说的那个团长呢？她在哪儿？我去找她学！"

小文默默地从包里掏出一张报纸。乔一恒接过去看，第一眼没注意蒋凤仪，却指着她旁边那个胖胖的身影大呼："是岚姐呀！"

"你认识她？"

"乔志强老想巴结她。"

乔一恒经常对父亲直呼其名。林如岚交游广阔，乔志强是她多年的生意伙伴，他为了拉近关系，还曾支使女儿拜她作契妈。乔一恒不愿，张口闭口以岚姐呼之。她敢叫，林如岚也敢应，反正只尴尬乔志强一人。

自这天之后，乔一恒在自己租的小公寓里连看了几天几夜蒋凤仪的演出资料，爱犬"八顿将军"趴在她身边陪着，被锣鼓声吵得紧捂耳朵。当她终于挂着黑眼圈关上电视倒头入睡时，蒋凤仪在她心目中的地位已经超越了所有大牌功夫巨星。过往的梦想如热气球般漂浮不定，现在，她感到自己稳稳降落了，落在一方朴素的台毯上。

一觉无梦，她搂着八顿睡得非常香甜。对于这个从小到大几乎没受过挫的骄纵少年来说，目标的确立和达成几乎是一回事，"事与愿违"是不可想象的。然而，在第一次当面见到蒋凤仪的几分钟之后，乔一恒就尝到了被断然拒绝的苦涩。

　　蒋凤仪离港之前，岚姐为她饯行。她是拖着行李箱来的，没想到包厢里有那么多人——除了久别重逢的谢波、小文，还有陌生的一家三口，居中的少女乍一看像个秀气的小男孩。当天乔一恒穿得整整齐齐，清俊的脸上收起了桀骜，坐姿更像个好学生。

　　但蒋凤仪从落座后就没正眼看过她。准确地说，在猜出这顿饭的涵义之后她便一言不发地埋头吃饭，不看任何人，直到扒完整碗米饭才撂下筷子扔出一句话："我不收徒，更不收女孩子。"

　　谢波想夸夸乔一恒出众的腰腿条件和耐力，还没张口就被堵了回来，"身板儿再好也不收"。

　　接着她又淡淡对林如岚和乔父乔母直言相告："岚姐，您的面子我也不买。乔总、乔太太，钱的事更不必提。"

　　说完这些，蒋凤仪只对小文露出温柔笑意，嘱咐她多注意身子，然后便拉起箱子告辞了，不许任何人送。岚姐清楚她的性子，只点点头祝她一路平安。

　　这场送行宴，她出席了不到半小时，说了不超过十句话。乔一恒始终痴痴盯着她，却没敢发一言乞求。她前脚踏出包厢，乔志强后脚就高声大嗓地训斥女儿："小懿，死心了吧！别瞎闹腾了！赶紧搬回家住……"

门外的蒋凤仪脚步顿了一下，心里恍了恍，仍是头也不回地走了。

碧窗梦

  乔一恒背着书包、拖着一只小箱子和一条沙皮狗出现在蒋家门外时，蒋凤仪带回来的行李还没归置好。前几天她从香港归来后马不停蹄地回了趟老家，请人修缮父亲留下的小院，打算收拾利落后带灵姑姑搬过去。秋灵很痛快地答应了，因为明白只要她们继续住在剧团家属院，凤仪就永远没有真正"退休"的那一天。

  所以此时，蒋凤仪面对着风尘仆仆的乔一恒，心里一点感动也没有，只觉计划被打乱的愤怒。但未待她发作，乔一恒从背包里掏出一只碗捧在手里，瞧瞧地上的狗，又瞧瞧她，恳求道："蒋老师，能不能先给八顿倒点水喝？我怕它尿，一路上没给它喂水。"

  颠簸了一天的八顿此时呼哧带喘。蒋凤仪揣着手没作声，却也没拦着灵姑姑把小碗接了过去。老太太倒了半碗凉白开放在地上，也递给乔一恒一杯水，和颜悦色问她："你这狗叫巴顿呀？巴顿将军的巴顿？"

她和狗同时开怀畅饮，喝完抹抹嘴回答："奶奶，是一天吃八顿饭的八顿！"

秋灵笑了，又说这楼里没人管她叫奶奶，还是叫姥姥顺耳。于是乔一恒立刻改了口。蒋凤仪一听，马上出言拦阻，"嘿，别瞎套近乎。你二位喝够了没有？够了我就送客了……"

她话音未落，乔一恒忽然惊恐地大喊一声："八顿！别……"可惜太晚了。这条刚补充完水分的狗在墙角翘起后腿，尽全力给这陌生的地界留下了自己的第一处记号——几滴热尿不偏不倚撒在了蒋凤仪过去练功穿的厚底靴上，靴面上的灰尘被冲掉了一些。

蒋凤仪气疯了，火儿却发不出来，因为她断定狗听不懂人话；而听得懂人话的那个，比癞皮狗还赖皮，趴在地上一边擦狗尿一边央告："蒋老师，让我留在你们家干活赔罪吧！干什么都行！"

"什么都甭干！你快走！"蒋凤仪强捺着怒火躲远了一点，烦躁又无力地指指门口。

八顿似乎察觉了狗在屋檐下的处境，于是蹭到比较和气的那个陌生人面前摇尾乞怜，毛茸茸的尾巴尖扫过秋灵的脚面。老太太善心一动，做了主，"大晚上的，你叫这小丫头走哪儿去？有什么话明儿再说吧。"说完就回屋去给这不速之客找被褥。蒋凤仪无奈，勉强同意乔一恒在沙发上借宿一晚，并警告她看好自己的狗。

"您放心！八顿认清家门以后就不会乱尿了！"

凤仪闻言眼睛一瞪，"不敢当，我们家攀不起这贵客。"乔一恒低下头吐了吐舌头。

"小义，来给我搭把手！"屋里传来老太太的招呼。乔一恒愣了下，见蒋凤仪从椅子上站起来，绕开八顿进了屋。回来时，她右胳膊夹着一床被子，左手把一只纸盒扔在地上，里面铺了条小毯子。撂下这些东西，她立即回到自己卧室锁了门。

是夜，在乔一恒枕边睡惯了的八顿锲而不舍地从盒子里往沙发上蹿，她只好小声安抚着一次次把它抱下去。后来八顿折腾不动了，终于在盒子里呼呼睡去，可是一恒久久睡不着，并不是因为睡沙发，而是因为睡了蒋凤仪家的沙发呀！她十指交叉枕在头后，脚踢开被子跷起了二郎腿。

过了会儿，吱呀一声门响，秋灵披着衣服悄悄走到了客厅。乔一恒欠起身，轻轻叫了声姥姥。老太太按她躺下，问被子够不够厚。

"够啦！我热着呢。"

秋灵指了下蒋凤仪的房门，"脾气大，心是好的。别怕。"

乔一恒使劲点点头，"我不怕！姥姥，我来这儿就是想……"

"我知道，但我告诉你，不可能。听话，明儿赶紧回家吧。"

少年眼里的星光暗了几分。但她在秋灵离开客厅前突然想起了什么，兴奋地牵住了老人的衣角，"姥姥，我刚才听您叫蒋老师的小名，好像跟我的小名一样哎！"

"是吗，因为她小时候叫蒋义，情义的义。"

"噢！我也改过名，我小时候叫乔懿，就是左边一个大写的壹右边……哎，就是笔画特别多那个懿，我上学以后嫌麻烦，自己改成乔一了。我爸妈说一个横道儿太简单了，我说那就叫乔一横呗……他们没辙，就给我改成乔一恒了……"

她话痨起来没完，秋灵怕吵醒了蒋凤仪，嘘了几声，"明白啦明白啦，你这小懿也是个不让爹妈省心的。快睡吧！"

早已废止一天两遍功的蒋凤仪习惯了睡懒觉，但每天睁眼时仍要恍惚片刻才能想起自己退休了这件事，故而这是她一天中最痛苦的时刻。今晨痛苦加倍，因为她想起昨夜家里多了一桩烦心事。

她鼓足勇气打开卧室门，客厅干干净净，人狗俱无。然而，没等一口长气呼完她就眼尖地发现乔一恒的行李还在，只是被塞进了沙发底下的一块空地，严丝合缝得好像它本该在那儿似的。

凤仪忍无可忍地拨通了岚姐的电话，站在窗前兴师问罪。岚姐笑得上不来气，说这个小魔头直到落地北京后才"贴心"地给爸妈报了个平安，她这个旁人又如何管得了？

"那我怎么办？她和她那个皱巴巴的狗赖在我们家了，还说要给我当保姆。"

"乔大小姐要当保姆，你就让她当嘛。反正嘴长在你身上，不愿教她就不教。我现在唔得闲，迟些再讲！"

挂断电话，凤仪靠在窗边揉着太阳穴俯瞰楼下人来人往，大部分是去剧团上班的，有的手里捏根油条，有的一路咿咿呀呀地喊着嗓子。她刚要转身却见灵姑姑在两个小家伙的陪伴下进了院门，满满当当的菜篮子拎在乔一恒手里，八顿走在前面，颠几步就停住回头望望。遇见熟人打招呼，秋灵便笑称一恒是她娘家亲戚的孩子。

凤仪叹了口气。这小人精专挑老太太下手，她倒不好直接下逐客令了，况且她深知叛逆期的少年最不惧正面打压，压得越狠，反弹力越强。岚姐说的有道理，既然这孩子要演卧薪尝胆的戏码，那她就看戏，等这娇生惯养的大小姐演累了自动退场。

于是乔一恒在蒋家住下了，果真干起了小保姆的活儿。蒋凤仪不会刻意使唤她，但也绝不拦着她辛勤劳动。她只有一道死命令：朝东的那间小卧室不许乔一恒进。

那是雏仪的房间。

其实她不用说乔一恒也进不去，因为门上挂着锁。但乔一恒明白，蒋老师是用这种方式强调了她的禁区。一恒牢记着出发之前岚姐的忠告：任何时候都不要在蒋老师面前谈论她的女儿。

一恒严格执行着自己的职责和承诺，蒋凤仪也恪守自己的底线：坚决不对一恒进行任何专业上的指导。

　　十七岁的乔一恒超过了考戏校的年龄，又达不到进剧团的资质，所以她每天干完了家务只能在家属院的空场上练基本功，练到汗流浃背，脸像蒸熟了的螃蟹。路过的剧团同事们有疑惑，有赞叹，也有的好心指点她几句。但蒋凤仪从不置一言，哪怕她看出这女孩子确实骨骼精奇，哪怕一恒不时出现的错误动作好几回急得她冒汗，但每次话到嘴边她都咽下去了。

　　不过，她终归暗示灵姑姑去提醒一恒不要在坚硬的水泥地上练功。结果一恒踩坏了草坪上几家人种的菜，道完歉又帮着抢救菜苗，事后拍拍满手泥，接着练起来。蒋凤仪得知后亲自上门赔不是。乔一恒不知情。不久后，那几家人主动把菜圃挪了地方。

　　蒋凤仪尽量躲着乔一恒，和她的狗。乡下的老院子开工了，所以凤仪三天两头跑过去监工。大部分时间，一恒和八顿与老太太共处，给她的生活增添了许多乐趣。家里又有人每天不停喊"姥姥"了，秋灵心里的滋味难以形容。一恒也像过去的雏仪那样心心念念地要学武生，她不敢在蒋凤仪面前提，便在老太太跟前念叨不休。秋灵苦口婆心地劝啊劝啊，劝不动，却也日渐清晰地意识到这个小丫头的性格和自己的孙女大不相同。

　　她没心没肺，想要什么就要，吃饭的时候坦然把筷子伸到最远的盘子里夹菜；不想要什么就不要，比如她从不穿内衣，秋灵私下说她，她昂首挺胸反问：我啥都没有，干吗费事？

她喜欢看血腥暴力的动作片、武侠片，同时，电视上一播卡通她也移不开视线，嘎嘎笑声感染得秋灵没法不跟着开心。相处久了，就连丑丑的八顿都在秋灵眼里有了美感，逢人就夸它那一身褶子叠得别致。八顿也对姥姥产生了信赖，于是每天傍晚一恒在楼下练功时秋灵便愉快地接过了遛狗的任务。

有一天，乔一恒已经把拧旋子、跑虎跳、砸蹍子、串小翻这一套基本功练了个遍，仍不见姥姥带八顿回来。她走到院门口等，居然远远瞧见八顿拖着绳子、抖着一身肥肉独自朝她奔过来，她马上反应过来，冲过去牵起狗绳，追随八顿原路折返，沿着夜幕下寂静无人的河滨小路找到了摔伤的姥姥。

这天晚上，焦急万分的蒋凤仪正准备报警时，一恒用轮椅推着秋灵进了家门，老太太脚上打了石膏，怀里抱着八顿。凤仪刚听一恒讲了个开头便已火冒三丈，"要不是老太太拦着，我早就轰你了！现在老太太为了给你遛狗摔成这样，你还想犯浑赖着不走？明儿……"

"犯浑的是你！"秋灵高声打断了她。

凤仪一怔。

"你这脾气是得改改，话都不让人说完！今儿多亏了八顿和小懿这孩子，要不然我没准回不来了！"

原来这一带最近常有人专抢老太太财物，秋灵遛狗时碰上了。一个小伙子以问路为名拉扯她，要抹走她手上的金戒指。秋灵因那戒指是她和蒋松霆结婚时打的，不肯撒手，结果不仅戒指没护住，人也被推搡倒了。歹人又看出一旁汪汪乱叫的小狗是名犬，想顺手牵走，被八顿咬了一口才仓皇而去，八顿也趁机跑回家搬救兵。它身肥腿短，实在累得不行。

凤仪听完老太太讲的缘故，低头盯着瘫软在地的八顿，半天没言语。乔一恒的神色没什么变化，只对秋灵说姥姥我推您回屋歇着吧。

夜里，蒋凤仪蹑手蹑脚走到客厅，借着月光打量了一下八顿的食盆，给它添了顿夜宵。她俯身瞧着它吃完才直起腰来，忽闻沙发上的乔一恒轻唤了声"蒋老师"。

她迟疑了一下，蹚过来道："吵醒你了？对不住啊……今儿是我错怪好人……和好狗了。"

乔一恒还没来得及说没关系就收到一个令她欣喜若狂的指令："明儿你跟我去一趟练功房。"

一
雨
金

蒋凤仪特意挑傍晚时分带乔一恒去了练功房，一路上仍几经寒暄。有人叫她"老领导"，也有的大呼"林教头"，乔一恒听在耳中，心怦怦狂跳。人们与蒋凤仪打完招呼都不免多看两眼她身后的少年 —— 黑裤子，黑Polo衫，领子支棱着，比板寸略长的头发染得花里胡哨。

蒋凤仪被几个人围着问候时，有个同事的小女儿凑到乔一恒身边，对她的银色耳钉产生了好奇，仰脸问她："小哥哥，你怎么只戴一只耳环呀？"

"这不是耳环，噢，我也不是……"乔一恒话未讲完，那位同事猛扯了孩子一把，匆匆走了。一恒耸耸肩，转头去欣赏走廊两侧挂的剧照，一些照片太老，照中人太年轻，但不妨碍她瞬间认出熟悉的身影。不过，她看出其中的武生并不都是蒋凤仪，比如"院庆传承版《林冲之死》"里从高台一跃而下的那个，人影虚成一道白光，足可想象其身手之矫健……

"快过来！"

蒋凤仪在练功房门口喊，乔一恒忙像小羚羊似的跳过去。屋里有一男一女，男的给蒋凤仪深深一揖，笑容满面道："主公驾到，有失远迎！"

"别闹！"她告诉一恒，"这是凌团长。"

乔一恒鞠了个躬。蒋凤仪又指着旁边三十多岁、头发盘得纹丝不乱的冯慧，让一恒叫姐姐。一恒态度很欢快，倒是凌跃和冯慧有些拘谨。

"这孩子学得杂，但腰腿功确实不错，也有点灵气。"蒋凤仪简单交代了几句，教一恒展示她的基本功。她非常卖力，跟头翻起来像风火轮似的，眼看就要翻到凌跃面前了，吓得他蹦开一步，"嚯，真够冲的！"

一恒得意地拍拍手上的土，征求他们的意见，"我再做点什么呢？我还会……"

"不用了、不用了，"冯慧赶紧搭住她的肩膀，"顺顺气儿，你跟我唱几个音。"一恒纳闷地扭头瞅瞅蒋凤仪，见她面无表情，只好犹豫着噢了一声，照猫画虎地模仿起冯慧的咿咿呀呀。

唱完了，冯慧对蒋凤仪说："有小嗓儿。"

蒋凤仪点点头，淡然看着乔一恒，"你不是喜欢武的吗？

冯慧现在是团里最好的武旦，让她带你练一阵儿；不想练了，随时可以走人。"

"什么，武旦？不不不，我不要学武旦，我来这儿是为了跟你学武生啊！"

"说过了，我不收女孩子。"蒋凤仪对一恒的满眼慌张和乞求无动于衷，她向那俩人略示意了一下，抬起脚就走了。一恒叫着"蒋老师"，想追随她回家，却被冯慧拉住了胳膊。

就这样，乔一恒不情不愿地学起了武旦。她在《盗仙草》《挡马》《扈家庄》几出戏里挑了《扈家庄》，只因扈三娘和林冲有一段对手戏。

冯慧教得尽心，一恒学得也快，毕竟这出戏武打激烈，令她感到很过瘾，一杆画戟耍起来如狂风暴雨，正花、反花、扔花、绕脖、翻身花……一个接一个，直到筋疲力尽才扔了画戟在地上躺成个"大"字形。冯慧无奈地叉腰俯视着她，"跟你说了多少遍？扈三娘一定要美，美！武旦首先是旦角。什么是旦角？"

"什么。"乔一恒闭眼躺着，任凭汗在脸上淌。

"是女人中的女人！你看看我演的时候穿什么。"

一恒睁眼时，冯慧正在脚上绑白布带子，绑好了站起来，人高了一截，脚下小荷才露尖尖角。

"慧姐！这是什么玩意儿？"

"这叫跷，也叫寸子。"冯慧踩着它做了几个身段，脆帅刚劲之外更添婀娜。

一恒对陌生的东西充满好奇，迫不及待要试试，冯慧给她绑好跷，还没叮嘱要领，她已经一大步跨了出去，瞬间摔了个狗吃屎。冯慧扶她时忍不住笑，"穿跷就是防着你迈大步，步子小了自然就秀气了。"

无论她如何劝说都无法阻挡乔一恒迅速而粗暴地解了跷鞋。

"哎，慢点，别给我弄坏了！十来年的东西了。"

那还是当初庆红和雏仪演《翠屏山》时蒋松霆和宋小五两个老头亲手做的跷。庆红出国后，团里没有花旦再愿意练跷功，蒋凤仪便把跷给了冯慧。当时她总偷着在武旦戏里夹带武生技巧，一双跷鞋使得她在刚与柔之间渐渐找到了平衡。

练功间隙，热心肠的冯慧问一恒："你是姥姥家的什么亲戚呀？宝儿在国外过得怎么样？我们不敢打听，但也挺惦记的。"

一恒嗯嗯啊啊敷衍过去，也试探着问冯慧："宝儿姐……她当初受伤很严重吗？"

"你觉得呢……唉，你岁数小，我不该说这个……不过我能理解蒋老师不教你学武生，太苦了。"

"这也很苦啊！而且我不喜欢，也不觉得它美！"一恒指着跷。

"是，学戏都苦，带武字的更苦。前两年我刚生了孩子嘛，想早点断奶，蒋老师说能多喂就多喂几天吧，给我在后台拉帘弄了个单间，有演出的话我婆婆就带孩子过来，我在后台喂他，喂完再上台。"

"反正一样苦，干吗不让我学武生！"

"还是不一样啊！比如，咱武旦就不用翻那个！"

一恒顺着她手指的方向望过去，三张桌子叠放在墙角，如一座高山。

姥姥摔伤后行动不便，一恒在学戏之余任劳任怨地承包了大部分家务。这天，老院子的施工出了点问题，蒋凤仪来电话说要晚点回家。于是，一恒在屋里一边擦地，一边大胆唱起"将身儿来至在大街口，尊一声列位宾朋听从头……"

姥姥正坐在轮椅上给她缝补磨破的衣服，听到她这几句，放下针线叹了口气，"小懿啊，咱不是学旦角呢吗。"

"我学不来啊姥姥！扈三娘不是女英雄吗，为什么要扭来扭去的？还有那跷鞋，她穿着它怎么打仗？太不现实了吧！"

"咱跟话剧、电视剧不一样，不求实。台上的女人就得比生活里的女人更有女人味，那才叫艺术。演的要是跟真的一样，干吗还看戏？"

"那我平常都没那什么……女人味，上台怎么能有？"

"学嘛！以前女人不能抛头露面，旦角都是男人演的，他们想了多少绝招儿啊，像这跷，一踩上就不一样了。男人都有本事把女人演好，你这么聪明的孩子有啥不行的？"

"男的能演女的，我为什么不能演男的？"

"演男的……以后是个大麻烦。"

"男的演女的是本事，女的演男的就是麻烦？姥姥，你不讲理啊！"

"男人女人的身子骨天生就不一样，跟谁讲理去？"

"有什么不一样？就因为女的要生孩子吗？谁说女的都得生孩子？我……"

"别胡说！"

一恒第一次见姥姥动怒，立马闭了嘴继续埋头擦地。秋灵无心再缝衣服，只静静坐着，直到八顿溜达过来把前爪搭在了她腿上。她抱起八顿凝望一恒的背影，半晌，恢复了平和语气，"你这裤子怎么又破了？这戏虽说难了点，也不至于这么费衣裳吧？"

一恒支吾着说没事，改天去买新的。

"练功穿新的，糟践东西。"秋灵想了想，叫一恒过来帮她推轮椅，推到了雏仪的卧室门口。

"姥姥！"一恒见老太太缓缓掏钥匙，忐忑道，"蒋老师不许我进这间屋……"

"没关系，给你拿两件我孙女的旧衣裳。我不说，你也别说。"

八顿挠着门，噉呜了一声。秋灵摸摸它的头，"好，八顿也不说！"

门被八顿推开了。秋灵自己转着轮椅进了门，来到衣柜前。一恒不禁迈步跟了进去。房间很小，一床一桌一柜而已，但陈设整齐洁净。乔一恒的目光被桌上仅有的几件物品吸引了：一只空着的花瓶，一只桐木笛盒，还有一把绿鲨皮鞘宝剑，红穗子垂在桌沿外，穿堂风吹进来，穗子轻轻摆了摆，一恒的眼睛随之摇漾。

"这颜色你喜欢吗？"

"喜欢。"一恒头也不回地作答，没注意姥姥手里是一条粉红色的裤子。

"行了，出去吧。"姥姥转过脸来，往桌上瞥了一眼，"老古董，没用了。"

老太太很快重新锁上了门，一恒蔫蔫地换上雏仪的运动装，说她去遛狗。姥姥把她从头到脚端详了几遍才不舍地叮咛："天黑了，注意安全。"

两个月后，冯慧向蒋凤仪汇报：一恒基本拿下了《扈家庄》，请她检阅。

那是个周末，为了不麻烦别的演员，蒋凤仪和冯慧亲自给一恒配戏，凤仪自然负责扮演生擒扈三娘的林冲。为了帮一恒入戏，冯慧特意给她扮上了全套——戴蝴蝶盔、插翎子、挂狐尾、身着红女甲。蒋凤仪走进排练厅时发现平常那匹小野马不见了，取而代之的是个鲜艳明媚的扈三娘。她毫不吝啬地给予夸奖："扮相挺漂亮的。"

从未勒过头的乔一恒演到一半已然头晕恶心，然而，看到林冲提枪上阵时，她又打起了精神。蒋凤仪并没换行头，而且很久没练功了，但和年轻气盛的一恒对打小快枪，仍游刃有余，速度稳压她一筹。

激烈交手后，蒋凤仪做了几个翻身儿，乔一恒三次大涮腰，俩人同时亮相。冯慧在旁由衷喝彩，"蒋老师，一恒的劲头真足啊！"

蒋凤仪把银枪轻放到墙边，随口道："太足了，不是扈三娘，整个儿是贴了片子的武松。"

冯慧哈哈大笑，说她已经比之前收敛多了。一恒在地上蹭蹭脚尖，朝蒋凤仪嘟囔："那你教我武松啊，林冲更好……"

凤仪假装什么都没听见，一阵风似的撤了。挨了头的一恒干呕了半天。此后，她继续跟随冯慧学习武旦行当。

又过了月余，秋灵的脚可以拆石膏了，凤仪带她去医院，一恒照常去团里学戏。出租车行至半路，老太太坚称自己出门前没关窗户，又念叨今天有大雨，凤仪只好让司机掉头。

下车后，老太太在院里等，凤仪独自上楼检查，一进门就见窗户关得好好的。她摇摇头，正准备再次出门，八顿却仰天大叫起来。她吓了一跳，不待安抚八顿便听到小卧室里传出"啪啦"一声巨响，仿佛什么东西摔得粉碎。

蒋凤仪的脑子一片空白，愣怔片刻后，脚步轻而慢地朝那个房间走过去。门上的锁完好如初。她颤抖着手摸出钥匙打开门，看到地上落满花瓶的碎瓷片，废墟中间站着脸色苍白的乔一恒，呆若木鸡地双手攥着那把宝剑。

在她身后，窗户大敞，飘飘拂拂的麻纱帘外面是一片渐渐洇开的墨云。凤仪一眼瞧出她是从隔壁姥姥的房间爬出窗户、踩着空调外机翻进来的。她所不知道的是，这不是一恒第一次冒险溜进来观赏这柄古剑了。

九层楼，她居然敢。

这个房间、这把剑，她居然敢。

凤仪踢开半只花瓶的残骸，踏着碎瓷走到一恒面前，每一步都从脚下发出轻微的碎裂声。她说："放下。"

"不。"

"你说什么？"

"我说不，我不放！"

乔一恒的声音也是颤抖的，可是字字干脆，眼神像是奇峰险壑之间的清泉，照着对面的一把火。在蒋凤仪准备动手抢之前，一恒抱着这把剑从她身边逃走了，骁腾如电，衣袂当风。

外面开始掉雨点了，秋灵不知凤仪为何去了那么久。就在她转着轮椅进入楼门的一刻，乔一恒冲了出来，她还没来得及叫"小懿"便见凤仪的身影紧跟着从她眼前闪过，疾追着一恒跑进了细雨里。

天边炸开一声惊雷，狂风四起。

剑

器

近

　　乔一恒抱着剑顶风冒雨往剧团跑，蒋凤仪穷追不舍。她上一次这么拼命跑还是十五岁的时候追一个小偷，浑然不觉危险，只想着自己唱戏挣的辛苦钱不能打了水漂儿。后来雏仪偶尔练功偷懒，她也曾追着打，但女儿有自知之明，往往逃不出几步就主动求饶。

　　眼前这个孩子却一往无前。蒋凤仪被她甩在后面，而且拉开的距离越来越远，只能盯紧层层雨幕之间的那抹流火似的红剑穗。幸好这天大部分演员去外地演出了，单位里没什么人目击这一幕闹剧。

　　一恒三步并两步地上了楼梯。蒋凤仪猜她要躲进顶层的练功房，于是抄近路上了楼，俩人在走廊里狭路相逢。一恒的头发湿了，衣服湿了，搭在肘弯上的剑穗也在滴水。她瞄了一眼咫尺之外比她更狼狈的蒋凤仪，只停了半秒就转过身去继续逃窜，鞋底在地上"刺溜"响。

蒋凤仪想也没想地继续追，直到一恒顺着走廊的窗户翻进了练功房，她也依样而行，动作自然比那十几岁的孩子慢多了。

她进屋时，一恒已抢占了屋内的制高点，在墙角摞起的三张桌子顶上居高临下地瞅着她。赛跑终于结束了。蒋凤仪站在原地喘粗气，忽然发现练功房的门是敞着的。她忍不住仰头大骂："小兔崽子，放着门不走，故意折腾我这老胳膊老腿儿？"

一恒显然也愣了一下，然后梗着脖子说："我习惯了。"

"习惯溜窗撬锁？行，你把我的东西还给我，趁早回你自己家去随便翻、随便撬。"

"你的东西，你为什么不用？为什么锁着它落灰？"一恒在高桌边沿坐下来，把剑放在膝上抚摸着，双脚悬空荡悠。

"你管得着吗？赶紧下来！摔坏了你，我负不起这责任。"

"摔不着，你也不用负责。我来这儿之前给我爸妈立了'生死状'，一切是我自愿的。"

"老话儿说'穷不读书，富不学戏'，你这孩子家里有钱，干什么不行？上哪儿不能找乐？干吗非缠着我！拜托你放过我吧。"

"我什么都不想干，只想跟你学戏。就因为我爸有几个破钱所以你不收我？"

蒋凤仪沉了一口气，如实答："不是。"

"那为什么不收我？"

"说过好几次了。"

"就因为我是女的，所以不管我怎么练，你连正眼看我一眼都不愿意，转手就把我塞给慧慧姐？"

"我看了不止一眼，但我不能教你。有一天你会后悔的。现在觉着好玩，以后……"

"就因为你女儿说她后悔了？"

乔一恒把岚姐的叮嘱抛在了脑后，在脱口而出的瞬间她几乎能从蒋凤仪的眼中看到闪烁的爆炸倒计时。窗外雨如瓢泼，屋里静得吓人。可是火山终究没有爆发，而是在潺潺雨声中慢慢冷却了，最后连一点火星儿都不剩。

那双熄灭了怒火的眼睛低垂下去，不再瞪着一恒了。一恒看不到她任何表情，只知她轻轻点了点头。

"那你自己后悔学武生了吗？"

一恒眨眨眼的工夫，发现蒋凤仪摇了摇头。于是她的胆子更大了一点。

"那你凭什么说我会后悔？后不后悔，只有自己说了算啊！你可以说我笨、说我功夫不到家，可是只因为我是女的你就不要我，我不服！你自己不是女的吗！"

她说完，脱了湿答答的脏球鞋抛到地上，不知从哪儿摸出一双厚底靴穿上了，猛地站起来，又抽出一条大带往腰上系，接着把剑挂在了屁股后面，头上身上的水珠不断从空中溅到蒋凤仪脚下。凤仪有点慌了。

"你要干什么？你别胡来！"

乔一恒的半只脚已经在桌沿外了。她盯着自己的脚尖深吸了一口气，抬起头时突然眼睛一亮，冲门外扯着嗓子嚷了声："凌团长好！"

蒋凤仪下意识地转身张望 —— 门外空无一人。

砰 ——

"小懿！"

蒋凤仪两大步跑到"高山"下，乔一恒已然落地了，仗剑站在原地保持着亮相姿势一动不动。凤仪抓住她的胳膊不放，好像生怕她再逃。"伤着哪儿没有？脚腕子？膝盖？……怎么不说话？吓着了？你也知道怕？你这小混蛋，这是闹着玩儿的事吗！"

一恒面对着蒋凤仪的满脸惊惶，开心笑了。

这些日子以来，姥姥每天把"小懿"挂在嘴边，蒋凤仪一开始还会偶尔误以为是叫自己，后来就识相地一概不响应了。她本人对乔一恒保持着稳定的漠然，连一恒的大名都不曾叫过，在必须招呼她的时候，只用语气词"哎、喂、嘿"……但在乔一恒刚刚"云里翻"的一刻，蒋凤仪无法再表演铁石心肠。因为她从没见过一恒练下高儿，这孩子学过的体操、散打、杂技的那点皮毛里不包括这样危险的技巧，在剧组做"飞檐走壁"的替身更少不了系钢丝绳。

然而那个堪称武生绝活的"云里翻"，她居然完成了，而且毫发无伤；幸好毫发无伤。

"我不怕啊，我也没闹着玩！这东西我翻过几百次了，不会出错的。我不做没把握的事。"一恒的小虎牙露出来，笑容天真而狂恣，"慧慧姐说武旦不做这个，武生做。你看，我可以的，真的可以！"

凤仪问她什么时候练的，怎么练的。

"就……每天晚上翻窗进来练啊。"一恒若无其事地抠了抠窗框下锈迹斑驳的插销。

每天上午她随冯慧练完武旦功夫之后便悄悄把插销打开。晚饭后她说是出门"遛狗"，其实是带着八顿潜入锁了门的练功房，借着手电筒的光亮练"私功"。八顿静静贴地趴着，听到动静就给她放哨，所以她无一次被人抓现行。

"难怪'遛狗'遛得狗越来越胖，人越来越瘦。"蒋凤仪自言自语着重新打量面前的少年。

一恒身上的衣服是雏仪的，木板身材的她穿着有点宽松，所以腰间的大带系得格外紧，又因不会打结，几乎系成个死疙瘩。凤仪伸手给她解了，重新打成一个平整的"介"字结，顺便告诉她：女人本就比男人腰细，大带不要扎这么紧。这低头的工夫，她瞧见一恒脚下厚底上的一块黄迹，立刻认出这是自己被八顿尿过的那双练功靴。当天她毫不留恋地把它扔了，没想到被这孩子捡了回来。

这一天，秋灵终究没去成医院。她坐在家里听着雨声，焦急等候，终于，八顿警醒地竖起耳朵汪汪起来，两个人湿漉漉地进了门，擦头发时溅了八顿一身水珠，擦完了，俩人的脑袋都像是炸了毛的刺猬，一只花里胡哨，一只黑里杂白。

老太太坐着轮椅在厨房熬姜汤，一边熬，一边向狗絮絮念叨："不省心啊，一个比一个不省心……都不如你听话，还是八顿最乖了……"

蒋凤仪和乔一恒在不同的房间听到了老太太的抱怨，披着毯子不约而同地笑出声。

当晚，那把剑被放回了雏仪的卧室，乔一恒也仍旧睡客厅。但次日早晨她睁开眼，低头看到一双崭新的厚底靴，抬头看到门框上挂起了吊腿的绳套，两副。

半年后某天，乔一恒陪蒋凤仪去理发店。蒋凤仪是这家店的老客，理发师照例问："蒋老师今天还是只修不染？"

"不，今儿染一下。"

"就是嘛，还是染了显精气神！是不是又有演出了？还是要上节目？好久没在电视上看见您啦！"

蒋凤仪摇头笑笑。

这天店里的客人很多，她俩理完发后等了很久仍不见染发小工过来，蒋凤仪就坐在椅上盹着了。后来小工举着色板姗姗来迟，没敢马上叫醒蒋凤仪，而是和跷着二郎腿看杂志的一恒搭讪："你这头发都褪色了，黑的也长出来了，也补染一下吧？"

一恒随口说："行。"

"那你挑个颜色？"

她头也不抬地说了个颜色。小工愣了下，"你确定？"

"确定。哎，我帮蒋老师也选一下得了！"她撇下杂志接过了色板，端详半天后自信满满地指向其中一个，"染吧！包她喜欢！"

小工偷瞥了一眼垂头打盹的蒋凤仪，附和道："好眼光！"

蒋凤仪睡醒一觉后从镜中看到了身边的乔一恒，觉着哪儿不太对劲，半天才反应过来——原来她把一脑袋杂毛染黑了，与脸上那乌溜溜的眼珠和墨画似的浓秀眉睫更显调和。

"挺好，顺眼多了。"

"还有更好的呢！"一恒坏笑着目送小工带蒋凤仪去清洗染发膏。

洗净，吹干。凤仪的表情逐渐凝固，最后不得不戴上老花镜仔细确认——自己并没看错，镜中人确实是一头酒红色的利落短发。旁边的黑发少年上手摸了摸，啧啧道："时髦！"理发师和染发工也交口称赞。

她扭脸啪地打了下乔一恒的小爪子，"小兔崽子你又折腾我！拜师礼是多大的事儿，你把我弄得老妖精似的怎么见人？！"

"哈哈哈哈哈，什么老妖精！多像美猴王啊……"一恒捧腹大笑了一阵，猛然间像断了电似的安静下来，片刻后，屏息凝气地傻傻问，"拜、拜师礼……什么……谁……？"

蒋凤仪只顾在镜子前摆弄自己的一头火焰，根本没回答这个蠢问题。

舜韶新

在乔一恒正式拜师之前，蒋凤仪带她在剧团的练功房打磨了半年基本功。既然同意教这个女孩子学武生，蒋凤仪就必须按武生的标准重新锻造她的身体和思维。杂艺傍身的一恒已不是株幼苗了，所以凤仪必须下狠手修剪她那些野蛮生长的枝枝叶叶，不厌其烦地指出这样或那样"不美"。

乔一恒不解，武生又不是旦角，为什么要"美"？

蒋凤仪告诉她，戏曲舞台上的一切都是美的，痛哭不能流涕，杀人不能见血，手眼身口步无处不讲究，唱念做打舞缺一不成戏。

一恒觉得自己的脑子快不够用了，体力和气息也是。蒋凤仪甩给她两个字：戒烟。于是这个自十一二岁起就从老爹兜里偷万宝路的不羁少年戒断了嘴边叼了多年的嗜好。有时实在犯了瘾，她就在剧团后院溜达，向聊天抽烟的叔叔大爷们借一根。他们往往瞅她几眼也就慷慨与之了，顺便和她侃两句。"你就是跟蒋老师学武生那丫头？甭说，这眉眼儿扮上应该挺精神。""听说是老太太亲戚家的小孩？怎么舍得送来学戏？""是不是爹妈下岗啦？其实你上技校随便学点啥都比学这个来钱快！"

她在烟雾缭绕里笑嘻嘻说自己喜欢"飞檐走壁"。

"这孩子电影看多了？咱台上这些翻打可都是实打实的玩意儿，我要有闺女可舍不得她干这个。你瞧蒋老师家里不是有个现成的教训？……"

"得啦得啦，别提了，怪丧气的……"

烟抽完了，众人离去，偶尔浮上口头的往事也如烟消散，大部分人终究不在意练功房里少一个或多一个追梦的身影。

然而冯慧依旧关心着一恒的学戏情况，尽管她不再学武旦了，冯慧仍为她指点基本功，还给她介绍从前雒仪的练功方法。冯慧有一弟一妹，妹妹冯姣跟一恒年纪相仿，最爱看姐姐化身为小青或扈三娘满台飞舞。父母当初送大女儿上戏校是因为那会儿京剧舞台还很红火，后来就不行了，所以他们坚决不许小女儿重蹈覆辙。冯慧也舍不得天生心脏不好的妹妹吃这份苦，但她更不同意父母催姣姣随便上个职高，趁早嫁人。所以冯慧除了武旦戏之外，对于一切丫鬟、宫女角色来者不拒，专翻跟头的武行缺了人她也肯顶上，只为多挣点钱补贴刚考上高中的妹妹。

冯姣每个月都来剧团找姐姐，一来二去认识了乔一恒，渐渐地，她竟将对姐姐的关注尽数转移到了一恒身上。在她眼里，苦练枪棍的一恒比学校里那些打架出风头的男生厉害多了。一恒也觉得人如其名的姣姣很可爱，而且心细眼尖，往往能一针见血地点出她身上哪儿有进步、哪儿显笨拙。一恒有时笑话姣姣凡事离不开姐姐，暗地里，身为独生女的她其实深羡那姐妹俩的相亲相爱。冯慧知道一恒孤身在此学戏，且不曾听她提起父母，就连她平时穿的练功服都是雏仪的旧衣，故而冯慧只当她家里有"特殊情况"，不免对她更加关照。

　　冬去春来，乔一恒有好一阵不见冯姣来剧团，慧姐则每日忧心忡忡。一恒再三追问才得知姣姣因心脏旧疾复发休学了，手术不能再拖，但高昂的费用迟迟没有凑齐。她立刻跑去看望姣姣，还在医院花园里翻了一串跟头逗她开心，回家后就拿上钱包准备去银行。

　　蒋凤仪拦住她问清了原委。

　　不久后，凌跃牵头剧团工会组织了募捐，冯慧拿到这笔钱后坚决要看捐款人名单。"凌团，我没别的意思，就是想知道恩人都有谁。"

　　凌跃给她看了，单位几乎人人都表了心意，出了大数目的除了几位领导和蒋凤仪，竟还有一个名字是——"乔一恒（编外人员）"。

　　至此冯慧方知一恒家里确有"特殊情况"，只是特殊之处和她猜测的截然相反。再见到一恒时，她满怀感动而又心情复杂。一恒还是满头汗、一身土的老样子，坦诚道："慧姐，我在蒋老师家白吃白住白学戏，要钱没用，有钱也买不到姣姣那样的妹妹，你这样的姐姐。你让姣姣好好治病，她不是想八顿了吗，等她出院，我带八顿去接她！"

冯慧仍面带不安。

"慧姐，告诉你一个好消息吧！"一恒忽然转移了话题，"蒋老师答应收我为徒啦！拜师要有个'引荐人'，我写你好不好？"

冯慧真心替她高兴，而且比谁都清楚一恒学武生比学武旦适宜得多，但她对一恒的请求有所顾虑，"这是大事，引荐人要有名望的才好，我怎么够格呢……"

"怎么不够格？就是你给我引的路哇！"一恒指了指墙角的三张高桌，说话间又噌噌地爬了上去。冯慧仰头望着她矫健的身影，在心底真诚地祈愿她在这条路上走得顺顺当当。

武生名家"活林冲"蒋凤仪开山门收徒，没有几个行内人和领导、媒体得到消息，但在收徒仪式那天，乡间修缮一新的蒋家小院迎来了许多故交新友，包括刚出院的冯姣，年迈的岳鸿霞、白少杰夫妇，与蒋家有三代之交的宋小五，从香港远道而来的岚姐、乔一恒的父母，还有已经儿女双全的谢波、小文。

蒋凤仪收徒乔一恒的仪式是由凌跃主持的，一切流程、规矩循梨园行老传统，引荐人是冯慧，保人是林如岚，立有红纸墨书的"字据"为证。

岳鸿霞感慨，若在从前，这字据就相当于"卖身契"了。

"现在也是呀，只不过不是卖给师父，是卖给艺术了。"白少杰顺着老伴的话调侃，"孩子，你今后要受苦受难喽，可是希望你永远别'赎身'！"

乔一恒的妈妈悄悄用手绢抹眼睛，爸爸乔志强倒是想得开，"咱们管不住小懿，现在总算有师父能管她了，不是好事吗！"安慰完妻子，他又向蒋凤仪承诺："多谢蒋老师给孩子这个机会。学费、食宿我们一定给够，她要是在您家里上房揭瓦，您也记着账告诉我啊！"

蒋凤仪微笑，"揭瓦不至于，顶多弄坏几扇窗户。"

乔父不解，一恒则背着手忍笑低头，八顿悠哉从她脚边走过。

凤仪随后正色对乔父说："一恒学戏，也是帮我、帮我们这一行把好玩意儿往下传，是我该谢谢她。不必提钱，只要孩子学艺，爹妈别太心疼就成了。"

"您随便骂、随便打！我是打不动也追不上她了，您应该没问题！"

"别打……太重。"乔太太哽咽。

"妈妈，没事！"一恒小声说，"蒋老师也追不上我。"

笑声与交谈慢慢息止，气氛逐渐庄重起来。

所谓"拜师礼"，重中之重就是那俯身一拜。在众人的静穆凝视下，蒋凤仪正襟危坐在堂屋的椅子上，乔一恒就要走到她面前了，可是她忽然说"等一等"，然后从椅子上站起来转了个身，面对着蒋松霆和严松霁的遗像。

她后退了一步，屈膝跪下了。

"爸，我今天要收徒了。大爷、李老先生、罗爷爷，徒儿要收徒了。您几位我有的磕头拜过，有的没拜过，但在我心里，几位都是我的师父，都掏心掏肺地教过我。我没有师父们作艺的本事，学到的不及前辈身上的十分之一；我更没有老先生们教戏的本事，不知能把这十分之一传下去多少。但我会尽力而为。这些年我做了不少傻事、错事，只有戏台上这点事我自认为做得无愧于心。本来我不想再沾戏了，可是想想我这辈子只会干这个，也只干好了这个，不继续的话，太对不起那些教过我、帮过我的人了。今天我向您老几位保证，我教徒弟，绝不藏私，作艺做人，永无止境。"

她说完，在石砖地上郑重三叩首。

一身布衣布鞋的蒋凤仪未施粉黛，面上皱纹清晰可见，可依旧神清骨俊，在一恒"陷害"之下染的酒红色头发更衬得她气色不错。

那一席肺腑之言令在座众人无不有所思、有所忆，唯有带着唏嘘与祝福交织的心情默默注视她起身、归座，然后承接乔一恒的拜师大礼。一恒端端正正地跪下了，像蒋凤仪刚刚拜先师那样，也给她磕了三个头，又递上一盏香茶，清脆响亮地唤了声"师父"。她双手接过茶，扶一恒起来，四目相对，可鉴真心。

凌跃宣布礼成。乔一恒自此成了蒋凤仪的开门大弟子。

这一年，乔一恒十九岁，蒋凤仪五十有七。

拜师礼结束后，大伙儿都到屋外欣赏"保人"林如岚给师徒二人带来的礼物——整整一百株各色品种的梨树苗，装满了一辆卡车。乔一恒扶干，蒋凤仪培土，在院中种下了第一棵小树苗。随后，在场所有亲友结伴配合起来，把余下的树苗栽在房前院后，村里来看热闹的老乡热心地指导着他们，八顿更是兴奋地跑来跑去，努力在每个树坑里留下它的记号。人们也都努力记下自己种的那棵梨树的位置，计划着明春再来探望。大家忙碌到暮色苍茫，夕照宛如一匹锦缎展开在远山外的天际，闪闪金光落到眼前新绿的叶片上，每个人似乎都已开始想象这片梨树长成、开花、结果的盛景……

从此，蒋凤仪和灵姑姑在乡间住下了，当然还有乔一恒以及八顿。拜师前一恒哭着喊着以"做保姆"为名赖在凤仪身边，拜师后，凤仪请了个保姆操持家务，再不许一恒沾手任何杂事，就连一只碗也不让她洗。原因很简单，一恒现在是她的徒弟，徒弟是来学艺的。

三年后，这一百棵梨树真的长成了，而且周围渐次添了更多花果树木，前来拜访蒋凤仪的友人、后辈连吃带拿，从不空手而归。

这幢小楼的顶层是个刀枪把子齐全的练功房，蒋凤仪带着乔一恒在这里度过了无冬历夏的每一天。日子大部分时候是充实而平静的。只是每年总有一两回凤仪会安排一恒开车送姥姥去北京，隔十天半个月，一恒再过去把她接回来。

一恒发现，每次姥姥到北京小住期间师父总是话很少，也不愿活动，常常抱着八顿在院里的藤椅上从清晨坐到日落，好像在等什么人，又好像什么期待都没有。

偶尔一片梨树叶子落下来，她会端详很久、很久。

贰
拾

集贤宾

"三爷爷，生日快乐，寿比南山！对不起，我来晚了。"

寿宴迟迟未开始，想必是为等最后进门的这位三十出头的女士。她是从另一个城市开车过来的，路远，开了两天，在车上匆匆化的淡妆半掩倦色。

"好，好，宝儿快过来！坐这儿！"老寿星高兴地招手，指了指他和齐克谐之间的空位。齐钧广不作老太爷打扮，银发之下是一身白西装配黑缎领结，领边插了一朵小小的海蓝色襟花，在一众绮年玉貌的宾客中间依然是亮点。在座的有俄裔芭蕾舞者、黑人歌唱家、华人戏曲演员，足可凑起一台艺术盛宴——这是齐老先生多年以来经营演出经纪公司的成果。

他向大家介绍："这是我孙女宝笛。现在人齐了！"说罢，他敲了敲高脚杯，"欢迎大家来参加我的八十四岁生日派对！我从小就爱过生日，因为一过生日家里就请堂会，平常不许小孩看的戏都能看到，平常不许吃的东西也能吃到。中国有句老话，'七十三不说，八十四不讲'，我不管那套，活一天就要乐呵一天。就说这么多，大家干一杯然后快开饭吧，吃完饭各位该唱该跳的全都逃不过！"他用纯正的英文重复了一遍，大家都笑着随他举起了杯。

席间，齐克谐偶然瞥见女儿脚下的平底鞋，悄声问她："又是开车过来的？"她嗯了声。

"多累啊，也不安全。下回坐飞机，爸爸给你报销。"

"没事，我愿意开。"

"这次住几天？"

"不住了，周一没请假。"

她语气一如既往的淡。五年前她和父亲从国内移居至此。短短半年后，齐宝笛自己递交申请，转入了另一所学校，随后便在那座完全没有熟人的城市扎了根，如今她在一家运动康复中心做行政工作，过着自给自足的平静生活。她每个月会给三爷爷打个问候电话，但除却年节甚少与父亲联络。

齐克谐无奈点点头，又见她椅背上挂了个扎彩带的小纸盒，便问："这是给三爷爷带的礼物？"

"什么礼物？快给我看看！"老爷子耳聪目明，立刻放下刀叉朝她伸出手。

宝笛有点尴尬。餐边柜上摆满了已拆包的寿礼，俱是名牌贵物，她本想等客人散尽后再送上自己这份小心意的。眼下，她只得从身后取出那个盒子，"您上回说想吃绿豆糕了，我自己做了点，带给您尝尝。"

盒里整齐码着淡绿色的小方块，一口一个的大小，齐钧广吃了一块，惊道："就是这个味儿！不干不硬。华人超市卖的跟锯末子捏的似的，差点噎死我。"

为了这场派对，齐克谐特请了中西主厨来家里现场烹调，但此时三叔让他转告厨师不必做饭后甜点了。老寿星亲自给每位客人分了一块宝笛做的绿豆糕，果然广受好评。不一会儿，一个穿无袖绛紫色旗袍的女人居然端着空盘离座走过来，爽直道："老爷子，我能不能再讨一块！"宝笛抬眼望去，不大看得出这美人的年纪。

"不能白给，钟老板一会儿得多唱两段！"

听到三爷爷如此说，宝笛便站起来帮那女人盛点心。

"您一点亏都不吃！唱就唱！对了，这绿豆糕用的是猪油吧，比黄油……"她的目光转向宝笛，在接回盘子的瞬间，忽然怔住了。钟琴定居海外已将近十年，也与齐钧广的公司有过数番合作，但这是她第一次见到齐老的侄孙女。可是……

"是我自己熬的，您不吃猪油？"宝笛见她端着盘子迟迟不动，有点纳闷。

"噢，我吃、我吃！谢谢你……"她站在原地把绿豆糕塞进了嘴里，眼睛仍一直盯在宝笛脸上。

饭后，精彩节目一个接一个，自然有人惦记着钟琴刚刚的承诺，催她快点开唱，"来一段你的拿手戏，《马前泼水》！"

"你们烦不烦，天天过泼水节呀！我今儿给你们唱点新鲜的。"钟琴环顾四周，走向屋内一角的台球桌，拿起了两根球杆。

有人瞧出了端倪，"还抄家伙了？虞姬舞剑？也不算新鲜。"

"说对了一半！是尤三姐舞剑。"她说完，连舞带唱起来，紧窄的旗袍毫不影响舞姿翩跹。大家静静观瞧，只有齐老先生敲着板眼，哼起胡琴曲调为她"伴奏"。

"冷面冷心一枝柳，不识春风与绣楼。相逢一顾五个秋，想玉容歌管尚淹留。氍毹方寸千骑走，立谈死生少年游……"

钟琴最后仰面下腰至几近贴地，以捞云望月的身段定在众人面前，在场两位金发碧眼的专业舞蹈演员亦为之赞叹。但谁都不知道她唱的这是哪一出儿。

半晌，齐钧广摩挲着手杖笑说："这戏倒不新鲜，本来也没这一段舞剑。当年兵荒马乱不上座儿，有个小戏班子就给尤三姐加了点俏头。我跟这班子里的人有些交情，顺便帮他们填了这几句词儿。前一阵子钟琴说想贴这出戏，我想着外国人也爱看花哨的，就把添的这段告诉她了。你们爱看的话过些日子买票给钟老板捧场啊！"

有人恭维道："原来这段戏是齐老的功劳！"

"不是。那会儿台上的好玩意儿都是大伙儿一起攒的，只不过我活得长，今天还能在这儿说嘴。"齐钧广言罢放开手杖，从容起身宣布，"腿坐麻了。放音乐吧，开舞。"

上来第一支舞就是热情奔放的吉特巴，齐老邀了钟琴，各人也都寻了舞伴，伴着爵士乐的节拍摇摆起来。齐宝笛托腮坐在桌边，一双双欢快的脚步在她低垂的眼帘之下来来去去。后面的舞曲渐渐节奏和缓了，父亲请她跳一支，她没拒绝，因为再坐下去就要睡着了。

趁着这支舞的工夫，难得与女儿说上几句话的齐克谐不免问了许多琐碎问题，而她的回答照旧简略。少顷，女儿突然主动开口："三爷爷还是那么精神。"

"是，比我有精神，天天晚睡晚起。"

"爸，那个钟琴，是什么人？看着年轻，派头挺足。"说话间，那抹紫旗袍裹的婀娜身影一晃而过，手挽今夜的第三个舞伴。

"她……得奔五十了吧。"齐克谐的声音放低了点，"听说当初是公派出来演出的……"

宝笛若有所思，半天没再吭声。

"三爷爷刚说的那个小班子，就是你姥爷年轻时候搭的班儿。"

"我知道。"

"最近给姥姥打电话了吗？"

"每礼拜都打。"

“宝儿……你妈……前几天又给你汇了半年的钱。”

“不要。我挣的够花。”

“你这边不要，她那边也不让我退……”

“那你自己留着吧。”

一曲未完，宝笛松开了父亲的手。回到座位没几分钟就连续有两位男士来邀舞，她歉然摇摇头，走到后院去透气，再次撞见了那个窈窕背影，只是她的紫衣在夜幕下难免黯然失色。

“……你不是说来接我吗？开着我的车上哪儿鬼混去了？……那你让我怎么回家？……胡说八道，我在人家这儿过夜算怎么回事……少编排老娘，明儿我要看见车，但别让我再看见你。”

钟琴挂了电话，一转身，俩人面面相对。月光微茫，其实看不清眉目，但宝笛耳边有一点闪烁的红亮，使钟琴念念不忘。

当晚临近午夜时分，钟琴搭齐宝笛的顺风车回了家，下车前道谢连连。宝笛简短说：“您别客气。晚安了！”

“要不要进来坐会儿？或者在我这儿凑合一宿？自己开夜路多吓人呀。”

“没关系，我习惯了。不打扰您了。”她的手一直没离开方向盘，但见钟琴还盯着她不放，便直问，“您还有什么事吗？”

“噢，我……我看你这耳坠子挺好看的！在哪儿买的？”

宝笛不禁愣了一下。当初这副镶红宝石的耳坠躺在行李箱深处随她漂洋过海而来，但那些行李全不是她自己收拾的。这次赴寿宴不好打扮太素净，她又不愿另买新的，只得戴上了它。太久不用的耳洞此时已微微发疼，她便毫不犹豫地摘了坠子托在手上给钟琴看，言语却有些含糊，"这个吗，我也不知道在哪儿买的。别人……送我的。"

"是猫头鹰吧，挺少见的，咱中国人觉得夜猫子不吉利，外国人管它叫智慧鸟……刚才跳舞的时候我跟齐老聊天……听说你不是干我们这行儿的，不知道你平时看戏吗？认不认识有个挺有名的女武生叫……"钟琴拉拉杂杂说了很多，最后才轻道，"我送过她一副跟这个一模一样的。"

宝笛听明缘故后心里并无太多波澜，只是不得不在片刻沉吟之后艰难承认，"她是……是我妈。这耳坠就是她那次演出回去以后送我的，但我不知道是您送给她的。"

相比之下，钟琴的表情更震惊。她与蒋凤仪虽只有过短短几天室友之缘，但她清晰记得那位身手不凡的蒋大姐当时颇自豪地讲起自己的女儿也是学武生的；而且，女儿随她姓蒋。

是夜，她并未追问宝笛弃艺出国的来龙去脉，但强拉了她进家门留宿。尽管自称独居，但钟琴家里散落了不少男性留下的物品痕迹。宝笛不甚介意，只想赶紧进客房躺下睡一觉，奈何对方沉浸在激动情绪里无法自拔。"你看钟阿姨这一副——"她翻出自己那对耳坠，猫头鹰的眼睛是碧幽幽的，

"东西不值钱，但缘分难得呀！"她摘了耳上的钻石，换上这一副，揽着宝笛在镜子前左照右照，"唔，我没见过你妈戴上什么样，她没耳朵眼……你戴着挺好看的！细瞧的话……你们娘儿俩眉眼还挺像的……"

宝笛始终没什么反应，而钟琴接近于自说自话地吐露了当年她那场冒险背后的一些隐情——是为了逃离她不爱的丈夫，是为了追随久别重逢的初恋，是为了摆脱体制内的纷繁人事，是为了兑现一种想象中的完美生活……究竟是为了什么，又真正得到了什么，千头万绪如今已难以厘清。

"哪儿都不是天堂，好在身上有这点本事，走到哪儿都能唱戏吃饭。这几年国内发展越来越好了，估计他们都笑我傻。我倒不后悔。"钟琴引着宝笛往地下室走，边走边说，"就是想起来总觉得有点对不住你妈。我们处了没几天，但很聊得来。她是个仗义人……不知道我那事连累她了没有……"

地下室被装修成家庭影院，隔音装备做得很齐全。钟琴从柜子里搬出许多音像资料，如数家珍，"我不能回去，这些都是前几年朋友回国给我搞来的。我自己不唱生行儿，可你妈的戏我真爱看。这个……五十年大庆这场《夜奔》，真是绝了，不瘟不燥，火候到家了！我看了数不清多少遍。"她说着就把光盘塞进了放映机，刚要按下遥控器却被宝笛拦住了，"钟阿姨，今天太晚了，先别放了吧……"

"对、对，我忘了，你肯定比我看得还熟。走吧，我带你去客房！我还想问你呢，怎么这两三年你妈都不上台了？教徒弟也可以偶尔露个面嘛。最近听说她教的那个小姑娘要登台了呢！"

宝笛跟在她后面，尽量语气平静地问："您从哪儿得的消息？"

"上网逛论坛呀！"钟琴回眸一笑，"你看阿姨还不落伍吧！"

夜深沉如水，陌生的床好像小舟，载着一颗漂泊的心溯洄某处。宝笛终于起身下床，赤着脚独自沿楼梯走入了地下室。遥控器攥在手里，按动播放键的下一刻，无一丝停顿地按了静音。没有窗的地下室一片漆黑，荧荧闪烁的画面上亦空旷寂寥，直到那个素衣黑帽的林冲扶剑带风而来。

齐宝笛看了一折无声的《夜奔》，但每句唱念、每支笛曲、每处锣鼓都伴随着戏中人的身段和口型准确无误地浮现在她脑海里，她控制不了。

她回想着，自己当时应该已经出院了，正在那间海景房里以泪洗面。可是台上这林冲演得真好啊，确实如钟琴所说，炉火纯青，万众瞩目。

她依然无法原谅她，此时此刻甚至更加不能原谅，但戏开演了，她忍不住继续看下去。新水令、驻马听、折桂令、雁儿落……山一程水一程地看下去，看到……

"适才间明星下照，一霎时云迷雾罩。疏喇喇风吹叶落，震山林声声虎啸，又听得哀哀猿叫……"

林冲的脚步越来越快，神情越来越仓皇。

"俺呵，吓得俺魄散魂消，似龙驹奔逃。"

齐宝笛的肩头不由自主地颤抖了一下，震落了眼眶里含了许久的泪。那是她最后一次排练时摔倒了再也爬不起来的地方，她的夜奔路就折断于此。而她永远丢失在这条未竟之路上的，远不止一个虚假的角色。

然而，她清楚自己的泪不仅为此。

或许还因为一个微小的细节，因为眼前的林冲在腾空摔叉落地之后、一跃而起之前，手扶了一下地。极轻极快的一下，除她之外大概没有人留意。这个动作并无含义。只是她知道，这位夜奔了大半辈子的"林冲"，以前从来不需要这个动作。

新荷叶

"有人周六去看省剧团的《八大锤》了吗？"

"谁演陆文龙？以前他们常贴这一出，这几年好像少了。"

"蒋凤仪的女儿演过。听说跟风出国了？她妈现在也不上台了，是不是也跑出去享清福了？"

"唱武生的到六十了还能上台？"

"蒋老师教学生呢。"

"我昨儿去看了！演陆文龙的好像就是她徒弟，也是个女武生。小姑娘才二十出头，挺卖力，但挨倒好了……"

"功夫不到家呗，腿都搬不起来。这戏就是看腿功啊！"

"幸亏我没买票。真是一代不如一代……这样下去京剧真是要亡了！"

"哈哈哈哈楼上，你亏大了！"

"一张《八大锤》的票，送了两段活林冲的《夜奔》！过瘾！感谢那几个起哄的老大爷！"

"什么？！蒋凤仪又夜奔了？"

…………

齐宝笛回到家已是周一清晨，她请了假，可是毫无睡意，几经辗转反侧后坐到电脑前登录了钟琴提到的那个网络论坛。彼时互联网在国内尚未全面普及，她没想到在新潮的"网民"之中竟存在着一个数量可观的戏迷群体——多数年纪不大，亦有退休人士；职业五花八门，不乏名票名宿。无论年龄、背景，大家畅所欲言，分享资料，交流看戏见闻，自然也时有激烈争论。

她在那个热闹的虚拟世界里游逛了两个小时，感觉像是用望远镜窥视一座老房子，一梁一柱都是熟悉的，但细看到处有陌生的痕迹，提示着她已离开太久。看着看着，她伏在显示屏前睡着了。醒来时天已黑透，她煮了碗面条端回桌上，随手刷新了一下页面，发现关于《八大锤》的讨论下面多了一篇跟帖，来自一位名叫"蛟蛟小画匠"的网友。

"乔一恒第一次登台，也许表现不够好，但我相信她会继续努力的！"

发言只有这一句话，底下是两张图片——手绘的人物速写，前一幅是耍枪花的骄矜小将陆文龙，头戴雉尾紫金冠，足踏厚底靴；后一幅是个身穿中式褂子的背影，跨弓步，拉山膀，面朝内侧台角，如眺远方。

铅笔勾画的寥寥轮廓，可是线条很生动，盯久了，仿佛有了色彩和声音。

"望家乡去路遥，望家乡去路遥……"

蒋凤仪是被乐队和观众"合谋"留在台上的。

一曲【折桂令】唱毕，台底下疯了，笛师鼓师也心情激动，吹吹打打的伴奏便没有停。于是她就继续往下唱了，虽未穿行头、腰无宝剑，但该有的身段儿一概没省，闪转腾挪的速度尽管比年轻时慢了些，也还是比观众们眨眼的速度快。

"叹英雄气怎消，叹英雄气怎消。"几个如风似电的掏腿翻身儿转过来，最后一个字刚好落地。她收了势，作个揖就跑。底下震天响的叫好儿和"接着唱"的高呼里夹杂着笑声，因为她实在太像个逃学怕被抓住的小孩。后面还有其他演员的戏，她不能搅和。

其实今天蒋凤仪根本没打算现身于人前。她是来给初次挑帘儿登台的一恒把场的。《八大锤》是武生开蒙的必修课之一，从头到脚若有稀松之处，一演便露馅儿。故而她教得极严格，一恒也练得极刻苦。

"师父，我去啦？"

"去吧！就当玩儿一样。"

蒋凤仪托着自己的小茶壶，漫不经心地点点头。她的嘱咐不是随便说说，因为戏里第一次上战场的陆文龙正是个玩心未泯的少年，横扫千军如儿戏。

一旁的冯慧将两杆银枪递给乔一恒，表情远比那师徒俩紧张。一恒接过枪问她："慧姐，姣姣来了吗？"

"那还用说吗！快上吧。别掉枪，搬腿稳着点！"

乔一恒扬了扬下巴颏儿，头顶的翎子昂然抖擞。前半程，这个年轻俊秀的陆文龙颇得了几次鼓掌喝彩，探海、涮腰、单腿托枪……一招一式都规范到位，耍枪花、抛枪接枪等花哨动作更迅捷利落，脸上也不紧绷，俨然是初生牛犊不怕虎的势头。

前排有一个斜扎麻花辫的清瘦姑娘膝上架着速写本，铅笔唰唰扫过纸面，后面的几个观众看看台上，又看看她的本子，赞道："真像！"

冯姣是在心脏手术后的休养期间正式开始学美术的。原本她只是画着玩，顺便记录一恒做得好和做得不好的身段，不知不觉画了一大摞。一恒一张张地看过，把这摞画塞进自己包里，揉着姣姣的脑袋惊叹："行啊你！"

很快一恒就为姣姣请了位美术老师做家教。

几年间，二人在不同的学艺路上齐头并进。如今，冯姣已是美院的一名大二学生，外出写生是常事，千山万水等着她去画，但乔一恒的飒爽英姿依然是她笔下反复出现的一道风景。

"一恒舞台生涯第一步，2005 年 7 月 5 日。"

冯姣在画纸底端匆匆写下一行小字，还没来得及签自己的名字就听见周围嗵的一声起了倒好儿。她抬头时只看到一恒的身子晃了晃，面带不悦地向乐池方向望了一眼，然后重新把左腿搬到了脑袋旁边，稳稳来了个三起三落。

站在幕侧的蒋凤仪攥着小茶壶，也皱了下眉头。

"大陆观众好严格……你挨过骂吗？"台下一位身着杏色套装的中年女士向旁边戴棒球帽、穿白T恤的挺拔身影耳语。

"还好，这里的观众确实比较懂。但……刚才也不全是她的错，鼓佬没配合好。"他小声说。

"蒋老师也教过你这出戏吧？"

"是。她女儿还专门陪我练了很久。这个戏是武生小生两门抱的。我腿功不行，她们教我突出表情和唱念。像这些技巧，我做不好……"他注视着台上金鸡独立舞动双枪的乔一恒，她的脸对于他而言是陌生的，但身手并不是。

一恒在观众们毫不留情的批评声里坚持演完了自己的戏，并带着陆文龙得胜的倨傲神色下了场。

"这个小姑娘不简单。卢荻，你以后当她的师弟要加油喔……"听到周晏如老师的调侃，卢荻的表情有一瞬的尴尬，但旋即眼睛亮了。因为四周突然响起热烈的欢呼。在鼎沸人声里，蒋凤仪走出了侧幕条，一路欠身微笑着走向舞台中央。

自香港一别，卢荻有四年零五个月没有见过她了。这期间他给她写过信、打过电话、寄过东西，也曾几度来大陆演出、深造，然而他从未踏入她那座乡间小院。此番在周老师的陪同下他终于来了，尽管自以为做足了准备，但还是在遥遥望见她的一刻乱了心中的阵脚。

眼前的蒋凤仪已是花甲之龄了，气色却远胜于他离开港岛时所见，眉宇之间疏朗豁然，头发比从前更短，而且染了酒红色。

大家的山呼海啸太热情，她连连拱手道："谢谢、谢谢大家……多谢大家还惦记着我，今天看见各位老朋友我也特别高兴，所以上来啰唆两句。刚才演陆文龙这个是我的徒弟，在台上洒汤漏水了，对不住大伙儿，是我教得还不够好。我不是让大家看在我的面子上原谅她。砸了就是砸了，活该挨骂。但我请各位看在我的面子上记住这孩子砸的地方儿，下回再赏脸看一次，要是再砸锅，我给大伙儿退票。"

说完她略躬了躬身便要下台，但此起彼伏的声浪堵住了她，不少老戏迷站起来挽留，"蒋老师别走！""蒋老师唱一个！"她顿了片刻，垂目仔细地将袖子挽起几折，笑说："行！唱什么？"应答声无比嘈杂，不过还是有一个提议格外突出——

"夜奔！"

"夜奔！"

"夜奔！"

她回到后台时，冯慧、凌跃和其他演员、工作人员都已几乎忘了一恒方才的失误，就连一恒本人也只顾眉飞色舞地嚷嚷："师父，您太棒啦！"

然而蒋凤仪面无表情，只对盔箱师傅说："给我拿个刀坯子。"后台众人都愣了，却又不敢违背老团长的命令，只好递了过来。冯慧壮着胆子劝："蒋老师，一恒没经验嘛，而且……"

她没搭理，要求一恒："伸手。"

一恒痛快地摊开手心，挨了木刀坯子几下打，围观的剧团同事们都不禁倒吸凉气，可她一声没吭。这时，门口忽有人曼声说话，"林教头，好久不见！我也给你送来一个自愿挨打的。"

大家应声回头，看到一位优雅女士笑容可掬地走进来。蒋凤仪怔了数秒，放下木刀惊喜地叫了声"周老师"，给了对方一个大大的拥抱。故交重逢之时，冯姣也夹着速写本钻进了后台，悄悄把一恒拉到角落里察看她的手心，顺便跟她咬耳朵，"外面有个大帅哥哎！"

卢荻是过了一会儿才走进来的。他摘下帽子给凤仪鞠了一躬，抬头时眼里月白风清依旧。他说："蒋老师，这次我来……拜师。"

当天乔一恒开车将周晏如和卢荻载回了蒋家小院，八顿见到生人一通上蹿下跳，姥姥则亲自下厨，和保姆一起操办迎客大餐。一恒在厨房帮忙，姥姥瞧着她垂头丧气的样子猜出今天首战不利，不免偷偷安慰了她半天。

晚间，残席撤下很久以后蒋凤仪仍在与周老师和卢荻畅谈。近年来周晏如在教书之余从事小剧场实验戏曲创作，故而有很多话题要与她探讨。一壶酽茶渐渐泡得没了颜色，凤仪猛发现刚刚还托腮坐在自己身边的一恒不知何时已经溜了。

由于谈兴未尽，她请二位客人移步楼上书房继续。三人走在楼梯上，顶层练功房传出的动静听得清清楚楚。

到了书房门口，蒋凤仪脚步停了，说自己去去就来。练功房里，一恒正面向墙壁单腿而立，双手耍着枪花，这次她脚下倒是非常稳，可是银枪倏尔脱手了。她吃痛地嘶了一声。

"别赌着气练功。"

一恒转身叫了句师父，又说没赌气。

凤仪掰开她的手指看到掌心一片红肿，说："这两天别练把子了。"

"没事。"

"不行。该吃的苦要吃，能避的伤也必须避。"凤仪斩钉截铁说完，问她，"知道今儿为什么打你？"

"腿没搬到地儿，挨倒好儿了。"她扬着头坦然承认。不料师父笑了一声，"唱戏的不挨倒好儿叫谁挨倒好儿？卖菜的挨倒好儿？"

一恒有点意外，嘴角刚翘起来却听到师父的语气变严肃了，"打你是因为你给场面先生甩脸子了。你记着，甭管到了什么时候、甭管多大的角儿，脾气绝不能撒在台上。"

乔一恒哑口无言，半晌，她敛起脸上的不平之色，答曰记住了。

乡野间虫鸣悠悠，天上星辰无数。书房的陶土瓶里养着一枝含苞待放的荷花，周晏如拿出厚厚一沓东西放在花下，轻声对卢荻说："蒋老师的状态还不错。但你觉得……她会答应吗？"

卢荻俯身抱起了在他脚边乱转的八顿，回答："我会尽力的。"

海
天
晴

　　一连几天，蒋凤仪的态度没有丝毫松动。在那间布置静雅的书房里，满架泛黄的戏本旧书、一台唱片机和几件老木头家具见证了她和周晏如爆发的激烈争论。退休后的蒋凤仪本就脾气愈加率性，在旧友面前说话更直接，而平常温柔软糯的周老师谈起专业问题也语锋犀利，寸步不让。卢获夹在她俩中间，几乎插不进话。

　　"那些'实验戏'我听说过，也看过资料。我说句实话，你们天天演这些东西，根儿上原因是不是你们那儿好角儿太少、传统戏拿不出手？新编戏我们这儿也年年搞，没有一出儿观众不骂街的。"

　　"你讲得没错，我们那里前辈名角数量少，新一代基本功也不够强，有些年轻演员甚至连京白的儿化韵都念不好，所以卢荻他们才过来学艺深造。另外，我们也没有那么庞大、懂戏的老戏迷群体。但正是因为这样，我们对传统文化的现代危机感触更深。你能说大陆戏曲界没有这种危机吗？你敢说你体会不到这种危机吗？"

"是有危机。所以趁着我还能说、还能动，我得教徒弟，没有心思掺和那些新鲜事。"

"不，趁着你还能说、还能动，你应该多'掺和'新鲜事物，用你的艺术魅力去吸引新观众。当然了，现在只要你露面唱个《夜奔》或者《四郎探母》肯定会有成百上千的戏迷买票来看你。那以后呢？你，还有那些比你岁数更大、资历更深的名角，你们能永远站在台上吗？那些老观众，他们能永远坐在台下吗？等到你的徒弟站在台上唱《夜奔》《探母》的那一天，台下还会有跟她同龄的年轻戏迷吗？"

"你是说，这些新戏是为了招揽新观众？我承认，你们搞出来的东西挺有想法，也用了心，但……那不叫'戏'呀！以后的孩子们学艺，能用那些戏开蒙吗？不还得用《玉堂春》《武家坡》《捉放曹》吗！"

"新戏在艺术表现力上是比不过老戏，但新戏的价值观念更符合现代人的期待。课堂上、讲座上常有年轻人问我，薛平贵娶了别人，王宝钏为什么还原谅他？这种质疑是传统戏永远无法解答和解决的。"

"凭什么要解答？有什么可解决的？传统戏本来就是古人编的，当然跟现在的人想法不一样。要看'现代的'，你再怎么新编，能新过电视剧电影吗？到头来不过是少了些唱念做打，多了些噱头。年轻人不爱看，老戏迷看不惯。"

"你说的问题确实存在，我也一直在反思。新戏的发展路径有待进一步探索，但这不应该成为你保守不前的理由。我敬佩你对老戏的执着，但你对新戏的排斥是否有更深层的顾虑？你是不是害怕？怕晚节不保？毕竟以你这几十年的成就，现在你只须按部就班课徒传艺或者偶尔出来参加一下晚会就可以稳坐'老艺术家'的交椅了。"

周晏如的最后几句话非常尖锐，果然激怒了蒋凤仪。她原本正在桌沿架着脚抻筋，此时气得猛一收腿，不慎将那只养着荷花的陶瓶扫到了地上，登时摔得粉碎。"我保守？我害怕？我二十多年前就挨过反叛传统的骂名了。到底是死守还是反叛，你们爱说什么说什么，我全不在乎！"

一直默默观战的卢荻走过去捡起碎陶片和一茎荷花，擦干地面后离开了书房。他给那枝还未盛开的荷花另找了个容器，又把几块碎陶包裹好才扔进垃圾桶，耳边没有了争执声，外面的虫鸣穿堂而入，夹杂着一段清亮而稍显生涩的念白。

"俺，林冲。一时愤怒，拔剑杀死高俅奸佞二贼。多蒙柴大官人赠俺书信一封，荐往梁山。白日不敢行走，只得黑夜而行……"

卢荻走到院子里的时候，乔一恒正念到"看前面黑洞洞，想是人家村庄，待俺趱上前去——"话音落下，她向前大跨三步，啪地打了个又漂又脆的飞脚，右手山膀，左手扶剑亮矮相。

夜幕之下，乔一恒侧影硬峭，动作帅气，很难辨出这是个女孩子。卢荻看出一恒遵照的是蒋凤仪早年的路子。四十岁以后她就不再加那个飞脚了，因为戏里技巧塞得太满，既浪费体力也不符林冲急寻藏身之所的心情。但她叫一恒做这个技巧，因为年轻人在阅历和意韵上的欠缺刚好适宜用矫健的身手去弥补。

卢荻拍拍巴掌，问一恒怎么在外面练功。

"你们吵得我闹心。"她坐到台阶上撩起 T 恤下摆抹了把脸，仰脖灌下了半瓶水。

"抱歉……因为周老师和我想请蒋老师重新出山。"

"出山演新戏吗？我师父不会答应的。她平时就看不惯那些胡搞的玩意儿，说他们衣服越穿越少，配器越弄越多，最爱用人海战术，恨不得把剧团看大门的都拉上去跑龙套。"

站在阶前的卢荻忍不住笑了，因为已经想象出她发表这些议论时的忿忿表情。但他很快收了笑意，认真告诉一恒："我们筹划的这个戏不一样，不用那么多道具布景。人，也只需要……她一个。"

"还有这样的新戏？！听着有点意思，那不就是《夜奔》这样的独角戏吗！"一恒抬起头，发出好奇的感叹。卢荻忽发现她锐亮的眼睛里有某种令他无比熟悉的神气，心里腾地浮起了一个想法。一恒没察觉什么，只随口说他帽子挺帅，什么牌子，她也要去买一顶。

卢荻仿佛是没听见似的，迫不及待问她："你对这个戏有兴趣？你……"

"八顿！干吗呢！"对话突然被中断了，一恒起身跑到树坑边，见八顿正在草丛里用前爪一通猛踩，"哟，你抓了只蛐蛐啊！别咬……正好儿，给姣姣吧，让她画着玩……"

蒋、周的相持不下使新戏事宜暂被搁置了，周晏如便提出先完成她此行的另一个任务：为卢荻安排拜师礼。蒋凤仪欣然应允了。

比起乔一恒拜师时众多亲朋好友远道来贺的场面，这一次阵仗很小，除了即将成为师徒的二人外，只有周老师和一恒在场。卢荻在大陆拜的第一位师父、小生名家田老先生高风亮节，不仅支持他转益多师，而且主动提出做他的"据保人"。当天老先生虽未出席，但那一纸文书上已签好了他的名字。

卢荻的拜师礼是在一艘小轮船上办的，随后，他们一行人在海上祭奠了郑轶夫导演。这是周晏如此番前来的第三个心愿。

海湾一带近年来发展繁荣，船离岸有一段距离了，但高大的起重机和城市的滚滚烟尘依然如在目前。而一甲子之前，周晏如之父周怀禹和他的学长郑轶夫飘零在归国的大洋之上，举目四顾唯有无边无涯的黑暗与惊涛，但热血正当年的他们心头有光明的方向。

几十载浮沉之后，两位老者在生命的终点不约而同地为自己选择了海葬的归宿，大海也终将弥合一切裂隙，包容所有选择。

周晏如将手里的花抛入海里，与蒋凤仪扶栏并立，她颈上的丝巾角不时拂过凤仪面颊。"一代人有一代人的文艺。现在几个人能想到《白蛇传》《杨门女将》《野猪林》这些'经典'其实是五十年代的'实验成果'呢。郑伯伯这代人为戏曲的革新和传播做了大贡献。"

"是，他们土的、洋的都懂。我比不了。"

"我小时候，我爸爸每天趁我们睡着以后，一个人听电台，有时候能收到你们这边的戏曲广播，有老戏，也有1949年以后的新戏。那时候还没解严，偷听是大罪过，而且杂音很大，但我经常从床上爬起来偷听他偷听的东西，紧张又兴奋。他不知道我也在听，所以后来一直不明白我为什么会去研究戏曲，我说谁让你偷偷摸摸、搞得那么神秘，害我一时好奇就掉进去了。"

"唱戏、听戏，掉进去了，爬都爬不出来。"

"这么有意思的东西，应该把更多人拉进去看看、听听。凤仪，戏曲的黄金时代的确已经过去了，我们的上一代人比不上梅兰芳余叔岩杨小楼，我们这代人的成就也恐怕不会超过上一代。每个人的作为或许都无法突破时代的局限，但我们底下还有一群热爱这门艺术的年轻人，像卢荻，他已经为这个项目东奔西跑了三四年。任何新的尝试，哪怕不能开疆拓土，总能证明这块领地上还有人不离不弃地守着。"周晏如顶着海上炽烈的阳光,微眯起眼望向身边,"这一次,全是用老戏的唱念做打,讲一个新故事。你不愿意给这个戏一个机会,也给你自己一个机会吗?这个故事,真的不一样。"

"不,这不算是……故事。"她的回答有些磕绊。

"当然算。而且是,您的故事。"卢荻终于插话,"如果我告诉您,这是周老师以郑导的遗稿为灵感写的戏,您会愿意吗?"

蒋凤仪的眼睛瞪大了,粗粝的海风吹过,似乎一瞬间刺红了她的眼眶。

良久,卢荻说:"风太大了,蒋老师,我们进船舱谈吧。"周晏如提醒他应该改口叫师父了。

"喔,对……师父。"卢荻顿了一下,毕恭毕敬地为她们拉开了门。这时乔一恒不知从哪儿钻了出来,起哄道:"那你是不是得管我叫大师姐啊!"

碧
玉
箫

    乔一恒初次登台半个月后，她又贴了那出挨倒好儿的《八大锤》，这一次没有失误。之后，她陆续出演了一批短打武生剧目，大部分时候是唱开锣戏，但她不甚在意，也几乎从不参加各种比赛。

    每逢她有演出，冯姣总是带着速写本坐在台下；几小时后，戏迷论坛上就会出现网友"蛟蛟小画匠"上传的手绘"剧照"——肩挑扁担的石秀、飞脚上桌的任堂惠、棍花绕身飞旋的穆玉矶……

    在这个论坛上，初出茅庐的乔一恒受到不少关注，当然不仅因为姣姣的画，更因她是蒋凤仪的第一位弟子，而且，是个女武生——人数寥若晨星的一个群体。

    所以，乔一恒从站到台前的第一天起就逃不脱被比较的命运。拿她和她师父比，差距太大了，于是几年前忽然从观众视线中消失的"蒋雏仪"成了最常与"乔一恒"并列的名字。在一恒学艺的几年间，蒋凤仪从来不给她看女儿原来的录像，直到她搬出了蒋家小院，自己在剧团附近租房住以后才见识了蒋雏仪的舞台风采。从论坛帖子和她自己搜罗的音像资料中，一恒渐渐认识到戏迷们对雏仪"一招一式规矩大方"的夸奖绝非虚言。

故此，那个废弃已久的名字、那个素未谋面的身影，印在了乔一恒心中，连带给她留下深深刻印的还有许多人用不同说法表达过的同一个意思：蒋凤仪的女儿才应该是她最合适的接班人。

这天晚上一恒没有演出，习惯性地打开了笔记本电脑。浏览片刻后，她烦躁地挠挠头，点了根烟。冯姣就是此时进门的，手里拎着一兜子好吃的，纤薄的背上照例背着大厚画板，长裙子上几点颜料迹。一恒啪地合上了电脑，指间的烟却来不及处理了。

"刚离开你师父跟前，你就犯瘾啦？"

"没……凉烟。"

"那也不行。"冯姣走过来纤手一挥，没收了烟盒，又利索地清理了桌上的零食包装袋，"尝尝我姐做的酱牛肉，给你长劲儿的。她怕你自己住，不好好吃饭。"姣姣拈起一块投喂进一恒嘴里，断言现在八顿一定天天吃得比她好 —— 乔一恒搬离蒋家小院时忍痛没带它，说是房东不让养狗，其实是为了给老太太留个伴儿。

"好吃！慧姐手艺快赶上姥姥了。"一恒嚼着牛肉，把沙发上的电脑扔到一边，让姣姣坐，她自己穿上厚底靴，用绳套吊起了腿。尽管她装作没事人的样子，但最细微的表情也躲不过美术生的眼睛。

"你又上论坛啦？"姣姣踢掉拖鞋坐下打开了电视，"周末了，放松一下嘛。"

一恒没搭茬儿，照常耗腿，不过电视里热闹非凡的歌声和尖叫还是很快吸引了她的注意力。她问冯姣在看什么。

冯姣随口告诉她那个选秀节目的名字，然后一边嘲笑她落伍，一边翻开手机盖快速按键，"今儿是总决赛了！我得赶紧投票。"

"投票干吗？"

"粉丝投票影响名次呀。"

"什么粉丝？"

"……就是歌迷！戏迷也算吧……哪天你火了也会有粉丝的。"冯姣笑眯眯看了她一眼，低下头继续发短信。

一恒瞧着她专注的样子，不屑地抽了抽鼻子，举起戏本子背词。

"……想唱就唱要唱得响亮，就算没有人为我鼓掌，至少我还能够，勇敢地自我欣赏……"个人竞演已经结束，台上统一服装的年轻女孩们勾肩搭背地合唱着。一恒的目光虽没转过去，但嘴里咕哝："这几句词儿倒不错。"

"那你过来看啊。哎，你瞧这个，是不是哪儿跟你有点像？"

一句玩笑话，没想到一恒拧起锋利的眉毛，在地上跺了跺麻木的左腿，没好气儿地说："我跟谁也不像！"说完，右腿又吊了起来。冯姣了解她的脾气，不去理她，只是关了电视，安安静静打开电脑上网闲逛。过了许久，一恒走过来窝在她身后，手指缠着她的发梢低语："对不起啊，我刚才……"

"小懿，你看这个。"冯姣打断了她，把她从凹陷的沙发深处拽到电脑前，让她看一篇匿名跟帖。

帖子位于一座讨论热烈的"高楼"，楼主贴出了蒋雏仪早年演《八大锤》的录影带截图，供大家直观比较她和乔一恒亮相时的搬腿姿态。大部分人认同一恒略逊一筹。每层跟帖一恒都已仔细读过，除了刚刚出现的最后一篇。

"有人天生筋软，有人爆发力足，看戏不是光看搬腿，这种静态比较没什么意义。而且为什么总要和已经转行的人做比较呢？只因为她们都是'女武生'吗？其实没有一个行当叫'女武生'，在台上从来只有'武生'而已，好的、差的、一般的、半途而废的、坚持不懈的……"

一恒默默把这几行字读了好几遍，心头说不清什么滋味，只觉那个随机数字组成的 ID 看上去异常亲切。姣姣比她更兴奋，"这人说得还挺专业。没准儿是默默支持你的'粉丝'！"

"别自作多情了，人家也没说什么。"

"你就是嘴硬。不管怎么样，至少我是你的粉丝。对了，你师父那边怎么样了？"

"他们天天一边排一边吵……慢工出细活吧。"

"那你呢？"冯姣扒开一恒身上的大背心，察看她前几天肩膀上的一处擦伤，口中轻问，"卢荻说的事儿，你想好了吗？"

电脑屏幕的荧荧亮光照在一恒脸上，她没作声，睫毛像蜻蜓点水般颤了一下。

喝完最后一口咖啡，齐宝笛关上电脑，出门跑步。

这一年她三十三岁，可以轻松一口气跑五公里。刚来的时候不行，从里到外都虚弱。也许可以说，是一种全然陌生的空气治愈了她，或者，强迫她自愈了。

那里的人们太爱跑步。城市里"公园"很多，公园里没有名胜古迹，只有树、草，和大胆拦路的松鼠。每天清晨和傍晚，无数男女老少在其间奔跑，速度不同，姿态不同，肤色、发色、胖瘦高矮各不相同的身体，分享着同一时空中交错的浓荫与阳光。

有人携伴跑，有人牵着狗跑，甚至，她看到有的年轻父母推着婴儿车跑，速度不比平均水准慢。地上并不平坦，她看着提心吊胆，后来明白自己多虑了，那是一种经过特殊设计的"跑步型"婴儿车，孩子在里面很安全。

为了跑步省事，她又剪回了短发。因为国外理发开销不小，她一度养长了头发，自己倒不觉得怎样，可是去看望父亲时，他脸上颇有些激动，提起她小时候就是这样一把乌亮的好头发。

后来为了学武生，剪短了。齐克谐说："只要你妈心血来潮给你扎小辫儿，她一出门你准拆了让爸爸重新梳，还记得吗？"

"不记得了。"她平淡回答，一如既往地剪断了父亲试图引向母亲的话茬儿。

不久，她买了一套理发工具，毫不胆怯地拿自己试手。几经练习，动剪子后终于不再需要戴帽子出门。那是个秋日的黄昏，刚剪完的头发清爽利落，而且不难看，她到户外跑步时脚步更轻盈了几分。

她所生活的城市拥有无比绚烂的秋景，地上已经铺了厚地毯般的一层红黄落叶，树梢上却仍有些叶子绿青，绿瘦红肥，油彩涂满了视野。她慢下来，一路走一路四顾欣赏。有个背书包的金发小伙子推着自行车横穿公园，迎面走来时说了句什么，她忙摘下耳机，他面对着她重复了一遍，说她看上去很美。

她有点惊讶，微笑道了句谢谢。

小伙子也笑笑，说没别的意思，只是想让她知道。说完挥挥手，推着车走了。她继续慢跑起来。

当地华人虽众，她的同事里却只有讲粤语或压根不会中文的华裔二代。此外，除了到福建人开的超市买菜，偶尔点东北饺子馆的外卖，她并不曾着意结交国人朋友。而她的父亲不同。像所有移居国外的年长者一样，齐克谐离不开当地的华人圈，尽管他和他们中的大部分人算不上谈得来。他们中有隐居的权贵，有赚够了钱的商人，有早年出来留学定居的知识分子，也有被子女接过来小住的普通退休老人……出于不同的原因，不少人讳言自己过去的经历，大家聚在一起最安全的话题是抱怨海外生活的"好山好水好无聊"；但既然优美的山水摆在那里，他们也只好寄情其间。

齐克谐亦不能免俗，他办了钓鱼证，时不时随众泛舟湖上。后来有几位富于冒险精神的老哥还要拉他去考枪牌、猎牌，到大森林里去打熊，吓得他不轻，当场拒绝了，甚至很长时间没敢跟那几个人聚会。

再见面是有人乔迁新居，邀请大家去暖房。主人在地下室装了卡拉OK，一群五六十岁的老伙计折腾起来丝毫不输给小年轻。《南泥湾》《北国之春》《喀秋莎》一曲曲地唱过去，齐克谐只是端着一罐啤酒慢慢啜饮，似乎难以被那种回首青春年华的热烈气氛感染。

这家主人不知从哪里搞到的曲库，不仅老歌俱全，居然还有革命样板戏。头发花白的几个人举着红酒杯大唱"今日痛饮庆功酒，壮志未酬誓不休。来日方长显身手，甘洒热血写春秋"，尽管以酒盖脸一通嘶吼，仍与剧中杨子荣的高亢唱腔相距甚远。

齐克谐听在耳中，手微微一抖，啤酒沫洒出来一点。大伙儿招呼他一起。他摇头说不会。

"你装啥？咱年轻那会儿到处都放这几段，天天听，听了十来年还不会？"

"对了，老齐不是搞艺术的吗？前几天我老婆在家看DVD，那电视剧的编剧跟你重名儿。是不是你？全国跟你重名儿的应该没几个。"

"听说你早先在京剧团？不赚钱才转行写电视剧了吧？"

大家听了，愈发起哄让他开嗓。齐克谐无奈应之。曲库里没有他要的伴奏，他就在茶几上拍着板眼唱了几句。大家听着既不是歌，也不像京剧，哼哼唧唧不知是什么。

他说是昆曲，"叫画"。

大家噢噢地敷衍两句，也便过去了。

那天之后，他心底如同沉沙泛起，迷蒙之中有些东西放不下，于是找到了唐人街上颇有名气的一家乐器行。店主是一对看上去比他还年长的老夫妻，他进门时，俩人正配合着将一把把琵琶月琴小心地挂上墙，偶尔不慎拨弄了琴弦，发出玉珠走盘之声。齐克谐表明自己想挑一支昆笛。老夫妇抱歉地请他稍候，广东口音虽重，他听出对方是讲他来得巧，因为他们二人昨日刚从香港探亲归来。

齐克谐说不急，于是在不大的店面里四处观赏，有不少稀奇古怪的乐器竟是他见所未见的。他蹲到玻璃柜台前，刚要虚心求教，却猛然被台面上的一份香港报纸吸引了。

满篇粤语他很难读懂，但大字的标题一目了然：

内地名伶蒋凤仪蛰伏六载

今携新戏来港

宝刀不老重登舞台

　　齐克谐不禁扶着眼镜弯腰垂首，在字里行间仔细找到了
那出新戏的名字 ——"甲子·夜奔"。

凤

引

雏

"你知道'叫板'是什么意思吗？"

"不服、挑衅嘛。"

字幕：叫板，戏曲程式的一种，指演员将开唱前的最后一句念白节奏化，示意鼓师，以便引入后面的唱腔。

"你能猜猜'打下手'这个说法的来源吗？"

"呃……打群架的时候比较弱的那个在旁边帮忙……？"

字幕：打下手，在戏曲伴奏中，鼓板起到指挥作用，所以称鼓师为"上手"，其他打击乐

器演奏者为"下手"，演奏除鼓板之外的打击乐
器即称为"打下手"。

"你认为'压轴'是第几个节目？"
"最后一个。"

字幕：压轴，旧时戏曲演出，最后一出称
"大轴"；倒数第二因紧压大轴，称为"压轴"。
往前至开场依次为中轴、早轴、开锣戏。

"你怎么理解'反串'？"
"男扮女装那种？不男不女，挺别扭的。"

字幕：反串，本义与性别无关，指戏曲演
员登台表演与自身本工行当不同的角色。例如
花旦演员反串老生、武生演员反串丑角。旧时
过年封箱常演反串戏，一则凸显丰富技艺，二
则加强喜庆气氛，并不以夸张或扭曲模仿异性
特征为目的。男性演旦角、女性演生角并不一
定是"反串"。

"你曾经听过或看过戏曲吗？第一次是在什
么时候？和谁在一起？"

"我小时候一到傍晚，西屋的王老太太就
暗示北屋街坊把电视搬出来，'今儿晚上有小常

宝，快开演了'……"

"第一次看戏是读幼儿园的岁数，电视随便换台换到的，好像是《铡美案》。"

"小时候在安徽，黄梅戏哪哪都是，电视上有《女驸马》和《天仙配》，音乐老师也会教一些……乡下红白喜事，会有草台班子来唱一天，什么剧种已经记不得了，但是看得很热闹。"

"第一次听戏曲是小时候爸妈他们喝酒唱《沙家浜》吧，到现在我都会一点，'垒起七星灶，铜壶煮三江，摆开八仙桌，招待十六方'。这词即使现在看也毫不落伍啊，多么江湖！"

"那最近的一次呢？"

"春晚？"

"旅游的时候在门头沟山里听了个小剧种，名字很好听，叫'燕歌戏'。"

"不记得了。"

"你的老家在哪里？你知道家乡的特色戏曲吗？"

"河南豫剧啊，常香玉、马金凤！"

"衡阳。花鼓戏。"

"东北二人转。"

"浙江金华，除了火腿，我们还有婺剧。"

"宜兰，歌仔戏。"

"好像有川剧，火锅店里变脸的那些就是吧？"

"有什么令你印象深刻的戏曲唱词？"

"天上掉下个林妹妹，似一朵轻云刚出岫。"

"凉风有信，秋月无边。"

"看前面黑洞洞，定是那贼巢穴，待俺赶上前去，杀他个干干净净！"

"收拾起大地山河一担装，四大皆空相。"

"临行喝妈一碗酒，浑身是胆雄赳赳。"

"我身骑白马走三关，改换素衣回中原。"

"树上的鸟儿成双对，绿水青山带笑颜。"

"巧儿我自幼儿许配赵家。"

"他教我收余恨、免娇嗔、且自新、改性情，休恋逝水，苦海回身，早悟兰因。"

"彦章打马上北坡，新坟更比旧坟多。新坟埋的汉光武，旧坟又埋汉萧何。青龙背上埋韩信，五丈原前埋诸葛。人生一世莫空过，纵然一死怕什么？"

"如果你有孩子，会带他／她了解戏曲文化吗？"

"顺其自然吧，看他的兴趣。"

"我自己都不太懂……"

"应该了解一下，毕竟是国粹，可以陶冶情操。"

"孩子能看得懂吗？"

"不知道。"

字幕：北京、上海、天津、西安、哈尔滨、武汉、成都、广州、香港、台北……

在北临维多利亚港的一座知名大剧场中，巨幅投影屏上播放着《甲子·夜奔》幕后工作组历时三年收集的街头采访集锦，几百名观众静坐仰望，时而发笑、议论，亦偶有沉默。

当最后一位受访者略显冷漠地转身离开后，镜头抖了两下，画面息止。投影屏变回茶白绸质的宽大帘幕，上"绣"水墨色的凤凰与祥云。片刻，祥云徐徐飘动起来，凤凰如上九天。原来这是一块"守旧"。守旧悬挂在一座飞檐斗拱、青绿贴金的二层老戏楼里，上下场门帘分别绣有"出将""入相"字样。两侧大红楹柱阳刻一联：

言虚意实当代岂无前代事

戏假情真座中常有剧中人

　　而以上一切，搭建在半圆形的现代化舞台之上，台前有一条甬道延伸向观众席。

　　几位场面先生携乐器走至台沿，鞠躬，随后鱼贯步入戏楼，挑开门帘，在方形小戏台上面向观众落座*。

　　一个穿黑长衫、袖口雪白的俊朗小伙子搬着一把椅子沿伸展平台往前走，把椅子放在平台尽头，转身而去。有观众认出他是台湾的著名京昆小生，也有人说他打扮得像过去戏班里"检场的"。很快，他又搬来了化妆桌、脸盆架、衣架，上挂两副髯口、一根马鞭、一条大带、一杆象鼻长刀、两支银枪、一只圈、一柄宝剑……

　　卢荻在大家的注视下摆好这些东西，最后打开小茶壶的盖，从怀里摸出一包茶叶倒下去，兑入热水。这些琐事他做得如此细致耐心，以至于前排很多人不由自主地紧盯着他的动作，直到有掌声和欢呼从后排传来。

　　是蒋凤仪悄无声息地现身了。

　　她素着脸，身上是月白色的水衣子，同色裤子，以一副扮戏前的装束上了台。然而她没有回应大家的热烈欢迎，甚

＊　　过去戏曲乐队坐在台上，后来挪至台下乐池。

至就仿佛那几百人不存在似的，她径直走到了延伸台尽头。卢获将椅子拉出来，她坐下，接过他拧好的一条热毛巾。卢获协助着她敷脸、上妆、勒头，俩人偶尔轻声交谈。平日在幕后进行的一切此时原原本本地在台前展示着，观众们目不转睛地看着，看着她脸上的岁月痕迹渐渐隐没于油彩，也看着她眉宇之间多年不变的英气随着额上红色英雄扞的落笔而凸显至极。

他蹲下帮她穿上厚底靴后，她起身从架子上取了白三髯口，戴好，提起象鼻刀和马鞭。观众见她走向戏楼，纷纷鼓掌，却也纳罕她并未穿戴行头，仍旧是那一身素衣。与此同时，戏楼上的"守旧"竟然缓缓升了起来，升到二楼，灯光亮起，幕布被照成了一道半透明的帘幔。

人们惊讶地发现，在蒋凤仪挑帘出场之时，二楼的帘幔上勾勒出了一剪清晰的人影，同样手执长刀和马鞭。不待他们猜测那个人影是谁，老将已然出马。

"黄忠马上呵呵笑——老了哇，老了！谁说老将无用了，不能够跨马来提刀。曾把天荡定军扫，夏侯渊一命赴阴曹。耳旁又听战马叫……"

她是不服老的老将军黄忠。

惯看生死成败的他，白髯飘飘又跨战马，此刻比过去更无畏。戏台上没有千军万马，岁月，是最大的敌人；黄忠，没有输。一番大开大合的唱念做打之后，她舞刀花下场，离开戏台，走回化妆桌，卢获在那里捧茶侍立。二楼帘后的人影随之消失，转而放映出一段视频——在蒋家小院的练功房里，一老一少汗流浃背，一只沙皮狗懒洋洋地趴着。画外音问："你每天练功，你师父都跟你一起吗？"

"早晚两遍，一样。"

"您自己感觉跟从前有什么不一样吗？"

"肯定不一样，要特别小心。但每天还能打几个飞脚，就觉得这一天没白过。"蒋凤仪冲镜头笑了笑，用脚尖挑起一杆银枪，一恒接住了，俩人继续打起把子来。

画面消失。胡琴奏响，蒋凤仪换好了一副黑髯口，再次挑帘上台；楼上的帘幕又现剪影。

"杨延辉坐宫院自思自叹，想起了当年事好不惨然。我好比笼中鸟有翅难展，我好比虎离山受了孤单；我好比南来雁失群飞散，我好比浅水龙困在沙滩……"

她是处境两难的杨四郎。

这是一出经久不衰的老戏，也是海峡两岸都曾批判的禁戏——在一端，杨四郎的投降变节不可饶恕；在另一端，他的思乡思母有扰乱人心之嫌。但无论何时何地，声腔的传递、情感的共鸣总是禁锢不住的。四郎退场，余音绕梁，帘幕上播放出一段十二年前的采访。

"您第一次来台湾演出，反响很热烈。这里给您留下最深印象的是什么？"

"一个观众从高雄开车到台北给我送花。周老师告诉我，那是'英雄花'。谢谢那位……老乡。"

她没有说"老兵",一个脸上永远留有战争创伤的老兵，千千万万"杨四郎"之一。

画面消失。她已取下了髯口，卢荻为她扎上一身粗布练功靠；楼上的人影，背上亦靠旗猎猎。

"三姐！中军到此传令：元帅初点大卯，不可违误卯期。一卯不到一捆四十，二卯不到两捆八十，三卯不到人头落地。军务紧急，我就要启程了！"

她是投军别窑的薛平贵。

台上没有他的王宝钏。可是她似乎还在那里似的，忍悲含泪，依依不舍。寒窑里盛放着年轻时的爱与梦，为此任性、冲动、奋不顾身。窑前一别，或是十八年后夫妻重逢，或是各自飞去，或是天人两隔……屏幕上接受采访的人，是蒋凤仪没想到的。

"我姓孙，是戏校退休教师。她的《别窑》我看过。身上功夫好，脸上有戏。"

"您对青年时代的她，还有什么记忆？"

"那时候大家还是十几二十岁的孩子，但她很早就知道自己想要什么。所以该她得的，谁也抢不走，什么也挡不住。"

"您还有什么话想对她说吗？"

"没什么……祝她演出顺利吧。对了，希望她找日子收下俊文这个徒弟。"

他身后的小伙子有些不好意思，推着他的轮椅回到了低矮的小平房。画面字幕显示，小伙子是一名青年武生演员。

蒋凤仪重登戏台，翎子高扬；帘后人影已双枪在手。

"奉命助战兼程往，披星戴月奔疆场。吩咐车辆往前闯——"

她是少年英豪陆文龙。

这个戏教给了女儿，后来又教给徒弟，她自己已是太久不演了。今日虽没像年轻时那样频频搬腿过顶，但枪花一耍、背手接枪亮相，那不可一世的少年心气跃然台上。

"采访我干吗，我就是个'后勤部长'。"年过八旬的俞秋灵老人出现在镜头前，无人知晓她也曾是舞台上的一枝花。慈眉善目的老太太只是指着严松霁和蒋松霆的照片告诉访问者："小义的师父和爹都不是名角儿，但是会教孩子，也真狠得下心。"

"听说蒋老师童年学戏时最多可以拧五十个旋子？"

"是拧到五十个。"老太太微笑指正，"第一次拧一个，第二次拧两个，然后三个、四个……一直涨到五十个。"

"啊，那这一共……"

"你算嘛。"

台下的观众同时开始算数，有的算得快点，有的慢点，于是惊叹声此起彼伏，到蒋凤仪再次出场时方才止住。她摘下了翎子，身上斜挎乾坤圈，手持火尖枪，步子比刚才更快了一些，举手投足更轻俏了几分。

"急驾起云雾似翱翔，踏着这万里云金霞飏，决胜却挂风帆驾慈航，全凭俺心胆儿雄莽撞……"

她是桀骜顽童哪吒。

如果一直依偎在母亲怀里，他不会去大闹东海；如果遵父命低头认错，他无须拔剑自刎。但那就不是心雄胆壮的小哪吒。

有些执念，无关年龄。

台上花甲之年的蒋凤仪将一只乾坤圈玩得服服帖帖，时而滚过肩背，时而绕地飞旋，时而高抛上天，落下时精准套入脚腕。枪朝圈里一刺，几个翻身之后，那圈不知怎的套回了她身上。她握枪单腿转数周，亮相稳如青松；楼上的剪影也挎圈定住，身子略晃了几晃。

在如雷掌声里，戏楼灯光熄灭，蒋凤仪走回化妆台，衣上水渍斑斑。卢荻把小茶壶送到她嘴边。掌声持续了很久，大家在等待二楼的屏幕亮起。亮起时，播放的却不是前面那样的采访视频。屏幕一片漆黑，上面只显示了几行白色的字：

> 晏如，她对我说过，太实的东西不美，她也不喜欢。我想这既是她个人的执着，也是中国戏曲的最大特质。那么，这种"以戏代言"的舞台形式大概可以一试吧……病中草就，心到，笔难到，憾不能全。
>
> ——摘自已故前辈、著名导演郑轶夫先生
> 写给《甲子·夜奔》编剧周晏如的信

白色的字迹渐渐褪去。所有人仍痴望着那里，包括坐在台上的蒋凤仪，以及站在她身后的卢荻。文字彻底消失后，屏幕上播出了当天演出中的最后一段视频。画面里并没有蒋凤仪，也没有提及她的名字。

那是一段无声的录像，镜头对准的是一直站在二楼帘幕后的那个人——乔一恒。全场演出总计包括五个角色、五部名剧的选段，她跟随着蒋凤仪从头演到尾。

但这段录像是倒放的。从尾放到头。

于是观众眼前的乔一恒先是天不怕地不怕的小哪吒，然后是少年得意的陆文龙，接着是痛别新婚妻子的薛平贵；继而戴上了黑髯口，她化身为杨四郎；最后白髯飘扬，她成了老将黄忠……

她的身段是有待加强的，表演是稚嫩的，可是无人能否认戏曲的神奇程式已然交付给一个年轻女孩从"小"演到"老"的密钥，观众有理由期待她将来能像其师那样从"老"演到"小"。

人们当然也清楚看到了师徒之间的差距——徒弟欠缺了神韵，师父则精力不比盛年。岁月这条路啊，一路赋予着，也一路剥夺着，但心有所向的人永远不会停下脚步。

一甲子，奔赴不停。

在录像的结尾，"主角"变成了台下的每个人。观众们仰望屏幕，看到了整场演出中的他们自己——自己的每一次鼓掌、喝彩、疑惑、震撼、伤感、喜悦……为了戏中人，为了戏外事，为了站在戏与现实边界处的她和他们。无人能说清到底是为了什么。或许正如那副楹联所书，"言虚意实，戏假情真"，每个人都在当晚缥缥缈缈的戏梦一场中获得了实实在在的触动。

当然，一些观众在触动之余也有遗憾。说是"甲子·夜奔"，可是他们并未看到"夜奔"的蛛丝马迹。录像放完了，那幅巨幕缓缓升了起来，全场陷入寂静的黑暗。似乎是在漫长又短暂的一段时间之后，唰地，灯光照亮了整座戏楼。

一霎时，掌声轰然响起。

戏楼二层站着乔一恒，一层，站着蒋凤仪。俩人系着一样的深蓝色大带，腰挎宝剑。她们看不见彼此，可是姿态相同，侧身扶剑而立，面朝下场门。那是属于"夜奔"尾声的姿态，轩昂，英挺，要保持到最后一刻。

"林教头！"

在下场前，乔一恒突然清脆地高呼了一声，在巨大的场内回音飘荡。蒋凤仪不禁愣住。

"林冲！"她又喊。

蒋凤仪不能再迟疑，只得朗声答："在！"

一恒用韵白问她："劳累了无有？"

这次她未加犹豫，用韵白回答："不劳累。"

"后悔了无有？"

"不后悔。"

"如此，"乔一恒手指前方，念道，"看前面已是梁山！"

戏楼上下的两个人同时一踢大带，俯身走扫堂旋子，台板咚咚两声，林冲漂帅落地。

　　"待俺——"

　　"待俺——"

　　"趱、上、前、去！"

　　"趱、上、前、去！"

齐天乐

　　《甲子·夜奔》在港首演后引发轰动。这是一部既老而新、老而弥新的实验之作。对于那些从未接触过戏曲的年轻观众而言，那座旧式戏楼是新的，勒头扮戏的过程是新的，自由出入舞台的检场人是新的，录像资料中展露的幕后悲欣是新的，那五个年纪面貌各异、五段风格鲜明的表演更是新的。

　　公开与私下的质疑声当然也很多。有人说她是打着宣扬戏曲的名义自我炒作，有人不理解一向捍卫传统的她为何要跟风搞新花样，有人则认为这种形式并无新意，"'响排'"也

***

*　　响排，由演员、乐队共同参加的排练，不穿戏服。

敢卖票？"

她的脾气不容激，听到最后一种声音，她扬言：我就卖给你看看。天涯海角演一圈儿，看有没有人买票。

于是六十岁这一年，蒋凤仪踏上了新征程，开始在各大城市巡演《甲子·夜奔》。在北京演出后，刘俊文上台为她献花，她一手抱花，一手拉着他走到台前，告诉观众："这孩子在戏校的时候我就认识他了。为了抢练功房，埋头疯跑，撞了我一个大跟头。"

观众笑，俊文脸皮薄，微窘。对比之下，站在他身边的她虽然格外显矮小，可是气场依然强。"现在他是大小伙子了，我也老了。你们爱看《夜奔》的话，去买他的票，这个戏他学得不错。年轻，身手漂亮，而且——票比我的便宜。"

观众笑声更响，并鼓掌表示对俊文的捧场。他连忙鞠躬。台下坐着不少与蒋凤仪相熟的领导，包括当初的马副局长，如今位阶更高。在他的提议下，刘俊文当场拜师，成了蒋凤仪的第三位弟子。

此后两年间，俊文和乔一恒、卢荻一起随师演出。路途中，蒋凤仪也应邀到各省市剧团进行艺术指导，并经过慎重考察，收下了几名来自不同剧种的弟子。一方水土养一方戏，可是功夫的锤炼和艺法的领会是相通的。

《甲子·夜奔》的内容在巡演过程中不断变化，几乎每到一处都会换一遍戏码。五个角色，从老到小，有文有武，有扎靠、有箭衣、有短打，涉及剧目繁多，其中不乏久别于舞台的冷僻者。她说自己虽唱了大半辈子，可是成年后常演的戏码只占童年所学十之一二，每思及此，冷汗直流。她的前辈、同辈艺人日渐老去，无数剧目和绝活从衰老的身体与头脑中蒸发，以失传告终。所以，她决心在这座大宝库空旷之前尽量把里面的好东西搬出来给年轻人看一看。

正式演出之外，她欣然接受各大高校和单位的讲座邀请，当年在法国艺术节上崭露的演讲天赋如今发挥得愈加淋漓尽致。大家惊讶地发现，这个没进过一天学堂的、中式"老古董"打扮的、头发比男人还短的老艺人身上有一种令人着迷的魅力。她的讲话，辛辣犀利又天真烂漫；她的示范，既能展现本行武生的刚，又能模仿旦角的柔、花脸的威、丑角的灵；她对传承百年的戏曲艺术一腔赤诚，也对今天的新一代观众满怀信心。她说八零后、九零后的孩子们受教育程度高，见识广，只要给他们的东西足够好、足够美、足够用心，他们一定会"识货"的。

那些见过她年少风采的老戏迷大多已经不在了；那些因《夜奔》和《林冲之死》而与她结缘的中坚戏迷，曾经是青年男女，现在也是叔叔阿姨、爷爷奶奶辈了，依然四处追看她的演出；当下的一些年轻人因《甲子·夜奔》和她的讲座开始入迷，翻回头去搜索她的盛年光景，感叹自己生得太晚。

在多方组织策划之下，《甲子·夜奔》项目进而走出国门，步入了日本、欧洲、北美的艺术殿堂。出国巡演的最后一站，蒋凤仪见到了鹤发松姿的齐钧广老人，她私下照旧唤他三叔。

她也见到了陪同老爷子看戏的齐克谐，还有带领"钟剧团"在海外唱出了名声的钟琴。

尽管行程紧张疲惫，但在当地华人协会筹备的饯别宴上，蒋凤仪顺应大家的呼声，与钟琴合作了一段"坐宫"。当晚，年逾五旬风韵犹盛的钟琴穿了件大红旗袍，旁人若如此打扮兴许会被当作中餐厅服务员，而她俨然是派头十足的"铁镜公主"。

待到公主要杨四郎对天盟誓，蒋凤仪唱完"公主叫我盟誓愿，双膝跪在地平川"，竟果真大步跨出去，一撩外套下摆，像正式彩唱那样单膝落地，在掌声四起中，昂然做了个甩袖的身段。

"我若探母不回转，黄沙盖脸尸骨不全。"

"言重了！"

钟琴袅娜微蹲，挽手搀她起身。是日大雪，席间的气氛却热烈如火，面对一轮轮敬酒，蒋凤仪中途逃席而去。钟琴找到她时，她正在走廊拐角的窗前看雪。见钟琴走过来，蒋凤仪向她感叹这么冷的地方，冬天多难熬。

"习惯了就好了。"钟琴停顿了一下，提到另一座城市的名字，说那儿气候暖和。

"那就好。"

"蒋大姐，我看你刚才没怎么吃东西。来块绿豆糕吧？"

她笑笑，推辞自己不爱吃甜的。

"这是我自己做的，放的糖不多。"钟琴托着精致的小饭盒，打开盖子，"是宝笛教我的。"

"是吗？"蒋凤仪闻言立刻低头拿了一块，咬了一小口。

"大姐，这次……"钟琴欲言又止。三个月之前，她刚得到《甲子·夜奔》的售票消息后便对宝笛发出了邀请，但没有收到回音。

"挺好吃的。"凤仪打断了她，"听三叔说，这孩子跟你很聊得来，这是缘分。她在这儿顺顺当当的我就放心了。"

"是。我这小剧团是'二月二龙抬头'成立的，每年都有个内部聚会，大伙儿吃吃喝喝唱着玩，她来了几次。今年的也快了，她说要参加的。你这次演出要是再晚一点……下次什么时候来，有计划了吗？"

"再说吧。这大半年孩子姥姥身体不太好，这次回去我一时半会儿不出远门了。"

"老太太病了？"钟琴颇为关切，因为知道宝笛和姥姥感情很深，每年把所有假期攒在一起回国陪伴老人。地点在齐克谐位于北京的旧居，老太太每次被送过去和孙女同住一阵子。

"现在问题还不大。先别告诉她。老太太的意思。"

"好。蒋大姐，你也多保重，别太累了！"钟琴把那个小饭盒塞进她手里，让她带回酒店当夜宵。

"多谢公主！"蒋凤仪笑着接过饭盒，端详着钟琴耳下晶莹的绿宝石，攥了攥她的手。二人并肩离开窗前。外面大雪飘落，行人、车辆移动缓慢，来路之上杳杂曲折的踪迹渐被黑夜与白雪抹去。

到了"龙抬头"那天，钟剧团照例举办庆祝派对，齐宝笛却没有赴约。

她休假回国了。钟琴还没来得及向她透露什么，是她自己察觉了异常。八年了，她不知道那座曾安放过她的摇篮的蒋家小院被翻新成了什么样子，也从未给那里打过电话。姥姥有最新款的手机，专门用于跟她联系的，电话里老人的嗓音状态、精气神，包括接电话的快慢，无不牵动着她的心。

她也习惯了每次通话快结束时那端传来的噪音：一只狗疯狂挠门、拍门、踏着步乱哼哼。姥姥每次都笑说八顿来叫她吃饭了。宝笛不喜欢狗，也不关心"八顿"长什么样子，是谁弄来的。她只是纳罕一向洁癖的姥姥居然能容忍家里有个掉毛的活物。

可是从某一天起，电话里没有狗的动静了。

姥姥的声音仍是慈祥悦耳的，甚至比中年人的嗓音还清润。但宝笛有所不安，认为只有两个可能：要么是狗出事了，要么是……

她终于在又一次通话的结尾破天荒地问起："那个'八顿'……还好吗？"

姥姥乐呵呵回答："老是老了，还挺能吃。"

挂上电话宝笛就买了机票。

她甚至没有收拾箱子。三天后，当她背着双肩包绕开一座座缓慢吐着行李箱的大转盘，疾走出行李处的大门时，无数举着名字牌、抱着鲜花的陌生人齐刷刷向她投来目光。因为她是那一拨航班中最先现身的旅客。

大家的目光很快从她身上移走了，她脸颊边的红热却久久未褪。年少起就见惯了陌生人注视喝彩与评头论足的她，居然会为那几秒钟的"万众瞩目"而脸红。室外的阳光穿透了航站楼的玻璃，地面光洁如镜，抬头低头俱是人影憧憧。她快步穿过人墙。

"宝儿！"

背后稍嫌尖利的一声召唤使她停下脚步，转头看见一个打扮时髦的女人摘下了巨大的墨镜，踩着高跟鞋嗒嗒地跑过来，一把抱住了风尘仆仆的她。

是庆红。

一瞬间，她眼眶发热，也忍不住紧紧回抱了那个散发着馥郁香水味的身体。两人在如织人潮中只拥抱了一小会儿，庆红推开她，质问："我三天两头鸿雁传书，你爸没交给你？你怎么一个字都不回？就算流放发配也能写信啊！你也太狠心了……"一句话未说完，庆红抽抽鼻子，别过脸去重新戴上了墨镜。

"太麻烦了。而且我们那儿邮局老把东西寄丢。"

"你活在上个世纪？给我发电邮、加我MSN啊！"

宝笛抬手抹了一下庆红的脸，没再继续这个话题，转而问庆红怎么知道她回来了。

"只许你跟国内打探消息，就没人给我通风报信？"庆红拉着她往停车场走，"你神出鬼没这么多年，总算让我逮着你了。"

坐上车，她急不可待问姥姥在哪个医院，情况如何。

"人老了，难免的。你放心，现在还比较稳定。你妈也带着保姆搬回咱院儿里了，去医院方便。"

宝笛望着窗外，皱眉道："姥姥不告诉我，她也瞒着。怎么想的！"庆红手握方向盘顿了下，说我先送你回家吧。

"不用。"她报出一个宾馆的地址。庆红叹了口气，对她说："回我家 —— 我自己买的房子。"她这才默许。

庆红置办的房产地段不错，环境也优美，不巧的是，她们一进楼就发现电梯坏了。宝笛二话不说便开始爬楼梯。庆红只好跟着，爬了两层已气喘吁吁，高跟鞋脱了拎在手里，人被宝笛半搀半拉着往上爬，不忘夸她"体力还真不错"。

"我天天跑步。"

"要是能背着我就更好了……"

"想得美。"

她俩一路斗着嘴，总算爬到了家门口。一个穿校服、单肩挎着书包的男孩子正焦急地立在窗边向楼下张望，脚下有只篮球，背影像一棵直入霄云的树。

庆红一边掏钥匙一边招呼他："你不说今儿学校补课吗？"

"翘了。"他走过庆红身边，来到宝笛面前，眼睛闪亮亮地叫了声"小姑姑！"，眉目虽大致没变，可是十八岁少年的线条轮廓早已不同于小孩子了。

她仰头看着他，无法掩饰语气里的惊讶，"晓斌？这么大了！"

"可不吗，明年就高考了。"庆红推开了门。

"那你还翘课？！"

"没事，今儿是物理，小菜一碟。"他伸手轻轻一扯，接过了小姑姑背上的包。

这套房子里精致洁净得没有烟火气，庆红进门后瘫在沙发上问宝笛："你在飞机上吃了吗，饿不饿？"

她还未答，晓斌飞快地从书包里信手掏出个东西放到她掌心。她垂眼一看，是块巧克力。

春
声
碎

　　齐宝笛来到医院后没有直接去看姥姥，而是先找主治医生了解老人的病情和治疗方案，咨询饮食建议。医生得知她远道而来，对于她的繁多提问表现出十足的耐心，最后送她走出办公室时还发出感慨："平常好几个姑娘小伙子轮流来看你们家老太太，都喊姥姥，我们还说老太太孙辈儿真多。没想到亲孙女在这儿呢。大老远跑回来，不容易。"

　　"我们家人口儿少，有照顾不周的地方，还得麻烦大夫护士多费心。"

　　"这是我们的职责，而且你妈伺候老太太挺上心的。"

　　她没再说什么，离开医生办公室又去了护士站，问清探视时间后写了一张便条，请护士转交给"俞秋灵的家属"。纸上没有名字，甚至没有文字，只有几个数字——那是她打算每天来陪姥姥的时间段。

护士要她留下姓名，得到的回答却是："不用。给她就行。"

出了医院，她去超市买了一堆食材，回到庆红家楼门口时，正碰见凌晓斌骑着自行车风驰电掣而来，车把上叮叮当当地挂了一兜子锅碗瓢盆。

"小姑姑！"他把东西递给她，"我妈听说你要自己做饭，让我拿给你的，省得买了。红姑姑这儿从来不开火。"

"替我谢谢你妈！我还真忘了买这些家伙什儿。"她一拍脑门，又问他，"哪天放学早，来姑姑这儿吃饭？"

"明儿就来！"晓斌一点也不客气，拨了几下车铃，又一阵风似的骑走了。

宝笛进家门时庆红正在卧室抱着电脑和同事交代工作，满口语速极快的日语。忙完工作后，她敷着面膜走到厨房一看，宝笛正在泡海参，灶上炖着热气蒸腾的鸡汤。她不禁愣住。

"尝尝吗？"

庆红虽嘴上说要减肥，但还是欣然接过了那碗鸡汤，鲜得她眉毛一跳，"真行，你成田螺姑娘了！"

"没什么难的。对了，晓斌他妈说这几个锅送你了，别天天啃黄瓜西红柿。"

"她这操心的命啊……操心团里的小年轻儿还嫌不够……我每年在这儿待不了几天，做什么饭。想吃回家吃我妈做的就得了。"

"你爸妈身体怎么样？"

"还行，唠叨我的时候中气十足。"

宝笛微笑，用小刷子仔细清理着海参，过了会儿，抬肩膀蹭了一下溅到脸边的水珠，忽问："听说年初岳老师走了？"

"你怎么知道的？"

"网上有个戏迷论坛，我没事儿看看。"

"是。虚岁八十五，没什么遗憾了。好多行里人、戏迷、票友给她送行。一辈子没收徒，可她教过的学生真不少，专业的，业余的，都有。"庆红站起来又给自己添了些鸡汤，捧着碗站在宝笛身边说，"你妈和跃哥也去了。没放哀乐，原来给岳老师拉胡琴的现场来了一段'小开门'*，灵车绕西湖开了一圈。"

"白老师还好吗？"

"跃哥说老头有点糊涂了。大家都送花圈挽联嘛，他一直不言不语的，也没掉眼泪，后来小声问旁边：鸿霞今儿贴的什么戏？这么多人送花儿……"

宝笛手下的窸窸窣窣没有停。半晌，她打开刚买的料酒闻了闻，说明天做鱼还是得买瓶好花雕。庆红点点头。小时

---

*　西皮小开门，是京剧胡琴曲牌，多用于配合帝王、后妃升殿时的仪仗、先导。

候住筒子楼，每逢白少杰下厨烹鱼，岳鸿霞一定曼声招呼她俩："小馋猫快来吃鱼！"江南风味，酒香鱼鲜，是记忆里挥之不去的味道。

次日中午宝笛去医院给姥姥送饭。老太太已提前得了消息，所以把自己收拾得整整齐齐、精神焕发，对于孙女的厨艺更是大加赞赏。每年宝笛回京休假期间，平常已不下厨房的姥姥都会亲力亲为地把她喂胖几斤。这一次，她终于有机会给姥姥露一下手艺。

老太太在欣慰之余也第一次旁敲侧击地问她："在国外自己一个人吃饭，闷不闷？"

她专心致志地挑着鱼刺，头也不抬地回答："闷啊，这不回来跟您一块儿吃了吗。"

姥姥笑了，不再追问，乖乖接过了她剔好的鱼脸肉。"缘分的事，不急。谁能想到我奔五十的时候又遇上你姥爷了呢。最近我老梦见他。"

宝笛认为这话题伤感，不想让姥姥说下去，却见她脸上的神情是愉悦而带点羞涩的。晚年的秋灵依然是个漂亮的老太太，年轻时笑眼如弯月，如今是水中的弯月，涟漪一道道。

"昨儿梦见他走到我床头，亲了一下我的脸……你说这老头子什么意思……"

"意思是，我姥爷让您听大夫的，好好养病！明儿想吃什么？"宝笛拿过了姥姥手里的空碗，开始收拾东西。老太太伸手拉住她，踌躇着劝："再待会儿……？"

她清楚姥姥的心思，拍拍她的手背，仍旧站了起来，"晓斌今儿放学要来找我呢。"

宝笛离开后不到二十分钟，蒋凤仪进了病房，发现能干的活儿都被干完了，便坐在床边给老太太揉揉腿脚，什么话也没说没问。结果老太太先按捺不住，有些急躁地埋怨："你说你天天来得都挺早，怎么今儿这么磨蹭？"

"明儿不是要去趟北京吗，有人来给我送东西。"

"真的假的，你不是故意躲着吧？"

蒋凤仪不答，掏出一张印刷精致的邀请函递过去，老太太只得信了。片刻之后，还是懊恼，"这可怎么好？要不趁着我脑子还清楚，跟宝儿把话说明白吧？不然你们娘儿俩一直僵着，哪天我撒手走了，你们这扣儿就再也解不开了！那你爸一定会怪我呀！你自己也有岁数了，以后……"

"以后你们老两口儿要是担心我孤清，就'常回家看看'！我不怕。"蒋凤仪调侃着接过了话茬，老太太没忍住，笑骂了她一句。她低着头继续为老太太按摩，只是手上的动作渐渐迟钝了些。

傍晚，凌晓斌上门时宝笛正在厨房和面，准备烤个披萨，因为庆红的厨房虽然毫无烟火气，可是电器俱全，包括一台大功率烤箱。晓斌不见外地打开冰箱拿汽水，虽是冬天，他却一头汗，脸上红通通的。她问起，他说放学打了会儿球。

"明年就高考了，你还挺自在！你爸妈也不给你上笼头？"

"原来挺严，后来就不管了，我爸还同意我每个月去看场戏呢。"

"为啥不管了？"

"我成绩好呗，用不着他们管。"少年眉目飞扬，并不谦虚，"而且他们说我平平安安、高高兴兴的就行了。"说着，他躺倒在浅米色的皮沙发上伸开长手长脚，惬意地呼了口气，"今儿红姑姑不在，我得好好享受一下她的大沙发！平时来看看她，恨不得用消毒水把我涮一遍才放我进门！"

"看你那一身土……她说今儿晚点回来，你打电话问她吃不吃晚饭？"

"不用问。今儿十号吧？刘俊文贴《长坂坡》，她肯定上北京捧场去了。这几年她一回国就往剧场跑。"

雏仪沾着满手面粉，抬起头诧异地望向晓斌，见他一脸了然的样子，不禁翘起嘴角。稍后，他在沙发上歇够了，走到厨房洗手帮忙，其实是开始试吃各种配料。

"可以啊，小姑姑，连西餐都会做了！"

"这顶多算快餐。以后得闲儿再给你做正经大餐。"她把一片切好的香肠塞进他嘴里，"不过这些东西我也跑了好几个地方呢。有个香草没买到，只能省了。"

"世纪大厦里面开了个大超市呀，肯定有。又不远，我去给你买一趟吧！"

"世纪大厦在哪儿？"阔别家乡多年的她不知道，那座在新世纪之初落成的高大建筑如今是这座城市的地标之一。

“就在步行街，对面是个影楼。”

她怔了一下，克制着问："那影楼还在？"

“在啊。”

许久沉默之后，她恍惚听到晓斌叫她："小姑姑？小姑姑！买哪种香草啊？"

“……你等等。”她在水龙头底下慢慢冲净了手上的面粉，走进卧室，出来时递给晓斌一张纸。上面写的却不是香草名称——那是一张陈旧的收据，字迹已经淡褪到几乎不可辨认了。

“不买香草了。你替姑姑去影楼取个东西。”她见晓斌表情不安，于是尽量用镇静如常的语气对他说，"姑姑在家做饭，你回来披萨正好出炉。"

晓斌只好点头。

当年这张收据藏在她钱包的最内夹层，因此在她妈替她收拾行装时躲过一劫，未像其他许多物品那样被清理。今日，它被揣在凌晓斌的兜里，随他蹬着自行车穿过华灯初上时分的车水马龙。晓斌一边骑车，一边回想着小姑姑在他出门前的喃喃叮嘱：

“收据上的日期有点看不清了，是 1996 年 10 月……

“如果他们不给，你问一下老板娘是不是姓温。如果是，你找她要，她一定留着的……

“对了，你跟她报姑姑的名字……姑姑以前的名字……你还记得吧？”

在路上，晓斌已差不多猜到自己要取的东西是什么了。他的记忆力很好，深深记得的不只有小姑姑以前的名字。

他扔下自行车冲进那家装潢唯美的婚纱影楼时已接近打烊时间，店里仍有几对流连不去的情侣，身穿校服的晓斌在其中很扎眼。他不觉得难为情，大大方方与店员交涉，经过一番周折总算走进了温姓老板娘的办公室。凌晓斌确定自己没见过这个肤色微深而五官秀丽的中年阿姨，但她认真平视了他一会儿，笑容柔和好看，好像认得他似的。

回程他是顶着风骑车的，比去时用的时间多了点。推门而入时，正赶上小姑姑戴着厚手套把烤盘摆上桌，温暖的香味扑面而来，他站在门口就看到了披萨饼上五颜六色的丰富食材。宝笛摘了手套，也看向晓斌；隔着披萨的缭绕热气，看到他两手空空。

晚十点，庆红接到电话后匆匆赶回了家。桌上放着一张凉透的完整披萨，晓斌在卧室外焦急踱步，而里面的抽泣声虽显然闷在枕头里，但隐隐约约的呜咽使人听来更揪心。

庆红立刻掏出钥匙，晓斌松了口气，说他差一点就要踹门了。门打开后，庆红甩掉高跟鞋爬上床，从层层叠叠的枕头被子中间刨出宝笛，抱住涕泪满面的她。晓斌取了冰块，要敷她刚刚不慎被烤盘烫伤的手。

但她躲开了晓斌，红肿的手紧紧抱住庆红，在她怀里大哭，边哭边说："他取走了……是他取走了……"

晓斌在门口捧着冰块，感到它在一点点融化。老板娘告诉他，婚纱影集是在 2000 年的最后一天被取走的。他对那个日期犹有印象，因为那天晚上红姑姑带着他去了电厂……

庆红跪坐在床上搂着宝笛，摇头叹气："宝儿啊，这么多年了，你还放不下他？！"

"我怎么放得下？我放不下……可我也不能去找他……这辈子还那么长，他应该重新开始，应该有家，有孩子……好好过日子，比我们那会儿过得更好……"

"那你呢？他重新开始了，过上好日子了，你不应该好好过吗！来，你不是想知道他过得怎么样吗？晓斌，把电脑拿来！我让你小姑姑看看。"庆红的语气忽然变得强硬，晓斌不敢违令。

尽管宝笛一再挣扎着"不看"，但当庆红在键盘上嗒嗒几下敲击之后，"琪石科技有限公司"的网站首页不可阻挡地展开在她迷蒙的视野里。她终究看到了 —— 看到那是一家"集研发、制造和销售于一体的高科技公司"，看到那家公司"用短短不到十年的时间在国家重点科技攻关项目中取得了一系列领先于国内并达到国际水平的科技成果"，也看到了该公司的创始人兼总经理是个三十七八岁、热心公益的女强人，在环境保护、旅游开发、农村基础设施建设、弘扬民族文化等社会项目中均有她笑容开朗的身影。照中人挎包上闪闪发光的红像章使齐宝笛无法否认自己对她的独特记忆。

而公司的另一位总经理鲜少现身于镜头前。只有一篇图文资讯中出现了他站在众人后排的模糊轮廓。那是一个资助山区失学女童、捐赠现代化教学设备的活动。

良久之后，她问庆红："他和她……"

庆红抢先一步说："我不知道。你想知道吗？"

她调整了一下呼吸，终于回答："不想。"

庆红握着晓斌重新取来的冰块摩挲着她手上肿胀泛白的烫痕，她没再抗拒。"宝儿，他早就往前走了。我知道你们有感情，也知道他不是坏人、负心汉。可你到底是因为他才受了罪啊……"

"晓斌，出去。"她哑着嗓子打断了庆红的话。

"用不着，十八岁了，他什么都懂，也应该懂！"庆红提高了音量，"男人的心思歪一点、坏一时，就可能害了女人一辈子。怎么能轻而易举地原谅呢？"

"你说什么……原谅什么？什么心思……？"

庆红有些疑惑，"你……他……你们的事，我哪知道那么详细？但也能猜个八九不离十。他说骗了你，害你伤了身体啊！他亲口说的。那天晓斌也在的！"

宝笛瞪大了眼睛，转脸向晓斌。他不忍看她，可是沉沉地点头，"是，我听见了……我记得。"

望春回

凌晓斌将近午夜才回到家，车筐里装了一只饭盒。那张披萨两个姑姑一口没碰，瞧着他吃了一半，剩下的便让他带走了。在楼下锁了自行车之后，他仰头看了看这座自己生活了十八年的家属楼，抱着饭盒迈大步跑进了门洞。

他把这一晚上的风波从头到尾讲给了爸妈，从他告诉小姑姑世纪大厦里面有进口超市讲起。他妈偶尔插嘴提问，他爸始终一言不发，只是听到宝笛让晓斌去"找姓温的老板娘"时，他的眉头不受控制地动了一下。

儿子睡后，杨笑笑拿了套干净校服放到他屋里，收走了脏衣服，走进主卧，凌跃正和往常一样靠在床头琢磨事儿，但今天想的显然不是公务。他回过神儿时见媳妇仍在随手拾掇东西，便掀开被子一角催她："停暖了，别着凉。"

她钻进被窝，让凌跃关灯，"睡吧！明儿不是还要陪你老领导去北京吗。"

凌跃没有动，低声问："笑笑，你说……我们老领导这事是不是……做错了？我也错了……当初我应该再多劝劝她，不该听她的那么快去找律师……"

杨笑笑惊了一下。一因这些年丈夫很少叫她的名字了，他当了团长，处处要稳重，而她的名字"不太严肃"；二因结婚将近二十年，她从未听他说过蒋凤仪一个"不"字。

凌跃见她不语，又断断续续说："我就是觉得……石头，人还是不错的，他俩可惜了……你记得那会儿他老来咱家辅导儿子功课？到岁数了，想要个孩子也正常。"

"宝儿不想要吗？他要去南方的时候，媳妇想要个孩子，他怎么不答应？离国庆彩排没几天了，他怎么就等不得了？说白了，他是看准了宝儿如果怀上，就算上面不把她的节目刷下来，她为了孩子，自己也会退的。"

杨笑笑的嗓门逐渐提高，凌跃嘘她，她才顿了顿，轻道："她跟她妈，挺不一样的。可是骨子里的狠劲儿，又有点像……唉，我也知道石头心眼不坏，但夫妻俩要白头到老，还得心齐。你不是说你们团退休回杭州的那老两口儿一辈子没孩子，可是过得像神仙似的吗？"

凌跃沉默了，他想起自己陪蒋凤仪去吊唁岳鸿霞时耳闻的旧事。她其实有过身孕，甚至为了保胎一度解散了那个由她挑大梁的、收入以金条计的戏班子，可是终因年龄和体质原因没有保住孩子，更伤了元气，以致无人邀戏。白少杰自此不许她再提生育之事，一面陪她恢复练功吊嗓，一面出去找各个戏园经理、戏班管事商洽，提出由他傍着鸿霞唱生旦戏，自己不取份儿钱，只是不要让她知晓内情。一份银钱邀两个角儿，生意人自然情愿，岳鸿霞便又渐渐火了起来。当时的坤角儿嫁作人妇后大多离开舞台，而她却在丈夫的辅佐下成了常青树。解放后二人的命运随历史几起几落，但始终相伴相守，直至时光的慈航先将一方渡到了彼岸……

"这下也好，庆红把事儿挑破了，宝儿也就明白当妈的苦心了。你要说她妈有什么错的话……可能不该瞒着她吧……但换成是我，也想不出什么好法子，更受不了八年看不见摸不着自己的亲骨肉。甭说八年，现在一想儿子明年要上大学了，我就舍不得。"

"还有我呢！咱老夫老妻又能过二人世界了。"凌跃伸胳膊揽住她的肩头，被她拱开了，"你天天在团里跑大龙套，我跟谁二人世界？难得跟我嬉皮笑脸一回，不是让我帮小年轻儿牵线搭桥，就是给两口子劝架。"

杨笑笑话虽如此，眼里却藏不住笑。她就是那样一盆火的性子，鱼尾纹都生得比别人活泼。"笑笑，这些年多亏你了。"凌跃望着她，忽然攥起她的手，触感不柔嫩了，可是与他的手紧密贴合。

"你今天怎么了？是不是听见温靖的消息心里乱啦？"她语调依然轻快，凌跃却吓了一跳，因为没想到她也猜出了那位"老板娘"的身份。他们结婚时，他和温靖已毫无私下交流，她连喜宴都没有赴，所以笑笑并未见过她几次。

"别胡说……"

"我哪儿胡说了？我早发现你的小秘密了——斗大的'温靖'俩字儿，写了那么多张！你毛笔字还真不错，会那么多字体。"

"那是团长让我去接站……哎呀，我那会儿以为她是大角儿呢，当然得写好点儿……"

"没见过面儿你就把她的名字写了那么多遍，我的名字你当着人连叫都叫不出口！"

"我叫！明儿你跟我去团里，我站台上喊我老婆叫杨笑笑，我心里只有杨笑笑，'她心我心俱一般'，行不行？笑笑，行不行？你笑笑……"

他说着熄了灯，轻轻笑语在黑暗中浮起，又渐渐隐入窗前月色。

次日上午，一夜无眠的宝笛走进病房时，姥姥没在床上躺着，而是伏在窗口向下张望。她叫了声姥姥，秋灵回过头，身后是北方春日的湛湛晴空，一株银杏树仿佛触手可及，梢头错落有致的小绿扇子被阳光照成半透明的翡翠状。

姥姥指着窗外对她说："你瞧这树上有个家雀儿窝，小家雀儿叫唤一早上了，老雀儿还没回来……赶明儿你给我拿点小米来吧！"

宝笛没答话，安静中，一阵啾啾声确实听得无比真切。

在洒满一室的明媚春光里，姥姥的回忆也是那么真切。

老人将所有细节和对话都复述得清清楚楚，好像过去的每一天都在演练，只等着今时今刻讲给她听。她趴在病床边，脸贴着姥姥的手，几乎忍不住要问姥姥为什么不早点告诉她，但自己其实已经知道答案，而且深知这问题了无意义。

最后秋灵告诉孙女，蒋凤仪这些年收了几个徒弟，掏心掏肺地教他们，弟子上门学艺时包吃包住，可是那把古董剑她没给他们任何一人用过，如今依然放在家属院那套房子的小卧室里。"你妈说那是罗老爷子送给你的。到什么时候，都是你的……"

宝笛走出病房时脸上是平静的。在那场事故之后，母亲做过的、说过的一切，她今日才知，可是并没有感到翻天覆地的震惊。更多的是恍惚。她的一把剑、一间旧屋，母亲不许别人碰；然而母亲当日亲手从她生命里拿走的，是一段婚姻，一个她爱过的男人。

三年的婚姻，不算长，甜蜜很多，曲折更多。她至今能清晰忆起很多人的脸，病榻上剪窗花的陈安秀、和弟弟长得不像的陈苇、喜欢洋娃娃的磊磊，还有莲子和小石榴、电厂吵吵闹闹的大刘一家三口，甚至还有村里那棵枣树下的苗苗……

唯独他的样子，她竟然想不起来了。

昨晚面对着庆红打开的网页，她明明可以从一群西服革履、五官模糊的身影里一眼认出他，可是此时，她在自己心里苦苦搜索，却拼凑不出他的眉目唇齿。

她或许有一点庆幸。这样，她就不必把迟来的怨愤附着在那个曾经亲密、今已走远的爱人身上了。姥姥不是说了吗，妈妈希望她永远以为那是个"意外"，不愿她带着对一个男人的怨气过一辈子。

妈妈。

那对她而言是个太陌生的字眼了……

"你跟妈妈说，牙还疼不疼？"一个三十多岁的女人牵着孩子从她面前走过，嘴里塞了药棉的小姑娘像一只腮帮子鼓鼓的小仓鼠。

"哎呀！牙留在医生阿姨那儿了，我不知道它还疼不疼啊！"小姑娘口齿不清地喊出来。

年轻的母亲愣了一下，随即乐得直不起腰。坐在长椅上的宝笛也不禁笑了，笑着笑着，落下泪来。

她望着那母女俩的背影消失在电梯口，然后站起来再次走向姥姥的病房。她忘了，此时已经过了她自己规定的、每天探视姥姥的固定时间。

进病房前，她先去了趟洗手间，出来时听到隔壁水房里三个小伙子的谈话声，顿时停住脚步。

"师哥，昨儿你那赵云真帅！今儿不在家歇着，又跑过来啦。"

"不累，过来看看有没有要帮忙的。"

"怎么今儿没见着老太太？我还想问问《蜈蚣岭》的走

边呢。"

"到北京领'梨花奖'去了呀！"

"嗯，回来路上了。我刚给凌团打了个电话，他说师父今儿唱《夜奔》了，你们等着在电视上看吧！"

"哇噻，老太太真行……前几天不是说腰病犯了吗？"

他们仨边闲聊边端着洗好的一大碗樱桃朝病房方向而去，并未注意到角落里的宝笛。她悄悄打量，只看出其中年纪最大、单眼皮的那个好像是刘俊文，身板比原来厚实多了。

她站在原地半天迈不动步子。那三个小伙子刚才张口闭口"老太太"，她刚开始还以为是在说姥姥，后来才意识到不是。从什么时候起，她母亲居然会被称作"老太太"了？！尽管年过六旬的人确实可谓进入老年了，但，她是她呀……

许久，宝笛终于定住心神，离开了水房门口，未走出几米，不远处电梯打开，几个人挨挨挤挤地拥出来，其中一个身影阔步如风，瞬间闯入了她的视野。占据了她的视野。

隔着走廊的人来人往，对方在几秒钟之后也看到了她，但第一反应是刹住步子，背身躲避。紧随其后的是个短发黑衣的年轻人，被猛地撞了下巴，哎哟了一声，"师父，怎么了！"

原来那是个女孩子，手里提着个布兜子，里面露出一座奖杯的尖角。在这一老一少身边，人潮往来无片刻停顿。宝笛也在那人潮里。

"妈。"

蒋凤仪在周围的嘈杂声里听到了那一个字，虽然不确定是否误听，但她还是转回了身，转得有点迟慢。

宝笛向她走去，见她穿一身中式秋香色的裤褂，应该不是当初外婆做的那些了，因为她比从前胖了点，但骨相仍是棱角分明的，眼睛也还是那么亮；头发比从前更短，虽染的酒红色，可是新长出来的发茬大半是白的了。

走到近前，她又叫了一声妈，同时发现母亲今日浅涂了口红。

这一次蒋凤仪听清了，确认无误。她答应了一声，声音小到自己都没听清。

宝笛笑了，语气有点调侃，"今儿打扮得这么艳啊！"

"嘻，后台化妆的小姑娘非要……"她没想到女儿会说这样的开场白，忙局促不安地抬起手来。

然而，一个突如其来的拥抱遏住了她的动作。

"别擦呀。"女儿抱着她，贴在她花白的鬓边轻轻说，"妈，挺好看的！"

惜

余

庆

　　乔一恒站在咫尺之内目睹了那一场母女重逢，有点鼻酸，又有点手足无措。对于蒋雏仪的样子，一恒并不全然陌生，因为这些年看过她不少剧照，姥姥在家悄悄翻相册时也从不避着她；然而，面前的齐宝笛又和一恒想象的不太一样。三十五岁的她当然不那么青春满面了，但体态轻盈健康，眼角眉梢温煦可亲。一恒几乎无法把她和那个姿容骄傲飞扬的小将陆文龙联系起来，更不能相信这个面带春风的姐姐曾狠心与她的母亲、自己的师父断绝往来达八年之久……

　　那差不多也是她追随师父学艺的全程。一恒见过师父孤独沉默的时刻，所以更替眼前的她感到高兴——站在宝笛身边的、好像抓了满把糖果的小孩子般的她。正当一恒退后几步想要回避时，宝笛松开了与母亲的拥抱，微笑看向她，蒋凤仪忙介绍说："这是……"

"一恒是吧，你好！"

一恒意外又兴奋地叫了声姐姐好，跳过来和她握手，相触的瞬间，宝笛突然嘶了口气，把手缩了回去。一恒还没反应过来，蒋凤仪已经托起女儿的手察看那个肿起的水泡，急问怎么弄的。

"没事，昨儿做饭烫了一下。"

"这还没事？正好在医院，咱找大夫上点药。"

她说着就要带女儿去挂号，宝笛却挣脱了，"我自己去。妈，你先看姥姥去吧，老太太等着欣赏你的大奖杯呢！"

一恒闻言把装着奖杯的布兜子交给蒋凤仪，主动提出陪宝笛去处理烫伤。走在路上，平时豪放的她略显拘谨，而宝笛轻松自然地和她聊了些家常，最后开玩笑地问："你师父没少对你下毒手吧？有没有偷偷恨她？"

一恒摇头如拨浪鼓，"是我自己笨，功夫不到家……挨师父的打特别幸福！姐姐，到了，就是那间诊室！"

"你挺棒的，身体素质强，爆发力也足。好好练，一定会是个好武生！"宝笛向她认真点点头，然后从她手里接过挂号条，诚恳地说，"谢谢你。"

好半天，一恒回味着宝笛对她的几句评价，心情很澎湃。当天她开车送蒋凤仪母女，她们落座后，她望着后视镜小心询问："师父，去哪儿？"

"送你宝儿姐回……"

"回家。"宝笛止住了母亲的踌躇，很快答道，"一恒，直接送我们回家吧。"

在车上，她拿出那座雕有梨花的水晶奖杯端详，恭喜母亲"花开二度"，一恒也兴奋地叽叽喳喳，说得过两次奖的都是"大师级"人物。

"我还是那句话，以前的大角儿这奖那奖都没得过，可那才叫'大师'，给我十朵花儿也配不上这名号。"

"师父，现在遍地都是表演艺术家、大师、泰斗，您有什么配不上的！"

"好词儿都叫贱了。以后我多养几条狗，就拿这几个词儿排辈起名。"

她说得一本正经，驾驶座的一恒听后哈哈大笑，宝笛也抿嘴乐了，又忍不住提醒她妈在外面慎言，别得罪人。一恒插嘴道姐姐说晚了，蒋凤仪立马拍了一下徒弟的椅背，叫她"不许打小报告！"

车子在家属院门口停下后，一恒转头递给蒋凤仪一袋东西，低声说："师父，我又买了袋狗粮，您给八顿试试。"

"好。这几天熬肉汤泡狗粮，它倒是吃得多了点。你今儿不上去看看？"

一恒略犹豫了一下，说改天再来。

下车后宝笛问母亲，一恒千里迢迢来学戏干吗要带着狗。母亲说她五六岁刚随父母移居香港时天天闹脾气，家里就给她买了个宠物做伴。八顿能吃能睡脾气好，每天陪她的时间比爹妈多得多，天长日久，自然互相离不开。如今八顿已经十七岁，相当于人的八九十高龄了。

说话间，保姆打开了家门，原本恹恹趴在地上的八顿立刻撇着八字脚努到蒋凤仪腿边，蹭蹭她，又跑到她身后乱转。

"别跑啊，看你喘的！姥姥没回来呢……小懿今儿有事没上来……你今儿胃口怎么样呀……"

宝笛贴着墙，紧张地看着母亲一边爱抚狗头一边跟它絮絮讲话，狗见到陌生人也显然不安，凤仪便指着女儿对它说："这是姐姐。"八顿会意，慈祥地朝她摇了摇尾巴。想到这是一只耄耋老狗，宝笛对这称呼愧不敢当，赶快躲开了。她躲进了自己的小屋——依然窗明几净，一切摆设都没有变，只是桌上放了父亲的笛盒和母亲送她的那把宝剑。墙上的日历是簇新的，日期是昨天，宝笛伸手撕下了这一张。

饭后她睡得很早，因为时差，也因前一天彻夜未眠。习惯了睡大床，熟睡中她一翻身险些掉到地上，惊醒后惝恍不知身处何方。大概过了半分钟，她想起她在自己的床上，床在自己的家里，家里不是自己一个人。

她蹑手蹑脚地起身来到隔壁房间外，推开门的瞬间一愣，随即快步走进去接过了母亲手里的膏药，一下找准了贴的位置，"是这儿吗？疼得厉不厉害？"

"就这儿。没事，老毛病。"

"老毛病犯了还要'奔'？电视上几点播啊？"

"你听说啦？我也不知道……估计播完了吧。"

母亲伏在床上，宝笛拿起遥控器打开了电视，正赶上戏曲频道深夜重播颁奖礼。她轻轻给母亲揉着腰背，有一搭没一搭地瞄着电视画面，直到神采奕奕的母亲走到台前，接过奖杯，发表了几句简短的致谢。宝笛的手不知不觉停了。主持人笑容可掬地接话："蒋老师言简意赅，是因为接下来她要用精湛的表演回馈大家的支持和喜爱。掌声欢迎'活林冲'为我们带来《夜奔》选段！"

在顷刻燃起的热烈气氛中，便装的蒋凤仪一步跨上前，手按腰间并不存在的"剑柄"，目光随着念白放出去，她，便是林冲了。

"英雄怀宝剑，为除奸佞头。想俺林冲，在那八十万军中做了禁军教头，征那吐蕃的时节呵！"

宝笛以为母亲要表演的选段只是【折桂令】，但【折桂令】结束了，她没停；【雁儿落】【得胜令】结束了，仍不停；【沽美酒】【太平令】……林冲一路奔了下去，宝笛的心提到了嗓子眼，仿佛回到了在钟琴家漆黑的地下室偷看母亲国庆演出录像的那个时刻。须臾，她泪盈于睫，几乎没有看清最后的【煞尾】。

"吓得俺魄散魂消，似龙驹奔逃。"

她担心中的事并未发生，母亲没有像过去那样高高跃起跳叉；但她也没有轻易放过自己，而是搬腿至额，直接落地。热烈的掌声与震骇的喝彩响彻现场。

"呀！"她右掌拍地，借力起身，"百忙里走不出山前古道。"

林冲的仓皇无助突显至极，感人至深。许多人赞她威风"不减当年"。

其实英雄老了，身手自然不复当初，唯因英雄的心气不灭，辐射向外，由四肢百骸传达到八方观者的眼前，吸引了人，迷惑了人。痴迷者清醒后或许感叹英雄迟暮，但英雄最不愿要的就是他人的怜悯。

蒋凤仪问女儿："你看妈还可以吧！"

宝笛带着鼻音嗯了声。

母亲回头推推她，"我自己觉着还不勉强。不过以后我也不'奔'这么长了。"

"怎么？"

"给人留个好印象，也给自己留点余地。叫人家瞧着担惊受怕就没意思了。我要让他们为了我的戏、为了林冲感动，不是因为一个老太太在那儿拼老命。"

母亲的语气是洒脱甚至调侃的，宝笛不知如何应答。狗突然来挠门了。蒋凤仪立即翻身下地，趿着拖鞋给八顿打开门，把它抱到床上，柔声细语说："又要跟我一块睡呀！"

"妈 …… 我 …… 也想跟你一块睡 …… 但不想 …… 跟它 ……"

一番思想斗争之后，蒋凤仪满怀歉意地将八顿抱到了房间角落的软垫上，向它解释：姐姐怕狗、姐姐不常回来 ……

宝笛带着鸠占鹊巢的心情躺在了母亲身边，似乎还有好多话想说，但困意袭来，几分钟之内就睡熟了。天没亮时，一阵奇怪的声响吵醒了她。她闭着眼向枕边摸，发现母亲不在，忙坐了起来。

"妈……干吗呢？"睡眼惺忪的她看到母亲蹲在狗窝旁边。

"八顿呼吸有点不好。我得带它去趟医院。"蒋凤仪当机立断站起来，麻利地穿外衣。

"现在？"宝笛侧头望了眼窗帘的缝隙，同时的确在黑暗中听到了嘶嘶喘息声。于是她二话不说也跳下了床，执意陪母亲一起。

院外的小街上车辆稀少，母女俩跑到主路边打车。蒋凤仪的焦急写在脸上，仍不忘低头与八顿轻声说话，远远望去，好像抱着个襁褓。八顿近来虽食欲衰退，但仍有十几斤重，宝笛几次提出替母亲抱一会儿，均未被应允。其间，有两辆出租车停下过，但司机一瞧抱的是狗便立刻拒载。蒋凤仪火了，第三辆车停下时她开口就出了高价，终于一路疾驰到了宠物医院。

宝笛这才知晓母亲不是第一次带八顿来看急诊了。医生为它注射了药物，戴上吸氧面罩，渐渐地，它的呼吸平稳了。医生转身对蒋凤仪说："还是上次告诉您的问题，八顿的内脏接近衰竭，已经没有切实有效的治疗方案了。为了狗狗着想，您应该尽早做决定……八顿还要再留下观察几小时，二位可以在椅子上歇会儿。"

落座后宝笛略安慰了母亲几句，蒋凤仪捶着胳膊沉默了一会，说就怕一恒接受不了。"甭看她平时跟个野小子似的，为了八顿，背地里没少哭鼻子。"

"那她一定也不忍心八顿受苦……"

凤仪点点头，注视着不远处的小病床告诉女儿："八顿真挺仁义的。有一回姥姥溜弯遇见坏人，还多亏了它跑回来报信儿。"

"姥姥没跟我说过！伤着哪儿了吗？"

"没什么大事，脚腕子养了一阵儿。就是手上一个金镏子让人家抹走了。"凤仪不禁笑叹一口气，"那是他们老两口结婚的时候姥爷托人打的。这老太太挺有意思，一辈子没跟我张嘴要过东西，最近老是拐弯抹角地念叨戒指没了，怕你姥爷认不出她。我说老爷子是中风走的，又不是老年痴呆，怎么会认不出？"

"姥姥就是想再要个戒指嘛。你干吗这么说！"

"我知道。逗逗她！"凤仪朝女儿眨眨眼，片刻后轻道，"丫头，姥姥的情况你也清楚。要是哪天……"

"到时候姥姥、姥爷能团圆，是好事儿。"宝笛平静说完，握住了母亲的手，"只有一件，妈，以后不管有什么事，不要瞒我了。"

蒋凤仪怔了怔，小心绕开女儿手背上的纱布，攥住她的手指答了一个好字。天蒙蒙亮时，医生走进观察室，发现八顿已经醒了，正眼巴巴地盯着墙边的座椅，母女俩在那儿头靠头睡得正香。

应天长

宝笛这次回国前请了二十天年假，因为完成了太多的事，所以恍惚觉得很漫长似的，而假期将尽时又深恨时光匆匆。

她和母亲一起给了姥姥一个惊喜。某天傍晚秋灵在病床上醒来，被窗帘缝隙间露出的一缕夕照晃得眼花，她抬手一挡，看到自己指间有一圈比夕阳更亮的金光，尺寸刚刚好。门外的凤仪母女将老太太的一脸喜色尽收眼底，她那双照顾了全家几十载春秋的手在病中显得枯瘦无力，但当她摘下戒指仔细打量时，笑容格外美好。

几天前宝笛趁姥姥睡着，用红绳量了她的指围，然后与母亲去了本市最大的金店。店员询问她们的需求，凤仪毫不犹豫说要成色最好、款式最新的。宝笛却说最简单的款式即可，但是内壁要刻字。

"什么字？"

"两个'半'字串在一起，像双喜字似的。"

凤仪愕然。离开金店后宝笛告诉母亲，她小时候偷玩过姥姥的戒指，十个指头试遍，最后套在大拇哥上取不下来了，香油、肥皂都不管用。还是姥爷急中生智，拔了姥姥几根头发捻在一起穿过戒指圈，慢慢把戒指提了起来。她本来吓得直哭，可是看到手指头上硌出的"半半"字样，好奇心立刻压过了一切。姥姥给她揉着小手，面露羞涩不作答；姥爷却直爽而带点得意地道出了寓意：俩人是半老重逢、半路夫妻，"'两半'凑在一起就圆满了——后半辈子的伴儿！"

当时的她年纪很小，对这几句话懵懵懂懂，记忆却明明白白。

蒋凤仪听后感触良多。

那天八顿在宠物医院接受急救后，一恒来接她们回家，到家后用肉汤泡软了狗粮，一点点放在手心喂八顿。宝笛和母亲站在后面，半天，听到她低声说："师父，就按医生说的做吧。"

次日，一恒带着冯姣来了。宝笛差点没认出她，印象里冯慧那个面黄肌瘦的小妹如今出落得亭亭玉立，依旧纤秀，但活力充沛，咖啡色的头发扎一条麻花辫，身背大画板。她细心擦净了八顿的嘴边眼角，然后拿出了她的纸笔。此刻的八顿是个极配合的模特，它老老实实地趴在窝里任姣姣画下它的样子和每一条皱褶，一恒托着下巴在旁边看，一言不发，因为姣姣的笔完全符合她的心。

午后，宝笛送她俩出门，趁一恒去开车时在冯姣耳边轻问："蛟蛟小画匠？"

冯姣眉尖一跳，"姐姐你也上论坛啊！"话音刚落，她恍然大悟，"那你是不是……"宝笛笑着嘘了一声，"你们俩好好加油。祝你早日变成'蛟蛟大画家'！"

冯姣冲宝笛嫣然点点头，转身奔向了一恒的车子。

几天后，八顿在大家的陪伴下平静地走了。是夜，蒋凤仪失眠了。一恒哭了一宿，破戒抽了支烟，第二天照常练功排戏。宝笛去剧场里看了一回她的表演，散戏后进化妆间道辛苦，正赶上她换衣服。湿漉漉的水衣子一脱，宝笛吃了一惊。她走到近前端详——八顿静静"卧"在一恒的肩胛骨上，轮廓那么栩栩如生，只是刺针留下的红印尚未消退。

离家的日期迫近，宝笛约庆红去郊外爬山、烧香祈福。山不算高，宝笛健步如飞，庆红则遇见平坦点的山石就要休息。从她们身边经过的大多是老年人。庆红问她："什么时候封建迷信了？"

她没回答这个问题，指了指道边的一树桃花，"景多好！春天来了。"

庆红嘴里不屑，进了香烟缭绕的大殿后照样跟宝笛一样恭恭敬敬地跪在了佛前。宝笛祈愿后扭头看向旁边，发现庆红还虔诚地闭着眼，双手合十，睫毛簌簌。

俩人跨出门槛后宝笛摇摇头说："我觉得你得再换个地方

去拜。"

"为什么!"

"这个菩萨不是主管姻缘的。估计姐弟恋更不管……"

庆红反应过来,马上笑嘻嘻地反唇相讥,"菩萨都不管我,你还管?我是替你许的愿,祝你以后找个成熟可靠的大叔!"不待宝笛伸手掐她,庆红蹿出去几米,闲步走向朱墙绿树掩映下的偏殿,一路走着一路哼着。

宝笛在后面喊说你在庙里唱这个是不是太过分了!庆红不理她,兀自唱了下去。

············

哪里有天下园林树木佛?

哪里有枝枝叶叶光明佛?

哪里有江湖两岸流沙佛?

哪里有八万四千弥陀佛?

从今去把钟楼佛殿远离却,

下山去寻一个年少哥哥……

微风拂过,檐下的铃铎轻轻摇曳,妙音宛转入耳。

回程的航班经停香港,宝笛在机场里面的茶餐厅和谢波、小文匆匆一叙。自 1997 年一别之后,她和他们俩整十年没见过面了,因此很怕自己在熙熙攘攘的人潮中辨不出老朋友。幸而实际情况是她隔着老远就看见了谢波 —— 他的一条胳膊绑了夹板，很显眼；小文挽着他另一条胳膊，俩人身边并没有带那一双儿女。

宝笛朝他们走去，相隔几米时谢波忽然松开小文，毫无预兆地原地起范儿，翻了个小蛮子到她面前，用没事的那只手一把将她搂进怀里。路过的旅人无不目瞪口呆。

"果然是赚得多就干劲足。这功夫比原来还俊！"她说完推开谢波，和小文拥抱。小文拆了谢波的台，说他是逞能，为了刚才这个"亮相"在家练了好几天。

"这胳膊不是练这个折的吧？"宝笛半玩笑半认真地问。

谢波连连否认，说是在片场不小心摔的。

"你现在还要亲自上阵吗？"

"本来不用，他这是自找的。"小文嘴快，告诉宝笛，有个不懂行的导演异想天开设计了一个动作让替身演员去做，小谢说不能这么做，肯定会受伤。两处争执不下，但毕竟导演大过天，小谢最后说那我做给你看看。他果真按导演的要求做了那个动作，也果真不成功，所幸只受了轻伤。导演嘴上怪谢波功夫不到家，不过还是识相地放弃了自己的设计方案。事后，那个做替身的年轻武行对谢波感激不尽。

"行啊小谢，大侠风范！"宝笛由衷地夸他。

"过奖、过奖！"小谢仍嬉皮笑脸，却也带出了几句认真的感慨。他说自己有点小伤好歹不耽误在组里做指导，但底层的替身"搏命揾食"，受伤了、爬不起来了，便丢了饭碗。他本人是这样闯过来的，如今身边有了追随他的武行小兄弟，他不能对他们的死活坐视不管。

小文接口："你有点闪失，谁管你老婆孩子？"

谢波瞅了她一眼。来之前俩人说好了在宝笛面前不提孩子的事，此时聊到了这里，宝笛却神色如常。得知他们的小女儿叫"谢玟"之后，她说谢琼谢玟，真是一对玉似的宝贝。

这顿简餐快吃完时她从包里掏出两个小锦袋，"前几天我跟庆红去上香，请了两个平安符，是我俩的一点小心意"。她把东西放到小文手里，又转头对谢波笑说："早知道你天天玩儿命，也该给你请一个……不过你也用不着，小文和这俩宝贝儿就是你的平安符啦！"

夫妻俩说替孩子们谢谢两个姑姑送的礼物。

"不用。我还要谢你们给我妈送去了一个好徒弟。"宝笛诚恳地回答。

起飞，降落。

齐宝笛回到了异乡，照常上班、下班、做饭、跑步……这里没有人知道她的过去，甚至在大部分时间中，她也想不起自己三十岁之前曾经演过那么多浓墨重彩的故事，而在台下也经历了那么多悲欢离合。她不刻意铭记什么，也不再强迫自己去遗忘。

有时在林间散步，她会下意识哼出几句西皮二黄。有时公寓隔壁的几个大学生开 party 吵得她睡不着，她便抱着胡琴坐到阳台上，专拉哀婉幽怨的曲子，总能逼得对方很快偃旗息鼓。更多时候她不唱不奏，只是上网逛论坛，偶尔也回帖，匿名解答网友提出的一些专业问题。

她最关注的是母亲的动向 —— 蒋凤仪又收谁为徒了、又去哪儿演出了、又在讲座上发表什么辛辣点评了……她读着那些讯息，时而眉头紧锁，时而会心一笑。

蒋凤仪在各种场合依然常演【折桂令】，连唱带舞，但正如她向女儿保证的那样，她再没有演过整折的《夜奔》。六十二岁参加颁奖礼时从【折桂令】唱到结尾的那半折是她晚年最精彩绝伦的舞台表现之一，也是戏迷们口中"看过可以吹嘘一辈子、没看过遗憾一辈子"的现场演出。因为大家都知道光阴的不可逆转。

不久，乔一恒首次正式贴演《夜奔》。宝笛在论坛上一一浏览大家的评价，不足之处当然很多，但也有人看出了她的功底和努力，不吝表扬。宝笛还仔细观察了"蛟蛟小画匠"上传的速写，确认一恒用的是那把剑 —— 她去机场之前，正式将它赠给了一恒。

"英雄怀宝剑"，而现在的齐宝笛只想做一个戏外的普通人。但她希望戏台上的金戈铁马永远不收场，希望后来者的英雄梦可以早日成真，在薪火相传之中延续那一趟坎坷而壮阔的旅途。

贰
拾
壹

谢秋娘

在秋灵卧病的后期，蒋凤仪携她回到了乡间宅院，也许是因为繁盛的花木和清新的空气，她的精气神一下子好了很多，另一原因当然是等着孙女归家。

宝笛接到消息后很快飞回了国，第一次住进修缮后的蒋家小院。时值晚秋，院里的梨树、花草业已凋零，唯有变红的爬山虎依然密密匝匝，像一大块搭在墙上的锦毯，慵懒地晒着西去的日光。

由于时差，宝笛总是全家最早起床的一个。回来后的第三天清晨，她走出房门，被院里的景象惊呆了，赶紧招呼母亲出来看。蒋凤仪披衣走出来，也吃了一惊——房前屋后的那片梨树竟在一夜之间个个"雪满头"，光秃秃的枝丫上绽开了梨花朵朵，仿佛无视萧瑟的秋风。

保姆大姐却见怪不怪。她说今年在这院子住得少，没怎么养护这些果树，叶子早早落了；这几日雨水多，气温也稍高，便又催出了花苞。只是眼下一天冷似一天，花开后不会再结果了，所以果农最怕这种现象。

母女俩都没说什么。宝笛剪了一枝梨花泡进水里，摆到姥姥的床头。

她和母亲陪姥姥走过了人生最后一秋。

如保姆预料的那样，一次寒潮过后，梨花悉数落尽。姥姥安详地离开了，出殡日遇上了那年冬天的头场雪，凤仪母女清晨推开窗，再次目睹千树万树梨花开。

老人高龄去世，是喜丧，鼓乐吹打很热闹。剧团家属院里的老朋友和蒋凤仪的弟子、学生们都来送行。他们年纪最大的超过四十，最小的刚从戏校毕业，但在秋灵生前一律称呼她为姥姥，并不是假亲热。因为在他们离家学艺的日子里，这个慈祥的老太太曾经给过他们每个人细致入微的关爱。

村里来了这么多戏曲演员，老乡们都很欢迎，凤仪便叫徒弟给大伙儿唱了几段，田野上一片喧腾，使人几乎忘记那是一场葬礼。只是当一个年轻人唱起《三娘教子》时凤仪的眼睛泛起了微微的潮润。

料理完后事，宝笛在母亲的催促下并未停留更久。凌跃建议蒋凤仪回市里住一阵子，换换心情，但她没有答应，照常住在这座院落里。头七、三七，直至满七，她一次也没有梦到过继母。给女儿打电话时她甚至对此有所"抱怨"，难道老太太嫌她这些年的照料还不够尽心？宝笛则说姥姥、姥爷团圆了，过得太开心，顾不上给她托梦。凤仪这才作罢。

女儿此番回到国外后购置了一幢独立屋。其实像她这样的单身人士住公寓更方便，但考虑到母亲素喜开阔，为了让她今后愿意常来小住，换房子是有必要的。她特意选了一个华人较多的社区，入住后向左邻右舍做自我介绍，她说自己姓蒋。

母亲第一次过来看她时，她颇为紧张。尽管蒋凤仪从四十多岁起就频繁赴海外演出交流，但毕竟不曾单独出行。雏仪在机场等了好久才看到她妈气定神闲地走出来，赶紧上前接过她的箱子，询问路上是否顺利，过海关可曾被刁难、有没有遇到什么特殊情况……

"半个飞机都是来探亲的老头老太太，我有什么特殊的？"

"那你怎么比人家都慢？我问了好几个人，都是跟你一个航班的，早出来了！"

蒋凤仪见糊弄不过，只得承认自己被查了箱子，因为"带了两件刀枪把子"。雏仪无奈，常听说别人的爸妈因为给孩子带了腊肉、干货、草药之类的东西遭到开箱检查，谁能想到她的老妈是被怀疑携带了"危险武器"呢……

与女儿同住的日子里，蒋凤仪保持着每日练功的习惯，强度自然比原来降了很多，但腿还是得空儿就架在高处，轻轻一扳就能贴到耳朵。

有时她难免有迟暮之感。雨后散步，路上有个大水坑，女儿拉着她绕路走，走过了，她又回头瞅瞅，说早几年她一抬脚就"飞"过去了。雏仪说："你原来满天飞，我抓不着你，现在就踏踏实实跟我在地上走吧！"

有时她也不服老。秋天林间落叶满地，松软厚实，周围空旷，女儿亦不在旁边，她心里一动便翻了个又高又漂的抢背。从落叶堆里滚起后，她掸了掸身上的土，暗自得意时有个中年女人路过，操着广东话惊呼着跑过来，以为她摔了大跟头。

"没事……我玩儿呢……"

这句"解释"令好心人更加摸不着头脑，蒋凤仪没再多说什么，匆匆溜了。

六十五岁以后她不再染头发，任凭新生的白发在太阳底下闪闪发光。与此同时，雏仪觉得母亲的脾气越来越像个小孩了。年轻时她一门心思扑在戏上，不讲究吃穿，因为保护嗓子的缘故饮食偏于清淡。及至晚年，她反而变得有些"贪嘴"了。甚至，雏仪几次下班回家在冰激凌车前抓到母亲——她攥着硬币排在几个洋孩子后面，正盯着车身上花里胡哨的图案思考自己要选择什么口味。

蒋凤仪上岁数以后并没有逃过老年人常见的一些健康问题，所以女儿不得不对她恩威并施。她逼着母亲每餐吃一大份蔬菜沙拉，蒋凤仪总是叼着菜叶子发表不满。雏仪也自己在家烘焙减糖减油的甜点，可惜母亲毫不领情，说她偷工减料。

"这比正常的方子还难做呢！"雏仪哭笑不得，只好再斟酌用料比例。她在玻璃盆里搅和着融化的巧克力，搅得差不多了，她叫妈妈过来尝尝够不够甜，没人应，原来母亲等得不耐烦，早已窝在沙发上睡着了。

雏仪走过去给她盖了条毯子，回到厨房，在满室醇厚微苦的香气中深吸了一口气，忽想起自己小时候父亲每次从上海出差带回巧克力，母亲好像从来没碰过。

她想母亲这一辈子在台上的戏已经唱得很圆满了，而在台下似乎还有星星点点的遗憾。因此，每年雏仪都陪母亲出去旅游，那些国家和城市的剧场里曾留下她的万丈光芒，而她彼时无暇欣赏它们的风光旖旎。可是没关系，青山未老，绵亘在天地之间等待着故人重游。

晚年的蒋凤仪终于有机会学着做个"普通人"，普通的游客、食客、退休老人、书画自学者……以及，一个享受天伦之乐的母亲。首先，她主动向女儿学起了做饭，结果却仍是那么地不成功。雏仪在收拾厨房废墟时痛定思痛地总结了一个道理：烹饪跟唱戏一样是门艺术，没有天赋的人再怎么努力也无法取得成绩。

蒋凤仪深感认同，欣然放弃。

不过她好歹学会了包饺子，一个褶一个褶地捏，偶尔鼻尖上蹭了面，像戏里的小花脸似的。雏仪不催她，只坐在对面屈肘支头，目不转睛地瞧着她。母亲眼帘低垂，神情专注，不自觉抿抿嘴角，脸上的峭凌之气比年轻时淡褪了很多。

"你看什么呢！"她把手里最后一只饺子放到盖帘儿上，如同孩子小心翼翼地送一只小纸船入水。

"看林教头包饺子。"雏仪说完，端起泊满了雪白小船的盖帘儿走向厨房。

暮去朝来，柴米油盐，蒋凤仪在女儿身边是幸福的，和每个母亲一样；可是她也常常感到寂寞。那片社区里有不少中国老人，她独自遛弯时会与他们寒暄几句，但没法多聊——她边走边踢腿，其他老太太追不上她；别人夸孙子、抱怨儿媳妇、炫耀女婿，她也搭不上话。

有一回钟琴来做客，陪着她在家唱了好几段，尽管女儿的胡琴技术拖了后腿，但她还是难得的兴高采烈。雏仪送钟阿姨出门时告诉她老太太这几天正闹着要回国，今儿唱高兴了，没准儿能多住些日子。钟琴悄声笑说她母亲戏瘾大，享清福跟受罪似的。

不久，在钟琴的建议下，雏仪暗中请父亲协助，最终与一家小剧场谈定了演出事宜，以小型清唱和座谈会的形式，不公开售票，主要目的是让母亲解解闷儿。没想到这个活动一年年办了下去，被当地乃至周边地区的华人戏迷票友口耳相传，成为许多人每年期盼的一桩盛事。

在蒋凤仪虚龄七十这一年，剧场负责人、当地华人协会以及戏迷组织比以往更早运作起来，因为他们听说老太太四岁初登氍毹，是年恰可算作她从艺生涯的六十五周年，应该好好庆祝。

　　他们征求雏仪的意见，她原本有顾虑，一因母亲不喜欢搞噱头，二因这类大操大办必定使老太太受累胜于往常。但她和父亲谈及此事时他的一句话令她改变了主意。

　　"人活七十古来稀，七十了还能上台的武生更稀罕。你给她办三天三夜的寿宴也不如让她痛痛快快唱一场戏。"

　　于是那年在母亲过来探亲之前，雏仪开始了紧锣密鼓的筹备工作，每天早出晚归。她没有注意到半年前对面搬来的那对小夫妻鸡飞狗跳了一阵子，男主人的车很快不见踪影，而女主人的孕肚还在一天天长大。

殿
前
欢

在途途四岁时，吕娜以中国戏曲坤伶发展史为研究方向的博士论文完成了初稿。一千多个日日夜夜，除了她的导师和横山教授之外，女儿是最关心她论文进度的人，而且是她不离身的小监工。有时她被问得不耐烦，对女儿说："写这个比养你还难！"

"我明明很好养！"途途对这个类比不满，但还是苦口婆心地劝她要有耐心。

"好。我把它当成你的小妹妹。"

于是，"妹妹"成了吕娜母女日常对那部论文的爱称。从一个胚胎般的朦胧想法到一个立得住、展得开的骨架，再慢慢填充以丰满的血肉，吕娜的确渐渐感到那不是上百页冰冷的字词，不是换取学位头衔的价码，也不仅仅是有朝一日求教职、登讲台的敲门砖。它有温度，是"她们"的体温；有律动，是"她们"的脉搏。从千百年来根深蒂固的"贱业"污名中挣脱，朝着艺术殿堂艰难跋涉的戏曲女艺人群体，她们在台上台下的生命是有限的，但当文献、史料、口述中的萍踪浪影拼凑在一起，她们的存在之意义又是永恒的。

论文通过导师的初步审读之后，吕娜利用暑假带女儿回国做了几场学术报告，与相近领域的研究者进行了交流，并计划搜集更多资料。另一件必做的事自然是去拜访蒋凤仪。

阳光明媚的周末，她和女儿走出宾馆，正准备打车时听到有人在背后招呼："是吕娜吗？"对方打扮中性、样子酷帅，穿了件 logo 隐蔽的潮牌黑 T 恤。"我叫乔一恒。我师父那地儿不好找，她让我来接你们。"说完她弯下腰平视小朋友的脸，"我知道你叫吕途，对不对？"

"我也知道你后背有个狗狗的 tattoo（文身）！能不能给我看看！"

吕娜制止了女儿，乔一恒却爽快地说上车就给她看，还问她是不是也喜欢狗。吕娜隐约听说一恒比自己还大两岁，现在应该三十四五了，但看上去依然像个追风少年。上车后一恒立刻兑现了承诺，途途见到活灵活现的八顿兴奋不已。"好看吗？底稿是这个阿姨画的。"一恒向副驾驶微微侧了下脸，冯姣莞尔，回头对小朋友说蒋老师家有好多小动物呢。

八顿去世后蒋凤仪和一恒原本都不愿再养狗，因为害怕再次面对离别。然而，冯姣某次去郊外写生，从农家院里抱回了一只刚断奶的孱弱小土狗。狗妈妈死了，其他壮实的狗崽儿吃剩饭剩菜都没事，唯独那一只天天拉稀。冯姣看着不忍心，主人却不屑，"一窝里就它天生弱，怨谁？"

冯姣听到"天生弱"三个字，不再多说，当即提出要买走这只狗。主人乐得摆脱累赘，但还是张嘴要了她五十块钱，"瘦是瘦了点，卖给饭店也得值这个价儿"。

看到姣姣抱回的这只狗，当初发誓再也不养狗时一个比一个坚决的蒋凤仪师徒开始了明争暗抢，最后还是师父得逞了。不久，姣姣和一恒去蒋家小院，进屋便见老太太正在用奶瓶给小狗崽喂奶，而且是羊奶，"大夫说了，牛奶不好消化"。

吕娜问起狗叫什么名字。

"二太保。"一恒说完，姣姣补充说明八顿是"大太保"。

"那是不是一共有十三只狗狗啊！"*途途为自己的推论感到惊喜万分，车上三个大人都忍俊不禁。冯姣说现在还不到，但按照老太太捡猫救狗的速度，估计早晚得有这么多。

她们到达时，蒋家小院如同热闹的沙龙。有人正在院里摘果子，被身后浇菜的同伴滋了一身水，有人招猫逗狗，还有人在打乒乓球。大家对于新客人的到来都没太注意。

---

*　唐末节度使李克用的十三位义子并称"十三太保"。京剧剧目《珠帘寨》中有著名唱段"数太保"。

吕途颇为淡定地看着妈妈激动拥抱客厅里唯一一个花白头发的身影。老太太见途途不言语，佯作含嗔问她："小丫头，不认得我了吧！"

途途口齿清脆地叫了声蒋老师，然后想了想，回答："我认得你的声音！"

蒋凤仪开怀笑了。

吕娜母女是中午到的，直到天黑后依然有客登门。至晚上九点，所有人始默契地渐渐汇聚到大客厅，或坐或站，各寻安身之处，一位青年琴师把胡琴放到膝上调起了弦。蒋凤仪坐在一张圈椅上慢悠悠地煮着普洱茶，有个小伙子说师父这儿的桃子好吃，以后可以多种点。

老太太头也没抬地笑骂一句："真拿我这儿当花果山了！"

"本来就是啊，大王！"乔一恒猴步上前，帮师父给大伙儿分茶。

"你那天的《闹天宫》要是有这皮样儿就像了！"蒋凤仪教训她，"功夫有余，神情不足。"

一恒垂头听完训，继续提壶游走。师父忽然又叫住她，不许她给席地而坐的两个小伙子倒茶。其他人互相使了个眼色，知道他俩要倒霉。

"你们俩站起来！去，拿两杆儿枪，你们俩打套把子让我们开开眼。"

二人不敢吭声，老太太愈发提高了嗓门，"真行啊，昨儿看戏差点气死我。隔着八丈远枪对枪，谁也不挨谁。你们俩用的激光把子？"

众人见老太太动怒，都想笑不敢笑。那俩人发出微弱的申辩，"师父，是他一个劲儿躲……""我不躲不行啊……师父，上回他把我扎出血了！"

"少废话，就是缺练。再让我瞧见一回，你俩都别上门了。"

月上中天，茶泡出色，开阔的大房间里笑语、琴音、唱腔不断，在那么多风华正茂的面孔中间，鬓沾霜雪的她依旧是绝对焦点，学生弟子们唱着、念着，她偶尔开嗓，陈酿老茶般醉人。室内间或有一瞬的静谧，户外的幽幽虫鸣便穿堂而入。

当天聚会接近尾声时，好几个人提起剧院明年的六十五周年院庆，问老太太是否准备再演《林冲之死》。蒋凤仪将一把果壳轻轻放下，掸着手心调侃："要我老命啊？"

有人感叹这戏排出来三十多年了，到现在仍是单位的硬招牌，就是难度太大了，在蒋老师之后至今还没人能独自又打又唱从头演到尾。

蒋凤仪淡淡说交给凌团长去安排吧，她不操心这些事了。须臾，大家喝尽了杯底的茶，纷纷起身告辞，散落在各人脚边、怀里的猫狗也都睁开蒙胧睡眼，溜溜达达地送客出门。只有"二太保"纹丝不动地趴在地毯上，因为途途已经枕着它宽阔的后背睡熟了。

于是蒋凤仪留吕娜母女住一晚，反正一恒和姣姣也是经常留宿的，她们四个可以明天一道走。吕娜道谢后，一恒帮她把孩子从地上抱了起来，二太保伸了个懒腰，抖抖毛，这才缓缓走开。一恒见途途手腕上缠了几匝黑珠串，好奇问戴的是什么，吕娜道出原委后冯姣也凑上前打量，又细心地发现孩子胳膊内侧有个小鼓包。

"这个啊，是脂肪组织增生。医生说没什么事，可我觉得彻底切了才放心。就是这个小丫头死活不肯，我折腾不过她……"

蒋凤仪闻言说好办，我们这儿最不缺人手，随即吩咐一恒哪天帮她把孩子"挟持"到医院。一恒答应了，轻轻松松地抱着途途上了楼。

夜深人静，小朋友睡了，一恒和冯姣睡了，七八只毛孩子也都睡了。吕娜在笔记本电脑上修改论文，忽闻外面有轻轻的脚步在徘徊。她忙下床打开门。走廊长而昏暗，蒋凤仪披衣站在外面。"吵着你了？我找我那只大白猫呢……不知道跑哪儿去了。"

"我帮您找吧！"

"算了，它玩够了就自己来找我了……"老太太欲走还留，终于悄声邀她聊两句。

她跟着进了书房，老太太在一张摇椅上晃啊晃，久久不开口，吕娜大概明白她想聊什么了，便主动启了话头，问她今年怎么没过去跟女儿住一阵子。

"你瞧见了，我这儿多快活！过去了就被管东管西。"她朝吕娜眨眨眼，嗽了下嗓子，"你那个……教授……他怎么样了？"

"横山先生，他很好啊。教课，写书……对了，他一直在跟齐老学吹笛子，现在水平……"

"我不关心这个！"老太太攒眉笑了，半晌，沉思着咕哝，"我就想知道，他跟她……这俩人……"

"具体的我不清楚，我只知道他们俩很有话聊。另一点，他们互相很尊重。"吕娜顿了顿，又想起一件事，"对了，蒋姐说您今年夏天要是不过去的话，他们可能要去海岛度假。"

"让他们好好玩，我也踏踏实实玩我的……"蒋凤仪适意地舒了口气。这时，一团浑圆雪球不知从何处猛地蹿上了摇椅，踩了一下她的胸口，卧下来呜噜娇唤。

"哎，踩疼我了！"她虽如此说，但还是温柔地摸了摸它的脑袋。

苗儿秀

次日，吕娜母女搭一恒的车离开蒋家小院，路上一恒告诉吕娜，为了筹办院庆，凌团长最近正在带人翻箱倒柜整理旧物，她若感兴趣可以去看看。

吕娜欣然愿往，并见到了五十多岁、披件旧西装外套的凌团长，微微发福的身材并未妨碍他像陀螺一样灵活而忙碌地转个不停。他热情接待了吕娜，引她走向资料室，给她介绍堆积如山的"家底"。她一面拽着蠢蠢欲动的女儿，一面向凌团长道谢，并表示自己如在论文中引用这些资料，一定会标明出处。

凌跃很高兴，尽管那篇论文的未来受众大概有相当一部分没看过戏曲，甚至不懂中文，但他珍视一切潜在的宣传机会，许诺要送吕娜几张明年院庆的票，欢迎她的教授、同学们届时来中国看戏。

这屋里的许多"老古董"一恒也从未见过。趁凌跃和吕娜说话时，她打开了脚下的一口小箱子，"咦"了声，拈出一顶黑罗帽试戴在自己头顶，太小了，于是转手盖到途途脑袋上，又大了点，瞬间遮住了她的眼睛。

一恒哈哈大笑。凌跃回身训她，说那是她师父十一二岁挑班时的私房行头。吕娜闻言赶紧从女儿头上取下那顶帽子。

"小吕啊，你慢慢看吧，有什么问题就问他们。"凌跃指了指这屋里的两个工作人员，然后命令一恒跟他去趟办公室。吕娜开始小心翻阅桌上的旧资料，大部分是手写的，字迹不易辨认，她坐下后许久没抬头。途途习以为常，自己刨了个窝儿看绘本，又过了会儿，坐不住了，要去上厕所。

"走，妈妈陪你去。"

"不就在那儿吗！"途途向门外小手一指。

吕娜面前是一沓五十年代的节目单，她翻了一页又一页，直到呼呼冷风吹得她哆嗦了一下，方才惊觉女儿还没回来。

走廊尽头的一间练功房此时热火朝天，空调形同虚设。"数尽更筹，听残银漏，逃秦寇，嗳好，好教俺，有国难投，那搭儿相求救……"声音来自一个手握宝剑的青年演员，他边舞边唱，听起来有点生涩。

另一年轻人扎着大靠，大概是刚练完，正杵着铲头大枪跟旁边一个穿篮球背心的小伙子聊天，地上有一箱饮料。"晓斌哥，今儿学校没课？又来犒劳我们！"

"放暑假呢，来瞧瞧哥儿几个。"凌晓斌说着抄起对方那杆大枪耍了个花儿。

"当老师就是好……早知道我也好好学习考大学了。"

"每个月那点奖金都算不明白还考大学呢……你能教啥？"腰挎宝剑的那个忍不住插嘴。

"比你强！好歹我有嗓子，能教音乐。你听听你刚才那几句……"

"喝水！"凌晓斌扔了瓶饮料堵他的嘴，又递给另一人，也不禁问，"怎么想起练《夜奔》了？"

"上礼拜开会你爸发话了，拿不下《夜奔》的不配当咱们团的武生。年底业务考核要考这出儿。"

"团长是在给院庆演出挑人吧？晓斌哥，是不是？"

"我也不知道。"凌晓斌摇摇头，拍了拍练《夜奔》那位的肩膀，"那你接着来吧！我们给你看看。"

于是他继续"奔"起来。晓斌席地而坐，用手给他打着板，至【折桂令】本应渐趋高潮，但听得出他快体力不支了，"恰便似脱韝苍鹰，离笼狡兔，折网腾蛟。救国难……"

救国难谁诛正卯？掌刑罚难得皋陶！

奶声奶气的两句唱腔突然传来，对上了他那几无声息的口型，也和凌晓斌手中拍的板眼完全契合。屋里三个人循声望去，看到门边歪着一个小脑袋，辫子散了，皮筋挂在微卷的发梢上。她自己胡乱抓了抓头发，遇到他们的目光并不胆怯，只有些纳闷。

扎靠的小伙子揶揄同伴，"你唱得还不如小孩呢！"

"小孩懂啥？瞎唱呗。"同伴面子上有点下不来，但也没当回事。单位里常有小孩子串来串去，能唱几句的大有人在。

"你怎么知道我不懂？"小朋友的手从头上放下来，蹦进了屋。头发被她自己整理得像个鸟窝，但表情一本正经。凌晓斌觉得有趣，也端正了脸色，认真问她唱的那两句是什么意思。

"孔子杀正卯，说他有'五恶'。皋陶是'大法官'，和尧、舜、禹是'上古四圣'。但这只是传说哦！是不是真的我不知道，我妈妈也不知道，她的老师也不知道……她们每天搞那些东西……挺好玩的，但好像没什么用，也可能有点用吧……我不知道，我妈妈也不知道，她老师也不知道……"

一番话痨彻底把凌晓斌绕糊涂了，他问："你妈妈是谁啊？"

"哎，昨儿在老太太那儿，是不是你？你跟你妈……"练《夜奔》的小伙子忽然想起来了。

这时走廊里有人高喊"在这儿呢！"，很快，乔一恒带着吕娜走了进来。途途立刻夹着尾巴回到妈妈身边。吕娜拉住她的手，向屋内三人道歉。

"没事，小吕老师帮我们补课呢！"凌晓斌爽朗回答。

中午她们母女被邀请在食堂吃饭。桌上，一恒似有心事，途途看在眼里，悄悄向妈妈耳语。

"你可以自己问呀。"

得到妈妈许可的途途像爱抚狗头那样胡噜一恒的脑袋，问她为什么不开心。凌晓斌闻言也打量她的脸色，"咋了乔大侠？我爸又给你开小会了？他最近更年期了，你别见怪。"

一恒撂下筷子朝途途做了个鬼脸，然后答复凌晓斌："没什么。是谈院庆的事，要重排《林冲之死》了。"

"那准是你的林冲啊！"

一恒轻描淡写说团长觉得她一个人演林冲太辛苦了。

"那……"

"我说可以请刘俊文来，我前他后。"

"够大度！"凌晓斌竖起大拇哥。

一恒没再说什么，转而想起要陪吕娜带孩子去医院的事，便告诉她每天上午都可以，"除了下周一，我们单位体检"。吕娜忙说不用给她添麻烦，凌晓斌问清缘故后热心表示他随时有空。途途一听这么多人乐于帮妈妈押送她，自知在劫难逃，表情秒变痛苦。一恒捏了捏她的脸蛋，说："其实我也害怕去医院。上回体检说我有块骨头没养好，再受伤就要坐轮椅了……"

途途惊呼："啊，那怎么办？"

"什么怎么办？乔大侠这不是还活蹦乱跳的吗！"一恒笑嘻嘻的，帅气十足地甩了下头。

此后一阵子，吕娜每天带孩子到资料室搜罗奇珍，无暇再赴蒋凤仪家的聚会，但她们母女时常在剧团碰见一恒和晓斌，关系日渐熟络。在资料摘录整理工作完成的那天，她得知凌团长出差了，便托晓斌代为转达谢意。他请她不必客气，又掏出几张戏票问她要不要去北京看刘俊文的《挑滑车》。途途知道那是一出精彩武戏，于是毫不犹豫地替她回答："要！"

开戏前凌晓斌带她们进后台和刘俊文打了个招呼。他已扮好了戏，一身镶金绿靠，盔头上红绒球巍巍，一派大将风度，但面对小朋友直白赞美的一个"帅"字，不善言辞的他居然红了脸。

落座后，吕娜问凌晓斌："他挺厉害的吧，要是和一恒姐合演《林冲之死》，一定很精彩。"

"刚见面你就瞧出他厉害啦？你眼光也挺厉害的。"

"我是外行，哪儿看得出来……但他是蒋老师的徒弟呀，肯定差不了。"

"我开玩笑的。他确实不错，大武生。不过，合演的事说不好。"

"一恒心里恐怕有点别扭？"

晓斌点头，"她早想演全本了，也练了很久，但去年受了点伤，一人撑下来估计勉强……那么要强的人，这回主动提出要跟刘俊文一起演，挺难得的。"

"刘俊文不会拒绝吧，你为什么说合演不一定呢？最近翻资料，我看四十五周年院庆的时候小林冲就是他演的。"

晓斌仰头呼了口气，"嚯，二十年前了，那会儿我还没上初中呢，他也就十八九……今非昔比，现在他在这儿是头牌武生了，人家单位还能放他来演咱的看家戏？"

"没想到这么复杂……"

"还有更复杂的呢。"晓斌挠挠头，"这几年老太太徒弟多了，天南海北都有，好多人除了学老戏，也想学《林冲之死》。我爸觉得那是团里的一块牌子，心里总有点……你懂吧……"

吕娜笑了，"凌团长真是殚精竭虑。"

"他又不敢跟老太太明说，就老是叽叽歪歪的，把老太太烦得不行，索性不许人在她面前提《林冲之死》了……我说我爸这事办得太小气……"

"情有可原。不过你倒是很洒脱嘛！"

"台下的戏我从小看的比台上的戏还多。看多了，就不愿意学戏了。我当时也想过一路读下去做科研，但埋头苦干实在太闷了……你是怎么做到苦读到博士的？"

"哦，也没怎么……我不嫌闷，反正也不太爱说话……"

一直百无聊赖陷在座椅里的途途忽然幽幽道："你今天不是一直在说话吗！"

两个大人愣了下，哑然失笑。灯光就在此时暗了下去，大幕缓缓拉开。

花非花

"俺今日滑车尽挑，好男儿志在凌烟名标。"

高宠三番挑车过后，马已乏，人犹勇。刘俊文以一串跳叉、跪蹉表现高宠竭力拉起伤马，拼死最后一次枪挑滑车。枪头挑起车旗的一刻，英雄仰天倒地，遭铁滑车碾身而亡。

千钧滑车在戏台上只是两面小旗，但途途用手捂住了眼睛。凌晓斌逗她，"你不是胆子挺大的吗？害怕了？"

"我才不是害怕。"大戏落幕，途途跳下座椅，不屑于解释。

他们再次进后台时戏迷大多已经离去，留下满屋花束浓香不散。刘俊文穿着件印有单位名称的深蓝短袖迎了上来，"正好儿，刚才师父来了个电话，听说你们也在，叫咱一块过去看花儿。今天晚上快开了。"

吕娜纳闷问什么花。凌晓斌告诉她是昙花，每年夏天老太太那儿都会有几回赏花夜聚。"快走吧，别赶不上！"

上车后，晓斌翻出几袋零食递给后座的小朋友和身边的刘俊文，"要了一晚上大枪，饿不饿？"

"没事，我这儿有。"他从自己兜里掏出日文包装的抹茶巧克力，留了一块，剩下的也转身给了途途，吕娜没拦住。

"嗬，大哥不领情，看不上国产的。"

"别胡说。我这不吃要化了……"刘俊文含着巧克力，侧脸望向窗外夜色。晓斌知道他脸皮薄，不再多玩笑，只夸他今晚的演出不错，"你'牺牲'的时候，我们这位小戏迷都不忍心看了"。

"这么点儿的孩子看得懂呀？"刘俊文语带惊讶。吕娜笑了笑，把几张纸巾垫到女儿腿上接零食渣。

"你说她不懂她可不高兴。小吕老师，是不是？"凌晓斌从后视镜看了途途一眼，见她正忙于进食，无暇搭理他。半晌，吃饱喝足的途途发出一声苦涩的感叹："为什么中国的super hero从来不赢啊！"

凌晓斌和刘俊文同时语塞。

小朋友的妈妈不紧不慢地用纸擦去她嘴边的巧克力，回答："因为他们不是super hero呀。"

晚十点，他们四个抵达蒋家小院时一恒和冯姣已经到了，正在给一只刚被收留不久的小黑猫梳毛。姣姣说别的猫都不让她碰，就这只新来的跟她亲热。

"那你抱走吧。"蒋凤仪泡着茶搭言。

"哟,难得师父今儿这么大方!"一恒挠挠小黑猫的下巴,说就怕它舍不得这座大院子。

因为当天不是周末,来的人少于往常,大家便坐得紧凑了些。刘俊文一般单独上门看望师父,很少参加聚会,所以几个师兄弟纷纷与他寒暄,听说他今晚贴的《挑滑车》,自然少不了赞美之辞。俊文一如既往寡言。

直到师父问他:"今儿摔了几个叉?"

"七个。"

周围人倒吸一口气。而蒋凤仪淡淡说太多了。

"以后我收着点。"俊文明白师父意指他有卖弄功夫之嫌。

"你现在身强力壮,愿意摔就摔吧。不过你得多琢磨,以后卖不动傻力气了,演到这儿得用什么样的俏头才能要着一样的好儿。"

俊文称是。

闲谈间不知谁提起了院庆合演的事,大家都偷瞟乔一恒。她原本斜靠在冯姣身边逗猫,此时索性端正坐好,直截了当问俊文:"你们单位答应了没有?"

他不作声,转了转茶杯,抬头看向蒋凤仪,鼓足勇气道:"师父,我想跟您商量件事。院庆以后,我能不能在我们那儿也排一版这个戏?"

桌上霎时非常安静。

"你们领导的主意?"蒋凤仪问。

刘俊文点点头，随即又摇了摇，"我自己也一直想贴全本《林冲之死》。师父，我不是要跟一恒师姐打对台……我是真的喜欢这个戏，也会尽力把它演好。"

一恒立刻要表态的样子，被姣姣按住了。蒋凤仪听俊文讲完，一言不发地站起来，大家面面相觑。不多时，她快步走了回来，把一沓剧本扔给俊文。

"师父，这……！"他把它拿在手里，好几个脑袋凑过去，发现其上有浓圈密点许多标记。

"排去吧。"她稀松平常地吐出这句话。

大家争相传阅，只有一恒垂着眼帘，没伸手。忽然另一沓同样的东西落到了她面前。"你哪天要贴这戏的话，就别下高儿了。先好好养伤。"蒋凤仪用盖碗向几个小茶杯里分茶，随口告诉一恒，"我替你想了几个别的法子，你自己挨个儿去试。"

一恒紧抿着唇说不出话。冯姣轻抚了抚她的腿。

有人拍马屁，以前老话儿说"宁给二亩地，不教一出戏"，现在老太太不但教戏，而且因材施教。她摆摆手，突然提着名字叫凌晓斌。"到！"他站起来眉飞色舞说，"蒋老师，也有我的分儿呀？"

"这个有你的份儿。"她抛给他一只水蜜桃，"小子，跟你爸说，我做主了，这个戏不捂着了。谁想学就学，谁想贴就贴，各凭本事服人，别天天念叨'看家戏'了。戏是演给人看的，不是看家用的。你爸要'看家'，可以从我这儿牵两只狗。"

一片笑声中，凌晓斌爽快地答复："我支持您！以后这戏得跟《夜奔》一样，是个武生就得学！"

"你这嘴皮子倒是随你爸，会说场面话。"

"我是真心话！"

屋里的气氛热起来，这时蒋凤仪的手机响了，是卢荻打来了视频电话，他当天早些时候便已收到了蒋凤仪发送的剧本。几年前，退休的周晏如老师协助卢荻成立了工作室，致力于小剧场戏曲表演和传统文化推广工作，《林冲之死》无疑具有借鉴价值。

视频接通了。从手机镜头里看上去，潇洒小生风采依旧。卢荻没想到她身边聚着那么多人，于是收起了很多想说的话，只问大家今天有什么热闹事。

"我叫他们来看花儿的。"她笑吟吟说完这句，大家方才想起今天聚会的初衷。有人往年见识过昙花开放的盛景，有人没见过，此时七嘴八舌地聊起来。

"我也要看花！"视频那端的卢荻大声提出申请。他紧盯着手机，而她的脸在画面中央晃了晃，手机很快被她撂在了桌上。镜头对着空中的一盏灯，朴拙的草编灯罩，里面光影绰绰。

卢荻听到蒋凤仪说她先去花房看看，快开了的话叫大家过去。有个稚嫩童声喊着"我也要去"，地面响起啪嗒啪嗒的动静，好像有一群小动物集体出动。

远远地，耳闻她的笑，"小丫头，来吧！"

字字变

蒋雏仪和横山先生正在一座小海岛度假。俩人精力充沛，把上天下海的项目玩了个遍，每天傍晚还要在酒店内的沙滩上长时间地散步。某天他们赶上了一场篝火晚会，现场乐队穿戴原住民服饰，吹拉弹拨的却是电吉他、萨克斯之类，唱的更是最热门的流行歌。雏仪以为他会说这是"消费原住民文化"，然而他没有，甚至在乐队把麦克风递向周围游客时泰然自若地接住了。他向乐手交代了几句，唱了一首爵士，西班牙语的。

雏仪坐在不远处端着一杯名叫"龙舌兰日出"的鸡尾酒，在这云霞映红海面的日落时分。她不懂西班牙语，但从她的耳力与游客们欢呼捧场的程度来判断，他这首歌颇受欢迎。在大学课堂以外的地方，横山先生似乎也总是轻而易举地成为焦点，其实有时他还没说、没做什么，仅凭那海明威式的胡子便足可使人误以为他是个艺术家。而雏仪在人前恬静少言，谁都不会猜到她曾经是一名演员。

曲终，雏仪看见他向自己致意，于是也微笑向他举了举手里的高脚杯。热情洋溢的乐手们注意到她，又与他说了些什么才放他走。他踩着沙子走回来，雏仪语气肯定地说他们夸你唱得不错吧？

"我说你唱得更好。"他端起那杯"龙舌兰日出"尝了尝，"他们请你开嗓，我说要问问你。"

她笑言："多谢，我怯场。"说罢理了理被海风吹乱的短发，青丝之间有几根白的了，但她从来不染。

天已黑透，篝火燃了起来，度假中的游客们随意起舞，比基尼辣妹和皱纹满面的老人分享着海天之间的同一首舞曲与涛声。雏仪被横山拉着汇入了那片欢腾。

行程将尽，次日他们没再特意安排什么活动，只在岛上信步闲逛，却也误入了一个景点。那是一片墓园。

雏仪无法相信世界上有这样的墓园。一座小山包被修葺成梯田状，每层都坐落着几十座墓碑，挨挨挤挤的，却是绚烂缤纷的 —— 粉红、天蓝、柠檬黄……各种"不应该"出现在墓地的颜色依次映入眼帘，盘旋而上，人仿佛置身于一个巨大的多层生日蛋糕之中。

这些墓碑的造型更出人意料：一只躺着的大酒桶、一双皮靴、一只橄榄球，甚至，一张豪华大床……雏仪和横山从它们旁边走过，一一猜测着地下长眠之人的生前嗜好。

当天她穿的是条宽松的白裙子，在色彩斑斓的小山上逶迤而行，童话世界般的一切反而成了陪衬。"你说这儿的人怎么会把墓地弄成这样呢？"她问完，忽然发现横山落在了后面，于是蓦地转身。

他望着她，略怔了一下，随口背诵："出不虑风雨，行不计止宿。喜一笑，痛一颦。终岁不知春夏，老死不知年岁。"

"教授，这又是什么文学巨著？"

"不是'巨著'，是一个清朝文人写的台湾游记，那时候岛上大部分地方还是原住民的天下。"

"那他一定觉得人家野蛮落后了。"

"这个批评视野很好，但不应该预设……"横山先生说了一半，收到她似笑非笑的"警告"表情，于是立刻直入主题，"他确实认为那是蛮夷之地，但值得注意的是，有时他对'蛮夷''番人'的描述似乎是含着欣赏甚至羡慕的。他们的生死观和所谓'文明世界'的不一样，跟这个墓地的感觉很像。"

"'终岁不知春夏，老死不知年岁'……是挺洒脱的。还有点浪漫呢。"

"他们的婚恋观更浪漫。游记里写，番人不用媒妁之言，女孩子长大了，父母就让她自己住，喜欢她的少年就在房子外面吹拉弹唱，如果得到女孩的唱和，他就可以进屋去。久而久之，两个人如果想永远在一起，女孩就带少年到父母面前，少年就要'凿上腭门牙旁二齿授女'，女孩也要这样

'还礼'。"

雏仪惊讶笑说以前只知道"结发夫妻"，没想到还有"凿齿夫妻"。

说话间他们走到了山顶。那里有一座露天教堂，穿过教堂下山，那边的山脚下就是海滩了。但他们多停留了一会儿，因为教堂里有三个人：一位牧师和一对年轻男女。

那是一场婚礼。

也许是临时起意，女孩没穿婚纱，甚至没有穿白色的衣服，男孩子的衬衫底下是沙滩裤。但手捧《圣经》的牧师是全副武装的，一句句道出他可能重复过千百遍的辞令，态度庄重如在神前。在那富于神圣感的字字句句里，新人脸上轻微的玩笑神色渐渐消失了，代之以深情的专注。

为了不打扰他们，雏仪和横山在相当远的距离外停住了脚步，没有走动，也没有交谈。直到年轻的夫妇礼成、拥吻之后相偕走出教堂，他们道了句祝贺，对方也言笑晏晏地说谢谢。

教堂里面空旷了，背后是山，面前是海，天空有掠过无痕的飞鸟，地下埋藏着一些已经走完的人生。

他们在中间一排长椅上坐了会儿，清风怡人，雏仪从包里掏出一根当地特产的辣椒棒棒糖，知道他平常不吃辣，所以问也没问，顾自叼进了嘴里，侧身在长椅上伸直了腿。横山坐得很端正，她便仰头靠着他，合着眼睛吃糖吹风。

许久，忽然听见他叫："蒋雏仪小姐。"

"嗯？"

“齐宝笛小姐。”

“干吗？”

“我……”

“你不会要跟我做'凿齿夫妻'吧？”她淡定地说完这句话，含着糖没睁眼，抬起手向后拂过他修剪齐整的络腮胡，摸了摸他的光头，“毕竟你好像不能跟我'结发'了。”

他忍不住大笑，笑后支额："好了，现在我忘词了……对，'凿齿'。圣诞节我们去看蒋老师。"

“让她给你凿吗？我妈可是心狠手辣。”雏仪吃完了那根辣味的棒棒糖，接过他递来的矿泉水喝了半瓶，须臾，轻松而坚定地对他说，“不要。”

他没有问“为什么”，只用眼神向她再次确认。

“我已经改过姓儿了，懒得再改。而且咱们的牙也不用费事凿，再过几年估计自己就要掉了……”

横山微笑听着。他当然不须她改夫姓，她一定也知道。这个话题在蓝天碧海中间只盘旋了片刻，很快像闲云一样散去了。

“下山吧！”她向他伸出手。他牵住了，但没有动身，注视着她的脸，故作认真道：“其实我可以吃辣的。”

她不禁扑哧一笑，用手擦了擦唇边，还未怎样，安静了好几天的手机忽然响起来，在这片山海环抱之中显得异常刺耳。

她掏出手机，有点意外，“是吕娜？”

恨
来
迟

"蒋老师，要我帮忙吗？"

卫生间门外几声轻敲。保姆小许跟随蒋凤仪好些年了，了解她的习惯和个性，但此时还是有点担忧。

"没事，洗完了。"她的声音很利落。小许稍放下心来，回到陪护床坐了会儿，又起身去开小冰箱。

蒋凤仪站在浴室里擦拭水蒙蒙的镜子，擦去一片雾，玻璃上便现出她的一部分身体，待到镜面恢复了晶亮，原原本本的她自己也随之毫无遮挡地呈现在她眼前，连同今天下午医生在她身上勾画的那些标记。

她很少这样仔细地打量自己。年轻时当然没少在练功房对着大镜子检视自己的身段、表情，但筋疲力尽地出了练功房便没了照镜子的心思。不过，别人的目光就是镜子。观众在台下欣赏她，他们眼里的她是钢筋铁骨的英雄汉。在单位的澡堂子，女同事们也老是有意无意地瞟她。一群千娇百媚的青衣花旦把一向在舞台上享受万众瞩目的她瞧得不好意思了。她们嘻嘻哈哈地说要看看女武生是不是"真女人"，怎么身手、做派比男人还男人。

那会儿她明明已是生过娃娃的人了。

有时她故意大大方方挺直腰板让她们看，问："我这是假的吗？"

她们笑嘻嘻说真的、真的。偶尔也有年长些的同事感叹，喂奶粉有喂奶粉的好处，孩子虽然受点罪，但是不毁当妈的身条儿。

她往往一笑置之。

被人看、被人议，她早就习惯了。自己的身体，自己选定的路，她从来没后悔过，而且有信心走到天荒地老。七十岁以后她依然坚持每天练功，腿一踢可以碰到脑门，飞脚还能打得啪啪响；几个月前还去了外地做讲座，两个小时连说带演示，主持人中途走上来请她稍作休息，她摆摆手说自己"体力很好，不用歇"，观众都笑了，看她像个活宝……

她盯着镜中的自己，皱纹、松弛、发福自然都是难免的，但总体还颇看得过去，甚至肌肉线条依稀可见。

没想到……

她忽然觉得不认识自己的身体了。皮肤上那些黑笔红笔勾勒的实线、虚线、圈点，医生给她一一做了解释，她全没记住。专业的事就交给专业的人去做吧。医生眼里的她不是武生名角儿，而只是一名老年患者。

从接到体检中心的电话到看见正式诊断结果，她其实一直难以置信。而医生说，以为年纪大了就不会得这种病，是很多人的误区。

谈及手术方案，她很痛快。"老太太了，还管什么好看不好看⋯⋯"可是在医生按程序将疾病和手术的严重性、风险性以及将来各种可能情况详细告诉她之后，她确实害怕了。

这一辈子，她在戏里无数次地就义、阵亡、自刎⋯⋯在戏外也几经大风大浪与生离死别。但她似乎从没想过那件事会落在自己头上，至少，预兆不应该来得如此快。她还没有准备好。那个世界是什么样子呢？她会见到那些阔别已久的挚爱吧？那当然好。但在那里，是否还能听到胡琴锣鼓？有没有一方舞台供她唱念做打？万一没有，岂不是说她今生的戏有可能要⋯⋯唱完了？

林冲再不能夜奔了。

四郎再不能探母了。

黄忠再不能出征了。

她，再不能⋯⋯

"蒋老师？"小许又在叫她了。

她穿好病号服走出了卫生间，小许递给她一杯热牛奶，"饿不饿？现在还可以喝牛奶，明儿早上就只能喝水了。"

她接过来喝了一口，说："也不知道家里那些小东西吃了没有。你找的那个人靠谱吗？"

"放心吧，是我的老乡。就喂喂猫遛遛狗，给那么多钱还能不尽心？"小许背对着她收拾东西，半晌，轻问，"真不告诉家里人？"

"那丫头心重，干吗让她跑回来干着急？我自己的事能自己做主。小许，我那几封信你记住放哪儿了吧，万一……"

"哎呀，大夫不是说这种手术他们每年做上千台吗，您别瞎想！"

"但凡动刀子总有风险嘛。"

"您身体底子好，不会有事的。这回单位体检，多亏凌团长让一恒押着您去了，发现得还算早……"

蒋凤仪没再说什么，把牛奶一饮而尽了，上唇沾了白色印子，她默默舔着，忽闻隔墙有嘤嘤泣声。小许悄悄告诉她隔壁病房是个不到三十岁的姑娘，不想全切。明天要手术了，今晚突然闹着不做了。"还没结婚呢，又不敢告诉爹妈，也是自己一人儿。"

她听后轻叹一口气，"傻姑娘，保命要紧。"

"当女人真难！"小许也叹气，"多了男人没有的零件儿就可能多好几种病。"

"也不能这么说。男人那零件儿毛病也不少。"老太太语带调侃，小许忍不住捂嘴乐了。

这时护士敲门走了进来，"蒋老师，您单位来人看您了。我们破例让她俩进来了，但你们最多聊一刻钟哦。"

"途途……你叫途途对吧？你胳膊疼不疼？肚子饿不饿？"

穿着睡衣的杨笑笑坐在这个陌生的小丫头身边，眯着眼睛阅读止疼药的说明书。药盒是孩子妈妈留下的，说伤口太疼的话可以吃药，也没说吃几颗就火急火燎地走了。现在的年轻人要么不结婚不生孩子，生了孩子的看来也不太会带孩子……

不过这个小丫头还挺可人疼的，此刻她躺在凌晓斌房间的单人床上，眨巴着滴溜圆的眼睛，慢慢摇头。杨笑笑看着她，舍不得离开。儿子虽还没成家，但早已搬出去自己住了；她已经退休，凌跃还没有，经常全国各地跑。所以她时常感到寂寞。

像今天晚上，她原本正独坐在客厅里看那些越拍越离谱的电视剧，儿子突然进门了，一恒和冯姣也跟着，还有一个不认识的姑娘，带着个小孩子。儿子说这孩子的胳膊刚做了个小手术，托她帮忙照看一晚上，又让孩子管她叫杨奶奶。孩子妈妈向她匆匆道谢，然后这四个年轻人就一溜烟儿跑了，没给她任何提问的机会。

"你这小胳膊长啥东西了？什么增生？"杨笑笑很温柔地问。途途准确报出了那种小毛病的名字。

杨笑笑见她口齿清晰而且不认生，便进一步好奇地打听："你告诉杨奶奶，知不知道你妈妈，还有晓斌叔叔，他们几个着急忙慌地干吗去了？"

"去找蒋老师了。我猜……她生病了。"

"老太太病了？怎么可能？前几天不还叫大伙儿去看花吗？你个小丫头怎么知道她病了？"

面对这位杨奶奶的一大串问题，途途无奈地深吸了一口气。

今天下午医生阿姨给她做了小手术，她没哭没闹，妈妈夸她表现不错，于是问她想吃什么喝什么。而她跳下床，迫不及待地让妈妈给蒋老师打电话，"告诉她，我切完了，一点也不疼！她也可以去了，不要怕！"

吕娜听得迷迷糊糊，但隐约感到不对劲。她耐心询问女儿一番，终于拼凑出了那天晚上小丫头跟着老太太去花房路上的对话。

一路上老太太牵着途途的胳膊，问这个小疙瘩怎么还没切？

"后天就要去了。唉，真不想去，我怕疼……"

"别怕。打了麻药一点都不疼！"

"你怎么知道一点都不疼！你切过吗？"

"……我没有。"老太太沉吟了一下，认真对小丫头说，"那你先去，做完了告诉我疼不疼！这样我也就不怕了。"

"你也长了小疙瘩吗？"

吕娜急问女儿："蒋老师怎么说？"

"啊……"途途挠挠头，小声嘟囔，"她……她好像没说哎……她问我要不要摘草莓……我说要……"

吕娜怔了会儿，自言自语："没带你去花房啊……"

她想起那天途途提着一篮子草莓开开心心地跑回客厅，嘴边都是粉红的，她给孩子擦嘴时听到老太太轻描淡写通知大家：估计昙花今儿晚上开不了了……

好
女
儿

乔一恒和吕娜进了门，俩人脸色还不如靠在病床上的人。毕竟焦急奔忙了一晚上才找到这里，另外一个原因是，她们从没见过她穿病号服的样子。

"师父……"一恒叫出这两个字，已然鼻音浓重。她是极少掉眼泪的人，这会儿却绷不住了。

"哎，别别别……"蒋凤仪带笑拦住她，"师父没教过你《哭灵牌》啊。"

"您瞎说什么呀！都怪我，带您体检完也没问问结果……"一恒抬起胳膊抹干了泪，但抹不去眼里的懊悔。

"那你们怎么知道的？"

一恒瞅瞅吕娜，她便复述了女儿今天做完小手术后说的话。一恒和冯姣得到消息后立刻跑去了蒋家小院，却只看到一个不认识的小时工和满屋闷闷不乐的猫猫狗狗。后来，几个人在剧团碰头，凌晓斌带她们进了团长办公室。凌跃出差一个多月了，桌上放着一份体检中心反馈的情况汇总。晓斌动手拆了封，白纸黑字，不容他们不相信。

途途被交给了晓斌妈，这四个年轻人马不停蹄地跑了几个大医院，总算找到了她的下落。

"我以为我的计划天衣无缝呢，没想到让个小不点捅破了……人小鬼大！"

"您才是'人老鬼大'呢。这么大的事干吗一声不响！"一恒埋怨。

"多大的事也是我自己的事。别人管不着！"

老太太的语气忽然蛮横起来，一恒不以为惧，回敬道："您再嘴硬一会儿吧，明天能管您的人就到啦。"

蒋凤仪的气势明显弱了几分，求证的目光移向吕娜，她点点头，"蒋姐应该已经上飞机了。"老太太闻言把脚一踹，踢散了床尾的被子，拉起来蒙住头，对她俩下了逐客令，"烦！走走走！"

她们深知蒋凤仪的脾气，不敢不从，于是站起来说明天下午手术前再来看她。她没再答复，花白硬挺的头发茬微露出被子顶端，根根像刺。

深夜时分，吕娜随凌晓斌回到他家接孩子时，晓斌妈正和途途挤在他那张单人床上睡得香甜。听见动静，杨笑笑蹑手蹑脚抽身下床，掩上卧室门走到了客厅。

"妈，你跟孩子挤什么？吕娜不是说途途习惯自己睡吗。"晓斌轻声嗔怪。

"……这小丫头给我讲故事，听着听着我就睡着了……"

"真行。是您看孩子还是孩子哄您玩呢……"

杨笑笑不好意思地揉揉眼睛，问他俩："对了，找着人没有？老太太现在怎么样？"

他们简略说了情况，杨笑笑不免一阵唏嘘，念叨着天亮以后得赶紧通知凌跃。吕娜感谢她帮忙照顾了孩子半天，随即提出带孩子回宾馆。那母子俩都出言挽留。晓斌说反正明天还要去医院的，"你要不嫌弃，就跟途途在那屋凑合一宿"。

"那你呢？"

他眨眼间在沙发上躺平了，长长地伸了个懒腰。

仲夏的后半夜，微风清凉。吕娜摸黑儿进了屋，悄悄在女儿旁边侧身躺下。床单枕套都很干净，散发出淡淡阳光味，陌生的环境中也有熟悉的气息，来自紧挨着她的这个呼吸匀净的小人儿。她小心翼翼地把女儿贴着纱布的那只胳膊放平。原以为孩子已经睡得很熟了，没想到女儿嘟囔了一声妈妈，拱进她怀里。

"刚才吵醒你了？"

"没有……我没睡着……"

"宝宝胳膊疼？"

"一点点。"

"妈妈喂你吃药吧？"

孩子摇摇头，默默把小手伸进她怀里，她也一下子搂紧了这个小小的身体。许久，她告诉女儿："妈妈替你跟蒋老师说了，打了麻药就不觉得疼了！她说她不害怕。"

　　"她说不害怕，是真的不害怕吗？因为我说不害怕的时候，还是有点害怕的。"

　　"有点害怕很正常，你今天很勇敢啦。"

　　"唔，医生阿姨让你进来陪我，我就觉得没那么怕了……可是蒋老师，她还有妈妈吗？"女儿在吕娜耳边小声嘀咕。

　　"没有了。"

　　"那……"

　　"别担心，会有人陪她的。"吕娜蹭着途途厚密的发丝说出这句话，感到毛茸茸的小脑袋在她臂弯里轻轻点了点。

　　客厅里，杨笑笑不知何时又溜出了卧室，坐在沙发边问儿子冷不冷。

　　"大夏天冷啥呀！妈，快睡去吧！"

　　"你不也睡不着吗？唉……老太太真是不容易，老了老了，还受这个罪。你爸明儿知道了，得吓个半死。"

　　"我爸就这点出息呀？吕娜和一恒说，人家蒋老师自己跟没事人似的。"

　　杨笑笑虚打了儿子一下，过了会儿，吁叹要是哪天自己生了病，可没这么大的胆魄。

　　"您不是好好的吗！年年体检，五十五的人，二十五的体格。"

"那你看蒋老师，大武生啊，多棒的底子。真是人有旦夕祸福……"

凌晓斌沉默了片刻，抱着沙发靠枕拍拍母亲的手，"万一哪天您真有点什么，千万别瞒着我。"杨笑笑待要点头，又听儿子咕哝，"不过您这个性格应该憋不住事儿。有点头疼脑热都能把我跟我爸支使得团团转……"

"没良心的臭小子！还是小姑娘贴心呀，你看途途那么点儿大就知道心疼她妈了，跟我说她妈为了'妹妹'每天很辛苦的……"

"妹妹？！"

"噢，她们娘儿俩管那论文叫'小妹妹'……"

"吓我一跳……"

"哎，你小子怕什么呀？你跟妈说说……"杨笑笑压低了嗓子，神神秘秘地凑得离儿子更近了一点。晓斌赶快翻了个身，用抱枕压住脑袋，微弱声音从底下传来，"快睡吧！明儿早上我还要去机场接小姑姑呢。"

次日，凌晓斌从机场接到的除了小姑姑还有那个一口流利汉语的大胡子教授，俩人脸上被海岛阳光晒红的痕迹还没褪，神情更是焦灼。晓斌安慰雏仪，时间应该刚好够他们在老太太进手术室之前见一面。

雏仪盯着窗外没有说话，一路上，横山安静握着她的手。

他们赶到医院时却没能见到蒋凤仪的面。一恒、冯姣、冯慧、吕娜，还有从北京赶来的刘俊文都站在走廊里。雏仪飞快地跑过去，站定了抬起头，显示屏上"手术中"三个红字分外鲜艳明晰。

她的脑子蒙了，腿软了，晕头转向地跌坐椅上。旁边人告诉她，早上第一台手术的病人临时心意有变，于是老太太强烈要求提前了自己的手术。他们几个抵达医院时，她已经进了手术室……

雏仪不知道自己是如何度过那几个小时的，因为在清醒中，分分秒秒都漫长如永夜。蒋凤仪也不知道，因为她沉沉睡着，一切痛苦都因麻醉的幻觉而显得短暂了。

可是当她醒来，还是觉得很疲倦、很疲倦，很虚弱、很虚弱。不过她没说出来，因为还未睁开眼就听见女儿声声唤她。

雏仪问："妈，您觉得怎么样？还好吗？"

她抬起眼皮答了一句话，雏仪听完，攒了满肚子的急、怒、心疼、懊恼全都忘在了脑后。她忍不住微笑了一下，笑中含着泪。

妈妈用沙哑的嗓音对她说的是："一宵儿奔走荒郊，穷性命挣得一条。"

人月圆

手术是成功的。大夫的医嘱是：今后像正常人一样生活，但也不要忘记自己生过大病。

刚从麻醉中苏醒的蒋凤仪有劫后余生的庆幸。老天爷没有收她，又给了她一条命，真好。但她很快意识到，连同可怕的病灶一起被切除的还有她的一部分自我——不仅仅是肉体层面的。

在相当长的一段时间内，她不再是那个生龙活虎、老当益壮的她了。

手术创面很大，她必须暂时卧床休养。事事在床上解决，她心理上难以接受，而且身体上也做不到。雏仪支开了保姆，像哄孩子一样做母亲的思想工作。她拉上窗帘，只开一盏小夜灯，令室内光线柔和、幽暗、安全，然后严格而温和地

"训练"母亲，仿佛是在教她习得一项新技能。的确是一项新技能，只不过目的不是让她变得更强大，而是接受自己衰老病弱的事实。当母亲终于被迫做到了，雏仪在夸奖她的同时不忘夸自己，"我教您，是不是比您以前教我有耐心多了？"

母亲有点无奈，有点不好意思，但还要反驳，"这比练功学戏难多了……"

出院后，她回到了乡间的院子，猫儿狗儿花花草草列队欢迎。女儿和保姆精心照料着她，只是她们越精心，她越感到无所适从。吃饭、穿衣、服药、清洁，她处处离不开帮助，甚至咳嗽一声女儿都要提醒她先用手轻压住伤口……

夏去秋来，伤口慢慢良好愈合了，她也基本恢复了"正常"的起居生活，但当然不是"往常"的。家里现在大多时候静如止水，雏仪要求她多休息，规定她每天使用手机的时间；家里电话响起时也通常是女儿去接，她替母亲礼貌地过滤掉了大部分从四面八方发来的问候，对此，母亲倒是乐得耳根清净。

有时，或许太清静了。

从前每周都有的大聚会停办了，徒弟、好友们为了让她静养，鲜少登门。只有刘俊文和乔一恒偶尔过来，但绝不向她问艺，因知她一讲戏就要"动手动脚"；她主动问他们，他们或是岔开话题，或是走为上策，留她一肚子话说不出去，闷坐着干瞪眼。凌跃来看她，她提起自己原来懒于留意的院庆之事，他居然教她"别操心"，气得她抓起果盘里一只梨子砸过去，轰他走。他走了，她又站在门口怅然若失。

雏仪给她披上件外套，摸摸她的手，不太凉，于是允许她在院里"放放风"。梨树叶子都被秋风染成金黄色了，还没来得及摘下的果实也是黄澄澄的，藏在枝枝叶叶里不易被发现。她仰头张望了很久，终于瞄见高处一只梨，略踮了踮脚，单手抓着披在肩上的衣服，另一手刚伸出去，比她高一头的女儿已经把梨摘下来了。雏仪递给她，她摇摇头没接。

她踱回门口的藤椅，坐下了，习惯性地要抬起腿来高搭在扶栏上，碰到女儿的目光，便又将腿落回了地面。雏仪也走过去坐在另一张椅子上，托起母亲的脚轻放到自己膝头。蒋凤仪想说些什么，可是女儿陪她静静坐着，给她揉着腿脚，她无法不想起自己曾经独坐在这里的时光。那时候，她每年都派一恒送姥姥去北京和雏仪小聚，而她自己留在此间，看黄叶飘落，看月上梢头，看大雪纷飞……

这一生，她得到了很多，也失去了很多，失而复得的却很少。大概只有两样——自己的命，和女儿的心。母亲懂女儿一心为她，她纵是我行我素了一辈子，此时也不忍拂却那片母女情。

中秋将近时，雏仪因母亲几次抱怨头发长了，扎得难受，便买了一套工具要为她理发。她盯着女儿手里的推子剪子，多少有点狐疑不决。雏仪拍拍母亲的脑袋，小男孩似的寸头，有什么难弄的？母亲只好应允她动手。理完，洗净，吹干，身心轻快了不少。

"帅气！走，出门，您遛狗，我遛您。"

雏仪站在镜子前，亲了一口妈妈的脸，母女俩挽手出门散步，几根狗绳握在老太太掌心。狗儿有灵性，不像过去那样追兔子似的疯跑，而是随着她们的步履缓行在黄叶小径。

"你还真有两下子，剪得不错。哪天给我这几只'小太保'也剪剪！"蒋凤仪乐呵呵地瞅着前方几根毛色各异、天线般摇来摆去的狗尾巴。

"我这是拿自个儿练出来的。"雏仪朝母亲甩了甩自己的利落短发。蒋凤仪侧目打量，见女儿这些日子添了不少白头发。良久，她说："你那位教授先生都回去了，你还赖着不走？"

"他是他，我是我。有什么关系？"

母亲确实闹不清他们是什么"关系"，不免语塞，雏仪反而笑着多解释了几句，"开学了，他当然要回去。我又不教课又不上课，所以不着急呀。"

"那你不上班？"

"我反正没什么大事业。就想多陪陪你。"

"我现在没啥问题了，你不用陪我了！"

雏仪闻言停下脚步，握住母亲带茧的手摇了摇，求她："那你陪陪我。好不好，妈妈？"

主人突然不走了，几只小狗虽不明就里，但也老老实实地在她们脚边蹲坐下来。短促的黄昏已经过去了，月亮高升，像一面巨大的圆镜子，盛得下世间所有的不圆满。

暑假结束后，吕娜并未按原计划离开国内。在导师和横山教授的建议下，她在国内一些高校也提交了教职申请并得到了几份试讲机会，因此带着途途辗转于南北多地之间。中秋节那天晚上，她和女儿身处一座海滨城市，天微凉，途途要光脚踩沙子，她稍作犹豫后没有阻拦。

玩够了，母女俩坐在海边。吕娜有一会儿没说话，途途问她今天是不是不开心？她说没有呀，然后在沙子上写了两句诗教给女儿。

"海上生明月，天涯共此时。"

海天之间正缓缓露出月亮的脸。途途问："大海就像生宝宝那样生月亮吗？"在妈妈买给她的一些绘本里，小朋友对自己"从哪儿来"这个问题已经有了浅浅的了解，她的天文和诗歌常识也不多，但这些微小的知识加在一起，足够她读懂并欣赏这句古诗了。

吕娜惊奇又欣喜地点点头，接着告诉途途，后一句是说无论我们和我们的好朋友在世界上什么地方，大家都可以共享这个月圆的时刻。这时她的手机响了。是凌晓斌发来的信息，他祝她和途途中秋快乐，并关心她今天的试讲结果如何。

她简短回复："因故取消了。"

实际情况是，她到各处试讲不能不带着女儿，所以每次都向校方申请让女儿坐在教室角落里，并保证孩子不会扰乱课堂秩序。但今天那所学校的领导没有同意她的请求，她想了想，索性放弃了这个机会，领着女儿走出校园，到游乐场过中秋节去了。

女儿凑过来问她在跟谁聊天。她说晓斌叔叔祝我们节日快乐。

于是途途抢过手机发了一条语音："海上生明月，天涯共此时！"发完后，她好像获得了启发，又接连给妈妈通讯录里的好多人发了她新学的这两句诗……直到凌晓斌拨来一个电话她才不得不把手机还给妈妈。

他说谢谢"小吕老师"的祝福。吕娜牵着女儿在沙滩上徜徉，同时噙着笑意与他通话。月光照着脚下的路，松软白沙里嵌的小贝壳亮晶晶的。

那段路将至尽头时，他告诉了她一个消息："小姑姑要带蒋老师去国外休养一阵子，明天就要走了。"

一
萼
红

　　吕娜和途途回到北方时已近年底。蒋雏仪带母亲离开国内之前给吕娜发了一条很长的信息，并与她相约在大洋那边再聚。

　　这一年的最后一天，雪后初霁，吕娜母女应凌晓斌邀请来到他所任教的高中参加联欢会，并第一次见识了他粉墨登场的样子——翎子昂扬、双枪在手的小将陆文龙。

　　凌老师的表演很出风头。今年的联欢会还未结束，几个学生已经开始迫不及待地打听他明年的戏码。他略思考后回答："月考你们班物理平均分能上八十的话，我下回来点刺激的——翻三张桌子！"

　　学生们高呼，"一言为定！"

　　过后，在四下无人的操场上，吕娜问他真能翻吗？

"不能。他们也考不到八十。"他转了一下枪杆，把银枪背到身后笑说，"卷子是我出的。"

吕娜也笑了，说她好像看到了自己上学时最害怕的数理化老师的阴险嘴脸。

"数理化好啊，不管什么题，正确答案只有一个，只要会算就能选对。世界上的事儿都这么容易就好了。"

"一点也不容易，我就不会算。不像我们文科，言之有理即可得分！"

两人靠在单杠前面聊天，途途专心致志地玩着雪，一只雪球在她手下越滚越大。

闲聊中谈及蒋家小院的毛孩子们。一恒、冯姣抱走了二太保和小黑猫，其他几只也被亲朋好友分别接管了。如今老太太人在国外，最放心不下寄养在各家的这些爱宠，大家便定期给她发猫猫狗狗的小视频。

吕娜说幸好途途不知此事，否则也要吵着认领一只了。毕业将近，她带着孩子四处寻教职，可没精力再多拉扯一只小家伙。

晓斌问她今后想在哪里发展。

"要看在哪里能找到三尺讲台了。还有……"她大声叫途途，"你喜欢哪个地方呀？"

"这儿！"途途随口回答，然后小心翼翼地将她滚好的雪球安放到雪堆上，形成了一个跟她差不多高的雪人雏形。

吕娜不知道女儿口中的"这儿"范围有多大，是国？

省？城市？抑或仅仅是她和她对面那个雪人所占据的方寸之地。不过，她确信小朋友在此刻是快乐的，这就很好。漫漫长路，每一步都有未知数，只要享受当下，那么足迹串连起来就是幸福的形状吧。

那天后来，凌晓斌摘了手套，从兜里掏出两颗巧克力糖给雪人点了睛，吕娜也用口红给它抹了一张微笑嘴。走出学校时，那条路坑坑洼洼，而且结了薄冰。途途走在最前面，摇摇晃晃得像只小企鹅，一面埋头仔细挪着步子，一面自言自语："哎呀，山路崎岖，教俺怎生行走……"

两个大人听了都觉有趣。吕娜提起在外地面试时，某位老教授一时兴起问她能不能唱两句，顿时把她难住了。"还是小孩学东西快，听得多了，张嘴就来。"

"那你让孩子认真学一段！反正你去哪儿面试都带着她，没准真能给你加分呢。我在练功房听她哼过两句，有板有眼的！"说到这儿，凌晓斌兴奋地问，"途途，想不想学《夜奔》？"

"想！"小朋友回头大声应答，不提防脚下一滑，好在屁股尚未落地，凌晓斌已抓着她的羽绒服帽子把她拎了起来。

新年的演出旺季结束了。在剧团的练功房里，乔一恒手把手地教途途学《夜奔》开头的一小段。一恒原本不答应，她说自己这出戏还欠着太多火候，怎能教人呢，但吕娜表示孩子只须领会些皮毛即可。

"回首西山日已斜，天涯孤客真难度。丈夫有泪不轻弹，只因未到伤心处。"

　　孩子早已把那首诗背得滚瓜烂熟，一恒颇感惊喜，仔细地为她纠正吐字归音，并一招一式地教给她与唱念相配合的身段。冯姣在场边支起画板，寥寥数笔勾勒了一大一小的专注身影，落款后将画送给了吕娜。

　　一周后，凌晓斌来到剧团，几个人一起观赏了途途的"首秀"，对她像模像样的表现赞赏有加，并问吕娜将来是否有可能让孩子正式学戏。

　　吕娜说途途确实喜欢看戏，但她也喜欢看星星、看街头涂鸦、看博物馆里的恐龙骨架。世界那么大，先让她慢慢去看吧。

　　一恒点点头，起身出去了一会儿，回来时交给吕娜两样东西。"这是我师父小时候的行头，途途穿估计有点大，拿去改改。"一恒指着袋子里的黑箭衣、黑罗帽和一把小巧的木剑。

　　吕娜不肯收下这样有纪念意义的珍贵物品，但一恒坚称这是老太太母女俩的嘱托。随后，她又从袋子里取出一只精致的丝绒小盒。

　　"麻烦你回去以后把这个给我师父 —— 是卢荻送她的生日礼物。"

　　一个多月前，在蒋凤仪的生日前夕，卢荻来了，但那会儿她已经随女儿出国。他无暇远行，又不放心邮寄，一恒便提议由吕娜转交。

小盒打开的瞬间，吕娜和途途情不自禁地屏住了呼吸。盒内是一枚花朵造型的胸针，雕琢简洁，但花瓣的红是那般浓郁、深邃而又通透。一恒说这是卢荻自己设计并找人用血珀定制的。

　　途途并不知"血珀"是何等珍稀特殊而寓意美好的珠宝，她只是好奇地问："这是什么花？"

　　"木棉，'英雄花'。"一恒告诉她。

　　回到国外后，春节临近，未待吕娜前去蒋家母女所在的城市，横山先生已受雏仪之托过来探望齐老。不久，在齐克谐老先生的家中，吕娜将那只包裹严密的首饰盒交给了横山。她也为齐老备了一份年礼，其中包括她那本终于定稿的论文，请老先生斧正。

　　齐老双手接过了那块"大厚砖"。横山对吕娜说，你的学术成果还有一部分不在纸上，更应该给齐老展示一下。

　　"是什么呀？"

　　"是我！齐爷爷，我学了《夜奔》哦！"途途放出豪言后又掰着手指头给自己留了些余地，"一点点。"

　　"真的？那你唱给爷爷听听。对了，稍等一下！"齐老走到多宝阁前，踟蹰片刻，从两只笛盒中取下了较旧的那个。那年雏仪和母亲重归于好后，将自己房间里封存的宝剑赠给一恒，昆笛带到国外，归还了父亲。

　　此刻，齐老朝途途摇了摇这支笛子，抬至唇边。

　　这笛声真的和音响中播放的伴奏不一样。它带着沉甸甸的分量，又似乎轻柔得能溶进空气里；它饱满笃定，同时变幻莫测。途途不怯场地开了口，感觉大不同于往常。那笛声追着她，捧着她，简直不像乐器，而像一条无字的嗓子在跟她合唱似的，以至她唱得比平时轻松多了。

几句【点绛唇】唱完，小丫头扑到齐老身前，问她以后能不能再来听他吹笛子。齐老把她抱到膝上，和蔼道："随时恭候。"

离开齐老的家，吕娜开车送横山先生，路上问起蒋老师的近况。他面露凝涩。

"是她的……？"

"不、不，她身体康复得很好。"

"那大概是惦记着国内的大伙儿吧。大家也很想她。"

"你认为她最惦记的是什么呢。"横山反问了一句，没再多谈，下车前他握住途途的小手，郑重其事地叫着她的大名，"吕途，请一定把你的'夜奔'带到Dr. Lv的答辩上去！"

归
去
来

冬去春来，夏逝秋至。

当途途再次伴着齐老的笛声唱完一曲【点绛唇】，她喜滋滋地告诉他："齐爷爷，下个月我妈妈就要论文答辩啦。"

"太好了。"

"我也要演《夜奔》啦。"

"一定得个满堂彩！"

"你会来给我吹笛子吗？"

她是在齐老耳边轻问的最后这句话。他听了，也报之以一句悄悄话。吕娜在旁，看到女儿若有所思地点点头，然后接过齐老手中的笛子把玩了一会儿。

她们走出门时，起风了，满地落叶像是被秋风揉皱的旧信纸。在她们身后，悠悠笛声又在微寒的空气中流动了起来。

"啪嚓"一声巨响。

蒋雏仪蹲在地上，收拾书房的一片狼藉。宣纸团、砚台碎块，还有墨汁淋漓未干的毛笔……蒋凤仪房门紧锁，不搭理女儿的招唤。这不是母亲近半年以来第一次大发雷霆了，雏仪不怕、不急，也不肯退让。

她要母亲留下，留在她身边，在一个空气清新、环境优美、没有繁芜世事人情的地方安度晚年。

横山先生到来后沉默良久，以他和她达成的默契，他不应当干涉她的个人想法以及她家庭内部的任何安排。他只是捡起一团废宣纸，展开看，上面山一重水一重，墨色氤氲，难辨层次，旁边几行字虽潦草，但骨力劲健。

> 江湖驰闻望，慷慨聚英雄。身世悲浮梗，
>
> 功名类转蓬……

从前演《林冲之死》时这首诗写过太多遍，一笔一画如唱念做打，深深刻在心底。雏仪瞥了一眼，摇头轻道："这是题'反诗'给我瞧呢。"

"英雄是镇压不住的。"

横山是半开玩笑的语气，但雏仪猛然从地上站起来，从他手里抽走了那张皱巴巴的纸，斩钉截铁说："她不是英雄。只是个七十多岁、动过大手术的老太太。"

他眼见这张纸又被揉成一团抛开了。她蹲下继续擦拭地

面的墨渍，半晌，忽问：你们都觉得我不该这么做吧。

她没有等他回答，自顾自说我也觉得不应该。但我觉得"不应该"的事还有好多。大武生啊，身手多冲，六十多的时候还能演半出儿《夜奔》呢，脸不红，气不短。她怎么会生病呢？可她就是病了，老了，手术以后身体大不如以前，我不能让她回去再受累。再大的角儿，总是要谢幕的，难道真要在台上奔到……

到哪一天呢。雏仪说不下去了。横山也未延续这个话题，但建议至少可以带她母亲短途旅行散散心。

"去哪里？"

他提到吕娜所在的那座城市——这个季节，那里有一道自然奇观。雏仪从前不曾耳闻，思忖片刻后她同意了这个计划。

相见时，正逢异乡一年中最美的光景，层林尽染，千湖碧透。小孩子是最喜欢出游的，烂漫童言也冲淡了蒋雏仪和母亲之间的冷战气氛。吕娜母女虽已在这座城市居住了四年多，但同样是第一次来此处游览。途途非常兴奋，在车上忍不住提前泄露了玄机，告诉老太太今天她们要看的是"salmon run"。

"中文是什么呀？"

途途想了想，脱口而出："奔跑吧三文鱼！"

"鱼怎么跑？"老太太被搞糊涂了。

前排的横山和雏仪忍笑不语，吕娜赶紧更正了女儿的蹩脚翻译，"是三文鱼洄游……"

他们在一座跨河大桥旁停下了车，从桥上俯瞰，河谷两岸满是游人，全都盯着河面，不时有人发出惊呼。自西向东的水流滔滔而过，白浪翻滚，空气中有淡淡的腥味，此外并看不出有什么特殊。

少时，他们随着络绎不绝的人群走下了河谷。一路碎石湿滑，雏仪要扶着母亲，却被甩开了手。小不点也不让妈妈牵，自己一溜烟跑到了岸边，"哇"地惊叫出来。

原来那条自西向东流动的河水里面还有一条自东向西奔涌的"河"—— 组成后者的不是涓涓滴滴的水，而是千万尾活生生的游鱼，成群结队地，也各自为战地，逆流而上。

它们从浩瀚的大海游来，朝着几千公里外的淡水河游去；那里是它们曾经的出生地，是此刻的目的地，也终会成为它们的安息地。洄游产卵后的三文鱼体力耗尽，将长眠于河底；数月后，在这同一地点，新生的鱼苗将浩荡启程，顺流游向广阔汪洋，开启新一轮的生命轮回。

人们脚下清可见底的河水如同一条拥挤的公路，一条条长达半米的三文鱼摇头摆尾，挣扎向前。雏仪听见母亲念叨："原来三文鱼长这样儿……"

途途全神贯注地看了一会，问为什么有的鱼身上发红。

横山先生用尽量简单的语言告诉她，三文鱼在进入淡水河口以后就不再进食，在洄游的漫漫长途中身体的颜色和形状都会发生奇妙的变化，圆圆的嘴巴会为了减少阻力而变尖，身体会一点点变红。

待到回归出生地时，全身血赤的百万条三文鱼将把透明的河水染作通红。那会是怎样一派壮丽的景观啊……河面上落了几片红叶，鱼儿从旁掠过，不屑一顾。

这时上游传来人语喧哗，大家循声而去，走到了一处堤坝。逆游至此的鱼群要越过这道坎才能进入地势更高的一片水域。人们仿佛在观看一场激烈的竞技比赛，各人盯住一名"选手"，看它顶着汹涌的水流冲向堤坝，被溅起的浪花遮掩了身形，最后猛然扑腾一声跃出水面，在空中亮相、下落。

人群中有喝彩，也有叹息。

三文鱼跃的不是"龙门"，而是"生门"。

跃过了的，继续奔赴繁衍生息的前程。没跃过的，跌下了堤坝，撞上了石头，有的稍作酝酿再奋起一搏，而有的筋疲力尽，或原地不动，或被激流冲到岸边。

途途忽然朝离水更近的地方走过去，那里有一条肥大的三文鱼被卡在了石缝里，尾巴还在勉强摇摆。

雏仪一惊，要拉孩子回来。但横山拍拍她说没事，然后上前和吕娜一起跟着途途走到了水边。他们注视着她在那条大鱼旁边蹲了下来，中英文混杂着鼓励它"加油呀""再试一试吧"，它没有反应，尾巴也越摆越慢了。又过了会儿，途途终于按捺不住，在裤子上搓了搓手，伸到水里，使劲儿推了它一把。

鱼儿摆脱了石缝。可是它没有再朝堤坝奔游，而是顺着水流方向走了。轻轻松松地，没有丝毫挣扎地，被冲走了。

途途目瞪口呆地一屁股坐在地上，抽抽鼻子，哭了。妈妈弯腰把她抱起来。雏仪也走过去给她擦眼泪。

老太太抱手站在不远处，没说什么，看着那些鱼，也看着这条河。

眼前之景只是三文鱼洄游途中的短短一程。从大海到故乡，有急流，冲过去；有高地，跃过去；有天敌，闯过去。一往无前，不计代价，最终抵达生命目的地的，百不存一。它们，图什么呢……

离开河谷时，周围有几个华人闲聊。

"听说这些鱼最后都累得游不动了，那不是随便捞吗？"

"捞它得有钓鱼证。而且那产完籽儿的鱼又腥又柴，咱哪儿吃得惯？"

"老外吃？"

"也不吃，弄回家喂狗。"

…………

回程的车上，途途依然闷闷不乐，吕娜搂着女儿，告诉她那是自然现象，是三文鱼的本能。

"什么是'本能'？"

"就是……不管多么难，不管它愿不愿意，为了生宝宝，它都会那么做。"

途途不吭声了，好一会儿，竟问妈妈："那你是愿意的吗？还是……'本能'？"

虽然孩子经常语出惊人，但这个问题还是令吕娜震惊。她果断回答："当然是愿意的！而且是非常非常期待的，特别特别快乐的！"

　　途途脸上这才露出阳光。须臾，横山先生忽然罕见地讲起英文，是对途途说的：

　　"亲爱的小吕途，希望你知道，你妈妈是自己做出了那个决定，决定把你带到这个世界上，爱你，抚养你，与你一同成长。但是很遗憾，三文鱼妈妈不能自己做决定，只能遵从自然的规律，出生，繁衍，死亡。有一天你长大了，你也有充足的自由和权利去做你自己的一切选择，如果任何人以'自然'或'本能'为说辞干扰你的思考，记住，他们是错的。"

　　途途靠在妈妈肩上点点头。吕娜眼睛泛潮，她知道五岁的女儿当然不能真切理解这一席话，就像十年前，二十出头的她第一次坐在横山先生的课堂里，也不能完全听懂这位大胡子教授语速极快、术语频出的句子。但她还是记住了他强调"记住"的最后几句话：身为人文学者，我们研究人的文化、社会、历史……反思一切暴力与剥夺，遮蔽与对立，起点是我们相信这一切不是"自然而然"的，终点在哪里，我并不知道，但欢迎加入这趟旅程！是的，你会无比痛苦；更加痛苦，当有一天你发现自己爱上了这种感觉。

　　横山对途途说话时，雏仪一直望着后视镜，直到眼前模糊了，仍依稀看出途途在吕娜怀里一脸似懂非懂，而旁边的老太太大概有些疲倦，已经在座椅上盹着了。

许久，她扭过头去轻声说："途途，你学了《夜奔》是吗？回去给蒋老师表演一遍，让她看看好不好？"

途途刚要大声回答，但向旁边瞅了瞅，于是只冲雏仪做了个大大的"好"的口型，然后抓起手边一条薄毯子盖在了老太太身前。

煞尾

在山西洪洞县广胜寺内有一幅珍贵的元代壁画，横额题有"尧都见爱大行散乐忠都秀在此作场"字样，大意为受到尧都（今临汾）一带观众热爱的杂剧艺人忠都秀在这里演出。壁画正中身着大红官袍者正是艺名为"忠都秀"的舞台主角——七百余年前的一位扮演男性角色的女伶人。

学界一般认为，这幅壁画说明早在元代时中国戏曲表演中就已有男女同台现象，并且女艺人被允许扮演男性角色。

有清一代，女性乐户遭禁，坤伶在相当长的一段历史时期内退出了戏曲舞台。

至清末，由童龄女子组成的"髦儿班"兴起，一般为富贵家庭所豢养或只应堂会演出，不出现在公开场合。

　　民国初年，妇女解放思潮蓬勃发展，政府禁令渐松，女艺人登上了戏园、茶社、剧场、游艺场的舞台。但初期的女伶在艺术水平上与男伶相距甚远，多以出卖色相为手段，扮演生行者也时而故意流露女性特征，从而满足部分观众的猎奇、猎艳心理。

　　从20世纪20年代起，女性戏曲从业者逐渐完成了标准化、职业化的蜕变，不仅旦角行当人才辈出，而且涌现了一批技艺精湛的生行表演者，例如女老生恩晓峰，被誉为"女伶老生中之元老……脱尽女子习气声貌者，当以彼为第一人"，又如女武生金殿英、小月来、荆剑鹏等，武艺出众，长靠、短打皆善。

　　她们用自己的唱念做打证明，正如男伶成功塑造了各式各样的女性角色，女伶也能演好忠臣良将、英雄好汉的一切戏码，哪怕是"男怕'夜奔'，女怕'思凡'"中的《夜奔》——精彩绝伦而难度极高的一出武生独角戏。因为这句名言中的"男女"所指涉的并不是现实里的男人与女人，而是舞台上的生角与旦角。

煞尾

通过中国戏曲严苛的程式化训练，男人可以成为旦角，女人可以成为生角，小孩可以成为老人，长者可以成为少年。这个"成为"的过程是艰难痛苦的，也是艺术的、美的，是超越性别乃至一切本质主义限定的。

　　从"忠都秀"到民国坤伶，曾背负着贱业污名的女性戏曲从业者或许是中国最早的"职业女性"群体之一。在妇女浮出历史地表的漫漫长途中，从事这一行业的女性饱经磨难、命运多舛，但同时，她们在性别身份之外获得的这种职业身份也赋予了她们某种特殊的力量和能动性。当她们被质疑不是合格的妻子、母亲、女人时，在一方虚实相生的戏台之上，她们有权利、有能力证明自己是一名合格的表演者。在那里，她们得以绕开甚至突破男权社会的凝视与规训，成为万众瞩目的生、旦、净、丑。

　　这对于今天的女性而言依然具有启发意义，无论她们的"舞台"在哪里。

以上翻译自吕娜论文陈述的结尾。

　　在应对完答辩委员会的层层提问之后，她请教授们现场观看了途途伴着横山先生的笛声完成的《夜奔》片段。随后，她带女儿离开了那间阶梯教室。答辩委员会将在讨论研究后作出最终决议。

隔壁休息室里，蒋凤仪正在窗台上一边压腿一边远眺外面的风景。途途仍舍不得脱下那身小林冲的行头，在老太太和雏仪身边兴奋地喋喋不休。

吕娜已经精疲力尽，但她最紧张的一根神经还在绷着。横山先生指着她身后的窗口戏谑道："二十多年前，等待答辩结果的时候，我的导师不让我坐在窗户旁边。"

吕娜微笑了一下。这时休息室的门开了，她的导师站在那儿，向屋内所有人做出了一个胜利的手势。

她们一行人离开时已是日落时分，沿着高台阶下行，一步步地走出这座教学楼的影子，踏入一片金沙般的夕照。而途途不知何时停下了脚步。吕娜走到台阶底端，回头叫女儿，途途又左顾右盼了片刻才噔噔地跑了下来。蒋凤仪牵住了她的一只小手。

天光渐暗，老小高矮的身影融入了苍茫暮色里。但她们走出很远了，清脆的童声仍隐约可闻。

"我们一会儿去哪里？"

"明天去哪里？"

"以后……？"

几周后，蒋凤仪独自乘飞机回国了，航班经停香港。

再次登机后，离家只有几小时的路途了。她闭目养神。半晌，一个稍嫌粗嘎的女声用粤语讲着电话走进机舱，言谈间全是天文数字。那声音离她越来越近。商务舱的座椅虽宽

煞尾

敝，她还是突然感到一阵拥挤，以及随之而来的亲热。落座在她旁边的胖胖身影是她的老朋友岚姐，鬓发如银，仍穿迪斯尼图案的套头衫，戴柠檬黄框子的老花镜。

"老太太了，还忙着揾银？比财神爷还忙。"

"现在休假！"岚姐飞快地关掉手机，要了两罐冻啤酒，答曰，"还是你比较厉害，阎王爷都不敢收你。"

蒋凤仪大笑，但拒绝了冷饮，换成了不刺激嗓子的温水。

"看来又要踏台板喽？"岚姐举起自己的啤酒碰了碰她的保温杯。飞机翱翔于九天之时，目的地的机场内已有许多人在翘首等待。

不久便是年末。

是日，一场大雪落满了梨树枝头，蒋家小院一派银装素裹。阳光照着雪野，几只猫儿狗儿被放出来撒欢，在白缎面似的地上印下了一串串小梅花。

此时市里的会场内张灯结彩，剧院六十五周年院庆演出即将在此举行。台下座无虚席，有白发苍苍，有黄发垂髫；有人来瞧新鲜，有人来觅旧影。在大戏开锣之前，台前幕后的每个人心里都早已奏响了旋律不同的序曲。

远道赶来的并不只有吕娜母女、蒋雏仪和横山先生。

庆红自然从日本回来了，反正她一直过着这种两头跑的日子，乐此不疲。

谢波和小文也来了，并且趁着圣诞假期叫回了在国外上大学的一对儿女，这是二十出头的谢琼、谢玫头一回正式坐在剧场里观看戏曲演出。

岚姐旁边坐着乔一恒的父母，乔总感谢当年岚姐牵线搭桥，圆了一恒的拜师梦；乔太太则拉着冯姣的手，急切打听一恒第几个出场。

二十多年没回过国的钟琴此番也回来了。她刚刚进后台，不仅和蒋凤仪打了招呼，而且意外重逢了自己从前的师妹丁娟，并得知她是带团来参加演出的。

除了丁娟，后台还有好几个外地剧团的演员，包括卢荻和周晏如从台湾带来的人。

这一夜，台上的大戏是《林冲之死》"传播版"。

这名号又是凌跃起的。四十五周年院庆时他将刘俊文、雏仪和蒋凤仪合演的《林冲之死》冠名以"传承版"，旨在薪火相传；如今他推出"传播版"，意为远播这颗戏的种子——就像蒋凤仪去年约弟子们"赏花"那晚所言：好戏不要捂着、藏着了。

所以，当晚剧中的林冲角色是由乔一恒、刘俊文以及另外四个武生演员共同扮演的，那四个人既非本单位人员也不是蒋凤仪的弟子。他们来自不同的院团，但都喜爱这出戏、苦练这出戏，在不同的城市复排、上演了这出戏，并广获好评。更值得一提的是，这四人中有两个曾在二十年前参加过蒋凤仪任"总教头"的"精武集训"，在那百日之内跟随她扎扎实实地学了《夜奔》。

传播版《林冲之死》完满落幕后，凌跃上台讲话，先快

煞尾

速念了一篇宏大华丽的发言稿。然后他放下了稿子，笑容也变得很轻松，"明年我就退休了。这是我退休之前操办的最后一桩大活动，本来想借着复排'看家戏'的机会再好好宣传一下我们团，没想到我的老领导突然放话不让我用这戏'看家'了。我这半辈子给老领导牵马坠镫，不敢不听她的。一开始有点别扭，但这一年多，我眼见这几个'林冲'在天南海北不同的地方又演火了这出戏，我真是打心眼里高兴！说实话，我们这行里水火不容的事很多，单位之间的、门派之间的、角儿跟角儿之间的……可是我们老领导有一句话说得好，天下艺人是一家，人不亲，艺亲。这门艺术在今天无论如何不能算红火，还一起走在这条路上的人、怕这门艺术完了的人，不是亲人是什么呢？别的不多说了，就希望天下同行一路奔下去吧，博他个斗转天回、海沸山摇！"

在热烈的掌声里，凌团长给台下观众深鞠一躬。那些爱戏、看戏的人们不离不弃的目光就是这条崎岖长路上的星星之火。

最后他转身向幕侧伸出手，说下面欢迎我的老领导、大家热爱的想念的"林教头"登台讲话！

蒋凤仪步履飒沓地走了出来，大家眼前一亮。当天她穿了一身素净的白衫裤，胸前点缀着那枚血珀做的英雄花，血红雪白，淡极了，也艳极了。

阔别舞台一年有余的她并未发表连篇累牍的感言，戏迷们也没给她那个机会。他们迫不及待地高呼、喝彩，请她来一段。

一如既往地，很多人喊着那两个字，"夜奔！""夜奔！"

老太太笑了，向台下拱拱手，坦然道："感谢大伙儿还这么捧我的场。最近一段时间身体不太好，《夜奔》呢，今儿'奔'不了。"

有人在台下提议：不要做身段了，只听蒋老师唱唱【折桂令】就好。

她摇头。

站在台边的凌跃立刻要上前替她解释缘由，但她摆摆手，歪着脑袋想了想，说："我给大伙儿唱一段《定军山》吧！"

观众们大声称好。于是她向琴师点点头，整了整衣领。这时，一恒、俊文和卢荻突然从幕后跑了出来，一恒和俊文脸上的油彩还没卸，卢荻则挽起了白衬衫的袖子。他们一迭连声说要给师父跑龙套。

眼看一小段清唱变得热闹了起来，台下欢呼雀跃，蒋凤仪也兴头更足。不过，一堂龙套需要四个人，目前只差一个，在场的其他徒弟和演员反而不好意思去抢那个名额了。

观众席倏尔安静了。吕娜在凌晓斌耳边说了句什么。很快，一声响亮的召唤打破了静谧："凌团长，上啊！"

凌跃像被突然叫醒了似的一激灵。"那各位，我就不谦让了啊！笑笑，接着！"他迅速脱了西服外套扔给坐在前排的老婆，跑圆场来到了蒋凤仪身边。一恒他们默契地把龙套头的位置让给了他。

煞尾

像所有人一样，杨笑笑也被凌跃兴高采烈的样子感染得想笑又想哭。从结婚起她就经常调侃他是剧团里的"大龙套"，今天她总算看见他真正登台跑龙套的风采了，没想到年近六十的他身上还保留着一点旧日的专业痕迹。

胡琴锣鼓奏响了。白衫白裤的蒋凤仪"提甲"向前跨出几步，分立两厢的那四个人快步退至她身后站成一排，昂首挺胸，枪杆杵地。

"在黄罗宝帐领将令，气坏了老将黄汉升。某昔年大战长沙郡……"

她没有身扎大靠，佩戴髯口，但一开嗓、一亮相就活脱脱是派头十足的老英雄了。

"孝当竭力忠心尽，再与师爷把话云：一不用战鼓咚咚打，二不用副将随后跟；只要黄忠一骑马，匹马单刀取定军。十日之内得了胜，军师大印付与我的身；十日之内不得胜，愿将老头挂营门。来来来，带过爷的马能行——"

她一声令下，作为龙套头的凌跃"带马"而来，屈弓箭步，高高举起马鞭呈上。老将军转身接鞭，蹁腿上马。四个龙套执枪疾行，便是千军万马随主帅出动。

琴弓紧，战鼓急，一段西皮快板如铁骑铮铮驰骋入耳。

"坐立雕鞍三军唤，大小儿郎听爷言：上前个个功劳建，退后的人头挂高竿。大吼一声催、前、站！"

她扬鞭策马，尽管只是几小圈圆场步，却跑出了满台生风的气势。最后三个字，她劲猛地"甩髯"三下，正合锣声三记。掌声喝彩如同看不见的烟尘，滚滚腾起淹没了那一方战场，也拥裹了气吞万里如虎的老英雄。

龙套退场了。舞台中央的她勒马拧身，马鞭在空中利索地画了个饱满的圆，唱出末尾一句雄赳赳、坦荡荡的散板——

十日之内取东川！

所有人望着她，听着她。明知戏台上的一切都是那么地虚无缥缈，可是他们相信她，坚定不移地相信。剧场里的欢庆渐入尾声。窗外的雪越下越大了，抹去了街头巷尾的纷繁色彩，仿佛一幅白纸正在展开，一张台毯缓缓铺平。

故事要落笔了，戏，也会继续唱下去……

煞尾

后记

吕娜不是我，她只是个"女（人）哪"。

当然我也是女人，但并不是母亲，不是博士；经历平凡，也不曾有人生奇遇。

既然写的是小说，其实不必有以上剖白，但还是赘言于此，不是为了撇清"虚构"与"现实"的关联 —— 因为二者实无法割裂 —— 只是想说，言虚意实，戏假情真。

我是在放弃申博执念时邂逅了昆剧折子戏《夜奔》。某个"理想"的形成有很多缘由，瓦解却只在一瞬间，当你不愿再为它全力以赴的时候。终于我一身轻松地坐在电子屏幕前，第一次看完了老艺术家盛年时期的整折《夜奔》，也第一次为看戏而流泪。

原来再难的路也还是有人在走、在奔啊。

这个形而上的命题以无比具象的方式展示在我眼前，感官震撼先于一切。简言之，对于从小到大连广播体操都做不好的我而言，舞台上的那副载歌载舞的身体太神奇了。"身体"原因也是我开始观看中国戏曲的起点。那些年，对着电脑看文献写论文久了，体虚心烦，再无法耐受添加了太多高科技味素的影视剧，遂口味返祖。那些英雄好汉、才子佳人无须电脑特效和镜头剪辑，仅仅以"人"的形式出现在戏台上；但同时，他们又不是一般"人"，而是手眼身步口经受过严格训练的生、旦、净、丑。

多年前的经典电影《霸王别姬》早已使"男怕'夜奔'，女怕'思凡'"这句话广为人知。当满嘴是血的小豆子终于念对了那句"我本是女娇娥又不是男儿郎"，镜头语言所指向的可怕和痛楚源自一个扮演旦角的男孩子的认知、情感、心理……这种对"女怕'思凡'"的诠释属于特定的电影时空，无所谓真不真、对不对，只是在我见识了林冲"一宵儿奔走荒郊，穷性命挣得一条"的过程之后，我感受到的"男怕'夜奔'"之可怕首先源自肉体。舞台上的那个人要让你看出林冲的难，而又看不出演员的难。

真难。

理想之路已然如此艰难了，倘若行路者是女人，一难变"两难"。1987年黄蜀芹导演的《人·鬼·情》被戴锦华老师誉为"中国第一部女性电影"。在《＜人·鬼·情＞——一个女人的困境》一文中，戴老师指出以扮演钟馗而闻名的女主人公是"一个拒绝并试图逃脱女性命运的女人，一个成功的女人——因扮演男人而成功，却终作为一个女人而未能获救"。这个有关"扮演"的隐喻揭示了从花木兰到现代"女强人"的困境：她们"扮演"所谓的男性特质，达成男性的成就，同时造成自身女性（性别或家庭）角色之缺失。

耐人寻味的是，恰恰在戏曲表演这一领域，"扮演"问题呈现出更为复杂的光谱。曾经，女伶人不只被认为演不好"男人"，而且——女人演老旦，嗓音不够宽洪苍劲；演彩旦，不雅；演武旦，身手不够强；演台上的女主角，青衣花旦，更不能望四大名旦之项背。然而从上世纪三四十年代起，女性戏曲从业者人才辈出，逐渐用自身技艺证明，她们能演好生旦净丑里的任何一个行当，就像男伶曾做到的那样。她们是困境重重的，也是成功的，这成功在于她们越磨越精的表演技艺，在于她们成功地使自己的身体进入直至超越生旦净丑的行当，而不在于她们所演行当之性别。

说回优秀的女武生，我想在此表达一个简单的观点：她们是成功的，并非因为演好了男人，而是因为演好了男人。

她们的成功因而和其他行当，乃至其他人生舞台上的杰出女性没有本质区别，她们大概都闯过一条两难的路，跋山涉水，突围而出；有的创痕被看见了，有的没被看见。

还有一些女性，突围不成功。

还有一些女性，没有机会突围。她们没有两难，因为她们的身体从来没有第二个选择。

夜迢迢，路漫漫。同道中人，与有荣焉，与有痛焉。以梦为马，长歌当哭。

苏生

2022 年 7 月 18 日

后 记

附
录

　　本人对戏曲艺术纯属外行，更不通音律和戏曲唱腔，书中杜撰的"唱词、念白"仅为故事情节服务。本人十分敬重这门美妙的艺术及那些创造美的艺术家，故事中如有涉及戏曲方面的硬伤错误，望读者海涵并不吝赐教；同时请大家理解，小说或文学亦是一门创造美的艺术，作者是故事时空中万物的尺度。

　　杜撰唱词、念白如下：

1. "尤三姐舞剑"

冷面冷心一枝柳，不识春风与绣楼。相逢一顾五个秋，想玉容歌管尚淹留。氍毹方寸千骑走，立谈死生少年游。玉簪落地明心意，宝剑飞来渡闲愁。一见鸳鸯双结子，百转千回绕指柔。奴不随浮花并浪蕊，舞罢龙泉，且待君回舟。

2.《林冲之死》

【无猜】

林冲：父亲在内与张世伯交谈，许我在院中闲步。方才那张世伯言道，他檐下这十八般兵械枪棒任我取玩，我不免上前开开眼界。呀，端的一杆好枪！待我取来操练它一回。

张氏女：父女相依在东京，不求浮利与虚名。故交临门笑语频，亲挽云袖把茶烹。锦儿，茶好了，快送进去吧……哪里来的响动？绣帘微挑探风声，原来是林家的哥哥习练在庭中。流星飒沓花叶震，十年磨得武艺精。

【长亭】

林冲：我与你好夫妻恩爱三载，怎忍心梁间燕两下分拆。奈何高俅贼逞豪强为非作歹，这繁华人间不容我年少夫妇到头白。为丈夫此去山高路远千里外，唯恐娘子遭连累、受遗害、守孤枕、短粮柴。不如一别两宽各飞去，缘浅情深，林冲我黄沙盖面不忘怀。

林娘子：见休书不由我柔肠寸断，顾不得闺阁礼端，长亭执手观泪眼。想当初两家尊长来往繁，青梅尚小，隔帘偶见你庭中习武临风前。一朝结发为夫妻，至今燕语绕梁间。闲来常把神佛念，不求富贵，只为绿窗下、常看月缺月圆。万不想祸由妾身起，图不轨，奸贼设计把忠良来坑陷。官人哪，你怨我怪我，妾不恼，却为何要苦苦打散今生缘？愿妾此身为南风，随君一去入袍衫。未料君怀不肯开，雨襟烟袂，无处话凄寒。

【梦会】

林娘子：长亭一别到如今，多少心事对月吟。嫦娥应解离人苦，直送相思入梦魂。

林冲：娘子，夫妻团圆，不是做梦。

林娘子：不是做梦？

林冲：不是做梦。

林娘子：如此，官人哪，你可曾牢狱蒙伤损，是否道阻屡受惊？三餐饥饱何人问，夏衫冬衣情谁缝？

林冲：说来话长，所幸无恙。

林娘子：待我谢天谢地。细思往事犹不平，夜夜思君坐到明。雷声隐隐感妾心，侧耳听去非车音。移鸳枕，留泪痕，更筹数尽情不尽，断肠人忆断肠人。

林冲：娘子，这些时日难为你了。如今我已在梁山做得头领，特来接娘子上山安顿，生死再不相离。

【夜奔】

林冲：想俺林冲，以先在京师与娘子安稳度日，也曾指望为国尽忠，封侯万里。到如今，被高俅这贼坑陷我这一场，闪得我有家难奔、有国难投，星夜趱向梁山。雪夜难行，困在这酒馆，好不愁闷人也！也罢，酒保，与我取笔砚来……

"仗义是林冲，为人最朴忠。江湖驰闻望，慷慨聚英雄。身世悲浮梗，功名类转蓬。他年若得志，威镇泰山东。"

【刺俅】

　　林冲：高俅啊，好奸贼，可恨你倚仗权势，扰乱乾坤，白虎节堂坑陷我一场，迫得我夫妻分离，有家难奔，有国难投。流放途中又差人暗害，不得逞便又火烧草料场，那时若被你赚去了性命，死了还背个玩忽职守的罪名。可恨你几次三番作恶不成，犹不肯放过我家娘子，趁我离乡背井，纵你那逆子上门夺抢，害我娘子叫天不应、唤地不灵，只得一死明志。想俺林冲清白一世，忠孝立身，奈何这天地之大竟只容得下坏人与死人！真真可笑，可叹，可悲……如今你落在我手，林冲已是死过几遭的人了，焉能容你活命！今日定要用尔的狗头祭奠我妻冤魂！

　　高俅：我儿前番求娶的是那被休的张氏女，焉是你林家妻？

　　宋江：明日一早，恭送高太尉回京，某等切盼招安诏敕早降梁山。

【庙刌】

　　林冲：夜阑珊，佛灯暗，大梦方醒透体寒。我也曾忠心照肝胆，图个名扬功建；我也曾忍气吞怒火，只求家宅平安。我也曾忍无可忍、退无可退，烈焰烧断回头路，风雪之夜上梁山。上梁山，征袍血染，男儿泪，且向风弹。急走忙逃，落脚在古庙佛前，许下痴愿，若奔得残生一线，必取贼头报仇冤；江湖只待英雄聚，不信人间无月圆。

　　实可叹，不该把琴瑟之约来抛闪。立休书，辜负她一片真心，誓与我共苦同甘。到今日，方知世事如幻，天理无觅处，惟情比金坚。弟子顿首，双膝跪在地平川，向佛前再许一愿。倘我妻亡魂未远，保佑我和她泉台相见，再续前缘。

　　念去去，万事皆休，悔／愧我一念之差，误夫妻百年。

图书在版编目（CIP）数据

夜奔 / 苏生著. — 广州：广东人民出版社，2024.1
ISBN 978-7-218-17022-0

Ⅰ.①夜… Ⅱ.①苏… Ⅲ.①长篇小说—中国—当代
Ⅳ.① I247.5

中国国家版本馆 CIP 数据核字（2023）第 196481 号

YE BEN

夜奔

苏生　著

出 版 人：肖风华

责任编辑：刘飞桐
特约编辑：刘　玲
责任校对：李伟为
装帧设计：別境Lab
版式设计：苗　倩
责任技编：吴彦斌

出版发行：广东人民出版社
地　　址：广州市越秀区大沙头四马路 10 号（邮政编码：510199）
电　　话：（020）85716809（总编室）
传　　真：（020）83289585
网　　址：http://www.gdpph.com
印　　刷：广东鹏腾宇文化创新有限公司
开　　本：787mm×1092mm　1/32
印　　张：60.125　**字　　数：**1186 千
版　　次：2024 年 1 月第 1 版
印　　次：2024 年 1 月第 1 次印刷
定　　价：188.00 元（全三册）

如发现印装质量问题，影响阅读，请与出版社（020-85716849）联系调换。
售书热线：020-87716172